剑桥美国文学史

第六卷

〔美〕萨克文·伯科维奇／主编

张宏杰 赵聪敏／译 蔡 坚／译校

CAMBRIDGE HISTORY OF
AMERICAN
LITERATURE

散文作品
1910年—1950年

《剑桥美国文学史》

第6卷
散文
1910—1950

　　《剑桥美国文学史》对涉及美国文学所有分支里新兴的和业已确立的种种趋势的广泛范围进行了探讨，并且涵盖了一些学者和批评家的论述。正是在这些学者及批评家的努力下，这一领域已经成为并将继续成为文学学术研究的一个重要组成部分。这些作者的作品集30年美国文学批评之大成，既代表了世代学术成就之间的分歧，也代表了学术成就之间的连续性。鸿篇巨制的叙述文字使本书与以前的版本所能做到的相比，其对美国文学史的探讨具有更加广阔的视野和磅礴的气势。与此同时，传统文学批评的声音虽然构成了这些叙述文字的背景，但这种声音也和当代文学研究的兴趣多样性特点并驾齐驱。

　　《剑桥美国文学史》对美国文学各个时期的不同流派进行了广泛地跨学科描述。美国文学资料得以拓展的部分原因是以往被忽略的文本最近被发掘出来，另一个原因是对这些材料进行研究的方法的数量和种类的急剧增加。《剑桥美国文学史》里所体现的多层面学术研究和批评研究探索的就是这些多重性——社会、文化、理智和审美的多重性——并展示了文学研究领域中一个比先前的叙述更加丰富的权威观念。

目录 CONTENTS

中文版序	I
致谢	IV
序言	VII

美国现代小说文化史 ······ 001
莱斯大学戴维·明特

导论 ······ 003

第一部分　梦之城、抒情年代和第一次世界大战 ······ 011

第一章　小说——讽刺的反思 ······ 013
第二章　《贵妇人画像》体现出的信心和不确定性 ······ 018
第三章　扩张路线 ······ 026
第四章　四个同时代的人和西部开发的结束 ······ 037
第五章　芝加哥的"梦之城" ······ 040
第六章　弗雷德里克·杰克逊·特纳在梦之城 ······ 046
第七章　亨利·亚当斯的《教育》和进步的基本原理 ······ 051
第八章　杰克·伦敦的写作生涯和流行的话语 ······ 059
第九章　"抒情年代"的纯真与反叛：1900—1916 年 ······ 065
第十章　1913 年的军械库展览会和纯真的消逝 ······ 073
第十一章　希望与绝望的交替 ······ 079
第十二章　第一次世界大战和写作的命运 ······ 090

目录 CONTENTS

第二部分　富足年代的小说 …………………… 105

第一章　战争结束：冷漠重现 ………………………… 107
第二章　"爵士乐时代"和"迷惘的一代"的复苏 ……… 113
第三章　物质上的极大丰富带来的危险，或20年代的偏执倾向
　　　　是如何形成的 ………………………………… 130
第四章　富足年代的除魅、逃避和职业化的崛起 ……… 140
第五章　新时代的社会等级、权力和暴力 ……………… 148
第六章　对女性化的恐惧和适度理想的逻辑 …………… 157
第七章　边缘性和权威性/种族、性别和地域 ………… 166
第八章　战争作为隐喻：欧内斯特·海明威的范例 …… 176

第三部分　经济大萧条时期写作的命运 …………… 191

第一章　发现贫穷和使命感的回归 ……………………… 193
第二章　把探索"文化"作为一种使命 ………………… 199
第三章　亨利·米勒、狄琼纳·巴恩斯和约翰·多斯·帕索斯的
　　　　回应 …………………………………………… 209
第四章　残留的个人主义和有限的使命 ………………… 217
第五章　寻找共同的目标：左翼的斗争 ………………… 234
第六章　纪实文学及分歧的消除 ………………………… 251
第七章　南部的复兴：保守和革新的形式 ……………… 259
第八章　历史与小说/小说与历史：威廉·福克纳的范例 … 274

CONTENTS

哈莱姆文艺复兴时期的小说 ……………… 291
圣路易斯华盛顿大学拉菲亚·扎法尔

第一章　新黑人? …………………………………… 293
第二章　黑人曼哈顿 ………………………………… 297
第三章　化身代表和宣言 …………………………… 303
第四章　作为一种心态的哈莱姆：休斯、麦凯、图默 … 313
第五章　新黑人、新女性：拉森、福塞特、邦纳 …… 324
第六章　"没有恐惧、没有羞愧的黑皮肤自我"：瑟曼
　　　　和纽金特 ………………………………… 333
第七章　文艺复兴的风格：费希尔、舒勒、卡伦、怀特和邦当 … 339
第八章　南方的女儿、土生的儿子：赫斯顿和赖特 … 347
第九章　黑人现代主义 ……………………………… 354

少数族裔文学现代主义 ……………… 359
哈佛大学维尔纳·索洛斯

概论 ………………………………………………… 361
第一章　格特鲁德·斯泰因和"黑人的阳光" …… 375
第二章　少数族裔的生活和"人生小故事" ……… 391
第三章　族裔性主题、现代主题 …………………… 412
第四章　玛丽·安婷：逆境中的进步乐观主义 …… 417
第五章　谁是"美国人"? …………………………… 428
第六章　美国的语言 ………………………………… 434
第七章　"过去的一切我们都抛在了身后?"
　　　　奥尔·E. 罗尔瓦格及其移民三部曲 ……… 440

目 录 CONTENTS

第八章　现代主义、族裔性标签和对完整性的追求：让·图默
　　　　的新美国民族 ········· 448
第九章　弗洛伊德、马克思和硬汉派 ········· 459
第十章　海明威的话语风格在此处回响 ········· 473
第十一章　亨利·罗斯：族裔性、现代性和现代主义 ········· 484
第十二章　闹钟、推销员和乳房 ········· 500
第十三章　现代主义反对极权主义吗？········· 522
第十四章　面对极境 ········· 549
第十五章　中央大车站 ········· 562

大事年表 ········· 567
参考书目 ········· 611
索引 ········· 619

中文版序

能够把这部美国文学史介绍给中国读者,是本人莫大的荣幸——这种荣幸标志着两种文化富于戏剧性的会合。美国文学传说也许是世界上最年轻的,而中国文学传说则是非常古老的。但是美国文学在一个方面却比较年长:它是现代世界所诞生的第一个国家的产物。当然,在欧洲定居者到达以前,美国印第安人(或称土著美国人)已经在今天叫做美国的这片领土上居住了数千年之久,但是他们拥有的是口头文学而不是书面文学。按照我们现在的理解,美国文学传统基本是使用英语的作家们的产物。它始于 16 世纪末 17 世纪初,最初是由英国殖民者撰写的,它是这些新兴资本主义生活方式的先驱们创作的记叙文、布道文、日记和诗歌。19 世纪,它随着工业资本主义在大西洋两岸的胜利而繁荣兴旺;在我们这个时代,它作为自由主义、自由经营和市场开放的西方主要国家的文学依然经久不衰。

美国文学发展的结果是形成了一个比历史悠久、方面众多、异彩纷呈的中国文学统一得多的作品主体;在对现代性的种种状况进行表述方面,它也是世界上年代最长久、内容最复杂的民族文学。它是一种富于个人主义和冒险精神的文学,一种扩张和探索的文学,一种蕴涵种族冲突和帝国征服的文学,一种折射大规模移民和种族关系紧张的文学,一种反映资产阶级家庭生活和个人自由与社会限制不断斗争的文学。这些文学作品从探讨自然和"自然人"方面的问题转向探讨异化、歧视、城市化和地区及种族暴力方面的问题。它们受到一种民主美学的启迪(与人们所理解的那种欧洲"旧世界"的精英统治论针锋相对)——这是一种"普通人"和"寻常事"的美学;不同凡响的是它们对建立在奴隶制、土地的剥夺和资本主义的贪婪等基础上的文化犯下的种种暴行进行了持续的批评(这种批评往往成为激烈的谴责)。最后,这是一种始终由于有关身份的双重焦点而著称的文学:一方面它把这个国家奉为未来的土地,"明天之国",试图制造一种关于"美国"的救世神话;另一方面它又进行自我折磨,对于身为"美国人"意味着什么怀着一种极其痛苦的焦虑。对于中国作家来说,中国的概念是一个关于悠久历史的问题——关于绵延数千年之久的各种神话、传说和事件的问题。而美国作家所

○中文版序

一心追求的是重新创造自己身份这个含义深刻的现代主义问题。

自19世纪初以来已有几部美国文学史问世,但是其中鸿篇巨制之作只有三部。这三部文学史实际上记录了美国的成长历程。第一部出版于第一次世界大战期间的1917年,当时美国在国际舞台上初露锋芒;第二部面世于第二次世界大战结束后不久的1948年,当时美国充分展现了其经济和军事大国的实力。我们这部文学史是20世纪末叶全球化的产物,此时民族主义的含义本身已经受到质疑,在美国,对文化内聚力的一些基本说法有了一种新的、**批判**的意识。

这种新的意识表现为两种形式,即历史的形式和知识的形式。在过去30年间,学者们揭露了这个国家历史上受到压抑或者被人忽视的各个方面。我们已经认识到妇女和少数民族作品的重要性,非裔美国文化中心地位的重要性以及"地域"作家们诸多贡献的重要性。我们也已经认识到某些包罗万象的概念(包括"美国人"和"文学经典"之类概念)与其说是揭示了美国的生成过程,毋宁说是掩盖了这一过程。在知识方面,我所说的新意识与文学批评中心权威的崩溃密切相关。过去的30年是众多激烈竞争的理论和批评流派繁荣兴盛的年代:解构主义、女权主义、"同性恋"理论、新马克思主义、读者反应理论、新历史主义、多元文化主义等等。这部八卷本美国文学史是第一部着力展示一个意见分歧的时代而不是特意表述一种正统观念的巨著。我们无意一劳永逸地为千秋万代提供一篇关于美国文学的故事;我们无意佯称发现了我们国家文学传统发展**独一无二**的真正关键。恰恰相反,这部文学史代表了一代美国学者的独特观点(一种多元主义,有时互相矛盾,常常变化无常的观点),一种已经从本质上对这个领域的边界加以拓展和重新确定的观点。

因此这部文学史采用了与以前几部文学史不同的格式。我在本书的序言里比较详细地讨论了这种差别。为了适合这篇序言的目的,我要强调两点,第一点是关于分歧的问题。此前几部文学史不是基于有关文学、历史及其二者之间关系的一些共同的基本假定(即所有撰稿人一致赞同的文学—历史共识),就是基于权威"文学史名家"的某种宏论。而这两种选择对我们来说都是行不通的。如上所述,我们这部文学史反映了多种多样的评论方法和途径,其中不乏互相矛盾之处,但是每一种方法和途径都代表着当前文学研究领域的一个重要组成部分。

我要强调的第二点有关我们这部文学史每一部分(专论)不同寻常的篇幅。以前所有合作编写的文学史都要求专家就有关主题撰写较短的文稿:例如用15页篇幅论述南方小说家威廉·福克纳,用五页篇幅论述清教徒诗人安

娜·布拉兹特里特，用30页篇幅论述18世纪启蒙主义散文。然后编辑们再将这一切组合起来，形成一个和谐的整体。我们的情况恰恰相反。每一位撰稿人都可以要求用足够的篇幅对他或她所采取的特殊途径进行解释。仅仅"充分地论述这个题目"（涵盖各种文本、运动和体裁等等）是不够的；我们必须考虑到不同见解的形成，其中每一种见解都是专家的声音，然而对于声称代表最终的权威又都持怀疑态度。所以，我们在每卷里提供的都不是一系列权威性的宣言，而是一组各不相同而又相互关联的叙述；它们一起构成了两种这个时期具有连贯性的对话式记叙文——一种没有确定答案的记叙文，其中的各个部分多彩多姿，有助于增进全书的深度和广度。

这是至今撰述得最为全面的美国文学史。它也是最具有挑战性的著作。读者将会发现他们自己在和各具特色的美国文学史专家对话，而与此同时，这些专家将就书中讨论的不同专题为他们提供内容最为丰富的论述。我们希望从这两个方面来看，中国学生不仅可以从阅读中获益，而且可以从中受到激励，用新的方式对美国文学进行思考，并且从总体上对文学研究进行思考。

萨克文·伯科维奇

致 谢

主编寄语

  首先，我要感谢哈佛大学对这个项目一如既往的支持。同时，我要感谢剑桥大学出版社雷·赖安先生热心的帮助以及伊坦·伯科维奇和苏珊·米兹卢奇给予我的个人及学术上的支持。此外，我还要对美国文化研究新生代学者中杰出的一员乔纳森·福特斯丘表示感谢，他负责编写了大事年表和参考文献，并撰写了序言第二部分的大部分内容，概括总结了这卷各章节之间的联系。

萨克文·伯科维奇

美国现代小说文化史

  我要感谢莱斯大学对我的研究所做的支持，否则这部分内容将无法成稿；我还要感谢埃默里大学的支持，否则我无法着手撰写此部分内容。

  与我共同编写《美国哥伦比亚文学史》的几个学者中，我特别要感谢那些编写的内容涉及本书覆盖的文学时期的散文作品的作家，他们是：丹尼尔·亚伦、昆廷·安德生、詹姆斯·M.考克斯、唐纳德·M.卡蒂甘纳、唐纳·麦奎德、伊莱恩·肖沃尔特、温蒂·斯坦纳、罗伯特·斯戴普托、琳达·瓦格纳和麦克尔·伍德。我从他们那里学到了很多东西。我还要感谢编写《哈珀美国文学史》的同事，他们是罗伯特·阿特万、玛莎·班塔、查斯汀·卡普兰、唐纳·麦奎德、罗伯特·斯戴普托、西西莉亚·蒂琪和海伦·万德勒。很荣幸能与他们一起工作。

  最初我把部分内容呈现给哈佛大学时，许多人的意见和建议使我受益匪浅，他们是丹尼尔·亚伦、弗兰克·兰特利奇、约翰·T.马修斯、维尔纳·索洛斯和罗伯特·斯戴普托。后来，查尔斯·奥提里和凯洛琳·波特读了部分手稿。我很感谢二人的帮助和鼓励。萨克文·伯科维奇从始至终给了我很多建议和鼓励,对此我感激不尽。

感谢莱斯大学的特丽·马尼斯特里在我完成本部分内容的最后阶段所给予我的专业性的帮助。

最后,我要对我几代同堂的大家庭表示谢意。在我写这本书时,他们一直在我身边支持着我,包括那些现在已经过世的人。他们是:我的父母——肯尼斯·克鲁斯·明特(1889—1948)和弗朗斯·亨尼西·明特(1892—1948);我的几个姐妹——玛丽·弗朗西丝·莱特(1917—1967)、伊丽莎白·明特·怀特(1919—1999)和安娜·明特·弗罗门(1922—1998)。而对妻子卡洛琳我更是感激不尽。她从始至终与我讨论我撰写的这部分内容。我们一起把它献给我们的孩子——克里斯托夫和弗朗西丝,以表达我们的祝福、感激和爱。

戴维·明特

哈莱姆文艺复兴时期的小说

感谢我的母亲伊丽莎白·迈耶斯·扎法尔·黑文斯。她在哈莱姆文艺复兴的鼎盛时期出生于印第安纳波利斯,并很快定居纽约。

在我着手写这部分内容、然后修改以及最终成稿期间,许多人帮助了我。首先,我要感谢萨克文·伯科维奇,他是良师益友,也是同事。他说服我承担撰写哈莱姆文艺复兴时期的小说这部分内容的艰巨任务;我希望自己的工作多少达到了他的学术标准。另一位一直激励我的人是维尔纳·索洛斯,他通过自己的例证、建议和鼓励帮我解决了很多难题。如果没有苏珊·海斯·布塞帮助我研究,这部分内容将花费更多的时间才能成稿;马特·卡利门也在最后时刻倾力相助。阿黛尔·塔奇勒和雷伊·里金斯不断地安慰我。很多在华盛顿大学从事英文研究、非洲研究和美国黑人研究的教师一直包容着我这个有时心绪纷乱的同事。我的丈夫比尔·保罗和儿子内森给了我无尽的爱。如果不是你们所有人,我也许很早就放弃了。毋庸置疑,文中出现的错误肯定是我犯的。但我很高兴能与我的家人、同事和朋友分享此文的成功。

拉菲亚·扎法尔

少数族裔文学现代主义

我要感谢萨克文·伯科维奇让我参与编写《剑桥美国文学史》,他非常有耐心,一直鼓励我,提出对我很有帮助的意见。本文最后阶段得到美国人文

○致 谢

基金会一位高级研究员的帮助。我要感谢杰西·马茨，他读了几章，提出了很好的建议；我曾在哈佛大学英语系的教工研讨会上用开始的几章做了讲座，受益匪浅。我还想感谢布雷达·奥基夫，杰西卡·胡克对我的研究所做的帮助，以及在最后阶段帮助我的埃里卡·米切尔斯泰因——他最后校对了整个手稿，并提出了许多宝贵建议；马奎斯·雷德帮助我整理了大事记；弗朗塞斯卡·佩乔西尼帮我处理一些零星的事务并帮我复核了出处。十多年在哈佛大学教授"种族划分、现代性和现代主义"这门课程帮助我形成了在书中展开的论点，我要感谢教授这门课的研究生，也要感谢上这门课的本科生，他们写了很多优秀的论文。我还从别的课上学生们写的文章中得到帮助。此外，我要说明我最初对来自隔离营的日裔美国人的报纸的兴趣是被凯琳·关口同学1977年在哥伦比亚学院写的一篇学期论文《一个美国移民后裔身份的感知》所激发的。

我着重描写了对美国1910年至1950年的移民文学来说特别重要的一些作品，而不是"全面覆盖"，否则对目前这部分内容来说是个非常庞杂的目标。文中虽然偶尔"概括"一下情节，但始终是以散文作品的代表性的单句或某些段落为重点的。本文从头至尾对视觉艺术上类似的发展做了分析，而反复关注的事物都为了举例说明以电车这类交通工具的发展和精心挑选的世俗化的范例为代表的现代性。

维尔纳·索洛斯

大事年表

我要感谢哈佛大学的许多同事和学生，他们使教授、学习和研究文学和历史成为乐趣，特别要感谢提姆·麦卡锡、尼尔·多兰和查尔斯·鲁贝托。我还要感谢亚当·魏斯曼，感谢他提出的睿智的、与别人相反的、真挚的建议。在我成为学者的道路上，萨克文·伯科维奇是最重要的人，他一直给予我很大的帮助。在这里，我感谢在我编纂大事年表时他对我的帮助，尤其感谢他与我共同合著前言。我最感谢的人是我的妻子伊丽莎白，感谢她一直以来陪伴在我身边支持我。

乔纳森·福蒂斯丘

本卷《剑桥美国文学史》中戴维·明特所撰写的部分曾以《美国小说文化史，1890年—1940年：从亨利·詹姆斯到威廉·福克纳》为名出版。

序　言

　　这一部多卷本的文学史标志着美国文学研究的一个新起点。第一部《剑桥美国文学史》(1917) 引入了英语创作的一个新分支。30 年后在罗伯特·E. 斯皮勒主持下编纂的《美国文学史》建立了学术研究的一个新领域。这部《剑桥美国文学史》体现了一代美国文史学家们的研究工作，他们重新划分了这个领域的界线。这些学者和评论家们主要受训于 20 世纪 60 年代和 70 年代，代表了美国文学创作所有分支的新趋势和既定方向，他们影响了而且将继续影响业已成为现代文学知识研究的一个主要领域。

　　在过去的 30 年里美国文史学家的文学批评从一个边缘地域拓展为人文研究的中心。这一领域的活力反映在国内及全世界对美国文学与日俱增的兴趣、学术活动的范围和辩论纷争的强度上。重要的是，美国文本开始成为提供学科间和跨学科调查研究的主要重心。性别研究、民族研究、通俗文学研究等诸如此类已经渗透到了这个专业领域的各个角落，但是它们唯一的、最广泛的基础就是美国文学。对于多元文化和原则标准形成所产生的争议也同样如此：争论的焦点是跨历史、跨文化的，但是争论本身则以美国著作为主要议题。

　　在这些争辩中无论我们如何定位自己，有一点似乎很清楚，它们引发的活动提供了知识复兴和新研究的一个源泉，一部分以前被忽略、被贬低的作品被大规模地重新发掘出来。我们比以往更明白一些人称之为美国文学（复数）的东西，这一用语植根于美国不同传统、不同类型美学流派，甚至是对文学持有不同观念的持续性上。

　　这些发展扩展了美国文学的含义和素材。对于这一代评论家和学者来说，美国文学史不再是某些被公认为美国文学极品作品的历史，也不再以美国文学创作中某些公认的历史角度为基础。对确定性和一致性的寻求依然持续，一如它们的职责，但是现在这些寻求是在一种批评性的气氛中进行，其中包括公开辩论、宗派主义以及充其量为不同阐释流派间的对话。

　　这种冲突情景标志着学术权威在结构上发生了转变。迄今为止所有文学历史惯例，从 18 世纪的源头开始，依赖于对主体的本质或实质有一个既定的

⊙ 总　序

一致意见。今天提及意见一致听起来更像是寻求妥协或恋旧怀古。现在美国文学历史研究以多元的方式把自己界定为一个多种声音、多层面的学术、批评和教学事业。这种环境下的权威起到把大量知识相互区别又相互联系的作用。我们可以称它为变化的权威。它一部分归属于不同种类事物所带来的活力：相互争锋的追随者、大量的素材、成套的权威著作。它还部分存在于评论家进行联系的能力：把他或她的研究方法中的个性转换成挑战和交锋，由此通过与那些有时互补、有时相互冲突的阐释模式之间的联系而获取内容及深度。

新版的《剑桥美国文学史》在争论性和协作性上都具有权威性。从某种意义上来说，这使得它代表了它所描述的文化。我们的《剑桥美国文学史》从根本上来说是多元化的——美国文学的联盟史——但这种多元化是一个本身进行自我划分的多元性，是对这个专业和社会内正在进行的对文化价值、信仰和思维模式的争论的形象表达。这些描述当中有一些可以被称为褒扬性的，因为其揭示了社会成就和美学成就之间、技术创新和文体创新之间的关系。其他的则是明显对立的，有时到了把文学分析变成对多元主义本身的评论（甚至是攻击）的地步。但是，有讽刺意味的是，这种对立的观点在此标志了《剑桥美国文学史》最为传统的一面。它采取的高尚道德的姿态——文学分析作为抵制和不同见解的场合——植根于对艺术的浪漫崇敬和对高雅文学的文雅态度。那种态度坚持认为，伟大的书籍里体现的理想具有普遍性。因此，它含蓄地并常常通过对社会准则和惯例，尤其是对西方资本主义的社会准则和惯例的直接指摘针砭孕育了一种广泛的民族—美学反律法主义。结果是把文学当作一个自身的世界、一个较高级法则的领域来颂扬，这些法则因而提供了（用马修·阿诺德［Matthew Arnold］的话来说）对生活的一种持久的批评。到了20世纪中叶，那种方法一方面导致了新批评派对工业社会的攻击，一方面导致了新马克思主义者发展出艺术的乌托邦理论。新对抗主义，包括反文化批评派的新对抗主义，不可避免地和这些遗产联系在一起。

这种联系所形成的主张与评论之间的复杂关系直接涉及了民族性问题。这已经成为我们时代的界定性问题，对澄清早期历史学家来说显而易见而未加提及的一点可能是最好的：在这些卷宗中，美国指的是美利坚合众国，或者后来成为美利坚合众国一部分的地域。虽然几位作者采用了一种跨大西洋或泛美比较主义框架，虽然他们中几位讨论了用其他语言写就的作品，虽然还有人依然赞成一种后国家角度（甚至是后美国角度），但是通常他们的焦点都集中在美利坚合众国的英语创作上——"美国文学"，一如人们在其语言和民族含义中所理解（而且仍然）的那样。

这种限制是我们有意选择的。从某种程度上来说，这毫无疑问地反映了时间、空间、专业训练和现有资料方面的局限性；但是应当补充说明的是，我们的撰稿者充分利用了他们自身的局限。他们利用时间、空间、所受训练和新近获取的材料把民族性本身变成了一个文学史问题。恰恰因为他们聚焦于美利坚合众国的英语文学，美国这个词对他们来说既不是一个叙述的已知条件——一个假设的前提、一个不可避免的前提或自然前提——也不是一个客观背景（这个国家的历史）。截然相反：它是很多类型文学历史探究争鸣的场所。把自己呈现为中立、对所有被公认派系都热忱欢迎的地域，最终被证明是而且总是一个风云变幻的争斗区。

在这部文学史里，美国是一个历史实体——美利坚合众国。它也是一个社会宣言，一个由口头法令建立并维持的民族，一套普遍原则，一个社会凝聚力的策略，一个社会抗议的召唤，一个预言，一个梦想，一个美学理想，一个对现代（进步、机遇、新事物）的比喻，一个包容的符号（熔炉、百衲被、多国之国），一个排斥的符号，不仅把旧世界而且把北美洲和南美洲的所有其他国家和美国内部的大群体都拒之门外。一个如此构想的国家是一个修辞意义上的战场。这部多卷本文学史里的美国是探究文本的历史性和历史的文本性一个不断转换的多层面的焦点。

并非巧合的是，这些是现在文学研究中争论最为激烈的两个问题。文学研究中对历史的理论化从未如此剧烈和无处不在。对历史的浓厚兴趣把这个领域里所有的特殊兴趣、我们当前存有"意见分歧"的所有派别联结起来的说法并不为过：作为观念、暗喻和神话的基础和结构；作为我们所阅读的文本的内容和我们对它们进行阐释的精神。即使我们承认伟大的书籍——一些达到不同寻常强度的语言分布——业已超越了它们的时间和地点（即使我们认为它们的不朽力量是对立观念源源不断、周而复始产生的一个源泉），但是经过思考我们发现，很明显美学超越这些观点本身也是受时间限制的。对高雅艺术的美学断言和其他从信仰的诠释学到科学客观性的断言一样，受到历史的影响。我们通过一种确定的历史意识把握它们特定的超越性形式（神启灵感的美学；具有模糊性、颠覆性、不确定性的美学）。

对偶发事件的认可同样展延到历史的书写中。有些历史作品比其他更真实；一些历史作品一度被赋予"确定性"和"综合性"的宏伟壮丽；但是所有历史作品都是由它们的历史时刻所决定的故事。本书中的历史作品也是如此。在此我们的意图是让局限性成为开放性和无穷尽性的源泉。以前的美国文学史不是进行总体化的叙述就是进行百科全书式的叙述。它们所提供的或是带有权威性的单一见解或是众多似乎只不过在进行全盘概括的简明综述，

xv

似乎是因为专家式综述的简明风格阻止了作者个体的声音。对比之下，此部美国文学史通过大规模多音调叙述的舒展开来。由于撰稿者的数目有限，他们每一位都有详尽阐释各自观点和见解（包括前提、论证和分析）的范围；因此他们每个人的叙述通过实例而不是断言具有说服性；每一位撰稿者都通过这一代美国文史学家所共有的主题、焦虑和理想等相互联系（尽管有差异）。

我们挑选这些作者，首先因为他们有着突出的学术成就，同时也考虑到评论界对其作品的高度评价。他们一起展示了过去 30 年美国文学评论的成就。他们的撰稿显示了几代人之间的关联和差别。他们表现了现在归入美国文学标题下不同寻常范围的素材。他们表现出了使得这个领域有了引人注目的拓展特殊的兴奋和尽心尽力。最后，他们反映了我们这个时代对文学研究兴趣的多样性和民族志研究的丰富多样性，这种多样性自二战以来，尤其是 20 世纪 60 年代以来，逐步成为我们国家大学里师生的特征。

同样的特点也体现在这部文学史的编纂原则中。其灵活的结构框架意在包容美国文学研究的各个方面。一些主要作家出现在多卷里，因为他们归属于多个时代。一些文本在同一卷里在几个叙述里被讨论，是因为它们对于不同范畴的文化体验都是重要的。有时某一历史事件被从不同的角度讲述，因为这一事件有多元视角：例如，它既与主流社会有关，也与边缘社会有关，或者是一个时期的巅峰同时又是另外一个的时期开端。如此的重叠性不是计划而来的，但从写作伊始就是受到鼓励的，其结果就是观点的多样性符合了文学资料和历史资料的绝对丰富性。这也使得对个别特殊的作家、文本和运动的描述比以往任何一部美国文学史都为丰富和精细。

（Sacvan Bercovitch）萨克文·伯科维奇

这部文学史的每一卷都以自己独特的方式展现了上述优点。本卷值得注意的是它对文本与环境背景之间错综复杂、相互交织关系的集中关注。三位作者——戴维·明特（David Minter）、拉菲亚·扎法尔（Rafia Zafa）和维尔纳·索洛斯（Werner Sollors）——展示了社会变革、政治变革、经济变革和技术革新如何影响并体现了美国美学现代主义的发生和出现。同时他们证明了美学现代主义如何促进了现代美国的形成。宽泛地来看，他们的叙述展示了破碎和分离的体验对于这个时期的作家是何等至关重要。在所有情形中，记叙都以美国小城镇节奏缓慢、稳定、典型的始终如一的生活的解体为开端，进入到现代性带来的震惊中：数百万移民生机勃勃而又令人不安地汇入美国；美国内地自南方到北方、自农村到城市的大规模迁徙；一个充满兴奋和刺激的世界，在这个世界中，汽车、飞机、收音机和电影院意味着在交流和表现形式的各个领域中生活的节奏不断加快。作者们把所有这些和文学发展联系起来。他们详尽地陈述了现代主义者的形式主义革新如何固存于公共领域和私人领域，反之则代表了两个方面之间的冲突，一方面是对于拥有自决权的个体的民族主义怀旧情绪，另一方面是对于约束个人力量的自然力量、社会因素和家庭史的广泛认可——这种认可部分地通过诸如达尔文、马克思、弗洛伊德等思想家的影响而体现。他们从不同的角度把握住了为维护一个民主美学的政治诺言而作出的令人既充满希望又感到失望的努力。

第六卷文学史覆盖了20世纪前半叶散文写作的整个范畴。戴维·明特提供了从一战前抒情年代的繁盛光景到战后迷惘的一代的幻灭，直至经济陷入大萧条的泥潭而使左翼势力得以巩固的这一阶段的美国小说文化史。拉菲亚·扎法尔讲述的是哈莱姆文艺复兴的故事。她描述出的这个时期令人诧异的创造力和活力不仅仅是美国文学现代主义的伟大胜利之一，而且是对那时国家发生的巨大转变来说或许是最易感知的借喻。维尔纳·索洛斯把他的叙述放置在一个更加国际化的背景下，利用了知识界和艺术界与多数人相反的观点。他所讲述的是美国主流社会对现代主义既缓慢又勉强但最终欣然接受，以及伴随而来的非盎格鲁—撒克逊移民在这个国家同化的故事。

戴维·明特对美国小说的谈论围绕着文化上的不协调进行。他讲述的历史是插曲式的，把文本和事件看做是处在冲突中的文化的相互表达来进行分析。无论他的主题是亨利·詹姆斯（Henry James）作品风格的讽刺形式、芝加哥被构建成美国有代表性的城市、格特鲁德·斯泰因（Gertrude Stein）的语言游戏、立足消费者的资本主义策略、爵士时代的享乐主义，还是从道义上为证明经济腐朽和崩溃作出的努力，他都展示了他所谈论的作家如何把握住了现代美国生活中的矛盾和紧张关系。他从文化上揭露的是一个不完善社会的网络，其统一和不断的更新有赖于（所拥有）不确定的通常是痛苦的记忆，以及内部相互冲突的价值。他对这个时期的文学的描绘包括上流社会技法考究的小说、发生在穷街陋巷里的冷漠强硬小说、对正在消逝的农村生活带有朦胧恋旧情怀的讲述。他也对从伊迪丝·沃顿（Edith Wharton）和F. 司各特·菲茨杰拉德（F. Scott Fitzgeral）到威廉·福克纳（William Faulker）这些重要的小说家进行了详尽的探讨。明特的解释和理解把文本和语景融为一体，同时阐明了现代美国文学的成就和现代性在美国的动态与发展。

即使粗略扫视一眼大事年表，我们也能看出哈莱姆文艺复兴文学的核心地位。似乎在20世纪20年代和30年代，国民的想象力随着非洲裔美国人口一起转移北上。拉菲亚·扎法尔叙述了这一运动如何从自觉的机智谋略、政治动机和社会运作机制中衍生出来,她的讲述使得这一形象更加丰满复杂。扎法尔追溯了哈莱姆文艺复兴的源起到主要思想家和政治领导者的创作(如 W. E. B. 杜波伊斯 [W. F. B. Du Bois]、马尔库斯·加维 [Marcus Garvey] 和阿兰·洛克 [Alain Locke]),然后描绘了这一运动的主要作家身上体现出来的此运动的旺盛创造力(其中有佐拉·尼尔·赫斯顿 [Zora Nealeflurston]、兰斯顿·休斯 [Langston Hughes]、理查德·赖特 [Richard Wright] 和内勒·拉森 [Nella Larsen]),道出了为了把艺术表现和社会赋权过程、民族赋权过程结合起来作出的不懈努力。她的故事引述了一战后发生的急剧的历史变化。当时一系列种族危机——黑人退伍士兵回到他们为之浴血奋战的国家索求他们的权利,受尽欺凌的佃农逃离歉收、败落的农业地区,南方日益加强种族隔离法律的实施——使黑人知识分子和黑人艺术家更加坚定地投身于政治活动中。扎法尔指出,与迷惘的一代的作家相反,这些非洲裔美国人北上构成了"新黑人"这样一种高傲的人物形象,这种人物形象凭借着其所具有的几种姿态,对美国人的精神和想象力产生了持久的影响。

　　公众对现代主义的接受是维尔纳·索洛斯叙述的一个主题。对他来说,早期公众主流对立体主义和爵士乐的诋毁,对乔伊斯(Joyce)的《尤利西斯》(*Ulysses*)的查禁,以及威廉·鲁道夫·赫斯特进行的反对现代主义艺术的运动,是20世纪30年代"法西斯现实主义"和"民主现代主义"之间日益激化的冲突的例证。事实上,索洛斯阐明了对操控什么可以称之为艺术与什么人可以称之为艺术的公众斗争之间的关系。而且他展示出这些关系的中心是亨利·詹姆斯所说的"种族问题",因而他的分析围绕着这个时期的族裔作家进行。他们操着流利的"外语",对国际思潮心安从容,从事着把美国重新想象成一个多元文化国家的工作。他叙述的前半部分以普遍盛行的种族的不容异说为背景,把多种多样的文学—文化主题集中到了一起:例如,格特鲁德·斯泰因的《三个女人的一生》(*Three Lives*)里族裔人物的泰然自若和进行的形式实验,玛丽·安婷(Mary Antin)的《福地》(*The Promised Land*)里移民声称具有真正美国人的身份,欧内斯特·海明威(Ernest Hemingway)的《永别了,武器》(*A Farewell to Arms*)里不饰雕琢的现代话语风格和让·图默(Jean Toomer)的《甘蔗》(*Cane*)里试图把非洲人的经历重新融入对"美国人"的定义中。索洛斯从亨利·罗斯(Henry Roth)的《称它为睡眠》(*Call It Sleep*)里找到了族裔现代主义里所有这些因素的一种融和,而后又转入彼得罗·迪多纳托(Piettro di Donata)、杰尔·曼琼(Jerre Mangione)和其他很多人作品里截然不同、争议纷呈的解决方案和抵制模式。

　　索洛斯的叙述遵从现代主义经历的四个阶段:从1910年到一战的世界性

和实验性阶段；20世纪的自我和通俗阶段；尾随经济大萧条而至的现实主义和社会虔诚；而后是伴随二战和冷战所提出的作为反对极权的"民主艺术"的现代主义阶段（反对社会主义的现实主义）。最后的这个阶段，索洛斯论证说，包含着一种对现代主义历史的大规模修订，这种修订否定或淡化了它的一些主要方面：它的边缘性，它的虚无主义倾向，它的反动因素和法西斯主义因素。它导致了关于美国现代主义、现代性和现代生活互相发展的故事的戏剧性结局，这种结局总以三种叙述形式重复出现。

乔纳森·福蒂斯丘（Jonathan Fortescue）
萨克文·伯科维奇

美国现代小说文化史

|莱斯大学戴维·明特

导 论

  阿尔伯特·加缪（Albert Camus）在《反叛者》（*The Rebel*）的结尾首先提到了"美的程序"（procedures of beauty）。他把"美的程序"定义为对人类"共同的价值和尊严"的想象力的肯定。之后，他又提到了"反叛的程序"（procedures of rebellion），把"反叛的程序"与各种抵抗非正义的形式结合起来，作为对抗"现实但同时赋予它统一性"的方式。加缪的一些术语，比如"美"和"反叛"，也许让人感到过于极端。但是他的话却把美学创作和政治抵抗都置于历史之中，并含蓄地将之解释为一种对抗固有关系的方式。此外，他系统的阐述让我们注意到我们展开的所有的抗争，其动机如果不是为了维持"统一"，就是为了重建。

  美国在宣扬自己是一片自由之地的同时，反复表明要严厉对待那些触犯了成文以及不成文法规的人，就好像这是迫在眉睫的事情。美国希望以此来批准和限制抵抗，这使我们了解到我们的社会在给予并保卫自由的同时采取了各种防范措施，而杰克·伦敦（Jack London）、伊迪丝·沃顿（Edith Wharton）和威廉·福克纳（William Faulkner）等具有不同背景、不同社会地位和不同性格的作家们把他们各自的主人公，比如马丁·伊登（Martin Eden）、莉莉·巴特（Lily Bart）和乔·克里斯默斯（Joe Christmas），加入了其受害者的名单。然而，虽然美国一直朝向完美秩序的梦想发展——就如它在历史的关键时刻所做的那样，包括20世纪20年代和50年代——但是，它始终小心翼翼地努力实现个人自由与公民自由这两个相对的梦想，似乎是要提醒自己，任何一种文化要想幸存，都不可能只抱有其中一个梦想而放弃另一个。为了避免文化枯竭，那些致力于建立社会秩序的各种文化发现有必要允许一定程度的变化；为了避免文化瓦解，那些渴求自由的文化发现有必要强加一些限制。此时，美国出现了文化彷徨，而其间文学的作用不断变化。这对于我们通过分析19世纪末和20世纪初的小说来还原美国的历史至关重要，但首先我们要明确一点：分析这些小说的目的是为了找到小说与小说之间以及小说和文化事件之间的联系。这样一来，我们必须把小说作为文化事件来解读，并要注意：历史以及生活的方方面面都影响着我们的创作和解读；我们还必须把文化事件作为不同程度而非不同种类的文本来解读。当我们用文字记载、报告或解释事件时，我们就将其变成了场景、背景或情节。不管这个过程是否像在艺术或者新闻和历史记载中那样经过精心策划，实际上都是对事实的歪曲，因为事件像行为一样，占据的只是时间，其本身并无意义。这些事件填满了我们生活的每一分钟，使我们被动地注意到其持续性，而事件过去之后就永远消失了。一旦我们作为讲故事的人记录下这些事件，我们就用一种特定的顺序来编排文字，从而让事件变了样。而且，虽然创作与解读在这个过程中扮演着不同的角色，但是，就像拉尔夫·瓦尔多·爱默生（Ralph Waldo Emerson）在《美国学者》（American Scholar）中把"创造性的解读"与"创造性的创作"比作"劳动与发明"时所暗示的那样，创作与解读有一些重要的相似之处，即都是要使写在纸上的文字变成"带有各种典故的发人深省的"道理。一旦我们开始找寻小说与小说之间以及小说与文化事件之间的联系时，我们很可能会以为我们能够创造出符合传统、历史和理性的好文章，而结果却发现为了用不同的叙述方式来讨论文化事件或把这些叙述作为文化事件来讨论，且避免把事件具体化或理想化，我们必须放弃这种模式，而要沿着相互联系却又不具连贯性的线索进行叙述，有时需反复参考小说，而有时需反复参考文化事件。因此，从一方面来说，这种叙述产生的结果便是一段文化史。这段文化史基于对一系列事件的讨论，在一定程度上也建立在对几本展现一段文化史的小说所进行的讨论之上。换言之，按照这种叙述模式，文化事件为解读小说提供了一个透镜，而小说也为解读文化事件提供了一个透镜。

　　1887年，马修·阿诺德不无惊叹地指出小说已经成为"最流行、最可能的"想象性文学形式。在1890至1940年间，小说越来越流行，也越来越具权威性。但是，亨利·詹姆斯（Henry James）试图把小说升华成一种艺术形式，这在一定程度上推动了主宰小说的方式的改变。通过19世纪和20世纪初的历史社会学家的努力——除其他人以外，还有卡尔·马克思（Karl Marx）、埃米尔·迪尔凯姆（Emile Durkheim）、恩斯特·特勒尔奇（Ernst Troeltsch）和马克斯·韦伯（Max Weber）——人们对历史如何渗透了人类生活产生了新的认识。甚至特勒尔奇（他最伟大的课题是研究基督教的社会教义）都发现了这种渗透要比超越更容易想象。随着心理学的兴起，人们对文化如何影响意识和意识如何影响"经验"有了一定的认识——詹姆斯在《卡萨玛西玛公主》(*The Princess Casamassima*) 的前言中把"经验"这个术语定义为"我们作为社会的人对发生在自己身上的事情的理解和衡量",好像是要提醒我们,语言是我们理解和衡量经验的一种主要方式。心理学的影响力逐步扩大,从而改变了我们对周围社会景象的认识,也改变了我们对这种景象中人们的生活的认识。心理学还同语言学和人类学结合,使我们更深刻地认识到我们的话语和风俗制度如何改变了所涉及的一切。城市的飞速发展引入了一种新的认识。正如瓦切尔·林赛(Vachel Lindsay)和埃兹拉·庞德(Ezra Pound)所说:城市经验在形式上更像"放电影"而非"叙述";更易变化,更"现代",而非"一成不变"或"因袭传统"。

作为回应,小说家在小说技巧上展开了大胆的实验。他们冒着被禁止的危险,记录了更多不和谐的声音;他们使我们进一步认识到过去的事件——人类生活在这个世界上的经历——和其中一些被固定在书本上的记载之间的矛盾;他们把小说引向形式上的自觉意识和没有固定结尾的即席创作,这些举措使小说不再拘泥于一种形式,在不同时期成为现代派和后现代派的特征。近代小说既包含过去又抗拒过去;既抗拒又包含藐视查禁的议论和抑制言论的查禁行为。在《嘉莉妹妹》(*Sister Carrie*) 中,嘉莉·米伯(Carrie Meeber)被描绘成一个故意要忘掉过去的人。一旦她的父母、姐姐、德罗耶特(Drouet)或赫斯特伍德(Hurstwood)不在她跟前,她就很少思念他们。在《了不起的盖茨比》(*The Great Gatsby*) 中,杰伊·盖茨比(Jay Gatsby)把他对童年的记忆编织成了神话,从而改变了自己的过去。而在《我的安东尼娅》(*My Ántonia*) 中,这两种形式兼而有之。这一切如何更深刻地反映出文化忘却和文化记忆,构成了这些小说的一部分,比如为什么20年代更倾向于用编织神话来作为记忆的方式,而其中很大程度上进行了有选择的忘却,但在30年代却倾向于暗中把编织神话和有选择的忘却结合在一起来记忆和转述。

为了告诉我们语言和文化是如何工作的,小说把我们带到了上至富人的美丽画室、下至穷人的穷街陋巷。小说让我们感受到另一个时代和另一个地方的生活与我们现在的生活有何相似之处和不同之处,鞭策我们记录道德和文化引起的共鸣——或者性别歧视和种族歧视引起的呼声。我们的反应折射出我们允许小说质疑我们自己的生活,但必须有一个限度。在我写这部分内容时,内心渐渐滋生出这样一种信念:尽管美国拥有标志着其文化的各种梦想和许多成功的经验,但其历史负重让我们认识到美国人不应该谈及那些成功的体验,除非他们准备像其受害者——那些被排除在外的或者为此做出更惨重牺牲的人——那样来面对成功的代价。19世纪末和20世纪初的小说清楚地表明了这种有些非同寻常的逻辑，这也正是我希望自己能够展现的。

当然，小说不仅仅是对历史文化进行简单的分析。比如，美国小说用各种方式认可应该或者不应该被尊崇为"美国性"的东西，为此需要形成一种统一的意见，还需要呈现出彼此相关的观念、假设和信念。这种需要以及为支持这种需要所采用的修辞手法、套用形式和象征符号源于两种观念：一方面，美国觉得自己落后于比它古老的文化——特别是欧洲，当然还有其他国家——但同时又有一种永远年轻的感觉；另一方面，美国人认为美国是一个被刻意制造出来的国家，意志坚定，在宗教、道德、地域、种族以及民族上具有多样化的特点，但同时又觉得美国既是一个国家也一个联邦。从 19 世纪末到 20 世纪初，对联合统一的渴望和通过保护甚至宣扬地方主义而抵制联合统一的渴望一直都很强烈。"分歧"在不断变化的一致意见中显现出来，就像对意识形态的抵抗在占主导地位的意识形态中显现出来一样。当时发生的事件和当时出版的小说都在支持它们批判的东西或批判它们维护的东西，这显然存在着矛盾。

为了理解文学和文学史在进行联合和抵抗的文化过程中所起到的作用，我首先从汉娜·阿伦特（Hannah Arendt）在其著作《论革命》（On Revolution，1963）中的一篇名为《革命传统及其失落的宝藏》（"The Revolutionary Tradition and Its Lost Treasure"）的文章开始。阿伦特认为，美国的革命传统已经消失了，因为美国没有"记住"这个传统，而美国之所以没有记住这个传统，是因为美国没有去谈论这个传统。她说，其中的一个迹象就是我们害怕别人的革命。如果"所有的思想都始于回忆，那么没有任何一种回忆能够永远靠得住，除非以语言的形式加以提炼升华"。我们所经历的事件之所以没有沦为无用功，是因为我们"不断地谈论这些事件，但是，除非……从中产生能够明确引导今后的回忆甚至纯粹作为今后的参照的指路标，否则仍旧没有意义"。阿伦特断言这个过程既是政治和文化过程，也是文学过程。她在脚注中补充说："从威廉·福克纳的小说中最能看出这种今后的参照和回忆的指路标是如何从不断的谈论中产生的。福克纳建立在'不断谈论'之上的'文学创作程序'是'非常政治化的'。"

在阿伦特看来，福克纳是为上述这些目的而使用"不断谈论"的"唯一作家"。我认为，作为一个非常现代、非常美国化且极具南部特征的作家，福克纳在使用"不断谈论"的技巧上可能是具有代表性的，但也有些极端。福克纳不需要突破自我，创造某种全新的"文学创作程序"。他只需保持矛盾的状态并卷入矛盾，而这对他来说是不可避免的。正如同时代的许多其他作家一样，他对事物的看法，甚至包括对文学力量的看法，总是自相矛盾的——

导 论

既表示怀疑又坚定不移,既坚定不移又表示怀疑。除此之外,他和同时代的作家只能把他们内在的矛盾姑且放在一边,共同找回失去的主题和被遗忘的声音,同时还牢记米哈伊尔·巴赫金(Mikhail Bakhtin)的话:"要彼此交流",要避免"绝对死亡(非生存)的状态,即一种不闻、不识、不记的状态","还要为别人、通过别人、为自己创造一种交流方式"。之后他接着提醒我们:"开放式的对话"最能勾勒出"真正的人类生活"。

由于我所提到和讨论的作家们认为他们所重视的东西受到同化以及毁灭和腐蚀的威胁,对他们来说,个人身心的净化接近创造力的核心。但是其中许多人,包括福克纳,都认为个人是肯尼斯·伯克(Kenneth Burke)在《对历史的态度》(*Attitudes Toward History*,1937)中所说的"共同的我们"。对他们来说,孤立意味着被排除在正在进行的对话之外,在这个对话中,各方的话语相互依存,同时具有了权力,或者更极端地讲,是因为相互依存而具有了权力。由此还产生了另一种认识:对那些一直没有出声的人们,历史仅仅是作为对他们有所影响的一系列作用力而存在着。我们一定要认识到 20 世纪初的小说在违背作者本来目的而将他们同化的过程中促成了他们的"社会化"。但是,我们还要认识到小说帮助读者投入文化的这一动态过程——或者巴赫金所说的"开放式的对话"。这种动态过程为那些我们也许称之为"反抗自身"的人们留出了空间。而对那些不发表意见的人来说,甚至那些尽力为他们表达看法的小说也无法与之交流,因为他们不去读这些小说。詹姆斯·艾吉(James Agee)在创作《让我们来赞颂名人吧》(*Let Us Now Praise Famous Men*,1914)时痛苦地认识到了这一点。但是,这并不是说这些小说没有为那些沉默者服务。既然解读文本和事件对我们中的一些人来说是参与不断的谈论和开放式对话的一种方式,既然这些活动在帮助我们形成以及发现我们的恐惧和欲望中起着作用,那么如果改变我们所读的书籍并改变我们解读的方式,我们也同样可以改变我们所惧怕和渴求的东西以及惧怕和渴求的方式,这一点是千真万确的。与最近文学评论的逻辑截然相反——这些评论通过公然或秘密地宣扬其勇于迫使艺术品回到权力关系的交叉点(也是其起点),同时否定这些作品的"艺术"地位,并把它们作为展示现状的工具,从而公然或秘密地评价自身——的变化是过去留给我们的一个教训。那些自认为是现代社会的佼佼者的人们经常朝着与他们所拥护的目标截然相反的方向前进,就像那些认为自己是反叛者的人一样。20 世纪初的美国小说史想要获得并传播的希望虽然有局限性,但意义重大。这种希望并不在于文学作品中简单描述两种力量孰善孰恶,或两种力量孰成孰败,而在于这些成功和失败可能不像人们预想的那样,但也可能比人们预想得更甚。这恰恰是因为限定他们的反抗力量并不只是卷入了冲突，同时也体现了矛盾。在这一点上，阅读和写作在改变我们渴望的东西和我们渴望得到这些东西的方式上起着非常重要的作用，它们通过进入历史进程来实现这些作用。在这个过程中，它们有节制地帮助改变这个世界。正如伊丽莎白·毕肖普（Elizabeth Bishop）在她的诗歌《在渔房》（"At the Fishhouses"）中所说，就是在这个意义上，我们的知识就像我们的行为一样如此具有历史性，将永远"汲汲流淌"，而"转瞬便无迹可寻"。

最近，文学批评的发展使我们不再对作家和文本抱着一种敬畏的态度，这种敬畏的态度既不必要也不可取；同时，文学批评的发展还让我们意识到，作为作家和读者，我们可能被许多不利于我们的权益、从而不利于我们生活的旧习欺骗和利用，甚至被神话和意识形态——比如被种族、性别和等级上的观点所左右的神话和意识形态——欺骗和利用。这些文学批评在鼎盛时期还反复强调我们也许能够称之为——借用肯尼斯·伯克的另一个术语——美国现代小说的"精神动力"的东西，因为它们要同时创造在我们看来有缺陷的群体。这个群体与不完整的甚至是痛苦的记忆以及并非人人赞同和遵守的价值观结合在一起。在这个过程中，极具冲突的小说作用重大。亨利·詹姆斯的《贵妇人画像》（The Portrait of a Lady）最终只是中止了讨论而非得出结论，因为作者自己也不确定结论应该是什么，而书中的女主人公继续生活下去；西奥多·德莱塞（Theodore Dreiser）把嘉莉留在饭店房间的椅子上摇摆，她向外远望，看着那未到终点的世界；F. 司各特·菲茨杰拉德（F. Scott Fitzgerald）最终安排卡洛威（Carraway）继续寻找被遗忘的文字，以此来解释他所记住的人物和场景的意义；威廉·福克纳的几部最好的小说，从《喧哗与骚动》（The Sound and the Fury）到《押沙龙，押沙龙！》（Absalom, Absalom!）再到《下去吧，摩西》（Go Down, Moses），都是以仍在继续的故事的形式呈现出来。即使这些小说描写的是过去的事情，也依旧充满着共时性；即使这些小说似乎仅仅是要关注人物，但仍旧是要再现它们一心要服务的假想中的社会。

在这部分中，我大量运用了新的"怀疑阐释学"中的几个发现。但是我尽可能以茨维坦·托多洛夫（Tzvetan Todorov）为榜样，避开与这些发现相关的特殊术语。托多洛夫认为"一个人在写作时总是自言自语"，接着他提出了一个关键的问题："我们的论述真的必须针对专业人士吗？""只有物理学家能读懂物理学家的作品"，但是"在人文学科和社会科学中，包括文学批评"，我们写的是人，如果我们把我们的"论述写的更有趣、更为人们所接受"，而避免使用"更适用于我们的同行而不适用于读者的术语"，我们写的东西会让其中一些人产生兴趣。托多洛夫这样说的目的是要提醒我们社会正在进行的对话总是处于变化的过程中。为了使我的叙述更有助于那个对话,我听从了一个读者的建议,设计了"一种维多利亚式的目录",希望以此帮助读者跟上我那非传统的跳跃以及循环的方式。

  最后,让我就我的题目说几句话。在写这部分内容时,我一开始称其为"前途变幻莫测的继承者"。我使用"继承者"这一词是要涵盖我所讨论的小说家和人物以及他们的读者和我的读者,用"前途变幻莫测"是要涵盖美国难以控制的、不断变化的文化景象和小说。我逐渐认识到,我希望通过重新组织和排列所选择的小说和事件来界定谁是那些变化中的继承者和那些正在变化的前途是什么,甚至应该是什么。我调整了我的题目,因为我认为我需要更清晰地论述这部分内容。但我仍旧坚持我以前的理解,坚持我曾抱有的种种希望。

第一部分　梦之城、抒情年代和第一次世界大战

第一章 小说——讽刺的反思

如亨利·詹姆斯和西奥多·德莱塞那样迥异的小说家们在结束了由于信仰矛盾而被撕扯得支离破碎的19世纪的同时,揭开了20世纪的序幕。一方面,他们接受亨利·詹姆斯所说的"奇特而不规律的生活节奏",接受使小说继续发展的"不屈不挠的力量",这使他们的作品往往偏重历史,偏重一个众人皆知的征服经历——征服大陆的过程,偏重一个新国家和新民族的形成,就像我们所看到的一系列的书名一样,如詹姆斯的《美国人》(*The American*, 1977)、威廉·狄恩·豪威尔斯(William Dean Howells)的《现代婚姻》(*A Modern Instance*, 1882)、薇拉·凯瑟(Willa Cather)的《啊,拓荒者!》(*O Pioneers!*, 1913)、格特鲁德·斯泰因(Gertrude Stein)的《美国人的形成》(*The Making of Americans*, 1925)、德莱塞的《美国悲剧》(*An American Tragedy*, 1925)、约翰·多斯·帕索斯(John Dos Passos)的《美国》(*U.S.A.*, 1938)和理查德·赖特(Richard Wright)的《土生子》(*Native Son*, 1940)。另一方面,他们又偏重詹姆斯所说的"浪漫方式"以及"我们的思想和欲望的迂回委婉的遁词巧辩"——那些"我们永远无法直接领会的"东西。像福楼拜一样,詹姆斯也想整理松散而不严谨的小说传统。比福楼拜更甚的是,他把小说的不严谨与历史联系在了一起。詹姆斯认定人类的思想和欲望有其"美丽的"一面,并按照顺序用间接的方式(迂回和遁词)加以解释,再现了19世纪的抒情传统。在这个传统中,自我检验成为自我超越的障碍,而对孤独的读者和孤独的诗人来说,通往内心的旅程成为时代之旅或超越时代之旅的秘密准备工作。对内心的探求提供了方式方法,但是,自我超越是抒情作品的目标。这些作品是要使孤独的自我所产生的想法和欲望与充满"伟大"诗歌和"高尚"思想的永恒的世界协调发展,或者更激烈一点说,是要与超

第一部分 梦之城、抒情年代和第一次世界大战

越时代的音乐范畴协调发展。沃尔特·佩特（Walter Pater）在《文艺复兴史研究》（*Studies in the History of the Renaissance*，1873）中说，所有的艺术都在"不断追求音乐的状态"。弗里德里希·尼采（Friedrich Nietzsche）在《人性，太人性》（*Human, All-Too-Human*，1878）中探讨贝多芬的《第九交响曲》时说："思考者感到自己漂浮在地球之上，游荡在布满星辰的穹隆，心中充满着不朽的梦想。所有的星星似乎都为他而隐现，地球似乎越沉越远。"斯特凡·马拉美（Stephane Mallarme）在《诗歌的危机》（"Crisis in Poetry"，1886—1895）中说到，与那些"乌合之众"不同，在诗人手中，语言"首先被转化为梦想和歌声"。

所有这些作家——佩特、尼采、马拉美——没有一位倡导精神性的传统形式。但是，并非愚蠢的错误使得"文化的拥护者"，包括那些经常蔑视小说的宗教领袖，更偏爱尤其以"风雅派"诗人和"炉边"诗人为代表的抒情诗歌，也不是由于19世纪对传统宗教信仰的攻击不断加强而发生的一个偶然事件。无论当时抒情作品如何世俗，甚至有时带有异教徒的思想，它仍旧是精神至上的。

相反，小说是最接近生活的一种文学形式。即使它描述的是一个孤独的人独自冒险时的声音——比如哈克贝利·费恩的历险——它所刻画的人的思想和欲望中平凡甚至卑下的一面以及无情的社会现实这些不太高尚的主题都表明，小说是最接近生活的一种文学形式。小说定位在上述这些主题以及詹姆斯所说的现实之上：真实的世界——口语化、本土化和地方化；爱情、工作和娱乐的日常节奏；每天挣钱、花钱的任务以及消磨时间的活动中滋生的欲望和激烈的竞争。詹姆斯说，这些事情我们不能不知道，我们迟早会以某种方式了解，但却永远无法全面衡量。此外，如果这些通向污秽卑鄙的意识的第一个步骤使小说充满更为全面但不太美好的心理，第二个步骤则使小说承担了历史使命——而罗伯特·弗罗斯特（Robert Frost）也许会说那就是区别所在。

现代小说的内容也许可以像史诗般庞大，但却无意像史诗一样对过去予以置评。无论小说在对社会力量的评价中起了什么作用，它都不是"风雅派"意义上的抒情作品。许多牧师和教士赞扬抒情作品致力于精神性和超验性，他们提醒读者不要读小说，因为害怕小说一心要呈现给人们一个历史的、物质的世界，从而助长世俗追逐名利的心态。小说家也许会像詹姆斯那样哀悼镀金时代（Glided Age）精神生活的匮乏和物质主义价值观。他们当然是出于一种幻想破灭的态度而非赞扬的态度来进行创作。但是他们却更忠实于瓦尔特·惠特曼（Walt Whitman）在《过去历程的回顾》（*A Backward Glance o'er*

第一章 小说——讽刺的反思

Travel'd Roads, 1888）中所说的当代现实和"普通生活"的苏醒和惠特曼所描述的"现代人想象力的真正用处"。惠特曼是一位勇于变革的诗人，他坚持认为诗歌和小说都是面向中产阶级的。小说的影响力不断扩大。到 19 世纪末，小说带来如此直接的挑战，以至于威廉·狄恩·豪威尔斯满腹疑惑，不知道抒情作品是否还能生存。小说愿意接受一个正在壮大的中产阶级，并愿意与历史的力量斗争，这成为其坚实的基础，即使像安德鲁·卡内基（Andrew Carnegie）在《胜利的美国》（*Triumphant America*, 1886）中所说的那样，小说的这些使命意味着要面对暴动不安的商业文明，意味着"感情的爆发从而震撼历史"，甚至有卷入它所涉及的阶级和文化的历史进程和物质主义价值观的危险，这依旧是其坚实的基础。

　　作为一种概念，历史既包含作为原始剩余力量的自然世界，也包含人类征服自然的过程中所组成的社会、文化的世界，其中包括人类在做这些事情时自身所做的改变。但是，它还包含艺术——即使我们指的艺术是亨利·詹姆斯所说的人类对生活场景和景象所做的"最大限度的讽刺的反思"。在世纪之交，一系列相互作用的事件和发展使社会发生了改变：繁荣时期和萧条时期；新技术；移民潮；城市化；公司资本主义新的中央集权形式；第一次世界大战；劳动力的激增；政府机构的日渐庞大；各行业的兴起；对保健的热衷；对个人享乐的追求；通讯和运输的飞速发展；美国黑人通过斗争解除了奴役后生活发生的很大变化；"新女性"作为作家和主角的出现，被压抑的男性的不安和焦虑。但是，当作家面对国家不断变化的状况时，这些事件加深了他们的间离感和迷惑，从而小说也发生了变化。总体来说，艺术家，特别是小说家，在 1890 年到 1940 年更加具有自我意识，更加自我专注、自我指涉。这一方面是由于变化的节奏看来几乎失去控制，一方面是由于在安德烈·马尔罗（André Malraux）称为"绝对的黎明"期间，各种艺术——以及之后致力于艺术研究的学科——往往成为绝对自身的艺术。作家和艺术家开始认为他们的作品至少本身是具有目的的，这在一定程度上是因为他们的时代被武力而非被艺术所主宰。这一点毋庸置疑。

　　再次回顾 1904 年的美国时，亨利·詹姆斯 25 年来第一次发现 1904 年所发生的一系列事件比他以前注意到的事件要多——他在《美国景象》（*The American Scene*, 1907）中说，这比他"自己的天平可以称量出的事件"要多。詹姆斯所面对的问题——美国商业大规模发展，其规模之大非任何语言所能描述，而接踵而来的是：讽刺反思的极限是否能够对抗当时隐约出现的这种"'商业'奇观的极限"——至少是小说在 20 世纪初的几十年一直未解决的问题。如果尼采仍旧能与达尔文、马克思和弗洛伊德一道被当做主要的先驱，特别是文学艺术家的先驱,那是因为文学的问题仍旧一个不仅仅是关于艺术的文化角色的问题,而且是关于艺术能否充分发挥它要承担的文化作用的问题。

一个问题与连贯性有关,或者更确切地说,与连贯性的丢失有关,这成为詹姆斯作品中一项伟大的主题,也是格特鲁德·斯泰因、伊迪丝·沃顿(Edith Wharton)、舍伍德·安德森(Sherwood Anderson)、薇拉·凯瑟、西奥多·德莱塞、F.司各特·菲茨杰拉德、欧内斯特·海明威和威廉·福克纳作品中的主题,因为顺序感的丧失直接威胁到叙述的效果。在传统的乡村文化中,埃兹拉·庞德发现人们具有一种缓慢的时间感,从而具有一种基于共同认识的顺序感。由于他们知道他们自己、他们的家人和他们的邻居在"革命"期间和"革命"结束后做了什么,由于他们经常把这些与他们从故事中知道的事情联系起来,他们的生活便作为文化叙述中的一部分具有了历史意义,虽然也许只是口头的叙述而非书面的叙述。因此,他们觉得他们的生活是一种正式的小说叙述。相反,如同现代资本主义经济体制一样,城市却在颂扬崭新的、当前的因此而短暂的事物。城市用对于重叠的不断变化的物体和场景的感官印象来攻击意识;庞德说它们像是在"放电影"。结果,它们一起公然藐视叙述。但是,不只是叙述的可能性凶吉难卜,语言的充分性也成为问题。正如詹姆斯在《美国景象》中所说,生活的奇观似乎在"广袤的天际"悬浮,"奇异而荒诞,任何语言都无法描述"。

乔治·桑塔亚纳(George Santayana)本是局外人,但是他扮演了局内人的角色,深入了解了他在 1872 年至 1912 年称之为家园的地方和生活在那里的人们,希望以此抵制他曾经所说的"知识分子与环境的隔离"。当然,有些很重要的东西,桑塔亚纳只是略微提及而已,包括经济繁荣在塑造这个国家现代化版本中所起到的特殊作用,以及美国在创造并命名自己为一个国家和民族,并把一系列反对分裂和工会联合的条款列入联邦组织和美国宪法之后,马上开始检验内战期间和前所未有的移民大潮期间能否抵制试图分裂美国的离心力,同时又不屈服于试图将美国同化的向心力。他依旧把眼前的情况看得很清楚。他说,"从过去的经历中幸存",向着未来前进,风雨无阻,美国将具有现代特点,将成为现代的典范,并成为世界的窗口。由于不满这种对外来事物的匆忙接受,桑塔亚纳返回了欧洲,那里的古老传统和制度延缓了时代前进的步伐。但是他在美国呆了很长时间,足以看到美国在欣然接受变化的同时留下了多么不可思议的标记,就好像是他第一次认识美国。

桑塔亚纳所反映和掌握的事实作为一种深刻的见解在道德上和美学上都具有特殊的力量。能够驾驭这种力量的足够精明或足够幸运的作家被赋予一种边缘性的感觉,特别是在一个变化过于频繁以致任何人都无法口述、任何言语都无法表达这些变化的国家。1903年,即詹姆斯最后一次去美国的前一年和桑塔亚纳离开美国前的9年,W. E. B. 杜波伊斯(W. E. B. Du Bois)出版了《黑人的灵魂》(*The Souls of Black Folk*,1903),宣称一个处于困境的民族除了痛苦还拥有一种"顽强的力量"。这个民族被剥夺了"真正的自我意识",只能"通过别人的双眼"在愤怒、怜悯、恐惧或嘲讽的藐视中反观自己,因而他们注定觉得自己有"两面性"。杜波伊斯因此加入到了桑塔亚纳的行列。他意识到,首先,美国将会对被它忽视和压迫的民众施加巨大的压力;其次,20世纪所显露出来的这些民众的声音威力将越来越大。这个国家的小说大部分重新描绘了像哈克贝利·费恩一样被剥削、背叛和打击的人们所处的困境和所经历的危险。通常这些人都还年轻。当再次界定现实和创造出一种能够在新时代彻底进行讽刺的反思语言这种双重任务成为生活的也是艺术的任务时,这些人被迫卷入了社会的骚动。把这些任务作为艺术的挑战是马克·吐温(Mark Twain)的伟大成就;品尝这些任务的后果成为哈克贝利·费恩复杂的命运。当马克·吐温打算续写这篇杰作,看到已到中年的哈克贝利·费恩已经脱离了那片无穷无尽的疆土而徘徊在20世纪的边缘时,他认为此时的费恩已经精神崩溃、沉默寡言。 14

第二章 《贵妇人画像》体现出的信心和不确定性

亨利·詹姆斯的小说经常描写那些"充满激情的朝圣者"。他们离家寻找"机遇的盛宴",之后便成了"迷惘诧异、游手好闲、不知所措的"探索者。但他的小说也描写那些在经济竞争中对异性以及对个人权力充满渴望并为之所驱使的钻营谋划的人们。詹姆斯的作品融合了各种论述:假想的沉思,得与失,以及对异性的征服,这些论述互相渗透。在《金碗》(*The Golden Bowl*, 1904)中,亚当·沃弗(Adam Verver)"宏大的计划"具有"文明的所有约束力",志在满足那些"充满渴望的群众"的需要,这些群众追寻文化就像人们过去追寻信仰一样得虔诚。他那"怪异的计划"包含两个信念:"他有权力",因为"他有钱";"得到其中一个"能够成为"得到另一个的圆满开端"。最终,我们既看到了他所获得的巨大财富,也看到了他所拟想出来的宏伟的艺术殿堂,这都是他的资本家的天赋的产物,即他能够"进行先验性的计算并想象出赌博的结果",换句话说,他天生知道如何在恰当的时间"进入"和"走出"——简言之,他能够为了某种"利益"不惜牺牲其他利益。

为了把亚当·沃弗积累钱财和权力的天赋归于他以艺术的名义制定宏大的计划的天赋,反之,把他制定宏大的计划的天赋归于他贪得无厌的天赋,詹姆斯把色情、政治、经济和美学的各种欲望交织在了一起。书中神通广大的谋划者想要摆脱那些充满激情的朝圣者,就像那些充满激情的朝圣者想要摆脱神通广大的谋划者一样。而结果是,他们却发现彼此需要。如果说他描写的包括伊莎贝尔·阿切尔(Isabel Archer)在内的一些人物渴望摆脱历史,那么历史——如果我们把历史解释成被政治经济影响的人类经历——也想摆脱那些拥有个人意识、意见相左、实施抵抗的个人。在詹姆斯的小说中,历史对很多东西都无法容忍,尤其无法容忍人们对真正独立的渴望以及为此付

第二章 《贵妇人画像》体现出的信心和不确定性

诸的实践——这是詹姆斯作品中的一个伟大主题，至少是《金碗》和《贵妇人画像》的主题。此外，在詹姆斯的小说中，历史还极其反感那些它想控制的那些人的欲望，包括女人、下层社会的男人和属于不同种族并信仰不同宗教的少数民族的所有近期外来移民的欲望。

詹姆斯酝酿了很长一段时间才完成《贵妇人画像》，在此期间，他努力把一个"苗条、聪明而傲慢的女孩儿"的故事转变为一个深刻的主题。为了做到这一点，詹姆斯采取的一个方式是将女主人公置身于一个有众多的人群和事件的社会背景中；另一个方式是使她继续迈着浪漫主义步伐，努力寻找浪漫主义一直想发现的一系列我们永远也无法直接了解的隐蔽的、无法用言语表达的东西，从而使她以有意识的、独立的人物形象出现。理论上，詹姆斯更尊崇第二种方式；但实践中他两者都运用了：他增加一些人物和事件来扩大伊莎贝尔·阿切尔的世界，并赋予她一种个人意识，使她拥有了个人命运感。

詹姆斯在写《贵妇人画像》时所运用的这两种使小题材变得深刻的策略——其一是通过将题材融入社会历史，其二是通过追寻能够衡量历史的个人意识的出现——实际上对詹姆斯自认为是一个艺术家和认为小说是文学形式这两种观念来说是至关重要的。与《时刻戒备》（*Watch and Ward*）和《波士顿人》（*The Bostonians*）一样，《贵妇人画像》反映出詹姆斯小时候读过的一些女性作家的作品对他产生的影响，特别是路易萨·梅·阿尔科特（Louisa May Alcott）和安·蒙丘尔·克瑞·西米尤勒（Anne Moncure Crane Seemuller）的作品，还反映出他的父亲对性、婚姻和女人那种迷茫的却表现得很明确的看法对詹姆斯产生的影响。但是《贵妇人画像》用两种相关的方式加强了詹姆斯充满矛盾的想象力所起的作用，从而使这两种策略更为明显。此外，这两种策略也影响到其他小说家，使他们不断努力来对付飞速扩张、不断变化的世界，因为詹姆斯在探索那些想要或需要感受自由的个人命运时找到了一种公正评判历史压迫感的方法，这种压迫感是一种由多种因素决定的力量。如果一种可能是惨败，那么另一种可能就是没有成功。他描写的大多数像伊莎贝尔·阿切尔一样的充满激情的朝圣者，起初都是无人资助的孩子，之后成了被孤立的异乡人，或者成了被排斥在陌生世界之外的观察者，这个世界他们几乎无法改变。

《贵妇人画像》一开始描述了一个想要将所有人都融入进来的复杂而可感知的社会环境：

> 在特定的环境中，人的一生没有什么比专用来喝下午茶的时光更令

第一部分　梦之城、抒情年代和第一次世界大战

人愉悦的了。这样的场景,无论你是否喝茶——当然有些人是永远不喝的——本身就让人快活。在我要开始讲述这段简单的历史时,脑中所呈现的人物为这个单纯的消遣提供了一个绝好的场景。

詹姆斯在这里所强调的是一种威严的社会秩序,即实现价值的有效手段。我们看到,这种社会秩序的力量体现在它能够涵盖那些不愿意喝茶的人,体现在作者用了像"专门"、"让人快活"、"绝好"和"单纯"这样的字眼,还体现在叙述者自信的口吻中。正如《贵妇人画像》所展示的那样,这种社会秩序把这个世界甩在身后。首先我们看到了伊莎贝尔·阿切尔,一个来自美国新世界的有前途的孩子。她开放、真挚并渴望亲自体验生活。正因为如此,她非常适合作为警世故事里的模范主角。在这个故事中,女主角受尽磨难,她这样做的目的如果不是为了增长智慧,至少是为了弄清楚她的世界是什么样子。在小说的开头,叙述者似乎确信人们不可避免地要从社会中得到教训,不过这不无裨益——或多或少就像对简·奥斯汀(Jane Austen)笔下的爱玛·伍德豪斯(Emma Woodhouse)那样有益。但是我们很快发现,支持英国喝下午茶传统的社会萎靡不振。拉尔夫·托切特(Ralph Touchett)说:"我们所有人都出了些问题。"他提醒我们,虽然英国和欧洲的花园和画室需要有人捧场,有时也取得了令人满意的结果,但是那已经不是人们共同价值观的源泉。只有托切特先生,这个垂死时代的垂死市民,表达了对信念、关联性和忠诚的认识。拉尔夫·托切特送给伊莎贝尔的礼物使他引起了别人的注意,而其他每一个人物似乎都明白了金钱是社会秩序的基础,这些人物并不用牢记何时以何种方式获得的这个道理。伊莎贝尔获得了一大笔钱,成为这些人物生活的中心。仅仅通过接受这个庄严的过程,他们便默许了社会建之其上的经济规则,从而面临着用精神条件还是物质条件界定自由的问题,以及自由是从世俗纠纷和约束中解脱还是去占有金钱和权力的问题。

《贵妇人画像》中的默尔(Merle)夫人和吉尔伯特·奥斯蒙德(Gilbert Osmond)不同于其他人物,主要是因为他们不为他们所知的事情所困扰,而是准备充分利用这件事情。阿尔弗雷德·诺斯·怀特海(Alfred North Whitehead)指出:"19世纪最大的发明就是发明出发明方法",他继续把发明家的崛起描述成跌入"理想的幻灭"或"至少是忧虑"的深渊。他曾经认为人类"比天使略低一级",认为人类因为他们的发现成为"自然"的仆人。他还说这种转变实现了弗朗西斯·培根(Francis Bacon)的预言,削弱了"旧文明的基础"。默尔和奥斯蒙德社会化的程度几乎超越了自然人的程度,他们对自然几乎没有兴趣。他们的世界是社会的,他们的方式是至高无上的,而他们

第二章 《贵妇人画像》体现出的信心和不确定性

的目标是统治社会。简言之，他们对社会的态度反映出他们既要主宰社会又屈从于社会，如同怀特海所发现的现代科学对自然的态度一样。他们在这方面的欲望与现代科学的欲望相同。在这种欲望的驱使下，他们也采用了同样的策略。他们是臣服于社会的现实主义者，以此显示出他们主宰着这个社会。

《贵妇人画像》第 19 章描写的是伊莎贝尔与默尔的对抗。作者着重描写伊莎贝尔的仪表——有派头的装饰、举止和口音，以及家具、茶具、睡衣和珠宝——真正的目的是为了表现她独一无二的最基本的自我。而对默尔夫人的描写主要集中在是否存在一个与其表象不同、独立于主宰她们的社会传统之外的自我——她们已经放弃了部分控制或者完全超越这些传统的希望。虽然不知道这场争论到底是从什么时候开始的，但却极具现代性。而默尔和伊莎贝尔在这一点上的争论是她们所争论的事情中最现代的：她们之间被动和主动的界限已经消失。作为主要的操纵者，她们表演并导演了一幕幕；作为仆人或者 J. 阿尔弗雷德·普鲁弗洛克（J. Alfred Prufrock）所说的侍从廷臣，她们在一个并非她们创造的世界里不遗余力地演绎着自己的人生。怀特海总结说，"我们还需要继续观望才能知道同样的演员是否可以同时扮演"发明者和仆人的角色。詹姆斯·乔伊斯（James Joyce）曾经把自己描述为他的作品超然的主人。他在《为芬尼根守灵》（Finnegans Wake）中写道："我的读者难道不是我的创造者吗？"默尔和奥斯蒙德知道如何操纵金钱和地位，如何拥有话语权并掌控传统，如何控制文字、图画和人——包括他们自己在内，而这些不过是为了消遣。他们把每个人都当做就要结束的有目的的生存游戏中的抵押。激情和愉悦、快乐和好奇已被置之脑后。基于主宰意识的消遣是医治他们萎靡不振的唯一的止痛药。

詹姆斯把伊莎贝尔的世界变成了他们的世界，从而把一个有关年轻人愚蠢行为的警世故事变成了描绘人生不幸的故事。伊莎贝尔生来是一个有前途的孩子，她陷入了历史的洪流，却只发现自己"被陈旧的传统碾碎"。詹姆斯几乎把这个故事构建为美国和现代世界的版本。在这个故事中，"我们的女主角"所经受的痛苦与她的愚蠢完全不相称，这主要是因为她在她愿意做的事情上——在运用自己的方式上——比在她想做的事情上——也就是说在澄清她的意愿上——更聪明。当然，伊莎贝尔遇到的问题源于几个原因：她的财产变成了一个无形的囚笼；由于她出生在旧时代的美国，她想当然地以为金钱带来责任，因为金钱似乎带来了权力。此外，她周围的人都擅长操控自己和他人。

但是，伊莎贝尔更深刻的问题却是由于她对自己的冲动也不确定。她对"意识形态终结的幻想"——就像拉尔夫·托切特梦到她飞向世界的上空一样——使她渴望讲述她是如何进入并控制这个世界的,但更激发出她想超越这个世界的牧歌式的欲望。甚至在她陷入历史的洪流之后,她依旧发现很难屈服于她那分离主义的、先验的欲望。而且,当她开始接受自己身陷其中而无法自拔这一事实时,她的自我意识开始变得陌生、不确定并且自相矛盾,直到她的意识与那模棱两可的世界及其相似。在一个科技时代,人们可以比以往更随心所欲,但却不能想他们所想。究其根本,伟大的物理学家沃纳·海森堡(Werner Heisenberg)引用了中国哲人庄子的话:"纯白不备,则神生不定。"伊莎贝尔就是如此。失去天真不仅仅改变了她,还把她的故事变成了意识社会化的悲剧——这个过程似乎被强加给了詹姆斯的叙述者,就像被残酷地强加了给读者一样,从而使《贵妇人画像》成为一本新小说。

在伊莎贝尔认识到奥斯蒙德所宣称的爱情就是她渴求的爱情时,她吃惊不已。之后,詹姆斯改变了叙述口吻。他曾经信心十足,而现在却发现自己正在陷入陌生而危险的境地:

> 所发生的一切正是一个星期以来她想象中所希望发生的;但是当它到来时,她却停了下来——那崇高的原则出于某种原因不起作用了。这位年轻女士的情绪让人感到莫名其妙。而我只能把我所看到的告诉你,并不期望它能看起来自然一些。如我所说,她又开始想象。脑海中浮现出一段无法逾越的茫然的空间——昏暗而不确定的广阔的空间,就像冬日黄昏中的沼泽那么模糊,甚至有点儿危险。但是,她还是要穿过它。

当叙述者和读者开始时的自信突然间像花园里的下午茶一样成了过去的残骸时,留给伊莎贝尔、叙述者和读者的世界是典型的奥斯蒙德的"黑暗的房间"。在这个世界,被传统旧习碾碎的生活和艺术似乎快要消亡了。伊莎贝尔有限的胜利表现在:首先,她认识到她的世界中所有的人类价值观都受到了威胁;其次,她认识到在一系列意识冲突中,她的意识与她的世界十分类似。其实,正是这两层认识所带来的惊愕引发了"混沌"的瞬间,她意识到她必须放弃曾经的梦想。深夜,伊莎贝尔独自冥想(第42章),她的内心体验成为社会景象的另一面。那个世界逐步走向空虚,因为它也不知道它想要得到什么。为了从那个世界中挽救自己,也为了挽救那个世界以及一切可以挽救的东西,她必须认识到:首先,她被卷入了那个世界,因而遇到重重阻碍;其次,利己主义是一个社会问题,也是一个个人问题;第三,要成为一个负责的社会人,她必须全面了解有其自己历史的文字、风俗、传统、习惯和制度。同样,她还必须面对"苦涩的"事实,即她也被利用了:"一个明显

第二章 《贵妇人画像》体现出的信心和不确定性

的事实是她成为挂在墙上的工具,就像一块打造好的木头和铁一样毫无感觉,但用起来着实方便。"当重新审视自己的人生时,她认识到了这些,从而她不再抱有超验性欲望,转而渴望叙述这纷杂的世界。这不是"自我放弃",而是深刻"意识到要过很长一段时间才能掌控自己的生活"。她意识到罗马是"人们遭受痛苦的没落的世界"。这些相互关联的认识拥有游离在外的"客观的"且"非常现代的特点",使伊莎贝尔能够在曙光中看到自己的挫败。首先,"一个毁掉她的幸福的没落的世界"成为"非自然力造成的灾难";其次,"几个世纪以来已经岌岌可危但却依旧存在的"事物把她团团围住,使她"在忍受中"发现了一些"朋友",增强了她自身的责任感,这表现在她竭尽所能挽救潘西(Pansy)并以此作为自己的责任,最终她成了潘西心中人间的"守护天使"。

通过这些相互关联的发现和发展,我们注意到伊莎贝尔开始重新接受曾经被她否认的东西。这些曾经被否认的或者已经成为过去的东西仍旧有一种力量,这种力量是她自己所意识到的一部分,也是她转述的有关奥斯蒙德的世界的一部分。詹姆斯用这种方式提醒我们,文学作品——特别是小说——的一个任务就是要包含大众对这个时代的沉思。这自然不是新的一课,但却是必要的一课,因为这样詹姆斯就可以使我们注意到:小说可以揭露一个时代被压抑的恐惧和希望,即使小说本身无法解决这些问题。只有在面对自己的复杂性和局限性之后,伊莎贝尔才有可能向充满矛盾、被人利用的自我敞开心扉,才有希望找到对抗默尔的方法和摆脱奥斯蒙德的方法,从而使她不再抱着不现实的梦想,即"对多彩生活的无限向往"。如此一来,她的方式渐渐接近詹姆斯在《大师的教诲》(*The Lesson of the Master*)的前言中所说的"高尚而有益的民众对想象力的应用"。

詹姆斯开始关注他所发现的这些事物,因为他觉得这些发现很有必要。他作为一个小说家所具有的那种对小说表现技巧的信心在对默尔和奥斯蒙德的绝妙的操纵中表现出来。他在道德意义上和美学意义上的不确定性和疑惑在伊莎贝尔的困境中表现出来。当伊莎贝尔坐在炉火旁重新审视自己的生活时,她的问题呈现为认识能力的问题、觉悟能力的问题、甚至是语言的问题。但是,这也是伊莎贝尔是否把自己看做一个独立个体的问题。当伊莎贝尔所面临的危机引起我们对意识作用的方法和过程的注意,并重新把自我塑造为既不是连贯的统一体,又不是矛盾的多样体,而是各种可能性相互作用的结果时,伊莎贝尔就成了现代主人公。我们对她的偏爱可以出于各种理由,但部分是因为她拒绝让失望,或者更激烈一点来说,让"毁灭"剥夺自己的意愿,也部分是因为她拒绝让越来越多的模糊性和不确定性说服她相信道德判断之下掩盖的是自身利益——被默尔和奥斯蒙德确定为现代世界的主要诱惑之一的自私而可耻的观点。

在《贵妇人画像》的世界里,伊莎贝尔对"多彩的生活无限向往",而拉尔夫·托切特希望看到她在她的世界上空自由翱翔,从中我们可以感受到那种对超验性的欲望。但是伊莎贝尔有一种讲述这个纷杂世界的冲动,这与生活在充满阻碍的世界中的经历相符合,也与成为小说的女主角的过程相吻合。在这部小说中,美国的历史与现代世界的历史交织在一起。现代世界的历史是科学、技术、哲学、政治、美学和文学的历史。就像现代科技一样,在动乱、剧变和改革的推动下,文学现代主义飞快发展,出现在俄国、中欧、西欧、英国和美国的一些大城市,也出现在明尼苏达州、密西西比州、墨西哥州和阿根廷的一些小村庄,还出现在中国、朝鲜、日本等地。借用庞德的话说,在美国——"一个几近蛮荒的落后的国家",一个由来自上百个地方的移民组成的国家——新时代进行讽刺的反思的两种迥然不同的风格将主宰叙述的表达方式。一种是基于马克·吐温所发现的英语方言的活力,特别是他在《哈克贝利·费恩历险记》中探讨被奴役或获得自由意味着什么、身为白人和身为黑人意味着什么、身为女性或身为男性意味着什么、被惩罚或被解救意味着什么时所做的表述;另一种基于詹姆斯庄严肃穆的风格,这种风格源于伊莎贝尔午夜时的守夜。在这两种风格中,理论上的确定性与道德和精神上的迷茫、逃避和领悟混合在了一起——也可能是抵制或加深了这种迷茫、逃避和领悟。这些我们可以从薇拉·凯瑟笔下的吉姆·伯登(Jim Burden)和F.司各特·菲茨杰拉德的笔下的尼克·卡洛威(Nick Carraway)间接表达的忏悔中看到,可以从格特鲁德·斯泰因的小说里那有自我意识的易变性和欧内斯特·海明威的小说里那有自我意识的约束性中看到,可以从威廉·福克纳的小说里那大胆的言辞中看到。在福克纳的小说中,隐蔽与暴露相抗衡,迷惑与了然相抗衡,逃避与揭发相抗衡。这些以及其他体现风格的表现形式都存在认识论上的问题,并暗示出美几乎已经不可能实现了。他们对这种风格的技术力量比以往更有信心,但是对这种风格本身却并不确信。

这是詹姆斯在《贵妇人画像》中强加给我们的更冷漠的黑暗——在这种黑暗中,价值观逐渐消失,世界似乎加快了停止运转的脚步。詹姆斯把这个关于现代自我的故事置于厚重的社会背景之下,展现了如何重新恢复价值观和对抗精神空虚的问题,这既是社会的问题,也是小说的问题,同时也是人们自身的问题。如何使现实生活充满朝气成了伊莎贝尔的任务,也是詹姆斯和读者的任务。但是,从另一方面来说,伊莎贝尔是我们的榜样。在纽约的时候,在那个唯一一扇通往生活之路的大门也被锁住的房间里,她读完了几本小说，那些小说使她的脑海里充满了不可能实现的梦想。但是我们不能简单地说那段经历没有为她在特定的世界中生存做好准备。因为当她独自坐在炉火边时，她就是在反复审视她的生活和她所经历的历史文化，这些历史文化就像历史小说一样揭露了一些现实，但也误导了人们。从她午夜开始守夜到小说的最后一段，她能够自己调节自由和屈服之间的矛盾。她认为放弃她的丈夫、公然反抗她的丈夫是她的自由。然而，在行使了一次自由的权利之后，她把自由作为一种选择，在她记录的故事结尾，她以此为基础做出不抛弃她教女潘西的决定。潘西需要一个"守护天使"，除了伊莎贝尔，潘西找不到其他人来扮演这个角色。

22

第三章 扩张路线

为了掌握伊莎贝尔·阿切尔的故事在各个方面的影响力,我们必须了解这个故事的历史背景。在两条相对的扩张路线的相互作用下,可以感受到这种历史背景的力量。其中一条路线把人们从欧洲带到新世界和新世界的边疆;另一条路线把移民带往城市,农民和农场工人的子女从边疆重返城市,甚至跨过大西洋到了英国和欧洲。在1820年到1930年期间,6200多万人离开家园到"外国的"土地上定居,超过了条顿部族在罗马帝国过去几个世纪迁徙的人数。在这些人中,有4200万人定居在美国、欧洲以及亚洲的主要边疆地区,使美国成为世界上最具多样性的国家。而在桑塔亚纳看来,美国成为世界上最不安于现状的人的后代子孙的家园。与大迁徙相互影响的另一条路线是:在欧洲和美国,人们从乡下的土地和小路踏上城市的街道和马路。如果说像薇拉·凯瑟的《我的安东尼娅》和O. E. 罗尔瓦格(O. E. Rölvaag)的《地球上的巨人》(*Giants in the Earth*,1924—1935年挪威文版出版,1927年英文版出版)描绘的是第一条扩张路线,那么西奥多·德莱塞的《嘉莉妹妹》描绘的就是通往美国中西部和东部城市的第二条路线——詹姆斯笔下的许多人物都是穿过大西洋沿着这条路线返回,包括伊莎贝尔·阿切尔。

这两条政治、经济也是文化上的扩张路线在生活中产生了许多故事,同时也产生了许多艺术作品:威廉·狄恩·豪威尔斯、马克·吐温、哈姆林·加兰(Hamlin Garland)和伊迪丝·沃顿的作品;F. 司各特·菲茨杰拉德以及杰伊·盖茨比和尼克·卡洛威的故事;西奥多·德莱塞以及嘉莉·米伯的故事;亨利·詹姆斯以及伊莎贝尔·阿切尔和亚当·沃弗的故事。而且,所有这些人的生活都以某种形式被占有欲的梦想驱使着——情欲上的、文化上的和经济上的占有欲。早期鼓动人们去"新世界"的人承诺那里是等着人们去

第三章 扩张路线

占有的"未被开发的美丽天堂"。一种构想是，苏格兰裔爱尔兰人在新世界东海岸定居下来，之后跨过大陆，把安息日以及一切他们可以找到的东西保留下来。詹姆斯早期的一部带有国际主题的作品《热情的朝圣徒》(*The Passionate Pilgrim*, 1871) 中的主人公说："我拿走了旧世界的东西，我不停地汲取——我要把它占为己有。"

几乎从一开始，冒险和抢夺领地就密不可分，而这成为整个国家的传奇，两者都是为了生存，却在不知不觉间成为对死亡的演绎。克里斯多夫·哥伦布 (Christopher Columbus) 在确定世界不是圆形而是梨形，自己正位于世界最高点的附近之后开始了第三次航行。其间，他给国家领导人写信报告说，《圣经》中描述的"人间天堂"就像一个梦一样在他的前方——让他去探险，让人们去占有。他写道："阁下在这里还有另一个世界"，一个可以扩展他们的疆土、增加他们的财富的世界。后来，随着说英语的新教徒加入到了这个行动中来，虔诚、爱国主义、利益和财产之间的界限越来越模糊。约翰·温斯罗普 (John Winthrop) 和他的追随者在上帝的指示下征服了北大西洋"浩瀚的海洋"，就是为了"拥有"这片"美好的土地"，并在那里建立一座"山顶之都"，作为引领世界的灯塔。后来，随着扩张文学变成定居文学，也变成了"美国的"文学以及西班牙、法国、荷兰和英国的文学，扩张的暗含之意增多。在16世纪末，沃尔特·罗利爵士 (Sir Walter Raleigh) 把扩张描述为"对弗吉尼亚的甜美的拥抱"，而另一个航海者把新世界描绘成"一个拥有处女贞节的国家"。收集探险家故事的了不起的理查德·哈克鲁特 (Richard Hakluyt) 极力劝告沃尔特爵士要再坚持"久一点"，这样他的"新娘很快就会繁衍出更多的子孙来"，含蓄地夸大了男人在探险中的作用而贬低了女人的作用。19世纪末，"新世界"这个豪气万丈的词以及随之产生的词——"荒野"、"花园"、"处女地"——依旧暗含着一种特别的认可。像"美国"和"美国味儿"这样的词如果没有什么特殊意义的话又意味着什么呢？美国人肩负着双重使命——在新世界建立文明；在这个过程中不仅要重新创建文明，而且要成为文明的典范。如同威廉·吉尔平 (William Gilpin) 先在1846年后来又在1876年出版的《北美洲人的使命》(*The Mission of the North American People*) 中所解释的那样，那是美国人民注定要完成的伟大使命。

几代以来，美国的文学和政治篇章中仍有类似的呼声：比如瓦尔特·惠特曼 ("你从一开始就没有明白神的旨意")、哈特·克莱恩 (Hart Crane) ("先知的誓言那道难以逾越的门槛") 和弗雷德里克·杰克逊·特纳 (Frederick Jackson Turner) ("在文明的人类面前展现的最昂贵的礼物")。在美国卷入了内战、最终检验了这个国家的存亡之后，议会通过了《宅地法》

23

第一部分 梦之城、抒情年代和第一次世界大战

（1862），授予所有市民和那些有条件申请成为市民的人160英亩的土地，其条件是已在这片土地上居住并耕种满5年。这样做一则是要反复强调国家一心要开垦和占有这片陆地，二则是要把托马斯·杰斐逊（Thomas Jefferson）关于新世界土地所有制的想法与奴隶制度分开。内战结束后的几年，这两个目标似乎快要实现了。1860年到1890年，农场和牧场的数量从200万英亩增加到了573.7万英亩，另外还增加了4.309亿英亩的定居地，比1860年以前的几十年所获得的定居地总和还要多。

但事实上，移民的飞速增长在促进人们定居牧场的同时，也促进了城市的发展。也就是说，它为第二条发展路线，即从平原返回到芝加哥和东部城市的路线，提供了供给。1880年到1890年间，芝加哥的人口增长了3倍，纽约的人口从不到200万增加到350万。美国从一个最初以乡村和农场为主的国家，变成了一个以城市为主的国家。1830年，每15个人中就有一个人居住在约有8000多人的城市；到1900年，每三个人中就有一个；到1910年，几乎有一半的人口都居住在城市，而到1920年已超过了一半。1860年有141个约有8000多人的城市；到了1910年有778个，通常位于旧的传教教堂的遗址、贸易营地、边疆要塞或印第安人的营地。城市人口的集中带来了另一种集中：到1910年，全国1%的贸易公司生产出了45%的产品。两种集中产生了一种新的多样化。到1890年，在两次大规模的移民运动给美国沿海带来了上百万的"陌生人"之后，宾夕法尼亚1/4的人口、波士顿和芝加哥1/3的人口都是在外国出生的，而每五个纽约人中有四人或者是在国外出生，或者其父母出生在国外。不久，第三次移民风潮从欧洲的南部和东部带来了上百万人，进一步扩大了这个比例——阿尔弗雷德·斯蒂格里茨（Alfred Stieglitz）的照片《统舱》（The Steerage，1907）反映的就是这段历史。跟随着斯蒂格里茨的步伐，亨利·罗斯（Henry Roth）在《称它为睡眠》（Call It Sleep，1934）的前言中把1907年描绘为"命中注定的一年"，这一年大量移民涌入美国的沿海地区。然而，虽然1909年到1914年每一年都给美国带来了100多万的移民人口，都可以与1906年和1907年相提并论，但实际上移民最高峰却是在1913年，当时有1,285,349人到达美国。

每一个宏伟壮丽的传奇——开发并定居西部、新的移民风潮和向城市移民的浪潮——一次又一次以文学的形式展现出来。在罗尔瓦格的《地球上的巨人》中，我们跟随白瑞特（Beret）和珀·汉萨（Per Hansa）把行李收拾好，放在几只皮箱里，然后从挪威起程开始了漫长的航行，穿过似乎没有尽头的海洋，到达那片"上帝赐予的乐土"。在魁北克下船后，他们穿过底特律、密尔沃基（Milwaukee）、普雷里德欣（Prairie du Chien）（那以前是不是

威斯康星州?)、兰辛（Lansing）、爱荷华州和明尼苏达州的费尔默尔地区（Fillmore Country），最后到达达科他准州（Dakota Territory）——"一片绵延美丽的土地"。那里离苏瀑布城（Sioux Falls）有52英里，而离他们出生的地方如此遥远，以致他们与出生地已失去了联系。1873年的6月6日，即在《宅地法》颁布11年后，他们立桩标明这块土地归他们所有，珀·汉萨把这个时刻记录了下来：

> 这片绵延美丽的土地将属于他了——对，是他的土地。即使一个死了的印第安人的灵魂也赶不走他！……他的内心由于狂喜而开始膨胀。一种他从未有过的情绪吞噬着他，使他昂首阔步……"感谢上帝！"他激动地说。"这将是属于我的王国！"

珀·汉萨不是一个野蛮人。罗尔瓦格在副标题中将珀·汉萨的故事称为"草原的传奇"，他还在题词中写道："献给那些参与了伟大的拓荒定居的人们。"他的故事使人们想起美国最早期的历史。但是，在这个故事中，女人处于从属的地位，忍受着孤独，就像白瑞特那样；此外，在这个故事中，驱逐或杀害美国土著居民似乎是被批准的，如果不是上帝批准的，至少也是历史批准的。

薇拉·凯瑟的《我的安东尼娅》（1918）创作的时间更早，但是几年后才定稿。这本书以两个相关的旅行为线索。吉姆·伯登是个孤儿。他从弗吉尼亚的一个老农场出发开始冒险旅行，穿过芝加哥，途中穿越了如此多的河流，以至于他"对这些河已经麻木了"。安东尼娅·希莫达（Antonia Shimerda）是第一个"走水路"穿过芝加哥到达内布拉斯加州黑鹰镇的波希米亚家族的一员。后来，伯登成了安东尼娅的故事的叙述者，他从曾一度被认为是新世界西部边缘的地方出发，穿过芝加哥，到达纽约。再后来，他回去看安东尼娅，准备讲述她的故事。哈姆林·加兰创作的故事——《中部边地之子》（*A Son of the Middle Border*，1920）和《中部边地之女》（*A Daughter of the Middle Border*，1921）——与伯登的和安东尼娅的故事相似，而他自身的经历和伯登相似。哈姆林·加兰出生在威斯康星州，后来移居波士顿，在那里赢得了威廉·狄恩·豪威尔斯的友谊，之后在中部边地从事写作。西奥多·德莱塞的《嘉莉妹妹》（1900）讲述了另一个移民之女的故事。这个孩子把衣物放在了一个小皮箱和一个小背包里，在一个黄色的破破烂烂的皮手袋里装了4美元的积蓄，便从中西部的乡村动身前往芝加哥。"那是1889年8月的一天。她18岁，聪明而害羞，心中充满了幼稚而无知的幻想。"

像白瑞特和珀·汉萨一样，也像安东尼娅一样，嘉莉出发时也是装备匮乏，对她要见到的新世界也知之甚少，而且同样得边走边弄清楚她该去往何方。虽然她的心里充满着渴望，但她又如此茫然，因而几乎显得被动，像"一个在狂风暴雨中的流浪儿"。从哥伦比亚市到芝加哥再到纽约，她从一段冷漠的肉体关系转向另一段冷漠的肉体关系。甚至到她成了富有的演员之后，她依旧感到好奇而空虚。从某种意义上说，生活是已发生在她身上的事，而从另一个意义上说，生活是就要发生的事。无论何时何地，我们都看到她坐在一把摇椅上，不停地移动，但又原地不动。在芝加哥的第一个夜晚，她住在她姐姐在范布伦大街的小公寓里。当时，她感到"厌倦那贫穷而匮乏的生活"。她将一把小摇椅移到了敞开的窗户边，坐在那里，"凝望着寂静中的黑夜和街道"。后来，我们看到舞台上的她凝视着那些正在凝视她的观众，或者她坐在别的摇椅上，观察着那些经过她窗前或者穿越她的想象的大千世界的奇观。在小说的最后一幕，我们看到她在"沃尔多夫酒店（Waldorf）租住的舒适的房间里"，物质生活殷实，拥有"衣服、马车、家具、银行账户"，但她依旧在等待"有人引导她走向辉煌的时刻，等待梦想成真的时刻"。在她表演时，她走入时间和历史，成为社交名媛，不断地赚钱。而在演出之后和每段表演之间，在珠宝和皮草大衣以及银行账户的保护下，她脱离了喧嚣，超越了世俗。这时，她可以蔑视周围人的生活，感到自己摆脱了社会和社会的需求。她依旧充满挥之不去的渴望，继续在原地移动，就如小说中最后几行所描述的："坐在窗边的摇椅上梦想，你可以在那里独自渴望。坐在窗边的摇椅上，你可以梦想那终不可得的幸福。"

如同珀·汉萨的故事一样，安东尼娅的故事描写的也是由几个家庭组成的群体中的某个家庭的故事。在这样的群体中，家庭仍旧是社会的基本经济单位，每个家庭互相分离，但又互相支持。1787 年，9 个农村家庭养活一个城镇或城市家庭。到了 1940 年，一个农村家庭可以养活 8 个城市家庭。1954 年，海里蒂·阿诺（Harriette Arnow）在《做娃娃的人》（*The Dollmaker*）中描写了作为经济单位的农村家庭对妇女意味着什么：

> 这次不像以前那样，她干完了自己的活儿就回家，也许她干的比她该做的养家糊口的活儿要多。于是，她在这儿卖了头牛，在那儿卖了头猪，加上卖鸡蛋的钱和卖鸡的钱，她几乎把所有他们不能自给的食物买回了家。这里，所有的东西，连柴火都是她［丈夫］的。

安东尼娅要比嘉莉生活得艰苦。在故事的结尾，她似乎已筋疲力尽，甚

第三章 扩张路线

至被时间击垮。但是，她在自己所处的有限的生活圈子中仍保持着中心地位。相反，嘉莉则是作为一个游离的自我，生活在一个几乎无限大的由表演者和观察者组成的城市里。珀·汉萨和安东尼娅虽然做了很多事情——结婚并维持婚姻，盖房子和谷仓，生养孩子，种地、收庄稼、储藏粮食，但是他们没有我们可以称之为"事业"的东西。嘉莉住在租住的房间、公寓或酒店里，她的生活充满了与剧院、音乐厅和运动场相关的活动——还有没完没了的彩排。这些彩排只有作为为表演而进行的准备工作才有意义，而这些表演虽然紧张而热烈，但却转瞬即逝，感觉既亲近又遥远，既个性化又程序化。她所拥有的只是她的事业、她的衣服和她的珠宝。

27

对比之下，他们存在着迥然的差别。珀·汉萨和安东尼娅生活在一个非人为制造的充满外力和变化的世界。就像詹姆斯·迪基（James Dickey）曾经对西奥多·瑞特克（Theodore Roethke）所做的评论那样，他们两个人都具有动物性，这使他们觉得自己几乎堕入不愿思考的本性中，但两个人又都具有足够的人性，因此为自己的动物性感到不舒服。他们的家是为保护他们人性的道德观所建立的避风港。他们长途跋涉，生活充实，但却走得不够远，活得不够长，因而没有碰到一个像嘉莉生活的城市那样的世界。那个世界的生活是人一手塑造的，反映了人的欲望。

在《地球上的巨人》、《我的安东尼娅》和《嘉莉妹妹》中，我们称之为——按照亨利·詹姆斯的思路——"真实"和"浪漫"的元素混合在了一起。也许更公正地说，《地球上的巨人》和《我的安东尼娅》中的"浪漫"元素要比《嘉莉妹妹》中更为明显。但是，在詹姆斯看来，这两个世界朝相反的方向分裂。安东尼娅和珀·汉萨之所以被各种力量所摆布，仅仅是因为他们的做法不符合人类的欲望，而嘉莉住在一个反映了人类欲望的世界。尽管这个世界是人类一手塑造的，但是，只要她的世界是他者的世界，这个世界就是他者的世界。如果她的世界有负于她——从某种意义上说确实如此，那是因为这个世界反映了海森堡所说的"精神的冲动中"所具有的不确定性。嘉莉成功后成了一个很有手腕的女人，她的能力达到了空前的水平，可以为所欲为，只是不知如何控制甚至理解她想要做的事情，在这方面她的能力有限。

在嘉莉的世界中，各种景象和声音是人们以意愿和欲望——也就是权力和渴望——的名义为操控周围环境而共同努力的产物。安东尼娅和珀·汉萨生活的土地拥有广阔的天空、无垠的平原、干燥的风和疯狂的暴风雪。太阳像一个巨大的火球在他们头顶上升起，之后越变越大，然后"越走越远，在西边那空旷的天空中"落下。在太阳"消失"的那一刻，"浩瀚的平原似乎

第一部分 梦之城、抒情年代和第一次世界大战

升起,让每个人触手可及",使"寂静充满恐惧",直到"夜的咒语"袭来,"笼罩着他们",整个平原控制了那些将会占有它的人们。

和嘉莉一样,安东尼娅和珀·汉萨也憧憬着未来,内心充满希望和恐惧。但是,他们的世界中所有的奇观都属于自然。对他们来说,一项工作接着一项工作,总是有干不完的活儿。他们过着艰苦而前途暗淡的生活。岁月在所有的东西上留下了痕迹,他们也不例外。离家结婚后,安东尼娅被抛弃,怀着孩子就被赶了回来。而嘉莉却与德罗耶特和赫斯特伍德接连保持着肉体关系,却显然不担心会怀孕,好像她可以单靠意志来控制她的身体。珀·汉萨在一场暴风雪中死亡,当时他去帮助一个生病的邻居,往家返时遇到了暴风雪。但是,安东尼娅和珀·汉萨都感觉自己是人生的主人。虽然他们脚步沉重,但是衡量他们两人步伐的标准与衡量嘉莉步伐的标准不同。珀·汉萨在露天牧场上死前的一刻,斜靠在干草堆上,"眼望西方"。此时,他并没有对未来充满模糊的憧憬,而是首先想到了妻子和家,好像他们"朝他走来,温暖而柔和",他轻轻地笑了笑,对儿子寄予了希望。虽然安东尼娅的生活和珀·汉萨的生活一样暗淡,但是她也成为地球上的一个巨人。吉姆·伯登在小说临近结尾时写道,她的脑海中保持着越来越强的意象,因为她

> 拥有一种我们本能地认为普遍而真实的古老的人生态度。我没有错。她现在已不是一个可爱的少女,而是个憔悴的女人;但是她仍旧拥有能够引起人们遐想的东西。一个眼神,一个手势,多少能显示出平凡事物的意义,仍旧能够让人屏住呼吸。

然而,吉姆·伯登对安东尼娅的赞美间接地表现出他内心的惶惑,并反射出他那缺乏温暖的婚姻和毫无生气的生活——这从他疯狂的旅行和他偶然讲述这个唯一对他有意义的故事中表现出来。他赞美安东尼娅时所表现出来的勇气同时暴露出他的另一面——他的弱点。他看似对自然忠诚,实际上却是对过去的事物的一种感性而留恋的忠诚。他赞美安东尼娅时把她置于时代背景之外,这样就可以拥有她,就像小说的题目所暗示的那样。如此一来,他就歪曲了她所赢得的与循环的自然世界的关系,而他已经从这个世界中分离出来,他这样做就是为了能够在这个像他乘坐的火车一样直线式发展的世界中拥有她。他对安东尼娅的评判是按照良心的标准,但又不是安东尼娅自己的良心标准。这一事实使我们更深刻地感受到那从未被完全跨越的差距。这些差距——包括行为与承诺之间、甚至行为与记忆之间、后继者与开荒定居者之间、资产阶级家庭和被雇佣的女孩儿之间、东方与西方之间、城市与

土地之间，而最重要的是男性叙述者和女主角之间的差距——把《我的安东尼娅》中的许多东西分离开来。《我的安东尼娅》探索了所有这些差距，其中许多差距同时共存。甚至可以说，《我的安东尼娅》对每个差距进行的明确的探索都是对另一个差距含蓄的探索。但是，这本书的整体结构强调的是最后一个差距，从而控制着每一个差距。

人们后来发现，吉姆·伯登不是一个会抚养孩子的人，就像嘉莉不会生养孩子一样。但是，嘉莉没有让自己的生活充满对过去的回忆，而是生活在表演中。与吉姆和安东尼娅一样，时间也在嘉莉的生命中流淌。但是，美国文学史上很少有像嘉莉这样极少主动回忆过去的人物，这一点与安东妮亚不同。嘉莉很少提到她的家庭，从来不深切地思念我们称之为"家"的东西。一旦德罗耶特和赫斯特伍德从她的生活中退出，她就很少再想到他们。没有演出的时候，她不断演练，展望着未来；在演练的间隙，她坐在那里摇摆等待，她的生活充满了无形的渴望。

要了解嘉莉的性格发生变化的转折点，即生活变成了无尽的渴望，我们必须先要了解她所居住的城市是一个什么样的世界。那是一个反映了人的欲望的世界——追求享乐、舒适、消遣和权力。这些欲望杂乱无章、充满困惑，因此难以满足。我们还必须明白这个世界在发展的过程中自身已经具有了前瞻性宽泛的逻辑关系：

> 1889年，芝加哥拥有特殊的发展资格，甚至连年轻女子进行一次冒险的旅行都是说得过去的。这个城市越来越多的商业机会使它享有盛名，它成了一块巨大的磁铁，把那些满怀希望或倍感失望的人们——那些要来赚大钱的人或者那些穷得叮当响、事业一无所成的人——从各个角落吸引到了这里……但是商业人口并不如工业人口增长的速度快。工业的发展为其他产业的到来做了准备。新的建筑物一座接着一座平地而起，任何地方都可以听到锤子敲打的声音。大的产业迁移了进来。一些早已看中这里的发展前景的大铁路公司占据了大片土地用来搞运输。电车路线延伸到了空旷的乡村，期望着飞速的发展。在那些也许只矗立着一座孤零零的房子的地方也修葺了长长的街道并铺设了下水道。这在人口稠密的地区也是很先进的举措。有些地方空旷无人，风雨肆虐，但是一排排的煤气路灯整夜都在风中闪亮。食宿业也蔓延开来，在这儿建个房子，在那儿盖个商店，中间的间隔很大，最终延伸到了草原的尽头。

芝加哥是嘉莉到达的第一个城市，这个城市充分显示出它的发展蓝图。

○ 第一部分　梦之城、抒情年代和第一次世界大战

在它前进的步伐中——发展工业，为其他新产业的到来做准备；建造高楼，为建立更多的大厦做准备——我们最深刻地感受到了它的力量。它先发制人，因为它不满足，因为它还没走到尽头。电车和路灯延伸的路线就是它的扩张路线。它们深入到了空旷的平原和风雨飘摇的夜晚，"期望着飞速发展"。这让人们回忆起被德莱塞称为"美国现实主义之父"的亨利·福勒（Henry Fuller）所写的《悬崖住客》（The Cliff Dwellers，1893），因为他把小说的背景设置在了一幢摩天大楼里；它们预示了阿尔弗雷德·斯蒂格里茨的照片《从喜来登酒店眺望》（From the Shelton Hotel，1932）所表现的场景——城市轮廓线上最显著的东西就是伸向天空的一个施工中的建筑物上的脚手架。嘉莉生活在人力创造的世界，这个世界被它自身聚集的力量所驱动，伸向高高在上的天空，然后又突然落回地面。人们匆匆忙忙地奔向它，是为了观察由人亲手打造的一个又一个作品，然后从中解读出人们生存的理由。但是，从嘉莉来看以及从以她命名的这本书来看，这些理由却不那么明确，因为人们对高尚道德的定义变得越来越混乱，这些道德越来越没有约束力，人们也越来越贪得无厌，从中我们看出这些理由与19世纪末20世纪初主导美国的资本主义类似。深入旷野的路灯和伸向天空的脚手架都没有一个明确的目的地，也没有一个明确的界限。这并不是因为它们自身就是终极目标，而是因为它们依靠那些推动这个世界发展的庞大的发动机而生存，但同时又为这些机器提供原料。

嘉莉与她当前所处环境的关系密切，她实际上就是周围世界的产物，这使她成为美国小说中最重要的人物之一。其中一个具有代表性的时刻就是：她坐在摇椅上，几乎孤苦伶仃，在那里幻想并渴望着，但却没有方向；另一个具有代表性的时刻是：她站在舞台上，演戏似乎成了她唯一要做的"恰当而自然的事情"。作为一个住在一切"都用丝绒覆盖的闪闪发光的世界"里的演员和名人，她发现了"博得掌声的意义"和被围观、引起骚动、"在众人面前展示自己的那种喜悦"，直到她的脑子里"充满奇思妙想，已根本没有时间做别的事情"。

在詹姆斯的《贵妇人画像》中，伊莎贝尔·阿切尔在她丈夫那"黑暗的房子"里整晚坐在炉火边，她发现她自己、她丈夫、她的婚姻和她的世界全都是不确定的既定事实。此时，我们发现"静止的观察"所具有的力量以及缺陷。伊莎贝尔"只是静止地洞察一切"，这对改变她的世界很难起什么作用，也许不起任何作用，但却具有一种屈从的力量。我们从来不知道伊莎贝尔的守夜究竟能产生多么有效的行动。在詹姆斯的小说中，历史作为有限定作用的力量甚至对美国本土出生的人的生活都产生了很大的影响。但是伊莎

第三章 扩张路线

贝尔内心充实,过着一种不断变化却宿命的生活,与嘉莉富有、成功但却空虚的生活形成鲜明的对比。至少从某种意义上说,她发现了自己与他人的关联。

相反,嘉莉呈现给我们的是一个极度空虚的自我——或者,更彻底地说,是一个拥有无数目标的世界中的一个目标。她成为"嘉莉·马丹达"(Carrie Madenda),一个名字在百老汇和第39大街熠熠放光的名人。她"似乎达到了生活的目标",拥有了所有的东西(华丽的衣服、一辆马车、家具、银行户头、成功、掌声、名气),但是,她"走得越远,这些基本的东西"就越成了"无足轻重的"东西。就如她悲哀地发现她的欲望不是症状也不是征兆。她既是以她命名的小说中重要的人物,也是更大的世界中的人物。她的内心错综复杂,这促使德莱塞创造出这本小说,因为她与别人的肉体关系、她自身的隐私和秘密只有通过戏剧的形式才能表现出来,从而将之商业化,而由此显示出对此的蔑视。《嘉莉妹妹》出版后,道布尔戴和佩奇出版公司(Doubleday, Page & Company)试图限制销售量,这显然是因为嘉莉的"堕落"从来没有得到适当的惩罚。但是道布尔戴的担心是错误的。嘉莉是个危险人物,不是因为她本能地放纵肉欲。她没有放纵。她之所以危险是因为她把这些本能如此完美地高尚化了。

嘉莉在还是一个年轻少女的时候就开始了她的旅行。她对男人并没有欲望,但却已经被男人对她的欲望掌控了。《嘉莉妹妹》中的女人在很大程度上是男人想象的投射。她们有时(比如赫斯特伍德的妻子)只是男人欲望的一部分,有时(比如嘉莉)是男人的全部欲望,仅此而已。嘉莉意识到那些欲望意味着什么,她假定这些欲望是最重要的,而这决定了她的人生。她并不是被自己的性欲所控制——这一点德莱塞似乎无法想象——而是被社会把她定义为一个美丽的女人所控制。她学会了把自己的性感作为资产,用它取悦那些带着欲望凝视她的男人。但是,要想掌控他们,她必须也要掌控她自己。当她到达纽约而赫斯特伍德的竞争力开始下降后,她开始掌握自己的生活,成了一个明星。她从自身复杂的性格中学到了从美学角度和经济学角度看待欲望。她发现在城市里,性、欲望、消遣和金钱是密不可分的。在工作、金钱和社会地位上,赫斯特伍德的衰败和她的崛起及成功并不表明这是一切皆有可能的世界,而是说在这个世界中,一个人崛起、成功的同时,另一个人就在衰败,两者是相互平衡的。另外,嘉莉的下层社会的身份使她对赫斯特伍德更具吸引力——她的身份不仅突出了她年轻的欲望,还突出了她的庸俗和顺从,简言之,就是她的"女人味"——而他的衰败则更清楚地表明他们在年龄上的差异,这削弱了他的"男人气",不仅剥夺了他的吸引力,而且剥夺了他作为嘉莉性伴侣的身份。

　　嘉莉逐渐懂得在被凝视和被分析中所暗含的力量是不平衡的。之后，嘉莉还学会了如何独自居住来保护自己的私生活，因此免于被那些准备窥探她私生活的人骚扰。当她表演时，她观察并分析那些同时也在观察和分析她的人。在凝视着那些凝视着她的人的时候，她看到了什么呢？德莱塞无疑让我们想到的是：她是为观众而生的，就好像是在照镜子。因为嘉莉既是一个形象的塑造者，也是她自己一手塑造的形象。因此，她精明地利用了她自己和她所处的男权至上的资本主义社会。但是她越是娴熟地满足社会需求和经济需求，她的私人自我（private self）就越倒退，直到最后成为她身体里一个被忽视、被剥削但依旧充满渴望的孩子。这个孩子叫嚷着："看我，看我！"不仅仅是出于往日的自负感和想要引起别人注意的强烈欲望，还因为作为一个目前具有感知能力和欲望的孩子，她需要崇拜的目光和掌声来确定自己的存在。她似乎在说他们看到我了，而且爱我。他们将我的样子和我做的事情留在脑海里。他们会记住的，一旦他们记住了这些，那这些就都是真的了。

　　虽然我们觉得嘉莉性感迷人，但是她却不是一个充满性欲的人。在她身上三种不同的典型的美国式自我合而为一。她是一个"表演的"自我、一个"混合的"自我和一个"傲慢的"自我：她活着，是为了观众为她痴狂、为她鼓掌，是为了"完全不顾后果地亲自去"占有物质上的东西，还为了成名。但是，当她坐在摇椅上等待着下一场演出，四周摆满她得到的那些物质品时，她似乎感到困扰。就像托克维尔（Tocqueville）预言的那样，她好像有些害怕那些建立在金钱、财产、地位和权力上的幸福时光已经所剩无几。在不表演的时候，她的脸毫无表情，美得几乎空洞，因为她没有什么要表达的。而她的生活成了一成不变的等待。所有这一切——没有过去，一个男人给她取了这个名字，偶然发现自己是一个表演的自我，渴望成名并与这个城市和新世纪、新形式的资本主义关系密切，独自一人时内心世界好奇而空虚——使她成为那个世界的代表人物。同时，就像这本书的题目所暗示的，她成为我们所有人的近邻。

第四章　四个同时代的人和西部开发的结束

拓荒运动向西部扩展，中西部以北和东部的城市重新开始了城市化运动，这些都是生活中发生的故事，同时也成为小说的内容。这两条相反的发展路线既是社会的、经济的、政治的发展路线，也是文化的发展路线。要想判定这两条路线的力量，我们要注意三个事实：首先，亨利·亚当斯（Henry Adams, 1838—1918）和亨利·詹姆斯（1843—1916）是比伟大的苏人①领袖"坐牛"（Sitting Bull, 1834—1890）和"野牛比尔"科迪（Buffalo Bill Cody, 1846—1917）年轻的同代人，也是比伊莎贝尔·阿切尔、安东尼娅·希莫达、吉姆·伯登和嘉莉·米伯年长的同代人。第二，曾经为了保护南方黑人的权利而修改了"激进重建"的国会却颁布了极端镇压和隔离西部原住居民的政策，并为这个政策提供了资金，其目的就是为了征服西部，赶走原住居民。第三，支持东北部文化发展的东部产业和银行业利益集团成了这些政策和《宅地法》的主要受益者。《宅地法》阐释并实施了托马斯·杰斐逊的土地均分的梦想。

1865年4月9日棕榈节那天，罗伯特·E. 李（Robert E. Lee）和尤里西斯·S. 格兰特（Ulysses S. Grant）在阿波马托克斯②签署了结束内战的协议。三年零几个月后，即1868年的夏天，联邦政府发动了一场反对美国土著居民的残酷运动，并任命解救南方黑人奴隶的威廉·谢尔曼（William T. Sherman）将军来领导这场运动。一些士兵，比如被印第安人称为"灰狐"的西点军校毕业的乔治·克鲁克（George Crook）将军一直对是否要灭绝美国土著居民感

---

① 苏人（Sioux），美国南部的印第安人，即达科他人。——译注
② 阿波马托克斯（Appomattox），弗吉尼亚州的一个县城。——译注

○第一部分 梦之城、抒情年代和第一次世界大战

到矛盾。关于这场战争,他说:"是的,他们很难征服。但是最难的事情是去与那些你认为是站在正义方的人打仗。"但是,全面展开战争的政策还是占了上风。谢尔曼写道:"我将促使谢里丹(Sheridan)将军消灭和镇压"所有"有敌意的"印第安人,把他们赶出保留地。"我建议[谢里丹]带着对印第安人的憎恨和消灭他们的欲望来战斗",直到"所有带有敌意的印第安人都被铲除或者乞求怜悯"才罢手。后来,谢里丹说:"唯一的好印第安人,乃是死印第安人。"——这句话后来成了一个警句。

很快,边疆就变成了瓦尔特·惠特曼在《卡斯特之死》("A Death Sonnet For Custer")中所说的"致命的地方":这里体现了土地所有者和打着利益、前程和发展的旗号决心征服这片土地的人之间致命的冲突。19世纪70年代后期,在经过了两百多起战争和数不清的小规模战斗之后——在红河之战(the Red River War, 1869—1874)、小大角战役(the Battle of Little Big Horn)(1876年6月)和约瑟夫酋长的反抗运动(Chief Joseph's Rebellion, 1877)之后——反抗实际上已经停止了。1865年,野牛的数量超过130万,而在19世纪80年代初期,庞大的野牛群几乎被彻底消灭了,使土著居民失去了为他们提供食物、衣服和住所的平原。军队下达的指示:"能消灭一只野牛就消灭一只。""一只野牛死了,一个印第安人也就完蛋了。"实际上,斗争在19世纪70年代末就已经结束了,但最后一次行动是在1890年。当时,"坐牛"刚在"立石"(Standing Rock)牺牲,200名达科他州的男女老少最后一次跳他们的"鬼舞"(Ghost Dance),之后在"伤膝之役"(the Battle of Wounded Knee)中被美国军队屠杀。而屠杀土著妇女和儿童的一个理由是:"有虱卵就会有虱子","没有了虱卵,就不会再有虱子了。"

甚至在西部还没有被征服前,在野牛群还没有被宰杀殆尽前,在原住居民还没有被屠杀或赶出保留地前,西部传奇已经融入了利益的因素。威廉·F. 科迪(William F. Cody)("野牛比尔")在13岁的时候就是一个赛马高手。后来,在加入联盟军并得到国会荣誉勋章前,他先后做过野牛捕猎手、驿站马车司机和探矿者。1868到1872年,他是美国第五骑兵队侦察队长。1869年,也就是他参加打败夏延部落(cheyenne)①战斗的那一年,爱德华·泽恩·卡罗尔·贾德森(Edward Zane Carroll Judson)用笔名内德·邦特莱因(Ned Buntline)开始撰写20部廉价小说中的第一部,把科迪变成了一个民族英雄。邦特莱因诱使科迪在芝加哥的一部叫做《边境之王野牛比尔》(Buffalo

---

① 夏延部落(Cheyenne),一支美洲土著部落,在18世纪迁移到大平原地区之后成了捕猎水牛的游牧部落,在平原印第安人抵抗白人入侵的斗争中异常勇猛。——译注

Bill, King of Bordermen）的通俗剧中扮演角色。于是，科迪在驿站待了 11 年之后仿效邦特莱因，把按自己的经历改编的故事变成了迎合市场的作品。

科迪改编的第一个故事叫《蛮荒西部、洛基山和大草原的风情》（*The Wild West, Rocky Mountain and Prairie Exposition*）。演出中出现了牛仔、印第安人、马和野牛。1883 年，演出在内布拉斯加州（Nebraska）的奥马哈（Omaha）第一次上演，之后横跨美国到达了科尼岛，并在那里引起了轰动。一年后，经过配音的"野牛比尔蛮荒西部演出"迁移到了芝加哥之后抵达东部。演出有 100 多名印第安人、100 多匹马，还增加了牛仔明星的阵容，包括巴克·泰勒（Buck Taylor）、"野马杰克"（Mustang Jack）、"乡村男孩"约翰尼·贝克（Johnny Baker）、"娘娘腔"约翰·贝尔森（John Belson）和安妮·奥克利（Annie Oakley），场场座无虚席。1887 年，他把他的故事带到了英国、法国、西班牙和意大利，成为讲故事的美国人最为成功的欧洲之旅。在维多利亚女王的大赦年，在伦敦的一次有名的演出中，他让比利时国王、丹麦国王和希腊国王坐上了"朽木车"（Deadwood Coach），并让威尔士王子骑着马，拿着猎枪，使他们安全通过了"印第安人的袭击"。后来，为了能够抵挡住那些来势汹汹的竞争者，他又加入了其他边境上发生的事件，包括圣胡安山战役（the Battle of San Juan Hill）和波尔战争（Boer War）。但是，西部故事——公开的压迫和暗中的兼并——始终是他的故事的核心内容。到 1917 年他去世的时候，他在马戏团表演和电影中都留下了痕迹，他的名字已家喻户晓。

在野牛比尔的叙述中，曾经无人能够评价的西部扩张获得了一种不同寻常的永恒。科迪的故事虽然表面上是史实，但实际上记录了一些人类战胜历史的事情，由此提醒我们历史意义上的叙述，比如哲学、宗教和文学，可以为暗含的社会和政治目的服务，因为科迪的故事中既颂扬了人类歼灭美国土著居民的运动，又颂扬了拓荒者所克服的艰难险阻。当《没有钱的犹太人》（*Jews Without Money*, 1930）的作者、《新群众》（*New Masses*）的编辑迈克·高尔德（Mike Gold）回顾自己还被称作艾特希克·艾萨克·格兰尼克（Itshak Isaac Granich）的小男孩儿的时候——1912 年的"帕尔默搜捕行动"（Palmer Raids）迫使他改了名字——不禁表示自己很"失望"，没能找到"像野牛比尔一样的救世主"。高尔德想要的，甚至可以说他所需要的，是一个把苦难和毁灭置于正义的旗号之下、能够"拯救"他的人民和"歼灭"他们的敌人的英雄。

第五章 芝加哥的"梦之城"

野牛比尔在第一次美国之旅后的十年和第一次欧洲之旅后的六年,把蛮荒西部的表演带到了芝加哥的哥伦布世界博览会。这次演出是他最后几次成功的演出之一。芝加哥曾经是密歇根湖畔的一个印第安人小村庄。它从一块贫瘠的土地发展成一个熙熙攘攘的贸易、商业、畜牧业和铁路交通的中心。通过努力宣传和推销,它坚称自己是美国未来的窗口,从而打败了东部那些想要主办哥伦布庆祝活动的老对手。一个市民说,芝加哥也许没有文化,但是只要它得到一点儿,就会"使之繁荣"。

美国国会最终被说服,授予芝加哥举办哥伦布发现美洲400周年官方庆典的独家权利。之后,国会通过了议案,批准芝加哥举办展现"艺术、工业、制造业以及农产品、海产品和矿产品"的哥伦布世界博览会。1890年春天,本杰明·哈里森(Benjamin Harrison)总统签署了这个议案。这一年,全国工业品产值首次超过了农产品产值。一年后,44个国家和26个殖民地及行省主办的各个项目共雇佣了6000个工人。芝加哥建筑师丹尼尔·伯纳姆(Daniel Burnham)指示说:"不做小的规划。"他负责协调各方,努力要把700英亩的杰克逊公园(Jackson Park)变成一个拥有散步场地、运河、浅水湖、大厦、露天广场、马路、林荫大道以及400多座建筑物的人间仙境。

为了协助规划芝加哥的"梦之城",伯纳姆召集了一群顾问,包括公园建造者弗雷德里克·劳·奥姆斯特德(Frederick Law Olmsted)、画家凯尼恩·考克斯(Kenyon Cox)和雕塑家奥古斯塔斯·圣高登(Augustus Saint-Gaudens)。圣高登在一次规划会议上说:"你们意识到没有,这是自15世纪以来艺术家们最伟大的一次会议。"但是,博览会真正的任务是参与国内和国际文化政治竞争。伯纳姆所召集的设计者们确信,他们的博览会一定会超过费城在1876年举行的百年庆典。他们面临的最严峻的挑战是1889年举办的盛大的巴黎博览会,而他们的目标是取得彻底的胜利。他们要举办一届规划得最好、运作得最好、最绚丽夺目的博览会。

伯纳姆和他的顾问们在各个方面都取得了成功。在干净而布满灯光的地面上平地而起了从世界各地复制的景象——巴黎的咖啡厅、波希米亚的玻璃厂、摩尔人的宫殿、开罗的街道以及日本的集市。威廉·狄恩·豪威尔斯报道说,交流电供电使"无数闪亮的灯泡"照亮了整个街道。这里还可以看到各地村庄的完整的微缩复制品,村里住着当地人,有德国人、土耳其人、中国人和达荷美人(Dahomans)。地面上耸立着一个显然用来展示美国超凡技术的建筑物——布满灯饰的巨大转轮。它可以运载乘客升入高空,俯瞰这片平原上最新崛起的新大陆的城市。这个建筑物是由年轻的芝加哥平民工程师乔治·华盛顿·盖尔·费里斯(George Washington Gale Ferris)构思的,目的就是为了挑战艾菲尔铁塔。《弗吉尼亚人》(*The Virginian*)的作者欧文·威斯特(Owen Wister)在日记中写道:"我刚走了没有两分钟,就被四处灿烂辉煌的景象搞得一片茫然……直到头晕目眩,大脑一片空白。"

博览会的游客数量创造了历史新高。规划者们为博览会所付出的努力促使莱比锡①的卡尔·贝德克尔(Karl Baedeker)出版了第一本《贝德克尔美国旅行指南》②。为此他们深感骄傲。他们出于复杂的动机为博览会工作,认为这次博览会是美国计划统治和改变世界所迈出的又一步。虽然他们认为达荷美人残忍而野蛮,但是他们依旧欢迎达荷美人,因为他们想使达荷美人意识到一个有活力、有创造力、有纪律性的国家可以通过技术的奇迹把伯纳姆口中的一片"不毛之地"和一片"暗淡的前景"打造成一个光辉灿烂的世界。达荷美人将深受"文明的影响"并得到启发,他们将带着这种铭刻于心的新印象返回原始的家园。

伯纳姆和他的同事们自认为是马修·阿诺德的弟子。他们公开表示他们志在建立商业、政府和文化之间的新联盟。但是这样的联盟对在艺术上保持传统观念并具有后顾性而在政治、经济、技术上则着眼当前并具有前瞻性的人们将意味着什么呢?伯纳姆最终使芝加哥成为一个建筑中心。在规划的最初阶段,他支持他的朋友约翰·鲁特(John Root)提出的创新方案,即把建

---

① 德国中南部城市。——译注
② 《贝德克尔指南》是著名的国际旅行指南,最早由19世纪德国出版商贝德克尔推出。——译注

筑作为博览会最主要的文化焦点。但是两个人都想让全国参与规划；他们拜访了美国公认的建筑界泰斗理查德·亨特（Richard Hunt）、波士顿的皮伯第和斯特恩斯（Peabody and Stearns）建筑公司以及纽约的麦克金、米德和怀特（McKim, Mead, and White）建筑公司，却发现多数人不赞同他们的建筑规划。在第一次会议结束前，伯纳姆已经放弃了鲁特的设想。最终，麦克金把圣高登修建的20英尺高的戴安娜雕像从纽约麦迪逊广场的屋顶花园（Madison Square Garden）移置到杰克逊公园内他的新建筑的万神殿式圆形屋顶上，这标志着伯纳姆最终取得了胜利。

　　对伯纳姆和他的顾问来说，结果是令人满意的。博览会的建筑核心是白色城市（White City），白色城市的中心是荣誉广场（Court of Honor）的反射池，周围环绕着许多"希腊"神庙。伯纳姆自豪地说："这个博览会永远都是罗马人曾梦想创造出来的博览会。"而对广场上唯一一座非古典建筑交通大厦（Transportation Building）的建造者路易斯·沙利文（Louis Sullivan）来说，结果却是"巨大的灾难"和对"信仰的背叛"："对历史文献巧妙的呈现和高明的剽窃"，充满"欺骗性"。

　　与沙利文受到的评论一样，亨利·亚当斯也把博览会的建筑描述成"骗人的东西"。这些建筑似乎在恶意欺骗"我们无知的当地人"。亚当斯走在广场时大部分时间用来研究创新的"发电机和……蒸汽机"。后来，他在《教育》中把这次博览会描述成比巴黎或南美洲的任何东西都要壮观的"舞台表演"，连尼亚加拉大瀑布和黄石国家公园的间歇喷泉都不如这次博览会壮观。但是，这些东西都是从"工业学校"学来的。人们已经习惯性地认为"蒸汽机或发电机是像太阳一样再自然不过的东西"。博览会的一些"未完全成形的想法和试探性的抗议"所产生的问题是：这些密歇根湖畔的新建筑"能否像家一样亲切"，而其建造者美国人能否有"宾至如归的感觉"。

　　伯纳姆规划的博览会没有直接对这些问题做出回应。沙利文和亚当斯所谴责的艺术与历史相分离——用沙利文的话来说是"损害"，用亚当斯的话来说是"破坏"——正是伯纳姆想要做到的。他说："博览会的建筑风格所带来的影响将促使古代文明民族的完美理想在希望中而非在绝望中复苏。"哈姆林·加兰在伯纳姆的广场上做了一次名为《小说中的地方色彩》（"Local Color in Fiction"）的演讲。但是，对伯纳姆来说，除非建筑体现出古代文明民族永恒而超验的理想，否则就连这个最接近人们生活的艺术都是用来做装饰的。此外，如果这一方面是伯纳姆的问题，那么另一方面也是芝加哥的问题，乃至整个国家的问题。庸俗的艺术形式服务于庸俗的目的。芝加哥的梦之城帮助传播一角小说①、霍拉提奥·阿尔杰（Horatio Alger）的作品和野牛比尔的西部故事，这既有利于证明国家征服大陆是有理由的，又用来教育年轻人要有男子汉的雄心壮志。甚至梦之城也用它自己的方式认可了"艺术"也可以实现愚蠢的抱负。加利福尼亚赠送的一个奇怪的雕塑——完全用加利福尼亚的西梅制作的"马背上的骑士"——被称为是"对传统雕塑独一无二的颠覆"。雕塑中的骑士是美国平原上的骑士和古代有武士气概的骑士的后裔，它让人们回想起不久以前乃至很久以前的理想。但是，《博览会旅游指南》中明确指出，加利福尼亚的骑士属于未来。它标志着美国准备扩大国外市场。加利福尼亚的梅脯已经"挫败其他国家的产品，成功销往各地"。几年后，用豪威尔斯的话说，美国开始"用八英寸枪管的枪口来鼓吹高度联合的文明的好处"。他的话耐人寻味。

但是在芝加哥博览会上，真正的"艺术"还是属于荣誉广场。那里的几座"希腊"神庙说明了过去历代的变迁，而对博览会所体现的霸道的民族主义，对它断然把穷人排除在外的行为，以及对它极力控制美国土著居民、妇女和黑人，都没有提出异议。1893年发生了当时最严重的全国大萧条。大萧条所造成的恐慌导致10万受害者在芝加哥博览会门外流浪街头、食不果腹、居无定所。当记者雷·斯坦纳德·贝克（Ray Stannard Baker）看到在博览会场外那些可怜的人时不禁感叹："真乃奇观！在世界博览会穷奢极侈的华丽外衣下是一片多么衰败的景象啊！"同一年，似乎是对博览会盛大开幕的一种讽刺的庆祝，斯蒂芬·克莱恩（Stephen Crane）出版了《街头女郎梅季》（Maggie: A Girl of the Streets），展现了贫穷给人们带来的残酷的噩梦。如同杰克·伦敦的《马丁·伊登》（Martin Eden，1909）——也有些类似凯特·萧邦（Kate Chopin）的《觉醒》（The Awakening，1899）和伊迪丝·沃顿的《欢乐之家》（House of Mirth，1905）——克莱恩的小说也以自杀结尾。但是与马丁·伊登跳海自杀、埃德娜·波特汀（Edna Pontellier）游出岸边很远自杀以及丽莉·巴特（Lily Bart）陷入无意识状态自杀相比，梅季一步步走进河里自杀的场面更让人心碎。这在一定程度上是因为她的死揭示出：对一个生活在由剥削阶级统治的世界里的年轻女人来说，死亡是必然的结局。

为博览会修路的工人沃尔特·威科夫（Walter Wyckoff）写道，来自"十个少数民族及各个行业"的成千上万的工人参与了这次博览会的建设。但是，博览会的《官方手册》却把荣誉留给了伯纳姆以及那些作为顾问和资助商的

---

① 美国早年的一角小说是指大量滥造的廉价小说，其中有许多是关于西部印第安人的传说和拓荒者的故事。——译注

大银行家、律师和政客。在《图文并茂的娱乐场说明书》（*Midway Types: A Book of Illustrated Lessons...*, 1894）中，美国土著居民被描绘成"众所周知的让山姆大叔觉得芒刺在背"的人。西蒙·波卡冈酋长（Chief Simon Pokagon）对梦之城一心想要宣扬的东西深感愤怒。他走上街头，分发名为《红种人的问候》（*Red Man's Greeting*）的小册子，提醒游客"芝加哥和举行这次博览会的土地"仍旧属于波塔瓦托米人（Potawatomis），"因为从来没有人支付这块土地的费用"。但是，博览会"人种学部门"把波塔瓦托米人描绘成"原始"民族的代表，认为为了社会的进步，他们注定要灭绝。而它所公布的官方报道反复强调印第安人是最终要被消灭的讨厌的家伙。最先在北美定居的居民与其说是一个正在消失的民族，不如说是一个已经消失了的民族。他们最终完全成为他者。

在这次博览会的规划中，妇女对享有与男人同等的权利已经不抱希望。于是她们满足于为妇女建立一座与儿童大厦（Children's Building）相邻的独立的建筑物。这个建筑坐落于白色城市尊贵典雅的艺术殿堂和华丽的娱乐场上各种娱乐设施之间的交界处。虽然这座建筑指定由索菲亚·海登（Sophia Hayden）负责，但是大楼的设计却是由"女性制作人委员会"（Board of Lady Mangers）完成的。这个委员会由美国国会任命，而国会议员却对此愤懑不已。许多妇女，包括伊丽莎白·凯迪·斯坦顿（Elizabeth Cady Stanton）、苏珊·B. 安东尼（Susan B. Anthony）和简·亚当斯（Jane Addams）① 都在那里发表过演说，背景是两幅具有同等地位的巨大壁画：一幅是玛丽·费尔柴尔德·麦克蒙尼斯（Mary Fairchild MacMonnies）的《原始女人》（*Primitive Women*），这幅画描绘了传统妇女操持家务和养育子女的场面；另一幅是玛丽·卡萨特（Mary Cassatt）的《现代女人》（*Modern Woman*），描绘的是年轻妇女在花园里享受自然和艺术的成果。艺术家康德希·惠勒（Candace Wheeler）认为壁画的整体效果体现了"男人心目中理想的女性形象——柔弱、高贵、纯洁、悦目"。这些词让人回想起伯纳姆对"文化"的看法。但是，妇女的这两种不同的形象——家务劳动的承担者和文化与修养的守护者——实际上体现了在整个文化中根深蒂固的假定和倾向，因而男女都很"自然地"认同了这两种形象。1927 年，作家玛丽·奥斯汀（Mary Austin, 1868—1934）回忆她幼时的文化时谈到，那时人们认为妇女如此优雅，因而不会受世俗的野心或肉体的欲望所驱使。妇女生活的重心被定格为满足家庭的需要和拥有永恒不变的圣洁的思想。她们所接受的教育是要回避激发男人领导世界的竞

---

① 三人都是美国早期女权主义者。——译注

第五章 芝加哥的"梦之城"

争欲。

尽管美国黑人一再要求为黑人建立一座大厦,或设立一个部门,或举办一个展览,但是他们只得被迫满足于一个"节日"。1893年,德克萨斯州特克萨卡纳(Texarkana)的一个当地人斯考特·乔普林(Scott Joplin)从圣路易斯搬到了芝加哥,组织了他的第一个乐队,从此开始了他的音乐生涯。后来,他成为"爵士乐之王"。在此一年前,住在芝加哥的南卡罗来纳人安娜·朱丽亚·库珀(Anna Julia Cooper)出版了一本名为《南部的声音》(*A Voice from the South*)的书,把一个黑人妇女的命运比喻成蒙起一只眼睛来生活。但是白色城市的缔造者们除了雇佣黑人男女修建广场和打扫卫生外,对他们没什么兴趣;授予黑人一个"节日"——美国黑人把这一天重新命名为"黑人节"(Darkies' Day)——对白色城市的缔造者们来说已经是一种让步。弗雷德里克·道格拉斯(Frederick Douglass)注意到这次博览会以及它所颂扬的文明是用成千上万黑人男女的辛勤劳动换来的。于是,他把芝加哥的白色城市重新命名为"白色坟墓"。而实际上,这次博览会对待美国黑人的态度重申了"官方的"有关国家民族血统的阐释中所隐含的一个主题。莱曼·阿伯特(Lyman Abbott)在博览会的世界宗教大会上发表演讲,把芝加哥称为"最具世界性的城市",把美国人称为"地球上最具世界性的民族"。但是,外国人只是在梦之城之外的华丽的娱乐场占有一席之地,按顺序排列成一系列村落,其种族的排序非常明显:排在最前面的是条顿族和凯尔特族,然后是伊斯兰教徒、西亚人、东亚人、达荷美共和国的非洲人。而最先在这片大陆定居的美国土著人却排在了最后。芝加哥第一长老会的约翰·亨利·巴洛斯(John Henry Barrows)说:"任何人都不用担心基督教的光环会被其他信仰那微弱而瞬间的光芒所掩盖。"——这一点与博览会对"美国"文化的定义和附属于美国文明的其他文明的定义完全一致。

41

42

第六章　弗雷德里克·杰克逊·特纳在梦之城

约翰·富林（John Flinn）在《哥伦布世界博览会官方指南》（*Official Guide to the World's Columbian Exposition*，1893）中把梦之城称为"当代最伟大的举世无双的城市芝加哥"。身处梦之城中，弗雷德里克·杰克逊·特纳面对美国历史协会（American Historical Assoiation）的成员，发表了著名的演说《边疆在美国历史上的重要性》（"The Significance of the Frontier in American History"）。特纳说这个国家最主要的特性——智力超群，有创造性；精神活跃，生气勃勃；永远精力充沛，并具有"强烈的个人主义"倾向——是"开拓者的特性，也正是因为这些开拓者，别的地方也具有了这些特性"。因此，了解美国历史的"真正的着眼点"不是"大西洋海岸"，而是"伟大的西部"。他还说，自从哥伦布沿着那条历史上发生过很多事件而现在开始显现美国政治经济的发展状况的航线航行以来，"美国已经成为机会的代名词，而美国人"实际上也由于周围的环境迫使他们"不断扩张而产生了这种情绪"。他预言："美国人民生活中这种渴望扩张的特性"将需要"更广阔的领域以便进一步展现"。

特纳似乎不时流露出他期待着战争在1898年爆发。那时，在麦金利（McKinley）总统的"门户开放"政策引导下，美国开始寻求"更广阔的领域"。然而，当特纳凝视过去时，他总被一种毁灭感所笼罩："免费的土地这样的礼物再也不会自己送上门来了。"尽管特纳的言语总是激情洋溢，但是他的口气却时常很哀婉。他的"论文"一半是发现，一半是创造，运用了之前一些作家的词语——从勘探者和早期的定居者，包括杰斐逊和杰克逊到乔治·班克罗夫特（George Bancroft）、弗朗西斯·帕克曼（Francis Parkman）和威廉·吉尔平这些作家——也有选择地运用了一些史实。他的论文总是有些

第六章 弗雷德里克·杰克逊·特纳在梦之城

矛盾,部分是由于其强烈的偏见,部分是由于为了方便起见他省略了很多东西。他的美国故事以丹尼尔·布恩(Daniel Boone)和"皮袜子"(Leatherstocking)为榜样,围绕着白人男性探险者和定居者展开。比如,他曾经这样描述"荒野"征服了"一个殖民者":"荒野"剥去了他"文明的外衣,给他穿上了狩猎穿的衣服和鹿皮靴"。女人、黑人和棕色人种对古代文明的大规模的破坏以及对土地及其资源的迅速掠夺,在他的故事中无足轻重。这不仅为芝加哥博览会的逻辑提供了方便,而且与之相符。另外,虽然特纳提及美国是一个"混合的民族",但是他几乎完全忽略了新移民。他知道西部的经验教训是复杂的——恶劣的自然条件与人们的力量共存,权宜之计与独创性共存,艺术感受力的欠缺与"物质资源的攫取"共存。他偶尔担心拓荒者的狂热和掠夺可能激起暴力和贪欲。但是,他相信他的国家正处于一个关键时刻,断言它需要倔强的拓荒者的力量去迎接新的挑战。说起过去,他实际上是在针对未来谈及现在。在这个特殊的意义上,他不仅是一个历史学家,同时还是一个道德家。他最根本的目的在于他想为不确定的未来创造一段有用的历史。1914年,他还在重申他于1893年所宣布的观点:

> 美国的民主不是理论家空想出来的;它不在驶向弗吉尼亚的永恒的苏珊号上,也不在开往普利茅斯的五月花号上。它在美国的森林之中孕育成长、逐步强大、生机勃勃,每当它接触到一个新的拓荒者,就增添了一份新的力量。

特纳故事的魅力在于它是宣告从欧洲独立的另一个宣言,此外,还在于他的故事极力维护那独特的过去。不过,其魅力还在于他的故事具有"现代性"。亨利·亚当斯及时从芝加哥返回华盛顿,正好监督国会撤销了《白银法案》(the Silver Act)。亚当斯报告说,银行家和"外汇交易商"都支持单一的金本位制,而支持银本位制的人对此表示反对。"人们"两百年来一直在"两种生活方式"之间摇摆不定,备受折磨。这两种生活方式一种是基于创业家资本主义的分散形式之上的农业共和国,这样,芝加哥就是一个入口;而另一种是基于企业资本主义的集中形式之上的"拥有所有必要的机器的"城市化、工业化的国家,这样,芝加哥就是一个窗口。但是,亚当斯知道未来的出路在哪里,特纳也知道。他知道尽管19世纪末20世纪初展开了根据反托拉斯法令以解散托拉斯的改革,将来仍属于由企业资本主义的手段和目的主宰的世界,《宅地法》不可思议的结局已经清楚地揭示了这一点。

内战之后,"为没有土地的人免费提供土地"的广告遍及世界。但是,没有土地的家庭大都承担不起长途跋涉的费用,能承担得起的家庭又没有为大平原的生态环境做好准备,而大片公有土地都位于大平原。1870年到1890年间登记在案的分得土地的人后来几乎有2/3都失去了农场。同时,分散的大片公有土地满足了另外一些人的利益。1860年到1890年间所建立的373.7万个农场和牧场中只有不到60万个(约占16%)是公有的转让土地,4.309亿英亩的土地中只有8000万英亩(少于19%)是新认领的土地。剩下的都被那些要扩展自己王国的牧场主或者那些出于同样目的的铁路公司所占有——这一结果正符合了反对杰斐逊《宅地法》的东部银行家和实业家们的愿望。

进入20世纪时,美国的大部分地区仍然是以农业为主的乡村,许多农业社区以及南部大部分地区仍旧十分贫穷。但是,一种新的生活方式正孕育而生。这种融合工业和商业的富裕而世俗的城市生活首先在美国东部成为主流,之后覆盖了中西部以北的地区,然后进入了国家的中心区域,最后甚至成功入主南部。豪威尔斯写道,芝加哥,"或者毋宁说世界的梦幻城市,最终只是一个新的纽约,一个规划完成后的曼哈顿,一个实现了'巨大、喧嚣、快节奏'的理想。纽约使美国人信服'巨大、喧嚣、快节奏'就是大都市的特征"。

薇拉·凯瑟9岁时移居内布拉斯加州的边疆,其间经历了穿越芝加哥的漫长旅程。通过描写内布拉斯加边疆的故事,她开始了写作生涯。后来,她的小说——《迷失的淑媛》(*A Lost Lady*,1923)《教授之家》(*The Professor's House*,1925)和《大主教之死》(*Death Comes for The Archbishop*,1927)——发生了变化,不仅描绘"边疆"的衰落,而且还描绘已经被芝加哥完全抛弃的城市化以前、工业化以前和现代化以前的世界。凯瑟的作品显露出她担心美国的早期阶段也许是最好的时期。她把她的小说呈现为考古的挖掘机,挖掘出了各种碎片、宗教仪式、社会习俗和几乎被世人遗忘的记忆。她的小说中,一些风俗习惯、举止、口音以及措辞都发生了变化,但是其他一些东西,包括与自然和谐相处和继承传统智慧的宗旨没有改变。她的小说通过对工匠和农民的刻画让我们了解了文化。这些工匠对自己的工具了如指掌,对自己的田地和牲畜了如指掌,但他们却不善表达。或者,文化通过古语中保留下来的典礼仪式传承下来。古老的语言现在仍是真实可靠的。因为这些语言传达了一种解释性的框架,一种构建现实的方式,从而使集体的存在和个人的存在都具有目的和意义。

对像亚当斯和凯瑟这样的人,"进步"似乎不过是变化的敬语。对特纳来说,芝加哥梦之城作为一种概念的功效是显而易见的。特纳寻求的是一种新的阐述方式。他要用这种方式记录他认为这个国家过去有价值的经验教训,

第六章 弗雷德里克·杰克逊·特纳在梦之城

而他在达尔文的思想中找到了这种方式:

> 野牛踩踏出来的痕迹成为印第安人的小路,而这些小路又成为商人的"足迹";小路加宽成为大路,大路又成了收费路,随后又变成了铁路……直到最终原始的羊肠小道被拓宽,交织成现代商业路线的迷宫;荒野渗入了越来越多文明的路线。这就像是最初简单而毫无生气的大陆稳步发展成为一个复杂而生气勃勃的体制。

特纳的小说一方面符合野牛比尔在蛮荒西部表演中讲述的故事,另一方面也符合伯纳姆和他的顾问们在梦之城中所讲述的故事。特纳知道发展只是故事的一部分,因为他知道这个国家的发展道路已经脱离其宗教和政治上的精神支柱。此外,他意识到了埃米尔·迪尔凯姆所注意到的事情:兴趣可以把人们联系在一起,但是兴趣"只能产生短暂的联系和昙花一现的联合",而不能产生一种社群意识(sense of community)。特纳更大的目标是要保存这种以历史为依据并在文化习俗中显现出来的共同的责任感,这样人们就会拥有同样的想法,采取一致的行动,从而共同前进。他的论题主旨明确,阐述清晰。

但是,就像芝加哥的博览会和野牛比尔的表演一样,特纳的论题提醒我们,国家独立性的形成总是包括一个排斥、否定和镇压的过程,就如同要有一个包容和肯定的过程一样。在说到美国想要变成什么样以及想要塑造什么样的联邦时,特纳实际上呼吁的是美国想要控制什么、排斥什么或镇压什么。因此,当美国继续追寻充分的独立性时,他又进一步论述了自信与自我怀疑的问题,这一论述在 20 世纪初的几十年仍旧有人附和。他在野牛比尔的演出语言和芝加哥的技术语言上又添加了自己的东西,部分是来自过去的言语和行为,部分来自达尔文学说和生物学,提出了边疆美德和以芝加哥为标志的新秩序。他的论述实际上表明他希冀着一条融合原始与文明、个人主义与平等主义、分离主义与热心公益、脱离与联合的道路——这并没有改变世界的力量结构,只是增强了自己国家的力量。当他回到久远的往昔,呼唤失落的世界、赞扬拓荒者的顽强和边疆的独立时,他为一个时代的消逝而哀悼,他呼唤共和初期的时代,语气感伤。但是,当他关注周围涌现的景象并开始谈及进步的时候,他又从国家早期的论述模式转变为赋予了科学含义的论述,特别是融入了达尔文学说和社会科学。这些论述包括他在历次美国历史协会发表的著名演讲。他的论述严谨,把他的国家仍旧塑造成新世界的形象。新世界的将来就像一个梦,新世界的人民将继续继承神的承诺。

46

因此，对特纳来说，亚当斯提出的问题——梦之城舞台式的展示能否在芝加哥营造家的氛围以及"美国人"是否能够有"宾至如归"的感觉——答案是一目了然的。亚当斯的历史感使他对飞速的变化充满信心，但却对别的东西没有信心。特纳对此做出的解释，再加上他相信进步的基本原理——从简单到复杂，从边疆到社会，从蛮荒到文明，从"原始的羊肠小道"到"现代商业路线复杂的意象"——使他能够冷静而警觉地面对未来。因此，他在那个时间、那个地点发表了第一篇演说是如此合适。芝加哥的梦之城帮助他开始了蔚为壮观的事业，不仅给他提供了一个平台，而且用它所赞扬的东西强化了他的主题，用它所排斥的东西认同了他所遗漏的东西。在接下来的几十年，哥伦布世界博览会所体现的利益对他和他的论述不无裨益。

第七章 亨利·亚当斯的《教育》和进步的基本原理

亚当斯也许已经承认了特纳特殊的权威,因为他认为像特纳这样的人是与未来联系紧密的人。他甚至可能有些同情特纳的意图:在寻求某种"宗教上的希望"或"最终完美的承诺"的过程中很少有什么东西能够让他坚定不移。他自己对影响现代世界的强大力量也仍旧摇摆不定,对几个试图解释这些力量的理论心存怀疑。他在不同的时期用不同的名称称呼这些理论——"常规"、"排列好的顺序"和"现成的虚构"。在《教育》(*The Education*)中有"科学的规范"一章(这是1899年卡尔·皮尔森出版的一本书的名字),在这章中,他仿效皮尔森,把我们通过感官经验对科学进行验证后对世界的认识的准确性与我们对自身最深层次的需要和我们居住的世界之间的所有关系的了解的不确定性进行了比较:

> 皮尔森把19世纪带来的一切东西都排斥在科学之外。他告诉学者必须要忍受宇宙的碎片,而且是非常小的碎片——一个无所谓顺序的由感官感知的圆环……"秩序和理性,美与善,都是我们只能在人类的思想中才能找到的特性和观念。"

亚当斯把"现代"思想——包括"美国人"的阐释——的起源定位在他所认为的自然和文化相分离的诱惑与威胁之上。从这个意义上来说,自然成了被分析、被掌控和被剥削的对象,而文化成了人们在"只与人类思想有关的特性和观念"的指导下亲手创造出来的东西。实际上,与此同时,实用主义作为一种哲学运动正在美国兴起。这个运动是为哲学要继续满足人类最深层次的需要这一要求应运而生的,即使那意味着把认知的过程置于行为的过

第一部分 梦之城、抒情年代和第一次世界大战

程之中,意味着要去寻求应付目前生活的有效方式而不是去寻求终点。在亚当斯看来,赖尔(Lyell)和达尔文在他们处理的问题上都更具前现代性而非现代性,因为与皮尔森不同,赖尔和达尔文把进化和有意义的选择——或者更准确地说,是与人类对于有意义的选择的概念相一致的选择——归因于自然,而不是把变化和偶然的原子排列归因于自然。他曾经把自己生动地描述为被迫"玩20世纪游戏的17世纪和18世纪的孩子",其中最让人震惊的一幕是他把他出生并生活了大半辈子的世纪作为新世界和旧世界的过渡时期。旧世界的人们认为地球是被创造出来供他们居住的,而新世界的人们认识到秩序、理性、美、善——这些特性和观念只与他们自己的思想相关——注定要像他们一样消亡。

因此,"现代"运动——如果我们指的是19世纪末20世纪初出现的艺术、文学和哲学的"现代主义"——不仅在欧洲的大城市兴起,而且在新世界荒芜的边缘也蠢蠢欲动。它的表现形式多样,包括在脑海里牢记传统价值观、风俗和形式的同时,在实践中又修正或抛弃它们。这些矛盾出现在伊迪丝·沃顿和杰克·伦敦的小说中,也出现在薇拉·凯瑟和西奥多·德莱塞的小说中,还贯穿在野牛比尔的故事中和詹姆斯的论文中。这些矛盾甚至是伯纳姆要把艺术同生活分开的原因。艺术与生活分离是为了双重目的:一是为了保护"利益"不会遭遇到詹姆斯所说的"反思的极限",另一方面是为了防止艺术成为纯"利益"的一种精心伪装的甚至是邪恶的表现方式。此外,这些以及其他对"现代主义"的诠释之所以产生,既是因为人们精力充沛,也是因为利益相关。最终证明没有任何一种"现代的"解释能够满足当时各方面的需要。

尽管达尔文学说盛行,但要了解人类思想和人类文化的关系以及人类思想和人类自然起源的关系,进化论更深一层的含义要在数十年后才能展现出来。尽管马克思主义思想的力量激起对文化的批评,但是要了解作为表达人类意愿的历史和文化以及作为塑造人类意愿的历史和文化这两者之间的矛盾关系,马克思主义思想的隐含意思只是初露端倪。最后,尽管弗洛伊德的思想越来越盛行,但弗洛伊德思想的隐含意义——人类达到其所想的能力和想其所想的能力之间一直存在的矛盾——几乎没有被认识到。"现代"运动表达了这些固有的矛盾,包括自然与文化之间的矛盾——自然是人类生命的发源地,而文化是人类心智创造出来的产品,从而只体现与心智有关的需要;文化作为人类需要的产品和文化作为一种历史场景之间的矛盾,这种历史场景不同于人类渴望见到的任何事物。这些矛盾导致的结果就是在诗歌和小说中文学和历史相分离,文学和自然相分离,甚至文学与个人愿望以及作者自身

第七章 亨利·亚当斯的《教育》和进步的基本原理

都相分离。至少从理论上说,"文学"通过宣扬自己是一种游离在外的、不受个人影响的、甚至是超验的论述这样一个特殊的领域,从历史、文化和自我中分离出来,也从自然中分离出来。虽然看起来有些怪异,但是它希望把自己称作人类精神上一切独特想法的独特王国。

亚当斯的想法有一种深切的悲天悯人的情怀,从而构成了一个神秘的支架。而亚当斯的信念就在于此,即"科学的规范"通过把人类定义为生物人最终把人类与他们自身分隔开来。生物人最深层次的需要虽然在一段时间内通过人类的发明得以满足,但是这种需要最终会丧失。当人类突然成为与"秩序和理性、美和善"相关的所有准则的创造者时,人类也许把他们自己想象成一切神的崇高的缔造者和所有言语的创造者。但是,如果仅仅是因为这些人类准则未经神的认可、甚至未经自然的认可最终无法满足人类需要的话,那么这种崇高所付出的代价就沉重地打击了亚当斯。在海明威的《一个干净明亮的地方》("A Clean, Well-lighted Place",1933)中,一个人物起身去关咖啡厅的灯时自语道:"我们的虚无缥缈就在虚无缥缈中,虚无缥缈是你的名字,你的王国也叫虚无缥缈,你将是虚无缥缈中的虚无缥缈,因为虚无缥缈原本就在虚无缥缈中……为虚无缥缈的虚无缥缈欢呼,虚无缥缈与汝同在。"

与特纳一样,亚当斯的担忧也是"美国式的"担忧,但是这种担忧更具有彻底的"现代性"。这使他对美国所面临的危机有了更全面且与众不同的理解。亚当斯与特纳一样目睹了这个国家从分散的、农耕为主的世界向一个集中的城市化、机械化的世界发展。他也意识到这个新世界将被"资本主义制度和其所必需的机器"所推动。但是,除此之外,他还看到一种新文化正在产生,人们越来越不相信目的性,而怀疑论渐有抢夺先机之势。

亚当斯隐约感觉到自然的感官世界和人类心智(广义地说,人们发明的、用来满足其需要的工具、器具和规则)之间的分离,他模糊地认识到了沃纳·海森堡后来所洞悉的一切。海森堡在描绘基本粒子存在的特性时说:"我们不会再忽视物理过程,通过这个过程我们才得到了关于这些过程的信息",因为"每个观察的过程"都会扰乱观察的领域。"所以,我们最后得知我们用量化的理论精确阐释的自然法则处理的不是粒子本身而是我们所掌握的这些粒子的知识。"总之,亚当斯认识到了海森堡所观察到的赖尔和达尔文的科学的大体含义。海森堡说:"在科学中,研究的对象不再是自然本身,而是人类接触到的并质疑的自然,从这一点上来说,人类依旧是要满足自己的需要。"在某种程度上,甚至在对自然的研究中,"一个人所看到的就是他所引起的"。但是,亚当斯明白,与满足哲学的需要相比,科学工作假说(working hypotheses)能更好地满足自然的需要。在与哲学问题相关的领域,他对部分成功或

◉第一部分　梦之城、抒情年代和第一次世界大战

可行的解决办法，包括可能用实用主义解决的办法，几乎没有兴趣。

1917，亚当斯去世的前一年，伯特兰·罗素（Bertrand Russell）重申了他在1902年首次提出的现代怀疑论的含意：

> 扼要地说，更加无目的、更加无意义的是科学为我们的信仰所呈现的世界。今后我们的理想必须要在这样一个世界的某个地方找到一个家园。人类是各种起因的产物，这些起因对他们正在走向末日毫无预见性；人类的出生、成长、希望和恐惧以及爱和信仰只是原子偶然排列组合的结果；热情、大无畏的精神和强烈的思想感情都无法使一个人永生；历代所有人的劳动、所有人的奉献、所有人的灵感以及所有人类思潮中最睿智的思想都注定要在太阳系的毁灭中消亡；人类成就的殿堂将不可避免地埋葬在宇宙灭亡的残骸中——所有这一切虽尚存争议，但几乎注定会发生，因而反驳这些看法的哲学不可能希冀站得住脚。只有在这些真理的框架内，只有在绝望中永不放弃并以此为坚实的基础，才能稳固地建立灵魂的居所。

两年后，约瑟夫·康拉德（Joseph Conrad）写信给罗素说：他"深刻认识到主宰人类居住的世界的宿命"。后来海明威在《主祷文》（Lord's Prayer）的修正版中表示同意这一看法。在《教育》的最后部分，特别是在"科学的规范"这一章，亚当斯对现代自我的描述比罗素的语气更加严肃，因为他看到了现代自我中存在的黑暗。与罗素一样，亚当斯认为生命"源于不可知且不可想象的虚无"，并注定要消失于这种虚无之中。但是，其他一些约束总是束缚着这个"疲惫的学者"，他总感觉被历史的力量和文化的作用（"外界的暗示"）所驱使，被自然的力量（"自然的强制"）所左右，以至于任何东西——他的艺术、他的哲学甚至他内心梦想的世界——都不能称之为他自己的东西。与和他同时代的大多数作家不同，亚当斯意识到生物学和文化或者自然和历史在塑造人类个人生活和决定人类整体命运时是相互作用的，而这一点人们刚刚开始了解。一想到后来莱昂内尔·特里林（Lionel Trilling）所说的"生物迫切性（biological urgency）、生物需求和生物因素的强硬而顽固的核心"也许在一定程度上使我们脱离了文化力量的诱惑、威胁和控制，亚当斯就感到一丝安慰。但是，自我作为平衡来自内外强制力的媒介对亚当斯来说似乎是勉强的慰藉。他坚持努力"为他的领域发明出一种自己的准则"，因为他认为这种努力具有深刻的人性。但是，他做这种努力时也非常清楚人类希望的外延已经永远改变了。

第七章 亨利·亚当斯的《教育》和进步的基本原理

1868 年,亚当斯到达纽约,参观"有如向平原进军的长长的商队一样的美国社会"。1904 年他再一次到达纽约,发现它已经成为一个拥有巨大能量的都市世界:

> 权力似乎已经超越了它的束缚并维护了它的自由。汽缸已经爆炸,把大量石块和气体抛向空中。整个城市处在一种歇斯底里的氛围和运动中。市民们在愤怒和警觉中呼吁必须不惜任何代价控制新生的力量。从未想象过的繁荣,从未被人类控制过的权力,只有流星划过天际的速度可以比拟的史无前例的飞速发展使世人变得浮躁不安、牢骚满腹、缺乏理性并充满恐惧感。整个纽约需要新人,并且所有凝缩在公司里的新生力量都需要新型人才。

如同芝加哥的梦之城,亚当斯的纽约是人类为满足自己的需要而亲手制造的产品。但是,由于纽约被超越束缚的力量和利益所驱使,它将把它的建造者变成符合其要求的服务者。1921 年,埃兹拉·庞德把城市生活描绘成像"电影"一样。早在几年前,瓦切尔·林赛就曾预言城市生活将给予视觉传媒——形象、标记、象征符号以及绘画、卡通、插图和照片——以前所未有的力量。这些视觉传媒将创造出"象形文明"。几年前,城市经历了飞速的发展,这样的发展需要并导致了资金的集中,从而刺激了工业的发展和新技术的发明。像芝加哥一样,纽约体现了人类想要主宰空间、想要控制自然力量的愿望。但是,控制与扩张同行。乡村俱乐部、经过规划绿化后的城市公园和游乐场以及更天然更辽阔的国家公园,使社会进一步扩展了对人类与自然联系的控制,扩展了人类对空闲时间的利用。由于现代城市的发展与人类活动的联系更为紧密,这些城市在影响甚至制造人类欲望上也就更具威力,就像我们在亚当斯所描绘的纽约中所看到的一样——也像很多年前爱伦·坡（Allan Poe）出版的《人群中的人》(*The Man of the Crowd*, 1840) 一样。

尼尔斯·玻尔（Niels Bohr）曾经特别提到,自然科学假定,人类既是生活舞台上的旁观者也是参与者。以爱伦·坡笔下毫无个性的伦敦为代表,这个城市在众多城市中明显占有先机,而观察者和参与者的角色实际上已经没有区别。爱伦·坡通过放弃对自身内在事物的关注来观察"外部场景"。他描写那些无名的主人公成为现代自我真空化和客体化的典范。他唯一了解的生活是这个城市的外部世界的街头生活。他研究了一群人后,开始仔细观察他们的穿着、步态、容貌和表情。虽然他发现了很多东西,但对他们仍知之甚少,其中一些甚至很难理解。最后,在研究了一群人之后,他把注意力放在了一个陌生人身上——一个面容憔悴、疲惫不堪的人。从这个描绘旁观者和参与者之间相互影响的戏剧中,人们突然意识到这两个角色已融为一体,成为一个单一的几乎是默默无闻的人物:"人群中的人。"

既是叙述者和观众也是参与者和演员的"人群中的人"是一个现代的城市英雄。他与别人的交往都是短暂的、不带个人感情的、肤浅而表面的;这种受利益的驱使才进行的交往总是外在的,转瞬即逝。虽然偶尔也会不知不觉地产生亲密的感情,但那是不可想象的。个人承诺以及因此产生的要求和期望已不存在。社会生活包括一系列互不相关但互相交替的场面。就像亚当斯笔下的纽约和波德莱尔(Baudelaire)笔下的巴黎一样,爱伦·坡描绘的伦敦不够真实却生气勃勃,不断变化却污秽不堪,喧嚣却孤独,病态却精力充沛。用亚当斯的话说,这是一个"朴实的生活痕迹已被清除的"场景。要谈论爱伦·坡的主人公,我们先要谈谈他所扮演的各种角色。他一方面是作为旁观者的参与者,另一方面是作为参与者的旁观者。从某个意义上说,他的视角是自恋式的:他的视线之内全都是自我的空虚的形象。另一方面,他的视角是傲慢的:在内心一片空虚的困扰下,他融合了其他人物。因此,维切尔·林赛所说的"浩大的人群"满足了他的一切生存需求。在他身上,现代城市所带来的孤独凄凉与虚张声势融为一体。

特纳试图挽救西部拓荒故事。面对不断兴起的城市,人们需要更多的小说,那么人们也许会把这些故事用做小说素材。早些时候,野牛比尔已经开始为获得利益和教化世人讲述他那个版本的故事。在《弗吉尼亚人》(The Virginian, 1902)中,欧文·威斯特把一个社会化了的拓荒者表现为一个模范市民,这一点特纳和科迪一看便知。威斯特笔下另一个没有名字的主角既传统又现代——在个人准则上是传统的,在社会道德观念上是现代的。他英勇无畏地面对危险,不仅仅是因为他很勇敢,还因为他内心没有矛盾:即使在极大的压力下,他也依旧坚信他的准则是正确的。他重视自己的荣誉和自己名誉就如同重视个人财产制度一样,他认为这对维护社会秩序是非常必要的。在最初他面对切姆帕斯(Trampas)的一幕中,他准备杀死一个侮辱他的人。后来,他带领一群人吊死了一个叫斯蒂夫(Steve)的老朋友——一个偷牲口的牛仔,证明他愿意杀死别人来维护雇主的财产,或者更广义地说,维护财产制度。如果说他在个人准则中完全坚持传统的荣誉感,那么在他的社会道德中,他维护的是保罗·埃尔墨·莫尔(Paul Elmer More)所阐述的社会观念。保罗·埃尔墨·莫尔在欧文·威斯特和西奥多·罗斯福(Theodore Roosevelt)的母校哈佛大学教书,威斯特特意把《弗吉尼亚人》献给了他。莫尔在《精英政治与正义》(Aristocracy and Justice, 1915)中断言:"可以说在社会更

第七章 亨利·亚当斯的《教育》和进步的基本原理

大的利益面前,金钱比人重要,而财产权比生存权重要,这确实可以理解。"以前,这种想法曾经被用来证明奴隶制的合理性。但是,一旦那个弗吉尼亚人致力于此并与美国革命英雄的后代、佛蒙特州人莫莉·伍德(Molly Wood)结婚后,他就准备好成为怀俄明州的领袖之一,成为精英中的一员。精英的任务,即弄清楚美国的命运,此任务直接出于共同的利益。

但是,实际上科迪、特纳和威斯特想要为这个世界挽救西部拓荒故事,而这个世界在某种程度上只是财产和资本更为重要这一特定观念的假设和结果。它也是一个科学的规范和技术的逻辑所塑造的世界。正如海森堡所指出的,科学的规范和技术的逻辑通过"持续地、不可避免地掌握眼前世界科学的一面"而不断转变着自然与人类的关系。工程师成为芝加哥哥伦布博览会的英雄之一,因为他们在把一片"不毛之地"和一片"暗淡的景象"变成梦之城的过程中起着决定性的作用。从一个角度来说,技术可以被解释成人们把自己的欲望强加给自然的循序渐进的过程。每一次技术的进步都增强了人们控制他们的生活和他们的世界的物质力量。马克斯·韦伯曾经把物质财产说成是一个"铁笼",而F.司各特·菲茨杰拉德后来暗示说,拥有财产就可以拥有控制权。他写道:"征服者就是掠夺者。"但是,在世纪之交,除了像亚当斯一样反复无常、特立独行的人,技术发展的目标几乎是毫无异议的。

亚当斯明白,现代城市揭示了人类想要在这个世界留下印记的欲望。亚当斯把1904年的纽约描绘成"不同于人类以往所看到的任何东西——也不同于他所愿意看到的任何东西",这证实了后来海森堡阐释的观点:此时,技术不再是"人类为推广物质力量而自觉努力的结果";技术开始超越它的束缚并显示出它的自主性。海森堡指出,技术成为被自己的力量所驱使的过程,这使我们注意到巨大的力量相互吸引,而人类在这方面的能力最为有限:即使他们可以做他们想做的事情,他们也不能完全控制他们想做的事情。为了进一步说明这个观点,海森堡引用了中国哲人庄子的话:

> 有机械者必有机事,有机事者必有机心。机心存于胸中,则纯白不备。纯白不备,则神生不定。神生不定者,道之所不载也。

亚当斯知道机器就扎根于此,而技术并非不确定的动力的唯一来源。但是他仍旧不相信特纳笔下19世纪横跨大陆的美国人可以控制现代世界所聚集的力量。

20世纪的作家——从弗兰克·诺里斯(Frank Norris)和杰克·伦敦到欧内斯特·海明威和肯·克西(Ken Kesey)——仍旧期望把国家早期的拓荒者

54

视为典范。诺里斯认为拓荒者是"我们对事物的概念中不可或缺的组成部分"。杰伊·盖茨比有一个装满书的图书馆,里面的书他从未读过。但是,盖茨比却读过本杰明·富兰克林(Benjamin Franklin)的《自传》和一本叫做《霍帕朗·卡西迪》(*Hopalong Cassidy*)的书。克西在《飞越杜鹃巢》(*One Flew over the Cuckoo's Nest*)中再现了作为英雄原型的樵夫、探路员和大篷车队的队长这些有关拓荒传说中的人物。在面对巨大压力的时候,在生命和自由受到威胁的时候,他的主人公兰德尔·帕特里克·麦克墨菲(Randall Patrick McMurphy)模仿演员约翰·韦恩(John Wayne)所扮演的人物,用食指刮一下鼻子,然后把两个大拇指插进牛仔裤的兜里。亚当斯先后在芝加哥和纽约发现了一种"间断性",即一个历史的裂隙。这个裂隙如此之深,因此这个世界需要一种"连接新旧两种力量的"新型人才。在《教育》的最后一章,他把这种新型人才描绘成"他感兴趣和同情的唯一对象"。但是他也把他们描绘成正在消失的人("你凝望得越久,就越看不到他们"),好像在解释为什么要想看到他们需要努力想象和观察的原因。

　　亚当斯为现代世界寻找新的主人公,这在一定程度上就像盖茨比和麦克墨菲一样是在寻找新的行为准则。在《太阳照样升起》(*The Sun Also Rises*)中,杰克·巴恩斯(Jake Barnes)暗示现代准则必须凭经验而定。他说:"我不在乎这些准则是什么。我想知道的只是如何在这些准则中生活。也许当你知道如何在这些准则中生活时你就明白了这些准则到底是什么。"但是,亚当斯依旧信守传统哲学而非实用主义哲学。他知道坚持信奉传统哲学意味着试图找到真理本身存在的基础,即使这个基础不断变化。在那些具有创造意义的努力中展现人类的思想时,亚当斯预料20世纪文学分类的界限将模糊不清,结果果真如此。他的《教育》既是哲学,又是思想史和文化史,还是自传。这本书完全应用了小说的技巧。在写作过程中,这本书把发现某种源于自身的新型论述确定为20世纪文学艺术的任务。

第八章　杰克·伦敦的写作生涯和流行的话语

　　总的来看，杰克·伦敦的风格与詹姆斯的风格相比，更接近凯瑟和德莱塞的风格；与亚当斯的风格相比，更接近特纳的风格。但是，他把个人冒险转变成有利可图的艺术和有文化启示的叙述，这点又有些像野牛比尔。杰克·伦敦于1876年1月12日出生在旧金山，是威廉·亨利·切尼（William Henry Chancy）和弗洛拉·威尔曼（Flora Wellman）的私生子。切尼是一个巡游的星象学家，而威尔曼是一个唯灵论者。杰克·伦敦随了他继父约翰·伦敦的姓。1886年，他继父的农场歉收，于是一家人搬迁到一个体力劳动工人聚集的城市奥克兰（Oakland）。另一个奥克兰艺术家格特鲁德·斯泰因后来说起这个城市时说："那里是一个空无一物的地方。"但是，斯泰因一家人在搬迁到奥克兰之前曾经在宾夕法尼亚州和欧洲住过，而她的这种特殊生活使她拥有不同的标准。对伦敦来说，奥克兰的空旷最接近家的感觉。14岁的时候，他离开了公立学校，白天先后在一家洗衣店和罐头厂工作，晚上常去图书馆、酒馆或在旧金山海湾当捕牡蛎的海盗。后来，他长大了一些，也结实了一些，就签了合同在一艘前往西伯利亚海岸和日本的猎海豹的船苏菲·萨瑟兰（Sophie Sutherland）号上当了一名强壮的水手，从此开始了非凡的冒险。再后来，在1901年和1905年，他试图成为奥克兰第一个信奉社会主义的市长。

　　1894年，即亚当斯前往芝加哥旅行之后的一年和斯泰因进入哈佛大学女子学院的第二年，伦敦加入了由一群失业工人组成的凯利产业军（Kelley's Industrial Army）。他们同科克西失业请愿军（Coxey's Army）一道进军华盛顿，希望能迫使政府帮助失业人员。返回奥克兰后，他作为一个特殊的学生在加里福尼亚大学伯克利学院分院学习了一段时间，之后去克朗代克（Klondike）

淘金。他再次回到奥克兰时仍旧身无分文。于是他尝试把自己的冒险经历写出来，从此开始了他的写作生涯。他的第一本小说集《狼子》（*The Son of the Wolf*，1900）使他一举成名。到 16 年后他去世时，伦敦共出版了 43 本著作，挣了几大笔钱，是当时最受欢迎、稿酬最高的作家。

伦敦之所以能成为第一次世界大战爆发前的作家英雄，一种解释是他像赫尔曼·梅尔维尔（Herman Melville）一样能把亲身经历的冒险变成小说。他做过水手，做过捕牡蛎的海盗，还去过克郎代克淘金。他曾经因为在布法罗（Buffalo）和尼亚加拉瀑布地区流浪而被捕，在监狱里呆了 30 天。为了写《深渊里的人们》（*The People of the Abyss*，1903），他曾住在伦敦东区体验生活，当了几个月的流浪汉。在国家冒险主义和扩张主义盛行的年代，他一直在寻找新的拓荒者作为写作素材，甚至巨大的成功也不能使他停止脚步。《荒野的呼唤》（*The Call of the Wild*，1903）和《海狼》（*The Sea Wolf*，1904）使他誉满全国，财源广进。之后，他前往日本和朝鲜为《赫斯特报》（*Hearst*）报道日俄战争。1914 年墨西哥革命爆发时，他又前往韦拉克鲁斯（Veracruz）为《科利尔》（*Collier's*）杂志报道那里发生的战争。

伦敦刚开始写作时只是想描述他的冒险经历。但是，他很快发现自己在披露一些事实，而他随意阅读的东西使他无法只进行单纯的描述。在他的作品中随处可见他阅读的作品所留下的痕迹，包括霍布斯、培根、洛克、康德、拉普拉斯（Laplace）、弗洛伊德、史文朋（Swinburne）、肖（Shaw）、康拉德、吉卜林（Kipling）的作品。另外，他还十分信赖像恩斯特·海克尔（Ernst Haeckel）和赫伯特·斯宾塞（Herbert Spencer）这样的大众化作家。恩斯特·海克尔的《宇宙之谜》（*The Riddle of the Universe*）把进化论应用到了哲学和宗教上，而赫伯特·斯宾塞认为进化论的思想是了解可知的宇宙中所有变化的关键，包括道德规范和社会机构。但是，达尔文、马克思和尼采是伦敦心目中伟大的英雄。通过阅读他们的作品以及与他们有关的作品，他对所经历的一切形成了自己的想法，而这些想法通常还原了这三个人的观点。因此，他的作品记录了三种冒险活动：通过描述他的经历来努力赚钱，试图从他的经历中找到意义，以及描述三个巨人在他阐释冒险经历时如何相互斗争。

对于达尔文、马克思和尼采的真正信徒来说，伦敦将他们的思想据为己有显然让人不满。他对社会公正的渴望和对社会弃儿的同情强化了马克思的影响。自然作为为生存而战斗的地方，以及人类作为被永远无法磨灭的原始力量所创造出来的动物，都深深吸引着他。这是任何东西都无法取代的。每一次尝试进入动物的意识状态时，他仍为人类在与原始力量斗争的瞬间渴望再度获得的那种原始与狂喜的意识形态而着迷。他相信这个瞬间属于那些真正勇敢的人中最出色的一群人。这些人愿意冒险尝试任何事情。于是,尽管这与他的政见相冲突,他依旧赞美这些瞬间。

在《荒野的呼唤》中,巴克(Buck)有一种对"血缘的渴望",从中我们可以看到尼采和达尔文的影子。巴克逐渐掌握了原始狗群的技能和特性之后成为狗群的领队狗,因为它是一个勇敢而机智的猎杀者,知道如何在"一个只有强者才能生存下来的逆境中成功"地生存下来。巴克生来是一只贵族狗,通过自己的优越性来控制它身边的一切。尼采的种族优越性的观点对伦敦也有着永恒的影响。伦敦写道:"我首先是一个白人,然后才是一个社会主义者。"在他的作品中,女人总是像在特纳的作品中那样处于从属地位,而最重要的一点是,我们能感受到他的第二个关键词("男人")和他的第一个关键词("白人")都具有狭隘、排外的意思。

因此,伦敦所有的作品几乎都有混合的甚至是矛盾的因素。在《深渊里的人们》中,现代城市的贫民窟成为荒凉的边缘地带,这是对现代资本主义所宣扬的以金钱为基础、按阶级进行划分的社会的一种控诉。据他说,有50万甚至更多的人"在一个叫伦敦的社会深渊的最底层悲惨地死去"。而写到社会的受害者时,他把自己描述为一个英勇的超人。《荒野的呼唤》描绘的是一只被"文明化"的、因而失去了一些原始性的贵族狗巴克重新原始化的过程。巴克回应了荒野的呼唤并摆脱了文明的束缚,最终重新成为在"逆境中成功"生存的原始动物。而在《荒野的呼唤》的续篇《白牙》(*White Fang*,1905)中,伦敦把这个过程颠倒了过来。巴克的旅程把它带往自然,而白牙的旅程把它带向文明。

梭罗(Thoreau)在《瓦尔登湖》(*Walden*)中说:"我对荒野的热爱并不少于我对文明的热爱。"T. K. 惠普尔(T. K. Whipple)在《研究这片土地》(*Study Out the Land*)中问道,在"那些远离文明而走向荒野"的人们以及他们的子孙身上"究竟发生了什么呢"?他接着说道:"整个美国都位于荒野的尽头,而我们的过去仍然活在我们心中,并未死亡。因此这个问题很严重。我们的祖先心怀文明却生活在荒野中。我们生活在他们所创造的文明中,但我们的内心仍存留着原始的野性。我们生活在他们梦想的文明中,而他们生活在我们梦想的荒野中。"伦敦相信野性仍旧存在于人们心中,就像在他自己心中一样。他认为这很典型,并不罕见,因为他像梭罗一样都把野蛮和文明看做是相互抗争的法则,而非固定的背景或者固定的生存状态。他认为在"善"的名义下被"社会化"改变的能力和通过保存一个人的"野蛮"本性而保持"自然"的能力都很重要。但是,比梭罗更甚的是,他认为荒野是真正未开化的王国,那里"没有法律,只有棍棒和尖牙的法则"——这个说法几乎消除了自然和其武器（"尖牙"）与文明和其武器（"棍棒"）之间的差别。在小说和散文中，他用边疆话语把生活描述成本能与意志以及武器之间的斗争。在他的作品中，社会反映了自然，因为原始斗争在社会中占有主导地位。自然界中所能看到的相互矛盾的冲动与欲望造成了一片混乱，而伦敦掩饰了这种混乱，将其置于现代世界的社会之中。

伦敦的散文语言平实，情节引人入胜。此外，他还擅长叙述。但是他的作品之所以这么受欢迎，还要归功于这些作品满足了当时人们对"艰苦生活"的一种狂热。这种狂热作为对"文雅"和"柔弱"的恐惧的对立物在世纪之交愈加强烈。简言之，虽然伦敦认为自己是个反叛者，而且在某些方面他也确实是个反叛者，但是他还是以一种自己永远无法完全理解的形式为他所批判的文化服务——除了在《马丁·伊登》中他想象自己理解了这种形式，但这最终导致绝望。他通过编写小说来为这种文化服务。小说简单的内容中却暗含着他和他的社会都无法遏制的潜在的令人不安的结局。

亨利·詹姆斯后期的小说极具权威性，有时人们认为他浓缩了形式的功与过，甚至概括了先验艺术的功与过。而伦敦的作品则揭开了社会的伤疤，并加以渲染，人们经常认为他是受文化局限的艺术家的缩影。但是，这两位作家用不同的方式提醒我们，社会力量和经济力量甚至对艺术都有决定性的影响。詹姆斯的小说主要运用的是利益和投资以及权力、操纵和经济地位的语言，因此取决于具体的政治经济。这种政治经济似乎对影响理解模式的能力和表达习惯以及思维习惯不屑一顾；对习惯性的欲望、渴望和疑惑以及习惯性的勤奋不屑一顾；因此对社会的、道德的、审美的以及理性的反映不屑一顾。詹姆斯不断强调要自觉放弃对固定意思的理解，并不容置疑地相信绝对真理的可能性。对此当然有多个解释。其中一些从哲学角度出发，另外一些从美学角度出发。但是，詹姆斯坚持通过别人的想法来理解每个人的想法，甚至认为连假装清楚而直截了当地了解一个事物也是危险的举动，应该被禁止。这种习惯有其社会的、认识论的以及美学的根源。他避免原始的社会场景和经济场景，也避免与性有关的场景，不仅仅是出于保守或是由于他对此不熟悉，而是因为他认为语言和感受力取决于这些场景或已经在这些场景中暗示出来。那么，人们就不可能通过这些场景更好地理解文章所要传达的内容。从《贵妇人画像》开始，语言和感受力对他来说既必不可少又靠不住——语言是阐释和理解、错误和欺骗的关键因素。他的作品中交战和逃避共存，从而展现了一个作家的困境。这个作家认识到他最基本的工具具有潜在的欺骗性、毁灭性以及创造性。由于他把他的困境视为现代社会的困境而不仅仅是他个人的困境，他学会通过与他笔下的人物——比如伊莎贝尔·阿

第八章 杰克·伦敦的写作生涯和流行的话语

切尔——共同分担来正视这种困境。权力的语言和语言的权力在他的小说中融为一体。但是，他的小说所描绘的世界仍旧是一个有控制权力、无控制能力的世界，把巨大的成功和悲惨的失败结合得前所未有的紧密。

伦敦不理解他自己，也不理解他所处的困境，于是他走向自然，把自然作为冒险的场所，也作为避难的港湾。他认同自己的野性，把自己设想为他所描写的像狼一样的狗。他给他的密友写信时署名为"狼"，把自己的家命名为"狼窝"。相反，他对待各种思想就好像他对待社会那样：小心谨慎地对抗。但是，他的小说之所以这么受欢迎，一定程度上要归功于他从未完全掌握的思想。甚至深深打动读者的"纯粹的"冒险类小说（《荒野的呼唤》、《海狼》、《白牙》）和短篇小说《生火》）也充满了无法解释的行为。在涉及思想的地方，从两方面来说伦敦都是个业余作家：不够专业，但对写作充满激情。但是，他比詹姆斯更容易成为全国人民的精神导师，这在一定程度上是因为他不那么受束缚，也不那么随大流。要想了解他为什么会成功以及促成他成功的文化背景，我们必须要了解这一事实。

《荒野的呼唤》一开始就迫使我们摆脱人类中心说。书中的第一句话是："巴克不读报纸。"通过他的德国圣伯纳牧羊犬英雄巴克，伦敦再次把我们与自然界联系在了一起。我们来自自然也仍旧属于自然。从某种意义上说，伦敦的出发点是原始主义的：他想重新唤醒我们与无思维能力的自然之间的联系。"那里有一种标志着生命高潮的狂喜，生命无法超越它而生。这就是似是而非的生活方式。这种狂喜在一个人活得最好的时候到来，而它到来的时候却完全忘记这个人还活着。"在他的原始主义思想和生机论的背后是一种信念，即在他们试图征服自然的时候，现代工业、商业和中产阶级联合的社会制造出了人与自然之间错误的关系，因此制造出了人与社会之间错误的关系。他坚持认为创造这种社会的潜在的动机是经济上的考虑，就像我们在《荒野的呼唤》中所看到的，巴克被盗卖、被囚禁，完全是人类出于利益的考虑。在《白牙》中，美男子史密斯是个"怪物"，是"软骨头、老掉眼泪的懦夫中最软弱的一个"。他看到狼一样的白牙是那么强壮、那么美丽，于是"想占有他"——就是为了以虐待他为乐，并利用他获利。"美男子史密斯很享受这个工作。他乐在其中，幸灾乐祸。"

伦敦试图使他的风格忠实于他心目中所有的英雄——达尔文、马克思和尼采，因为他觉得他和他的社会需要他们。因此，他的作品中有些涉及人们仰慕的偶像，比如西奥多·罗斯福、尤金·德布斯（Eugene Debs）和赫伯特·斯宾塞等。他执着地刻画能够使人们回想起拓荒神话的情节，希望能够促使道德和精神的复苏。在亲自冒险开发"处女"地时，他发现了以前的拓荒者曾经发现的东西：经济的潜力和勇气的潜力。在开始一项报酬丰厚的事业的过程中，他发现了一种新的阐释：这一阐释融合了英雄式的自我戏剧化的表演、文化拓荒经历和拓荒神话的清晰再现、政治真正关心的问题和自学的（也许只领悟了一半）有关自然与社会的思想。

第九章 "抒情年代"的纯真与反叛：1900—1916年

伦敦在一个经济飞速复苏但发展不平衡的年代从事写作。1900年至1910年，国家人口从6700万猛增到9200万。其中增加的大部分是城市人口。城市人口的增长率是乡村人口增长率的3倍。人均财产和人均收入都有所增长，但同时，分配不均的现象也有所增加：在一个经济极度发展的年代，劳动人民的真正平均收入却下降了。工业的发展和相互联合提高了利润——特别是铁路业、钢铁业、制铜业、肉类加工业、谷类加工业、烟草业和石油业，因此赢家是投资商，甚至那些投资很少的人也是赢家。到1910年，掌管国家最大的商业公司的人拥有巨大的政治力量以及经济力量。小查尔斯·弗朗西斯·亚当斯（Charles Francis Adams, Jr.）在1869年指出："我们对被有钱的公司所控制的政府无言以对。"40年后，人们仍在寻找能够形容国家新政治经济的词。亨利·詹姆斯发现这种新政治经济被一种"新的无情的垄断企业"所控制。同时，穷人更加贫穷、更加绝望——如诗人瓦切尔·林赛所描述的，穷人"像牛一样，虚弱无力，眼神呆滞"。一些有技能的工人发了财，而另外一些工人却遭了罪，特别是来自亚洲和欧洲南部及东部的新移民。在北部和南部，美国黑人上低等学校，住房简陋，而且学校、教堂、工会、工作场所以及整个社会都在警惕地实施着种族隔离，美国黑人深受其害。

这样的反差很快产生了大量表示抗议的文学作品。厄普顿·辛克莱（Upton Sinclair）最初为儿童杂志撰写冒险故事，后来他开始写有关改革的小说。1916年出版的《屠场》（*The Jungle*）中，他把场景设置在芝加哥贫民区的酒吧、租住的房屋和屠宰加工厂。那里，死亡的气息就像"潜伏的毒药"飘浮在空中。杰克·伦敦曾断言《屠场》有可能"像《汤姆叔叔的小屋》帮助黑人奴隶那样为如今的白人奴隶做些事情"。一方面，辛克莱的这本小说与一些

● 第一部分　梦之城、抒情年代和第一次世界大战

揭露社会事实的小说类似，比如林肯·斯蒂芬斯（Lincoln Steffens）的《城市的耻辱》（*The Shame of the Cities*，1904）、约翰·斯巴哥（John Spargo）的《孩子们的哭泣》（*The Bitter Cry of the Children*，1906）和艾达·塔贝尔（Ida Tarbell）的《美孚石油公司史》（*History of the Standard Oil Company*，1904）。另一方面，这本小说又类似于斯蒂芬·克莱恩（Stephen Crane）的"贫困中的两个实验"——《街头女郎梅季》（1893）和《乔治的母亲》（*George's Mother*，1896）、亚伯拉罕·卡恩（Abraham Cahan）的《纽约贫民区的故事》（*Yekl：A Tale of the New York Ghetto*，1896）和《大卫·莱温斯基的崛起》（*The Rise of David Levinsky*，1917）、保罗·劳伦斯·邓巴（Paul Laurence Dunbar）的《未被召唤的人》（*The Uncalled*，1898）和《诸神的游戏》（*The Sport of the Gods*，1902）、詹姆斯·韦尔登·约翰逊（James Weldon Johnson）的《一位前有色人的自传》（*The Autobiography of an Ex-Colored Man*，1912）和安齐亚·叶捷斯卡（Anzia Yezierska）的《施舍面包的人》（*Bread Givers*，1925）。出于同样的动机，画家约翰·史龙（John Sloan）以及"垃圾箱画派"（Ash Can school）和"革命黑党"画派（Revolutionary Black Gang）的其他成员——艾维列·辛纳（Everett Shinn）、威廉·克劳肯斯（William Glockens）和乔治·卢克斯（George Luks）——也在试图使绘画作品"不知不觉地具有社会意识"。对故作斯文的批评家们来说，史龙这些人是"丑陋的社会现象的传道者"。但是，当他们在黑暗的街道、阴冷潮湿的公用大厅和纽约肮脏的租住房屋观察小偷、醉汉和妓女的时候，他们的主题是城市生活，而不是丑陋的社会现象，他们的目标是暴露真实的生活。

但是，实际上，即使他们研究的是城市中那残酷的世界，像辛克莱一样的作家和像史龙一样的画家都被变革的希望所鼓舞。到1912年，当伍德罗·威尔逊（Woodrow Wilson）宣布他的"新自由"的时候，"新"又成了一个具有魔力的词。这个词在拓荒者开发"新世界"时就开始使用，几个世纪以来断断续续地出现。这个国家对不切实际的人的抨击表明它认为自己尚待发展；在20世纪前20年，这个国家一直保持着一种积极进取的状态，并意识到自己在不断完善。随着"新诗"、"新戏剧"、"新艺术"和"新女性形象"的出现，文化背景被粉碎了。一方面，一些人忠诚地维护"风雅传统"（the Genteel Tradition）——这个词是乔治·桑塔亚纳在1911年创造出来的。另一方面，年轻的反叛者内心充满一种紧迫感和使命感。穿着鲜艳的男人和"抽烟的女人"共同炫耀年青一代战胜了"被宗教束缚的身体"。"他们的头脑中有一把尖刀"，带着这种恨意，他们开始审视父母的偏见和禁令，决心抛弃一切对他们来说琐碎的、俗气的、懦弱的或者毫无刺激的东西。

第九章 "抒情年代"的纯真与反叛：1900—1916年

《有影响力的人》(*Movers and Shakers*, 1936) 的作者梅布尔·道吉·卢汉 (Mabel Dodge Luhan) 也是被记者兼小说家弗洛伊德·德尔 (Floyd Dell) 称为"叛逆的富豪"的领头人。他知道一些"风雅传统"的护卫者在某些问题上顽固不化而在另一些问题上又优柔寡断。其中一些人加入了争取妇女选举权的男女混合的大军；另一些人担心"人与人之间的关系——不管是父母与子女的关系、夫妻关系还是员工与雇主的关系"——会像沃尔特·李普曼 (Walter Lippmann) 在1914年出版的《新共和》(*New Republic*) 中写的一样处于一种"奇怪的状态"。还有一些人甚至试图解决已确立的阶级的利益与"大量移民所带来的生活观念和价值标准"之间的冲突。路德维格·路易生 (Ludwig Lewisohn) 在《逆流而上》(*Upstream*, 1922) 中把这种冲突称为无声的冲突。但是，卢汉和反叛者们不免认为这些风雅传统的护卫者十分懦弱。他们一心躲在客厅、私人俱乐部和乡下的庄园里来逃避新美国的力量和问题。这些人既苛刻又胆小。他们不敢接近穷人、工业劳动阶层、新移民和黑人，因为他们害怕这些人的骚动所带来的后果。他们关于"其他有色人种入侵"的言论暗含了两种相互联系的恐惧：一则害怕如果新来的"陌生人"被同化，那么他们的人种就不"纯"了；二则害怕如果"陌生人"不能被同化，那么这些陌生人将占据主导地位，从而取代他们本应具有特权的后代子孙的地位。因此，他们对H. L. 门肯 (H. L. Mencken) 所说的有"异族气味"的所有人和所有的思想都显示出了恐惧，生怕别人夺走了他们这些国家财富的主要受益者的地位和权力。

在19世纪，风雅传统的护卫者的父母和祖父母们总把与自己利益相关的事置于国家官方优先考虑的事情之上。在大家几乎一致认为他们的优势具有合理性之后，他们就展示出擅长利用人际关系的本领：利用由血缘决定的家族关系和由婚姻、合伙契约或其他有法律效力的协议决定的关系，从而巩固和扩大他们的财富，并确保他们的特权。在他们眼中，他们有权把他们获得的或正在获得的特权传给子孙。有人赞赏霍雷肖·阿尔杰 (Horatio Alger) 笔下充满活力、志向远大的年轻主人公们对两厢情愿的关系的利用；也有人意识到这个国家的力量大体取决于它是否能够鼓舞那些前程远大的人采取行动。但是，这样一来，他们就是想使他们的社会及其政治经济远离稳定和特权。还有人乐于看到反叛者们的滑稽行为，甚至为他们提供财政上的支持。而这样一来，他们就是在仿效一个至少自伏尔泰和卢梭的全盛时期以来法国就熟知的策略：塔列朗 (Talleyrand) 描述说，这是上层阶级的策略，对批评表示高兴，确信能够通过掌声、金钱和亲吻来控制他们的文字和图画。杰克·伦敦认识到了这种策略的力量，从而构思出《马丁·伊登》(*Martin Eden*)；他写这本书时对这种策略的探索使他充满绝望。

　　风雅传统的护卫者认为他们的权利、特权和战利品受到了威胁。他们收买反叛者的能力和搅乱破坏分子的能力也危如累卵。他们坚持艺术要远离狭隘的亵渎：首先，美和真理以及传统是必须被尊重的；其次，人际关系必须取决于有节制的交往和"高雅的品位"；第三，如亨利·范·戴克（Henry Van Dyke）所说，必须保留"艺术的精神根源"。总之，如同伯纳姆和他的顾问们一样，他们想使抒情诗就像"风雅派"所描绘的那样成为所有艺术的规范——这体现出一种强烈的责任感并保护了明确的利益关系，其程度可以通过反叛者的目标充分体现出来。但是，弗洛伊德·德尔和吉纳维芙·塔加德（Genevieve Taggard）这样的反叛者在回顾过去时居然会把他们的全盛时期称为"抒情年代"，而对他们究竟取得了怎样的独立丝毫不觉得惊奇，这既具有讽刺意味又很能说明问题。因为事实证明"抒情年代"十分短暂——这一时期"新"这个词具有一种魔力，而整个文化似乎就要被重塑。

　　在一段时期内，这种攻击似乎成了正面的攻击。1911年，"科学管理之父"弗雷德里克·温斯洛·泰勒（Frederick Winslow Taylor）出版了《科学管理原理》（*The Principles of Scientific Management*），宣扬应该把效率"应用在所有的社会活动中：管理我们的家，管理我们的农场，管理我们商人的大小业务，管理我们的教堂、慈善机构、大学和政府各部门"。25年后，约翰·多斯·帕索斯在《赚大钱》（*The Big Money*，1936）中插入了泰勒的一幅画像。他把泰勒的计划称为"美国的计划"，最终以泰勒躺在那里"手里拿着手表而死"作为结束，似乎标志着崇尚效率的最终结局。但实际上，这些与泰勒的名字紧密相连的思想在泰勒把它们系统化之前就已经很普及了，正如对这些思想的批评在多斯·帕索斯对其进行讽刺之前，甚至在 D. H. 劳伦斯（D. H. Lawrence）在《经典美国文学研究》（*Studies in Classic American Literature*，1923）中把这些思想归于美国第一个在俗清教徒本杰明·富兰克林之前就已经广为流传了。1917年，伦道夫·伯恩（Randolph Bourne）在《清教徒对权力的追求》（"The Puritan's Will to Power"）一文中谴责工业资本家继承了清教主义否定生命的思想和试图完全控制人们思想的梦想。其他的诊断专家认为压抑自我的思想主要是由清教徒传播的，而压抑自我是这个国家最薄弱的弊病。詹姆斯·G. 亨内克（James G. Huneker）宣称："按照清教主义思想，整个人不过是一块锁骨。"崇尚风度和效率的人们教会自己对本能的行为讳莫如深，在古板的礼节的约束下杜绝发生私人关系，特别是杜绝与异性发生关系；此外，要把所有的社会关系当做工具来利用。他们把人们逐渐成熟的过程变成了情感逐渐枯竭的过程，把自己变成了否定生命这一准则的牺牲

第九章 "抒情年代"的纯真与反叛：1900—1916年

品。他们是清教徒，而清教徒是渴望金钱、否定生命的精神病患者。他们忘记了如何笑、如何感受奇迹或如何相信快乐。E. E. 卡明斯（E. E. Cummings）后来在《某人曾住在一个多美的小城》（"anyone lived in a prettyhow town"）中写道："随着他们的成长，他们忘却的东西越来越多。"

与此同时，梅布尔·道吉·卢汉经常在他位于第五大道的一间大屋子里举办"晚会"。在那里，诸如埃德温·阿林顿·罗宾逊（Edwin Arlington Robinson）、林肯·斯蒂芬斯、玛丽·奥斯汀和卡尔·范·维奇顿（Carl Van Vechten）等各类作家可以碰到像沃尔特·李普曼这样的记者，还能碰到像约翰·里德（John Reed）、爱玛·戈德曼（Emma Goldman）和比尔·海伍德（Bill Haywood）这样的政治激进派分子。卢汉的客人全都认为刚刚过去的一段时间确实是约瑟夫·弗里曼（Joseph Freeman）所说的"黑暗年代"，那个年代只有"尼采、惠特曼、达尔文和马克思这几颗耀眼的流星"转瞬划过；此外，他们还都认为在抒情年代人与人之间的隔阂正在消除，而人们开始用新的方式交流新思想。"消失了的村庄"所描述的那个世界已经永远消失了。在那里，上帝的十诫以绝对的权威统治着那个世界，以致违反了戒律的反叛者们认为自身犯有罪孽。弗里曼说，现在你"得自己判断对错，自己决定一切"——特别是在性的问题上，以及在尊重父母、认可他们的权威的问题上。那种认为公司资本主义的制度绝对不可改变的观念也不存在了。

新艺术、性行为的新观念和新政治似乎在共同发展。据范·威克·布鲁克斯（Van Wyck Brooks）说，在芝加哥，来自美国中西部简陋的农场、干涸的村庄和萧条的城镇的"无宗教信仰的"难民聚在一起，讨论"将来要盛行的艺术社会主义和更纯粹的情感力量"。福特·马多克斯·福特（Ford Madox Ford）后来从巴黎报道说，"文学的崛起正冲击着"美国中西部地区。同时，在纽约，被卢汉喻为天才的伊莎多拉·邓肯（Isadora Ducan）已经成为性解放革命的最高女性领袖。反叛者认为这场革命将席卷全国。邓肯在卡内基音乐厅演出成功之后，她的崇拜者拟订了一个计划，让她在哈佛大学体育场或者在耶鲁大学体育场成群的孩子们面前跳舞，因为这些孩子年龄小，还没有被清教主义的禁欲思想腐蚀。邓肯不仅仅是一个"伟大的充满生命力的舞蹈家"，也不仅仅是冲破传统道德、"解放身体的象征"。她是一个"崇高的异教徒"，期待着一个即将到来的新时代。到了那个时代，生活"纯粹而自由"，人们相信"天性的美"。反叛者们说，一个人"要想幸福地死去"，必须要看伊莎多拉·邓肯的舞蹈，从中窥见未来。

当然，反叛者实际上并没有自己想象的那么开放。混合了异教徒、唯美主义者和改革者的反叛者们——卢汉把他们描述成热切天真的无政府主义

第一部分　梦之城、抒情年代和第一次世界大战

者……工人领袖、诗人、记者、编辑和演员——也不像他们的敌人那样团结。卢汉承认这让人迷惑不解；虽然反叛者"是一幅画上的所有组成部分"，但是他们同时也是"东一块西一块的"。一个分歧就可以使认为政治比艺术更重要的人和认为艺术比政治更重要的人对立起来。而另一个分歧就可以使更关心正义的人敌视更关心个人自由的人。无政府主义和流浪生活都很盛行，而两者都"对所有的群居生活不加选择地表示蔑视"。那些能从表面上是孤儿、流浪汉甚至是社会弃儿的人当中认出诗人艺术家的作家支持那些选择孤独的生活方式并拒绝"同流合污"的人。有些人满足于弗里曼所说的双重生活，即一方面支持艺术，另一方面支持政治改革；另一些人，包括弗里曼和德尔，求助于《群众》（*Masses*）杂志，希望调和他们"敌对的自我"，并"把文学与革命联系在一起"。其他一些杂志——包括 1914 年由赫伯特·克罗利（Herbert Croly）创办、沃尔特·李普曼编辑的《新共和》和 1916 年创办、由詹姆斯·奥本海姆（James Oppenheim）编辑的《七艺》（*Seven Arts*）——也涌现出来，以宣传其他有关团结的观点。甚至以前创办的杂志——包括 1914 年以后由 H. L. 门肯和乔治·琼·内森（George Jean Nathan）编辑的《时尚伙伴》（*Smart Set*）和 1913 年到 1917 年由马克斯·伊斯特曼（Max Eastman）编辑的《群众》——都力求把团结作为他们的事业。但实际上团结很难实现。

　　门肯很早就拥护德莱塞那"不加雕琢"的艺术。他写了一本关于尼采的书，引起了争论。书中，他对人们反抗"失去自然本性的文人雅士"的呼声表示支持。他认为这些"文人雅士"似乎对生活中以及艺术中任何"率直、有趣、富有想象力和冒险精神"的事物都视而不见、听而不闻。但是，他有限度地采用了像埃兹拉·庞德一样的"现代主义"作家的晦涩难懂的作品，而对被他称之为"节育者、神经过敏的社会主义者和害人虫"的改革者的作品采用得少之又少。詹姆斯·奥本海姆之所以创办《七艺》，部分原因是由于，在他看来，《新共和》在短短的两年间已经成为只关心"生活的价值观"的一边倒的杂志，而忽视了艺术对形式和手法的关注。德尔坚持认为，德莱塞的问题在于他通过用达尔文的话来展现生活从而给人们灌输了一种"消极的态度"。比起那些拒绝让艺术具有社会责任感的唯美主义者，路易斯·史密斯（Louis Smith）更喜欢被门肯称为"害人虫"的改革者。《犹太人的精神》（*The Spirit of the Ghetto*, 1902）的作者哈钦斯·海普顾德（Hutchins Hapgood）认为斯泰因和庞德以及那些后期印象派画家放弃了艺术应该体现"现实"世界的想法是不负责任的。

　　当团结无法实现时，人们开始休战，这多少有些崇高。虽然比起晦涩的诗歌来，门肯更喜欢自己写的平实易懂的文章，也偶尔出版庞德和乔伊斯的

作品。而比起"文人雅士"来,他甚至更喜欢"害人虫"。史密斯和海普顾德仍旧对被他们称之为"唯美主义者"的人表示怀疑,对像马克斯·伊斯特曼这样的与实际紧密联系的激进分子进行批判。史密斯说伊斯特曼是个"愚蠢的知识分子,而不是真正的社会主义革命者"。但是与海普顾德一样,比起风雅传统的护卫者,他也更喜欢温和的、打破传统信仰的人,甚至喜欢享乐主义者,因为他认为任何骚动都是好事情。海普顾德写道:"不管其计划和想法是否永久有效",骚动都会动摇一个社会的根基,引领人们走向新的生活。

最终产生的结果就是庞德所说的"美国的复兴运动"。庞德指的是几乎朝着反对"风雅派"这同一个方向发展的"整个一连串的解放运动"。几年来一直谣传反对权威的全副武装的起义就要爆发。这种谣传已经飘过了大西洋。受到威胁的不仅是基本的美学价值观,还包括社会传统和道德传统。对特里斯坦·特扎拉(Tristan Tzara)和达达派来说,"艺术"的价值以及被 W. B. 叶芝(W. B. Yeats)称之为"人类才智永恒的丰碑"所传播的文化成就也受到了威胁。抒情年代的反叛者卷入了"整个一连串的解放运动",他们集中针对他们所认定的或者从某种意义上来说他们所创造出来的敌人——"失去自然本性的文人雅士"、"清教徒"、"风雅传统的护卫者"——而回避让他们产生分歧的问题。美国地方主义是他们所热衷的打击对象,特别是当地方主义以恶毒的形式对任何貌似来自外国的东西或带有异族气味的东西显示出恐惧时。在少数民族聚居地,他们的服装和举止以及他们所宣传和阅读的书籍都体现出他们自觉地超越了民族偏见。他们的一个目标就是让人们认可伦道夫·伯恩所说的"跨民族性"——"把所有不同样貌、不同肤色的人反复交融在一起。"

然而,实际上他们所有人又同时希望能够为创造出一个与众不同的"美国"文化做出贡献。《七艺》的编辑、《美国的成年》(*America's Coming of Age*, 1915)的作者范·威克·布鲁克斯认为,除非本土作家使他们的领袖"直接面对[他们]自己的经历",否则不可能有真正的革命。他的观点代表了很多人的想法。布鲁克斯对美国清教主义和文化物质主义的控诉大部分是受欧洲思想家的影响。但他仍旧确信"诗歌的世界"依旧"潜藏"在这个国家的过去,而诗歌仍有可能"有助于"重建人们的生活,"就如同生活的诗歌应该起到的作用一样"。抱着这种希望,他和他的朋友们花了大量时间阅读前人的作品或相互阅读彼此的作品:布鲁克斯读德尔的作品,德尔读布鲁克斯的作品,两个人都读伯恩的作品,而伯恩也阅读他们俩的作品。他们读诺里斯、辛克莱、伦敦和德莱塞的作品,也读凯瑟、沃顿和斯泰因的作品。按照弗里曼所列的单子,他们还读"罗伯特·弗罗斯特、爱德加·李·马斯特斯

第一部分 梦之城、抒情年代和第一次世界大战

（Edgar Lee Masters）、瓦切尔·林赛、詹姆斯·奥本海姆、艾米·洛威尔（Amy Lowell）、埃兹拉·庞德、T. S. 艾略特、和……卡尔·桑德堡（Carl Sandburg）的"诗歌，也读"瓦尔特·惠特曼的诗歌。惠特曼的诗歌在美国文学新兴的自由中表达了革命的思想"。

反叛者们也不知能否复兴，于是他们绕过他们发现无法解决的问题，包括确立一个国家特有的文化和创造出一个跨国界的文化这两者之间的矛盾。如弗洛伊德·德尔所说，反叛者们认为通过"寻求生活和艺术的新价值观"而产生的外国的"新精神"由"逐渐的变化"产生"巨大的变化"，最终"一定会……指引人们走向社会主义社会"。《群众》杂志在一段时期内，特别是由马克斯·伊斯特曼编辑的1913年至1917年期间，引领着美国的激进主义，这是以前任何一本杂志甚至以后任何一本杂志都未出现过的绝无仅有的情况。但是《群众》回避了很多问题。它把政治与 E. E. 卡明斯最初的爱情诗歌紧密联系在一起。弗里曼如实地、不加批判地说指出，通过这本杂志，"由奥玛尔·海亚姆（Omar Khayyam）、弗里德里希·尼采、爱德华·卡朋特（Edward Carpenter）、瓦尔特·惠特曼，还有西格蒙德·弗洛伊德刮起的变革的春风吹遍了美国……把我们从清教主义思想毁灭性的压抑中、从无法消除的罪恶感中解救出来"。甚至当它把重点明确转向政治时，这本融合了各种革命因素的杂志仍旧含有"耶稣同志"的福音。但是，通常它涉及的领域——阿特·扬（Art Young）不敬的卡通画、德尔打破传统的文章、工人运动的煽动者阿图洛·乔万尼提（Arturo Giovannitti）的宣言、玛丽·希顿·沃斯（Mary Heaton Vorse）揭发的事实和约翰·里德的旅行报告——仍具有广泛的文化性而非全都倾向于政治。

对在一战结束后的凄凉岁月里写作的德尔来说，1912年成了复兴马上就要到来的"抒情之年"。而对塔加德来说，当从1925年回顾以前的岁月时，最关键的日子是1906年3月，即由爱玛·戈德曼创办、编辑、出版的《大地》（Mother Earth）第一期问世的时候。但是，塔加德认为那个时代是一个"快乐的季节"，是一个"节日"，这一点与德尔产生了共鸣。"节日"期间，"在乐观的社会理论的支持下积极开展的社会工作"使充满希望的、情绪高涨的、年轻的改革者与看起来老弱疲惫的敌人展开了斗争。此外，她也认为当联邦政府等不及塔列朗的拉拢政策奏效而查禁了《群众》并结束了维持抒情年代的纯真时，那个时代就终止了。

第十章 1913年的军械库展览会和纯真的消逝

没有别的事件能够像1913年2月17日晚上在纽约举办的军械库展览会那样能够完整地记录下来抒情年代的反叛、分裂和逃避。这次军械库展览会后不久，792英尺高的伍尔沃斯大厦（Woolworth Building）建成，成为当时世界上最高的建筑。在自传四部曲《亲密的回忆》（*Intimate Memoirs*，1933—1937）的第三部分《有影响力的人》中，卢汉探讨了几起"艺术革命"，并再版了她自己的文章《散文中的沉思或后印象派》（"Speculations, or Post-Impressions in Prose"）。这篇文章的内容是有关军械库展览会的。在文章中，她断言"格特鲁德·斯泰因正在用文字做着毕加索用绘画做的事情"——"用语言归纳新的意识形态"。卢汉因此做出了更加直率的断言：鼓舞了这个时代的艺术家的精神也深深影响着军械库展览会的策划者。弗雷德里克·詹姆斯·格雷戈（Frederick James Gregg）和阿瑟·戴维斯（Arthur Davies）与斯泰因和毕加索共同谋划，要让"伟大、盲目而愚蠢的纽约民众"看看"真正的现代"艺术。他们在策划这个展览的时候，"带着一半恐惧、一半喜悦的矛盾心情"讨论他们的计划，认为他们的计划将"轰动美国"。"他们认为他们注定要为这个国家带来革命，人们看到他们像情绪高涨的打架的孩子一样笑得乱颤。"卢汉总结说，展览本身是"美国以往所发生过的"此类事件中最为重要的一件，就是因为它触动了人们"未觉醒的意识"，使艺术家们能够把这种意识释放出来。

在某些方面，军械库展览会几乎达到了它的创造者所梦想达到的效果，包括它所引起的骚动。一些艺术评论家，包括为《国家》（*Nation*）杂志写文章的弗兰克·马瑟（Frank Mather）在内，一再向读者保证骚乱将逐渐消失而人们终会清醒，极力保持艺术的纯净与社会的安定。另一些艺术评论家支持诺曼·海普顾德（Norman Hapgood）在《全球》（*Globe*）杂志中所发表的观点。他认为新艺术对"完美形式"和"高尚主题"的恶意亵渎触犯了道德标准和美学标准，把杜尚（Duchamp）的《下楼梯的裸女》（*Nude Descending a Staircase*）描述为对人类身体的残忍的扭曲。凯尼恩·考克斯是建设芝加哥梦之城时伯纳姆的顾问。他认为塞尚（Cezanne）"毫无天分，完全背离传统"。但是，来自罗亚尔·科蒂索斯（Royal Cortissoz）的谴责最有影响力。他与世纪俱乐部（Century Club）、国家设计学院（the National Academy of Design）、美国罗马学院（American Academy in Rome）这些令人敬畏的机构有着密切的联系。

科蒂索斯曾经为奥古斯塔斯·圣高登（伯纳姆的另一个顾问）和约翰·拉法奇（John La Farge, 1911）写过传记。1913年，他对垃圾箱画派和"革命黑党"画派的成员进行了抨击，使他成为新"野蛮主义"最厉害的敌人。在观看了军械库展览后，他说塞尚是无知的，梵高是无能的，"西班牙人毕加索"是"奇人怪物展览"的创造者。他向人们传递了这样的信息："西班牙人毕加索"、"愚蠢的法国人"高更（Gauguin）和"被痛苦折磨的"荷兰人梵高带来了危险。这体现出一种被压制的民族忧虑。在他提到"外国影响"就要威胁到"美国"社会以及"美国"艺术时，这种忧虑就浮现出来。科蒂索斯坚持认为，"后印象派"所攻击的就是把艺术的概念永远作为"一种永恒理想的表现形式"——在为这个观点辩护时，他把"英国批评家罗杰·弗莱（Roger Fry）先生"和约翰·S. 萨金特（John S. Sargent）当做他的盟友。这进一步证明了艺术的最大公敌就是那些所谓的艺术家们，他们用"野蛮的"方式表现"肮脏的主题"，显示出技艺上的"无能但又充满自负"，其结果就是"晦涩难懂"。因此，这种艺术的公敌也就是"美国"的公敌。

军械库展览会声名远扬，获得了巨大的成功。参观者蜂拥而至。展览会在纽约闭幕后，大部分展品转移到了芝加哥，并在那里举办了展览会，与歌舞杂耍表演女演员莉莉·兰特里（Lillie Langtry）和歌舞剧《百老汇琼斯》（*Broadway Jones*）中的乔治·M. 科汉（George M. Cohan）展开了势均力敌的竞争，结果遭到了法律与秩序联盟（Law and Order League）的攻击。再次回到纽约后，格雷戈、戴维斯和其他共同策划者为他们的胜利举办了一个庆祝活动。他们穿行于博览会开幕的各个大厅之间，鼓乐齐鸣，觥筹交错。约翰·奎因（John Quinn）不断重复菲利普船长和他的船员在圣地亚哥看到一艘出故障的西班牙轮船下沉时所说的话："不要欢呼，孩子们，可怜的家伙快死了。"

军械库展览会的影响持续了很多年。印象派画家和后印象派画家的作品早些时候曾经在阿尔弗雷德·斯蒂格里茨位于第五大道 291 号的画廊里展出过。马森·哈特利（Marsden Hartley）把这个画廊称为"世界上类似的画廊中最大的小房间"。虽然比尔·海伍德认为斯蒂格里茨心胸狭窄，但艺术家们认为他很开明：因为他没有为自己打算，他与老套的传统为敌，用一种有趣的方式把藐视传统的艺术家变成了朋友。在 1908 年、1910 年、1911 年和 1912 年，他展出了罗丹的素描、马蒂斯的裸体画、图卢兹－洛特雷克（Toulouse-Lautrec）的彩色石板画、塞尚的素描和毕加索的素描。但是，军械库展览会仍旧为野兽派、立体派、早期未来派的作品能够得见天日带来了转机。在博览会巡展期间卖出的几百幅作品中，塞尚的《山上破旧的房子》（*The Poor House on the Hill*）被大都会博物馆买走。这是美国政府机构所获得的第一幅塞尚的作品。

然而，另一系列反响来自不同层次的反叛者内部。对那些与布鲁克斯一样都支持本土传统的人来说，展览会以欧洲为重点令人有些不安。但是更深一层的问题却与艺术的目的有关。对卢汉来说，毕加索的画并不危险，就像斯泰因的散文并不危险一样。只不过是一个人在用文字做另一个人用绘画做的事情：都是用艺术"唤醒一种新的意识形态"。但是，当卢汉继续解释其含义时——她发现对斯泰因来说，语言是"具有创造力的艺术而非反映历史的镜子"——连"新"这个具有魔力的词都无法使她避免冒犯那些坚持认为艺术有社会目的的社会主义者或把模仿作为艺术遗产必不可少的一部分的作家。形式主义者似乎愿意看到像斯泰因一样的个别艺术家一心致力于重塑狂热的精英群体的感知力、感受力和思想。但是，对于希望把艺术与政治结合在一起的青年理想主义者来说，艺术与社会和经济现实相分离从而与"人民"相分离意味着艺术的失败。《群众》未能面向大众是一个公开的秘密。一个言语风趣的人写道：

> 他们为《群众》画一些胖胖的女人
> 一些裸体的、胖墩墩的、难看的女人——
> 这如何帮助工人阶级呢？

但是人们仍旧坚持要实现团结。放弃这个理想不仅对《群众》的编辑们来说，而且对许多反叛者来说，都是不可想象的。但无论反叛者自己的美学理念中所涉及的政治和他们的政治理念中所涉及的美学是多么不具批判性，他们仍一心要进行社会改革。

埃兹拉·庞德躲在英国乡下，没有参观军械库展览会，对像格雷戈和戴

第一部分 梦之城、抒情年代和第一次世界大战

维斯这样的人所策划的骚动基本上也不感什么兴趣。而对门肯和李普曼这样的作家以及对路易斯·史密斯这样的革命者和哈钦斯·海普顾德这样的社会批评家来说，庞德具备所有唯美主义者的特征，包括他的服装、举止和作风。唯美主义者几乎不必关心物质文化，更别提政治现实和大众的困苦了。但是，庞德后来的写作生涯清楚地表明他所关心的事情比大多数人想得要多。

年轻时，庞德主要关心语言的可能性、语言的问题和语言的力量。他的几个朋友在一战中牺牲，其中包括雕塑家亨利·戈迪埃·勃尔泽斯卡（Henri Gaudier - Brzeska），此后，他对政治和经济更加有兴趣。在《休·塞尔温·莫伯利》（Hugh Selwyn Mauberley）——他将其描述为一种正常的研究、一种浓缩詹姆斯小说的尝试——中，他的宏伟计划包含挽救文化以及语言的任务。他不仅要从政治家、银行家和好战分子手中，还要从颓废的唯美主义者手中和过于优雅的文人学者手中保全文化与语言。再后来，他在二战末期被囚禁在比萨时回顾了自己对抒情年代的阐释，也就是1913年至1916年他与W. B. 叶芝住在苏塞克斯郡的石屋中的那几年。他认为那个年代是纯真年代，那时"世界还没有沦于战争"，生活似乎充满活力，而政治尚未诞生。

但是，庞德对文化政治的关注实际上要追溯到他先前对控制了西方民主国家（包括美国）文学的商业杂志和出版社产生的失望情绪。庞德认为，艺术能否幸存事关重大，因为艺术的命运与所有独创性、自主性和个体性的形式都是密不可分的。文化的连续性使他确信由商业文明（最高的效率、标准化的产品、可替换的角色和可替换的工人、重复的过程和系统化的管理）制定的各种规章制度对生活以及艺术都是有害的。他意识到在经济过程中，公司资本主义推动着"系统管理"，而"系统管理"巩固了公司资本主义。这个更明显的经济过程对个体性是一个威胁，同时对艺术的创造性也是一种威胁，于是他把抵抗这个经济过程作为生活的重心。政治和艺术如何才能不仅在形式上结合在一起（这在一定程度上已经实现），而且在观念和目标上也结合在一起（这点还未实现），这个问题庞德无法解决，但他断断续续地试图解决这个问题。他在公众心中是个唯美主义者，而他的作品显示出他并不完全是个唯美主义者。他的唯美形象征服了公众，因为对他来说这易于与别人交流，而对公众来说也易于理解。但是，他知道他想要的是什么。他想要的不是艺术应该与政治分离或美国应该回到过去。他在1913年出版的一本小册子《我的祖国》（Patria Mia）中明确表明，美国应该在多元化经济把艺术前途以及政治前途毁掉之前掌握艺术和政治前途。

庞德最终失败了。与此类似，《群众》的编辑们选择从相反的方向达到同一个目的，但殊途同归，最后也失败了。庞德意志的不坚定预示着他的失败，

第十章 1913年的军械库展览会和纯真的消逝

而第一次世界大战的到来注定他必然失败。欧洲爆发的大规模的战争是几十年来争夺市场和殖民地的结果。工业的发展刺激了这场争夺战，而这场争夺战又刺激了工业的发展，最终产生了民族主义的挫败感以及民族主义的胜利感，并使军备竞赛愈演愈烈。美国境内，反战情绪在德裔美国人和爱尔兰裔美国人中最为强烈。站在包括法国和英国在内的协约国一方作战让他们很矛盾。沙皇帝国恶毒的反犹太主义政策使美国的犹太人不愿意做任何有助于俄国的事情。许多美国人，包括大多数抱有理想主义思想的年轻反叛者，带着难以置信的态度观望欧洲。与他们保持安全距离似乎是唯一明智的做法，以免"快乐的季节"变成傻瓜的天堂。但是，由于冲突和暴行一个接着一个，想要与欧洲疯狂的举动保持安全距离的希望破灭了。最后，大多数反叛者接受了亨利·詹姆斯在一封信中所表达的观点：战争是"血腥而恐怖的深渊"，变化莫测的19世纪不是想创造一个拥有美好希望的抒情年代，而是一直在设法促成这场战争的爆发。

　　美国不情愿地加入了第一次世界大战。它很晚才加入战争，而且直到战争结束也没弄清楚它参战的动机是什么。"必须为民主制造一个安全的世界环境"，威尔逊总统说。"我们在金钱的指挥下打算参战"，内布拉斯加州的议员乔治·诺里斯评论说。到国会投票表决时（参议院在1917年4月4日举行投票表决，众议院于两天后一个阴沉的耶稣受难日举行投票表决），大多数人仍旧支持参战的决定：关于决定是否参加与德国的战争的投票结果为，参议院82票对6票，众议院373票对50票。约翰·里德在1917年的夏天说："我当时投票支持伍德罗·威尔逊主要是因为华尔街当时反对他。但是现在华尔街支持他了。这是伍德罗·威尔逊和华尔街的战争。"但是，随着人们陆续参军加入威尔逊的"大圣战"，这种怀疑态度大都不存在了。

　　加入了这场被威尔逊称为"所有战争中最可怕、最具毁灭性的战争"，各方面的代价慢慢显露出来。但是，威尔逊事先预料到的一个代价显现得最早。他似乎预见到政治迫害、间谍恐怖活动和袋鼠法庭①就要出现。1917年，他对一个心腹朋友说，这场战争将"颠覆这个我们熟知的世界"，它将把"反自由主义强加给美国"，给"国家生活的特有品质中"灌输一种"无情残忍的精神"。一年前，政府已经禁止《群众》杂志的邮件往来；一年后，政府先后在1918年的4月和10月对马克斯·伊斯特曼、弗洛伊德·德尔和阿特·扬提起公诉，控告他们"阴谋反对政府"，但公诉以失败告终。1916年，詹姆斯·奥本海姆创办《七艺》时仍对抒情年代充满信心："美国失落的灵魂可以

---

① 指私设的公堂或非正规的法庭，亦指不公正的法庭或全然不顾法制的法庭。——译注

○第一部分 梦之城、抒情年代和第一次世界大战

通过艺术而重生",或者像范·威克·布鲁克斯所说的"一个真诚的、人道的、一致决定的、多少有些革命性的抗议"能够使这个国家"摆脱人们生活上的重压,即晦涩的年代、国家瘫痪、暴政、愚昧、懒惰以及重商主义思想带来的重压"。但是,这种纯真逐渐消失了。一年间,政府逼得《七艺》停止发行,主要是因为它反对战争,而抒情年代——也被称为"小规模文艺复兴"、"狂妄年代"和"快乐的季节"——已经消逝,使卢汉、奥本海姆、布鲁克斯、塔加德和德尔意图通过"逐渐的改变"带来"巨大变化"的共同希望破灭了。

第十一章　希望与绝望的交替

　　如同诗歌与艺术一样，抒情年代的小说中绝望与希望交替出现。杰克·伦敦早期写的一些信件描述了他为他的小说能够在东海岸的杂志上发表或被东海岸的出版商出版所做的日复一日的努力。如同庞德一样，他也抱怨邮资昂贵，稿件屡遭拒绝。后来，他开始大肆吹嘘、炫耀他取得的巨大成功，之后又带着越来越矛盾的心情分析他的成功，害怕他的成功是以向堕落妥协换来的。在《马丁·伊登》中，他正视令他笔下身为作家的主人公感到困惑不解的雄心壮志，并把这些雄心壮志和国家的雄心壮志联系起来。他谈起马丁·伊登时说："他一想到这些雄心壮志，就对自己的处境有一种绝望感。他清楚地看到自己正处于'死荫的幽谷'之中。身体里的一切生命都在消散、陨落、走向死亡。"

　　《马丁·伊登》是关于一个作家的故事，其一生与伦敦自己的一生极其相似。《马丁·伊登》的一个意义就在于它一再暗示现代艺术经常以艺术家与主人公之间和艺术家与作品之间的相互影响为中心，尽管它坚持人与人之间要保持冷淡这一信条。就像伦敦、格特鲁德·斯泰因和欧内斯特·海明威在他们各自的小说中所描写的一样，马丁·伊登认为任何发生在他身上的事情——贫穷与富有、默默无闻与声名鹊起、冒险经历与无聊的生活、受到的伤害与获得的好运、健康与疾病——都与他有点格格不入，但又都是他自己的想法。因此他开始去关注、去占有、去创造。通过尼采式的抗争，他变成了有名有利的作家，迫使那个有强烈等级意识的物质主义社会承认他是上等人。从某种意义上说，他套用了霍雷肖·阿尔杰的情节：他的故事描述了一个年轻人如何从默默无闻到声名鹊起、从愤世嫉俗到家财万贯、从住在贫民区到住进豪华饭店套房的过程。但是，他把这个人们熟悉的情节变成对产生

第一部分 梦之城、抒情年代和第一次世界大战

这一情节的社会的抗议，然后通过把他的主人公变成一个社会批评家和艺术家，使这一情节的创造者和他笔下的主人公获得了巨大的成功。马丁·伊登的社会给予他的荣誉和回报越多，他就越鄙视这个社会。

很显然，伦敦乐于把他的小说写得与自己的经历类似，也乐于摆出一个孤独的反叛者的姿态，揭露这个社会（既是他自己的社会也是马丁的社会）已经没有高尚的情操或正直感可丧失了。马丁·伊登是一个充满激情、充满希望的年轻人。他成为一个作家，并爱上了一个叫露丝·莫尔斯（Ruth Morse）的少女。露丝·莫尔斯出身于中上层家庭，她的父母很担心自己的社会地位，因而很在意女儿将来的终身伴侣。因为马丁·伊登没钱、没地位——就像露丝的父母给她灌输的，他甚至连"工作"都没有，更谈不上"地位"了——露丝拒绝了他。马丁很痛苦，但他相信"尼采是对的"，这个"世界是属于强者的"，强者如此高贵，因而"不能在生意和贸易的猪槽里打滚"。当成功向他走来，名利接踵而至，而他"像彗星一样闪现在文学世界的天空时"，他觉得十分好笑。与卢梭一样，他学会如何推销自己无礼的行为和愤怒的言论。但是，由于学会了太多推销自己的方式，他开始意识到他的成就的价值是出版他的书、购买他的书和称赞他的书的世界确立的。很快，他不再写作，而是开始出售那些已被他丢弃了的发黄了的手稿，他已不再相信这些作品有什么价值；银行里的存款越来越多，他也愈加蔑视那些出版他的作品的出版商和购买他的作品的读者。

露丝和她的家人对他的价值转变了看法，这加深了伊登的绝望感。莫尔斯一家第一次表示缓和关系的举动是莫尔斯夫人派莫尔斯先生邀请马丁共进晚餐。马丁拒绝了，于是他们又叫露丝去他的酒店房间说服他相信露丝对他的爱。马丁现在已经确信无疑：露丝和她的家人已丧失了价值观。他对露丝说："这让我对神圣的爱情产生了疑问。爱情难道如此粗俗，只是建立在几本书的出版和公众的瞩目上吗？"最终，不仅莫尔斯一家的愚蠢触怒了他，影响人们的生活和价值观的社会力量——包括他自己的生活和价值观——也触怒了他。他说露丝无需为她所做的事情"请求原谅"，因为她一直是按照社会对她的教育行事，而"不能要求一个人超出社会教给她的东西"。当他认识到他曾经爱的露丝是被他理想化了的露丝时，他失去了一切。露丝之所以美丽，部分是由于她的"地位"带给她魅力，部分是由于"他的爱情诗光洁而明亮的灵魂"把她塑造得美丽。他说："太晚了。我是一个病人……我似乎丧失了所有的价值观。"

伊登无法找到重新解读生活的方法，于是更加绝望，最终，这种绝望将一切吞噬。他说："我不再读哲学了。我不想再听到有关哲学的任何一个词。"

他还认为艺术也是骗人的东西,它呈现给穷人的是虚假的希望,呈现给富人的是自鸣得意的安全感。最终,因为没有了信念,他对"一切都失去了欲望",于是他漂流在海上,以实现死去的欲望:"身体里的一切生命都在消散、陨落、走向死亡。"本能的"求生意志"使他打消了第一次自杀的念头。但他最终克服了这种意志,第二次自杀成功。

《马丁·伊登》写于 1908—1909 年间。那段时间,伦敦驾着自制的斯纳克号帆船从加利福尼亚一路航行到南太平洋。在书中,他描写了两种不同文化概念的直接对抗。一种文化是建立在追逐利益的梦想上。这种对利益的追求强大到可以让人身不由己地做一些事情,可以吸收或同化小的异己因素。这是莫尔斯一家的梦想。另一种文化建立在价值观的梦想上。这种价值观纯洁而高尚,足以自己体现出来并迫使别人认可它。这是伊登最初的梦想。伦敦很显然把希望寄托在他的主人公身上,但是他自己的经历告诉他这种希望是不可能实现的。他的经历使他既支持莫尔斯一家身体力行的同化策略,也同意将伊登吞噬的绝望策略。《马丁·伊登》是伦敦最重要的小说。7 年后,1916 年 11 月 22 日的早晨,40 岁的伦敦给自己注射了过量的吗啡自杀身亡。从他第一本书问世到他去世这 16 年间,他共出版了 43 部著作,还留下了一堆手稿,编辑和出版商从中又择出 7 本书。公正地说,作为一个有追求的人,他怎么生活的就怎么写。而作为一个内心充满希望、脑子里有很多想法的人,他怎么想的就怎么写。他似乎和劳莱与哈代①一道一遍遍不停地追问:"告诉我为什么我们无法成功?"甚至在他年纪轻轻时就已经像老年人那样狂躁易怒。到他去世时,曾经被他描述成"连魔鬼都为它感到自豪"的好身体已经千疮百孔。在他生命的最后几年里,他时常腹泻,有严重的皮肤问题(可能是牛皮癣),牙龈化脓性炎症迫使他拔光了牙齿。他还患有淋病、失眠(可能与他酗酒有关)、像梅毒似的疼痛以及慢性尿毒症。为了对付这些疾病,他经常服用砷(很显然是用来抑制肚子疼的)和吗啡。但是,他还是接着吃他爱吃的生鱼生肉,而且不顾医生反复警告,仍旧喝大量的酒——这与他在《约翰·巴利科恩》(*John Barleycorn*, 1913)中所说的"久病"的"白色逻辑"相吻合。伦敦的一生在马丁·伊登的故事中体现出来:充满痛苦,波荡起伏,行为无节制;一生都在拼命寻找一种成就感或满足感,而最重要的是经历了贫穷和富有,但贫穷产生希望,富有带来绝望。像所有好的故事(包括有关马丁名字由来的伊甸园的故事②)一样,伊登的故事也是许多人的故事。但

---

① 劳莱与哈代(Laurel and Hardy),好莱坞第一对著名的电影喜剧演员。——译注
② 伊登的英文 Eden 有伊甸园的意思。——译注

是，从根本上来说这个故事描写的是一个失去家园的人，很难说他曾经拥有过这个家，最终他发现他找不到一个他想拥有的家。

杰克·伦敦的世界与伊迪丝·沃顿的世界有很大的距离，马丁·伊登的故事和《欢乐之家》中的丽莉·巴特的故事也有很大的不同。但是，如同沃顿一样，伦敦也是在与形式斗争而非为形式斗争。似乎对他来说，形式与结构努力结合在一起已经成为一种传统，因此，这场斗争比较艰难。艺术颂扬酒神狄俄尼索斯，但却信奉太阳神阿波罗；赞扬滔滔不绝的雄辩，但又希望终止辩论；假装要打破形式，但又努力制造形式。伦敦认为文学就是要压制社会各阶层和物质的现实，而这是他一心要表现的东西。这个想法使伦敦的艺术就像他的作家身份一样深受其扰。当然，这也从另一方面说明他的认同危机仍未解决。也许有一点值得注意，如同《马丁·伊登》所暗示的，伦敦所取得的巨大的商业成功反映了国家的困惑，而国家的困惑又反映出他自己的困惑，其结果是加重了这一危机而非解决了这一危机。伦敦依旧是个无家可归的孩子，他认为艺术和生命是属于那些一无所有的人的。但是，他无法找到一条不用背叛他的事业而做一个成功的艺术家的方法。但问题的关键在于他曾经受到排斥的经历使他渴望一种归属感，而他只有背叛他的事业才能获得这种归属感。

如果说从伦敦的生活和艺术中，我们看到一个出生在国家特权阶层之外的男人所面临的危险的话，那么从沃顿的生活和艺术中，我们看到的是一个出生在特权阶层甚至最高特权阶层的女人所面临的危险。进一步说，如果伦敦代表了融入这个阶层意味着向权力妥协的男人的话，那么沃顿就代表了融入这个阶层必定意味着被其禁锢的女人。沃顿于1862年出生在纽约"400个最有地位的家庭"之一的上层社会家庭。这个数字是按照威廉·阿斯托（William Astor）夫人新建的大舞厅的面积算出来的。沃顿拥有一切地位和教育可以给予她的有利条件。但是，因为她一心想成为一个女作家，所以她自己为此付出的努力并不比伦敦少。不过她的自我奋斗是要摆脱文化束缚，而伦敦是试图得到认同。对伦敦来说，"家"是个非常重要的概念，这恰恰是因为他从来没有体验过家的温暖，而沃顿最早的记忆就是家。沃顿令人尊重的家族是由一大堆叔叔、婶婶、舅舅、舅妈、堂兄、堂妹组成的，此外还有一大群友人。唯一笼罩在她身上的疑云就是后来没有被证实的传言，说她不是她的商人父亲的女儿，而是一个年轻的英国人（她两个哥哥的家教）的女儿。沃顿执意把这个谣言看得很严重，这说明她需要用法律证明她所感受到的边缘性。

沃顿出身名门望族，受到良好的教育。她过着既有特权又受约束的生活，其中一些约束在她身上就变成了一种期待。沃顿的家人已经规划好她的人生，包括让她18岁进入社会，23岁嫁个合适的人家。但是他们没有料到她在青少年时代就喜欢一个人呆着（实际上当时她在偷偷写书），也没料到她日后成了作家，向世人展现了自己的能力、矛盾和志向。沃顿生活的世界是富人的世界，财富加强了这个世界的力量。社会各阶层都没有明确妇女扮演什么样的角色合适，也没有哪个词像"有教养"和"淑女"这两个词这么有分量。对于那些能够接受并恰当扮演自己角色的人，沃顿的社会给予他们一些活动的空间，即使是对女人。但是，对那些意图抵制自己的角色的人来说，那意味着无穷无尽的烦恼，特别是如果她们是女人的话。虽然沃顿很了解她的社会，但她从未轻松地面对她的社会，尤其在她决定不单要成为文化的消费者还要成为文化的创造者之后。她的社会类似于赋予亨利·詹姆斯伟大的"国际"主题且允许他探索和利用这一主题的社会。它也愿意让沃顿按照詹姆斯的小说所描述的那样来生活。但是，一旦她决心当一个作家，她的世界带给她的就是以妇女为中心的主题，她试图描绘那些陷入已经确立的社会秩序和正在显现的社会秩序之间的妇女。一面是一个正在消失的世界，这个世界中妇女的角色是女儿、妻子、母亲和读者，但是妇女却不能发表自己的意见，特别是响应社会的积极的意见。另一面是一个新的秩序，这个秩序还没完全定形，所以不能确定妇女的角色，但是人们能明显感觉出这个世界欢迎妇女的意见。

因此，沃顿为她的事业所付出的代价不仅在于写书的艰辛，更在于她冒险要塑造一个必然会与家庭和社会对立的自我。沃顿在30多岁时经常对自己感到一丝怀疑，这在一定程度上是因为她对所继承的东西还残留着一点忠诚，而决心成为女作家的沃顿逐渐对自己的信念也产生了忠诚。这两者之间存在着矛盾。后来，她决定移居国外，拉开她与纽约之间的距离，也拉开她与家庭之间的距离。这对她看清和揭露富人的虚伪是很有必要的，而后者更为关键。有时她也揭露这个优雅的社会的虚伪。在她看来这个社会是美国人正在为自己设计的牢狱。

在《欢乐之家》中我们看到，决定丽莉·巴特命运的那种"对财富的怨恨"与沃顿自身的处境很相似。因为丽莉·巴特所指的这种怨恨是对历史也是对家族的怨恨——一种体现为几种形式的怨恨，最具概括性是她的个人需求严重脱离社会的逻辑。她试图遵从母亲的教导在这个社会出人头地。像萧邦的《觉醒》（1894）中的埃德娜·波特汀、凯瑟的《云雀之歌》（*Song of the Lark*，1915）中的施雅（Thea）、格拉斯哥（Glasgow）的《不毛之地》（*Barren Ground*，1925）中的多琳达（Dorinda）和沃顿的《暗礁》（*The Reef*，1912）中的安娜·利斯（Anna Leath）一样，丽莉也沿袭了霍桑（Hawthorne）

81

◉第一部分 梦之城、抒情年代和第一次世界大战

笔下的海斯特（Hester）的命运。她也在萧邦所说的"与社会准则保持一致的外在生存"和"内心质疑"之间的紧张状态中不知所措。她找不到自己的位置——做一个情人、妻子、新思想的宣扬者还是见证者，她发现自己无处可去，最终也像马丁·伊登一样结束了自己的生命。她的一生充分显示出一个人要想成功反抗周围的社会环境是多么艰难。

毫无疑问，丽莉·巴特比马丁·伊登更招人喜欢。这部分是因为她对生活的要求更符合世俗的标准。她渴望真诚的亲密关系，但又看重自身的独立；想过充实的生活，但希望有一个两情相悦的情人或者性伴侣，而不是当一个座上宾或者一个满足的妻子。此外，由于她非常前卫，她还期待着冒险、刺激、慰藉和享乐。我们从中看到，她的梦想包括"一天的誓言"和"一种模糊不清的物质上的富足"。丽莉的世界赋予她一个女人在"欢乐之家"的传统角色，即找一个适合的人做一个有教养的妻子，从而为她提供她所寻求的誓言和慰藉。但是，这样一来，她所有的要求要不就是渴望被一个有一定权力的男人"得到"，要不就是渴望被一个有一定权力的女人"谈论"——这两种选择含蓄地说明丽莉坚持把自己看做是别人想要得到的对象，却不渴望得到别人。因此，她不可能与别人建立亲密的关系，也不可能独立。

上流社会阶层的利益控制着丽莉的世界，并一再显示出它的强迫力。为了聚集财产和财富，上流社会控制着婚姻。对待像劳伦斯·塞尔登（Lawrence Selden）和吉蒂·法瑞希（Gerty Farish）这样的不太强硬的反对者，这个社会还遵循一种宽容的边缘政策。一旦它确信罗斯代尔（Rosedale）的财富会继续增长时，那么即使他的犹太人身份也不能阻碍上流社会拉拢他的精明之策。但是，当丽莉坚持抵制强加于她的角色带给她的压力时，上流社会的人就私下里诽谤她、排斥她。劳伦斯·塞尔登有时似乎站在他所属的阶层的利益之上，但实际上他在抵制这个富有的世界和倡导崇高的"共和精神"时都有一丝胆怯，缺乏坚定的信念。"共和精神"的特征是要排除所有的压力和障碍："不受生活中的金钱、贫穷、安逸与焦虑以及一切肉体关系"的牵绊。

丽莉毁掉了自己嫁个体面人家的机会，这实际上等于拒绝了进入"欢乐之家"的入场券。她对那个世界的拒绝主要是出于一种模糊的概念，认为那个世界把包括人在内的所有东西——特别是有魅力的女人——变成了商品。对于塞尔登更加虚无的"共和精神"，她也不置可否——我们可以推断，这一方面是因为"共和精神"没有提到妇女的优势和发展，因此无法使她理解自己，也无法使她坚信她是被理解的；一方面也是因为"共和精神"似乎太高雅、太崇高而无法满足她本能的需求。她被抛弃在另一个世界里孤军奋战。

在这里,她最渴望的东西与她的父母和她的社会教给她的东西背道而驰——她的父亲完全放弃了她,她的母亲持之以恒地教育她。她内心十分矛盾,犯了一个又一个错误,但这并不是她的初衷。她找不到一种能够完全摆脱《欢乐之家》那金钱和地位至上的世界的语言来回顾和重塑她的人生。到后来,她开始受神经衰弱症的折磨(沃顿自己在整个 19 世纪 90 年代也曾时而神经衰弱)。最后,她漫不经心地吞服了大量的安眠药,计量足以致死。在她逐渐走向死亡时,"生理上有一种对沉睡的渴望",这是"她唯一不变的感觉"。最终我们也不能确定她的行为是否和《觉醒》中的埃德娜·波特汀一样出于一种想要在社会控制的范围之外找到认同的自我冲动,甚至以死为代价,或者仅仅是想要逃离她无法接受的世界,不过两部小说都倾向于后者。

西奥多·德莱塞也有自己的不满,有些不满使他与伦敦站在同一条战线上,而有些使他与沃顿站在同一条战线上。与他们一样,他也把小说作为对文化进行批判的一种形式。但是,他有一种沃顿和伦敦没有的能力:按照自己的主张接受他的社会的能力。因此,他很少花时间来改变这个社会,更不去拒绝这个社会。看到身边人们的疾苦,他也感到不舒服。但是,对他来说必然性似乎控制着人们的生活,而且他不明白为什么要假装这种必然性不存在。亚当斯的文章说明他确信自然的力量("自然的强制力")和历史的力量("外部暗示")是人们在现实中要征服的东西,而德莱塞的作品反映出他坚信即使历史无法征服人类,自然也会征服人类。这样的想法使马丁·伊登陷入绝望。然而,德莱塞从自己的经历和大量阅读中却得出不同的教益,很少涉及道德方面。他说,在一个"一切都未被验证"的世界,"所有的一切都是被允许的"。历史也罢,其他的东西也罢,都是没有准则的。如亚当斯所说,人们就像"受惊的小鸟"一样被抓住或者"被关进笼子"。德莱塞写道:"我们为我们的性格遭受很多痛苦,但我们的性格并不是我们决定的。我们为我们的弱点和缺陷遭受很多痛苦,但弱点和缺陷并非是我们愿意具有的,也不是我们一手造成的。"

德莱塞出生在一个 15 口之家。父亲是德国人,刻板、教条、笃信罗马天主教;母亲善良、无能。他逐渐讨厌他的父亲,可怜他的母亲,心理上与父母都有一段距离。由于家境十分贫困,一家人在印第安纳州从一个小镇搬到另一个小镇。对布斯·塔金顿(Booth Tarkington,1896—1946)来说,印第安纳乡村是"民主的山谷"。但就目前我们的判断,对德莱塞(1871—1945)和他的几个亲戚来说,印第安纳乡村是令人沮丧的泥沼。他的两个兄弟酗酒,两个姐妹很早就"堕落",丧失了美德,陷入了丑闻——德莱塞把她们其中一个人的故事变成了嘉莉·米伯的故事,就像《嘉莉妹妹》的书名中"妹妹"

第一部分　梦之城、抒情年代和第一次世界大战

所暗示的一样。

《嘉莉妹妹》(1900)以嘉莉少年时代的结束开篇，描写了嘉莉独自一人走在大路上的场景。在《美国悲剧》(1925)开头的几章，我们能更直接地感受到德莱塞的童年和少年是多么悲苦。主人公克莱德·格里菲斯（Clyde Griffiths）的青少年时期过着贫穷的生活。他终其短暂的一生获取他向往的世界中那些成功人士的价值观。这意味着他逐渐对失败有一种恐惧心理，对成功有一种崇拜心理。但是，意志力在他的生活中起着非常小的作用，这在一定程度上是因为一种迫不得已的感觉总是盘旋在意志力的上空。最后他一步步走向谋杀，就像丽莉·巴特一步步走向自杀一样。从更深层的意义上来说，丽莉和克莱德都做了一件他们从未做过的大事——前者欣然自杀，后者被判处死刑；也就是说，比起马丁·伊登的故事来，他们的故事更像杰克·伦敦的故事。

德莱塞在1899年的夏天开始尝试写《嘉莉妹妹》，当时他的朋友阿瑟·亨利（Arthur Henry）决定试着写一本小说，并让德莱塞陪他写。在此之前，德莱塞曾先后在芝加哥、圣路易斯、托莱多（Toledo）、匹兹堡和纽约做过报社记者。一方面，德莱塞遵循"现实主义"传统。现实主义传统一直是同化和保存以家庭为中心、用道德来统治的社会的主要方式之一。亨利·亚当斯把这个社会与托马斯·杰斐逊和约翰·亚当斯联系在一起。另一方面，德莱塞利用贯穿在新闻和小说中的"自然主义"传统来调整达尔文对于现代社会的贫穷和腐败所持的从自然出发的观点中和马克思对此所持的从历史出发的观点中所显示出来的决定论因素。虽然德莱塞把这些传统看做是资本主义政治经济的基础，但是他把现实主义与一个分散的、企业家的农业资本主义联系起来，而把自然主义和一个新兴城市化的商业资本主义联系在一起。两者之间痛苦的转变过程可以说是《欢乐之家》制定的一部分计划。"延续性的破坏"或"历史连续性的中止"（用亚当斯的话说）使丽莉·巴特无处可去。对正在衰微的上流社会来说，丽莉·巴特显得太"前卫"了——特别是她十分在意肉体上的慰藉和享乐，而对传统礼教满不在乎。但是，对她周围的人来说，她的道德感似乎与坦率的个性特别是与独立性有很大关联。如果说丽莉·巴特的需求和欲望反映出沃顿对她出生的这个世界的不满，那么她的命运可以说反映了沃顿对那个世界一点残存的忠诚。沃顿在这种矛盾中又写了另外两部小说——《乡土风俗》(*The Custom of the Country*, 1913)和《纯真年代》(*The Age of Innocence*, 1920)。

相反，德莱塞像他同时代的作家一样非常适应在历史变化的边缘兴起的美国。亚当斯在1893年指出了这种变化，而沃顿描述了这种变化。德莱塞笔

下的美国是中央集权统治下的工业和商业发达的美国。它的富有足以使那些陷于贫穷的人愈加痛苦。最重要的是，它具有城市化特征，而且很快向世俗化发展。1914年，李普曼在《新共和》中发表评论说："我们还没有找到能够让我们安定下来的根。没有一种人际关系……不是在一种奇异的状态下来回改变的。"德莱塞笔下的美国使"个人发展"成为它的口号，使"自我实现"成为它的目标。它把巨大的负担特别强加在了年轻人身上。在回忆自己的青年时代即20世纪最初的20年时，约瑟夫·弗里曼明确说出了当时的困惑：

> 所有这一切都非常复杂。在消失了的村庄你知道你在哪儿。那里有上帝的十诫，你或者遵从或者违反；但至少你知道什么是对的什么是错的。现在却没人晓得。你得自己判断对错，你得自己决定所有的事。

在弗里曼的消失了的村庄里，有组织的宗教在传播对现实的诠释、认可给生活带来意义的准则和规矩以及指导实践生活方面起着决定性的作用。这些规则赢得了神圣的权威，而且已被文化认可。但是，在弗里曼描绘的新世界中，个人可以随意构建自己的准则，选择自己的方式。他们既觉得被给予了权力，又觉得被加上了负担，既觉得被解放了，又觉得被剥夺了权利。如同伦敦和德莱塞的主人公一样，沃顿和斯泰因的主人公也生活在这样一个世界，也同样面临这个世界的问题。在《乡土风俗》中，沃顿的女主人翁昂汀·斯普拉格（Undine Spragg）与这个新世界和平共处。在性的观念上，她比丽莉·巴特更开放。她把这个商品化了的世界看得更清楚，这意味着她认为自己明显具有商业价值和"交易能力"。简而言之，她知道她的资本是什么，并学会利用她的资本。因此，在这一点上，她获得了成功，而丽莉却失败了。但是，在成功地利用了她的价值获得了金钱、地位和权力以后，她对某种"更加微妙的享乐"，甚至对"美"，仍充满渴望。

格特鲁德·斯泰因在《三个女人的一生》（Three Lives，1909）中开始尝试调整散文的结构和格律来适应变幻莫测的世界。在这个世界中，似乎所有的一切都从束缚中解脱出来。当时的散文采用的是现实主义和自然主义手法，而她优美流畅且富于变化的散文提供了一个反文本（countertext）。她广泛运用了分词和动名词。《三个女人的一生》着重描写两个贫穷的移民女佣和一个敏感的年轻黑人姑娘的个人意识。这本书宣告一个时代的到来，在这个时代中，边缘人的观点将越来越重要，这在一定程度上是因为自我实现的风险将随着社会对自我的逐步认可而减小。斯泰因一心要记录那些被压抑的、几乎

第一部分 梦之城、抒情年代和第一次世界大战

不为人知的声音所发生的变化。同时，她也与现代生活电影式的特性，即开始、重复和结局相互作用的特性，保持一致，这种生活预示着20年代的几个发展。斯泰因很高兴找到一些新的方式传达现代世界出人意料、种类繁多的变化，但是，她的主人公在试图找到适应这种变化的生活方式时却遭受着痛苦。这两者之间存在着明显的差异。

相反，德莱塞在小说中强调：在20世纪初的几十年中，男人和女人为了在商业资本主义的城市化世俗世界中实现自己的价值付出了坚定的努力。他的小说属于一个越来越开放、变化越来越大的国家，而非局限在几个人物或固定的地点上。他描写的男女对家庭生活几乎没什么兴趣。他们在四处弥漫的性欲或社会野心的驱使下来回变换住所、性伴侣、工作和居住的城市。空间流动和社会流动使他们着迷，同时他们还十分喜欢新奇的事物——浪漫的创意和变化，即使他们面临着被这种流动性和暂时性吞噬的威胁也依旧如此。他们过着不安定的生活，上下游走于社会的阶梯，被为了拆毁而建造的高楼大厦包围。他们住在寄宿公寓、租来的房子或酒店房间，却不住在家里；他们找情人，却不结婚；他们有工作、有地位，却在事业上没有追求；他们游戏人生，而不去塑造自己的身份。总而言之，他们在《马丁·伊登》、《欢乐之家》和《三个女人的一生》所展现的世界中如鱼得水。在这个世界里，"个性"一词正迅速取代"性格"一词，成为具有某种自我中心倾向的关键词。

德莱塞的"欲望三部曲"，特别是《金融家》（*The Financier*，1912）和《巨人》（*The Titan*，1914）追溯了弗兰克·考伯伍德（Frank Cowperwood）获得金钱和权力的轨迹。在考伯伍德的故事中，德莱塞把霍雷肖·阿尔杰的情节最终变成对这个贪婪、富裕的社会的展现。25年前，在《回顾》（*Looking Backward*，1888）中，爱德华·贝拉米（Edward Bellamy）曾经把2000年的波士顿设想为这样一个社会：那时，人们一心要占有"他们曾帮助创造出来的世界里的好东西"。在考伯伍德眼中的费城和纽约的世俗世界中，对占有的渴望和占有后的喜悦已经不仅仅意味着飞速发展的物质主义，因为物质的积累，特别是金钱的积累——或者更抽象地说，"股票和债券"的积累——已经成为这个唯一重要的比赛的唯一的记分方法。这个比赛就是威廉·卡洛斯·威廉姆斯（William Carlos Williams）后来所说的这个国家"现实的整体概念"的核心。

考伯伍德不断掠夺这个竞争激烈的世界，冷酷无情、不知疲倦地穿梭于妻子、朋友和对手之间。但是，并非只有他一人体现了T. S. 艾略特所说的"被贪婪的本性而非被有创造力的高尚本性所刺激的"美国。即使那些被考伯

第十一章 希望与绝望的交替

伍德掠夺、战胜或欺骗的人也出于最简单的理由羡慕他的残暴：因为这管用。他和他的对手目标一致，都想控制周围的世界，但他们甚至都不记得什么时候树立的这个目标。他们居住在由许多被制造的东西拼成的城市。这里的生活完全被这些东西所主宰，因而占有欲排斥分享欲，而控制欲排斥保护欲。我们在诺里斯的《麦克提格》（*McTeague*，1899）的开篇看到这样一幕：麦克提格在他的办公室里给崔娜（Trina）用了一氧化二氮之后望着崔娜无助地躺在拔牙用的椅子上时做出的反应。诺里斯写道："突然"，麦克提格身体里"涌出了动物的本能"，那种想要完全占有她的欲望占据了他的内心。崔娜以及麦克提格的欲望总是会绕回到占有欲。在诺里斯和德莱塞的小说里，性和金钱统治着社会，而共同的统治使两者混淆在了一起。后来，在《麦克提格》中，我们看到崔娜陷入了与她自身混为一体的欲望中，疯狂地把金币压在身上。

当德莱塞努力把美国转变成他的小说时，他也努力提醒读者注意他和作者自己正在做的事情。考伯伍德的故事是以查尔斯·T. 叶克斯（Charles T. Yerkes，1837—1905）的辉煌事业为原型的。查尔斯·T. 叶克斯是他那个时代最耀眼的金融资本家，掌握着芝加哥有轨电车系统的控制权。德莱塞仔细研究了切斯特·吉勒特（Chester Gillette）的案件，并以这起案件为基础写出了《美国悲剧》。一些不太有名的小说家也许会掩盖自己小说的历史出处，但是德莱塞却大方公开，这证明他在摸索写小说的过程中完全没有受到理论上应该怎么写小说的阻碍。写小说对他来说游刃有余。他也阅读了大量的书籍，尼采、达尔文、弗洛伊德、斯宾塞以及狄更斯和左拉的书都读过。但是，他不像伦敦那样受那些作家的影响那么大，或许也不像沃顿、斯泰因、凯瑟或罗尔瓦格读得那样多。当然，他在这个去中心的世界（decentered world）中所做的妥协似乎要比伦敦他们少些。他认为美国发生的巨变不是一种"对金钱的怨恨"，而是一个事实。他从父母那里了解到了过去的生活方式，而他既反感失败的父亲的苛刻，也同样反感失败的母亲的软弱。他先后在芝加哥、圣路易斯、托莱多、匹兹堡以及纽约做记者的经历使他对国家的贫穷、腐败和靠不住的道德标准有了很多了解。但是，他所认识到的东西没有让他对那些他在孩童时代居住过的印第安纳州小镇有一丁点儿的怀念。对他来说，从小镇来到城市是对他的解救。城市里充斥的冷漠无情让他烦恼，但是城市里充斥的愚蠢却很少让他忧虑。他沉溺于城市带来的希望、活力和发展空间。他对美国的生活有很深的矛盾情绪，但他更乐于敞开心扉，去接纳这种生活，就像他笨拙的文笔所显示的那样。由于他努力想要了解的国家变得更加谨慎、更加缜密也更会保护自己，他的直言不讳似乎就愈加珍贵。

第十二章　第一次世界大战和写作的命运

伦道夫·伯恩在1913年写道："在目前这个时代，一个人可以保持一颗年轻的心，这是这个时代的光荣。"四年后，第一次世界大战吞噬了美国，五年后，伯恩去世，年仅32岁。由于在他出生时接生出了问题，他的脸上留下了疤痕，面目变得丑陋。后来，他因得了脊柱结核病而瘫痪。脊柱结核病使他的背部畸形，阻碍了他的成长。所有这一切使伯恩很早就明白自己"受到太残酷的摧残"，因而无法拥有一个完整的人生。但是，他作为一个专职评论家专门写文章评论抒情年代主要关心的事情：青春、教育、政治、文学和艺术。他写了《青春与人生》（*Youth and Life*，1913）和《教育与生存》（*Education and Living*，1917）两本书，并为《新共和》、《群众》、《七艺》、和《日晷》（*Dial*）写了一系列文章。他没有在这个时代中幸存下来（他在1918年12月死于流感）。他的朋友们把他看做是最能体现这个时代那失落的希望的作家。在他死后，詹姆斯·奥本海姆和范·威克·布鲁克斯编辑了他的文集《不合时宜的文章》（*Untimely Papers*，1919）和《一个文学激进分子的历史》（*The History of a Literary Radical*，1920），目的是为了把他确立为这个时代典型的文化批评家。

如果伯恩生前像他那个时代的几个批评家一样写写关于自己的文章，那么奥本海姆和布鲁克斯后来做的事也许看来就没那么不同寻常。然而实际上，伯恩虽然把瓦尔特·惠特曼作为他的宣传者之一，但是他避免把自己作为宣传的对象。相反，他更侧重那个时代的渴望和焦虑，好像希望能够替这个时代承受这些渴望和焦虑，把它的希望变成自己的希望，把它的绝望变成自己的绝望。对他来说，价值观既是个人的也是社会的。甚至他对真理的热爱也很显然是从历史角度出发的。因此，这种对真理的热爱就表现为他试图对一个特定历史民族谈及他的观点，同时也是从一个特定的历史民族的角度来表达他的观点。他不是以宣传者的身份和这个时代对话，而是以市民的身份跟市民对话。只是在1918年，当他的世界完全陷入"威尔逊先生的战争"，从而不可能制定出一个切实可行的政治美学标准的时候，他才转而关注分离主义，而对他来说，分离主义是一种绝望的表现。他说："生活的魅力、人类的教育以及用来在国家共同生活中实现理性和美的智慧由于与战争紧密相连而和美国的传统理想格格不入。"

89

当然，一战对像伯恩一样根本不能参加的人来说是一回事，而对于那些把它作为庄严的圣战或伟大冒险的人来说是另外一回事。一战对男人来说是一回事，对女人来说是另一回事；对白人来说是一回事，对黑人来说是另一回事；对志愿者来说是一回事，对被征召入伍的人来说是另一回事。但是，几乎每个人都卷入了战争，也都被战争煽动起来，特别是爱思考的年轻人。对许多年轻人来说，这场战争成为毁灭人生或塑造人生的经历。1914年，豪威尔斯曾预言战争将意味着"所有艺术的死亡"。但是，美国人在美国正式参战以前就已经开始写关于战争的主题，直到今天依然在写。这在一定程度上是因为这场战争将为拥有美好希望的抒情年代敲响丧钟的想法已深入人心。

半个世纪以前，大批受过教育的男人加入内战，或成了军官，或只是平常士兵，而许多受过教育的女人也卷入了内战。在一战期间，大量受过教育的青年，甚至包括文学青年，或是反对战争，或是在战争地带或其附近地区服务。战争成为风雅传统的护卫者（Genteel Custodians）和"青年联盟"（League of Youth）之间的文化辩论中最重要的话题。这时，新的声音出现了——一些人像约翰·多斯·帕索斯（b. 1896）一样站在青年联盟一边，而另一些人像理查德·诺顿（Richard Norton）一样站在传统一边。一战赋予有传统思想的孩子们另一种可以参照的传统，从而把他们团结起来，但是，一战却把反叛者分成了几派。《群众》和《七艺》被查禁，阻碍了人们发表不同的意见。几个反叛者——包括亚历山大·贝克曼（Alexander Berkman）和爱玛·戈德曼——被逮捕并依照间谍法案（Espionage Act，1917年6月颁布）宣告有罪。其他人或被暗中威胁，或被后来称为"爱国者杀手"的公开私刑恐吓。1918年4月，密苏里州的一个叫罗伯特·普拉格（Robert Prager）的德国裔美国人因为身体上的原因未能加入海军。结果他被扒光衣服殴打并在500个"爱国者"的欢呼声中被处以私刑绞死。《华盛顿邮报》评论说，这样的行为预示着"国家内部健康有益的觉醒"。这些话现在听来仍让人毛骨悚然。约翰·里德报道说："在司法专制的政体下，丑恶的政府冷漠无情地默许了这种官僚主义镇压和工业高度发达下的野蛮行为。"

面对这种压力,反叛者们的分歧更大了。许多反叛者认为战争是"人类的灾难",预示着民族主义的弊病并不只"局限于德国"。但是,在一个几乎人人——传统主义者、无政府主义者、社会主义者等等——都开始像弗里曼所说的"接受过训练的士兵"一样行事的世界里,这些观点已经没有人相信了。一些反叛者一直跟随威尔逊,从支持他的和平运动到支持他的圣战;另一些人提倡某种和解的形式;还有一些人,比如厄普顿·辛克莱,完全转变了思想,加入了"厌恶德国佬"的运动。弗里曼指出,曾经反对战争的同一批人开始"一个接着一个"支持战争。有时他们表现得如此激动,反而使"像伊莱休·鲁特(Elihu Root)那样的反动分子显得冷静、有逻辑"。

反叛者乱成一团,这使风雅传统的护卫者欢欣鼓舞。他们马上重新声称他们一直占领的道德高地,严格来讲就是具有道德上的优越性。为了唤起光荣的自我牺牲的老传统,他们甚至在美国加入战争之前就开始派志愿者前往法国。哈佛大学的查尔斯·艾略特·诺顿(Charles Eliot Norton)的儿子理查德·诺顿在1914年建立的诺顿–哈耶斯救护服务中心(Norton–Harjes Ambulance Service)和其他类似的组织从各个大学招募志愿者,甚至远到斯坦福大学。在二战中闻名的詹姆斯·哈罗德·杜立特(James Harold Doolittle)当时离开加利福尼亚大学伯克利分校,加入了由美国私人基金会资助但由法国军官领导的空军部队拉斐特飞行小队(Lafayette Escadrille)。其他一些年轻的爱国者加入了英国或法国的作战部队。

与约翰·里德、沃尔特·李普曼和T. S. 艾略特一样,阿伦·西格(Alan Seeger)1910年时也在哈佛大学读书。西格刚走出哈佛大学就前往格林威治村,身穿一件戏剧演出用的长长的黑色斗篷。用里德的话说,他成了一个"热切的和济慈、雪莱、史文朋(Keats–Shelley–Swinburne)那样的中世纪的西格"。后来,他从格林威治村搬到巴黎,想过一个诗人的生活。但是,1914年,他自愿加入法国外籍军团,两年后在一次行动中牺牲。那时,他已成为出于责任感加入一战的年轻人的代言人。他写道,"我是为了光荣而战",这说出了无数年轻人的心声。这些年轻人参军打仗,认为自己知道荣誉和责任意味着什么,希望威尔逊的圣战能够使他们的国家免于走向毁灭。西格同情那些从来没有看到或了解到"我们所看到和了解到的"东西的"可怜的平民",因为他们错过了"最难得的经历"。此外,他说他就是要寻找那种"作为命运之神的工具"的感觉。

西格和他的朋友大多都是西奥多·罗斯福和小奥立弗·温德尔·霍尔姆斯(Oliver Wendell Holmes)等年长的政治家的"忘年交"。他们很早就出发到战场,因为他们坚信这是一场崇高的、伟大的战争。他们在专门的预备学校和庄严的大学里已经学习了荣誉法则。他们认为这个法则反映的是古代罗马和希腊的庄严与荣誉，它已经超越了沃尔特·司各特爵士（Sir Walter Scott）的作品中体现的精神和十字军东征的精神。伊迪丝·沃顿的《马恩河》（*The Marne*, 1918）中的一个人物特别提到了贺拉斯（Horace）的一句名言："为国捐躯是幸福而光荣的事"（Dulce et decorum est pro patria mori），好像是要提醒我们，传统是可以起作用的一种方式。小奥立弗·温德尔·霍尔姆斯发现内战对他那个时代的年轻人来说不仅是一次苦难的经历，而且是"一件极其幸运的事"，因为那场战争使他们更早地认识到生活是"深奥的、充满激情的"。霍尔姆斯说："在怀疑中，在信条的崩溃中，仍有一件事情我深信不疑"，那就是一个战士为了"神圣的事业"献出生命是一件最崇高、最美好的事情。他说西格想"去让心脏跳动得最强烈的地方"——那意味着直面战争甚至死亡。西格在他最有名的诗中写道："我与死神有个约会。"他用传统的诗句表达出了传统的思想：

> 我与死神有个约会，
> 就在双方争夺的街垒。
> 当树影婆娑，大地春回，
> 空气中弥漫着苹果花香——
> 我与死神有个约会，
> 当春天带回明媚的蓝天。

在诗的结尾，西格写道："我发誓要遵守诺言，绝不背弃与死神的约会。"

这种情绪使得许多美国人，无论男女，主要从这场战争所蕴涵的崇高性来看待它。即使这场战争没有使这个世界摆脱专制统治，也没有为政治创造一个安全的环境，它仍旧可以振兴一种已经变得懦弱、混乱、矫揉造作、"毫无男子汉气概"的文化。H. W. 伯因顿（H. W. Boynton）在《书商》（*The Bookman*，1916 年 4 月）杂志中写道，"献身于一项伟大的事业"有一种"净化作用"。罗伯特·赫里克（Robert Herrick）在《新共和》（1915 年 10 月）发表的文章《一个反战主义者的思想转变》（"Recantation of a Pacifist"）中说，苦闷和痛苦将使"崇高的思想复活"。像《皮尔辛的十字军战士》（*Pershing's Crusaders*）这样的电影和《战壕的荣誉》（*The Glory of the Trenches*, 1918）、《战地家园》（*My Home in the Field of Honor*, 1916）这样的小说都把战争描绘成由于充满爱国主义而使之崇高的伟大的冒险。这种情绪在文化中蔓延，好像历史已经为它铺好了路。亚历克西斯·德·托克维尔（Alexis de

Tocqueville）曾经指出："没有什么比战争更能满足一个民主民族的幻想。战争的伟大在于它能很快带来光辉的荣誉，这荣誉不是通过艰苦的劳动得来，而是要冒生命的危险。"理查德·哈丁·戴维斯（Richard Harding Davis）的短篇小说《逃兵》（*The Deserter*，1916）利用类似的理由鼓励人们献身战争。玛丽·布莱希特·帕尔瓦（Mary Brecht Pulver）的《光荣之路》（*The Path to Glory*，刊登在1917年3月的《星期六晚邮报》上）也是如此，这个故事描述了一个贫困的家庭由于在法国开救护车的儿子牺牲了而受到邻居的尊重。艾伦·格拉斯哥的《建造者》（*The Builders*，1919）更倾向威尔逊的观点而非霍尔姆斯的观点，但从另一个角度描述了战争。伊迪丝·沃顿在《欢乐之家》、《伊坦·弗罗姆》（*Ethan Frome*，1911）和《乡土风俗》中已经显示出她的文学天赋，包括辛辣讽刺的才能。但是，当一战爆发时，沃顿把法国的事业当成是自己的事业。她组织救济活动，创作支持战争的小说。她的想法正是那个曾经压制她内心最深层次需求的阶级灌输给她的。她在《战斗中的法国》（*Fighting France*，1917）中附和赫里克和霍尔姆斯："好像这不平凡的经历使士兵们净化了灵魂，不再那么狭隘、卑鄙、轻浮，还消灭了他们的傲气，使他们只剩下性格中最基本的东西——灵魂中固有的本质。"

志愿加入野战卫生队的普林斯顿大学毕业生埃德蒙·威尔逊（Edmund Wilson）在《为国家流血》（*Patriotic Gore*，1962）中回顾了内战，想在内战中找到他在一战中发现的第一手材料，即一个分裂的国家迅速转变为可以把"年轻人带向毁灭并克服一切障碍的一股强大的顺从力量"。一些反叛者一直抗议到最后，还有一些跟随迈克·高尔德到达墨西哥以逃避服兵役。但是随着爱国主义情绪的蔓延，越来越多的年轻人跑去当志愿者。"战争是什么样子？我们想去亲眼看一看"，另一个哈佛学子约翰·多斯·帕索斯说。"我们大批加入志愿服务军。我尊敬那些拒绝加入的谨慎的人，偶尔觉得自己也应该学一学他们。但是真见鬼，我想看这场演出。"很快，宣传活动把目标也对准了妇女。一幅海报上描绘了一群欧洲妇女正在乞求美国妇女把他们的丈夫和儿子送上战场来"救救我们的孩子"；另一幅鼓励妇女到军需品工厂工作以实现自己的价值；还有一幅是面向那些内心仍很年轻的妇女：整个海报只有一个性感、穿着暴露的年轻女人骑着一颗炮弹纵情欢乐地飞过天空。到1917年末，有1.75万士兵驻扎法国。六七个月后，1918年的夏天，每天大约有1万人登上军队运输车奔赴欧洲。到1918年11月11日战争结束时，有400万美国人服役，其中大部分都在法国，而有大约130万人受到炮火袭击。其他许多人是诺顿-哈耶斯救护服务中心或美国战地救护服务团（American Ambulance Field Service）的成员，他们在战区履行职责。所有这些人的加入使力

第十二章 第一次世界大战和写作的命运

量对比产生了很大的变化，从而加速了协约国的胜利。

像沃顿的《马恩河》这样的小说、《战壕的荣誉》这样的电影和西格创作的那类诗歌，以及其他一些畅销书，比如罗伯特·W. 塞维斯（Robert W. Service）的《一个红十字会员的压韵诗》（*Rhymes of a Red Cross Man*，1916）和阿瑟·盖伊·艾姆毕（Arthur Guy Empey）的《超越顶峰》（*Over the Top*，1917），触怒了一些正在返乡的老兵，包括加入了志愿救援中心的欧内斯特·海明威。但是，虽然一战结束后人们的理想开始破灭，有关爱国主义的作品继续涌现。在沃顿的《战地英雄》（*A son at the Front*，1923）中，一个儿子教育他的父亲要把战争看做是命运之神赋予他这代人的"珍贵的责任"。儿子说："如果法国被消灭了，那么西方文明就随着它消亡了，接着他们所信仰的一切和指引他们的一切也就消亡了。"父亲接着说："必须对抗德国的威胁，而命运决定应该由他们这一代来对抗德国的威胁。"后来，儿子的死促使父亲重生为一个艺术家。在薇拉·凯瑟的《我们中的一个》（*One of Ours*，1922）中，一个成功的但未实现理想的西部之子克劳德·惠勒（Claude Wheeler）看着"骑在马背上的齐特·卡森（Kit Carson）手指西方的雕像"，悼念冒险生活一去不返，懊悔自己出生的太晚以致无法体验冒险生活。他觉得自己被遗留在一个衰微的世界中。这个世界"已不存在以前那种意义上的西部"，为此他非常失望。他确信冒险根本不会发生在那些待在家里的人身上。因此，他前往法国的战壕，并在那里实现了自己的抱负。当他"倒下"时，他仍坚持着那"美丽的信仰"。他母亲说："对他来说，战争的呼唤是清晰的，这个事业是光荣的。"

第一次世界大战代价惨重。德国有180万人死亡，俄国有170万人死亡，法国有140万人死亡，奥匈帝国有120万人死亡，英国有94.7万人死亡，而美国有4.8万人在战争中牺牲，2900人失踪，5.6万人死于疾病。战争结束后并没出现像伍德罗·威尔逊和H. G. 韦尔斯（H. G. Wells）在《将结束战争的战争》（*The War That Will End War*，1914）中所预测的那种复兴场面，相反，只是勉强实现了和平。欧洲继续动荡不安，美国的孤立主义再次抬头。这些代价和后果越来越清晰，人们的幻想再一次破灭，特别是作家。欧洲遭到了大规模的毁坏，国库空虚、资源耗尽、外债累累、通货膨胀、政治动荡，人们搞不清楚做出的牺牲到底是为了什么。胜利者们面对这些代价感到迷惑之际，又要开始面对他们曾打着"挽救"文明的名义所犯下的种种罪行被揭露的尴尬。下面是温斯顿·丘吉尔在1922年记录下来的一段话，当时他是英国的陆军大臣：

第一部分 梦之城、抒情年代和第一次世界大战

所有时代的所有荣誉都被聚集在了一起。不仅是军队,而是所有人都被强行推到这些荣誉中来……各个民族和统治者们对可以帮助他们赢得胜利的行为都没有任何限制。德国制造了天下大乱后处于极端的恐惧中;但是,被她袭击的绝望的城市最终迈着复仇的脚步紧紧跟随在她的身后……受伤的人在战壕中死去,死去的人在泥土中腐烂。商船、中立国的船只和医院的船只被击沉,所有留在船上的人都在等待着他们的命运,而游向岸边的人则被杀死。战争中的人们不择手段要使整个国家的人无论男女老少都陷入饥饿,以便让他们臣服。城市和纪念碑被大炮摧毁。空中飞来的炮弹一顿狂轰滥炸。各种毒气使士兵窒息而死或把他们烧焦。液体火焰喷向了他们……当硝烟散尽,互相折磨和互相残杀是文明、科学和信仰基督教的美国唯一能够拒绝的两种权宜之计:就算用这两种方式也未必管用。

美国成为新的世界领袖,经济不断发展,前景空前繁荣。这时,它决定背弃其他国家以保护它所拥有的东西。所以,它拒绝签订《凡尔赛和约》,也拒绝加入国际联盟。而国际联盟是维护世界新秩序的唯一希望。

此外,在美国,使一个四分五裂的国家形成一致意见的"那股强大的顺从力量"实际上是以相当大的代价换来的,其间背叛了很多原则。德国裔美国人曾经是新移民中的上流社会人士,但是,用伯恩的话说,一战期间他们却成了"怒斥"的目标。泡菜和椒盐卷饼被宣布为"非美国"的东西,卷心菜沙拉被重新命名为"特权沙拉",乐队不再演奏德国的乐曲,学校不再教德语和德国文学,大都会剧院也不再上演德国剧目。到战争结束时,几乎所有的移民团体都感受到了宣传和毁谤的影响力,目睹了间谍恐怖活动、政治迫害、袋鼠法庭甚至私刑。威尔逊总统轻率地把在海外出生的美国人说成是"容易激怒、不忠诚和无政府主义的人",还说"必须把他们挤出美国"。原本是为了游说议会通过有关国家防御的条款而建立的国家安全联盟,在一战期间却猛烈中伤和指责"外来移民"和"入美国籍的人",强烈要求"百分百的美国人"来保卫国家安全。同时加入国家安全联盟行列的还有美国保护联盟(the American Protection League)、美国防御协会(the American Defense Society)、美国间谍童子军(the Boy Spies of America)和治安委员会(the Sedition Slammers)。结果,20世纪初期,外国势力遭受了沉重的打击,有时后果非常严重。

在战争期间做出贡献的妇女的数量创造了历史新高。妇女认为一个飞速发展的时代已经到来。战前有几位著名的女性领袖坚持她们的反战信念,其

中简·亚当斯（Jane Addams）尤其引人注目。但是大多数人最终妥协，转而支持战争。全国妇女选举权协会（the National American Woman Suffrage Association）甚至在国家宣布参战之前就赞同威尔逊的倡议。参战以后，协会的会长嘉莉·切普曼·科特（Carrie Chapman Cott）宣布妇女"反对任何无法带来永久性和平、会使世界再次遭受痛苦的事情"。威尔逊及时告知国会，给予妇女选举权"对战争的胜利至关重要"。一些妇女在外国的美国欧洲远征军（the American Expeditionary Force）当护士或电话接线员。几乎有100万妇女参与了与战争有关的工作，使得她们认为妇女有同等工作权利的时代和妇女解放的日子已经到来。包括沃顿在内的一些人曾经盲目地为沃顿所说的"世界有史以来最大的需求"贡献出自己的力量。另一些人，包括凯瑟，开始创作关于战争的作品以保持与战争的联系。

妇女为战争做出了这么大的贡献，终于迎来了第十九条宪法修正案的通过。这条经过妇女一个世纪的奋斗才通过的修正案标志着一个新时代的开始。但是，接下来，社会并不像赞同给予妇女选举权的人们所预测的那样开始重建，也不像敌人所预言的那样分崩离析。妇女拥有了选举权几乎没有对国家的政治产生明显的影响，而对经济的影响更小。1923年，爱丽丝·保罗（Alice Paul）领导的全国妇女党（the National Women's Party）提出了国家第一个平等权利系列修正案，这是妇女获得选举权后必然的一步。但是，提案不但没有成为一个大家志同道合的新运动，反而遭到了男人的攻击，并使妇女产生分歧。提案使上层社会妇女与工人阶级妇女产生了矛盾，也使激进派与温和派产生了分歧。激进派蔑视传统意义上妇女做的工作，而温和派首先要考虑的是提高现有工作的工资和改善工作条件。最终证明有关性的新观点和有关技术的新观念好坏参半——前者提倡妇女在男人面前要更具身体上的吸引力，后者要求妇女采用更有效率的方式管理家务，这样她们才能有更多的时间致力于慈善事业。

在一段时间内，妇女觉得"不再被关在笼子里和围栏里"。在战场上照顾受伤的战士这神圣的光环使她们获得了自尊，并对那些"卸下面具不那么拘束"的男人多了些了解。她们获得新工作，拿到了合理的工资。有一段时间，她们在工厂里一脚"踏进"男人的鞋里，甚至"穿他们的裤子"。但是，当战争结束时，曾经号召她们进工厂工作的爱国主义现在被用来号召她们回家，以便让老兵们有份工作。1920年妇女劳动力的比例小于1910年。当希望逐渐破灭的时候，在男人和妇女中都弥漫着一种怀疑的情绪。而在文学界，作家们越来越担心战后由性别产生的问题。

在战争初期，宣传者们声称，和平要花很长时间才能实现的东西通过战

○第一部分 梦之城、抒情年代和第一次世界大战

争很快就能实现:战争不仅会提高妇女的权利,还会消除与"归化的美国人"之间的分歧。西奥多·罗斯福宣布:"军用帐篷将被排列在高度民主化的公立学校旁边,士兵们肩并肩地睡在帐篷里。"征兵和强制军事训练(据估计大约每五个应征入伍的人就有一个是在外国出生的)得到广泛的支持,因为这会把一个多民族的国家转变成一个"新国家"。然而实际上,征召新移民严厉地考验了军官的公平性,而征召美国黑人是完全无公平可言的。尽管罗斯福描述了军用帐篷的场面以示民主化,严格的种族隔离政策仍旧是没有明文规定的原则。白人军官对黑人士兵的正规训练存在诸多问题,但没有人愿意处理这些问题。结果在得克萨斯的休斯顿以及其他地方出现了几个残忍的军事法庭,实施了残忍的刑罚。那些在训练中幸存下来的黑人士兵马上被指派做低贱的工作。W. E. B. 杜波伊斯和其他一些领袖曾经希望战争可以首先在军事上然后在劳动市场上给黑人一个提高地位的机会。但是,旧模式仍具有很大的影响力,只不过变了个样子而已。在国外,黑人士兵受到其他美国士兵、协约国士兵以及敌人的歧视甚至虐待。当他们返回美国的时候却发现,真正的南部还是真正的南部,而工业发达的北部,那片新生的"希望的土地",依旧被白人的恐惧感和黑人的挫败感所笼罩。

凡尔赛的和平会议失败,参议院拒绝加入国际联盟,再加上战争中发生的大屠杀、暴行和背叛,这一切进一步使人们的梦想幻灭。在凯瑟的《我们中的一个》中,克劳德·惠勒直到死时仍旧相信这场战争是崇高的事业。但是,他的母亲不久就开始怀疑。她说:"他死时仍相信这个祖国比它实际的情况要好,法国比任何别的国家都好。"随后,她把她儿子的信仰说成是幻想,而把她的判断描述成幻想的破灭:"也许只停留在幻想中挺好。"多萝西·坎菲尔德·费希尔(Dorothy Canfield Fisher)像凯瑟一样也支持战争,但在她的小说《延伸的小河》(The Deepening Stream, 1930)中我们看到,一个年轻的美国妇女在奋力拯救她热爱的法国之后,却被迫流浪法国街头。她的脑海里一直回想着有关中止和平谈判的幕后交易的报告。她意识到在这个正在诞生的世界中,她将永远是个"流亡者"。

一战的幸存者越来越幻灭,于是他们开始求助伯恩这样的作家来指引他们找到方向。但是,他们也在一些意料之外的地方找到了精神支柱。艾伦·拉莫蒂(Ellen La Motte)于1873年在肯塔基州的路易斯维尔出生。1915年,在西格加入法国外籍军团之前不久,她到法国当法国军队的护士。一年后,她把自己写的新闻报道《战争的遗祸:一个美国护士亲眼目睹的战场上的人类残骸》(The Backwash of War: The Human Wreckage of the Battlefield as Witnessed by an American Hospital Nurse)寄给报社。这篇报道主要描写了她在战斗

第十二章 第一次世界大战和写作的命运

过后看到的痛苦和污秽的战地景象。她笔下的"英雄"是一些士兵——这些士兵开始沉痛地意识到自己只是献身"进步和文明"征程的"一堆出卖体力的人"中的一个无名小卒,这种意识使其中一些人藐视生命,包括他们自己的生命,而使另一些人成了无助的受害者。比如,拉莫蒂讲述了一个年轻飞行员的故事。他摧毁了一个齐柏林飞艇,因而被颁发了勋章,但之后没过几天他就在酒醉飞行中自杀了。在《传令嘉奖》(*A Citation*)中,她详细描述了一个年轻士兵生命中最后几天的可怕经历。这个士兵一直坚持活着。他在等一个将军来为他的英勇事迹颁发奖章,但最终"经过很长时间的挣扎后,在那个将军带着奖章抵达前的20分钟"死去。她发现战争与它阐释的光荣的自我牺牲精神截然矛盾,它不是一个让"男人和国家得到净化的"过滤器。它意味着人们在世界的"遗祸"中孤独、毫无意义地死去。

20年代,针对战争的文学作品多是追随拉莫蒂的脚步,而不崇尚西格的观点,这些文学作品把战争惨重的代价和那些令人怀疑的收获做了对比,讲述了人们的幻灭以反驳战争的荣誉论。庞德在《休·塞尔温·莫伯利》(1920)中写道:"千千万万的人死在那里",

> 他们的死,充其量是为了
> 那掉了牙的老母狗,
> 和东拼西凑的文明①,
> 浅笑的美唇、明亮的双眸
> 都埋入黄土,
> 只换来几尊破碎的雕像,
> 几本被批得体无完肤的书籍。

在这些文字的背后隐现着一种模糊的想法,即一战暴露出一个有关现代技术社会的秘密:社会依靠经济发展,而经济发展既依靠为战争而做的准备工作以刺激发明和生产,又依靠战争的过程以刺激消耗,包括被称作"毁灭"的更高一级的消耗形式。一战不仅仅是没完没了的冲突中的又一段插曲,它还预示着各个国家早晚要用武器解决能够解决的一切。庞德知道"文明的"国家用"老人们的谎言"吸引着年轻的新兵。几年后,来自阿拉巴马州的海军陆战队士兵威廉·马奇(William March)回应了罗伯特·格雷夫斯(Robert Graves)所说的爱国主义已经在战壕里死去的说法。马奇曾获得过优异服务十

---

① 与前一句都是指20世纪人类所创造出来的文化。——译注

第一部分 梦之城、抒情年代和第一次世界大战

字勋章、海军十字勋章和英勇十字勋章。他把小说《战友老K》（*Company K*, 1933）的摘要寄给了报社，内容也是反对一战的，其中包括一封模仿一个指挥军官写给一位丧失了儿子的母亲的信，信的内容残忍，极具有讽刺意味：

> 亲爱的夫人：您的儿子弗朗西斯死在贝露森林了，但他的死根本不必要。您肯定有兴趣知道他死时的情景。他身上爬满了虫子，并被腹泻搞得虚弱不堪。他的双脚肿胀并且腐烂了，臭气熏天。他就像个受惊的动物，饥寒交迫。之后，在6月6日，一片榴霰弹弹片击中了他，他就在痛苦中慢慢地死去……在他死前整整三个小时里他不停地尖叫、不停地诅咒。您知道他没有什么可以信赖的信念：他很早以前就已明白，您——深爱他的母亲——曾经教给他要信仰的东西，那些毫无意义的打着荣誉、勇气、爱国主义旗号的东西，都是谎言。

当然，彻底被这种沮丧情绪感染的美国人相对较少。大多数诺顿-哈耶斯救护服务中心和美国战地救护服务中心的志愿者和大多数战斗部队的战士坚定地相信促使他们去当志愿者的信念。其中有些人认为庞德、多斯·帕索斯和海明威的书不具代表性，因而不予理睬。但总体上，文化中弥漫着梦想破灭的迹象。一个迹象就是1920年参议院拒绝理睬欧洲，完全否定了国家参战时所宣称的目的，完全失去了美国在远见上而非在力量上占据世界领导地位的机会。另一个迹象就是美国很快弃绝了抒情年代的改革精神和进步信念。像H. L. 门肯和乔治·琼·内森这些人不久就开始吹嘘他们只关注自己，没那么高尚的情操。内森写道："这个世界最大的问题——社会、政治、经济和神学上的问题——跟我一点儿关系也没有。我只关心我自己和几个要好的朋友的利益。我才不管这个世界的其他人会不会在今天日落时分下地狱呢。"与此同时，公开的性别歧视和种族歧视的言论开始散播，而包容即使作为一个值得赞扬的思想也没有了市场。

凯瑟在1936年评论说："这个世界在1922年或1922年前后分裂成两个部分。"她把划分的时间定为《我们中的一个》出版的那年。在《迷失的淑媛》（1923）中，她对已经失落的美国的热爱和对20年代美国的幻灭都通过艾维·彼德斯（Ivy Peters）这个人物表现出来。艾维·彼德斯是正在兴起的美国中一个完美的中产阶级地产开发商。追随"梦想家"和"冒险家"的脚步，彼德斯学会了如何"从印第安人手里几乎不花一分钱就得到极好的土地"，然后再进行开发来赚钱：

第十二章 第一次世界大战和写作的命运

现在这片广袤的土地……任凭像艾维·彼德斯这样的人摆布。他们这些人从来不敢冒险。他们将压制不切实际的空想,驱散清晨新鲜的空气,根除正在孕育的伟大的自由精神……他们将摧毁拓荒者开辟出来的空间,然后把他们分割成一块块有利可图的地段,就像火柴厂把原始森林分割得支离破碎。从密苏里河到山区,这代经历过艰苦年代、学会算计的精明的年轻人将亦步亦趋地跟着艾维·彼德斯。

对凯瑟来说,她自己人生中那失去的世界以及她的国家所失去的世界一下子变得美好起来。但是,这不仅仅唤起了她的怀旧情绪。她使我们注意到那些非人力创造的地方所具有的力量,就像多斯·帕索斯使我们注意到那些人力创造的地方所具有的力量一样。斯泰因断定危机将于1914年爆发,当时她住在欧洲。而另外几个作家认为危机将于1919年爆发。多斯·帕索斯还把他的一部小说命名为《一九一九年》。但是,即使那些拒绝使用"荒原"这个让人感到凄凉的词的人也同意一战改变了人们的生活景象。凯瑟在《大主教之死》(1927)中这样描绘19世纪初期的西南部地区:这里,"死亡有一种庄严的社会意义",不是某个人的"某个身体器官终止工作的时刻",而是一个社会的生命"走向人生戏剧的高潮"。她接着说:"那些观察者总希望那奄奄一息的人或许会透露一些只有他自己能够看到的东西。"对凯瑟以及其他许多作家来说,战争使受伤和死亡完全成为个人的事情,以至于没有任何一种阐述可以令人信服地把受伤和死亡与意图或顿悟联系在一起,这样一来受伤和死亡就更加可怕。无数无名的士兵死在一战的战壕中。凯瑟描述的这种转变使他们的死亡即便不是20世纪生活的开篇性的一页,至少也成为20年代文学的完美开篇。

哈利·克罗斯比(Harry Crosby)的《战火家书》(*War Letters*,1932)表现的更为直接。在这些信中,我们看到了另一位哈佛学子一步步的转变。克罗斯比是J. 皮尔庞特·摩根(J. Pierpont Morgan)的侄子,他当上了救护车司机。最初,他相信上帝为了使世界成为一个"更美好、更纯净、更正义的地方而发动了这场战争",因此他初期的报道充满高涨的情绪。但是渐渐地,他以一种反常的幸灾乐祸的笔调开始描写被战争踩踏的土地、做梦时都害怕夜间突然遭到袭击的恐惧和那些死人或人死前恐怖的景象。克罗斯比在战争中幸存下来,并因他的英勇而被法国和美国授勋。他曾经把旧世界与圣马克学校(St. Mark's)和哈佛大学联系在一起。然而,他的妻子克瑞丝(Caresse)说,在失去对旧世界的控制后,他"对反叛有一种莫名的兴奋感"。1927年6月,他在巴黎举办的四门艺术舞会(Four Arts Ball)的一场热舞表演中,

○ 第一部分 梦之城、抒情年代和第一次世界大战

把 10 条活蛇放了出来，然后又返回观众席观看演出。他在日记中写道："我记得"，

> 为了争得和一个年轻女人跳舞的荣誉，两个完全赤裸的猛男在地上摔跤……我记得一个疯狂的学生用人的头盖骨大口喝着香槟，这个头盖骨是他从我的图书馆里偷来的，就像我一年前从地下坟墓里把它盗出来一样……在一个角落里，我看到两个粗鲁的家伙在做爱……而在我旁边，一个丰满的女人坐在地上，露着乳房，沉浸在给蛇喂奶的快感中！

两年后，1929 年 10 月 10 日，克罗斯比在纽约的一个酒店房间里开枪自杀。他在信中和日记中记录了一战如何使他丧失了信仰，如何使他只剩下对奇异的视觉刺激的渴望和在旁边观看的癖好。他以此来控制自己不去想那些吸引它注意力的危险和死亡。除此之外，他没有留下进一步的解释。

20 年代的故事其中一部分将在哈利·克罗斯比这些人的生死中上演。哈特·克莱恩成为那个时代的受害者，塞尔达·菲茨杰拉德（Zelda Fitzgerald）也是。那 10 年的氛围孕育出一种冷嘲热讽、烦躁不安的基调和风格，人们似乎变成了偏执狂。海明威在《永别了，武器》（*A Farewell to Arms*，1929）中写道："冬天刚一来，雨就下个不停，而霍乱随之而至。但是，霍乱得到了控制，最后，部队里只死了 7 000 人。"任何事看来都不再神圣，更别提政府关于爱国主义的陈词滥调。《永别了，武器》中的弗雷德里克·亨利（Frederic Henry）说：

> 那些神圣、光荣、牺牲之类的字眼儿和那些毫无实际意义的话总让我感到尴尬。人们不断这么说……报纸上不断这么写，但是我们没有看到什么神圣的东西，而所谓的光荣也根本不光荣，牺牲就像芝加哥的屠宰场把不要的肉埋掉。许多字眼儿你听得忍无可忍，最终只有那些地名获得了尊严。

当然，那些失去信仰的人还是占少数，甚至在一战结束后的一段时期也不多。不久，一种不同于抒情年代的生机勃勃的精神开始涌向格特鲁德·斯泰因（1874—1946）这样的老作家以及兰斯顿·休斯（Langston Hughes，1902—1967）这样的年轻作家。休斯这些人认为自己是幸存者、流亡者、逃难者以及天才，这种想法把他们联合在了一起，他们似乎是"更年轻的一代"。在一战中的短暂经历把他们远远带离了抒情年代，在抒情年代，世界似

第十二章 第一次世界大战和写作的命运

乎刚刚开始,而改变社会、重建美国的前景似乎就在眼前。这段经历教会他们思考并质疑那些空话,但也使他们更加相信文字的力量——这种信念是那些彻底幻灭的人永远无法了解的。如果语言拥有力量,所有的事情都可以被质疑——不仅是英雄主义的神话、老传统以及老风气,还包括历史的力量和小说的权威都可以被质疑。此外,战争还使他们有一种与欧洲旗鼓相当的感觉。欧洲被战争蹂躏,许多伟大的作家或者死去或者被战争击垮。美国一下子跻身于国际领先的行列,最终有可能摆脱它一直无法摆脱的殖民主义文化。作家们仍旧带着一种复杂的迷恋和失望的情绪尊重殖民主义文化。但是,他们想当然地认为未来属于美国,他们也将通过美国发扬光大。伯恩说:"是要战争……还是要美国的前途!我们必须抉择……因为战争将会使美国的前途暗淡。"实际上,抒情年代的人们看到的美国前途在第一次世界大战中破灭了。特别值得一提的是,20 年代几乎没有任何一个作家确信能够改良他们的社会。但是,另一个任务,即为了创造文学的未来而与过去断绝关系,对他们来说似乎前景光明。他们准备带着极大的热情投身于这个任务,并寻求快乐。

第二部分　富足年代的小说

第一章　战争结束：冷漠重现

亨利·亚当斯在 1918 年 3 月死于华盛顿，他死后不到八个月，第一次世界大战就结束了。两年前，他授权在他死后发行《亨利·亚当斯的教育》(*The Education of Henry Adams*)，其中有 100 本已经在 1907 年经私人印刷出版。于是，《亨利·亚当斯的教育》在 1918 年 9 月 28 日正式出版。而就在出版前一天，伍德罗·威尔逊总统在纽约大都会剧院 5000 人面前做了一个鼓舞人心的演讲，公开发行第四次自由公债（the Fourth Liberty Loan）。威尔逊肯定地说："每一次……我们都达到了我们想要达到的新觉悟。"这场战争必须要以"正义和公正的交易最终取得胜利"，而国际联盟必须被确立为"和平协议本身"的一个组成部分。第二天清晨，《纽约时报》激励人们"用金钱民主支持威尔逊和潘兴（Pershing）的权利与权力"。六个星期后，11 月 11 日，停战协议在贡比涅森林（Compiegne Forest）里的一节火车车厢内签署。《北美评论》(*the North American Review*) 在 1918 年 12 月对《亨利·亚当斯的教育》的评论中称："有一丝讽刺意味的是，就在这最伟大的历史时刻，这本伟大的著作问世了。"

《亨利·亚当斯的教育》受到广泛的评论，成为一本畅销书。25 年来，亚当斯一直给他的朋友写信，信中充满沮丧，预测美国将跟随欧洲的脚步走向灾难。1914 年初，亨利·亚当斯把这些信描述为对"彻底的黑暗"的一种忧郁的倾诉。但是亚当斯仍坚持写信。他说，"当一个人什么都不在乎的时候"，甚至灾难"也几乎变成了有意思的事"。他给约翰·海（John Hay）的一封信中写道，一场伟大的"颓废的马戏团表演"就要开始了。而他只想找个最好的座位来看这场演出，不管是在华盛顿、纽约、伦敦、巴黎、柏林还是在加尔各答。他说："对我来说，这挺好笑的，因为我在 10 年前就预言了这一切，并且印刷成书了。"

从某种意义上说，亚当斯在一战快结束时与世长辞是再合适不过的了。他认为这场战争是这个世界最后的喘息，并认为"过去才是我们的生活"，这就是亚当斯"忧郁的倾诉"。最初，他曾希望帮助改造那个世界。他在25岁时写给他哥哥的一封信中说："不仅是政治需要新的力量和新的视野，文学、法律、社会和我们国家的整个社会有机体也同样需要。"但是，随着历史的发展，特别是尤利塞斯·S.格兰特（Ulysses S. Grant）的当选总统，亚当斯的抱负无法实现。在他看来，格兰特使进化论变得很荒谬。他去世前不久评论说："我们一直活到现在就是要看到共和政体走到尽头。"不过，他的观点居然在战争中幸存下来也在情理之中，因为当他为"过去的生活才是我们的生活"而悲痛时，他还不知道将来的世界会出现什么。T. S. 艾略特在《雅典娜》（Atheneum）上的一篇对《亨利·亚当斯的教育》的评论中告诉读者："许多事情都让亚当斯感兴趣，但他什么都不信。"

在亚当斯充满沮丧的倾诉中所体现出来的矛盾也决定了他努力把自己表现为一个超然的观察者。《圣米歇尔山和沙特尔教堂》（Mont-Saint-Michel and Chartres, 1904）带来了一种牧歌般的美的感受。亚当斯说，对于我们，"诗歌是历史，而现实是虚假的"。但是，他遁入过去也正好为他研究这个正在显现的世界隐秘地做了准备工作。在《圣米歇尔山和沙特尔教堂》的姐妹篇《亨利·亚当斯的教育》中，他采用了另一种拉开距离的方法——用第三人称来讲述他自己的故事——以便使他的故事成为整个时代的故事。在《亨利·亚当斯的教育》中，他成了一个对什么事都漠不关心的解说者——他是个戏迷，是个旅游者，甚至是个死后的观察者——详细描述他的生活和他的时代的景象。他把对社会自我的失败所做的阐释作为故事的中心，而把生存和他自己的反思摆在次要地位。

作为一个社会自我，亚当斯扮演着"现实主义者"的角色，一心分析社会并找到影响这个社会的新方式。他想当一个"政治家"而非一个"政客"——也就是说做一名讲道义的社会公仆，而非一个找机会剥削社会的人。但是，他还想当一个实务家，在这个角色中他扮演的是一个开明的实证主义者。他知道文化建立在世俗历史的基础之上，但他想用道德目的来灌注文化。然而，他的努力屡遭失败，一方面是因为他周围的人不再像他那样关心道德目的，另一方面是因为他几乎不会使用强权话语。他主要是发挥想象力来利用语言的力量。作为一个直接塑造历史的社会人或实务家，他接连失败。只是作为写作风格中那游离的声音时，他才成为一个有力量的人：一个自负的、极富想象力的语言大师。

在 30 年代，马尔科姆·考利（Malcolm Cowley）和伯纳德·史密斯（Bernard Smith）编辑了一本回顾 20 年代的文集——《改变我们思维的书》(Books That Changed Our Minds)。文集中集合了作家作品的评论，比如乔治·毕尔德（George Beard）关于西格蒙德·弗洛伊德的《梦的解析》(The Interpretation of Dreams)的评论；查尔斯·毕尔德（Charles Beard）关于弗雷德里克·杰克逊·特纳的《美国历史上的边疆》(The Frontier in American History)的评论；约翰·张伯伦（John Chambelain）关于威廉·格雷厄姆·萨姆纳（William Graham Sumner）的《民俗》(Folkways)的评论；R. G. 图格威尔（R. G. Tugwell）关于索斯汀·韦伯伦（Thorstein Veblen）的《企业》(Business Enterprise)的评论；C. F. 艾瑞斯（C. F. Ayres）关于约翰·杜威（John Dewey）的《逻辑理论的研究》(Studies in Logical Theory)的评论；保罗·雷丁（Paul Radin）关于弗朗兹·博厄斯（Franz Boas）的《原始人的心理》(The Mind of Primitive Man)的评论；马克斯·勒纳（Max Lerner）关于查尔斯·毕尔德的《美国宪法经济观》(Economic Interpretation of the Constitution)的评论；大卫·戴奇斯（David Daiches）关于 I. A. 理查兹（I. A. Richards）的《文学批评原理》(The Principles of Literary Criticism)的评论；伯纳德·史密斯关于 V. L. 帕林顿（V. L. Parrington）的《美国思潮中的主流》(Main Currents in American Thought)的评论；马克斯·勒纳关于尼古拉·列宁（Nikolai Lenin）的《国家与革命》(The State and the Revolution)的评论和刘易斯·芒福德（Lewis Mumford）关于奥斯瓦尔德·斯宾格勒（Oswald Spengler）的《西方的没落》(The Decline of the West)的评论。其中第一篇文章是苏尔（Soule）关于弗洛伊德的评论，第二篇文章就是路易斯·克罗南伯格（Louis Kronenberger）对《亨利·亚当斯的教育》的评论。

克罗南伯格认为，对"20 年代的知识分子来说"，《亨利·亚当斯的教育》是一个训练有素的作家为揭露"现代世界的困境对遇到的挫败和偏离的目标所做的一种绝对有意识的研究"。亚当斯生来就具有一种力量，他放弃了"参与者的身份"，而选择"在场外观看"，这样，他可以把自己的故事变成他所处时代的故事，或者变成这个时代所写的故事。《亨利·亚当斯的教育》详细讲述了"个人的弱点"以及"社会的混乱"。亚当斯使语言同时服务于多个目的的能力使《亨利·亚当斯的教育》脱颖而出。克罗南伯格肯定地说，"亚当斯生活得很低调，但却全力高调地展现他的生活。《亨利·亚当斯的教育》是一场大规模的演出"，它是一本"美国经验的……教科书"。

《亨利·亚当斯的教育》一书抓住了两种紧张关系——人们作为一种社会

◉第二部分 富足年代的小说

的、讲究实际的、善于分析的、相互依赖的、寻求共识的生物和作为一种个人的、理想主义的、凭直觉的、自给自足的、善于创作神话的生物之间的紧张关系；语言作为参考的、启发性的、明确的、不相关联的、用来分析的工具和作为自我指认的、融合多种元素的、模糊的、有创造力的、不受约束的、综合的媒介之间的紧张关系。这几种紧张关系在 20 年代间以及 20 年代以后一直具有广泛的文化意义和深刻的文学意义。亚当斯把自己的两种阐释并列加以描述，承认传记（自传）、文化历史和小说与社会文献和个人叙述之间的区别，但同时又模糊了它们之间的界限，并不断变化语言表达的风格。由此，亚当斯作为第一代现代主义者中的一员跻身于 20 年代的文化。《圣米歇尔山和沙特尔教堂》其实是他仔细审视文化的一种方法——借用艾略特在《荒原》中的话说，他用这些碎片来撑起他的废墟。而借用庞德在《诗章》（*The Cantos*）的话说，《圣米歇尔山和沙特尔教堂》是他创作"历史散文诗"的一种方法。在《亨利·亚当斯的教育》中，他把社会、家庭以及个人那幻灭的碎片拼凑在一起。在一个场景中，他把现在描述为历史塑造的产物；在另一个场景中，他又向我们展示我们如何重塑历史来适应现在的需要。他代表他自己和他的社会通过记录现在对历史的感知和这种感知的推动力而创造出一种现在感和产生这种现在感的可能性。同时，他又给艺术模仿社会的义务加上了心理学上和认识论上的使命。第一步，亚当斯使艺术的过程成为模仿外部世界的过程；第二步，他追溯意识的过程，因为这就是了解世界的过程。如此一来，他把充分理解世界的发展过程和充分理解他自己的意识过程合而为一。

《亨利·亚当斯的教育》问世之际正值自我对获得某种自由空间的尝试举步维艰之时。此时，自我想独立于达尔文所说的自然的决定因素之外，独立于弗洛伊德重新提出的家庭之外，独立于马克思所构想的社会、文化和历史之外。结果证明要想在美国找到这种自由空间尤其困难。在美国，人们相信单一、孤独的自我是自由的，这一点对大部分人来说无需争议，特别是对美国白人。复兴运动使现代人对自我塑造的能力充满信心；人们受到的教育使现代自我不会再效忠皇帝和国王，并坚信能够通过科学控制自然。在民主制度中，贵族之间的牢固关系已被打破。亚历克西斯·德·托克维尔说，在这种制度下，人们"习惯于认为自己是独自为营"，

而且他们总是幻想他们的命运掌握在自己手中。

因此，民主制度不仅使人们忘记了自己的祖先，而且使子孙后代看不到真相，使同辈人彼此疏远；它使人们被迫独自为营，最终人们不得

不把自己完全禁锢在内心的孤独中。

对托克维尔来说，孤立与自由密不可分。但是，亚当斯一直无法断定他那声名显赫的家庭究竟给他带来的正面影响多些还是负面影响多些。对他来说，孤独的形式不同，产生孤独的原因也不同，而有限的自由也是如此。因此，他开始寻求其他的可能性。

在这个寻求的过程中，亚当斯有了三个相互关联的发现：首先，如同后来阿尔伯特·爱因斯坦所说："一个时代的历史"是"其工具的历史"；第二，像教堂这样的机构，像"圣母"这样的圣像，甚至包括总统和第一夫人，都和发动机一样必须算在文化工具里；第三，我们的工具不仅赋予我们权力，而且还控制着我们的行动。他在《民主》（1880）中写道：

> 玛德琳（Madeleine）发现面前的两个人好像机器一般，也许是木头做的，或者是蜡做的。他们做什么事都那么机械。这两个人就是总统和他的妻子；他们僵硬、笨拙地站在门边，脸上一点儿智慧的样子也没有。他们的右手像玩具娃娃似的机械地伸向一排排来访者……他们自动地站在那里，代表着从他们身上飞速掠过的社会……
>
> 这是多么奇异而庄严的景象啊……她突然感到这一定是美国社会的尽头，也是美国梦的终结。她不禁在心里叹息。

在《亨利·亚当斯的教育》中，亚当斯认为自然、家庭和历史是塑造社会的力量，也是扭曲社会的力量，他还认为人们不再信仰宗教使这个社会丧失了道德和精神支柱。这些想法使亚当斯对他的社会处境的理解复杂化了。玛德琳认为没有什么值得崇拜的东西。她还说："没有哪儿比这儿更可怕的了，简直比'地狱'还糟。"

到1918年，爱国主义的言论飞速转变为梦想破灭的言论，再加上广告业的飞速入侵，几乎每个陷入思考的美国人都更加警惕文化的操纵力量。在《亨利·亚当斯的教育》中，亚当斯一生的经历表明他一直努力想找到一点儿自由的空间，但对那种冒险行为越来越没有信心。最后，除了相信自然和文化的力量可以塑造个人和集体的存在之外，他几乎对所有的事情都产生了怀疑。甚至他给亨利·卡波特·洛奇（Henry Cabot Lodge）写"编者序"时那种戏谑的口吻和特意把"序言"的时间定在1907年2月16日他生日那天这种玩笑看起来都很做作。最后，他在1899年写给他哥哥布鲁克斯的信中说，"生活只是……一场表演"，一个人一直在那里做出反应，好像观看、谈论、表演和写作真的很重要似的。在《亨利·亚当斯的教育》中，亚当斯记录下来作为主角的演员和作为承袭了意识的观众成为现代文化的代表人物的那一时刻。他把那个活跃的"自我"置于故事的中心，作为大家都看得见的对象，而把那个沉思的"自我"放在场外作为观察者和报道者，然后把前者的生活通过后者的意识表现出来。后来，E. E. 卡明斯的《巨大的房间》（*The Enormous Room*）、F. 司各特·菲茨杰拉德的《了不起的盖茨比》和威廉·福克纳的《押沙龙，押沙龙！》等作品中体现了亚当斯这种前瞻性的表现手法，把表演者和观众、演员和评论家、行为的施予者和行为的解说者并列在一起呈现出来。约翰·多斯·帕索斯在《美国》中把作者本身的角色和作者作为观众、制片人和导演的角色结合在了一起，而我们学会把这些角色和建筑师、工程师以及电影导演联系在一起。在为自己创造出这个多角度的目击者的角色之后，帕索斯在"摄影机眼"这段情节中平衡了一下这个角色，即在一个由他设计、构建、导演的场景中把自己变成了一个演员。与亚当斯一样，他也通过承认角色的互相转变和设法融入他自知无法逃避的文化来缓和观察者和旁观者之间的极度疏离。

第二章 "爵士乐时代"和"迷惘的一代"的复苏

在对 20 年代的文化的描述中，F. 司各特·菲茨杰拉德的"爵士乐时代"强调入世，格特鲁德·斯泰因的"迷惘的一代"强调出世，最终证明两者是最经得起时间考验的，但为此两者也都付出了代价：后人的效仿使其失去了自己的特点。那个时代的书信、日记、杂志以及出版的自传充满了奇闻轶事，比如玛格丽特·安德森的《我的三十年战争》（*My Thirty Years' War*，1930）、伊迪丝·沃顿的《回顾》（*A Backward Glance*，1934）、约瑟夫·弗里曼的《美国的信念》（*An American Testament*，1936）、梅布尔·道吉·卢汉的《有影响力的人》（1936）、罗伯特·麦克艾尔蒙（Robert McAlmon）的《同是天才》（*Being Geniuses Together*，1938）、希尔维亚·毕奇（Sylvia Beach）的《莎士比亚书店》（*Shakespeare and Company*，1959）、珍妮特·弗兰纳（Janet Flanner）的《一个美国人在巴黎》（*An American in Paris*，1940）、哈罗德·洛布（Harold Loeb）的《这就是战争》（*The Way It Was*，1959）、马修·约瑟夫森（Matthew Josephson）的《超现实主义者的生活》（*Life Among the Surrealists*，1962）、欧内斯特·海明威的《流动的飨宴》（*A Moveable Feast*，1964）以及马尔科姆·考利的《流亡者的回归》（*Exile's Return*，1934）和《第二次繁荣》（*A Second Flowering*，1973）。那些迷惘的"流亡者"都把巴黎当成是"一个流动的飨宴"：庞德试图创新；舍伍德·安德森为艺术拒绝经商；斯泰因、安德森和海明威努力使他们的风格趋于完美；海明威和斯泰因相互对峙、互相竞争；约翰·弗里曼、多斯·帕索斯和吉纳维芙·塔加德支持社会改革精神，把战后个别人的幻灭扩大成公众对商业资本主义文化的幻灭；在公寓、酒吧、夜总会和黑人居住区的卡巴莱酒馆①，音乐和文学辉煌一时；塞尔达·菲茨杰拉德和司各特·菲茨杰拉德同时声名鹊起，但因赛尔达精神崩溃而导致两人的婚姻伤痕累累；多萝西娅·克伦威尔和格拉迪斯·克伦威尔（Dorothea and Gladys Cromwell）、哈利·克罗斯比、哈特·克莱恩等几个作家自杀；威廉·福克纳长期客居异乡，总有一种"在家"里"但同时又……不在家里"的感觉，于是他决定独自一人返回他出生的地方。

但是，如果我们注意到斯泰因所说的"迷惘的一代"和菲茨杰拉德所说的"爵士时代"是相辅相成的，那么我们就会发现这两个术语就有了新的意义。菲茨杰拉德说："爵士时代对政治根本不感兴趣。它是一个奇迹的时代、一个艺术的时代、一个无节制的时代、一个讽刺的时代。"斯泰因对海明威说："你们这些人就是这样……你们是迷惘的一代。"这特指在战争中幸存的年轻人。菲茨杰拉德把他的第四本书命名为《爵士时代的故事》（*Tales of the Jazz Age*，1922）。于是，"爵士时代"这一称谓使放荡的聚会在这个时代繁荣起来。虽然菲茨杰拉德身在法国，没有看到过杀戮和死亡，但是对他来说，幻灭之后就是繁荣。在他的第一本书《天堂的这一边》（*This Side of Paradise*，1920）中，他这样描述自己这代人：注定要不情愿地高喊过去的口号；注定要带着一种明显的紧张感害怕贫穷、崇尚成功，好像拥有金钱多少能够帮助他们逃避理想的破灭并保持一种美感。海明威把"迷惘的一代"（Lost Generation）作为《太阳照样升起》（1926）的题词。对看到了一些杀戮和死亡场景的海明威来说，"迷惘的一代"这个称谓有一种特殊的权威，因为它传递了一种观念，说明一战在幸存的年轻人心里留下了无法磨灭的印迹。就像马尔科姆·考利后来评论的那样，菲茨杰拉德和海明威都认为"迷惘的一代"有一种"脱离了……地域或传统依附"的感觉。他们所上的大学、所前往的城市以及所依赖的一些出版社"像金融和舞台实践一样"割断了地域之间的联系，并"在1900年以后聚拢在一起"。作家们开始认为自己是美国进入新时代以来第一代孤立无援的信徒。他们下决心要充分利用他们的处境。他们既有一种固有的模式又充满了自由精神，既是孤立的自我又是上帝的选民。他们是一次大灾难的难民，但作为艺术家来说又前途无量。在描述他们的处境时，他们把极度的自怜与夸大的自我意识联系在一起。约翰·皮尔·毕肖普（John Peale Bishop）说："霍桑（Hawthorne）把人类的灵魂戏剧化。而在我们这个时代，海明威写的却是人类灵魂的消失。"

他们自称是这个被诅咒的时代专有的护身符，并认为自己是这个时代的

---

① 提供歌舞或滑稽短剧等表演助兴的餐馆或夜总会。——译注

第二章 "爵士乐时代"和"迷惘的一代"的复苏

先知。很显然,比起社会改革者来说,他们中的大多数更喜欢先知这个角色。他们多愁善感、风趣、做事几乎不顾后果、骄傲、坚忍、目空一切。但是,他们意识到如果他们没有做出什么特别的事情来的话,这种自我感觉良好的民族习惯就没什么意义。他们写一些故事来控制他们的处境,自认为揭露了这个世纪隐藏的真相。他们出生于这个世纪,与这个世纪融为一体。格特鲁德·斯泰因说:"战争过后我们进入了20世纪。"她还暗示在20世纪还没有正式开始之前,她(出生于1874年)就已经属于20世纪了。新世纪的生活许多地方都让他们感到愤怒,但有些地方又让他们着迷,比如其惊人的发展速度和技术的革新。他们做了一些自己曾经谴责的事情,甚至开始帮助宣传。但是,世界领导人,特别是美国的领导人,更善于滥用语言,却没有增加人们的幸福感,对此他们非常失望;他们在分歧中、怀疑中和疏离中找到了依据,宣称自己是现代世界的先知、探索者和绘制蓝图的人。

他们心中都计划着给滥用得一塌糊涂的语言重新注入清新的气息。斯泰因成了舍伍德·安德森、欧内斯特·海明威、卡尔·范·维奇顿和理查德·赖特等不同作家的老师,就是因为她很明白更新语言的任务必将成为20世纪文学的根本主题。我们在《美国》中看到,多斯·帕索斯也意识到了这一点:他运用了不同的策略——并列、拼贴、短文叠接和不同的叙述模式的叠接——想使文字像立体派艺术画一样展现不同的形状;在《了不起的盖茨比》(1925)中,菲茨杰拉德用尼克·卡洛威的声音唤起了20世纪的主旋律和很久以前听到过的只言片语;在《喧哗与骚动》(1929)、《在我弥留之际》(*As I Lay Dying*, 1930)和《押沙龙,押沙龙!》中,福克纳并列、拼接甚至重叠了各种声音和各种文体。

E. E. 卡明斯直接根据他在一战中的经历创作完成了《巨大的房间》(1922)。故事从他志愿到法国服役当救护车司机开始,高潮是他因书信内容有叛变之嫌而被非法监禁六个月。在卡明斯看来,官僚主义的偏执和无能导致并操纵了这段经历,预示着这个东拼西凑的世界已变得面目全非,几乎让人认不出来了。于是,他用写信和写书来回应这一切。但是,他的第一篇回应文章写在了他第一次被关起来的监狱的墙上,文中混合了嬉笑怒骂与绝望无助。在监狱时,昏暗中他发现满墙都是艺术家和作家留下的"图案、格言、图画"以及选自歌德(Goethe)的篇章:"一幅含有讽刺意味的风景画";一幅"精致的肖像";有一幅画描绘了一条"心爱的船";还有一幅很奇怪的画,描绘了一个"身材像炸油圈饼的人"骑在一匹"同时朝四个方向奔跑的香肠形状的马上",巧妙地表现了"粗糙"的技法。后来,他效仿约翰·班扬(John Bunyan),把监狱的栅栏当做"自己的竖琴"。他马上决定"一有机会就要一支铅笔",大胆尝试新的语言形式,这样他就可以把监狱里丧失自由的日子和暗地里违反监狱规定的这些举动变成艺术。

卡明斯尝试把强加于他身上的经历变成自己的经历。他运用几种语言的词和词组("我的小房间①很凉爽,我很容易就睡着了");他用讽喻的方式来描述敌人和朋友(比如,他把监狱的看守简称为"监看",把三个受思考之苦的男主角称为赏心悦目的高山);他的叙述结构和方式很多都借用了班扬的《天路历程》(*Pilgrim's Progress*)的模式。此外,他越来越有信心,认为自己的文字能够使别人的经历成为他自己的经历,而他的经历可以使他借用的文字获得新生。

1921年11月11日,即休战协定的三周年纪念日,哈丁总统带领一群内阁成员、联邦最高法院的法官、国会议员和军事领导人前往阿灵顿公墓(Arlington Cemetery)把一个无名士兵埋葬在他的家乡。他们"用爱的花圈和国家级别的勋章覆盖他的墓地"。几个月后,《巨大的房间》出版了。几年前,亨利·詹姆斯把西奥多·罗斯福的爱国主义宣言称为"野蛮而残忍"的宣言。但是,哈丁装腔作势地表示他能够保证任何一个士兵"乃至成千上万的士兵都不会白白牺牲",这对许多作家来说简直把文字滥用到了极点。此外,哈丁巧妙地采取了国家庆祝的形式,把国家作为一个能够感受到爱、足够强大因而能在战争中幸存并能精明地选择国家该授予勋章的人的这样一个实体。早些时候,多斯·帕索斯在他第一本反映一战的著作《一个人的开始:1917》(*One Man's Initiation*:*1917*,1920)中公开谴责"谎言,谎言,谎言,让生命窒息的谎言",他号召人民"站起来,告诉他们至少我们没有被欺骗"。后来,他在《美国》三部曲的第二部《一九一九年》(1932)的结尾回顾了哈丁埋葬那个不知名的士兵的场景。他采用了一种公然藐视的风格:

> 在弗吉尼亚阿灵顿国家公墓的圆形纪念场中
> 在马恩河畔沙隆沃圣母院里用油纸包裹的陈尸房中
> 在石灰漂白粉和尸体的臭气中
> 他们从堆在那儿的一大堆盛着理查德·罗伊
> 和其他不知名的人的身体的各个部位的松木箱中
> 选出了一个。只有
> 一个可以选。他们怎么选出约翰·多伊来的?
> 孩子们,要确保他不是个黑人,

---

① 原文是法语 cellule。——译注

确保他不是意大利血统也不是犹太佬，
当你拿到一个盛着骨头、印着尖叫的秃鹫的
铜扣和一对儿绑腿的黄麻袋
如何区分他是百分百的美国血统呢？

包括卡明斯和多斯·帕索斯在内的 20 年代的作家认为那些擅自代表了他们利益的政治领导人背叛了他们，还觉得与那些没有体验过他们的冒险经历、也没有遭受过他们的幻灭的老一辈作家格格不入。他们宣称自己是"迷惘的一代"，这个时代在战争结束前已经开始了。T. S. 艾略特的《荒原》在作家们确认它是唯一可以用来命名留给他们的这个伤痕累累的世界之后才得以出版。19 世纪 90 年代和抒情年代实际上已经预见了许多被 20 年代的作家划归为专属于他们的事情，比如，20 年代的作家认为所有发生在他们身上的有意义的事情都是独一无二的，他们还认定他们的艺术是全新的艺术。海明威在《非洲的青山》（*Green Hills of Africa*，1935）中轻描淡写地说："一部新的经典著作与以前的经典著作没有任何相同之处。"小约翰·赫尔德（John Held, Jr.）的漫画使菲茨杰拉德小说中不受传统约束的轻佻女郎（Flapper）和不用功读书、爱好玩乐的男大学生（College Joe）成为时代的标志。人们普遍认为他的画采用了一种全新的模式——尽管这些画一定程度上受到带插图的法国周刊《巴黎人的生活》（*La Vie parisienne*）中的细线图画的影响以及前哥伦布时期的雕塑和希腊瓶画的影响。但是，虽然"迷惘的一代"简化并忽略了一些东西，这代人还是觉得自己被打上了时代的烙印，同时又觉得被时代抛弃，这种感觉如此强烈以至于他们需要自己说服自己。

爵士乐是这个时代最有特色的艺术创作之一。它以一种有益的方式体现了这个时代的矛盾。它的曲调吸收了过去的圣歌、进行曲和劳动号子等元素，而它各种各样的节奏和不断变化的鼓点则是根据实际场景即兴而作。它的目标是在听众和表演者之间产生一种自发的互动——或者更极端点说，表演者想成为听众而听众能够成为表演者——使听众和表演者同时主动回忆起某些东西，或同时刻意忘记某些东西。爵士乐感官性很强，婉转迂回；它是违禁的、自发的、不断变化的；它不做作、不拘束；它嘲笑虚伪的掩饰，支持抗议，颂扬变化。A. C. 沃德（A. C. Ward）很反感爵士乐富含的性暗示，把它称为欧洲以及美国的"死亡舞蹈"。虽然爵士乐颂扬的是现场创作，但是它仿效并再现了几乎被其视为神圣的过去的歌词和节奏。这种双重性使爵士乐成为适合 20 年代的音乐。一方面，它反映了原创音乐的基本原则。如同美国和现代主义一样，它也有可能拥有崭新的开始。它把真正的艺术家定义为那些

○第二部分　富足年代的小说

能够完全摆脱历史从而随性即席创作的人。因此，它把真正的艺术定义为传统元素似乎已荡然无存的作品。但是，如同其他形式的现代主义一样，它对经过透彻分析的现代艺术提出了质疑。在颂扬创造力的同时，它又承认自己的历史真实性，它发现自己处于矛盾之中：它宣称自己独立于过去，而现在是属于它自己的，但是如此一来，它就把自己的处境阐释为试图在一个古老的世界里创造一个全新开始的历史阶段。这个世界如此古老，因此能发生的已经都发生了。

人们在哪儿都能听到爵士乐：船上和大舞厅的管弦乐队以及夜总会、舞厅、高中体育馆的乐队都演奏爵士乐；收音机和家里上发条的留声机以及商店或工厂里的广播里也放着爵士乐。许多爵士乐音乐家心力交瘁、生活痛苦不堪。这使我们意识到，爵士乐的曲调产生于矛盾之中是一回事，而矛盾实际上一直存在是另一回事。与抒情年代的繁荣相比——那个年代，人们认为旧障碍正在消失，工人们正在稳步前进，而天才们随着现代舞创始人伊莎多拉·邓肯的舞蹈不断涌现——爵士乐年代的繁荣好像是被逼出来的。从某些方面来说，爵士乐反映了这个已经千疮百孔的世界的悲哀；从另一些方面来说，它反映出人们很焦虑，拿不准以后会发生什么，因此他们害怕结束宴会。

一些老作家诙谐的声明中也显示出类似的紧张和矛盾情绪。比如 H. L. 门肯和他的弟子乔治·琼·内森都忍不住要表达他们的愤怒：门肯说，爱是"最低程度的厌恶"；"如果我还相信什么的话，那就是做好事太庸俗"；"应该允许无知的人想生多少孩子就生多少孩子"，好为像他和他的朋友们这样有天分的人"持续提供奴隶"。门肯、内森和其他从抒情年代过来的作家依旧认为清教徒是替罪羊。德莱塞在出版《妇女画廊》（*A Gallery of Women*，1924）时宣称这本书将使"清教徒的鬼魂现身并在大街上胡言乱语"。但是，《妇女画廊》表现的是男性主宰女性性欲的观点，这远超乎德莱塞的预想，也更令人沮丧。与此类似，门肯和内森暗地里也对一些事物心存蔑视。他们试图等量齐观，但在一些重要原则上却从未达到不偏不倚。门肯最具野心的作品《美国的语言》（*The American Language*，1919）对"英语的两个主流"中的第二个主流的起源和发展进行了绝妙而离奇的历史分析。这是对新时代的赞扬。然而门肯继续修改、扩充、改写《美国的语言》，加上了几册增补本。这说明他除了想颂扬新时代以外，还想控制这个时代。他初步假设他和他的朋友们过着有钱有势的快乐生活，这种假设经常使他听来像是只顾自己、消费者至上的资产阶级文化的广告商。而这种文化正是他所批判的。与菲茨杰拉德陷入黑暗的深渊相比——从有名有利到酗酒、消沉、对什么都无所谓；从《轻佻女郎和哲学家》（*Flappers and Philosophers*，1920）到《爵士时代的故事》(1922)到《所有悲伤的年轻人》(*All the Sad Young Men*, 1926)再到《早晨的起床号》(*Taps at Reveille*, 1935)——门肯具有欺骗性的文章和他最欣赏的大多数讽刺小说,比如詹姆斯·布兰奇·卡贝尔(James Branch Cabell)的《朱根》(*Jurgen*, 1919),现在看来都很肤浅。

辛克莱·刘易斯(Sinclair Lewis)是个业余的社会学家和人类学家。他对记录现代美国生活的表面现象表现出无限的热情。他制作了很多目录和表格,收集了被门肯称之为"美国史料"的表现美国唯利是图、善于蛊惑、伪善以及粗俗的例子。这些使刘易斯赢得了门肯的赞扬。门肯称刘易斯是"愚民阶级"的"美国文化"的"真正的解剖家"。刘易斯的《大街》(*Main Street*)和《巴比特》(*Babbitt*)不像《朱根》那么精练深奥,但却成为马修·约瑟夫森在《美国艺术家的肖像》(*Portrait of the Artist as American*, 1930)中所说的"抵抗社会环境"的更重要的范本。哈丁就代表了这种社会环境。在这两本书中,刘易斯带着文化的渴望而不仅仅是个人的渴望融合了讽刺、模仿和漫画;他通过普通的事情展现他要表达的东西。这些普通的事情使小说有一种罗伯特·林德(Robert Lynd)和海伦·林德(Helen Lynd)夫妇在《美国的中产城镇》(*Middletown, U.S.A.* 1929)中所进行的社会学研究的味道。虽然有些紧张状态刘易斯没有完全表现出来,但结果证明也是非常有效果的,这在一定程度上是因为他制造出一种不得不在威尔逊高调的理想主义和哈丁所号召的自私和贪欲两者之间做出选择的悲哀氛围。哈丁在1920年说:"首先要使美国保持稳定,首先要使美国繁荣,首先要想到美国,首先要赞扬美国。"这一年也是他创造出"常态"这个词的那一年。当时,他突然开始炫耀自我放纵,扬言这"不是什么妙策,而是常态",这很容易受到讽刺。

《大街》在1920年随着"常态"这个词的诞生出版了。这本书主要描述的是一个位于中西部名叫高夫草原(Gopher Prairie)的小镇。1922年,也就是美国第一次人口普查表明大多数人住在城市后的两年,《巴比特》出版了,背景就设置在中西部的一个人口在25万到30万之间的名叫泽尼斯(Zenith)的城市。这个城市是个"极有活力的城市,一个热诚、热心、热闹的城市。到1935年,泽尼斯已经有了100万人口"。《大街》中主要的冲突是主角卡罗尔·凯尼科特(Carol Kennicott)与高夫草原小镇上乏味、偏执的居民之间的矛盾。如同伊迪丝·沃顿所说,卡罗尔似乎下定决心要在一片富足的景象中揭露出国家生活的贫乏。但是,《巴比特》这本书的观点自相矛盾,就像书中的主角乔治·巴比特一样。小说本身的缺陷暗示出巴比特这个人的弱点。但是,最终这本书却利用了它的缺陷所具有的力量。书中最引人注目的不是使它成名的讽刺,而是那种永远无法完全控制的紧张情绪。

刘易斯几乎对泽尼斯居民的所有举动都加以嘲笑：他们的俚语；他们对新事物的着迷——汽车、小玩意儿、衣服和家具；他们的俗气，比如泽尼斯"运动俱乐部"的特色是哥特式的门廊、罗马皇家式的洗手间、西班牙教堂式的休息室和摆放中国齐本达尔式家具①的阅览室；他们的"传奇英雄"——不是"骑士、漫游的诗人、牛仔、飞行员，也不是勇敢而年轻的地方律师，而是成天在铺着玻璃的桌子上分析销售问题的伟大的销售经理"；他们的教堂、私人俱乐部和市民组织机构；以及他们的价值观——即心灵的习惯。

这就是标准美国市民的样子！这就是新一代的美国人：头发齐胸、满眼堆笑、办公室里放着计算器的小伙子们。我们不是在自夸，但是我们喜欢自己，如果你不喜欢我们，小心着点——最好等龙卷风到这个城镇之前找个地方躲起来。

芝加哥市民曾承诺说只要他们得到一点文化就会使之繁荣，而泽尼斯的居民赋予了这个诺言新的含义；他们还重申了"梦之城"的偏见。他们声称泽尼斯比那些先发展起来的东部城市有优势，其中一个优势就是它有"完美的市民"（巴比特说："最重要的是他们比捕鸟的猎犬还忙"）和"靠得位的人"（"他们为国家的繁荣而欢欣鼓舞"），他们与长头发的、自称为"自由主义分子"、"极端分子"或"知识分子"的那类人以及"外国出生"的、带着"国外的想法和共产主义思想"的那类人形成了对比。在这种想法的鼓舞下，巴比特和他的那些"靠得住的人"盼望着一种最终摆脱这两类人的文明，使"靠得住的人"能够自由地生活在一个有闪光的小玩意儿和私人俱乐部的天堂里。这个天堂就像沃尔多·弗兰克（Waldo Frank）后来在《美国再发现》（*The Re-Discovery of America*，1929）中所描述的那个世界一样徒有其表。《美国再发现》是20年代几部重要的哀叹史之一：

> 我们的成功没有让我们幸福，我们没有对国家或市政当局更加忠诚，我们没有激发出对运动的狂热，也没有释放对犯罪的狂热；我们的教育没有育人，我们的政治家没有管理国家，我们的艺术没有创新的作品，我们的美没有生命力，我们的宗教不是一个完整的体系。但是，是我们

---

① 一种以优美的外廓和华美的装饰为特点的家具。早在17世纪末18世纪初，西方家具设计就受到中国家具的影响，有些甚至被冠上中国齐本达尔（Chinese Chippendale）式家具的昵称。——译注

第二章 "爵士乐时代"和"迷惘的一代"的复苏

的力量维持着这些行为规范和狂热。我们的精神赋予它们血与肉，目的就是为了实现自我，而它们并没有触及我们。

《巴比特》提醒我们实际上这些事情不用完成就可以触及人们。源于空虚的渴望从一开始就使刘易斯的讽刺变了味道。夜里，巴比特梦到一个"小仙子"。小仙子认为巴比特是个"快乐而勇敢"的人，"在神秘的丛林后的黑暗中"等待着他。即使在白天，当要承受顺从别人的压力时，他也极力保护与保罗·瑞斯林（Paul Riesling）的友谊。保罗·瑞斯林的名字"听起来很像外国人的名字"，他经常在大白天就表示自己的不满。保罗与那些"靠得住的人"保持着距离，他鼓励巴比特去质疑他们的繁荣主义（boosterism）。巴比特是一个中产阶层的中年美国人，但是，他除了信奉物质主义和繁荣主义、为人极度庸俗并在思想和精神上极度空虚以外，仍然拥有爱与忠诚的能力和对友好关系的渴望，内心仍然充满希望，并对缺乏这些东西的生活表现出强烈不满。他被自己对保罗的情感和对亲生儿子的情感所感动——被一个人的榜样所鼓舞，被另一个人的承诺所鼓舞；他试图反叛，嘲笑社会风气，宁愿选择那些狂放不羁的人而不选择"靠得住的人"，公开支持他那不受欢迎的朋友塞内卡·德恩（Seneca Doane），并为一群罢工工人辩护。

当然，巴比特的反叛有一些可悲的地方。他那些老掉牙的梦，特别是那些围绕着他的"小仙子"的梦，都是属于男性的专利。甚至在反叛中，他依旧很胆怯。他和泽尼斯城的其他反叛者与墨守成规的人一样也丧失了享受文化教育的权利。巴比特几乎没什么力量，也没有独立的设想，所以他从一开始就被他的世界打败了。但是，他的弱点和欲望与他的不满同时存在。巴比特发表了一些他无法相信的箴言。他害怕这个被操纵的社会所具有的力量。这个社会奖赏那些遵循它的原则的人（给予他们安全感和地位，为他们提供小玩意儿、财产、口号和俱乐部），而威胁并惩罚那些反抗的人（把他们从那些享有并控制社会的战利品的"好伙伴一族"中排除出去）。书中写道："独立自主的感觉渐渐从他的身体中消失。他独自走在街上，害怕人们讥讽的目光和不绝于耳的窃窃私语。"他把"最近的不满情绪"置之脑后，开始拙劣地模仿"好伙伴"：他加入了遍布"整个国家"的"好市民联盟"，对"塞内卡·德恩的恶行、工会的罪行、移民的危险以及打高尔夫球、道德和银行存款带来的乐趣"表示"愤慨"。但是，重新恢复了"拥护者俱乐部（Boosters club）最受欢迎者"的地位以后，他仍觉得自己陷入了一个陷阱。当看到他未来的生活将是多么悲哀时，他说："他们把我打败了，我完蛋了！"他对他的儿子说："我打算在退休时找个适合自己的事情来做。但是，我这辈子从来

○第二部分 富足年代的小说

没有……从来没有做过一件我一直想做的事情!"这番谈话试图把忏悔变成道德说教。"我不知道我每天除了活着还做成了什么。"他的声音越来越弱。"也许,你会继续这样的生活。"他这样说的时候似乎没有意识到"继续"这个词所隐含的让人不安的多种解释。

如同20年代的大多数小说一样,《巴比特》也描述了一个还处于初始阶段的世纪,因而有很多想法还不够成熟,特别是不知如何对待人类对性行为的新态度和其文化所使用的新的操纵技巧。但是,有时这个世纪又似乎太陈旧了,人们无法带着信仰去期待些什么。刘易斯一方面采用了弗洛伊德的发现,另一方面采用了马克思的发现,把家庭和社会描述为使人们身不由己地被划分开来的机构,从而使家庭和社会受到公开的怀疑。巴比特想联合却又害怕联合,渴望亲密举动又逃避亲密举动,想冒险又不敢冒险。他渴望得要命又害怕得要死,总是犹豫不定,结果什么问题也没解决。"小仙子"的梦在未进入他的意识之前就是陈词滥调,就像他对儿子抱有的希望在还没说出来以前就是陈词滥调一样。他想反叛他的社会,但又临阵退缩,接受了他的社会为他提供的保护,避免亲密举动和冒险行为带来的危险。他那模糊而顽固的不满和他那模糊而顽固的希望都成为推迟到下一代的生活标志,而不是当前的生活标志,尽管这种推迟可能意味着他将弃权,不再"继续"抵抗。

巴比特的故事是他自己的故事,但是他的故事是以他的名字命名的,而巴比特式的人物在美国英语中已经成为思想狭隘的中产阶级成员的代名词。他的故事时刻提醒人们,在堕落的威胁和崛起的希望之间保持平衡的中产阶级是多么焦虑、多么没有安全感。巴比特把所能接触到的一切——酒精和药物、少数民族聚居地和俱乐部、新的小玩意儿带来的感觉和权力与速度带来的兴奋、团结的空话和抵抗的空话、爱的空话和愤怒的空话——都用来控制使他内心充满矛盾的渴望。由于他想反抗的意志最终屈服于他想生存的意志,他开始放弃,开始延迟他的希望。

刘易斯清楚地表明,主宰20年代的人不是反叛者或反对者,而是商业和商人。卡尔文·柯立芝(Calvin Coolidge)与沃伦·哈丁(Warren Harding)在许多重要的方面截然不同,但是柯立芝使一些国家要优先考虑的事项更容易被人们接受。众所周知,哈丁政府(1920—1923)在引人注目的腐败使它陷入丑闻之前任人唯亲——只任用"亲信"和"靠得住的人"。退伍军人局(Veterans Bureau)的局长查尔斯·R. 福布斯(Charles R. Forbes)因为渎职被审问、定罪、入狱;亨利·多尔蒂(Henry Dougherty)的亲密伙伴、首席检察官杰西·史密斯(Jesse Smith)为避免同样的命运自杀身亡;哈丁的国外财产监护人托马斯·W. 米勒(Thomas W. Miller)因为收受贿赂进了监狱;

第二章 "爵士乐时代"和"迷惘的一代"的复苏

内政部长阿尔伯特·福尔(Albert Fall)因行贿受贿被罚款并被判入狱。1923年8月2日哈丁死于心脏病突发。也只有死亡才能使哈丁免受他的朋友们所遭受到的耻辱。相反,柯立芝在做哈丁的副总统和他自己执政期间(1923—1929)以禁欲主义和正直清廉闻名。但是,他也同哈丁一样深信国家的商业文明。他曾花了数年时间努力工作,边攒钱边巴结那些有钱有势的人,等待时机。他抓住了哈丁突然死亡带给他的机会,这既是命中注定的,又是他自己奋斗得来的。

柯立芝宣称:"美国的使命是发展商业。建立一座工厂的人实际上就是建立了一座教堂……在那里工作的人就在那里祈祷。"威廉·爱伦·怀特(William Allen White)说,他对像安德鲁·麦伦(Andrew Mellon)这样的富人"真挚、由衷、极度地喜爱",在一定程度上是因为他像英国国教主教威廉·劳伦斯(William Lawrence)一样,认为"虔诚与财富同在"。有钱的人就该有钱,贫穷的人活该受穷。如果金钱和权力是美德的外在象征——不管多么隐秘,如果贫穷和无能是懒惰的外在象征——不管如何掩饰,国家的重要事务都应该交给那些尊重财富的人,即使他们还没拥有财富。

柯立芝当权的时代比哈丁当权的时代更加繁荣,盛况空前。在他的领导下,国家一心想建立一个"商人的政府"和一个"商人文化",而对别的事情几乎不感兴趣。比如,下面是爱德华·厄尔·普林顿(Edward Earl Purinton)所描述的世界,听来像巴比特或柯立芝的一个朋友:

> 最精彩的比赛是什么?商业。最可靠的科学是什么?商业。最真实的艺术是什么?商业。最完整的教育是什么?商业。最公平的机会是什么?商业。最纯净的慈善事业是什么?商业。最明智的宗教是什么?商业。

在一片繁荣的景象下,人们更加相信这种思想。20年代美国大部分地区还是以农业为主。南部仍旧非常贫穷,以致在大萧条年代居住在南部的人开始认为自己的贫穷程度领先于国家的其他地方。但是,在哈丁和柯立芝的领导下,新的生活模式——城市化、工业化、商业化、富有且世俗——成功地席卷全国。有钱人和穷人之间、有房子的人和没房子的人之间的紧张状态仍然存在。但是,有钱人的权力和权威再加上日趋成熟的广告业,使他们宣传未来希望的技巧愈加娴熟,这些都削弱了20年代抗议的声音。1920年到1929年间,美国的人口从1亿646.6万增长到1亿2177万(增长了14.35%),全国生产总值从730亿美元增长到1040亿美元(增长了42.5%)。但是,更惊

第二部分 富足年代的小说

人的是,在税收结构大幅度变化的刺激下,财富被大规模地重新分配。1920年,全国最富有的5%的人口控制着全国23.96%的财富;1929年,全国最富有的5%的人口控制着全国33.49%的财富,而他们缴纳的税款从他们收入的11.5%左右降到了3.5%。

随着挣钱和花钱的欲望越来越强烈,"穷奢极欲"和"财富攀比"之风盛行。人们可以从种类日趋繁多的物品、商品和活动中自由选择,并且可以分期付款。不久,一种新的强调及时行乐的"消费者伦理"和"闲暇伦理"取代了强调工作、存钱和自律与自我约束的"工作伦理"。从而,柯立芝自己一直身体力行的自我约束的价值观逐渐失去了其影响力,不再是与成功和社会地位紧密相连的原则。人们开始接受凭一时冲动行事、想做什么就做什么的想法,认为这是一种"自然"而可取的实现自我的方法。在那个受到质疑的社会风气中,自我牺牲要比自我实现重要。而在这个正在出现的风气中,富裕的前景削弱了禁欲主义的权威力量,此时人们把坚持己见、自我实现甚至自我放纵确立为令人起敬的目标。迅速发展的广告业和整个一系列治疗机构迎合了这一观念即:某些人有资格成功,也有资格身心健康。这种转变的一个迹象是"个性"这个词很快流行起来,并由"迷人的"、"吸引人的"、"有吸引力的"、"有魔力的"、"让人愉快的"、"有魅力的"、"卓越的"、"给人印象深刻的"和"坚强的"这类形容词加以修饰。因为与"性格"这个词不同,"个性"不具备固有的价值。它的存在就是为了被注意、被认定、被判断和被奖赏的。这个词既现代又人人可用,主要是为了展示个人。

国家正在变化的风气在《巴比特》中已经处于主导地位。林德夫妇在《美国的中产城镇》中对这些风气的几个方面做了调查研究,把仍受传统约束的独立的市民中正在消失的文化与相信功利个人主义的新型商业人才中正在兴起的文化做了对比。逐步在政治经济中占主导地位的商业资本主义和猛增的官僚政府机构以及地方、州和联邦政府都成为"新美国"的有效工具。这些官僚政府机构逐步开始大范围地控制专业机构和社会团体,包括那些致力于历史和文学研究的机构。如何控制国家丰富的资源以及给这种新的风气予以法律保障的任务是艰巨的。一种扩大控制范围的新型管理模式和新的职业作风随着官僚政治的出现产生了,从而对各行各业实施了更彻底的规范管理。新的销售技巧和广告技巧一开始主要应用在控制、刺激、制造和引导消费者对电影、杂志、书籍以及收音机、汽车、电器、浴缸、衣服、珠宝、化妆品和除臭剂等的"需要"上。

这种大规模的转变中暗含了一种分析模式,即用科学技术解释个人与自然的关系,使新世纪逐渐变成一个分析的时代。欧文·白壁德(Irving Bab-

第二章 "爵士乐时代"和"迷惘的一代"的复苏

bitt）在《卢梭与浪漫主义》(*Rousseau and Romanticism*, 1919) 中写道："功利主义者四处留下痕迹。"美国人依旧浮躁不安，总是在往前冲；从他们宣布他们不再有国王起已经过了很长时间。但是，他们也逐渐意识到科技的力量和科技赋予他们的力量。由于科学能够"影响到宇宙的每一个角落"，再加上科学的分析方法把各种现象加以归类，科学越来越具有权威，因为它确实起作用。海森堡指出，随着科学"从一种关系发展到另一种关系"，从一个场景应用到另一个场景，技术也一步一步朝前发展，同时通过留下"我们人类的形象"而改变了环境。科技通过扩大"人类的物质力量"加强了人类对自身力量的信心。但是，同时这也使人们更依赖科技，从而产生了新的问题。海森堡说：

> 以前，人类受到野生动物、疾病、饥饿、寒冷和其他自然力的威胁。在与自然力的斗争中，每一次技术的发展都标志着人类地位的巩固和人类的进步。在我们的时代，地球上居住的人越来越多，人口越来越稠密。此时，人类生活的可能性就越来越受限制，而人类的生存因此受到威胁。这些威胁首先来自其他人，那些人也坚持称地球的财产是他们的。在这种对峙中，技术的发展不再象征着进步。
>
> 从更广泛的意义上来讲，在我们的时代，人类面对的只是他们自己这一说法在技术的年代是令人信服的。在以前的时代，人类把自己看做是与自然对立的。各种各样的生物栖息的自然是一个按照自己的法则生存的王国，而人类得想办法使自己适应这个王国。相反，现在我们生活在一个完全被人类改变了的世界。因此，不管我们是在生活中使用机器、吃机器生产出来的食物，还是跨越被人类完全改变了的地貌，都会不可避免地碰到人类创造出来的装置。从某种意义上说，我们总是遇到我们自己。

如果理解 20 年代的文化的一个秘诀在于要认识到人们在适应新技术和正在变化的风气时所遇到的困难，那么另一个秘诀在于要理解为什么当人们越来越清楚地看到自己的欲望被压制在这个世界中时感到的是沮丧而不是喜悦。乔治·巴比特的世界是按照人类的标准制定的；他的世界是人类制造的，反映的是人类的欲望。对巴比特来说，自然几乎是不存在的。但是，不管他是顺从地站在他的社会那无形的围墙之中还是站在围墙之外抵抗，他的世界都是陌生的。在这方面，他延伸了我们在嘉莉妹妹身上看到的某些特点；在他身上体现出嘉莉妹妹的好奇和空虚，体现出她的消极以及永无尽头的茫然的

第二部分 富足年代的小说

渴望,这使她过着一种间断性的生活,永远达不到目标。

虽然刘易斯的艺术趋于天然、不加修饰,但是巴比特的困惑却并不肤浅。他的经验互相矛盾并不仅仅是因为他自己创造的世界仍不完美,或是因为这个世界出乎意料地并不完美,而是因为他的世界中那些陈旧而熟悉的完全对立的特性——主体和客体、内部世界和外部世界、身体和灵魂中的特性——已经莫名其妙地不再适用了。作为主体,巴比特与客体的世界融合在一起。看这个世界时,他看到了自己;看自己时,他看到了这个世界。此外,他在周围的人身上——好市民联盟和拥护者俱乐部的成员——和他自己矛盾的自我中看到了被遗忘的祖先曾经在自然界或在过去的敌人身上看到的东西,即那些充满敌意、敌对、部分被压抑或抑制的他者。从这个角度来看,他的困惑既是自寻烦恼,又是现代社会客观存在的现实。

巴比特的新美国的想法首先在东部取得了成功,然后轻而易举地蔓延到中西部地区。之后,随着贸易、旅游和交通的发展,它跨越了大平原,改变了到处都是流浪者的西部。20年代,连顽固抵抗的人也接受了新美国的想法,甚至在落后的南部,这种想法也盛行起来。从内战开始到一战结束这段时间里,教堂和家庭的权威性飞速减弱,而城市以同样的速度飞速发展,全国最成功的一些企业也飞速走向国内或国际市场——首先进军城市,这个目标比较容易达到,然后随着运河、铁路和电报的发展扩大了它们的覆盖面,紧接着进军城镇和乡村。第一次世界大战后,再次被战时生产刺激的国家经济在走向史无前例的繁荣时经历了一个短暂的调整时期。化妆品和香烟、冰箱和陶瓷浴缸以及许多提供娱乐的小商品相继出现然后又相继消失。此外,一些被宣传可以永葆青春、有助健康、确保社交受欢迎(比如通过治愈口臭、改善肤色或消除体味儿)的调和剂充斥着市场。美国加入第一次世界大战时是个债务国,而一战结束后,美国成了世界上最大的债权国。接下来的10年间,国家收入以及全国生产总值急剧上升,美国达到了这个世界有史以来最高的生活水平。1900年到1930年间,电话安装数量从140万上升到2020万,而汽车产量从4000辆猛增到480万辆。到1929年,美国占世界总产量的34.4%,而英国、法国、德国、俄国和日本合起来才占39.6%。

由于国民经济保持着发展的势头,因而产生了全世界的穷人根本无法理解的两种痴迷——对汽车、小器械、小装饰品和珠宝首饰这些新事物的迷恋以及对未来的迷恋。1909年,美国人购买了200万辆马车和8万辆汽车。1923年,他们购买了1万辆马车和400万辆汽车。不久,投机的狂热开始使商业资本主义的新时代上升到一个空前的高度。1923年,新的资本收益合计达到32亿美元,交易的股票达到2.36亿股。1927年,在国会帮助富人把地

第二章 "爵士乐时代"和"迷惘的一代"的复苏

产税减少了一半并减少了他们的个人收入附加税之后,新的资产收益超过了100亿美元,而全部交易的股票达到了11.25亿股。看到成功的希望,越来越多的人把发财梦作为开拓未来之路。

最终,文化变迁触及了每样事物。它使那些脱离实际生产劳动的漠然的生产商和股东们产生了冷漠、自满、傲慢的态度,同时也决定了那些参与实际劳动却与生产出来的物品相分离的工人们的态度。文化变迁通过不让消费者知道生产的人力成本并使他们对这种短暂的毫无个性的占有方式产生依赖感来触动他们。勒内·马里亚·里尔克(Rainer Maria Rilke)在1925年写给他的波兰语翻译维特尔德·范·休勒维奇(Witold von Hulewicz)的信中指出,"一战完全干扰了"他创作《杜依诺哀歌》(Duino Elegies)。他1912年开始动笔,1914年重新开始写,1922年又接着写,这期间,他对《杜依诺哀歌》做了很大的改动。里尔克写道,"这一首首挽歌向我们展示了"我们正经历的这个脆弱而转瞬即逝的地球上所发生的"频繁的变化"。当人们没有多少财产且变化缓慢的时候,人类亲手制造的转变具有一种适度性;他们不仅创造出"精神上的激情,而且——谁晓得呢?——还创造出新的物质、金属元素、星云和星星"。里尔克说,现在,这种变化的本性被改变了。我们的祖先除了共同分享房屋、水井和教堂塔楼,以及包括书籍和衣服在内的私人财产外,还共同分享博爱与仁慈,这使他们成为希望和沉思的象征。他还说:"我们也许是知道这些事情的最后一代人",因为现在"空洞、冷漠和虚假的东西正从美国"开始蔓延。

里尔克的怀旧情绪在19世纪和20世纪之交发生了一些转变。但是,这种情绪有其空间性的含意。空洞、冷漠、无个性的东西对他来说都是美国的东西。当然,实际上他所描述的转变,即从一些人的"希望和沉思"中创造出来的真正的物品到大批量生产的毫无个性的物品的转变,源自欧洲,而非美国。前一种物品的制造者拥有这些物品,而后一种物品一旦生产出来就立即被别人占有。这种转变具有特别的"美国味",仅仅是由于美国这个国家特别现代。1923年,肯尼斯·伯克在《名利场》(Vanity Fair)月刊上发表的一篇文章中说:"美国已经成为世界的奇迹,只不过是因为它是现代世界堕落和庸俗的最纯粹的集中体现。"

要判断美国与"现代人"之间的相互联系以及现代人与新型批量生产的物品之间的相互联系的重要性,我们必须认识到生活中受批量生产影响最大的地方与里尔克所痛惜的低级、粗俗的模仿和"空洞、冷漠的东西"没什么关系。对制造出这些东西的人和购买这些东西的人来说,这与工作、娱乐和爱情有关,与生活的矛盾和生活的节奏有关。传统的工匠一次只做一个或两

⊙第二部分 富足年代的小说

个物品,并且从头到尾独自完成。现代的工人通过重复被分割了的工作把物品组装起来。他们的目标是标准化——按照其最深层的逻辑,工人可以被替换,零件可以互换,制造出的产品一模一样。它梦想达到最高的效率,并渴望这一刻的到来。此时,批量生产对于工作产生的影响就像堑壕战对战争和死亡的影响一样:制造出千篇一律的东西而使之毫无意义。

对消费者来说,与批量生产同步进行的批量购买也把一切都改变了——从衣服和房子到旅游和交通、再到消遣娱乐和假期都发生了变化。一个又一个"产业"经历了"革命",接着这些革命又给时尚和品位带来了革命性的变化。而每一次成功的革命都加快了经济的发展和人们心理上的变化。想要看到新技术和新产品取代旧方式和旧产品的需要触及了一切事物,包括文学、音乐和美术。传统曾经在文学、音乐和美术中占有非常重要的地位。20 年代每次先驱运动的典型特点不是淘汰以前的某种技术、体裁或理论,就是使之"落伍"。总而言之,现代社会重视决定其存亡的东西——不是永恒,而是变化。它赋予"新的"或"新流行的"东西以特权。它信赖"新"东西所显示出的心照不宣的征兆——即任何东西都不可能持久。

20 年代的人——普通老百姓以及沉思的青年——感受到了现代对暂时性的痴迷所带来的影响,而许多人都强烈缺乏安全感。与巴比特一样,他们也觉得生活得更加忙乱、更加迷惑,好像时间在遗弃他们最新的小玩意儿之前就会抛弃他们似的。伊迪丝·沃顿在《回顾》中说她写《纯真年代》(1920) 是一种"暂时的逃避,是回到……那个已经消失了很久的美国的儿时的记忆中去"。她指的是 19 世纪 70 年代的纽约。在《法国方式及其意义》(*French Ways and Their Meaning*, 1919)中,她把 1914 年以后的世界描绘成"一个着火的房子",房客衣冠不整地站在楼梯上,房门大开,暴露出里面的家具和他们的生活习惯。在沃顿的印象中,这个世界匆匆忙忙走向毁灭,而这个世界的居民就像房客一样,是来回换地方的暂住居民。她抓住了嘉莉妹妹、黛西·布坎南(Daisy Buchanan)和汤姆·布坎南(Tom Buchanan)身上都具有的现代人的感觉:他们买了大房子又卖掉,租住公寓或租住宾馆的套房,因为这遵循了一战后出现的被沃顿称之为"喧闹而断裂的世界"的逻辑。在这样的世界里,重要的是要不断占有新东西,越多越好,但是如果必要的话,只改变这些东西的排列就好了。人们对此做出的一个反应就是要暴露出这种富裕的状态下情感上的匮乏,这一点似乎在刘易斯的作品中比在沃顿的作品中表现得更多些。第二个反应是谴责那些无教养的"入侵种族",因为他们取代了那些正统的子孙——世界上"正在消失的公民",这一点与里尔克信中所述和沃顿在《乡土风俗》中所描写的很接近;或者就像沃顿在《回顾》中那样，为粗俗的移民正在玷污迄今为止仍未被关注的南美洲英语的"纯洁"而哀悼。第三个反应是研究或颂扬传统仍旧占有重要地位的失落的世界，这一点与凯瑟的《大主教之死》中所反映的很接近。第四个反应是通过对准那些不健全的甚至像鬼一样的人来直面这个不连贯的世界。那些人在虚弱的人生中浑噩度日，说话像巴比特一样，混杂着古文、牵强附会的俚语以及空洞的口号。

124

第三章 物质上的极大丰富带来的危险，或 20 年代的偏执倾向是如何形成的

随着 20 年代不断在挽救旧传统和接受新事物之间左右摇摆，一系列相互联系的事件——包括三 K 党的崛起，对尼古拉·萨科（Nicola Sacco）和巴尔托洛梅奥·万泽蒂（Bartolomeo Vanzetti）进行的旷日持久、具有很大分歧的审判（1920—1927），以及 1924 年《民族起源法》（National Origins Act）的通过——暴露出的矛盾使这个时代有一种偏执的倾向。在 1919 年的黑袜丑闻（Black Sox scandal）中，赌徒的贪婪和芝加哥白袜棒球队（Chicago White Sox）的所有者查尔斯·A. 考米恩斯奇（Charles A. Cominskey）的贪婪与球员的愤怒参杂在一起，玷污了作为"国家娱乐"的棒球运动，并摧毁了既无辜又有罪的球员们的事业。胡佛（Hoover）的司法部长 A. 米切尔·帕尔默（A. Mitchell Palmer）曾经是虔诚的贵格会（Quaker）教徒，战前是进步党党员。后来，他带头推进战后的狂热情绪，指责新移民把国家推向了"内部革命"的边缘。在这场运动中，帕尔默吸引了一群令人反感的支持者，包括贪婪的本土主义者、复活的正统派基督教徒和名声显赫的高官。自然历史博物馆（Museum of Natural History）的馆长、出身高贵的纽约人麦迪逊·格兰特（Madison Grant）在《伟大种族的消逝》（The Passing of the Great Race，1916）中写道："北欧日耳曼种族必须与危险的外国种族斗争。"其他一些社会上的知名人士，包括参议员亨利·卡波特·洛奇、麻省理工学院院长 F. A. 沃克（F. A. Walker）、哥伦比亚大学的约翰·W. 伯吉斯（John W. Burgess）教授和哈佛大学的 N. S. 夏勒（N. S. Shaler）教授也表达了类似的观点。举止随意的哈里姆·韦斯利·埃文斯（Hiram Wesley Evans）在战争过后不久写道："不

第三章 物质上的极大丰富带来的危险，或20年代的偏执倾向是如何形成的

管外国人怎么改变，不管他表面上接受了什么样的教育，也不管他多么信誓旦旦，外国人始终是外国人。"在"天性、性格、想法和兴趣上……——以及他们的灵魂上——外国人对美国来说就是外国人，这一点不容动摇。"这种恐惧在帕尔默这些人的夸大下迅速蔓延。1919年的红色恐惧（Red Scare）和1919年到1920年以胡佛的司法部长命名的帕尔默搜捕行动对那些构成威胁的"可怕的外国人"展开了大规模的侵犯公民自由权利的行动，包括不断蔓延的骚扰、不正当的逮捕和不合法的驱逐出境。帕尔默说："他们这些入侵美国的异族人数将很快超过我们。""他们狡猾奸诈的眼神里透出贪婪、残忍、疯狂和罪恶，从他们不对称的面部、歪斜的眉毛和畸形的身材就可以看出他们显然是要犯罪的人。"众议院移民委员会（House Committee on Immigration）主席、国会议员阿尔伯特·约翰逊（Albert Johnson）说，"一股外来血液"削弱了我们"维护那些珍贵习俗"的力量。

帕尔默、埃文斯、格兰特这样的人和罗斯洛普·斯托达德（Lothrop Stoddard）的《有色人种挑战白色人种至高无上权力的趋势》（*The Rising Tide of Color Against White World – Supremacy*，1924）以及沙恩·莱斯利（Shane Leslie）的《凯尔特人与战争》（*The Celt and the War*，1917）（菲茨杰拉德曾在1917年5月的《拿骚文学杂志》上评论过这部作品）使一些忧国忧民的市民感到惊慌，他们开始大胆地说出自己的意见。1920年，这群人聚集了起来，包括海伦·凯勒（Helen Keller）、诺曼·托马斯（Norman Thomas）和简·亚当斯这样的改革者，联合神学院（Union Theological Seminary）的哈利·沃德（Harry Ward）这样的伦理学家，简妮特·兰金（Jeanette Rankin）这样的和平主义者，邓肯·麦克唐纳（Duncan MacDonald）和朱丽叶·奥康纳（Julia O'Connor）这样的工人领袖，他们组成了美国公民自由联盟（ACLU）。但是，就在美国公民自由联盟慢慢壮大的时候，成千上万的人涌入了三K党。三K党是一帮围着白巾的黑夜骑士，一心要消灭埃文斯所说的"各种激进主义、世界主义和外侨身份"。1919年到1925年间，三K党的成员从5000人上升到500万人。

在众多因为不是美国本土出生、不是白人、不是基督徒、不是新教徒而被嘲笑、被恐吓的"美国人"中，尼古拉·萨科和巴尔托洛梅奥·万泽蒂两个人最出名。1920年5月，萨科和万泽蒂被逮捕，并被指控在马萨诸塞州南布伦特里的一家鞋厂抢劫时谋杀了一个出纳员和一个保安。此后，他们二人经历了旷日持久的审问、审讯和上诉过程。到1927年8月23日他们最终被处死时，他们已经成为国家的象征——对一些人来说，他们象征着意图挑起"内部革命"的阴险狡猾的外国人所带来的威胁；对另一些人来说，他们象征

着一个决心要迫害并控制那些威胁统治阶级的人的社会所带来的威胁。

萨科和万泽蒂——用万泽蒂的话说，一个是"好鞋匠"，另一个是"穷鱼贩"——都是意大利移民，都是坚定的无政府主义者。两人走到一起还要追溯到爱玛·戈德曼在《大地》中所描述的抒情年代和比尔·海伍德的世界产业工人联盟（IWW）的建立，同时还因为两人在意大利做农民时都对政府产生了根深蒂固的不信任感。第一次世界大战期间，他们逃往墨西哥，期待着有一天意大利能够最终摆脱政府的残暴统治。返回马萨诸塞州后，因为意大利未能收回主权，他们的愿望破灭了。于是他们加入了其他信仰无政府主义的移民，计划并实施了示威运动和轰炸活动，想以此坚持那个不可能实现的理想，既创造一个摆脱政府的世界，这被他们称为"美好的想法"。但是，几乎可以肯定的是，南布伦特里的抢劫谋杀案不是他们干的；他们当然不会受到公正的审判。韦伯斯特·泰尔（Webster Thayer）当时是审理这起案件的法官。他同其他政府官员一起精心策划了违反宪法保障权利的行为——扣留证据，勾结地方检察官弗雷德里克·G. 卡兹曼（Frederick G. Katzmann），利用两人的"外国血统"、蹩脚的英语、反战立场和不受欢迎的社会哲学——以便煽起一场被费利克斯·弗兰克福特（Felix Frankfurter）描述为充满"政治热情和爱国情绪"的暴乱。到1927年萨科和万泽蒂最终被处死时，大多数和他们一样抱有"美好的想法"的美国籍意大利人或被驱逐出境，或被关进监狱，或被迫害至死。他们是本土出生的美国人——包括司法部长帕尔默、法官泰尔（在萨科和万泽蒂还在接受审讯期间，他就私下里把他们叫做无政府主义的杂种）、马萨诸塞州州长兼哈佛大学和麻省理工学院院长卡兹曼以及马萨诸塞州许多最尊贵的古老家族的成员——发起的这场令人畏惧的运动的受害者。看到这样的奇观，埃德蒙·威尔逊下结论说："这场运动几乎对政治和社会制度的各个方面都提出了疑问。"

这场运动的另一个结果是改革者分裂成了一个个很难起作用的小群体。激进的改革者如果联合在一起的话还能保存一股边缘力量；一旦分裂，就几乎没什么力量了。在一段时期内，萨科—万泽蒂案件——美国历史上此类案件中最出名的一起——几乎促使改革者、作家、艺术家和战前主张给予妇女选举权的人联合起来，形成一股一致的力量。国外，深感同情的工人在里昂发生暴乱，在伦敦游行示威，在卡萨布兰卡烧毁了美国国旗。国内，迈克·高尔德试图以萨科和万泽蒂为中心开展更大规模的阶级斗争。他在1927年10月的《新群众》杂志上对读者说，成为那场斗争的牺牲者是个"美好的结局"，"对无数的渔民、廉价苦力、农民、矿工、炼钢工人……因战争而落下残疾的人、被囚禁的妓女、犯人、黑人奴隶、诗人、爱因斯坦、巴比塞

第三章　物质上的极大丰富带来的危险，或 20 年代的偏执倾向是如何形成的

（Barbusse）、强壮的水手和做裁缝的犹太人来说是个传奇"。

但是，对萨科和万泽蒂进行审判并处以死刑不仅仅引发了一些运动，还创造出了艺术，而现在这些运动和这些艺术大都没有被遗忘。在执行死刑的那个晚上，埃德娜·圣文森特·米莱（Edna St. Vincent Millay）、劳拉·瑞吉（Lola Ridge）、约翰·多斯·帕索斯和鲍尔斯·海普顾德（Powers Hapgood）加入了混杂着其他作家、艺术家、工人和同情者的一群人中，在查尔斯顿监狱守夜。后来，考利、多斯·帕索斯、巴贝特·多伊奇（Babette Deutsch）和维特·宾纳（Witter Bynner）为此写了几首诗；米莱创作了那首关于这个案件最著名的诗歌《马萨诸塞州没有正义》（"Justice Denied in Massachusetts"）和一篇感人的诗体散文《恐惧》（"Fear"）；厄普顿·辛克莱写了《波士顿》（*Boston*，1928）一书，详细记录了这一史实；马克斯威尔·安德森（Maxwell Anderson）与哈罗德·希克森（Harold Hickerson）合著了戏剧《闪电之神》（*Gods of the Lightning*，1928），安德森自己还写了一部戏剧《冬景》（*Winterset*，1935）。

1929 年 5 月，高尔德根据万泽蒂的公众演讲和信件在《新群众》上发表《一个工人的告白》，其中包括万泽蒂在 1927 年 4 月末接受北美新闻联盟（North American Newspaper Alliance）的记者菲利普·D. 斯特朗（Philip D. Strong）采访时说的一段著名的话：

> 如果不是因为这些事情，我也许会这样过完我的一生：站在街头跟那些嘲笑别人的人聊天。我死的时候也许是个失败者，没人注意也没人知道。现在我不是一个失败者。这是我们的事业、我们的胜利。我们的一生都不可能希冀做这样一件以宽容、正义和人类相互理解为目标的工作，但是现在，我们却因为一个意外而做成了。
>
> 我们的话、我们的生命、我们的努力都毫无意义！但是剥夺我们的生命——一个好鞋匠和一个穷鱼贩的生命——却意义重大！最后的时刻属于我们——那临死前的痛苦是我们的胜利。

在对萨科和万泽蒂执行死刑后不久，多斯·帕索斯就开始写《美国》三部曲的第一部《北纬四十二度》（*The 42nd Parallel*，1930）。《美国》三部曲是他对美国从世纪之交到 20 世纪 30 年代这段历史的一个全景描述。在第二部《一九一九年》（1932）中，他继续延展他的记述，而在第三部也是最后一部《赚大钱》（1936）中，他使这部鸿篇巨制形成了一个圆，通过一个叫玛丽·弗伦奇（Mary French）的人物又回到了鞋匠和鱼贩的故事。玛丽·弗

第二部分　富足年代的小说

伦奇在那两个牺牲者被处死刑的监狱参加了守夜。在《赚大钱》中的一个"摄影机眼"的情节中，当多斯·帕索斯看到他的国家分裂成两个矛盾的阵营时，他似乎说出了自己的心声：

> 他们在大街上用棍棒把我们赶开他们更强大他们很富有他们不停地雇佣和解雇政客报纸编辑老法官有名望的小个子男人大学校长拉票的小政客（听着你们这些商人大学校长法官们美国不会忘记背叛她的人）……
> 好吧你们赢了你们今晚要杀害我们勇敢的朋友……
> 我们的祖国美国已经被那些对我们的语言研究得非常透彻从我们祖先那里继承了斯文的话语却把它们糟蹋得污秽不堪的陌生人打败了……
> 我们无疑是两个国家的国民

多斯·帕索斯的这段话写的是 20 年代，而不是 30 年代，但是是在 30 年代写的。在 20 年代，改革者士气低落、四分五裂，因此任何事情，甚至连萨科和万泽蒂的审判和死刑，都无法使他们团结起来。

1919 年，国会不顾威尔逊的反对通过了《沃尔斯泰德法》（Volstead Act），继续执行战时的禁酒令（Prohibition）。此时，这个国家不知不觉地分裂为不同的几派。禁酒令加剧了"文化修养很高的人"与基督教新教徒之间的紧张状态，还使执法官员与许多突然无意间变成了违法者的市民敌对起来。这些市民在乡下把酿制私酒与老式的自力更生的想法联系起来，而在城里把贩卖私酒当做是发财致富的新方法。不久，酒厂、贩卖私酒的商贩和贩卖私酒的酒店就开始投入大量的金钱进行有组织的犯罪，而结成团伙的流氓就在乡村公路和城市街道上公开挑衅，看谁敢管这种不正当的赢利。在华盛顿，300 个有许可证的酒店给 700 个贩卖私酒的酒馆开绿灯，而这 700 个贩卖私酒的酒馆由 4000 个贩卖私酒的商贩供应。随着数百万的美国人，包括那些定期去做礼拜的人，开始违法，波士顿有 4000 多个贩卖私酒的酒馆，底特律有两万多个。在芝加哥，"刀疤脸"艾尔·卡波尼（Al Capone）率领着一支拥有 6000 万美元的王国和一支将近 1000 多人组成的大军。这里，破不了案的谋杀案司空见惯：1926 年和 1927 年，130 起街头屠杀案件不了了之。此外，还出现了很多劣质酒使人致残或把人毒死的情况。看到这样的景象，E. B. 怀特（E. B. White）建议政府应该使贩卖私酒的酒馆国有化，这样可以给市民提供"标准统一的高质量的酒"，同时为国会提供足够的金钱来执行禁酒令。

当然，禁酒令的初衷是想通过保证人们"永远注意自己的道德品行"（借

第三章 物质上的极大丰富带来的危险，或20年代的偏执倾向是如何形成的

用《了不起的盖茨比》中尼克·卡洛威的话）发动另一场保护世界安全的圣战。禁酒运动的领导者沉浸在激烈的讨论中，把"酒这个恶魔"同性病和遗传病以及犯罪活动和淫乱等各种糟糕的事情联系起来。而听众认为犯罪活动和淫乱是阴险的外国人造成的。但是，胜利过后却是更大的失败，禁酒令并没有加强道德约束，却使违法行为增多了。

禁酒令在一定程度上反映出一个民族不知该如何应付迅速变化的规则。像家庭和教堂这样的地方机构一度觉得它们可以不通过联邦政府的帮助来确保道德约束，但禁酒令的实施标志着这样的时代已经结束。此外，禁酒令还向人们说明变化的力量能够有效地使过去的政党所取得的胜利走向尽头。从这个意义上说，这仅仅是1919年又一个新事物的胜利。就像菲茨杰拉德在《了不起的盖茨比》中所阐明的，禁酒令实际上是鼓励人们采取新的形式违法和采取新的方法快速致富。多斯·帕索斯在《三个士兵》（*Three Soldiers*，1921）中写道："当年轻的小伙子们匆匆脱下军装……准备加入任何骚乱或任何新鲜事物时"，一股股能量似乎"在四处爆发"。老兵们花他们的"退伍军人遣散费"就像平民百姓花他们从"自由"债券中获得的利润一样：他们要发起一场破纪录的狂欢，他们要疯狂购物。1919年标志着从政治上的改革（现在成了"妙策"）到政治上的卖弄（现在成为"常态"）的转变，从残余的一点纯真到新出现的恐惧与偏见的转变。此外，广告业处于主导地位，逐步控制和刺激了人们的欲望，这使很多人在1919年受到了冲击，包括多斯·帕索斯。多斯·帕索斯在《美国》三部曲中的第二部就返回到1919年。所有这一切带来的浮躁和疯狂的氛围改变了20年代的生活。菲茨杰拉德说这是 *129*
"不正常的，就像繁荣本身不正常一样"——这一评论再次提醒我们"生活"和"艺术"是多么密不可分。

随着国家几乎在一瞬间从哈丁统治期间的丑闻过渡到柯立芝统治期间的过火行为，考利在《流亡者的回归》（1934）中写道，越来越多的作家开始觉得自己"像身处商业化世界里的外国人"。沃尔特·李普曼说："他们焦虑不安、愤愤不平，在22岁时就厌倦了这个世界。"有些人躲到了孟斐斯、新奥尔良、芝加哥或纽约的少数民族聚居地。另一些人一存够了买船票的钱就效仿詹姆斯、沃顿、斯泰因、艾略特、H. D.和庞德离开美国前往欧洲。还有一些人出现在大西洋两岸挥霍放纵的聚会上，这其中最引人注目的就是菲茨杰拉德了。甚至那些成功人士往往也决心支持那些对被李普曼称之为"新资本主义的普遍繁荣"和被多斯·帕索斯称为亨利·福特（Henry Ford）和安德鲁·麦伦的"劣质文化"说"不"的作家。这个时代几个典型的事例中，人们最喜爱的是发生在1912年11月27日的故事——一个名叫"工作迷"舍

第二部分 富足年代的小说

伍德·安德森的36岁的男人离开他在俄亥俄州伊利里亚城（Elyria）的油漆厂前往芝加哥，为了"献身艺术"抛弃了成功的生意和中产阶级家庭。安德森在写给他的弟弟卡尔的信中说："我几乎不晓得除了反抗成功我还能教别人些什么。"

安德森处于浪漫主义到现代主义这一漫长的转变最终快要完成的时刻。他把真实与真诚作为设想自己是艺术家的两个支柱。当他意识到自己的转变可以成为别人效仿的榜样时，他整理了自己的一部分经历，并把另一些改编成了戏剧。他放弃从商实际上是在他被生活中的种种问题所困扰之后做出的决定；到了芝加哥后，为了生存他开始写广告文字。但是，他需要的生活模式就在那里，而这种模式使他成为典型的脆弱但适应能力很强的市民。他重视艺术感受力，而他不朽的灵魂足以使他避免只满足于成功那种有缺陷的命运。

安德森在他写的信中、他讲的关于自己的故事中和他写的自传体小说中——《讲故事的人的故事》（*A Story – Teller's Story*，1928）、《中西部的童年》（*Tar: A Midwest Childhood*，1926）和他死后出版的《舍伍德·安德森回忆录》（*Sherwood Anderson's Memoirs*，1942）——调整了生活中的事实以适应他的自我定位，从而把回忆和愿望结合在一起。他的自传式叙述与像《巴比特》这样的小说有些类似，主人公想尽力逃避现实但最终却以失败告终。此外，他的自传式叙述还与佐纳·盖尔（Zona Gale）的《生命的序言》（*Preface to a Life*，1926）这类小说有很多相似之处。《生命的序言》主要描写了一个商人发现他所渴望的一切——成功、家庭、羡慕他的朋友——都是虚无缥缈的。之后，他逃离了这一切，躲进了"一些真实的事情中"。这些相似之处有助于我们理解安德森为了启发同时代的人所塑造的小说人物与他自己是多么接近，也有助于我们认识到他更深层次的主题不仅是个人和文学上的主题，还是社会的主题，并具有说教意义。他那逃避现实的故事不仅仅说明"反抗成功"的价值，还把艺术描述为一种抵抗行动。这个行动即要让别人接受自己的想法，又要接受别人的想法，因此成为一个充满爱的行动，"迫使我们摆脱自己的生活、关心他人的生活"。安德森在生命快结束的时候说："最终，真正的作家将是一个博爱仁慈的人。"

安德森巨大的转变在他出版的第一本小说《温迪·麦克弗森之子》（*Windy McPherson's Son*，1916）中就已体现出来。书中，他根据自己对这个商业世界的幻灭改写了他对父亲的回忆。他的第二本小说《前进中的人们》（*Marching Men*，1917）颂扬了产业工人在转向令人不安的极权主义的斗争中表现出的兄弟般的情谊。在《俄亥俄州的温斯堡》（*Winesburg, Ohio*，1919）

第三章 物质上的极大丰富带来的危险,或20年代的偏执倾向是如何形成的

中,他转而开始写他的亲身经历:在中西部小城镇孤独而乏味的生活。温斯堡虽然不大,但不再是个具有很多相同特性的团体。小镇里的人按照竞争中的利益划分为几派,而不是依据共同的目标结合在一起;他们没什么骄傲的事情可回顾的,也没什么可期待的。那种陷入了文化荒漠、孤立无援的感觉困扰着他们,甚至使他们丧失了战斗力。他们认为自己是被他们的缔造者凑到一起的"怪物",这是他们唯一达成的共识。

在文体上,安德森要感谢格特鲁德·斯泰因的《三个女人的一生》(1909)。提起斯泰因,他说:"她把文字用一种新奇、优美的方式结合在一起。"她用词简单,尝试不同形式的重复和并列。这对安德森在摸索如何表达书中不善言辞的人物那缩手缩脚的生活有很大助益。与其说他所记录下来的这些突破性的进展是属于他描写的人物的,不如说是属于他自己的。他描写的大多数人物,包括温·比德尔鲍姆(Wing Biddlebaum),在努力克服不专一的情感和被严禁的欲望时,以及在努力用语言表达自己的思想时,都被禁锢在对失败的胆怯中。他们主要通过干巴巴的言语、尴尬的沉默和不由自主的手势来表达自己,建立与他人的联系。他们只能把希望寄托在像乔治·威拉德(George Willard)一样鼓足勇气逃脱现实的年轻人身上。

形式上,《俄亥俄州的温斯堡》体现出伊万·屠格涅夫(Ivan Turgenev)的《猎人笔记》(*A Sportsman's Sketches*, 1852)、詹姆斯·乔伊斯的《都柏林人》(*Dubliners*, 1914)和埃德加·李·马斯特斯的《斯蓬河诗集》(*Spoon River Anthology*, 1915)对他的影响。安德森采用了拼贴方式进行不连贯的叙述。他叙述的几个故事和描写的人物(比如《俄亥俄州的温斯堡》中的故事和人物)本身的框架比较小;但是,合并在一起就构成了安德森的《怪人志异》(Book of the Grotesque)中更大的框架。随着故事的发展,《怪人志异》并非简单地把各个部分拼合起来。安德森不连贯的叙述具有跳跃性,因而他可以省略一些事情,也可以回避一些事情——就像后来欧内斯特·海明威在《在我们的时代》(*In Our Time*, 1924)、让·图默(Jean Toomer)在《甘蔗》(*Cane*, 1932)和威廉·福克纳在《下去吧,摩西》(1924)中所做的一样。从这个意义上说,这种方式简化了他的工作。另外,安德森采用这种方式之后,多斯·帕索斯的《美国》在不同范围内通篇采用了更大幅度的跳跃和移位,同时还采用了散插和拼贴的手法。

然而,安德森采用不连贯的叙述方式主要是为了深化孤立与隔绝的主题。他的作品充满了被压制的需求、无法实现的欲望、失败的交际和畸形的生活。他笔下的人物不仅与他人隔绝,而且与自身以及自己的身体发生冲突。比如安德森通过《双手》(*Hands*)描绘了一个"默默无闻的诗人"温·比德尔鲍

第二部分 富足年代的小说

姆。故事中,双手似乎过着自己的生活。就像许多安德森的故事描述的那样,《双手》这个故事突然开始又突然结束,好像被截肢了一样。使故事残缺不全的散插原则与整体原则相对,而整体原则对《俄亥俄州的温斯堡》最终成为一个小镇的完整的故事是非常必要的。安德森突出了这两种原则的相持状态,同时为读者创造出更重要的角色。在开始进行连贯叙述以保持连续性之前,他把乔治·威拉德的故事置于突出的地位,并使他的故事相互关联,从而创造出了一种断断续续的共时感。但是,他还强调读者的作用,把找到连续性的大部分工作留给了读者去完成。亨利·詹姆斯发现各种联系无处不在,他坚持认为艺术家的任务就是使这些联系看起来无处不在。在安德森的世界里——隔绝的目标、摇摆不定的生活,滞后的文字——人与人之间的联系陷于危险之中。他笔下的一个人物在构思一个最终没有发表的演讲时说:"不要紧。我告诉他的一切都已成为谎言。"读者在按自己的理解把《俄亥俄州的温斯堡》作为一个对小镇的叙述来解读时,必须辨认这些联系,完成交际的任务,并从尴尬的沉默和干巴巴的话语所提供的暗示中找出关联。从这个意义上来说,读者成为另一个艺术家,扮演着情人的角色,或者至少是一个媒人或治疗师,从而分享安德森作为一个作家为他自己创造出来的角色。

与同时代的其他作家一样,安德森既是一个有缺陷的作家(他在晚年时说:"虽然我很自负,但是我知道我不过是个小人物。"),又是一股主流力量(威廉·福克纳说:"他是我们这代美国作家的先驱,是美国写作传统的先驱,后继者将继续遵循这种传统。"),两种命运兼而有之。这种矛盾源于他的出生地。在纽约逐步取代波士顿成为美国的文化中心的那几年,文学创作的中心也在转移。对许多评论家、读者和大多数出版社来说,东部仍旧是大本营。但是许多重要的作家都来自地方,来自南部,特别是来自中东部地区。比如:玛格丽特·安德森(Margaret Anderson)和珍妮特·弗兰纳来自印第安纳波利斯(Indianapolis),多萝西·坎菲尔德·费希尔来自堪萨斯州的劳伦斯,佐纳·盖尔来自威斯康星州的波蒂奇县,约瑟芬·赫伯斯特(Josephine Herbst)来自爱荷华州的苏城,哈里特·门罗(Harriet Monroe)和约翰·多斯·帕索斯来自芝加哥,菲茨杰拉德来自圣保罗,海明威来自离芝加哥很近的伊利诺斯州的橡树园(Oak Park),刘易斯来自明尼苏达州的索克森特(Sauk Center),鲁斯·萨考(Ruth Suckow)来自依阿华州的豪沃登(Howarden),兰斯顿·休斯来自密苏里州的乔普林(Joplin)。不久,甚至连范·威克·布鲁克斯(身为史学工作者,他把新英格兰文学描述为"美国文学")都确信"美国的中心在西部",而来自俄亥俄州卡姆登市(Camden)的舍伍德·安德森"是西部的精髓"。

第三章 物质上的极大丰富带来的危险，或 20 年代的偏执倾向是如何形成的

　　安德森在《俄亥俄州的温斯堡》中开创了西部精髓的大部分内容，包括孩子们青涩而充满嫉妒的性生活和压抑的成年人令人同情但却荒唐可笑的性生活中所反映出的人类平常的本性，然后把这种精髓传给了海明威、菲茨杰拉德、福克纳和托马斯·沃尔夫（Thomas Wolfe）等作家。安德森继承了弗洛伊德伟大著作中的思想，这与他对现代世界的孤独所做的研究有关。现代世界的孤独通过 20 世纪的城镇所表现出的社会和文化的荒漠以及人们精神上的空虚显示出来。被孤立的感觉击垮了他笔下的人物。这既是社会的孤立，也是心理上的孤立。同时，这种感觉有其经济根源，也与性爱的发展有关。他描写的人物想接触别人的生活，探索另外的世界，因为他们渴望拥有一种目的感和人与人之间关系融洽的感觉。对安德森来说，所有行为，甚至倾听或倾诉的尝试，实际上都是在回顾。人们希冀着重新建立与失落的自我之间以及与失落的集体之间的纽带。

133

第四章　富足年代的除魅、逃避和职业化的崛起

一些乘船前往法国或者回国融入少数民族聚居地的作家和艺术家阅读了亨利·米尔热（Henri Murger）的《波希米亚人的生活情景》（*Scènes de la vie de bohéme*），认为自己是波希米亚艺术家。另一些人以福楼拜为榜样，渴望像波希米亚人一样对"那种无以言表的让人筋疲力尽的生活有一种出奇的狂热"。比如，约瑟夫·赫格希默就非常赞赏福楼拜的告诫，以致埃德蒙·威尔逊曾评论说，赫格希默的作品精心雕琢，一如"德莱塞的作品自然平实"。还有一些人从一个地方漂流到另一个地方，不断尝试新的写作方式，或者像巴比特一样出于困惑或只是出于好奇而在波希米亚人聚居地搬进搬出。他们缺乏政治上的敏锐，因此他们的不满有时似乎肤浅。甚至那些抛弃了财产轻装上路的人中也很少有人认真严肃地献身政治改革。像布鲁克斯、考利和威尔逊这样的文化批评家认为自己是"作家"，而不是学术评论家。在20年代，他们大都着眼于当前，只对他们笔下的文学场景感兴趣。而一旦面对过去，他们就开始寻找那些描写这代人无处容身的作家。在他们看来，"可用的历史"就是对想延续文化的作家来说有用的历史。他们团结在一起，除了因为他们都抛弃了旧的约束，美化了放纵的生活——随便发生性关系、酗酒以及参加奢靡的宴会——还因为他们的处境相同，奋斗的目标也相同。他们都觉得这世界只剩下他们独自"在一片虚无中"不断尝试。

另外，他们是追逐名利的年轻的职业作家。虽然安德森的故事表现了一般意义上的成功的缺陷和社会对艺术的敌对，或者更概括地说社会对人类精神需要的敌对，但是安德森"反抗成功"的举动是建立在他努力要成为一个作家的抱负之上的。千古留名是他们共同的目标。"我要成为历史上最伟大的作家之一，你不是吗？"一个年轻的菲茨杰拉德对一个年轻的威尔逊说。获得

第四章 富足年代的除魅、逃避和职业化的崛起

认可和获得金钱是另一些人的目标。我们记得的几个作家，比如菲茨杰拉德、海明威和多斯·帕索斯，以及路易斯·布罗姆菲尔德（Louis Bromfield）等几乎被我们遗忘的作家，在30岁前就已经声名显赫。而其中一些作家靠写作挣了大钱。即使那些名气或财富略逊一筹的作家也大都能够靠和写作有关的工作维持生计，而不用花费精力另谋生路。

他们在伦敦、巴黎或纽约、芝加哥、孟菲斯、新奥尔良为杂志社、出版社或书店工作；他们把自己的作品卖给报纸或杂志，而像《日暮》这样的一些杂志每年提供数目可观的奖金。一些"小杂志"只维持了几年。还有一些杂志开始时来势汹汹，但最终不得不缩小规模。但是，即使那些昙花一现的杂志——比如《两面派》（Double Dealer）、《扫帚》（Broom）、《过渡》（Transition）、《火》（Fire）、《哈莱姆》（Harlem）和《信使》（The Messenger）——也起了重要的作用。他们不仅在名家林立的实验性作品中出版了那些名不见经传的作家的作品，而且还付给校订这些作品的作家一定的工资，并帮助这个国家最富冒险精神的读者（包括那些崭露头角的作家）提高品位和读书的技巧。

与那些昙花一现的杂志不同，《星期六晚邮报》（The Saturday Evening Post）一直办得很红火。20年代，这本杂志的发行量达到平均每周250万册，获得了高额广告酬金，并支付了高额出版费用——每个故事6000美元或每部连载小说6万美元。到1928年，《星期六晚邮报》每期大都超过了200页，其中有一半左右的篇幅用来做广告。《星期六晚邮报》不做酒和香烟的广告，但乐意做汽车和家用产品的广告，比如吸尘器、管道设备、收音机、缝纫机、电冰箱和厨房电器的广告。与《星期六晚邮报》一样，《妇女家庭杂志》（Ladies' Home Journal）也宣传并得益于国家的富裕状况和消费主义。林德夫妇在1924年对印第安纳州的曼西（Muncie）做调查时发现，《星期六晚邮报》和《妇女家庭杂志》的总发行量是《哈珀氏》（Harper's）和《大西洋月刊》（Atlantic）的60倍。《星期六晚邮报》的口号（"有节制地生活"和"平和的心态"）和《妇女家庭杂志》主要关心的事情（做家务的效率和市民美德）都与两个明显的主题相互作用，即富人的内幕新闻和如何加入到他们的行列中的建议。《星期六晚邮报》所颂扬的东西——商人和工程师是财富的创造者和新世界的塑造者——《妇女家庭杂志》都赞同；而《妇女家庭杂志》所颂扬的东西——迷人而有教养的妇女是社会的公仆和美德的守护者——《星期六晚邮报》也都赞同。此外，两本杂志都直白或含蓄地提供"免费"建议，涉及一系列主题。这些主题突出体现在亨利·劳伦特（Henri Laurent）的《如何塑造个性》（Personality: How to Build It, 1916）一书中，包括：如何具

第二部分 富足年代的小说

备积极进取的态度和独创性的精神且不失去"别人的尊重",如何扩大交际面,如何在挣钱和花钱的时候保持派头。简而言之,这两本杂志通过迎合读者的心态(即:读者对任何事情,从道德标准、社会风气到卫生和举止都越来越依赖陌生人的建议),给成功的男人或成功的女人下了一个定义。在广告中,他们开始大规模运用流动的、非直线式的、非写实的技巧,而这些技巧也开始在小说中盛行起来。1915年,瓦切尔·林赛在《电影艺术》(*The Art of Motion Pictures*)一书中言道:美国的文明让人"日益难懂"。城市快节奏的生活以及电影艺术与正在发生的变化有关,也与刚刚起步但飞速发展的广告业有关。

广告经理欧内斯特·埃尔默·卡尔金斯(Ernest Elmo Calkins)说:"现代主义为不可能用语言表达的东西提供了一个表达的机会,与其说它推销的是一辆汽车,不如说推销的是速度;与其说推销的是一件袍子,不如说推销的是一种风格;与其说推销的是一个袖珍产品,不如说推销的是一种美。"在一整套丛书系列——包括《赋予你更大的力量》(*More Power to You*)、《美好的旧世界》(*It's a Good Old World*)、《我们能相信什么?》(*What Can a Man Believe?*)、《蒸蒸日上》(*On the Up and Up*),特别是《无人知晓之人》(*The Man Nobody Knows*)(这部非比寻常的畅销书把耶稣描述为"现代商业的创始人")——中,布鲁斯·巴顿(Bruce Barton)用广告向消费主义和自我实现相结合的文化施加了压力。然而,广告作为推销产品的工具,是要把文字和概念与具体的或明确的实物分开。法国社会学家亨利·列斐伏尔(Henri Lefebvre)把它描述为"指涉物的衰亡"。

《行为主义》(*Behaviorism*,1924)的作者约翰·B.华生(John B. Watson)曾经是约翰斯·霍普金斯大学的心理学教授。由于一件与他的研究生有关的丑闻,他被迫辞职,进入了当时颇有实力的大广告公司智威汤逊公司(J. Walter Thompson Company)的管理阶层。处于初期的广告业随之显示出它的实力、它的复杂性和它的机会性。华生认为"意识"是一个模糊的抽象概念。他相信可触知的刺激和可测量的反应,即"那些观测事实"。如果正确研究这些刺激和反应就可以"预测和控制人们的行为"。广告业使他在行为心理学领域做了20年的基础研究,涉及了"与市场、销售技巧、公众抵制、各种吸引力等有关的"诸多问题。

20年代的流行文化——《星期六晚邮报》和《妇女家庭杂志》中刊登的故事和广告、吸引众多观众的大牌体育项目、收音机广播、电影——转移了竞争方向,从而对严肃文学提出了挑战。但是,流行文化也给职业作家提供了更广阔的前景。阿尔弗雷德·A. 克诺夫出版社(Alfred A. Knopf)在1915

第四章　富足年代的除魅、逃避和职业化的崛起

年成立，伯尼和利夫怀特出版社（Boni & Liveright）在 1917 年成立，哈考特·布瑞斯出版社（Harcourt, Brace）在 1919 年成立，之后，维京出版公司（Viking）和蓝登书屋（Random House）相继在 1925 年和 1926 年成立。同在 1926 年，每月一书俱乐部（the Book of the Month Club）和文学学会（the Literary Guild）读书俱乐部建成。广告不仅操纵了购买者，还吸引了读者，并有助于培训读者。一些大牌体育项目把杰克·邓普西（Jack Dempsey）、贝比·鲁斯（Babe Ruth）、比尔·蒂尔登（Bill Tilden）、博比·琼斯（Bobby Jones）和雷德·格兰奇（Red Grange）塑造成了英雄，而电影制造出了一系列偶像：《男人与女人》（*Male and Female*）中的葛洛丽亚·史璜森（Gloria Swanson）,《佐罗的标记》（*The Mark of Zorro*）中的道格拉斯·费尔班克斯（Douglas Fairbanks），《肉体与魔鬼》（*Flesh and the Devil*）中的约翰·吉伯特（John Gilbert）和葛丽泰·嘉宝（Greta Garbo），《酋长的儿子》（*The Son of the Sheik*）中的鲁道夫·范伦铁诺（Rudolph Valentino）。另外，所有这些——收音机广播、体育竞赛和电影——使美国人的情绪沉浸在故事和连续广播剧中。这些故事和广播剧依稀可辨开头、中间部分和结尾，但是却大规模地运用了跳跃转移的手法和模糊、拼接的意象，以宣扬瞬间成为明星是获得名利的一种真正的现代方法。

1922 年，有 4000 万人买票看电影；到了 1930 年，平均每周有一亿人买票看电影，使电影院成为格伦韦·韦斯科特（Glenway Wescott）所说的"城市里想象力的教堂"。瞬间成为明星的新梦想——被签约、改名然后摇身一变成为明星——开始挑战过去那种通过努力工作和攒钱来发财致富的梦想。明星梦就像战争和疾病一样席卷全国，让我们回想起邦特莱因的野牛比尔和德莱塞的嘉莉·马丹达的事业。而且，人们知道，明星梦就像灰尘和露水一样既落在刺儿上也落在玫瑰花上——既落在放荡的贝比·鲁斯身上也落在正直的卢·格里克（Lou Gehrig）身上。也就是说，品德高尚和努力奋斗是成名的唯一途径。此外，这些明星一旦被发现或被制造出来就成为公众瞩目的对象，也成为赶超的对象。他们是成功的典型，获得丰厚的回报；他们还燃起人们的希望，从而让人们感到快乐。如同在电影中和体育中一样，文学中的明星梦也可以在任何时间和任何地点发生在任何人身上。它能发生在所描写的人物身上，但也能发生在作家身上。即使那些老得或被摧残得不能再希望成为明星的人也可以花钱买张票，进入当地想象力的教堂去体验这种希望。

很少有作家赚了大钱，但也很少有作家为钱发愁。菲茨杰拉德说："爵士时代"似乎是"在它自己的动力推动下比赛，沿路是钱财满贯的大加油站……即使你抛锚了，你也不用担心钱的问题，因为你身边到处是钱。"一些作

○第二部分　富足年代的小说

家，包括一些渴望成功并最终成功的作家，依旧对约瑟夫·弗里曼所说的国家的"金钱文化"持矛盾心理。"金钱文化"通过有形和无形的手段使人们养成了按照一个单一的标准——"收入"——来衡量自己和他人的习惯。作家们希望摆脱这种习惯，他们努力使他们聚集的地方成为一个不同的世界：这里"韵文比金钱更珍贵"，创造力比贪欲更重要。但是，他们在这一点上获得的成功也是喜忧参半。这在一定程度上是因为他们套用了这个国家过去的信仰——即相信个人可以重新创造自己，从而成为他们想成为的人——这样一来，他们预先简化了他们的任务。

菲茨杰拉德对少数民族聚居地的兴趣并不强烈，他总想象着灾难，因而不太相信能够拥有崭新的开始。但是，就像我们在《了不起的盖茨比》中所看到的，他甚至也对以新奇的方式走向成功的故事和自我塑造的戏剧产生了兴趣。他还发现那些他想进行探索却不想对之实施改革的宏大景象深深吸引了他：

> 1919 年的不确定性已经结束了——将来要发生什么似乎确定无疑——美国正在举行历史上最盛大、最奢华的宴会，那将会带来很多谈资。全面的繁荣兴盛即将到来——极度的慷慨、无耻的腐败和旧美国在禁酒时期的尔虞我诈、殊死搏斗。所有我想起的故事都让我感到会有灾难到来。

菲茨杰拉德本能地侧重一代人而不是一个世界：他把这代人称为"我的同代人"。对菲茨杰拉德来说，那些无法再把年轻人和外界事物联系起来、甚至无法使年轻人彼此联系起来的道路似乎仍旧指引着他和他的同代人。借用他在《丑闻侦探》（*The Scandal Detectives*）中的话说，他们"暂时把（新）思想和手头的材料结合起来"，以此"在虚无中试验"，而这就构成了他们的任务和他们的命运。由于大多数 20 年代的作家来自中产阶级家庭，因此他们很难不把成功的标准与金钱联系在一起。他们越是夸大他们出生的世界与他们居住的世界之间的距离，就越孤注一掷地渴望成功。他们的字里行间流露出怀旧情绪，即回到一些失落的、依旧残留在记忆中的地方或一些温暖的情感，但也流露出对未来的兴奋甚至恐惧。失去的东西，或是别的什么东西，刺激作家在生活中或艺术中尝试新的东西。下面是菲茨杰拉德在《丑闻侦探》中的一段话：

> 有几代人和后继的一代很接近，而有的则隔着无法逾越的鸿沟。布

第四章　富足年代的除魅、逃避和职业化的崛起

克夫人——一个生活在中西部大城市的有性格的女人——端着一大壶柠檬水穿过自家的后花园，就好像跨越了一百年似的。她的曾祖母能理解她的想法；而马厩的房间里发生的一切却是两人完全无法理解的。她儿子和一个朋友在以前车夫睡觉的地方做一些不合常规的事，也就是说，他们在虚无中试验着什么。他们第一次把手头准备好的想法和材料暂时结合起来——将来，这些想法一经提出注定会让人大吃一惊，但最终会归于平淡无奇。当她叫他们喝柠檬水时，两人正静静地坐在20世纪中叶还没孵化出来的鸡蛋上，毫无敌意。 *138*

与这段描述具有颠覆性的隐含意义相反，布克夫人的儿子和他的朋友正在做的事情与书有关，而不是与炸弹或尸体有关；还与事业的发展和挣钱的准备工作有关，而不是全然与赚钱有关。他们收集地方丑闻的资料，这种行为令人反感。"小里普利·巴克纳（Ripley Buckner, Jr.）和巴兹尔·D.李（Basil D. Lee）这两个丑闻密探"正在写一本《丑闻手册》（*The Book of Scandal*），书中记录了他们能挖掘到的"市民们离经叛道的行为"。其中一些离经叛道或"误入歧途"的行为从满头灰发的老人就开始了，并已经成为这个社会的民间文学。另外一些从证据确凿的报告中，甚至仅仅从谣言中得知的"更让人震撼的罪恶"会让那个城市的居民迷茫或愤怒；还有一些罪恶从"当时的报道"中得来，如果这些罪恶被揭露的话，"那些卷入到其中的孩子们的父母将陷入恐惧或绝望"。

写这本书是巴兹尔的主意。要读这本书还需要"想象力的帮助"，因为这本书是用一种靠近火字体才能显现的墨水写的。两个男孩都热衷于描写性感的女孩儿和危险的竞争对手。他们喜欢需要精心策划和巧妙伪装的恶作剧。像汤姆·索亚和杰伊·盖茨比一样，他们也读了些书，并从这些书中找到了自己效仿的榜样，还得到了一些启发。巴兹尔最喜欢的人物是"最近从欧洲传来的一个传奇人物"亚森·罗频（Arsene Lupin）。这个人物点燃起了巴兹尔上耶鲁大学、成为一个伟大的运动员的梦想。他准备以罗频为榜样，当一个"绅士大盗"。菲茨杰拉德因此改编了欧文·约翰逊（Owen Johnson）的小说《耶鲁大学的斯托弗》（*Stover at Yale*, 1912）。菲茨杰拉德非常了解这部小说，而他的版本违禁的内容更多。书中，里奇·里基茨（Ricky Ricketts）坐在莫莉（Mory）家中，给丁克·斯托弗（Dink Stover）饶有兴致地讲述他要"在10年之内成为百万富翁"的计划：找到"一种所有的傻瓜都喜欢的东西"，说服"他们那东西不怎么样"，然后策划一个替代品，申请专利再做做广告，之后"坐在家里笑着数钱就成了"。

像里奇·里基茨想象的一样，巴兹尔也在熟悉的生活和可耻的生活中左右摇摆。前者是被公认的规则所控制的生活，后者是被成功的想象所指引的违法的冒险。衡量这种成功的标准是其采取的形式和赚到的金钱，而非正义。如果说一种老式的、拘泥于礼节的生活使巴克纳夫人准备在那柔和的夏日午后穿过宽敞的绿地给她儿子送去柠檬水的话，那么她知道暂时还未成型的生活正在把他的儿子和他儿子的朋友从家中带向远方。和读者一样，菲茨杰拉德也事先了解到两个男孩儿的选择，然后把这些可能性并列起来。虽然这个城镇需要发生剧变，但是他们的梦想和方法既肤浅又违法。他们唯一真正的收获——知道了"道德孤立"是什么感觉——却被失去的东西掩盖了。在故事的结尾，巴兹尔只对"夏日那无限的可能"还有一丝虚妄的信心，声称一定要随便与异性发生关系，甚至随便谈恋爱，动不动就去冒险，轻松赚钱，轻而易举地实现自我。

菲茨杰拉德也像他同时代的几个作家一样希望过一种紧张而快乐的生活，最终成为一个成功的作家。1925 年，随着《了不起的盖茨比》的出版，他离他的目标近在咫尺。到 1928 年写《丑闻侦探》的时候，他已经显示出备受打击和理想破灭的征兆。但是，在很多方面，他仍旧是一个大孩子。在残余的一点纯真的激励下，他依然喜欢冲动行事，这在一定程度上是因为他确信大多数艺术家就像大多数艺术一样是与违法行为结合在一起的。他愤怒地以为现代文化与人类的自我实现相冲突，尤其是在一个被压抑的社会风气中，这种文化控制并限制了快乐，特别是性的快乐。他骄傲地认为他那代人从让人幻灭的战争中凸显出来，在被他称作在"美好而随意的放纵"中接受教育，开着汽车一路"独自"学习。后来他说：接下来他们便开始接受"强化教育"，就是为了使他们这代人热衷娱乐。他在 1931 年 11 月回顾 20 年代时写道：

让我来追溯一下真相。最开始我们想到的是唐·璜（Don Juan）过着有趣的生活（《朱根》，1919）；之后我们了解到：就我们所知，我们周围发生着很多跟性有关的事情（《俄亥俄州的温斯堡》，1920）；青年的生活大部分跟爱情有关（《天堂的这一边》，1920）；很多盎格鲁—撒克逊人的话被忽视了（《尤利西斯》，1921）；年长的人并不总是拒绝突如其来的诱惑（《阿芙罗狄蒂》，1922）；有些时候女孩儿被诱惑并不一定就被毁掉（《火焰少年》，1922）；甚至强奸往往最后也能有好的结局（《阿拉伯首长》，1922）；迷人的英国女士在性行为上经常是很随便的（《绿色的帽子》，1924）；实际上她们大部分时间是在做与性有关的事情

第四章　富足年代的除魅、逃避和职业化的崛起

(《漩涡》，1926)；而性无疑是件好事情(《查泰莱夫人的情人》，1928)。最后，我们还了解到很多变态的变化(《孤独之井》，1928 和《索多姆和戈摩尔》，1929)。

让菲茨杰拉德感到愉悦的景象却令比他大 3 岁的约瑟夫·伍德·克拉奇(Joseph Wood Krutch) 感到惊慌。他抱怨说，新的野蛮人像"往常一样又来了，他们只为自己的利益沉浸在生活的过程里……生孩子而不问问他们为什么要把孩子生下来，征服他人却不问问征服的目的是什么"。但是，菲茨杰拉德的问题是不一样的。从他的第一本小说《天堂的这一边》(1920) 开始，他就想象着自己是一场叛乱的罪魁祸首。这场叛乱既包含音乐和文学，又包含性和酒，既充满了社会含义和道德含义，又充满了美学含义。但是他依旧认为他的艺术和他的职业是有政治意义的。菲茨杰拉德只是下意识地抓住维持 20 年代金钱文化的最关键的纽带——或者用李普曼的话说，"传播'新资本主义'的繁荣"的最关键的纽带，而只有在他最好的小说中才揭露出：年轻人感情的爆发和在追求享乐中释放的对性爱的欲望在一定程度上是全国人民的一种更大的感情爆发，即他们的父母和国家领导人在追逐权力的过程中释放了他们的政治欲望，而在追逐金钱的过程中释放了他们的经济欲望。对这一点的认识构成了杰伊·盖茨比大起大落的人生。杰伊·盖茨比通过自我奋斗把自己打造成一个"明星"。然而，他所处的世界中受益于政治经济的人主要是那些极其富有的人。在这些人的蔑视与掌控下，他沦为牺牲品，而在此之前，他依旧相信权力和金钱的力量，而非快乐本身的意义。菲茨杰拉德的艺术在这方面也是具有代表性的，但是，在呈现给公众的过程中既起到了加强的作用又起到了抵消的作用。尼克·卡洛威身上奇特地融合了犹豫不决与勇往直前、羞怯与傲慢、罪恶与矜持的特性，而菲茨杰拉德就在这些特性中把这一事实揭露出来，并在另一部经久不衰的小说《夜色温柔》(1934) 中进行了全面探讨。

第五章　新时代的社会等级、权力和暴力

沃尔特·威科夫在《工人：现实中的实验——西部状况》（*Workers: An Experiment in Reality - The West*, 1899）中对穷人在一片富裕的土地上的艰难处境做了调查，特别是当残酷的贫穷最终开始降临的时候，人们更强烈地感受到，对一个"在世界演出中已经没有可扮演的角色"的人来说，自己是"多余的人"。德莱塞还是一个孩童的时候就目睹了这样的时刻，且终身难忘。1900年（《嘉莉妹妹》出版）到1925年（《美国悲剧》出版）之间，他在日记中几乎没有对黑人和犹太人表示同情，对穷人的兴趣也没有对自己在性上的征服欲强烈。但是，童年的痛苦记忆仍旧伴随着他。他曾经说过："任何形式的穷困——可怜的衣衫褴褛的邻居、贫瘠的农场、救济院、监狱、或者没有谋生之计的人——都足以唤起一种类似于'身体疼痛'的感觉。"

德莱塞第一部获得商业成功的小说《美国悲剧》从克莱德·格里菲斯还是一个身处"美国城市商业中心的围墙"内充满渴望的小男孩开始写起。德莱塞追溯了克莱德短暂且没有达到顶峰的辉煌，最后以他身陷囹圄、等待处死结束。克莱德的社会使他渴望成为富人的一员，不想一辈子做个打工者，却没有为他提供可以遵循的价值观。他被社会的各种诱惑吸引——不仅是财富、地位和权力，还有妓女的魅力和美丽——最终很快成为这个社会的受害者。金钱和快乐至上的世界教会他崇拜在他之上的人和利用在他之下的人。他既是受害者又是害人者，既像命中注定无力抗争的嘉莉·马丹达，又像以失败告终的弗兰克·考伯伍德，后者是德莱塞的"欲望三部曲"《金融家》（1912）、《巨人》（1914）和《斯多葛》（*The Stoic*, 1947）的主人公。克莱德笨拙地实施他精心策划但却并非出自本心的谋杀之前，总是犹豫不决，弄不清楚自己内心的欲望到底是什么。因此，他既无法采取行动也不能放弃行

动，这一时刻成了他最具代表性的时刻。

《美国悲剧》在波士顿等地遭禁，却在俄国受到好评，与另一本同在1925年出版的反映美国梦命运的讽刺小说《了不起的盖茨比》形成有趣的对比。这在一定程度上是因为后者在美国更经久不衰。一方面，菲茨杰拉德反映了他的国家对待金钱的新态度：他对赚钱和花钱更感兴趣，而不想攒钱。在把小说卖给《星期六晚邮报》而赚了一大笔钱之后，他和妻子赛尔达·莎尔·菲茨杰拉德（Zelda Sayre Fitzgerald）——《把华尔兹留给我》（*Save Me the Waltz*）的作者——马上开始找地方花钱，在酒店、租来的房间或公寓举办盛大的宴会和放纵的狂欢。但是，两人在生命的最后阶段精神都崩溃了。此前很长一段时间，菲茨杰拉德的小说就开始有一种强烈的感伤情绪，好像事物的短暂以及他对自己、对生活、对周围世界的不确定性深深困扰着他。支撑他继续"实验"的不是他的雄心壮志或他内心的渴望，而是工作的信念。他曾经说过："我是个写书的人，一个职业作家。"这个描述最能表露他的心迹。

结果证明杰伊·盖茨比想要得到的大都是司各特和赛尔达想要得到的——不仅是一般意义上的成功（一座豪宅、巨额的财富和美好的生活），而且是被梦想所扩大甚至神圣化了的成功。这种梦想使成功有了目的。克莱德·格里菲斯住在阴暗的租住屋；嘉莉·马丹达住在沃尔多夫酒店的套房；杰伊·盖茨比住在长岛的豪宅。盖茨比的豪宅本来是他"计划建立家庭"好好生活的地方，但最终却未能如愿。这座豪宅既符合他为自己创造的历史，又符合他的梦想。然而，他新购买的"祖屋"成为另一个暂时的住所。因为他所在的世界遵循着德莱塞在《嘉莉妹妹》中已经看到的内在逻辑，即流浪者必然会卷入各种力量当中——或者换个说法，生活既是自我创造的，又是由多种因素决定的。他们的名字是虚构的（他们好像在说：叫我嘉莉·马丹达，叫我杰伊·盖茨比），他们过着一种更像是表演的生活，充满了台词、手势和几乎愚蠢的渴望。

盖茨比有时站在"一片蓝色的花园中"，"月亮又薄又圆"。他呼吸着混合了"黄色鸡尾酒音乐"和"谈笑声"的几乎像"歌剧"一样的空气。各种谣言在他周围散播开来，使他成了名人，但也使他声名狼藉。有时，他在这个世界"不安的黑暗"中行走。这个世界像极了一个荒凉的"灰烬的山谷"，这山谷是由狂风吹成，因此保持着不定的形状和不真实的感觉，就好像"一个离奇古怪的农场，在这里，灰烬像麦子一样堆成了田垄、小山和奇形怪状的园子；在这里，灰烬堆成了房屋、烟囱以及炊烟的形状，最终经过巨大的努力，变成了朦朦胧胧的人形隐约在那里走动，并在尘土飞扬的空气中灰飞烟灭"。我们第一次和最后一次看到盖茨比时，他都是独自一人保持沉默，与周围的世界隔绝。临近结尾处，他提醒我们沉默可以是失败者的挡箭牌，也可以是压抑者的负担。但是，他一旦发言，比如他的惊人之语——黛西·布坎南（Daisy Buchanan）的声音"听起来就像金钱"，就摆出架势表明自己是自我塑造出来的，从而重申自己的孤立。他想让语言不仅作为社会交流的媒介，更应成为一种唤醒人类本质的方法，这本质是他通过自己的关注独自认识并加以证实。我们只能像卡洛威一样默认他的声名。他对黛西的爱再现了一个农奴对美丽公主的爱，或者一个穷人对"富家女"的爱。就像在《美国悲剧》中一样，《了不起的盖茨比》也把金钱与社会等级联系在一起；两部小说中，金钱与社会地位都是实现欲望的最显著的障碍，而同时也加强了这种欲望，甚至以一种奇特的方式加深了盖茨比对黛西的爱，随之也加深了黛西对盖茨比的爱。

除了福克纳以外，菲茨杰拉德比任何同时代的作家都更善于把美国的历史和虚幻的事件——遵守和违背的诺言——为己所用。甚至在他后来愈加绝望的时候，他还能写出下面这样的文字来：

> 法国是一片土地，英国是一个民族，而美国却很难说，因为它只是一个理念——它是位于夏伊洛①的坟墓，是它伟大的人民那疲惫、憔悴而紧张的面容，是为了一个空虚的口号而死在阿尔贡森林②的那些身体还未腐烂的乡下孩子。它是人们内心的意愿。

他的小说生气勃勃，特别是短篇小说，这主要是因为他有一种满足感：他很欣慰，一些被排斥的人最终成为有钱有势、引人注目的名人。菲茨杰拉德成为"爵士时代"的代言人和盛大奢华宴会上的诗人。但是，他仍旧有一种他所说的"灾难就要降临的预感"，这主要出于几个原因，比如，他感到他那歌舞升平的世界飘忽不定，因而不可能长久，而它的繁荣就像他自己的成功一样是"反常的"。

在一战期间，菲茨杰拉德在堪萨斯州的一个基地服兵役，德怀特·D. 艾森豪威尔（Dwight D. Eisenhower）是他的指挥官。他还曾在阿拉巴马州的基

---

① 夏伊洛（Shiloh），位于田纳西州西南部，是南北战争的战场。南北战争中的夏伊洛战役以南部军队撤退而告终，但北部联邦军和南部邦联军的伤亡人数都超过了一万。——译注
② 阿尔贡（Argonne），位于法国，一战时的战场。——译注

第五章　新时代的社会等级、权力和暴力

地服过兵役,并在那儿遇到了赛尔达·莎尔。但是,战争对他来说不是一场游戏,而是一场磨难。他的小说里弥漫着战争的气息。在《夜色温柔》中,狄克·戴孚(Dick Diver)在游览欧洲战场时对罗斯玛丽·霍伊特(Rosemary Hoyt)说:"我那美丽、可爱、安全的世界在这里随着一阵强烈迸发的爱灰飞烟灭了。"之前,他曾说:

> 那个夏天,每走一英尺就有20个生命死亡。看到那条小河了吗——咱们两分钟就能走到那里。而英国人得用一个月才能到达——整个帝国走得非常慢,前面的死了,后面的接着上。另一个帝国后退得非常慢,每天不过几英寸,死人的尸体就像成千上万张被鲜血染红的毯子。

在《了不起的盖茨比》中,盖茨比和卡洛威认出彼此的那一刻就提到了战争。但是,菲茨杰拉德直接体验到的那种绝望在他对宴会的狂热中表现出来。这些宴会屈从于对金钱和享乐的渴望,不受道德的约束。他和赛尔达是一对浪漫的情侣、充满冒险精神的梦想家和厌恶人世的迷失了方向的灵魂。他们的挥霍无度成为杂志和花边新闻栏目反复刊登的内容,也反复在他们那个时代的回忆录和小说中出现,包括卡尔·范·维奇顿的《宴会》(*Parties*, 1930)。他们总是拒绝过去的传统习惯,而从来不拒绝宴会、喝酒或放荡的生活,这给他们蒙上了一层神秘的面纱。但是,他们两个人都太敏感、太脆弱,而且,颇具讽刺意味的是,他们在某些方面又非常守旧,因而意识不到他们也许要为穷奢极侈的行为付出高昂的代价。到1930年,当菲茨杰拉德说"我们已没有立足之地"时,他们的预感变成了现实。

杰伊·盖茨比是一战老兵。借用《爵士时代的故事》中的一句话,他生活在"一个粗俗的、物质的、淡漠的和充满劣质财富的社会中,这种劣质财富覆盖了贫瘠的世界的顶端"。这是一个几乎所有的价值观都消失了的世界。他与别的人物略微不同的是,他"对生命的前途有着高度的敏感、浪漫的从容和发自内心的希望"。盖茨比给自己设计了一个理想的形象,极力摆脱低贱的出身和自己是中西部穷困潦倒的移民盖茨夫妇之子这一事实。他在努力塑造自我时,接触到文艺复兴时期的传统,这种传统决定了历史中以及小说中的现代生活。英国戏剧评论家坎尼斯·泰南(Kenneth Tynan)在拒绝承认自己于1927年出生在伯明翰时说:"从真正的意义上讲,我出生在牛津。我与以前的生活、与伯明翰已没什么关系,就像我与廷巴克图(Timbuctoo)①没

---

① 历史名城,位于撒哈拉沙漠的南缘。——译注

什么关系一样。"

虽然杰伊·盖茨比几乎是一个"牛津人",他却从本杰明·富兰克林的《自传》中总结出适用于改进自我的方法。1906年9月2日他还是一个小孩儿的时候,就在"一本名叫《霍帕朗·卡西迪》的翻得破破烂烂的手抄本"的空白页上抄写了一份用于完善自我的"时间表"。盖茨比的父亲对尼克·卡洛威说:"我碰巧找到了这本书。"他拿着那本书,久久不愿合上:"吉米注定要出人头地的。他总是有一些诸如此类的决心。"但是,盖茨比浪漫的自我概念源于各种美国梦,这既要归功于《霍帕朗·卡西迪》,又要归功于本杰明·富兰克林。然而,这却与他实际的社会身份相悖。他出生在中西部的一个"没有谋生能力的、失败的农民之家",取名詹姆斯·盖茨,后来成为国家前途的继承人杰伊·盖茨比。与嘉莉·马丹达从不讲述自己的过去不同,杰伊·盖茨比只按照他编造好的过去回忆过去。他对自己的描述很含糊,因此我们以及卡洛威不得不去想象他的大部分历史。但是,他的自我克制又使他具有一种奇特的真实性——他尊重高雅文化,而不虚伪地声称拥有这种文化。一个长着猫头鹰般眼睛的小个子男人在盖茨比的图书馆内指着一本书说:"它们是真的。""看!"他充满喜悦地大叫,"这是一本名副其实的印刷品。还真把我蒙住了。这家伙简直是个贝拉斯科①。真是巧夺天工。多么完美!多么逼真!而且知道见好就收——并没裁开纸页。"我们在他举办的一个聚会就要结束时看到盖茨比完美的"主人形象"。他站在那里,一只手摆出"送别的正规手势"。他始终不太清楚自己是如何积累财富的,这在一定程度上是因为他采用了典型的美国式积累财富的方式:为了在这个崇拜金钱的社会中提高地位而不择手段地得到财富。但是,他内心仍隐隐保留着一个他从国家的历史中构想出来的更大的梦想。他不时显露出他既充满信心又缺乏安全感,这表明他是一个成为"明星"的"无名小卒"。

当尼克·卡洛威第一次意识到盖茨比的豪宅正对着黛西的住宅不是"奇怪的巧合"而是精心的设计时,盖茨比的生活在他眼中呈现出新的轮廓。卡洛威说:"突然间,他开始漫无目的地彰显自己的显赫地位,而他在我眼中却鲜活起来。"盖茨比的一言一行都显得"过于多愁善感"和过于物质主义。多愁善感与他浪漫的一面有关,而物质主义则是源自功利的个人主义。但是,我们仍旧能从他的话中听到很久以前就"被遗忘的只言片语和难以觉察的变化",这些要追溯到最初发现新世界并在此定居的人的梦想和记录。他经常在沉默中行走,同样,他的多愁善感和物质主义唤醒了一个与他的计划——赚

---

① 贝拉斯科(Belasco),美国百老汇的舞台监督,以布景逼真闻名。——译注

大笔的钱、买一所豪宅、从汤姆·布坎南手中赢得黛西·布坎南——不完全相关的梦想。但是,他的梦想本身的缺陷和不够周全的计划只是他失败的部分原因。他的失败还因为他的世界假装愿意接受那些梦想者,而实际上保护的是那些生来有钱有势的人。

《了不起的盖茨比》在一定程度上是一个地域性的故事,描写了流离失所的中西部人。他们搬到东部来,却在这里发现一个如此腐败的世界。这个世界杀死了盖茨比等人,使卡洛威返回家园去寻找一个依旧关注道德的世界。但是,《了不起的盖茨比》也是一个反映"小人物"与"大人物"之间矛盾的故事。小人物渴望进入有钱、有权、有地位的特权世界,而像黛西·布坎南和汤姆·布坎南这样的大人物生来就属于那个特权世界,他们无意放弃对这个世界的掌控。菲茨杰拉德在《阔少爷》(The Rich Boy)中写道:"那些富人……和你、我是不一样的。""是的",海明威含沙射影地回答:"他们有更多的钱。"但是,菲茨杰拉德是正确的。20 年代的富人决心对他们的行为所造成的结果采取置之不理的态度,并认为这是他们的权利,这使 20 年代的富人与穷人分离开来。富人使自己成为效仿的榜样后,熟练地使自己免于竞争。卡斯帕·W. 惠特尼(Caspar W. Whitney)在 1894 年曾说"乡村俱乐部"是"真正的美国机构"。作为在"乡村俱乐部的幸福陪伴"下成长的第一代人,汤姆、黛西和他们的高尔夫球友乔丹·贝克(Jordan Baker)认为他们有权利花大笔的钱,甚至都用不着假装挣钱。如果拥有财富是他们的权利之一,那么拥有权力就是另一种权利。尼克·卡洛威出生在特权阶层,但父母却没有给他留下财产,因此他必须工作。从命运上以及性格上来说他都有些边缘性。他和黛西是亲戚,而且和汤姆一样毕业于耶鲁大学。但是,他的住所很小,位于盖茨比庄园的边缘。他的职业是为富人操作股票和债券。

与詹姆斯·盖茨一样出身贫寒的米特尔(Myrtle)和乔治·威尔逊(George Wilson)在"灰烬的山谷"的一个修车厂上的公寓里工作和生活。修车厂上有一个大广告牌:"修车。乔治·B. 威尔逊。买车卖车。"与气馁的丈夫不同,米特尔希冀着加入布坎南夫妇那有钱人的、让人兴奋的世界。虽然她与盖茨比在很多方面不同,但是她也同样充满了渴望,也同样认识到她渴望进入的那个迷人的世界完全知晓如何在剥削她的同时依旧漠视她的存在。盖茨比追求的是重新建立一个与他的梦想一致的生活。米特尔·威尔逊只是想进入富人冷漠而自私的世界。结果,她和盖茨比共有的两样东西(他们贫寒的出身和后来抱有的希望)成为决定他们生活的因素,也因此成为决定他们命运的因素,但二人的梦想实质不同。盖茨比的梦想来自过去的文化,而米特尔的梦想来自目前的文化。但是,两个人都因为胆大妄为而付出了同样高昂的代价——就像黛西提起盖茨比时所说的,因为他想要的"太多"。黛西开车不小心撞死了米特尔,米特尔成了黛西肇事逃逸后的牺牲品;汤姆和黛西两人共同谋划,为了保护黛西,他们告诉威尔逊"真相":撞死米特尔的汽车是盖茨比的,乔治·威尔逊因此弄错了报复的对象,而盖茨比沦为牺牲品。

另一个特权阶层的幸存者尼克·卡洛威直到最后都是一个边缘人。他带着这个故事回到了中西部。而布坎南夫妇轻易地取得胜利,毫发无损。黛西继续寻找另一个宴会,汤姆接着寻找另一场马球比赛:

> 一切都是那么冷漠、那么混乱。汤姆和黛西就是冷漠的人——他们毁掉了东西、毁掉了人,之后又躲到金钱或他们那无边的冷漠淡然中,或者任何把他们结合在一起的东西里,然后让别人收拾他们制造的混乱局面。

汤姆是拥有财富与权力的上流社会的缩影。这种财富与权力足以使上流社会的人冷漠、自私、狭隘。当他从我们的视线中消失时,他的一群马球马和他对性别、种族以及等级的偏见却没有消失——他没有完全阐明的假设也没有消失,即像杰伊·盖茨比和米特尔·威尔逊这样的人来到这个世界就是为了让他取乐的,而像乔治·威尔逊这样的人就是为了让他差遣的。汤姆在试图说服卡洛威,盖茨比威胁到了他们的地位和权力因此要提防他时说:"那个家伙是自找的。他往你的眼睛里扔沙子,就像他往黛西的眼睛里扔沙子一样。"虽然黛西要比汤姆可爱得多。但是,她后来重新发现自己是依赖汤姆的,因此她不可避免地效仿他的冷漠,心甘情愿地成为他的同谋,为保护自己而欺骗和犯罪。威尔逊杀死了盖茨比,从而辜负了他深爱的米特尔,而被汤姆和黛西这两个毁掉他妻子的人利用。他从始至终都像幽灵一般,无精打采、毫无特征。只有在成为富人的工具时才果断起来。他因此遭受了一种极端的命运,对这种命运,舍伍德·安德森坚决抵制,而乔治·巴比特并不坚决抵抗。

《了不起的盖茨比》经久不衰的魅力还要归功于它把20年代描述成十足"美国味"的十年。另外,就像莱昂内尔·特里林所说的,这本小说利用了18世纪末以来小说中和历史上赫赫有名的故事情节和故事结构,这些故事主要来自各省的年轻人。但是,菲茨杰拉德通过尼克·卡洛威的叙述描述盖茨比的故事,从而拉开了自己与小说的距离,还确立了几组紧张局面:即东部与中西部之间;严酷惨淡的穷人世界和冷漠无情的富人世界之间;盖茨比的梦想和米特尔的渴望之间;以及美国过去鼓励穷人坚持梦想并为他们的梦想提供奋斗的空间与现在控制穷人被梦想激发的精力并几乎不为他们提供分享回报的机会这两种做法之间的紧张状态。而这造成了两个时代之间的紧张局面：在前一个时代，美国梦仍旧是可能实现的神话；而在后一个时代，美国梦常常是一个文化谎言。卡洛威保持着一种特别的自我意识，认为无论是失落的历史还是被遗忘的历史都决定着现在的发展。在一些零星的描写中，卡洛威以一个历史学家的身份和一个艺术家的身份为读者，或者更准确地说，好像是为读者再现了一段历史背景，特别是在前两页和最后一页的描述中，代替一个历史学家和一个艺术家为读者描述了一段历史背景。这本小说因此给人以想象的空间，这种想象总是具有道德上、历史上以及美学上的力量；是相辅相成的，同时也是暂时独立的；是与人共享的，同时也是个人的。杰伊·盖茨比是个失败者，以死亡告终，但是《了不起的盖茨比》仍旧要突出他，这在一定程度上是因为他在那个由多种因素决定的世界重新创造自我的努力与叙述者和作者都有关联。盖茨比知道他寻找的是生活的价值，而不仅仅是事实。他也意识到社会应该是储存非强制性的准则和典范的仓库，这些准则和典范把事实转变为生活价值。他甚至意识到排列事实的简单的顺序、分类或分级不能满足他对生活价值的要求。所以他在尝试塑造生活的基础上塑造了一个梦想——这个梦想由图样、表格和丢失的只言片语组成。

  对盖茨比和卡洛威来说，《了不起的盖茨比》因此成为一个关于几种抵抗形式的故事。对汤姆·布坎南来说，它是一个关于权力的故事。汤姆·布坎南是中西部游牧民族的后代，但如今成为一个真正的现代人。虽然他对很多事情都感觉迟钝，但是对主宰其世界的中心力量有着深刻的了解。他善于玩弄权术并渴望得到权力。他主要抵抗那些威胁到他权势的人——盖茨比和威尔逊夫妇，而有时是黛西和卡洛威——不管他们是想通过倒退历史（盖茨比说："你当然行"，希望抹去使汤姆成功的事件）还是想从他的手里剥夺控制权。此外，除了偶尔的失利，汤姆赢得了每一场比赛的胜利，包括争夺黛西的比赛。因此，《了不起的盖茨比》给我们带来的希望非常有限，令人不安。卡洛威大致学会了如何从材料不多的过去和现在中捋出头绪，在这一点上，这本小说是文学作品；而我们看到卡洛威千方百计地与道德问题抗争，在这一点上，它具有道德意义。但是更广义地说，这本小说所传达的希望是不具历史性的。书中从未描述黛西有可能要求独立掌握自己的生活。她和汤姆继续生活下去，好像杰伊·盖茨比、米特尔和乔治·威尔逊从来就没有存在过一样，甚至没有去参加他们的葬礼。

  然而，杰伊·盖茨比不只是汤姆·布坎南一个人的受害者。我们可以认为，在一定程度上，富兰克林的《自传》描写了一个男人如何学会使自己免受文化的侵袭。他逃离波士顿的家园，并遵循自己的计划；学会保护自己的隐私，一路飞黄腾达；不接受强调一夫一妻制的关于性行为的社会风气，也不接受鼓励人们赚钱的经济规则。同样，我们可以把盖茨比的另一个榜样霍帕朗·卡西迪看做是一个平原上的现代骑士——他的生活充满浪漫的荣誉准则和大无畏的精神。但是，影响盖茨比一生的这两个榜样——一个是社会实践主义者，另一个是浪漫的理想主义者——所起到的主要作用是使他容易上富人的当。特别是他们使盖茨比很容易成为汤姆·布坎南的受害者，也就是说他们是为这个国家的有钱阶层服务的。米特尔嫁入豪门的梦想和盖茨比的梦想一样迂腐；我们不知道她的梦想是怎样形成的，因为这是一种新生的梦想。它和盖茨比的梦想服务于同样的阶级，最终走向同样的结局。

尼克·卡洛威实际上无视米特尔·威尔逊的存在，后者的举止、着装和梦想都反映出她出身于下层阶级。但他克服了自己对杰伊·盖茨比略带势利的蔑视，通过美化他的故事来"照顾"他。然而，在这个过程中，他简化了他的故事，这在一定程度上是因为他除了想赞美盖茨比外还想限制这个故事的影响。由于卡洛威自己的声音在书中越来越清晰，特别是在小说的第一页和最后一页，盖茨比的反抗更像是一个庄严的姿态。只有改变卡洛威的看法才能使盖茨比的希望免于破灭。盖茨比的故事似乎也时常被他的文化模式——富兰克林的时间表、霍帕朗·卡西迪的道德准则和他的导师（丹·科迪这个响亮的名字）树立的楷模——所利用。直到最后，杰伊·盖茨比依旧在一场与汤姆·布坎南的比赛中与詹姆斯·盖茨和其文化模式搏斗，同时也是为了詹姆斯·盖茨和其文化模式搏斗；他还继续与黛西和尼克搏斗，同时也是为他们搏斗。这是一场他从未彻底失败的比赛。这场比赛悄无声息地融进了菲茨杰拉德的艺术以及米特尔和乔治·威尔逊的生活。

第六章 对女性化的恐惧和适度理想的逻辑

菲茨杰拉德和他同时代的作家时常清晰地感觉到他们对旧式小说有一种被剥夺感——比如在格伦韦·韦斯科特（Glenway Wescott）的《再见，威斯康星》（*Goodbye, Wisconsin*, 1928）中，我们看到被迫流浪异地的中西部美国人"像犹太人一样成为四处流浪的种族"。但是，他们大都没有探索这之间的联系。他们像汤姆·布坎南一样唯恐失去自己的地位和控制权，不去关注新移民、妇女或美国黑人。比如，考利就曾指出，"那个时代受人崇拜的作家绝大多数都是男人"，他们大都接受的"是白人、中产阶级和新教的教育，他们大多数有英国和苏格兰血统"，从不考虑下列问题：这种模式是否是被创造出来的而不是特定的；如果是被创造出来的，那么是谁创造出来的，又对谁有好处；为什么一旦创造出来就这么容易被柯立芝执政下的美国所接受。在这个过程中，他忽视了现在我们必须要面对的问题。

考利口中"受人崇拜的作家"自认为摒弃了那个时代的偏见和地方主义。他们为战后时期参议院所通过的法案而哀叹不已；他们公然抨击三K党、红色恐惧以及对萨科和万泽蒂的迫害；他们谴责粗俗的物质主义和商人牟取暴利的冷酷行为。这些与他们自认为的被压抑的少数文化支持者的身份相符。但是，许多作家，包括考利喜欢的一些作家，怀着各种野心和偏见，甚至表现出来，而他们自认为是在反抗这些野心和偏见。这一事实有助于解释为什么社会给予了他们回报，却没有给予哈莱姆的黑人作家、纽约东部的犹太作家或者从新奥尔良到芝加哥、到纽约、到巴黎等任何地方的女性作家以同样的回报。这些人中的许多人都从事一些边缘性的工作：开书店、编小报和写日记。

在《新黑人：一种阐释》（*The New Negro: An Interpretation*, 1925）中，

阿兰·洛克（Alain Locke）和其他合著者——包括让·图默、佐拉·尼尔·赫斯顿（Zora Neale Hurston）、康蒂·卡伦（Countee Cullen）、克劳德·麦凯（Claude McKay）、詹姆斯·韦尔登·约翰逊、兰斯顿·休斯、W. E. B. 杜波伊斯和杰西·福塞特（Jessie Fauset）——认为种族话语是国家镇压策略的一部分，于是他们开始在被迫形成的边缘性中探究道德权威性和艺术可能性来推翻这种镇压。在哈莱姆，越来越多的艺术家开始努力让人们看到美国黑人生活的方方面面。像马尔库斯·加维（Marcus Garvey）的全球黑人促进协会（Universal Negro Improvement Association）这样的重要政治机构也随着卡伦、休斯、赫斯顿、约翰逊、图默和内勒·拉森（Nella Larsen）这些作家的影响力的扩大而兴盛起来。但是，大多数深入哈莱姆体验生活的白人作家都认为，如果说有色人种的生活和文化不是滑稽、放荡或原始的，那么至少是奇异的。种族话语在20年代繁荣起来，成为诽谤和排斥新移民以及黑人作家的工具。

凯瑟琳·卢夫（Katherine Roof）在《美国人的幽默感》（"The American Sense of Humor"，1910）中提出了一系列主张。她明确指出了另一个威胁，从而使这些主张的拥护者在20年代日益增多。卢夫说："美国人的思想从某些方面来说可能更有力了，但是也更粗俗了。"这是因为"大量欧洲大陆的移民涌进美国的缘故"。这些人代表了"他们的国家的原材料，而这些材料经常是被废弃的材料"，他们拥有"不同肤色的人的想法"。她指出，甚至在一代人或两代人过后，这些人"从本质上仍旧不是美国人"。这些话非常像麦迪逊·格兰特、罗斯洛普·斯托达德、哈里姆·韦斯利·埃文斯和A. 米切尔·帕尔默这些著名领导人的叙述。按照这种说法，那些被桑塔亚纳称赞为世界上最活跃、精力最充沛、最具冒险精神的移民成了世界的垃圾。

哈罗德·斯特恩斯（Harold Stearns）编辑的《美国的文明》（*Civilization in the United States*，1923）由33篇公开谴责国家"情感和审美匮乏"的文章组成。为了使人们重新意识到他们的历史命运，范·威克·布鲁克斯、刘易斯·芒福德、H. L. 门肯、约翰·梅西（John Macy）和乔治·琼·内森等作家不断告诫和指责，提醒他们领导人必须克服国家的物质主义、文化的不连贯性和反理性主义。但是，《美国的文明》除了洋溢着对美国现状的失望外，最值得注意的是它挑选出的两只替罪羊。一个就是清教徒：曾贪婪地攫取土地的那些被压制的拓荒者现在变成了急功近利的被压制的商人。另一个就是妇女，我们看到斯特恩斯在控诉美国的知识生活下降时称妇女使社会生活女性化了：

当爱因斯坦教授说"妇女主宰了整个美国生活"以及"有上百万人

第六章 对女性化的恐惧和适度理想的逻辑

口的城市正遭受着可怕的贫穷——文化生活的贫穷"——从而激起妇女联盟的愤怒时,他只是在重复批评我们已经老得快成古董的生活。几乎所有聪明的外国人都发现美国的社会生活女性化程度非比异常,他们对此发表了评论。此外,他们还发表了一些尖锐的看法,指出伴随这种女性化而来的似乎是智力枯竭或智力迟缓。

此外,在《美国的文明》一篇关于性别的文章中,埃尔西·克鲁斯·帕森斯(Elsie Clews Parsons)谈到了"人们通常遵循的两性之间的孤立情绪或对抗情绪",并鼓励加强理解。但是,斯特恩斯认为妇女对文化有削弱作用,随之为美国男性知识分子所处的困境而忧虑。这使男女之间不可能和睦相处。他明确指出男人最终意识到女人所追求的是绝对的支配权:"如今,美国的男人和女人遵照平等原则和相互理解的原则共同分享知识生活。然而,仔细观之,这种现象不是共享,而是屈服。男人已经被女性化了。"

对男人和对文化来说,结局当然很可怕。斯特恩斯写道:"我虽然没有直接说明,但是已经含蓄地对比了真正的知识兴趣与妇女们的知识生活之间的差别。"他断言妇女太专注于"膨胀的社会自我"而无法与"生命的奥秘"产生共鸣,太自我专注而无法做到公正,太功利而无法进行哲学思辨。因此,她们削弱了她们所接触的一切。她们把知识生活变成"道德改革的工具",使文化陷入"瘫痪与枯竭",压制了男人并削弱了男人的力量。因此,要想摆脱这种状态,就必须把文化从妇女手中以及妇女强加给它的"愚蠢的标准化"的束缚中解放出来,而不是解放妇女。

如果只有斯特恩斯的文章表现出这种焦虑,那么也就不必过多地评论。但是,表达男性焦虑的论调几乎像种族话语一样普遍;而知识分子也更接受这种论调。此外,这种焦虑不仅体现在文学作品中,还体现于妇女在职业机构、大学校园和文学界中被允许扮演的有限的角色中。《妇女家庭杂志》的编辑爱德华·伯克(Edward Bok)说,一个女人不会做饭简直是缺乏"每个正常女人应该掌握的真正的知识"。哈佛大学校长查尔斯·威廉·艾略特(Charles William Eliot)说,那些想接受"高等教育"的妇女应该满足于学一些有助于"改善家庭生活"的东西。1921年,约瑟夫·赫格希默在《耶鲁评论》(*Yale Review*)上的一篇名为《美国文学中讨厌的女性形象》("The Feminine Nuisance in American Literature")的文章中说,美国文学正在被"裙子勒死"。罗伯特·赫里克也在《书商》上发表了三篇文章(分别在1928年12月、1929年3月和1929年7月),附和斯特恩斯和赫格希默的观点。文章鼓励男人抵制"我们的文学被女性化"并重申男性文化的价值观。他在第三篇文章中总结说：女性化"在艺术中的结果就如同在自然中一样，最终会枯竭、熄灭"。埃德蒙·威尔逊的《我想起了黛西》（*I Thought of Daisy*，1929）中的主人公认为自己是一个文学反叛者，想"摆脱中产阶级社会的束缚和以赚不到钱为耻的想法"。但是，他也认为他"整个一生"都是在抗议妇女代表的"守旧和惰性的力量"。七年后，约翰·克劳·兰塞姆（John Crowe Ransom）写了一篇名为《女诗人》（The Poet as Woman）的文章附和斯特恩斯，后来再次发表于《世界的躯体》（*The World's Body*，1938）中。文中他说，由于妇女"对知识不感兴趣"，因此她们是"更安全的生物有机体"。

战争爆发前，给妇女以选举权是男女共同的战斗口号。随着美国参战以及妇女赢得选举权，许多妇女希望能够重构社会，从一个成功走向另一个成功。但是，她们很快发现自己重新被指定去做伯克和艾略特这些人定义的传统工作。多萝西·坎菲尔德·费希尔的小说《家庭主夫》（*The Home-Maker*，1924）主要描写的是伊万杰琳（Evangeline）和莱斯特·纳普（Lester Knapp）夫妇为对抗传统而面临的困难和为塑造自己的生活而必须要编造的谎言。传统观念认为，男人"降临到这个世界是来占有财富、创造物质产品、了解这些产品、购买这些产品并运送这些产品的"，而女人降临到这个世界是来养育孩子、照顾家人和丈夫的。但是，纳普夫妇这种反抗传统的行为——莱斯特成为快乐、能干的持家好手，而伊万杰琳成为一个雄心勃勃、成功实现目标的女商人——无论在艺术上还是在生活中都是少见的。而当这种反抗传统的行为出现时，不但会遭到男人的抨击，而且会遭到女人的抨击。一些较年轻的妇女倡导性自由甚至身体力行。但是大多数年纪大些的妇女对此持反对意见，而有些人，特别是那些习惯性地认为女人比男人纯洁，不像男人那般狂热、那般压抑的人觉得，以不受传统约束的年轻女郎为代表的有关性的新观念辜负了自然、文化和上帝的期望。甚至在战争中寻求共同立场制止卖淫和消灭贫穷的尝试，其结果都令人失望。民主党女性委员艾米莉·纽威尔·布莱尔（Emily Newell Blair）说："我没听说过哪个女人有一堆女性追随者，也没听说过哪个政治家害怕妇女投票表决某一问题。"

1792年，玛丽·沃尔斯通克拉夫特（Mary Wollstonecraft）写了《为女权辩护》（*A Vindication of the Rights of Women*）以回应卢梭。她说她的目标是给女人以"战胜她们自己"的力量，而不是"战胜男人"的力量。但是，因为在抒情年代男人的力量曾经衰退，而在20年代又开始强盛起来，所以男人害怕被吞噬、被取代。在詹姆斯·布兰奇·卡贝尔的《朱根》中，一个失败的诗人带着中年的困惑陷入了对青年时期的回忆。因为朱根和这个时代的其他人一样，不仅对年轻时代着迷，而且也深信妇女为了操控男人，甚至为了削弱男人的力量，开始打破她们的母亲所设立的禁忌。有兴趣认识并满足朱根内心需要的仅有的一些女人是他老化、淫荡的想象力凭空虚构出来的。他的故事明显与色情有关，通篇显示出对妇女隐隐的敌意。1932年，这种性的隐含之意在纳撒尼尔·韦斯特（Nathanael West）的《寂寞芳心小姐》（*Miss Lonelyhearts*）中进一步清晰起来。韦斯特笔下的男性作家所抱怨的"淑女"作家的名字都有性的暗示，比如埃拉·威勒·凯西特（Ella Wheeler Catherter）①。记者们一致认为她们需要的是一场"痛快的强奸"。

20年代的作家之所以害怕妇女进一步涉足文学界和艺术界，尤其害怕她们成为主要的小说和诗歌的创作者，是因为他们害怕自己的社会地位被取代，也担心再次被别人攻击他们缺乏男子气概。自从本杰明·富兰克林的父亲两百年前在波士顿"挽救"了他的儿子，使他摆脱了做诗人的命运以来，商业和政治通常被认为是男人该做的工作，而文化和家庭被认为是女人该关心的事情。福特·马多克斯·福特说，即使是在伦敦，"当作家的男人也被认为不够男人"。这种存在于物欲横流社会的喘气的空间要求男人保持他们作为艺术创造者的地位，而要求女人甘当助手、看管者和消费者。由于来自妇女的压力越来越大，男人的抵制心理越来越强烈。路易斯·博根（Louise Bogan）在30年代回顾20年代时评论说："我从来不是'迷惘的一代'中的一员。"不久，在纽约以及巴黎，像博根这样的妇女不知不觉地在少数民族聚居区形成了一个圈子。《纽约客》（*New Yorker*）的巴黎通讯记者珍妮特·弗兰纳在一封关于巴黎的信件中表现得更像是文学界的一个寄居者或客人，而非一个市民；更像是一个对文学现象感兴趣却保持一定距离的观察者，而非羽翼丰满的参与者。

20年代，黑人作家或移民作家没有被划入考利的"被崇拜的作家"之列。但是，那个时代最突破传统、最具有实验精神的女作家格特鲁德·斯泰因却被归入这个行列。与她的前辈——从未离开过家、不恪守传统、勇于尝试的艾米莉·狄金森（Emily Dickinson）不同，斯泰因与其他几个作家一样——比如狄琼纳·巴恩斯（Djuna Barnes）、娜塔丽·巴涅（Natalie Barney）、希尔维亚·毕奇、克瑞丝·克罗斯比（Caresse Crosby）、H. D.、珍妮特·弗兰纳、简·希普（Jane Heap）、米娜·罗伊（Mina Loy）和阿耐斯·尼恩（Anais Nin）——都离开了美国前往欧洲。但是，把许多20年代的女性作家联系在一起的除了漂流异乡的生活以外，还有她们极富创造力的天赋和她们被遏制、被忽视的天赋之间存在的矛盾。那些有所突破的作家往往像尼恩

---

① Catherter的意思是导尿管、尿液管、导管。——译注

和弗兰纳一样擅长边缘题材，或者像 H. D. 和斯泰因那样开始有意识地甚至带有进攻性地大胆实验。

有一点格特鲁德·斯泰因很清楚：20 世纪与 19 世纪之所以从根本上不同，除了因为 20 世纪的新发现和新生事物外，更是由于 20 世纪所失去的东西——那些这个世纪已辨认不出或者故意遗忘的东西。她通过完善自己狂热的无政府主义者形象而发现了自己的声音。作为新时代的捍卫者，她始终清楚她的世界唯一可能的一些稳定形式是人为创造的，实际上是暂时的，也就是说那是一种错觉。她说："不要让任何人以为所有的一切都是持久的。"作为一个永不停歇的探索者，她坚持尝试把能发现的一切事物——从被禁止的奇特的性爱经历到"日常生活的语言"——重新用有时抽象隐晦、有时简单易懂的语句表现出来。她对食品和宴会、绘画作品和画家、文学作品和作家的尖刻讽刺使她成名。在她出版了时而诙谐、时而尖刻的《艾丽斯·B. 托克拉斯自传》(*The Autobiography of Alice B. Toklas*, 1933) 之后的第二年，一群巴黎作家和艺术家编写了《反对格特鲁德·斯泰因的证据》(*Testimony Against Gertrude Stein*) 来反驳她。但是，斯泰因客观地承认她的评论只具有暂时性，因此虽然真实，但价值有限。她在 1934 年芝加哥大学主持的一次研讨会上这样解释她的成功："你们明白了吧，他们之所以和我谈话是因为我跟他们一样也不知道答案……我甚至不知道是否有问题，更别提答案了。"临终前，她问道："答案是什么？"她没有听到答案，含糊自语道："那么，问题又是什么？"之后，她非凡的精力完全耗尽。

斯泰因的世界充满了一个接一个的从句和词组，之间没有并列连词或从属连词，而全是动名词：因为这个世界里任何东西都不是静止的——无论是被感知到的事物还是理解这些事物的意识、理解的瞬间还是表示理解的不断变化的文字。斯泰因用各种抽象的概念和深奥的密码使艺术颂扬"事物在被看到的那一时刻的状态"，迫使我们不仅要研究事物与文字之间的关系，还要研究这个世界的发展过程、意识的发展过程和组成整体的过程之间的关系。其中一个结果是：通过使意识的另一个发展过程——阅读的过程——成为重新构建的过程来重新定义写作主体和说话主体与不断吸收、不断转变的读者之间的关系。她说："我用上百种方式把单词、句子、段落与我正在关注的事物联系起来"，但她没有说她打破了大多数标点符号和句法的规则以及许多措辞的规则。她这么做既是为了使描写的东西有新鲜感，也是为了把读者带入更新的过程。她戏谑的态度贯穿了她描写的每一件事，从巧妙地把性欲与文字交织起来，到赋予文字以进攻性，使我们对哪怕是最简单的词也会密切注意。

第六章 对女性化的恐惧和适度理想的逻辑

斯泰因的艺术具有灵活性,这使她在熟悉和陌生的话题之间以及在对常规的热衷与对变化的喜爱之间游刃有余,但这主要是为了寻找被她称为我们人类不断转变的身份的"根本特性"。她经常用人们熟悉的单音节词展示存在与记忆、或意识与自我意识、或这两者与塑造自我的过程之间的基本差别。她要我们为句子加逗号时我们就能看到这一点。比如《什么是杰作》(*What Are Masterpieces*,1940)中的一句:"在你就是你的任何时刻〔,〕你就是没有关于你自己回忆的你〔,〕如果你在你就是你的时候想起了你自己〔,〕那么你的目的就不是创造你。"之后,她又提醒我们这么加逗号似乎是有道理的,但也是主观的。

也许这么说并不过分:首先,和斯泰因同时代的任何其他作家都不能写出这样的句子来,虽然很多作家从中学到了不少东西,甚至有时进行拙劣的模仿;其次,一系列边缘力量——身为一个犹太人、一个居住在巴黎的美国人、一个同性恋者、特别是一个女人——塑造了她创作出这些词句的思维和想象力,但是,所有这些都没有身处男性艺术家主宰的世界中的女性艺术家这一身份重要。就像在伊迪丝·沃顿和艾伦·格拉斯哥的作品中一样,斯泰因的作品中两种形式的自我——一心致力于文化工作并创造文化的唯意志论者和认为自己是性别划分严格的社会的受害者的决定论者——彼此相互竞争。斯泰因的写作风格特异,游刃于她女性的感知与她的作品之间,使之既具有边缘性又具有核心性,两者相互矛盾。与此类似,她还调弄笔法,运用了一种对现代主义至关重要的思想,即表面的复杂性与形式上的连贯性相互竞争,暂时认可并直接质疑后来新批评主义的概念,即读者的任务是要确保连贯性战胜复杂性。

斯泰因用一种公然反抗传统的方式玩弄文字把戏,一看就知道是女人的手法。她创造出了一种辩证的手法。从描述正在解体的"现实主义"和"自然主义"的《三个女人的一生》(1909),到《柔软的纽扣》(*Tender Buttons*,1914)和《美国人的形成》(1925)中文字的拼贴,再到《什么是杰作》和《我所看到的战争》(*Wars I Have Seen*,1945),我们看到斯泰因在试图找到一些方法来表现女性的强烈意识。在这一点上,没有人比她更坚持不懈,也几乎没有人比她更有创造力。在《美国地质志》(*The Geological History of America*,1936)中,斯泰因坚持认为,现代世界"重要的文学思考是由女人来完成的",因为她认为作为一个既是犹太人又是同性恋者,还旅居国外的女作家,她了解影响自由的力量和实现自由要付出的代价。在她的艺术中,她用亲眼所见的东西和有意识的思维来控制道听途说的东西和无意识的思维,因为控制力对她一直为之奋斗的自由来说是非常重要的。同样,她使人们注意

第二部分 富足年代的小说

到创造的过程，特别提醒人们注意她作为艺术家所进行的既有些玩世不恭又真诚严肃的创造活动，以此来展示我们人类对创造能力的需要。她赋予词句以新意，向读者秘密发出让他们参与创造活动的邀请，而创造对她来说总是以意识的活动开始。此外，她还知道，创造活动，或至少是创造活动的幻想，对读者、批评家、阐释者以及作家来说都是必要的虚构。在这一点上，她的世界和佐治·路易斯·博尔赫斯（Jorge Luis Borges）在赫拉克里特的残篇中找到的世界类似："你不能两次踏进同一条河流。"博尔赫斯评论说，我们欣赏这句话的睿智，"因为我们轻易就得到的第一层含义（'河是不同的'），暗中又强加给我们第二层含义（'我是不同的'），从而使我们有一种已经把它创造出来的幻觉"。

在《我所看到的战争》中，斯泰因运用"持续的现在"替代了反映一个故事起落的历史观念。她拒绝这种历史观念不仅是为了把过去与现在合并起来，虽然她这么做有霸道的一面；也不仅是为了提醒我们过去总伴随着我们，而且总是被现在的生活改变，虽然她也很想修改历史；而且还是为了使我们摆脱怀旧情绪、决定论的和乌托邦式的历史观点。作为一个女人，她认为自己没有可以满怀希望回顾的全盛时期，那么她富于想象力的创作就不可能有怀旧情绪；她对伟大的征服活动和进步要素一直持怀疑态度，因为她认为女人总是位于被剥削之列。总而言之，她对我们熟悉的历史发展顺序持怀疑态度。但是，她不同意历史决定论，因为她想保持艺术可被转变的这种可能性，即使不能发生革命性的转变。

斯泰因很清楚，人们对20年代妇女在文学上的期望和在社会生活上的期望不过是限制妇女成为伟大的人。人们认为，妇女应该写一些不重要的东西，比如记记流水账，或者写点关于"家庭"事务的"言情"小说或"清新的"抒情诗。这种期望更加险恶。罗伯特·斯皮勒（Robert Spiller）主编的《美国文学史》（Literary History of the United States，1948）后来这样评述玛丽安娜·穆尔（Marianne Moore）："她的女性美在于她并不试图成为重要人物，这点非常令人满意。"这种20年代盛行的认为女人不该成为重要人物的态度一直延续下来。谨慎地顺从这些期望的妇女或者至少看起来顺从的妇女一定会受到赞扬，比如那些二流作家。而像斯泰因这些拒绝顺从的人就可能被认为脱离了正轨。在扮演离经叛道的角色时，一些人从中得到乐趣，而另一些人得到慰藉。在阿耐斯·尼恩的《日记》（Diaries，1966—1974）中，我们看到渴望高调表达自己的欲望和满足社会期望的压力之间的难以解决的矛盾冲突。她渴望像詹姆斯·乔伊斯和亨利·米勒（Henry Miller）这些男性作家一样，在小说中把自己树立成一个主题。但是，为了满足社会的期望，她只能放弃任何想成为主要人物或主题的尝试。尼恩很清楚对女人来说哪个选择是被文化认可了的。她还认识到，顺从就有希望被接受，就有希望得到有限度的承认——这是从心理上、社会上和经济上都能得到的回报。另一个选择是寻求独立的地位，被艺术家和同僚认可。但她清楚地认识到，这是被文化所禁止的。因此，她只向男人有选择地展示她的日记。后来海明威在《流动的飨宴》（1964）中重申了他对男人焦虑感的看法，好像这是一个自然法则一样："将来男人不太可能和女人成为朋友，更不太可能与真正有野心的女作家成为朋友。"

159

第七章 边缘性和权威性/种族、性别和地域

在 20 年代的作家中——黑人作家、白人作家、女性作家和男性作家——一些也许已经被公认的共同之处却经常使他们产生分歧。考利所说的那些"令人崇拜的作家"觊觎着被认可后随之产生的权力,而一旦他们得到这种权力就紧紧把持不放。但是,他们又想保持边缘性的感觉。菲茨杰拉德在 1938 年说:"那一直是我们的经历:一个富有的城镇中的穷孩子;在有钱人家孩子的学校里读书的穷孩子;在普林斯顿富人俱乐部里的穷孩子……我永远无法原谅富人的富有,它影响了我的一生和我所有的作品。" 10 年前,T. S. 艾略特写给赫伯特·里德(Herbert Read)的信中婉转地表达了他作为局外人的经历:

> 将来某一天,我想写一篇文章来表达一个不是美国人的美国人的观点。之所以说他不是美国人,是因为他出生在南部,然后在新英格兰上学,那时他还是个说话慢吞吞的小黑鬼。但是他不是南部的南部人,因为他周围的人是北部人,居住的地方正好与南部交界。这些人瞧不起所有的南部人和弗吉尼亚人,因此他无所适从,觉得自己更像个法国人而不是美国人,更像个英国人而不是法国人,愈发觉得美利坚合众国在一百年前是个大家庭。

菲茨杰拉德的话中,特别是 T. S. 艾略特的话中,反映出了一些东西,其中包括一系列排外原则:金钱和地位;性别、种族、地域和方言;道德、文化以及种族优越感和种族傲慢。但是,两个作家都从这些排外原则中认识到边缘声音具有特殊的力量。不管怎么说,艾略特生来是个贵族,后来才成为

像菲茨杰拉德一样的作家。尽管如此，他却要把被排斥的经历说成是自己的经历：比如那种被瞧不起的经历，甚至被蔑视的感觉（我们从他那些针对种族的诋毁语中可以看出这一点）。此外，用 W. E. B. 杜波伊斯的话说，他还有一种被迫"从那些天生拥有文化权威的人的视角"在愤怒、怜悯、恐惧和耻辱中审视自己的经历。

像菲茨杰拉德和 T. S. 艾略特这样的作家坚持夸大他们的边缘性压力。这不仅仅是因为他们总希望把成功看做自我奋斗的结果，或者更极端地说，希望把成功看做是源于他们自身的。完全不同的个人经历使他们与内勒·拉森、杰西·福塞特和佐拉·尼尔·赫斯顿这样的黑人女作家迥然不同。但是，菲茨杰拉德和 T. S. 艾略特之所以宣称他们有被排斥的经历，是因为他们认为这种经历充满创造性的潜力。他们这样做时，抱着一种更为傲慢的心态而非平和的心态。实际上，被蔑视的感觉可能很痛苦，甚至很丢脸。但是，自认有这种感觉、在被瞧不起的人中间认可自己、在自己心目中认可那些被瞧不起的人却可以激发创造力。

如同种族和性别的界限一样，一直把这个国家划分成几部分的地域界限与特权和镇压紧密相连。地域界限使得中西部与东部竞争，南部与北部产生矛盾；而在南部看来，北部作为延长了的东部包括中西部以北地区。内战后，地方主义演变成各个地区间的竞争，因为，如威廉·狄恩·豪威尔斯所看到的，新英格兰和中西部以及南部在失去了政治力量而无法宣布它们为独立的国家之后，也丧失了保存自己独特文化的希望。豪威尔斯在《文学之友》（*Literary Friends and Acquaintances*，1900）中说："新英格兰已经不再是一个独立的国家"，因而也就没有机会拥有"国家文学"。在一段时期内，失败中仍旧顽固不化的南部试图固守自己的身份，甚至觉得被打败的头衔也好过没有头衔。而新英格兰想获得战利品，但又不想屈从于胜利将带来的统一，而是试图坚守自己的独特性，但只是徒劳。最终，两个地区都发现，国家新的政治经济最终意味着它们的文化不能再作为不同地区的文化而独立。

在 19 世纪晚期和 20 世纪初期，南部和中西部的作家以及新英格兰的作家继续利用正在消失的地方习俗，希望能够延缓同化的过程。新英格兰往往瞧不起美国的其他地区，就像英格兰曾经瞧不起它一样——那时它还是一个附属殖民地。文化上，它对其他地区抱着傲慢的态度，而非和平共处的态度。当萨拉·奥恩·朱厄特（Sarah Orne Jewett）努力保持"地方色彩"时，范·威克·布鲁克斯开始极力把新英格兰文学确立为"美国文学"。像纽约一样，新英格兰依旧具有文化吸引力。许多作家从中西部或南方搬迁到波士顿或纽约；很少有人从波士顿或纽约搬迁到明尼苏达州或密西西比州。但是，随着

○ 第二部分 富足年代的小说

它们成为现代城市,波士顿逐渐成为新英格兰地区一个州的州府,而纽约也逐渐成为新英格兰的经销商。虽然各个地区不断合并成新的领土,但是新建立的交通路线缩小了地区间的差异。

在一个城市越来越占据主导地位的时代,纽约迅速成为一切新鲜、刺激、诱人、烦躁、迷乱事物的标志。那些摩天大厦,比如芝加哥的建筑,成为人们日渐强大的力量的圣殿——他们强迫世界接纳自己并使自己的意愿留下痕迹。纽约不是一个社会,而是各个社会的集合。但是在纽约的发展过程中,这一点只是在事过之后才被察觉。沃尔特·巴奇霍特(Walter Bagehot)在1858年说:"伦敦就像一张报纸,所有的事情都在那儿登着,但是所有的事情都不相关。"——这句话既符合20年代的纽约,也符合这一时期纽约鼓励出版的杂志。

亨利·卢斯(Henry Luce,1898—1967)和布里顿·哈登(Briton Hadden,1898—1929)在耶鲁大学读书时是同班同学。他们最初计划把他们的杂志命名为《事实》(*Facts*),后来决定叫《时代》(*Time*)。《时代》周刊适合那些"忙碌的人",使他们在能够腾出的"时间"里保持"消息灵通"。卢斯和哈登在1923年发表声明说:"没有一篇文章是为了证实某个特别的事件而写的。这本杂志不是为了散布自由主义或保守主义的偏见。"然而,在实践中,《时代》周刊集合了各种未署名、互不相关的文章——"国家事务"(后来改成"国家")、"国外新闻"(后来改成"世界")、"书籍"、"艺术"、"戏剧"、"电影"、"音乐"、"教育"、"宗教"、"医学"、"法律"、"科学"、"金融"(后来分为两部分:"美国商务"和"世界商务")、"体育"、"报界"和"重大事件"(主要的特色是报道富人和名人的出生、婚姻、离婚和死亡的信息)。这些各种各样的元素与其说是被它宣称的形式上的连贯("简短、简洁、完整"是《时代》周刊的口号,而实际上并非一贯如此)连接在了一起,不如说是被一种不被承认的意识形态连接在了一起。举个例子,下面就是《时代》周刊对柯立芝总统的旅行所做的简短、简洁、不含偏见的描述,其中兼有《海华沙》(*Hiawatha*,1927年8月29日)的回应:"脸色苍白的领头鹰(Wamblee-Tokaha)、新的白人领袖和最高的摄政者带着他的妻儿,随身还带着药,来到了他桀骜不驯的红皮肤兄弟这里,来到了桀骜不驯的苏人部落。用另一种方式称呼他,他是美国第29届总统卡尔文·柯立芝,不过他是第一个在白人征服者划分给印第安人的居留地上访问美洲印第安人的总统。"

《时代》周刊是为忙碌的男人设计的,而它也像这些男人所在的城市一样,每个栏目之间、每个讨论问题之间都不是通过人与人的关系连接在一起,而是被极度发达的经济以及经济利益联系在了一起。《时代》周刊反映出这个民族在道德上充满困惑，在经济上相互冲突，但却愈加相互依赖。如果纽约的这种相互交织而又相互竞争的强烈的视觉、听觉和味觉刺激使一个人进一步意识到自己是感觉敏锐的接受者，那么聚集在那里的纯粹的大众也进一步认识到自己是被观察、被审视、被分析的对象。在卡明斯的《巨大的房间》（1922）结尾处，主人公向窗外凝望着纽约。纽约高楼大厦林立，这种高"不可想象，无与伦比"。这些高楼大厦争先恐后地"伸向刺眼的阳光"，"稍稍倾斜地穿过八条平行边"；这些高楼发出"美国的噪音"，弥漫着"烟雾，跳跃着一些匆忙的黑色小点：那是男人，是女人，是一些新奇、强硬、奇特、有活力和巨大的东西"。30年代，沃尔特·本杰明（Walter Benjamin）在巴黎写作，但利用的是在柏林的经验以及波德莱尔的诗歌。他指出，城市教会人们一种看待事物的新方法——这种方法不仅在印象派的图画和电影中有所反映，而且在人们匆忙凝视四周人生百态时那种贪婪而焦虑的眼神中也有所反映。面对这些大举袭来的、让人迷惑又让人激动的、互不连接又相互重叠的印象和诱惑，人们的反应迥然不同：有的热衷于从陌生人那里接受建议，比如接受报纸和杂志相关栏目中提出的建议；有的渴望强迫自己长时间地睡眠或心理麻醉，以逃避一切——我们在纳撒尼尔·韦斯特的《寂寞芳心小姐》和罗伯特·佩恩·沃伦（Robert Penn Warren）的《国王的人马》（*All the King's Men*, 1946）等小说中能看到这一点。与之相对，城市的现状带来的第二种新的自我意识产生了两个相反的结果：希望被发现，成为电影或体育明星，然后变成一个名人；害怕别人看出自己是一个危险的竞争对手、一个敌人或一个无足轻重的人。

在语言极其简洁的《了不起的盖茨比》中，菲茨杰拉德对两种可能性都进行了探索：杰伊·盖茨比的成功是沿着现代社会的希望这条曲线发展的，而他被一个事实上他根本不认识的人谋杀这件事，则是沿着现代社会的危险这条曲线发展的。同样，从嘉莉妹妹的成功中我们看到对那种希望的最初意识，而在她小心地逃避公众的视线，独自坐在那里逃避她的人生时，我们感觉到她认识到她的世界存在着一种成功与剥削相结合的不同寻常的危险。因此，从这两个人物中，我们发现现代世界存在着相互对抗的希望和恐惧：希望被发现后成为名人，在这种希望的刺激下，愿意在众目睽睽之下表演，愿意严格规划自己，愿意成为人们街谈巷议的"大人物"；害怕被暴露成为别人的竞争对手或敌人，还害怕成为被别人利用的资源或商品，这使他们渴望保护自己的隐私，或者更极端些，他们身穿那个时代分不出男女的甚至男女都能穿的衣服，以消除自己的个性特征，他们渴望隐姓埋名或化装旅行。总而言之，就是与成为明星的过程完全相反，要当一个默默无闻的"小人物"。我

第二部分 富足年代的小说

们在艾略特的诗歌中发现城市的大众社会产生了一种越来越有计划、有自我意识的反应,而我们在菲茨杰拉德的小说中同样发现了这一点。这些反应包括盖茨比挥霍放肆的表演和普鲁弗洛克痛苦的踌躇与自制。盖茨比挥金如土举办宴会,自诩是宴会的"主人",一心要娶最高贵的公主,并敢于向他的世界的掌权人挑战;普鲁弗洛克穿着他那个阶层千篇一律的衣服,担心说的话是否得体、裤子是否合身,害怕女人,并尽力避免扰乱他的世界。

另一个新生事物的产生多少要归功于城市大众,更要归功于支撑这种新事物飞速发展的"生产过程"。由于生产过程需要新的方法使这一过程以及生产出来的产品受到人们的欢迎,甚至成为人们的必需品,广告业成为一种新兴的产业。布鲁斯·巴顿(1886—1967)说:"我从事广告业是因为我相信商业,而广告业是商业的代言人。"巴顿出生在田纳西州的一个乡村,他的父亲是基督教公理会的牧师。巴顿在青少年时期就渴望比别人更优秀,并渴望赋予他的人生以道德目标。他曾经想过当一个历史学教授,但后来盲目地进入了芝加哥的广告业。他在芝加哥很快取得了成功,为他赢得了去世界广告之都纽约发展的机会。在纽约,他为"科利尔哈佛经典丛书"(Collier's Five-Foot Shelf of Harvard's Classics)栏目写广告文字。这个栏目意图说服人们,哈佛校长查尔斯·威廉·艾略特博士"每天只用15分钟就能够把开明教育的精髓"传授给他们。随后,他为《美国杂志》(*American Magazine*)写了一系列鼓舞人心的文章,后来这些文章改编成了三本书:《赋予你更大的力量》(*More Power to You*, 1917)、《更美好的时光》(*Better Days*, 1924)和《蒸蒸日上》(*On the Up and Up*, 1929)。另外,他在国会供职,竞选参议院议员,并被提名为总统候选人。但是,他的天赋在于他明白广告业将在现代世界中扮演什么样的角色。阿里斯泰尔·库克(Alistair Cooke)在巴顿去世时(1967)说:"他比任何人都了解广告哲学,因为他把整个人类历史看做是一场说服活动。"

谈话对巴顿来说是历史,而从他写的关于耶稣生活的《无人知晓之人》(1925)中,我们看到历史就是谈话。在《巴比特》(1922)中,刘易斯讽刺地描述了一个一心振兴宗教的新教牧师形象。这个牧师发表了《有男子气概的男人的宗教》("The Manly Man's Religion")和《基督教对金钱和价值观的看法》("The Dollars and Sense Values of Christianity")两篇社论,把"男子气概"和"商业"结合起来。"受人尊敬的文科硕士、神学博士和法学博士约翰·杰米森·德鲁"希望以此避免"老撒旦"彻底控制现代商人的"锐气和活力"。大约在1886年巴顿出生的时候,19世纪长久以来所探寻的历史上的耶稣最终被赋予了通俗的演绎,他被描述成具有各种身份的救世主:从一个中产阶级道德家和布道者，到热爱和平的社会民主主义者和无产阶级革命分子的代言人。而巴顿则把耶稣变成了一个思想先进的商人——不是一个"扫兴的人"，而是世界上最会应酬的人和模范的谈话者，因此他是"耶路撒冷最受欢迎的食客"。耶稣远不是一个必定死亡的懦弱的"失败者"，而是一个具有务实思想的领导人。他"从下层商贩中挑选出十二个人，并把他们组织成一个征服了整个世界的教会"。

《无人知晓之人》最初以连载形式刊登在《妇女家庭之友》（*Woman's Home Companion*）上，后来成为畅销书。巴顿说，他之所以投身广告业，是因为他相信"商业更大的发展和商业理想的逐步发展"构成"这个世界最美好的希望"。他说："商业支撑着一个使我们领先于这个世界的体系——美国的生活方式。"这种想法使巴顿支持大部分刘易斯加以讽刺的事物，包括商业和商人、促销商和推销员。好几代信仰基督教的子孙都被灌输了这样的思想：即那些制造出产品并攒钱的人是真正的文化英雄。而巴顿认识到，推销员的说服方式以及广告人更具说服力的话语和文字最适合这个富足的消费新时代，为此他成为大家心目中的英雄。但是，世俗化丝毫未损他对上帝的虔诚。他运用对上帝的虔诚说服人们：生产系统把人们带入了城市，而耶稣希望人们享受生产系统生产出的产品。他证明他嘴中所说的和笔下所写的都源自生活。他成为有说服力的"商业代言人"。

纽约是一个热情奔放、变幻莫测、充满活力、真正的"电影放映式的"城市。它准备成为新的国家文学之都，因为巴顿具体化的观点消除了纽约的地域界限。就像当初拓荒者被吸引到美国来一样，纽约吸引了全国各地胸怀大志的作家，并为他们临时安了家。纽约到处都是公寓和酒店，而这种变化使纽约适得其所——一股新奇壮观的事物、一种"新事物的传统"涌入——就像它无可争辩地成为投资中心以及迅速发展的出版业和通讯业的中心一样。实际上，每一个美国作家无论用何种方式都要认真对待纽约这个地方，这不是因为纽约培养了他们，而是因为纽约出版了他们的作品，甚至是因为纽约作为通往未来的窗口似乎把握着与这个世纪融为一体的一切征兆。

约翰·多斯·帕索斯1896年1月14日出生于芝加哥的一个酒店，是露西·艾迪逊·斯普里格·麦迪逊（Lucy Addison Sprigg Madison）和芝加哥有钱的律师约翰·伦道夫·多斯·帕索斯（John Randolph Dos Passos）的私生子。多斯·帕索斯由母亲独自抚养，父亲在经济上给予慷慨的支持。多斯·帕索斯在酒店房间里度过舒适的童年，还在欧洲呆了很长时间。他在英国和康涅狄格州读私立学校，之后进入哈佛大学。在哈佛，他接触到韦伯伦、德莱塞以及佩特和福楼拜的作品，并为《哈佛呼声》（*Harvard Advocate*）撰写评

○第二部分 富足年代的小说

论文章,评论了约翰·里德的《叛变的墨西哥》(*Insurgent Mexico*)以及庞德和艾略特的诗歌。到1916年毕业时,他已经对实验艺术、历史和政治改革产生了兴趣,这三个兴趣成为他今后生活中主要关心的事情。

多斯·帕索斯反对美国加入第一次世界大战。他对为了支持这场战争而产生的"大量谎言"一直持怀疑态度。但是,战争对他来说既是一场冒险,也是让他了解那种"毫无意义的毁灭的痛苦"的渠道。"我希望自己今后能够表达出这场战争所带来的悲剧和人们对战争的那种让人憎恶的兴奋感。可我体验得太少。我必须有更多的体验。"多斯·帕索斯先后在《一个人的开始:1917》(1920)、《三个士兵》(1921)和《美国》三部曲中的第二部《一九一九年》(1932)中侧重描写"威尔逊先生的战争",既带着苦涩又带着迷恋。

在《曼哈顿变迁》(*Manhattan Transfer*, 1925)中,多斯·帕索斯把战争的影响置于美国从以乡村、农业、共和政体为主的传统文化逐渐向一个城市化、工业化、商业化、集中化、世俗化和多样化的文化转变的背景中。他最优秀的小说都是围绕着这种转变展开的。辛克莱说《曼哈顿变迁》的布局是以"电影技术——闪景、回切、时间跨越"为基础的。而实际上,多斯·帕索斯的艺术有许多电影的痕迹,特别是谢尔盖·爱森斯坦(Sergei Eisenstein)和D. W. 格里菲斯(D. W. Griffith)的拼贴技术。此外,他还深受早年接触到的现代绘画和在大学里读到的现代诗歌的影响。叙述的跳跃,没有过渡,再加上各种与历史相连的场景,成为帕索斯小说标志性的特色。而这些与庞德的《诗章》(1915—1970)、艾略特的《荒原》和哈特·克莱恩的《桥》(*The Bridge*, 1930)有很多相同之处。他所描绘的高度城市化的世界既是人们亲手创造的,也是为人们创造的。这个世界里,陌生的事物和熟悉的事物交织在一起,直到消除了想象和现实的距离,就像弗洛伊德的神秘怪诞理论中愿望被实现后就变得恐怖一样。后来,刘易斯·芒福德在《城市文化》(*The Culture of Cities*, 1938)中提到人类的欲望被转变成行为的模式和控制的系统以及这些模式和系统的"象征符号"。在多斯·帕索斯的小说中,城市不仅是建筑设计、政府策划、社会规划和人类管理的奇迹,由模式和系统组成,而且还包括喧闹、杂乱、拥挤、冲突的场面。于是,被压抑的焦虑感和敌对感再次出现,而违法的活动又猖獗起来。因此,那些神秘的东西就更加可怕、更加诡异,因为它既是新出现的,又是曾经有过的——既熟悉又陌生,既是个人的感觉又是公众的感觉。它所带来的震惊更为强烈——就像我们所见到的一切人类在疯狂和残忍的驱使下所采取的极端的行为方式一样——恰恰是因为这种神秘事物让我们认识到了我们不知不觉中已经知道的事情。

第七章　边缘性和权威性/种族、性别和地域

当然，如同弗洛伊德所发现的，神秘事物既存在于小说中又存在于生活中，部分原因是"小说中很多不神秘的事物如果出现在生活中就是神秘的事物"，另外部分原因也因为我们有控制小说中的神秘事物的方法，或与之保持距离的方法。但是，与波德莱尔和佐拉一样，多斯·帕索斯也提醒我们在想象与现实的差别已经开始缩小的城市中那自己创造的世界里，遇到神秘事物的机会越来越多。多斯·帕索斯小说的发展反映了外部城市世界的发展过程，从而进一步缩小了这个差距。他描绘了那些忙于塑造和重新塑造自己的世界的人，以及那些忙于观察和诠释这个世界的人。在他看来，"现实主义"和"自然主义"已经走入了死胡同。为了走出这条死胡同，他采用了新的方式来传达城市生活戏剧化的速度——快节奏、强烈的对比以及突然的转变。高楼大厦象征着社会决定要维护它的统治地位，而地铁象征着似乎就要爆发的地下力量。他在数不胜数的地方、陌生的嗓音以及机器中寻找到了奇特的声音。在《实验音乐》（"Experimental Music"，1958）中，约翰·凯吉（John Cage）谈到音乐家们努力向"那些恰巧在周围环境中存在的声音开启音乐之门"，他们的目标不是制造混乱，而是创造"对我们许多人来说已经习惯了的和谐"。凯吉提到的一个作曲家查尔斯·艾夫斯（Charles Ives）把新的声音与过去圣歌的节奏混合在一起，而在《谐谑曲弦乐四重奏》（*Scherzo for String Quartet*）中把新的声音与在1893年哥伦布博览会上第一次演唱的歌曲《开罗的街道》（The Streets of Cairo）的节奏结合起来。艾夫斯当时与他的叔叔莱曼·布莱斯特（Lyman Brewster）一道去参观了那次博览会。一种类似的渴望——使文学面向周围环境中碰巧出现的新的声音——也从《三个女人的一生》开始贯穿在斯泰因的作品中。肯尼斯·伯克曾经说过人类"完美地堕落了"，在此之前他说：语言像它的制造者一样，"本质上都是与众不同的完美主义者"。多斯·帕索斯的艺术的特殊性在于：即使在试图把机械和工业的噪音以及周围市民奇怪的口音这些刺耳和怪异的声音结合在一起时，他的艺术也始终保持着"本质上的完美主义"。与艾夫斯一样，多斯·帕索斯想把新的声音融合进来，并把这些声音放大；与艾夫斯一样，他也想赋予这些声音一些近似秩序的固定形式，即便把这些声音套用到从过去一直传唱至今的副歌中也在所不惜。

哲学家、《雪伙集》（*Shelburne Essays*，1904—1921）的作者、"新人文主义"的创造者保罗·埃尔墨·莫尔强烈反感多斯·帕索斯所描绘的生活。他把《曼哈顿变迁》比喻成"化粪池里的爆炸"。但是，《曼哈顿变迁》实际上带有不可救药的浪漫色彩，而且极具现代精神。多斯·帕索斯在《美国》三部曲的第一部《北纬四十二度》（1930）中寻找新的方式来反映人们逐渐了

○第二部分 富足年代的小说

解的外部世界的发展过程，继续调整自己的小说以适应国家从"虚构的民主"到"大众社会"的飞速转变。戴尔莫·舒瓦茨（Delmore Schwartz）曾经提到多斯·帕索斯通过"扩展读者脑海中的景象"把各个叙述的场景交织在一起，从而"涵盖完整的经验背景"。因此，他转变了亨利·詹姆斯所说的小说家将成功地走向"历史学家的神圣地位"这一观点，也转变了温德姆·刘易斯（Wyndham Lewis）所说的艺术家总是根据对"现在特性的认识来描写将来一段详细的历史"这一观点。《美国》反映出这种双重野心。如多斯·帕索斯所说，《美国》是一部大部分由"人们的话语"集合而成的关于"历史进程的"小说。它形式多样，规模宏大，跨越了从战前到30年代之间的历史，覆盖了从纽约到加利福尼亚、从芝加哥到墨西哥、从美国到欧洲的众多地区。有时，它跳跃的速度让人晕头转向——多斯·帕索斯把这种速度比喻成一个人在马不停蹄的旅行中所经历的"那种类似于恐怖的胆战心惊的喜悦"。而有时，它会突然停下来给想象中的人物或场景一个特写，或描述一个人的成名史。《北纬四十二度》重点讲述了一个在"新美国"充满希望的新世纪里新一代人的故事。《一九一九年》的主线是一个无名战士的葬礼所体现出的冷漠和虚伪。这个战士代表了战场上那些无法辨明身份的为国捐躯的士兵——当然某些人被排除在外："孩子们，要确保他不是个黑人，确保他不是意大利血统，也不是犹太佬。"《赚大钱》描绘了一个日渐控制了人们生活的、越来越物质的社会。陈腐、伪善、腐败、暴力和非正义的行为穿插在这个社会的历史中。《美国》记录了一段逐步衰败的历史，先是充满希望的年代（1910—1917），然后是战争和背叛，直到最后萨科和万泽蒂死亡。从某种意义上来说，这是一部民族史诗；此外，它让人回想起17世纪末期和18世纪初期清教徒的哀叹，那时，清教徒公开谴责世界的衰败。

　　刘易斯、菲茨杰拉德和海明威等作家也写社会小说。但是多斯·帕索斯的作品——从关于战争的小说开始，但特别是从《曼哈顿变迁》开始——提前描写了30年代的故事，这是20年代的作品难以匹敌的。在多斯·帕索斯的小说中，抒情年代挥之不去的希望正在淡去，但从来没有完全消失。与同时代的作家一样，他也知道历史和社会以一种难以理解的方式对人们或在人们中间起着作用，塑造或毁掉他们的生活。但是，很少有作家像他认识得那么透彻。甚至那些认为自己抱着旁观者的态度、已达到了近乎超然境界的人也都卷入了他们观察的社会，有时甚至与这个社会沆瀣一气，特别是当这个社会的控制权更加集中，对大众传媒和广告的运用更加老练的时候。多斯·帕索斯研究了新的媒介，把它们融入自己的艺术，因为他意识到这些媒介是制造和控制"大量谎言"的有力工具。但是他依旧坚持认为，如果反叛的艺

第七章 边缘性和权威性/种族、性别和地域

术家和社会的改革者再次团结起来,共同指导人们把精力从赚钱和花钱的过程和满足感中转移到别的事情上的话,那么美国——往更大了说,现代世界——是可以被改革的。他的旁观"自我"使他避免完全融入坚持按照"失败者"(作为受害者的受害者)或"成功者"(作为经常害别人也害自己的害人者的受害者)来划分个人的社会。

《美国》正视了阶级矛盾,并审视了现代化的飞速发展对社会生活结构和个人心理所造成的创伤。但是,它也探索了企业化和商业化的飞速发展所暗含的文化含义和美学含义。书中,为艺术和文学而生活的行动成为一个为一切事物建立新模式、新榜样和新理论的过程:从"意识"和"现实"到"心理需求"和"生理冲动",再到"社会力量"和"自然法则"。《美国》对人类用他们的思想和想象把自己的意愿强加给彼此的各种精心设计的方式——通过他们讲述的故事、他们创作的广告、他们制造的宣传和他们发动的战争——进行了全面的调查。这一点历史上没有哪本小说能与之相媲美。也正是从这个广泛的意义上讲,《美国》是一部政治小说。面对权力的几个迥异的表现形式,它把包括艺术在内的一切事物都置于政治外延下。另外,虽然多斯·帕索斯致力于社会的权利保障,但是他依旧深深同情迷茫困惑的个体自我。他的生活圈子更接近城市而非农村,而他认为这是从爱默生年代到20年代之间发生的巨大的文化转变的一部分。但是,爱默生依旧是他心目中的英雄。甚至在他对改革的信念和人类进步的信念受到最严峻的威胁时,爱默生的思想依然令他坚信自我有能力保持正直,自我的灵魂有能力保持半独立的状态,甚至帮助他抵抗逐渐井井有条的社会所带来的时隐时现的压力。

169

第八章　战争作为隐喻：欧内斯特·海明威的范例

有些作家吸收了地方风俗和方言，比如朱厄特和弗罗斯特从新英格兰、安德森和刘易斯从中西部地区、福克纳从南部吸取了风俗和方言，这些作家各自有抵制纽约的理由。甚至那些把纽约作为第二故乡的作家——比如有时把纽约作为第二故乡的出生在明尼苏达州圣保罗的菲茨杰拉德和出生在密苏里州乔普林的兰斯顿·休斯，以及几乎完全把纽约作为第二故乡的出生在波兰普林斯克（Plinsk）的安齐亚·叶捷斯卡——也继续从他们念念不忘的地方文化中汲取营养。另外，来自南部的作家还承载着奴隶制、犯罪、贫穷和战败的历史重负。而20年代发生的一切都没有减轻这种重负。对很少轻描淡写的门肯来说，中西部是被乡巴佬和伪君子"遗弃的地方"。他指出，《大街》（1920）的主人公卡罗尔·凯尼科特所发现的"真相"仅仅是这样一条真理：中西部"满足于那些死者所带来的魅力"。中西部与"否定"、"禁止"和"奴隶制"联系在了一起："上帝本身就是乏味的。"但是门肯最喜欢把南部作为讽刺的对象。他说南部代表了"圣经地带①的愚蠢"，其虚伪和愚昧超过了历史上任何一个文明国家。

具有讽刺意味的是，中西部很多优于南部的地方正是源于中产阶级的繁荣和风气。门肯出生在这种风气之中，但他一生都想逃离这种风气。结果，尽管门肯想逃离这种风气，中西部仍旧保持了南部自命不凡的贵族主张排除的政治上、经济上以及道德上的自信。约翰·杜威说："被我们称之为中产阶级的人大部分都是那些定期去教堂的人。"他又说："'中西部'那片大草原

---

① 指美国南部一些州，这些州的民风非常保守，对宗教非常狂热。——译注

成为社会慈善事业和政治进步言论的中心,因为它是这个民族的主要家园。"门肯的论述使人们产生了一种中西部在文化上低于东部的感觉,对这一点作家们尤其敏感。同时人们还有一种愧疚感,因为他们把特纳的"伟大的美国西部"变成了另一个满足于商业迅猛发展的生产现场。但是,中西部仍保持了杜威的陈述中所反映出的自信。这种自信有时被用来抵制它自己的风气,德莱塞、安德森和菲茨杰拉德用各自的方式清楚地表明了这一点,而几个女作家也用她们自己的方式表明了这一点。20 年代的小说中再次出现用色情和精神上的东西充斥一个场景的老方法,以避免情景相互孤立,比如菲茨杰拉德和海明威的小说以及赞恩·格雷(Zane Grey)一长串的小说中时而可以看到这种老方法。但是,在薇拉·凯瑟和佐纳·盖尔的作品中,我们看到她们微妙地颠覆了男性策略,即展示男主人公在思想层面和语言层面征服与女性容貌和女性身体有关的自然场景这一策略。在这一点上,薇拉·凯瑟和佐纳·盖尔的小说与乔治亚·奥基夫(Georgia O'Keeffe)的绘画作品类似。奥基夫的画在整个 20 年代和 30 年代把自然对这种神秘事物的抵制和这种神秘事物中显现出来的女人冷酷性感而蕴含激情的形象结合在了一起。

但是,在很大程度上,其他形式的抵制在 20 年代的小说中占主导地位,特别是中西部的作家,他们对历史权威的憎恨甚至比对东部的统治还强烈。菲茨杰拉德在支持考利口中那些"值得崇拜的作家"时说:

> 我说的一代人是指一个世纪大约要反抗父辈三次的一代。他们从历代的狂人和反叛者那里适度继承了一套想法;如果他们是真正的一代,那么他们有自己的领导人和代言人,吸引的是那些恰在这代之前或恰在这代之后出生的人。这些人的想法不够清晰,也不够大胆。

菲茨杰拉德那代人拒绝穿那些看起来很好笑的服装,也拒绝过问"恰在他们之前出生的人"所关心的过时的社会问题;他们抢在"恰在他们之后出生的人"之前回顾过去,有选择性地把一些"狂人和反叛者"确立为现代人真正的先驱。其中一个结果就是美国文学史又被重新改造。20 年代的作家经常只是再次叙述伦道夫·伯恩和其他人在战前描述的东西。比如"清教主义"仍旧是各种形式的地方主义、贪欲和镇压的替罪羊。20 年代的历史性作品和评论性作品的一个目的是:鉴定过去那些持异议者的预言是准确的,其中既包括无偏见的研究,比如 D. H. 劳伦斯的《经典美国文学研究》(1922)、刘易斯·芒福德的《黄金岁月》(*The Golden Day*, 1926)和《棕色年代》(*The Brown Decades*, 1931)、威廉·卡洛斯·威廉姆斯的散文集《美国性格》(*In* the American Grain，1925），也包括描述作家的作品，比如范·威克·布鲁克斯的《马克·吐温的严峻考验》（The Ordeal of Mark Twain，1920）。在克劳德·鲍尔斯（Claude Bowers）的《悲剧时代》（The Tragic Era，1920）中，内战后的一段时期被视为类似于20年代的一段时期。但是，大多数20年代的作家对确立一个占有主导地位的传统并没有太大兴趣，而对找到幻想破灭的先兆和被一战赋予说服力的旁观者的态度更感兴趣。

20年代的小说弥漫着一种世界已千疮百孔、但从某种意义上来说仍旧处于战争中的感觉。海明威和多斯·帕索斯亲历了战场上的战斗。菲茨杰拉德和福克纳志愿入伍却被留在了后方。福克纳为未能参加战争的不公正的命运感到痛苦，这在他早期的一些作品和他的第一部小说《军饷》（Soldiers' Pay，1926）中有所体现。另外，这种痛苦还表现在他夸张、虚构的创作中，比如，他描写士兵胆大妄为地从训练营中逃跑，甚至在激烈的战斗中煎熬。他试图通过这些来指责描写"可怜的荡妇和悲惨现状的"（《军饷》中的原话）鄙俗的作品，因为正是这些作品剥夺了他获得荣誉的机会。克里斯托弗·伊舍伍德（Christopher Isherwood，b. 1904）后来说："与我同时代的大多数人一样，我也认为'战争'检验了你的勇气、你的成熟和你的性能力。"这些话有助于我们理解为什么福克纳和其他作家极力把他们虚构的英雄故事说成是自己的经历，甚至连最初志愿开救护车、最后成为授勋英雄的海明威也有一种夸大冒险经历的冲动。

当然，正如我们在《嘉莉妹妹》这样的小说中所看到的，旁观者的态度有很大的伸缩性；而且像我们在爱伦·坡的《人群中的人》（1840）中所看到的，旁观者的态度有其文化根源，这种文化根源在一战爆发前很久就存在了。但是，战争改变并加剧了旁观者的态度，它把人们禁锢在战壕里，日夜煎熬；或者把人们放在救护车里，不停的等待、观望和清理工作使他们筋疲力尽，因而不可能做出回应。电影、观赏性运动、甚至收音机广播的飞速发展也加剧了旁观者的态度，因为这些把人们变成关注劳工纠纷、种族暴乱和流氓打斗这类报道的观众。但是，对许多幸存者来说，之所以成为一个多少有些惊恐但却无能为力的观察者主要还是由于战争。战争的经历给多萝西·坎菲尔德·费希尔的《延伸的小河》（1930）的主人公留下了深深的烙印。她认为自己永远是个流亡者。莫瑞斯·拉特利奇（Marice Rutledge，玛丽·路易斯·吉布森·赫尔的笔名）的《命运之子》（Children of Fate，1917）讲述了一个女人的经历：她意识到自己是被"政府和资本家"欺骗才会去支持战争，因此她感到羞愧，厌倦一切，宣告要维护自己"内心的宁静"。在多斯·帕索斯的《三个士兵》（1921）中，我们进入了福塞利（Fusselli）的"英雄的幻想"中,但他很快就遭遇到"战争的真实",结果我们意识到"关于英雄主义的一卷卷长长的电影胶片"使他形成了那些不真实的期望。在卡明斯的《巨大的房间》(1922)中,传统的英雄幻想破灭了,取而代之的是多疑的噩梦。在多斯·帕索斯的《一九一九年》(1932)中,弗雷德·萨莫斯(Fred Summers)把战争描述为走错方向的旅途。他不停地说:"伙计们,这不是一场战争,这是一间该死的疯人院……这是一次该死的旅行。"从海明威的《永别了,武器》(1929)中,我们了解到那个人们可以光明磊落地说出"神圣、光荣和牺牲"这些词的世界已经消失了。在弗雷德里克·亨利的记忆中,儿时可以去谷仓冒险,但又不危险。但是,这样的地方也消失了。亨利说:"你回不去了。"这之后,他很快意识到他将不得不带着恐惧前行,他很清楚也许下一步就是最后一步。

托马斯·博伊德(Thomas Boyd)的《穿过麦田》(*Through the Wheat*, 1923)描绘了一个像 T. S. 艾略特笔下的"虚幻的城市"那样怪异、超现实、充满死亡气息的世界。在"虚幻的城市"中,人群穿梭在"冬日黎明那棕色的雾霭中"。主人公威廉·希克斯(William Hicks)开始也和大多数人一样渴望参与"一些真实的行动"并成为真正的英雄。但是,他首先碰到的是军用公共厕所那可怕的臭味,然后发现战争地带一片混乱,毫无秩序可言。他被周围的世界那幽灵般的特性击垮了,在这个世界里,他必须完成一些没有明确目标或明朗结果的任务。于是,他患上了一种精神衰弱症,就好像是一种退缩和逃避。在这种状态下,自我变得麻木,而生活中剩余的场景一下子失重,变得脆弱而不真实。物体像一些影像一样出现然后消失,没有任何规律、原因或解释。在《穿过麦田》的结尾,我们看到希克斯

> 踏着沉重的步伐穿过无人岛的战场上,隐约感受到死人、臭气和战争的场面。他在扔刀的地方找到了他那把刀。当他捡刀的时候,田垄里挤满了灰色的人影,越来越近。他往回走向他的排,鼻孔里呼出来的气是那么冰冷。他微微抬起下巴。那个动作好像是要使双脚离开地面。任何事对他来说都不重要了,刺刀、子弹、带倒钩的铁丝网、死人以及活人都不重要了。希克斯的灵魂已经麻木。

从巴黎到伦敦再到美国的中西部,人们所写的关于战争的信件和日记现在看来似乎是希望破灭的前奏。甚至像吉纳维芙·塔加德和约瑟夫·弗里曼这些一直希望通过共同的努力来改变社会的抒情年代的作家也都觉得是自己是"流亡者"和"被放逐者"。伯恩说:战争"不是人与人之间的关系,而

○第二部分 富足年代的小说

是权力与权力之间的关系"。对许多20年代的作家来说,一战似乎通过把社会的存在定义为权力之间的斗争而非人与人之间的斗争改变了社会生活的结构。于是,他们一心想找到某种方法来保护自己免受政府、官僚政治、商业甚至广告业的影响,或者与之拉开距离。他们聚集的地方与其说是战斗的前沿,不如说是避难的场所。在那里,他们勉强能从生活中找到乐趣,也可以把他们消极的经历变成艺术。

弗里曼说:"和平增强了战争产生的道德虚无主义和理性虚无主义。"一些作家在吹捧激烈体验的"飞逝瞬间"的一种美学狂热中寻求慰藉,其中意大利歌剧和哑剧中的丑角皮埃罗成为"悲剧符号",而意大利歌剧和哑剧被查尔斯·波德莱尔和朱尔斯·拉福格(Jules Laforgue)这样的法国作家称为现代文学的一部分。对他们来说,所有的快乐都变成了"切肤之痛,所有美好的东西都变成了肉体的陷阱和精神的刺痛,所有的成功充其量只是光彩的失败而已"。福克纳等作家运用了皮埃罗的形象,并把这个形象一直沿用到20年代以后。但是,唯美主义赋予这个形象以吸引力,同时渴望它成为一个积极的公众形象。弗里曼所说的"诗歌与政治之间的两重性"进一步加强了。这种"两重性在西方文明中盛行"。对许多作家来说,很难既做一个献身艺术的"文学共和国"的市民,又做一个积极参与社会和政治生活的社会的市民。他们放眼望去,几乎每个地方都能发现想要努力具备这种双重身份的前辈——隐居的艾米莉·狄金森、公众人物瓦尔特·惠特曼和马克·吐温,以及超然的亨利·詹姆斯,即使他们知道在与无法摆脱的紧张情绪搏斗的过程中,他们最多只能获得光彩的失败。

海明威和20年代的任何其他作家一样,为创建自己的生活和自己的艺术明显付出了很大的努力。许多人对海明威的自负发表了意见,这在一定程度上是因为没有哪个作家像他那样成功地迫使读者大众甚至不读书的人都接受他的生活——惠特曼、斯泰因或菲茨杰拉德做不到这一点,甚至诺曼·梅勒(Norman Mailer)也做不到。他试图在更广泛的社会中形成一股力量,而其关键是创造一个公众人物。在他生命的最后几年里,他遭受着痛苦,总是担心时间、年龄、疾病和伤痛会剥夺他作为一个作家的权利。另一件让他忧虑的事情是,他认识到他无法再承受他为自己创造的公众形象所带来的重压。此外,还有很多负担都是由他的竞争意识造成的,他总是表现出对其他作家的憎恨,这一点别的作家难以望其项背。他在《流动的飨宴》(1964)中对他人的攻击与他写给编辑麦克斯威尔·帕金斯(Maxwell Perkins)的信中所说的话相比算是温和的。《流动的飨宴》辛辣诙谐,显露出他写传记的高超技巧。然而,即使在这本书中他也显示出急于报复格特鲁德·斯泰因的心态,因为

第八章 战争作为隐喻：欧内斯特·海明威的范例

斯泰因在《艾丽斯·B. 托克拉斯自传》中攻击了他。此外，这本书还显示出他急于说服全世界菲茨杰拉德在做人和做一个作家上都低他一等。

事实上，海明威几乎把每种情况、每种关系都看做是某个险恶之人为了毁掉他这个人以及他的作家身份而发起的挑战。自然兼有美丽和恐怖的景象；社会包括一系列程式化的东西——工作、娱乐和恋爱，奋斗、求爱和做爱，以及公然的冲突；而介于两者之间的是打猎、钓鱼和斗牛的世界：无论自然、社会还是介于之间的世界都居住着各种生物，包括人类。无论男人还是女人都有需要和欲望——对海明威来说，有时人们甚至炫耀这些需要和欲望，这是海明威想要征服的东西。海明威在一个似乎总要发生争吵的标准的中产阶级家庭中长大。他的家位于伊利诺斯州的橡树园，就在芝加哥西部近郊。当时的口号是："舞会结束了，该去教堂了。"生长在这样的环境中，海明威很早就对深入大自然的旅行有着一种依赖感。但是，自然迟早会濒临暴力的边缘，就像在《大双心河》（"Big Two-Hearted River"）中一样；或被暴力征服，就像在《印第安人营地》（"Indian Camp"）中一样。

1951 年，他的母亲去世，距他父亲自杀已有 20 多年。两天后，海明威给他的传记作家卡洛斯·贝克（Carlos Baker）写信，描绘在"家里的状况变得糟糕"之前他和他的兄弟姐妹们过着多么快乐的童年。但是，对他来说，家庭早期的衰败具有决定性的意义，以致在此之前那段短暂的幸福时光的记忆逐渐失去了力量，而不太可能回忆起来。他认为家庭是有破坏性的。他在《流动的飨宴》中指出："有时你可能隔相当长的一段时间才开始批评你的家庭——你出生的家庭或结婚组成的家庭。"但是，家庭做了这么多"可怕的事情"，造成了如此"切身的伤害"，因此没有人能够永远摆脱家庭的影响："即使你学会对家里的事不闻不问，学会不回家里的信，家庭仍旧通过很多方式造成危险。"

海明威只要活着就继续在危险中前行，而他的艺术是衡量他生活的尺度。在《艾丽斯·B. 托克拉斯自传》中，斯泰因奚落海明威，说起他作为一个强硬的人似乎受到很多伤害。多斯·帕索斯说海明威这个充满阳刚之气的情人似乎大部分时间都躺在床上疗伤。但是，海明威千真万确受了伤，有时不得不承受这些伤痛带来的痛苦，而他强硬的公众形象也很显眼，因为他表现得非常做作。他没当过士兵，但却分别在第一次世界大战、西班牙内战和第二次世界大战中服务。一战中他是红十字会的工作人员，曾被榴散弹片击中，受了重伤。从中我们除了看到他不得不向自己和他人证明他自己外，我们还能总结出什么来呢？他在米兰的一家医院给家里写信说："受伤不要紧。我一点也不在乎再次受伤，因为我知道那是什么感觉。"实际上，他被迫要考验自

第二部分 富足年代的小说

身的能力。此外,海明威还特别容易遇到意外。1953年,他在非洲摔机着陆,而救援飞机在接上他后不久坠毁并着火。当他到内罗毕接受治疗时,脊椎和几个体内器官伤得极其严重,耳朵、鼻子、嘴、肛门都在流血。但这只是他碰到的多次意外的一段小插曲。无论走到哪里——意大利、西班牙、法国、非洲、怀俄明州、蒙大拿州、佛罗里达群岛、古巴——他总会遇到点儿意外。到1961年他在爱达荷州自杀时,他身体上的伤痕几乎记录了他去过的所有地方。

从海明威时常回忆的事情来判断,他早期经历中给他留下印象最深的是曾在位于密歇根州北部半岛的一间小屋附近打猎和钓鱼。他从中学会了打猎的步骤和猎人的准则。他的父亲是个射击高手、钓鱼能手,还擅长伐木,同时也是个粗暴的老师。他坚持他的孩子——无论是儿子还是女儿——都要学会打猎并把他们杀死的猎物吃掉,即使打回来的是一只麝鼠。如果违反了他的规矩就要受罚,如果严重违反了他的规矩,那就意味着要挨磨剃刀的皮带抽,之后还要跪下请求上帝的原谅。海明威的母亲更喜欢去教堂而不喜欢舞会,更喜欢在人行道上散步而不喜欢跑到小河边,更喜欢乡村而不喜欢树林,总之喜欢几乎所有看起来适合女人的东西,而不喜欢任何看起来男性化的东西——除了有时会回忆起她的父亲和她最喜欢的叔叔,而她能够克制自己不去回忆。她用她父亲的名字欧内斯特和最喜欢的叔叔的名字米勒给自己第一个儿子起名,之后她并不认真对待儿子的性别意识。她时常会为儿子明显要显示自己的男性气魄而高兴,但有时又会给他穿上女孩子的衣服、戴上花哨的帽子。

海明威被迫要在父亲有板有眼的性格和母亲反复无常的性情之间做出选择,这使他与姐妹们走得更近,特别是与娥苏拉(Ursula)。娥苏拉成为《最后一个良伴》("The Last Good Company")中的雷特丝(Littless)的原型和《父与子》("Fathers and Sons")中尼克·亚当斯(Nick Adams)所说的家里唯一一个"气味让他喜欢的人——姐姐"的原型。我们在《最后一个良伴》中看到,娥苏拉和尼克"爱着彼此,他们不爱别人。他们经常把家里的其他人当做别人"。娥苏拉更爱冒险。在她的带领下,尼克和她展开了一系列关于性的谈话,其中最大胆的部分是关于他们成为合法夫妻的话题和关于两性畸形的话题。娥苏拉把头发剪短,看起来"像个婆罗洲的野男孩儿"。她说:"太刺激了!现在我是你的姐姐,但是我是个男孩儿。"

海明威在家里的音乐室和在朋友的家里都建立了拳击场。他在姐妹们的注视下练习男子自卫术。后来,他吹嘘说和几个知名的拳击选手对决过。事实上,他更喜欢和一个他知道他能打败的对手比赛,因为他心中不仅有一股没被完全压制住的敌意和永不满足的控制欲——他从容的微笑掩饰了这一点——还有一种冲动想要展现这种敌意。此外，他还想得到他所渴望的至高无上的权力。因此，他逐渐显示出一种装腔作势的敏感：他喜欢表演，而且想让别人看他表演，似乎要通过向别人证明自己从而使自己信服。此外，他还显示出一种明显的英雄气概。据橡树园的报纸报道，他在橡树园高地救了三个女孩儿，否则那三个女孩将沿着快餐店的升降梯井"从高空坠落而死"。他紧紧抓住了绳子，徒手挡住顶部的滑轮，一直坚持到其他的孩子把那三个女孩救上来。

　　第一次世界大战证实了海明威最悲观的怀疑：即暴力倾向与制造恐怖的行为是人类本性的一部分，是我们的一部分；不仅是社会和国家的一部分，而且是我们个人的一部分。一方面，他看到人们内心的暴力倾向刺激、推动并分裂了他们。海明威在内心深处就是处于战争之中的。菲茨杰拉德在《笔记》（*Notebooks*）中写道："对于还是个孩童的欧内斯特来说……人们就居住在黑暗之中，这是无可否认的。"——而我们可以加上一点，人们也居住在静默之中。第一次世界大战是他这代人塑造的政治和军事戏剧。他在一战中找到了与他的矛盾感相符的场景，使他单一、脆弱、孤独的自我与世界展开了较量。当然，这种一致性到底是一种发现还是一种想象，一直争论不休。但是，对海明威的艺术和他的生活来说，保持发现与想象之间的平衡并不重要。他处于战争之中，且看到了一个处于战争之中的世界。他把他的体验和他目睹的东西写成小说和故事。在这些小说和故事中，死亡与危险向我们袭来，暴露出我们隐藏的自我本性和我们暗自希望在公众表演中扮演的角色。因此，他的艺术产生于紧密相连的事物和严重冲突的事物，其中各种恐惧赫然耸现。他不仅向我们展现了各种暴力冲突的场面，而且把自己承受痛苦和伤痛的能力以及康复能力与世界的承受力融为一体。菲茨杰拉德说，总有一天人们会因为海明威"对恐惧所做的伟大研究"而广泛阅读他的作品。甚至《流动的飨宴》中的诙谐幽默和思乡之情都与源自恐惧的黑暗共存。实际上，所有海明威写的东西都没有完全摆脱这种恐惧。

　　《在我们的时代》（1925）中，我们来回穿梭在表现公众事务和描写私人故事的各章节之间。在"第一章"中，我们看到一个"炮兵连"沿着一条公路"在黑暗中……走向法国东部的香巴尼"。在第一个故事《印第安人的营地》中，尼克·亚当斯手里拿着一个盆，他的父亲用一把大折刀给一个惊恐的印第安妇女做剖腹产，之后用九英寸长的由粗渐细的钓钩线缝合伤口，从始至终没有打麻药。尼克被吓坏了，转过头不敢看眼前的场景。当这痛苦的经历终于结束的时候，他们发现一直在上铺听着女人哭叫的丈夫割断了自己的喉咙。

"爸爸,他为什么自杀?"
"我不知道,尼克。我猜他的忍受力太差了。"
"有很多男人自杀吗,爸爸?"
"不是很多,尼克。"
"那有很多女人自杀吗?"
"几乎没有。"
"从来没有吗?"
"也有。她们有时也会自杀。"

1928年12月,海明威的父亲用一把左轮连发手枪朝自己的右太阳穴开枪自杀,这把手枪是海明威的祖父在内战时候用的。在海明威生命的最后几年,弥漫在生活的黑暗中的声音越来越真实,越来越无法控制,而他的行为明显变得偏执多疑。1961年7月2日,他把他的双管猎枪的两个枪管都装上了子弹,开枪打碎了自己的头盖骨。1966年秋天,他最喜欢的姐姐娥苏拉服毒身亡。1982年,他唯一的弟弟莱斯特(Leicester)朝头部开了一枪自杀身亡。

第一次世界大战后,海明威夸大了他的战争经历,包括他目睹的战斗、他受的伤和他英勇的举动——一方面也许是因为没有哪种英勇的行为可以满足他的需要,另一方面是和《士兵之家》("Soldiers' Home")的主人公克莱伯斯(Krebs)一样,他也觉得不得不向人们撒谎,因为人们听了这么多关于战争的宣传,因此对真相甚至真正的英勇行为都不再感兴趣。而且,海明威似乎也像克莱伯斯一样,对"战争中发生在他身上"的事情感到厌恶,包括"他要不厌其烦地重复做一件简单而平常的事情,一个男人当时唯一能做的事情,而他本可以做些别的事情"。但是,至少有一点确定无疑:他在炮火中被榴散弹片击中受了重伤,用意大利政府的话说,他在帮助意大利士兵撤离之后才从战场撤离,表现出了"大无畏的精神和自我牺牲的精神"。意大利政府除了别的奖章外,还授予他银制勇敢勋章(Silver Medal of Military Valor)。虽然之后他往往夸大其词地讲述这段经历,但是,他的感受几乎确定无疑地加深了他的预感,即对那些不再信仰上帝的人来说,对死亡的恐惧就像一片乌云一样笼罩着他们的人生。但是,最后让他苦恼的不仅是担心人们在一个对任何事物都不信任的年代找不到可以信仰的东西,而且还担心当人们真的绝望的时候,他们什么都可能相信,包括空话和无法兑现的诺言。

最终我们不能把海明威作为作家所取得的成功与他成功地把自己对切身

第八章 战争作为隐喻:欧内斯特·海明威的范例

的伤害以及想象中的伤害的迷恋强加给读者这一点分开。此外,他的成功也不能和他成功地创造出一种被广泛模仿的写作风格分开。这种写作风格成为现代文学中最被认可的文学"标志"之一。海明威刚从高中毕业后就为《堪萨斯明星报》(*Kansas City Star*)工作,并在C.G(彼得)·惠灵顿[C.G. (Pete) Wellington]的指导下开始掌握与表象的现实主义联系在一起的即时性写作风格。即时性是现代新闻报道的基本要求。惠灵顿坚持认为记者应该用简短有力的语句写出及时、直观的文章,少用形容词和术语。后来,在安德森、庞德和斯泰因的影响下,海明威开始广泛阅读现代作家的作品——比如詹姆斯·乔伊斯、斯蒂芬·克莱恩、约瑟夫·康拉德和亨利·詹姆斯——并开始在他从惠灵顿那里学到的东西中加入了与传统的"现实主义"相反的特质。但是,他的独创性还在于他建立了作者和作品以及读者和作者之间的关系,其中小心谨慎和自我约束对保持共同享有的人性来说是必不可少的。对他来说,作品的风格就是抵抗那些威胁要灌输幻灭感和要消灭希望的可怕力量的堡垒,而文字和我们如何使用文字对他来说是对我们如何面对生死的考验。

他在《死在午后》(*Death in the Afternoon*)中说:

> 为报纸写东西,你要告诉人们发生了什么,还要在即时因素的帮助下运用一些技巧来传达感情……但是,实施的过程和事实这种实实在在的东西是我无法用语言说清楚的。这些东西激发出了人们的情感,如果你侥幸充分地表达出这种情感,那么它们一年甚至十年都不会改变。我正在非常努力地尝试表达出这种感情。

打猎、钓鱼和斗牛这些主题适合对每个细节逐一进行有条理的描述。海明威在写这些主题时找到了一种更新语言甚至精炼语言的方法。如果他的一个义务是"记录下来真实发生的一切",那么另一个义务是"去了解你的真实感受",不管这种感受有多么自私或龌龊,"而不是去了解你应该感受到的东西"或者你被教导要去感受的东西。他被"最简单的事情"所吸引,因为最简单的事情是最基本的事情;他说:在一个充满暴力的世界中,"所有事情中最简单也是最基本的事情就是暴力造成的死亡"。

海明威故意使用简洁的词语和简单的句式。从中,我们依旧能看到他像其他美国人和现代人一样热衷于写作技巧。海明威把语言看做是一种工具。他注意用新的方法使用一些熟悉的词语,就像现代画家注意他们的笔法和色彩一样。在1958年的一次采访中,他描述了他对作家如何使事物焕然一新的

第二部分 富足年代的小说

理解:"你从已经发生了的事情中、存在的事物中、你所知道的一切和你无法知道的事物中,通过自己的发明制造出一个全新的东西。它不是一种陈述,而是比任何真实存在的东西都更加真实的全新的东西。"比如《大双心河》就是根据海明威在密歇根州西尼镇南部的福克斯河钓鱼的经历写成的。但是他对斯泰因说,在写这个故事时他试图像塞尚画普罗旺斯(这幅画促成了立体派的形成)那样来描绘自己的国家。

海明威认为,他受的创伤是写严肃作品必要的准备工作,因此他也想当然地以为,创伤对别的作家来说也同样必不可少。1934年,他在给菲茨杰拉德的信中说:我们所有人"从一开始就受到了伤害。但是当你受到那该死的伤害的时候,就利用它——不要自欺欺人。像个科学家一样忠实地对待它"。忠实用在海明威身上意味着把风格作为制造恐惧的技巧。他最深层次的主题主要展示了作家和普通人——士兵、猎人、斗牛士——在面对危险甚至死亡时所表现出来的相似之处。他在接受诺贝尔奖的信中说道:"写作不过是一种孤独的生活。"因为作家"必须独自工作,而如果他是一个足够优秀的作家,他必须永远处在巅峰的状态或者面临这种状态日渐消失"。我们在《死在午后》中看到的斗牛场景对他来说代表着这种最基本的生与死的境遇,因为他认为斗牛是唯一一种"艺术家[完全]处于死亡的危险之中,而表演的辉煌程度完全取决于斗牛士"的艺术。在斗牛场上,方法("简练的方式")和勇气("在压力下表现出来的优雅")是密不可分的。但是,写作也需要这种类似的技巧,因为写作总在检验作家的勇气和诚实的极限。海明威赤裸裸地展现了他的风格,因为他认为美需要克制,而他知道这种克制很难。在《在我们的时代》中,特别是在《大双心河》中,我们意识到尼克之所以坚持记住每个地形,并坚持遵守像支帐篷、点火堆这些简单活动的规则,是为了对抗他内心以及他周围源源不断涌出来的黑暗。他那些神经紧张的举动在犀利、清晰、严谨的文章中体现出来,我们从而感到传统礼教丧失的后果如此严重以致生活变成了杀戮的战场,一个小疏忽都会招致大灾难。

海明威曾考虑把《太阳照样升起》(1926)命名为"迷惘的一代"。埃德蒙·威尔逊说,这本小说很快成为这个时代最热衷的表达浪漫幻灭的方式,而这个时代最喜欢摆出的姿态也源自这本小说,包括坚忍的悲痛、冷漠无情的嘲讽和英雄式的放荡生活。从新奥尔良和孟菲斯的酒吧到芝加哥、纽约和巴黎的酒吧,年轻人都试图模仿海明威笔下的人物。他们彻夜喝酒,希望以此从生活中获得更多的欢乐,或者至少能得到些许满足。但是,《太阳照样升起》并没有描绘出一个快乐的新时代的到来。它只是通过描写一种深刻的感受甚至夸张的情感来减轻20年代的幻灭感。这些在《在我们的时代》里几乎

第八章 战争作为隐喻：欧内斯特·海明威的范例

完全没有体现。在某种意义上，海明威抱着一种忍受痛苦的心态，而他的主人公从另一个意义上抱着这种心态。这成为极度脆弱的人们最后的保护屏障。布雷特·阿什利（Brett Ashley）和雅各布·巴恩斯（Jacob Barnes）知道自己生活在一个迷失了方向的世界。他们只剩下个人的欲望和公众的习惯可以依赖，他们的需要并没有得到满足。他们已经不希冀改善自己的生活。爱尔兰诗人莱昂内尔·约翰逊（Lionel Johnson）说："如果我们能实现愿望，完美的生活……那么我们就都是神仙了。"但是，海明威笔下的人物只能希冀着对这样的时刻飞速地瞟上一眼，只有极少的人能够抱有这种希望。甚至最幸运的人也没奋斗出什么结果。他们在奋斗的过程中试图找到一种方法，能够在这个严酷的世界中充分表现自己。他们一心想拥有的生活方式为他们提供了一种继续前进的动力，即希望有适度压力的生活能够使他们对自己和自己的世界产生一些了解。

海明威为《永别了，武器》写了30多个版本的结尾，最后采用的版本把我们又带回了战争，而这个结尾甚至比《太阳照样升起》的结尾改动还要大。《永别了，武器》最后只剩下弗雷德里克·亨利一个人遭受神经衰弱症的折磨。阿耐斯·尼恩说，在这个结尾中，生活和艺术似乎已经悄然离去，只留下人们随波逐流，独自与影子搏斗。亨利被彻底打垮了。他表明要寻找自己内心的宁静，希望与世隔绝。他第一次遇到凯瑟琳·巴克利（Catherine Barkley）时——一个举止有些像布雷特·阿什利的年轻美丽的英国护士——他仅仅把她当做一个代用品，可以"每晚带到军官专用的房间。那里的那些女孩爬到你身上，把你的帽子倒着戴，以显示他们与楼上的那些军官之间不寻常的关系"。当他最终意识到在凯瑟琳面前他脱下了保护自己的面具时，他的内心发生了变化。他说："当我们在一起时，单独在一起时，我们可以亲密一些。"然而，最后凯瑟琳和他们的孩子死后，又只剩下他孤零零的一个人，完全与世隔绝。他在黑暗的房间中坐在凯瑟琳的尸体旁，像感受到什么，却又一点感觉也没有。他最切身的真实感受是嫉妒那个由于脐带缠住脖子导致窒息，结果刚一出生就死去的孩子。总而言之，他比《士兵之家》的主人公克莱伯斯陷得更深：

> 他［克莱伯斯］本来也想找个女孩儿，但是他不愿意花很长的时间得到她。他不想要什么阴谋诡计。他不想不情愿地去追求一个人。他不想再撒谎，因为根本不值得。
>
> 他不想要任何结果。他不想再要任何结果。他想一个人生活，不必有什么结果。此外，他其实不需要一个女孩儿。军队已经告诉过他这一点。

第二部分　富足年代的小说

海明威真正的主题是孤独和死亡，而不是相互联系和生存。这些主题带来了一种对解脱的强烈渴望，随之又变成对和平的强烈渴望。强悍的写作风格成为他面对孤独和死亡的工具以及与孤独和死亡搏斗的工具，因为这种风格能使他控制欲望和压力达到极点。

在《昨日巴黎：1925—1939 年》（*Paris Was Yesterday*：*1925—1939*）的序言中，珍妮特·弗兰纳详细讲述了他与海明威的一段对话，对话中两人讨论了他们的父亲都选择了自杀这一事实：

> 我们俩人最后说如果我们中间有一个自杀了，另一个人不要悲痛，而要记得死的自由与生的自由同等重要。因此，几年后，我……很自然地意识到结束他生命的那致命的一枪是他临死前得到自由的举动。但是，当关于他最后的日子里所受的束缚那些令人同情的事实被公之于众时，我深感悲痛……最让我悲痛的是他在没落的状态中死亡。

在《丧钟为谁而鸣》（*For Whom The Bell Tolls*，1940）的结尾，海明威描绘了受重伤的罗伯特·乔丹（Robert Jordan）一个人在那里等待着军队的到来。他希望这种等待不会太久，因为他不知道自己还能忍受多少疼痛。"天哪，让他们快来吧。我不想像我父亲那样。"后来，他再次想到自杀：也许"用自杀结束一切挺好"。然而，他依旧在等待，试着想其他的事情——想他的战友或者想蒙大拿州或马德里——希望能够忘掉越来越厉害的疼痛。他说结束这疼痛是挺好，但等待和坚持更好，只要你还有重要的事情要做。他一边坚持一边想："只要一件事做成就能……"最后我们看到他依旧在那里等待着，"扒在铺满松针的地面上，心脏剧烈地跳动"，臂弯里挎着冲锋枪，而无名的几乎看不清脸的敌人正沿着小路朝他走来。他知道一旦他开枪，他们就会开枪，之后一切就都结束了。

到海明威死时，他饱受疾病、伤痛和意志消沉的蹂躏。这比衰老更严重。他已经无法控制他的艺术以及他的生活。他的事业一度陷入低谷，但是《老人与海》（1952）的出版又使他的事业再现辉煌。正如戴尔莫·舒瓦茨所说，这在一定程度上是因为这本书足够使人们回想起他在顶峰时期是一个多么伟大的作家。事实上，20 年代过后，他鲜有像《在我们的时代》、《太阳照样升起》、《没有女人的男人》（*Men Without Women*，1927）和《丧钟为谁而鸣》这样的好作品问世，而出版的也都是些短篇小说，有一些收录在《胜利者一无所获》（*Winner Take Nothing*，1933）中，后来出版的还有《乞力马扎罗山的雪》（*The Snows of Kilimanjaro*）和《弗朗西斯·麦康伯短暂的快乐生活》

(*The Short, Happy Life of Francis Macomber*)。在这些作品中，我们再次看到他努力重新使艺术风格简约、朴实、严谨，还看到他努力使写作成为表现一个真正脆弱的自我如何能够在各种可能性中做一些值得的事情从而获得成功的范例。1927年，他在写给父亲的信中回想起由于他母亲对《太阳照样升起》的谴责而使他深受伤害。他说："我知道您不喜欢我写的这类东西。但是我知道我写的东西不会让您丢脸，反而有一天您会为我做的事情感到自豪……您无法理解当母亲为我写的东西感到羞耻时我有什么样的感受。但是，就像您确信天堂有上帝一样，我确信我写的东西不丢人。"阿尔伯特·加缪写道："自杀就像一部伟大的艺术作品一样在内心的沉默中孕育而生。"在不时穿插着暴力、毁灭、死亡和理想破灭的作品中，海明威不仅充实和启发了他的世界，而且坚持反抗要把他最终推向毁灭的行为。支持他坚持抗争的信念不是相信艺术的力量可以拯救那个时代的社会生活，而是坚信写作的力量可以为像他自己这样的作家和像他笔下的"雷特丝姐姐"一样的读者树立一个有力反抗的榜样，在实力悬殊的比赛中保护他们共同的人性。

183

第三部分　经济大萧条时期写作的命运

第一章　发现贫穷和使命感的回归

当1929年10月股市的崩盘结束了美国历史上最疯狂的投机狂热时，也结束了兴旺的20年代。经济指标已经连续上升好几年，引起人们的恐慌。整个20年代，农民的收入和工人的工资一直很低。到1929年，个人收入的35%装进了全国5%的人的腰包，甚至中产阶级也开始感到有压力了。居民楼的建造数量、消费者的开销、工业产品产量、商品价格和就业率都在下降，而商品存货却越来越多。F. 司各特·菲茨杰拉德从30年代初期回看20年代末期，几乎在每一件事中都发现了焦虑的迹象：从人们"紧张的步伐"和"填字游戏的突然流行"，到眼前浮现出的在股市崩盘前已经"陷入黑暗的暴力深渊"的几个普林斯顿同班同学。这几个同学一个从摩天大楼上跳了下来，还有一个在曼哈顿的一家贩卖私酒的酒店被暴打了一顿后"爬回了家"，就为了死在上层社会人士出入的普林斯顿俱乐部。但是，人们在股市崩盘后才开始反驳塞尔达·菲茨杰拉德所说的"美国广告所带来的无限可能"。这些广告鼓励人们借钱消费，还鼓励人们借钱投资。银行家、经纪人和政治家引领了这场运动，报纸、杂志和广播又推波助澜。波士顿麦克尼尔公司（McNeel's of Boston）是无数"财经服务社"中的一个，专门说服人们可以借钱致富——这是华盛顿许多政治家们所赞同的观点。1928年12月4日，柯立芝总统在国会的最后一次发言中向全国人民保证："国家的现状令人满意，前景乐观。"

在技术培训、商业经验和公用事业这些方面，赫伯特·胡佛为当总统所做的准备比柯立芝更为充分。但他相信20年代所建立的商业和政府之间的联盟依旧可行，觉得没有理由改变什么。他在竞选运动中说："我们美国比历史上任何一个国家都更接近战胜贫穷的终点……过去八年的政策使我们有机会继续为之努力，在上帝的帮助下，我们将很快看到贫穷从这个国家消失的那天。"他在就职演说中再次附和柯立芝:"我一点儿也不担心我们国家的将来。它的前景一片光明。"于是,人们挥霍无度,股市疯长,灾难已显示出即将蔓延的征兆。1929年9月11日,《华尔街日报》借用马克·吐温的话提出了"对当前形式的看法":"不要放弃你的幻想;如果没有这些幻想,你也许依旧存在,但是你虽生犹死。"

在抒情年代,国家公民——林肯死前不久曾经把他们称为"上帝的选民"——曾经认为和平与繁荣将持续到永远。在有缺陷的《凡尔赛和约》缔结之后,他们一心要继承历史,从而切断了外国的介入。他们做投机买卖,放纵自己,以创纪录的速度赚钱、花钱和投资。1923年,纽约交易所的成交量首次达到2360亿股的高峰。1928年超过了11亿股。1929年初秋,随着一群新的投资者加入,股市持续上涨。这些人中许多是从紧俏的信贷市场借钱投资的。同时,更多的人作为旁观者密切观望着股市,希望有一天也能发大财。在胡佛上任后的最初八个月里,《纽约时报》优等工业股票的平均价格指数从250点上涨到了450点。

9月下旬和10月中旬,股市曾有过震动,而在10月23日,股市开始下滑。纽约的银行家和经纪人以及华盛顿的政府官员都无法阻止。两周内,《纽约时报》优等工业股票的平均价格指数从452点降到224点,共下跌了228点,结果导致纽约证券交易所列入上市证券表的有价证券损失了总价值的40%以上。胡佛总统继续说一些宽慰人心的话。他坚持说:"美国是稳固的。"但是,他的话已经没有人相信。吉尔伯特·塞尔德斯(Gilbert Seldes)回应说:"没错,美国是稳固的。但是这稳固空有其表。"

连续几年的衰退后,到1932年,人们不是陷入困境,就是被吓坏了,没有人——包括总统、财政部长安德鲁·麦伦,以及各州的州长和各市的市长——知道该怎么办。在股市崩盘后的三年,国家收入从810亿美元下降到410亿美元;新发行的资本股票从100亿美元下降到10亿美元;8.5万笔生意失败,负债超过45亿美元;5000家银行关闭,取消了900多万个账户。仅在1931年一年间就有2294家银行倒闭,平均每周倒闭45家。在1930年到1934年间,失业率上涨了3倍,导致1300万到1600万人失业。本来已经很低的农民收入又下降了65%,纽约股票交易所交易的股票价值下降了78%。

到1932年至1933年的冬天,国家陷入了自内战以来最严重的危机。随着失业率的上涨,经济流动与社会流动骤降,特别是对妇女、城市里的穷人和有色人种来说。同时,人口的两种转移方式开始逆转。1932年,从这片"充满机会的国土"向国外移居的人超出了入境移民的1/3。同样,60年来受国家迅速公司化的刺激而导致的人们大规模从乡村移居城市的速度趋于缓慢,

第一章 发现贫穷和使命感的回归

后来人们反而从城市移居乡村,因为人们对新兴的城市和工业文明的前景已经失去了信心,转而重新回归土地。文学上,农村乌托邦思想复兴,在南部、中西部、西部以及北部盛行起来。同时,在等待分配救济食物的队伍中、慈善晚餐上和被称为"胡佛村"的贫民窟里,那些曾经习惯于认为自己了不起、能够自力更生的美国人学会了乞求帮助。

在愤怒和绝望的刺激下,许多男人、十几岁的孩子甚至女人离开家逃票乘坐火车以求发泄。待在家里的人要么围在收音机旁收听连续节目"阿莫斯与安迪"(Amos'n'Andy)最新的噱头或杜克·艾灵顿(Duke Ellington)和本尼·古德曼(Benny Goodman)那舒缓悠扬的声音,要么在当地电影院的黑暗中寻求慰藉。《纽约时报》在1935年12月报道说:"电影为人们逃避艰苦年代和每日捉襟见肘的生活所造成的重负提供了几种途径",比如《叛舰喋血记》(Mutiny on the Bounty)中的克拉克·盖博(Clark Gable)、《铁血船长》(Captain Blood)中的艾露·弗莲(Errol Flynn)、《抗敌英雄》(Lives of a Bengal Lancer)中的加里·库珀(Gary Cooper)、《安娜·卡列尼娜》(Anna Karenina)中的葛丽泰·嘉宝、《魔鬼是女人》(The Devil Is a Woman)中的玛琳·黛德丽(Marlene Dietrich)、《危险、危险》(Dangerous)中的贝蒂·戴维斯(Bette Davis)和《歌声俪影》(A Night at the Opera)中的马科斯兄弟(Marx Brothers)。与此同时,读者使像哈维·艾伦(Hervey Allen)的《风流世家》(Anthony Adverse,1933)和肯尼斯·罗伯茨(Kenneth Roberts)的《神枪游侠》(Northwest Passage,1937)这样的小说成为畅销书。前者描述一个英雄在拿破仑一世统治时期的欧洲的刺激冒险经历,以飨读者;后者把读者带回到一个国家朝着共同的目标繁荣发展的年代。

相反,人们对未来一下子失去了信心:30年代,结婚率极度下降,出生率达到了历史最低水平,自杀率升高。很快,普通老百姓开始担心整个政治经济都可能崩溃,而那些更激进的人或持怀疑态度的人开始怀疑国家的生活方式从根本上就是错误的。1932年,1.5万名退伍老兵参加了华盛顿的示威游行,100万投票人投票支持政治派别中的激进派候选人,而普通的市民开始听信一些极端的解决方案。有些人追随像休伊·朗(Huey Long)这样的政治领袖,有些人追随像查尔斯·库格林神父(Father Charles Coughlin)这样的宗教领袖,还有些人听从共产党领导人的话。约翰·瑞恩(Father John Ryan)说:"我希望我们国家的共产党员能够再多一倍,这样就可以使我们的领导人即使不对上帝心存畏惧,也会对一些别的事情心存恐惧。"城市中出现了反饥饿示威游行;而在农村,农民们联合起来抵制银行取消他们赎回抵押房屋和农场的权利。银行家和商人在20年代曾经是人们奉承的对象,而此时却成了笑柄。人们质疑他们收账的权利，指责他们高调的理想都是为了牟取私利，否认他们自诩的国家理所当然的领导者的身份。

20 年代，人们激情洋溢，取得了巨大的文化成就。这个年代一旦逝去，必然会唤起我们在菲茨杰拉德的《爵士年代的回响》（*Echoes of the Jazz Age*, 1931）中所看到的那种怀旧情绪。但是，过了不久，弗雷德里克·刘易斯·艾伦（Frederick Lewis Allen）、马尔科姆·考利、约瑟芬·赫伯斯特、吉纳维芙·塔加德和詹姆斯·瑟伯尔（James Thurber）这些不同的作家却为长久以来的挥霍行为最终结束表示欣慰。英国和欧洲没有像美国那样经历迅速的繁荣，因此也就免于遭受速度惊人的倒退。这种倒退导致美国的街道上出现了一些讽刺性的招牌，就像瑟伯尔在十四大街的一个小店所看到的那种招牌："破产了，不干了。"但是，乔治·奥威尔（George Orwell）发现英国"从诸神的黄昏"① 转变为"童子军营造的氛围：光着膝盖，引吭高歌"。这种转变与美国发生的变化十分相像。不久，作家们的所作所为更像是专注于研究历史和组织改革运动的好学的小学生，而不像除了孤独的写作和对快乐与繁荣的共同追求外无所依托的文化流亡者。奥威尔说："如果 20 年代作家的主旋律是'生活的悲剧性意义'，那么新时代作家的主旋律就是'严肃的目标'。"

严酷的经济现实和新的政治紧张局面使 20 年代与 30 年代大不相同。但是，突然的转变促使人们通过审视过去来理解现在。当人们认识到一个戏剧化的突变已经发生时，也就意识到失落的世界离我们如此之近——就像弗雷德里克·刘易斯·艾伦在 1931 年出版的《仅仅在昨天》（*Only Yesterday*）的书名一样。继承了文学完全脱离社会责任这种冷酷传统的"脸色苍白的完美主义者"很快就声名狼藉了。20 年代的流亡者为曾经认为艺术凌驾于政治之上而道歉，其中许多人积极寻找 20 年代作家所逃避的东西，即与刚过去的年代之间的延续性。赫伯斯特在回顾过去时认为，20 年代不是一个把宴会、奇迹、讽刺作品、爵士乐和艺术统一起来的时期，而是一个杂乱无章的时期，社会服务这种过时的想法在这个时代依旧对拥护者具有吸引力。也就是说，她在 20 年代表面繁荣的外衣下所发现的世界与 30 年代"灵魂破灭"的世界相似。30 年代"像一场飓风一样袭来"，把整个这代人推向了"强烈的抗议"。多斯·帕索斯为了比较股市崩盘带来的所失所得，从 20 年代一直回顾到抒情年代，把 20 年代盛行的淡然冷漠的态度作为理解 30 年代产生的各种

---

① 指北欧神话里面最后的战役中，众神为了抵抗邪恶的巨人占领并统治这个世界，奋起而战。——译注

不同的使命感的唯一可能的出发点。

但是，那种使命感仍旧很难根据它的深度和它的意识形态的基础来判定。菲茨杰拉德在《爵士年代的回响》中把20年代描述为"对政治根本不感兴趣"的年代。这本书完成后不久，他开始着手研究卡尔·马克思的作品。他认为这是严肃的研究。他在《笔记》中写道："要想革命，必须在共产党内工作。"为了给他的小说注入新的政治元素，他提醒自己把《夜色温柔》中的狄克·戴孚描述为"一个相信共产主义的自由派的理想主义者，一个参与反抗的道德主义者"。实际上，菲茨杰拉德一直认为自己是个"自由派的理想主义者"；甚至在20年代他也偶尔称自己为"社会主义者"。30年代初期，世界改变了，而政治使命的呼声吸引了他。但是，他不适合党务工作，又无法胜任用基于意识形态的理论进行批判的工作。到1934年，当他写完《夜色温柔》中狄克·戴孚逐渐堕落的悲惨故事时，决定再次放弃政治，又像20年代时那样把政治留给了被他称之为"知识分子的良心"的埃德蒙·威尔逊那些人。这首先是因为他对政治的关心逐渐耗完了他的精力；其次是因为他发现不可能给他的小说注入明确的意识形态；再次是因为他开始怀疑：他所相信的"大变革"与"他所忠于的阶级"存在矛盾冲突。

菲茨杰拉德来回改变信仰的速度即使在以快节奏为特征的30年代也是过快的。但是，这种急速的转变却很能说明问题，主要是因为它使我们意识到30年代与20年代的政治与文学的关系虽然在其重要程度上有很大不同，但在类型上没有什么太大的区别。回顾20年代，赫伯斯特看到了"彼此完全矛盾的点滴片段"。她总结说："一切都是在不断变化的，甚至连社会服务、正义和宗教反抗的思想都有其专门的代言人。"这些话说明赫伯斯特认为安德森、卡明斯、多斯·帕索斯、菲茨杰拉德、海明威、刘易斯和斯泰因等作家的小说即使没有明显的政治性，也都具有很深的政治含义。她的深刻见解还提醒我们要对"红色十年"和"愤怒的十年"这类熟悉的说法持怀疑态度。

许多30年代的作家有意识地接近政治上的左翼，而他们往往比菲茨杰拉德坚持的时间长。意识形态在他们的小说中远比在20年代的小说中所起的作用显著。但是，很少有30年代的作家——也许只有同时也是20年代作家的肯尼斯·伯克除外——为激进派的理论做出了重要贡献。这个时期的大多数代表作，包括支持激进派的作品，都更充满热情，但却缺乏明确的变革使命或具体的政治策略。这种热情使他们在立意不明但却满怀激情的想法和信念的名义下携手努力；用考利的话说，他们意识到自己"不是领导者，而只是走向新黎明的大军中的一员"。在一段时期内，这些作品帮助这个国家不再沉迷于物质追求，并改掉用金钱来判断一个人的价值和一个人的成功的习惯。

美国人在 30 年代比 20 世纪任何时期都更具有集体意识，没有以前那么功利。但是，彰显个人主义、甚至主张摒弃社会道德规范的强大逆流以及排外主义和民族主义继续在 30 年代表现出来。甚至那些修正主义作品的作家——那些重新理解文化的特性和重新思考文化如何起作用以及文化为谁服务的作家——也依旧对国家的文化着迷，这实质上是一种对国家的忠诚。他们认为他们所希望达到的巨变是植根于国家的土壤的。他们在奋勇"走向新的黎明"时，也依赖过去——特别是抒情年代，但是也依赖废除主义者和其他持异议的人——其中包括爱默生、惠特曼和托马斯·潘恩（Thomas Paine）——希望能够在他们的指引下判定 30 年代的"严肃的目标"可能意味着什么。

第二章 把探索"文化"作为一种使命

政治使命体现在研究国家思想状态的作品中,比如路易斯·阿达米克(Louis Adamic)的《我的美国》(*My America*,1938)、舍伍德·安德森的《困惑的美国》(*Puzzled America*,1935)、内森·阿施(Nathan Asch)的《寻找美国之路》(*The Road: In Search of America*,1939)、西奥多·德莱塞的《美国悲剧》(1932)和埃德蒙·威尔逊的《美国恐慌》(*American Jitters*,1932)。格兰维尔·希克斯(Granville Hicks)和其他人编辑的《美国无产阶级文学选集》(*Proletarian Literature in the United States*,1935)中所收集的无产阶级作品也明确表现出这种政治使命。政治使命还在无数"激进派"小说中表现出来,其中许多是自传性质的。这类作品热情洋溢,但不是严格意义上的"无产阶级"作品,其中包括内尔森·阿尔格伦(Nelson Algren)的《穿靴子的人》(*Somebody in Boots*,1935)、托马斯·贝尔(Thomas Bell)的《冲出熔炉》(*Out of This Furnace*,1941)、罗伯特·坎特威尔(Robert Cantwell)的《丰饶之地》(*Land of Plenty*,1934)、杰克·康洛伊(Jack Conroy)的《被剥夺权利的人们》(*The Disinherited*,1933)、爱德华·达尔伯格(Edward Dahlberg)的《底层人》(*Bottom Dogs*,1930)、丹尼尔·福克斯(Daniel Fuchs)的《威廉斯堡的夏天》(*Summer in Williamsburg*,1934)、迈克·高尔德的《没有钱的犹太人》(1930)、阿尔伯特·马尔兹(Albert Maltz)的《地下河》(*The Underground Stream*,1940)、苔丝·斯莱辛格(Tess Slesinger)的《没有财产的人》(*The Unpossessed*,1934)和克拉拉·韦泽曼(Clara Weatherman)的《前进!前进!》(*Marching! Marching!* 1935)。此外,政治使命还体现在众多"纪实文学"中:电影、唱片和绘画作品以及表现"一个民族"的生活、风俗习惯和价值观的书籍,后来由作家和摄影师

第三部分 经济大萧条时期写作的命运

合作创作出的一系列引起轰动的作品使这类书籍盛极一时,包括詹姆斯·艾吉和沃克·埃文斯(Walker Evans)的《让我们来赞颂名人吧》(1941),舍伍德·安德森的《家乡》(1940)——埃德温·罗斯凯姆(Edwin Rosskam)为这本书选择了美国农业安全管理局(Farm Security Administration)的照片;厄斯金·考德威尔(Erskine Caldwell)和玛格丽特·伯克-怀特(Margaret Bourke-White)的《你看到了他们的面孔》(*You Have Seen Their Faces*, 1937),多萝西娅·兰格(Dorothea Lange)和保罗·S. 泰勒(Paul S. Taylor)的《美国人口大迁移》(*An American Exodus*, 1939),阿奇博尔德·麦克利什(Archibald MacLeish)的《自由之地》(*Land of the Free*, 1938)——配有美国农业安全管理局的照片,以及理查德·赖特的《一千二百万黑人的呼声》(*Twelve Million Black Voices*, 1941)——埃德温·罗斯凯姆为这本书也选择了美国农业安全管理局的照片。

30 年代大规模的纪实运动扩大了"文学"的范围,同时也暴露了美国激进主义一系列根深蒂固、错综复杂的问题。纪实作品的质量参差不齐,但没有任何一部纪实作品包含非常复杂的意识形态,甚至连艾吉的作品都没有。实际上,这些作品有时带有一种农村乌托邦思想,但是这种思想与现代历史的城市化趋势如此相悖,以致看起来是反意识形态的,而且似乎是一种怀旧情绪。纪实文学作品所产生的巨大影响力大都来源于对所记录的文化的那种迷恋。他们把希望寄托在痛苦的现在和失败了的过去,以此展望未来。说它们是"修正主义"作品主要是因为他们重新定义了"文化",以便为"这个民族"改造它。纪实文学作品对"高等"文化和"低等"文化的差异提出质疑、做出判断,最后完全摒除了这种差异,接下来他们做出了改变"文化"本身的意义的发现。尼克·卡洛威以及辛克莱·刘易斯和 H. L. 门肯的语气中都暗含着高人一等的"文化"概念,与马修·阿诺德的一些著名的定义产生共鸣——比如,他把"批评"定义为"学习和传播世界上最优秀的知识和思想的一种毫无偏见的行动",而把"文化"定义为由"到目前为止产生的世界上最优秀的知识和言论组成,从而包括人类精神的历史"。30 年代的作家一心要寻找的是文化的关联性——或者契合性,即构成一个社会的政治经济的一切机构和组织、一切社会风气、举止和风俗习惯、一切法律上和道德上的规则、一切工具和器械、一切游戏和梦想以及塑造和表达一个民族的工作、娱乐和爱的艺术、音乐、哲学和文学这些事物之间的相互影响。比如两个 30 年代流行起来的说法——"美国式的生活方式"和"美国梦"——以不同的方式加强了文化的契合性。但是,纪实文学作品多少有些悄无声息地完成了另外一系列工作:把建立一种文化的过程描述为探寻价值和意义的过程,并认为这是整个社会的追求，还指出了美国的前途和生活现实之间令人不安的矛盾。但是，颇具讽刺意味的是，甚至在纪实性地描述美国工业文明的失败时，他们仍旧反复强调美国的前途。

要想再次对已经不新的新世界展开综合全面的评价，首先要寻找与过去的联系。这种寻找——在赫伯斯特、多斯·帕索斯和其他许多作家的小说中都有所体现，在游记、自传、传记和历史著作中也有所体现，这充分说明 30 年代是多么令人恐慌，而 30 年代的作家又多么善于随机应变。传记增多，特别是关于被迫与危机斗争的那些人的传记——比如罗伯特·佩恩·沃伦为约翰·布朗（John Brown）写的传记、爱伦·泰特（Allen Tate）为杰斐逊·戴维斯（Jefferson Davis）和史丹沃·杰克森（Stonewall Jackson）写的传记、卡尔·桑德堡为亚伯拉罕·林肯（Abraham Lincoln）写的传记和伯尔纳德·德·渥托（Bernard De Voto）为马克·吐温写的传记。20 年代的作家面对过去时专门找一些意志消沉的故事。他们的小说描绘了一些人自愿离开家园流浪的冒险经历。而 30 年代的作家更困惑，更有一种危机感。他们不是用讽刺作为武器的旁观者和观察者，而是以公民的身份讲述一些成功应付社会危机或至少勇敢面对社会危机的英雄事迹。他们转而关注边缘人的故事，着重描写真正的边缘人，即那些意识到自己没有地位、容易受到伤害的人。30 年代作品的主人公并非像伊莎贝尔·阿切尔、嘉莉·米伯、吉姆·伯登、乔治·威拉德、杰伊·盖茨比和尼克·卡洛威那样自愿地从一个地方迁移到另一个地方；而是由于贫困、愤怒或绝望而被迫迁徙，或者被那种让汤姆和黛西·布坎南逍遥法外的法律逼得不得不迁徙。随着时间的推移，30 年代大萧条的形式依旧严峻，此时范·威克·布鲁克斯在《1815—1865 年，新英格兰的兴旺》(The Flowering of New England, 1815—1865, 1936) 和《新英格兰：兴旺的晚期》(New England: Indian Summer, 1940) 中把对过去的探寻变成了寻找那些希望难以得到满足的无名英雄和众人皆知的英雄的过程。多斯·帕索斯在《我们脚下的土地》(The Ground We Stand On, 1941) 中总结了多方面的努力成果，发现了一些表达某种希望的文字。30 年代的许多作品或者赞扬或者展现了这种希望。他写道："在一个经历变革的危险的时代，理智深陷恐惧之中，此时，世代沿袭之感就可以成为延伸跨越当前恐惧的一条生命线。"

第一次世界大战结束后，哈丁和柯立芝等政治领导人开始夸夸其谈，好像走向繁荣的思想和富足的经济都是他们自己创造出来的。俩人都没有过多地注意他们的想法有多少应该归功于过去的思想，在他们的治理下所出现的繁荣有多少应该归功于进步时代和战后经济的发展。20 年代的作家有意遗忘

第三部分 经济大萧条时期写作的命运

一些事情，宣称他们除了与过去几个狂人和预言家有关系外，与其他所有的一切都没有关联。他们开展的文体和体裁实验起源于弗罗斯特、艾略特和庞德战前写的诗歌和詹姆斯、凯瑟、德莱塞、斯泰因战前写的小说。而对这一点他们大都佯装不知。其实那种孤寂凄凉的感觉对他们的身份至关重要。然而实际上，他们真正的信心有其文化根源并与每代人都有联系，虽然有时他们也有些动摇。菲茨杰拉德和同时代的作家认为美国文学已经成熟。他们知道美国正迅速成为一个实力强大、走向繁荣的国家。但是，他们继续写一些"哀伤的故事"，几乎带着一种不可思议的狂喜哀悼他们国家的失败。这样一来，他们把成功置于失败之中，把失败置于成功之中，而把两者置于永不满足的渴望中。这种渴望在一个自认为是修鞋匠、发明家和梦想者的家园的国家中根深蒂固。甚至那些长期旅居欧洲并从欧洲吸取营养的作家——列举几个风格迥异的作家，比如斯泰因和海明威，或艾略特和庞德——往往也认为欧洲是即将结束的世界，而美国是刚刚开始的世界。斯泰因在《美国人的形成》中把她的家庭从欧洲移居美国的举动描述为从世界旧的中心走向新的中心，也就是说从过去走向未来。她说她的故事不仅仅是她自己的故事，或者是她的家人以及她的国家的故事；这个故事是"每个人的历史"。

20年代的作家自认为他们的文化困境绝无仅有，其中的文学潜力以多种形式表现出来，比如，约翰·皮尔·毕肖普宣称海明威写出了"我们这个时代"人类灵魂已不复存在的戏剧。毕肖普认为戏剧性的文化事件需要具有丰富想象力的作品来描绘和表达。他更暗自以为有想象力的作品需要足够强烈的批判性的话语来引起人们的注意。他表明，在这个过程中，美国文学逐渐成熟，而对美国文学的研究逐渐专业化。亚当·斯密（Adam Smith）预言说："在这个繁荣的商业社会，思考和写作将成为像其他工作一样的特殊职业。有相当一部分人从事这个职业，他们使公众了解到大批劳动工人的思想。"这个过程在一战后的10年加速发展。创作小说就像思想和理性的产物一样逐渐成为专门的职业。随着商务出版机构的扩大，小说作为被生产和分销的商品传播。1928年，保罗·罗森菲尔德（Paul Rosenfeld）离开了专门面向国际现代主义的享誉盛名的《日晷》，成为专门出版美国新生年轻作家作品的《美国大篷车》（American Caravan）的编辑。一年后，经过五年的规划，杰伊·B.哈贝尔（Jay B. Hubbell）和其他几个人一起创立了《美国文学：文学史、文学评论和文学传记杂志》（American Literature：A Journal of Literary History, Criticism, and Bibliography）。

作家职业和商务出版社的发展预示着30年代的作家想要为生产和分销具有独创性的批评文本的工作重新定位。首先，他们明确了文化活动和富于想

第二章 把探索"文化"作为一种使命

象力的发现之间的关系;其次,他们用批判性的话语使文学发现的社会逻辑引起人们的注意。他们在顶峰时期还一心通过把现在植根于过去以及把文化和作为其一部分的文学联系起来的方式阐明文学的社会逻辑与富于想象力的发现之间的联系。考利的作品在 30 年代有了变化,埃德蒙·威尔逊的作品也起了变化。威尔逊从《阿克瑟尔的城堡》(Axel's Castle, 1931)到《美国恐慌》(1932)、从《在两个民主国家旅行》(Travels in Two Democracies, 1936)到《到芬兰车站》(To the Finland Station, 1940)都有所改变。肯尼斯·伯克的作品不仅改变了,而且开始关注艺术语言、象征意义和虚构的事物所具有的社会政治力量,这些作品在 30 年代适得其所。康斯坦丝·鲁尔克(Constance Rourke)在她开创性的作品《美国人的幽默:国民性格研究》(American Humor: A Study of the National Character, 1931)中,一心要找出国家文化的根源。她不想只是在过去的几个伟大的、相互孤立的人物中找出这些根源,而是要在普通人的更广泛的文化模式中寻找。作家正是从这些模式中获得了写作素材。

赫伯斯特发现,"改变世界"之所以成为 30 年代的口号,是因为"世界已经被改变了"。继承抒情年代思想的约瑟夫·弗里曼依旧抱着以前的想法。对他来说,希望仍旧在于号召美国的工人阶级重新开辟"通往新大陆的革命道路"。但是,正如罗伯特·林德和海伦·林德在《中型城镇》的新版本《转变中的中型城镇》(Middletown in Transition, 1937)中所说的:"萧条的大刀已经砍向全国人民,把富人以及穷人的生活和希望一分两半。"在一段时期内,特别是 1932 年和 1933 年,世界似乎对各种可能发生的事情都不寒而栗。美国钢铁公司(U. S. Steel)的查尔斯·施瓦布(Charles Schwab)说:"我害怕,每个人都害怕。"埃德蒙·威尔逊在 1931 年 1 月的《新共和》中称生活好像突然进入了黑暗的阴影,最终人们对整个国家"赚钱和花钱的心理"提出质疑,结果使人们"把他们的理想主义和善于组织的才能变成激进的社会实验的一部分"。

在与要求进行社会实验的呼吁有关的艰巨的文化任务中,广义的文学——包括历史研究、个人回忆录和评论文章以及诗歌、戏剧和小说——起着几个至关重要的作用。左翼人士和右翼人士都开展了一些运动。一段时期内,许多老作家以及年轻作家接受了迈克·高尔德 1929 年在《新群众》上发表的一篇名为《年轻作家们,加入左翼吧》("Go Left, Young Writers")的社论中所提出的建议。到 1932 年,饥饿悄无声息地蔓延,人们不断破产,使成千上万曾经骄傲的美国人陷入绝望,而此时定义不清的"共产主义"开始崛起。对一些人来说,包括林肯·斯蒂芬斯,俄国是美国曾经倡导的那种生活

○第三部分　经济大萧条时期写作的命运

的榜样,即一种充满"信仰、希望和自由的生活",所以美国应该模仿俄国。对另一些人来说——比如约翰·多斯·帕索斯和詹姆斯·T. 法雷尔（James T. Farrell）——马克思主义思想的主要价值似乎是用来做分析的工具。1932年,考利和威尔逊与沃尔多·弗兰克、玛丽·希顿·沃斯等人站在一起,支持肯塔基州的矿工大罢工。他们所目睹的一切——几个矿工被击毙,包括沃尔德·弗兰克在内的几个支持者被殴打——进一步把他们推向了左翼阵营。同一年,考利、赫伯斯特和威尔逊联合了另外50位作家——其中包括舍伍德·安德森、多斯·帕索斯、兰斯顿·休斯和斯蒂芬斯——共同出版了一本小册子《文化与危机》(Culture and Crisis),把国家描述为"一座正在腐烂的房屋"。

然而,对许多人来说,共产主义更吸引他们的是,它作为一个世俗的宗教宣扬一种为一个崇高的事业牺牲自我的旧的道德观念,而不是把它看做革命的号召甚至是行动的纲领。考利后来说,在那些没有加入共产党的人看来,那些加入了共产党的人"好像直接从上帝那里得到了启示",甚至他自己也这么认为。但是,他们的力量很大程度上取决于他们的模糊性。共产党领导人认识到大萧条所带来的心理影响以及社会影响,欢迎任何投身改革的人,也不管他们是否理解或赞同共产党的原则。用于政治宣传的小册子、宣言和请愿书激增,但其中很少有理论严谨或策略明确的。碰到真正重要的具体事情时,党内往往出现分歧,而在一些棘手的问题上共产党所持的明确立场经常导致一些人脱党。

富兰克林·德拉诺·罗斯福（Franklin Delano Roosevelt）出生于1882年,在进步时代开始学习政治。那时,竞选运动还是以书面文字和传统的演说为主,而非依靠电台或新闻影片。罗斯福在1932年的演讲中抢先提出几个成为新政一部分的计划。他简单介绍了建立国家资源保护队（Civilian Conservation Corps）的计划,并倡导制定社会福利法和公共事业发展的政府条例。但是,他的建议有很大的模糊性,并且存在着一些矛盾的地方。然而他仍旧获得了48个州中42个州的多数票,包括宾夕法尼亚州以西和以南所有的州。人们显然排斥胡佛,罗斯福获得了选举的胜利。罗斯福在选举中显示出他是个能够控制广播媒介的雄辩家,这使他的选票很早就超出了其他候选人。

罗斯福不仅认识到在新的声音时代广播电台和广播网所能起到的作用,而且懂得使行为和话语成为一种符号的重要性。在提名他为候选人的政党代表大会上,他在一片欢呼声中说:"让我打破传统的行为成为一种符号吧!"从而使人们注意到他乘飞机前往芝加哥亲自接受提名的决定是史无前例的。他接着说:今后让"打破愚蠢的传统成为我们民主党的任务吧"。后来,他在就职演说和著名的"炉边闲谈"节目中走进"老百姓"的"家里",让人觉

第二章 把探索"文化"作为一种使命

得他是专程来跟他们讨论他们的希望和恐惧的,好像他没有忘掉老百姓在他发誓使之获得新生的土地上所处的位置和他们对这片土地的依赖。在他执政期间,他史无前例地创建了一个具有政治和社会力量的新型总统直属机构。这是因为他在发誓抛弃愚昧的东西、改革陈旧的东西、拯救最基本的东西和创造新东西的时候,能够说服群众他的声音就是他们的声音。在1932年最关键的总统竞选中,在要求大胆进行实验的新时代的呼声中,他明显比柯立芝或胡佛更注重演讲技巧,更具有历史意识。他坚持认为进行实验的迫切要求——进行改革和接受新事物的愿望——是这个国家伟大的历史传统的核心内容。在关键的1932年,他唯一一次使用"革命"这个关键词时也没有脱离那种传统。他说:"这个国家支持的唯一正确的革命是选举。"一旦他当选,人们逐渐发现他的新政融合了人道主义精神、现实主义政治和经济常识。但是,在广播电台的帮助下,新政名义上与他为"百姓"而重新发起和在"百姓"中重新唤起的"大胆而坚持不懈的实验"相一致,这是他早期的演讲中脱口而出的一句话。

新政既不像有些人指责的那样激进,也不像另一些人所说的那么畏首畏尾。经过了一段时间,新政改造并挽救了国家的资本主义政治经济,且重新定义了民主的意义,从而创造出新的社会布局。新政取得的这些成果有一部分原因是由于罗斯福能够构想出一个目标明确的政府,采取了胡佛无法想象的行动,而大部分原因是由于罗斯福善于辞令,把他的改革说成是牢固建立在历史的基础上的,然后利用广播电台把这些话向全国上下传达。他在1932年9月说:"每个人都有生存的权利,这意味着他也有过舒适生活的权利……我们的政治政府和经济政府、官方组织和非政府组织应该使每个人都能够通过劳动占有社会创造的财富的一部分,以满足他们的需求。"他在芝加哥民主党代表大会上对向他欢呼的代表们说:"共和党领导人不仅失败在没有创造出足够的物质产品,而且还失败在眼光放得不够长远,因为在灾难中他们放弃了希望。"他在就职演说中说了一句最著名的话:"让我告诉你们我坚定的信念:我们唯一要恐惧的就是恐惧本身。"

起初,《新律令》(The New Imperative, 1935)和《好社会》(The Good Society, 1937)的作者沃尔特·李普曼并不信任罗斯福。李普曼在1932年写到,罗斯福确实讨人喜欢,但是他太容易受外界影响,缺乏坚定的信念,而且不具备当总统的一些必要条件。但是,在罗斯福上任后不久,李普曼发现自己对罗斯福的看法产生了变化。他写道:"在3月初,国家还处于……困惑的绝望中。而到9月份,全国人民又恢复了对政府和国家的信心。"当然,信心要慢慢恢复,而经济完全复苏还需要几年的时间。甚至在1935年后大萧条最糟糕的迹象已经消失的时候，人们依旧忧心忡忡。但是，罗斯福新政的改革很快开始了，首先通过立法把农业和工业置于更稳固的地位并减轻了房产主（颁布了《房产主贷款法》）和失业工人（建立了国家资源保护队）的压力。随着广播电台继续把罗斯福的声音传播到每家每户——他的声音不仅出现在他自己的新闻发布会上和"炉边闲谈"节目中，而且出现在1931年开播、1935改编为新闻记录片的亨利·卢斯的《时代进行曲》（*March of Time*）中——越来越多的人认为他进行的改革和改良就是"美国"激进主义思想的体现。

随着新政受到人们的拥护，文学中的激进主义越来越像一种文化批评模式，而非一种宣传激进行为的方式。其中显示出来的一个迹象就是美国化的卡尔·马克思，或者更广义地说，美国化的马克思主义思想。肯尼斯·伯克写道："我只有把共产主义思想转变为我自己的语言才能欢迎它。从最深层次的意义上说，我是一个翻译。我一直在做翻译工作，即使只是把英文翻译成英文。"作为一个学修辞学的聪颖无比的学生，伯克知道在翻译的过程中有些东西丢失了。但是他相信许多东西被保留了下来，并有一些新的发现。在1935年4月举办的著名的美国作家代表大会（American Writers' Congress）上，他分析了革命符号和革命神话的社会作用，认为它们是能使木工和焊接工人发现"彼此之间的关系的工具……虽然他们的职业不同，但这种关系使他们能够为一个共同的社会目标工作"。但是，到1935年，罗斯福证明他在运用象征符号和革命神话上比民主党取得的效果好，他的目标是进行改良而非革命。

从这方面以及其他几个方面来说，文学追随着政治的脚步，而非引导政治。随着复苏迹象越来越明显，作家们开始利用"本地"传统和习语——实际上是在"翻译"——取得了非常奇特的效果。阿尔弗雷德·卡津（Alfred Kazin）后来在《从30年代出发》（*Starting Out in the Thirties*，1965）中回忆说："我觉得自己是一个激进分子而不是一个思想家。"他还说："我很为美国作家的作品具有革命性但又具有彻底的文学性的传统感到自豪，我知道我也保持了这种传统"，认定革命传统可以保存彻底的文学性。简言之，几种纯真的形式就像当初在让人幻灭的20年代幸存下来一样，同样在千疮百孔的30年代幸存下来，这种纯真激励作家尝试奇特的东西。卡津写道："30年代的作家是想证明我们自身经历的文学价值，从我们自己的生活中认识艺术的可能性，体验我们把街道、牲畜饲养场、劳动雇佣厅写进文学的感觉——从而表明我们的激进力量可以保持现代文学的实验冲动。被卡津称作"具有很强的社会性、具备知识力量并表现人类解放的"文学形式反复出现。由于作家们想表达以前不属于文学的场景和主题，他们改变了"现实主义"小说，使之更接近于纪实文学。但是，卡津所说的未解决的矛盾也引起了人们的注意，

第二章 把探索"文化"作为一种使命

这些矛盾同样具有代表性——特别是个人经历和个人抱负之间、社会现实和社会责任之间的矛盾。最终,卡津寄希望于文字,想利用文字来解决这些矛盾。他不是像伯克所倡导的或罗斯福所实践的那样来使用文字,而是以人们认为诗人该用的方式来使用文字。权力不是来自武器或以武器相威胁,甚至也不是对商人、政府机构和工会领导在试图控制产品的流通、操纵消费者的需求和对利润进行分配的过程中所遇到的各种攻击加以控制。权力这个词有点儿"美国味",但又"文学性十足";有"现代感",但又超越了时间的限制——也就是说,重叠的历史事件充实了这个词,但这个词却摆脱了历史的沾染。卡津总结说:"这个只有真正的作家才会谈起的让人期待了很久、具有决定性的词将会拯救文学。"

197

如何协调普通大众改进后的目标与精英主义者的傲慢这一问题在30年代没有成功解决。卡津明确提出自己坚信笔杆子的力量,这一说法吸引了埃德蒙·威尔逊,又通过威尔逊吸引了马塞尔·普鲁斯特(Marcel Proust)。威尔逊在《阿克瑟尔的城堡》中这样描写普鲁斯特:"他个子矮小,穿着不合身的衬衫,有着迷人伤感的声音、形而上学的思想,长着阿拉伯人的鹰钩鼻子和两只似乎洞悉一切的眼睛。"对卡津来说,普鲁斯特代表了艺术的力量,或者更准确地说,代表了小说的力量。这种力量详尽描述了"爱、社会、智慧、外交、文学和资本主义文化'伤心之家'的艺术"。但是,如何弥合普鲁斯特笔下的人物生活同大萧条时期那些在街上、牲畜饲养场和劳动雇佣厅的人们的生活之间的鸿沟,这一问题仍未解决。30年代,繁荣的西方国家又回到了一个沿着不同界限划分的世界。这个时期,成熟的侦探小说重新朝个人主义、分离主义、反律法主义的传统发展;"无产阶级"小说透过"阶级"来衡量那个差距,常常坚持主张"阶级"的消灭是消除那种差距的关键;纪实文学记录并戏剧化了这一事实,还分析了人类为此所付出的代价。这个时代最具有自我意识的实验作品——举几个例子:亨利·米勒的《南回归线》(*Tropic of Capricorn*, 1939);狄琼纳·巴恩斯的《夜森林》(*Nightwood*, 1939);多斯·帕索斯的《美国》(1930—1936);福克纳的《喧哗与骚动》(1929)、《在我弥留之际》(1930)、《八月之光》(*Light in August*, 1932)、《押沙龙,押沙龙!》(1936)和《下去吧,摩西》(1942);纳撒尼尔·韦斯特的《寂寞芳心小姐》(1933)和《蝗灾之日》(*The Day of the Locust*, 1939);詹姆斯·艾吉的《让我们来赞颂名人吧》(1941);理查德·赖特的《汤姆叔叔的孩子们》(*Uncle Tom's Children*, 1938);佐拉·尼尔·赫斯顿的《凝望上帝》(*Their Eyes Were Watching God*, 1937)——直接涉及了贫穷、种族、性别、性、等级制度和阶级,把这些作为与个人身份有重要联系的关键性问题。30 年代正式的实验作品通常包括政治和社会主题。当这些实验作品着眼于过去时，作者经常扮演着业余历史学家的角色。当这些作者研究目前的状况时，他们就像辛克莱·刘易斯一样成为业余的社会学家。但是，这个时期带有明显政治性的作品大都忠实于改革精神——"美好希望"的传统，这种精神可以追溯到抒情年代以前。这种忠实被卡津称为"美国作品中具有革命性但又具有彻底文学性的传统"，其导致的结果不是减弱了作品的抗议性，就是压制了其抗议性，虽然他们的抗议最终仍有可能具有影响力。

30 年代的小说在描绘国家文化上仍旧有分歧。抗议是小说的基调。沉默不语在 30 年代的文学中所起的作用要比在《俄亥俄州的温斯堡》中起的作用大，这在一定程度上是因为沉默说明生活毫无生气，表达出一种类似于放弃的坚定决心。这个时期的作品不像以前的作品那样靠机智的冷嘲热讽取胜，而是用幽默的方式来征服凄凉、残缺的命运。幽默以某种方式给予那些遭受最严重的损失和最严厉的威胁的人们生活下去的勇气——狄琼纳·巴恩斯笔下的妇女、亨利·詹姆斯笔下平凡的主角、威廉·福克纳笔下被遗忘的黑人和白人、詹姆斯·艾吉笔下的佃户、理查德·赖特笔下愤怒的反叛者和佐拉·尼尔·赫斯顿笔下适应能力很强的黑人妇女。但是，幽默也帮助转移了这些人物所表达的愤怒和绝望，减弱了抗议的声音，使默许成为可以忍受的事情。

当然，有时艺术也像生活一样似乎仅仅是在持续着。对一些作家来说，包括海明威和菲茨杰拉德，30 年代的凄凉更多的时候是由于个人因素造成的，而非历史造成的。菲茨杰拉德在出版了《崩溃》（*The Crack-up*）后不久说，海明威"和我一样精神都崩溃了"。他认为海明威的崩溃更像是得了"自大症"，而他自己的崩溃更像是得了"忧郁症"。在一些今天看来仍旧是他们最好的作品中——比如海明威的《乞力马扎罗山的雪》和《弗朗西斯·麦康伯短暂的快乐生活》，菲茨杰拉德的《夜色温柔》——他们写的结尾有一种共鸣，使我们认识到他们像普鲁斯特一样正在写一个时代的结束，又或许是一种生活方式的结束。其他 20 年代的作家——比如多斯·帕索斯和赫伯斯特——认为 30 年代证实了他们所关心的社会问题。而另一些人——包括凯瑟琳·安妮·波特（Katherine Anne Porter, b. 1890）、亨利·米勒和佐拉·尼尔·赫斯顿（b. 1891）、狄琼纳·巴恩斯（b. 1892）和威廉·福克纳（b. 1897）——比海明威和菲茨杰拉德成长的速度慢。他们发现对文化的探索不仅适合詹姆斯·艾吉（b. 1909）、亨利·罗斯（b. 1906）和纳撒尼尔·韦斯特等比他们年轻的作家发挥想象力，也同样适合他们的想象力，因此使 30 年代成为另一个融合了几代人的特殊的文学时代。这个时代一方面受到股市大崩盘的束缚，另一方面受到第二次世界大战的束缚。

第三章 亨利·米勒、狄琼纳·巴恩斯和约翰·多斯·帕索斯的回应

1930 年，在亨利·米勒离开纽约前往巴黎之时，他认为自己是抒情年代崇尚童真和直觉这种价值观的最后继承人之一。厌倦了诸如斯宾塞的《仙后》这样的文学作品，他辞去了在城市学院的研究工作，转而去做一系列单调乏味的工作：他在水泥厂和他父亲的裁缝店呆了不长时间后，在西联汇款（Western Union）作了五年的邮递业务监管员。正是纽约的市井生活吸引了他。在脱衣舞表演和各大舞厅中，他认识了舞女琼·史密斯（June Smith），她成了他许多作品的主题人物。后来，他信心倍增，对崇尚经验、自发性和直觉的作品进行了公然抨击。但是他自己的作品——从早期对无赖、流浪汉和妓女的研究到一系列使他声名鹊起的作品，像《北回归线》（1934 年）、《黑色的春天》（*Black Spring*，1936 年）和《南回归线》（1939 年）——实际上都充满了自我意识。这些作品一方面深受他所读作品的影响——沃尔特·佩特、亨利·詹姆斯以及惠特曼、德莱塞、诺里斯和伦敦的作品，这一点他多少承认——另一方面也深受他所经历和目睹的事情的影响。他在这些作品中精心刻画的人物从纽约出发，在巴黎得到完善，然后前往加利福尼亚。这些人物既否认又暗示出：在他身上，自发性、直觉以及他对直接体验的颂扬与积极向上、不可抗拒的唯美主义共存。

一系列虽不像唯美主义那样明显但却同样广泛深入的源于抒情年代的社会问题把米勒和 20 年代联系在一起。这些社会问题在 30 年代全面爆发。离开纽约前往巴黎之前，他已经看到美国在不知不觉中陷入经济困境。此外，他感觉到这个国家正处于低迷的精神状态。接下来的几年中，他过着背井离乡的生活，创作了一系列小说，旨在粉碎中产阶级道德观，摧毁霍雷肖·阿尔杰鼓吹的虚幻梦想。结果，这成了米勒承担的社会使命。他非常赞同乔治·

奥威尔在1940年提到的"处于西方文明即将崩溃的边缘"这一观点。但是，他并不打算竭力制止。无责任感是反律法主义的一种极端形式——赞美单身、独处、追求享乐和自我膨胀，反抗那个在他看来既腐化人们思想、奴役人们心智、既堕落又没有自由的社会，而这成了他的事业。除了那个认可他反抗各种传统的团体和文化传统外，他不忠诚于任何一个团体或任何一种文化传统。他唯一的使命就是做一个流亡者，一个他作品中描绘的流亡英雄。

实际上，亨利·米勒在《南回归线》中虚构的亨利·米勒是纽约天魔电报公司的职业监督员，在书中以第一人称的身份担当故事的叙述者。当他着手改善他所监督的邮递员的生活时，受到了公司副总裁的阻挠。这位副总裁一心只关注市场经济的狭隘利益。他对米勒说，如果你想帮助这些邮递员的话，你就为他们写一本霍雷肖·阿尔杰式的小说吧。"我会给你一本霍雷肖·阿尔杰小说的"，米勒心里想，"我会让你看到我书中的霍雷肖·阿尔杰注视着灾难过后的天空，这时所有的臭味都消失殆尽"——这句话充分捕捉到30年代小说的世俗背景和残酷的幽默。米勒小说中的这位主人公在请假离开后，用了三周时间进行创作：

> 我固守在我的桌前，我以闪电般的速度周游世界，我认识到，到处都是一样的——饥饿、屈辱、愚昧、罪恶、贪婪、强取豪夺、尔虞我诈、酷刑、专制：人与人之间惨无人道：镣铐、马具、笼头、缰绳、鞭子、马刺。

米勒小说中的主人公在用这些知识充实了自己之后，发现了近似于他的社会使命的个人天职——写作，就如他在《北回归线》中所提出的记录"书中所遗漏的一切"的反书。辞掉了在天魔电报公司的工作后，他去了巴黎，成为一个处在社会底层的外来者。从此以后，他的小说摆脱了"来自北美意识"的文化谎言，"彻底抹掉了霍雷肖·阿尔杰式小说的痕迹"。

《南回归线》中对性场景的露骨描写使米勒蜚名四方。虽然20年代对性描写的露骨程度有所上升，但是我们看到斯泰因的《三个女人的一生》（1909）中对性的描写极其隐晦，多斯·帕索斯的《曼哈顿变迁》（1925）对性极其厌恶和抵触，詹姆斯·布兰奇·卡贝尔的《朱根》（1919）中对性进行了肤浅的讥讽和挑逗。后来，米勒的小说把对禁书的限制推到了极致；他的这些小说经常遭禁，特别是在讲英语的国家，而在美国，一直到20世纪60年代才得以合法出版。但是，他的小说不只充满了经常重复的性描写，也充满了令人反感的、备受压抑的焦虑和敌意，其中包括反犹太主义、种族主义

第三章　亨利·米勒、狄琼纳·巴恩斯和约翰·多斯·帕索斯的回应

和性别歧视的内容。

米勒把自己表现为既是一个蔑视世俗成功、放荡不羁、不顾一切的艺术家，又是被忽视的、穷困潦倒的、一心要雪耻的天才。然而，在他的小说中既有自我批评又有自我推销，两者同时在起作用。在《北回归线》中，他对中产阶级的一整套建立在赞美努力工作但却谈性色变基础之上的价值观进行了蓄意攻击。但是，他对每一种超然的希望也进行了攻击，包括唯美主义：他认为这是"啐在艺术脸上的一口唾沫，是向上帝、人类、命运、时间、爱情、美等一切事情的裤裆里踹上的一脚"。他因此提醒我们，激进小说几乎可以攻击所有的目标，包括政治责任、社会忠诚、革命激情、资产阶级罪恶和美学使命。正如埃德蒙·威尔逊所评述的那样，《北回归线》在一定程度上是为所有离开美国前往欧洲、渴望"体验"生活从而为艺术"服务"的作家和艺术家所作的墓志铭。《北回归线》是一个令人心酸但又不失幽默的以人为焦点的报道，包括米勒小说中代表自我的主人公。他们长久以来过着吃喝玩乐、私通淫乱的生活，却忽而开始专注于读书，参观各种展览。就如米勒的"忏悔"中有一种幽默的讽刺一样，他夸张的描述中有一种对真理的追求。两者进一步说明了他对艺术应该做什么所持的观点。他对自我的赞美充满了扭曲的事实，但却打着揭露的幌子，他以这种方式反抗现代大众社会助长的疏离感，就如同他用自我的多元化和自我吹捧这种方式来反抗现代世界对自我的侵蚀一样。

米勒在《春天的第三或第四日》（*The Third and Fourth Day of Spring*）中所指的"神的呓语"（divine stuttering）是一部借重复、暗喻、讽刺和幽默充分表现出想象力的作品，使得米勒成为"后现代主义"的先驱。他的小说过于自我专注。这些作品是对现实公然的对抗、攻击和冒犯。同时，《北回归线》、《黑色的春天》和《南回归线》又相互反射，通过赞美虽然仍然是至高无上的但却是叛逆的自我，对官僚化和多元化的现代世界进行攻击。"对于我来说，书如其人，而我的书就是我这个人，这个充满困惑的人，这个随随便便的人，这个无所顾忌的人，这个精力充沛、污秽下流、爱吵爱闹、细心体贴、一丝不苟、谎话连篇、诚实得可怕的人。"

米勒打破旧传统的"真诚"使性从所有浪漫的文学作品中解脱出来。他千篇一律地看待所有的女人和众多男人，这些人只是由于被他赋予了不同的名字和行为而有所不同。失望和忧虑甚至使他最抒情的散文都成了对丑恶的攻击："噢，世界，令人窒息而崩溃的世界，坚固的白牙在哪里？噢，世界，与银球、软木和救生衣一起下沉的世界，那火红的战利品在哪里？噢，那光洁似蛋清的世界现在已经彻底垮掉，你躺在怎样死气沉沉的月色下——散发着

冰冷的光?"但是,米勒的反传统诗体的诗就像他不按常规塑造的主人公一样,反映了由于受到自身毁灭的威胁而产生的个人紧迫感。他的身躯遭受了巨大的痛苦,他的想象力遭受围攻,只留下经验和文字以及保存这些经验和文字的书。他的经历和他的文字由于重复未免美中不足,但这正适合处于困境中的主人公——他们明白他们现在没有自主权,过去也从来没有过,也明白实际上即使是经过最勇敢、最巧妙的斗争,最多也只能获得一种软弱无力的半自主性的权利。就像用性行为来证明自己一样,他笔下的主人公用语言表现自己的信心以保护自己。他们只是幸存下来的已经被损坏的物品或可疑商品,对于他们来说灾难已经降临,并且总是降临在他们身上。

总之,米勒的小说都是有关经济大萧条的小说;这些小说的创作源于经济萧条、政治腐败和历史灾难,同时描写的也是经济萧条、政治腐败和历史灾难。这个腐败的世界的影响力主要以两种方式走进他的小说。首先,这种影响力成为一种疏离的力量,而高不可攀的超然态度使这种力量达到了极点,因而他不仅可以写他周围的世界,就好像这世界似乎是一种启示录般的想象和对俗世绝望的黑色喜剧,也可以用第一人称的手法写他自己,就好像他是一个星外来客;其次,这种影响力还改变了艺术和性的目的,使艺术和性成为自我以及自我想象反抗统治力量和控制力量的最后根据地。个人的边缘化生存状态几乎成为难以跨越的障碍,因为对米勒来说,同化就意味着个体的毁灭,而代表自身利益的各种历史力量就像它们为之服务的经济利益一样几乎囊括一切,包括政府和受这个世界操纵的媒体,由于文化(包括文学文化)而使之根深蒂固的有关性的无数错误观念——这一点体现在所有有关性的浪漫想法中,以及霍雷肖·阿尔杰式小说所体现的大部分艺术。米勒的幽默所体现出的黑暗和野蛮正是他对那个黑暗和野蛮世界的阐释。他笔下的人物在"散发着冰冷的光"的死气沉沉的月色下活动,他们大部分时间都在搜集自身肉体和灵魂的伤疤或周围其他人肉体和灵魂的伤疤。那些按照世俗的标准获得成功的人,甚至包括作家,其死亡的肉体沉醉在性放纵中,其死亡的灵魂痴迷于阅读和创作虚幻的小说中——大多数失败者也是如此。因此,米勒是代表这些存活者或对这些存活者讲述他的观点,他们长久以来与各种障碍搏斗,最终总算幸存下来,但他们对不能忍受或不得不忍受的外界的征服仍旧心存疑虑。

像30年代其他重要作家一样——包括多斯·帕索斯、巴恩斯、韦斯特、艾吉和福克纳——米勒试图调整对20年代的关注来适应由于经济大萧条而变得黑暗的世界。米勒对艺术的客观性及其超然力量,也就是所谓的艺术战胜历史这样的学说,很不以为然。然而,其他重要的可能性蕴含在打破旧传统

第三章 亨利·米勒、狄琼纳·巴恩斯和约翰·多斯·帕索斯的回应

的艺术观点中，或蕴含在米勒所说的"神的呓语"中，这两者在他的小说中遭遇了不同寻常的命运。

米勒所面对的主流文化则相反，不仅赞扬自立，鼓励自我实现，主张削减公众的权利，而且认为个体的代表是白人，而且是男性，而不是黑人或棕色人种，更不是女性。总之，这种特权完全是以种族和性别为基础的。而在几个关键的方面——支持独身、离群索居、自我膨胀；对个体的绝对权利充满热忱，认为这种权利是抵制个体被同化、被毁灭所必不可少的要素；认为大规模削减公众的权利是强奸民意，是对公众的侮辱；想当然地以为唯一重要的自我是非犹太人的白人男性，而不是犹太人、黑人或女性——米勒的小说是在重复主流文化，但却表现为对主流文化的抨击。尽管米勒自称要打破旧传统，但他的小说不仅重复出现其攻击的文化中所存在的重大偏见，而且反复表现出对维护个人主义的种种努力充满恐惧。结果，小说避而不谈的东西却正是其意义之所在。要想完全理解他的小说的意义，就必须要弄清被省略的东西。

两个关键的省略赋予米勒从1934至1939年间写的自传体三部曲①以特殊的意义，同时在两部决然不同的小说狄琼纳·巴恩斯的《夜森林》（1936）和约翰·多斯·帕索斯的《美国》（1930—1936）三部曲中也起着重要作用。《夜森林》写得含糊其辞、不太引人注目，似乎是地下创作；《美国》三部曲则是内容最为开放、涉及范围最广、最为公开的小说之一。如果说巴恩斯被迫使用的含糊其辞的手法显示出女性被压制的结果，那么可以说，多斯·帕索斯那支离破碎、人物混杂的形式标志着小说所描绘的那片土地缺乏一致性。

《夜森林》描写的是在巴黎和柏林的一群侨民。小说通过费利克斯·沃克本（Felix Volkbein）唤起人们对历史和家族的探寻；通过一个没有执照的爱尔兰籍美国妇科医生马修·奥康纳（Matthew O'Connor）来嘲弄现代的治疗文化。整篇小说贯穿着奥康纳对战争、现代世界以及男女肉体和思想的醉醺醺的、忧郁的、极端悲观的独白。但是小说的情节主要围绕着罗宾·沃特（Robin Vote）、诺拉·弗勒德（Nora Flood）和珍妮·俳色布利治（Jenny Petherbridge）之间的关系展开。罗宾·沃特与沃克本结了婚；诺拉·弗勒德成了罗宾的情人；而罗宾为了珍妮·俳色布利治又离开了诺拉。然而，就像罗宾一样，小说的情节隐晦，这部分原因是由于罗宾的美貌使她容易遭受对她带有欲望的男人和女人的伤害，使他们用自己的需要来诠释她。《夜森林》中充斥着欲望、堕落和暴力。在试图理解这部小说的过程中，我们也卷进去

---

① 即《北回归线》（1934）、《黑色的春天》（1936）、《南回归线》（1939）。——译注

◉第三部分　经济大萧条时期写作的命运

了，而且像奥康纳医生和诺拉·弗勒德一样，开始把目光集中在罗宾身上，似乎一定要去了解和拥有她。然而，我们越是努力，罗宾就离我们越远，似乎她意识到了自己的脆弱，只给我们留下让我们产生误解的蛛丝马迹。

最终，这部小说中的每个人物都逃脱不了被财产和暴力镇压统治的世界的性政治。这个世界随处都有对性行为的渴望、恐惧、期待和暗示，但表面上却不露一丝痕迹。我们最终看到，在男女生活中，女人受到压制，她们压抑——实际是克制——自己的欲望。与《南回归线》中具有挑衅性、攻击性的男人的性行为相比，《夜森林》中隐晦的、备受阻挠的性行为很显然是在讲述在只有白人男性才有权用行动和语言表达欲望、甚至充分享受欲望的世界里，女人的命运是什么。如果说米勒的小说是男性表达欲望和实施欲望的明证，那么巴恩斯的小说则是女性被迫逃避欲望、克制欲望和隐藏欲望的自白。二者清楚地阐释了男人认为表达欲望是自己的义务、女人认为抑制欲望是自己的本分这种双重逻辑。两部小说都充满了担任演员角色的人物，其中一些变成了善于女扮男装或男扮女装、变换口音、转换语言、换装迅速的艺术家或专家。"亨利·米勒的"表演是一个大师级人物的表演，尽管这个人物内心充满矛盾，但却仍然是直线式稳健发展的人物。相比之下，《夜森林》侧重女性隐晦的姿态、隐蔽的行为和含蓄的表演，这些女性意识到自己太迟疑、太犹豫、太没长性、太善变、性格太多样，甚至不能被称为"自我"。1939 年，米勒完成他的第一部三部曲后不久就离开巴黎前往希腊，1940 年回到美国。在美国的 40 年间，他继续以不同的版本重复讲述他的故事，最终创作了又一个赞扬自我的三部曲：《性爱之旅》（*Sexus*，1949）、《情欲之网》（*Plexus*，1953）、《春梦之结》（*Nexus*，1960），合称为《玫瑰色三部曲》（*The Rosy Crucifixion*）。巴恩斯在完成《夜森林》五年后离开巴黎来到纽约独居，把纽约作为受压抑者最后的栖息之所，一直到 1982 年默默地孤独终老。

如果说《夜森林》暴露了米勒小说中改变了文化意义的一系列被省略的东西，那么《美国》三部曲——包括《北纬四十二度》（1930）、《一九一九年》（1932）和《赚大钱》（1936）——则通过描写社会生活零散的细节和美国文化的大杂烩，暴露了另外一系列在米勒的小说中所省略的东西。在《赚大钱》中，我们看到女人在歌唱她们失去的爱情，

　　　　我不喜欢看到夕阳西下
　　　　我不喜欢看到夕阳西下
　　　　　因为我的宝贝离开了这个城市

第三章　亨利·米勒、狄琼纳、巴恩斯和约翰·多斯·帕索斯的回应

男人们在歌唱他们的困惑，

　　噢，告诉我
　　　还要等多久
　　……
　　现在就告诉我
　　　还是让我继续等待
　　……
　　哦，告诉我还有多久

工人们在歌唱他们的痛苦，

　　我们为老板拼命工作
　　而我们的孩子们却在大声哭泣。

　　多斯·帕索斯似乎时常在表达自己对一个无奈已经四分五裂（"我们无疑是两个国家的国民"）、在无望中失落（"我们正经受着美国的挫败"）的国家的意见。但是，无论是他这个有不同看法的讲述者还是他所塑造的人物都没有领会我们在《美国》中看到的错综复杂的历史影响力。历史人物与虚构的人物交织在一起，模糊了历史与小说的界限，模糊了纪实报道与虚构故事的界限。多斯·帕索斯不愿意把历史和小说分开或使其中一方凌驾于另一方之上。他还坚决抵制试图把生命视作客观上受限制、主观上不受约束的这种思想的诱惑。形成鲜明对比的原则和相互矛盾的愿望之间的辩证游戏正是他用自己的方式探索、赞美的对象。《美国》三部曲以交叉重叠的形式，通过重塑美国从以农耕为主的传统社会向日益都市化、工业化、商业化的世俗社会转变这场大规模的文化变迁，把个别几个与20年代相关的问题和大部分与30年代相关的问题融入了他的小说。一小撮有势力的富人知道如何操纵影响历史的经济力量，一大批几乎没有任何权力的穷人知道受这些富人折磨的感受，两者之间的公开冲突在小说中达到了顶点。《美国》是一部让人意志消沉的小说，讲述了一个正在衰退的国家。在结尾处，我们看到一个几乎无名无姓的被叫做"流浪汉"的青年站在马路边，正想方设法搭便车。从他身上我们认识到美国经济大萧条后出现了违背诺言和背叛自我的现象，这两种现象相辅相成，最终带来毁灭。

　　厄普顿·辛克莱认为，多斯·帕索斯在写作技巧上的革新冲淡了他要传

206

递的政治信息；海明威认为那些政治信息是以小说的写作方式传达的。

让-保尔·萨特（Jean-Paul Sartre）则既赞同政治改革又赞同美学创新，他称多斯·帕索斯是本世纪最伟大的小说家之一，而《美国》三部曲是其最高成就——一方面在于多斯·帕索斯在赞美小说的权威的同时承认历史的力量，另一方面是因为多斯·帕索斯在人们认为金钱万能的世俗世界里，关心的却是群体以及个体的命运，萨特认识到了多斯·帕索斯这样做的重大意义。

第四章　残留的个人主义和有限的使命

　　T. S. 艾略特著名的自我描述——"文学上的古典派，政治上的顽固派和宗教上的英国国教高教会派"——中所体现的精英主义在 30 年代依旧存在。艾略特作品的内容是入世的，聚集了来自不同时代、不同地方的各种不同语言的片断；而他作品的基调则是厌世的，为艺术传统和宗教信仰的丧失而悲伤哀悼。艾略特的风格在很大程度上为新批评派①的塑造者给文学下了一个定义。艺术应当具有世界性且应该是崇高的（意思是说艺术理应倡导一切高贵、美好的事物），应当高雅地排斥一些东西（意思是说艺术应对一切中产阶级的、卑鄙的或庸俗的东西予以谴责）。但是，30 年代见证了三种重叠的民粹主义的复苏，民粹主义曾经在抒情年代一度辉煌，而在 20 年代备受冷落。其中一种民粹主义来自诸如厄普顿·辛克莱、伦道夫·伯恩、弗洛伊德·德尔、约翰·里德、杰克·伦敦这样的作家，多少有点马克思主义倾向。第二种民粹主义来自同样一些作家，特别是杰克·伦敦，这种民粹主义在逻辑上是原始主义的。第三种民粹主义比"自然主义"更"现实"，它们来自威廉·狄恩·豪威尔斯的继承者，比如薇拉·凯瑟、舍伍德·安德森等作家，他们的小说取材于经常被诋毁的中产阶级，描写这些人的举止和癖好、抱负和伪善、符号和神话。20 年代，理想主义这个词声名狼藉，民粹主义和精英主义之间没有经受住考验的休战也土崩瓦解。门肯对"中产阶级"充满蔑视，认为所有的政治，包括改革的政治，不过就是一场闹剧，在这一点上他颇具代表性。

　　30 年代，小说朝着"现实主义"方向发展——至于是前进还是后退，取

---

① 新批评（New Criticism）是 20、30 年代形成于英美的文学批评流派，50 年代成为美国文学批评的主流。——译注

决于个人的看法——但不是反映现实生活的一个侧面,而是对所看到的现实进行有序的选择。在这个过程中,小说总是倾向于把生活同政治联系在一起。像迈克·高尔德这样的作家在谈到形式主义者和唯美主义者时——"他们笔下的逃避现实者、抽象派艺术家、弗洛伊德学说的信徒、艺术的神秘主义者、模糊的象征主义者、小丑和训练有素的海豹、为性疯狂的小矮人"——都带着毫不掩饰的蔑视。但是 30 年代的许多作家像 20 年代的作家一样,制造着同样的矛盾,这种矛盾存在于两种原则之间:一种是使小说与历史联系起来的原则,把小说定义为描绘社会现象和历史存在的一种体裁;另一种是使小说从历史中解脱出来的原则,认为小说是一种致力于自由想象的游戏和半独立性的体裁。两个年代唯一的改变是对这两种原则的权衡,而 30 年代更倾向于第一种原则。

美国 30 年代的股市大崩盘把 20 年代的富足一扫而光,一时打消了中产阶级购买当时生产出来的收音机、冰箱、时髦服装、福特汽车以及未上市的股票和其他还未发明出来的东西以追求美好生活的愿望。但是,这也使许多作家共同的希望破灭了——他们本希望在为自己创作的同时能够确保过一种即便不是大富大贵,但也衣食无忧、舒适、放荡不羁的生活,而不用做太大的妥协。作家们曾经不顾与普通人所关注的事物之间日益加大的差距,甚至以此为荣,但这种观念似乎也渐行渐远。在散文小说中,与社会和历史现象紧密相连的"现实主义"使小说拥有更广泛的读者群,即便在某种程度上仍然是那些特定的读者;而"超现实主义"由于与神话和象征符号相连,与梦想和无意识相连,从而与不可预知的主观领域相联,使得其读者群仅限于被艾略特这样的人培养出来的一小撮狂热的精英主义者。高尔德批判性地指出文学精英主义预示着资产阶级的衰落,尽显他运用复杂的隐喻的天赋。他说:"即使在詹姆斯·乔伊斯或 T. S. 艾略特创作的高峰时期,失败仍像赖皮狗一样跟随着他们。他们正走向历史的死胡同,没有未来。"然而,他的批判使我们至少注意到三件事情:20 年代的作家在允许浪费、鼓励私有化和专业化的经济状况下进行创作;浪费、私有化和专业化在塑造着人们的生活的同时,也在影响着作家的创作;文学作品宣扬个体权利,反对群体权利,赞同未经检视却已被广泛接受的按照性别区分性行为、阶级和种族的这些假定,由此可以看出 20 年代的文学与主流文化间的关系。

20 年代,在几个很少出现不负社会责任行为的地方,这种行为是被宽恕的。人们挥霍金钱、时间和精力,其中甚至有些人是在挥霍生命。他们极端自私地认为,一个人的生命完全属于自己,甚至可以丢弃。在 30 年代极为不同的经济状况下,作家们继续他们的冒险经历。他们抽烟、酗酒、做爱、性

第四章 残留的个人主义和有限的使命

交、旅游；他们彻夜不眠，声称要把体力耗尽。但是一旦缺钱、工作机会减少，每个人——特别是就要步入社会的年轻人——就不得不小心翼翼了，这种负担显然与老于世故的人要承受的负担不同，老于世故在 20 年代几乎与愤世嫉俗同义。仅靠机智、滑稽或新奇已经不足以赢得读者的青睐。到 1932 年，艺术作品，甚至一些不经意的评论，由于涉及社会问题而经常受到审查。

唯美主义继续以各种形式活跃在音乐、电影和像肯尼斯·伯克、华莱士·斯蒂文斯（Wallace Stevens）、威廉·福克纳这些作家风格迥异的作品中。但是，唯美主义的繁荣与新的政治紧张局势并驾齐驱。简言之，30 年代的作品都带有"陌生人"和"局外人"的痕迹，比如南方人、犹太人、黑人、妇女的痕迹。对于他们来说，写作是一种探测和超越各种界线的必要途径。多斯·帕索斯发现，30 年代特有的紧张局势比他在 20 年代目睹的个人主义更令人觉得适意。福克纳作为一个作家成熟得比较慢，30 年代才成为一个重要的文学人物，这一方面是因为他的家庭和他在的那个地区的历史把他与贫穷、失败、恐惧和挫折这些熟悉的字眼联系在了一起，另一方面是因为他自己的经历使他懂得身陷困境的感觉可以与疏离感共存，甚至可以加强这种疏离感。

1930 年下半年，罗伯特·本奇利（Robert Benchley）在为《纽约客》杂志撰稿时指出，性"就如陈年老账一样让人厌烦"，应该"讳莫如深"。他反感叛逆的青少年和维多利亚时代的父母，而且一点儿也不关心乡下的年轻女子是否堕落了、是否想要堕落、或者是否在避免堕落。他只想知道这种处境下她们最终的结局是什么。但是，这种幽默更多地属于 20 年代而不是 30 年代。新的幽默有如纳撒尼尔·威斯特或亨利·米勒的幽默一样显得更加深沉，甚至包括表现"性"的幽默。詹姆斯·布兰奇·卡贝尔那种自觉的诡辩看起来就像辛克莱·刘易斯对猖狂的实利主义嗤之以鼻一样已经过时了。在穷困肆虐的时候，贪图名利似乎与厌世一样浅薄。杰克·康洛伊在当时最好的无产阶级杂志《铁砧》（*Anvil*）上宣称："我们宁愿要粗糙的活力也不要完美的平庸。" W. C. 菲尔兹在电影《这杯致命的啤酒》（*The Fatal Glass of Beer*）中说："对人或兽这都不是一个合适的夜晚。"他还说："不畏艰险、面对现实的时候到了"，从而与戏剧演员格罗克·马克斯（Groucho Marx）共同唤起了把困惑、无能、失败和痛苦变成笑声的喜剧传统。

当时，甚至自杀都可能被视为公开声明而非个人行为。1932 年 4 月，一艘轮船从墨西哥开往纽约，途经古巴首都哈瓦那。船上的哈特·克莱恩走到船尾，站在那儿，脱下外套并叠好，然后爬到了船舷上，犹豫片刻后，跳入了茫茫大海。多年来，克莱恩都在猛烈抨击这个令他遭受创伤的压迫性的商业社会，至少，这个社会在某种程度上曲解了他对性的兴趣。他过去经常酗

第三部分 经济大萧条时期写作的命运

酒——有时是为了激发他的想象力从而写出美丽的诗篇,有时是为了忘掉头天晚上他与水手中的同性恋伙伴所做的事情。他再三对他的朋友们说,他"就像被老鼠夹逮住的老鼠"。谁也不知道他最后想了些什么——也许想到他浪费了自己的天赋,想到他已做了力所能及的一切,想到只有大海能够把他从切身的伤害中拯救出来。他没有留下只言片语,他的身体不复存在。尽管如此,他的死却像他的生命一样几乎立即充满了绚丽的色彩,成为绝唱,对整个30年代的诗歌产生了深远的影响,淹没在"平静高贵的加勒比海"。这一点从大卫·沃尔夫(David Wolff)的诗《记念哈特·克莱恩》("Remembering Hart Crane", 1935)以及多年后约翰·T. 欧文(John T. Irwin)写的《文字的象征》("The Verbal Emblem", 1976)中可以看到。在《文字的象征》中,克莱恩成了深受文化兼并伤害的诗人英雄的缩影。

而更典型的是一些从一开始就尽人皆知的暴力行为。1931年,大概在克莱恩离开人世的前一年,九个年龄在13岁到19岁之间的黑人青少年在阿拉巴马州的斯科茨伯勒(Scottsboro)被捕,被指控强奸两名白人妇女。这九名黑人青少年和两名白人妇女都是流浪者,沿着铁路漫无目的地搭火车流浪。凯·博伊尔(Kay Boyle)认为,这是一些"无一技之长,对社会没什么用,也无地方可去"的人。一系列的审判、上诉、复审都是由斯科茨伯勒逮捕案引起的,随之而来的是一系列的抗议,这一切穿越了整个30年代,它使人们永远记起理查德·赖特所说的"黑人的境况",也使白人永远记住这种毁灭性的不安全感。其中一个被告说,"自由对我毫无意义",外面的生活"与监狱没什么两样"。1934年,斯科茨伯勒悲剧仍在蔓延,暴徒猖狂到了极点。5月23日下午,在路易斯安那州什里夫波特(Shreveport)郊外人迹罕至的道路上,一队德克萨斯州巡警用50多发子弹击毙了邦妮和克莱德这对雌雄大盗;7月22日晚间,在芝加哥电影院门前,就如警匪片中的克拉克·盖博一样,联邦调查局人员击毙了银行劫匪约翰·迪林格;10月22日上午,在俄亥俄州的一个农场,联邦调查局人员大喊:"站住!"接着"漂亮男孩"查尔斯·弗洛伊德周身吃遍了枪子儿;11月28日,在俄亥俄州乡下的一场枪战中,两名联邦调查局人员牺牲,随后,人们在芝加哥郊外的一条水沟里发现了"娃娃脸"乔治·纳尔逊被子弹打得像筛子一样的尸体。

30年代的纪实作品、自觉地向"无产阶级"靠近的小说、"激进的"罢工小说和历史小说中都贯穿着不同形式的暴力,而暴力威胁或者暴力事件是这一时期最流行的两类小说——西部小说和侦探小说——的主要内容。如同古代作家一样,米尔顿和莎士比亚的作品也从历史中借用了一些情节,包括已经被转化成艺术作品的情节。米尔顿的读者都很熟悉他的作品中所呈现的

第四章 残留的个人主义和有限的使命

罪恶和罪恶的思想,这些罪恶和罪恶的思想解读了人类如何坠入时间、死亡和流放的深渊。但是米尔顿认为他可以再次给读者带来惊喜。近来一些公式化的小说——包括侦探小说和西部小说——之所以能够占有一席之地,是由于现代化的出版、现代化的发行和现代化的销售。这些小说出现在杂志上,人们随处可读——火车、地铁、公共汽车、飞机、理发店和美容院,或者医院的候诊室。像以前的作家一样,他们从人们所接受的模式入手,在人们熟悉的情节上用一些独特的技巧或者用与众不同的表现风格把作者与主人公分离,由此带给我们惊喜。但是,他们的作品不同于早期公式化小说,因为它们揭露了20世纪的重大秘密:我们担心真正的社会群体和真正的个人主义在一些零散的例证中破除万难最终形成,却远非对我们的文化馈赠——首先,这是人类巧妙的计划,其次,这是人类的意愿。

感觉生活乏味、没有自由的孤独的读者们喜欢读这些公式化的小说(包括历史上的风流韵事)。30 年代,经济状况的恶化加深了人们被欺骗的感觉,使20 年代仅存的希望,即加入富人的行列这个希望,也破灭了。一方面可以说,西部小说和侦探小说充分利用了美国经济大萧条后读者需要一些娱乐来"逃避现实"这一点,但是也可以说——公正客观地说——这些小说为我们呈现出用想象力构建出来的不同于现实的另一个世界。科迪和特纳等西部小说作家及时重新强调一种现代思想,即待在家里的人根本不会有那些冒险经历。这种思想在国家已形成的神话中根深蒂固。那些作家带我们走出我们熟悉的世界去体验新奇的事物,甚至要冒生命危险,但是他们像科迪一样总保持一个安全的间距。在与世隔绝、相对安全的状态下,我们会把自己与书中那些直面神秘世界、危险甚至死亡或精神崩溃(这也是一种死亡)的人物视为一体。然而,西部小说又同时把我们从最终的恐惧中解救出来——首先,呈现给我们一个被超凡的勇气和技能征服的世界;接着,给我们讲述在我们所熟悉的公式基础上有所变化的故事,最后不会使我们无所适从。这些小说先带领我们去冒险,之后把我们从险境中解救出来。

然而,侦探小说和西部小说还要完成另一个文化使命。这些小说的主人公利用一些传统,包括传统的政治理论和有关《圣经》的宗教信仰,反复强调个人拥有自己来判断一切是非的权利和责任。其中,公民群体,或者更广义地讲,文化本身是否能够生存,不是取决于有公德心的公民,而是取决于有自己的生活准则的个人主义者。赞恩·格雷(一位"爱上西部"的牙医)小说中的流浪牛仔和外来者,以及戴许·汉密特(Dashiell Hammett)和雷蒙德·钱德勒(Raymond Chandler)笔下的侦探英雄,并不情愿为社会服务,因为虽然他们把群体生活视为一种理想,但又抵制其堕落状态——在这种状态下，惩罚的威胁和金钱、权力以及享乐思想的诱惑灌输给人们"错误的"（有时是"资本主义的"，有时是"女权主义的"）价值观。如果这样的社会在西部小说和侦探小说中扮演的是反面角色，那么这些小说坚守的"真实"文化只能是没有实现的梦想。

在多斯·帕索斯着手写《赚大钱》（1936）——"他们更强大他们很富有他们不停地雇佣和解雇政客……我们无疑是两个国家的国民"——之前很久，国家最流行的小说实际上是削弱男性与女性之间界限的呐喊。"家庭"小说主要是由女性写、为女性写、写女性的小说。女性是这些小说的主要人物，而年轻女人——通常是孤儿——是这些小说的主人公。小说喜欢把背景设置在厨房、起居室这样封闭的、私人的空间。即使小说中出现了描写大自然的场面，通常也只是些田园风光或静谧的花园。总之，"家庭"小说的真正斗争是内心的斗争。教导人们如何驱散内心的困惑在这类小说中占有很重的分量，而读书、唱圣歌和做祷告也同样重要。我们明白了内省几乎是年轻女性生活的核心，使她们逐步摸索着走向成熟。不管一个女人会不会结婚，或者更尖刻地说，会不会变得睿智——首先，要懂得在思想、言语和行为上保持贞洁；其次，要学会服从丈夫——成为家庭的核心。宗教和文化是密不可分的，而女性则是二者的首要载体。完全的"女性"自由恰好就在于要为宗教和文化服务，从而为家庭服务。

欧文·威斯特的《弗吉尼亚人》之后的西部小说通常都是为男人而写、写男人生活的。这些小说也同样强调适度的虔诚是对一切事物的考验。但是在这些小说中，宗教起的作用不是很大。而英国的小说家们，特别是女性作家，甚至在19世纪后期和20世纪初期仍然把牧师描绘成英雄，用牧师来表达著者的心声。美国的小说从纳撒尼尔·霍桑的作品开始，经常受到十分严格的审查。他的作品中，具有精神力量的人物通常都是女性。女性作家B. M.辛克莱（笔名是B. M.鲍尔）写了一系列关于"飞动的U形牧场"发生的故事，在西部小说通常是由男人来写的这一趋势中，她是一个引人注目的例外。她的小说着重描写一个马上就要衰亡的社会，在这方面她也是一个例外，

> 一个宁静的……小小世界消退在了群山之中，带着一丝胜利和失败，带着一丝心痛和欢喜；这是一个幸运的小小世界，因为它的胜利是令人欣喜的，它的失败是微不足道的，它的心痛是短暂的，它的欣喜是不带烦恼或罪恶的。

鲍尔的"飞动的U形牧场"系列小说预示着30年代农村乌托邦思想的繁

第四章 残留的个人主义和有限的使命

荣。相反，赞恩·格雷的社会已经陨落。虽然这个世界在很大程度上仍然保持着前工业化的状态，但并不是处于一种完全的前现代状态，因为这个世界与工业文明的"进步"发生了深刻的矛盾，有时还与宗教信仰发生冲突。在格雷的小说中，虔诚的女性在精神上依然强大，还保留着宗教的权威。但是大部分男人，包括以牧师为职业者，对待宗教就像对待其他一切事物一样，试图利用宗教来扩大他们的财富和权势，这一点从《紫艾灌丛中的骑士们》（*Riders of the Purple Sage*, 1912）中简·惠泽汀（Jane Withersteen）和埃尔德·塔尔（Elder Tull）之间的对比可以看到。格雷小说中的主人公倾向于用行动而不是内省来表达他们的思想。他们认为正直比权势重要，甚至胜过自己的生命。在城里，他们喜欢不受宗教约束的公共场所——马车出租店、国有土地管理局、法院、火车站或酒吧——而不喜欢家和教堂。但是，他们更喜欢几乎还保持原貌、未被腐化的大自然。焦虑不安是他们的一个特征，与世隔绝是他们的另一个特征。他们沉默寡言、坚忍克己，几乎对任何事情——除了"纯洁的"女人和一尘不染的自然景色以外——都没有欲望，更不用说心存敬畏了。他们有时把宽广的河流、空旷的草原、雄伟的山峦或者辽阔的天空看做是女性的，而认为自己受严格的荣誉准则支配的生活是男性的。

在《紫艾灌丛中的骑士们》中，无情的摩门教徒掌控着一切。在《内瓦达》（*Nevada*, 1928）和《佩科斯河西部》（*West of the Pecos*, 1931）中，司法官员与掠夺土地的狡猾的农场主相互勾结。在《西部准则》（*Code of the West*, 1934）中，一位来自东部名叫乔治亚娜·斯托克维尔（Georgiana Stockwell）、满脑子"现代"观点的女郎前往西部。她认为传统的行为规范已经"过时"了；"我们的姐妹、母亲和祖母们都被造物主欺骗了，被男人欺骗了！"斯托克维尔决定在穿衣、说话、行为上要随心所欲。她一有机会就倡导解放，鼓励大家跳东部的爵士舞。《西部准则》中出现的冲突，一些是由于偷盗牲畜和抢夺土地的行为造成的，而其余的则是由乔治亚娜挑起来的——最后，她从这片衰退但还没有衰亡的边疆得到了宝贵的教训，从而把"她可怜的一点点虚荣心、她对现代自由的热衷、连同女性要求男女平等的呼声"都抛在了一边，开始"渴望为自己造成的冲突赔罪"。经过这样的磨炼，她变成了一位完美的妻子——看起来既勇敢又温顺，非常迷人。

214

在典型的格雷小说中，男性地位得到强化，男性霸权得到重建，但他们采取的手段比在《西部准则》中略为隐蔽和温和。但是，在这些小说中，社会很少以令人欣赏的姿态出现：社会变得越来越发达，同时也变得愈加堕落。在诸如《内瓦达》和《佩科斯河西部》这样的小说中，社会的堕落是一个必须被曝光的秘密。我们所说的群体是指对过去拥有共同的回忆、因为共同的

第三部分 经济大萧条时期写作的命运

使命和愿望而紧密结合在一起、按照个人权利的社会正当性而构建的社会，那么格雷笔下的主角不属于任何一个群体。这种对过去的记忆和对使命的忠诚是他们自己所特有的，因此似乎成了他们永恒的荣誉准则。他们在格雷的故事中通常已经成熟。他们无论何时都是那么勇敢而又足智多谋，可以应付一切困境。岁月的艰难在他们的脸上留下了深深的痕迹。他们面临的威胁不是恐惧而是绝望，因为绝望会动摇他们阻止自己犯罪的决心。唯有坚持个人的荣誉准则和心怀帮助善良的人们建造纯朴的家园、建立核心家庭的愿望才能使他们避免误入歧途。但是，他们不太可能一起来做这些事情，因为他们喜欢孤独，不喜欢妥协，将来只会按照自己的主张来接受妻子、家园和家庭的概念。比起孤独或死亡来，他们更害怕失去他们坚韧的男子汉美德，他们手中的枪常常是捍卫这种美德的标志。在《紫艾灌丛中的骑士们》中，简·惠泽汀对文特尔（Venter）谈到了忍耐和仁慈。他对简说："我要死得像个男人！……把枪给我。"那些肯定基督教信仰的人在拒绝让温和的劝说威胁他们的男子气概的同时，有选择地决定是否要用枪来捍卫男性的美德。他们认为他们遵从的准则与自然紧密联系在一起，因而比那些被高雅的女人所信奉、被贪婪的男人所利用的宗教还要古老。他们希望用这种准则为"真正"的男人、"纯洁的"女人和其他"善良的"人们挽救这个社会。他们想把社会从已经堕落的人们的贪欲中拯救出来，从女人被引入歧途的温柔中拯救出来，因为他们想占有这个社会，即使不能作为统治者，至少可以尽可能地像统治者那样带几分野性的男子气概。

《内瓦达》一开始就描写主人公逃避了法律，救了他最好的朋友和他心爱的女人："不管将来如何孤独和痛苦，什么都改变不了也减弱不了这件事给他带来的幸福感和光荣感。"后来，内瓦达挫败了杀手、小偷和狡猾的司法官员的阴谋，再次救了他的朋友和他的心上人，此外还救了一大群人。但是这次，人们已经允许他加入他所捍卫的那种生活了。然而，与家庭小说中所特有的女主人公卑下的生活不同，内瓦达的生活让他觉得有点儿飘飘然。在小说的结尾，内瓦达低头凝视"深爱他的女人，落日余辉撒在她的脸上"，说道，"亚利桑那州微笑着向我们走来。""内瓦达正微笑着向我走来，"她半梦半醒地回答。

侦探小说与西部小说有几个共同之处，比如总习惯带着读者走在狂野边缘，然后遇上亡命之徒或者几乎沦为逃犯的各种社会弃儿。在侦探小说中，我们迟早会发现社会自上而下已经彻底堕落。虽然区分受害者和害人者以及复仇天使和雇佣枪手的界限经常模糊不清，但这个界限至关重要，就如同区分侦探英雄遵守的严格准则和他周围几乎每一个人遵守的含混的道德规范之

第四章 残留的个人主义和有限的使命

间的界限一样重要，这些人中包括相当一部分杰出的市民、公民领袖和公务员。这些人表面上服务于社会，实际上是贪婪的剥削者。一般人认为，侦探英雄经常是失意的人，比如失败的警察。他们看似足智多谋、顽强、值得信赖，实际内心都是寂寞的"分离主义者"。

虽然侦探过的完全是城市生活，但却像牛仔一样都是社会的最低限要求者。他们唤回那种崇尚进步思想和男子气概、反对世故圆滑的文化。然而，就像业余历史学家一样，侦探们知道每个人的现在都有不为人知的过去。还有一点很重要，由于他们遥远的祖先曾是传统基督教徒，甚至是早期新英格兰清教徒，他们认为被隐藏的过去是一种罪恶，并会为揭开现在的罪恶提供线索。然而，与早期的清教徒不同，他们玩世不恭并有些绝望，因为他们相信罪孽，但却不相信可以赎罪。在罗伯特·佩恩·沃伦的《国王的人马》(1946)中，威利·史塔克（Willie Stark）对有抵触情绪的侦探杰克·波顿（Jack Burden）说："人在罪孽中孕育，在堕落中诞生，经历了从尿布的臭味到裹尸布的恶臭。这总还是有些道理的。"他的意思是说，罪恶流入贪婪、可耻的下流社会，但也同时蔓延到了体面的上流社会，每个人都被卷了进去。

像牛仔英雄们一样，侦探英雄也必须在恶劣的环境中工作。他们的脸上写满了岁月的苦难，一言一行都有岁月的痕迹。他们知道社会用带给人们幸福和成就的空洞承诺破坏了正义的风气，早晚这个社会会把尚未腐蚀的一切毁掉。金钱和性是最主要的诱饵。性预示着快乐，或者有可能预示着爱情、亲密的关系甚至婚姻。而金钱预示着财富、权力和地位。侦探们常常会深受其扰。只有他们的准则和正义感才能保护他们免受诱惑。结果，他们越是意志坚定、足智多谋，就越会陷入世界的黑暗中，这个世界摧毁了大部分它用金钱买不到的东西。

216

侦探所处的社会，其资本主义程度远比西部英雄生活的社会发达得多。他们所遇到的大部分人都是雄心勃勃的企业家。作为城里人，他们生活的空间狭小，脱离自然。然而，他们这些人也持有真正的边缘人所特有的权威，也同样重申男性的身份和霸权以反对女性入侵公共领域。因为女性常常把享乐和安逸的诱惑与金钱和安全的诱惑搅和在一起，从而更激起了侦探对她们的质疑。然而，作为现代骑士，他们对处于困境中的女性表现出了特殊的钟爱。此外，他们热衷做一些注定会失败的事情。由于经验告诉他们金钱使人堕落，所以他们密切注视着现代资本主义的发展。在他们的世界中，金钱与罪恶并行。他们总是担心，如果美国人一味追求成功、害怕失败，并习惯用金钱来衡量一切的话，他们会为达到目的而不择手段。

尽管侦探英雄愤世嫉俗，他们却仍然在为城市社会的理念而努力，仍然

第三部分　经济大萧条时期写作的命运

为挽救这个社会而躬身力行。像嘉莉妹妹一样，他们也把生活分成两部分：众人面前的表演和私底下的逃避。他们言简意赅、沉默寡言，专门研究个人主义的阐述和与之并行的自力更生的态度，严格抑制个人主义未表达出来的各种情感、需求和欲望。唯有他们对好女人和正直的男人抱有的一种感伤情绪证实了这种阐述未能表达出来的巨大需求。这种情绪也是他们与牛仔另一个共同的特点。如果说讽刺加强了他们的感伤情绪，并把他们推向孤立，那么可以说这种感伤情绪弱化了他们的讽刺，使他们向激励他们的群体和事业靠拢——即挽救那些还未堕落的人和拯救这个还没有完全被毁掉的社会。

讽刺使他们与人隔绝，多愁善感使他们融入群体。结果证明，如何保持二者之间的平衡成了侦探们处理一切事务的关键。他们从19世纪的祖先那里继承的理性成为他们的工具。但是，他们的经验削弱了他们的理性，这一点我们可以从他们身上留下的疤痕和心头笼罩的阴影中看到，这些疤痕和阴影使他们想到堕落和死亡。他们带着我们在下流社会和上流社会上下穿梭，看到真实的生活本身。与他们在一起，我们明白了"到处都是一样的——饥饿、屈辱、无知、罪恶、贪婪、尔虞我诈、折磨、专制"。侦探们接受孤独和贫乏的生活，勇敢地面对死亡，以抵制与性、金钱和恐惧有关的诱惑；为了继续与周围腐败堕落的行为作斗争，并与时刻困扰他们自身的疑虑斗争，他们抵制犬儒主义带来的诱惑。戴许·汉密特的《红色丰收》（*Red Harvest*，1929）中有个大陆侦探社的无名探员，他的名字就显示出他的纯洁和超然。他说："我的灵魂只剩下坚强的外表，在与罪恶打了20年交道之后，对待任何一种凶杀我都看得很淡，就像看着我的黄油和面包一样，这不过是日常工作。但是，这……并非我的本性。是这个职业使我变成了这样。"侦探们主要为了体验自己拒绝背叛或屈服的这种满足感而进行不屈不挠的斗争。在《大眠》（*The Big Sleep*，1939）的结尾，作者写道："一旦死了，躺在什么地方有什么要紧？"雷蒙德·钱德勒给《大眠》起的这个书名是死亡的同义词。"你死了，你在长眠，你不会受到那样的事情的打扰了。对于你来说，石油和水就如风和空气一样。你只是在长眠，并不在乎你是如何死亡或在什么地方倒下这些不堪的事情。"

谙于此道的英雄们主要依靠他们的勇气、足智多谋和正义的严厉准则。男人对他们有些畏惧，甚至有些不情愿地尊敬，而女人则崇拜他们。他们需要坚定的决心来避免误入歧途，需要一个强硬的外表来避免灵魂的死亡。有时，他们像牛仔们一样过着几乎独身的生活。汉密特的《马耳他猎鹰》（*The Maltese Falcon*，1930）中的女人很具有代表性：伊娃·阿奇（Iva Archer）是一个自私的贱女人；布里奇德·欧香尼西（Brigid O'Shaughnessy）是一个美丽

第四章 残留的个人主义和有限的使命

而又迷人的杀人犯;而艾菲·派瑞恩(Effie Perine)是一个好女人,就像萨姆·斯贝德(Sam Spade)在最后恭维她时所说的那样,她是"一个十足的好人"。萨姆·斯贝德列举了六七个理由决定把布里奇德交给法律处置,而不顾事实究竟是什么——"这个事实可能是你爱我,也可能是我爱你"——之后,他依然信守他遵循的特殊准则,暗自认为布里奇德会认可他正在做的一切以及他这么做的原因。而其作者认为,作为读者的我们也会这么以为。像格雷笔下的牛仔英雄一样,斯贝德坚持认为浪漫的爱情是必要的想象,否则愤世嫉俗的观念将会把他吞噬。但是,他不愿意通过亲身经历来验证那种想象,这比格雷笔下的内瓦达更甚。最后,他发现自己不仅孤单而且孤独,对情感也几乎没有了感觉。汉密特的《玻璃钥匙》(The Glass Key,1931)中的奈德·波蒙特(Ned Beaumont)说:"我什么也不信,我是一个对许多事都无动于衷的十足的赌徒。"

雷蒙·钱德勒辛辣讽刺的风格与他笔下的主人公菲利浦·马洛(Philip Marlowe)的语气类似。菲利浦·马洛总是犹豫不决,在保持强硬和易受诱惑之间极力权衡。在被金钱和权势诱惑时,他保护自己免受其害。"让富人见鬼去吧",他说,"他们让我觉得恶心"。在受到性的诱惑时,他做出了同样的反应。"这屋子我得住",他边说边把赤身裸体的卡门·斯特恩乌德(Carmen Sternwood)从他的床上扔了出去,"从家的意义上来说这间屋子是我所拥有的一切。任何与我、与过去、与代替家庭的东西有关的一切都在这里。"这说明,对于马洛来说家更像是一种记忆而不是梦想。其实骑士的生活也是如此。他说生活不是"骑士的游戏"。他一心致力于解救女人,那些无论多么白皙美丽却几乎总是堕落了的女人,因为他下定决心至少要坚持浪漫爱情的想法。同样具有讽刺意味的是,他不仅仍然忠于自己和自己的准则,而且还以自己的方式忠于社会,这并不是因为社会值得他效忠,而是因为他需要效忠于某些事物。他知道他所处的堕落的社会使人们彼此对抗。但是他仍抱着这样的愿望:精选出的强硬但易受诱惑的人们做出的牺牲能够创造出一种增加人类幸福感的文化,因为这是唯一使他勇往直前的动力。

《黑侠》(Black Mask)杂志1919年宣布创刊,1920年开始出版发行,专门刊登"神秘类、侦探类、冒险类、西部类、恐怖类和新奇类"的小说。20年代中期,"私家侦探"作为社会的新救星出现了,《黑侠》杂志也具有发现和培养人才的能力。从1929年开始,汉密特相继出版了四部重要的小说——《红色丰收》、《丹恩咒诅》(The Dain Curse)、《马耳他猎鹰》和《玻璃钥匙》,每一部都在《黑侠》杂志上连载。侦探小说像西部小说一样在30年代走向繁荣。这多亏了像杰克·伦敦这样的作家——杰克·伦敦用强硬的原则

第三部分 经济大萧条时期写作的命运

来抵消甚至摧毁极度的贪婪;也多亏了像欧内斯特·海明威这样的作家——海明威在他事业的初期,在《在我们的时代》(1925)和《太阳照样升起》(1926)中,赋予这些遭受折磨的脆弱英雄以新的威力,从而使他们变得强硬,以对付周围丑陋的世界。像《凶手》(The Killers)、《五万元》(Fifty Grand)、《暴风劫》(After the Storm)和《在异乡》(In Another Country)这样的小说使海明威笔下的"硬汉"形象浮出水面。其中一种抵制的方法就是不断打磨生活,直到没有什么可失去的了。一个男人"一定不要结婚",这是《在异乡》中的一句话。《在异乡》把生活描述成了逃避困境的艺术。海明威笔下的主人公说:"他不能结婚……他不应该把自己放在一个失去自我的位置。他应该找到一些他不会失去的东西。"在30年代,由于海明威对艺术的掌控力开始下降,他开始更多地在生活中冒险,而在小说上的冒险尝试较少,这些尝试的结果大都令人沮丧。但是,他继续在这两方面进行冒险。在《逃亡》(To Have and Have Not, 1937)出版几年后,他开玩笑说,这部小说是一本"道德观念薄弱的书——专门讲述通奸、鸡奸、手淫、强奸、故意伤害、大屠杀、性冷淡、酗酒、卖淫嫖娼、性无能、无政府状态、私酒买卖、贩卖中国佬、女子性欲亢进和堕胎"。但是,他对麦克斯威尔·帕金斯说,这本书真正的主题是"个人的堕落"。后来,他作为拥护共和政府的记者参加了西班牙内战,接着就写了《丧钟为谁而鸣》(1940),这是一部跌宕起伏的长篇巨著,标志着他再次肯定了人类团结这种可能性以及一些社会事业的价值。《逃亡》是他唯一一部描写经济大萧条的小说,也是唯一一部以美国为背景的小说。然而,在这部小说中,他似乎彻底失望了。在对激进的个人主义言论完全失去信心之后,他似乎找不到别的言论来替代它。主人公哈里·摩根(Harry Morgan)曾经为过那种诚实正直的生活做过努力,但是以失败告终,结果成了罪犯,开始向古巴贩卖私酒、偷渡外国人,最终却只发现"孤零零的一个人是他妈一点儿该死的机会也得不到的"。这是他临死前说的话。小说的主要女性人物玛丽亚在哈里死后四处查看,却什么也没找到,只看到"这受到上帝诅咒的生命"。

詹姆斯·M.凯恩(James M. Cain)和霍拉斯·麦科伊(Horace McCoy)的硬汉派小说也表现出类似的情感。詹姆斯·M.凯恩和霍拉斯·麦科伊在好莱坞边缘地带工作和生活。许多作家都曾断断续续在好莱坞工作过,比如菲茨杰拉德、多萝西·帕克(Dorothy Parker)、斯蒂芬·文森特·贝尼特(Stephen Vincent Benet)、多斯·帕索斯和福克纳等,这主要是因为好莱坞甚至在大萧条时期报酬也不错。布莱克(Blake)写道:"悲极生欢",或者如好莱坞所理解的那样悲伤到极点就会寻求其他安慰。马克斯威尔·安德森、罗伯特·舍伍德和桑顿·王尔德（Thornton Wilder）都发现好莱坞的报酬优厚，因此不容错过，虽然他们中没有一个人像菲茨杰拉德在30年代或者福克纳在30年代以及30年代之后那样财源滚滚而来。大部分作家，即便是无名小卒，都挣到了很大一笔薪水，但是他们发现好莱坞让人倒胃口，或者至少可以说好莱坞让他们觉得倒胃口，其部分原因是因为电影剧本像电影一样，都是由多方合作完成，是唯利是图的投机。在这个过程中，单个作家所起的作用很有限，甚至可以说是微乎其微。贝尼特说：在好莱坞，情节不是情节，而是谈判。凯恩简单明了地说："想象力或者是自由发挥的，或者是被限制的，而在这儿是被限制的。"作家对一些导演和制片人是很重要的，但是他们起多大作用则是有限度的，因为这个行业的任务就是为拥有电影制片厂的母公司赚钱。

　　凯恩笔下的主人公们几乎对所有的事情都置之不理，除了一些低级趣味的小说。他们萎靡不振地穿过商业化的世界走向死亡。凯恩的小说——特别是《邮差总按两次铃》（*The Postman Always Rings Twice*，1934）——受到了极大的欢迎。他的小说记录了几乎所有价值观的毁灭，让人备感凄凉，我们不由得要问为什么还有那么多人喜欢读这些作品。凯恩笔下的主人公，包括《相思曲》（*Serenade*，1937）中那个自我矛盾的艺术家约翰·霍华德·夏普（John Howard Sharp），与其说是强硬，不如说是无情。他笔下的女性人物不是迷人就是幼稚，或者二者兼而有之。贪婪、欲望、无聊一直在左右着他们的生活，直到对冒险的渴望引发出像自由游戏这样的事情。掀起轩然大波的不速之客在凯恩的小说中起着至关重要的作用。同样，感情的爆发、混有暴力和欲望的充满激情的行为也在凯恩的小说中至关重要。《双重保险》（*Double Indemnity*，1936）中的赫夫（Huff）说，"一丝恐惧"就可以"把爱凝结成恨"。

　　凯恩的小说主要讨论了三组基本的关系：男人与女人、艺术家与社会、个人与社会的关系。在每一对关系中，他者承诺和谐发展，却又造成致命的威胁。凯恩笔下的人物都在极力维护这些土崩瓦解的关系，这主要是因为他们担心任何他们不能完全控制的关系都会使他们陷入困境或使他们毁灭。但作为一个自我得到充分展示而展示的不仅仅是自我的更大的整体而言，这些关系不可能真正存在。我们所得到的只是发展受到阻力的戏剧作品：一群人在那里展示青少年或者幼儿对成人世界的痴迷，这个成人世界由于不够成熟而变得玩世不恭。社会的代表性个体就像总是按两次门铃的身穿制服的邮递员一样碌碌无为，虽为大家所熟悉，但没人知道他们的名字。凯恩笔下的人物是一群希望走进这个浮华世界的局外人，受到贪婪和色欲以及致命的厌倦情绪的驱使。甚至没什么企图的人也被谴责为欲望太大，因此必须接受惩罚，不是被社会中穿制服的政府人员惩罚就是相互惩罚。

然而，最终，社会不仅与凯恩笔下的人物背道而驰，而且还是黑暗的孪生子。在《蝴蝶》（*The Butterfly*，1947）的前言中，凯恩说他自己是"愿望得以实现"的诗人。他又说："由于某种原因，这是一种可怕的思想，至少这是我的想象。"他所描写的许多女人和大部分男人大都彼此意见不和，而不是与社会有冲突——社会在某种意义上已经胜利了。在《蝴蝶》中，父亲对女儿乱伦的爱唤起了女儿对父亲乱伦的欲望。这部小说晦涩难懂，带来了极其恶劣的影响。虽然我们从一开始就怀疑小说中的人物出自欲望的行为会导致他们的毁灭，但是我们禁不住想知道他们在尝试这些欲望后到底会发生什么。在《邮差总按两次铃》中，我们看到美国文学中最典型的注定失败的三角关系之一——在尼克（Nick）身上，我们见识了黑皮肤的陌生的他者；在弗兰克（Frank）身上，我们见识了作为局外人最终成为罪犯的"美国人"；在科拉（Cora）身上，我们见识了欲望最强烈、野心最大的女人。尼克、弗兰克和科拉与他们潜意识里的欲望打了一场注定失败的战争，同时他们彼此之间也打了一场注定失败的战争。他们走向毁灭的形式虽然出乎意料，但似乎是不可避免的，因为凯恩的文本是以此为前提的。凯恩的文本成功地引起了人们对宿命论的兴趣。《相思曲》中，艺术家约翰·霍华德·夏普害怕人们看穿他："它里面会混杂着一些可怕的东西，我不想知道它是什么。"后来得知"它"原来有双重的含义：一是对一个名叫温斯顿（winston）的男人的爱恋，温斯顿这个人酷爱交际，几乎到了不正常的地步；二是他渴望让人知道他的愿望，为此他感到恐惧，而表面上他却希望某个人能够消除他的这种欲望。

凯恩的世界最深奥的真理以及驾驭这个世界的相互冲突的愿望都在解决夏普的困境的过程中显现出来。夏普的困境即是文化的困境，也是个人的困境。在一个斗牛场景中，典型的纯朴女性胡安娜杀死了温斯顿，救了夏普的命。胡安娜把夏普隐藏在心里的愿望当成自己的愿望，她与夏普逃离了这个文明世界，并把他当做自己的情人，但最终不过和他一起被尘世毁灭：他们变老了，他们的爱枯竭了，他们的生活停止了。夏普视力下降，身体发福；胡安娜变成了一位臃肿的丑老太婆，最终死去。

借用埃德蒙·威尔森对凯恩的描述，霍拉斯·麦科伊（1897—1955）又是一个描写"耸人听闻的凶杀案的诗人"，只不过不像凯恩那么受到大家的欢迎。但是，在某一方面，他是一位更为有影响力的艺术家——这在一定程度上是因为他觉得自己受文化"女性化"的影响较小，而受其政治经济的影响较大。《寿衣没有口袋》（*No Pockets for a Shroud*，1937）源于他20年代和30年代早期在得克萨斯当新闻记者时的经历。他从得克萨斯来到好莱坞，打算

第四章 残留的个人主义和有限的使命

写电影剧本赚钱,同时也在写严肃小说。作为一位成功的电影剧作家,他一直称自己是"好莱坞的出租马车",而把他的作品称作一种"卖淫"。他的四部小说中——《射马记》(They Shoot Horses, Don't They?, 1935)、《寿衣没有口袋》(1937)、《我应该待在家里》(I Should Have Stayed at Home, 1938) 和《吻别明天》(Kiss Tomorrow Goodbye, 1948)——第一部是最有价值的。现在,大多数人已经不记得这部小说了,只记得其电影版本。这部作品之所以仍然重要,一定程度上是因为这本书顾左右而言它的手法在麦科伊修订的版本中依稀可寻。

在回忆《射马记》的背景时,麦科伊说:"在古老的步行马拉松中充斥着堕落、罪恶和暴力。罪恶对与它打交道的人来说具有一种魔力,当然,这一向如此;而暴力则具有一种特别的抒情风格,把事情提升到高雅艺术的境界。"小说的两个主要人物格洛丽亚(Gloria)和罗伯特为了赢钱参加了舞蹈比赛。格洛丽亚来自被她称为"一个地狱般的地方"的西得克萨斯。她在电影杂志上对好莱坞有了一些了解,之后就来到了西部,希望在太平洋畔过一种令人向往的生活。要想过这种生活,一种可能是被星探"发现",而另一种可能是"结婚"。如果说抱着这些梦想是因为她没有受到良好的教育,那么她被动地等待有人发现或等着有人向她求婚也是因为她没有受过良好的教育。她对这一切充满渴望,于是遵照《独居并热爱独居:非常女士指南》(Live Alone and Like It: A Guide for the Extra Woman, 1936) 这本书中马乔丽·希利斯(Marjorie Hillis)对年轻女郎的忠告开始行动。希利斯教导说,女人可以从孤独和不安中解放出来,只要她们先给自己配置一套专门的行头——包括"至少两套女士长睡衣"——然后学会如何化妆、如何调制男人喜欢的马提尼酒和曼哈根鸡尾酒,之后等着那个男人出现。

格洛丽亚的渴望使她易受诱惑,而她的美貌使人产生欲望,她成了统治好莱坞的那些肆无忌惮的男人们一个很容易得手的目标。小说最初的草稿中,格洛丽亚讲述了自己的爱情生活中一个"可笑的"事实:"我一生中还从来没有和别人在床上睡过觉,"她对罗伯特说。后来,麦科伊在最后的版本中保留了一句话——她站在那里,期待着死亡,她知道生命已经结束,此时她说道:"电影生意是龌龊的交易……我很高兴我已经结束了与它的交易。"罗伯特后来在听法官宣判他死刑的时候说:"我从来没在意她当时的话,但是现在我认识到那是她说的最有意义的话。"

对罗伯特和读者来说,格洛丽亚历经磨难后认识到的一切无疑使她的观点更加有力。从她说的每一句话中,我们都可以感受到发生在她身上的许多事情都很沉重。结果,对罗伯特来说,格洛丽亚成了发生在他身上的一件大

第三部分 经济大萧条时期写作的命运

事。这个陷入困惑的阿肯色州男孩仍然在惊讶"这一切都是怎么开始的",更不知道这一切是如何结束的。他仍然不能"完全理解这一切",觉得这看起来"非常奇怪"。格洛丽亚对自己冷酷无情,也对自己的世界冷酷无情,她的痛苦是自作自受。"这一切就是一个旋转木马。当我们从这儿逃脱的时候,恰恰又回到了起点。"确切地说,她对罗伯特说这番话时已经被生活在男人统治的世界里的经历塑造成一个冷酷无情的女人。罗伯特在一篇未出版的源自这篇小说的短篇小说中说:他觉得不得不听她讲这一切,"因为无法拒绝她对我讲话的那种方式。如果我是女孩儿,我也会以同样的方式讲给男孩儿听"。这句话有助于人们弄清楚为什么格洛丽亚成了罗伯特伟大的精神导师。她用自己的痛苦和与传统观念截然相反的唯我主义来抗衡罗伯特肤浅的乐观主义和传统的唯我主义。"现在我知道了乔纳在看鲸鱼时的感受了,"罗伯特说。这时,格洛丽亚的教导开始起作用了。几个小时之内,她就使他相信:他执着坚信的抽象概念——希望、真理和正义——都是空的;一些看起来并不丑陋的生活,包括他们各自的生活在内,"只不过是一种演出的技巧";偶然的邂逅使他成了"她最好的朋友……她唯一的朋友",因为他倾听了她的故事,听到了她的心声;因此,他必须帮她这个忙,向她开枪,因为,"他们在射马,不是吗?"这些马指的是不可救药的残马。面对逮捕他的警官时他说的就是这句话。

跳马拉松舞在20年代曾经是流行一时的滑稽的消遣方式,而在30年代却成了一种残酷的职业。然而,为了揭露政治经济的深刻逻辑,麦科伊把小说中描绘经济大萧条景象的资料都删掉了,比如人们等待食物救济的场面。在他看来,政治经济更看重财产权和收益权而非生命权,更别提罗斯福所说的"过体面的生活"的权利了。公共环境和私人生活复杂交错的局面贯穿在《射马记》中,并在构成小说主要叙事结构的马拉松舞中和因为格洛丽亚谋杀案而对罗伯特展开的审讯中体现出来。小说13个章节中的每一个章节之前都有法官宣判罗伯特有罪、判处其死刑的判词。麦科伊通过描写格洛丽亚死亡的命运和罗伯特悬而未决的命运把小说聚焦在对现代社会无形的考验中。在这个社会中,所有优秀的人都是脆弱的,而所有脆弱的人早晚都会爱上死神。格洛丽亚告诉罗伯特她曾试图毒死自己而住进了医院,在医院康复时看了一些电影杂志后才决定去好莱坞。罗伯特回想起她"在太平洋畔那个漆黑的夜晚"死去的一瞬间很放松、很惬意、面带微笑。罗伯特说:"这是我第一次看到她微笑。"

如凯恩的《相思曲》一样,麦科伊的《射马记》也是围绕着在坟墓中与我们对话的人物展开的。在两个死刑中——罗伯特判处格洛丽亚死刑和法庭判处罗伯特死刑——我们目睹了脆弱、充满渴望、年轻的美国人所面临的危险结局。罗伯特和格洛丽亚让我们认识到一个人的希望要想持久必须得到其文化的认可。他们还提醒我们不要提什么历史文化,除非我们试图以未被这种文化认可的受害者的眼光和其胜利者的眼光共同来看待它。

224

第五章　寻找共同的目标：左翼的斗争

　　源于激进左翼的小说带有一些侦探小说的愤世嫉俗，并颇具霍拉斯·麦科伊的辛辣讽刺的意味。这些小说所暗含的本土传统至少可以追溯到 I. K. 弗里德曼（I. K. Friedman）的《只吃面包》（*By Bread Alone*，1901）和《激进分子》（1907）、厄普顿·辛克莱的《屠场》（1906）、夏洛蒂·泰勒（Charlotte Teller）的《牢笼》（*The Cage*，1907）和杰克·伦敦的《铁蹄》（*The Iron Heel*，1908）。但是，是改革把左翼力量团结在一起，而改革靠的是希望。1937 年，也就是在肯尼斯·伯克敦促美国作家代表大会把"人民"而不是"工人"作为他们"劝诫和爱戴的基本对象"后的两年，内森·阿施出版了《寻找美国之路》。一对来自墨西哥的年轻夫妇住在科罗拉多州的丹佛，过着听天由命的绝望生活；一位生活在加利福尼亚州伊瑞卡的中年人希望，在他和妻子被饿死之前能生重病，以便有资格获得救济；亨利·约翰·索恩（Henry John Zorn）被扔在蒙大拿州自生自灭；阿肯色州洛斯特草原的一个黑人家庭住在"像筛子一样千疮百孔的空房子里，周围是一片棉花田"。这就是阿施看到的"美国"，随后他写了一本有关美国的书，这种双重冒险表明他在对"人民"进行探索，而"人民"的抗议就表现在他描写的人物身上。阿施强调过着这种生活的人不是"个案"，而是"司空见惯、很平常也很普遍的"。这些人被剥夺了一切，身陷苦难。他们与舍伍德·安德森在《困惑的美国》（1935）中所描绘的低级住所中的居民类似，那儿的居民总是一起"长吁短叹"。他们遭受着同样的苦难，也同样都在抵制这些苦难，他们都是受害者，拥有共同的敌人，但是他们还不知道如何来称谓他们的敌人，即那些住在华盛顿和纽约、为了个人享受和个人利益而治理国家的"非常富有且非常精明的"人。因为无法给他们的敌人定罪，阿施笔下的受害者们就没有机会设计出反抗敌人的有效策略。但是,阿施也突然停止了战斗,把这种积极的反抗推迟到了假定的将来"某一天",那时"人民"将会团结起来判定和抵抗他们的敌人。

如同阿施的《寻找美国之路》和拉塞尔·李(Russell Lee)拍摄的"分得政府公有地的定居移民"的照片一样,杰克·康洛伊的小说《被剥夺权利的人们》(1933)有意识地避免卖弄文字技巧。其主角是一个名叫拉瑞·多诺万(Larry Donovan)的工人。他不断变换工作,并非因为希望找到一份可以重建他的目的感的有意义的工作,而是失业的恐惧鞭策着他这样做。如果失业,他所剩无几的自尊将一扫殆尽。他与自己的劳动所创造出来的物品以及这些物品所产生的利润相分离,只能用每况愈下的工资来计算他付出的劳动。有时候,多诺万有点儿像汤姆·索亚(Tom Sawyer),把真正的冒险当做微不足道的游戏。然而,最终他在精神上更接近哈克·费恩(Huck Finn),这并不是因为他的生活使他逃往西部,远离无所不在的文明,而是因为他一开始就把家置于"世界上那些失去权利和财产的人们"中间。

然而,《被剥夺权利的人们》中存在一个根本的困惑。当资本主义仍然是多诺万公开宣布的敌人时,康洛伊的基调却在愤怒的反抗和吃惊的疑惑之间彷徨。几乎毫无疑问,康洛伊所忠诚的事物相互抵触。他认为自己是一个马克思主义者,但是,他曾经说过,一看"书架上的《资本论》"就"头疼"。他认为自己的作品具有激进主义的本土传统,与"惠特曼号召人们活灵活现地表现当时的生活"有关,这其中仍含有一种对个人主义充满希望的坚定笔调。在寡居的母亲和主人公儿子之间的一幕中,暮年与青春、工作与玩耍、责任与自由、社会组织与单个孤独的自我之间相互对立。这位母亲说:"你现在已经是大人了,你是我身边剩下的唯一的男人。"而她的儿子对此做出的反应却是哼着人们熟悉的歌谣跑出去做游戏了:"这么多小麦/ 这么多黑麦/ 怎么都没熟呢/ 我大声地叫。"

30年代,大声呼喊的"我"作为一种老传统和一种抵制同化的原则保留了下来,比如拒绝被鼓吹马克思主义思想的组织同化。人们已经很了解詹姆斯·T. 法雷尔与激进左翼的复杂关系。斯塔兹·朗尼根(Studs Lonigan)是法雷尔最强有力的主人公,他过着狂妄自大的个人主义生活。法雷尔通过自己特有的社会现实主义手法——特别是在《少年朗尼根》(*Young Lonigan*,1932)、《朗尼根的青年时代》(*The Young Manhood of Studs Lonigan*,1934)和《审判日》(*Judgment Day*,1935)中表现得最为突出——把小说作为反映有关城市生活现状的原始资料保存下来。朗尼根在旧的社区机构(家、教堂和学校)和新的社区机构(运动场、台球房和街区的流氓团伙)之间饱受折磨,结果他在某些方面是个失望的浪漫主义者，而在某些方面又是坚定的现实主义者。从家庭、教堂和神父吉尔胡雷（Gilhooley）那里，他对罪恶有了一个形象的感悟，但是他出生得太晚，不能希冀着在教堂赎罪。他的生活无疑遭受了打击，似乎真的封闭起来。群体演讲和群体冒险把反抗社会的行为变成了有组织的社会行为。与之相比，是否能与露西·斯坎伦（Lucy Scanlon）发生浪漫的爱情，以及他母亲是否能与牧师出于宗教而联系在一起，对他来说似乎都是毫无意义的。

由于朗尼根的世界中不仅经济匮乏，而且想象力枯竭、道德沦丧，因而空虚既是他的敌人也是他的需求。无数琐碎、世俗的小事在朗尼根的生活中不断重复，而他的生活在不断走下坡路的过程中勾勒出被法雷尔称为"美国在我们这个时代的宿命"的悲惨结局。最终，他的失败似乎并不比法雷尔塑造的丹尼·奥尼尔（Danny O'Neil）的成功强多少，但也差不到哪儿去。奥尼尔是《我从未建造的世界》（*A World I Never Made*，1936）、《没有星辰陨落》（*No Star Is Lost*，1938）、《父与子》（*Father and Son*，1940）和《在我愤怒的日子里》（*My Days of Anger*，1943）中的主人公，他比朗尼根要成功得多。然而，与其说他过得比朗尼根好，不如说两个人的生活仅仅是不同。这两个系列的小说都体现了法雷尔小说中特有的苍凉，尽管过分依赖于细节的堆砌，但是却创造出了一种社会和道德上的义愤感，特别是从朗尼根对被爱默生称之为"别处的世界"和被他自己称之为"别的什么东西"的渴望中，我们可以看到这一点。

在30年代早期，共产党吸收了很多新成员。但是，一些人改变信仰只是一时兴起，很快就丧失了兴趣。甚至林肯·斯蒂芬斯1931年出版的《自传》在信仰上也出现了分歧：既矢志忠于党的重要宗旨，又坚守以杰克·伦敦和伦道夫·伯恩为代表的本土传统。回顾过去，本·海格兰德（Ben Hugglund）看到"集体主义精神"在30年代早期赢得了暂时性的胜利。但是，接下来，"当形势有所缓和的时候，旧的个人主义精神又卷土重来，我们正好回到了两者的锋口上"。内尔森·阿尔格伦指出，无产阶级"文学"也受到了影响，因为控制无产阶级文学的是像迈克·高尔德和林肯·斯蒂芬斯这样的知识分子而不是艺术家。大多数小说家仍然处于模糊的边缘，一些人比法雷尔更接近共产党，而另一些人则离得远些。丹尼尔·福克斯的三部曲——《威廉斯堡的夏天》（1934）、《向布兰郝特致敬》（*Homage to Blenholt*，1936）和《卑贱的伙伴》（*Low Company*，1937）——在给年轻人的生活施加了压力、让他们意识到自己的局限性的同时，也用地点和环境的塑造力和歪曲力打消了他们认为地球上的穷人可能还会"作为地球的执政官进行统治"这种残留的希望。

罗伯特·坎特威尔的《丰饶之地》(1934) 主要描写陷入残酷罢工的年轻人。他们必须从一个黑暗——小说的第一句话是"突然，灯灭了"——走向另一个黑暗，直到小说结尾时，其中三个人蜷缩在一起，"因痛苦和愤怒而脸色阴沉……他们等待着黑暗像朋友一样向他们走来，给他们自由"。在艾拉·沃尔弗特（Ira Wolfert）的《塔克人》(*Tucker's People*, 1943) 中，贫困使一些人的希望破灭，而使另一些人"为钱疯狂，拼命追逐金钱"。沃尔弗特笔下的人们一旦加入在他们看来将有助于他们掌控"整个地球"的"争夺利益的游戏"，合法与非法的资本主义投机活动之间的界限就变得模糊，之后逐渐消失，使每一个投机活动都成为另一个的翻版。威廉·卡洛斯·威廉姆斯在斯泰彻（Stecher）家族三部曲——第一部是《白末尔酒》(*White Mule*, 1937)——中，为了着重描写对金钱、权力和地位的追求如何潜移默化地使人们"变得莽撞而又自私"，保留了大规模的腐败现象，这些腐败现象曾经引起幕后的沃尔弗特的关注。书中，人们一开始也遵循着"理性化和自我辩解的原则"，之后他们作了无数小小的妥协，最终完全丧失了严格的行为准则。

亨利·罗斯的《称它为睡眠》(1934) 之所以能够在30年代大多数小说中脱颖而出，一方面是因为罗斯善于再现曼哈顿下东区（Lower East Side Manhattan）的所见所闻。地方感（sense of place）和环境的碰撞力，包括贫穷的威力，在《称它为睡眠》这部小说中有相当大的影响力。但是，罗斯的小说在另一方面也有所侧重：它详细讲述了大卫·瑟尔（David Searle）这个脆弱、富有同情心的小家伙三年的童年时光。从某种意义上说，这部小说讲述的是：人们开始意识到作为自然动物和社会动物的人必须要明白生活在一个"根本不是为你创造"的巨大而又混乱的世界中意味着什么。虽然《称它为睡眠》面对着种种痛苦和苦难，但却没有顾影自怜，仍然充满童年的迷惑所留下的脆弱和恐怖的感觉。然而，它内容充实，思想深刻，还在于罗斯善于描绘大卫与外力对抗时所爆发出来的内在力量和内心的呼唤。

对于《新群众》的编辑来说，罗斯对大卫的意识的关注是颓废的资产阶级个人主义的表现。他们宣称《称它为睡眠》是"反省也是冲动"。但是，《称它为睡眠》是一本讲述一个年轻人在一个背信弃义的世界中挣扎生存的社会小说。这部小说写于30年代，却把我们带回到第一次世界大战之前的抒情年代。那个年代，除了像大卫·瑟尔的父母那些陷入混乱、意见不一、自相矛盾的新移民外，似乎人人都抱着美国梦。罗斯自己的马克思主义同情心随处可见——从他对待品质恶劣的性行为和大卫暴虐而又失意的父亲的态度以及他对让人联想到都市自然主义的凄凉、残忍的景象的阐释中都可以看到。但是，小说的主旨仍旧是描绘大卫为成为一个有影响的人而历经坎坷的经历。

罗斯解释说，权力来自一个正在显露的自我与其他自我相互影响时的竞争。《称它为睡眠》中的人物感觉受到了外力的控制，而这种外力正是他们竭力要控制的。但是，罗斯所面对的关键的政治问题是：人们意识到无数影响他们的力量之后开始变得清醒，在这样一个世界中，动因思想（the idea of agency）——或者说自我作为独立的动因这种思想——是否还有意义。大卫的意识偶然才会觉醒，就好像被一个家庭相互矛盾的历史和一个不能指望用清醒的意识来衡量的暴力社会撞击了一下。

在《称它为睡眠》中出现了自我，也出现了自我的声音，二者的发展是相辅相成的。大卫的世界不仅仅充满此起彼伏的都市的喧闹声，还是一个言论的世界，一个混杂了多种语言的言论世界，但是，传统的丧失和背信弃义却毁掉了这个世界。大卫听到的早期言论来自矛盾重重的世界。这些言论并没有清楚地传达他的向往和心愿，因为这些既与他的经历不符，也没有满足他的需要。在小说结尾，他悄悄走向沉默，这种沉默预示着希望，因为他年轻的意识仍然在竭力去收集他那个时代的所见所闻。"翘起的胡须上发出的微光……扶手发出的渐弱的光芒……稀疏的金发闪烁的亮光……刺耳的叫喊，嘶哑的声音，惊恐的尖叫，钟的鸣声"，这些对他来说都是要在一种新的精神状态下"进行重新挑选整合"的事物……这种精神状态处于任性和服从、断言和默许、对细节的全然捏造和对印象的单纯记录之间。我们没有恰当的话来形容这一切，因此"倒不如称它为睡眠"。就像罗斯努力逐步展开叙述一样，大卫努力临时创造出一个暂时处于发展中的自我，这对我们来说是一种妥协，也是一种反抗。

许多小说都像罗斯的小说一样，从回忆19世纪末20世纪初成千上万无家可归的移民从欧洲乘船来到美国开始。这些小说从现在的角度看待过去，而现代的某些看法是完全错误的。30年代，个人的作品——回忆录、信件和个人随笔——与公开的作品有一个共同之处，就是对倡导金钱万能的美国金钱文化突然停止制造金钱而感到惊愕。迈克·高尔德不太赞同《称它为睡眠》这部小说的观点。然而在他自己的作品中，他以更加俗套的方式解决那些罗斯面临的同样的矛盾。在《没有钱的犹太人》（1930）中，他罗列了一个又一个残酷的经历，然后用非常俗套的方式赞美大革命，得出结论说：这场革命将会把整个东区世界中的人们从贫穷、苦难、被剥削的困境中解放出来。作为《新群众》的编辑，他为那些似乎决意要成为苦难生活的见证者的作家而感伤。高尔德在写信给爱德华·达尔伯格谈论《底层人》（1930）时说："像你这样一个年轻的工人阶级作家的第一本书不应该仅仅被视作文学。"他没有被动因问题所扰，继续说道："对于我来说，这是一个重要的有关阶级的

第五章 寻找共同的目标：左翼的斗争

征兆，是反抗资本主义的胜利……思想家和领导者在无产阶级绝望、愚昧和充满暴力的生活中出现。每次这样一个人的出现都是革命的奇迹。"

高尔德的颂扬之词的关键词——"工人阶级"、"无产阶级生活"、"革命奇迹"——常常会产生一种不加修饰的批判性的判断，而有发言权的受害者称这些判断为"现实主义"。一个出人意料的结果就是以个人为中心的自传和以各种社会力量为中心的社会小说之间的界限越来越模糊，这一点高尔德就是一个例证。为了找到见证者与社会历史的交叉点，康洛伊的《被剥夺权利的人们》和高尔德的《没有钱的犹太人》结合了自传体小说和自传形式的新闻报道。达尔伯格早期小说的主人公劳瑞（Lorry）和莉齐·刘易斯（Lizzie Lewis）也是他后期更为公开的自传体小说《因为我是有血有肉的人》（*Because I Was Flesh*，1964）描述的对象。

比起其他种类的作品，30年代的作家更看重以个人经历为基础的关注社会的作品，他们试图调整马克思主义原则来适应美国的环境和传统。但是，左翼领袖经常对这种可能性进行严格的分析。高尔德在《年轻作家们，加入左翼吧》（1929）中指出，美国需要的是经过生活的磨砺变得坚韧的作家——"一个父母是工人阶级，本人在木材厂、煤矿、钢铁厂、农场和山区营地工作过的22岁左右的具有野性的青年。"高尔德后来在《基督的先知》（*Prophet of the Genteel Christ*，1930）中反问道：在桑顿·王尔德先生的小说中，城市的街道、棉纺厂、"甜菜地里的童工"和"矿工的愤怒和死亡"都到哪儿去了？这样的问题进一步增强了硬汉派底层男性作家们的权威，不过却损害了像王尔德这样的人，事实上也几乎无意间损害了所有女性作家。在《天堂是我的归宿》（*Heaven's My Destination*，1934）中，王尔德沿着乔治·布拉什（George Brush）的旅行路线穿越了30年代那个大杂烩式的世界——路过了拖车营地、贫民窟和妓院，审判室和火车，乡村和小镇。《天堂是我的归宿》与达尔伯格对运货车厢、流浪汉的露营地和廉价住所这样的底层世界的探索形成了有趣的对比；这本书得到了像高尔德这样的读者的关注，但是它应该得到更多的关注，因为它用一种独特的诙谐风格探索了善良在一个堕落、萧条的世界中的命运。然而，乔治·布拉什推销旅游教科书的工作却没有引起高尔德的兴趣。由于30年代只有不到25%的未婚女性和15%的已婚女性在外面工作，女人所了解到的大部分贫困、痛苦、恐惧和愤慨对他产生的影响是有限的。

虽然很在意高尔德的建议，但是约瑟芬·赫伯斯特还是有意识地努力去写社会小说，只是发现写有关女性的社会小说比较困难。她发现康洛伊能够写出"工作是什么感觉，操作机器是什么感觉"和"失业后即将面临被饿死的恐惧是什么感觉"。她坚信他对这些苦难经历的描述具有重大的社会意义，因而一定会被大家接受。她可以写愿意冒险、"由于愚蠢而犯罪的"女性，却无法作为亲眼目睹"矿工的愤怒和死亡"的"时代见证人"来创作。赫伯斯特、梅里德尔·莱苏尔（Meridel Le Sueur）、马莎·盖尔霍恩（Martha Gellhorn）、蒂莉尔·奥尔森（Tillie Olsen）、玛丽·希顿·沃斯和众多其他女性受到了政治阶层的欢迎。但是左翼领袖，包括杂志编辑，对疯狂的诗人该是什么样子有一个清晰的印象，而没有一个女人与之相像。与《铁砧》和《新群众》不同，《党派评论》（*Partisan Review*）力图把 30 年代关注的政治问题和 20 年代关注的美学问题结合在一起。这个刊物承认文学总是关系到政治，还坚持认为，用编辑威廉·菲利普斯（William Philips）的话说，想象不可能"被限制在任何正统学说之内"。但是《党派评论》促使文学激进主义在很大程度上成了男性的领域。玛丽·麦卡锡（Mary McCarthy）在回顾她担任《党派评论》的戏剧评论家时回忆说，自己是"那种快乐的、无忧无虑的女孩"。她的地位反映出"戏剧文学是无足轻重的"。女性作家的严肃作品，包括涉及高尔德所说的"无产阶级绝望、愚昧和充满暴力生活"的小说，通常在男性读者看来是"目光短浅"、"自恋"和"失败主义者"的作品，这仅仅是因为这些作品主要描写的是他们同时代的女性最了解的私人空间。蒂莉·奥尔森在追忆过去时，试图说明她在 30 年代开始着手但却长期搁浅的小说《沉默》（*Silences*, 1978）所经历的奇特命运。那时，年轻的共产主义同盟给她施加了压力，使她的兴趣从小说转向新闻，从而淹没了她要"写自我"的初衷。赫伯斯特和莱苏尔感受到了同样的压力，苔丝·斯莱辛格和《工业谷》（*Industrial Valley*, 1930）的作者鲁思·麦肯尼（Ruth McKenney）也感到了这种压力。《工业谷》实际上是对俄亥俄州阿克伦（Akron）市的社会和经济状况的详细调查。

男人们在确信他们的经历具有重大社会意义之后写出了无数叙述性的作品——像小说一样的回忆录和如回忆录一样的小说——并确信他们的作品会作为革命的奇迹呈现在众人面前。达尔伯格的《底层人》是关于煤矿工人的小说；托马斯·贝尔的《冲出熔炉》（1941）是写钢铁工人的作品；彼得罗·迪多纳托（Pietro di Donato）的《混凝土里的救世主》（*Christ in Concrete*, 1939）写的是泥瓦匠的生活；康洛伊的《被剥夺权利的人们》则从煤矿转移到了铁路商店和橡胶厂。但是，每一部小说所描绘的都是见证人近距离观察到的伤痕累累的人生。这些小说主要依赖于那些严酷场面的堆砌，其目的是让读者同情那些残酷的政治经济的受害者。这些小说的语言来自少数民族聚居区、贫民窟、矿井和工厂，而这些语言几乎就像说这些话的人的生活一样

第五章 寻找共同的目标：左翼的斗争

千奇百怪。在这些小说中，经济大萧条似乎要将一切吞噬，除了其中列举的一些愤怒的抗议。在 30 年代，人们的抗议出现在许多意想不到的地方——火车的车身上（"胡佛——资本家的走狗"），商店的窗户上（"柯立芝吹响了口哨/梅隆（Mellon）敲响了钟声/胡佛拉开了阀门/国家完蛋了"），罢工工人举着的标语上（"这是你的国家，不要让那些大人物夺走"），以及人们传唱的歌曲中，像来自肯塔基州埃利斯布朗赤（Elys Branch）的萨拉·奥甘（Sarah Ogan）演唱的《时常悲伤的女孩》：

> 他们夺走了我们生命的血液，他们夺走了我们孩子的生命，
> 夺走了孩子的父亲、妻子的丈夫。
> 矿工为什么不组织起来，无论你们在哪里，
> 把这个世界变成像你我这样的工人的自由的土地。
> 亲爱的矿工，他们要奴役你们直到你们不能再工作。
> 你们的劳动能换取到什么？只不过是公司仓库中的一美元。
> 住在摇摇欲坠的小木屋，雨雪从房顶倾泻而下，
> 你们还得支付公司租金，一直不停地支付下去。
> 我是一名矿工的妻子，当然希望你们平安。
> 让我们把这资本主义制度沉入地狱最黑暗的深渊。

最终，共产党甚至在边远的南部乡村地区也获得了支持。然而，1933 年之后，随着新政取得成效，背叛共产党的人开始不断增加。罗斯福发出的要回归本根的呼吁吸引了一部分人，而其他人则受到早先把新政痛斥为"社会法西斯主义"的共产党的鼓动。包括鲁思·麦肯尼在内的一些人由于"背离共产党的方针"被踢出了党组织。后来，共产党意识到他们的战略产生的结果事与愿违，因此就极力把托马斯·潘恩和约翰·布朗认作先驱，并且认可了康洛伊对惠特曼的颂扬。他们说共产主义是"20 世纪的美国主义"。但是，尽管共产党已经模糊了它的宗旨，其支持者却继续流失。一些在 1932 年选举中曾经支持过威廉·Z. 福斯特（William Z. Foster）和他的竞选伙伴詹姆斯·福特（James Ford）的作家从来没有投过罗斯福的票。甚至到了 1936 年，当其他人支持社会党的竞选者诺曼·托马斯的时候，美国作家代表大会的大多数人还是支持共产党的候选人厄尔·白劳德（Earl Browder）。但是，顺应潮流的趋势是强大的。1937 年，共产党自己也正式宣布认同罗斯福的改革措施。

共产党内部的这种变节现象是由于三个重要的发展。首先，尽管无产阶

级的情绪和小说在传播,许多作家还是认识到美国就像赫伯斯特说的那样是"最不可能产生"一个有组织的无产阶级的地方。美国的贫富不均和社会流动性以及个人主义和自立的传统都是其障碍。其次,他们认识到这个国家此时得益于一个他们并不完全信任的总统的各项方案。另一个30年代开始出道的作家莱斯利·菲德勒(Leslie Fiedler)写道:"新政在保留资本主义制度的同时,也保护了我们这些曾经预言它和我们都要夭折的人。"第三,国际事件的动向——尤其是希特勒统治的德国的崛起和斯大林的惊人举动——迫使人们重新估计目前的形势。正如后来肯尼斯·伯克坦言,在一段时间内,第一届美国作家代表大会的召开(1935年4月)以及美国作家联盟的成立都得益于希特勒这个大家共同的敌人的出现。由于斯大林的暴行还没有暴露,曾经在很多问题上意见不一的人们开始再次团结起来反对希特勒,特别是当对犹太人的残忍迫害的报道飘过大西洋以后,以及在成千上万的人来到美国寻求避难的时候。这些人中,其中一些是作家、音乐家、艺术家、科学家和哲学家,比如像汉娜·阿伦特和托马斯·曼恩(Thomas Mann)这样的人。但是,西班牙共和国的倒台(1939年3月)以及希特勒—斯大林条约的签署(1939年8月)使很多激进分子的感觉就像菲德勒所说的一场"失败的大灾变"中的伤亡人员。

到30年代晚期,脱党、退出共产党的圈子的行为已经司空见惯。内尔森·阿尔格伦和詹姆斯·古德·科森斯(James Gould Cozzens)锲而不舍,成为成功的商业作家。《丰饶之地》(1934)的作者罗伯特·坎特威尔加入了《时代》周刊、《生活》杂志和《财富》杂志的编辑委员会,后来又成为《体育画报》的第一位总编辑。索尔·贝娄(Saul Bellow)、伯纳德·马拉默德(Bernard Malamud)和阿瑟·米勒(Arthur Miller)开始建立30年代城市作家与40年代、50年代还有60年代的城市作家之间的联系。早逝挽救了一些作家,包括纳撒尼尔·韦斯特,因为这使他们不必在预言失败之后还得继续坚持。由于受到个人问题的困扰,亨利·罗斯也开始了冬眠般的沉寂,等待下一代再次发现他。到40年代初期,多斯·帕索斯和法雷尔听起来已经像是他们先前激进派的自我的影子一样絮絮叨叨地抱怨个没完。

约翰·斯坦贝克(John Steinbeck)遭受了相似的命运,尽管如此,他的怨恨要少些,其部分原因在于他没有多少东西去让他自己感觉失望。尽管和左翼结盟,但他的工作主要是出于本土本来就有的那种抗议的传统。这种传统的不同部分见于很多书中,例如路易斯·哈茨(Louis Hartz)的《美国的自由主义传统》(The Lieral Tradition in America,1955)、艾丽斯·菲尔特·泰勒(Alice Felt Tyler)的《自由的骚动》(Freedom's Ferment,1944)、理查德·霍夫施塔特（Richard Hofstadter）的《革新年代》（*Age of Reform*，1955）、丹尼尔·亚伦（Daniel Aaron）的《抱有良好愿望的人》（*Men of Good Hope*，1951）和《左翼作家》（*Writers on the Left*，1961）。从 30 年代开始，斯坦贝克就坚持从自己对历史的理解中汲取素材。而此时贯穿这个国家的主流是西进的冲动。他经常描述"人民"，把人民作为历史的继承者，讲述人民的故事。斯坦贝克也同样为那十年里遭受的可怕厄运而感到愤怒，他表现的资本主义是一个破坏了加利福尼亚天堂般的山谷——那个旧世界和新世界的最后的伊甸园——的颠覆性力量。这一点我们不仅可以从他的"罢工"小说《胜负未决》（*In Dubious Battle*，1936）中看到，也可以从《愤怒的葡萄》（*The Grapes of Wrath*，1939）中看到。但是如果把斯坦贝克看做是一位现实主义者、自然主义者或者无产阶级小说家，那是对他的误读。

斯坦贝克很早就对现实主义产生了怀疑。他曾经说过："我从来没法相信或者信仰现实主义。按照我的理解，现实主义只是幻想的一种形式。"他一直是一个文学造诣很深的作家。他作品的标题有些源于弥尔顿的作品（《胜负未决》），还有些源于赞美诗和《圣经》。他在《薄煎饼》（*Tortilla Flat*，1935）中全面再现了马洛里（Malory）① 创作的亚瑟王和圆桌骑士的传奇故事。而《愤怒的葡萄》中充满了文学再现——再现了杰斐逊、爱默生和惠特曼等人的作品——其中一些因过于明显而显得拙劣。简而言之，斯坦贝克的写作源于矛盾冲突，也是关于各种矛盾冲突的。如果说他的一些忠实来自于他阅读的爱默生的作品——那个他认为已经把人和自然作为灵魂统一起来的人，那么另外一些则是受到他在 1930 年遇到的海洋生物学家兼自然学家爱德华兹·里基茨（Edwards F. Ricketts）的影响。从里基茨那里，他对较早版本的生物社会学有了一些了解，从而改变了他对个体和群体之间的关系的观念。对于斯坦贝克来说，里基茨似乎揭示了某种其实他早就知道的东西："我其实一遍遍地写过这个主题，却不知道我写的是什么。"《胜负未决》里的医生说："群体的人总是被某种东西感染。"《长河谷》（*The Long Valley*，1938）中那个身为"人民领袖"的先驱老祖父喋喋不休地描述被变成"一个巨大的爬行野兽"的"一大群人"集体"只想向西前行"。此前他说："每个人都在牟私利。"

斯坦贝克是一个平庸的诗人。他在颂扬自己对"人民"的信任的同时，想找出人类行为中的生物社会学的决定因素。在某些时刻，个人主义的危机似乎充斥了他的视野；在另外一些时刻，所有形式的集体主义在他看来好像

---

① 托马斯·马洛里（1395—1471）：英国作家，写有《亚瑟王之死》，此书是源于法国有关亚瑟王传说的合集，1485 年由印刷商威廉·考克斯顿出版。——译注

都是恶毒的。他的想法如此不统一，而在某一段短时间里，他成了美国最出色的作家之一。像他的加利福尼亚同乡杰克·伦敦一样，他也对刻画那些意识状态下降了的人们产生了兴趣，因为他想把人类的精神放置在自然之内，把自然的力量放置在人类动物之内。动物的形象遍布他的小说，从《薄煎饼》中那个和自己的狗住在狗窝里的海盗，到"人民领袖"，再到《愤怒的葡萄》中那段著名的对一只穿越马路的乌龟的描写。在这些小说中，我们把生活既看做一个始终具有历史意义的生物过程，又看做一个始终具有生物意义的历史过程。

《愤怒的葡萄》成为30年代最具影响力也是最具争议的小说之一。图书馆把它列为禁书，学校和教堂以及美国的参议院都对它进行了谴责；但是，迈克·高尔德在《新群众》上却对之大加赞扬，称其为"无产者的精神打败了资产阶级对文学的垄断封锁"的明证。小说的故事核心是一个出埃及记式的或者奥德赛式的旅程，即乔德（Joad）家族从俄克拉荷马州的沙尘盆地出发，经过一个个营地，寻找加利福尼亚天堂般的河谷的旅程。斯坦贝克笔下的男人们因没有工作也没有明确的角色来增强他们的掌控感而变得困惑而迷茫。他笔下的女人——尤其是乔德太太——面临挑战时变得更加果决。如罗斯一样，斯坦贝克在他大多数的探寻中也感觉到了阶级压迫和性别压迫之间的联系。但是，面对自己眼前的景象，他犹豫不决，之后开始抵制这一切。在他笔下，只有在男性角色畏缩不前的时候，女性人物才变得强大；她们展现出她们的力量，但这只是为了挽救一个父系结构的家庭；因此，当家庭里的男子一旦准备好继续扮演保护者和供给者的角色时，她们就会立刻交出她们的权力。简而言之，斯坦贝克只是为了退让而把小说中与权力分配相关的中心问题放在了性别角度之下，这在一定程度上是通过使女人被动地依靠自然从而使自然女性化而实现的。土地的命运在《愤怒的葡萄》一书中作为一个重要的问题出现。但是对于斯坦贝克来说，这个问题是土地是否会因为某种利益而被大规模非人性化的、联合企业式的、男性主宰的农业团体所蹂躏，或者是否会被个体的、仁慈的男性农夫用充满爱意的关怀去耕耘。面临这两种状况，斯坦贝克和我们都没有多少选择的余地。但是在说这种话时，我们实际上是在说斯坦贝克没有忠实于他自己的想法。在颂扬乔德太太的力量并允许她成为那个饱受摧残、流离失所的家庭的中心之后，斯坦贝克又重新把她局限在一个他曾临时允许她超越的养育儿女的角色之中。在小说的最后一幕，乔德太太的女儿莎伦玫（Rose of Sharon）用本来是给她夭折的孩子喝的奶去喂一个即将被饿死的男人。此时，斯坦贝克重申了他通过对自然的描述而建立的那个角色的"自然性"。

第五章 寻找共同的目标：左翼的斗争

斯坦贝克最棘手的时刻是描写自我意识的象征主义（负重的乌龟、拖拉机以及十字架），以及高调的姿态（例如《愤怒的葡萄》结尾部分）的时候。他的强项在于描述那些融汇了人类品质特征的自然景象以及刻画那些能够感受到自然力和社会习俗但却无法明白其中道理的人们。自然力以及社会习俗的结合影响了他们的生活。在他的鼎盛时期，他对人们更多的是采取一种诊断式的态度，而不是感伤的态度，因为他最显著的忠实是对人生过程的忠实。他重视社会运动，包括罢工和以社会公正的名义进行的抗议活动，但是他关注这些更多的是出于他对生活的忠实。然而，在他的小说中，这种忠实使他看到了一些东西，但也使他对另外一些东西视而不见。因而，他可以把男人的行为描绘成像自然界的动物一样，如《人鼠之间》（*Of Mice and Man*, 1937）中的伦尼（Lennie）；像社会动物一样，如《胜负未决》里面的"群体人"（group-man）；像"自然的"领袖一样，如《愤怒的葡萄》里面的汤姆·乔德和吉姆·凯西（Jim Casy）。但是当涉及女人的时候，他的焦点放在了生命的过程，表现为死亡和重生、灭绝和再生的轮回，反复强调局限性。

多斯·帕索斯、法雷尔和斯坦贝克三个作家在有生之年描写的都是另一个年代的弱势群体，纳撒尼尔·韦斯特却不同。韦斯特死于1940年，就在第二次世界大战刺激了美国经济的增长、美国经济大萧条开始消失的前夕逝世。他原名内森·韦恩斯坦（Nathan Weinstein），1903年生于纽约市一个来自立陶宛的犹太移民的富足之家。他很早就开始使父母的希望破灭。他喜欢棒球运动而不喜欢犹太人的集会，喜欢读像J. K. 于斯曼斯（J. K. Huysmans）、弗里德里希·尼采、费奥多尔·陀思妥耶夫斯基（Feodor Dostoyevsky）这些作家的书，甚至喜欢名不见经传的中世纪天主教神秘主义者的书，却不喜欢学律法，不喜欢做家庭作业。他借另一个名叫内森·韦恩斯坦的学生的证明材料进了布朗大学，在此之前，他没有拿到中学文凭就离开了学校，但凭着伪造的档案被塔夫斯大学录取，之后又因成绩不合格而退学。韦恩斯特在布朗大学摆脱了令人烦恼的自然科学和数学的限制——这些科目另外那个内森·韦恩斯坦曾经学得很好。大学毕业后，他拿到了学位，然后去了巴黎。在巴黎，他用了两年时间阅读书籍并且尝试写作。回到纽约后，他还是不肯按照父母的愿望到父亲的建筑公司工作。相反，他选择在一些小旅馆从事文书工作。利用工作之便，他为考德威尔、法雷尔和汉密特这些作家弄到了免费的住处。当经济大萧条毁掉了他父亲的生意时，他也彻底解放了。于是他听取了霍拉斯·格里利"到西部去吧，年轻人"的建议，为此他还改了名字。到1931年他出版了第一部小说《巴尔索·斯内尔的梦幻生活》（*The Dream*

Life of Balso Snell）时，他已经用纳撒尼尔·韦斯特①这个名字了。

这样，韦斯特就开始了成就他艺术大师地位的短暂事业，并称自己处在梦想与噩梦之间的"奇特的半人间"。他的世界里的人们包括生就面目可怖的人，例如《寂寞芳心小姐》里那个生来就没有鼻子的女孩，还包括缺点被人利用牟利的人，例如这部小说中瘸腿的彼得·道尔（Peter Doyle）。然而，在韦斯特创作的顶峰时期，他赋予小说中的痛苦以两种政治意义。他把政治意义置于一个病态的、为金钱而疯狂的社会背景下，在这个社会中为利益而对自然的榨取和为利益而对人类的剥削携手同行；此外，他通过把人物表现为受害者使政治意义内在化，这些受害者出于种种秘密的原因从一个纷扰而又腐败的世界里学会了隐藏私下里的密切关系。结果，在韦斯特的世界里，所有使命中最基本的使命——生活本身的使命——却处于困境。

《巴尔索·斯内尔的梦幻生活》是一部极具讽刺性模仿风格的喜剧作品。小说讲的是一个诗人通过特洛伊木马的肛门进入了木马的肚子，然后发现了一个全新而陌生的世界。在那个世界里住着的都是在寻找读者的作家。《巴尔索·斯内尔的梦幻生活》是一部尝试性的作品，一个独立的宣言，也是一种愧疚的忏悔，它使韦斯特开始了探索艺术和生命之命运的新事业。这种探索源于启示降临之后的一个早晨，那时，艺术的传统与社会的规则只以碎片的形式残存于破损而面目全非的主体中，或者存在于残缺不全的记忆中。在《寂寞芳心小姐》中，呈现在我们面前的生活中的一切——旅游、艺术、哲学和宗教；质朴的思想和堕落的思想；城市生活和农村乌托邦理想；美好的希望和愤世嫉俗；享乐主义和提倡坚韧的斯多葛哲学；对饮食和声色等享乐的热爱以及避免这些享乐的禁欲行为——要么是逃避主义者的一种举措或一种嗜好，要么是一种病态的征兆，因为在韦斯特的小说中，这个国家整个的治疗文化都成了一种恐惧和焦虑的迹象，或者更甚，成为从根本上对生活感到不安的症状，而非标志着对生活的热爱。

那个同意给报社写"寂寞芳心小姐"专栏的记者本来是希望借此推进他的事业，结果自己却被改造，之后被各种欲望致命的结合所摧毁。这些欲望包括：报社企图利用读者的苦难；他个人希望事业攀升；他的读者想要为各种问题找到迅捷的解决办法，而如果失败的话，渴望找到一口自怜自艾的井来淹死自己。如此一来，韦斯特彻底颠覆了这个国家的人们最爱做的梦——发财梦、自立梦或者找到某种方法能够迅速康复的梦。寂寞芳心小姐一部分是报社的伎俩，一部分是老掉牙的发明，一部分是连环画式的人物，她被他

---

① 纳撒尼尔·韦斯特，英文是 Nathanael West。West 的意思是"西部"。——译注

第五章 寻找共同的目标：左翼的斗争

同意扮演的角色给毁掉了，最终成了一个痛苦的傻子，一个疯子般可笑又无能的救世主。她唯一的工作就是揭露贯穿在他的生活以及他周围人的生活中的各种神话都是虚假的。

韦斯特的第三部小说《百万美元》（*A Cool Million*，1934）通过描述莱缪尔·皮特金（Lemuel Pitkin）倒霉的冒险经历，深入地讽刺了霍雷肖·阿尔杰式小说的神话，并从整体上剖析了美国梦。贫穷而诚实的农家孩子皮特金相信，只要精力充沛，有才华，再加上努力工作，就能成就任何他想完成的事业。但是，在探索如梦境一样展现在他面前的土地时，他发现了一个充满了剥削的噩梦般的世界。皮特金对当时的世界来说是个不合时宜的威胁。他被抢劫，被冤枉入狱，然后慢慢地被肢解。在失去了牙齿、一只眼睛、一只大拇指、一条腿和头皮之后，他最终被枪杀了。然后，有关他生死的故事被扭曲篡改，并被导致他毁灭的势力所利用，以便说服其他人去追逐他曾追逐过的梦想，这样他的社会就能够照旧维持下去。

韦斯特的《蝗灾之日》（1939）被认为是他最好的作品。人们拿它与菲茨杰拉德的《最后的大亨》（*The Last Tycoon*，1941）相比，因为这两部作品都是写于好莱坞，并且都是关于好莱坞的，而且创作的时间也大致相同。但是《蝗灾之日》与霍拉斯·麦科伊的《射马记》（1935）、约翰·奥哈拉（John O'hara）的《天堂的希望》（*Hope of Heaven*，1938）、保罗·凯恩（Paul Cain）的《欺骗》（*Fast One*，1933）、劳尔·惠特菲尔德（Raoul Whitfield）的《隐蔽的危险》（*Death in a Bowl*，1930）相似之处更多。因为，和这些作品一样，《蝗灾之日》主要关注的不是好莱坞有财有势之人，而是那些痛苦的梦想破灭者，即那些发现自己热衷于成为明星却落得悲惨下场的人。在这部书里，好莱坞是个提倡自欺欺人和虚假梦想并让人产生错觉的地方。小说里的人物被他们敢做的事情或者不敢尝试的事情伤害、摧毁。在这些人身上，大胆无畏带来的是短暂而狂热的生活，缺乏自信带来的是空虚的生活。国家新的性思想并没有解放人们，反而使他们的焦虑感和控制欲增强。惠特菲尔德的《隐蔽的危险》中的主人公雅尔丹（Jardin）过着独居生活，因为他已看破红尘。一次又一次，他把将要脱口而出的表达情感的话压抑下来，更不用说行动了，这多少是因为他不想卷入这个在他看来正飘向死亡的世界。抵制成了他人生中的主要原则，与世隔绝成了他的主要策略。

早在韦斯特的《蝗灾之日》中，托德·哈克特（Tod Hackett）就开始把自己想象成为一个梦想破灭、过着捉襟见肘生活的好莱坞艺术家。他时常渴望成为一位积极的英雄或者活跃的情人。有时，他甚至梦想自己能够除暴安良，扬善惩恶。但是，毕竟他本来为自己设定的人生任务是观察和呈现这个

第三部分　经济大萧条时期写作的命运

世界。由于被身边的欺诈、堕落和犯罪所侵扰,他多数时间花在了研究他的世界上,并努力在画布上捕捉这个世界。韦斯特曾经加入过积极的有组织的政治活动,而他的作品反映了整个 30 年代作品的趋势,即文学跟随着社会事件的脚步。一战期间,事件和表述之间的差距在大战期间消失了。在炮弹纷飞的时候,那些相信自己不仅生活在这个历史阶段同时也见证着历史的年轻人开始记录身边发生的事情。20 年代,事件和表述之间的距离曾一度扩大,但是在 30 年代,这个差距再次消失,这一点我们从克利福德·奥德兹(Clifford Odets)这样的作家身上可以看到。这些作家在政治上的同情心与韦斯特很接近。在某种特殊意义上,奥德兹的戏剧是偶然产生的。发生在他身上的大多数事情——在纽约街头看到的以及在报纸和杂志上读到的关于欧洲以及美国其他地区的事件——给了他一种紧迫感。《等待老左》(Waiting for Lefty, 1935)是对 1934 年纽约出租车司机罢工的直接回应。1935 年的一个晚上,他在《新群众》上读到一篇有关希特勒统治下的德国的报道,于是创作完成了《直到我死那一天》(Till the Day I Die)。

搬到好莱坞之后的几年里,韦斯特一直在写电影剧本。当他再次开始从事小说创作时,他把目睹的景象表现为大规模的启示,就像源自《圣经》的题目《蝗灾之日》所明确表明的那样:"在那些日子里,人们寻求死亡,但是却找不到死亡;人们渴望死亡,但死亡却离他们而去。"如同麦科伊笔下的人物一样,韦斯特笔下的人物也来自好莱坞的边缘。这些人中有一个一蹶不振的喜剧演员,通过推销鞋油混口饭吃,同时为了赚笔钱而努力推销自己的女儿;他的女儿是个十足的美人儿,她为实现一堆小时候的梦想而穿梭忙碌,等待被发现成为电影明星;一个从爱荷华州来的年近中年的旅馆职员,为了逃离穷困潦倒的生活而来到好莱坞,希望在自己有生之年寻找到幸福;一个来自密西西比州的编剧,他住的房子简直就是"位于比洛克西(Biloxi)附近老杜比大厦的复制品";一个爱发脾气的矮子;一个爱斗鸡的墨西哥人;一个好莱坞的牛仔;一个好莱坞的印第安人;还有就是故事的叙述者托德·哈克特,他是个刚从耶鲁大学毕业的年轻人,希望通过观察研究好莱坞的古怪生活来刻画好莱坞。

韦斯特描写的好莱坞是对政治经济最完美的体现。这种政治经济能够做出无法兑现的承诺,而这种能力是它赖以生存的基础。由此我们看到,这个国家为了牟利一心要掩盖和利用两个深藏的秘密:性与暴力致命的纠缠和对金钱的痴迷——金钱已成为万物的尺度。建立在自由表达之上的新色情和过去建立在压制女子的欲望、默许男人的侵犯之上的浪漫化了的性行为都逃不开一张网,一张性欲和控制欲结合起来使之成为一种商品的网。对亲密的肉体关系的渴望在一种空虚中产生共鸣,这种空虚在韦斯特的世界里挥之不去。在他的世界里,所有的生活都降低为卑鄙的竞争。其中一些竞争是隐晦微妙的;而有一些,例如斗鸡,是野蛮残酷的。但是,所有的这些竞争都潜藏着性、暴力、金钱和权力之间致命的融合。在小说的最后一幕,那个可悲的、一直被压迫、几乎百无一用的前任旅馆职员挑起了民众歇斯底里的暴动,这一举动毫无意义。

托德·哈克特到达好莱坞学习布景和服装设计后不久,就开始集中关注几个戴着胜利者的假面具招摇的人和几个失败者——他们的失败是显而易见的,恰似他们身上邮购来的廉价衣服。但是,他主要的兴趣还是在那些不再抱有任何幻想的人身上。这些人同样希望能在有生之年在这片梦想的土地找到幸福:"他们正是那群他感到自己必须要刻画的人。"小说的最后一幕,人群疯狂地躁动着。当被压抑的情感终于爆发出来的时候,人们开始放纵地表演他们的梦魇。在这种狂欢之中,致人死亡和忍受死亡的痛苦几乎等同。哈克特观察着周围这一切,同时构思着他的杰作《洛杉矶在燃烧中》(*The Burning of Los Angeles*)。这幅素描中,他画了无数个"到加利福尼亚来死的人"。

韦斯特自己的主题——处在末路的美国——尽其所能地使这部小说接近一个启示。其中,多个重要的差别开始消失,包括梦和噩梦、活着的人和将死之人、生活和艺术之间的差别。整个加利福尼亚,尤其是好莱坞——这些美国人梦想着要去和想去实现梦想的地方——成了他们去杀人或者去送命的地方。哈克特是韦斯特指定的艺术家。哈克特在《洛杉矶在燃烧中》中描绘了这片充满谎言的梦幻般的土地,并开始与他生活中的"真实"场景融合,正如哈克特开始与他的世界融合。当哈克特被警车带走的时候,他想起了他的画,之后在人群的躁动中他看到那幅画把自己包围起来。听到汽车的警笛声时,他以为这声音是他自己制造出来的。他把手放在嘴唇上时,发觉自己双唇紧闭,然后他开始歇斯底里地大笑,接着大声地模仿警笛的声音。

在1940年4月,也就是《蝗灾之日》出版后不久,纳撒尼尔·韦斯特与鲁思·麦肯尼的小说《艾琳妹妹》(*My Sister Eileen*, 1938)中的原型艾琳·麦肯尼(Eileen McKenney)结婚,并开始了一段幸福却短暂的婚姻生活。当年12月份,两人在加利福尼亚的埃尔森特罗附近的一场车祸中丧生。《蝗灾之日》一书大获好评,但销售量却不佳,后来甚至销声匿迹。究其原因,部分在于小说给国家最后一块梦幻仙境带来的那种超现实的陌生感令人们无法承受,他们此时正努力从经济危机的大萧条中恢复过来,因而觉得这部小说太残忍了。但是,韦斯特的艺术告诉我们:深沉严肃的意识如果没有相应的理解便毫无意义。他最好的小说《寂寞芳心小姐》和《蝗灾之日》就是这类

○第三部分　经济大萧条时期写作的命运

小说中的代表性作品。它们不像摄影那样对任何事都无动于衷，但同时也坚持着新闻报道式的准确。它们使我们能够面对充斥着人们生活的绝望，这些绝望的人包括那些知道自己真的无家可归的人，甚至包括那些有钱人；同时还使我们能够面对迷失和无助所引发的暴力。而且，它们展现的那种惯常的空虚感所带来的后果也令我们惊讶。书中充满了恐惧感，但是最深的恐惧感却来自韦斯特坚定的想法：他认为驱使人们走向死亡的绝望也能够驱使他们实施他们所能想象出来的任何暴行，包括那些致人死亡和承受死亡之痛的某种执着追求与追求无果，追求无果与执着追求。

第六章 纪实文学及分歧的消除

19世纪，达盖尔银版法①问世以来，摄影就开始在纪实领域占据一席之地。之后，随着摄影装备的不断升级换代，摄影开始成为被动地表现艺术真实性的艺术形式。再后来，摄影受现实主义和自然主义文学的影响，更加强调纪实性和作者的客观性的艺术原理。到30年代，摄影作为记录手段与历史学紧密联系在一起，同时它还作为一种分析方式参与到社会学中。此时，大规模的活动，包括一些如美国农业安全管理局这样的政府机构出资主办的活动，推动了用摄影记录人物和景象的发展。与此相关，作家们借助脑中的照相机开始用文字记录并留存物体、人物以及景象。与阿施的《寻找美国之路》（1937）一样，路易斯·阿达米克的《我的美国》（1938）中也没有照片，但是，社会新闻工作者的职业敏感性充斥着整部作品。摄影师们也同样借助文字来诠释自己的作品。比如玛格丽特·伯克－怀特与厄斯金·考德威尔合作的《你看到了他们的面孔》（1937），多萝西娅·兰格与保罗·泰勒合作的《美国人口大迁移：30年代人口减少纪实》（An American Exodus: A Record of Human Erosion in the Thirties, 1939），阿奇博尔德·麦克利什的《自由之地》，以及理查德·赖特与埃德温·罗斯凯姆合作的《一千二百万黑人的呼声》（1941）等书中，文字和照片互为解说，相辅相成。然而，在这些书中，文本相对于照片来说较为次要，就像麦克利什所说的那样，开始要写"一本配有图片的书"，最终却成为"一本带有文字说明的图片"。兰格和泰勒尤其赞赏这种建立在清晰、生动、看上去不含感情因素的摄影艺术之上的美学标准。

为了留存逐渐逝去的过去和驾驭险恶的现实，30年代的纪实文学将摄影

---

① 达盖尔银版法：一种早期的照相术，把相照在易感光的镀银金属版上。——译注

作为手段，从而激发了它尚处于萌芽中的审美标准。和新兴的社会科学一样，包括新型历史学，艺术界和新闻业携手，共同致力于保存"美国的生活方式"。在这个过程中，他们有意无意地推动了罗斯福新政的成功，因为罗斯福以实验方式或者说"逐步调整的治国之道"为特色的领导风格取决于他边摸索边学习的能力，但同时也取决于他能够说服"人民"在摸索中学习。这主要是由于他能言善辩。他说服人民在摸索中马上开始着手三件事情：延续过去的传统，拯救现状，以及规划未来。大多数新政时期的"基础政府行政部门"，如农业安全管理局、国家资源保护队、公共事业振兴署（Works Progress Administration）——其中包括联邦作家计划（Federal Writers' Project）和联邦剧场计划（Federal Theater Project），都是一场庞大的经济复兴运动的组成部分。在这场运动中，行动上的说服和言辞上的说服互为补充，而说服的方法和说服的内容——或者说宣传——之间的界线已经模糊了。

国家敦促人们保存这段历史，从而引发了抒发情感的狂潮，其特性是复杂的，正如隐藏在政府倡议之后的动机，至今人们仍难以给予恰当的评价。索尔·贝娄在回想起联邦作家计划对自己的资助（1935—1942）时——这时作家们意外地成为联邦出资计划的受益人——形容这是"最后的感恩"。其他未受资助的作家认为，政府的计划或多或少有些笼络的意味，而那些感恩的艺术家们则自愿不自愿地成为被人利用的工具。虽然有些作品没什么价值，但仍有很多重要作品问世。理查德·赖特的《汤姆叔叔的孩子们》（1938）荣获由《讲述》（Story）杂志评选的联邦作家计划最佳作品奖。对斯坦贝克和福克纳产生过影响的佩尔·洛伦茨（Pare Lorentz）的纪实小说《河》（The River）也是由美国农业安全管理局出品的。不可否认，政府出资计划的范围相当广泛。联邦剧场计划历时四年，雇佣了近1.3万人，推出了4.2万余场演出。剧目从《麦克白》到格林童话《汉塞尔和格雷特尔》（Hansel and Gretel）；从来源于民间传说的芭蕾舞剧《弗兰基和约翰尼》（Frankie and Johnnie）——该剧以男妓和妓女的单腿旋转群舞为特色——到联邦剧场规划资助的剧作家创作的数十部新剧，包括保罗·格林（Paul Green）的《旭日赞歌》（Hymn to the Rising Sun）、乔治·斯克拉（George Sklar）的《装卸工》（Stevedore）、西奥多·布朗（Theodore Brown）的《莱西斯特拉塔》（Lysistrata）、埃尔默·赖斯（Elmer Rice）的《光荣序幕》（Prologue to Glory）（一出关于林肯的戏剧），以及杜波伊斯的《海地》（Haiti）（讲述的是针对拿破仑的一次叛乱），其中一些剧目遭到了马丁·戴斯（Martin Dies）的非美活动委员会（House Un–American Activities Committee）的谴责。联邦计划雇佣了数以百计的作家，包括康拉德·艾肯（Conrad Aiken）、阿纳·邦当（Arna Bontemps）、厄斯金·考德威尔、拉尔夫·埃利森、玛格丽特·沃克（Margaret Walker）、欧多拉·韦尔蒂（Eudora Welty）、埃德蒙·威尔逊、理查德·赖特，还有弗兰克·耶比（Frank Yerby）。他们中的一些人与摄影师合作出指南丛书，全面考察48个州以及阿拉斯加的人民、土地、历史和文化。前后共有近1.2万名调查员、作家和协调人员为之工作，单单是其中收集的数据资料就相当可观。除了指南丛书，数百种传记、历史剧、民歌和民间故事的汇编、考察和勘测报告以及各种纪实报道陆续面世。

在新政的支持下，罗斯福政府发起组织的纪实文学计划加深了一种实际已经产生的印象：即从过去到现在，这个国家的文化并不符合"人民"的需求。但是，这个计划也同时扩大了人民的需求——复兴的需求。用阿尔弗雷德·卡津的话来说，这种需求就是要把"美国作为一种理念"。因此，它激发了创造力的大爆发。另外，在文字和照片的结合中，它促使人们对各种生活场景和人类感知、感觉以及表达的方式之间复杂的关系进行深入的探究。复兴的愿望与用影像记录全国各地现状的工作结合起来，一种可以追溯到柏拉图的观念开始受到重视，即人类的创造性源于其地方感。另外，该计划还使人们回想起各个空旷之地被命名的时刻，这其中就包括人们给那片无边无垠的旷野起名为"大平原"的时刻。

1926年访美之后，荷兰历史学家约翰·赫伊津哈（Johan Huizinga）在《美国的生活和思考》（"Life and Thought in America"）一文中论述说：严肃小说（凯瑟、沃顿、德莱塞、刘易斯等都是严肃小说作家）暴露了这个国家虚伪的乐观和热心，并对其刻板的禁令及俗不可耐的物质至上主义表示反对。但是，他同时指出，这个国家的文化会通过同化和抵制哪怕是最尖刻的批评家，反复强调自己的权力，其中经常采用的手段是将这些批评家的评论作为一种摆设。赫伊津哈并没有提及杰克·伦敦，但是杰克·伦敦与赫伊津哈提到的沃顿、德莱塞、凯瑟和刘易斯有着共同之处：即他的作品开始有人读，也获了奖，却发现这些现在风靡一时的作品在当时并没有取得太大的成功——美国非常巧妙地抵制了他的作品中的隐含意义。

30年代的纪实运动虽然在一定程度上是为复兴"美国作为一种理念"的观念而做的努力，但同时也促使艺术——包括影像和文字——有了更大的作为。首先，它使艺术对社会现实表现出更多的责任心；其次，它使艺术成为人们赖以生存的不可或缺的活动。纪实运动试图用这种方式抵制在纪实运动赢得赞赏的同时艺术失去力度这一过程。麦克利什最终决定将《自由之地》从"一本配有图片的书"变为"一本带有文字说明的图片"。他运用的方式很接近叠加艺术——依靠大量相似的情节堆积构成的作品，法雷尔等作家经

第三部分 经济大萧条时期写作的命运

常使用这种写作手法。埃德温·罗斯凯姆为舍伍德·安德森的《家乡》(1940)和理查德·赖特的《一千二百万黑人的呼声》选取了农业安全管理局的照片,并为这两本书中的照片提供了文字说明。他们并不重视内容的排列和顺序,而是将各不相关的影像堆积在一起。然而,其他一些作品——尤其是兰格与泰勒合作的《美国大迁移》和伯克-怀特与考德威尔合作的《你看到了他们的面孔》——把照片进行了分类,有时甚至自相矛盾。

兰格和伯克-怀特都认为照相机是纪实艺术的最佳工具,因为他们确信其直观性和被动性。伯克-怀特说:"照相机在手,快门的一开一合之间,能够被记录下的光束直接来源于你眼前的拍摄对象。""时代的真相"可以通过照相机真实地呈现在人们眼前,摄影师没有了任何作家都摆脱不掉的倾向性,他们甚至拿照相机自比——"我就是架打开遮光器的照相机,"克里斯托弗·伊舍伍德这样说道,"完全被动,没有任何自己的想法。"兰格和伯克-怀特却经常违背这种被动性,因而他们完成了比理论上的可能性更多的事。他们首先选择那些一眼就能辨认出的穷人来记录贫困造成的严重后果。那些人"疲惫不堪、消耗殆尽,完全被拖垮了",兰格和泰勒采访过的一位农民如是说。大萧条的影响范围极大且来势汹汹。农民被剥夺了土地,工人失去了工作,人们濒临破产、陷入绝望,大批银行家和大片土地所有者虽然面临同样的困境,但是程度要轻得多。其结果是社会极度分化。当时,重新安置局(The Resettlement Administration)的历史处(Historical Section)刊印了一张由沃克·埃文斯在1935年拍摄于宾夕法尼亚州伯利恒市的照片——一个墓地正对着一片贫民窟,背景中赫然耸立着一座大型的炼钢厂。几个月后,一位妇女走进重新安置局位于华盛顿的办公室,她想要一张照片的复印件寄给她的哥哥——宾夕法尼亚州一个钢铁厂的经理,她还要写上这样一句话:"那是你们的墓地、你们的街道、你们的建筑、你们的钢铁厂,但却弥漫着我们的灵魂,上帝诅咒你们。"

兰格、伯克-怀特和埃文斯等摄影师在记录大萧条时期的人物方面发挥了重大作用,这在一定程度上是因为他们超越了摄影的被动性原则。大萧条时期的几大经验中最重要的一条就是:灾难临近之时,人们会想尽一切方法发出自己的声音或是进行抗争。30年代的摄影和纪实文学使人们看到了这些经验,并且使之艺术化。它们记录下了那些饱经风霜、几乎被摧垮的人们——无论城里人还是乡下人,黑人、棕色人种还是白人——那些被饥饿、恐惧和愤怒折磨得不会笑了的人们。它们颂扬以前"归入美国国籍的人"和从前的奴隶、曾经的"土生子"以及曾经骄傲的农民并肩作战的活力。它们记录下那些曾是奴隶的人讲述的故事以及从肯塔基州、田纳西州、北卡罗来纳州和佐治亚州的山区到纽约、底特律、芝加哥和旧金山的街道等各地的民间音乐——包括反抗时高唱的战歌、祝酒歌和福音歌曲。在这个庞大的事业中，文字和摄影几乎不带任何客观性地通力合作。

和伯克－怀特一样，兰格也将自己的摄影艺术与被动性联系在一起。但是她著名的作品《移民母亲》（*Migrant Mother*）却将数个元素聚集成一种震撼力。照片中的主角是弗洛伦丝·汤普森（Florence Thompson），兰格为她拍摄了数幅照片，《移民母亲》是其中的一幅。《移民母亲》拍摄于 1936 年 3 月，那是一个阴雨绵绵的下午，地点是加利福尼亚州尼波莫（Nipomo）的一个流动工人的营地。照片的中心人物是那个因贫穷而形容憔悴的母亲，她为自己的两个战战兢兢、近乎无助的孩子挡雨。大自然的力量和社会的冷漠都是这些脆弱的人们生命中难以承受之重。这些人直接感受到大自然的力量，也感到社会的冷漠是对他们的放弃。可是，兰格的照片也使得那些生活境遇相对好些的人们不得不面对其他人的苦难。这些人不知道他们该怎样面对日渐衰败的生活。照片中的两个孩子传达了尚未被贫困磨灭的些许渴求；而母亲则代表着尚未被忧心和疲惫拖垮的力量和信念。兰格的照片同时也源于艺术家的脆弱和信念，甚至表现出一个艺术家的脆弱和信念，她不会让特权吞噬自己的同情，也不会让近乎无助的状态消磨自己的决心。那个阴雨绵绵的下午，兰格一共为那位母亲拍摄了 6 张照片，当我们把最著名的这幅《移民母亲》放到整组照片中看的时候，我们就能更为清晰地感受到这位母亲和摄影师兰格之间的相似性和相关性。兰格的艺术不动声色地赞扬了艺术融入生活这种形式，认为这是艺术忠实于生活且忠于自身艺术性所必须秉持的形式。这一特点违背了摄影的影响力来源于其客观性的观念，从而揭示出纪实作品推动力的更深层次的意义：艺术并不仅仅是摆设。

一些纪实作品，比如鲁思·麦肯尼的《工业谷》（1939）和乔治·莱顿（George Leighton）的《五个城市》（*Five Cities*，1939），与一些明显是虚构的作品，比如阿尔伯特·马尔兹写的一本关于汽车工厂的小说《地下河》（1940）和托马斯·贝尔写的一本关于宾夕法尼亚州的炼钢工人的小说《冲出熔炉》（1941），带给我们一种作家似乎被他们的工作压垮了的感觉。"拿我来说，我认为我自己更像是这个时代的见证人而不是小说家"，杰克·康洛伊说。赫伯斯特认为，在"激进的世界观"和"时代的紧迫感"的双重压力之下，虚构的尝试似乎是无效的。D. H. 劳伦斯在谈到达尔伯格时指出，有些作家满足于夸大自己的挫折经历，好像他们非常迷恋于自己的"失败形象"。然而，在这个时期更为引人瞩目的合作中——如兰格与泰勒、伯克－怀特与考德威尔、赖特与罗斯凯姆，还有沃克·埃文斯与詹姆斯·艾吉的合作——被动的客观性造成的压力加大了。正如艾吉所说，他和埃文斯都想要"感知残酷的现实"。然而作为来自不同媒介领域的两位合作者,他们又想要从各自的视角发现问题。比如埃文斯将一些明显是摆拍的照片和似乎是抓拍的照片怪异地组合在一起;而艾吉牵强地、甚至大费周章地将所有主题的每一个细节以及他感知和记录的方式都融入他讲的故事中。他们用这种方式合作的《让我们来赞颂名人吧》(1941)一书成为目前关于美国危机的书中最为著名的一本。艾吉更多地分析了阿拉巴马州的里基茨(Ricketts)和古杰尔斯(Gudger)两人遭受的耻辱和可怜之处,而不是他们的愤怒和恐惧。他意识到他要描写的那些人所具有的性欲,并把这种性欲展现出来。性别、阶层和种族作为活生生的现实和社会的建构也起了作用,就像贫困的力量一样。然而,艾吉同时也对他所探访的家庭所保持的坚忍、甚至他们顽固地独自解决问题的做法表示赞赏。艾吉事先设想了贫困的景象,然而他看到那些处于贫困的人们仍能保持尊严时深感意外。

和其他一些30年代的作家一样,艾吉也倾向于本土的激进主义传统,其部分原因是由于他想将20年代的审美考量(aesthetic concerns)和30年代的政治考量(political concerns)统一结合成一种新的报道形式。这样,历史与艺术以及小说与非小说类纪实文学间的界限就模糊了。从某种意义上说,佃农生活的意义在于他们在逆境中生存这个赤裸裸的事实;另一方面,艾吉在深入其中探访并记录时发现并保存了这种意义。艾吉把自己的工作描述为弄清"写作材料本身的"艺术,好像这些写作材料在没有通过写作呈现出来之前就已经存在了,也就是说,好像这些事情在书中描绘的人物身上完完全全发生过。但他仍然是位深受自我意识之苦的作家。他能够也确实以不同寻常的措辞提及自己的艺术,而工作中他的处境要复杂得多。

艾吉将"那些不设防而受到极大损害的人们"的不为人知的抗争展现在人们面前,继而"广为人知"。他的作品从几个方面汲取了经验,包括惠特曼主张的生动呈现事实的训诫、多斯·帕索斯坚持的人物生活和情节分离的原则以及南部所秉承的辞藻华丽的传统。因此,他的作品从头到尾都违背了纪实文学所谓的客观性原则。他的文字不仅与埃文斯的照片相互呼应,而且还进行了多方面的论述——包括人种学、社会学、现象学、神学、历史学、自传、诗歌和小说;同时,他还令人称奇地运用了多种风格——包括现实主义、自然主义、印象派、表现主义、超现实主义、立体派和空想主义。他认真地对待艺术的重建力,以此来认真地对待现实。

权力实际上是艾吉作品中的主题之一。他借助文字和照片的力量描述、记录并改造了人们的生活,同时也侵扰、影响了人们的生活,我们见证了这一切,继而成为他的同谋。文字和照片的这种描述和构建的力量正是《让我们赞扬名人吧》中评论的一部分。正是这种力量以及诗人和摄影师想要利用这种力量来描述那些无法自我表达的人们的意愿成就了这本书。那些人无法发出自己的声音，无法指出自己的敌人，无法保障自己的利益，无法伸张自己的权利，当然，他们也无法把自己的需求和欲望强加于他们的世界。艾吉用一种隐晦的、带有自白意味的语言表达出自己复杂的需求，在这种需求中，性欲、经济和事业上的抱负以及社会优越感混合在一起，同时，他也承认他不可能期望所有这些需求都得到满足。他意识到自己身处一个特权世界，这样一个世界使一些人默默承受着贫困。他冒昧地介入了这些人的生活，并以恩赐的态度尊重着他们。但是，和兰格与埃文斯一样，艾吉在自白的同时锲而不舍地继续工作，因为他相信自己正在做的事情是有意义的。

艾吉认为文字能够在人们的头脑中转化为意象，而意象也能够精炼成文字；同时他认为自己所处的世界要靠文字的力量来体现和描述生活。他清楚地知道，诸如"艺术"和"艺术家"以及"收益分成的佃农"、"佃户"和"红脖人"① 之类的词的影响力，正如他清楚地知道能够从这些词中得到什么利益。艾吉的书是应《财富》杂志约稿而写，之后又被退稿。于是他在1938年8月底第一次把稿子投到了哈珀兄弟出版公司，当时用的书名是《棉花佃农：三个家庭》（Cotton Tenants：Three Families）。但是由于那时全世界都在关注纳粹军队横扫波兰的大事，哈珀对他的书稿也不感兴趣。到1941年，这本书最终由霍顿·米夫林出版公司（Houghton Mifflin）出版时，艾吉将原来描述性的名字改为更具诗意的《让我们来赞颂名人吧》（Let Us Now Praise Famous Men）；而且，他还放弃了用新闻纸印刷，这样佃农们也能够买得起他的书。艾吉改换书名的举动反映了他逐渐意识到自己作品的奇特之处和影响力；而他放弃用新闻纸印刷则表明他认识到他和读者与他笔下的人物和他想为之写作的人之间的差距。简言之，《让我们来赞颂名人吧》是一本充满了自我意识的书。它不仅是对我们眼前残酷现实的深思，还是对我们带着全部善意也只能认识到其中一部分的残酷真相的深思。另外，这本书还是对我们看到并认识到的事情中能够直接予以记录或是间接通过影像和文字再现的事实的局限性的沉思。客体如何对待主体以及主体如何对待客体——里基茨一家和古杰尔斯一家如何对待埃文斯和艾吉以及埃文斯和艾吉如何对待里基茨一家和古杰尔斯一家——成为孪生主题。艾吉迫于压力把叙述性文字变成了自白和自传：他观察、窥探、监视甚至刺探的客体占据了他全部的生活，对他以及他的工作提出了质疑，迫使他要把自己和自己的工作展现出来接受检视。艾

---

① 指脖颈晒得红红的美国南部贫苦农民。——译注

第三部分　经济大萧条时期写作的命运

吉的书中涉及的第一种紧张状态与社会和经济阶层有关；第二种与种族和等级制度有关；第三种与性欲有关，包括他自己的性欲和他觉察到的他人的性欲或者归于里基茨一家人以及古杰尔斯一家人的性欲，这些性欲既像本身存在的那样，也像他描述的那样。第四种与新闻业和艺术有关，甚至可以说与"诚实的"新闻业和"无私的"艺术有关，因为艾吉知道，就算是从艺术家的眼光来看，对于名利的争斗从来都是一场近在咫尺的持久战。

整个30年代和40年代早期的散文作品中，只有福克纳最伟大的作品与《让我们来赞颂名人吧》一样，坚持不懈地体察文学和作家在社会和工作中的困境。艾吉在书中流露出来的愧疚感在某种程度上是一个逃脱苦难的幸存者的愧疚感。不过这种愧疚感同样属于拥有特权的人，即艺术家。对艺术家来说，苦难和失败成为艺术的起因和主题之一。艾吉似乎认为，如果里基茨和古杰尔斯能够掌握自己的生活——他们能够表达自己的意愿，能够住在不错的地方，能够过上体面的生活——他们就不需要艺术或是艺术家了。艾吉间接地设想出一个理想国，在那里，全世界的里基茨和古杰尔斯能够完全掌握自己的生活并且具有影响力，他们也因此拥有了真正值得拥有的，所以他们也就不再需要埃文斯或是艾吉以及他们的意象艺术和文字艺术。这时，艾吉的反讽常回到自身以及艺术家的作品上。因此，《让我们来赞颂名人吧》一书存在着深刻的矛盾以及摇摆不定的缄默。书中既涉及了生活本身的局限性，也涉及了艺术在对待和对抗破碎且停滞不前的生活方面的局限性。艾吉的这种双重性引发的自省模糊了小说和非小说类纪实文学间的界限，激励读者反省自身和自己的动机。

艾吉和埃文斯开创了一种到现在仍在探索中的纪实风格。同时，他们还界定了30年代激进思想活动的范围。我们将之与马克思和弗洛伊德联系在一起的越来越多的怀疑——对社会机构以及个人和家庭关系的怀疑——有时会使得艾吉哑口无言。他开始怀疑他在菲利普斯·埃克塞特学院（Phillips Exeter）和哈佛大学体验到的那种特权，也开始怀疑很多为人熟知的人类动机，包括艺术家的和改革者的动机。甚至忠诚和勇气、人类感情和对真理的寻求都没能完全逃过他的怀疑。对于他生活过的每个地方来说，他仍然是旅居者。可是虽然抱有这些怀疑，艾吉仍尽力地深入生活、聆听各种声音并且为他所到之处的人们说话；另外，虽然他渴望独处，害怕被曝光，但是他仍然继续鼓励人们来考察他的生活。艾吉在《让我们来赞颂名人吧》中发现了自己最完美的时刻，因为他在这里找到了维系衰败的生活和残缺的艺术的方式——使衰败的生活服务于残缺的艺术，让残缺的艺术改善衰败的生活。

第七章　南部的复兴：保守和革新的形式

　　面对一个似乎要迷失方向的世界，30年代纪实运动的发起者将美国有史以来最大规模的旨在搜集、记录、调查和改变美国人的生活和价值观的文学和艺术活动推向了高潮。由公共事业振兴署负责的指南丛书将30年代描绘成灾难往事。这些丛书关注灰尘弥漫、风沙漫天的街道和斑驳的铺面，关注毫无生机的城镇和被侵蚀的农场，关注由于种族隔离而实施的白人与黑人分开使用的饮水机和洗手间，关注那些关门堵窗的空屋，关注那些瘦削憔悴、茫然惶惑、甚至是备受摧残的人们。所有这些被不断提及的内容通过当时的一些书名传达了出来，比如德莱塞的《悲剧的美国》（Tragic America，1931）、威尔逊的《美国恐慌》（1932），还有安德森的《困惑的美国》（1935）。正如罗伯特·坎特威尔指出的，这些作品为遏止"在我们的文学中充斥太多的发迹史"提供了一剂良方。同时它们也反映出力量和决心。通过将摄影与新型新闻报道创新地结合在一起，伯克-怀特与考德威尔、赖特与罗斯凯姆、兰格与泰勒、还有艾吉与埃文斯成功地在"无畏而不懈的实验"这一新政时期的特征中加入了文学特性。在这个过程中，他们作为切实的力量对挽救和重振"美国"及其"人民"有所助益。

　　历史小说家们，如肯尼斯·罗伯茨，有一种类似的危机感，他们开始从国家的历史中寻找英雄人物。30年代的纪实作品多关注那些被遗忘的穷人们所遭受的苦难，而且还记录下来关注这些受苦受难之人的作家和摄影师那急切的表情，就好像他们当时身临其境一般。历史小说大多描绘英勇的男人们，有时也涉及一些英勇的女人们的事迹，他们突出的地位和成就值得我们关注。同样被大家认为是事件经历者的历史小说家们有时却会变成不切实际的空想家。然而他们实际上企图既拥有侦探般的才能，又抱有道德家的志向——用历史上的伟人给现代人做楷模。在一系列小说中——《阿仑德尔》（*Arundel*，1930）、《武装暴民》（*Rabble in Arms*，1937），还有《奥利弗·威斯韦尔》（*Oliver Wiswell*，1940）——肯尼斯·罗伯茨描绘了众多化解混乱和磨难的英雄人物。他的书使得这个在灾难深重的十年中感觉到衰败的国家保存了一线生机。

　　30年代中期，情况开始有所好转，一些作家开始反对坎特威尔认为是良方的负面报道。那些坚持要把国家描绘成陷入混乱、不安、悲惨的状况的知识分子被范·威克·布鲁克斯称为"误导者"。布鲁克斯以《清教徒的酒》（*The Wine of the Puritans*，1908）和《美国的成年》（1915）开始了他的事业。在这两本书中，他用过去的失败指出了美国文化的真正命运。30年代，美国陷入迷惘之中，而他开始创作关于成功的作品。在他的第一部关于成功的作品《爱默生传》（*The Life of Emerson*，1932）问世后不久，布鲁克斯出版了五卷本"发现者和创造者"丛书，包括《1815—1865年，新英格兰的兴旺》（1936）和《1865—1915年，新英格兰：兴旺的晚期》（1940）。我们在《1865—1915年，新英格兰：兴旺的晚期》中读到这样一句话："黄花再次应季开放，民间歌谣再次找到了自己的立足点，衰落中的国家也恢复了活力。"它近乎完美地反映出植根于回忆中的希望这样一个主题。这个主题同样贯穿在路易斯·阿达米克的《我的美国》等书中。布鲁克斯在《1815—1865年，新英格兰的兴旺》一书中写道："人民生活在一个充满活力的、不可分割的并且有信仰的社会中，他们努力去实现一些来自历史的、尚未达成或者是尚未认识到的意愿"，此时，他们是自由的。这似乎是另一个主题。相比之下，多斯·帕索斯要比布鲁克斯多些怀疑。但是，到1937年，即完成《赚大钱》（1936）一年之后，他也开始将自己的着眼点从一贯的对国家历史的探究转到对"未来的希望"的界定上。《托马斯·潘恩的思想》（*The Living Thoughts of Thomas Paine*，1940）是这种转变的例证之一，《我们脚下的土地》（1941）是又一例证。他在《我们脚下的土地》一书中写道：我们"决不能忘记我们目睹了一切历史中最壮观、最逼真的世间图景之一"。

　　30年代一开始，人们对历史仍然持悲观的看法，那个年代掩映在倒闭的银行、枯朽的农场和饱受摧残的人生中，然而将之保持下去仍然是南部人要做的事情。第一次世界大战致使南部发生了巨变。包括菲茨杰拉德在内的成千上万的北部年轻人曾经在那里接受了基础教育，还有成千上万的南部人，包括福克纳的兄弟们，来到北部，最终经由这里前往法国。一战末期，仍有大批人从贫瘠的南部地区迁移到北部的城市，其中大多数是非洲裔美国人。但是南部各州顽固不化地反对加入联邦，最为典型的是他们在共和党执政时期投票给民主党,这使得他们更加孤立。1920年,农产品市场价格暴跌,使这一区域陷入了重重危机。当有关富庶的真相及传言在这片土地上流传开来时,顶着这个世界上最富足的国家中最贫困地区帽子的南部各州间开始产生裂痕。为了争取为时已晚的和平,新一代的领导人致力于吸引北部工业入驻南部,特别是从新英格兰地区引进纺织厂。然而,天不遂人愿。1927年的一场倾盆大雨导致的规模空前的洪水将南部最肥沃的土地变成了一片泽国,接下来是持续三年直到1930年才缓解的大范围干旱,这些天灾更加剧了大萧条时期的危机。

　　罗斯福新政时期联邦政府执掌的经济改革就像第二次世界大战期间的军事集结一样,给美国各地带来了巨变。但是相对于北部,南部的变革更为显著,因为南部的差距太大了。为了更好地融入联邦,南部各州必须要改变它们固有的价值观念和政治经济。诸如农业调整总署(Agricultural Adjustment Administration)、国家资源保护队、联邦灾难紧急援助总署(Federal Emergency Relief Administration)和田纳西流域管理委员会(Tennessee Valley Authority)等机构的设立有助于将南部各州团结到民主党麾下,同时也加快了这些地区的现代化进程。一些南部人士认为,罗斯福是"先锋人物";另一些人则顽固到底,反对一切他所主张的事物。大多数联邦计划都没有达到目标,另一些则彻底失败,特别是那些急需援助的方面。南部各州的黑人们把《国家复兴法案》称为"黑人流离失所"或是"黑人再遭磨难"。① 不过新政还是给南部各州带来了一些变革,使之从旧有的、分散经营的、以农业为基础形式的资本主义逐渐过渡到由以通信、交通以及政治、经济和商业交流为中心的城市掌控的全新的工业化、商业化、集约化的政治经济,典型的例子是佐治亚州的亚特兰大市。面对这种急剧的变革,人们会产生背叛感,但同时也能感受到希望,南部的新文学也随之诞生了。

　　南部的文艺复兴——30年代最令人瞩目的文学发展——源于诸多事件的因缘际合。一方面,危机使得全美国能够更切身地感受到南部各州的经历,实际上,南部的经历和整个世界的经历更为相近。另一方面,危机也加速了南部各州融入联邦的进程,并在其内部催生出混乱和矛盾的情绪,这种情绪与文学的现代主义相似。回顾自己从实验画家开始的职业之路,罗伯特·马瑟韦尔(Robert Motherwell)称自己和同行们是"大萧条造就的,此时美国梦

---

① 国家复兴法案(National Recovery Act)英文的缩略语为NRA,而"黑人流离失所"(Negro Run Around)或是"黑人再遭磨难"(Negros Ruined Again)的英文缩略语也是NRA。——译注

破灭了","赚钱……在我们看来已不太可能"。他还补充说,他和朋友们探寻的目标是"用国际现代主义的标准进行创作,以便使作品能够经受住国际化眼光的审视"。马瑟韦尔的目标在很多方面与福克纳以及一些南部重农学派成员,包括早期《南方评论》(*Southern Review*)的编辑们,不谋而合,但仍存在诸多差异。我们只能说这是因为地方历史对于绘画的影响远远不如其对文学的影响来得直接,特别是对小说。

几乎将全国摧垮的危机来临时,人们才发现南部各州早已经遭遇了前所未有的贫穷、破败和困境。掩藏在官方的历史记载之下的是无数残酷的现实——有人被俘获做奴隶;有人被掠夺了土地并被赶到居留地;开拓者们累死累活却几乎没有收获;女人被遗忘、被轻视,成为被统治者并遭受迫害;劳苦大众挤在贫民区中;还有形容憔悴的佃农和疲于奔命的临时工。D. H. 劳伦斯曾经说过:"你只有在美国生活并看到些许真相,才能明白滋养着美国富人的穷苦大众生活得多么惨烈。"然而,他补充说:"每当我们想到美国",首先想到的是"她巨大的成功",却"从未认识到这成功背后经历的无数失败,只是一味地鼓吹成功"。

相比之下,人们一想到南部各州,尤其是在30、40年代,首先想到的就是失败和破灭。在革命和建国初期,南部的历史几乎就是美国的官方历史,是西进扩张运动的传奇,是一个成功接着又一个成功的传奇。从乔治·梅森(George Mason)到乔治·华盛顿、托马斯·杰斐逊,再到詹姆斯·麦迪逊(James Madison)的时代,南部一直都是文学作品的孕育地。埃德加·爱伦·坡和马克·吐温都与南部有着千丝万缕的联系;T. S. 艾略特似乎有时也认为自己是南部的一分子,特别是在他写到马克·吐温时,还有当他试图为割裂自己的矛盾情绪和一直困扰着他的被剥夺感找到一种文化上的解释时——简言之,他想知道为什么在他感觉被家族传统同化的时候却因为性情的原因而边缘化了。然而事实上,与艾略特家族不同,南部各州在做出脱离联邦这个致命抉择之前几乎一直就处于分裂状态。南部各州的理想是建立一个由拥有土地的白人贵族统治黑奴的农业社会。这有悖于美国关于平等主义的冠冕之辞,同时也与国家义无反顾地塑造典型的由劳动者建立、由上流富裕阶层统治的商业资本主义的努力背道而驰。

南部宣布脱离联邦并坚持奴隶制的决定加大了地区差异。四年大伤元气的战争,紧跟着是12年的占领,使得南部各州在耻辱和怨恨中陷入封闭的保守状态,各方面资源都很匮乏,只剩下支离破碎的土地、各种方言以及沉重的负面历史教训。所有这些都导致并加深了因阶层、等级、种族和性别而产生的对立。南部的理想很快就在现实中破灭了。到1929年,虽然经过了几十

第七章 南部的复兴：保守和革新的形式

年的缓慢复苏，南部仍然有一种负罪感，但却桀骜不驯。然而，南部内乱仍在继续，这在一定程度上是因为它的失败经历似乎与其发布过的唯一的分裂宣言密不可分。

19世纪末期到20世纪初，美国大多数人成为"上帝的选民"，这似乎就意味着他们掌握了财富和权力。与此同时，南部各州却几乎没什么发展，甚至更落后了。到1929年，这片土地上仍然充斥着佃农、自给自足的小农户、非法的酿酒厂，还有世仇家族；与之相对应的是文化落后以及严格甚至残酷的种族隔离制度。有时，美国停下来反思一下既定目标时，会把南部看做是一个障碍。H. L. 门肯把自己想象成打破祖国自欺欺人的旧有传统的斗士。然而事实上，他就南部所说的每一句话，甚至只是闲谈间提及的，都进一步证实了北部最根深蒂固的假定，即北部的工业是符合高尚道德要求的，而南部的落后是道德败坏的体现。换句话说就是，南部在军事以及经济上的失败都是他们在道德上的失败造成的。此外，这种假定在南部同在北部一样影响深远，因为南部和北部拥有共同的宗教传统，这种宗教传统无法界定救赎到底是上帝对善行的奖赏还是恩典。

南部最深层次的恐惧来源于与北部共有的这种本源的困惑。不论是宗教上的原教旨主义（南部的又一标志性特征），还是它几乎断裂的历史，都未曾完全将它从整个国家的纯真梦和发财梦中割裂出来。可是对于一个不断失败的地区来说，这种理想除了加深南部各州的自我怀疑以外，还能带来什么？在福克纳的《押沙龙，押沙龙！》（1936）一书中，罗莎·克德菲尔德（Rosa Coldfield）小姐提出了为什么上帝要南部输掉战争的问题。借助这个提问，南部一而再、再而三地提出一个近乎被压制了的问题，一个甚至比输掉战争本身更困扰他们的问题——在一个自认为被上帝委以重任，建设自信、繁荣、工业化的典范的国家中，南部是否被选出来作为罪恶、懒惰和贫穷的反面教材。30年代南部文学作品中根深蒂固的疏离感的产生有几方面的原因，其中包括南部对于整个国家义无反顾地追求现世主义、追求繁荣发展和统治地位的矛盾心态。当然，处于鼎盛时期的南部文学，尤其是福克纳的小说，仍然存在其他的矛盾冲突。其中之一源于人们认识到南部喜忧参半的历史中包含着有待开掘的文学的潜在价值。

254

上述矛盾的结果就是出现了极富现代派特色的各类文学作品：关于对上天眷顾的渴望和遭遇排斥的痛苦的作品；关于一直受到命运诅咒而停滞不前成为他者的作品；还有关于失败——既是死一般的经历又是被排斥的根源——激发了想象力的作品。这些内容若非提供了广阔的平台，也就没什么意义了。借助这个平台，这些作品可以研讨一些重大问题，如写作的语言风

第三部分　经济大萧条时期写作的命运

格和体裁及其与地域的关系,还可涉及阶层、等级、种族和性别等问题,进而探讨语言文字的力量以及有影响力的语言文字。因此,南部能够以 30 年代为背景,通过反思历史以及分析历史的转折点,创造自认为有前景的文学。

　　1922 年,一些教授和学生们在约翰·克劳·兰塞姆——一个在牛津大学接受教育的田纳西州人——的指导下,在范德比尔特(Vanderbilt)创办了一份名为《逃避派》(Fugitive)的杂志。杂志上刊印的诗歌以风趣、嘲讽、压抑、客观以及力求精确性为特色——也就是以"南部"为本源和主题且以"现代主义"为语言风格和体裁的诗歌。因此到 1929 年,逃避派们积极投身于世人瞩目的将"现代主义"融入"地区"事务的运动。那一年,海明威出版了《永别了,武器》,刘易斯出版了《多兹沃斯》(Dodsworth),田纳西州的约瑟夫·伍德·克拉奇出版了《现代主义倾向》(The Modern Temper),弗吉尼亚州的艾伦·格拉斯哥出版了《他们不惜干蠢事》(They Stooped to Folly),田纳西州的伊夫林·斯科特(Evelyn Scott)出版了《浪潮》(The Wave),肯塔基州的艾伦·泰特出版了《杰斐逊·戴维斯的沉浮》(Jefferson Davis: His Rise and Fall),肯塔基州的罗伯特·佩恩·沃伦出版了《约翰·布朗:烈士的产生》(John Brown: The Making of a Martyr),北卡罗来纳州的托马斯·沃尔夫出版了《天使望乡》(Look Homeward, Angel),田纳西州的 T. S. 斯特里布林(T. S. Stribling)出版了《异乡的月亮》(Strange Moon),密西西比州的威廉·福克纳出版了《喧哗与骚动》以及《萨托里斯》(Sartoris)——该书的完整版《坟中旗帜》(Flags in the Dust)于 1973 年出版。接下来的十年是属于南部的。南部的文学从未如此繁荣昌盛过,之后也未再企及。这十年里,兰塞姆、斯科特和格拉斯哥笔耕不辍;斯特里布林、格雷斯·伦普金(Grace Lumpkin)、唐纳德·戴维森(Donald Davidson)、厄斯金·考德威尔、安德鲁·莱特尔(Andrew Lytle)、凯瑟琳·安妮·波特、玛格丽特·米切尔(Margaret Mitchell)、佐拉·尼尔·赫斯顿以及沃伦和扬日臻成熟;还涌现出了詹姆斯·艾吉、莉莲·史密斯(Lillian Smith)、欧多拉·韦尔蒂和理查德·赖特等作家,威廉·凯西(W. J. Cash)、弗兰克·奥斯利(Frank Owsley)、霍华德·奥德姆(Howard Odum)、约翰·巴拉德(John Ballard)、戴维·波特(David Potter)和 C. 范恩·伍德沃德(C. Vann Woodward)等历史学家及社会学家;福克纳的几部著作也在这十年中诞生。30 年代的很多小说——不仅是那些描写罢工的小说、侦探小说和硬汉派小说,还有一些另类作家的作品,如狄琼纳·巴恩斯、亨利·米勒、詹姆斯·法雷尔、约翰·多斯·帕索斯和纳撒尼尔·韦斯特的作品,都传达出某种愤怒的情绪。

　　然而,大多数作品中仍带有疑惑。虽然它们大都表现得咄咄逼人并富有自信,

第七章 南部的复兴：保守和革新的形式

甚至相当明确地仿效早期的现代主义作家或是力求形式上的严谨，但是它们仍然试探性地借鉴纪实文学。它们用众多方式发出疑问："为什么，到底是为什么上帝要让这种事发生在我们身上？"

对于这样一个在某种意义上无法作答的问题，南部的作家突然开始认为自己是经验丰富的见证人。在那些仍然停留在1929年的南部村庄，他们观察到人们带着一种顺序感和共有的见识优哉地生活着。可他们也看到了历史用接二连三的失败和困境打击着人们，这使得他们的作品紊乱，起始与结尾含混不清，而他们所要表达的中心思想也很模糊。

到1929年，越来越多的南部人开始梦想着有财有势，从而能够按自己的意愿改变生存环境。在丧失了与生俱来的旧有的生活观念后，他们渴望能够自己创造出一种观念来。在厄斯金·考德威尔的《上帝的小亩田》（*God's Little Acre*，1933）和艾伦·格拉斯哥的《不毛之地》（1925）中，我们可以感受到他们的努力引发的显著的矛盾。这种矛盾也反映在福克纳的小说中。他的小说中那些执着于陈年旧事的人和有远见的新贵们在争夺着我们的关注。很多南部人在向着将世界按人们的意愿改造这个宏伟目标努力的时候，仍然感受到了社会的牵制力，正如福克纳这样形容密西西比州北部——它的荣耀在于这样一个事实：上帝为它所做的一切远远多于人类所做的。就在南部选择了联邦的方式之后，南部人亲历了全国经济的崩溃，这种挫败更加深了他们的矛盾心理。福克纳之所以成为20世纪美国最具开创性的小说家，某种程度上是因为他和华莱士·斯蒂文斯（Wallace Stevens）一样，使表达成为表达的主题，使创作成为创作的主题。在这个过程中，他为那些被压制的人们提供了生活的空间，为那些被湮没的声音提供了发表意见的机会，有时也包括女人、黑人，以及那些生而贫困的人们。然而，南部人的这种矛盾心理仍然引发了反响。1939年，重农学派组织发表了名为《我将表明我的立场》（*I'll Take My Stand*）的重农主义宣言论文集，痛斥全国范围的技术革新计划。宣言由戴维森、兰塞姆、泰特以及扬等人撰写，其中不乏《重建但未重生》（"Reconstructed but Unregenerate"）这样的文章题目。

《我将表明我的立场》在几个问题上表现出了极端的保守主义，包括拒绝承认黑人、女性以及下层南部人的权益，拒绝接受他们的意见；极力推崇农业生活方式，反对工商业；极力推崇所谓的"优等"文化，反对"劣等"文化；坚持认为特权阶层优于被压迫阶层；坚决认为"永恒的"文学优于一般意义上的作品。只有在"艺术"方面，创新小心翼翼地得到了认可。可以说，正是畏缩不前使得戴维森、兰塞姆、泰特和扬发生了这样的转变。他们追求的是悠闲舒适的生活。他们在自己的作品中塑造了南部的历史，一种由拥有

256

土地的、有教养的、严格自律的贵族阶级统治的生活方式——与之相反的是纯粹由土地所有者统治的生活方式，虽然这种方式在他们看来也要优于被工业家和银行家统治。于是他们提出将人类的所有创造力汇聚到艺术中，借以停止发展工商业或是至少放缓其发展的脚步。尽管如此，他们仍想进一步将之置于强硬的男性理性观念之下。这也就解释了为什么他们更倾向于多恩（Donne）而不是莎士比亚，更欣赏清新浅白的诗歌而不是喧闹繁杂的小说，更推崇一些不入流的作家而不是威廉·福克纳。

当然，随着时间的推移，重农学派也发生了变化：其中沃伦的变化最大，其次是泰特，再次是兰塞姆，最后是戴维森。然而，作为置身于旧社会孤军奋战的年轻作家，畏缩不前主宰了他们的创作情绪。

虽然已经尽力尝试，但他们发现仅仅将之宣称为文化模式仍然无法真正掌控南部消极的传统。在认识到南部消极的特性是其最有用的文学资源后，泰特和沃伦的作品都有所改善。南部作为创作的资源对文学所做出的全部贡献就是其边缘性、失败、内疚和耻辱等在道德上以及艺术上的影响力。这种消极的特性与世界上其他地方的人有很多共同之处，包括许多 30 年代的美国人。这种意料不到的共同之处使得大萧条时期的南部文学第一次成为了美国的主流文学。作为文学作品的出版地和发行地，孟菲斯、纳什维尔（Nashville）、新奥尔良、亚特兰大、教堂山（Chapel Hill）、巴吞鲁日（Baton Rouge）和夏洛茨维尔（Charlottesville）仍然是州内的小城镇，牛津、密西西比、伊顿维尔（Eatonville）和佛罗里达也不过是波士顿、纽约和芝加哥的边界前哨罢了。可是作为写作地和事件的发生地，这些地方就变得举足轻重了。

在南部文学刚刚开始赢得声望、初见影响、一片繁荣的时候，这些作家们就奢望着通过某些方式为他们注定失败的斗争高唱赞歌，这就使得南部的文学之路错综复杂了。他们强调自己与南部历史传统的密不可分，在写作中却又与之背离，南部文学就想要靠着这种矛盾在历史中重生。1935 年到 1942 年间，罗伯特·佩恩·沃伦和克林斯·布鲁克斯（Cleanth Brooks）在巴吞鲁日参与了《南方评论》杂志的创建和编辑工作，并将之塑造成南部新文学的典范，作为他们向往的新南部形象的一部分。杂志上刊载的作品出自一些逃避派作家，如兰塞姆、泰特和戴维森，还有其他南部的作家，包括安德鲁·莱特尔和欧多拉·韦尔蒂。其中一些作品又表现出了《我将表明我的立场》中的那种抵触心理，而其呼吁的事情仍旧具有很大的地域局限性。然而有些作品却表现出了远大志向，就像韦尔蒂于 1937 到 1939 年间发表在杂志上的六篇优秀作品中所反映出来的那种抱负。韦尔蒂的作品具有很强的地域性，大多取材于密西西比州，着眼于小人物的生活。她的小说中的主人公多是南

第七章 南部的复兴：保守和革新的形式

部的旅行推销员和理发师之类的平民，而不是被往事以及自命贵族的身份所负累的旧式家族。与世界范围的现代主义文学一样，这些作品也遵循了形式主义的传统，并以此反映出了《南方评论》在文学上更大的抱负。尽管这本杂志与地方上有着紧密的联系且以地方命名，然而30年代的《南方评论》的影响力却是超越了地域限制。肯尼斯·伯克、R. P. 布莱克默（R. P. Blackmur）和 F. O. 马西森（F. O. Matthiessen）都在《南方评论》上发表过作品，他们的读者遍及全美；而在《南方评论》发表文章的福特·马多克斯·福特、赫伯特·里德爵士、奥尔德斯·赫胥黎（Aldous Huxley）、马里奥·普拉茨（Mario Praz）和保罗·瓦莱里（Paul Valéry）的读者面则扩大到了世界范围。因此，《南方评论》名字的本身就反映出了南部新的志向。虽然南部文学中总是在谈论贵族，但是，正如韦尔蒂的小说中描绘的那样，南部总体来说仍是个中产阶级社会，这也正是美国其他地区的状况。虽然他们想要用文字和不朽的作品为南部的历史树碑立传，但是，他们也想堕落个几十年去振兴工业。到1929年，工业在新英格兰地区已发展了近百年，在英国则已有两百年的历史。他们想要改变旧有的建立在种植园奴隶脊背上的农业化的资本主义，转而发展建立在银行、铁路、工厂和工商业企业基础上的新型资本主义。他们想要将其尚未工业化的共和政体转变为现代化、多元化的政治经济，以使其未来能够成为现实。

人们从间断的混乱局面中可以看到从这种对旧世界的尊崇到对新南部向往的转变，而这一切直接反映在南部的小说中，比如斯特里布林的三部曲《铁匠铺》（The Forge, 1931）、《商店》（The Store, 1932）和《未完工的大教堂》（Unfinished Cathedral, 1934）；福克纳的斯诺普斯（Snopes）三部曲《村子》（The Hamlet, 1940）、《小镇》（The Town, 1957）和《大厦》（The Mansion, 1959）；以及托马斯·沃尔夫和厄斯金·考德威尔等作家的小说。考德威尔还写过散文和纪实文学，可是他最为人所熟知的作品仍是小说《烟草路》（Tobacco Road, 1932）和《上帝的小亩田》。这两部作品都以皮德蒙特（Piedmont）蛮荒的乡野为背景，而以前根本没有人会去关注那种地方。考德威尔笔下的皮德蒙特仍然带有对南部文化特性的先入之见。人们感受到的是它的历史固有的贫乏，而非对过去那种讲究的生活方式无法忘怀。而现在，它对新南部充满期望——期望着工业化能给人们带来更大的财富以及更公平的分配。作为一个旅行者和旁观者，考德威尔不带任何感情地、几乎不加修饰地记录下来那些遭蔑视、受压迫的人们。考德威尔笔下的那个地方土地贫瘠，正在发展新兴工业，包括从衰落中的新英格兰地区引进纺织厂；那里的人们唯利是图、心理变态、欲望膨胀到极点，无论是在淘金、追求性愉悦、寻求体面的社会地位还是在寻求公正的待遇上都是如此，但他们极少反思。他们都没有意识到自己在文化和经济上遭受的损失，也不知道自己的梦想有什么缺陷。在整个社会发生了重大变故的情况下，他们需要我们予以关注是因为他们尚未适应贫困。他们过着入不敷出的生活，几乎没有接受教育的机会，可他们仍未放弃残留的希望，就好像那是他们最后的梦想——《烟草路》中的杰特·莱斯特（Jeter Lester）希望自己种植的烟草能有一季好收成；《上帝的小亩田》中的泰·泰·沃尔登（Ty Ty Walden）想要在一片贫瘠的土地中找到金矿，威尔·汤普森（Will Thompson）希望能够拿到合理的工资，吉姆·莱斯利（Jim Leslie）的小小愿望则是能够体面地见人。在逆境中生存的他们对于生活意义的理解也就局限于此了。

　　和考德威尔不一样，很多南部的作家发现自己陷入了两难的境地：在思想上，他们想尊崇南部的历史，然而在行动上，他们却在抛弃它。这种矛盾冲突以各种形式反映在他们的小说中。在玛格丽特·米切尔的《飘》（Gone with the Wind, 1936）中，这种矛盾冲突呈现在我们称之为诗意的过去与诗意的未来之间的争斗中，从而使得这部作品更加引人入胜，虽然它的销量已经证明这是部好看的作品。米切尔笔下诗意的过去取材于真实发生的斗争——南北战争，这同时也是《飘》的明线主题，而她诗意的未来源于历史斗争。在她所处的时代，这种斗争已经发展到新阶段，面临着关键的抉择，并以两种迥异的方式表现出来——认知和压抑，米切尔把这种矛盾冲突总结为南北战争的后遗症。

　　认知反映在郝思嘉·奥哈拉（Scarlett O'Hara）——那个任性、反叛、功利、以自我为中心、有远见、感情用事却又倔强的女人——与南部自我定位的矛盾冲突上（有时这种矛盾冲突甚至是公开化的）。郝思嘉的感情用事表现在她对艾希礼·威尔克斯（Ashley Wilkes）幼稚的迷恋以及对塔拉庄园（Tara）的怀旧之情上。然而，相对于小说中表面的现实来说，郝思嘉的很多想法和做派都是超前的——也就是说，是属于米切尔的现实生活的。郝思嘉出场时是个勇敢、自负而任性的年轻女子，她没有按照旧时南部的要求把自己塑造成"一位贵族小姐"，而是个不断适应南部变化的机会主义者——抓紧能到手的每一分钱而决不轻易花出去。米切尔认为南部正缺少这种人。对于郝思嘉这个人物的描绘使得《飘》的时代背景更靠近于米切尔生活的社会现实——南部急于融入世界大环境，可同时也在担心黑人的政治和社会力量的出现。在这个问题上，《飘》仍然是不折不扣的白人小说，是极端保守主义的代表作品。它不仅压制了黑人的政治权利，甚至还压抑了黑人作为个人的独立人格——这就是米切尔让时代倒退或至少放缓其发展脚步的方式。

第七章 南部的复兴：保守和革新的形式

米切尔执着地让郝思嘉以反叛的态度直面来自社会以及家族和人际关系的压力，同时却安排郝思嘉坚持让黑人做从属顺服的下人，这两种态度的鲜明对比使得后者更为突显。米切尔认为郝思嘉是个反叛者，有时也让郝思嘉自己这样认为，在某些方面，她也确实是个反叛者。她打破了一些她那个时代给女人规定的行为准则，但她仍是那个混乱的社会的忠实捍卫者。在他们像新兴的中产阶级一样行事的时候，他们仍认为自己是传统的贵族阶层。郝思嘉热爱她的家乡，但是如果背井离乡能够让她致富，她也愿意这样做。她嘴里说着要像梅拉妮（Melanie）等女人一样宽容和自我牺牲，而现实中的她却遵从着父亲的意愿，积极适应着不断改变的环境，不仅仅是为了生存，更是为了权力。她说北方佬们至少在一件事上是对的，"有钱才能成为贵妇"，她因此迅速背弃了旧有的生活方式，投入了新南部的怀抱。在她原来的生活中，钱和性都是女性回避的话题。

郝思嘉和米切尔笔下的亚特兰大一样充满朝气、桀骜不驯而又野心勃勃。相比之下，塔拉是属于过去的农业社会，在那里，唯一重要的就是土地，因为土地是唯一可以指望的东西，与之相关联的还有家庭、阶层、延续性以及南部对于"贵族小姐"的观念。但是，郝思嘉对亚特兰大有着特别的认同感，那座城市将她与从废墟中建立起来的新世界以及其记录者玛格丽特·米切尔联系起来。现实中，米切尔生活在亚特兰大，但不是贵族小姐。《飘》以这种方式讲述了从南部向北部挑起战火一直到最终被北部同化的整个转折期。这个转折期从南北战争时期一直延展到战争后相当长的一段时间，在这期间，一些涉及种族、性别、公正、无穷尽的欲望以及对于贫穷的恐惧和对于成功的膜拜等尖锐的问题相继出现在历史舞台上。这些问题在《飘》中展现得淋漓尽致，但面对这些问题时却只是一味地逃避和压抑，因为米切尔和她的家乡甚至她的祖国一样茫然不知所措。

在谈到《不毛之地》中的女主人公多琳达·奥克利（Dorinda Oakley）时，艾伦·格拉斯哥高度赞扬了她不屈不挠的传统美德。"生活艰苦的地方就有多琳达，那里的人们靠着坚忍的品质克服了徒劳感。"在被富有的年轻人贾森·格雷洛克（Jason Greylock）无情地抛弃后，多琳达做出了艰难的抉择——为了惩罚自己，她极少与人交往，同时为了坚守自己的权利，她要在疯长的金雀莎草丛中开垦这块贫瘠的土地；我们中的有些人会因为她是女人而对此感到更为惊奇和困扰。但是，如果为此困扰是我们的问题，那么多琳达的问题就是她的选择会让她严重减损寿命。她控制着自己的欲望，因此变得坚强而冷漠，甚至于刻板而无情。她的独立自主的另一面是彻底的自我否定——所有这些使得她与《押沙龙，押沙龙！》中福克纳笔下的斯特潘十分相

第三部分 经济大萧条时期写作的命运

像。对爱情感到失望的多琳达旋即转而追求生活中的成就,并因此赢得我们的支持,一如赢得艾伦·格拉斯哥的支持。她拥有乐观向上的品质以及钢铁般的意志,堪称典范。格拉斯哥艺术的逻辑性通过多琳达的生活隐晦地反映出来。到《他们不惜干蠢事》(1929)和《受庇护的生活》(*The Sheltered Life*,1938)时,他对青年人的躁动进一步表现出怀疑的态度,而相对于欢娱和享乐,他更执着于坚忍的美德,以及这种美德所带来的达观和与世无争。格拉斯哥小说中的主人公们虽然承受着自然以及社会带给他们的各种伤害,却仍然坚定着信念,传承着文化、习俗和价值观。但是就像多琳达所说,他们之所以能够做到这些,是因为他们"没有被触及并且远不可及"。而最重要的是他们钢铁般的意志束缚着欲望的滋生,教导人们自我克制才是通往自我实现之路。

郝思嘉·奥哈拉自身的需求以及巨大的文化危机使她发生了很大转变,即使不是改头换面,至少也变得像多琳达·奥克利一样冷漠。然而郝思嘉从未心甘情愿地屈从于任何事情。她想要并且是打定主意要尝试一切,她要寻欢作乐,她要享受,这些都是多琳达自己放弃了的。郝思嘉就像德莱塞笔下的嘉莉妹妹一样,在一切都变得一团糟的时候,靠着对于明天会更好的信念顽强地生活着。她固执地活在自己的世界里,成为南方打赢北方这场比赛的唯一的希望。有些时候,我们看到的郝思嘉是个老派的人物,自己规划一切,自己做出抉择,甚至试图改变自己的世界。而在另一些时候,我们眼中的郝思嘉又变成了现实中的人,不断遭受各种打击,逐步成长。一切变故都发生得太快,因而她没有时间仔细思量。她自然地认为接受命运的挑战要好过去做选择。同样,艾希礼没有接受命运的挑战是因为他已经没有了目标。

简单地说,《飘》更像是一部"浪漫主义"作品,而非"现实主义"作品。但是,与司汤达、托尔斯泰、巴尔扎克、特罗洛普(Trollope)以及狄更斯等人创作的、诞生于19世纪的伟大历史小说一样,《飘》同样是以重大史实为背景的,也同样选择了民族主义的政治力量,因而产生了巨大的影响。这在一定程度上是因为这本书流传甚广,并且由于好莱坞把它拍成了电影而家喻户晓,它被用来界定这个富裕而强大的国家中唯一被唾弃的地区的国家认同感。虽然米切尔构思以及落笔时都是着眼于旧南部,但她一直生活在新南部,由此解释了为什么《飘》中凸显的是郝思嘉个人,而整个故事的历史背景却相当弱化。然而,甚至就历史性而言,《飘》仍然在一个方面比艾伦·泰特的《父亲》(1938)更为准确。泰特研究历史并撰写传记,但他过于强调道德而偏失了历史学家应有的客观性。泰特最为重视的是贵族的意识形态,而他认为这种意识形态已在18世纪末19世纪初发生在欧洲大陆和英伦三岛

第七章 南部的复兴：保守和革新的形式

的变革中被毁掉了。他认为南部的希望就在于重建这种贵族的意识形态。通过创造高雅文化，包括诗歌、信仰、传统和秩序，给生命带来了尊严。泰特在一所大学里任职，他认为这是优秀的作家们最佳的入世职位。在他的理想中，只要文学被赋予至高无上的地位，从而能够保存历史，能够使男人——或在某种程度上也使女人——为高雅文化全身心地投入自己的工作，那么经济上自足就可以了。泰特作品中描绘的南部致力于这些事情，而目的却是背弃它们。因此背叛感萦绕在泰特心头，甚至超过了失败感。但是他在散文、诗歌以及《父亲》中所描绘的南部从未被谁真正拥有过，甚至最幸运的弗吉尼亚种植园主们也不曾拥有过。这是道德家为了找到某种申斥南部和现实世界的方式所做的必要的虚构。

托马斯·沃尔夫笔下南部的挣扎比米切尔所描述的更加痛苦，也不像泰特那样融入那么多史实，因为，沃尔夫是"上帝的孤独子民"。他以此命名一篇自传体散文，并不断地重写这篇文章。《天使望乡》（1929）中的主人公尤金·甘特在追溯过去时回到儿时的一个场景——他的父亲看着南部的士兵开赴葛底斯堡。但是，甘特更深的伤痛却来自近期。这些有关家庭、个人以及现世的伤痛与沃尔夫的经历相似。和沃尔夫一样，甘特熟悉那些由父母带给孩子的切身伤害，同时也谙熟这些受到伤害的孩子们报复父母的各种小花招。沃尔夫的一生都在斗争（他死于1938年9月，还不到38岁），他的小说中也充满着他幼时的伤痛，挥之不去。和沃尔夫一样，甘特并没有放开心中的怨愤。他用一种充满着年轻人的企盼和旧怨的诗化散文表现出这种怨愤。同时，他还自我矛盾，不能适应自己的生活环境。他最想要的团结和谐像被命运的迷雾操控了一般弃他而去。甘特短暂的一生充满了企盼，这种企盼使他文采飞扬，文思永不枯竭。

如果我们在甘特的故事中寻找沃尔夫对于南部的印象，或者更广义地说，对于美国的印象，那么我们不会有多少收获。对于沃尔夫来说，美国既是"我们在各种恐惧、仇恨、奴役、残忍、贫穷和需求中看到的现实"，也是一个太久未曾实现的理念。沃尔夫认识到了历史的他者性，同时也认识到已经被遗忘的历史。他试图把老调融入现在的节奏。他在《你不能重归故里》（*You Can't Go Home Again*, 1940）中给"福克斯霍尔·爱德华兹"（Foxhall Edwards）的最后一封信中这样写道："我认为我们在这里迷失了，但是我相信我们还能够找到方向"，

> 这个信念现在已经上升到认知和信仰的高度。它对于我来说，而且我认为对于我们所有人来说，并不仅仅是你个人的希望，它是美国永远鲜活

的梦想。曾经受到我们影响同时又改变了我们的美国式的生活——我们创造的制度、那些因制度而生的机构——都带有与生俱来的自我毁灭性,它们应该被打破。我认为这些制度正在消亡,一定会消亡,正如我坚信美国及其人民是不朽的,是有无限潜力的,他们一定会生存下去。

我认为真正的美国正等着我们去发现。我认为我们的精神、我们的人民、我们的能力、还有我们伟大祖国的成功就要来临了。我认为我们要开始摸索属于我们自己的民主制度。我认为所有这一切都确定无疑。

沃尔夫的每部作品如果合在一起,就成为一个冗长而杂乱的故事中的各个部分。这个故事的作者确信,命中注定他要用文字来表达自己的世界中已经失去的意义,而且他有这个特权。他作品中的叙述者们说着相似的话,重复着他最喜爱的诗歌。他们帮助我们在沃尔夫矛盾的自我中看到至关重要的主题:矛盾的自我那自相矛盾的命运是世界——家庭及社会——的中心,他却感到自己被这个世界无情地抛弃了。

沃尔夫的作品紧随着他生活的脚步。他生活的圈子是一个小型社会的传统世界,那里,人们都以家族为单位聚居在一起,怀念祖先,用过去指引未来。但是他和他作品中的主人公们很快就从家里搬到了寄宿房中,离开了熟悉而温暖的世界,来到了一个现代世界。这里,人们要不断地追寻、不断地企盼、不断地尝试。他笔下的人物经常会陷入孤僻,最终逃亡和死亡,比如《天使望乡》中的本(Ben)和海伦(Helen)。此外,他笔下的人物还经常有一种习惯性的、报仇心切的补偿心理,比如卢克疯狂地追求财富和地位。沃尔夫自己则痛苦地找寻失落的家园和失去的父亲:"我们在美国是如此迷惘,如此脆弱,如此孤独。无边无际、暗淡无日的苍穹压向我们,我们一直被驱赶着,哪里都没有我们的乐土。""我们中有谁会找寻到他的祖辈,看到他们的真实面目?在哪里能找寻到?什么时候能找寻到?到什么地方去找寻?什么地方啊?"这些可能性对于沃尔夫来说才是真正要紧的,但这主要是一些想法,人们通过谈论才能意识到这些问题。这也是他感到被隔绝的另一层含义。沃尔夫笔耕不辍,不断追述他失去的东西与他的希望。

从某个角度来看,我们可以说沃尔夫小说中恣意洋洒的特性——那种对产生于失败的希望做出的辞藻华丽、充满诗意的回应——很像是赤字财政。但是,沃尔夫的小说和惠特曼的诗歌一样,致力于探究自己的人生与国家的历史之间的关系。沃尔夫对于那段历史的理解将美国以及他自己与南部和大萧条时期相关联的人生演绎成了传记。正如他曾在一封信中写道的,这部传记是"关于暴力、残忍、蛮荒、美丽、丑陋以及荣耀的不可承受的记忆",是对智慧与力量未完成的探求。和福克纳的作品相比，沃尔夫的小说缺乏历史的深度以及社会敏感性。但是，他短暂的人生还是使我们联想到了美国各个地区的命运。沃尔夫所处的时代，南部已衰落为孤立的地区。曾经发生在新英格兰地区、中西部以及西部的事情正在南部上演，而此时南部已承诺加入联邦。此外，如果说通过合并政策而日益扩张的联邦产生了一个问题，那么南部的摇摆不定就是另一个问题。和米切尔笔下的南部一样，沃尔夫笔下的南部也想要加入更加现代化的联邦，一如联邦期盼它的加入。因此，他们将南部的失败带来的独特的负面影响以及他们珍视的、更多是出自于想象的荣耀传统诉诸文字。

凯瑟琳·安妮·波特的几部优秀的作品，如《盛开的犹大花》（"Flowering Judas"）和《中午酒》（"Noon Wine"），探讨了人们在放纵情欲、搞经济投机中如何堕落的过程，并直面贫穷对那些发生暴动的边缘农民的生活所产生的影响。她的其他作品，如《旧秩序》（"The Old Order"）、《坟》（"The Grave"）以及《老人》（"Old Mortality"），对待家庭、传统、土地以及过去的态度是"南部人的"态度。但是，这些作品突出的是创新和保存对这些事物的感知，而不是禁锢于过去的记忆。波特一生都在编造着关于她的家庭和童年的故事，描绘着她的家庭传统，而这种传统实际上与她1890年就离开的那个位于得克萨斯州印第安克里克的L形的小木屋没什么关系。与沃尔夫相比，波特克制、简洁而典雅的写作风格与菲茨杰拉德、海明威和凯瑟更为相近。她笔下的南部并没有处于变革时期，而是一个在虚构的记忆中保持着欢愉和优雅的时代，这一切都是波特及其家人从未经历过的。

第八章 历史与小说/小说与历史：
威廉·福克纳的范例

1914年，拉尔夫·埃利森（Ralph Ellison）在演讲时把威廉·福克纳说成是"把小说的道德功能和……形式上的道德严肃性……再次明确表现出来"的小说家。埃利森认为，一方面，这种举动与"最鼎盛时期的美国小说"的惯用手法一致；另一方面，这与"文学具体关心的事情"一致，包括对"语言创新的可能性"的探索。但是，他认为这种举动对福克纳来说是自然的，甚至是必然的，因为福克纳的"生活与道德以及政治问题紧密相关，这些问题不可能永远不暴露出来"。

福克纳的小说之所以成功，一方面是由于他的观察力和他对方言的敏感，另一方面是由于他认识到人类的生活总是受自然和社会的影响，也就是说受本能、潜意识的需要和欲望以及文化的影响。他的故事以历史为基础，既表现了自然景象又表现了文化模式。此外，他的成功大部分还要归功于他读过的小说和诗歌以及他听说的传说，其中有一些是关于密西西比州南部他那声名显赫的家族的冒险经历。他小说中的情节来自直接的观察，因此在我们看来多少是关于对观察的现实所做的有条理的报告。他的小说植根于历史，因而使我们联想到所有言行的历史真实性。他的小说以个人意识为前提，基于那些拥有不同需要和欲望以及复杂的优点和弱点的叙述者的记忆和想象，因此，他的小说有时似乎不容否定、发人深省，而有时却难以捉摸甚至带有欺骗性。

因此，福克纳时刻关注着国际现代主义的各种动态，有时他做得很隐蔽，但更多的时候公然这样做。然而，国际现代主义到了后期除了继续对自身加以赞扬外，同时又对之产生怀疑并进行批判。与他早期的诗歌和短篇作品相反，他在小说中极力表现出一种想要研究表意行为的愿望。通过从不同的叙述角度来重复同一个故事,他延展并探索了过去的奇闻轶事、核心故事和语言——方言和措辞,这些构成他小说重要的组成部分。他对人类创造力的着迷在检视人类对发明的需要时达到极点。但是,他的小说经常围绕着汉娜·阿伦特所说的"没完没了的谈话",突出运用各种复杂的叙述技巧,探讨严肃的社会和道德问题,比如有关贫穷和暴力、种族、性别、等级地位和阶级的问题。这些问题在南部根深蒂固,但并非典型的南部问题。实际上,福克纳正是用这种方式使我们看到了埃利森所说的"小说的道德功能"和"形式的道德严肃性"。

约瑟芬·赫伯斯特 1933 年开始创作她的三部曲中的第一部《遗憾还不够》(*Pity Is Not Enough*)。后来她在回顾时认为,"时代的压迫"损害了她的三部曲,使她转移了兴趣,甚至对自己最初的兴趣产生了怀疑(她用了"崩溃"这个词),包括她在书中的语言和所用的习惯用语。福克纳保持了最初的一系列复杂的兴趣,他比赫伯斯特更加孤立。到第二次世界大战结束时,舍伍德·安德森、F. 司各特·菲茨杰拉德、艾伦·格拉斯哥、纳撒尼尔·韦斯特和托马斯·沃尔夫都已去世,W. B. 叶芝、詹姆斯·乔伊斯和弗吉尼亚·伍尔夫(Virginia Woolf)也已过世。50 年代属于新一代的作家,包括几个 30 年代开始创作的作家——其中有韦尔蒂。但是,福克纳伟大的小说——从《喧哗与骚动》(1920)开始到《下去吧,摩西》(1942)结束——描写的都是大萧条时期,每一部都以其独特的方式表现了这一时期。

福克纳是个业余的历史学家、家谱学者和民俗学研究者,而在他没有成为小说家前,还是个"失败的诗人"。文艺复兴时期的英文诗歌和整个 19 世纪和 20 世纪初期的英文和法文诗歌以及英国和欧洲的小说(从塞万提斯的《唐·吉诃德》到乔伊斯的《尤利西斯》)都对他产生了很大的影响。他除了有很好的记忆力外,还对方言和社会习俗有着敏锐的观察力。他收集关于他的家族和他居住的区域的一些口头流传下来的故事,用以研究密西西比河南部的历史、地理、植被和野生动物。这些故事版本不同,甚至相互矛盾。其间,他开始认为文学文化在本源上是地域性的,而在发展趋势上是历史性的。他依旧是个平庸的诗人,这在一定程度上是因为他依旧从过去的诗人那里借鉴文字、格律甚至主题。后来,当他从《军饷》(1926)和《蚊群》(*Mosquitoes*,1927)中那些众人皆知的场景和主题转而描写密西西比河北部大片未开垦的土地之后,他成为一个强有力的小说家。这片土地进一步满足了他想把自己看做是一个激进的创始人的需要——另一个"现代派"的象征。无论是他的曾祖父"老陆军上校"W. C. 福克纳(W. C. Falkner)——著有《孟菲斯的白玫瑰》(1880),还是斯塔克·扬(Stark Young)——《我将表明我的

○第三部分 经济大萧条时期写作的命运

立场》(1930)的撰稿人和《如此红的玫瑰》(*So Red the Rose*, 1934)的作者,对于准备创造、命名一个虚构的约克纳帕塔法郡(Yoknapatawpha)的福克纳来说,都不构成很大的威胁。他把约克纳帕塔法郡与他过于了解以致无法去爱或去恨的世界联系起来。

乡下人的羞怯使福克纳在纽约的文学沙龙倍感局促,甚至在新奥尔良的法国区(French Quarter)呆了几个月以后,他仍然感觉紧张不安。因此,他大部分时间都呆在牛津,在那里他也并没有家的感觉。他好像确信他的艺术就取决于他虽不参与任何他无法完全控制的团体但却能够与之关系密切的能力。他的艺术涉及的范围广泛,充满典故和比喻,用一个虚构的密西西比河南部县城的文化、社会和政治经济粗略地回顾了美国历史。他和斯泰因、多斯·帕索斯、赫伯斯特和沃伦用差不多同样的方法研究了这段美国历史。他那被特权阶层剥削压迫的大家族的小世界与同样被破坏的大世界紧密相连。实际上,文中的逻辑反复强调、限定甚至推翻他所虚构的世界和他自诩的支配地位所具有的独特性或地域差异性。他手绘了一张约克纳帕塔法郡的地图,把自己作为约克纳帕塔法郡的"唯一所有者和经营者"。福克纳主要的小说——《喧哗与骚动》、《在我弥留之际》(1930)、《八月之光》(1932)、《押沙龙,押沙龙!》(1936)、《村子》(1940)和《下去吧,摩西》——风格独特,似乎假定人类的经验可以用富有想象力的文字表达,但又承认人类的经验是文字不足以完全表达的,而且不能完全凭空想象。艾迪·本德伦(Addie Bundren)在《在我弥留之际》中坚称:文字"沿着一条直线快速行走,没有任何恶意",同时还"沿着发生的事实艰难地行进,并紧紧依附于它。过一段时间,这两条线对同一个人来说相离甚远,以至无法跨越"。但是,艾迪仍旧是记忆和文字以及行为的产物。她不断回想,试图使语言服务于她的需要。对她来说,寻找可以描述生活、记录真实感受和行为的文字就像感觉和行为对人类的意义一样。

但是,福克纳知道文字有自己的轨道,过着自己的生活。他就希望文字这样,因为他希望文字不仅用来记录或评论生活,而且还可以提高生活,或者更极端地说,可以填补生活。熟悉福克纳小说的读者都知道他特别热衷于描写出生在南部没落家族的白人男青年,赋予这些人特权在他看来是很自然的事情。但是,很少有哪个作家像他一样能使这么多不同的人物——富人和穷人,没受过教育的人和有文化的人、甚至从事文学创作的人,男人和女人,白人和黑人,老人和年轻人——自由地找寻适合他们不同需要的语言,这些需要多少有些孤注一掷的意味。也很少有作家像他一样认为我们对文字的探求是我们智慧的一部分,是人文科学的象征——人文科学是生活最关键的部

第八章 历史与小说/小说与历史：威廉·福克纳的范例

分，也是艺术的核心。像艾迪和他自己一样，他笔下的众多人物竭力表明他们在战胜语言的缺陷以及生活的缺陷时所取得的成功。

我们先从《喧哗与骚动》开始。这本书迫使我们放弃最基本的理解范畴——空间、时间和起因，这样才能面对四个康普生（Compson）家的孩子——班吉（Benjy）、卡迪（Caddy）、昆丁（Quentin）和杰森（Jason）——所放弃的几乎被击垮了的生活。福克纳在回顾过去时把他的小说描述成他为"完美梦想"所做的几次重复的努力。他说一个艺术家的动力"不是胡乱写本书出版"，而是梦想写出一本"完美之作"。但是，《喧哗与骚动》的前两部分完全不顾及讲故事所需的条理清晰、上下连贯的技巧。其文字似乎不是沿着自己的轨道，而是同时向各个方向发散。甚至书中常见的使人联想起麦克白的生命感的标题——"一个故事/一个白痴讲的，充满喧嚣与骚动/不意味着什么"——最终也让人摸不着头脑。因为它不仅把我们带入一个我们最熟悉的理解范畴不再适用的世界，而且还把我们带入一个艺术与生活混杂在一起的世界，而非艺术与生活相关联但却高于生活的世界。我们渴望听一个条理清晰的故事，希望看到一个完整的结局，但他对此全然不顾。此外，福克纳还不写故事的结局。尚未取得的成功成了小说的结尾，其间故事被划分成几个部分，一个讲完了接着讲另一个。福克纳运用了几个重要的手法：闪回、局部叙述和缺陷性表达。《喧哗与骚动》似乎在炫耀它故意拒绝建立内在连贯性。它在一个场景中来回兜圈子，不断重复，而在另一个场景中又不断回避。这一点特别应用在文中未现身的中心人物卡迪身上。卡迪是把性欲和冒险精神与孕育爱的能力和关心别人的精神结合在一起的唯一一个人物。

因为书中几乎没有给卡迪空间，更没有给她表达自己意见的机会，所以我们主要是通过她的三个兄弟的需要来了解她——班吉需要一个容身之所，或者更广泛的说，一个他不用非得出人头地的家；昆丁需要摆脱一个年轻人的绝望，他的几个幻觉一方面出自他对秩序的渴望，另一方面出自他对强烈感情的渴望，也就是说他既需要找到爱的原则又需要找到一个人去爱；杰森需要找一个人来为生活对他施出的龌龊手段接受他的指责和惩罚。除此之外，整个小说描写卡迪时只是用来回顾、再现并传递一个男作家和他笔下的男性人物一同把黑人奴隶的后裔——黑人仆人和白人妇女——排除在外的过程。但是，福克纳把卡迪置于暗处而不充分表现她的这一举措有失有得。福克纳没有给《喧哗与骚动》写一个完整的结尾，就像他特意不让这个故事具有完满的连贯性一样，这对小说的自由空间是至关重要的，而小说的自由空间对给予读者充分的想象空间是至关重要的。很少有小说家让读者在文学互动中起着如此重要的作用，而没有任何一个小说家与读者如此充分地共享创作的

●第三部分　经济大萧条时期写作的命运

过程。福克纳先简单地描写卡迪然后又避开她，让她露一面就隐藏起来，读者于是陷入自己的想象过程，而他的艺术成为推测的艺术，他的读者成为隐身的他自己。

与《喧哗与骚动》不同，《在我弥留之际》一开始就按照时间顺序来叙述。书中开篇的几句话中，我们跟随达尔（Darl）和朱厄尔（Jewel）走在"像铅垂线一样直的充满灰尘的小路上。这条路已经被人踩得平平的，七月的阳光把它烤得像砖一样硬，两侧是鲜绿的准备收割了的棉花"。他们的目的地是另一个兄弟卡什（Cash）正在为他们的母亲艾迪·本德伦修建棺材的地方。这部小说着重描写一个家庭，按事情的发展顺序，从艾迪去世之前的黎明开始写起。小说先描绘了一个乡村农场，之后带我们加入了前往杰弗逊的困难重重的离奇旅行，在艾迪最终在杰弗逊下葬后不久结束，而艾迪的丈夫安斯（Anse）在杰弗逊买了副新牙，又再娶了个老婆。

但是，如果从某种意义上说这部小说情节的发展是连续性的，从另一个意义上来说又是支离破碎的，因为小说分为 59 个部分，分别由 15 个叙述者讲述，包括朋友和路人以及七个本德伦家的成员。所有这些叙述者展开各种可能的心理活动——直觉的、理智的和想象的、原始的、传统的和怪异的心理活动，偶尔也用拙劣的模仿进行嘲弄。虽然每个叙述者都对情节的推进有所帮助，但是还是有几个人把我们带回过去，从而推迟了情节的发展，比如让我们再次清楚地看到艾迪和安斯两人求婚和结婚的过程，看到艾迪犹如在坟墓里的生活，使我们明白个人的历史与根深蒂固的贫穷、严格的阶级划分以及性别界限既融合在一切又相互脱离，从而使艾迪和安斯以及他们受到伤害的孩子们——卡什、朱厄尔、达尔、杜威·戴尔（Deweu Dell）和瓦德曼（Vardaman）——过着各种刻板、固定、混乱和枯燥的生活。

与《在我弥留之际》相似，《八月之光》也是在密西西比州乡下的一片"炎热但依旧空气清新的寂静"中开始，是另一部传统、直白、按照时间顺序叙述、以理性为中心的故事。一开篇，莉娜·格洛夫（Lena Grove）就说："我来自阿拉巴马州：一个贩卖皮毛的地方。"她坐在通往杰弗逊的乡村公路旁，此时，她已经跋涉了四个星期，穿过大部分还是乡村、还保留着部分传统的南部那节奏缓慢而悠闲的世界，怀着未出世的孩子，去寻找一去不返的孩子的父亲。福克纳后来说莉娜从来没有"迷惑、害怕或者惊慌过"。她对自己的机智非常自信，因此从不觉得自己需要同情。到达杰弗逊后，她首先从一个一点儿也不像拜伦的叫拜伦·本奇（Byron Bunch）的情人那里获得了帮助。本奇对这个显然未婚先孕的女人一见钟情，"与他苛刻而不容违背的国家所有的传统相悖……这种传统要求人们维护肉体的不可侵犯性"；然后又从一个叫盖尔·海塔尔·D. D.（Gail Hightower D. D.）的失败的牧师那里得到了帮助。海塔尔同时还是一个失败的丈夫。一向冷嘲热讽的小镇居民告诉拜伦，这两个 D 是"万劫不复"（Done Damned）的意思。拜伦自愿做保护者，海塔尔做助产士，莉娜生下了她的私生子，然后又踏上了旅程。在小说的结尾，她说："天啊，天啊。人到底还是可以克服障碍的。才两个月，我们就不在阿拉巴马州了。现在我们已经在田纳西州了。"

但是，事实上《八月之光》在一篇叫做《黑暗的房间》的手稿中有自己的开头部分。黑暗的房间是被社会抛弃的牧师盖尔·海塔尔的家。他无法从他的家族史中摆脱出来，因此他未完成自己作为牧师的使命，辜负了教徒们的期望，并造成了妻子的沦落和死亡。而莉娜作为一个未婚先孕而后又成了未婚妈妈的女人也可以说是被社会抛弃的人。小说带着一种强烈的宿命感描写的乔安娜·伯登（Joanna Burden）和乔·克里斯马斯不仅是福克纳所有的小说中最突出、最引人注目的陌生人，而且是分歧最大、最宿命的人物之一。

乔安娜·伯登是冷酷无情、自以为是、生活节制的新英格兰清教徒家庭的最后一员。在她的祖先中，女人几乎完全被忽视，男人暴虐霸道，他们到南方来是要把南方从懒惰和享乐以及奴隶制的罪恶中解救出来。在与乔·克里斯马斯开始了一段所有小说中最离奇的风流韵事后，乔安娜说："我还不想祈祷。上帝啊，不要逼我祈祷。让我再被诅咒一段时间吧，哪怕就一会儿。"

乔安娜·伯登和乔·克里斯马斯开始私通以后，他们再次有一种注定要毁灭的感觉。与乔安娜一样，乔也认为性既让人迷恋又让人反感，既难以抗拒又应该遏制。但是，他在别的问题上自相矛盾，具有一种不确定性，包括那个在他身上不可能解决的最关键问题，即他到底有没有黑人血统。男人辱骂他、追捕他，最终把他打残，而女人接近他、帮助他，然而却令他厌恶，因为他害怕有子孙后裔。乔·克里斯马斯沿着乡村公路走，却发现乡村公路原来比他曾经走过的"许多荒无人烟的小路"更危险。走在那些小路上，"记忆在不知不觉中形成。记忆的形成要比回忆用的时间长，也比认识一个事物用的时间长"。快到结尾的时候，我们看到他的生命如此脆弱，"就像是一篮子鸡蛋"。几年后，在提到乔·克里斯马斯的种族身份仍未被解释清楚这一事实时，福克纳把乔的故事说成是一个"不知道自己是谁、也找不到生活出路"的男人的悲剧。

福克纳在早期的作品中就显示出对种族问题的关注，而在后来的作品中又再次表现出来，特别是在《押沙龙，押沙龙！》和《下去吧，摩西》中。但是，在《八月之光》中，福克纳第一次直面他对种族的理解，即一个有种族歧视的社会仅仅通过种族歧视就清楚地表明种族是与身份相关的最关键的要素。福克纳笔下的南部把黑人定义为皮肤黝黑、行为受限的他者。南部一心要完全控制黑人，这样不仅使种族成为一个重要的个人问题和与个人身份相关的核心要素，而且还使种族制度化，从而成为一个重要的社会问题。之后南部又从《圣经》回顾到人类被创造之初，从而精心制造历史证据以证明其所作所为的合理性。在乔安娜·伯登身上，我们看到一个有关性别歧视的及其类似的过程。但是，在这一点上，通过乔安娜·伯登所展现的家族历史既是南部的历史也是北部的历史。两个地区都害怕妇女的欲望膨胀，都制定了确保男人统治地位的策略。乔安娜·伯登家族中的妇女像乔的祖父多克·海因斯（Doc Hines）的妻子和乔的继父麦凯克恩先生（McEachern）的妻子一样被男人控制着。乔安娜·伯登的祖先是新英格兰的废奴主义者，他们来到南部是为了把南部从罪恶中解救出来。她在中年时第一次有了情人，她违背了她所学的所有的礼节和规矩，找了一个她认为年纪比她轻、地位比她低、社会等级制度所不允许的男人。她最终被彻底毁灭，并不是因为她所持的关于种族的观点不得人心，而是因为尽管她内心十分矛盾，却仍旧坚持表达出自己的性欲并感受性欲，而且坚持尝试掌控自己的生活。

在灌输有关年龄、阶级和等级的态度上，文化明显对《八月之光》的每一个人物产生了影响，特别是对乔和乔安娜。在言词、思想和感情上，乔和乔安娜接受了关于种族、性别和人类性欲的态度，这些对他们的生活非常不利，从而使他们直接陷入毁灭。他们两个人以不同的方式竭力逃脱控制他们的各种关系网。但是他们失败了，这在一定程度上是因为他们极其害怕立场不明确，极其渴望明确的立场，这一点特别体现在他们那些截然相反的特性（白人—黑人、男人—女人、拯救—毁灭）上，而他们既不能忍受这种特性，但又不摆脱不了这种特性。

结果，这些毁灭性的特点，包括极度追求明确性而非真理的倾向，在约克纳帕塔法郡的男人中间比在女人中间更明显。其中的一个迹象是乔安娜几乎像男人一样显露出这些特点。她似乎只遗传了她的男性祖先的明显特征。此外，人们尤其在乔·克里斯马斯身上——从他对男人和女人的反应和他们对他的反应——能够感受到福克纳小说的全部力量。在乔选择了继父麦凯克恩的强硬无情而没有选择继母的温柔关怀的那一刻——他认为前者虽严厉但却可靠，后者虽温柔但却未必有益于他的将来——我们彻底领会了福克纳所认识到的男人对女人的态度和男人对生活的意向之间最关键的联系，因为那一刻使乔走向两个标志着他生命终结的致命时刻：一个是他杀死了乔安娜·伯登的那一刻，另一个是被自称代表纯粹性和明确性的护卫者伯西·格林（Percy Grimm）杀死并肢解的时刻。

第八章 历史与小说/小说与历史：威廉·福克纳的范例

乔·克里斯马斯和乔安娜·伯登在《八月之光》中是一对情侣和一对受害者。但是，乔只是小说中唯一的男性受害者，而乔安娜·伯登却是几个女性受害者之一。乔的母亲、外祖母和继母以及盖尔·海塔尔的妻子等所有这些妇女都是男人的牺牲品，受到丈夫、父亲、继父、牧师或副警长的迫害。莉娜·格洛夫的胜利可以从各个方面来分析。由于她是一个有局限性的女主角，因此她的胜利也是有局限性的，但却不容忽略。她的胜利取决于她一直不肯让任何事物——苦难与贫困、刚过中年就过世的父母、严厉的哥哥、抛弃她的卑鄙的情人、刻板苛责的社会或者居高临下的读者——把她变成一个受害者。小说以她的旅行开始，也以她的旅行结束。她来到约克纳帕塔法郡又离开约克纳帕塔法郡，福克纳的小说中很少有哪个人物能够像她这样成功地逃避现实。虽然对此也可以有多个解释，但很明显其中包括两个重要的因素——特别是在她对待拜伦·本奇的这件事上：一是她作为年轻人渴望在安定下来之前四处走走，去看看她的世界，二是她下定决心要建立一个前所未有的家园。

与《喧哗与骚动》、《在我弥留之际》和《八月之光》所展现的世界一样，《押沙龙，押沙龙!》和《下去吧，摩西》从一开始就处于负债之中。它们主要承袭的东西——从黑暗荒废的大厦、四分五裂的家庭、风化的墓碑、鬼魂的幻影中看到的毁灭、失败、罪恶和贫穷——以多种形式困扰着福克纳笔下人物的生活。马塞尔·普鲁斯特、詹姆斯·乔伊斯和托马斯·曼恩都没有像福克纳那样让残存的记忆起着举足轻重的作用。《押沙龙，押沙龙!》一开篇那几句怪异的话不时跳跃在书中，有时是在回顾，有时又是在推动情节的发展：

273

> 他们在漫长且依旧炎热、死气沉沉的9月的下午从两点刚过到几近日落时分一直坐在仍被克德菲尔德称为办公室（因为她父亲这样叫）的地方——一间昏暗、闷热、不通风、所有的百叶窗在43个夏天里都紧闭的屋子。

地点和自然变化的感染力、传统的力量、家族的重负、名望和威信的压力都与一个读者必须接着读才能解开的悬念——"43个夏天"——交织在一起。海明威也是在20年代开始写作的，但是到了1925年，他已经掌握了使他成名的简洁、精练、一针见血的风格。福克纳独特的风格比海明威显现地慢。他的风格在《萨托里斯》（1929）中初露端倪——后来这本书以《坟中旗帜》（1973）为名保持原样出版，完全没有删节；而在1929年10月7日出版的

《喧哗与骚动》中更加明确，其辞藻的华丽是对30年代生活艰难、一片贫瘠的南部的回应。福克纳随意挥霍他的文字，好像决心要设法改造他那几乎被打垮了的世界和那些被束缚、没有自由的子孙以及他们如行尸走肉却焦躁不安的父母。

《押沙龙，押沙龙!》一方面是关于托马斯·斯特潘如何走向成功与堕落的故事。托马斯·斯特潘于1807年出生在弗吉尼亚西部山村，于1869年死在杰弗逊西北部的斯特潘百万庄园（Sutpen's Hundred）。他出生在一个原始山村的穷苦的白人家庭。这个地方因为太贫穷因而都不存在贫穷的概念。在他还是一个小男孩儿的时候随全家仓促地从山腰搬到了弗吉尼亚州的泰德沃特（Tidewater）。在那里，财产是社会的基础，是决定所有人价值的标准；黑人是别人的财产，过着贫苦的生活；而没有财产的白人是农奴。斯特潘在那里学会了以拥有土地的上等阶级的目光看待自己和自己的家庭：他们是下等人，像垃圾一样被清除到对他们来说"没有希望也没有目标的"世界。在这个世界中，他们要做一些"报酬与他们的付出不成比例的"粗活儿。斯特潘在公然的蔑视中决定他要得到一切——这一切使其所有者拥有政治和经济权力，从而能够剥削没有这些东西的人，同时赋予他们以社会权力来蔑视没有这些东西的人。一方面，他想赋予他的祖先以生活的目标；另一方面，他要确保他的子孙和子孙的子孙永远摆脱"兽性"。然而，在努力获得一个种植园、一座住宅、许多奴隶和建立一个家庭的过程中，斯特潘变得甚至比那个当初伤害他致使他采取行动的弗吉尼亚种植园主还要残忍、还要傲慢。简而言之，他变成了曾经伤害过他、他的家人和他的祖先的同一个家长制奴隶社会的帮凶。作为一个极端的个人主义者，他不仅侮辱了他的奴隶和他与奴隶生的孩子，还侮辱了他的妻子和他合法的儿女，只是采取的方式不同罢了。在粗鲁地对待所有人之后，他辜负了一个叫沃什·琼斯（Wash Jones）的穷得一无所有的白人的信任，引诱然后又随意抛弃了琼斯的孙女米莉（Milly）。最后，沃什·琼斯忍无可忍，用一把生锈的镰刀砍死了斯特潘。

当毁灭凝视着他的面庞时，斯特潘曾一度总结过生活中的一些基本事实，希望找出自己到底错在什么地方。但是，他的故事主要是由《押沙龙，押沙龙!》里的其他人来讲述。他的小姨子罗莎·克德菲尔德（Rosa Coldfield）小姐是其中的一个讲述者，而她自己就是因为斯特潘那无法弥补的有缺陷的计划而受到侮辱和伤害的人之一。康普生将军的儿子——斯特潘的同辈人兼朋友康普生先生，是另一个讲述者。昆丁·康普生（Quentin Compson）也是一个讲述者。他是《喧嚣与骚动》中卡迪的弟弟，最终自杀。福克纳把他补充进来，先是作为罗莎小姐和斯特潘父亲的听众和对话者，然后成为史莱夫

第八章 历史与小说/小说与历史：威廉·福克纳的范例

（Shreve）的家庭教师，教他南部的历史和文化。后来史莱夫成了昆丁的听众和对话者，并开始讲述自己的故事。斯特潘沉默寡言的女儿朱迪丝（Judith）也是一个讲述者。斯特潘试图赋予他的人生以意义的计划对人类产生了影响。朱迪丝对斯特潘家族的墓地的构思实际上就是对这种影响的评论。

参与谈话的人——那些边倾听边提出疑问、然后进行评论和叙述的人物——越来越多，扩展并丰富了《押沙龙，押沙龙!》的内容，使之成为一部把讲故事作为解读过程的小说。罗莎小姐讲的是一个关于妖魔鬼怪的故事。故事中，斯特潘（"半人半马的魔鬼"）"突然降临"到一个他要进行践踏和毁灭的宁静的世界。一方面，斯特潘的冷酷无情使罗莎小姐理解了她那迷惘的南部的命运。但是，她这样描写的动机既出于个人的想法，也有其文化根源。另一方面，斯特潘无情的渴望使她明白了摧毁她生活的力量是什么。她通过她的鬼故事赢得了同情，同时满足了内心报复的欲望。但是，她却无法重建她的生活。从小说的第一个场景开始，我们就把她固定成了一个形象：坐在一把过高的椅子上，好像一个"被钉死在十字架上的孩子"；"永远一身黑衣"，好像在期待着自己的葬礼；一遍又一遍地讲述斯特潘的故事，既无法对这个故事释然，也无法忘掉这个故事。

康普生先生提供了大量的信息。对他来说，斯特潘的故事一部分是关于南部希望破灭的故事，而另一部分是关于这个时代的故事。空虚的生活、逐步衰落的家族和逐步衰落的南部都使康普生先生放弃了希望，他愤世嫉俗、顾影自怜，因而无法得到别人的理解。他被斯特潘的故事所吸引，通过把它描述成另一个"不幸和愚蠢"的故事——"人类事务可怕而残忍的厄运"——以保护自己不卷入到这个故事中。对他来说，寻求生活的意义和努力寻找自己的职责似乎是无益的，而按照自己的诠释来讲故事成了另一个无谓的游戏。他说："也许就是这样"，事情就是没有意义，"而我们也不该知道什么意义"。

与罗莎小姐一样，昆丁和史莱夫也一遍又一遍地重复斯特潘的故事，而与康普生先生一样，他们二人也经常想放弃。当昆丁马上要开始倾听史莱夫带着与康普生先生很像的讽刺的口吻再次讲述斯特潘的故事时，不禁想到："是啊，太多了，太长了，但是以前我不得不忍着坚持听下去，现在我又得再忍受一次，因为他讲起故事来就像父亲。"但是，正是昆丁和史莱夫的讲述以及他们达成的"说与听的幸福结合"使《押沙龙，押沙龙!》对斯特潘蹂躏他人的情节——一连侮辱几个妻子以及法律上不承认的妻子；忽视、抛弃、残酷地控制自己的孩子，最终导致他们骨肉相残；征服、虐待奴隶并把他们引入歧途；利用完朋友后就过河拆桥——做出似乎合理的解释。昆丁和史莱夫重新把斯特潘的故事写成一个冷酷无情、以自我为中心的人逐步实现野心的故事。这种野心最终导致始乱终弃、骨肉相残、负罪累累，而在此之间暴行不断。

昆丁和史莱夫所讲述的斯特潘的故事在某些方面就像罗莎小姐一样既影射了《圣经》又是个人的解释，特别是当他们的叙述与《喧哗与骚动》中昆丁对卡迪痛苦的情感相呼应时；他们的叙述在某些方面与康普生一样是古典式的，甚至具有文学性，特别是当叙述两个兄弟注定要毁灭对方和两个姐妹注定要过着没有爱与信任的生活时。最后他们更为大胆，叙述也更加合理。他们更为大胆是因为他们的想象力跳跃，使过去的故事与现在的故事联系起来，从而面对黑暗的真实，福克纳后来暗示说这黑暗的真实"或许足够真实"。他们的叙述更加合理首先是因为他们似乎不像罗莎小姐那样有报复心理，也不像康普生先生那样渴望逃脱责任；其次，他们对流传下来的不完整的、有时相互矛盾的故事片段有着更好的理解，特别是对什么促使斯特潘的儿子们互相残杀的问题；第三，他们认可甚至崇尚能够让他们扩展这些故事片段、使之有意义的推测、臆断和虚构，他们认为这是所有人文科学的标志。《押沙龙，押沙龙！》中的社会由一个个相互重叠的故事和谈话构成，相互孤立的个人风格和个人意见被保留但是同时也被削弱。在《押沙龙，押沙龙！》中，语言——或者更具体点说，不停的谈话——成为社会结构的基础。

昆丁对许多事情都好学，甚至对墓地好奇。在《押沙龙，押沙龙！》的中间部分，他回忆了去托马斯·斯特潘和爱伦·克德菲尔德·斯特潘的墓地的情景。他们的墓碑特征明显，那是托马斯从意大利定制的"最好、最精致的沉重的拱状石条"。但是旁边还有其他三块"隐约刻着一模一样字体的一模一样的石碑"，微微斜插在"柔软如土壤一样的腐烂的松针堆里"，这是朱迪丝·斯特潘付钱买来放在那儿的：一个是给斯特潘再三拒绝承认的有部分黑人血统的儿子查尔斯·邦（Charles Bon）的；一个是给查尔斯的儿子、托马斯的孙子查尔斯·埃蒂安·德·圣瓦莱里·邦（Charles Etienne de Saint Valery Bon）的；还有一个是给朱迪丝自己的。朱迪丝让托马斯·斯特潘生前拒绝的两个后代在死后得到承认的举动对我们来说是一种批判和抗辩，而她为自己竖立墓碑的举动表达了这种抗辩。昆丁俯下身来仔细查看查尔斯·邦的墓碑，沉思了片刻，之后，又拨开第二块墓碑的松针，"用手掸去石碑上的灰尘，好看清上面模糊的字体和碑文"。但是让他震惊的是第三块石碑——首先是因为它与其他的石碑不在一块儿，"位于墓地围墙的对面，在围墙允许的范围内尽可能地远离另外四块石碑"；其次是因为那块墓碑是朱迪丝"知道自己时日不多时"亲自指示别人写好碑文放在那里的，这是对斯特潘的人生的另一个抗

第八章 历史与小说/小说与历史：威廉·福克纳的范例

辩；第三是因为石碑上的碑文和其隐含之意：

> 他也得拨去粘在一起的松针才能读到墓碑上的字，望着在手下浮现出的字，他不禁奇怪这些松针怎么会黏的这么紧，在严厉无情的威胁之下竟然没有化成灰烬：朱迪丝·克德菲尔德·斯特潘。爱伦·克德菲尔德的女儿。生于1841年10月3日。在这个世界上遭受凌辱和痛苦共四十二年四个月零九天，最终在1884年2月12日得到安息。在这个世上停留但最终必死；当心虚荣和愚蠢，千万小心。

昆丁想："对。我不必去问是谁写的碑文。"但是，当看到那尖刻的文字、对托马斯·斯特潘的名字的明显遗漏、巧妙地用文字及其暗含的信息恰当概括了朱迪丝一生的这种表达方式之后，我们必然要问一问，昆丁自然也会。他认为是"罗莎小姐定制了那块墓碑"，这似乎合理。但是也有可能是克莱荻亚（Clytie），而朱迪丝当然是第三个可能。然而，奇怪的是，由于无法确定作者到底是谁，这些文字的力量反而在书中被强化了。这本书由不同的人叙述，性别差异明显。语言虽然难以捉摸、变幻不定，却使每个人的叙述都相辅相成，完美地结合在了一起。

有时，《押沙龙，押沙龙！》似乎本着相互孤立、无从比较的原则。他的内容如此孤立以至于我们所得到的只是一些毫无意义的零碎片段。但有时，这本书又似乎本着重复的原则，使我们甚至不必继续往下读就能捋出"与回忆相呼应的线索"，因为我们对碰到的每一个情节都多少有些了解。但是，虽然昆丁矛盾的想法有一定缺陷，在希望与肯定、绝望与否定之间挣扎，但这却使我们注意到三件事情：第一，虽然我们可以选择失败，但是我们却不能结束失败的命运；第二，要想在我们的世界了解自身，必须学习孕育我们的历史；第三，历史超出了我们惯常制定的地域、国家和时间的界限。

在越来越多的可能性中，福克纳与我们不断交换意见。他引导我们探寻答案，但又削弱了我们找到最终答案的信心。他甚至让我们不安地感到他可能已经从作者的角度把所有可能的阐释详述殆尽，从而我们只能佩服他的才思敏捷。然而，最后只剩下第一种可能；尽管这样做有些不利因素，但结果证明最终没有定论，每个人都可以发表意见，因为在这一点上，福克纳的陈述形式与罗莎小姐、昆丁和朱迪丝的叙述形式是一样的：他们需要也欢迎修改。此外，正是在这方面，书中那些有缺陷、有局限性的人物才在关键时刻成为典型的市民。歌德说："把你所继承的一切作为一项要完成的任务，因为这样你才能把它变成自己的财产。"拉比·塔芬（Rabbi Tarphon）在《犹太人遗传》(*Pirke Aboth*)中说："不是你有义务完成这项工作,但是你也不能随意停止这项工作。"福克纳笔下的人物究竟从哪里得到的这些告诫并不难发现。这些告诫弥漫在被罗莎小姐依旧称之为办公室的房间里,罗莎小姐之所以称它为办公室,就是因为她那不称职的父亲曾经这么叫过;从斯特潘荒废的宅邸那"正在腐烂的外壳"和他每个失败的婚姻中得到了这些告诫,从斯特潘家族墓地找到的那些模糊的碑文中破译了这些告诫。昆丁生活得非常痛苦,这在一定程度上是因为他生活在个人的谎言中,特别是在他对卡迪的情感上。但是,他的痛苦还因为他知道自己的生活陷入了更大的文化谎言。与罗莎小姐和朱迪丝一样,他的个人危机与充满占有欲、性别歧视和种族歧视的社会中的野心和冷酷无情所造成的更严重的道德危机是分不开的。这个社会像斯特潘一样具有强烈的南方色彩,但却不是南方所特有的。斯特潘的祖上来自英国的苏格兰地区。整个家族在成为南方人以前是美国人,而在成为美国人之前是英国人。甚至在他和他的家族移居的时候,他们都走在时代的前列。昆丁的个人危机使他能够深入到斯特潘与文化产生共鸣的故事中和罗莎小姐以及朱迪丝的毁灭中,这恰恰是因为由于生活在谎言中而导致的个人危机预示着他的社会存在道德危机。福克纳远不像土地均分论者那样试图把"共同性"和"传统性"宣告为南部的成就,而是把它们呈现为一种更重要的概念,这正是因为整个民族被新生的、引起分裂的个人贪欲所吸引,从而"共同性"和"传统性"只能作为概念存在。

昆丁的矛盾如此根深蒂固以至于成为他唯一的生活。此外,这些矛盾虽然彼此孤立,但是结果却以不同的方式成为托马斯·斯特潘、欧拉丽亚·邦(Eulalia Bon)、爱伦·克德菲尔德、罗莎小姐、康普生先生、亨利·斯特潘、朱迪丝·斯特潘、查尔斯·邦、克莱荻亚和沃什·琼斯等几个人物所共有的矛盾。昆丁每次只找到一个片段,并照着原样讲述这些片段,有时加点东西,有时做点改动。而他逐字逐句听到的故事充满了重复、共鸣、大段的空白和遗漏(就像朱迪丝的墓碑上没有她父亲的名字一样)。他屡次感受到查尔斯·邦至少感受到过一次的感觉——他的整个人生就要陷入"一种固定的模式"。他感到沮丧,急切地想抓住些什么,也许是某种能够把一幅"锯齿形智力拼图集合成整体的东西",但结果却只是产生新的困惑。最终,尽管取得了一系列突破,他只能勉强接受一些试探性的、暂时性的、不完整的故事,假定他们"或许足够真实"。

福克纳那些伟大的小说的基调保持着强烈的暂时性,这是因为小说中的言行深受时间和历史的限制,就像我们在《下去吧,摩西》中看到的这段话:

第八章 历史与小说/小说与历史：威廉·福克纳的范例

那个男孩儿就在那儿一直等，然后开始听故事，而山姆就开始讲述过去的日子和他甚至来不及知道也记不得的人们（他甚至不记得自己见过他父亲）……

他讲述那些过去的时光和那些属于另一个种族的已经消失在人世间的男人。他从那个男孩儿知道的人开始讲起，逐渐讲到对男孩儿来说并非过去发生的事情——那些旧时光已经成为男孩儿现在的一部分，好像这些事情不仅发生在昨天，而且好像正在发生，那些在他们的故事中出现的人实际上正边走边呼吸着空气，在他们还没有离开的土地上投下了真实的身影。另外，好像其中一些事情还没有发生，但是明天就会发生，直到最后对那个男孩来说似乎他自己还根本没有来到这个世上。

这段话对我们来说既是对语言表达和讲述故事的赞扬，又是对这两者的批评。这段话暗示出过去的时光和过去的人都已逝去，还暗示出可怕的冲突：父母与子女之间、男女之间以及三个种族之间的冲突；真实的生活和用固定顺序进行的口头叙述与文字叙述之间的矛盾。福克纳认为的文字所具备的力量与他的文字所显示出来的力量是一致的："当他讲述与过去的时光和那些属于另一个种族的已经消失在人间的男人有关的事情时……那已不是过去的时光，但会成为过去。"当福克纳传达出山姆那引起共鸣的心声时，他是在赞扬这种心声。但是，甚至在他赞扬这种心声、完全传达出这种心声的力量时，他仍旧坚持先前的完整性，而反对切分故事或遗漏情节，因为这种完整性才使山姆创造出了他的故事；他还通过迫使我们注意山姆三次重复好像这个词提醒我们山姆的故事是虚构的。山姆发现的不是原原本本的事情，而是多少有些不完整的替代品："好像"如此，"直到最后似乎"如此。如果说山姆的心声充满了虚无缥缈，那么也是好像充满了虚无缥缈。

福克纳一心为他的世界所做的努力表现为试图向世人展现南部复杂的故事——南部失落的梦想、依旧存在的犯罪行为、可怕的谎言和它对人们的剥削以及对土地的榨取。在这个过程中，他不仅帮助人们看到真实的南部，而且促使人们看到现代小说的表现力和大萧条时期的意义。他的写作技巧包括横向扩展，特别是通过类比和联想；纵向延伸，特别是通过不断增多的人物和故事以及每个人讲述的不同版本；建立与读者的联系，包括话语关系。他的小说还包括与横向扩展、纵向延伸和建立联系这三种方法所起的作用相反的技巧：阿尔伯特·加缪曾经提到的那种令福克纳的小说与南部的尘土和炎热联系起来的浓缩地方色彩的技巧；迂回退避的技巧，就像我们在《喧哗与骚动》中听到的昆丁的呼声那样，不是与别人交流意见，而只是抒发自己的心声；进攻的技巧，从简明精练的陈述和冷嘲热讽的动作到奇特的错综复杂的感情迸发，都显示了这种技巧。通过所有这些技巧，特别是增加叙述者这一点，福克纳的小说显露出他对那些试图创造出有意义的故事的人略带一丝同情。那种同情又暴露出他对那些虽然很少成功但一直试图塑造一个连贯的自我或连贯的文化的人发自内心的同情。艺术家们知道所有人都是受约束的，他们需要自我超越和自我界定，需要一种植根于生存秩序的感觉和一种比自己的地位和成功更有意义的责任感。这种观点贯穿在上述那些同情的相互作用之中。

和惠特曼一样，福克纳也颂扬平凡事物的魔力。他对美国生活的不满与对美国无限的迷恋共存，这一点也与惠特曼一样。标志着美国小说特征的不满情绪和疏离的态度也深刻反映在福克纳的小说中，因为他强烈感受到他的文化满足不了精神需要，而这种精神需要是物质财产永远无法满足的。和T.S.艾略特一样，他也对创造一个完美的社会制度的梦想持怀疑态度；与赫尔曼·梅尔维尔一样，他也觉得比起穷人和胜利者来，他与穷人、被遗忘的人和失败者更加休戚相关，虽然他想加入的是前者。他比大多数人更有勇气去描写那些影响了他自己、他周围的人以及全国人民的生活的不合理的事物、冲突、焦虑甚至谎言，并以此为生。19世纪带给人们的影响除了使人们对物质发展的功效产生怀疑外，也使人们渴望更大的自由：想在生活中以及艺术中模糊甚至消除所有的界限、约束和禁忌。福克纳探寻物质财富发展的回报，并喜欢打破长久以来被遵守的规则，包括几个与叙述型小说有关的规则。但是，他一直坚信只有人们在精神上确信自己到底要的是什么，或者换个说法，只有在他们想要的东西与他们最深层次的需要相符时，他们对自由的渴望才能真正得到满足。此时，他们想要的东西与他们渴望与人交流、被人关注的需求一致，与对奇迹的接受能力一致，与对明确享受快乐人生的欲望一致。

与美国20世纪初期的其他作家一样，相对于19世纪的主流文化，福克纳更多地继承了19世纪的反叛精神。达尔文、马克思、尼采和弗洛伊德等人所发起的对被认可的信念许多大胆甚至是鲁莽的攻击，继续在像福克纳这样的作家那粗犷的性情中表现出来，因为他们试图重新创造文学。福克纳抱着几乎狂热的决心要按照自己的主张来诠释历史，这表明他是一个反叛者，同时也决定了他的艺术风格。与许多现代小说一样，他的小说也经常带有悲观情绪，言辞激烈，甚至充满了野蛮和绝望的呼声。他是一个失败的诗人。他的作品的主要特征是风格多变，富于想象力。但是我们还发现了其他的东西：对抒情年代仍残存着美好的希望，包括政治上和美学上的希望；对保持20世纪的繁荣仍坚持不懈地努力，包括实验性的努力以及逃避现实的举措；对大

第八章　历史与小说/小说与历史：威廉·福克纳的范例

萧条年代能够出现生机仍抱有一线希望，力求重新创造一个由不完整的痛苦的回忆和并非人人赞同的价值观连接在一起的社会。他给这一切注入了精神上和道德上的勇气。他在小说形式上所做的实验效果显著，我们从中看到了同样的勇气。这些实验再加上他创新的、矛盾的、经常自我批判的各种表达方式使他的小说占有特殊的地位。

281

哈莱姆文艺复兴时期的小说

圣路易斯华盛顿大学拉菲亚·扎法尔

毛主席论文艺问题

第一章 新黑人？

当今，我们对被一些人称为哈莱姆文艺复兴而被其他人称为新黑人运动的文学现象知之多少？尽管它虽败犹荣，但是否还有些狂想？它是维多利亚时代棕色肤色资产阶级发起的一场异乎寻常的黑人现代主义的胜利吗？那些抹杀肤色差别的作家们是试图对种族观念进行重新界定吗？性别对于其造物主来说是一个怎样显著的范畴？这种文学民族主义是浩大的全球运动的一部分吗？长久以来，学术界围绕哈莱姆文艺复兴争论不休——争论围绕着它的含义、特点以及它本身的存在进行。我的标题是"哈莱姆文艺复兴时期的小说"，意在一方面要引出这个时代那些令人眩晕的成见和陈词滥调，另一方面来证明我们所处时代的文学还是欣欣向荣的。

21世纪早期，学者们对哈莱姆文艺复兴在以下方面达成了共识：第一次世界大战结束后紧接下来的时期内，非裔美国人中的知识分子对当时的历史力量和社会力量作出了反应，这种反应是一种文化构成、一种纯文学的技法，在这个过程中，这些黑肤色的知识分子和作家齐心协力掀起了一场事实上从未发生的运动。换言之，哈莱姆文艺复兴并不真正存在——如果我们说文学运动指的是一种不自觉的、自发的、没有受到政治意识形态影响或不受商业支持染指的艺术创作。这种对审美纯洁性的信奉是一种很美好的情感，但脱离社会因素和经济因素的文学运动几乎是不存在的。评论家现在普遍认为，哈莱姆文艺复兴是建立在谋略和由政治推动的社会运作机制之上的。如是理解，这个"新黑人"运动的范围远远超越了黑人所居住的哈莱姆的地理范畴，正如诗人斯特林·布朗（Sterling Brown）当时所坚持认为的那样。我们可以把它视为始于一战前的几十年，这段时间被称为"天底"（Nadir）时期——19世纪末20世纪初，那时正值美国国内的种族关系处于前所未有的低谷，而美国白人进行有组织地反对黑人的暴力行动达到高潮之时。19 世纪的最后几年，年轻的非裔美国思想家们宣告了一种"种族"文学的到来，号召人们做"新"黑人。这些人当中有从哈佛大学毕业、刚刚获得历史学博士学位的杜波伊斯，以及黑人女性俱乐部的活动家维多利亚·厄尔·马修斯（Victoria Earle Matthews）。

这群处在世纪之交的非裔美国人在白人至上主义盛行的美国致力于走一条积极向上的道路，并为后起的常常被视为（如果不是完全正确的话）革命者的哈莱姆文艺复兴的思想家们铺设了道路。下面就是哈莱姆文艺复兴发展的轨迹：几十年来，非裔美国人对政治的不满和社会改革思想逐步绽放成为现在广为人知的写作、绘画、音乐和其他相关的表现性艺术。现今，我们对哈莱姆文艺复兴的了解，正如一些独立的思想家所提倡和宣传的那样，证明这场介于两次世界大战之间的表现艺术运动是自觉的。但我们也知道，这场文艺复兴有前奏，而且来自于特定的地方。所以，我在谈及后一战时代以前的艺术萌动和思想酝酿时，须同时提到，1919—1935 年时期的标志性特征是一股出版的激流和自我想象的激流。因此，我把这一时期划定为从 1919 年持续到 20 世纪 30 年代中期，这同时也是为了和经常提到的这个时代的范围保持一致。

那些被认为是文艺复兴领导者的知识分子们，如果不是彻头彻尾的活动家的话，也是有政治觉悟的。哈莱姆文艺复兴时期有几个颇有名气的杰出贡献者：W. E. B. 杜波伊斯；第一位获得罗德斯奖学金（Rhodes Scholar）的美国黑人阿兰·洛克，他长期在霍华德大学担任教授，是外交家、活动家、历史学家、小说家、诗人；文艺复兴时期的一位博学多才的音乐家詹姆斯·韦尔登·约翰逊；《危机》（*crisis*）的编辑杰西·雷德曼·福塞特；"问题小说家"沃尔特·怀特（Walter White）；菲斯克学院社会学家兼院长查尔斯·S. 约翰逊（Charles S. Johnson）。他们都是主要民权组织的领导或成员。阿兰·洛克在 1925 年写道：正是过去的一代感到"艺术必须开展社会斗争，以矫正社会的邪恶"。但是，他不懈地促进黑人取得知识成就，他首先编辑了《图解概览》（*Survey Graphic*）1925 年"新黑人"专刊，此专刊很快就被扩充成书出版，这表明了社会活动和文学艺术相结合的重要性。全国有色人种促进协会（Notional Association for the Advancement of Colored People，简称 NAACP）的机关刊物《危机》（*The crisis*）和全国城市联盟的机关刊物《机遇》（*Opportunity*）都为年轻的新作家们设有"才艺竞赛"，这就强调了民权运动和艺术之间的联盟。

这并不是为了艺术而艺术，而是利用民权运动组织的刊物来展示艺术和知识成就，肯定艺术与种族进步联姻这一点。阿尔伯特·默里（Albert Murray）后来责怪人们把黑人文学当做"社会科幻小说"来读，但他的抗议比洛克发起的文化激进主义要滞后几十年，这恰恰指出了这一结合的成功。此外，还有一些其他更为公开的政治立场，例如加维（Garvey）的全球黑人发展协会（UNIA）和共产党内部的激进主义；它们也影响了富有创造力的黑人艺术家。然而，哈莱姆文艺复兴在它的践行者心目中仍是一场致力于推翻种族主义和社会偏见的文学运动。哈莱姆是一个抵制白人飞扬跋扈、占据统治地位的美国的文字空间，而且扮演着心理堡垒和政治堡垒的角色。

哈莱姆文艺复兴绝不仅仅是一种政治觉醒，而是把自己呈现为美国历史上最为重大的内部迁徙的代名词。在这场黑人运动中，地理显得尤为突出，不管是作为一个特定的地方——哈莱姆，还是作为一个哲学空间——非裔人的漂泊离散。可以说，影响哈莱姆文艺复兴文学成就的历史力量首先是不断变化的"黑人"曼哈顿在空间上发生的变化。詹姆斯·韦尔登·约翰逊在《黑人曼哈顿》(*Black Manhattan*, 1931) 里首次提到了这一点。对黑人纽约的考察从1626开始，当时曼哈顿还是荷兰的殖民地，黑人人口不足十几个；到了20世纪20年代末，仅在哈莱姆的黑人就达20多万，这些黑人在纽约这个城市确定了他们自己城市的物质意义、文化意义和历史意义，并且坚称哈莱姆对于黑人世界和白人世界一样，都具有地域上的重要性。从地理位置上来说，这个黑人城市并不是位于围绕着它的城市的边缘，而是在其内部，并在当时就崭露出是一个塑造理想身份的地方，就像现在一样。但是，不管迁移而来的非裔美国人建设哈莱姆的渴求有多么强烈，要不是曼哈顿110街以北房地产投机的瓦解，这一空间实体要成为黑人美国的宣传发源地就不能成为现实。白人房主担心房子空着不安全，就租给了黑人。这对于许多非裔美国人来说是第一次有了充足体面的房源（当然，随着哈莱姆不断地吸收黑人租户，折射种族特征的房产市场会导致过于拥挤、欺诈租金、越来越没有吸引力的居住区的出现）。如果可以说民族主义要求有一个虚构或实在的国土，那么哈莱姆的土壤便为刚觉醒的非裔美国移民提供了一个实在的地域。

一些重大的社会变故和历史变故致使这场激流澎湃北上。哈莱姆的发展既得益于推动力又得益于拉力：尼亚加拉运动的结果是全国有色人种促进协会的建立；马尔库斯·加维发出了令人震惊的在非洲再建立一个黑人王国的呼声，他的全球黑人发展协会运动受到普通民众的拥护；那些在国外为自由而战的黑人退役士兵归来，他们要求在国内获得同样的自由；大批农民逃离农场的苦役、棉铃象甲灾和干旱；白人暴徒对黑人用私刑和三K党活动造成的恐怖；最高法院对普莱西诉弗格森案（Plessy v. Ferguson）的判决所体现的隔离但是平等的原则①;"北部"自身所具有的吸引力——人们认为北部的种族主义比南部要弱,有更多的受教育机会和就业机会,而忽略了北方也有它自己的局限性。在文艺复兴的积累阶段,来自南部农村的普通美国黑人成了城市的居民。除了出生在美国哈莱姆的公民,哈莱姆还包括那些来自于其他非洲离散族群的黑人。

非洲人的后裔们经历的纷繁的长途跋涉被铭刻在那个城中城内。那些有影响的人物,如加维、克劳德·麦凯、埃里克·沃尔龙德(Eric Walrond)、亚瑟·斯科姆伯格(Arthur Schomburg)都出生在他国。而现在不为人所知的其他人也为被外界视为没有区别的棕色人种群体增添了文化的、宗教、阶级的和民族的多样性。哈莱姆是非裔美国人为自己营造的独具美国特色的城市,但却保持着一种国际性。它拥有既年轻又成熟的知识分子,还拥有非裔移民族群生机勃勃的融合,因而它为预期的后殖民意识提供了滋生的土壤。在1919年制定的《凡尔赛条约》中,承认并接受非洲国家独立性身份的要求得到了认可,但是直到第二次世界大战之后,非洲国家才真正摆脱了殖民干预。不管其他漂泊离散的非裔人怎么为他们所在的城市争辩,位于世界性大都市之一的哈莱姆成为一个崭新的黑人世界的中心。

在这个时期,哈莱姆本身不能代表非裔美国人文化成就的整个激流。这一不争的事实便引发了把文学艺术运动当做新黑人文艺复兴运动来讨论的要求,而不是把那一套特定的文化表现形式局限到一个固定的空间。诗人乔治亚·道格拉斯·约翰逊(Georgia Douglas Johnson)和斯特林·布朗在华盛顿永久居住,而对这个时代的其他作家来说,它只是一个驿站,让·图默在那里度过了孩提时代,兰斯顿·休斯在那里度过了青年时代。那些和霍华德有关联的人,如阿兰·洛克和詹姆斯·波特(James Porter)当然都把华盛顿称为他们的第一个家,尽管他们经常发现,自己是在其他地方忙于制定新黑人的艺术准则并作出评判。芝加哥也声称是黑人文艺复兴的发祥地,因为那里也有一个迅速发展的黑人社区及其附带的文化机构;芝加哥大学著名的社会学系像一颗磁石吸引着理查德·赖特。但是,哈莱姆是这一时期黑人创造性表达最为丰富的象征,哪怕仅仅因为纽约城是美国的文化中心。纽约是一个世界性的大都市,那哈莱姆就必定会成为非裔美国人的麦加。

---

① 在普莱西诉弗格森一案中,美国最高法院的判决是:在公共设施方面实行"隔离但平等"的原则是合乎宪法的。——译注

第二章 黑人曼哈顿

在人们的记忆中,哈莱姆和文艺复兴被联系在一起,相提并论,在这两个地方,个体的记忆以及集体的记忆把具体的地方和事件转换成了元历史的共有符号。20世纪20年代的哈莱姆被当做"新黑人"运动的同义词,并崭露为那样一个地方。黑人聚居区哈莱姆——其社会同盟几度变更,有过地域变迁和跨越大西洋运动,曾经质问并打破人们之间以及艺术形式之间的界限——应当被放置在最显要的位置,因为它是非裔美国人想象中的家,而事实上也确实如此。如果说现代主义指的是把不同形式和不同主题连接起来,把那些确信世界不会回到战前的那个"单纯"时代的人的创造成果连接起来,那么哈莱姆文艺复兴的作家们就代表了那一国际性运动的不可或缺的一部分。而且,如果疏离——疏离自己的乡土、自己的国度以及自己在世界上的位置——已被称为是现代主义心态的一个显著特色的话,那么除了非裔美国人之外还有谁能更好地代表那种被疏远的身份呢?他们是那些没有权利的公民和在异地的流浪者的很好的典型。

对于当时和现在的美国黑人知识分子来说,哈莱姆文艺复兴蕴含着重要的象征意义。新黑人运动要求结束黑人屈从的状态、解除压制。这场文艺复兴表现了美国黑人内在的自我和渴求,其方式是白人主流作家不能也不愿采用的。兰斯顿·休斯早在《黑人谈河流》里写道,"我知道许多河流",不仅有刚果的河,还有美洲的河,他谈及的是非洲人漂泊离散的观念,这一概念后来才在学术界为人所熟知。克劳德·麦凯在《如果我们必须死去》("If We Must Die",1919)里把激进主义和古典诗体结合起来,宣告了年轻的新非裔美国人对死亡的愿望,这正附和了杜波伊斯的宣言:"我们归来了。我们一路战斗着归来。"他写得颇具现代风格,赋予十四行诗一种政治战斗性。

截至1920年，美国政府对劳工组织和共产党的敌意与日俱增，并对许多劳工组织者和左翼政治组织者进行了迫害。由于对仍然穿着军装的黑人退伍军人施以强暴私刑，这种压抑人的氛围更加浓重了。在这样一个充满暴力的背景下，许多黑人开始相信，充满种族自豪感的出版物所体现的文化成就也能够成为实现社会进步和政治进步的另一条途径。一些新闻界活动家如 A. 菲利普·鲁道夫（A. Philip Randolph）和钱德勒·欧文（Chandler Owen），以及黑人左翼刊物《信使》（Messenger）的创办者，他们信奉的是社会主义、全世界工人的团结、自主和黑人自豪感（实际上，《信使》最初和全球黑人发展协会协作一致，但后来它和加维分道扬镳了）。虽然这个刊物很快就丧失了很多种族本性，但其早期的文章是政治和有创见的思想的桥梁。

在阿兰·洛克著名的、有影响力的文集《新黑人：一种阐释》（The New Negro: An Interpretation）发表的前几年，《信使》的编辑们声言：

> 新黑人与大战后的其他进步团体和进步运动同时产生。那些促发伟大的自由激进运动的世界力量同样也造就了新黑人……在经济混乱、政治剧变和社会苦难的时期，他的存在是必然的。而且就是他将会引领黑人们闯过这个充满风暴和压力的恐怖时刻。

似乎每个人都认为，新黑人是以这样或那样的程式存在。所有人对这位新人的构筑都是不同的，但他们都有这样一个战后共识：旧的社会秩序已不可挽回地改变了，新激进主义将成为必要，而且是不可抗拒的。对于《信使》的编辑们来说，新黑人们，不管是男人还是女人，都应当清楚自己在美国工人阶级中的位置。《信使》上一篇题为《新黑人——他是谁？》的社论，把"新黑人"界定为一个不会被"政治报酬和庇护"所迷惑的人，"他不会为了一份工作而出卖自己的选票……如果新黑人只能投共和党或民主党的票，那么他只有选举的权利和特权，而没有选自己的代表的权利和特权"。因而，新黑人被定义为一个要求充足的薪酬、相当的购买力和充分的社会平等的工人，他也必须受教育并且承诺自卫。就 A. 菲利普·鲁道夫而言，他攻击主流民权活动家，说他们太轻易妥协，轻易地就"被白人［老卫士］收买了"。他把"新群体"与"老群体"相提并论，意在幻化出"老友同盟体系"的形象，因为他的措词"新群体"必定触及并讥讽沉静稳重的"新黑人"。

除了在美国土生土长的活动家鲁道夫外，来自哈莱姆的一些移民社群的领导者也制造了政治叛乱。埃里克·沃尔龙德和 W. A. 多明哥（W. A. Domingo）只不过是被吸引到纽约市的许多移民社群知识分子中的两位。沃尔龙德是短篇小说家，出生在圭亚那，经常参加文艺复兴活动。1924年在市政俱乐部（Civic Club）宴会——查尔斯·S. 约翰逊为庆祝杰西·福塞特的第一部小说《存有混乱》（There is Confusion）的发表而举办的宴请——上，他首次受到许多人的注意，当时他正值年轻有为、前途无量。他的《热带死亡之地》（Tropical Death，1926）是一个引人入胜的加勒比现代主义温室，收有的故事不到十几篇，当中的《棕榈树门廊》（"The Palm Porch"）因其对皇室的衰落和人类灾难奇异优美的重现而在文艺复兴短篇作品中脱颖而出。尽管后来人们对这部作品给予了积极肯定的关注，而且他也和出版商签订了第二本书的合同，但他却没有再出版其他书，这对美国文学来说是一种损失。

多明哥出生在牙买加，给洛克的《新黑人》（The New Negro）撰稿，编辑各种杂志，如《信使》和《黑人世界》（Negro World），并为这些杂志写了好多文章。多明哥信仰马克思主义，他的作品关心的是工人阶级和有色人种状况的改善——他和其他非裔思想家一样，不自觉地就被哈莱姆这个黑人大都市所吸引了过来。

毫无疑问，哈莱姆的离散社群领导者中最杰出的要数马尔库斯·加维了，他是一个很有魅力的演说家，曾在水果联营（United Fruit）公司工作，声称从英国的一所大学获得了民法学博士学位。他许诺要带领他的人民——4亿黑人——摆脱白人的专制奴役，建立自己的属于黑人的帝国；他的新世界黑人要和非洲大陆相亲和团聚。加维发现，从牙买加到美国，主流美国民权运动并不欢迎他提出的"非洲人的非洲"的华丽言辞，也不拥护他所要求的夸张过度的忠贞不渝。他提出，普通百姓是非洲贵族的后裔，在美国所过的潦倒生活可以为一个黑人的帝国所替代，每一个民族都应有自己的栖息地和国家——这些泛非主义使他在世界各地获得了上百万人的支持。许多黑人中产阶级却不信任加维，尽管最初他的支持者也出自这部分人。他半军事化的着装和冠冕堂皇为人所厌恶，他的黑星航运公司（Black Star Line Steamline Corporation）是他从破落失望的人手中骗钱的幌子（现在看来，当时他似乎被一些不值得信任的同伙骗了）。加维的天真和自信证明，他遭到重要人物杜波伊斯的轻蔑是事出有因的，而且由于他触及了肤色问题（黑肤色的加维相信一个"纯洁"的黑人民族的存在，并参与了一个三K党集会，来证明对种族融合的憎恶）而招致了敌意。他的话鼓舞人心："黑人同胞们！你们过去的历史是多么的辉煌！你们会再一次辉煌的！鼓足勇气，充满信心地前进吧！"这些话让黑人们看到了一个光明的前景。不管我们如何评判加维的成败，他像其他"新黑人"的缔造者一样，知道应当选哈莱姆作为自己的活动中心。

●哈莱姆文艺复兴时期的小说

激进主义的运作平台是非政治性的，这一点可以从亚瑟·斯科姆伯格（Arthur Schomburg）那里得到证明。他是另一位非本土的哈莱姆分子，非洲人和波多黎各人的后代。他开办的图书馆成为与纽约公共图书馆同名的斯科姆伯格收藏（Schomburg Collection）的核心。没有这位全心全意的收藏家的工作，文艺复兴的先驱们——还有那个时代的作品——就已经遗失掉了。纽约公共图书馆位于 135 街，现在被人称为康蒂·卡伦分馆，曾是文艺复兴的文化中心和知识中心，并进一步推动了斯科姆伯格进行其预见性的工作。他敦促人们去研究人和非洲离散社群的作品，而且收集了一些作品来支持研究工作。他把在哈莱姆举办的一次黑人文学作品分展会看成是能够"重写……我们共同的美国历史的许多重要篇章"。他深知，如果不把新世界黑人创造的作品和那些稍纵即逝的东西保存下来，黑人们即使不被遗忘的话，也会继续被诋毁。哈莱姆能为重新对黑人历史进行关键性书写提供场所。

没有具体的日期或时间能够确切地标示出"过去的"黑人是什么时候退出历史舞台的，以及"新"黑人是什么时候出现的，尽管一些文史家们坚持认为哈莱姆文艺复兴始于 1925 年，以阿兰·洛克的《新黑人》的出版为标志。二战前其他被编辑的美国黑人作家的文集有康蒂·卡伦的《黄昏颂歌》（*Caroling Dusk*, 1927）、查尔斯·S. 约翰逊的《乌檀与黄水晶》（*Ebony and Topaz*, 1927）、南希·丘纳德（Nancy Cunard）的《黑人》（*Negro*, 1935）和斯特林·布朗的《黑人大篷车》（*Negro Caravan*, 1941），等等。许多文集即使不是褒扬也是试图确认一群正在成长中的美国黑人的文学成就，他们包括从 18 世纪的先辈菲利斯·惠特利（Phillis Wheatley）到未来那些辉煌灿烂的作家们，如兰斯顿·休斯。

这些早期文集中最重要的恐怕要算詹姆斯·韦尔登·约翰逊的《美国黑人诗歌集》（*The Book of American Negro Poetry*），这不仅是因为它的大事年表具有首要性，宣告了一批美国黑人文学作品的产生，而且还因为这本诗集的前言很敏锐，具有预言性。这本书于 1922 年首次出版，1931 年再版。约翰逊多才多艺，既是外交家、作家，又是音乐家，现在是编辑。他力求让他的诗集成为一部既流行又有影响的作品。他在序言中对黑人诗歌的定位尤为机敏独特，并在序言中指出了美国黑人表现艺术中的政治色彩和说教色彩。他大胆地宣称："衡量所有民族伟大与否的最终尺度是他们的文学艺术作品的数量和标准。"这是一种实用主义的美学观点，赢得了其他文艺复兴元老们的响应。虽然约翰逊对欧裔美国人的艺术观点和普遍性观点的信奉使他相信，非裔美国人可以通过创造某种形式的艺术作品来提高社会地位，但是他也提出，黑人经历具有独特性。引人注目的是，他在前言里历数了黑人赠与美国文明的四个独一无二的礼物，这些礼物给"新世界"带来了活力和美丽，它们是：黑人灵歌、非洲民间传说、雷格泰姆音乐（今天的爵士乐）和阔步舞（一种黑人特色舞蹈）。他对这些东西大加颂扬，并预示了黑人文化对美国主流社会的影响。但是令人失望的是，他宣称，阔步舞和雷格泰姆音乐尽管影响深远，却只是"低俗的艺术形式"，其最大的价值在于为"高雅艺术"指明了道路。他还认为，黑人方言俚语问题重重，因为它缺乏正确的美国标准英语的语调，这种方言"只有两个句号，剩下的便是幽默和哀怨"，缺乏对细腻微妙情感的表达。他认为，黑人艺术一定要反映美国黑人生活的方方面面，但又不能仅仅局限于种族性的主题，这些措词为兰斯顿·休斯和乔治·舒勒（George Schuyler）1926年发表的宣言奠定了基础。

那些昙花一现的出版物也可能产生了很大影响——尤其是后来它们被编辑成书。一个很生动的例子就是《新黑人》（1925）的原作。20世纪20年代中期，著名杂志《图解概览》的编辑保罗·科罗格（Paul Kellogg）一直在跟踪哈莱姆的文学动态。他明白霍华德学院的教授们和阿兰·洛克这个文化裁决者的影响力，就问洛克能否为他的杂志编辑一个关于纽约黑人艺术创作的特刊。1925年初特刊出来的时候，洛克正在整理一卷作品，那正是同年面世的《新黑人》的核心内容。《新黑人》这本书不断被印刷证明了洛克的明智之举，书中包含了鲁道夫·费希尔（Rudolph Fisher）、兰斯顿·休斯、佐拉·尼尔·赫斯顿、康蒂·卡伦、让·图默、克劳德·麦凯、杰西·福塞特和詹姆斯·韦尔登·约翰逊等人的作品，这些作家现在名声大噪。但是，这部作品集从杂志版本到最后被编辑成书的形式，其中的变化着重显示了在美国黑人生活应该如何被描绘和哪些方面被描绘方面的斗争：白人艺术家温诺德·瑞斯（Winold Reiss）应该被选中来描写那有天赋的十分之一、那一小撮受过教育并且据说引领大众的非裔中产阶级吗？在工人阶级日常生活的情景背后，作家们应该窥视多远呢？年轻的华莱士·瑟曼（Wallace Thurman）编辑的《火!!》（1926）昙花一现，它是针对"年轻的黑人艺术家"的，想动摇《新黑人》里展示的那个严肃的世界；尽管一些作家在《新黑人》和《火!!》中都出现了（休斯和赫斯顿仅是两例），但《火!!》意在践踏资产阶级的敏感。对于应该向白人美国人描绘黑人中的谁和黑人的哪个方面，人们一直争论不休，这揭示了审美场景背后意识形态的竞争。

在最后的一卷里，阿兰·洛克的几篇论文表现了分水岭工程背后的强大的思想力量：洛克出生在费城，毕业于哈佛，1907年是第一位、一直到1963年是唯一一位领取罗德斯奖学金的黑人学者；他在牛津大学读研究生，在柏林修完学业。他的同名文章《新黑人》认为，现代黑人是有政治觉悟的人，他的使命是在文化领域。他刻画了普通人"缺乏头脑"、"有着模糊冲动"的形象,以此来表现等级主义的偏见或"有天赋的十分之一"① 的偏见——他认定黑人通过明智和尊严回敬憎恶和暴力能够抓住一种"道德优势"。他写道,泛非主义可以成为新黑人们在美国的一条正当的出路;所以哈莱姆应该成为黑人的"复国运动"基地,因为它代表着"20 世纪非洲人民的开路先锋"。洛克明白,共同的新黑人意识应当有一个共同的空间,即使这种共同性仅仅存在于象征性层面。他退一步说,哈莱姆不是"典型的",但却是"先知先觉的"。哈莱姆具有宏大广博的文化环境和物质环境,这使它成为了一个无与伦比、绝无仅有的舞台。

---

① 杜波伊斯主张,黑人中"有天赋的十分之一"应接受大学教育,使他们成为整个黑人种族的领袖。——译注

第三章 化身代表和宣言

作为一个文化中心，哈莱姆崛起是在两个人的早期生涯之后，这两个人的生活和工作与他们移居的国家是不可分割地联系在一起的。对于许多人来说，W. E. B. 杜波伊斯和詹姆斯·韦尔登·约翰逊是哈莱姆知识财富的化身。他们两个人出生在内战结束后的十年内，相差三年。20世纪20年代，也就是这个时代的高潮时期，恰逢他们50多岁。事实上，在文艺复兴相对短暂的时期过去之后，杜波伊斯的积极活动仍然坚持了几十年。他们的创造性贡献为20世纪20年代和30年代的文学繁荣奠定了基础。

杜波伊斯于1868年生于马萨诸塞州，是和文艺复兴相联系的人中年龄最大的一个。他活了近一个世纪，他的作品存在的时间比多数美国人的寿命都长。他在哈佛大学的菲斯克学院和柏林的弗里德里希·威尔海姆（Friedrich Wilhelm）大学接受教育。他在诸多方面发展着自己的才华。1903年，他发表了《黑人的灵魂》（The Souls of Black Folk），作品展现了这位思想丰富的思想家把精神的提升、社会的洞察力和丰富的感情抒发结合起来的非凡能力。《黑人的灵魂》取材于杜波伊斯在南方的学习经历和教学经历，被认为是美国黑人——实际上是美国人——的典范。他的作品囊括了多种题材：评论、社会学研究、音乐学、小说、自传和哲学。从这个意义上来说，他广为人们所阅读的这部作品在形式上是典型的现代派；多种形式的混杂实际上可能是它经久不衰而且在我们现在看来仍然是很成功的原因。他试着去读懂那些像他——和不像他——的那些"生活在面纱后面"的人，他的书希望读者能把美国黑人解读为与自我及家园疏远了的典型的现代人。但是，非裔美国人的现代性标志尚未形成，哪怕仅仅是出于这个原因，《黑人的灵魂》也没有把它自己定位为文艺复兴作品，因为哈莱姆作为一个为人所认可的进行抵抗的地方、获取力量的地方和幻想的地方，还没有进入其筹划阶段。《黑人的灵魂》留给人们萦绕于心头的那挥之不去的一幕幕环环相扣的幻景，影响深远，因而比1918年到1935年间的其他任何一部非裔美国人发表的作品都光彩夺目。它出版于20世纪初，比被公认为是哈莱姆文艺复兴的经典作品早好几年，而且长期以来在美国黑人研究的典籍中占有首要位置。杜波伊斯对美国的种族状况进行了警句式和预见性的概括："20世纪的最大问题就是肤色问题。"这句话作为一种圣谕一直回响至今。对于追随《黑人的灵魂》里所展现的范例式变迁的美国人，杜波伊斯关于面纱的隐喻，即实际上竖立在黑人和白人之间无形的习俗障碍和法律障碍，如果说没有影响到他们的实际言语，也影响到了他们树立雄心壮志。同样，杜波伊斯的"双重意识"概念——"人总是感到自己有双重身份——美国人、黑人，同一黑色肌体里有两个灵魂、两套思想、两种互不相容的渴求和两个互为冲突的理想"，自此以后成为黑人心里占据统治地位的观念。杜波伊斯作为一个公众型知识分子和哲学家占据显赫地位，这不是由于他的正规文学成就，而是由他的哲学洞察力的范围和性质所决定的。

杜波伊斯的小说则不能和《黑人的灵魂》中所体现出来的出色的混杂性相媲美。尽管杜波伊斯显然有语言天赋，但他的长篇小说还是缺少《黑人的灵魂》所达到的美学巅峰。他的第一本小说《寻找银色羊毛》（*The Quest of the Silver Fleece*，1911）被描述成是一个"浪漫情节剧"，这并没有什么不恰当，它以真正意义上的进步时代风格暴露了棉花种植业中固有的剥削现象。杜波伊斯决意要消除种族奴役和不公正的做法，所以他把自己的政治思想倾泻到了小说中，这也是意料之中的事情——但这种努力并没给他的小说增添姿色。《寻找银色羊毛》讲述了美国南方腹地两个孩子艾尔文·布莱斯德（Alwyn Blessed）和左拉（Zora）的遭遇。被当地人称为布莱斯（Bles）的孩子在阿拉巴马的乡村长大，在一个争斗接连不断的黑人学校上过学，他天生就有着自己的尊严和才智；他生活贫困，没有社会优势。他的知心朋友左拉是个野孩子，在苏珊·史密斯小姐为有色人种的孩子开办的学校附近的沼泽地出生并长大，她也同样很聪明，但是对涉及白人世界的任何东西都存有相当的戒心。当他们还是小孩子的时候，在自己开垦的一块儿土地上种植了近乎丝一样的棉花，但是当地的种植园主骗走了他们的棉花地。多年过去了，由于布莱斯的天真和附近白人的诡计——善意的和不善意的，两人分道扬镳。小说结尾时，两个年轻人经过在华盛顿的不同生活都有了人生的经历，又回到了家乡，在那些贫困的、没有土地的和没受过教育的黑人当中承担起了新的使命。他们对自己人民的热爱重新点燃了双方认为在对方心中已经熄灭了的爱的火焰。

这是杜波伊斯的第一部小说，反映了他的很多主题和语调：高谈阔论地大谈美丽而带有悲剧色彩的南部；受过教育的高尚美国黑人要领导那些不幸的同胞们去争取一个美好的未来；对黑人女性权利的支持及其随之而来的对黑人男性的尊重；对私刑的攻击；找到了黑人的种族属性被用作代表一种永久的下层地位的那些方式；肯定了白人穷人至少从物质上来说并不比同样被剥夺权利的黑人邻居们生活得好。杜波伊斯的措词有时不免过于华丽，用类似查尔斯·切斯纳特（Charles Chestnut）和其他19世纪作家的语言风格表达了20世纪人们所关心的问题："这个黑人小孩怒气满腹。为什么他就应该被一个傲慢无礼的坏蛋挤到路边呢？为什么他没有坚持自己的立场呢？呸！勃然大怒也没有用，他明白。"在一次关键性的重逢中，布莱斯跪下向左拉求婚。这一场景回避了情节剧的多愁善感，因为左拉童年时被强奸的阴影——布莱斯幼稚无知，第一次拒绝了她，因为她"不纯洁"——构成了他求婚的背景。布莱斯对此的鄙弃证明了现代黑人战胜了维多利亚时代的性忌讳和他献身于争取民权、经济权利和社会权利的事业的决心。在《寻找银色羊毛》中，杜波伊斯把政治问题与熟悉的叙事体和情节交织在一起。

杜波伊斯的第二部小说出现在哈莱姆文艺复兴时期。《黑公主》（*Dark Princess*）出版于1928年，与麦凯的《到哈莱姆安家》（*Home to Harlem*）、拉森的《流沙》（*Quicksand*）、费希尔的《耶利哥之墙》在同一年出版。这是一本教育性小说，讲的是马修·汤恩斯（Matthew Towns）的故事，从他第一次在教育领域遭遇到种族主义，那是在纽约的一所医学院，院长不允许他学习妇产科，到他表面上似乎默许芝加哥和其他地方的基层选举活动的腐败。汤恩斯的最终觉醒——欲望、失望、放弃和回报构成了一条正弦曲线——折射了一场浩大的"有色种族"超越阶级界线联合起来，一起推翻欧洲白人殖民者和压迫者的跨洲际合作的故事。尽管马修和考蒂利亚（Kautilya）时运不佳，杜波伊斯还是想通过他们的生活经历来让读者意识到有色人种发起的一场全球政治运动。他们的情书谈到的是这样一些亲密的事情，如："美国黑人是一股强大的社会力量，是一个举足轻重的经济实体。"杜波伊斯的意图是颂扬宏伟的目标，而不是创造引人注目的小说。但即使如此，这位哲学家兼历史学家具有的深刻的思想激励鼓舞了那些情愿追随他的作家们，成为他们的榜样。同样，他的划时代的研究性作品《黑人重构》（1935）成为非裔美国人更广大的话语的一部分（它与哈莱姆骚乱出现在同一年，强调了过去与现在的联系）。如果说杜波伊斯的小说还没有达到小说的最高目标，那么他所有的文集——《黑人的灵魂》被认为是其中的极品——则为他在美国黑人文学领域赢得了显赫的地位。他投身于民族正义事业,以及他作为全国有色人种促进协会的杂志《危机》的编辑所做的工作,都促进了文学艺术的繁荣,他认为这是黑人争取个人尊严和社会平等斗争中必不可少的。

詹姆斯·韦尔登·约翰逊和杜波伊斯一起成为纽约黑人文化场景中两个关键性典范的化身。约翰逊1871年生于佛罗里达,和许多人一样从南部迁移到这个城市;他代表了城市化的美国新黑人的极致。他有修养,通晓两门语言,是美国驻委内瑞拉和尼加拉瓜的外交人员,他不仅文学天赋出众,而且音乐创作闻名遐迩。他和哥哥罗瑟蒙德(Rosamond)一起创作了长期以来被人们称为黑人国歌的《让每个声音高声歌唱》(*Lift Every Voice and Sing*)。和其他这一时期的作家比较起来,约翰逊作为一个文艺复兴人物更加名副其实。他除了在外交、音乐、文学方面出色之外,在法律、新闻和学术上也很专业。(文艺复兴时期这种多才多艺的人很多,其余两位中的一位是佐拉·尼尔·赫斯顿,她是小说家、人类学家和表演家;另一位是鲁道夫·费希尔,他是放射学家、散文家和小说家。)作为博学家和社会活动家的约翰逊试图运用自己的才能巩固和提高非裔美国人的地位。

约翰逊的《一个前有色人的自传》(*The Autobiography of an Ex-Colored Man*)1912年匿名发表,1927年以作者的名字再次印刷,内容多以哈莱姆为背景。如果严格地按照新黑人文学运动始于一战后到20世纪30年代中期的时间框框来套的话,它不应算作哈莱姆文艺复兴作品。我们可以把这部小说看做是预言性的,因为它宣布了新黑人(这种说法始于19世纪90年代)的觉醒,从时间上来说是先于这一运动的。这位年轻的作者坦率地、显然未加批判地对待将黑人充作白人的问题,这可能会让黑人和白人都感到恼怒,他可曾想到这一点?他在自传《这边走》(*Along This Way*)里说:"我从未能搞清[匿名发表这部小说]到底是不是明智",这并没有揭露他内心的想法。有多少作家会去掩藏自己的创作,尤其是已经小有名气的年轻作家?到《一个前有色人的自传》发表时,约翰逊已经写了并发表了诗歌和音乐创作,其中比较出名的就是他和哥哥的《让每个声音高声歌唱》。他坚持说从匿名发表作品中得到了乐趣,而且觉得那些把他的作品称为是自己写的人很有趣。但是,在卡尔·范·维奇顿作了序的1927年第二版里,约翰逊公开说明了他的作品到底是小说还是自传的问题。

《一个前有色人的自传》在社会抗议文学里奏出了不同凡响的乐章。主人公是一个没有名字的叙事者,最初对种族问题一无所知。他白皮肤、卷发,出生在佐治亚州,在新英格兰的一个镇上长大。他生活在一个无忧无虑的乐园里,直至一天老师要他和其他"有色"学生坐在一起;这件事之后,他把自己和浅棕肤色的妈妈看做是白人同学嘲弄中的"黑鬼",他以前从来没这样认为过。他还是孩子的时候只见过他的南方白人爸爸一次,多年之后,当他长大成人时,又见到了爸爸。他刚高中毕业后不久妈妈就死了,这个孩子——现在成了一个颇有成就的钢琴家——必须依靠自己去上大学,并在这个世界上生存。这个曾在自己出身问题上幼稚单纯的年轻人不谙世事,同样对人们的顽愚不化也无计可施,这并没有什么令人吃惊的。当亚特兰大大学攫取了他的学费之后,他就身不由己地踏上了一条流浪冒险之路。他先到了南部的佛罗里达,又到了北部的纽约,这个大都市充满了好与坏的诱惑。约翰逊从人种学的角度对雪茄工厂、城市俱乐部、欧洲首府和音乐厅进行了描述,这无疑深化了叙事结构,实际上是对种族意识和现代意识进行的剖析。

《一个前有色人的自传》对心理进行了深入探讨并带有虚构成分,这在20世纪以前美国黑人文学史上是前所未有的。浅肤色的叙事者在一生中不得不与复加的双重意识作斗争;作为一个看起来是白肤色的黑人,他感到一层面纱把他和不知他种族身份的白人隔开,同时他也感到距离非裔人的美国很遥远。1900年以前,也有一些小说描写了种族混杂的非婚生子和南部强迫姘居产生的后代所过的受约束的生活:如弗朗西斯·E. W. 哈珀(Frances E. W. Harper)的《伊奥拉·勒罗伊》(*Iola Leroy*, 1892),其同名的白肤色女主人公无私地和她妈妈的种族相濡以沫,虽然为时已晚。查尔斯·切斯纳特的《雪松后面的房子》(*The House Behind the Cedars*, 1899)描绘了一个白皮肤的但惨遭厄运的女主人公和她的懦弱的白人情人间的故事。回溯到19世纪美国黑人小说的源头,那些接近白肤色的黑人人物都遭受过苦难,而且通常会死掉。(约翰逊让一个男性作为小说的主人公这一点值得注意,因为文学里的黑白混血儿通常是女性。)主人公最后在爱情和事业上都取得了成功,而不是以孤独或死亡告终,这取决于他能够在城市的白人中生存下来。所以,这个前有色人的胜利是对黑人读者忠诚的奇特考验:他们是谴责叙事者还是为他鼓掌?前有色人的结局充满矛盾、不明确,指向了社会所构建的"肤色界线"的铁铮铮的现实。

截至1925年,20世纪的黑人文学已经经历了多次高潮:《一个前有色人的自传》的出版,《新黑人》的两次出版,让·图默的《甘蔗》(1923)和杰西·福塞特的《存有混乱》(1924)的出版,以及民权组织支持下一些文学奖的设立。在这种氛围中,两个人物——一个很年轻,另一个是一战的退役军人——对"黑人"文学的含义进行了论辩。乔治·舒勒(George Schuyler)的《黑人艺术的谎言》("The Negro Art Hokum")和兰斯顿·休斯的《黑人艺术家和种族大山》("The Negro Artist and the Racial Mountain")划出了似乎不可调和的美学界线。他们的争论相继发表在《国家》杂志上，为20世纪早期黑人知识分子和艺术家抓住了问题的关键：在艺术创作中"种族"的作用是什么？这两篇论文恰好成为辩论对立的双方：如果休斯代表了黑人艺术家，那么舒勒则推崇一种"无种族"的美国艺术。休斯的论辩开头很巧妙，他提到一个年轻作家（很可能是康蒂·卡伦，尽管休斯没有公开承认）所说的话："我想成为一个诗人——不是一个黑人诗人。"对这句话的理解自然会让读者站到休斯所代表的黑人这一边，或者是那位没有被提名道姓的诗人、舒勒的无种族界线的艺术家一边。休斯坚持认为没有"普遍"的真理可言，20世纪20年代美国的潜台词只能是"我想成为白人"的告白。休斯断言："这就是美国黑人艺术前进路上的大山——种族内部想成为白人的强烈欲望，把种族个性融化到美国标准化的模子里的要求，尽量不做黑人，尽量做美国人。"其字里行间激情澎湃，有着积极、自豪地确认自己的种族身份的强烈情感，尤其是，休斯把这种没有种族区别的愿望定位为是以阶级为基础的，因为他观察到工人阶级并不要求一个无视种族的社会，他们也不"害怕神灵"。

休斯被认为像许多左倾知识分子一样，把工人阶级浪漫化了。但是，这位作者有一次回忆起了华盛顿特区的赞助者邀请他和他的母亲参加读书协会年宴的情形。当时，他在一家洗衣店工作，买不起参加晚会的正装；他母亲的着装也与其他上流社会妇女的服饰不符，因而受到冷遇。因此，他的阶级意识不是从书本上学到的。他明白，那些在经济上有可能在美国主流社会崛起的人担心能否融入其中，而那些没有机会的人可以忽略中产阶级社会对礼仪或服饰的一些特定的标准。休斯写道，严肃的黑人艺术家应该从民众、他自己的人民当中去挖掘素材，汲取他们在布鲁斯、幽默和方言方面的特殊遗产："我的诗歌在主题上和处理方式上大都带着民族特点，这源自于我所了解的生活。"

有意义的是，休斯并没有指责白人世界败坏、冷漠或其他什么。他更关心的是美国黑人，而不是一个异族文化的替代品。他是一个不知疲倦的旅者，喜欢和各种背景的人接触，为了满足他想知道这个世界的愿望，他去了墨西哥、欧洲、苏联和非洲西海岸。这样他就能够很自豪地把美国黑人文化放置在一个全球的背景下："我为那个说自己的民族世界没有其他世界有趣的黑人诗人而感到羞耻。"休斯从他自己的黑人美国文化中受益匪浅，也从他拜读的欧裔美国诗人的作品中汲取养分，其中有惠特曼和卡尔·桑德堡（Carl Sandburg）。这些令人喜爱的典范诗人们脍炙人口的作品间接地鼓励了他用布鲁斯歌词和韵律做试验。

和休斯的漂泊生活形成对比的是乔治·舒勒，他在军队服役，又做了长时间的记者,他是过稳定生活的人的模范。他为《信使》写过稿,后来成了美国黑人报纸《匹斯堡信使》(Pittsburgh Courier)的编辑,他终生是一个美国传统习俗的尖刻批评家。他的讽刺智慧和巴尔的摩的白人作家 H. L. 门肯如出一辙:他们都无法忍受傻瓜笨蛋,都很情愿揭露"群众"的愚蠢。舒勒反对偶像崇拜,这促使他对被他称为"黑人艺术的谎言"的这一哄骗白人和黑人的把戏的始作俑者发起了攻击。在《黑人艺术的谎言》这篇论文里,他赞同黑人艺术确实存在的观点,但他坚持说黑人艺术只存在于非洲而不是美国。对于他来说,美国本土的"黑人"艺术是南部乡村产生的农人文化。无论他们是哪个种族,"处于类似情形的任何一群人"都会创作出那样的作品。高雅文化的创作者如杜波伊斯、米特·沃威克·富勒(Meta Warwick Fuller)和亨利·O. 泰纳(Henry O. Tanner)都是美国艺术家,而不是"黑人"艺术家。舒勒并不认为同时代的白人不可能创作出与主要的美国黑人作家和艺术家近乎一样的创造性作品。他争辩说:"美国黑人……仅仅〔是〕被灯烟熏黑了的盎格鲁·撒克逊人。"他坚持在进步时代人们所信奉的美国是大熔炉的观点,认为在几代人之后大熔炉中喷涌而出的是没有区别的美国人,不管其祖先是意大利人、非洲人还是其他人。舒勒历数了许多国家的非裔艺术家,如法国的亚历山大·仲马(Alexandre Dumas)和俄国的亚历山大·普希金(Alexander Pushkin),他注意到他们融入到各自国家的一般传统中,而不是"黑人"传统中。舒勒预测,20 世纪末会有一个公平的竞技场,坚持说如果黑人和白人所受到的教育和所面临的环境相同的话,他们之间就没有明显的差别。差异这一概念本身是一种"被对黑人心存恐惧的人欺骗而相信"的美德,不是一个自信的美国黑人应该信奉的。不可逃避的差异"必须以哄堂大笑来弃绝"。舒勒声称,白人和黑人具有共性,即美国性,并借此肯定了当时普遍接受的假说,即黑人从非洲被运过来,并据说被剥夺了本民族的语言和亲属关系网,从而使非洲人变成了没有非洲文化和身份的"白板"。

休斯和舒勒都坚信,文化差异的概念在某些方面是有问题的,尽管每个人对这种差异的理解各不相同。舒勒认为它标志着劣势因而谴责它,而休斯却赋予它以自豪感。俩人当中较年轻的休斯认为,在一个由人的种族来决定一个人的地位的社会,一位美国黑人成为没有种族标志的诗人的愿望,往好了说是妄想,往坏里说是自我毁灭;他提倡褒扬自我认知和黑人文化。舒勒提到,哈丁总统将差异理解为"不可改变的"劣势,甚至作为一种暴露特定文化的艺术的方式,这就容易引起人们指责他内心有这种劣势情结。在休斯和舒勒的完美世界里,差异在本质上没有什么内在的好或坏之分,尽管几千年来的人类生存史表明了人们惧外、憎外心理的持久力。文学作品和民族一样，一旦被多数人理解为不同，就被划归到一个低级层次。种族可能是一个虚构的概念，但它过去和现在都带来了实质性后果。

这种种族生活的清醒现实是白人作家及其同行者可能会涉及但不能全然理解的。欧裔美国人蜂拥而至哈莱姆，美学家们来接触那些刚刚出名的天才们，窥淫癖者来喝在其他地方禁止喝的酒、观看酒店的歌舞表演，这些表演是给富有的白人看的。这些旅者中的好多人吃惊地发现，他们本是急于想和黑人打成一片，却引起人们的怀疑，说他们在屈尊俯就，甚至更坏。两个显赫的白人，卡尔·范·维奇顿和南希·丘纳德，都把哈莱姆看做自己世界的一部分。丘纳德鲁莽冲动、固执己见，她有着生活在一个有国际知名度的家庭的特殊优势。一些同时代的人认为，她对哈莱姆的兴趣是由于她和一些黑人的风流韵事，她拥戴黑人拥有的东西，不仅是出于社会正义，还和个人的动机有关。不管丘纳德的《黑人：一部文集》（Negro：An Anthology）的动机如何——她以前对出版没有流露出什么兴趣，这部1935年的作品为经济大萧条时期的黑人作家提供了一个迫切需要的机会（白人作家也被包括进去了）。很多黑人供稿者——他们当中包括休斯和麦凯以及稍后出现的拉尔夫·埃利森和理查德·赖特——都开始对隐藏在丘纳德的编辑工作之下的共产主义持同情态度，但他们对这个多少有些粗暴的英国女人更加大失所望。像她这样的极端分子们常常疏远美国黑人，因为他们对种族主义的理解完全局限于阶级斗争，否定了千百年来已经制度化了的种族压迫和种族主义的事实。但是很多普通的非裔美国人由于站在"斯科茨伯勒男孩"①——九个被诬告强奸了白人妇女的年轻人——一边，支持了他们，而成为共产主义分子的支持者。但是，植根于资产阶级的欧裔美国人的白人特权对许多黑人来说是显而易见的，许多所谓的极端分子的态度里表现出的白人特权也很明确。丘纳德对自己的偏见视而不见，这似乎很有趣："我对……黑人孩子力大无比、精力充沛印象深刻。"丘纳德是杰西·福塞特所担心的那种白人知识分子。据兰斯顿·休斯回忆，福塞特很少邀请白人到自己家，因为她"不想向那些仅仅想参观的人或者那些偶然好奇喜欢上黑人生活的人打开家门"。丘纳德的《黑人：一部文集》的成功让我们认识到黑人文化确实是一种时尚，而且美国黑人不是

---

① 1931年3月，9名年龄在13至21岁之间的黑人男孩乘坐穿越阿拉巴马州乡村的敞篷货车时因斗殴被捕入狱，随后被控强奸了两名搭乘同列车的白人女孩而受审。事发地点是斯科茨伯勒，这个不为人知的小城镇因这一美国历史上最著名的民权案件之一而名声远扬。9名男孩中有8人被草率定罪，判处死刑，年仅13岁的罗伊·赖特（Roy Wright）幸免死刑判决。——译注

唯一要求享有非裔美国人文化的人。

有一个和黑人一直相伴的白人同行者卡尔·范·维奇顿（1880—1964），他的文学生涯比其他"新黑人"的"朋友"引起更复杂的争议和问题。他和丘纳德不一样，他在整个成年时期都深深拥戴与美国黑人有关的东西。20世纪20年代早期，他以奢侈的生活和别具一格的、有趣的当代小说为人所知。他有着白皮肤和蓝眼睛，生于美国中西部，《黑鬼的天堂》（*Nigger Heaven*, 1926）的发表似乎让他被确认为是一个种族机会主义者。这一指责是不公正的。很多文史学家注意到，范·维奇顿在写那部"招致诽谤"的小说前就已经对非裔美国人产生了兴趣。在芝加哥大学时，年轻的范·维奇顿就有几个黑人朋友；后来作《纽约时报》的记者时，他就倡导要真实地反映黑人的语言。他坚持认为，应创造多种族参与的社会场合，他把白人和黑人都纳入自己的朋友圈里，这就削弱了一些人对他的批评，说他是拿对哈莱姆及其居民的了解做交易的种族主义者。他经年累月地对黑人名流进行摄影式的肖像描写，并在耶鲁大学建立了詹姆斯·韦尔登·约翰逊文库，这些应当能排除将他简单划为窥淫癖者的指责。然而，尽管范·维奇顿的善意意图显而易见，不过他还是可以被认为在畅销书《黑鬼的天堂》里逾越了冷眼旁观的界线。

这部小说在序言里渲染了一个阴险的人物阿纳托尔·朗费罗（Anatole Longfellow），又名红爬虫，他攀爬于聚集在第七街及其周围的人群当中。这个攀爬者对蜂拥至自己身边的女人持一种傲慢的态度，尽管他毫不犹豫地花她们的钱。范·维奇顿的故事从对攀爬者利用他人的描写转移到了觥筹交错的哈莱姆富裕地区和平静的中产阶级地区。玛丽·洛夫（Mary Love）是一个图书管理员，是哈莱姆社会一个有名的歌唱家的朋友，她拒绝了一个富有但没受过教育的数字赌博银行家（开办非法运营赌场的诈骗者）的求婚。拜伦·卡松（Byron Kasson），一个软弱无能却有抱负的作家，得到了她的芳心。从拜伦的角度讲，玛丽对他的关爱让他高兴，而且至少在最初，他对玛丽督促他成为中产阶级这一点还感到自在。然而，哈莱姆倾向于在同样的大众俱乐部和派对上把奋斗者、炫耀者、流氓、普通工人、游手好闲者鱼龙混杂，这种动荡的流动性导致了各种各样的混乱局面。由于失败的痛苦和对玛丽的刺激的敏感，拜伦成了遭受城市诱惑的受害者。

从某些方面来说，范·维奇顿对进出俚语、走私劣质酒的纽约黑人的刻画，极像是文艺复兴时代那种老资历的黑人知识阶层所认为的猥亵作品。但是，一个重要的不同点是：作者是白人。不管范·维奇顿自己怎么真实地、情深意切地看待小说里描述的事件，不管他怎么坚持说他的小说人物无论其背景如何都是人，而不是种族成见，事实是他不能像局内人一样来说话。作为一个白人外人，他描述携带并使用枪支的赌徒和抛弃男人的荡妇，这让许多美国黑人感觉是一种背叛。他对受过高等教育的黑人男女性格上的弱点进行了描写，这种行为被不太仁慈的人视为完全是在蓄意进行破坏。范·维奇顿的许多同僚为他的艺术自由而辩护，尤其在标题的选择方面。具有讽刺意味的是，他的标题既把黑人居住的纽约看做是天堂又看做是地狱，这仍旧震动人的心弦。当小说对城市黑人生活进行夸大其词的描写时，同样这个标题令读者感到不安，并对作者的最终意图不甚了解。

《黑鬼的天堂》在那个时代里独树一帜，和新黑人运动的整个历史有着不解的渊源。尽管这部小说是白人写的，但是它取得了成功，这使它成为范·维奇顿同时代的黑人作家衡量他们自己作品的一个尺度。仅此一点，《黑鬼的天堂》就可以被视作一部现代版的《汤姆叔叔的小屋》。这两部作品的作者对黑人的态度相对于他们同时代的人来说是不同寻常的，但是他们忘却了或者是不情愿承认他们自己种族的极大优势。一直令人不安的是，范·维奇顿坚决不更改他的小说的名字，即使他的父亲和他的黑人朋友们如詹姆斯·韦尔顿·约翰逊都担心这种讽刺意味多数读者都领会不了。不管范·维奇顿想让"黑鬼"这个词具有多少嘲弄意味，他坚持用它，这表明他没有意识到自身的局限性（如果不是局限性，不太客气地说就是他自己的傲慢）。在这一点上，他可能和到哈莱姆参观的白人如南希·岳纳德更相像，虽然他不愿承认。范·维奇顿留给后代的主要礼物是他对黑人文化的保护和支持。卡尔·范·维奇顿与文艺复兴的作家们是朋友，他帮助并保护了他们，但他自己成不了一个"新黑人"，不管他认为肤色的界线是多么的人为化。

第四章 作为一种心态的哈莱姆：休斯、麦凯、图默

兰斯顿·休斯是卡尔·范·维奇顿的终身好友和崇拜者，他捕捉住了他生活优裕的朋友想进入的黑人内部世界。这位享有国际声誉的作家1902年出生在贫困农村，作品内容广泛，包括短篇小说、长篇小说、剧本、歌剧、两部回忆录、儿童书籍，还有编辑作品和翻译作品。他可能是唯一可以名正言顺地把自己列入"作家"行当的新黑人作家。他的名声刚刚鹊起之时是在1921年6月杰西·福塞特这位19岁的诗人在《危机》上发表《黑人谈河流》的时候。20年代末，休斯又出版了两本被人评论颇多的诗集——《疲惫的布鲁斯》(*The Weary Blues*, 1926) 和《犹太人的好衣服》(*Fine Clothes to the Jew*, 1927)。他的诗到处充满着方言、幽默以及音乐的影响，揭示了他对普通男人和女人的同情以及对美国黑人文化的热爱与自豪感。像"夜晚轻柔地到来/如我一样黑"这样的诗句为他赢得了美国黑人的游吟诗人的声誉。他的许多诗中有明显的摇摆韵律——"低吟着令人昏昏欲睡、切分的曲调，/伴着香醇的吟唱前后摇摆，/我听到一个黑人在弹……"——大声宣告了他对黑人文学和音乐的融合，利用布鲁斯和爵士乐的节奏和形象产生了一种绝无仅有的美国诗歌。他在形式上的创新是同时期其他作品所不能企及的，黑人音乐和方言与诗歌的结合使休斯在美国诗人伟人祠里荣膺高位。

休斯在小说方面的能力决不逊色于他的诗歌才能。他发表的第一部小说《丛林中的鲁纳依》(*Luani of the Jungles*, 1928) 讲的是一个白人和他的黑人新娘回归她的家乡的故事；故事的主题还是休斯在诗歌里所涉及的，如非洲移民社群的含义、乡村人的艰苦生活和美国黑人音乐。他早期的几部小说取材于他和"母亲"大陆的接触，那是作者在1923年做海员时第一次看见非洲大陆。但是就像他的诗歌一样，他的小说常常描述作者自己可能经历过的那

哈莱姆文艺复兴时期的小说

些东西——美国历经磨难的种族关系，种族间通婚所造成的家庭悲剧，鲜明的音乐形式，以及忍辱负重、聪明智慧和喜好嘲讽的黑人。休斯的自传体小说《并非没有笑声》(Not Without Laughter, 1930) 反响很好，奏响了哀婉的、个人化的、富于感染力的音符，这些特点在哈莱姆文艺复兴的小说里是不常见的。

休斯早年生活在有着种族隔离的、尘土飞扬的密苏里州和堪萨斯州的小镇上，这种生活是人们做梦也想象不出的；他是外婆养大的，他睡着时，外祖母就用在约翰·布朗袭击哈泼斯渡船时被杀的前夫那布满子弹洞的围巾给他盖上。尽管《并非没有笑声》里虚构的第二个自我与对种族的忠诚并没有那么牢固的关系，但他的成长还是让他深知自己是何种人，以及在哪里能找到在世上的立足之地。桑迪·罗杰斯（Sandy Rodgers）是一个聪明却贫穷的黑人。他的母亲是安吉·威廉斯（Annjee Williams），父亲是吉姆博伊（Jimboy），后者是一个巡回演出的音乐家，他的漂泊生活让他孤独的妻子感到厌倦。安吉比她的孩子更适应丈夫，她把孩子留给自己的妈妈来扶养，孩子就在近乎无声的贫穷的家境里长大。他的一个姨妈哈里特决意要挣脱堪萨斯黑人生活的重重阻碍，去探索能否过上好一些的生活。桑迪的另一个姨妈泰斐（Tempy）是一个吝啬的、执意向上爬的人，她把自己置于对不切实际也想乐善好施的白人妇女的滑稽模仿。桑迪童年的大部分时间是在一种休眠的生活状态中度过的，郑重地等待着生活的开始。桑迪的祖母是洗衣工，她的逝世让小说的情节来了一个转折，在随后的几个月里，他是在他的泰斐姨妈冷酷的资产阶级世界里度过的。母亲和芝加哥的召唤，桑迪期待已久，并把他带到了一个充满斗争的奇特地方。他几乎在从农村迁移出来的黑人的人群中迷失了自己，他所拥有的一点受教育机会差点就与他失之交臂了。休斯向我们展现的这个多风的城市包含着哈莱姆所有的希望和威胁，也包含着更小的黑人城市。

休斯描绘的中西部缺少了图默展现的南部的感官浪漫主义。在他的作品里，表现出对轰动的意象的嫌恶和避免令人生厌的种族主义场景，这些是极为突出的——尽管桑迪遭遇到很多的偏见和敌意，他对一个贫穷的黑人孩子生活里那挥之不去的淡淡忧伤进行了平静而彻底的探究。在一个圣诞节的早上，当桑迪发现他盼望已久的礼物竟是自制的、做工粗糙的、大得让一个孩子难以携带的雪橇时，他把富有的姨妈送给他的烫金边的故事书扔进火炉化为灰烬，他的感情得到了彻底的宣泄：无情无义的人给他的昂贵说教礼物不是他所渴望的东西。堪萨斯残酷地拒绝桑迪和他的朋友进入他们镇的第一个游乐园，通过这件事，休斯含蓄地揭示出堪萨斯所具有的南方的残忍性。回

第四章 作为一种心态的哈莱姆：休斯、麦凯、图默

想起报纸公开声明"自由孩子的儿童节派对"时，桑迪悲伤地向朋友承认："我想他们不是指有色人的孩子。"休斯小说的力量多源于对一个孩子的观点进行深刻、有洞察力的重现，快乐、听天由命、愤慨或沉思交替更迭。尽管《并非没有笑声》的背景并不是哈莱姆，但它探讨了从南部迁移到城市的人的错位感。在一个不谙世事的孩子看来，这个城市麦加仍然很陌生，只有当临街教堂的歌声让桑迪和他的妈妈想起他们的家园时，一切才变得熟悉一些。

四年后出版的休斯的短篇小说集《白人的行径》（*The Ways of White Folks*）个人色彩淡了些，而带有了更加公开的政治性。这部短篇小说集把抗议、对资产阶级理想的拒绝和休斯的特色幽默结合起来。像《不知廉耻的科拉》（"Cora Unashamed"）、《妈妈和孩子》（"Mother and Child"）、《红头婴儿》（"Red Headed Baby"）等故事涉及的都是难以启齿的非婚生问题，他没有谴责母亲或是孩子，而是谴责把这种生活事件遮蔽起来的社会。比如在《我在弹的布鲁斯》（"The Blues I'm Playing"）里，一个年轻的钢琴家选择了爱情和音乐，从而向白人资助者投以嘲讽的一瞥，这让她的白人女资助者很失望（休斯的赞助者、公园街的寡妇夏洛特·奥斯古德·梅森夫人在支持了他多年之后突然放手不管了）。《父与子》（"Father and Son"）回到了休斯1925年的诗《交叉》（"Cross"）的主题：

> 我的老父死于一幢精美的大房子。
> 我的母亲死在一个小屋。
> 我不知我会死在哪里，
> 既不是白人又非黑人。

伯特·诺伍德（Bert Norwood）是一个白人种植园主和他的黑人情人的儿子，但被遗弃了，盛怒之下杀死了他的父亲。失望的暴徒们必须转向伯特的弟弟来获得一个"真正的"人类祭品（休斯也写了一个同一主题的戏剧《混血儿》[*Mulatto*]）。尽管《白人的行径》从讽刺转到关爱又到严厉的批评，在某些方面缺少《并非没有笑声》里的那种深厚的个人情感，但是，它滑稽地对美国种族的愚钝频繁地进行了攻击，从而弥补了这一点。

两者（白人和黑人）本可能会告诉图默，不要写《甘蔗》。有色人不赞扬它，白人也不买。确实，读了它的大多数有色人也憎恨它。他们对它充满了恐惧。尽管批评家对它的评价不错，公众却一直漠然。但是，（除了杜波伊斯的作品）《甘蔗》是一部美国黑人写的最优美的小说。而

哈莱姆文艺复兴时期的小说

且和罗布森的歌唱一样,它确实是带有种族性的。

兰斯顿·休斯

让·图默自己本可能会拒绝休斯对他的"确实是带有种族性"的赞扬,说他具有"真正的民族性"。图默在1923年出版了唯一的作品《甘蔗》之后的几年内,对自己被看做是黑人显得很吃惊:"由于我不是黑人,我就不能把自己表现为黑人。"图默不允许他的著作被包括在美国黑人文集里,对我们认为他是黑人的真正呼声的观念提出了挑战。虽然他被称为人民的艺术天才,但他也被描述成一个充满困惑、耽于幻想、以自己的种族为耻辱的可怜人。这些对《甘蔗》及其作者的相互矛盾的评价部分地反映出作品具有不同寻常的形式,而其作者有高深莫测的意图。《甘蔗》里的新黑人们与从过去黑人农耕生活继承下来的传统角色做着不懈的斗争,为弘扬高尚道德的责任所困扰,这不仅是作者本人而且也是他那一代人对黑人在仍然实行种族隔离的美国的处境作出的不安的估量。

图默属于有"高贵血统"的贵族阶级,这种贵族阶级是19世纪末一种自封的、浅肤色美国中产阶级黑人的联盟。他的外祖父 P. B. S. 平奇巴克(P. B. S. Pinchback)是重建时期一位浅肤色的政治家,传言说他为了赢得职位被当做是黑人;他的外祖母是个白人。他的父亲纳森·图默(Nathan Toomer)出生在美国南部,从法律上讲是黑人,和图默的妈妈尼娜只有一段短暂的婚姻,所以图默还是孩子的时候就对他爸爸所知甚少。他十几岁时妈妈就死了,于是他回到了小时候所呆的城市华盛顿。那些年的生活经历和他在乔治亚州乡下一个黑人学校做了两个月代课老师的短暂经历为他出版的唯一一本书奠定了基础。他迁到纽约,这似乎预先注定了他的事业要获得发展,因为图默在那儿结交了自称是现代主义者的朋友,如舍伍德·安德森、肯尼斯·伯克和哈特·克莱恩,并受到他们的影响。《甘蔗》1923年出版后立刻受到好评,沃尔多·弗兰克宣称,"这本书是南部……一位诗人在那片土地上崛起了。"但是,图默别具一格的作品让多数读者都困惑不解,不管是黑人还是白人。

《甘蔗》到底是什么?是一部长篇小说还是短篇小说和诗歌集?图默对南部抒情式的描写一直在让人的想象力驰骋。诗歌、散文、戏剧、内心独白、支离破碎的句法、间接引语:现代主义的多重形式构成了《甘蔗》。人们难以对这部作品进行归类。它由三部分构成,每一部分讲的都是南部农村黑人由南向北进行的那次自发的大迁移。前两部分由短篇小说和诗歌组成,叙事部分里交织着诗和灵歌,描述了这个位于美国南方腹地的小镇的根基和近乎狂热地向城市的迁移；最后一部分《凯布尼斯》（Kabnis）对一个城市化了的教育家在南部的短暂旅行进行了想象。不管作者和那场运动之间有多大的冲突，《甘蔗》对于哈莱姆文艺复兴具有重要意义，而且它同时和欧洲现代主义相接合，使这部作品获得了近乎神话的身份。

图默的语言反映了而且具体化了美国社会的人际交流、两性交流和潜藏的种族对话。图默问道：当种族间的障碍在一个正在改变的社会秩序下开始削弱时会发生什么呢？在《波纳和保罗》（"Bona and Paul"）里，一个种族身份尚不明确的男大学生向窗外眺望。图默引用了《哥林多前书》（I Corinthians）第13章第12条："我们如今仿佛对着镜子观看，模糊不清。到那时，就要面对面了。我如今所知道的有限，到那时就全知道，如同主知道我一样。"保罗的视野被一辆驶过的 L 火车隔断了——"借着他自己的光，他透过黑洞洞的玻璃看去"，这指明了这辆列火车象征着美国黑人的个人自由。借用使徒保罗的话："我们如今仿佛对着镜子观看，模糊不清……到那时就全知道，如同主知道我一样。"这似乎表明了时而模糊时而清晰的美国种族界线。图默通过血液的生理学标志突出了保罗不可知的自我。肉体游戏被用意象手法围绕着血的意象表现出来，其性欲本质符合了白人关于黑人性欲的概念。

《鲜血燃烧的月亮》讲述的是一个有关黑人—白人—黑人之间的三角恋爱悲剧，回到了血的意象，因为它预示着种族暴力和性暴力的不可避免性。表现主义的非线性运动被一个不吉祥的血红的月亮所渲染。为了突出表现故事对古典悲剧的借用，图默把故事依托于戏剧形式。《乔治亚州的肖像》（"Portrait in Georgia"）这首诗紧贴在故事前，非常醒目地浓缩了恐怖和美丽，反映了图默对意象派运动和玄学派诗人的了解之深刻；安排紧凑的诗行和几个表面毫无联系的元素并列起来，把《甘蔗》里的大多数主题压缩在几行里。白人斯通（Stone）为封建家长制的心态所困，含糊承认了自己为成见所奴役：路易莎"很可爱——以她自己的方式。黑人的方式。那是什么方式？"他拒绝承认他可能仅仅因为她的美丽而着迷，他迎头冲向有能力战败白人的黑人伯韦尔（Burwell）。这个黑人女性给人的印象是单纯、迷人、不善言辞，正如在《甘蔗》里的其他地方一样，这个人物塑造经常被当做一个浪漫模式而引起争论。尽管图默在许多方面很敏锐，但他在这里对一个近乎神话人物的黑人的描绘却趋于平面化，缺乏立体感。

《凯布尼斯》（"Kabnis"）一部分离析为戏剧形式，汲取了深厚的文化因素——黑人圣歌、民间故事——来探究拉尔夫·凯布尼斯（Ralph Kabnis）的人生。他在一所小型黑人学院任教。他在城市里长大，并受过高等教育，这些阻碍了他阐释和欣赏南部乡村的能力。凯布尼斯为乔治亚的乡村所迷惑，他既被吸引又心生嫌恶。一天晚上,他在摇摇欲坠的住所被夜间的瑟瑟声所惊吓,他的理性无法战胜风那凄婉的声音。附近黑人教堂传来的哀伤音乐没有让他受到鼓舞,而是让他不寒而栗。他抽象的正义理想被仍然对黑人施加私刑来维护秩序的这片土地所粉碎;他跌跌撞撞,受到重重挫败,和奴隶制遗留物的直面交锋有了面对面的接触。通过对有历史意义上的黑人机构的职业使命、对整个非裔美国人社区的概念以及知识分子的视觉缺失的简要批判,图默拒绝肯定或否认凯布尼斯——或南部——最终会得到救赎。

相比之下,图默在《包厢席位》("Box Seat")或《第七街》("Seventh Street")中对城市场景的描写是在哀悼失去的田园风景——如果我们承认它导致了严肃的问题的话。城市男人似乎无法按照他们的异性需求行事,女人则表现出疏远、冷淡的一面。《埃维》("Avey")里无名的叙事者最终把自己和他孩提时代的偶像联系起来,只是为了自己讲述内心深处的情感时她能在公园里睡着;在《剧院》("Theater")中,约翰对一个舞蹈演员失去了强烈兴趣,只因为他没有行动起来。然而一种清晰鲜活的种族特质注入了这些人居住的城市的那部分。"他们肤色黑黑,跳着舞,高声唱歌,声音盖过了粉刷过的建筑物里的乐音。"这个城市提供了抵制的空间,围绕着这些地方来构建一个新的黑人身份。但是,对最终拒绝任何种族划分的近乎神秘的主人公来说,城市也不能维持最基本的人性。

《甘蔗》取得的重要成功对让·图默来说是颇为含糊的。他坚持自己的"非种族性",并坚守葛吉夫教义①,因此,脱离了他最早、最有名作品的非裔美国人源泉,而走上了和玄学狂热者更为情投意合并不断追求华丽辞藻的道路。《甘蔗》出版后的几十年里,图默仍然坚持写作,但是出版的东西甚少,这是由于他与纽约作家和编辑的关系破裂了,其中至少部分原因是他的精神追求。一首颂扬理想的美国长诗《蓝色子午线》(*The Blue Meridian*)出版于1936年,这是他一生中发表的最后一部文学作品。图默不愿意固守在单一文体的范围限制内,他拒绝歌颂社会道德进步或谴责感觉论,他坚持走自己的路,不仅要讲述他自己的生活处境,还要描绘新世界黑人艺术家的困窘处境。

克劳德·麦凯1890年出生于牙买加一个以农耕为生的家庭,家里共有11

---

① 葛吉夫教义(Gurdjieffian doctrine)由乔治·伊万诺维奇·葛吉夫创立,这个精神导师一生的经历为神秘所笼罩。据说他出生于亚美尼亚,年轻时曾周游列国,1922年在法国创立和谐发展学院。葛吉夫教义旨在他所说的人类中心的和谐发展。据说,他的训练和教导得之于各神秘派大师。——译注

第四章 作为一种心态的哈莱姆：休斯、麦凯、图默

个孩子。他的一个哥哥是教师，这让他受益匪浅；尽管或者说可能是由于他家庭的虔诚，他认为自己长大成人后在宗教上是一个自由思想家（虽然1948年他去世前不久皈依了天主教）。他年轻时当过治安官。在执行殖民法律的过程中，他意识到居住在乡村的黑人——那些和他非常相似的人——通常处于社会等级和经济等级的最底层。他在心理上的分歧预示了同时代的西印第安的德里克·沃尔卡特（Derek Walcott）20世纪末发出的质问："我是一个有着两种血缘而受其毒害的人/我要回到哪里，只因血脉的分承？……如何抉择/在我所爱的非洲语和英语两者间？"如果严格来说，麦凯不像图默那样有着"多种族"的背景，他是英属殖民地的一个黑人臣子，他处在边缘的、微不足道的地位。像图默、休斯和其他新黑人作家一样，他到处漂泊流浪，从而成为一个过着漂泊离散生活的新黑人。

麦凯最早出版了一些古体诗，这些诗反映了他想创作一种黑人田园诗并回到牙买加乡村的愿望。他对传统诗歌体裁，如对十四行诗和短篇抒情诗的偏爱，与他的左翼政治倾向相符合；这种美学激进主义跨步连续的例子可以在他的诗《白宫》（"The White House"）里略见一斑。他在成功地出版了两卷诗后，试着重过农耕生活。他离开家园到了美国的塔斯克基学院（Tuskegee Institute），再也没回牙买加生活。他对阿拉巴马尖锐的种族主义关系深感恐惧，后来得到了一个英国资助者的帮助，到了纽约，开了一家饭店，并和青梅竹马的心上人结婚。但是这两件事都以失败告终。他继续呆在纽约，一战后成了一个社会活动家。他的阶级意识和同代的许多黑人作家截然不同，他的同辈人很少有人像他这么公开地表现出左派倾向。实际上，他效忠于极端政治和放荡不羁的白人文人，这阻止了他和自我认同的同种族人之间建立更为牢固、紧密的联系。许多政治上积极、具有自我意识的黑人现代主义者在白人知识分子当中有着广泛的联系和朋友圈子。麦凯和图默等人一样，在"白人"期刊上发表作品，因为这些地方能够接纳文学创作试验。尽管麦凯和白人现代主义者有着共同的事业，但他的诗歌和小说还是肯定了他与黑人大众的休戚相关，那是一种经常被给予热情回报的共性（可以从《如果我们必须死去》这首诗的受欢迎程度看出来）。

他的第一部小说《肤色方案》（Color Scheme）完成于1925年，但是却没有人出版。从性的角度来说，小说在当时还是太直言不讳了。麦凯告诉他的朋友亚瑟·斯科姆伯格说："我让我的黑人人物胡侃，背后诽谤他人，像世界上其他人一样做爱。"在使他一举成名的小说出版之前，他就在给艾兰·洛克的一封信里道出了他内心的恐惧，而且预料到了黑人资产阶级对他的作品的反应："我必须真实地按照我的所感、所知、所想以及所见来写，你的非裔美

国人知识阶层肯定不会喜欢。这我知道。"尽管他在《到哈莱姆安家》里多少收敛了一些,但仍然让好多人愤愤不平。杜波伊斯在《危机》上发表的经常被人引用的评论里说,他读完这本小说后感到自己"肮脏"和"需要洗澡"。黑人刊物《芝加哥卫报》(Chicago Defender)的评论家轻蔑地说:"白人认为不管怎么说我们都是小丑、恶棍和无赖。麦凯为何还浪费那么多时间来证明这一点?"白人评论家对《到哈莱姆安家》(Home to Harlem)真实性的激烈评论肯定了黑人中产阶级的忧虑所在。《纽约时报》的评论家为这种"真实事情的……内幕"鼓掌,毫无疑问,这让黑人中产阶级的脊梁不寒而栗。但是,一直捍卫黑人艺术自由的兰斯顿·休斯却声称,这是一部伟大的小说。

《到哈莱姆安家》确实让许多人震撼,它引起了黑人和白人、男性和女性读者持续不断的争论。小说以一个很有男人气的黑人退役军人杰克(Jake)为中心展开,可以说是一部流浪汉体裁的小说,在作者的叙述中,我们追随着一个心地善良的无赖的冒险经历。小说以现实主义的风格和插曲式的结构塑造了一个四处流浪但仍然保持着善良本性、不得不在一个充满矛盾的世界里勇往直前的人物。令人好奇的是,小说主线的发展是螺旋式的:到哈莱姆、离开哈莱姆、又回到哈莱姆和再次离开哈莱姆。麦凯小说的名字和情节就是以这种方式讽刺了这个黑人的麦加。小说的主要人物令人震惊的行为和小说的环形发展在一定程度上掩盖了老套的情节:男孩遇到了女孩,男孩失去了女孩,男孩得到了女孩。在不再禁欲的爵士乐时代,麦凯让他的流浪者人物去寻找一个家庭的港湾。和他的十四行诗一样,他的小说给他提供了一个展示他把比较标准的文学形式(按这部作品来说是一部现实主义小说和一个为人熟知的情节结合起来)和现代的内容结合起来的天赋:污秽的语言、超越道德的人物和对美国黑人工人阶级生活的内幕的揭示。

杰克是一个来到北方的南方男人。他既和男人发生性关系也和女人发生性关系。他长得很帅,心肠也好。情节开始时,他在一艘往西行驶的蒸气货船上,思索着黑人军人所受到的压榨:他参军去打仗……[但是]拖运木板、在大众舞厅里和白人战友争吵不休,决不是激动人心的经历。他想:"我干吗非要掺和在白人的战争中呢?"这阐明了麦凯的看法,他认为政治意识和阶级意识是黑人工人的核心问题。他向没有充分就业机会的朋友泽迪(Zeddy)说明,不要当工贼,这同样向人们对阶级底层的黑人的看法提出了挑战。他不是一个普普通通的水手。

麦凯从厌恶女性的角度对女人进行了刻画,让这个粗鲁而积极向上的小伙子的生活回到了现实。杰克心目中理想的女人却是一个有着金子般心肠的妓女,这个形象陈腐平庸。当菲利斯(Felice)在酒吧里碰到刚刚回来的杰克时，她的目的是清清楚楚的——"要成为大腕得有多少钱？"然而，当她还给他钱时，就显露了她的真正本性。麦凯笔下的哈莱姆是有特定性别的。在杰克和菲利斯度过第一夜后，他欢呼雀跃地说："哈莱姆是我的！"小说中的其他女性——"酒瓶颈"（gin head）苏西（Susy），是布鲁克林的黑人厨师，她更喜欢白人男性；科迪（Curdy）小姐被描述为一个"十分丑陋"的黑白混血儿；还有刚果·罗丝（Congo Rose），是一个酒店歌女，她情愿杰克粗暴地对待她——与菲利斯形成鲜明的对比。（其中刻画的唯一一个中产阶级黑人女性被男友随意地遗弃。）麦凯对这些女人的勾勒很肉麻，这突出地说明了麦凯把这座黑人首府的两面性拟人化了，人既可以得到它，也会遭到它的拒绝。黑人女性可能觉得很难从麦凯刻画的人物身上看到自己的影子。

尽管麦凯表面上把"家"和"哈莱姆"等同起来，一旦杰克在铁路上找到差事后，他就让杰克暂时离开这个城市一段时间。杰克在铁路上有多种遭遇，这让麦凯能够探讨黑人社会的种族问题。他对"无产阶级"文学的态度不仅仅是漫不经心的赞许，而是尖锐地描绘了为旅客列车工作的那些人的等级体系，他们或是行李搬运工，或是厨师，有没受过教育的，有大学毕业的。他向我们介绍了一位出生在加勒比海、受过一些大学教育的名叫雷（Ray）的人，以此来展示他的第二个自我。杰克最初有些惧外，而雷的文学和历史学识令这个粗人羡慕不已。杰克带领雷到处参观黑人生活中高雅的——或低俗的——地方，以此来回报这个年轻知识分子的友好，后者有一次让他免受意外的过量服用药物之苦。在一个黑人妓院里，雷不愿参与那些活动，他像拉尔夫·凯布尼斯一样，表明有文化修养的美国黑人不能和"真正的"黑人生活联系起来。

麦凯对美国黑人生活阴暗面的描写揭示了作者对异性关系的正反双重情感。尽管他对异性之间的活动很坦诚，但他没有公开对此进行评论。小说中提到了一个叫比利·比埃斯（Billy Biasse）的人物，他"直言不讳地吹嘘说他没有时间和女人在一起"，这暗示了哈莱姆的同性恋亚文化。后来，我们看到他和"一个稻草肤色的男孩"坐在一起，"擦着亮棕色粉……嘴唇上涂着当时哈莱姆比较流行的暗红色口红"。读者可以以此和其他场景推断出，他是个同性恋，但杰克从未谈起这种性别取向的差别。进一步说，杰克和雷在不同的场合对异性爱恋表达出了反感，把它与暴力和监禁等同起来。麦凯勾画了一个女性哈莱姆和一个男性来客玩弄风情的形象，把吸引力和排斥性结合起来。《到哈莱姆安家》是对一个设想中的城市乌托邦的讽刺与批评，预言了现代黑人的艰难困苦。

麦凯后来的两部小说都肯定了他作为移民族裔旅者的心态。尽管他自己的祖先从非洲被驱逐出来,他两次横跨了大西洋。1929年他的第二部小说《班卓》(*Banjo*)出版。如果说《到哈莱姆安家》以美国黑人士兵回到美国开头,那么《班卓》则把新世界的黑人带回到欧洲,尤其是使用多种语言的马赛海港。和主人公同名的小说追溯了一个和善的南方黑人船员搬运工的生活,让一个可爱的粗人和一个满心疑虑的知识分子做搭档。《到哈莱姆安家》中的雷最后出现时是在马塞,离开了那个黑人麦加。他最好的好朋友又是一个代表着坚强的男人阳刚之气的工人。《班卓》与上部小说《到哈莱姆安家》相比插曲性更强,重复了后者的主题和情节:工人阶级男人与工人阶级女人之间通常的暴力关系、酒吧文化、为思虑所羁绊的黑人思想家、异性间的情感冲突。作品转换于生活在底层的人的方言("他肯定是个吝啬的穷白人,就像是金子肯定不是黑人的颜色一样")与高深的存在主义的沉思之间:"他感到,性在本质上是残酷的,异化于他的本性,有些令人匪夷所思。"《班卓》没有《到哈莱姆安家》成功,但麦凯从中赚了些钱,可以继续从事写作。

1933年,麦凯第三部也是最后一部小说面世了。《香蕉村》(*Banana Bottom*)的背景是20世纪初的牙买加,一些素材来源于作者的早年生活以及他和生活在西印度群岛的英国民俗学家沃尔特·杰吉尔(Walter Jekyll)的联系。这部小说的核心人物不是漫不经心的工人阶级英雄或优柔寡断的知识分子,而是一个"有教养的农村女孩"——比塔·普兰特(Bita Plant)。她被白人传教士送到英国受教育,回到家乡后发现,自己处于两个截然分裂的世界,一个是长大成人后去引领当地人民的世界,另一个是有文化修养、必须从少女时代和成人时代中找到有意义的联系的农村女性的世界。比塔的俗世良师益友詹西尔(Gensir)乡绅体现了麦凯从他自己的赞助者杰基尔身上所发现的品质:詹西尔尊重当地的宗教,喜爱任何形式的音乐,不管是本地的还是欧洲的,而且和那些对村庄以外的世界感兴趣的牙买加年轻人坦诚结友。比塔宣布要和一个受过教育的年轻的传教士结婚时,她的英国朋友并没有阻拦她。然而,在詹西尔的帮助下,比塔最终从那条为她选择的正确的狭窄道路上折回,自己去开辟新的道路。

如果说哈莱姆文艺复兴作品指的是生活在哈莱姆的体面的黑人作家所写的作品,或是那些描写哈莱姆城市本身的作品,那么《香蕉村》的背景是牙买加的乡村,显然和哈莱姆文艺复兴作品的模式格格不入。麦凯的女主人公所表现出来的敏感性和他的男性人物是有差别的。比塔·普兰特认为,性欲是生活必不可少的一部分,但是和她的男性先辈相比,她相信婚姻的价值,即使和她的白人资助者的资产阶级方式不尽相同。《香蕉村》沿袭了新黑人现代主义的传统,尤其是在主题方面,是受教育的黑人和农村社区的妥协。作者对家乡的崇敬没有他的乡土小说那么轰动，但回响着人们对新事物的震惊：对"放纵"的性行为的描写并没有受到谴责；对黑人或白人中阶级等级的分析贯穿故事始终；一种企图把不切实际的改良家或旅居学者描述为黑人世界中重要的——即使不是有主控力的——一部分的尝试。尽管《香蕉村》有时为他早期小说里渗透着的对过去乡村的依恋等好多弱点所牵制，但仍显示出了惊人的深度。评论家一致认为，《香蕉村》是三部小说中最好的一部。但是它的销售量微不足道。麦凯像众多20世纪30年代的优秀小说家一样，发现艺术和经济衰退不是好伙伴。

第五章　新黑人、新女性：拉森、福塞特、邦纳

1928年不仅只有《到哈莱姆安家》出版，还有其他几部重要的文艺复兴小说。内勒·拉森的《流沙》（*Quicksand*）是这些出色作品中的一部。拉森1891年生于芝加哥，她尝试了几种职业，在工作生涯的最初和最后都是护士，同时也是纽约公共图书馆系统的一个图书管理员。在某个时候，她决定成为作家，而且开始有意识地去实现这个目标。她和一个有着完美家庭背景的物理学家的婚姻巩固了她在纽约黑人社会中的地位，在知名人士如沃尔特·怀特和卡尔·范·维奇顿的举荐下，她成为第一个获得古根海姆奖金的黑人女性。除了两部中篇小说，她还出版了几部短篇小说，其中的《避难所》（"Sanctuary"，1930）让她声名狼藉，因为她被指控有剽窃之嫌，最后还是得到了澄清。（发表她这部作品的《论坛》杂志的编辑们重新审查了她的故事的手稿和希拉·凯伊·史密斯的《阿迪斯夫人》（"Mrs·Adis"），之后他们支持拉森提出纯属文学巧合的说法。）除了事业上的麻烦事外，她还进行了一场痛苦而公开的离婚大战，因为她的教授丈夫和一个白人同事发生了关系。在生活的重压之下，她的创作源泉枯竭了吗？无论什么原因，1930年后她几乎没有出版什么作品，尽管她宣布过要写第三部小说《秋热》（*Fall Fever*）的计划。拉森的两部小说尽管可能有些单薄，却成为有重要价值的文艺复兴的遗产。它们对女性在肤色、阶级和性尊严方面的艰难处境进行了敏锐的心理刻画，博得了评论家的喝彩。

《流沙》里的许多情节发生在纽约市黑人居住区。芝加哥是《到哈莱姆安家》中的人们的众望所归之地，但在《流沙》的主人公海尔格·克里恩（Helga Crain）看来，它却是一个不令人满意的哈莱姆的翻版。海尔格的经历折射了作者自己的生活经历，因为两人都在芝加哥的欧裔白人和非裔黑人组

成的家庭里长大成人。离去和归来在《流沙》中占有显著地位，这一点和其他文艺复兴小说一样，强调了当代黑人小说里盛行的旅行的方面。和麦凯的小说人物往返于哈莱姆一样，海尔格·克里恩自己也受到诱惑，来到这个黑人的首府，然后离开、回去，最后又离开。就是在此处，拉森笔下的种族混合体成了种族间和种族内部冲突的典型代表。如果说美国黑人具有双重意识，那么黑白混血儿会有三重意识吗？在个体层面上，黑白混血儿的命运似乎反映了更广泛的社会：既然黑人不能从属于美国主流社会，那么黑白混血儿就得努力融入美国的黑人社会。种族混合的这种人物从19世纪以来一直很流行，常常被视为命中注定是在种族边缘的徘徊者。这些故事中很少有乐观的结局。白人作家通常对黑白混血儿的看法趋于简单化，认为那是一个被困于黑人躯体中的白人的悲剧。美国黑人了解这种解读流于肤浅，并常常利用黑人种族和女人性别的双重诅咒来揭示阈限人物的本质。种族混杂决不是简单的非白人。这样的个体挣扎着寻找自己的归属。既是如此，再加上又是父权制社会里的女性，就加深了这种困境。拉森对出生时肤色混杂的非裔美国人的痴迷也为从让·图默到兰斯顿·休斯的其他哈莱姆文艺复兴作家所附和。休斯的《交叉》（"Cross"）成了拉森的题词：

> 我的老父是年长的白人
> 我的老母肤色黑黑。
> 若我曾诅咒我的白人老父
> 我将我的咒语收回。

拉森形象地刻画了海尔格这样一个受到损毁的人，没有哪个地方或哪个国家她可以称之为自己的家。她出场时是在一个光线暗淡的屋子里，被描写成一个由她的美貌和肤色所界定的离群索居的人。她的衣着表明了她的与众不同："颜色怪异……绝对的不体面。"在哈莱姆，她通过对服饰的选择——一种"翩翩舞动的绿薄绸衣服"或一个"涂有橘红色的蜘蛛网似的黑网"——把自己和有着很相宜名字的同屋安·格雷（Anne Gray）区别开来。许多情节似乎发生在主人公的心里，使得对海尔格的描写具有浓重的心理刻画色彩。然而，由于这位年轻女性的经历还不足以让她尽量客观，因此读者把她理解为一个不太让人信赖的叙事者。她满脑子里想的都是自己毫无价值，她对自己不爱惜，这些驱动着她在事业、自己的住处和择偶方面鲁莽作出抉择。

如果说文艺复兴时的许多作家都试图歌颂底层阶级的活力和天赋，那么就像杰西·福塞特这位20世纪20年代的另一位主要黑人女小说家一样，拉森描写了中上层阶级的生活。混血儿海尔格在黑人社会中不能找到归属感，这给读者提供了一个完全是美国黑人内部的阶级分析。拉森向我们一次又一次地展示，海尔格在其他人抛弃她之前先拒绝了他们，不管是纳克索斯（Naxos）大学的安德森博士，还是一个黑人资产阶级的芝加哥教堂里哈莱姆的那些时尚之辈。只因她的白人家庭拒绝接受她，她很失望，深感自己会永远无家可归、不为人所爱。只要她有了钱，就花在自己需要的东西上，这显然是对感情纽带的一种徒劳的替代。

有时，拉森在描绘人们对种族进步和种族尊严方面盛行的态度时显得有些含糊。一些时候，她似乎排斥维多利亚时代的理想；另一些时候，她又赞同这些资产阶级观念。她在《流沙》和第二部小说《充作白人》（*Passing*）里都涉及了黑人女性的性欲和阶级问题，开创了当时布鲁斯女歌手而不是受过高等教育的黑人女性所常常宣扬的主题。她对俱乐部生活和种族内部冲突的看法很显然区别于男性黑人作家，即使她清晰地描写了夜总会的性诱惑。更为有趣的是，对性欲的描写与种族间的相互混杂和种族混杂性身份交织在一起，表明了纵欲、同性恋等行为与种族身份不确定性之间的关联。在一个经常被提到的夜总会场景，海尔格拒绝了旋转、摇摆的舞者，声言自己不是"丛林动物"；海尔格看到肤色光洁雪白的奥德丽·丹尼（Audrey Denny），一个被看做白人的黑人妇女，她在和她想取悦的人拉拢关系，这让海尔格变得疯狂。主人公对另一个女人的羡慕、想成为她的愿望与身体燃起的肉欲混合在一起，她通过逃避来压制这种欲望，"冷漠、痛苦、为人所误解和绝望"。

对美国黑人中产阶层的人来说，表现女人的性欲是一种忌讳。"尊严政治"应优先于性欲自由。性，是美国黑人的危险区，应当受到公开的排斥和取代。对于生理需求，海尔格只得以衣服、珠宝和色彩设计来取而代之，这种实物解决方案对她精神上的迷乱毫不奏效。她逃离美国到了丹麦，但这仍不能缓解她的痛苦。她的丹麦白人亲人因她来自异国他乡而觉得有趣，她感到，他们对她的关注既令她激动又让她反感。她有一个来自斯堪的纳维亚的追求者阿克赛尔·奥尔森（Axel Olson），他色迷迷地把她看成是一个种族的典型，而不是一个实实在在的女人。海尔格不能解决性欲和压抑间的矛盾，她又回到美国，走上一条堕落的道路。她的女人性别和种族身份让她处于一个有着象征意义的污水池，即使是她的创造者也不能把她从中拯救出来。

《充作白人》比大受欢迎的《流沙》晚一年出版。和她的第一部小说一样，拉森的故事围绕着一个非裔美国中产阶级女性的经历展开。但是，《充作白人》采用了围绕那些身处肤色边缘的人的神话故事——可以跨越界线而成

第五章 新黑人、新女性：拉森、福塞特、邦纳

为"白人"的黑人——并把他们弄得纷繁复杂，其程度是前所未有的。主人公艾琳·雷德菲尔德（Irene Redfield）没有被描绘成被生活的汹涌激流所席卷且心灵受到伤害的人。相反，读者看到的是一个工于心计的女人，催促作医生的丈夫努力工作，以期能过上更安逸的资产阶级生活。她一心寻求安全感和社会地位，一想到自己被看做是一个普通黑人，她就不寒而栗。在最初的一个场景，她去芝加哥游玩，当她在德雷顿（Drayton）饭店的顶层咖啡厅歇息时，发现她童年的伙伴克莱尔·肯德莱（Clare Kendry）碰巧坐在她近旁。她们都是这里的顾客，因为她们被当做白人。"啊！当然了！那是黑人才有的眼睛！神秘而且在掩饰……鲜亮的头发下那张象牙色的脸。"过了好几周，艾琳才渐渐忘却了这次偶遇，它后来引发了一场嫉妒、欲望和愤怒的狂潮。

艾琳的朋友克莱尔不仅是因为省事儿而充当白人的，她的整个成人生活都是建立在她被人解读为白人的能力基础之上的，她多年前就已经告别了非洲人的美国。克莱尔的丈夫有种族主义倾向，亲昵地叫她"小黑"，并说他的妻子似乎随着年龄的增长变得越来越黑。艾琳大怒，但随后想到，克莱尔年轻时生活贫苦。克莱尔极富热情地想重新点燃她们的友谊之火，当她逐步潜入艾琳在纽约的黑人资产阶级圈子时，这位哈莱姆人变得恐惧、愤怒和嫉妒。有趣的是，艾琳的消极情绪中混有欲望：她发现克莱尔的声音"是那么富有磁性"，认为没有人"像克莱尔那样哭得那么迷人"。艾琳所渴求的是克莱尔的爱抚、吸引人的举止还是她本人呢？《充作白人》所探究的是多重欲望，读者自己不得不作出判断：究竟哪种欲望能推动小说发展，使其结局有重大变故？

在《充作白人》里，哈莱姆的居民感受到了这个黑人麦加以及黑人生活自身的吸引力，不管白人世界充满了什么。拉森这部作品和其他作品里的不确定性人物特征无处不在，这突出了归属感的偶然不定性，也突出了黑人中产阶级生活所在的狭隘的空间。她的白—黑女性人物阐释了种族内部阶级分化的重重问题，白皮肤人可以获得财富，但却不能被接纳。拉森浅肤色的可怜人物，在棕肤色资产阶级紧凑编织的世界中不被需要，只好蒙混到了白人那边，渴望着身后留下的那个种族领地。《流沙》和《充作白人》回到了对种族压制和阶级压制的描写，这种对新黑人的解读令人不安。

杰西·福塞特（1882—1961）是新黑人知识界最多产的小说家，但也可能是最不受尊重的。她在美国黑人文学领域所作的编辑工作和辅佐、提携他人的工作长久以来为人称颂，尽管有人声称，她的小说是她对这个时代最微薄的贡献。她是作为哈莱姆文艺复兴的"产婆"而不是小说家才地位显赫，

○ 哈莱姆文艺复兴时期的小说

这可以合乎情理地归结为她的性别：她所作的协助工作被人颂扬，成果却是别人的。这种近乎幕后工作者的角色被她作为《危机》文学编辑的职业所强化，虽然她时常在杂志上发表诗歌和短篇小说。与其他黑人作家相比，她受的教育最多。她生于 1882 年，被授予两个常春藤学院（Ivy League）学位：一个是康奈尔的古典语言学学士学位，并是美国大学优等生荣誉学会（Phi Beta Kappa）会员，另一个是宾夕法尼亚大学的法语硕士学位。尽管她的成绩优异，但她毕业后的第一个工作只是在华盛顿特区实行种族隔离的邓巴高中（Dunbar High School）作老师。（邓巴绝不是一个不起眼的小地方，它的教学质量闻名遐迩，许多美国黑人名人都是那里毕业的，让·图默是其中之一。）她意识到，在那里没有充分的挑战，就收拾全部家当搬到了纽约，在《危机》杂志社找到立足之地。她以支持读书而出名，她还在自己家里举办文学晚会。她做编辑和指导者的能力足以和斯克里布纳·马克斯韦尔·珀金斯（Scribner Maxwell Perkins）匹敌。很多人羡慕她，有些人把她当做偶像，如兰斯顿·休斯。

尽管她大部分时间都致力于推动民族文学事业的发展，但她还是出版了四部小说：《存有混乱》（Confusion，1924）、《果干面包》（Plum Bun，1929）、《楝树》（Chineseberry Tree，1931）、《喜剧：美国风格》（Comedy：American Style，1933）。她在小说创作方面的最初尝试受《出生权》（Birthright）这部小说成功出版的鼓舞，那是一部由白人小说家 T. S. 斯特里布林写的反映"种族问题"的小说，1921 年出版。她的处女作《存有混乱》追述了 20 世纪纽约一个有天赋的青年黑人演员乔安娜·马歇尔（Joanna Marshall）的职业生涯。她是一个酒宴承办商的女儿，有一个后来成为杜波伊斯式的种族运动领导者的姐姐，乔安娜的野心没有被种族斗争和阶级斗争的意识羁绊，事实上，她让自己的弟弟和他可怜的女朋友分手（她自己的追求者打算作医生）。小说中的许多情节讲的是这群有天赋但微不足道的非裔美国人中产阶级群体的活动。福塞特拥戴职业女性，似乎颠倒了性别现状；但是，最终因为女主人公的事业融入了她丈夫的事业，这种性别现状遭到破坏。从第一部小说的角度来说，《存有混乱》的情节安排精巧，而且她向上百万的美国白人描绘了一个他们所不熟悉的社会，即棕色资产阶级的渺小但却是真实的世界。她让一个棕色皮肤的女人成为叙述的中心——"她没有头发拉直器"，其矛头指向早期黑人小说中皮肤浅淡的女主人公。在她后来的小说中，女主人公肤色淡了一些，这就给人留下了指控她只关心微不足道的、没有代表性的黑人群体的生活的余地。

从第二部小说《果干面包》开始，福塞特开始对浅肤色女主人公的"悲剧"神话进行了长达三卷的探索。故事像《流沙》一样，是一个黑人女性主人公成长的小说。小说开场在费城的一个工人阶级居住区的猫眼石街道，主人公安吉拉·莫瑞（Angela Murray）是一个白肤色的人，把自己的家看成是"束缚一只美丽蝴蝶的翅膀的最肮脏、最单调乏味的蛹"。由于遗传的意外性，两个女孩中一个是棕色皮肤，另一个是白色，周围的种族主义氛围导致了一个正在酝酿中的悲剧：莫瑞家的一个女孩决定蒙混过关，充作白人，遗弃她的姐姐，新的情况和问题像预想中的一样伴随而来。小说很像一个爱情故事或神话故事，贫穷和困难并不能影响两姐妹父母的浪漫。父母死后，维持他们整洁的家的稳定性力量消失了，留给安吉拉的是她妈妈为了获得所渴望的一点点放纵而充当白人的记忆。这部写于60多年前的小说的最引人注目之处是作者对肤色特权、社会流动性和女性解放的探究。

　　安吉拉·莫瑞处于三种身份缺陷的交接处，是"有色人种"，没有家庭，只有微薄的经济来源，而且是女性。她决定要像白人一样生活，就搬到了格林威治村，而不是哈莱姆。福塞特的人物能够挣脱低下社会身份的羁绊，她给出的解释是安吉拉自力更生、事业成功。安吉拉最终学会了承认她的种族，那是在她作为艺术家来审视自己的时候：若不声言她的种族身份，她不能取得艺术上的成功。安吉拉身为一个白人孤立者而不是作为受压迫者和被赋予成见的人的经历让她能够真实地看待美国黑人，她对黑肤色的同学雷切尔·鲍威尔（Rachel Powell）的看法发生了改变，借此，福塞特展示了安吉拉在种族意识道德方面取得的进步。安吉拉在作为一个白人女性生活的早期，不能决定雷切尔是否"容貌好看，但是，被她柔和如夜色般的肤色弄得模糊或是朦胧了，抑或是真的很难看……"后来，她后悔在白人世界所进行的尝试，安吉拉想，"对于任何一个没有明确的美的理想的人来说……[雷切尔]对人的吸引肯定是令人魂不守舍的。"最后，安吉拉再次承认了自己的非裔美国人的身份，选择了一种独立于男人的生活，她成功了——在绘画和爱情两方面。成功并不意味着单方面的胜利。最后，安吉拉的情人证明是和她一样种族身份模糊。如果她和另外一个白肤色的黑人结婚的话，这位画家该对她的种族有多骄傲呢？

　　福塞特的第三部小说《楝树》和第四部小说《喜剧：美国风格》同样描绘了浅肤色的女主人公。尽管她所有的小说里都有黑肤色的人物，但她后来的小说集中描绘了白肤色的人的生活。和威廉·福克纳的很多小说一样，《楝树》讲的是异族通婚和近亲乱伦的问题。裁缝劳伦廷·斯特兰奇（Laurentine Strange）在北部黑人居住区过着半被遗弃的安静生活，因为她妈妈对当地白人男性和黑人女性之间关系的忌讳视而不见。结果，她们遭到排斥，危及这个女裁缝的未来,一个新的正在形成的黑人中产阶级避免和这个非婚生子来往。一个来造访的表妹、棕色皮肤的城市女孩把她自己爱情上的失败归结于与处于社会边缘的斯特兰奇家的亲缘关系,她说:"一直重要的是,体面地做人还是很美好的事情。"一个思想比较现代化的医生和一个落伍的人一起解开了威胁这两个年轻女性幸福的秘密,事情的结局似乎皆大欢喜。但是,作者在小说收尾前写下的旁白给这个美好和乐观的景象蒙上了一点阴影。她写道,最后几个场景只不过是"她们充满悲剧性的混乱生活中一段短暂的和平时期。"和她的许多小说一样,平静安稳的表面下掩藏着20世纪早期黑人生活的不确定性,不管是中产阶级还是其他人。

她的前三本小说里表现出来的相对的乐观主义被《喜剧:美国风格》里的无情的精神毁灭的情景所削弱。她最后的这部小说在她结婚和自愿流落到新泽西前不久出版,她从中阐释了一种观点,即种族内部的偏见足以让一个家庭沉沦到地狱深处。奥利维尔·布兰查德(Olivia Blanchard)还在很小的时候就对她的父母大发雷霆:"他们怎么能把我生成有色人?"她长大后有一种强烈欲望,这种欲望使她错误地认为,她的所有家人都能变成白人,这和仅仅看起来是白人的人不同。这种幻想驱使她和一个长得像高加索白人的人结婚,而且对她的两个最大的孩子倍加溺爱,因为他们的面貌和肤色显示他们是纯欧洲人的后代。但是,她的第三个也是最后一个,而且是最聪明的孩子长得像他的祖父——漂亮、完美,但肤色是不可改变的棕色。悲剧随之而来,因为父亲和哥哥都很软弱,他们不能保护这个最小的孩子,使他免受一个像得了狂犬症的、为肤色而疯狂的妈妈对他的伤害。尽管《喜剧:美国风格》的各种要素在福塞特的其他小说里都出现过(貌似白人的孩子的妈妈赶走了孩子的黑人恋人;代表黑人成就最高极致的医生;那些能够充作白人但相反却致力于道德提升和种族进步的人表现出高风亮节),在这部作品里,她把各种主题结合起来,构成了一个格外凄凉的场面。她以前作品里的智慧,尤其是她对中产阶级道德观念巧妙的挖掘,在这里被严厉的谴责所磨灭。

福塞特的思想被不公正地视为是保守的,但她并不是过分拘谨的人。在《果干面包》里,安吉拉·莫瑞有过婚前性行为,但是因她有病在身、生活贫困和过世,而没有受到惩罚。在《楝树》里,私生子的身份并没有构成幸福婚姻的障碍。她的第一部和最后一部小说批评了黑人中产阶级对肤色和社会等级制度所表现出来的势利。不管是通过对女性欲望的表现及其方式以及个人和她所在社区的冲突的描写,还是通过对孕育那个阶级的城市的某个地方的描写,杰西·福塞特对那个狭小世界进行了探索,在这个过程中,她对黑人美国现代化的历程形成了一种娴静、文雅的评论。

第五章 新黑人、新女性:拉森、福塞特、邦纳

没有几个黑人女性在哈莱姆文艺复兴期间发表长篇小说,虽然不少人出版了短篇小说。在这些人中,玛丽塔·伯纳·奥克米(Marita Bonner [Occomy])是最多产的,她创作了短篇小说、散文和剧本。伯纳1899年生于波士顿,并在那里长大,毕业于拉德克利夫学院(Radcliffe College)。她年轻时在华盛顿的一个学校教书,在那里遇到了诗人乔治亚·道格拉斯·约翰逊,并和他成为好友,后来成为这位老作家的"S"街沙龙的一员。20世纪30年代,她和丈夫一起移居芝加哥,在那里她度过余生(1971年奥克米因房子着火而丧命)。她在纽约的《危机》和《机遇》杂志上发表了17篇短篇小说,其中10篇发表在1935年以前。尽管她的作品确实受到现代主义美学、希腊神话、精神分析或是非裔美国人的丰富影响,但如果她在有生之年能够发表一部长篇小说或其他大篇幅的作品,她就会更出名。

她的现在已经成为经典的论述文《论年轻、女性和有色人》("On Being Young, a Woman, and Colored")出现在《危机》1925年的一期上。在这篇论文和其他作品里,她常常使用第一人称叙事和第二人称称呼,从而显示出一种直接性和亲密感。《论年轻、女性和有色人》对一个受过高等教育的美国黑人女性在一个尚不能接受这样一个人的存在可能性的社会里所经历的快乐、考验和责任进行了思考。开头有些离奇怪异——"你从幼儿园出来并开始读写满各种各样拉丁语的用羊皮装帧的书籍后,你的事业就开始了。"接着,伯纳描述了这个刚刚获得选举权的美国女人开始在公共场合吸烟,她是在维护自己的权利。特别是,她肯定了"有色人女性"的现代身份,即使白人女性的身份被提高后带来的优越感是多数美国黑人女性所不能企及的。她写道,当白人看到一个黑人女人的时候,他们看到的是"对一种虚无的吸引力的空洞模仿,一个哑剧演员,一个装腔作势的人,一个盲从的模仿者",这是在指黑人女性受压制的特性。伯纳情愿并有力地担负起作为一个有种族性的女人的重负,她说:"如果你从来没有在你同民族的人中间生活过,[你到南部去帮助别人的时候]你就会感觉自己慷慨大度。"

她的小说奏响的是更悲观的调子。她以男性的笔名发表了《一个男孩的故事》(A Boy's Own Story),那是一个把古希腊神话融入进去的第一人称叙事小说,读起来令人深感不安。一个11岁的男孩开始时就奇怪地说:"他们把我关在这儿,我很高兴。"他的记忆和被诅咒的家庭的神话联系在一起——俄狄浦斯(Oedipus)、俄瑞斯忒亚(Oresteia)、菲罗墨拉(Philomela)和普洛克涅(Procne)。作者把古代神话故事和这个孩子对现代世界的恐惧交织在一起,来诅咒奴隶制、白人和非白人间通婚的后遗症。另一些短篇小说的故事情节多发生在芝加哥工人阶级的弗莱(Frye)街,黑人和一个屡战屡胜的世

界作斗争：有一次，一个可怜的黑人母亲打了自己的儿子，他头部被击中死去了；一对工人阶级夫妇最终找到了爱情，但是妻子得了肺炎。伯纳的世界充斥着越来越多不必要的死亡和被腐化的无辜之人，预示了理查德·赖特和安·佩特里的浩大的城市现实主义的到来。

和伯纳一样，文艺复兴期间的多数女性作家都没有发表长篇小说。虽然美国黑人女性作家的短篇小说定期得以在《危机》和《机遇》上出现，但直到近期，那些小说才得以被收集起来重新出版。在这些女性中，好多人仅仅出版了几篇小说。一些以诗人著称的人也写出了技艺高超的小说：其中有两例，一个是安吉莉娜·韦尔德·格里姆克（Angelina Weld Grimke）的《关上的门》（The Closing Door, 1919），描写了一个女人产后得了抑郁症，这是一个带有种族标志的结果；一个是格温多林·贝内特（Gwendolyn Bennett）的《结婚日》（Wedding Day, 1926），展示了即使是圣餐也可能遭受种族偏见的侵扰。许多著作不多的作家都是女性，说明了施加在黑人女性身上的多重限制，她不得不同时和等级制度、性别观念作斗争，从而让作品得以出版。如果要去领略当时较优秀的小说之外的作品，那就要发掘哈莱姆文艺复兴的所有领域。

第六章　"没有恐惧、没有羞愧的黑皮肤自我"：瑟曼和纽金特

尽管20世纪20年代被歌颂为"自由恋爱"的时代，但文艺复兴作家们的父母们都生于维多利亚时代。直言不讳地提倡言论自由的兰斯顿·休斯生于1902年，由他的祖母抚养长大。克劳德·麦凯与内勒·拉森和佐拉·尼尔·赫斯顿一样，出生于19世纪的最后几年。黑人作家、艺术家和活动家的一个重大工程如果不是把黑人性欲自由化，就是把黑人性欲正常化。对美国黑人主体来说，后解放时期意味着各种各样的自由，包括个人自由。"自由恋爱"文学让许多黑人惊骇，因为他们一直在与众多负面的成见作斗争。然而，性放纵和非法储藏酒恰恰是许多人——不管是黑人还是白人——来到哈莱姆的原因。多数黑人中产阶级回避任何被认为是淫秽或者是不恰当的行为。工人阶层的人们对主流认识不太在意，因为他们比资产阶级要失去的东西少些。黑人社会这些不同层次的紧张关系在小说里得到了体现，从麦凯小说里的酒吧，到杰西·福塞特的时髦客厅的场景。在卖杜松子酒的下流娱乐场所和自助公寓（人们可以享受到音乐娱乐、非法酒和性伴侣的公寓）里，不太自制的人能够躲避比他们社会身份高、修养高的人不赞同的目光，从而享受生活。几十年来，性欲在黑人社区一直是黑人话语中被争辩的话题。由于黑人女性作家有着被指定的性别角色和设想的性别角色，她们不会总是和男性同僚们在想法上保持一致；自我界定为同性恋者或是双重性取向的作家们也不会选择讲述一个令人心神安宁的中产阶级的故事。

由于上述原因，贝西·史密斯（Bessie Smith）和其他城市布鲁斯经典歌手的性独立长久以来为那些希望描绘黑人亲昵行为的范围和程度的人所褒扬。布鲁斯作为一种生活方式和一种音乐形式，对新黑人运动有着重大影响。虽然布鲁斯在兰斯顿·休斯的布鲁斯诗歌里最为明显——他的诗《忧郁的布鲁

斯》（"The Weary Blues"）的标题取自于美国黑人钢琴家 W. C. 汉迪（W. C. Handy）写的一首歌，布鲁斯和它的近胞弟爵士乐成为众多文艺复兴故事的重音符和解说词。在《流沙》和《到哈莱姆安家》里，夜总会的场景让音乐承担起阐释人物的性欲和新城市环境的任务。华莱士·瑟曼在《越黑的黑莓》（The Blacker the Berry, 1929）和鲁道夫·费希尔在《耶利哥之墙》（The Wall of Jericho, 1928）里都形象逼真地描绘了哈莱姆爵士乐俱乐部和歌舞杂耍表演。非裔美国人确实是"布鲁斯人"，正如勒罗伊·琼斯（LeRoi Jones）有名的论说所声言的那样。他们在城市里对新生活的感受和情感由布鲁斯艺术家表达出来，以交流的方式向听众陈述黑人工人阶层生活的事实，并表明布鲁斯是歌手和听众所共享的东西。有多部小说和诗歌，尤其是试图勾勒鲜为人知的渺小的黑人世界的那些作品，所传达的群体生活体验比黑人歌舞杂耍表演和"种族性唱片"（这时期录制的唱片的目标消费者是美国黑人）要差一些。兰斯顿·休斯发表评论说，哈莱姆文艺复兴对普通男女工人没有多大的意义，他所指的是从美学上提炼出来的高雅艺术和普通美国黑人日常生活的表现世界之间的分离，如果两者不是毫无关联的话。

所谓的高雅艺术的表现形式——如小说和所谓的本土艺术——如经典布鲁斯，两者之间的区别很明显地体现在它们对哈莱姆同性恋的问题上。同性恋和其他被忌讳的话题在许多哈莱姆小说里是隐晦的主题，而许多经典布鲁斯歌手对此直言不讳。据说，马·雷尼（Ma Rainey）和贝西·史密斯是恋人，而不仅仅是音乐老师和学生的关系；他们的抒情歌里就提到了同性恋。其他演奏者也为终生同性恋行为或偶然同性恋行为所吸引。性欲公开的自助公寓为布鲁斯歌手和小说家所怀念。（兰斯顿·休斯恶作剧般地把自助公寓的广告卡片附在了自传里。）哈莱姆的非法夜总会吸引了许多人，有新迁徙来的黑人，也有从市区来的好冒险的白人。

华莱士·瑟曼可以说是记载文艺复兴风月场的最知名的艺术家。他1902年生于犹他，和许多新哈莱姆人一样，他也是从外地迁移到纽约的（他在南加利福尼亚大学读完大学）。他很快就沉浸在这个城市的文化氛围中，首先成为《信使》的编辑，后来在麦考利（Macauley）的一个白人出版社工作。1926年，他编辑了《火!!》（Fire!!），那是一个只有一期的小杂志，但是却满载了格温多林·贝内特、兰斯顿·休斯、海琳·约翰逊（Helene Johnson）、佐拉·尼尔·赫斯顿、康蒂·卡伦和画家爱伦·道格拉斯（Aaron Douglas）的令人耳目一新的作品；它的副标题表明，它针对的是"较年轻的黑人艺术家"。除了为新黑人天才提供一个表现才能的场所，《火!!》还包含了大量的女性作家的作品，其比例要远远高于洛克的《新黑人》文集所收集的女性作

第六章 "没有恐惧、没有羞愧的黑皮肤自我":瑟曼和纽金特

家的作品,在目录表里列出了赫斯顿的剧本《肤色打击》(Color Struck)和一部小说《汗水》(Sweat),还有约翰逊的诗歌《南部的路》(Southern Road)以及贝内特的小说《结婚日》。尽管生活在众目睽睽之下,但他没有试图掩饰他的生活方式,虽然他有时对自己的性取向表达出正反两种感情;他和路易斯·汤姆森的短暂婚姻以双方都感到痛苦而告终。与其说他的痛苦来自于他的性偏好,倒不如说是源于他不能按照自己定下的标准来写作。一次,他沉痛咒骂道:"我该自杀。"这指的是他没有实现给自己的创作生涯定下的誓言。

他的第一部小说《越黑的黑莓》迎头抨击了非裔美国人社区未能接纳它所有成员的失误(小说的标题源于"越黑的黑莓,果汁也越甜"的民间说法)。爱玛·卢(Emma Lou)是一个年轻的爱达荷州人,去南部加利福尼亚大学上学,希望在一个远离令人窒息、顽愚不化的家乡的地方找到另一种生活。她的母亲是博伊斯(Boise)的"贵族社会"的一个成员,她对女儿深棕色的肤色一直懊悔不已,爱玛·卢在成长的过程中就鄙视自己的肤色。远在大学时,爱玛·卢就盼望加入非裔美国人大学社团的一个小团体,但让她沮丧的是,种族内部的肤色偏见让她和另外一个学生被排挤出女学生联谊会和派对活动。她在大学里度过了两年,有过一次不成功的恋爱经历,此后,她逃离学校去了哈莱姆。当然,她认为,在这个黑人大都市里能够实现她所渴望的被接受的愿望。

正如瑟曼所了解的,哈莱姆的魔力仅限于此。爱玛·卢很快遭遇了一系列的障碍。虽然最初几周悄然即逝——她不费吹灰之力就找到一个恋人——她作出种种努力来利用自己所学的东西,但没有奏效,哈莱姆一个房地产公司拒绝接受她作速记员。一次又一次,不管是通过人行道上色鬼的话——"我不运黑鬼",还是能诉说千言万语的沉默,她发现种族偏见仍然存在于这个大城市中的最大街区里。这个自我鄙薄的年轻女孩在自我厌恶的泥潭里越陷越深,想方设法弄白皮肤、嚼砒霜片让肤色浅一些,但这些都是徒劳无获。当一个白肤色的机会主义分子兼酒鬼的人缠上她时,她径直堕落了。尽管她得到了这个城市所拥有的最好的东西——和哈莱姆最光辉夺目的年轻才子们共度良宵,在最新潮的俱乐部跳舞,在有名的拉斐特剧院亲眼目睹、亲耳聆听歌舞杂耍表演——但她过得并不快乐。她使尽了浑身解数才从恋人恶意的纠缠中摆脱出来。作品的结局并不明确,让我们猜想爱玛·卢是否最终变得不再嫌恶自己。哈莱姆是许多黑人移民的"圣杯",但不能解决所有的问题。爱玛·卢发现,即使在这个充满各种可能性的城市,她内心的魔鬼依然追随着她。

比《越黑的黑莓》更广为人读的是《春天的孩子们》(Infants of the Spring,

328

哈莱姆文艺复兴时期的小说

1932），这部作品从一个内情人的角度对"年轻黑人艺术家"进行了辛辣和讽刺的审视。《春天的孩子们》是根据真人真事写的，一直以其对文艺复兴的嘲讽愉悦读者，讲述了作家瑞蒙德·泰勒（Raymond Taylor）沽名钓誉的欲望与常见的以及预想不到的重重阻碍之间发生的种种冲突。故事发生在"尼格拉提庄园"（Niggerati Manor），这套房子以现实生活中作者招待朋友的"黑塔"（Dark Tower）为原型，小说以欢快的笔触描写了那些注定要创造历史的哈莱姆的年轻居民：兰斯顿·休斯化身为神秘的托尼·克鲁斯（Tony Crews），而阿兰·洛克是以一个进步的审美学家帕克斯博士（Parkes）的身份出现。佐拉·尼尔·赫斯顿轻而易举地被装扮成一个有天赋的机会主义者斯威蒂·梅·卡尔（Sweetie Mae Carr），年轻的海林·约翰逊和多萝西·韦斯特（Dorothy West）担任的是跑龙套角色，以新英格兰来访者多丽斯·韦斯特莫尔（Doris Westmore）和黑兹尔·贾米森（Hazel Jamison）的身份出现。和其他哈莱姆20世纪20年代的名人一样，鲁道夫·费希尔和爱伦·道格拉斯也被稍加改扮，在一些片段中出现。对穿越时空的窥淫癖来说，没有几部作品能够在愤世嫉俗和活力方面与《春天的孩子们》媲美。他以一种有特色、挑衅的语气说："黑种人中99.99%的人耐心地［原文如此］被一种卑劣情结占据和驱动。一个为奴性道德所激励的奴隶种族，何以有其他的期望？"

正如瑟曼打破揭示种族内部肤色偏见的忌讳一样，他也以他公开表现出同性恋倾向的人物来取笑资产阶级准则。他决心分析研究20世纪20年代性欲的各种形式，从而引起了老一代的关注，因为他们不希望年青一代公开谈论隐私。他赞扬了他的朋友理查德·布鲁斯·纽金特（Richard Bruce Nugent）令人震惊的行为，因为后者公然违抗他所受到的体面教养，而刻画出一个有多种堕落反常形态的人物保罗·阿宾（Paul Arbian），这个人物喜欢奥斯卡·王尔德，讨厌内衣，是一个不折不扣的自由思想分子，坚持说自己没有性偏好："我从这种体验中得到的快感和从另一种中得到的一样多。"这种依恋关系的不稳定性受到哈莱姆和曼哈顿周围地区的男女们不断寻求更新的、更自由的生活潮流的推动。

瑟曼在《火!!》上发表了年轻作家如理查德·布鲁斯·纽金特和格温多林·贝内特的作品，这给他赢得了不朽的名誉。但他有时也会变得小肚鸡肠，甚至残酷："内勒·拉森能进行创作，可是上帝呀，对于如何赋予她的人物以生命活力如希望，她一无所知……杰西·福塞特应当被送到费城火化［原文如此］。"他对自己也不放过，因为尽管他出版了几部小说并创作了《哈莱姆》（1929）——这是第一部部分或完全由一个非裔美国人写的并在百老汇上演的剧本——他感觉这还不够。他32岁时就英年早逝，永远没有达到他给自

第六章 "没有恐惧、没有羞愧的黑皮肤自我"：瑟曼和纽金特

已定下的不可能实现的好高骛远的期望。

他的好友理查德·布鲁斯·纽金特是我们比较了解的文学人物之一，因为他和那么多人保持通信。他的寿命很长，生于 1906，活到了 1987 年——这一点也有助于我们记住他。他的文集数量既不多也没有为人广泛阅读，但是他的作品帮助界定了这个时代。他大言不惭地攻击传统观念，从而使他在年仅 20 多岁时就小有名气，因为他的作品描写吸食大麻和同性恋时没有任何谴责之意。发表一些故事时，他把自己的名字缩写成为一种半假名，以便不透露父母的姓名（《香烟、百合和翡翠》["Smoke, Lilies, and Jade"] 下附的名字是"理查德·布鲁斯"，《萨德吉》["Sahdji"] 标题下的作者的名字是"布鲁斯·纽金特"）。他受到了杜波伊斯的严厉批评，杜波伊斯质问他是否能写一些有关种族方面的故事，而不是写一些泛性论探索者的故事，他则反驳说："我是一个黑人，不是吗？"纽金特明白，除了争取种族权利的激进主义外，进步主义还有其他的形式。

他的短篇小说《香烟、百合和翡翠》意在动摇黑人制度。令众多读者震惊的是，《香烟、百合和翡翠》是对兰斯顿·休斯 1926 年提出的宣言的回应，宣言号召非裔美国作家写作时不必顾及到黑人中产阶级的敏感情绪。它也发表在只发行一期的《火!!》上，被称为是非裔美国人公开出版的、第一部以同性恋为主题的作品。在晚年，他把《香烟、百合和翡翠》看成"珍贵的废话"，故事对夜间偶然成为同性性伴侣的处理方式在当时是大胆的尝试。《香烟、百合和翡翠》是一个先锋派作品，不仅宣告了形式上的自由，而且也是社会性行为的一种解放。故事的叙事者亚历克斯（Alex）思考着一场偶遇——起因是一个点香烟的请求，他把这件小事和他现在进行的异性性行为作了比较。最后，他断言，一个人可以同时喜欢两种性方式。作者多次提到烟雾，很可能在暗指大烟，那在禁酒时代是一种普通的刺激品，叙事者的内心游离让人想象起一个吸大麻的人前言不接后语的漫想："当然他是一个艺术家……他的妈妈不理解他……[他是]悲剧天才……这或多或少是真实的。"《萨德吉》发表得较早一些，是对部落生活的幻想，展示了纽金特颇具特色的文学风格（主要是为了表现内心独白或叙述过程的间歇而形成对省略的过分依赖）。他在小说上的冒险测试了社会可接受的、既定的种族界线的限度。

纽金特的性取向成为他的许多富有创造力作品的基础，他并不是唯一这样的作家。作家康蒂·卡伦和一个住在哈莱姆的年轻人哈罗德·杰克曼（Harold Jackman）的关系持续到这位诗人与活动家兼哲学家杜波伊斯的女儿约兰德·杜波伊斯（Yoland Du Bois）的简短婚姻之后。卡伦不像纽金特和瑟曼一样那么派头十足，但是，他在性取向上的不一致性甚至在当时的 20 世纪

20年代就被品头论足。克劳德·麦凯表达出对女人的厌恶,这可能是他在企图转移人们对他性偏好的好奇询问的注意力(和卡伦一样,麦凯有过短暂的婚姻,不久便离开了妻子,再也没看过他们的女儿一眼)。兰斯顿·休斯猛烈捍卫他的私生活,以至时到今日传记作家和评论家都不清楚这位作家确实经历的那些亲密关系的本质和持续时间。阿兰·洛克的情形不那么神秘,他供认不讳地说他为好多男人所吸引,其中包括休斯,他追求了他好几个月(最后由于这位年轻作家似乎不可接近的个性而放弃)。哈莱姆作家们以主流社会难以接受的方式在性方面表达自己,这种情况不是独一无二的:白人现代主义作家同样以他们热爱自由的出轨行为而出名,这在他们发表的作品、日记和信件里有着丰富、具体的体现。

第七章 文艺复兴的风格：费希尔、舒勒、卡伦、怀特和邦当

鲁道夫·费希尔超越了黑人中产阶级的界限。他1897年出生在华盛顿，但在罗德艾兰州的普罗维登斯长大。他从布朗大学毕业时获得了生物和英语优等生的荣誉。后来，他于1924年在霍华德医学院上课，毕业后获得哥伦比亚大学的博士后奖学金，从事研究工作。他进一步在医学刊物上发表文章，开始了自己的放射学实践，和兰斯顿·休斯一起编排了一个音乐剧，发表了十几个短篇小说、杂志短文和长篇小说。他大胆创新，采用侦探体裁，对城市的怪异生活方式发表了风趣幽默的见解，从而解构了"避难之城"（City of Refugee）里的生活，那是他给他所衷爱的哈莱姆起的一个既充满深情又有讽刺意味的名字。

费希尔在讽刺性文章《白人席卷了哈莱姆》（"The Caucasian Storms Harlem"）里描述说，这个黑人麦加处于危险之中，快成为一个旅游陷阱了。城市里以前一度只限于向黑人开放的地方，到20世纪20年代中期成了供白人娱乐的夜总会。如果说詹姆斯·韦尔登·约翰逊渴望把哈莱姆宣传成一个充满优秀的天才居民、有着丰富文化土壤的地方，费希尔则对分享这片文化土壤有所保留，即使他很滑稽地谈及了这些方面。他久别之后又重新回到哈莱姆，他讲述了如何一个挨一个地在俱乐部寻找一种黑人的氛围。结果，他一次又一次发现，他是唯一在场的黑人："哈莱姆最好的卡巴莱夜总会已经更改了名字，变成白人的世界了。"他回想起这场"入侵"前的生活，提及了一些名流的名字，如橄榄球英雄、法律系学生和国际戏剧明星保罗·罗伯逊（Paul Robeson）、歌舞杂耍名人伯特·威廉斯（Bert Williams）和一个泰然自若的年轻女歌手埃特尔·沃特斯（Ethel Waters）。他想到，禁酒引发的、由窥淫癖推动所造成的融合或许有一个积极影响，他说："或许这些北欧人最终调

谐到了我们的波段。或许他们终于在学说我们的语言了。"

在费希尔的短暂人生中（他 1934 年 12 月去世，比华莱士·瑟曼晚四天，享年 37 岁），这位医生作家参与了大众文化和高雅艺术。作为哈莱姆的一位常驻观察者，他也关心着邻居的身体健康。日常生活中的普通人令人着迷。中产阶级对他展示出来的黑人种族中的不道德元素很关心，这无疑可以从他在第一部小说里附上的一个顽皮有趣的词汇表得到肯定，"黑人"、"下流人"、"黑鬼"，这确定无疑是不明智的第十类术语学。他的短篇小说全面展示了他对美国哈莱姆普通居民的热爱。

鲁道夫·费希尔从 20 世纪 20 年代中期开始发表小说，著名的《避难之城》（1925）就带有让他闻名于世的讽刺锋芒。小说对这个从一个城市中正在发展起来的城市进行了敏锐而温情的观察，讲述了一个潜逃的南部年轻黑人富有幽默感和告诫性的故事；它的土包子英雄被一个城市的诈骗阴谋所困，对黑人所统治的这个地方心存恐惧。其他故事，如《浣熊》（Ringtail）或《钢刃》（Blades of Steel），描写的是那些被哈莱姆这个希望之地吸引投奔而来的人的命运和所遭遇的失败。他描写哈莱姆的故事都语言简洁、情节生动，展现了非裔美国人的恋爱、痛苦和困窘。他想展示哈莱姆各个层面的生活，从高贵血统的人的咖啡馆社团到黑肤色的钢琴演奏者。克劳德·麦凯会把他对哈莱姆描写的场景设定在工人阶层的住所，内勒·拉森把她的女主人公放置在了大学里和温馨的家里，而费希尔让高低阶层的人们在汹涌的浪潮里碰到了一起。哈莱姆是人们所渴望的地方，吸引着所有的人。

费希尔的第一部小说《耶利哥之墙》（*The Walls of Jericho*，1928）的主题和类型是他的短篇小说读者已经熟知的——从哈莱姆最顶层的人到最底层的人的活动情况。小说在各种地点间转换，从一个西印度群岛人阴暗的赌注式台球厅到一个近似白人律师的会客室，主要焦点放在了勤奋而不断取得成功的夏恩（Shine）及其有着矛盾情感的女友琳达身上。交织在他们浪漫爱情中而且阻碍他们爱情的是另外两个哈莱姆居民设下的诡计——这两个人是前面提到的台球厅的主人和会客室的主人，他们带着敌意进行谋划，构成故事的悬念，与爱情故事相对应。给小说增添了些许拉斐特剧院型歌舞杂耍色彩的还有一胖一瘦的两个男人搭档金克斯和巴伯（Bubber），他们之间口角不断，掩饰了迅速发展起来的友谊。费希尔把白人逃离哈莱姆、种族内部的阶层分化以及努力提高社会道德的黑人和白人串联在一起。幽默和哈莱姆的方言加强了而不是弱化了这个美国黑人庇护所的双重本性。和他在早期和晚期作品里的做法一样，他把哈莱姆描述成既是一个诱人的物质实体场所，又是一个引人注目的精神空间，一个有着真实障碍的庇护所。对于那些能够在哈莱姆笑脸相迎的地方和拒人以千里之外的地方进行妥协的人来说，哈莱姆减少了对它没有受过教育的工人阶级接连不断的挫败，也减少了黑人上层社会享有的有限机会。

费希尔的第二部小说《魔法师死了》（*The Conjure Man Dies*，1932），刻画了最早的非裔美国侦探小说人物之一。在这部小说里，他的兴趣不是对心理深度进行探究；他也无心去促进工人阶级国际主义；最后，他也不是试图抨击群体内部的痼疾，如肤色歧视和性别歧视。这位医生兼小说家只是想先给人以娱乐，而后启迪人思考，他采用侦探小说体裁，并把美国人众所周知的传统融入进去，即便是由歌舞杂耍和滑稽的说唱表演组成的充满成见的下流肉体喜剧。事实上，他的侦探小说的灵感可能来自于对黑人歌舞杂耍明星伯特·威廉姆斯和乔治·沃克演出的《达荷梅》（*Dahomey*），讲的是一个黑人侦探的奇功伟绩；巧合的是，《魔法师死了》在 1936 年由联邦剧场计划（Federal Theater Project）排演成剧，在哈莱姆拉斐特剧院首演。金克斯和巴伯在《耶利哥之墙》里是小角色，在这个剧里却成了中心人物，以滑稽的对立人物的传统示人，这像是滑稽说唱，却不是对它的模仿。费希尔芸芸众生的人物形象阐释了一个长期困扰黑人艺术家的问题：既然主流文化长期以来倡导的是一个小丑般的、愚蠢和淫荡的黑人形象，那么该如何塑造滑稽的黑人形象？他当时肯定希望读者从黑人歌舞杂耍表演的风格尤其是那对不协调的滑稽演员中看出，那不仅仅是滑稽说唱法的种族主义想象。

有两个人物与类似滑稽说唱演员的传统形象相抗衡，一个是博学多才的约翰·阿彻（John Archer），他身材高大、肤色浅淡、有些冷血；另一个是警官佩里·达特（Perry Dart），他是侦探，与阿彻形成对照。费希尔揭露了半文盲、小丑般的传统黑人人物。随着他的第三个主人公——哈佛毕业生恩加纳·弗里姆波（N'Gana Frimbo）——的进场，费希尔充分利用了成见的价值。小说的副标题"一个夜色中的哈莱姆的神秘故事"示意了费希尔玩弄的手段，标题在吸引寻求新奇制胜之地的白人的同时，也在取悦知情的哈莱姆的居民。

神秘的恩加纳·弗里姆波收集"黑人男性性器官"，把它们放在实验室的广口瓶里，费希尔借此来嘲弄认为黑人男性是性欲过剩和贪婪的动物的观念。作者把在哈佛受过教育的黑人弗里姆波放在小说中心，把他刻画成一具尸体、谋杀嫌疑犯和所谓的"黑人大陆"的象征，以进一步强调非洲人过去的漂泊流离状态。他在侦探小说这种体裁的小说里插入一个"魔法师"，标志着他对当今非洲和非洲人的意义的幽默探索。《魔法师死了》连同它受体裁限制的喜剧场面对康蒂·卡伦著名的质问进行了严肃的反复咏叹："非洲对于我意味着什么？"他把谋杀行为的阴险、弗里姆波阴谋的神秘莫测、当然还有哈莱姆的黑暗重重都双关起来。美国黑人被西方欧洲人所持有的传统偏见掩盖起来，他们不得不筛选出并摒弃堆积成山的假象和谎言。弗里姆波出生在一个神秘的非洲王国布望哥（Buwongo），魔法师对它进行描述的方式令我们想起18世纪英裔非洲人奥劳达·伊奎阿诺（Olaudah Equiano）的自传。弗里姆波的神秘主义是对非洲超乎自然的本质的探究，以及对以欧洲为中心、在西化的世界的对比之下那个过去的重要性的探究。

如果像杜波伊斯所说过的那样，黑人被迫通过别人的眼睛来审视自己，感觉到自己的双重身份，那么被移植了的非洲人该如何看待美国黑人知识分子提出的这个悖论呢？弗里姆波责骂种族主义，这让达特相信，这个非洲人介乎理智和精神错乱之间——作者悄然对相信智力和理性能够消除人们的偏执的观点进行了评论。弗里姆波伤心地说："整个世界多关心一下弗里姆波为何是黑人［比关心他为何是一个被谋杀的目标］会更好。"费希尔不仅仅在暗指某一种具体的罪行。《魔法师死了》表现了费希尔对非洲的极为悲观的思考。他无法相信非洲能够给新世界提供解决方案，这似乎表明，已经失去的祖国给予人的是灵感、浪漫和神秘，而不是答案。他似乎在说，我们哈莱姆那些自称无所不知的人可能有些线索。

老新闻工作者乔治·舒勒有着比费希尔更加刻薄和讽刺性的幽默意味的冲动，这无疑表明他选择了讽刺作为其偏爱的创作形式。《不再黑》（*Black No More*，1932）是舒勒最卓著的成就。读者从中看不到费希尔对他的哈莱姆居民所表现出来的那种浩瀚的挚爱，尽管这位年长一些的讽刺家显然对他的骗子人物和小丑人物很满意。在年轻时，舒勒就可以称得上是一个社会主义者，但在20世纪40年代，他成为了或许是第一个而且是最有名的"黑人保守分子"。但是，他的心态不能简单地被评定为"右"倾或是"左"倾。在不同的时间，他所持有的意见会疏远政治见解分歧这一端或是那一端的同僚们，而且会同时持有似乎完全相反的观点。很显然，自相矛盾的观点和他内心深处的信仰是一致的：他的使命是讽刺他的同胞们的怪癖，无论他们祖先的背景如何，他毫不留情。H. L. 门肯，这位或许是美国最重要的讽刺家，羡慕舒勒对国民进行的冷嘲热讽。这两个男人有很明显的相似之处，他们都致力于讥讽特定的国民愚蠢行径。尽管或许因为舒勒在白人美国和黑人美国有着根本相似性这一点上立场坚定，他还是认为美国的种族关系是国民所有愚昧荒唐的行为中最致命的一方面。

他不知疲倦地声言，很多人所说的真正黑人文化实际上就是南方文化。但是，他内心对非洲人的美国怀有挚爱。在《不再黑》里，一个叫马修·费希尔（Matthew Fisher）（原名是麦克斯·迪希尔）所说的俏皮话和所实施的

第七章　文艺复兴的风格：费希尔、舒勒、卡伦、怀特和邦当

骗人伎俩挫败了美国式的顽愚不化。他介绍给读者的是一个棕色皮肤、想成为罗密欧的男主人公，在新年前夕被一个寻求刺激的白人种族主义者所唾弃。当他得知克鲁克曼（Crookman）博士发明了一种把黑人变成白人的方法时，他首当其冲地排在顾客队伍前面。在马修——也就是以前的那个马克斯——改变肤色后，他很快就发现白人的俱乐部"很沉闷，白种人的娱乐场所缺点什么"。马修南进，回到了他的出生地乔治亚，在那儿遇到了一个美丽而偏执的女孩，后来他发现，她的父亲是一个新白人优越论者团体的头领，而且曾经是三K党徒。随着上百万非裔美国人"变白"的混乱事件迭起：廉价黑人劳动力的短缺让资本家惊慌失措；以自己是白人而自豪的白人不能断定谁是真正的白人；妈妈是"白人"的白黑混血儿内心存在的阴影威胁到了美国的根基。女人不幸地只不过被看成是"白人"或"黑人"的繁殖者。舒勒在质问美国种族现状的同时，并没有同样来过问一个民族中大批人冒充白人的性别政治：他的女性人物没有被表面差别所禁锢，而是被生理差异所禁锢。一系列喜剧性事件产生了一个场面激烈的怪异总统选举。最后，马修和他的创造者没有把种族偏见和性别偏见联系起来。但是，恶有恶报，真正的邪恶受到了应有的惩罚。

　　舒勒笔下的哈莱姆，像鲁道夫·费希尔、克劳德·麦凯、华莱士·瑟曼等其他黑人作家的一样，是一个到处都是小贩和骗徒的地方，一个既是天堂又是地狱的城市，它给人以快乐和刺激的希望，但在仍然实行种族隔离的美国，几乎无望拯救世人。尽管这个黑人麦加在重要的方面推动了情节的展开，但哈莱姆并不是中心。《不再黑》幻想出了一个不仅会"消除"种族问题而且会消除种族空间的过程。舒勒的其他作品，如收集在《埃塞俄比亚故事集》(*Ethiopian Stories*) 里的连载小说，20世纪30年代中期被作者匿名发表，其中所描写的东西远远超越了那个真实但却是隐喻的空间，许多哈莱姆文艺复兴作品都称颂了这一空间。欧洲人拒绝出来反抗意大利入侵埃塞俄比亚——意大利人运用违禁化学武器更是犯下了滔天罪行，这让舒勒表现出了最为强烈的种族意识。他把非裔美国人全球化了，但却在把他们种族化的时候退缩了。

　　诗人康蒂·卡伦相信，艺术会超越种族，这让他找到了和舒勒共同的事业，尽管两个作家从未能超越种族界线。卡伦唯一的一部小说《通往天堂之路》(*One Way to Heaven*, 1932)，最多也只能被描述成是属于哈莱姆地方特色作品范畴的一个作品。和费希尔《避难之城》中的主人公一样，卡伦的主人公萨姆·卢卡斯（Sam Lucas）从南部迁移过来，有着不太光彩的过去。萨姆只有一只胳膊，是一个玩牌作弊、挥舞匕首、追求女色的人，他虽然身体

哈莱姆文艺复兴时期的小说

残疾、道德败坏,却引起了人们的注意。由于他本性卑劣,没法从事合法的行当,就转而去行骗,这既有创意,又获利不菲。从一个教堂到另一个教堂,他不断地"被拯救",在充满敬畏的会众面前,他夸张地放下了匕首和纸牌。对他满怀钦佩之情的崇拜者们给他食物和现金,并且由于他长得很帅,还有女人的陪伴,帮他渡过难关。在前几章里,他在一个哈莱姆教堂参加新年"守夜"仪式,那是收获最大的一次。和以往一样,他那晚不仅带走了一个漂亮的年轻女人,而且给她讲了一个令人麻木的无神论故事,在故事的鼓动下,她改变了信仰。卡伦对诸如此类关于罪过和虚假救赎的故事所知甚多:他的父亲是哈莱姆一位有名的牧师,他从幕后看到了黑人的宗教世界。

尽管《通往天堂之路》表面上是对无知、盲目信仰的讥笑,但还是流露出了对哈莱姆居民的热爱,这一点是毫无疑问的。萨姆最后和他刚征服的麦蒂·约翰逊结了婚,他被她的热情和虔诚所感动。最终,她的坚定开始激怒她那不懂得正人君子之德的丈夫。麦蒂的老板康斯坦西亚·布兰顿(Constancia Brandon)是一个穿着典雅、不落俗套的黑人社会名流,他也试探了这个年轻女人的耐力;而这个女人发现,这位富有的非裔美国人"极其古怪、过于做作"。小说在两种哈莱姆生活层面上来回穿梭,直到最后卡伦把描写黑人上层社会的次要情节推至背景处。哈莱姆的夜生活、教堂和电影院构成了情节的背景;和许多其他的哈莱姆小说一样,在这部作品里,哈莱姆这个城市本身成了一个人物,其诱人的特性和不太光彩照人的特征交织在一起。卡伦的人物发现,这个黑人大都市是一个设法兑现其允诺的福地。尽管卡伦的主人公人物并不丰满,但他对萨姆的矛盾情感的描述还是给叙述过程增添了神韵。但不幸的是,《通往天堂之路》最终并没有传递出其他哈莱姆叙事小说所具有的机智和活力。

继卡蒂·卡伦精心推敲十四行诗之后,文学风尚有所改进。沃尔特·怀特曾经以他自己的方式被奉为名诗人,现在几乎被人遗忘。怀特做过很长时间的全国有色人种促进协会的官员,他认为,艺术和文学应当为民族服务。1924年,他发表了第一部小说《燧石里的火》(The Fire in The Flint)(白人对种族问题的探讨受到了肯定,这激励他去从事写作,在这一点上,他和福塞特一样)。这部小说通常被归到宣传小说或问题小说的范畴,确实给热衷于此的读者以享受。在南方出生并在北方受教育的肯尼斯·哈珀(Kenneth Harper)博士决意要攀升成为外科医生,但很快就发现,他家乡的旧习仍然根深蒂固。肯尼斯看到现状难以挑战;在他好斗的弟弟和一个有种族意识的年轻女子的支持下,他计划为受到剥削的农民申冤、讨回公道。他的激进主义行动遭遇了治安委员会成员掀起的暴力浪潮,这虽在预料之中,但还是令人难

第七章　文艺复兴的风格：费希尔、舒勒、卡伦、怀特和邦当

以置信。有一些说明性段落显得笨拙——"有色女性是由逆境所造就的、由那样的材质所构成的"，这削弱了故事的叙述魅力。比怀特对种族关系的描写更为有趣的是，他重写了查尔斯·切斯纳特的《传统的精髓》（*The Marrow of Tradition*，1901）。和后者一样，《燧石里的火》以小说的形式叙述了一个南方种族暴动。一个性情温和、信心十足的黑人医生坚信，理性以及好心白人的帮助会避免警察施行的暴力；和切斯纳特一样，怀特安排他的年轻医生英雄到一个白人顽固分子的家里去治病救人。小说以这种方式和其他方式对切斯纳特的小说原情节进行了修改，这突出表现了似乎不可根除的崇尚私刑的暴众带来的国家耻辱，这种恐怖正是实际上貌似白种人的怀特所研究的。《燧石里的火》模仿了一部早期非裔美国小说，这证明文艺复兴作家们对自己的文学先辈相当了解。

怀特的第二部小说《逃离》（*Flight*，1926）讲的是冒充白人的故事。作者从人物心理深处进行剖析，但并没有像他在把历史小说化方面的探究那样成功。主人公咪咪·达坎（Mimi Daquin）是新奥尔良天主教白人，身处亚特兰大棕色人种资产阶级新教徒当中，她对此感到很不自在。咪咪受到一个漫无目的的熟人的诱惑，怀孕了，但她拒绝结婚，把生下来的孩子放到了孤儿院。她在服装设计事业上取得了成功，然后和一个白人商人结了婚，一想到自己丧失了种族身份以及儿子也不在身边，她就总是惴惴不安。《逃离》并不像作者的第一部小说那样受到悬念和叙事的推动，而是受到了无力的对话和平淡的说明的牵制，从而成了一部不成功的问题小说。怀特的第二部也是最后出版的这部小说，明显缺乏对种族正义的激情，所以，人们对它的反应冷淡。他在下一本书《绳子和柴火》（*Rope and Foggot*，1928）里又回到了非小说体，来推进在他的第一部小说里充满活力的民权斗争。

阿纳·邦当（Arna Bontemps）和沃尔特·怀特一样，受到过非裔美国人历史中重要事件的启发。他早期之所以能从事写作生涯，是因为他受到伊利诺斯作家计划的支持，并因为参与理查德·赖特的芝加哥写作团体而得以维持下去。他1902年——和兰斯顿·休斯同一年——生于路易斯安娜州，在加利福尼亚长大，成为了休斯的终身朋友，并且他是新黑人运动活生生的记忆，只因为他在哈莱姆生活和工作了10年左右。在菲斯克大学作老师和图书管理员的几十年期间，他谈论的和写作的都和哈莱姆文艺复兴相关。他最初的文学创作诗歌于20世纪20年代在《机遇》和《危机》上面世，20世纪30年代，他写了两部小说（第三部小说《暮鼓》于1939年出版）。两部小说的背景都不是纽约，这或许反映了哈莱姆这个重要黑人首府影响力的衰减，或者仅仅表明，作者对于描写非裔美国人的历史背景有极大的兴趣。他后来从事

哈莱姆文艺复兴时期的小说

档案管理员、教育家和编辑工作，这就支持了后一种解释。

《上帝送来了周日》(*God Sends Sunday*，1931) 是一个多少有些耸人听闻的小说，讲的是"小奥吉"(Little Augie)的故事，人物原型是作者的一个亲戚。奥吉出生在一个种植园，脸上有一层"幸运胎膜"，他意识到，对于一个没有受过教育或者没有任何中产阶级亲属的男孩来说，摆脱贫困的一条捷径便是参加赛马。小说里运用了地方色彩和方言，使用的方式不可避免地带着对穷苦潦倒黑人的固有观念：奥吉到圣路易斯找姐姐，看到的是"臀部丰满、乳房硕大、皮肤又黑又亮的女人们"，听到的是"说话响亮的黑人的笑声和石头房子里传出来的悲切的歌声"。尽管他生活里发生了好多足以磨灭他的乐观情绪的事情，但是这位职业赛马师仍然坚信，有一天，会有好运降临，而这一信念让他步入了一个接一个的困境。奥吉虽然长寿，但生活很艰辛。作者可能后悔作出了描写黑人生活丑恶方面的决定，因为他的下一本小说描绘了解放黑人前的历史事件。

《黑雷》(*Black Thunder*，1936) 是一部叙事小说，把加布里埃尔·普罗瑟 (Gabriel Prosser) 的故事和他发起的注定要失败的革命虚构化了，展示了作者的历史力量感在逐步增强。邦当的这第二部小说也显示了更大的叙事魅力，这可能在于作者对过去业已存在的描述进行了创造性的想象。他在一部和杜波伊斯的《黑人重构》相似的小说里重写了黑人历史，刻画出了一系列简约勾勒出来的人物，而情节很快就戛然而止。加布里埃尔身体高大强壮，具有一种善问、与不公正以及残酷进行斗争的精神。他的主人普洛瑟是一个卑鄙、暴烈的奴隶主，克鲁左 (Creuzot) 是一个有着自由思想的法国印刷商，这两个人代表了白人思想相对立的两极。老家奴本 (Ben) 在加布里埃尔计划的起义中吹哨子。其他黑奴和白人、男人和女人以同样方式被刻画出来，为情节服务。虽然《黑雷》的字里行间潜藏着一些陈词滥调——作者多次描写加布里埃尔的恋人朱芭，说她是一个"狂暴的棕色姑娘"，但是作者还是成功地描绘了当好人被"压制到崩溃的边缘"时会发生什么事情的情景。小说的语言有时平淡无奇，但是其中暴露的修正主义的好战性反映出在新黑人运动中一股明确的美学潮流已经在衰退。《黑雷》和《暮鼓》(*Drums at Dusk*，1939)——后者是关于海地革命的小说——都表明历史事件在非裔美国文学中具有越来越重大的意义。他在写历史小说时作出的审美和政治结论为二战后的黑人进行创作开辟了道路。《黑雷》在风格、语气和见解上都可能明显区别于查尔斯·S. 约翰逊和托尼·莫里森的历史剧，但是它当之无愧是它们的先驱。

第八章 南方的女儿、土生的儿子：赫斯顿和赖特

佐拉·尼尔·赫斯顿与阿纳·邦当是同一时代的人，她是另一位迁移到哈莱姆的雄心勃勃的黑人大学生。这位以偏爱骗子故事（和欺诈行为）而闻名的人类学家兼作家最终被人发现，她并非像受她误导的人们所认为的那样，生于这个新世纪，而是生于1891年。她以她自己搞的恶作剧而出名：兰斯顿·休斯讲述了一个关于她的故事，她从一个盲人的杯子里拿走了五分钱用作乘地铁的车费，这个故事在文艺复兴时期广为流传。赫斯顿最初在摩根（Morgan）州立大学学习，后来，在巴纳德学院和哥伦比亚大学学习人类学和民间传说。正如她在《骡子和人》(*Mules and Men*, 1933)中的第一句话所说的："我很高兴有人对我说'你可以去收集黑人民间传说'。"进行这样的工作会让她的非裔美国人身份得到证实。此外，她做学者所受的训练能够让她冷静地看待自己的成长经历，并且比那些从未跨出自己文化的人看得更加清楚。她对自己的人民和土地的热爱有一部分体现在她承认了黑人美国口头文学的丰富性。她出生在南方腹地并在那里长大，她的童年时代是福塞特、拉森、图默和费希尔这些文艺复兴作家们只能想象的。赫斯顿宣称自己是真正的南方人，自豪地扬言她"舌头上画着佛罗里达的地图"。

赫斯顿对富有表现力的形象化语言有着敏锐的觉察力，这一点现在广为人知。她对日常生活用语的丰富隐喻充满激情，这成为她的风格，而且成为她遗留后世的主要东西之一。重要的是，她把普通黑人甚至贫苦黑人的语言表现得优美、富有感召力。民间认识论通过寓言和大量的传说传递给读者，并通过社区的道德评判和讨论得到了阐释。长期以来，赫斯顿的文学语言因其逼真而受到贬谪；它贴近人们说话的真正方式，这致使一些评论家忽视了她的"简单故事"背后的复杂性。

○哈莱姆文艺复兴时期的小说

刚刚来到哈莱姆时，赫斯顿就因写以民间传说为素材的短篇小说而出名。她的第一个故事《约翰·莱丁出海记》(*John Redding Goes to Sea*) 1921 年在霍华德大学刊物上发表，五年后在《机遇》上再次发表；当时，《机遇》已经发表了她另外的三个故事。其他故事如《汗水》(*Sweat*)——描述的是一个辛勤工作的洗衣工和她的坏丈夫间的斗争，还有《伊顿维尔文集》(*Eatonville Anthology*)，后者是《骡子和人》的雏形，二者分别在《火!!》和《信使》上露面。总而言之，截止到 1934 年赫斯顿的第一部长篇小说面世时，她发表了大约十几部短篇小说。在这些早期作品里，赫斯顿的创作特点显而易见，一个特征是文体混杂性，即自传成分、人类学实地研究、虚构想象和民间故事的掺入。（有一些素材多次在不同的书里出现，如一套古怪的吃鱼方法。）她对乡村人物的着重刻画，从渴望看看这个世界的有思想的年轻人，到一个行为让祖母感到恐惧而让白人游客愉悦的小顽童，都不仅仅是为写长篇作品所做的演练。赫斯顿最优秀的故事展示了这位文学匠人的卓著成就，但即使是她最初生涩的写作尝试，依然流露了一种对普通人"全身心"的热爱和对黑人社区里性别关系的洞察力。

赫斯顿的论文《黑人表达的特征》("Characteristics of Negro Expression", 1935) 描写和赞颂了日常生活中的语言表达，无论是口头表达、身体表达还是艺术表达。她列举了大约十一个这样的特征，美国黑人借助它们把自己的存在戏剧化。对表演的兴趣已经促使她创作了几个剧本，从在《火!!》上出现的《肤色打击》(*Color Struck*)，到得到热烈评论但没有遗留下文本的《伟大的一天》(*The Great Day*, 1932)，还有她和兰斯顿·休斯合作于 1931 年完成的《骡子骨》(*Mule Bone*)，但由于版权纷争（这一争端结束了他们间的友谊），直到 1991 年才面世。远在表演学进入学院之前，赫斯顿就分析并实践了她所称的日常生活剧。通过她在日常生活的行为实践方面具有先知先觉，她指出，"双重描述"和"动词性名词"是"黑人"对以繁复而达意的语言表现出强烈偏好的证明。

可以说，赫斯顿最重要的作品是在文艺复兴末期集中出现的：她的第一部小说《乔纳的葫芦藤》(*Jonah's Gourd Vine*) 于 1934 年出版；《骡子和人》是一部民间故事作品，1935 年面世；被广泛公认为是她的杰作的《凝望上帝》(*Their Eyes Were Watching God*) 两年后出版。在 20 世纪 30 年代的时候，赫斯顿逐步把她所有作品，不管是小说、民间传说集还是自传里的基本元素，如黑人语言、民间文化和口头传说，都融合到了文学里去。和兰斯顿·休斯一样，赫斯顿描写普通人的方式超越了克劳德·麦凯富于浪漫色彩的社会主义观念，也超越了让·图默富于浪漫色彩的玄妙观点。赫斯顿在佛罗里达的

第八章 南方的女儿、土生的儿子：赫斯顿和赖特

乡村黑人教堂成长起来，这样的经历让她的作品充满了一个知情者所具有的知识和爱。虽然她在民俗学和人类学方面受到的培训促使她沉浸于非裔美国人的语言、仪式和信仰体系中，但学识本身并不能像赫斯顿的创作那样能够穿透美国黑人生活的丰富的肌理结构。她利用了《圣经》里的民间传说和非裔美国人的民间传说，这反映了黑人把各种文化影响进行了改编这一点。赫斯顿对非裔美国人社会类型学的熟悉程度由她的小说《山人摩西》（*Moses, Man of the Mountain*，1939）反映出来，其中，摩西的故事是从黑人的角度来讲的：根据赫斯顿的描写，摩西是地球上最伟大的魔术师之一。

《乔纳的葫芦藤》讲的是一个努力奋斗的乡村牧师和他所追求的女人结婚、结果却非常失望的故事，这个故事是根据赫斯顿父母的婚姻来写的。约翰·波蒂·皮尔森（John Buddy Pearson）和露西·波茨（Lucy Potts）作为主要人物被刻画得很丰满，他们的弱点让读者感到他们是那么的真实。露西的极端自信与约翰无所顾忌的不忠一次又一次地相冲撞，但是他们之间发生的酝酿已久的斗争发生在乡村的一场热烈的求爱过程中，出现在种族内部肤色等级和阶级等级的环境里。他们之间进行的温情交流是通过对一个和谐的黑人社区的描写实现的：在一个求爱的场合，约翰问露西，她是不是一个"正在飞翔的云雀"或是一个"正在'着陆'的鸽子"，这例证了赫斯顿通过文化的特异性来展现单个人物的天赋。对日常生活中对话的敏锐捕捉构成了她的一个极大优势。

《乔纳的葫芦藤》是一个关于爱情、幻灭、报偿以及或许是救赎的故事，间接、微妙地抨击了重大的社会问题，其方式几乎是天衣无缝。动物性隐喻、爱情结以及谜语这些东西贯穿始终，揭示了美国乡村黑人社会仪式和道德观的错综复杂性。她毫无偏见地描写了两种并存而又相互交织和充溢的信仰体系。基督教和来自于传统非洲社会的习俗的交替在此可见一斑，比如，教民们试图让一个"双头医生"或巫医来召唤回一个误入歧途的妻子或丈夫。叙述中穿插了人种学的和历史学的旁白，这妨碍了故事的进展或对环境的重现，这时就出现了一些谬误。赫斯顿描写约翰所出生的那个农场的生活时就是如此。

《凝望上帝》（1937）被公认为是赫斯顿小说成就的巅峰。故事"铭记"了——这是赫斯顿的说法——一个已经逝去的刻骨铭心的爱情故事。和赫斯顿的其他许多作品一样，《凝望上帝》描写的是南方黑人特有的爱憎和愿望，他们拥有丰富的描述性言语以及特有的美国和非洲的调和文化。主人公珍妮·基里克斯·斯达克斯（Janie Killicks Starks）寻求浪漫爱情、亲密关系和自我价值的实现，这表达了那些迄今为止仅仅在美国黑人文学里简略提及的

342

哈莱姆文艺复兴时期的小说

主题。理查德·赖特吹毛求疵地抱怨说，这部小说"写得什么都不是"，赫斯顿的人物设法逃避种族主义和贫困，这很不现实，但是，他的批评忽略了赫斯顿小说的重要成分。和赖特20世纪30年代公开政治化的作品相比较，赫斯顿的作品细腻地勾画了一个更加个人化同时更加公开化的世界。《凝望上帝》决不仅仅是南方黑人生活的神话故事（像赖特指责的那样），决不是一个没有私刑、没有酗酒和吸毒、没有让人累弯腰、无穷尽劳作的幻想世界。赫斯顿的经历绝非幻觉。她的小说设想了一个普通现实，那里没有《到哈莱姆安家》里的轰动效应，也没有拉森作品里黑人资产阶级暗自进行的努力。主人公珍妮·斯塔克斯没有穿着昂贵的长衬裙去参加哈莱姆的派对；她也不是图默作品里南方乡村神秘、沉默寡言、缺乏变化的女性。相反，赫斯顿呈现出了一个日常生活中的普通女主角，一个渴望被认真对待的有性欲的女人。珍妮·斯塔克斯开创了一种黑人女性人物的先河，这种女性后来成为爱丽斯·沃克（Alice Walker）和托尼·莫里森作品的中心人物。

　　珍妮还是一个小女孩时就在家里后院盛开的梨树下经历了性欲的觉醒。她渴望她生为奴隶的祖母给她比包办婚姻更多的东西。她的祖母从克里克斯先生身上看到的是安全感，而这个小女孩看到的是一个身心老化的男人。珍妮勉强答应了这门婚事，没有几个月她就义无反顾地和乔迪·斯塔克斯（Jody Starks）私奔，他是一个有干劲又爱说大话的人，他的勃勃野心给了她生活所缺少的火花："带有丝绸袖套的衬衫对于这个世界来说真是太令人眼花缭乱了。"斯塔克斯是善于行动的美国人的原型，他给赫斯顿提供了一张画布，在上面她可以勾画各种各样的黑人的成功故事。乔迪和珍妮一样，超越了19世纪在逆境中坚持不懈的原型，提供了一个黑人追求自我的模式。

　　一旦这对新婚夫妇发现了乔迪渴望控制的那个黑人小城，他就当上了市长和一个综合商店的店主，开始了自己的统治。尽管当地的人多有抱怨，但乔迪无休止的欲望和欺凌还是让多数人服服帖帖。不过对珍妮来说，被人尊崇的生活令她不满："我感觉这个世界在哭泣，而我却不能读到一般的新闻。"和赫斯顿对个人的细致入微的刻画相对应的是交织在其中的"说谎集会"——那是在斯塔克斯的商店前面举办的讲离奇、夸张故事的聚会，这是对南方黑人生活的亲切描绘，而这一点在很大程度上是文艺复兴小说所缺乏的。在镇上有一个长期为人传诵、关于一只瘦骨嶙峋的骡子的笑话，这则笑话巧妙地概括了那个世界："是的，迈特，骡子那么瘦，女人们可以用它的肋骨作摩擦板，把衣服放在它的关节上晾干。"对黑人个人日常生活和群体日常生活的描写都推动了情节的发展。

　　赫斯顿在讲述一个女人寻求爱情和自我表达的故事的同时，批判了未经分析考察的社会流动性，对此的不断质问贯穿《凝望上帝》始终。珍妮逃脱被安排的第一次婚姻的故事有望得到人们的同情。赫斯顿对她的人物与一个自力更生的少数族裔人的第二次婚姻的解析让一些人皱起眉头，因为珍妮依旧一无所成。她成了寡妇，后来又遇到了一个有魅力的、色迷迷的年轻人，这些最终改变了她生活的状态。在她的求爱者"茶蛋精"伍兹（"Tea Cake" Woods）的眼里，珍妮是一个完美无缺的人：她长得漂亮，喜欢钓鱼，不唠叨他赌博。但是，第三次也是最后一次恋爱关系的结局指明了那些即使是赫斯顿自己也不能摆脱的代价和限制。

《凝望上帝》的成功在于它能够编织一个黑人完整性的网，无论这种生活看起来多么的罕见。对方言和民间故事的巧妙运用和活灵活现的人物刻画共同塑造了一个女性主义的寓言，至今依然是一首颂歌。一个南方乡村黑人妇女，她向往伙伴、婚姻和土地以外的东西，她从一个比她年轻的男人身上寻求的肉体上的满足，违背了她所在社区的处于萌芽中的中产阶级道德观念，这样一个故事提出了一个超越了道德进步和美学宣言的小说程式。珍妮在南方地域上的活动如果不是反映了大迁徙的实际方向，就是反映了其广泛模式。詹姆斯·赖斯·尤洛普（James Resse Europe），是一战时期一个黑人乐队的领唱，他唱到："在他们见识过巴黎后，你如何能让他们再呆在农场？"珍妮逃离农场后并没有横渡大西洋，也没有跑到哈莱姆的街道，但是，她日思夜想着要跨越海洋上的地平线，这象征着自由和她本人作为新黑人的身份。

赫斯顿的想象力并不能总是达到她所设定的基准。她自己生活中的失意，以及20世纪初对一个黑人女性所设置的严格限制和拘泥，都会对她的成就产生影响。她的自传《路上尘径》（*Dust Tracks On a Road*，1942）触及（虽然是有些闪烁其词）的是作为一个非裔美国女性所受到的挑战；这部作品推进了种族与赞扬性的评论之间的对话，为她赢得了《星期六评论》颁发的一个奖。在最后出版的两部小说《山人摩西》和《萨瓦尼的六翼天使》（*Seraph on the Suwanee*，1948）里，她试图摆脱"种族"小说的束缚；在前一部小说中，她让摩西扮演的是最初始的魔术师角色；在后一部小说中，她让一个南方白人女性来处理那些围绕婚姻和责任的烦人问题。无论是从评论的角度还是从商业的角度来看，两部小说都不成功。赫斯顿丢弃了她的基本素材——她所研究的和生活其中的南方黑人文化，这就可能注定了这些后期作品的失败。它们的创作者可能刚好疲惫了，偃旗息鼓地退出了成为一个独立黑人女性学者和小说家的尝试。赫斯顿在文艺复兴时期的作品里含蓄地提出来的问题并没有得到回答：非裔美国女性如何才能调和独立与结婚欲望之间的矛盾？在现代黑人社会里，性别角色的本质是什么？如果说杜波伊斯认为新世纪的问题主要是种族问题，那么赫斯顿和她的先辈如内勒·拉森和她的继承者安·佩特里则明白，长期以来确立的各种种族角色、性别角色与肤色界线一样，几乎无一逃脱。

理查德·赖特（1908—1960）最清晰地标志出哈莱姆文艺复兴与二战时期及以后的非裔美国文学的分界线。赖特出生在一个极度贫困的家庭，20世纪30年代开始发表作品。他们家在密西西比过着凄惨的生活，直到在他十几岁举家搬到芝加哥，这一状况才有所缓解。赖特对于他和其他黑人不得不忍受的种族主义怒不可遏。在他看来，似乎只有共产主义者才能为最贫穷的黑人提供一个摆脱没有理性的梦魇的合乎情理的途径，他在《土生子》（*Native Son*，1940）里生动地再现了这个噩梦。赖特早期的重要文章《黑人写作的蓝图》（"Blueprint for Negro Wrting"，1937）回到了文艺复兴时代众多知识分子所持有的宣传性文学观念，尽管有着重大的差异。赖特声言，他和其他一些人有着为黑人大众进行写作的意向，和早期的精英创作没有共同点；但可以察觉到两者之间有相似之处，那是由于资产阶级资助者和白人资助者的影响。对阶级的现实主义关注会激活并增强黑人的创作，因为"每一部一流的小说、每一首一流的诗歌或每一个一流的剧本都提升人们的意识层次"。《黑人写作的蓝图》是针对休斯的《黑人艺术家和种族大山》（"The Negro Artist and Negro Writing"）的反宣言，它同时拥护真正的黑人艺术和艺术自由的必要性。住在芝加哥的赖特坚持把社会公正与文学明确结合起来，这是作为社会主义同情者的诗人休斯不会做到的。

赖特的第一部小说《今日之上帝》（*Lawd Today*）（直到作者死后才出版，后来又被编辑出版）并没有对争辩言听计从。在1934年左右，赖特完成了这部作品的草稿，在30年代中期定期进行修改，它最初的名字是"污水池"（Cesspool），展示的是赖特的知识面而不是他对政党的忠实。小说的情节发生在一天多的时间里（可能是对詹姆斯·乔伊斯的《尤利西斯》的呼应），赖特带有讽刺地追随林肯生日这一天主人公杰克·杰克逊（Jake Jackson）的行迹。美国大众流行文化的残渣碎屑，如无线电广播和玩桥牌的表格，掩盖和突出了黑人工人阶级的生活，不仅有两个人物间的对骂游戏比赛（一种口头格斗），而且还有杰克为了保住自己在邮局这份工作不得不装出黑人的卑微姿态。按说他是个自由人，但是他被苦役和体制性种族主义的网困住了。从这个意义上来讲，他可以被看做是赖特高水准的小说《土生子》里反英雄主角比格·托马斯的翻版，只是比比格要早一些，更能慰藉心灵。

在慌乱中惊醒的情形引发了《今日之上帝》和《土生子》里的情节，也阐释了把这两部作品联系起来的途径：在《土生子》里，刺耳的闹钟声把比

第八章　南方的女儿、土生的儿子：赫斯顿和赖特

格无情地带回了一个残酷的城市世界；在《今日之上帝》里，收音机刺耳的声音让杰克有类似的震惊感觉。《今日之上帝》多次重申，收音机里连续播放了一天美国第 16 位总统的生平事迹，反复提到这位伟大的解放者的生活和对后世的影响，这是对芝加哥一个黑人邮政工作者在经济大萧条时期的生活的讽刺性评论。杰克为他妻子的病所困扰，他把她的病归咎到她个人身上："她得了该死的肿瘤！"他开始放纵自我，大吃大喝，经常到小酒馆和朋友一起喝酒，只要有钱就挥霍掉。当绝望的丽尔向杰克的顶头上司报告说他滥用职位之便时，他差点丢掉工作，此后，他又走上更加自我毁灭的道路。赖特在从各个层面展现黑人被疏离的生活时运用了各种各样的小说技巧，从范·威克·布鲁克斯的箴言、充满污言秽语的交谈到福音派信徒的传单。实际上，与他最早出版的、被视为 20 世纪中期社会现实主义经典的两部作品比较起来，赖特这部未发表的早期小说包含了更多的现代主义成分。《今日之上帝》里对工人的厌烦情绪的不连贯描摹和对黑人自我憎恨的凄凉描绘相互交替，这种对美国的看法肯定显得有些消极和令人生厌。直到 1991 年，这部小说才以作者希望的形式出版。

《汤姆叔叔的孩子们》（*Uncle Tom's Children*，1938）比《土生子》早两年出版（而且发表的时间和赖特的《今日之上帝》的最后修正稿的时间差不多），是赖特的第一本书。这部短篇小说集里最为突出的就是经济大萧条时期黑人所关心的社会问题；无休止的压迫以暴烈的词语被表达出来，反映了现实生活中警觉的暴众的残忍。现代主义者的美学观念起的作用要小一些：人们听到这位年轻作家的郑重警告——小说应当提供一个社会日程，即使不是社会主义日程。作者在怀着怜悯之心对人物进行勾勒时，对推进和阻碍非裔美国人的历史向量的描绘要比对他们的心理卑劣感的表现更加突出，人们只要想想比格·博伊（Big Boy）的恐惧就够了，当他孩提时代的伙伴在外面被人施以私刑时，他躲在一个土洞里战栗不已。在《长长黑人歌》（'In Long Black Song'）里，棉花种植者疲惫的妻子撒拉（Sarah）试图改变自己的处境，屈从了一个钟表推销员的示爱举动，她的行动并不完全具有叙述意义；她对一个拼命干活但没有吸引力的白人表现出来的行为似乎更倾向于揭示出美国资本主义具有令人恐惧的吸引力，而不是证明她的贪婪和通奸意图。随着《土生子》的出版和比格·托马斯在文学人物图谱上不可动摇的地位的确立，赖特的社会小说和政治小说达到了巅峰（即使他对待黑人女性人物的做法令人失望，而且他继续这样做）。《今日之上帝》里的实验如果说同样严肃的话，那么相对来说更为戏剧化，似乎远离现实。哈莱姆文复兴鼎盛时期的小说同样如此。

第九章　黑人现代主义

　　哈莱姆文艺复兴时期的作家所面临的最大障碍并不是公众不再关注他们。始于1929年、一直延续到二战前的经济大萧条成为他们想取得进一步成功的最大阻碍。菲斯克的社会学家 E. 富兰克林·弗雷泽（E. Franklin Frazier）的女佣嗤之以鼻地抱怨说，她不明白人们为什么要谈论一场经济萧条，她一生中已经经历了过多的艰苦时期。艺术的必要性为经济的现状所取代，美学理论为政治所代替。20世纪30年代，许多作家的基调和主题从对黑人文化的歌颂和黑人大都市的吸引力转移到了等待分配救济粮的队伍、人们因为付不起房租被赶出去的情形和骤然激增的失业率等方面（20世纪30年代的某一个时期大约有50%有工作能力的哈莱姆居民失业了）。曾是非裔美国人所选出来的共和党让位给了民主党，后者作出了为所有人提供有安全感的社会环境的承诺。富兰克林·德拉诺·罗斯福所属的党派得到非裔美国人的拥护，但是，他本人在种族问题上绝不偏激。虽然他保留黑人教育家玛丽·麦克里奥德·贝休恩（Mary Mcleod Bethune）担任他的顾问，但他担心自由主义者的形象会削弱他和南方白人的关系，从而危及他所设计的改革宏伟蓝图；任何反私刑法案都不会得到他的支持。（直到1948年在哈里·杜鲁门总统的领导下，美国才开始正式解除种族隔离。）为了减轻经济大萧条的灾难性后果而设立的联邦组织机构最终还是继续重复现状。如果说黑人确实得到了就业补助和联邦救助，他们得到的工资待遇也依旧比白人低。

　　同时，也出现了一些进步运动。一部分黑人参加了"联邦作家计划"，例如赖特、赫斯顿、理查德·布鲁斯·纽金特和多萝西·韦斯特，但和整体贫乏的情况相比，他们得到的帮助可以说是微乎其微。许多作家转向了马克思主义，以此作为解决社会痼疾的一种途径，然而没有几个美国黑人加入共产党。华莱士·瑟曼的前妻路易斯·帕特森（Louise Patterson）是接受邀请到苏联旅行和工作的黑人中的一员；休斯也是这个群体中的一员，他的诗歌受到马克思主义的影响，因而受到了一些团体的攻击。20世纪30年代，作家们发表的作品愈加政治化，展示了黑人的心智思想发生了翻天蹈海的变化。为美国的精神发起的美学之争、以写作和艺术为名义设立的表达友善意愿的使节职位以及由全国有色人种促进协会和全国城市联盟发起的法律诉讼开始显得过时和不足。长期以来为人所知的非裔美国人的生活在20世纪30年代中期又回到了从前。

1935年，哈莱姆受尽折磨、义愤填膺的公民走上街头抗议，他们遭受的痛苦终于因发展为全民意识而爆发。这种大范围的社会动荡不安的起因很多，而导火索是一个白人店主殴打了一个据说是在店里偷东西的波多黎各男孩。这个故事在人们中间传开，最后说这个男孩被杀害了。之后便是绝望的、怒不可遏的当地居民开始抢夺物品。哈莱姆因为暴力事件而受到摧毁，正在繁荣发展的那些东西看起来似乎死去了、被埋葬了。正如克劳德·麦凯所记录的："温顺的哈莱姆人变得暴跳如雷，捣毁店铺，然后进行掠夺，堆起废墟一片。"很多店里只雇用白人，而顾客大多数都是黑人，这种模式体现出黑人贫穷、种族隔离和种族歧视等问题，这些问题和这一剧变休戚相关的程度绝不亚于恶意殴打那个男孩的事件。麦凯的文章悼念了"一支被击溃、被遗弃的饥渴大军……［他们发起的］暴动是由于一个困惑的、不知所措的、幻灭的民族的极度失望所造成的"。

1935年，杜波伊斯开始信奉马克思主义分析法。他具有权威性的研究著作《黑人重构》同年发表，其中，从经济的角度对美国历史进行了一种偏激的解释，把种族斗争始终放在中心和前沿。杜波伊斯和许多其他黑人思想家的分歧在于，他公然拥戴分裂主义原则，这在他的文章《一国之内的黑人之国》（"A Negro Nation Within The Nation"，1935）里有所体现。他在种族问题和政治上偏离了自由中心，从而导致他被迫离开全国有色人种促进协会，他以前的同事如沃尔特·怀特被怀疑与共产主义和有些貌似加维主义的思潮有干系。但是，日渐年迈的杜波伊斯有充分的理由感到失望。尽管成立了全国有色人种促进协会，进步白人活动分子与黑人活动分子结成了同盟，黑人参加了第一次世界大战，连续十年来文学和艺术进行了有力、充实的宣传，同时还诞生了一些精心炮制的法律策略，但大范围的黑人失业和种族暴力依然普遍存在。剩下的一条崇高的道路，杜波伊斯说，就是"黑人们［要］在美国建立一国之内的经济强国……我们必须这样做，否则就没有希望"。

20世纪20年代和30年代，多数非裔美国人发现，经济体系或者进一步说是他们在其中的地位在支配着他们的生活方式。这个时代的小说家或许多少被保护起来，没有受到这场金融风暴的影响，但他们不可能长久不受干扰。不久前还对帕克街的派对羡慕不已的一些人现在发现，他们的处境比美国其他地方的黑人好不到哪儿去。20世纪20年代，文学领域呈现出欣欣向荣的景象，伴随而来的是作家们获得了白人资助和主要出版社的支持，这表明他们正在实现美国梦的历程之中。但是随着经济萧条的到来，这些梦想似乎破灭了。

而事实并非完全如此。仅举一例，1935年发表的《黑人文集》（Negro）证明，哈莱姆文艺复兴作家们还是很活跃的。赫斯顿后来发表了四部小说，一部关于民间传说的重要作品，一部自传，以及各种各样的论述文，还有至少两部在她1960年去世时尚未发表的小说。兰斯顿·休斯一直在哈莱姆生活，成功地维持着作家生涯，直到1967年去世；他有一些优秀的作品很前卫，包括辛普尔故事系列以及爵士乐与诗歌相结合的作品。

需要肯定的是，休斯和赫斯顿的同辈们的创作生涯蒙上了沉默和悲剧的阴影。杰西·福塞特的第四部小说《喜剧：美国风格》（Comcdy: American Style）是她最后一部作品。玛丽塔·伯纳的注意力集中在教书和家庭上，她的小说言辞尖刻，预示着她会有一个光辉的事业。让·图默在赢得黑人和白人评论家的忠实信任后，把更多的精力投入到了对精神性的研究上，却发现没有人接收他那些有着玄妙倾向的稿子。内勒·拉森在经历了几年个人和事业上的混乱后，就销声匿迹了；虽然他得过古根海姆奖，但他并没有完成公开宣布要写的第三部小说。鲁道夫·费希尔、华莱士·瑟曼、克劳德·麦凯和康蒂·卡伦都英年早逝。这些人去世了、消失了，虽然这是很糟糕的事情，但却不能抹杀哈莱姆文艺复兴在许多方面的成功。作品被创作出来了，就在那儿，即使多数一时并不能被找到。它们留传下来，激励着后代继往开来。

哈莱姆的黑人作家最终取得的成功可以从他们的继承者所取得的成就中体现出来。在文艺复兴达到鼎盛之后到来的经济大萧条期间，美国公共事业振兴署给紧随而至的下一批作家们提供了有限的财政援助。公共事业振兴署取代了书籍出版商伯尼和利弗莱特（Boni & Liveright）以及克诺夫①，给作家们提供收入来源；那些在此之前的时期可谓是太平盛世时期，在这个时期生活并从事写作的作家成为年轻作家们的榜样——如果说不是良师益友，年轻作家们却从他们那里汲取了营养。赖特对几十年前"卑躬屈膝的黑人们"进

---

① 阿尔弗雷德·亚伯拉罕·克诺夫（Alfred Abraham Knopf, 1892—1984），美国出版商，1915年建立阿尔弗雷德·亚伯拉罕·克诺夫出版公司。——译注

行了谴责，这不应当完全令我们吃惊；詹姆斯·鲍德温在 20 世纪 50 年代对赖特进行了攻击，这个年轻人指控赖特是抗议小说模式的俘虏。安·佩特里（Ann Petry）可能受到理查德·赖特的影响，但她对经济、种族和性别的调查研究要归功于福塞特、赫斯顿和拉森。每一代作家在通往独立创作的路上既独辟蹊径也和文学领域内的先辈们保持着联系。

哈莱姆文艺复兴的作家们为后继者提供了一种探索的模式。他们对种族界线和性别界线进行了猛烈的抨击，正如几十年前杜波伊斯的《论种族的保留》（The Conservation of Races），这一作品使有关文化群体特征的支配性观点变得更加复杂。文艺复兴期间，在种族隔离的断层线上徘徊的人物们经常出现；这些种族身份不确定的人物，不再是 19 世纪有着悲剧结局的黑白混血儿，而是超越了后者。20 世纪 20 年代和 30 年代的小说里的黑白混血儿人物是对一个有着种族分歧的世界的讽刺性评述。同样，在小说和个人回忆录里，异性恋的社会准则受到了挑战。在哈莱姆以及在现代世界的其他地方，曾经被人们认为是固定不变的角色多次受到质疑。甚至，一体化和资本主义的宽容与忠实也都受到了置疑，这从重复出现的黑人民族主义和泛非主义的文字记载里得以体现。

哈莱姆文艺复兴是美国现代主义的胜利之一。这个虚构的城中城可能只不过是几个纽约地铁站以及曼哈顿北部几百亩迷人和不迷人的地产。但是，黑人男女们却跋涉到了那儿，他们决不是为了寻找体面的生活居所。他们之所以迁移到此，只是想投入到一场有希望带来一个新的家园和一个新的思想世界、肉体世界和精神世界的社会剧变中。他们的迁徙被文艺复兴时期的小说家们记载下来，这些作家们自己亲身到过这个麦加，有时是短暂的造访，有时是长期居住在那里。哈莱姆是黑人居住的城市中最重要的一个，为来自各地的作家们履行了一项伟大的使命，他们中有来自密苏里或芝加哥的，有来自佛罗里达或牙买加的。哈莱姆以数目庞大的南方移民和曼哈顿不可抵抗的吸引力为基础建立起来，它让居民和来访者看到的如果说不是现实，也是一个隐约的黑人乌托邦影子。曾经是而且现在仍构成哈莱姆的象征性空间会因一些人的存在而放射光芒，那些人如兰斯顿·休斯所预测的那样，"为我们的明天建造神殿，尽我们所能把它建得坚固"。如果说哈莱姆作为实在的地理空间，或许从未拥有长久以来所赋予它的至高无上的优越性，但作为一个国家文化中心内一个黑人聚集的城市，它是一个最重要的思辨之地，我们是围绕它来叙述两次世界大战期间的美国非裔小说作品的。

曾几何时，哈莱姆是黑人的美国。文艺复兴小说里虚幻的哈莱姆空间与一个有着历史意义的、有着独特地理位置的实体并存。正如长期以来的普遍说法一样,哈莱姆不仅仅是一个地方,而且是一种心态。而哈莱姆人就会成为新黑人的典范。大范围内的地域变更被记录了下来:个体从乡村迁到城市,从南方到了北方,从农场辗转到了拉斐特剧院。哈莱姆之所以显赫,是由于它固有的可替代特性。文艺复兴的作家们把哈莱姆转换成一个诞生和重生的象征性之地。一个进行个人自我塑造和文化自我塑造的象征性之地,因此,他们为文化重组作出了贡献。

如果说哈莱姆的实际物质空间和隐喻性空间影响了这个时期内的小说创作,那么非裔人的漂泊离散特点则造就了哈莱姆。不管西印度群岛人和非洲人与纽约的邂逅多么的短暂,他们的经历反映出美国受到了发生在其疆土以外的世界性运动的冲击。那些黑人民众在寻求自己的国度的过程中,也塑造了哈莱姆。多数非洲人后裔一直都是没有任何权利的公民,在美国国界内外迁移,是后帝国主义的、被疏离的、无国邦的人的化身。因而,哈莱姆文艺复兴小说尤其从全球范围内的人口流动的体验中汲取了力量和形式。黑人移民或迁自南方,或来自牙买加,他们的经历是不连贯的,是和以前生活的一种决裂。迁移不定和脱离社区的个人形象充斥了黑人作品。移民现象为20世纪纽约生活的很多方面定下了基调。难怪作为黑人移民最主要中心的哈莱姆在20世纪20年代小说里占有如此显要的地位。

一点地域感、一丝迁移感、一种自我意识感和群体意识感为文艺复兴时期的小说奠定了基础。归属感——有着某些属于黑人的东西——就足以概之了。在这些被研究的小说家中,每一个人在某个时间、以某种方式把自己和不可挽回地与社会正义连接起来的文学运动联系在一起。人们想象中的这群作家共同铸就了一种政治诗学,一种提升道德风尚的美学。哈莱姆之外和其内的旅居者缔造了一场现代主义和黑人的文艺复兴。

少数族裔文学现代主义

哈佛大学维尔纳·索洛斯

概 论

从1910年到1950年是文学现代主义、艺术现代主义和音乐现代主义的时代。詹姆斯·乔伊斯的《尤利西斯》、T. S. 艾略特的《荒原》（都在1922年出版）以及派布罗·毕加索、杜克·艾灵顿（Duke Ellington）和阿诺德·舍恩伯格（Arnold Schönberg）所做的试验，无视文艺复兴到19世纪现实主义期间的艺术发展成就，共同界定了20世纪上半叶的美学原则。现代主义强调的是"抽象"的形式而不是主题，重视一种新的非线性特征而不是传统的艺术发展和实践。艺术家和作家们愈加希望展现火车、电车、汽车和其他现代交通工具带来的、人们可以广泛享受的速度感和运动感。现代主义者对于变非西方艺术的技巧和电影语言技巧为其所用也饶有兴趣。这些趋势证明了现代主义具有"实验性的"、疏离的和通常很难理解的特征，这些特征在这个世纪出现的各种各样的运动中（众多的"主义们"）以不同的形式出现。令人惊讶的是，在这个世纪初所开创的边缘事业——试图"疏远"、"冷淡"他们的少数欣赏者——以及似乎要被20世纪30年代的现实主义的第二次浪潮（当时格特鲁德·斯泰因购买过克里斯蒂安·贝拉德、帕维尔·切尔莱楚或弗朗西斯·罗斯等画家的作品）所取代的东西，却在20世纪50年代成为西方艺术的主要表现。

哈佛大学的评论家哈里·莱文（Harry Levin）回顾现代主义时，对于"毕加索"能成为纽约一所公寓的名字感到吃惊，而他在哥伦比亚大学的同事莱昂内尔·特里林纳闷，究竟是发生了什么变化，让现代主义在美国各地的大学和中学里得以传授。20世纪20年代，纽约大学现代文学先锋派教授艾达·卢·沃尔顿（Eda Lou Walton）不得不偷偷携带一本《尤利西斯》，避开美国海关的检查，为的是在她自己的会客室里以一种非正统的方式与敢于冒险的年轻大学男生们一起阅读和讨论。而在 20 世纪 50 年代，乔伊斯的作品在许多州可以欣然被当作作业布置给男女同校的学生，这些学生还尚未达到法定饮酒年龄。斯泰因的名句"玫瑰是一朵玫瑰是一朵玫瑰"（A rose is a rose is a rose）已足以形成一种刺激，以至于理查德·赖特的《今日之上帝》（1937 年完成手稿）里的人物会对写出这句话但又不讲明它的意思的那位"身居巴黎的白人老太太"进行猜测；即使是凯伯·卡洛威（Cab Calloway）① 也"从未说过这样的疯话"。在这个世纪后半叶，斯泰因的话为美国大众汽车公司的商业广告所用："它跑呀跑呀跑。"（It runs and runs and runs.）

在这个时期的最初阶段，现代主义可能对许多美国人来说还是陌生的。公众对现代主义油画作品的反应强烈，这些油画在 1913 年著名的军械库展中是少数，如马赛尔·杜尚（Marcel Duchamp）的《下楼梯的裸女 2 号》（Nude Desending a Staircas, No 2, 1912）经常遭到漫画家的嘲弄。一些人从中看到的是一个砖瓦厂的爆炸。纽约报纸《夕阳》（Evening Sun）也对它进行了戏仿，把它改成了《下楼梯的粗鲁人（在地铁站的高峰时刻）》放在大标题"和一位立体派画家看纽约"下。尽管威廉·卡洛斯·威廉姆斯（William Carlos Wiliams）说："直到我看了马赛尔·杜尚的下楼梯的裸女，我突然大笑起来，因为它让我释然。"然而，西奥多·罗斯福还是在《展望》（Outlook）（1913 年 3 月 22 日）上发表了《一个外行人对一个艺术展的看法》（"A Layman's Veiw of an Art Exhibition"），其中写道：

> 来看看因为某种原因被称为《一个下楼梯的裸男》的这幅画吧。在我的盥洗室里有一幅精美的纳瓦霍小挂毯，以任何恰当的立体派理论来解释的话，它都是一个绝对令人满意的装饰性画作。由于某种令人费解的原因，如果现在有人觉得把这个小毯子叫做《一个上梯子的穿着考究的男人》很合适，那么这个名字几乎会和这个名为《下楼梯的裸男》的立体画一样名副其实。从术语学的角度来看，每个名字都有其内在的很容易让人紧张的观后效应的一切优点与价值；从装饰价值的角度、实事求是的角度和艺术功绩的角度来讲，这个纳瓦霍小毯子无限地超前于这幅画。

反对的呼声很显然占了上风。二战前在威尼斯双年艺术展（Venice Biennale）上展出的美国艺术作品占压倒性多数，最初是沙龙艺术，而后是城市现实主义、地方主义或社会现实主义——或是几十年来一直被遗忘的画家们所

---

① 凯伯·卡洛威，美国爵士乐音乐家和乐队指挥，以拟声唱法著名。——译注

概 论

作的描摹细腻、细节可辨的裸女，但它们不是现代主义作品。唯一的特例就是1934年的双年艺术展，在崭新的惠特尼博物馆工作的朱利安娜·福斯（Juliana Force）为这次展览选出了作品，而且，在此次展会上许多美国现代主义作品被展出，包括爱德华·霍珀（Edward Hopper）的《周日清晨》（Early Sunday Morning）、乔治亚·奥基夫的《群山》（Mountains）和《新墨西哥》（New Mexico）、马克斯·韦伯的《中国饭店》（Chinese Restaurant）、雷金纳德·马什（Reginald Marsh）的《为何不用"L"》（Why Not Use the "L"）和沃特·库恩（Walt Kuhn）的《穿蓝衣服的小丑》（Blue Clown）。但是，展览的进行因为一幅画被置于核心地位而受到阻挠，那是一幅威廉·伦道夫·赫斯特的情人、演员马里恩·戴维斯（Marion Davies）的肖像画（由曾经一度出名的名人肖像画家塔德·斯蒂卡所画，他是一位波兰全景画家的儿子）。赫斯特的手下在福斯一无所知的情况下，设法偷偷把它运到了美国的临时展厅；在双年展的季度展结束前，福斯无法把它合法地弄走。这个经常被评头论足的安置（在1995年的世纪双年目录里依旧出现，似乎它是官方1934年的一个提议）似乎象征着这一时期非现代主义艺术的统治地位，尤其是自从赫斯特在文章里对现代主义油画大肆进行讽刺以来，他把它们和祖母的被子相提并论，或猜想博物馆是否把它们的现代艺术作品挂反了。赫斯特和福斯之间的冲突似乎代表了"法西斯现实主义"和"民主现代主义"之间愈演愈烈的斗争。因为赫斯特也发表了对墨索里尼持肯定看法的新闻报道，正要被希特勒接见，而且认识双年展的总监、法西斯主义者沃尔皮·迪·米苏拉塔（Volpi di Misurata）伯爵；而福斯是一个民主主义分子和大胆的业余艺术家，在1934年双年展的目录里，他用世界性的词语把现代美国艺术描述为源自于"不同民族和不同国籍的融合，并赋予了了美国一种难得的接受世界各地影响的敏感性"。

1936年，纽约建立的尚不到七年的现代艺术馆举办了一个立体主义和现代艺术的欧洲巡展（馆长是小阿尔弗雷德·H. 巴尔，在1926年至1929年的韦尔兹利学院任教，是教授现代艺术的第一人），当时，美国海关总署裁定许多雕塑（其中有博乔尼、米罗、贾科梅蒂的作品）不是"艺术"品，把它们当作进口物品（石头、木头等等）收取关税。在《他们又一次怒不可遏地问：但这是艺术吗？》的大标题下，《纽约时报》用了大版面来报道这次展出，但是也发出牢骚："这些集结成派系的主义们表现的是逃避现实。尽管他们确实是面对现实生活，然而他们画出来的生活却与现实大相径庭。"

阿尔弗雷德·斯蒂格里茨（Alfred Stieglitz）的291画廊（1908—1917）的展览只有一小撮知识分子观看过，他们看到的是非洲雕塑、塞尚、毕加索、布拉克（Braque）、马蒂斯的画和孩子创作的素描画（新近被发现的一种艺术

356

363

形式)。斯蒂格里兹和他的《摄影作品》(*Camera Work*，1903—1917) 也吸引了一个小圈子里的现代主义者，他们渴望把摄影发展成为一门艺术，并把它的美学特征和油画的美学特点区别开来。1938 年前，这种尝试还未深入人心，哈罗德·斯特恩斯有一部评论性作品集《现代美国》(*America Now*，1938) 是他早期的专题论文《美国的文明》(1922) 的修订版。在这部作品里，摄影并没有被提到。

安托尼恩·德沃夏克 (Antonín Dvořák) 较早地为把美国黑人音乐元素加入到现代音乐里定下了基调，当时他采用黑人和印第安人歌曲的主题，并把它们溶入他 1893 年的《第九交响曲》(Ninth Symphony《自新大陆》)中。然而，在 20 世纪 20 年代，也就是所谓的"爵士乐时代"，拉各泰姆音乐和爵士乐依然经常遭到美国报纸杂志的攻击。甚至一向冷静的学术界人士沃尔特·达姆罗施 (Walter Damrosch) 也发现，有必要在 1928 年的音乐监制人全国会议上发表演讲，严肃申明这一问题。在会上，他忧心忡忡地对爵士乐作出了完全贬低的评论，把它描述成"节奏单调、缺少变化……没有音乐和灵魂"，"遏制了真正的音乐本能，把我们许多有天赋的年轻人拒之门外，阻止他们对优秀音乐进行持久而连续的研究和演奏"。在杜克·艾灵顿发起复杂的音乐实验"破晓快车"(Daybreak Express) 前不久，《纽约时报》(1928 年 4 月 17 日第 26 版) 依旧把那种认为"爵士乐让任何有智能的人都极为不满"的看法当作事实来报道。音乐评论家兼哥伦比亚广播公司顾问迪姆斯·泰勒 (Deems Taylor) 在写给哈罗德·斯特恩斯的《现代美国》(1938) 的文章《音乐》里没有提及爵士乐，这说明了问题；但是赫斯特的报纸专栏作家路易斯·雷德 (Louis Reid) 在关于《娱乐：广播和影视》("Amusement：Radio and Movies") 的文章里指出，广播公司"在承认爵士乐本身方面表现得特别神经质"，然而他们却在不知不觉中"令人震惊地完成了让全世界都感觉到爵士乐的存在的工作"。

从根本上来说，威廉·福克纳是这个世纪最为重要的小说家，在 1929 年到 1942 年间完成了他最重要的作品，发表在鱼龙混杂的各种评论杂志上，读者为数不多。这可以在文学评论家约翰·张伯伦 (John Chamberlain) 写给斯特恩斯的《现代美国》的稿子里体现出来，其中谈论了 20 世纪 30 年代的现代大作家和不起眼的小作家，只有一次提到了福克纳："厄斯金·考德威尔和威廉·福克纳有他们自己的优势，但遗憾的是，他们没有成为有影响力的大艺术家。"这句话表明了南方追求制造轰动效应的为数不多的作家的地位，其中福克纳被埋没了，被当作了一个无足轻重的地方主义者。早在 1932 年，移民小说家和评论家路德维格·路易生就对福克纳非常尊敬，当时他在《美国精神的文学表达》(*Expression in America*) 里说，后者是当代"新自然主义作家"中"最有天赋的",但是,福克纳在"毫无必要错综复杂、不过却很有必要令人眼花缭乱的各种著作中""保留了一种积极向上的情感,这对自然主义者来说是最丰富的情感:对所有给他带来痛苦的人和事物都强烈憎恶。"(昆丁·康普生在《押沙龙,押沙龙!》的结尾痛苦地呼喊:"我不恨它!我不恨它!"这也是对路易生的话的回应吗?)

学者兼评论家阿尔弗雷德·卡津在《植根故土》（*On Native Ground*,1942）中对现代美国小说文学进行了颇有影响力的阐释,其中有十多页写的都是福克纳,他甚至作出这样的评价性结论:"福克纳的以谷物为食、对烟草垂涎三尺的幽灵们并不是构成一个具有代表性的美国史诗的要素",而且"没有哪个作家像他那样这么失败"。同年,莱昂内尔·特里林在《国家》（Nation）上对《下去吧,摩西》（*Go Down, Moses*）进行了评论,对这本书里关于南方的主题和种族主题采取了更加肯定的态度,但视福克纳的"文学写作怪僻"为"缺陷",发现他"对记忆条理性的依赖""令人厌烦",他的小说"触怒人",莱昂内尔泛泛地抱怨道:

> 虽然我清楚散文小说对我们注意力的要求较高,但是它不应当随意作出这些要求,福克纳先生没有理由不能澄清代词"他"指的是谁。福克纳先生的新书确实是富有价值,但我认为这种努力是没有必要的:我得读两遍才能明白细微的意思差别和简单的根本意图,我还得自己勾勒一个错综复杂的家谱,这样才能理解人物间的血缘关系。

截止到1944年,福克纳的总共17本书几乎陆续绝版。

在这个时期的初始阶段,现代艺术像是一项奇异的欧洲发明,现代音乐和爵士乐具有的是亚文化意义或流行意义,而没有国家意义或艺术意义,最优秀的现代主义文学并没有太多富有同情心的读者。美国知识分子可能认为,现代艺术不是艺术,现代音乐不是音乐或仅仅是娱乐,即使是最优秀的现代文学,也只不过是被矫饰掩盖的失败。从"有中等文化素养的读者"——一个介于"高雅人"和"低俗人"之间的新流行词,出现在评论家范·威克·布鲁克斯的《美国的成年》（*America's Coming of Age*, 1915）里——的层面上来说,《星期六晚邮报》在无数文章里表达出了对远离美国的陌生的现代艺术的敌意,而此报上常常载有诺曼·洛克维尔[①]（Norman Rockwell）的封面艺

[①] 诺曼·洛克维尔（1894—1978）,世界著名的插画家,其独特的艺术风格影响了插画界整个一个世纪。——译注。

术，其风格是自如、随意的现实主义。同样是《星期六晚邮报》连载了由作家理查德·沃什伯恩·蔡尔德（Richard Washburn Child）代写的墨索里尼的自传，他反对移民，支持放逐，在1922年法西斯进军罗马时，他是美国驻意大利的大使。

20世纪中期，美国政府的各个机构自豪地沿用了抽象艺术、现代爵士乐，1950年诺贝尔文学奖获得者威廉·福克纳的作品（他的部分作品现存的是马尔科姆·考利按照主题分类编辑的便携式福克纳版本——附有族谱图和地图）也被认为是美国精神的真实表达，可以获官方允许销往全球。惧外的美国右翼的尖锐反对之声只会促进其发展。有代表性的是密执安州的共和党议员乔治·A. 唐德洛（George A. Dondero）1949年进行的诽谤，他担心"不可容忍的情况"，"公立学校、学院和大学……为大群来自外国的艺术践踏者所侵入，向我们年轻的男孩女孩们兜售各种具有破坏性的'主义'教义"。1949年8月16日，唐德洛在其发表的30分钟议会演说里声明：

> 所有这些主义们都起源于国外，因此它们确实不应当在美国艺术领域占有一席之地。虽说并非所有的主义都是社会抗议或政治抗议的媒介，但却都是毁灭的工具和武器……
> 立体主义旨在通过蓄意的混乱进行破坏。
> 未来主义旨在通过机器的神话进行破坏……
> 达达主义旨在通过愚弄进行破坏。
> 表现主义旨在通过模仿原始人和疯子进行破坏……
> 抽象主义旨在通过创造集体智慧进行破坏。
> 超现实主义旨在通过否定理性进行破坏……
> 推崇这些"主义"的艺术家们像共产分子的前沿组织一样，那么频繁、那么欣然地改变他们的名称。正如善变无常的幻想所要求的那样，毕加索是一个达达主义者、抽象主义者或是一个超现实主义者，他是所有所谓现代艺术的疯子中的英雄……但是，不管别人叫毕加索什么，他都说："我是一个共产党分子，我的画是共产主义的画。"

唐德洛最担忧的一件事，就是瑞士超现实主义者科特·塞利格曼（Kurt Seligmann）被堪萨斯市霍尔马克（Hallmark）圣诞卡片公司任命为艺术评委，由他来决定他们主办的3万美元竞赛的赢家。这给美国的圣诞节所带来的危险在唐德洛看来显而易见，因为超现实主义"坚持认为我们的宗教文化遗产是一个应被克服的障碍"。但即使是唐德洛也得让步，"相当一部分"真心实意的人现在相信:"所谓的现代艺术或当代艺术不可能是共产主义的,因为在现在的俄国,艺术是现实主义的。"

对唐德洛来说,不幸的是德怀特·艾森豪威尔(Dwight D. Eisenhower)总统却是那些人中的一员。在1954年2月19日现代艺术馆建立25周年纪念日之际,他以录音磁带的形式表达了他对馆里同事和朋友的"热烈的祝贺"。录音播放给了2500位齐聚一堂的客人们,总统艾森豪威尔称现代艺术馆是一个"伟大的博物馆",并强调说,他所说的"重要原则"乃是:"艺术自由是一项基本的自由权利,是我们这个自由国度的支柱之一。"他还说:"要想让我们的共和国保持自由,我们当中有难得的艺术天赋的人必须有充分的空间去自由发挥他们的才略。"同样重要的是:"我们的人民应当享有不折不扣地去看、去理解和从我们的艺术家的作品中受益的机会。"他继续说:"只要艺术家可以以个人高昂的激情自由自在地去感受,只要我们的艺术家能够真诚、有坚定信念地进行创作,艺术就会百家争鸣,就会健康发展。唯有如此,一个天才才会有机会为全人类思考并创造出杰作。"尽管艾森豪威尔将军自己的审美敏锐力和罗斯福比较接近,而不像他们对现代主义的评价产生的分歧可能表现出来的差距那样大,但是他承认,现代艺术是冷战思维的一部分,因为这样的赞许有助于实现谴责对待现代艺术方式的反共产主义目标,现代艺术或是受到国家宣传机构的攻击,或是在极权主义专制体系下遭到完全取缔,艺术家或是被监禁,或是被迫害。他说:"一旦艺术家被变成国家的奴隶和工具,一旦艺术家成为一项事业的主要宣传者,进步就会受到遏制,创造和天才就会遭到毁灭。"总统在贺词结束之时作出了一个重大决议:"让我们一起作出表决,愿宝贵的艺术自由、美国珍贵的自由权利在我们的土地上一天天、一年年变得更加强大、更加辉煌。"

《纽约时报》以《艾森豪威尔的艺术和自由之联姻》("Eisenhower Links Art and Freedom")为标题描述了这个重要事件,当时其他要人如纽约市长和联合国秘书长也发了言。但是,唐德洛简直不能理解艾森豪威尔的言辞,而且认为这威胁到了他要"一如既往地保护和保存美国的合法艺术"的终生奋斗目标。

尽管唐德洛反对,不过战争期间以及战后趋势显然是向着官方接受的现代主义的方向发展的。从1948年以来,在威尼斯双年展上,美国的展厅一次次变得越来越现代化;它开始展出本·沙恩(Ben Shahn)、查尔斯·希勒(Charles Sheeler)和戴安·阿布斯(Diane Arbus)的摄影作品。1943年1月23日,杜克·艾灵顿雄心勃勃创作的《黑人、棕色人和淡棕色人:与美国黑人历史并行的音调》(*Black, Brown, and Beige: A Tone Parallel to the History of*

American Negro）在卡内基厅展出（收入用作俄国战争救济金）；1956年，国务院（无法承担路易斯·阿姆斯特朗的费用）委派迪西·吉尔斯比（Dizzy Gillespie）到近东和中东巡演。吉尔斯比仅仅是几个被政府资助到许多国家包括后来的苏联演出的爵士乐家之一。（如果杰利·罗尔·莫顿受到伍德罗·威尔逊政府的派遣到国外巡回演出，则会令人难以想象。）官方主办的文化自由大会促进了与极权主义相对的现代文学、现代艺术和现代音乐的发展；在1951年的巴黎会议上，阿诺德·舍恩伯格进行了音乐表演，让·科克托（Jean Cocteau）为伊戈尔·斯特拉温斯基（Igor Stravinsky）担任指挥的《俄狄浦斯王》（*Oedipus Rex*）的演出进行了舞台设计。

大学里的一代又一代在文学艺术现代主义的滋养中成长起来（唐德洛至少在这一点上是正确的）。1962年，华纳兄弟公司发行了动画音乐长片《猫咪巴黎历险记》（*Gay Purr-ee*），讲的是一只由朱迪·加兰德（Judy Garland）配音的猫缪赛特（Mewsette）在巴黎遭遇了各种版本的现代主义艺术，从梵高到巴菲特，这些都是由维克多·哈布什（Victor Haboush）精心策划的。这个电影里有一句歌词让人难以忘怀："栗树、柳树与郁特里罗①的各种颜色"。同年，甚至诺曼·洛克维尔也为《星期六晚邮报》（1月13日）的封面作了一幅标题为《鉴赏家》（The Connoisseur）的现代主义油画。这是由杰克逊·波洛克（Jackson Pollock）激发起灵感而创作的大幅画作，在画里，各种抽象的色调混乱交织，形成强烈对比，占据了画面的三分之二，但是，它是从一个被现实主义描绘的、秃顶的、穿着保守的、有学者派头的绅士的后面（而且部分被这些特征的掩盖）呈现给观看者的，这位男士皱巴巴的灰裤子、白帽子、黑伞和黑鞋与画本身形成柔和的对比；他看起来不太像鉴赏家，而更像一个多疑的观察者。他似乎象征着学院教授与现代艺术的关系。

在现代主义发展成为20世纪主导艺术形式的历程中，美国是极其复杂的一部分。实际上，20世纪中叶美国几乎被认同为现代主义文化，以至于现代主义像苹果派一样让人感觉美国化，现代主义文化像是一个美国"自制的世界"，现代艺术像是"了不起的美国的东西"。刚刚被承认并迅速传播的现代主义美国精神获得了一个文学祖系图谱，其中包括原现代主义者如赫尔曼·梅尔维尔（1919年后其作品重新被发现），在这个图谱的早期提倡者中，有现代摄影家和爵士乐支持者卡尔·范·维奇顿。埃德蒙·威尔逊在《阿克瑟尔的城堡》（Axel's Castle）里强调了埃德加·爱伦·坡作为一个"[法国]象征主义的倡导者"的重要性。19世纪的重要诗人有瓦尔特·惠特曼和艾米莉

---

① 莫里斯·郁特里罗（Maurice Utrillo，1883—1955），巴黎派油画家。——译注

概 论

·狄金森（1951年到1955年间她的作品才被修订并以不规范的版本出版），而惠梯尔（Whittier）、朗费罗和洛维尔远远地退居幕后。在20世纪50年代以前，普遍存在着把美国文化视为现代主义原型文化的愿望。因此，艺术评论家哈罗德·罗森伯格（Harold Rosenberg）把法国点描派画家归为美国流行石版画的传统，这令人们感到吃惊，他写道："我看过（柯里尔和艾夫斯）把纽约好多场面的细节放大的作品，这些作品足以和秀拉（Seurat）媲美。"现在回想起来，不管这种联系多么的牵强，在当时可能还是非常自然的。

在规范准则发生了变化以及美国现代主义重新得到强调的同时，美国的作家在全世界越来越被接受。在1910年，美国文学在国外还没有什么重要意义。忙于传播英国作家作品的美国出版商要比印刷美国作品的欧洲出版商的数目多。美国文学文化因进口国外作品而不是出口作品而存活。二战后，这一情况发生了巨大变化，变化是如此之大，以至于到了20世纪末，美国文化产品取得的出口盈余仅次于武器生产制造业，美国娱乐业已经成为整个世界的供应商。从1910年到1950年间，美国从一个欧洲文化的消费国——"贡多拉上的醉鬼"，按伊斯雷尔·赞格威尔（Israel Zangwill）的剧本《大熔炉》（*The Melting-Pot*，1908）里主人公大卫·奎克萨诺（David Quixano）轻蔑的话来说——变成了一个几乎包括全球所有新老媒体的"原料供应商"。

这一发展与新技术发明所带来的剧烈变化同时并进，这些新技术发明包括现代印刷技术、唱片、有声电影、无线电广播，还有这个时期末出现的电视，这些都简化了传播和出口过程。这些发明与持续不断进行的城市化、工业化、世俗化和移民现象常常被看做是"现代主义"的方方面面。为了能够把社会发展、技术发展和美学运动区别开来，把前者称为"现代性"，而只把后者视为现代主义，这或许会有裨益。

1910年到1950年间发生的变化伴随着文学作品和出版业作为一个大"娱乐业"的一部分日渐走向商业化，以及消费文化以前所未闻的规模得以拓展。就是这一发展及其新面貌急剧改变了文学文本的出版：和电影发行接轨（比如，在1922年的感恩节，安齐亚·叶捷斯卡的《廉租公寓里的莎乐美》[*Salome of the Tenements*]出版，当时以她的这部小说改编的电影《饥渴的心》也在发行），为了打造畅销品，广告铺天盖地地袭来（如1928年克劳德·麦凯的《到哈莱姆安家》），还有，作家们被当做名人富豪当中的"名流"推出来。1924年，F. 司各特·菲茨杰拉德给《星期六晚邮报》写了一篇探讨"如何用3.6万美元生活一年"的紧迫问题的文章；而海明威在传记中呈现出神秘的人格面貌成为位享有世界声誉的美国作家的化身。

本世纪初，广告开始插入出版物的连载小说中，如爱德华·伯克

少数族裔文学现代主义

（Edward Bok）的《妇女家庭杂志》（*Ladies' Home Journal*）。本世纪中叶，文化评论家保罗·古德曼（Paul Goodman）认为，电视节目应当被恰如其分地看做是商业广告的插入。乔治·霍拉斯·洛里默（George Horace Lorimer）是《星期六晚邮报》的编辑，他很早以前就对"商人"形象表示肯定，而且竭尽全力拓展广告。后来，他设法选择恰当的内容来陪衬并强化广告信息。20世纪20年代中期，《邮报》包含的广告内容比报纸本身的编辑内容还要多（仅末版就卖到1.5万美元），可以被卖到1000万读者和消费者手中。从一个把商业作为一个主题的文学编辑，到一个支付承载杂志广告内容的商界企业家，这样的转变还在继续中。1939年，当时奉行托洛茨基思想的《党派评论》（*Partisan Review*）给作家们发出了一份问卷，其中有詹姆斯·艾吉，他把这个问卷加进了《让我们来赞颂名人吧》（*Let Us Now Praise Famous Men*）一书中。问卷里面有一个关于"广告败坏文学增刊"的问题，这使得人们难以对书籍进行公正的评论。

竞争性广告的存在本身就标志着一个数目庞大的读者群体的存在，这个潜力至少暂时可以被这个时期激增的刊物开发出来，否则是得不到开发的。1920年，约翰·杜威（John Dewey）感到，有一个巨大的群体正在不断的输送中，他们既不是纯粹的美国人也不是当地的定居者，他们恰好成为《星期六晚邮报》这样的报刊的理想读者：

> 他们就是他们——旅客。所以，《星期六晚邮报》和其他杂志很显然是为这种中介的生存状态而设计的……这些期刊最后都怎么样了？谁能回答这个问题，谁就会成为美国文学的最终权威。在进行调查研究前，我想是司闸工、普式火车搬运工和电车清理工接收了它们。

极端左翼分子迈克·高尔德形象地把《星期六晚邮报》称为一只"肮脏落魄的走狗"，1924年他在这份报纸上看到的是"受雇的浪漫主义者，受雇的对生活撒谎的人，高收入的套筒骗赌者①，胡说八道的骗子和马戏团的骗子，小说行业的劳斯莱斯巨头，哭泣的姐妹们"。这是一个由工业造就的不断扩展的大众文化，在美学上和政治上都受到鄙夷和唾弃。

20世纪前半叶的深刻变化受到两次世界大战的极大推动，在这两次战争

---

① 套筒骗赌者常在集市上出现，用的是三个套筒似的小茶杯和一个小球或一粒豆子，由于手法巧妙，把小球或豆子从一个扣着的杯子转移到另外一个杯子里时常常令人猜错。——译注

概 论

当中，美国都起了决定性作用；在一战中，美国展示了军事实力；在二战中，美国首次使用了两颗原子弹，显示了它的技术领先地位。1945 年，美国对广岛和长崎进行的轰炸，是原子弹这个 20 世纪最典型的尖端武器唯一两次应用于军事，也是在上个世纪"核时代"的唯一一次应用。这两次世界大战让1910 年到 1950 年这个时期成为人类历史上最血腥的时期之一，总共至少有6500 万人失去了生命。在所有的暴力事件中，没有一场战役或军事行动是在美国大陆本土进行的。但是，两次世界大战的部分后果就是美国从世界舞台的边缘移到了中心。美国最初是一个不起眼的小角色和债务国，在这个世纪的前半叶的历程中，它变成了一个世界大国之一和债权国之一。

非裔美国人、欧洲移民和其他少数族裔，作为移民和族裔成员，是现代性的一部分，他们经历了移民和确定民族身份的过程，以及在通常情况下被疏离的过程。他们还以许多方式参与了而且积极推进了美国的现代主义进程；非裔美国作家，例如弗莱彻·汉德森（Fletcher Henderson）、路易斯·阿姆斯特朗、杜克·艾灵顿和查理·帕克（Charlie Parker），对美国新音乐的发展起到了核心作用；现代作曲家阿诺德·舍恩伯格和库尔特·韦尔（Kurt Weill）从法西斯肆虐的欧洲逃到美国；移民到美国的艺术家和移居他国的艺术家如约瑟夫·斯特拉（Joseph Stella）、马克斯·韦伯、本·沙恩（Ben Shahn）、曼·雷（Man Ray）和马塞尔·杜尚，他们为现代主义艺术的确立作出了贡献；欧洲的旅居者约瑟夫·阿尔伯（Josef Alber）在诸如黑山学院等机构很活跃，引人瞩目，而汉斯·霍夫曼（Hans Hoffmann）在纽约教授现代主义艺术的原则和"抽象表现主义"。一些重要的现代艺术收藏家和艺术馆馆长，如利奥·斯泰因（Leo Stein）、埃塔·科恩（Etta Cone）、朱利安娜·福斯（Juliana Force）或佩吉·古根海姆（Peggy Guggenheim），他们都是移民的后代。

把自己视为或者被其他人视为民族群体的成员们所写的、关于他们或为他们而写的美国"少数族裔"散文作品是这部分的中心主题。族裔性自传、长篇小说、短篇小说和非小说作品融入到二战后才产生影响的美国文学现代主义的发展中。这些作品部分被接受的情况和现代主义文学艺术被接受的整体情况相似。让·图默的实验性作品《甘蔗》（1923）是现代主义的里程碑，在 20 年代只售出了几百本，后来就从人们的视野里消失了，只是在 60 年代作为哈珀编辑的"永恒经典"作品之一复出，70 年代以来出现的诺顿平装版销售量很大；亨利·罗斯的小说《称它为睡眠》（1934）在 30 年代只有几千个读者，接着就销声匿迹了，然后在 60 年代由埃文出版了它的平装版，价格便宜，销量也很大，后来又被法拉（Farrar）、施特劳斯（Straus）、吉鲁

（Giroux）等出版社再版。图默和罗斯的作品再版时受到了《纽约时报书评》（New York Times Book Review）的肯定性评价，这种情况是很罕见的，因为它是一份有影响力的刊物，通常对再版的作品不进行评论。

少数族裔作家可能在现代主义里感觉自由自在，但他们在美国这个国家却不是总能享受到同等的自在，这只能在这个国家可能变成什么样的乌托邦式的幻想里存在。在美国对公民进行种族定义的时代，在以种族主义为基础、对移民进行限制的时代和优生学家的想法充斥的时代，少数族裔作家常常把美国当作一种理想，而现实中的美国尚未本着多元文化自豪感所要求的精神强调多样性，只是到了后来，这种多元文化自豪感才变得强烈起来。美国不得不被人们重新想象成是"多国之国"（瓦尔特·惠特曼第一次这样称它），而不是英国这个后娘的孩子。

把美国重新表现为一个多民族国家的文化工作是由这个时期美国少数族裔作家所承担的，他们当中如亚伯拉罕·卡恩或杰西·福塞特，通常能流利地讲好几种语言，擅长关于世界大同主义和艺术的国际论辩。美国少数族裔作家越来越受到民族多元主义的吸引，或至少受到对美国"寄主文化"的一个更宽泛定义的吸引，移民和少数族裔要被同化到这种文化里。他们像出生在俄国的玛丽·安婷或斯洛文尼亚籍美国人路易斯·阿达米克一样，可能并非美学现代主义的先驱，但在前半个世纪他们努力争取对美国重新进行界定，虽然他们的想法只有到了世纪后半叶才在公众中深入人心。沃尔多·弗兰克的宣言《我们的美国》（*Our America*，1919）试图表达出关于美国的新看法会对文学产生的后果，他要求美国作家们"研究美国大陆上的德国文化、拉丁文化、凯尔特文化、斯拉夫文化、盎格鲁－撒克逊文化和非洲文化：把它们之间的相互作用、它们作为各自完整的世界而消失的现象都统统标示出来"。对弗兰克来说，惠特曼是美学现代主义的先知和对美国持有多元文化看法的先知，两者集于一身。惠特曼关于美国是"多国之国"的观点令人钦羡，而且得到许多20世纪作家的认同，他的见解同样如此："迄今为止，我们为新英格兰作家和校长们所左右，默默地让我们自己沉浸在我们美国仅仅是由英伦三岛缔造而来的观念——这就大错而特错了。"美国人还没有意识到他们自己的先辈"比设想的要富足"，惠特曼对此忧心忡忡，少数族裔作家亦有同感，而且还包含了许多原创观念。（这些知识分子不太情愿认同惠特曼有关英语的观点，后者认为英语是"常识性方言……一门被优选出来、用以表达成长、忠实、自尊、自由、正义、平等、友善、富足、审慎、决心和勇气等概念的语言"。他们很可能没有意识到惠特曼对种族融合持反对态度——"大自然已经给它打上了一个不可抹去的烙印"。这句话出现在《布鲁克林时代日报》[*Brooklyn Daily Times*] 1858 年的一篇社论里，跟在惠特曼的反问"此外，美国不是白人的吗？并且这样不是更好吗？"之后。）

1910 年到 1950 年的这段时期给美国提供了一些新的词汇，这些词汇对于这个国家重塑多民族的形象是必要的——同样对于确定这种想法的可怕对立面也是必要的。激进的纽约评论家伦道夫·伯恩在 1916 年一篇划时代的文章里第一次提出一个"跨国美国"（Trans-National America）的概念。沃尔特·李普曼使得"成见"（stereotype）这个词在 1922 年流行开来，这个词在 30 年代和 40 年代又有了一层更加恶毒的意思。"文化多元主义"这个词 1924 年由移民哲学家威廉·詹姆斯的学生霍拉斯·M. 卡伦（Horace M. Kallen）杜撰出来，和主导的民族同化意识形态相对；卡伦杜撰这个词的重要意义只有在几十年后它被广泛采用时才被察觉到。"民族性"（ethnicity）这个词从 18 世纪以来就已经过时，1941 年人类学家 W. 劳埃德·华纳（W. Lloyd Warner）自觉地重新赋予它活力，而与此同时，"种族"这个词由于被法西斯采用了，从而有了太多有争议的隐含意义；这种用法只有到了 20 世纪 60 年代以后才"确定下来"。"多元文化的"（multicultural）这个词是由爱德华·F. 海斯凯尔（Edward F. Haskell）在其鲜为人知的《兰斯：一部关于多元文化人的小说》（*Lance: A Novel about Multicultural Men*, 1941）里启用的。作为传教士之子的海斯凯尔写的这部美国小说，引进了"多元文化的"这个形容词，用以描述几个杰出人物的先锋探索精神，他们生活在这个现代的通信时代，超脱了单个国家、一种语言或一种宗教信仰对他们的限制。"身份"（identity）这个词后来和"种族的"和"民族的"这些词联系在一起频繁出现，这个词的缘起只能回溯至移民心理学家埃里克·埃里克森（Erik Erikson）。他在《童年和社会》（*Childhood and Society*, 1950）里尝试给西格蒙德·弗洛伊德的"因相似的心理构造带来的无意识的亲密感"的观念寻找一个简略的英语表达方式，而弗洛伊德用这个概念描述他的那种作为犹太人的感觉，这种感觉不是基于宗教信仰、民族自豪感或种族。

就是这些词汇促进了这个世纪末多元文化主义的繁荣发展。这些词汇开始广泛流行，因为它们可以替代"种族主义"、"极权主义"和"种族灭绝"。"种族主义"最初是一个有肯定意义的词，被法西斯分子用来描绘他们对种族赋予的重要性，直到 20 世纪 30 年代才得以被广泛使用，而且在表达知识界对法西斯主义的批判时，它成为核心词，获取了轻蔑的含义。马格努斯·希施菲尔德（Magnus Hirschfeld）写了一本一直引人瞩目的反法西斯著作：《种族主义》（*Racism*, 1938），这本著作标志着这个转折点。"极权主义"也是如此，它是在鲁伊吉·斯特佐（Luigi Sturzo）的《意大利和法西斯主义》（*Italy*

◎少数族裔文学现代主义

and Fascismo，1926）里以英语首次出现，慢慢地才有了反面意思，而汉娜·阿伦特的《极权主义的起源》(*Origins of Totalitarianism*, 1951) 标志着终点。"种族灭绝"是另一个英语新创词，是波兰学者兼律师拉菲尔·莱姆金（Rahpael Lemkin）在其名为《轴心国在沦陷欧洲的统治》(*Axis Rule in Occupied Europe*, 1944) 的书里引入的。莱姆金把希腊文里的 genos（种族、部落）和拉丁文里的 cide（杀死）结合在一起杜撰出这个词，和诛杀暴君（tyrannicide）或杀人（homicide）形成类推，而且提出种族灭绝（ethnocide），来作为它的同义词。莱姆金研究了纳粹的新灭绝主义占领政策（尤其是针对犹太人，但对占领国的许多其他民族也是一样），发现这些措施之所以是种族灭绝性的，是因为他们意欲摧毁"民族群体生活最本质的基础，目标是消灭这些群体本身"。莱姆金造出的词得以更加广泛地传播，这是因为1945年联合国对纳粹领导者提出控告时用到这个词，说他们"蓄意进行有系统的种族灭绝，即，灭绝种族群体和民族群体"。

这些20世纪的新词反映并影响了民主社会对民族身份和文化多元主义的重新强调；在二战和大屠杀后，在法西斯的态度从种族成见发展成种族灭绝的背景下，民族身份和文化多元主义被更加明确地界定了。

随着美学现代主义蒸蒸日上，重商主义和大众文化拓展并占据了主导地位，在世界历史上一个异常暴力血腥的时期，美国在世界舞台上的重要性与日俱增，对"美国"进行的民族性定义和多元文化的定义发生了变化和发展，美国开始了戏剧性的转变，而美国文学参与到了这些变化发展当中。

剩下的问题便是：究竟是什么使这些巨大变化成为可能？要回答这一问题，至少从文化的角度来回答这个问题，会让我们看到20世纪活跃的、向资产阶级民主提出重大意识形态挑战的文化政策——共产主义和法西斯主义。我们会看到，在多民族国家维护其同化、忽略少数族裔、虐待少数族裔或把它的少数族裔排除在外的权力巅峰时刻，种族身份与国民身份进行着复杂的谈判。我们还会看到，在各种各样的美国文学作品中——它们中只有一小部分被仔细品读——种族关系、现代性和现代主义间存在着紧张关系，而且它们之间的紧张关系常常占据核心地位。

第一章 格特鲁德·斯泰因和"黑人的阳光"

作为美国少数族裔散文文学的现代主义开端的标志，或许没有比格特鲁德·斯泰因的《梅兰卡莎：每个人都如她所愿》（*Melanctha: Each One as She May*）的结尾更好的了。这个故事是她1909年出版的一本重要的著作《三个女人的一生》的核心部分，结尾如下：

> 但梅兰卡莎·赫波特从没有真正自杀过，虽然她是那么的忧郁，尽管她常常想这确实会是她所能做的最好方式。梅兰卡莎从未自杀过，她只不过是发高烧，被送进了医院，在那儿，医生悉心照顾她，而且给她治好了病。
>
> 梅兰卡莎身体恢复好后，找了个地方开始工作，过着有规律的生活。接着她又一次重病缠身，开始咳嗽、出汗，身体虚弱得难以应付工作。
>
> 梅兰卡莎又回到了医院，医生告诉她她得了肺炎，不久她定会死去。他们把她送到会受到照顾的地方，一个穷人肺炎患者的居所，她待在那里，直到去世。
>
> 大结局

习惯了19世纪审美规约——只需想一想《汤姆叔叔的小屋》里的小伊瓦（Little Eva）或者《波西米亚人》（*La Bohème*）里的咪咪——的读者们会对斯泰因作品里女主人公对死亡表现出"超然"的冷漠而感到诧异。作者并没有试图赢得读者的同情，或努力让叙述按照保持读者的情感投入和认同的方式发展。没有长时间遭受的极大痛苦，没有亲人和密友流下的眼泪，没有遗言。斯泰因反而"慰藉"读者说，梅兰卡莎没有自杀，而"仅仅"是生病了；然后她即刻说梅兰卡莎的病痊愈了，拒绝为死亡的场景造声势。突然，说女主人公恢复健康的那句话被概括她旧病复发、导致她猝死的另外两句话所代替，读者这才完全意识到究竟发生了什么事。医生毫不避讳地强调说："她得了肺炎，不久她定会死去。"这听起来似乎有些不相宜的口语化；这段文字里简单的语言和重复没有产生一种熟悉和亲近感，而是在读者内心注入了与梅兰卡莎的距离感。对于得了肺炎的女主人公与死亡所作的漫长斗争来说，"大结局"并不是高潮性结局，而是阅读过程的突然中断。《梅兰卡莎：每个人都如她所愿》里轻描淡写式的结尾在很多方面标志着既定叙事规范的终结和读者期待的终结。

这种效果得到了强化，因为《三个女人的一生》里的另外两篇小说结局相似。《善良安娜》（"The Good Anna"）留给读者的话是："然后，他们实施了手术，接着，拥有着坚强的、受尽重重压力、疲倦不堪的躯体的善良的安娜死去了。"《温柔的琳娜》（"The Gentle Lena"）的结尾是："当一切都结束的时候，琳娜也死了，没有人知道她是怎么死的。"因而，斯泰因的《三个女人的一生》是一部关于三个工人阶级女性去世的书；书没有围绕死亡的突发性和终结性抒发情感或探讨其意义。

斯泰因作品里的死亡场面并不是没有先例，但是它们远远超越了福楼拜的《简单心灵》（*Un Coeur Simple*），斯泰因在写《三个女人的一生》时翻译了这个故事。斯泰因笔下的死亡场景是她运用的一整套现代写作策略宝库的一部分，这使她从她同时代的人薇拉·凯瑟、西奥多·德莱塞和杰克·伦敦当中脱颖而出。这些策略也把《三个女人的一生》与少数族裔生活故事的格式和斯泰因早期的自传性素材（这个时期流行的少数族裔生活故事里或斯泰因最初的《待被证明的》[Q. E. D]又名《事情的真相》[Thing as They Are]里没有哪个人物死了）分离开来，为一种新的、令人难以忘怀的、同时也是冷淡的、读者难以接受的风格开辟了道路。和死亡场景比较起来，寻找爱情、三角恋爱和嫉妒的主题表现得并不是更加吸引人。下面是描写杰夫·坎贝尔（Jeff Campbell）医生发现梅兰卡莎不忠时说的一段很典型的话：

> 现在，杰夫开始总有一种强烈的感觉，梅兰卡莎承受的痛苦已经太多，她再也受不了让他自己冥思苦想作出正确的抉择。现在，她和自己在一起，他感到不应该继续进行这种一直在他心里进行的斗争。杰夫·坎贝尔却永远不能知道，在他看来，对于他自己和所有存活着的有色人来说，什么才是正确的道路。杰夫总是一次次变得更加豁达，能谅解别人，但是，现在梅兰卡莎和他待在一起时是如此痛苦。他明白，她不再会要他跟她在一起，而他总是表现出他真的从来不知道什么才是让他们

互相喜欢对方的正确途径。

斯泰因写作风格的特征之一就是，她偏爱"总是"这个词，其用法意想不到、不可莫测，它是使用最频繁的词之一，仅在《梅兰卡莎》里就出现了745次，从整体来讲，相对简单的词汇连续重复，"现在进行时"形式随处可见，叙述散漫，没有试图区分不同人说话的语气，以至于叙事者、人物甚至他们所写的信件听起来都一个味道，带有一种程式化的或高谈阔论的、自觉的、半口语化的语气。叙事者问："他们现在究竟怎么了？"一个全知的叙事者进行这样的干涉令人感觉不舒服，他以哈里亚特·比彻尔·斯托（Harriet Beecher stowe）本会用反问句如"谁应当受到责难？"的方式与读者对话。对斯托来说，答案很明显（"你，先生！"），任何一个读者都能给出。斯泰因介入，提出真正的问题，尽管这些问题看起来似乎简单，却往往是无法回答的。

《三个女人的一生》里有一些简化到最低限度的句子；作者通常避免描述性的"文学性"形容词，而更喜欢平淡乏味的、"孩子气"的、不具体但具有奇异评价性效应的形容词（如"好的"或"不错"）；还有一些由于重复和变化产生的冗长而散漫的句子，读者得拼命地从中找出规律。但是，句子是斯泰因散文里最基本的成分，正如她在《艾丽斯·B．托克拉斯自传》里所说的："不仅词语而且句子、并且总是句子是斯泰因终生的激情所在。"《三个女人的一生》的正文打断、烦扰、挫败人们的期望；斯泰因的写作风格正式、引人注意。面无表情、态度超然的叙事者避免流露出大起大落的情绪或任何感情——除了可能由布局本身所产生的感情。

形式正在成为散文小说作品的核心主题。它一直是斯泰因一部接一部作品的中心主题，直到在她的鸿篇巨制"小说"《美国人的形成》（1911年完成，1925年出版）里达到顶峰，《三个女人的一生》里的迂回叙述又在这部作品里呈现出新的面貌，因为变化和重复具有不同凡响的可能性。在《美国人的形成》里，斯泰因对重复发表评论，甚至反复表达出这些观点："重复就是全部生活，有了重复，才会有理解，对一些人来说，重复是生活最重要的部分。重复是生活的全部，重复使得生活成为一个每个人都相当熟悉的东西。因而，我们说老先生和老太太积累了智慧。重复，唯有重复是全部。"诸如此类。卡尔·范·多伦（Carl Van Doren）1940年对《美国人的形成》进行了评价："这部巨著常常为人褒扬，却少有人读，除了能够忍受它沉闷、矫揉造作的重复并且从它句子的微妙复杂的多样性当中得到快乐的那些狂热者以外，不会有其他人去读。"埃德蒙·威尔逊在对《美国人的形成》进行的嘲讽中表达出了类似的看法："我得承认，我没有读完这本书，而且我不清楚那样做是否可能。"

令人怀疑的是,是否会有读者想象过被搁浅在一个岛屿上,只有一套完整的斯泰因的作品相伴,并认为这显然会是一种兴奋和愉快的经历。斯泰因没有成为受欢迎的作家,这也不足为奇,她唯一带有更多和解意味的《艾丽斯·B. 托克拉斯自传》除外。在《艾丽斯.B. 托克拉斯自传》里她口气缓和地说,报纸"总在说……我写的东西让人心惊胆战,而他们却一直在引用我作品里的东西,而且是正确引用,而那些说羡慕我的作品的人则不引用"。怪不得斯泰因"不相信有人能够读懂她写的任何东西,而且能产生兴趣"。然而,她以自己奇特的幽默感继续投身于让她自己成为所有美国现代主义者神秘鼻祖的创作。一个小杂志《扫帚》(Broom)的编辑哈罗德·洛布向她征集像《梅兰卡莎:每个人都如她所愿》一样的好作品,她交给他一篇名为《好如梅兰卡莎》("As Fine as Melanctha",1923)的作品。

斯泰因何以形成她的实验性风格?而其目标之一就是失去了一般读者,或许这不过是斯泰因的脾气、性格和她随意的特性的东西。但是,她对其他作家的吸引力表明,这也是和现代主义的崛起相关的其他历史因素和文化因素作用的结果。

起关键作用的是现代心理学领域及其对潜意识过程的关注。斯泰因在哈佛附校即后来的拉德克利夫学院上学时,参与了雨果·蒙斯特伯格(Hugo Münsterberg)的自发行为论试验,她第一次出版的东西是一篇关于自动性书写的文章。1896 年,她和列昂·M. 所罗门斯(Leon M. Solomons)通力合作,为哈佛心理学实验室进行了"通常自发的无意识行为"研究,并描述了各种各样的自动性书写实验。在刺激自发写作的过程中,斯泰因和所罗门斯注意到"方言故事进行得根本不顺利"。他们得出了如下结论:"斯泰因小姐发现,除了能跟上她笔下的三四个词,要去读懂她写下的东西常常就足以让人分神。"而且"写出来的东西合乎语法,词和短语恰如其分地安排在一起,但是,所表达的思想却凌乱不堪"。斯泰因和所罗门斯引用的例句有"当他不能成为最高的,因而不能成为,而且因而不能成为最强壮的"和"他享有的最美好的这么长时间的光阴,因而他本可能会被绑起来,在这么长的时间里,他能够这样第一次利用这么长时间……"斯泰因回想起这篇早期的文章时写道:"它读起来很有趣,因为这种后来在《三个女人的一生》和《美国人的形成》中得到发展运用的写作方式已经初露锋芒。她把对展现潜意识过程的兴趣归结于她所受的心理学训练以及她和威廉·詹姆斯的合作,后者在他的《心理学原则》(*Principles of Psychology*,1890)里发明了"意识流"这个词,他提倡探究"隐蔽起来的自我",而且宣称,"对精神恍惚和潜意识状态的比较研究……对我们人类本性的理解具有最紧迫的重要性"。在詹姆斯的《和老师的心理学对话：和学生的关于生活理想的交谈》（*Talk to Teachers on Psychology: and to Students on Some of Life's Ideals*，1905）的一个题为"意识流"的部分里，他进一步提请人们注意"状态、波动或场的持续更迭……知识、情感、欲望、细心思量等等的连续性，这些常常一次又一次地袭过来，这就构成了我们的内心世界"，而且发现一种状态"溶入到另一种状态"的过程通常是循序渐进的。

斯泰因利用非线性、重复的形式来展现潜意识，在这个过程中，潜意识似乎在进行自我表达。从这个意义上来说，斯泰因的现代主义也可以被视作心理现实主义的延伸。斯泰因说："亨利·詹姆斯在后期写作中有了一种模糊的感觉，他感到，这就是他知道他应当做的。"从现代心理学的角度讲，现实主义有些不完整。现实主义没有准确地呈现人物内心蜿蜒迂回的思想过程；现代散文小说作家希望矫正这一点（普罗温斯顿剧院的戏剧家们也是一样）。

美国现实主义通常没有充分表现性欲在文学作品里的重要性，或至少忽略了一些肉体细节，一些现代主义者开始着手极力纠正这一点。在性方面的坦白当然是为何现代小说从《尤利西斯》（1922）、D. H. 劳伦斯的《查泰莱夫人的情人》（1928）到威廉·伯勒斯（William Burroughs）的《裸体午餐》（*Naked Lunch*，1959）在审查人员和政府机构那里遇到重重困难的原因之一，这些书被怀疑是色情读物。但是，如果斯泰因是这些现代作家中的一员，她独特的风格可能并未鼓励人们——即使是心存猜疑的审查员——去阅读她的"色情"作品。比如，《正如一个妻子有一头牛：一个爱情故事》（*As a Wife Has a Cow: A Love Story*，1926）里有些色情的句子："感受着或探寻着的过程中，感受着或探寻着，进入了或进入，出来了，感受中感受着，探寻中感受着。"

斯泰因在哈佛心理学实验里或她以后的文学作品里没有写出自动性书写的作品，她在《每个人的自传》（*Everybody's Autobiography*，1937）里强调了这一点。斯泰因很有意识地形成自己的风格，无论她是在小说里写思想过程还是试图写对话，不管文体是诗歌、戏剧、歌剧还是讲座。在写小说的过程中，她不仅以高度现实主义的名义，而且也是以一个确定无疑的新风格的名义，避免了区分传统的叙事者与人物之间以及人物与人物之间的区别。正是这种咄咄逼人、令人生畏的"斯泰因式"风格甚至让对潜意识过程有着根深蒂固兴趣的朋友和支持者也失去了兴趣。因此，威廉·詹姆斯向他以前的学生格特鲁德·斯泰因道歉，因为他未能读完《三个女人的一生》，他给她写信说，它是那种人们对自己说"等我有合适的心情的时候我再认真读它"的书。

他接着说,"但是,很显然这种合适的情趣从未产生过。"

如果现代心理学是斯泰因文学实验里的一个因素,那么在这个世纪初获得发展的现代主义绘画构成了另外一个重要的灵感的源泉。格特鲁德·斯泰因的父亲是一个在蒸蒸日上的城市电车业投资的富商,斯泰因和哥哥利奥(Leo)成了与波纳德·贝伦森(Bernard Berenson)和丹尼尔·亨利·卡恩韦勒(Daniel-Henry Kahnweiler)有联系的艺术收藏家。在巴黎,斯泰因是显赫的现代艺术家圈子里的一员。她为名家毕加索、弗朗西斯·皮卡比耶(Francis Picabia)的肖像画以及雅克·里普奇茨(Jacques Lipchitz)和乔·戴维森(Jo Davidson)的雕塑作过模特。她和马蒂斯、塞尚很熟,唐·格里斯(Juan Gris)为她的《正如一个妻子有一头牛:一个爱情故事》作了插图。她在给阿尔弗雷德·斯蒂格里茨的《照相机作品》(1912,军械库展前一年)写的文章里,向美国读者介绍了马蒂斯和毕加索。她和艾丽斯·B. 托克拉斯在巴黎花园街合住的公寓有很多来访者,客人名单像是现代艺术的一本词典。尽管她在《艾丽斯·B. 托克拉斯自传》里讽刺地表明了自己的否定态度,说她"在任何时候都没对非洲雕塑产生过兴趣",她目睹了人们对非洲面具的兴趣和立体主义的源起,并加入到了这个行列中。艺术收藏家艾塔·科恩(Etta Cone)打出了《三个女人的一生》的原稿。列单不只到此。所以,把斯泰因视作视觉艺术家中的作家,并且把她的风格与从立体主义到野兽派运动联系起来是大有裨益的。梅布尔·道吉(Mabel Dodge)在格林威治村第八街经营一家激进的沙龙,爱玛·戈德曼、迈克·高尔德和让·图默不时参加。1913年,梅布尔评论说:"在巴黎一家墙上挂着雷诺、马蒂斯和毕加索的画的大画室里,格特鲁德·斯泰因在用词语进行创作,而这正是毕加索以他的颜料所做的工作。她在逼迫语言产生新的意识状态,在那样做的同时,语言在她那里成了一项创造性艺术,而不是一面历史的镜子。"《费城公共基石报》(*Philadelphia Public Ledger*)对《三个女人的一生》发表了题为《一部未来派小说》的评论,评论说:"这位未来主义者在写作之初产生的含糊不清,直到我们情愿用在审视《下楼梯的裸女》时的思想和智慧来阐释它时,才能得以澄清。"把斯泰因的作品和视觉艺术现代主义类比起来是有充分缘由的。因为现代艺术家或许贬低了把他们的作品和装饰性艺术的长期传统联系起来的连续性的重要性,装饰性艺术通常没有代表性,通常表现的是平淡肤浅而不是深度,被重复运用到了连续出现的程度——这些特征出现在斯泰因的作品中,也存在于现代绘画艺术中。

斯泰因对现代摄影艺术也有着浓厚的兴趣,她和斯蒂格里茨、曼·瑞保持着联系。在《美国讲座》(*Lectures in America*,1935)里,她把自己的重复中有变化的方法和电影语言进行比较。"电影画面没有哪两个是完全一样的，每一个和前面的一个都是那么的不同。"这句话表达出来的类比——句子本身是它陈述的观点的形式上的对等物——更加有趣，因为斯泰因以前的良师益友雨果·蒙斯特博格也成为电影理论的先驱之一，他的书名为《电影剧》（*The Photoplay*，1915）。

同样，斯泰因也和现代音乐有渊源，尽管不深。她评论了理查德·施特劳斯的《伊莱克特拉》（*Electra*）的美学效应；她和维吉尔·汤姆森（Virgil Thomson）合作完成了歌剧《三幕剧四个圣人》，1934年由一个叫做"现代音乐的朋友和敌人"的组织演出，演员阵容都是黑人，黝黑的脸庞，穿着透明玻璃纸的服装。《纽约时报》在评论这幕剧在哈特福德的开场时，用了"斯泰因风格和非斯泰因风格有个区别"的副标题，并加上了"什么区别"。这篇文章指出，斯泰因"用词显然是为音韵效果而不是为意思服务的"。斯泰因所用的词的声音确实重要，重复和变化的原则如同赋格曲或音乐主调技巧，甚至出现在不是歌词的文本里。斯泰因在《美国讲座》里也描绘了爵士乐队，旨在探讨让剧院观众感到紧张的所见和所感的区别："爵士乐队把这种东西变成为一种目标。他们把这种不同的节奏演变成某种东西，而这个东西仅仅是任何人和每一个人、包括所有那些在表演的以及所有那些在听的和观看的人们之间的节拍的差别。"

斯泰因受到现代心理学、艺术、摄影艺术、电影和音乐诸领域发展的吸引，因为她喜欢采用一个简单而直接、客观而非坦白的文学口吻。如果把她的《三个女人的一生》和前一本比较直接的、自传性质的《待被证明的》——一部一直有些自白性质的早期作品（写于1903年，她死后才出版），主要讲述的是三个女人间的三角恋爱——作比较，她的作品这个方面的特点会更加清晰。斯泰因自己投射到作品中的人物是埃迪尔（Adele），后者喜欢不忠贞的海伦。有趣的是，有一些措词丝毫不差地被斯泰因用来描写"梅兰卡莎"，只是白人女性中同性恋关系的主题变成了突出异性恋和黑人化，斯泰因的声音变成了杰夫·坎贝尔的，海伦的声音变成了梅兰卡莎的。但是，在性取向转变和种族转变的过程中，随着风格变化得越来越具实验性和斯泰因化，坦白让步给了结构基理。斯泰因的现代主义语言因而可能是一个面具，是对脆弱感情的一种保护，或至少是对一种痛苦经历的记忆的客观化和风格化。种族的面具似乎尤其适合被借以偏离自白行为。

无论斯泰因的创作多么个性化和晦涩难懂，她的作品连同乔伊斯、艾略特、庞德和弗吉尼亚·伍尔夫等人的作品一起，设定了一个许多20世纪英语作家渴望达到的标准，他们以之衡量自己并相互之间进行衡量。斯泰因尤其

○少数族裔文学现代主义

重视句子，认为即使在长篇散文作品里句子也是最重要的单位，这一点激发了许多作家。一旦现代主义风格作为一种新的文学表现形式存在，便对现代作家构成了一个挑战。尤其在标志着一个时代轰轰烈烈结束的一战之后，越来越多的作家试图成功应付那个挑战。如果说是斯泰因创造了"迷惘的一代"这个词，这是相当公正的。这个词的广为流行是由于它成了厄内斯特·海明威的小说《太阳照样升起》（1926）中的著名题词："'你们都是迷惘的一代。'（'Bent Generation'）——格特鲁德·斯泰因。"25年后，戴尔莫·舒瓦茨在《葡萄的危机》（*The Grapes of Crisis*，1951）里写道，二战的胜利应当结束所有的极权统治："'我们都是最后的一代'，1940年5月阿道夫·希特勒本可以在巴黎对格特鲁德·斯泰因或巴布罗·毕加索这样说。"斯泰因逝世15年后，城市之光出版社（City Lights Books）的编辑们在编辑《祝福文集》（*Beatitude Anthology*，1960）时，戏谑地把下面的说法也归到了斯泰因身上："'你们都是垮掉的一代。'——格特鲁德·斯泰因与杰克·克鲁亚克（Jack Kerouac）的对话。"斯泰因对舍伍德·安德森等作家的影响众人皆知。在模仿斯泰因的角逐中，威廉·福克纳可能会胜出，因为《押沙龙，押沙龙！》里有下面这样一个句子：

> 突然，他发现，不是他想做的，而是他不得不做的，他必须做，不管他想不想，因为他不做的话，他知道他余生再也不能原谅自己，保存那些为了他而死去的所有男男女女留给他内心要他继续传下去的东西，所有已经死去的人都在拭目以待，看他是否要去正确地做、修正是非曲直，这样他不仅可以正视老辈已经死去的人，而且可以无愧地面对那些在他死后继他之后活着的人。

（这部小说也有一个可能，即它是20世纪美国小说里最长的单句。）

当然，现代作家在现代主义的道路上殊途同归。例如，在克劳德·麦凯的《到哈莱姆安家》里，出生于海地的主人公雷（Ray）——另一个主人公是非裔美国人杰克——解释了"欧洲的大屠杀和俄国的大革命"如何让他有了经历了"一个时代结束"的沧桑感，他如何感觉这种经历要求产生新的"让词语获得成形的模式的愿望"。他提及了乔伊斯、舍伍德·安德森、劳伦斯和亨利·巴比斯（Henri Barbusse），他通过观察认为："似乎只有上个时代的俄国人在这个新时代像巨人一样站起来。其中，有果戈理、陀斯妥耶夫斯基、托尔斯泰、契诃夫和屠格涅夫。"但是，他在探求一个能真正体现一战经历的文学典范的过程中，并没有提到格特鲁德·斯泰因。斯泰因毕竟仅仅是

第一章 格特鲁德·斯泰因和"黑人的阳光"

趋向现代主义的普遍潮流中的一个模式。

斯泰因的《三个女人的一生》里体现出来的文学现代主义形成了一种对种族性的特殊关注。书里的女主人公不仅属于工人阶层,而且有着种族标志。莉娜和安娜是德裔美国人,梅兰卡莎是非裔美国混血儿。斯泰因的家庭得到过德裔美国人家庭的帮助,她在《艾丽斯·B. 托克拉斯自传》里强调说,她对黑人的兴趣要回溯到她在约翰·霍普金斯医学院的时候。"就是在轮到她必须去接生孩子的时候,就是在那时,她注意到了黑人及其生活的环境,她后来在《三个女人的一生》里的第二个故事——《梅兰卡莎·赫伯特》("Melanctha Herbert")里用到了这些素材,这个故事是她革命性作品的开始。"

斯泰因融合了现代主义风格和种族性主题,这使得她的创作尤其和美国少数族裔作家休戚相关,这些作家有超越现实主义的特定理由,而且感到斯泰因对"陈旧"事物的摧毁是一种解放性体验。现实主义的叙事方式包括传统手法(比如有地方色彩的方言作品)和套路,它们经常给人留下深刻的千篇一律的负面种族形象,与这些遗产相比,斯泰因的创作从 19 世纪主导的美学标准的意义上来说,或许不是"现实主义"的,而是"令人信服的"或"真实的",值得被当成典范来应用、模仿,并作为创新的基础。《梅兰卡莎》部分反映的是跨种族问题,这一点我们已经看到。但奇怪的是,这部作品开始被视为是一个白人美国作家对一个黑人人物极具人性化的展现。

哈钦斯·海普顾德的著作《犹太人的精神:纽约犹太区的研究》(*The Spirit of the Ghetto: Studies of the Jewish Quarter of New York*, 1902)奠定了他成为一个种族问题专家的地位,他读过《三个女人的一生》的手稿之后,给斯泰因写了一封感情真挚、热情洋溢的信,称赞这些故事"真真切切、不同凡响",他说,《梅兰卡莎》是"我所读过的有关黑人主题的最出色的作品"。卡尔·范·维奇顿是斯泰因的密友,终生和她保持通信,而且是她的文学理念的执行者,他也推动了哈莱姆文艺复兴文学的发展,给那个时期最有名的黑人知识分子拍摄照片,同时他还是小说《黑鬼的天堂》(*Nigger Heaven*, 1926)的作者。他声称,《梅兰卡莎》"可能"是"第一个关于黑人……没有被看做是屈尊怜悯和被取笑的对象的美国故事"。甚至是温德姆·刘易斯也间接地持有这种看法。他是英国现代主义画家和作家,生活在巴黎,激烈地反对文学领域的民粹主义倾向。刘易斯哀悼了在斯泰因作品里感觉到的"漫长的原始群体生活,怪异、令人绝望、沉闷乏味","毫无疑问,意在为当今大众民主作出巨大贡献"。"斯泰因小姐用梅兰卡莎们和安娜们这些普通大众的单纯无知和没有文化证明了她那个时期'革命'宣传者提倡的**平民主义**都是虚假的。"范·维奇顿从斯泰因身上发现的让他羡慕的东西,刘易斯则觉得是

376

383

令人悲哀的;他下定论说,她的散文小说有些冷淡,"通篇死气沉沉,没有生气"。

斯泰因也受到左翼的诋毁。迈克·高尔德——第二代移民作家,《没有钱的犹太人》(1930)的作者,无产阶级小说的提倡者(他把自己的原名伊佐克·格兰尼奇美国化了)——在《改变这个世界!》(*Change The World*!,1936)里写道,斯泰因的作品是"当代资产阶级艺术家最极端的主观主义的例证,是资产阶级文学堕入意识形态混乱状态的反映……她的作品读起来像是精神病院病房里妄想症患者叽里咕噜说出的单调、毫无意义的话。它好像故意装出不合情理、患有幼稚症"。高尔德声称:"斯泰因无意于传达思想,因为从本质上来说,没有什么用以表达的东西。"最后,他慷慨地宣称,马克思主义者"从格特鲁德·斯泰因的作品里看到的是资本主义文化走向衰落的极端症状。他们把她的作品看做是试图抹杀艺术家和他所在的社会里的所有关系……格特鲁德·斯泰因在文学上的痴狂仅仅反映了整个资产阶级价值观念体系的疯狂。它是几乎写满资产阶级社会四壁上、标志其末日命运的一个符号"。

斯泰因是一个种族民粹主义者和"平民主义者",她替人民发出怒号,而且对刻画黑人人物和移民人物尤其敏感,抑或她是资产阶级颓废和痴狂的一个例证——其作品无意中成了为资产阶级权力关系标明末日的不祥之兆?恰恰因为这种令迈克·高尔德如此动怒的风格,现代黑人少数族裔作家和白人少数族裔作家选择了前者,赞扬斯泰因的现代主义中的"民粹主义"的方面,而这一方面让温德姆·路易斯非常憎恨。

二战后,非裔美国激进分子理查德·赖特评论了斯泰因的《我所看到的战争》(1945),在高尔德对斯泰因进行攻击时,赖特为后者进行了有名的辩护。他说,为了"检测斯泰因小姐的散文小说受反革命精神污染的程度",他在黑人区的一个地下室里给"牲畜围场里一群半文盲的黑人工人——'有革命本能的基层无产阶级'"(赖特带着讽刺意味地附和高尔德)大声朗读了《梅兰卡莎》。那么,结果如何呢?赖特说:"他们理解每个词。他们沉迷于作品之中,拍打着屁股、大声吼叫、笑着、跺着脚,不时打断我,对作品中的人物进行评论。自此以后,我再也不会因为喜爱斯泰因的作品而感到痛苦了。"因此,赖特证明了斯泰因的散文作品具有无产阶级性和种族性。他在作品集《我希望那是我所写》(*I Wish I Had Written That*,1946)里也推崇斯泰因的《梅兰卡莎》为最优秀的现代散文作品,而且重申了范·维奇顿的观点,认为它是"美国第一部严肃对待黑人生活的长篇文学作品"。赖特对斯泰因"尽管有些古怪的好故事"的喜爱是建立在斯泰因语言的基础上的,他认为,从她的语言里听到了他祖母"深沉、纯粹的黑人方言"。"在翻阅《梅兰卡莎》时,我突然开始生平第一次听到英语这门语言!……黑人说的英语:简单、音调优美、抑扬顿挫、铿锵有力、喧闹、富有感染力、满载个人情感、令人发笑、尖锐犀利。"赖特也推崇斯泰因的《什么是杰作》(1940);他为《布鲁伊斯和威利》(*Brewsie and Willie*,1946)写了内容简介并进行了评论;在《美国的饥饿》(*American Hunger*,1945 年被放在画廊里,但在作者死后于 1977 年发表)里,赖特描述了他如何在斯泰因的《三个女人的一生》的影响下,"仅仅出于对词语的喜爱"而写出如下那些"不连贯的句子":"柔软的大块黄油融化着像金子般顺着已经裂开的洋芋的细长的沟流淌下来。"或:"孩子胖乎乎的手指睡觉时乱摸,徒劳无获地追逐睡梦里的愿望。"还有:"老人在黑洞洞的门廊里蜷缩着,他枯瘦的脸庞被远方摩天大楼的窗户里透出来的明亮的黄色灯光照亮。"斯泰因和赖特有着性情差别,即使在赖特用来说明他们的相似之处的为数不多的例子里,这也显而易见。但是,斯泰因回敬了赖特的恭维,她谈及他的自传《黑孩子》(*Black Boy*,1945)时说:"我认为,在我的《三个女人的一生》出版后,再也没有其他什么作品可以和它媲美的了。"

詹姆斯·T.法雷尔关于爱尔兰裔美国人的三部曲《斯塔兹·朗尼根》(1935 年完成)有点像赖特对斯泰因进行的模仿,其中有如下的句子:"他用麦秆喝麦芽乳汁,注视着卖苏打饮料的人在电动麦乳精搅拌器发出的嗡嗡声和咔嗒声中忙碌着去招待顾客。"当意裔美国人杰尔·曼琼多年后回到他在《阿莱格罗山》(*Mount Allegro*)里提到的自己民族所在的罗彻斯特街区,发现的仅仅是一个 22 亩大小的可口可乐瓶子厂,他用斯泰因的名句评论奥克兰说:"你到那儿时,彼处非彼处。"在佐拉·尼尔·赫斯顿的《路上尘径:一部自传》(*Dust Tracks on a Road*:*An Autobiography*)里,也有类似赖特模仿斯泰因的句子的例子,以人们熟悉的方式表达出反对种族泛化的情形:"这儿没有黑人。"福克纳偶尔希望能听起来像斯泰因一样,并非他一人有此想法;对初涉写作的少数族裔作家来说,他们普遍对斯泰因表现出敬畏,以至于这被视为一种危险。年轻的亚美尼亚裔美国作家威廉·萨洛扬(William Saroyan)在斯泰因 1934 年访问美国之际给她写了一封信,那实际上是一封崇拜信,他在信里以斯泰因的风格写道:

一些评论家说我得小心谨慎了不要关注格特鲁德·斯泰因的写作风格但我认为他们在自欺欺人他们假装既是美国的而且又是作品的任何美国作品根本一点也没受到格特鲁德·斯泰因作品的影响而且像常言说的

那样他们似乎并不知道战争已经结束。

缘于这封信，斯泰因在旧金山接见了萨洛扬。杰克·邓菲（Jack Dunphy）的《约翰·福里》（*John Fury*, 1946）没有多少人记得，但这部关于费城爱尔兰裔美国人的小说写得颇具风格，重点多放在了句子上（"凯蒂向市场街望去看到电车摇摇晃晃地开过来像一只快活的有一只圆溜溜的黄眼睛的大爬虫"），每一章被分成了散文诗似的段落块儿，其中有很多重复与变异之处。当被问道怎么写这样一部小说时，他说："开始时读格特鲁德·斯泰因的《美国人的形成》，但放弃了，去写自己的小说。把那也放弃了……最后开始写（并完成了）《约翰·福里》。"

20世纪非裔美国作家对格特鲁德·斯泰因的崇拜和支持尤其强烈。在最重要作家当中，似乎只有克劳德·麦凯公然批评斯泰因，他在自传《远离家乡》（*A Long Way From Home*, 1937）里尖刻地指责她只能看到"黑人就是黑人，白人就是白人，没有任何含糊之处"。他不喜欢人们对斯泰因顶礼膜拜，他宣称仔细研读了《梅兰卡莎》，但"不能看出其中有什么值得人们大肆吹捧的内在的东西"。

多数非裔美国作家的观点与麦凯不同。在《危机》（1910年12月）的专栏"读什么"里，杜波伊斯把斯泰因的《三个女人的一生》列入了最值得品读的几部作品之中。詹姆斯·韦尔顿·约翰逊认为，斯泰因的《梅兰卡莎》使她成为第一位"写一个黑人男人和一个黑人女人间的爱情并把他们作为人类大家庭的正当成员来对待的白人作家"。让·图默的《甘蔗》整部书里都是斯泰因式的句子，开头模仿了《梅兰卡莎》，标题为"卡林莎"。内勒·拉森的小说《流沙》（1928）和《充作白人》（1929）散漫运用了一些斯泰因式的现代主义手法；在范·维奇顿的建议下，拉森给斯泰因送去了《流沙》的最新版本，并附着一张条子，在上面她称赞斯泰因的《梅兰卡莎》是她读过"好多遍"的一个"真实而伟大的故事"："我一直在想，你怎么会写这样一部作品"，拉森写道，"还有，究竟为什么是你而不是我们中的一个，那么准确地把握住了我的民族的精神。"1937年，诗人兼评论家斯特林·布朗等评判说："斯泰因打破了白人美国文学把黑人人物描绘成次人类或白痴的传统。"尽管试验派小说家克莱昂斯·梅杰（Clarence Major）"没有同样'听到'赖特听到的那些口气特征，"他在1979年得出结论说，"与保罗·劳伦斯·邓巴、乔尔·钱德勒·哈里斯（Joel Chandler Harris）、马克·吐温，甚至是梅尔维尔以及斯泰因的同代人舍伍德·安德森等人塑造的黑人人物的语言相比，杰夫和梅兰卡莎这两个人物说话的方式确实显得极其令人信服。"

第一章　格特鲁德·斯泰因和"黑人的阳光"

　　从下面的对话中，很难看出怎么会有那种感觉："我当然确确实实明白坎贝尔医生你的意思，你认为爱上任何人都不对。""当然不是了，是的，我爱你梅兰卡莎小姐。我确实坚信，要去爱别人，去善待每一个人，试图了解他们的需求，然后帮助他们。"斯泰因的语言里究竟为什么具有美国作家尤其是移民作家和黑人作家所称道的那种让人释然的效应呢？

　　当然不是斯泰因巧妙地避开了种族成见这一点。相反，她似乎珍视种族标签，她有意识地并兴致勃勃地使用它们。"德国人的"（german）（小写的，斯泰因常常喜欢玩弄她那带有民族性的形容词）这个词在《温柔的莉娜》里被无休止地重复使用，在《艾丽斯·B. 托克拉斯自传》里，我们看到下面的段落："她不喜欢那个陌生人的外表。他是谁，她对艾尔菲（Alfy）说。不是我带他来的，艾尔菲说。他长得像一个犹太人，格特鲁德·斯泰因说，他比那更坏，艾尔菲说。""法国人的"、"德国人的"、"西班牙人的"特性都得到了充分的强调。① 在《三个女人的一生》里，在《好如梅兰卡莎》里，还有在给维奇顿的信里，斯泰因用了"黑鬼"这个词。罗斯·约翰逊可能从滑稽说唱歌谣《像煤一样黑的罗斯》（*Coal Black Rose*）中得到了灵感。在《艾丽斯·B. 托克拉斯自传》里，人们可以读出斯泰因对卡尔·范·维奇顿送去的"大量黑人"故事的反应："格特鲁德·斯泰因的结论是，黑人不是因为遭受迫害而痛苦，而是在受虚无之苦。"对她来说，"非洲人并非未开化，他们拥有古老却非常狭隘的文化，并停留于此。结果，什么也没有发生或者也不可能发生。"在斯泰因发表这种言论后，麦凯嘲讽说："有些事情正在发生：美国黑人在出演她的歌剧《四个圣人三幕戏》（*Four Saints in Three Acts*）。"斯泰因的"虚无"被认为是拉尔夫·埃利森的"不可见性"观念的先锋。（在赞扬约翰·考恩霍文的《高速路边的啤酒罐儿》[*The Beer Can by the Highway*]时埃利森写道："一个罐头是一个罐头就是一个罐头。"）但是，"虚无"也足以招致黑人现代主义诗人麦尔文·托森（Melvin Tolson）在《哈莱姆画廊》（*Harlem Gallery*，1965）里嘲讽的追问："听，黑孩子。/花园街27号的女主教是否/说了'黑人遭受虚无之苦'？"这里所称的"黑孩子"可能指理查德·赖特。斯泰因也建议保罗·罗伯逊（Paul Robson）（"其他人一进这个屋子就肯定变成了黑人"）不要企图和黑人灵歌扯上关系："格特鲁德·斯泰因不喜欢听他唱黑人灵歌。它们不属于你，同样也没有什么其他的东西属于你，那为什么索要它们，她说。他没有回答。"斯泰因在写给卡尔·范·维奇顿的信里赞扬了收信人在交友方面的品位，称罗伯逊是"亲爱的"，描述了她和他

---

① 原文都是小写的"french"、"german"、"spanish"。——译注

的对话的开头:"为什么你那么喜欢黑鬼罗伯逊?"麦凯责怪斯泰因把罗伯逊当作"黑人文化的代表",但宣告说,罗伯逊在和斯泰因邂逅之后告诉他说,"她不错",并说麦凯应当找她交流一下;而范·维奇顿写信给斯泰因说,罗伯逊"崇拜你"。

或许,恰恰是斯泰因的直言不讳让她与众不同。在小说里,她公然刻意地使用表达种族成见的形容词和种族性称号,再加上她钟爱重复,这些有时似乎削弱了民族性语言的传统分量。"黑人的阳光"在《梅兰卡莎》里重复出现就是这种情况。斯特林·布朗注意到,"格特鲁德·斯泰因提及'让黑人的阳光激情四射的恣意大笑',但是她作品里的主要人物没有这种笑声。"确实,在那个故事里,罗斯·约翰逊"没有那种让黑人的阳光激情四射的恣意大笑",而且,詹姆斯·赫伯特"从来没有过让黑人的阳光激情四射的恣意大笑"。但是,杰弗逊·坎贝尔博士却有:"他高兴时唱歌、欢笑,他的笑声是让黑人阳光激情四射的无拘无束的爽朗笑声。"然而,故事到了这里,没有几个人物具有的"黑人的阳光"的这种种族成见的特性已经腐蚀变质了。下一次杰夫"洋溢着温暖的笑容,像南方的阳光"。这个种族性隐喻被一个表示区域的形容词代替,也因此成了一个实际意义上的天气预报:"现在是夏季,他们可以徜徉在温暖的阳光里。"可能有人说,这一称号又变成了一个词;似乎在这个过程中,它甩掉了许多造成伤痛的包袱。有重要意义的是,在《待被证明的》里,阿黛尔和"一片慵懒和充满阳光的土地"被联系起来,这发生在这个故事演变成《梅兰卡莎》之前。

斯泰因通过重复解除了一个邪恶的语言特征,对于开始把她当作典范的作家们来说,这是斯泰因的散文带来的另一个回报。现代种族故事都充满痛苦;那么故事怎么才能讲出来,而又不让讲故事的人脆弱不堪呢?在《梅兰卡莎》里,斯泰因把讲述一个人痛苦经历的故事变成了一种散文实验,其中既揭露出了传记来源,又将之隐藏起来。这不就是其他作家想表达痛苦的一个很好的方法吗?路德维格·路易生描述了舍伍德·安德森"本能地屈从于格特鲁德·斯泰因的影响"的一个原因,这个原因尤其可以推广到少数族裔作家和移民作家。他描写安德森时说:"从她身上,他发现了这样一个作家,她受驱动要讲出她的秘密,却常常不能那样做,为了为自己辩解,使自己的做法合理化,他装出一副姿态,说不再能通过言语表达自己,除非言语破碎成没有意义的东西,即使需要进行的思想表达在意识上受到遏制而不再能产生。"让斯泰因这一典范更加有吸引力的是,作家们不一定非得走斯泰因的极端,或如路易生说的,也不必"紧紧追随斯泰因小姐,甚至到咿咿呀呀学语的地步"。

第一章　格特鲁德·斯泰因和"黑人的阳光"

　　进一步把一些作家吸引到斯泰因身边的是,她不区分说标准英语叙事者和说方言的人物的这个事实。因此,她避开了一套程式,在一些作家看来,这个程式把种族等级制度戏剧化了。没有了这种区别,就有助于把人物和叙事者放在同等地位,从而进行普遍的描述;当然,它在剔除可能和民族地域有联系的特定语音模式的同时,也进行了一般性的概括。值得记取的是,克劳德·麦凯发现,斯泰因仅仅"把许多和黑人相关的常见词语进行再造",其中"恣意的笑声"和"黑人的阳光","都被优雅地框制在一个雕琢矫饰的文体里"。他在"故事的叙述中"发现,"黑人生活没有什么引人注目或增长见识的东西",并且注意到"梅兰卡莎这个黑白混血女人可能是一个犹太人"。

　　无论究竟是什么原因,斯泰因的写作风格显然有一些方面使得她的作品让少数族裔作家和其他一些作家感到尤其志趣相投,其中少数族裔作家或倾向于对有美国地方色彩的作品和有民族区别的方言创作持怀疑态度,会急于谴责文学中的民族框框,如斯特林·布朗等其他作家想揭露痛苦而又不想在叙述的过程中增加痛苦或意识到沿着斯泰因的道路能够尝到甜头。

　　虽然理查德·赖特对牲畜围场工人的反应作出了表述,但斯泰因的作品仍然让读者感到陌生和疏远,而那么多的少数族裔作品目的是让"普通美国"读者熟悉族裔圈外的人——一个办法就是把少数族裔人物定型化,无论其动机是进步的还是反动的。因此,《三个女人的一生》既可以说在美学上偏离了少数族裔的生活故事体裁,也可以说是这一体裁的一个例子。

　　在欣赏斯泰因作品的过程中,明显缺乏的是把斯泰因当作"少数族裔"作家来解读的尝试。斯泰因是第二代德国犹太移民,她又是一个移居国外的美国人,从1903年到1946她去世的这段时间里,她只回过一次美国;对于美国盛行的性标准来说,她是一个局外人,海明威甚至在经由他受权在死后出版的《流动的飨宴》里明确提醒读者这一点,当时她业已去世多年。海明威在他的这部作品里谈及了斯泰因的"德国犹太人的坚毅面庞",向广大的读者说"斯泰因小姐和她的朋友"已经原谅了海明威和他的妻子,因为他们两人"相爱并结婚"。海明威坚持申明,斯泰因告诉他说,男人间的同性恋是"丑恶的、令人生厌"的行为,从而"他们自己都厌恶自己",又酗酒,又吸毒,总是改换性伴侣;而女性同性恋的情形却是相反的:"她们不做让她们反感、厌恶的事情,尔后她们很高兴,而且可以一起过着幸福的生活。"这听起来疑似《太阳照样升起》里杰克·巴恩斯对不道德的界定——"此后令你感到厌恶的东西"。海明威在1956年给哈维·布雷特(Harvey Breit)的信里毫不忌讳地写道:"斯泰因一直是一个和善的女人,但到后来,她改变了生活,选择了苦差,并且只有苦差。"

382

斯泰因在《三个女人的一生》里为既是"民族的"又是"现代主义的"文学树立了典范。但是，从某种程度上因为其作者的民族属性，《三个女人的一生》的读者并不多，这种民族性把她归类于一个描写德裔美国女人莉娜和安娜的经历的所谓的"局内人"，以及展现混血儿梅兰卡莎和杰夫·坎夫贝尔生活的白人"局内人"。对于和她同一时代的少数族裔作家来说，最为重要的是她的写作风格，而不是她扮演的族裔传记者角色（她是"少数族裔"吗？），不是她的性别（她写了"女性文学"了吗？），不是她的性取向（她是从"一个女同性恋者"的角度进行创作的吗？），也不是她可能带有的种族偏见（她到底对黑人、混血儿、犹太人或德裔美国人感觉如何？）。她在文学创作上的创新应当借助一定的社会范畴来解读，这一点似乎很重要，因为这些社会范畴可能会界定她的存在。如果有传记材料的需求，满足这个需求的不是民族族谱，而是住在巴黎神秘的花园街的斯泰因和托克拉斯在一群画家和艺术品中举行的知识界派对的情形。

第二章　少数族裔的生活和"人生小故事"

当格特鲁德·斯泰因的人物"温柔的莉娜"意识到她的婚姻计划破产的时候，她独自一人一路哭着乘坐电车回家，售票员和其他乘客对她深感同情："车里每一个人都为可怜的莉娜感到难过。"售票员善意地劝解她说："你会碰到一个真正男人的，一个更适合你的男人。"听到这席话，莉娜感觉稍稍好些了。斯泰因可能已经挫败了读者对《三个女人的一生》里简短的死亡场面表示同情的期望，但她确实表现出了她作品中"布里奇波因特"这个现代城市里陌生人在电车上帮助他人的善意。

电车是读者在20世纪前半叶文学作品里经常遇到的一个原型现代标志。亨利·詹姆斯在阔别美国多年后，于1904年至1905年返回美国。1887年，他在纽约发现，电车里聚集着众多的新移民："一整车的人，一次又一次，都是外国人，一排排面孔，随车颠簸，上下颤动，毫无例外地证明他们绝对是乔迁而来的外国人，对此他们毫不掩饰、绝无惭色。"他这样在《美国景象》（1907）里写道。电车场景，以及地铁、火车、公交车和其他交通工具里的场景，可以提供具有地方特色的背景，会把友好的、敌对的或是漠不关心的陌生人聚集在一起，可以激发主人公在车轨上寻求启示，或者可以作为传递运动感、速度感或电力感的真正的灵感源泉。只需想一想埃兹拉·庞德的《在地铁站里》（"In a Station of the Metro"）（"这些面庞在人群中突现；／湿淋淋黑枝上的花瓣。"）。艾略特的《荒原》里"电车和灰蒙蒙的树"（《泰晤士河畔三少女之歌》["Wagnerian Thames Daughters"] 第一首歌的开头第一行，采用了瓦格纳①的韵律）也表明，这一主题和文学现代主义之间有着紧密的联

---

① 理查德·瓦格纳（Richard Wagner, 1813—1883），德国作曲家、诗人和艺术理论家。艾略特多次引用了瓦格纳的作品，《泰晤士河畔三少女之歌》与瓦格纳歌剧《诸神的末月》（*Götterdammerung*）里的莱茵河畔的少女之歌相似，艾略特采用了瓦格纳的韵律，还用了相同的叠句。——译注

少数族裔文学现代主义

系。艾略特的诗行不仅把机器和花园进行对比,而且把树木和具有现代性的电车车轨并列起来,树木是根基性的最后意象,尽管在这个城市风景中树木被灰尘所覆盖。现代艺术中也有众多作品表现了电车。这些例子包括玛丽·史蒂文森·卡萨特(Mary Stevenson Cassatt)的《在公交车里(电车车轨)》(*In the Omnibus*[*The Tram way*],1891),意大利未来主义派画家卡罗·卡拉(Carlo Carrà)的《电车告诉了我什么》(*What the Street-Car Told Me*,1910—1911),俄国的卡兹米尔·麦尔维奇(Kazimir Malevich)在转向纯抽象的至上主义前做的一幅名为《电车里的女士》(*Lady in a Tram*,1913)的油画,德国画家尼古拉斯·布劳恩(Nikolaus Braun)的原始主义画作《柏林电车》(*Berliner Strassenszene*,1921)和加拿大的米勒·戈尔·布里顿(Miller Gore Brittain)的《穿越逆流瀑布的有轨电车上的两个女招待》(*Two Waitresses on a Streetcar Crossing The Reversing Falls*,1940),与霍珀的作品类似。许多现代艺术作品表现了地铁和火车的主题,其中包括马克斯·韦伯的《中央大车站》(*Grand Central Termianl*,1915)、爱德华·霍珀(Edward Hopper)的《在高架铁路火车上的一夜》(*Night on The 'EL' Train*,1920)、雷金纳得·马什(Reginald Marsh)的《为什么不乘高架电车》(*Why Not Use the 'L'*,1930)和乔治·图可(George Tooker)的《地铁》(*The Subway*,1950)。1920年,约翰·杜威认为,火车乘客和电车乘客是为处于"中间存在状态"的辗转中的乘客而"设计"的那些期刊的理想读者群体。回想起来,电车场景尤其有趣,因为它曾一度是现代社会的一个最根本标志,而到了20世纪,它实际上从美国的许多城市消失了,从而现在带有了一丝令人怀旧的奇特情趣。

几乎与斯泰因写《三个女人的一生》同一时期,纽约《独立者》(*Independent*)、《展望》(*Outleok*)和其他几家美国报纸期刊都载有一些简短的人生小故事,其目的,按《独立者》编辑的话来说,是"表现一些从事特殊职业的普通工人的生活,让每一个故事看起来都是一个真人的真实经历"。《独立者》的一个自传体稿件是一部题为《种族问题——一个南方有色女人的自传》("The Race Problem – an Autobiography by a Southern Colored Woman",1904年3月17日)的作品。这部自传体作品的匿名作者讲述了去"南方一个(她不知道的)城市"的经历,"那里实施的是歧视黑人的法律"。她上了电车后,找了一个行动方便的座位坐下。

> 列车长对她大喊道:"你想干吗?这是南方,在这儿,黑人不能跟白人坐在一块。你肯定打老远的北方来。我可不是罗斯福。我们不会和黑人坐在一起,更别说跟他们一块儿吃饭了。"

第二章　少数族裔的生活和"人生小故事"

我很吃惊地说："我是外地人，并不了解你们这儿的法律。"列车长回答说："啊，现在不许顶嘴，我在这儿的职责就是干这个，告诉那些不知情的黑人他们该坐在哪儿。"

所有白人男女和孩子都认为列车长很机智，因此而窃笑起来。

这个南方有色女人被剥夺了对那些似乎体现现代性的交通工具的全部使用权：此后不久，一座摩天大厦又禁止她乘坐客运电梯，因而她被送去乘坐运货电梯。现代化的背景与自传主人公所遭受的非人待遇形成强烈对比；和《温柔的莉娜》不一样，在这个南方有色女人的故事里没有任何怜悯之心。

在这位有色女人乘坐的电车上，那些"白人"是什么人？他们中是不是有来自欧洲而在美国因其"肤色白"而受益的移民？说明问题的是，列车长暗指 1901 年 10 月 18 日西奥多·罗斯福和布克·T. 华盛顿（Booker T. Washington）共进午餐这一名人轶事，借此来说明种族隔离的合理性，这件事招致了一场公开反对不同种族共同进餐的骚动。一些白人声称："一个白人竟然用自己的饭桌招待一个有色人，真是恐怖。"这次共餐后的第二天，《巴尔的摩太阳报》（Baltimore Sun）在头版发表了多少有点引人误解的大标题：《要被置于白人之上的黑人》，并发表社论说，建立在"社会平等"基础上的这种交往是南方不能接受的，因为"这种交往不可避免的结果就会是黑人男人和白人女人之间以及白人男人和黑人女人之间互通婚姻"。在种族界线分明的时代，罗斯福和异族人共进午餐是一个重大的公共事件。这足以构成一部小说的主题，从而成为罗伯特·李·德拉姆（Robert Lee Durham）的《南方的呼唤》（*The Call of the South*, 1908）的狂妄小说的基础。这本书实际上是以一个假想为基础的：总统的女儿邀请黑人领导人吃午饭，后来和一个曾祖父是非洲黑人的人相爱并结婚，酿成了悲剧，带给总统及其女儿的是最大的灾难性后果。《独立报》的读者显然期待能够捕捉到对罗斯福的暗指。

对异族间共同进餐的敏感只是紧张的、一触即发的种族关系的一个反映。20 世纪初，美国对民族多样性的争论如日中天、冲突重重。黑人和白人间的肤色界线是最深层的分界线；但是，也存在很多其他的种族断层线。美国已经从一个小的、褊狭的、受英国管制的农业国发展成为一个大的、多民族的、日益城市化的国家。1910 年，美国的人口是 9200 万人（是内战前 2300 万人口的四倍），其中约有 1000 万黑人（1850 年只有 350 万），这其中又有 28 万土著印第安人。移民的比例达到了引人瞩目的程度：1910 年统计的数字中有 1300 多万人不是在美国出生的，多数生于欧洲；如果把出生于其他国家的美国人的第二代孩子包括在内的话，这个数字会增长到 3200 多万人，人口普查

385

◎少数族裔文学现代主义

时，是把他们归在"祖先完全是外国白人"那一类来进行统计的。250万人来自德国，150多万人来自俄国，另有100多万人分别来自爱尔兰、意大利、奥地利、斯堪的纳维亚和英国。这些新到的移民多数都是在19世纪80年代到20世纪20年代间"新移民"高潮时期到美国的。其中有2.3万日本人、8.5万中国人（在禁止中国人移民到美国的法律生效后，其数量立刻就下降了），还有许多西班牙人和一些法国人，他们因为美国的兼并和领土扩张而被吸收成为美国公民。美国内部从南方到北方、从乡村到城市的大规模移民进一步影响了从一战开始发生着变化的美国城市人口构成。例如，1910年，所有非裔美国人中有1/4居住在城市，到1950年，人口总数约为1500万，其中一半以上生活在城市里。

在这个时期，要让人们树立起一种多民族的、拥有跨文化和跨种族情感的美国国家认同感，这种机会是渺茫的，因为当时正是建立一个单一民族国度的理想登峰造极之时。民族多样性和语言多样性被成功地描述成是政治炸药和严重文化危险物，它使美国"巴尔干化"，把它变成了一个"分崩离析的家庭"或一个新的"巴别塔"。支持持续移民的人常常把同化为盎格鲁美国人视为融合新移民的最好方法，而反对者（他们怀疑这种同化对于多样化的"民族血统"是否可能）则选择限制和排斥。第一次世界大战期间掀起了一场美国化运动，随之而来的是语言禁令以及外来词的英语化和名字的英语化。1929年，沃尔特·李普曼评论说："在一些公众的示威活动中，美国化运动与爱国主义的类同程度，就如同强奸萨宾妇女与但丁爱比阿特丽斯的类同程度一样多。"① 1920年以后，由于立法的限制，移民的数量急剧下降，1910年到1930年间大约有1000万移民，而在1930年到1950年期间只有150万移民，而当时正是数百万人需要庇护的时候。（对比之下，仅在1907年一年就有125万多移民到了美国。）1910年，每七个美国人中就有一个以上是出生在其他国家的；到1950年，这个比例减小了一半多，当时美国的全部人口1.5亿人中仅仅有1/15是移民过来的。移民限额，以及种族偏见气焰的增长，成为日渐嚣张的美国白人保守主义的众多社会表现之一，这种白人保守主义尤其对臆想出来的"非白人"的社会范畴充满敌意。

进一步剥夺非裔美国人的权利、推进种族隔离、白人滥用私刑和聚众滋

---

① 比阿特丽斯（Beatrice），诗人但丁所爱的佛罗伦萨女子，其形象曾出现在但丁的名著《神曲》中。但丁对比阿特斯的爱是一种精神之爱，比阿特丽斯在但丁心中就像圣母之于基督徒。李普这里的意思是，美国化运动与爱国主义截然不同，没有可比性，就如同强奸萨宾妇女与但丁爱比阿特丽斯没有任何可比性一样。——译注

事的这些暴力行动被委婉地称为"种族骚乱"（在圣路易斯和塔尔萨东部），禁止不同民族互通婚姻的禁令得以延伸，受优生学家影响的法律和公然的种族主义法律得以通过，如《弗吉尼亚保持种族纯洁性法案》（Virginia Act to Preserve Racial Purity，1924），对美国印第安人的政策从强制性同化到实行部落组织的《印第安人重组法案》（Indian Reorganization Act，1934）的急剧转变，对非洲移民实行严重的歧视性体制，以及一种带有敌意性的白人"种族意识"得到更加广泛的传播，这些都受到美国公民和知识分子的支持，这种情况至少延续到二战前。简言之，对美国的少数族裔来说，这段时间并不是特别舒适安逸，因为他们面临着巨大压力，其中，有白人强烈主张"白肤色"霸权主义的压力和他们要同化为盎格鲁－美国人的压力。

然而，1910年到1950年几十年间发表的少数族裔小说作品确实是令人印象深刻；这些年间，美国少数族裔文学从美国文学的边缘位置转移到了中心。美国黑人经历了哈莱姆文艺复兴的繁荣，文学小说作品产出的强劲势头一直持续到20世纪30年代和40年代，为完全进入美国主流文学开辟了道路，进入的标志是"每月一书俱乐部"选编出版的理查德·赖特的《土生子》（1940），以及拉尔夫·埃利森的《隐形人》（Invisible Man，1952）获得了国家图书奖。美国犹太散文作家贡献出了强力作品，从最初仍然处于边缘地位的亚伯拉罕·卡恩、安齐亚·叶捷斯卡、塞缪尔·奥尼兹（Samuel Ornitz）和丹尼尔·福克斯等人的作品，到索尔·贝娄获国家图书奖的《奥吉·玛琪历险记》（Adventures of Augie March，1953）到达顶峰，直到后来获得公众最大程度的认可，其标志是在1976年和1978年索尔·贝娄和艾萨克·巴什尔维斯·辛格（Isaac Bashvis Singer）分别被授予诺贝尔文学奖。移民自传以及民族自传作品和小说代表了许多不同群体的生活，从叙利亚人（塞缪尔·里茨）（Samuel Ritz）到牙买加人（克劳德·麦凯），从爱尔兰人（玛丽·多尔·库兰）（Mary Doyle Kurran）到意大利人（约翰·范特）（John Fante），从斯洛伐克人（托马斯·贝尔）到斯洛文尼亚人（路易斯·阿达米克）。少数族裔作家正和许多作家一样，得益于新制度的建立：罗斯沃德奖学金和古根海姆奖学金使得作家有充分的时间进行创作，不让写作中断，像亚都或陶斯①（Taos）这样的作家中心，为志同道合的人提供了在一起工作的环境，还有，现代刊物扶持现代小说作家进行创作。惠特·伯纳特（Whit Bernett）和玛莎·福利（Martha Foley）的《故事杂志》（Story Magazine，1931—1953）发

---

① 陶斯（Taos），美国新墨西哥州一个城镇，从1898年以后逐渐发展成为一个艺术家的聚居地，吸引了包括约翰·马林和D. H. 劳伦斯在内的许多作家和艺术家。——译注

表了那些如内尔森·阿尔格伦、威廉·萨洛扬、佐拉·尼尔·赫斯顿、詹姆斯·托马斯·法雷尔和理查德·赖特等作家的作品，并给予他们奖励；每年出版一次的《优秀短篇小说集》（Best Short Stories, 1915—1932）和《美国优秀短篇小说集》（Best American Short Stories, 1942—1977）让更多的读者能读到很多短篇小说作家的作品——其中有康拉德·贝尔科维奇（Konrad Bercovici）、内尔森·阿尔格伦、索尔·贝娄、里奥·瑟梅列恩（Leo Surmelian）、卡罗斯·布罗桑、符拉迪米尔·纳博科夫（Vladimir Nabokov）和莱昂内尔·特里林。路易斯·阿达米克的杂志《共同立场》（Common Ground, 1940—1949年间由美国和谐共进公会出版）、埃德文·西弗（Edwin Seaver）的《截面集》（Cross Section）有一个特殊目的，就是在当代美国作家当中体现一种多民族性。最重要的是，公共事业振兴署给予许多后来功成名就的艺术家和作家以支持。从1935到1943年间，联邦作家计划（FWP）雇佣了有多种多样背景的作家，为意见的交流创造了一个广阔的论坛（如剧院、刊物和会议），并让作家们参与政府资助的大规模的调查评估美国社会状况的事业，包括有趣的历史研究项目或社会科学研究项目，如《作家指南系列》（Writers' Guide Series）的筹备工作和实际写作工作，对很多曾经是奴隶的黑人的采访，对乡村民间故事和城市民间故事的收集。1939年6月14日，也就是拉尔夫·埃利森在哈莱姆从事联邦作家计划的工作期间，听到并记录下了黑人中流传的猴子斯维特"能让自己隐形起来"的故事，这表明了联邦作家计划在美国文学发展进程中的重要性。随着时间的推移，作家们在美国各地的大学里讲授"创造性写作"的可能性会越来越大。

一战期间在益格鲁美国人的民族优越感和政治逻辑的强大混杂之中，对英语之外的语言的敌意被煽动起来，这就抑制了以英语以外的语言进行创作的美国少数族裔文学的发展，尽管如此，美国的非英语散文作品依然在出版。从1917年到整个20年代期间，邮政部长庞大的翻译监管机构对外语文章进行监督，影响了共2000种外语期刊，包括鲁塞尼亚语、叙利亚语、波西米亚语、"西班牙—犹太语（拉丁美洲语）"、塔加路—米沙鄢语①、罗马尼亚语和其他许多语言的美国期刊和波兰拉丁语、丹麦挪威瑞典语或德国匈牙利语的双语杂志和三语杂志。但是，仅仅几年后，标志着美国非英语文学顶点的O. E. 罗尔瓦格的挪威语移民家世小说的前两卷《在那些日子里》（In Those

---

① 塔加路语（Tagalog），居住在菲律宾吕宋岛和棉兰老岛的塔加路族人说的语言，是菲律宾语的基础；米沙鄢语（Vusayan），菲律宾最大少数民族米沙鄢人的语言。——译注

第二章 少数族裔的生活和"人生小故事"

Days, 1924)和《王国的建立》(Founding the Kingdom, 1925)被林肯·科尔科特(Lincoln Colcord)翻译成以《地球上的巨人:草原传奇》(Giants in the Earth: A Saga of the Prairie, 1927)为名的英文版,受到极大的欢迎。

现代多元文化文学的基础是在那几十年奠定的。不仅奥利弗·拉法奇(Oliver LaFarge)广为人们阅读的《欢笑的男孩》(Laughing Boy, 1929)里的一句祈祷文("晨光明媚的房子,黄昏暗光笼罩的房子"),后来在 N. 斯科特·莫玛戴(N. Scott Momaday)的小说《黎明筑成的房子》(House Made of Dawn, 1968)里被提到,而且当时重要的现代小说,如美国土著人约翰·约瑟夫·马修斯(John Joseph Mathews)的《夕阳西下》(Sundown, 1934)、达西·麦克尼克尔(D'Arcy McNickle)的《四面战歌》(The Surrounded, 1936)也都出版了。亚裔美国小说和自传也随着以下作品的出现开始起步了:水仙花(Sui Sin Far)不落俗套的小说集《春香夫人》(Mrs. Spring Fragrance, 1912)和康永熙(Younghill Kang)的《由东到西:一个东方美国人的成长》(East Goes West: The Making of an Oriental Yankee, 1937),刘裔昌(Pardee Lowe)的《父亲和光宗耀祖的后代》(Father and Glorious Descendant, 1942),卡罗斯·布鲁桑(Carlos Bulosan)的《美国在我心中:个人成长史》(America is in the Heart: A Personal History, 1946),敏雄森俊夫(Toshio Mori)的《横滨,加利福尼亚》(Yokohama, California)和山本久枝(Hisaye Yamamoto)的《十七个音节》("Seventeen Syllables",都在 1949 年出版)。"奇卡诺人"(Chicano,墨西哥裔美国人,从"墨西哥人"mexicano 衍生而来)这个词第一次出现在马里奥·苏亚雷斯(Mario Suárez)的短篇小说《索尔·加尔萨》("Señor Garza", 1947)里,这部小说初步展示了 1950 年后兴起的墨西哥裔美国文学运动的特征,这场运动的发端是约翰·雷奇(John Rechy)的短篇小说,如《我们的埃尔帕索》("El Paso del Nortre", 1958)和乔斯·安东尼奥·维拉利尔(José Antonio Villareal)的小说《美国化了的墨西哥人》(Pocho, 1959)。

少数族裔作家所面临的艰难困苦影响了他们的文学创作。随着立法的修改,关于美国未来和各种族裔群体本质的辩论激烈起来。在这样的背景下,族裔自传体文学成了一个突出的政治体裁,因为它似乎让普通的大众读者了解了整个民族群体的"希求"、潜在的"可同化性"或"相容性"。非族裔美国作家通常颂扬自由、独立的个人主义,而少数族裔作家在被称为"被迫的抗议"的体系下进行文学创作,因为他们被认为是整个群体的体现,从而他们的作品被当作关于他们所体现的整体的信息的提供者来读。那么,用英语书写的美国少数族裔自传,除了有一些重要的特例外,倾向于呈现一个被给予肯定认识的集体自我,这就遏制了在展现个体时非常坦诚地进行自我批评,因为这可能对作者及其所属群体不利,从而把文学揭露变成了一种"对这个民族的记录",这是不足为奇的。进行反面塑造的自我刻画如理查德·赖特的自传《黑孩子》(*Black Boy*,1945),是一种很讲究策略的手法,意在表现种族隔离对人类意识的可怕影响——然而,尽管赖特的政治意图是反对种族隔离,但他还是常常受到批评,因为他没有在《黑孩子》里更加积极肯定地展现非裔美国人的生活。

当人们对什么人应当和什么人不应当被包括在"美国人"的范畴里的争论进行得如火如荼的时候,少数族裔作家的回答常常是"我们是美国人"。他们就在书的标题里宣布了和美国文化及其政治体系的相容性,尽管他们的存在是那么的令人置疑。雅各布·里斯(Jacob Riis)以他的自传《一个美国人的成长》(*The Making of an American*,1917)定下了基调,玛丽·安婷后来在写自传时,也希望能用这个标题;但她最终选择了《福佑之地》(*The Promised Land*,1912)这个标题,而她的作品成了这个体裁真正意义上的代表作品。其他采用了"美国的"标题的作家有:爱德华·斯坦纳(Edward Steiner),其作品是《从异乡人到公民》(*From Alien to Citizen*,1914);马尔库斯·拉瓦奇(Marcus Ravage),其作品是《一个成长中的美国人》(*An American in the Making*,1917);霍拉斯·布里奇斯(Horace Bridges),其作品是《论成为一个美国人》(*On Becoming an American*,1919)和《爱德华·伯克的美国化》(*The Americanization of Edward Bok*,1920);路易斯·阿达米克,其作品是《我的美国》(*My America*,1938);以及萨勒姆·里兹克(Salom Rizk)的《叙利亚美国佬》(*Syrian Yankee*,1943)。因而,格特鲁德·斯泰因的标题《美国人的形成》(*The Making of Amevicans*)也是对一种日渐繁盛的体裁的顺应。

限制移民主义者和自由主义改革家都从犯罪、健康、住房状况和贫穷等问题的角度讨论了民族多样性,这个时期有代表性的族裔作品文本有美国移民及其后裔所写的典型作品,以及不仅声称是美国的一员而且强调说"缔造了它"的少数族裔成员写的典型作品。继著名标题如布克·T. 华盛顿的自传《挣脱奴役》(*Up From Slavery*,1901,部分是由麦克斯·宾耐特·思雷舍代笔的)之后,爱尔兰移民亚历山大·欧文(Alexander Irvine)给他的自传安排了一个有力的标题《从底层崛起》(*From The Bottom Up*,1910),这些说法后来成为了 20 世纪 60 年代美国社会历史学家的口号。一脉相承的标题有迈克尔·普平(Michael Pupin)的《从移民到发明家》(*From Immigrant to Inventor*,1923)和理查德·巴托尔特(Richard Bartholdt)的《从三等舱到国会》

(*From Steerage to Congress*, 1930)。写族裔自传的作家以美国"从木屋到白宫"的崛起的传奇方式,试图把移民和少数族裔写进人们在教育上和经济上取得成功的故事里,把他们的边缘性转变成一个典型的美国故事。这些自传里的一些插图通常证明了这一点,刚刚粗粗翻阅过这些卷宗的读者一开始读到的是平淡无奇的人生之初的形象,如 S. S. 麦克卢尔(S. S. McClure)在爱尔兰的出生地,然后是这些人物和有名的盎格鲁美国人或英国人的相遇(对雅各布·里斯和爱德华·伯克来说是西奥多·罗斯福;对玛丽·安婷来说是爱德华·埃弗里特·黑尔,对 S. S. 麦克卢尔来说是罗伯特·路易斯·史蒂文斯),再后来他们在美国有了一个令人羡慕的住处,如以"'幸福的窝穴'——欧文先生现在在纽约皮克斯基尔附近的家"为题刊登出来的整页大的照片,或"爱德华·伯克现在在宾夕法尼亚州梅里奥的家'卍'(由卢迪亚·吉卜林命名)"。

少数族裔作家感到,他们的一个任务就是与人们普遍持有的族裔成见作斗争:迈克·高尔德的《没有钱的犹太人》(1930)在标题里宣布了这一战略,叙事者描述说,他很愤慨,因为老师叫他"小犹太人"。(这一称呼有一个巧妙对应,那就要去读迈拉·凯利作品《小小公民们:学校生活里的幽默》(*Little Citizens*: *The Humour of School Life*, 1904)里题为"西斯特街的王子殿下"那一章;作品从爱尔兰裔美国教师康斯坦兹·贝利的视角讲述了纽约下东部[贫民区]学校的故事,其中包括这样一段情节:伊西多·贝尔查托斯基"操着越来越流利的……诅咒、辱骂,用的那些词老师从来没听过或不知道,只能模糊地猜测其意思"。)牙买加移民克劳德·麦凯在自传《远离家乡》(*A Long Way from Home*, 1937)里有很多对种族成见不断进行的质问:例如,当一个俄国诗人的妻子邀请麦凯和她"跳爵士舞"时,他照办了,但他讽刺说他很可能没有"达到非裔美国人舞蹈艺术的标准"。托马斯·贝尔有关斯洛伐克裔美国钢铁厂工人的小说《冲出熔炉》(*Out of this Furnace*, 1941)被作者本人看做是对"所有蔑视斯洛伐克人、没有思想的人的回应",这些人把他们定型为"佬"。杰尔·曼琼(Jerre Mangione)带有自传性质的作品《阿莱格罗山》(*Mount Allegro*, 1942)描写了年轻的格兰多·阿莫罗索(Gerlando Amoroso)如何试图说服他的老师虽然他是意大利人,却没有歌唱家或画家的天赋;他被一种严肃的口吻教导道,作为西西里岛人的孩子,他不应再公然手持刀子——即使在吃饭的时候。在别人看来,要成为挥舞着刀具的西西里岛人的刻板形象可能是很难的。有讽刺意味的是,这种与种族成见交锋的倾向产生了一个奇怪的事实:一个读者在寻找对某一群人的种族成见的过程中,很可能从那群人中的某些成员的文学作品里遭遇到种族成见,因为他们在作品里通常尝试着命名、攻击和驳斥这些陈旧的观念。在约翰·范特（John Fante）的短篇小说《一个意大利人的冒险记》（*The Odyssey of a Wop*, 1940）里，叙事者讲道："随着我逐渐长大，我发现意大利人用 Wop 和 Dago① 比美国人还要多。"然而，他也讲述了他做服务生时发生的一件事，他受到厨师奚落，以至于他一时之间成了操舞刀子的真正的种族典型："我没想着把它扔出去，但是，他说我不会扔，我就扔了。刀子从他头上飞过去，撞到墙上，咔嚓落地。"

美国族裔自传作者感到有很大风险，因为一个"普通读者"可能根据单独的一本书来判断一个作家的民族群体优秀与否。因此，少数族裔作家们倾向于渲染他们的成就，把他们的成就和向上层社会攀升的流动性认同为是属于他们各自整个民族群体的，属于美国的，而没有揭露他们个人的堕落、梦魇、恐惧和做人的失败。他们常常争辩说他们所在民族与美国有一种特殊的关联，一种早期的历史渊源，一种同呼吸共命运的生死与共，从而使他们的群体变得特殊。强调这种特殊的亲密关系的声音被称为"安家神话"，许多民族群体强调说，他们很早就到了这个"新世界"，和美国有语言上的关联，有共同的战争经历，有某种"天赋"，或与美国存在意识形态上有联系，或拥有任何其他适宜建立各自群体文化和美国主导文化所谓的统一性的因素，从而让他们心安理得地把美国当作自己的家。少数族裔主人公——包括自传撰写人自己——有时是这样的安家神话的生动体现。

移民和少数族裔群体还通过贬低其他族裔群体来证明他们自己。高尔德在《没有钱的犹太人》里对意大利男孩们的刻画，奥尔·罗尔瓦格在《地球上的巨人》（1927）里对爱尔兰邻居的描写，埃德纳·费伯（Edna Ferber）的《美国美人》（1931）里对波兰农民的勾勒，这些只不过是这个普遍策略的少数几个例子。在安齐亚·叶捷斯卡的《廉价公寓里的莎乐美》（1922）里，犹太人女主人公索尼亚·维伦斯基（Sonya Vrunsky）从心爱的盎格鲁美国人约翰·曼宁身上看到的是"盎格鲁—撒克逊人的冷淡，天上所有的阳光都不能融化这几个世纪以来结成的坚冰"。与这种老生常谈相对应的是叶捷斯卡对女主人公进行的描述没有什么讽刺意味，但反犹太口气相当强烈："她那永不止息的希望民族崛起、变失败、心碎和失望为动力的强烈愿望又一次让她鼓起勇气、充满希望。"亨利·罗斯的《称它为睡眠》（1934）里一个肉商的妻子警告丈夫说："你和意大利人作对吗？你不知道他们身上带着匕首——他们所有人都带？"这似乎正好和 杰尔·曼琼作品里的描述相反。简言之，

---

① Wop 和 Dago 是对意大利人的蔑称。——译注

第二章　少数族裔的生活和"人生小故事"

由局外人、边缘人、移民和族裔人叙述的生活故事在肯定种族成见方面很可能问题重重。即使在族裔作家对一些特定的法律和风俗习惯、偏执、种族主义或对美国性的狭义观念进行社会批评和攻击时，他们也可能比当时占主导地位的群体的某些作家更加乐观自信，并和他们一样都心存偏见。

在有关移民问题的辩论方面有一部非同凡响的作品，那是由菲力克斯·费里·韦斯（Felix Feri Weiss）执笔的一部不同寻常的叙述性作品《筛子：或人类磨房的启示》（*The Sieve: or, Revelation of the Man Mill*），作者于1892年到达美国（显然是从匈牙利来的），并成了一个移民检察官。他写作的范围几乎与他的个人生活和过去全都无关，而把注意力放在了把坏人从需要的外国人中挑出来的艰难工作上。拉脱维亚的无政府主义者，来自各地的偷渡者，一个患有沙眼的亚美尼亚女孩（她是一个"没有国度的女孩"，她的案例径直到了美国最高法庭），因被摩门教士引诱离开父母、踏上犹他州的一夫多妻制命运的年轻欧洲女孩，意大利的相片新娘①，被偷偷贩卖而来的中国人，以及从许多国家来的、对他们在美国的目的地有着几乎无法理解的认识的合法移民，这些是导致"筛子的漏洞"的问题案例，韦斯试图通过"优生学信仰"的信念来填补这些漏洞。他的书描写了移民到达美国的场面，和许多移民的叙述形成鲜明对比。但是，尽管他具有限制移民主义的态度，他还是认为自己的工作为普利茅斯岩石②再次作出贡献尽了一己之力，他在书的结尾自豪地提及，在英国清教徒前往美国之旅三百周年纪念日之际，他在普利茅斯参加了一个移民教育大会。

作为强调美国种族包容性策略的一个平衡性因素，少数族裔文学在提及家乡和非"美国的"性格特征时，表现出肯定态度。在提及故国的同时，他们常常流露出一点对美国微妙的抵制和公然的批判。即使在最亲美的作品和表面上推崇同化主义的作品里，情况也是如此。以第三人称写的《爱德华·伯克的美国化：一个荷兰男孩50年后的自传》（1920）是成功故事的一个典范，有着这一体裁欢快的特质，并歌颂了进步和收获的喜悦。但是，即使伯克这位《妇女家庭杂志》的著名编辑，在写到自传的结尾之处时加进去了一个标题为"美国不合我之处"的部分。在那部分里，伯克回忆说，刚到美国之初，这个国家看起来是多么的挥霍无度："布鲁克林的家庭一周里丢弃的东西能养活多少荷兰穷人，这是个简单的算术题。"他抨击"可恨的美国英语"，

---

① 相片新娘，即通过照片与丈夫认识，到丈夫所在的异地他乡结婚的新娘。——译注
② 普利茅斯岩石在美国马萨诸塞州普利茅斯港口，相传为首批清教徒移民登陆之处。——译注

◎少数族裔文学现代主义

如"那就行了"这样的话,因为它阻碍了美国人对完善和卓越的追求。(25年前,亚伯拉罕·卡恩已经把这个短语视为浅薄的美国化的一个症状,这位《纽约贫民区的故事》[*Yekl*:*A Tale of the Ghetto*,1896]的叙事者说:"美国成了一个国家",'那就行了'成了一门语言"。)伯克还批评了把移民美国化的大众运动,他大胆宣称,那些赞成美国化的人自己需要被美国化。他想知道:"是否在国外出生的人,从某个意义上来说,终究不能更好地成为美国人?——是否他不能够站在一个更真实的角度?是否他内心怀有的深切欲望并不是想看到美国变得更加强大?是否他对它不完善的制度保持现状并不是不太满意?是否在看到这些缺陷的时候,他并不是更坚定地努力让美国实现那些理想或实现那些他感觉存在于他本性里、自己的家乡具有的最基本的东西?而他是否急于把其中最好的东西移植到他归依的国家的性格里?"伯克56岁时从《妇女家庭杂志》的编辑位置退下来,他给出的原因并没有什么令人吃惊的:"毕竟,他仍是荷兰人;他坚守他的人民多年以前得出的教训……生命的伟大冒险比实际工作更加精彩,出发的时机就是出行有意义的时候!"当时很有讽刺意味的是,伯克争辩说,因为他是而且一直是荷兰人,这才让他更好地成为一个美国人。令人吃惊的是,他是在美国化运动的巅峰时期这样说的,而且还受到了罗斯福公开的支持。

美国族裔自传和散文小说具有其潜在的价值及局限性,这在《独立者》上发表的短篇人生故事里显而易见,其中,南方有色女人的故事是一个例子。在一战前,70多个那样的人生故事出现在《独立者》上,有劳工改革倾向的进步党编辑汉密尔顿·霍尔特(Hamilton Holt)感到,这些人生小故事(它们被这样称呼道)有可能构成一个新的多民族美国的整体形象。霍尔特为《独立者》收集这些人生故事的想法是在几个专业作家的帮助下才得以实现的,其中有西德尼·雷德(Sydney Reid),已经提过的爱尔兰裔美国人亚历山大·欧文,以及在普林斯顿大学上过学的作家欧内斯特·普尔(Ernest Poole),普尔也帮厄普顿·辛克莱的《屠场》找素材,并且写了小说《街道的呼声》(*The Voice of The Street*,1906)——一部关于纽约东部贫民区的书,后来写了《海港》(*The Harbor*,1915)和《上百万》(*Millions*,1922)。1925年,霍尔特成为佛罗里达州温特帕克罗林斯学院的院长,在那儿他推行了教育改革,并吸引了一群优秀的教员,其中有一些人在1933年的严重危机后离开了罗林斯,建立了更具有实验性的(更出名的)黑山学院——美国美学现代主义的发源地之一。

霍尔特收集了16个人生故事,并整理成《平凡的美国人自己讲述的人生故事》(*The Life Stories of Undistinguished Americans as Told by Themselves*,

第二章 少数族裔的生活和"人生小故事"

1906）。这个纲领性的标题表明，世界上任何一个人都能够成为美国人，而"平凡"可能是区别性的一种标志。作品集的第一个故事是关于安塔纳斯·卡兹陶斯基斯（Antanas Kaztauskis）的，他是从俄国压迫下的立陶宛逃出的难民，在芝加哥一家残暴的牲畜围场工作，并加入了一个工会（和厄普顿·辛克莱的《屠场》有相似之处，它们发表于同一年）。在对这个受利益驱动的世界进行的纪实性描述里，死亡的机制变得如此真实，令人不寒而栗：

> 我在宰牛的屋子里工作。我干推动水槽里的血流的活。一些人认为，这些工作会让人发疯。我不那样认为。屠宰牲畜的人并没有那些身穿华丽衣裳每天前来观看的女人们坏……牛并不受罪。它们被一个大锤子击得没了知觉，不等它们醒来，它们已经死了。这样做并不是让它们免受痛苦，而是怕它们一躁动、因害怕和疼痛出汗，肉质就不太好了。我很快就看出，房子里的每项工作都是这样做的——为的是少投入多赚钱。和我一起工作的一个立陶宛人说："他们把那些牛的血吸干，把我们人的血汗榨干。"

这部书最后讲的是一个中国商人李秋（Lee Chew）的故事，他希望能从纽约的中国城回到中国的家乡：他甚至画出了他父亲房子的平面图。书中，美国印第安人阿-尼恩-拉-德-尼在宾夕法尼亚州的一所学校里被禁止使用他所通晓的唯一的语言来表达自己，非裔美国人经历了乔治亚苦役营地狱般的生活。伊利诺伊州一个农民的妻子不得不与压倒人的繁重劳役和她自己的丈夫作斗争，为的是追求她的作家生涯；一个四处游历的南方卫理公会牧师和视力上的缺陷作斗争，追求自己的事业。意大利擦鞋童罗考·科莱斯卡（Rocco Corresca）和瑞典农夫阿克赛尔·贾尔森（Axel Jarlson）分别在纽约和明尼苏达开创他们的生活。一个日本雇员描述了加利福尼亚的老板是如何羞辱他的。在血汗工厂工作的波兰工人萨迪·弗鲁恩（Sadie Frowne）说："针穿过指甲的时候手指疼，而它刺透骨头的时候，损害就大了。"她的话轻描淡写，似乎有些随意，却无比生动、深刻，她总是很早去上班，并对此进行了天真滑稽的前现代性描述，工业劳作的破坏性赋予了这种描述严肃的一面，因为她不相信闹钟的存在："我听说有一种钟能够在你想起床的时间叫你，但我不信，因为我不明白这种钟怎么会知道的。"美国的一个希腊小贩怀念希腊水果的味道，并提到了10%的移民又回归了希腊；法国裁缝阿米莉娅·木兰（Amelia des Moulins）明白，世界上只有一个巴黎，渴望着能有一次航行把她带回法国。德国女护士艾格尼丝（Agnes）讲述了她工作中的起起伏伏，她渴

395

望嫁给一个食品杂货店的职员。亲土耳其的叙利亚教堂把一个叙利亚记者判了死刑,因为后者在纽约阿拉伯语的新闻媒体上发表了有关亚美尼亚大屠杀的批评性文章。

一些移民故事里有对到达纽约看到自由女神像时的情景的描写。萨迪·弗鲁恩(Sadie Frowne)写道,到纽约后,她"看到了这个美丽的海湾和头上戴着尖钉状头冠、手里擎着一盏晚上点亮的灯的巨大女神像(自由女神)";一位叙利亚记者提到,他"在经过这个巨大自由神像时离她很近",从远处看到"远方天际和蓝天相接的美丽白桥以及像我们家乡的山峰一样巍然挺拔的摩天大楼"。如是的描绘出现在一长列文本里,以爱玛·拉扎勒斯(Emma Lazarus)的诗《新巨像》(*The New Colossus*, 1883)为开端,这首诗重新阐释了这个被官方赋予体现法美友谊、欢迎移民的一个标志的自由神像。在一些人生故事里,这种象征意义被很有趣地误解。匈牙利雇工麦克·特迪克斯(Mike Trudics)把神像手中的火炬当作扫帚来描写:"一个穿着体面、和我们说同一语言的男士告诉我们,矗立在港口的这个巨大铁质女人像是一个随意给予人们自由而不需要人们付出任何代价的女神。他说她手里像扫帚一样的东西是一盏灯——它带给我们光亮和自由……他告诉我们,这个扫帚可以容一个人站立。"

这些故事描写了好多趣事和休闲生活,其中有算命人、咖啡馆、剧院、野餐或音乐会,并多次提到科尼岛——但是,那里正在推出福默雷·庞西(Fomoaley Ponci)展,他是从最近被征服的菲律宾带来的伊哥罗特人首领。他是对赤裸裸的不平等的提示,这种不平等不仅在新世界盛行,甚至在娱乐界也存在。有趣的是,《独立者》发表了俄国作家马克西姆·高尔基(Maxim Gorky)对科尼岛的当代评论,说它是一个"赢利的行业,是从某些人口袋攫取收入的一种手段",这些人由于工作单调乏味而感到"烦闷"(论文的标题)。《平凡的美国人自己讲述的人生故事》里讲述故事的各种各样的美国人之间存在着紧张的社会关系,这种关系不只存在于科尼岛这一个地方:他们属于不同的阶层,其差别如此之大,以至于仅仅希腊小贩的一部分收入就完全可以挽救非裔美国人,并帮助其摆脱做苦役的命运。这部作品从整体来讲,表明了它的编者意在扩展"美国人"这个词的词义。但它也揭示了一个贫富差距悬殊的多民族社会所存在的问题和冲突。

和阶级不平等一样,民族关系紧张普遍存在。由于普通美国人有着文化、宗教和语言上的差别,他们以相互矛盾的标准来衡量对方,有时相互用怀疑、带有偏见的目光审视对方——是"外国人"或"魔鬼"、"红头发的野蛮人"或"异教徒"。当一位爱尔兰厨师得知她的美国老板是犹太人后,就收拾行李

第二章 少数族裔的生活和"人生小故事"

说:"很抱歉,夫人,但是我决不能吃把救世主钉死在十字架上的人的面包。"(这位女士回答说,耶稣也是犹太人,但这只是坚定了女仆辞职的决心。)中国商人说:"只要能找到中国人,没有人会雇用爱尔兰人、德国人、英国人或意大利人,因为我们中国人是那么诚实、勤奋、踏实、审慎和不辞劳苦。"每一个人生故事都对它所代表的那群人持一种同情和个性化的看法,而好多故事则散布着对其他群体的"成见"。因而,那个意大利擦鞋工可以说:"他是爱尔兰人,但是个好人……"瑞典农民注意到,他的法裔加拿大朋友"有印第安人的血统,但却一直在笑",而他发现,低等舱乘客"是瑞典人,很可爱、很友好"。对自己同一民族的人持积极肯定的看法,而把其他民族的人看做是属于某些类型,这一特征在美国少数族裔文学里很盛行。这个时期有一部小说是杰西·福塞特的《果干面包》(1929),作品毫不含蓄地让女主人公逐步觉察到这一普遍特性。艺术家安吉拉·默里(Angela Murray)在纽约协和广场创造了一幅"十四街的类型"的巨作,这项工程获了奖,但她承认,它是有缺陷的,因为对其他人来说,安吉拉本人也仅仅属于一种社会"类型"。随着她对穷困潦倒的人的认识和同情心与日俱增,她开始明白"如果一个上层社会的人仿效她的话,她会进行多么激烈的反抗"。

对于一个日趋多民族化的国家来说,其普遍特征是什么?一个人眼里的乌托邦就有可能是另外一个人的地狱。这就使对某一特别的、神圣的、过去的怀旧情绪有一种广泛而共同的表达方式变得困难。例如,宗教对于不同的美国人来说,可能意味着不可预测的多种东西:在美国这个新世界里,这位立陶宛人不经常去教堂,因为他发觉美国的宗教仪式进行得太"慢"。那个意大利擦鞋工注意到,"这里的好多新教徒是异教徒,但是,他们还是有宗教信仰的",他们的教堂"没有圣徒和圣坛,这似乎有些奇怪"。那位犹太制衣工评论说,在美国,只有男人去犹太教堂,这和波兰不一样;和中国相比,李秋写道,美国是一个人们无视孔夫子和其他圣贤训诫的国家。

对于在这部作品集里的主人公来说,美国没有一个人们一致公认的、正在被世俗化的"神圣"领域。从这个方面来讲,他们是美国人的代表。一个多民族的社会可以梦想回归过去哪种宗教信仰呢?基督教?(天主教?新教?希腊和马龙派的东正教?)伊斯兰教?犹太教?印度教?儒教?还是自然崇拜?这本书的人物已经把过去的宗教信仰和世俗生活抛置在身后。但是,他们仍然通过这些多样的过去的眼睛来审视现代的社会。在这种事态中,是否"世俗化"仅仅是一个简便的暗喻,让应当遗留下哪一种形式的神圣性这个问题悬而未决,而注意力集中在变成"现代"和世俗化的共同过程上?是不是"推陈出新"这样一个冠冕堂皇的言辞可能不会令人产生对未来出现团结一致

○少数族裔文学现代主义

的场面的希冀?——以致于李秋的祖父批评说:"总是用新东西取代旧东西,真是对先辈不尊。"宗教原教旨主义有其特定形式,精确的"基于信仰上的价值观念"有着特定形式,"我们信任上帝"这个世俗与宗教相结合的套语被武断地赋予一种含义,这种含义也有其特定的表现形式;在一个过去和现在都有多种信条的社会里,这些特定的表现形式难道不应当存有分歧并具有排他性?

多样性问题也影响到了人们对未来的期盼。人生故事的多数主人公都想象在美国能有一个更好的未来,他们是一些后来回国的人一些只梦想着离开美国回国的人,一些没有祖国可以回归的人,和一些无论在任何地方对未来几乎都不报什么希望的人。(《平凡的美国人自己讲述的人生故事》在表现回国移民的主题方面,反映了在1910年到1930年间30%多的移民回归祖国这个事实。)法国裁缝宣布要回巴黎时,她在渴望着一个其他平凡的美国人不可能希望返回的过去。这突出了现代美国许多"回归……"运动的一个问题,除非伴随而至的仅仅是一个抽象概念,或者模糊性的概括,而后可以被最多样性的内容填充,变得具体丰富。在一个国家非常珍视同一民族、共同的过去和共同的命运的时代,这是一个突出的问题。

甚至个人民族身份的构成可能也是复杂的民族间交流和妥协的结果。那位印第安人描述了他第一次遇到"莫霍克族"这个概括性用语时的情形,他被想当然地认为属于那个民族,但他也从中感觉到一种凌辱(他是对的,因为这个称呼在阿尔冈琴语里意为"食人者"或"野蛮人");那个希腊小贩在对希腊人的描写中轮番使用"他们"和"我们",那位叙利亚人谈到"他的"民族时同样如此。阿克赛尔·贾尔森可能会说"和我们"并且可能意指"在瑞典";但他也用"这个国家"来指美国;"美国人"甚至"住在美国的瑞典人"这些词语不要求叙事者使用代词"我们",它最被常用来指个人所知范围内有着任何国籍的家庭群体和朋友群体。

这些民族问题和民族差异不仅仅在事后才被看出来。一些平凡的美国人对其他人的人生故事直接作出反应。那位南方有色女性在《独立者》上回应了在她之前也发表在这个期刊上的其他第一人称故事。她公然直呼其他两个自传作者的名字。

> 我会感到满足和幸福,如果我,一个美国公民,能像阿克赛尔·贾尔森(一个瑞典移民,他的故事出现在《独立者》1903年1月8日的那期上)一样说:"没有贵族把他推倒,并说他是不值得尊重的,因为他的父亲是穷人。"有"贵族"把我和我同一民族的人推倒,说我们是不值得

第二章 少数族裔的生活和"人生小故事"

尊重的,因为我们是有色人种。中国人李秋在《独立者》1903年2月19日期上发表的文章结尾说:"在这种情形下,我怎么能把这里称之为我的家乡,如果我带上我的钱财回到我在中国的乡村,怎么能责备我?"

幸福的中国人!幸运的李秋!你可以回到你的家乡去享受你的钱带来的乐趣。这是我的村落,我的家,而我是一个无家可归、被遗弃的人!

这些多样的生活故事一起构成了一个多民族的全景图,一个"全面的美国所有阶层的图画"。霍尔特为这部作品选择了那些能最好代表他认为的"五大民族"和一系列有代表性的职业的故事。不限于此,这些人生故事暗示了本世纪初美国工人阶级的普遍关联性。这些故事生动逼真地体现了把某一"类型"和"美国人"这个词联系起来是多么困难,以及把一个多民族民众所具有的、对一个广泛共享的过去产生的历史感想当然是多么困难。

开国元勋、美国的19世纪或几乎美国历史的任何一方面,这些对那么多少数族裔美国人来说究竟能意味着什么?少数族裔作家用英语创作的历史小说很少,就说明了这一问题,虽然历史小说是一种很流行的体裁,而在创作这一体裁作品方面作出微薄贡献的是弗朗西丝·温沃(Frances Winwar)。她出生在西西里岛陶尔米纳的芬奇格拉(Vinciguerra)家族,发表过一个以弗朗西斯卡·迪·里米尼(Francesca di Rimini)的故事为基础的13世纪传奇故事《燃烧的火焰》(The Ardent Flame, 1927),当时用的名字是一个英语化的笔名,这个笔名能把她的意大利家名准确地翻译过来。她还写了一部美国历史小说《绞架山》(Gallows Hill, 1937)是关于引起狂奋的沙仑巫术审判的。但在1910年到1950年间,只有一部非裔美国人写的历史小说被出版,那就是阿纳·邦当的《黑雷》(1936)。亨利·罗斯在30年代试图完成第二部小说,但以失败告终,恰恰是因为他不能想象对一个20世纪土生土长的美国激进分子来说,美国内战的历史回忆可能意味着什么。

从一个自由改革者的角度呈现出来的这些简短自传故事,从许多方面代表了这个世纪前半叶少数族裔自传里存在的比较普遍的紧张焦虑,尽管《平凡的美国人自己讲述的人生故事》并没有揭示出多少这些主人公的心理。故事讲述者回答了问卷调查上的问题,或预见到了这些问题并对此含蓄作答,因此问卷并没有提供多少对此进行揭露的机会。"你来自何方?你为什么来美国、什么时候到的美国和怎样到的美国?你现在的生活状况好些了吗?你在哪里工作?你挣多少钱?你住在哪里?你每天是如何度过的?在你们的群体中,家庭的作用是什么?"作者们或被调查者们忙于回答一堆围绕移民争论和种族争论的直接或间接的问题。他们的人生是他们作为其典型的群体的社会

●少数族裔文学现代主义

代表,这是许多人生故事的标题或副标题清楚解释的一个事实。就此而言,这似乎是有趣的(只需想一想《种族问题——一个南方有色女人的自传》就可以了)。叙述者传达了社会意义,却没有什么时间进行反省。毕竟,这些简短的"人生小故事"可能不是人袒露内心世界适宜的地方。它们是美国读者喜爱的一种体裁,欧内斯特·普尔模仿霍尔特,甚至为反对移民的《星期六晚邮报》(1906)写出了第一人称故事,如《贫民窟中的崛起:从居民到投机商》("Up from the Ghetto: From a Dweller to a Speculator in Slums")和《波兰工人大简讲述的故事》("Getting That Home: Told by Jan, the Big Polish Laborer")。

无数"真实的"和"不真实的"少数族裔自传随之涌现,"真""假"之间的界线比所想象的更加难以划定,一些模仿者写的少数族裔自传体裁就是如此。现在,如果一个人看到一个没有代表性的现代主义油画,并得知它的创作者是犹太人,仅此事实并不一定能加强对这个作品的理解或欣赏。只有法西斯主义者、本土主义者或种族主义者才认为,犹太人决心以犹太人的方式来作画。因此,如果提示出画家是犹太人,可能会在一个法西斯世界产生强大后果。除种族主义偏执狂之外,血缘关系、群体自豪感或微妙区别可能受到一般的认可,这种认可对欣赏作品本身并不一定造成影响。同样,如果我们当时被告知对作者的第一个猜测是错误的,这位艺术家实际上不是犹太人而是盎格鲁美国人,这一信息只会导致我们头脑中产生一个不带感情色彩的纠正过程。

这些规则不适用于美国少数族裔自传(或一般而言,不适用于太多的少数族裔文学)。无论如何,少数族裔文学常常被当作社会证据来读;因此,对少数族裔文学的提倡者和诽谤者来说,被讨论的作品的"民族真实性"问题(主要取决于作者的民族背景)都是一个关键性因素。这一问题至少可以回溯到早期的废奴主义者,如理查德·希尔德斯(Richard Hildreth)相当受欢迎的《奴隶》又名《阿奇·穆尔的回忆录》(The Slave; or, Memoirs of Archy Moore, 1836)。他们编造了奴隶故事,因此受到南方人的挑战。对美国文学进行的讨论试图铲除美国文学中异国味太浓的那些部分。在这个过程中,一些作品因为其作者的民族性而被阅读。例如,伊利诺伊大学的文史学家斯图亚特·P. 谢尔曼(Stuart P. Sherman)在1915年的《国家》杂志上攻击了西奥多·德莱塞,因为他的"野蛮自然主义"代表了"美国文学领域的新腔调,具有源自于我们混杂的人口的'种族'因素"。谢尔曼暗示说,德莱塞的民族背景似乎使他不能成为一个"美国人",不是一个优秀的"主流"作家。

然而,哪怕随意浏览一下,都能发现其形式种类繁多,让意在找出清晰民族界线并以此为基础进行囊括或排除、欣赏或摒弃的阅读过程变得复杂。就如《平凡的美国人自己讲述的人生故事》，"真实的"文本、"被告知的"文本、代写的文本和捏造的文本之间的界线就是不确定的。

一些自传是由其名字为人所知的少数族裔作家发表的，并以第一人称单数叙述的形式。玛丽·安婷的《福佑之地》（1912）是一个代表，开头便是警示语："我是不同于我讲述的故事的主人公之外的另一个人。"安婷建议她的出版商在整部书里对过去的自我和现在的自我用两个不同的名字。其他族裔自传以作者的名字出版，而且是第三人称叙述。《爱德华·伯克的美国化》（1920）是一个很好的例子，其中，对过去的爱德华普遍使用第三人称，而用第一人称描写他当前的观点和意见。因此，有一章的标题是"迷惑不解的伯克"，而另一章的标题是"我欠美国什么"。《平凡的美国人自己讲述的人生故事》里代词的混淆情况只不过是一种比较普遍的现象的一个例子。格特鲁德·斯泰因后来在《艾丽斯·B. 托克拉斯自传》里成为混乱使用代词的大师；表面上来看，那是一部以托克拉斯的口气写的"自传"；从逻辑上来讲，则是格特鲁德·斯泰因以第三人称（而且总是她的全名）进行的叙述。但就在书的结尾之处，这个故事令人惊讶地被放弃了，令人惊讶："约在六周前，格特鲁德·斯泰因说，我看不出来，好像你会去写那部自传。你知道我要做什么。我要为你写自传。我要尽可能把它写得简单，就像笛福写鲁滨逊·克鲁索那样。她已经那样做了，这就是成作。"

一些作家用的笔名会让读者期待读到他的"族裔"作品。19世纪亨利·哈兰德（Henry Harland）以"悉尼·鲁斯卡"的名字发表了犹太传奇故事；在我们的这个时期末，丹尼尔·詹姆斯（Daniel James）采用了一个从民族角度来讲更为合适的假名"丹尼·圣地亚哥"，出版了一本墨西哥裔美国人的书。文学性小说与族裔身份真实性间的界线复杂难辨，伊顿姐妹温妮弗雷德·莫德（Winifred Maude）和伊迪丝·莫德（Edith Maude）的故事便是一个有趣的例子。作为一对属于英国和中国两个不同民族的夫妇的女儿，伊迪丝选择了"水仙花"（Sui Sin Far）的华裔美国人身份，发表了《一个欧亚人的精神文集撷英》（*Leaves from the Mental Portfolio of an Eurasian*），这是为霍尔特的《独立者》（1909）写的自传体人生故事，而年幼些的温妮弗雷德掩盖了她一半的中国人血统，选择了日本笔名"小野の小町"（Onoto Watanna），并写了日本艺妓传奇故事，如《日本纽梅小姐：一个日裔美国人的浪漫故事》（*Miss Nume of Japan: A Japanese-American Romance*），其中一些故事被好莱坞拍成了电影。看第一眼，两个姐妹中的一个似乎是"地道的"，而另一个是"假的"，但两人不得不想象并保持她们希望表现出来的不同的亚洲人形象。

○ 少数族裔文学现代主义

两姐妹的书都以一种"东方的"方式被夸张设计出来。

匿名发表也允许了一些人完全虚构对自传体裁的期望，如以第一人称单数讲述的《一个前有色人的自传》，被当作是一个有黑人血统、但被看做是白人、现在撩开"面纱"来揭露种族关系秘密的人所作的坦白，但这部小说确实是詹姆斯·韦尔顿·约翰逊所写的。知识分子移民亚伯拉罕·卡恩的第一人称小说《大卫·莱温斯基的崛起》（1917），被卡尔·范·多伦称赞为"20世纪20年代前最为著名的移民小说"，最初以部分连载的形式发表在《麦克卢尔杂志》上，配有插图，标题为《一个美国犹太人的自传》（*The Autobiograph of an American Jew*，1913）。塞缪尔·奥尼兹（Samuel Ornitz）的小说《腿、腹和喉》（*Haunch，Paunch and Jowl*，1923）起初匿名发表，它的出版商伯尼和利弗莱特用一个大问号为它做广告，而没用作者的照片，被哲学家霍拉斯·卡伦划为"假自传"一类。西尔威斯特·C. 朗（Sylvester C. Long）的《长矛》（*Long Lance*，1928）作为一个美国印第安人的自传发表，尽管自传作者是作为一个土著美国人而生活着的，但他声言自己的祖先是印第安人，现在，他的说法常常被认为是毫无根据。当《老爷》（*Esquire*）的编辑想接受意裔美国人、砖瓦匠彼得罗·迪多纳托的《混凝土里的救世主》（*Christ in Concrete*，1937）的故事时，他们担心可能为这样一个"协和广场或格林威治村的笑话"所迷倒，就派犹太裔美国作家迈耶·莱文（Meyer Levin）去"探访、调查迪多纳托先生，肯定或否认我们对他带着的嘲讽的嫌疑"。庆幸的是，莱文发现迪多纳托确有其人；莱文报告说，这个年轻的意大利裔美国作家"确实是一个砖瓦匠，显然还是一个非常好的工匠"，而且他看起来"像年轻时候的但丁"。伊丽莎白·斯特恩（Elizabeth Stern）的作品《我母亲和我》（*My Mother and I*，1917，由西奥多·罗斯福作序）和《我是个女人——而且是个犹太人》（*I Am a Woman – And a Jew*，1926），长期以来被当作一个美国犹太女性自传性的真实表达，后来，作者被她的儿子揭穿了真实面目，说斯特恩捏造了她是犹太人出身的事实。围绕这些有着剧烈冲突的声言的争端仍未被解决。

其他自传是以一个少数族裔作家的名字发表的，但却是受人委托代写的，或是不同程度的合作的结果。《我的自传》（*My Autobiography*，1914），"由 S.S. 麦克卢尔"写的关于一位爱尔兰移民的回忆录，实际上是由薇拉·凯瑟代写的。麦克卢尔，一个发明了辛迪加写作（syndicated writing）的有影响力的编辑，对他手中的作品有控制能力，但少数族裔主体却没有这样的能力，其人生故事以"告诉给"（as told to）的形式（其中有霍尔特的《平凡的美国人自己讲述的人生故事》里的几个故事和许多发表在美国杂志上以第一人称

第二章 少数族裔的生活和"人生小故事"

的形式写的人生故事）发表。日益严重的代笔写作现象影响到了"名流"（20世纪20年代以来日益升温的一个观念）和真正的穷人（他们常常对他们发表的自传的形式和内容没有多少控制力或没有任何控制力）。各种委婉语被用来描述自传人物和撰写者之间的关系，如"和……通力合作"、"由……提供"、"由……引述"、"和"，甚至"由……指导"（在1928年《星期六晚邮报》有关演员哈罗德·劳埃德的人生故事里）。过去的自己和现在的自己、第一人称和第三人称以及被授权的主体和被代言的主体，交替对作品体裁进行归结，从而让这些书受到读者的欢迎，但所有的作品之所以被人传阅，常常是因为里面的"族裔人物"，不管作品的构成是多么的问题重重。

少数族裔作家创作的文学体裁还存在着相当的混乱。路易斯·阿达米克最初把《丛林中的笑声：一个美国移民的自传》当作小说来写，但随后又加进了一些东西，有以前发表的文章和作者第一人称叙述的、在南斯拉夫卡尼奥拉省度过的童年时代以及1914年移居美国的新素材。这样，内容得到了扩充，以至于这本书的副标题实际上只体现了这部混合体裁作品的一部分特征。

一些自传时而作为"小说"发表，时而又作为"回忆录"发表。杰尔·曼琼的《阿莱格罗山》（1942）是一部代表作品。尽管《阿莱格罗山》是以第一人称单数叙述的，但在创作的最后阶段，第一个出版商说服了作者，把叙事者的名字改成"葛兰多·阿默罗索"（Gerlando Amoroso），并认定这部书为"小说"。因此，书的第一版就成了小说类和非小说类的最畅销作品。在曼琼的有生之年，经他授权再次印刷时，副标题成了"一个意裔美国人的回忆录"。迈克·高尔德的《没有钱的犹太人》（1930）是以第一人称单数写的，读起来像回忆录，1930年由利弗莱特第一次出版时，把它作为自传来宣传，但1946年由日晷出版社再版时，它被贴上了小说的标签；现在，它则常常被当作自传体小说而被讨论。

在20世纪前半叶的少数族裔散文文学里，不同的少数族裔人物与小说创作的新发明紧密联系起来，因为甚至是以英语出版的最"真实的"自传也不得不暗含美国读者的某种期待，而且即使是最不真实的自传，都可能包含许多直觉上感觉真实的或被充分研究过的社会信息。族裔自传无论是真实的还是编造的，都常常隐含着霍尔特的《平凡的美国人自己讲述的人生故事》背后的问卷内容，而且成为亨利·詹姆斯所谓的从1910年到1950年期间日益突出的"种族问题"的答案。

403

404

第三章 族裔性主题、现代主题

20世纪前半叶的少数族裔文学产生了一整套包括各种族裔性主题的作品集。除了阶层变动和同化外，媒妁婚姻与浪漫爱情间的冲突也是一样，代际间的紧张关系也时常出现（有时在族裔三部曲里）。孩子和父母间的裂痕非常突出，通常是很复杂的母子关系和父女关系受到特殊的强调。种族怨恨或伪善被频繁表现出来，跨民族的朋友关系和恋爱关系同样如此。在这些作品中，老套宗教信仰的淡化和族裔标准的淡薄得到多方面的表达。由于中心人物常常和内心充满渴望的作者本身相联系，劳工的世界和艺术创作领域间进行的艰辛谈判习以为常。教育作为一个学校场景和一个可能解决各种紧张关系的象征性领域，渐渐占据核心地位。主人公通常比较年轻，如此一来，可以在文化冲突和美国同化的压力的情景中对社会化的一般进程进行描述。在一个讲另一门语言的都市风景中迷路，或在似乎是广袤无垠的乡村感到迷失了自己，都是司空见惯的经历。在一个通常显得神秘的美国工人阶层生活的多族裔街区，到处都充满着贫困家庭间的紧张关系，有时甚至构成决定性的情节。人物对他们所属的民族的反应变换在羞辱和自豪之间。在一些场景里，族裔群体和美国之间的差别被戏剧化了，而在其他一些情景里，这种差别又得以弥合。族裔食品烹调方法被提及，并受到赞赏，有时用的是地道的非英语名称，有时描述的那些细节相当于一个食谱。在一个既定时刻，美国性可以由于一杆旗、一首歌或其他国家标志如自由女神像的存在而被强化；族裔主人公在去国外旅行时，尤其是到一个对他们的族裔身份有象征意义的地方时，可以感觉到他们自己的美国性，对移民来说，就是回到祖国探亲的时候。双重意识感渗透在文学作品里，常常体现在同时并存的一般的美国象征性事物和民族象征性事物里，比如，两面缠绕在一起的旗帜，或者以对方的角度描写的两种情景。简言之，少数族裔文学飨以读者的是繁多的、大大小小的细

第三章 族裔性主题、现代主题

节描写，这正是社会学家、人类学家和族裔历史学家的兴趣所在。

然而，20世纪前半叶的少数族裔文学显示出对美国社会现代性的格外关注，如果不去关注它的族裔主题。当一个少数族裔群体和一种古老的、前现代的或"中世纪"的民族气质联系起来的时候，这种趋势在一些转瞬即逝的实例中就部分地自己显现出来。玛丽·安婷把移民过程描写成是一种穿越时空的旅行。她说，从比喻意义上来说，她的人生跨越了几个世纪，她的笔锋集中在这个悖论上："仅仅我的年龄，我的真实年龄，就足以成为我写作的原因。我的人生始于中世纪，这一点我会证实，但我依旧是20世纪的人，和你们同一时代的人，因为你们最新的想法，我激动不已。"非裔美国知识分子也运用中世纪和现代的区别来叙述本族的历史。阿兰·洛克在他的具有里程碑意义的文集《新黑人》（1925）的前言里写道，每一波迁移的浪潮"对黑人来说不仅是从乡村到城市刻意逃离，而且是中世纪的美国到现代美国"。既然美国是常言说的"没有中世纪的国家"，这样的修辞（和带有严重意识形态的）策略把作为现代社会体现的美国城市置于突出位置，与很可能重视社区和传统的族裔群体相对，在迁移浪潮之前尤其如此。"中世纪"这个词把各种纷繁复杂的前现代的过去简便地统一起来，所有这些过去被同化成进步这样一个单一概念。更进一步说，想象中认为，一个单一的盎格鲁美国人的进步概念是"现代"的体现，这种想法造成了截然不同的现代化历程被统一起来的表象：源自于美国文化内部并改变其形态的现代化的这些形式，倾向于取代而不是改变现存的族裔群体的文化特征。但是，对现代性的普遍关注远远超越了这种形式隐喻意义上的后中世纪主义，这正是读者从美国少数族裔文学里现代性的各种具体意象中发现的：从摩天大楼到汽车和飞机、从工作车间的机器到快餐和许多现代休闲文化的特征。

玛丽·安婷对新世界的特征有着敏锐的观察力，如房间之间的通话管、冷饮柜、冰柠檬汁、热花生、粉色的爆米花和口香糖。利奥·科布林（Leo Kobrin）把外地人在纽约自动售货机前的经历搬上了舞台。让·图默关注切斯特菲尔德香烟和卡洛可乐的纸板广告。佐拉·尼尔·赫斯顿（在她的《哈莱姆俚语故事》里）把软饮料瓶加进了城市玩笑里："可是，宝贝！……看看你的身材！我敢说可口可乐公司因为这个专利在付给你大笔钱！"亨利·罗斯的作品里有如下的细节描写："麦加香烟上有中部宽大的宝剑的图案。"安齐亚·叶捷斯卡提到了番茄酱污渍和"现成"的衣服（在《廉价公寓里的莎乐美》里）。克劳德·麦凯在《到哈莱姆安家》里评论说，他的小说人物杰克的裤子后面的口袋很新奇。詹姆斯·托马斯·法雷尔唤起人们对电动麦芽牛奶搅拌器的注意。理查德·赖特的小说人物比格·托马斯看见飞机飞过芝加哥。卡尔·范·维奇顿的《黑人的天堂》的背景是流行歌曲。在彼得罗·迪多纳托的《混凝土里的救世主》里，从留声机中可以听到"印第安爱的呼唤"。在丹尼尔·福克斯的《向布兰郝特致敬》（1936）里，人物鲁思在美甲店打瞌睡——这一事件在文体上的标志是一页流行的商业文化用品的目录，从宾·克罗兹比（Bing Crosby）①和玛娜·洛伊（Myrna Loy）②，到印度的棕色长筒袜和一个"E. Z. 除毛发用的手套"。在维拉德·莫特利（Willard Motley）的《敲任何一扇门》（Knock on Any Door，1947）里，意裔美国人尼克·罗马诺斜倚着一个口香糖售卖机，看到一扇金属玻璃窗上面映过来反写的"辣味的 10 美分"的字符。所有人都去看电影、听收音机（一些主人公配备了晶体收音机），关注报纸大标题，浏览报纸，乘坐电车和地铁。

少数族裔文学在这些方面展现了一般的美国特征。亨利·詹姆斯和亨利·亚当斯可能是首先把品牌名称引入美国文学的，他们提到了"诺明顿"（詹姆斯的打字机）或"柯达"（亚当斯的照相机）；海明威在《太阳照样升起》（1926）里毅然提到香槟品牌，从佩诺德、仙山奴（Cinzano）到凯歌（Veuve Cliquot）③，从而开阔了禁酒时期美国读者的视野。街头卖现代小玩意的小贩在美国散文里比比皆是，从马克·吐温的《亚瑟王朝廷上的一个康涅狄格州美国人》（A Conneticut Yankee in King Arthur's Court）到欧多拉·韦尔蒂的《推销员之死》（Death of a Traveling Salesman，1936）。马克·吐温、格特鲁德·斯泰因、约翰·多斯·帕索斯和理查德·赖特为报纸大标题所吸引，把它们也融入了作品中。格特鲁德·阿瑟顿（Gertrude Atherton）提到美甲，来掩盖"招人怀疑的黑发白种女人"指甲上可能会"泄漏实情"的混血标志。其他作家提供了现代性的整个清单：弗朗西斯·司各特·菲茨杰拉德的《了不起的盖茨比》覆盖了《星期六晚邮报》、汽车修理店和大广告牌；约翰·多斯·帕索斯的《美国》（1938）模仿了照相机镜头、剪报和新闻短片的形式。

---

① 宾·克罗兹比，美国影星。1944 年他主演的《与我同行》（Going My Way）荣获七项奥斯卡金像奖，使他成为奥斯卡影帝，并于 1944—1948 年连续夺魁，其他影片还有《新加坡之路》（Road To Singapore）、《圣玛丽的钟声》（The Bells of St. Mary's）、《假日饭店》（Holiday Inn）、《碧云天》（Blue Skies），等等。——译注

② 美国女影星。——译注

③ 简称 VCP，有名的香槟酒。1772 年，菲利普·凯歌（Philippe Clicquot），创办了自己的酿酒厂，取名为"Clicquot"（中文译名为凯歌）。1798 年菲利普之子弗朗索瓦与巴尔贝·尼古拉·彭撒丁结为连理。1805 年，弗朗索瓦不幸去世，巴尔贝·尼古拉年仅 27 岁成为遗孀，她决心继承丈夫的事让凯歌声名远扬。Veuve 在法语里是"寡妇"的意思。——译注

然而，一些细微的区别还是存在的：由于少数族裔文学与工人阶层以及城市场所存在着更加普遍的紧密关系，因此它更有可能表现人物在公交运输工具上的经历，而不是各种奇特的自驾汽车的奇妙之处；以及他们在劳动领域而不是在引人注目的消费领域与技术的冲突——这些技术以迪多纳托著作里的混凝土为典型代表——而不是在显著的消费领域。有时，少数族裔作家也倾向于把现代性的特征在一个似乎仍然触手可及的前现代社区的背景下戏剧化。毋庸置疑，有关现代性的主题在1910年到1950年间的美国少数族裔文学里是盛行的；少数族裔文学探讨了现代性的特征，很可能甚至比许多主流作家更加广泛深入。在一些情形中，那些和现代出版手段相联系的族裔作家的作品被传播得如此深远，以致于招到了定位比较传统的作家的嫉妒。因而，西奥多·罗斯福渴望能像爱德华·伯克一样，有影响百万美国人的能力，因为这些美国人在自己的私人空间阅读他的《妇女家庭杂志》，作为休闲消遣。罗斯福写信给伯克说："我的文字印在报纸上，被匆匆浏览，多数读者还是乘电车或地铁的男性。"

有些作品虽然主题是现代的，但不一定意味着其作者就是真正的现代主义作家。各个族裔有着互不相容的过去，导致了社会的不协调，而这种不协调可能是最广泛范围内共享的文化特征，在这样的社会环境里，或许现代性别无选择。移民和加速的文化冲击促进了"边缘人"的产生，这个词是芝加哥社会学家罗伯特·E. 帕克（Robert E. Park）从乔格·西米尔（Georg Simmel）的"陌生人"的概念衍生而来的，对西米尔来说，这个陌生人身处一个社区之内，又在其外；他们之中的艺术家可能希望把现代性的经历转化为现代主义的美学实验。换言之，他们在现代性的世界里所处的边缘位置可能推动一些移民和移居者向现代主义迈进。他们的一些用语具有"翻译的"特点，这让他们的作品接近先锋派散文，这在霍尔特的《平凡的美国人自己讲述的人生故事》里日本男仆的故事中有所体现："开门、向客人鞠躬、根据客人的地位使用语言以及处理名片，都遵循一定的方式。在这样的家庭里，丝毫看不出民主所特有的那种简朴作风。"或者人们可能想起亨利·罗斯的《称它为睡眠》里珍娅·谢尔勒说的"晚了"，或者是杰尔·曼琼的《阿莱格罗山》里有魔力的词 girarihir，意大利移民甚至在登陆美国的土地之前，就学了这个词，其意思是"滚开"。诸如此类英语被生疏化的例子似乎介于自然主义写实和现代主义散文之间，具有两者的特点。

然而，表达现代性的语言只是偶尔会和现代主义的语言重叠；不管一些现代主义者援引了多少现代性的东西，现代性和现代主义的关联并不是不可避免的。单个的作家对城市和技术的现代世界的反应方式千差万别。能够记住现代性（一方面体现为世俗化的过程，一方面是城市化和工业化）与现代主义（20世纪许多作家、作曲家和艺术家选择它，用来表达他们自己形式上的实验方式）之间的区别非常有用。毕竟，某一特定作家对现代性的看法可能与他或她对现代主义持有的态度不同。因此，四种基本文学类型展现出来：

1. 一些作家对现代性持批评态度，利用传统的、前现代的（非现代主义的或反现代主义的）文学形式来表达他们的批评态度。一些文雅或怀旧的作品是这种情形。有时，这些作品表现为对一个有着神秘同一性过去的乡村或小镇的描写。《星期六晚邮报》上的一些文章和诺曼·罗克韦尔做的封面插图就阐释了这一倾向；但是这一模式在少数族裔文学里比较罕见。

2. 其他作家表现了现代性的主题，但避免使用现代主义的形式。这是族裔文学里一种普遍的风尚（伯克、叶捷斯卡），用来描述前现代主义散文和情节主线里的移居、移民、民族性和现代性。

3. 作家们也可能对现代性深恶痛绝，宁愿接受传统，比如传统的宗教信仰，但用现代主义的方式表达他们自己。很多常常在现代主义标签下讨论的文学属于这一范畴，对现代技术尝试性地进行批评（或哀悼）。T. S. 艾略特是一个最好的例证。

4. 最后，一些作品既是前现代的又是现代主义的。许多少数族裔作家的作品就是这样，尤其是那些回顾自己的过去却发现没有什么值得持久依恋（如奴隶制、迫害或严重的阶级压迫）的群体。

当然，许多作家对现代性带来的福祸参半表现出了矛盾情绪，一些人至少偶尔会有恋旧的时刻，包括对从未有过的过去的思念。此外，人们不能总是很容易区分一个作家到底是迷恋现代性还是蔑视现代性。例如，一些作家认为奔向现代性的运动是不可避免的，比任何一种选择更可取，但结果是悲剧性的。

但是，作这样的四种划分显然趋于简单化，不禁让人想象在少数族裔作品里，现代性比恋旧可能更流行。尽管一些出色的族裔作品出现在现代主义运动的某个阶段，美国少数族裔文学的普遍趋势可能是朝向没有现代主义的现代性发展。通常和"鼎盛现代主义"相联系的可能是盎格鲁美国人以美学现代主义形式表达出来的反对现代性的混杂之声，而非裔美国人、移民和其他族裔作家可能往往不经常认同反对现代性的现代主义策略。从经典鼎盛现代主义的角度来看，这种形式的现代主义，尤其是其民粹主义方面（这一传统可以从有现代性倾向的现代主义作家中感觉到），似乎缺乏"超脱"，因而，看起来"不是真正的"现代主义。

第四章　玛丽·安婷：逆境中的进步乐观主义

玛丽·安婷于1912年在《展望》上发表了一个名为《急救异乡人》("First Aid to the Alien")的短篇故事。故事描绘了电车上一个美国植物学家和一个意大利移民小男孩托玛索·维蒂塞利（Tomaso Verticelli）相遇时发生的故事。意大利孩子把车上搞得乱糟糟，而售票员因和这些移民孩子无法交流而感到无助，因为他们根本听不懂他所说的话，这使这位植物学家感到很烦恼，就郑重其事地教导起这个小男孩，"地——上——不——能——扔——垃——圾"，并说，"这不是美国人所为。"意大利男孩和他的妹妹似乎理解了，"像两只棕色猴子一样"，把车彻底清理干净。后来，男孩的老师发现，"托马斯"·维蒂塞利认为美国国旗"星条旗"代表的是："美国！不准在地上乱扔垃圾！"

比起《独立者》上那个南方有色女人的遭遇，电车上相遇的这个情景和斯泰因的《温柔的莉娜》里的更加相似，因为它似乎表达的是电车上陌生人间的一种善行，一种"急救"。但安婷有些许模糊幽默的小故事把"美国化"的问题表现为一个保持环境清洁的问题，暗示出是操着外语的移民把美国弄脏了，并表明这一问题可以通过教育尤其是通过教授英语和美国爱国主义得以解决。这个故事从字面上是在表述"肮脏的外国人"（憎恨外国人的宣传会这样侮辱移民），继而去说服读者这样一点：一个心地善良的、有学者风度的美国佬式父亲人物能把正确的信息传达给甚至是"猴子"般的小外国人，并让他们理解。换言之，安婷涉及的是反面的种族框框，甚至为了改变这种框框，而接受其一定程度的正确性。这种为了冲破某种框框而深入其中的策略是安婷许多作品的一个典型特征，包括她的自传《福佑之地》(1912)，它可能是20世纪最出色的美国移民自传。

安婷1881年6月13日出生在沙皇俄国的波洛茨克（Polotzk，现在的贝拉勒斯），其父母分别是伊斯雷尔和埃斯特·韦尔特曼·安婷。她的父亲1891

○少数族裔文学现代主义

年移民到了美国,三年后的 1894 年 5 月 8 日,她的母亲也带着四个孩子乘坐波利尼西亚号到了波士顿。安婷全家在波士顿地区的生活经常陷入贫困境况,玛丽和妹妹们在切尔西上公立学校,而仅仅长她一岁的姐姐弗丽达(Fetchke/Frieda)不得不当裁缝挣钱。尽管安婷的本族语是意第绪语,而且当她 13 岁到波士顿时对英语一无所知,她却成为了用英语写作的优秀作家。正如她说过的令人难忘的话:"我至少学会了不带口音地用英语进行思考。"

安婷对现代性有着浓厚的兴趣,并对"中世纪"的旧世界和现代美国进行了详尽的对比。但她的写作风格显然不是现代主义的。她试图径直处理那个时期未解决的"种族问题"。她不仅给予了她的外在自我很大的表现空间,也给了她内心的动机和感情很大的表现空间。

毫无疑问,安婷深刻地意识到,美国对移民的敌意与日俱增,因为她的讲座和她的很多作品里都反对 1917、1921 和 1924 年分别制定的限制移民的立法。但是,她是族裔作家中的一员,这些族裔作家发表的自传体作品不仅回答了有关族裔问题的问卷(和汉密尔顿·霍尔顿的《平凡的美国人自己讲述的人生故事》相似),而且也让人瞥见了一种微妙的自我揭露,这种揭示具有强大的力量,独立于有关移民争论的社会场景之外。

安婷的自传体创作遵循着的轨道让她成为当时的杰出代表。她的写作生涯始于 1894 年。那时,她用意第绪语给一个叔叔写了一封家书,讲述了她的移民经历。她后来把这封信翻译成了英语(有的地方进行了重大的变动),以《从普罗茨克到波士顿》(*From Plotzk to Boston*,1899,印刷工把她家乡的名字拼写错了)的标题在一个慈善家和犹太知识分子组成的圈子里发行。在这本精巧的小书里,有伊斯雷尔·赞格威尔写的一个热情洋溢的前言,他写了著名的有关移民的主题剧本《大熔炉》(*The Melting-Pot*,1908),这个词很快就常被用来描述美国民族同化现象,并流行开来。散文作家约瑟芬·拉扎勒斯(Josephine Lazarus)是为自由女神像作诗的诗人爱玛·拉扎勒斯的妹妹,她对这本书进行了评论。安婷因此被当作神童,并名声大噪,由于她常常被认为比她的实际年龄还小两岁,人们对她的认识则更加如此。安婷也从爱德华·埃弗里特·黑尔(Edward Everett Hale)的南区定居救助之家受益,后者因其《无家可归的人》(*The Man Without a Country*,1863)等文学作品出名。安婷描叙自己的经历时,暗指到了黑尔的这部中篇小说。她陈言,在俄国犹太人是"一个没有祖国的民族"。她也影射到《圣经》、奥古斯丁的《忏悔录》和《鲁滨逊·克鲁索》(还是她在俄国时读的翻译版本)、柯勒律治的《老水手》("Ancient Mariner")、爱默生的短文、西维尔(Sewell)的《黑美人》、秀(Sue)的《流浪的犹太人》(*Wandering Jew*)和《一千零一夜》里的阿拉丁、罗伯特·路易斯·史蒂文森（Robert Louis Stevenson）、乔治·艾略特（George Eliot）、马克·吐温、朗费罗和惠蒂尔。她也提及了通俗作品，从俄语和意第绪语期刊上的浪漫爱情故事，到雅各布·阿博特（Jacob Abbott）的《罗洛》（Rollo）系列（从1839年开始）和乔治·麦登·马丁（George Madden Martin）的《埃米·鲁：她的书和心》（Emmy Lou：Her Book and Heart）。简而言之，她作品的文学范畴很广泛，也完全是前现代主义的。对于一个俄国移民来说，这些作品显然都是西方世界的；人们注意到，这些作家并不包括那些被克劳德·麦凯视为体现现代精神的伟大俄国作家：果戈里、陀斯妥耶夫斯基、托尔斯泰、契诃夫和屠格涅夫。

在30岁之际，她开始写一部足本文学自传，其中一些章节先是出现在埃勒里·塞奇威克（Ellery Sedgwick）享有声望的《大西洋月报》（Atlantic Monthly）上。1912年4月，波士顿最大的出版商霍顿·米夫林（Houghton Mifflin）出版了这部设计精美的书，有18幅照片插图，封面上刻有一尊金色的自由神像的轮廓，火炬在书脊上。土色的封面套纸也由一个自由神像作装饰，上面写着副标题"一个俄国移民的自传"，这个副标题在书里其他地方再也没有出现过。

《福佑之地》共有20章，生动描绘了作者在俄国和美国的生活：她的童年生活、移居到波士顿的经历和在公立学校受到美国化的过程。她开始是一个早熟、懵懂的犹太孩子，后来成为一个快乐的、善于观察的美国青少年和成年人。她不得不面对很多困境：在波洛茨克时，她还是一个小女孩，被犹太教育界排除在外；由于她父亲事业上不成功，她在波士顿附近的地区过着困窘的生活。但是，她在美国学校里是老师的宠儿，变得很成功。到此，这部自传听起来有点许诺成功的口气。她是提出后来为人所称道的"美国梦"的先锋（"美国成为我的梦想"，她写道），把美国拥戴为"我的祖国"（因此，重写了黑尔的话），最终把自己看做是"历史的继承人"，这是《圣经》里的一个词，丁尼生、约翰·菲斯克（John Fiske）和亨利·詹姆斯都曾经用过。

> 美国是所有国家中最为年轻的一个，继承了以往历史上所有的东西。我是美国孩子中最为年幼的，呈现到我手中的是她所有的无价的遗产，有通过望远镜窥探到的最后那颗启明星，有哲学家最新的伟大思想。我的过去是辉煌的过去，我的未来是光明的未来。

这是作品的结尾，欢畅而满怀希望，后面跟着一个手写的大写单词"结束"。安婷著作出版的时间比格特鲁德·斯泰因的《梅兰卡莎》晚三年，在《梅兰卡莎》里,斯泰因那么无情地破坏了文学作品结尾的常规惯例。《福佑之地》达到了那样一个强大的高潮,以至于结尾由一个慷慨激昂的男音来诵读,被一个转速为每分钟 78 转的录音机录制下来。这一高潮式的结尾不仅显然是前现代的(从这个意义来说,它坚守的那些惯例恰恰是斯泰因试图破坏的),而且它也吸引了普通的读者,并在一些著作如威廉·P. 施赖弗(William P. Shriver)的《移民力量:新民主的因素》(*Immigrant Forces: Factors in the New Democracy*,1913)中被用作社会证据。

安婷以其对待脆弱记忆的魔力的方式,在移民文学中成为强调记忆的重要性的代表。《福佑之地》是有自我意识的尝试和自觉的文学性尝试,试图用异常微妙的语言赋予脆弱的记忆以美学形式,这些记忆是从胁迫性的湮灭的灰色空白和冰冷事实中攫取出来的。当她想回忆过去的时候,记忆可能并没有回归,正如她吃着美国最好的樱桃,却竭力回味俄国,但是却不能让她产生对过去甜美芬芳的记忆。她承认,这不仅仅是她在两个国家生活的反差问题:"如果我要回波洛茨克,在市场的水果摊上用一个俄国格罗申买些樱桃,女摊主会足够慷慨大方地附加赠送那种令人怀念的樱桃的味道吗?恐怕结果会发现,樱桃的那个老品种在波洛茨克早已经灭绝了。"另一方面,记忆又会突然涌出,如吃"熟透的、红红的美国草莓"时,她震惊地感觉到了与 20 年前吃过的"草莓相同的味道和芳香",她吃惊地屏住了呼吸。

安婷的自传开头写的是她回顾在旧世界度过的半生和在新世界度过的半生。"我出生了,我活过了,我已经被改变了,难道不是我该写我的人生故事的时候吗?"在开头她这样问道,就是在这一点上,她把自己看做是"绝对不同于我要讲述的故事的主人公的另外一人"。从手稿阶段起,她的自传总是大致平均地分配笔墨,来描写她作为一个俄国人的经历和一个美国人的经历。

安婷是一个出色的文体家,在描写移民经历之外,她还试探使用了用于解释移民经历的词汇。她写道,她是在一个最敏感的年龄"被移植到新土壤上的","整个被连根拔起、被运送、被重新栽种、重新适应环境和成长,这些过程都镌刻在我的心灵上。"她运用了《圣经》里的《出埃及记》的语言来描写从俄国到美国的世俗性移民,有些章节的标题是"知识之树"、"天赐之物"和"燃烧的灌木"。

安婷的许多观察新鲜独到,有一些甚至惊人。在俄国时,波洛茨克的铁轨传达给孩提时代的她以一种没有尽头的感觉,这是在她"类似中世纪的"童年中存在的一个现代技术特征,她抓住了这种没有尽头的感觉。后来,在南波士顿桥下"错综交织的模糊的铁轨"的景观,让安婷有一种难以找到她自己"正确的轨道"的感觉。她也对波士顿的有轨电车以及"电车不时发出

第四章 玛丽·安婷：逆境中的进步乐观主义

的叮咚和嗡嗡声"着迷，她还玩孩子玩的危险游戏，穿过"驶近的电车前面的车轨"。"看着司机的脸由愤怒转为恐惧，这很有趣。因为他想，这次我肯定会被撞到。"她使用了现代性的形象来解释她自己和一般移民的情况："我们是把旧世界联结到新世界的一缕缕线，"她写道。她描写了移民在由俄国到美国经由德国时被迫进行消毒时所经历的对死亡的恐惧，让人难以忘怀：

> 我们的东西被拿走了，我们的朋友被驱散了；一个人来检查我们，好像要确定我们的全部价值；我们像无望的、没有抵抗的、不能说话的动物一样，被长相古怪的人四处驱赶；我们听到孩子的哭声，那种哭声表明发生了可怕的事；我们自己被赶到一个小屋子里，那里有一个小火炉，火炉上有一个大壶，里面的水烧得滚热；我们的衣服被剥下来，身体被一个光滑的、可能是任何不好的东西的物体擦来擦去；一阵热水冷不防浇到我们身上；我们又被赶到另外一个小屋子里，坐下，被包裹在羊毛毯子里，直到大的粗糙的袋子被带进来，我们只看到里面装的东西是一团蒸气，听到那些女人们让我们穿衣服的命令："快！快！"否则我们就赶不上——赶不上什么我们没有听见。我们被迫从其他人的衣服中挑自己的衣服，蒸气模糊了我们的视线；我们感觉窒息，咳嗽着，恳求那些女人多给我们一些时间；她们坚持说，"快！快！否则你们就赶不上火车了！"啊，那我们就真的不会被杀掉了！他们只不过是让我们为继续我们的行程作准备，只不过是消除对我们患有任何重病的嫌疑。感谢上帝！

（这一段改编自她13岁时用意第绪语写给她叔叔的信，是随意翻译的，1899年第一次发表在《从波洛茨克到波士顿》里，在书中，安婷继续说，"听到'火车'这个词"，她们放心了。这个例子就证明了她早年就具有作家的天赋。）

在《福佑之地》里，安婷区分了两种群体经历，一是俄国对犹太人群进行大屠杀的恐怖场面："他们用刀子、棍棒、镰刀和斧头打他们，或者杀死他们，或者折磨他们，并烧毁他们的房子。"另外一种则是在切尔西骚动的行人中感受到的那种兴高采烈、自由奔放的群体经历："一百万条生命、爱和悲伤的丝线筑成共同的街道；无论我们是否愿意，我们把自己缠入在同一个错综迷乱的团簇中。"

一次又一次，安婷被驱使去解释关于她在旧世界的过去和犹太人特性的词汇，把一个语言术语表添加到《福佑之地》里。这是少数族裔作品里普遍流行的策略的一个异常详尽的例子。这样的一个术语表不可能是一个系统性

421

工具；一些未加解释的术语总会存在。但是，这个术语表奠定了安婷作为调解者的身份，她给说英语的非犹太人读者（这个术语表是为他们准备的，安婷把他们想象成对犹太人一无所知，而且或许有些敌意）提供了一个超小的民族词汇表。这样做并不是没有价值的，这一点在人们阅读时很明显，比如，"Hasid（哈西德教派），复数是 Hasidim"，下面写着："一个信徒为数众多的犹太人宗教派别，因其对宗教仪式的激情、对他们的拉比的狂热崇拜和很多迷信做法而著名。"

《福佑之地》的一个目的是通过呈现一个年轻女子成功地经历了从外国移民到美国公民的意识转变，来调和美国本土主义者对移民日益嚣张的敌对感。安婷有时把想象中的非犹太读者称呼为"我的美国朋友"，并试图以自己的观点说服他或她："要是捡破烂的人的女儿们日夜兼程、漂洋过海去公立学校教你们的孩子，会怎么样？"（这些对读者直接的称呼一向是哈里叶特·比彻·斯托的情致所在，而不是斯泰因的风格。）

安婷对美国怀有的爱国主义给了可怜的犹太移民一种特殊的地位和一项权利。在美国，一个参议员和一个来自贫民窟的无名小辈可以"以对共同的旗帜的热爱为基础，建立民主的友谊"。一个犹太移民的孩子能够背诵献给华盛顿的诗，这正是安婷所做的世人皆知的事；在这样的一个国度，像《为红、白和蓝欢呼三声》的呼吁，被证明是合乎情理的。有趣的是，这首诗表明安婷被美国化了，她也声言，"一种特殊的语调"贯穿于她给华盛顿的爱国诗，这首诗"只有她的犹太同学伊斯雷尔·鲁宾斯坦（Israel Rubinstein）和贝克·阿罗诺维奇（Beckie Aronovitch）""才能完全理解"。她的安家神话是，犹太移民对它有一种特殊的理解；矛盾的是，正是这一点让他们成为理想的美国人。

安婷在另外一个更加混乱的场合为红、白和蓝欢呼。那时，她赞扬了美国的司法体系，因为法庭惩罚了一个"身材高大的深肤色男孩"，那个男孩"打扰了他的街坊四邻"，而且还"粗暴地"对待她。在她看来，法庭的听证会似乎是完全公正的。"这个恶人确实被绳之以法了，而不是受害者受到了惩罚，在俄国，发生了类似的案例可能也会这样。'自由和公正属于所有人'。为红、白和蓝欢呼三声！"安婷在此不能想象，犹太人在佩尔（the Pale）① 的作用与黑人在世纪之交的美国的作用之间有任何相似之处，这是不同寻常的。

最令安婷感兴趣的是，移民经历对孩提时的她和成年时的她的心理影响。她踏上了成为美国人的历程，但是，她没有掩饰这种移民方向的转变会是多

---

① 1791 年 12 月 31 日，俄国女皇发出一道圣旨，把俄国西部除基辅以外从波罗的海到黑海的一块 100 万平方公尺的土地给犹太人居住，史称"the Pale"。——译注

第四章 玛丽·安婷：逆境中的进步乐观主义

么艰辛。和其他很多移民一样，安婷感人地再现了她的祖国特有的风味：她承认，要很长时间才能制作一个波洛茨克奶酪蛋糕，她也承认，童年时代吃的樱桃的芳香可能甚至在作者离开俄国之前的几年就已经不复存在了。因此，即使她对美国的忠实以"天赐之物"①（manna）那样的暗喻体现出来，美国也似乎并不那么诱人，这就更加引人注目。在波士顿，全家可能吃"一些全身印满字的小锡罐里的食物，而不加烹饪"。安婷所描绘的最为具体的美国人吃饭的场景也是一个对民族忠实的考验。当她在切尔西学校上学时，老师玛丽·S. 迪林厄姆（Dillingham）邀请她去喝茶，安婷意识到，老师招待她的肉是"火腿——禁食之物"。她害怕，然后又因为自己的懦弱而愤怒：

> 我竟然害怕一块儿粉色的猪肉，而我曾经为捍卫自由思想而公然违抗了至少两种宗教信仰！我开始把火腿切成小得不能再小的块儿，下决心比饭桌上的任何其他人都吃得多。
>
> 唉！我知道，因为捍卫原则而吃东西不像说话那么容易。我吃了，但只有一个拒绝过吃火腿的犹太人才能理解胃肠会怎样蠕动和抗议，我对自己是多么的深恶痛绝。

"占有"（她多次重复强调）新世界也像吞咽下不想吃的食物一样，她捍卫了原则，但置她"胃口"的抗议和控告她背叛民族的良心的抗议于不顾。这一情景更加让人不安的是，这是安婷"第一次去一个真正的美国家庭"，她的女主人是一位好心的老师，是她把安婷的一篇作文首次发表出来，并鼓励她把自己写的关于移民经历的信件翻译成英语。她多次谈及自己对阅读和写作的"渴望"被平息下来，这是否从某种意义上与这一痛苦难忘的叛国离家和自我毁灭的情景有所关联？她的经历不也戏剧性地表现了许多少数族裔分子的焦虑不安吗？他们在放弃童年时代以宗教为基础的行为准则的同时，可能并不能平等地加入一个由现代的、来自世界各地的自由思想家组成的国际性群体，只不过是逢迎主流社会里基于另一种异样的仅仅是更加"现代"的宗教上的一套迷信思想。

安婷对这部自传是极度自觉的，为了探索她内心渗透着的双重身份感，她运用第一人称所进行的叙述，却同时展示出其他身份（和代词）的魅力："我可以用第三人称，而感觉不到我在掩饰和伪装自己。我能分析我的人物，我可以揭示任何东西，因为她而不是我，才是我的作品的真正的女主人公。""女主人

---

① 在圣经故事里古以色列人经过荒野时所得天赐食物，意为精神食粮。——译注

公"这个词表明作者在有意识地运用小说的写作策略。在充斥着代词混用的所有美国移民叙述性作品当中,安婷的作品可能是最有自我意识的。她甚至向编辑埃勒里·塞奇威克(Ellery Sedgwick)建议说,她只在扉页用自己的姓名(婚前姓名),但"在文中用一个不同的名字——我现在的名字以斯帖·奥特曼(Esther Alttmann)"。("以斯帖·奥特曼"可能和亨利·詹姆斯作品里的"克里斯托弗·纽曼"对称并对立,"以斯帖"不仅是安婷母亲的名字,也暗指《圣经》里挽救了波斯的犹太人的女皇,姓的字面意思是"老人",从而让人想起主人公的来历来自于旧世界,也近似于安婷母亲的婚前姓威尔特曼。)

安婷和这位波士顿编辑的交往能说明一些问题,因为塞奇威克推出了一些优美的小短文,如在《大西洋月报》(1908)上发表的埃斯特尔·M.哈特(Estelle M. Hart)的《电车上的鸟类学研究》(Trolley-Car Ornithology),鼓励电车乘客在平常的线路上观鸟,因为"在行驶的电车上,人们能观察到很多鸟的习性,比设想的要多"。但是,他也发表了伦道夫·伯恩的论文《跨国的美国》("Trans-National America",1916),虽然他强烈反对其核心思想;在一封信里,塞奇威克批评了伯恩,说他的话听起来"好像最近到达美国的移民对我们的历史所起的决定作用应当和第一批踏上美洲大陆的英国人一样大"。塞奇威克严肃地质疑伯恩的跨国的美国的说法的智慧所在,并断然拒绝了格特鲁德·斯泰因的投稿,而对玛丽·安婷非常殷勤。后者在和他的通信中,调侃这位波士顿名流编辑,要他为她核对一些意第绪语词的拼写。

《福佑之地》的文体变化范围之广给人印象深刻,从抒情神秘的到历史描述性的,从分析型的到唤起情感的,从轻描淡写的段落到强调彰显的段落,从忧郁的口气到突如其来的搞笑妙语;因而,它能取得巨大成功不足为奇。人们对它的评论常常是热情洋溢的,这部书在公共图书馆和教育机构受到欢迎,这尤其引人瞩目:塞奇威克已经注意到,当"我的祖国"这一部分发表在《大西洋月报》上时,那些"与大量出生在外国的人打交道"的图书馆管理员们对它产生了兴趣。1912年夏季,《纽约太阳报》(*New York Sun*)报道了"在各个图书馆里被点名借阅的频率高的书名,玛丽·安婷的名字'首当其冲'"。《福佑之地》也出过的带有教师参考书和提问的教学特别版本,在1949年之后被用作公立学校的公民学教材。它和亚伯拉罕·卡恩的小说一起被认为是美国犹太文学的开端。《展望》的编辑观察到:"最近美国出版的书很少能有像《福佑之地》那样,给读者留下如此深刻的印象",这绝没有夸张之意;出版商也登载了路易斯·D. 布兰戴斯(Louis D. Brandeis)和拉比·史蒂芬·S. 怀斯(Rabbi Stephen S. Wise)为此书作的内容简介。安婷的成功无疑激励了到达美国的其他移民去撰写自传。

毋庸说，当然也会有反对的呼声。曾经谴责格特鲁德·斯泰因是"文学白痴"的迈克·高尔德，以同样的克制力攻击安婷，说她"把所有人类所铸就的恐怖和不公正都搪塞辩解过去了"。高尔德称安婷为一个"写了那本华而不实、堂而皇之地表达感激之情的书的贫民窟里的聪明的暴发户"，好像安婷没写过贫民窟和廉租公寓一样，高尔德直呼其名并告诫她说："看，玛丽，……蟑螂和臭虫如何斗胆从我们发霉的墙壁爬下来。"他的结束语是："美国的贫民窟决不会削弱玛丽·安婷对《1776年的精神》①的信心，她和与她同类的人已经爬上了沐浴在资产阶级阳光之中的一个地方，他们由衷地感激，对于他们获救是如此感动！啊，仁慈的上帝；啊，这片福佑之地！"《福佑之地》出版六年后，高尔德的评论发表在激进的、发行量低的《解放者》（*Liberator*）上，但这丝毫没有削弱这本书所取得的成功。

各种报纸和期刊都赞扬安婷是爱国主义者，把她和本杰明·富兰克林、雅格布·里斯、卡尔·舒尔茨（Carl Schurz）、布克·T. 华盛顿、杜波伊斯和詹姆斯·韦尔顿·约翰逊等人相提并论。评论家强调了这部自传的个人方面和民族方面，把安婷视为一个"极端自由主义者"，把她的书看做是"一个社会学论文，其教育性是最为显著的特征"。随着安婷自传取得成功，她似乎事业有成了。然而，成功并不是她最终的命运。

在波士顿"剧社"（The Players）机构的管理下，她开始从事一项赚钱的事业，她代表进步主义事业开办支持移民的讲座。她也流露出一个女权主义者相当温和的方面（至少比罗斯福想的要温和得多），要求得到她作为"女人"的权利和作为一个"公民"说话的"移民"的权利。她在1912年大选前说："我不是一个妇女政权论者，但我希望仅此一次能投一票。"她希望美国成为"这个时代在正义和人性方面的领头国"，这个愿望让她想"选送一个进步的总统到白宫"。这对移民来说也是好事。她作出结论说："我要所有已经归化的公民都注意一个事实，那就是，进步党是唯一知晓移民需求的党派"，从而对投票的移民进行了一种特殊的呼吁。

她四处游说，做了很多话题的讲座，如"美国公民的责任"、"移民公民学教育"、"作为对美国信仰的测试的公立学校"、"爱尔兰地区犹太人的生活：从美国人那里习得的一课"或"犹太复国主义运动"。她给《美国杂志》投了一系列的论文，它们随后成为她最后一本书《敲我们的门的人：一部完

---

① 《1776年的精神》是一幅描绘美国独立战争胜利场景的著名油画，这幅画所展示的美国人民的爱国热忱使其成为美国精神的象征。——译注

○少数族裔文学现代主义

整的移民福音书》(*They Who Knock at Our Gates: A complete Gospel of Immigration*) 的内容, 1914 年由霍顿·米夫林再版, 那是玛丽·安婷为移民作出的进步主义请求, 以及反对限制移民的慷慨激昂的简要陈词。

这本书由意裔移民约瑟夫·斯特拉 (Joseph Stella) 作图。斯特拉的作品已经发生了现代主义的转变, 转向创作有名的布鲁克林大桥形象, 并在军械库展之后流行起来; 但安婷在这部书里采用的是他早期现实主义阶段的画像和以前为一些移民文章作过插图的画作, 如在《每个人的杂志》(*Everybody's Magazine*, 1910) 上发表的欧内斯特·普尔(《平凡的美国人自己讲述的人生故事》的代笔作家之一) 的《多国调拌碟》(*A Mixing Bowl for Nation*)。约瑟夫·斯特拉也给普尔的小说《街道的呼声》(*The Voice of the Street*, 1906) 作图, 当他在 1905 年的《展望》上发表名为《窘境中的美国人: 埃利斯岛性格研究》(*Americans in the Rough: Character Studies at Ellis Island*) 人物形象作品集时, 创造出了和霍尔特的《平凡的美国人自己讲述的人生故事》可以媲美的视觉艺术作品。斯特拉创作出的形象促进了人们对美国各种民族群体的范例进行"类型性"的解读, 其标题——如"一个俄国犹太人"或"匹兹堡类型的人", 形象不同, 其标题也不同——让观赏者想起从宽泛的、通常带有民族性的集体性抽象的角度展现出来的某一特定的人。对斯特拉来说, 他在艺术创作上的转折点发生在 1913 年他乘坐汽车去往科尼岛的路上, 游乐园里"令人目眩的各种光"使他惊呆了。为了能够捕捉"美国现代生活中那显而易见的光彩和活力", 他决定放弃他早期的现实主义风格, 而创造一种"新型的艺术"。他的创作集中在一些主题上, 如纽约的摩天大楼、布鲁克林大桥, 以及那些陈腐的现代性情景, 如煤气罐 (后来在《称它为睡眠》里大卫陪父亲送牛奶的路上, 它再次出现了, 但带有一种胁迫性)。此后, 斯特拉被广泛地与现代运动认同起来, 但安婷选择了他早期关于移民类型的现实主义炭笔画作为《敲我们的门的人》(They Who Knock) 的插图。

安婷把在《福佑之地》里对待个人经历的做法现在又沿袭到她对美国持有的全面的看法上, 在这个国家里, 犹太移民能够理所当然地把早期到美国的清教徒和革命英雄当作"我们的先辈"。"人的尊严这个概念是民主信条的基础, 它源自于希伯来语, 高唱赞歌的新英格兰的建立者应该是最先承认这一点的人," 她写道。而且: "现今许多俄国难民要比五月花号上的清教徒们更先承认这一点, 因为他们在自己的一生中已经承受了斗争和逃亡的双重磨砺以及所有伴随而来的风险和动荡。"

和她的自传一样,《敲我们的门的人》的封面上也是自由女神像, 因为安婷是支持爱玛·拉扎勒斯把神像解读为欢迎移民的象征的先锋。安婷也把拉

第四章 玛丽·安婷：逆境中的进步乐观主义

扎勒斯的诗《新巨像》（"The New Colossus"）里含糊的"困顿堪怜的被遗弃者"短语稍加修改，这首诗1903年被镌刻在雕像上，但仅仅在1924年终止移民后，才越来越和雕像融为一体。安婷找到了"令人信服的证据，证明从低等舱里走出来的不是被遗弃者，而是世界各国的筋骨"，这一论述被约瑟夫·斯特拉的英雄现实主义的移民肖像所特别强调，这幅画像被用作这部书的扉页插图："**世界各国的筋骨**"。安婷把对待自由女神像的态度大胆地延伸到了对待美国的核心象征上；"五月花号的精灵引领着每一个移民船只，而且，埃利斯岛是普利茅斯岩石的别名，"她写道，并把美国想象成一个世界性的典范国家，在这个国家里，任何个人背景都不应带来任何特权。尽管迈克·高尔德曾经非常尖刻地批评过玛丽·安婷，他的书《没有钱的犹太人》（1930）不仅有一首和安婷相似的、关于华盛顿的孩子的诗，而且也详细阐述了安婷在现代大规模移民和早期清教徒到达美国之间所作的类比。有一章的开头是，这位年轻的叙事者发现，一个新移民家庭正睡在他的床上，"穿着肥大的外国内衣"，散发出"埃利斯岛的消毒液和臭味，像海狸油一样让我难受"，高尔德进而宣称："每一个廉价公寓的房间都像我们的一样，是一座普利茅斯岩石。"路易斯·阿达米克于1917年17岁时由奥地利属斯洛文尼亚到达美国后，于30和40年代进一步从修辞意义上把普利茅斯岩石和埃利斯岛融合起来；但是，在安婷进行创作的时候，这仍然是一个非常极端的说法。没有人能够预见到有一天这种说法竟然成为埃利斯岛博物馆建馆的依据。毕竟，移民中心关闭两年后的1956年，艾森豪威尔政府已经准备就绪，要把埃利斯岛卖给私人进行开发。

安婷用了《敲我们的门的人》的题目，开头是一个如是措词的代表性句子："如果我们严肃地担起我们的使命——像犹太人承担他们自己的使命……一样严肃。"安婷的"我们"显然指非犹太裔美国人。很显然，这种代词使用上的混乱情况在族裔自传和文学里很普遍：犹太裔移民爱德华·斯坦纳在《从异乡人到公民》（*From Alien to Citizen*, 1914）里写下了类似的话："无论我们是否把移民扔给狗吃，都不重要，只要他被吃掉，只要他的骨头被啃得没有剩下任何外国的东西。"在安婷的情形中，代词转换带来的效应是，她不是在说"我们，敲你们的门的人"，而是已经成了美国人，站在"美国人的角度"。而同时，她程式化地把移民而不是"土生土长的公民"表现为更加原型化的"美国人"，因为后者坚决要限制移民，并且已经丧失了移民之父感和革命发端感。因此，安婷提供的不仅仅是一个个人的或犹太裔美国人的安家神话；她的神话是一个涵盖所有美国移民的、放大了的安家神话。

第五章　谁是"美国人"？

在一些评论家看来，安婷在自传里和讲座里谈论的东西把"美国人"这个词腐蚀了。随着这个词越来越多地被外国人索求或"篡夺"，一些替换词也开始被使用，如"百分之百的美国人"、"地道的美国人"、"唯一的美国人"、"真正的美国人"或"美国裔美国人"。爱德华·伯克在他的第二部自传《两个三十：简短的路行札记》（*Twice Thirty: Some Short and Simple Annals of the Road*, 1925）里问道："我们当中有多少人，不管是生于此地还是异地，具备'百分之百的美国人'的资格？凤毛麟角，因为事实上就没有那样的美国人"。但布兰德·马修斯（Brander Matthews）和尼古拉斯·罗斯福（Nicholas Roosevelt）在批评霍拉斯·卡伦 1924 年的论文集《美国的文化和民主》时，都采用了"美国裔美国人"这个词，在书中，卡伦推出了"文化多元主义"这个词；马修斯的评论有一个忧心忡忡的标题："美国被弄成一个种族的百衲被。"这个带有否定意义的被子形象，也曾出现在军械库展上立体主义画派的讽刺漫画里，不得不被重新想象成是美国现有的多样性民间遗产的一个具有肯定定义的象征。

安婷自己美国化的故事是"美国人"这个词意思的石蕊试纸。新英格兰人巴雷特·温德尔（Barrett Wendell）是在哈佛大学第一批讲授美国文学的英语教授中的一位，他在 1917 年的一封信里写道：安婷"已经养成了一种令人愠怒的习惯，把她自己和她的人民描述为美国人，区别于那些如［温德尔的妻子］伊迪丝和我等在这儿呆了三百年的人"。与安婷关于中世纪精神的隐喻性说法相比，温德尔的这种夸张、诙谐的妙语表现出来的是更强烈的本土性，在新世界有着更牢靠的基础。对他来说，作为"美国人"尤其意味着不是"希伯来人"或"埃塞俄比亚人"。但温德尔像玛丽·安婷一样，也确认了最初定居美国的清教徒和《旧约全书》里的犹太人。或许他甚至相信，两者之

第五章 谁是"美国人"？

间的确有一种血缘关系；但他发现，要把 20 世纪的犹太移民包括在"美国人"范畴内是不可能的。

温德尔在给一个英国朋友的一封私人信件里道出了对安婷的看法。但是，安婷的姿态带有挑衅性，引起人们进行公开争论，争论的内容是"美国"的本质是什么，以及究竟谁有资格把它称之为"我们的国家"，或把清教徒移民和独立战争的革命者视为先辈。尽管一些土生土长的自由分子对安婷大加赞扬，因为她对美国"赞叹不已"，但一些移民读者觉得她对新祖国"感恩戴德"是忘本和背叛，很多人被安婷所恼，因为安婷胆大妄为地把移民之父称为"我们的祖先"，保守的新闻工作者阿格尼丝·雷普利尔（Agnes Repplier）是那些人当中的一员，而且她表现出了批评态度。"为什么受到那么多关注的人竟然严厉斥责我们，抱怨她并不完全理解的情况，责难我们……疏于职守，未能遵循那些她善意却胡乱地称为'我们的祖先'的先驱们的训诫，未能实现他们的意愿。"雷普利尔没有看出普利茅斯岩石和埃利斯岛有何相似之处。在二战期间，她忧心忡忡，她担心德裔美国人投票时会支持坚持中立主义的和平立场的候选人，从而在美国为德国而战，并尖刻地争辩说没有其他国家会珍视大熔炉这个幻想，因为"英国人知道俄国犹太人不能在 5 年或 25 年的时间里变成英国人"。

安婷看到雷普利尔在"她的"编辑埃勒里·塞奇威克——她与他保持长时间通信，直到 1937 年——编辑的"她的"《大西洋月刊》上表达的情绪后，肯定深感不安。雷普利尔似乎憎恨安婷，她甚至搬出了犹太移民哲学家霍拉斯·卡伦来支持她对"阿马迪厄斯·格拉布夫人"（Amadeus Grabau）表示出的嫌恶态度。她公开暗示安婷和一个"美国人"（有一个听起来像是外国姓的名字）结了婚。卡伦在哈佛时曾是温德尔和詹姆斯的学生，被威廉·詹姆斯描述为"一个出生在俄国的犹太人，性格很刚烈，能力很强，具备全面教养的高潜能，是一个热情奔放的'实用主义者'，一个积极的政治工作者，有着果敢的创造性思想和敏感的性情"。卡伦也是安婷与之保持有通信关系的朋友之一，他在 1916 年发表在《国家》上的批评性论文《民主与大熔炉》（"Democracy versus The Melting-Pot"）里，采用了安婷的一些论点，把波兰移民和移民之父作了比较："把［波兰人］以如此大的数目运送到美国的驱动力与促使移民之父去往美国的动力并不是大相径庭的"；但他也批评安婷进行"异族通婚甚至在宗教上'同化'，而且比美国人都过度地美国化，更自觉地夸耀美国人的属性"。让安婷有资格批评她所归化的"福佑之地"是同化并完全具有美国人的身份，即使是出于单方面意愿想得到这种身份，而不是因为在美国出生或轻易得到有着古老血统的美国人的接受而索求这种身份——或由于美国尚不具备的特征去赞美它,只有美国把那些像她一样的人包揽进去,才会获得这些特征。安婷好像在说,是的,声音如雷贯耳。

激进的哥伦比亚知识分子和文化批评家伦道夫·伯恩强烈地感受到了文人雅士对玛丽·安婷声言作出的批评所具有的政治含义。在约翰·多斯·帕索斯的《一九一九年》(1932)里的《新闻短篇22》("Newsreel 22")中,伯恩被形象地刻画出来;一直持批评态度的迈克·高尔德赞扬伯恩"在探讨文学时"研究了"所有的政治事实和经济事实"。奥利弗·温德尔·霍尔姆斯(Oliver Wendell Homles)在《埃尔西·维纳》(*Elsie Venner*, 1859)里杜撰出文人雅士这个词,指大学里不同于普通农村男生的一"群学者"。在拥戴这个词的美国知识分子中,不仅有新英格兰古老血统的后裔,还有一些向上层社会挺进的年轻人,其中有一些人婚嫁到了古老家庭里。这些知识分子也把五月花号和普利茅斯岩石作为有象征意义的神秘的起源点,而且愈加强调其象征意义。伯恩认为,发明这种文人雅士身份是一种把移民排除在外的工具。"我们不得不关注,"伯恩在他有名的1916年纲领性论文《跨国的美国》里写道,"硬心肠的老文人雅士们看到移民拒绝被融合的情景而义愤填膺,同时,他们又讥笑爱国者们如玛丽·安婷,她写了关于'我们的先辈'的文字。"针对这种立场,伯恩作出的论断令人难忘:"我们都是出生在异地他乡或是外国人的后裔,如果说要找出我们之间的区别的话,应当有其他的什么依据,而不能以本土性为依据。"赛奇威克在信中批评了伯恩,对他来说,美国"是由英国人的本能缔造的,致力于盎格鲁—撒克逊人的理想",因而伯恩的论文只不过是一篇"激进而不爱国的文章",尽管赛奇威克把它发表在《大西洋月刊》上了。

在伯恩的论文中,他和安婷展开了一个对话,后者在她的故事《谎言》(*The Lie*, 1913年发表在《大西洋月刊》上)里,让一个美国教师告诉移民主人公大卫·鲁丁斯基(David Rudinsky)说:"每一只把你们民族的人从备受虐待的俄国和其他国家运送到美国来的船都是一艘五月花号"。伯恩则以一种不同的口气说:

> 玛丽·安婷把我们出生在国外的人看成是错过了五月花,而乘坐他们能找到的第一只船到了美国,她是对的。但她忘却了的是,他们来时确实乘坐的不是什么其他的五月花,而是一艘从德国出发的"五月花",一艘从法国出发的"五月花",一艘从意大利出发的"五月花",一艘从丹麦出发的"五月花"。

伯恩的这个例子的含义是，各种民族背景可以被简单地理解为原版五月花航程的一个"翻版"。他确实感到，美国有创造一个世界性文明的巨大文化机遇，民族多样性给一个国度带来了语言丰富性和文化丰富性，这种文明因此而繁荣，在这样一个国家里，每一个公民也可以说另一门语言并和另一种文化保持联系。伯恩反对美国文化里存在的、安婷开始喜爱的英国倾向，并反对对所有非英国新移民提出的那些要求，如要他们摆脱其过去的文化、过去的宗教和过去使用的语言，但他认为，移民不会或不能永远固守着他们的过去。相反，伯恩提倡"双重公民身份"的新理想，有这种身份的人不仅可以是那些来到美国的移民，而且也可以是那些与日俱增的有着国际心态的个人，如从美国移居到法国的人士，他们出生在一个国家，却到另外一个国家生活。伯恩面对民族多样性对美国性进行了沉思，这促使他重新考虑公民身份的民族主义前提。

但是，伯恩的多元主义也把像他一样的年轻知识分子与劳动人民疏远开来，而他们本来就分属于不同的族裔群体。伯恩蔑视同化，这是他最明显的缺点，而他没有意识这个缺点。他写道："不是那些自豪地坚守父辈的信仰、鼓吹自己的神圣文化的犹太人，而是那些失去犹太人的激情而成为一个有着原始贪欲的动物化的人会危及美国。"

一个朋友竟然对她提出的立场如此不敏感，安婷肯定很难发觉这一点。她在《福佑之地》里对爱德华·埃弗里特·黑尔表示赞同（前面提到过），她写道，在俄国，犹太人是"一个没有国度的民族"。因此，"一个来自波洛茨克的犹太小女孩"对"她的新国家"表现出伟大的爱更加真挚则更可以理解。伯恩哀悼被同化了的"没有精神家园的男男女女，没有品位的文化叛逆者，他们有的只是乌合之众的准则"。这些话所在的那段文字保留了把被同化的移民动物化了的意象，并运用了本土主义的词"部落群"来描述他们。在此，他附和了被安婷改编自黑尔的话，这很说明问题。伯恩提出的跨国思想偏向于倡导基于固定的祖国之上的稳定的民族身份，这是从20世纪20年代以来到多元文化主义期间很多美国文化的多元论者所面临的进退两难的典型境地。因而，安婷提倡的同化对具有限制主义右翼倾向、充满敌意的雷普利尔和具有多元主义左倾、友好的伯恩来说都是很有争议的。没有哪一个政治阵营给安婷这样一个被同化了的移民提供更大的空间。她声称自己有美国人身份，并享有一个美国公民的全部权利。

在《称它为睡眠》里出现了"我的父辈们安息的土地"或"我们的食粮"的歌词，对于一个移民孩子来说，这些歌词是什么意思？这是安婷和亨利·罗斯都提出来的一个问题。一些孩子的真正父辈的存在本身就提醒了他们自己是外国人这一点,而这些孩子依然保留着外地口音,不遵守美国的准则规范,住在条件最为恶劣的街区,并且可能热切地认为,美国是他们永远不可能归属的地方,尽管他们的孩子或他们的孩子的孩子可能会属于美国。那些"开国元勋"可能是这些孩子象征意义上的"先辈"吗?20世纪20年代,本土主义和文化多元主义都开始越来越消极地解决这一问题,而玛丽·安婷毫不含糊地回答说"是"。她的自传不仅仅是一个成功故事,而且是一种挑衅。她在许多作品里流露出来的爱国主义与平等主义的希望联系在一起,尤其希望对新移民实行融合、开放政策。但是,这是一个即将破灭的希望。随着第一次世界大战的到来,安婷的社交生活与个人生活都发生了重大的危机。事实上,危机是在雷普利尔、卡伦和伯恩与安婷进行论战的情况下发生的。

《福佑之地》暗示,安婷毕业于波士顿拉丁公学,然后到拉德克利夫学院。人生的现状多少有些严峻:她从未读完高中,或从未成为一个真正的大学生。她的人生骤然转入以一战的休止为标志的低迷时期。她在写《福佑之地》时,住在纽约,并违背了父亲的意愿和阿马迪厄斯·威廉·格拉布结婚。她的丈夫是哥伦比亚一个(非犹太人)德裔科学教授,在《福佑之地》里,他没有被直接提及过,但却随处隐约可见。安婷的作品里有一些神秘莫测的语言,似乎也效仿或预示了格拉布的一些作品,如《古生物学与个体发生学》(*Paleontology and Ontogeny*,1910)或《历史的节奏:振动理论和极性控制理论对地球史的阐释》(*The Rhythm of the Ages:Earth History in the light of the Pulsation and Polar Control Theories*,1940)。《福佑之地》渗透着科学研究性语言,从安婷在一个古生物学的时间框架里来追溯她的家族起源,到她在"达尔文主义的文献里绘制出来的巨幅全景"得到的灵感和在"宇宙进化论书籍"里寻找她称为"演化的福佑之地"的东西。

安婷文学生涯和社交生活仅有几年的黄金时期,其开始的标志是她在《大西洋月报》上发表的精湛短篇小说《马莲科的补偿》(Malinke's Atonement,1911),这部作品可以和肖勒姆·阿莱赫姆(Sholem Aleichem)的故事媲美,在这段时期,安婷和格拉布在纽约市和斯卡斯代尔过着丰富的社交生活。安婷和西奥多·罗斯福、霍拉斯·卡伦和文学批评家范·威克·布鲁克斯通信,款待各种各样的人物,如伦道夫·伯恩、拉比·亚伯拉罕·克龙巴赫(Rabbi Abraham Cronbach),还有一个妓女梅咪·平泽(Maimie Pinzer)和安婷通信,但安婷并不了解她的职业,后来,梅咪·平泽出版了一本关于安婷的热情洋溢的回忆录,她在一封给法妮·豪(Fanny Howe)的信里,卑鄙小气地描述了她去安婷家的情形。格拉布夫妇的社交圈子包括作家、艺术家、拉比和牧师、基督教徒和犹太复国主义者。尽管安婷和格拉布事业上很繁忙,但他们的关系似乎很融洽——

一个是美国土生的德国路德教派后裔,另一个是来自东欧、有犹太血统、归化了的美国自由思想家。他们之间的婚姻是非犹太教与基督教的联姻。安婷提到长她11岁的丈夫时说,他是她的"顾问和保护神"。

战争就那样结束了。十年后安婷回忆说,一战把她的丈夫变成了"一个可怕的充满敌意的陌生人,把家里搞得恐怖不堪,让邻里震惊(不,我没有夸大其词,这些都是事实)",结果,她精神崩溃了。在美国土生土长的格拉布的身体健康状况也严重恶化,由于赞成美国在战争中保持中立立场(这被认为是亲德,在1917年美国被宣传煽起的炽热的战争气候下,对一个德裔美国人来说,这种立场是站不住脚的),因此他失去了在哥伦比亚的职位,接受了去中国地质大学担当研究中心主任的邀请,移居到了北京,余生都在中国度过,成为著作颇丰的活跃的科学家。在外国出生的美国爱国人士安婷坚决支持同盟军方面。安婷认为,发表在《大西洋月刊》上的一篇《德裔美国人的妻子们》的文章准确描绘了当时的普遍情况,可能作者在写的时候特意考虑到的就是她的例子。她的婚姻解体了。与此同时,她的父亲去世了,斯卡斯代尔的房子被亏血本地卖掉了,她在接受精神病治疗后回来时,已是穷困潦倒。她在贝克郡的古尔德农场呆了多年,和犹太复国主义有些联系,而且对基督教普救说、印度神秘的梅赫尔·巴巴(Meher Bab)① 的教义以及鲁道夫·斯坦纳(Rudolf Steiner)的人智说产生了深厚的兴趣。她已经远离了她的政治立场,而且在限制移民主义者取得胜利后感到,《敲我们的门的人》已经过时,她想让霍顿·米夫林出版社停止售卖这部书,那时,她把这部书蔑称为《敲门人》。

安婷彻底地幻灭了。她曾经有一个梦想,那就是看到她在华盛顿诞辰纪念日写的爱国诗能发表在波士顿《先驱报》(Herald)上,这个梦想于1895年实现了。在《福佑之地》里,她激情四溢地写下了这一经历,并提到她梦想有一天看到自己的名字"安婷,玛丽"出现在一本百科辞典里,并离"阿尔科特,路易萨·梅"的名字不远。然而,1926年霍顿·米夫林出版社的宣传部要她为波士顿《先驱报》的当代新英格兰人群体肖像写点儿东西,她讽刺说:"很快他们就会重新炒作《福佑之地》里那些陈芝麻烂谷子的爱国文字。自从霍顿·米夫林出版社支付我稿酬以来,他们一直以较短的间隔很频繁地捧出这些文字。"她对自己进行了刻薄的自我评价,并称之为一个"不错的讣告",她仅仅又出版了两部作品,其中一部讲述的是在人生的最后23年她神秘的精神境界。

---

① 梅赫尔·巴巴,印度宗教领袖。他自称为阿婆多罗,意为天神在世的人形化身。——译注

第六章 美国的语言

　　H. L. 门肯总是一个有感染力的散文家,他进行的抨击出人意料,而且他从新的角度进行文化探询,随时给读者以惊喜。一些少数族裔作品,从路易斯·阿达米克的《丛林里的笑声》(1931)到理查德·赖特的《黑孩子》(1945),以及一些作家,从克劳德·麦凯到约翰·范特的作家,都证明门肯的论文具有解除思想禁锢的作用。在门肯所研究的许多话题中,他最感兴趣的是在美国被真正使用的语言。他观察到语言上的丰富性伴随着现代性的特征,如电车:"电车工作人员曾有过辉煌的时候,并有自己的行话",他在1948年写道,"比如,小船指电车,马指电车司机,捐款箱指收费箱,棍子指电车杆子,周日指任何车辆少的日子"。他参考了联邦作家计划的一份"各行各业行话的词汇"手稿,发现电车"给我们提供了错过电车的说法"。

　　门肯为美国的多民族性所带来的语言上的影响所吸引,他作出了前所未有的努力,来展开对"美国语言"中多民族语言分支和非英语分支的研究。说明问题的是,佐拉·尼尔·赫斯顿的《哈莱姆俚语故事》发表在门肯的《美国信使》上,随之附上了她所使用的俚语词汇表,包括称纽约为"大苹果"的说法,在1942年,这显然还需注释。门肯对所有让美国英语不同于英国英语的语义特征和语法特征都感兴趣,他要人们关注美国多语言现象的许多方面。门肯特别感兴趣的是把英语元素和非英语元素结合起来的混合语。在《美国的语言》(1919)里,他记录下了他称之为"芬兰式英语"、"美国式希腊语"、"黑人法语"和25种其他"美国的非英语方言"的特征。

　　许多少数族裔作家有意识或无意识地运用了为人所知的混合语,如西班牙语式英语、法语式英语、德语式美语或葡萄牙语式英语,从而为门肯提供了进行研究的素材。在门肯的建议下,路易斯·阿达米克给《美国信使》投了一篇题为《南斯拉夫语言对美国的影响》("The Yugoslav Speech on America",

1927）的稿件，其中，他描写了一位虚构的美国国籍的南斯拉夫家庭主妇，她"命令哭叫的婴儿（bebi）住口，让她的其他两个孩子停止打斗（fajtanje）、拿着房子里最大的篮子（bosket）到铁路大院看看能不能捡一些煤（kol）。杰尔·曼琼对门肯在各个族裔语言方面作出的工作也明确地作出了反应。他的《阿莱格罗山》（1943）这个作品名字本身就是一个英语词和一个意大利词的结合，在作品里他指出，如果他的亲戚相信在美国过了这么多年之后，他们"仍然在讲他们从西西里带来的同一个方言的话，那么他们错了"，因为，受到"除了他们自己方言以外的美国方言、意第绪语方言、波兰方言和意大利方言"的影响，"他们的语言收集了一些在西西里任何一个人都不可能理解的词"。列举的例子有店铺 storo 指 store、重量单位磅 ponte 指 pound、酒吧 barra 指 bar、工作 giobba 指 job，他认为"门肯先生收集的意大利式美语词很好地体现了"他的亲戚的用语"所发生的变化"。他加了一个词 baccauso，曼琼在西西里的时候，用它来指厕所，这让他的亲戚疑惑不解，直到读者意识到它肯定是从"后房"（back house）变过来的，意思是"厕所"。《阿莱格罗山》和《没有钱的犹太人》里都提及了移民们在使用固定短语"滚开"（get out of here）时把它说成 girarahir（在曼琼的作品里，前面已经引用过了）或 gerara-here（迈克·高尔德的说法）。诸如此类的词是美国通用语的一部分。康拉德·贝尔科维奇（Konrad Bercovici）对尔后被称为多元文化的美国进行了很多描述，其中有《曼哈顿街头杂耍表演》（*Manhatten Side-Show*，1931），里面如下的话："大胡子的犹太人、俄国的裁缝、意大利人、戴土耳其红毡帽的叙利亚人、刚刚走出闺房的土耳其女人、希腊人和累范特人①，他们夜以继日、肩并肩地工作，做出我们穿的大衣和裤子。他们创造了他们自己的语言：服装商人街英语。"

　　语码转换和语言混杂在美国少数族裔文学里很普遍，不管这些文学作品最初是用英语还是用在美国使用的许多其他语言中的一种写出来或出版的。美国文学中也有用意第绪语（如成为安婷的作品《从波罗兹克到波士顿》的信）、波兰语、瑞典语、威尔士语、挪威语、葡萄牙语、西班牙语、汉语或德语等不胜枚举的语言创作的作品，在这些鲜为人知的美国非英语文学中，有一些作品成绩斐然，还有许多作品主题发人深省，对美国民族多样性提供了引人入胜的见解。在一战期间，美国进行了反对外语的宣传，这标志着在后来才成为美国地域上非英语语言文学创作的悠长传统的中断，这个传统始于

---

① 累范特人（Levantine），居住在地中海东部沿岸诸国家和岛屿，包括叙利亚、黎巴嫩在内的从希腊至埃及的地区。——译注

美国土著人的语言和所有其他殖民地语言记录下的作品，它们随着多种移民语言的文学创作而延续下去。这种宣传可能在一方面至少是奏效的，也就是在 20 世纪后半叶从学术上消除了对这种文学的关注。本章这部分是关于 20 世纪前半叶的散文文学，而不是回顾美国文学各种体裁的漫长、多语言的历史。把"美国文学"仅仅定义为英语文学时，会遗漏很多东西。要想对此有一个初步的认识，只需回想一下第一部美国非裔短篇小说（维克多·塞茹尔的《混血儿》[Le Mulâtre, 1837 年]）和文集（《冬青果》，[Les Cenelles, 1845 年]）都是用法语出版的；关于北卡罗莱纳州一个阿拉伯奴隶的故事于 1831 年由奥马尔·伊本·塞义德（Omar Ibn Said）写出来，比弗雷德里克·道格拉斯（Frederick Douglass）要早 14 年；第一部描写女同性恋情景的小说是用德语出版的（《新奥尔良的女同性恋》，1854—1855 年），或尤斯比奥·查孔（Eusebio Chacón）1892 年在新墨西哥出版的西班牙语中篇小说，甚至有一部由库尔特·M. 斯泰因（Kurt M. Stein）用诙谐混杂的德语式美语写的《电车之歌，欢快的 90 年代》（Streetcar Song, Gay '90's），1927 年出现在斯泰因的作品集《最优美的语言》（Die schönste Lengevitch）里；扉页的题诗讲述了一个德裔美国人和一个新移民相遇的情形，后者问了一个问题："劳驾，先生，在这儿等电车吗？"这位年长的定居者需要翻译后，才能以"最优美的语言"所具有的同样混杂的方式作出回答。

尽管一战（当时不仅德国的酸泡菜正式变成了"自由卷心菜"，而且当时西班牙语、意第绪语、斯堪的纳维亚语和几乎任何外语都处于围攻之中）让人们产生了语言上的惧外（恐语症？），文学作品的出版继续进行着，甚至某些语言的作品出版的数目有所增加。从 20 世纪 20 年代到 20 世纪中叶，这种外语文学的一些范例得到国家的认可。要了解 1910 年到 1950 年间非英语作品在美国小说中的核心地位，只需想想奥尔·罗尔瓦格（用挪威语写作）、符拉迪米尔·纳博科夫（用俄语和英语写作）、肖勒姆·阿施（用意第绪语和英语写作），或艾萨克·巴什尔维斯·辛格（用意第绪语写作）。《美国多语文集》（The Multilingual Anthology of American Literature, 2000）把一些文本用两种语言出版。然而，每有一位成名的作家，就有许多不知名的作家，很多作品尚未被认可，除了那些翻译成英语的作品。例如，翁久允（Kyuin Okina）（《老板》["Boss"]，1915 年）和加藤三郎（Saburo Kato）（《矢间先生和中国小事》["Mr. Yama and the China Inadent"]，1938 年）的日语作品在美国仍然未被认可，在日本也鲜为人知。被一战打击最大的或许是德语作品。但即使在现代时期，也没有一部德语作品可以和雷恩霍尔德·索尔杰（Reinhold Solger）精彩的社会小说《美国的安东》（Anton in Amerika, 1862）相媲美。

第六章 美国的语言

德语创作在一战后确实继续进行着。在20世纪30年代和40年代，法西斯主义的高涨带给美国一种活泼的德语流放文学和文化；包括作家伯托尔特·布莱希特（Bertolt Brecht）、莱昂·福伊希特万格（Lion Feuchtwanger）和托马斯·曼恩，现代艺术家如乔治·格罗兹（George Grosz）和作曲家阿诺德·舍恩博格。1942年，哲学家西奥多·W. 阿多诺（Theodor W. Adorno）在纽约德语报纸《建设》（*Aufbau*）上发表了他的美国梦（实际上那是他对自己在纽约和加利福尼亚的梦想生活的转述）。

如果审视一下因英语主题作品出名的美国作家的非英语作品会发现，他们可能都有出其不意之处：华裔美国人林语堂最畅销的英语版中国主题书《吾国与吾民》（1935）确定了他的名声，他的小说《唐人街》（*Chinatown Family*, 1948）让他的名声进一步大振，他坚持用汉语进行创作，口气比用英语还要激进一些。虽然通常可以找到早期的传记和历史研究，到20世纪末，没有人知道在美国整个20世纪有多少以英语以外的语言出版的短篇小说、长篇小说和自传，虽然保守地说肯定有数千部，下面几部只不过是其中不具有代表性的例子。

在纽约的尤蒂卡，掀起了一股出版威尔士语作品的热潮，其中有达菲德·瑞斯·威廉姆斯（Dafydd Rhys Williams）写的故事集《木人的故事及其他》（*The Book of the Wooden Man and Others*, 1909）。这部书汲取了一些传统的东西，如威尔士民间传说和古老的英雄叙事传奇故事，包括反对酗酒、吸烟和同化的故事。在美国以意第绪语出版散文的多产作家中有一位是利奥·科布林（Leo Kobrin），他的美国短篇故事集（1910年以意第绪语出版）总共有900多页。他的故事和短篇小说常常以第一人称单数讲述，刻画了处于新环境中的移民，或着力描写陌生人在纽约的偶遇。在《困苦的语言》（*The Language of Misery*，由麦克斯·罗森菲尔德翻译成英语）里，初来乍到的叙事者得到一份做巡夜保安的工作，一天晚上，他发现，被他打得逃窜的窃贼竟是一个中年意大利移民和他的小女儿。叙事者对这两个穷人罪犯产生了强烈的怜悯之情，虽然他们没有用同一种语言来交流："我们用手势交谈。而我们还能理解对方。"他放了他们，还给了他们一些引火用的木柴，却由于其善行而被解雇。后来他的"意大利朋友"给了他一根香蕉作为回报。在利奥·科布林的故事里，穷人联合起来，那种团结一致把他们和伪善的雇主世界隔离开来，在不同的民族疆界和不同的语言疆界之间架起了桥梁。

奥尔·阿蒙森·巴斯莱特（Ole Amundsen Buslett）的挪威语故事《通往金门之路》（*The Road to the Golden Gate*, 1915）描述了一个移民从挪威到美国金门富有寓意的某种天路历程，告诫读者不要在美国化的路途上走得过快，

少数族裔现代主义

否则会出现一个"美国佬的泥沼"（Yankee Slough）（巴斯莱特改编自"绝望的泥沼"）①，在其中，所有的东西都变得没有区别，最终下沉被淹死。只有保留其家乡意识和知识技能的挪威人才能开创穿越美国化泥沼的安全之路。但是，这个故事并不提倡再次移民，摒弃了回归老家的做法，认为那是一种"怀旧之路"。在故事结尾，罗莎莉塔向哈肯表白。他们会成为一对有一定程度民族忠诚的夫妇，既没有罗莎莉塔父亲对美国的肤浅崇拜，也没有哈肯的母亲所怀有的旧世界的观念。

多茜·达尔（Dorthea Dahl）的《铜罐》（"The Copper Kettle"）发表在芝加哥挪威语文学刊物《诺登》（Norden，1930）上。多茜·达尔生于挪威，两岁时和父母来到了南达科他州，一生大部分时间是在爱达荷州的莫斯科度过的。她的笔触集中在一对挪威夫妇特龙·杰夫纳克（Trond Jevnaker）（这部第三人称叙事作品的意识中心）及其妻子杰特鲁德（Gjertrud）身上。杰特鲁德被同化了；她先于她的丈夫到美国，她要他把她的名字英语化为"戈蒂"（Gørti）——他愤怒地拒绝了。达尔的杰特鲁德是典型的"语言叛徒"，她仓促进行（不完全的）美国化，对她丈夫坚守祖国的老套感到尴尬，其象征是一个古老的罐子：它本属于生活在挪威的特龙的祖父，但是，杰特鲁德计划把它处理掉。一位美国女士看到这个罐子时，说出想把它当古董买下来的愿望。特龙和杰特鲁德都不知道她说的"古董"的意思，但想把这个罐子卖掉。出人意料的是，在这一点上特龙服从了妻子的意愿，决定把它当作礼物送给这位美国女士。这改变了杰特鲁德和特龙的关系，她现在对他服服帖帖，并许诺放弃建一个封闭式游廊的计划。这位美国本土人看出了这个挪威传家宝的价值，而那位过于仓促地同化了的移民女人仅仅把它视为是尴尬的根源。

葡萄牙语短篇小说《三等舱》（Steerage，1938）是乔斯·罗德里格斯·米格里斯（José Rodrigues Miguélis）的代表作。米格里斯 1901 年生于里斯本，1980 年在曼哈顿去世，他人生中的最后 43 年里，在纽约过着政治流放生活。他受过大学教育，是 F. 司各特·菲茨杰拉德、厄斯金·考德威尔、卡森·麦卡勒斯（Carson McCullers）的葡萄牙语翻译，他在美国写下了为数众多的短篇小说。《三等舱》以日志的形式记录了一艘客轮从南美到葡萄牙的返航历程。这个标题所指的三等舱乘客是那些因梦想破灭而回国的移民以及充满希望的新移民，"波兰人、葡萄牙人、一些社会底层的英国人（无疑是爱尔兰人）、一对寡言少语的德国夫妇、一个从巴西北部起程带着患了黄疸病的孩子们回国的大家族，和诸如此类的其他人"。这位愤世嫉俗的叙事者仔细思索着

---

① 出现在《天路历程》里，很可能引自圣经。——译注

第六章 美国的语言

什么是阶级歧视和种族歧视的标志——"仅仅针对西班牙人和葡萄牙人来说",并且最终试图思索这一航程是否已经在这些不同民族以及被毫不怜悯地描绘出来的乘客中间产生了一种同情的纽带。

乍一看,这些作品似乎只有一个共同特征:不是用英语写的。但它们也有一些共性。从主题来讲,许多故事可以被归为寓意式的爱和同化的故事的范畴。其他作品强调了在跨越民族界线和语言界线的情况下人们能够感同身受的可能性,而仍有一些作品自由运用非英语语言,来表达对盎格鲁美国的评判。从形式上来看,这些作品在文中记录下了英语的一种语言存在形式,其方式在英语里是可行的——英语不得不成为交流的媒介,却不能被完全模仿。达尔为了表明把特龙和杰特鲁德分离开来的同化的不同速度,用了"Hadjudusor"(how do you do, sir;你好,先生)、"spaerrummet"(spare room,空房间)和一些不完整的英语句子,给他的挪威语增加了趣味。米格里斯用了很多英语词和完整的英语句子和法语句子(也表明在那些语言混杂的区域"第三种"语言的重要性),和"葡萄牙语式英语"(或鲁索美语)词如"cracas"(crackers,饼干)、dolas(dollars,美元)、bossa(boss,老板)、racatias(racketeers,敲诈者)。

甚至是最不起眼的非英语作品也能帮助我们了解美国多文化过去的精神层面和语言方面的同化;它们也从多个角度对20世纪前半叶美国群体关系进行了揭示。现代美国移民史的创立者马尔库斯·李·汉森(Marcus Lee Hansen)在论文《移民和美国文化》("Immigration and American Culture",1940)里写道:"以后,学生若情愿从宽泛意义上来理解美国文学,必须掌握至少10种或12种语言。"他是对的。

433

第七章 "过去的一切我们都抛在了身后?" 奥尔·E. 罗尔瓦格及其移民三部曲

在现代美国少数族裔文学里,用英语之外的语言写的、为人广泛认可的伟大作品之一是由 O. E. 罗尔瓦格(O. E. Rölvaag)最初用挪威语写的三部曲。它包括:《地球上的巨人:草原传奇》(*Giants in the Earth*)(最初分别以《在那些日子里》[*I de dage*]于 1924 年和《地球巨人》[*Ricket grundlaegges*]于 1925 年出版,其英语版本都在 1927 年出版),《彼得·维克托里尔斯:拓荒者们二十年后的故事》(*Peter Victorious: A Tale of Pioneers Twenty Years Later*,原版名为 *Peder Seier*,1928;英语版,1929)和《他们父辈的上帝》(*Their Fathers' God*,原版名为 *Den signede dag*,1931;英语版,1931)。罗尔瓦格的作品标志着美国文学的一个巅峰,但也是美国挪威语作品衰落的开始,这一批丰富的作品不仅包括巴斯莱特和达尔的作品,而且还包括一系列较早的小说作品。其中,有一部尤其值得注意的作品,是生于挪威的作家德鲁德·克罗哥·詹森(Drude Krog Janson)写的美丽忧郁型(和社会改良主义)的小说《酒店主人的女儿》 (*En saloonkeepers datter*,1887,英语标题是 *A Saloonkeeper's Daughter*)。小说标题所指的女主人公是一个令人难忘的人物,她是一个多愁善感的女演员,父亲是一个严厉的资产阶级商人,在母亲去世和父亲生意场上遭遇失败后,她跟随父亲(和她年幼的弟弟们)从挪威辗转到美国的明尼苏达,在这里,旧世界的行为准则似乎都不适用了,而她的新身份只不过是一个酒店主人的女儿。小说的核心部分展示了女主人公试图通过不同的求婚者找到自己的出路,最后,成为一个被正式任命的牧师,并成了一个女医生的密友。詹森的小说包含了美国移民小说里一些为人所熟知的主题:新旧世界的差别,移民父辈和孩子之间的代沟与冲突,以及"美国"求婚者求爱的艰难。但小说也有一种斯堪的纳维亚特有的气氛,它到处都暗指到了挪威神话中的食人怪物,并通过描写阿斯特里德(Astrid)对舞台艺

第七章 "过去的一切我们都抛在了身后?"奥尔·E. 罗尔瓦格及其移民三部曲

的热爱,展现出由亨里克·易卜生(Henrik Ibsen)和比昂斯特恩·比昂松(Bjornstjerne Bjornson)体现的挪威特有的严肃戏剧艺术理想。小说在哥本哈根和明尼苏达都出版了,引起人们对其最初的标题里的跨国人物的注意,在"En saloonkeepers datter"这个标题里,一个英语词被夹在两个挪威词中间。

434

另外值得一提的是挪威裔美国小说家和新闻工作者沃尔德马·阿杰尔(Waldemar Ager),他在 1916 年用笔触公开批评了"大熔炉"的同化概念,说它是一个具有破坏性的暗喻,其作用是"使那些非英裔的人失去国度"。在他的小说《通往熔炉之路》(*On the Way to the Melting Pot*,1917,1995 年被翻译为英语)里,反英雄主人公拉斯·奥尔森(Lars Olson)体现了美国这个熔炉的诱惑具有破坏性,这种诱惑带给他外在的成功,而在精神上却把他摧毁了。

约翰尼斯·B. 威斯特(Johannes B. Wist)出版了一个移民三部曲:《移民场景》(*Nykommerbilleder*,[*Immigrant Scenes*],1920)、《高原之家》(*The Home on the Prairie*,1921)和《乔纳斯维尔》(*Jonasville*,1922),他在作品中取笑了挪威移民萨勒蒙森(Salomonsen)的浅薄美国化,后者把自己的名字变成了萨尔蒙(Salmon)先生,从他进行语码转换的例子可以看出,他是另一个荒谬的语言叛徒:"Amerika er en demokratisk *kontry*,*ju'no*! …jeg har *getta saa jused te'aa speak Enghish*,at jeg *forgetter* mig *right'long*,maar jeg *juser* norsk."(欧姆·奥弗兰的翻译是:"美国是一个民主国家,你知道!……我很习惯说英语,以至于我用挪威语说话的时候,什么都记不起来了。")民族传统和语言遗产与在美国生活的前景如何能达到一种平衡?

O. E. 罗尔瓦格回答了这一问题,像阿杰尔一样,他在论文集《关于我们的遗产》(*Omkring fadreawen*,[*Concerning Our Heritage*],1922)里提出反对急于美国化,反对大熔炉的观念。罗尔瓦格 1876 年出生在北极圈附近多纳岛上的一个挪威小渔村里,1896 年移民到美国。他干了几年农活后,半工半读上完了大学,28 岁从明尼苏达圣奥拉夫学院毕业,然后在奥斯陆进行了一年的学习。后来,他开始在圣奥拉夫学院教学,并成为一位对移民历史有着特殊兴趣的活跃的挪威语教授。他出版了大量的著作,其中有一部以移民信件为素材、以一个笔名出版的小说《来自美国的信札》(1912)和小说《两个傻子》(*To tullinger*,1920),其英文版本的标题是《纯金》(*Pure Gold*,1930),内容有重大的修正和变动。直到他 1931 年去世,他都是用挪威语出版他的文学作品。如果他仅仅为美国挪威裔读者写作,那么盎格鲁美国对他就没有什么兴趣。但是,当他的书开始在奥斯陆出现并在挪威得到认可的时候,情况开始改变。就是在这种情况下,他的三部曲(或挪威四部曲)出现了。

三部小说（作品的英文版本）里《地球上的巨人》是第一部，也是最出名的一部，追述了挪威农民 1873 年在达科他辖区春湾（Spring Greek）建立的一个孤立的定居点。在几个家庭中，核心是霍尔姆家。佩尔·霍尔姆（Per Holm）被称为佩尔·汉萨（Per Hansa），他是一个积极活跃的拓荒者，在建立定居地的过程中，他遇到了各种各样的困难，从暴风雪到蝗虫灾。他的妻子贝雷特（Beret）因在高原过着与世隔绝的生活而感到痛苦，不时有抑郁症发作，几乎失去理智。他们有两个儿子，奥尔和斯托尔·汉斯（Store-Hans），和一个女儿安德·翁吉恩（And-Ongen）。贝雷特在生第三个儿子彼得·维克托里尔斯时，差点丢了性命。彼得出生在圣诞节前夕，和大卫·科波菲尔一样，他生出来时带着一个"头盔"——一个大网膜或胎膜——在挪威民间传说里，以及在杜波伊斯的《黑人的灵魂》（1903）里，这通常被认为是具有超人的预见力的标志。贝雷特在一个造访的牧师的引导下，转而更加严格地奉行路德教。一个寒冷的冬天的晚上，佩尔出去给一个病重的邻居找医生，死在了暴风雪中；小说结尾时是第二年的春天，他冰冻的尸体被找到了，尸体坐在干草袋子上，眼睛注视着西方。

续篇《彼得·维克托里尔斯》（*Peder Victorious*）的背景是彼得先后去了一个美国学校和一个挪威学校，但他不断被美国化，并与母亲疏远，这些都无法被阻止。在总是帮寡母干农活的两个大儿子结婚后，贝雷特比以往更加孤独，对宗教信仰更加狂热；彼得成了反对母亲因循守旧的第二代叛逆者。他开始和异教徒的女儿们交往，后来爱上他的一位老校友的妹妹——爱尔兰裔美国天主教徒苏西·多希尼（Susie Doheny）。令人吃惊的是，在书的最后，贝雷特同意了两人的婚事。

最后一部是《他们父辈的上帝》，接着讲述了 1894 年彼得和苏西举行的婚礼。尽管两代人之间在宗教上、语言上和文化上有区别，但这对年轻夫妇还是住在贝雷特的农场。在苏西生下一个男孩彼蒂（Petie）后，冲突与日俱增，围绕如何扶养这个孩子成人这一问题，有三种不同的互相冲突的观点。趁苏西不在家，贝雷特给彼蒂秘密安排了一个路德教洗礼；而苏西已经把他秘密地施与了天主教洗礼。与此同时，持有自由思想的彼得对宗教漠不关心，他在爱尔兰移民和挪威移民间的政治敌对日益突出的时期开始了政治生涯。在母亲生病的时候，彼得结束了和一个后来返回挪威的年轻移民尼克兰·约翰森的风流韵事，回到了苏西的身边。贝雷特临死前在病榻上道出了实情，说对那个孩子进行了秘密洗礼。苏西因一次流产差点丢了性命，但由于彼得的悉心照顾，她得以存活下来。但在彼得进行的政治竞选运动中，他的对手爱尔兰裔美国人利用他私生活的琐事，对他的人格进行公开的诽谤，其中包括对彼蒂秘密进行天主教洗礼。彼得认为，这肯定是苏西干的。盛怒之下，他在她面前毁掉了天主教的标志：他践踏白瓷的十字架、盛圣水的容器，把玫瑰经念珠拆开，然后踩在脚下。苏西被吓得昏厥过去。第二天，她带着小彼蒂离开了彼得。如果说小说的情节从第一代移民的信仰进展到他们的孩子变得世俗化，那么对于第三代这个受到双重洗礼的一代来说，这一进程因为"父辈的上帝"有不同的并相互排斥的含义而变得复杂，并且受到阻挠。小说结尾是异族之间通婚的解体，苏西回到了父亲身边。

　　罗尔瓦格的三部曲堪称杰作。它是重要的经典历史小说，因为作品里的起始时间比他第一部作品的创作时间约早 50 年。这三部小说追溯了从移民定居到第二代人的同化、再到第三代美国人形成的历史发展过程，丰富多彩地展现了很多主题，如人们对母语忠实与否，以及代与代之间的紧张关系。罗尔瓦格对移民给很多事物带来的压力很感兴趣：给语言带来的压力，从一些不可避免的英国化的话里可以听得出来；给宗教带来的压力，或屈服于激烈的宗派化，如贝雷特的情形，或屈服于彼得表现出来的世俗化；给正在改变的价值准则带来的压力，包括族裔人感到尴尬的东西或占有东西的愿望；给不同民族间关系带来的压力，尤其和印第安邻居和爱尔兰邻居的关系。罗尔瓦格用了大量篇幅进行内心情感描写和风景描写，甚至感情的抒发，以至于从达科他州高原上挪威定居者生活的孤独寂寥中，一种清晰鲜明的景象呈现出来。"灰濛濛的一片荒原……一种空洞的沉寂……一种无边的寒冷。雪飘落下来；雪花飞舞着；一个完全是死亡的白色世界。从西北刮来的风雪咆哮着，猛扑着，掀起一阵灰白的狂飙，人眼无法穿透。"在第一部里，对贝雷特心态发生改变的刻画尤其出色。在贝雷特的心里，她的移民之家里标有"伊斯兰教纪元 16——"的柜子与棺材有关联；后来，路德教牧师用它作了圣坛，因而实际上改变了一个伴随现代世俗移民过程的物体，并把它神圣化了。汉萨斯用一些小木块围起来，作为自家拥有土地疆界的标志，佩尔为了占有更多的土地，挪动了它们，这让贝雷特感到恐惧——她脚下的土地是偷来的，这种恐惧在美国是有理由的。作品中也有一些微妙的细节给故事注入了更多的活力。茅屋被形象地描绘出来。"福佑之地"的华美言辞在小说里得到全面的展开。英语成了挪威裔定居者和印第安人交流的通用语，佩尔·汉萨很有胆识地给其中的一个印第安人治病，治愈了他被感染了的伤口。铁路是 19 世纪现代性的一个险恶象征："这个怪物以可怕的速度沿着铁轨爬行；而它走近了又不爬了；它蜿蜒盘旋地向前冲着，发出可怕的吼声，身后留下迅速喷出的缭绕的黑烟，在空中散去。"这些细节和其他很多细节经常被轻描淡写，现在却通过不同的视角被突出表现出来，通过这些视角，它们对定居者产生了意义。在第二部小说里,罗尔瓦格集中描写了第二代人中挪威人与爱尔兰人、路德教徒与天主教徒结合的婚姻,从而追问了有什么能把各种美国人聚合在一起的问题,以及美国政治活动如何反映并影响了民族性的问题。《彼得·维克托尔斯》用生活在不同房间里的暗喻,展示了不同有时互不相容的观点。在一个屋子里,彼得"生活里的所有事情都用英语",而一个老师不得不告知其母亲,他"无论如何得改掉自己的口音"。

和现代其他少数族裔作品一样——从薇拉·凯瑟的《啊!拓荒者》(*O Pioneers*,1913)到汤亭亭(Maxine Hong Kingston)的《孙行者》(*Tripmaster Monkey*,1987)——罗尔瓦格公然援引并改编了沃尔特·惠特曼的诗。有一次,彼得骑在马上欣喜若狂,吟出上学时写在黑板上的"拓荒者!啊,拓荒者"的诗句,与叙述交织在一起:"坐得如此之高,他能借着风的翅膀疾驰。'我们精神焕发、身体健壮,世界由我们驾驭'——嗨,嗬!嗨,嗬!……他一定要把这首诗念给妈妈!他快马加鞭随着诗的节奏奔跑:我们精神焕发、身体健壮,世界由我们驾驭。"惠特曼的"过去的一切我们都抛在身后"是一种希望,这种希望当然是彼得的母亲所不可能有的,她生活的主题是《圣经》的文本,以哥特字体散布在第二部小说里。罗尔瓦格的想象力有另外一个标志,在他更加直白地展现性问题时,他利用了雅歌的语言①(没有用哥特体)。在第三部里,彼得声称自己是美国人,卡尔达尔牧师对此提出了挑战,罗尔瓦格在此详尽地论述了要反对同化:"如果我们想得到任何值得追求的东西",他说,"我们必须按照挪威人的方式来获得"。他推举了为文明作出重大贡献的犹太人的例子,"因为他们倔强地拒绝被非犹太化"。对比之下,美国这个熔炉只会产生"一种乏味、沾沾自喜的自我满足"。

毋庸置疑,这个三部曲显然有其特定的风格。罗尔瓦格运用了一种抒情现代主义,以独特的风格把它展示出来。作品中有的地方有点现代主义意味,这种现代主义更像是惠特曼的风格,或与卡尔·桑德堡(Carl Sandburg)的风格相似,他在评论里对《地球上的巨人》大肆吹捧;而不太像 T. S. 艾略特或乔伊斯的风格。罗尔瓦格的灵感的其他源泉是斯科特、库珀、布尔沃·利顿(Bulwer-Lytton)的历史小说传统,以及罗尔瓦格对现代挪威人的系统性研究,包括易卜生、比昂斯特恩·比昂松、克努特·哈姆生(Knut Hamsun)以及19世纪一个有名的挪威民间故事集。

句子如行云流水、流畅自如,从第三人称描写自如地过渡到直接引语和

---

① 雅歌(Song of Songs)为《圣经》里的所罗门之歌,既描写了人世间的儿女私情,也是对神与子民间的爱的描写。——译注

第七章 "过去的一切我们都抛在了身后？"奥尔·E. 罗尔瓦格及其移民三部曲

间接引语；省略号（"……"）被广泛使用，表明了叙述中的省略，增强了效果。如，佩尔·汉萨

438

> 让贝雷特和汉斯·奥尔萨都他挑出最好的建筑地点；尽管他的话不多，说话时又很冷静，口气中却透着一丝毅然的坚决……这片广袤的美丽的土地会变成他的——是的，他的——没有任何一个印第安人的鬼魂会把他驱赶走！……他内心狂喜、心潮澎湃。一种他从未有过的感情控制着他，让他昂首挺胸地走路……"上帝啊！"他喘息着。"这片土地就要成为我的了！"

读者对作品里那些特质感到诧异，毕竟作品是"从挪威语翻译过来"的。

在作品首次在美国出版的版本里，有罗尔瓦格写的一个谦恭的序言，表达了对林肯·科尔科特（Lincoln Colcord）的感激之情。没有他"不断的鼓励"和"无与伦比的心甘情愿的帮助"，《地球上的巨人》决不会"有英语版面世"。他注意到了把人物那不宜翻译的挪威方言转换成英语的难度。科尔科特是一个专职作家，一战期间发表了《战争随想录》（*Visions of War*）的长诗，在20世纪20年代，以写关于海的故事集出名。他提出了该如何把罗尔瓦格的小说归类的问题，"在艺术手法和氛围上那么欧洲化，所涉及的东西又那么具有美国特性"。

罗尔瓦格的一个重要评论家告诉我们，《地球上的巨人》的翻译真是一个复杂的过程；科尔科特本人在和罗尔瓦格见面来商谈定稿前，他就自己单独研究了学生兼业余作家的草译稿。在两人多次会面期间，增加了一些描述性形容词、副词和短语，原著显然被大大扩充了，变得更加诗情画意了。例如，上面引用了的关于佩尔·汉萨幻想在高原上建立自己王国的场面引用的那段文字，被原原本本地放到英语"译文"里；而在《在那些日子里》早期挪威语的"原"文里，却没有一个对等的段落。罗尔瓦格作品的英文版虽然在内容上有诸如此类的扩展，并引入了美国口头语，却缺乏一种东西，即随着三部曲里情节的推进，人物的挪威语里夹杂越来越多的英语所产生的微妙效果，这是一个不可翻译的特征。

罗尔瓦格是和其他翻译家通力合作来翻译第二和第三部的，但他坚持他和科尔科特翻译时探讨出来的"双重情节"方法。这样的话，有人就可能会说，同一作品有了两个被作者授权的版本，这在美国少数族裔文学里决不是绝无仅有的现象，因为很多少数族裔作品的作者用不同的语言把一个故事讲两遍——如路易吉·旺图拉（Luigi Ventura）的《佩皮诺》（*Peppino*，1885，

1886）有法语和英语两个版本，亚伯拉罕·卡恩的《纽约贫民区的故事》（1896）有英语和意第绪语两个版本，玛丽·安婷 1894 年给她叔叔写的意第绪语信件变成了英语作品《从波洛茨克到波士顿》（1899）。

罗尔瓦格的《地球上的巨人》、《彼得·维克托里尔斯》和《他们父辈的上帝》以及他的其他作品所取得的美学成就不禁让人猜想，还有多少其他惊世之作会从现今已经尘封的美国非英语文学的书架上崭露出来。正如林肯·科尔科特在他的序言里所写的："美国是什么，或者严格来说，她自己是否是美国人，这些还尚没有定论。" 75 年后，人们只有赞同科尔科特的结论：这种非英语文学的一些作品应当被"翻译成英语，让从美国的土壤里流出的一股纯洁的溪流——对广大公众来说是一股冰封在一门外语的冰里的水流——来丰富我们的文学。"

《地球上的巨人》获得了广泛成功，并且被 1927 年每月一书俱乐部推为每月一书。如果玛丽·安婷为移民自传设定了标准，那么罗尔瓦格则为美国移民家世小说树立了一个最令人心悦诚服的典范，这些小说跨越几代人，并常常以三部曲的形式表现出来。这个时期出版的其他少数族裔三部曲有约翰·库诺斯（John Cournos）的《面具》（The Mask）、《墙》（The Wall）和《巴别塔》（Babel，第三卷 1922 年面世，讲的是一个俄国犹太移民在美国长大成人的故事），詹姆斯·T. 法雷尔的关于爱尔兰裔美国人的《斯塔兹·朗尼根》三部曲（1935 年完成），出生在丹麦的索弗斯·凯思·温泽（Sophus Keith Winther）的《把一切带到内布拉斯加》（Take All To Nebraska，1936）、《抵押你的心》（Mortgage Your Heart，1937）、《永不消散的激情》（This Passion Never Dies，1938），以及丹尼尔·福克斯关于犹太人的《威廉斯堡三部曲》（Williamsburg Trilogy，1937 年完成）。

罗尔瓦格的三部曲出版在一战这个分水岭之后，也在 1924 年停止移民为标志的明显分界线之后，它审视了移民现象和同化问题，所用的语言比安婷的《福佑之地》更为阴郁。部分原因可能是最初使用的语言不是英语。但是，霍拉斯·卡伦在写对玛丽·安婷和爱德华·伯克的评论时看到，一种历史转变正在到来："《爱德华·伯克的美国化》……确实可以被看做是自玛丽·安婷的《福佑之地》开始的恭祝的浪潮的高潮。现在，有迹象表明，低潮即将来临，美国化了的人的自传的固定模式很可能会更加可分析、可辨别，也更加悲伤。"卡伦在指路德维格·路易生和塞缪尔·奥尼兹。罗尔瓦格也是这一转变的一个代表。詹姆斯·T. 法雷尔是一战后"新"文学的一部分，并意识到了这场战争是一个分水岭标志。他用类似的语言形象地描绘说，他认为少数族裔文学取得了进步，因为它把自己从地方特色的程式中解放出来：

第七章 "过去的一切我们都抛在了身后?" 奥尔·E. 罗尔瓦格及其移民三部曲

早期关于第一代移民群体的美国移民文学,具有不真实的、自以为是的风格。熔炉观念是一个典型的文学主题。这些作品里对这一主题处理得没有活力、墨守陈规,却意欲幽默风趣。这些故事没有多少真实性,而且是从局外的角度来写的……它是科恩(Cohens)们和凯利(Kellys)们的一种文学,是《艾比的爱尔兰玫瑰》①,是雷穆斯(Remus)②叔叔的文学,是一种上层阶级和善良的老星条旗的恩典的文学。

从亚伯拉罕·卡恩的《大卫·莱温斯基的崛起》(1917)到罗尔瓦格的三部曲,这些创作广泛证实了这些见解。这种新的"悲伤的"和自省的态度不仅仅出现在了罗尔瓦格的作品里,而且也出现在安婷的晚期作品里,对后者来说,一战是那么一个带给她创伤的事件。这种态度是处于从让·图默到亨利·罗斯的现代主义巅峰最优秀的少数族裔文学的特征。

---

① 《艾比的爱尔兰玫瑰》是一部百老汇喜剧,作者是安·尼克尔斯(Anne Nichols),讲的是一个爱尔兰天主教女孩和一个犹太男青年的爱情故事。——译注
② 雷穆斯是乔尔·钱德勒·哈里斯(Joel Chandler Harlis)编辑、整理的非洲裔美国人的民间故事集中的黑人,他是很多故事的叙述者。——译注

第八章　现代主义、族裔性标签和对完整性的追求：让·图默的新美国民族

《第七街》的故事背景是一战后的华盛顿，开头和结尾是同一首短小精悍的小诗：

> 钱烧着了口袋，口袋被灼伤，
> 走私酒贩身着丝绸衣衫，
> 圆嘟嘟急驶的卡迪拉克，
> 飕飕、飕飕疾驰在电车轨道上。

这是一首充满城市现代性的诗，它所构架的那纸文字是黑人移民的感情抒发，也是他们发出的顿呼语，他们的爵士歌曲和生活方式让他们成为一个"楔子"，挤进了"华盛顿的白人世界或粉饰的白人世界"。《第七街》部分是现代主义散文诗，表达禁酒令下城市的节奏和喧嚣，部分是对迁移的意义的沉思冥想。其中心是这个重复的问题："谁让你流动？顺着第七街光滑的柏油路流去，流到了简陋的小屋、砖瓦建的办公室大楼、剧院、杂货店、饭店和卡巴莱酒馆里？"

《第七街》是让·图默的《甘蔗》（1923）第二部分的开头，那是一部实验性作品，标志着美国少数族裔文学现代主义的完全到来及其成就的一个顶峰。它在1923年由享有声望的伯尼和利弗莱特出版社出版，在当时，厄内斯特·海明威和威廉·福克纳的首部重要作品都尚未出现。它是包括斯泰因的《三个女人的一生》、詹姆斯·乔伊斯的《都柏林人》和舍伍德·安德森的《俄亥俄州的温斯堡》在内的一股特别的现代主义潮流的一个重要部分，尽管图默也受到现代诗歌（哈特·克莱恩的诗《桥》）、尤金·奥尼尔的戏剧、沃尔多·弗兰克的宣言《我们的美国》、乔治亚·奥基夫的油画和阿尔弗雷德·

第八章 现代主义、族裔性标签和对完整性的追求：让·图默的新美国民族

斯蒂格里茨的摄影作品的影响。图默读书如饥似渴，受到肖、易卜生、陀思妥耶夫斯基、托尔斯泰、波德莱尔、福楼拜和梅尔维尔等人的作品的吸引。《甘蔗》顺应了我们这个时代发生的转变，转向了美学现代主义，对人的心理进行审视，放荡不羁的文人开始进行自我探寻，民族声音的表达与日俱增，出现了与新思想体系的交锋。这一转变发端于世纪初，一战加速了它的发展。

图默对历史、人类学、农业和体育进行了研究，但终究没有完成。他起初受无神论和社会主义吸引，后来受神秘的、内省性质的葛吉夫运动①、教友派信徒和一个印度教宗师所吸引。他在一些艺术家聚居地度过了人生中重要的年代，如格林威治村、梅布尔·道吉·卢汉开创的陶斯、新墨西哥和加利福尼亚的卡梅尔等，并参与了在威斯康星州的波蒂奇进行的一个早期群体心理学实验，邻居们怀疑那是一个自由恋爱运动。他在一些小的、实验性的、常常是激进的文学杂志如《扫帚》、《日晷》、《解放者》和《现代评论》上发表诗歌、戏剧和散文片段。图默交给奥尼尔的普罗温斯顿剧社（Provincetown Playhouse）一个剧本，并为奥尼尔的《琼斯皇帝》（*The Emperor Jones*）写了一个热情洋溢的评论。他与舍伍德·安德森和哈特·克莱恩是朋友，并和乔治·奥基夫关系亲密；他的第二个妻子马乔里·孔唐（Marjorie Content）曾是哈罗德·洛布的前妻；哈罗德是《扫帚》的编辑，出版了斯泰因的《女子如梅兰卡莎》，在海明威的《太阳照样升起》（1926）里，他被讽刺地刻画为罗伯特·科恩。图默和斯泰因都在1934年出版的一部作品里表达了对斯蒂格里茨的崇敬之情。

图默在对世界的感知中有一种强烈的幻觉。1926年4月的一个傍晚，图默在一个体现现代性的重要场所经历了一场神秘的转变，当时他正在曼哈顿66街L站的站台上悠闲地等车，不急于回家，这时他感到"（他的内心）深处有一种神秘的感觉"，似乎他正在"被拆开"，感觉到一缕温柔的光在他身后和体内伸展开来："这不是我个人的延伸，不是我一般感知的拓展。我觉醒了，达到了一个更高维度的意识。另一种存在，一种截然不同的存在，开始现形并崭露出来。"他用以描绘这一体验的恰如其分的暗喻是"转运"："准确地说是我从游离被转运到了存在。转运是描述这一体验的准确的词。也可以说是超然……解放也准确。我被从自我的牢笼里释放出来。"他感到自己似乎在站台上巍然耸立，看到"远处的……黑土"。他意识到坐在车上的人只能

---

① 葛吉夫运动（Gurdjieff Movement），源自中亚古老的僧院，约有五千年的历史，经由神秘学大师葛吉夫整理而成为目前著名的神圣舞蹈。通过神圣舞蹈的练习，可以培养人身心的协调与平衡，并有助于人自我理解和认识。——译注

看到他的身体，而不是他的**存在**，这让他猜想是否他们的真实自我也在他面前掩藏起来，因为他只能看到他们的躯体。就是这一经历促使他坚定地转向葛吉夫的"人的和谐发展"（但也使他远离文学创作）。

图默从存在的角度深切地关注着美国种族问题，他最出色的创作体现在《甘蔗》上，他的作品试图回应他的好友沃尔多·弗兰克对美国作家提出的"研究德意志文化、拉丁文化、凯尔特文化、斯拉夫文化、盎格鲁·撒克逊文化和非洲文化……以及它们作为完整的世界而消亡"的要求。弗兰克和图默在南卡罗莱纳州的斯巴达堡共度过一段光阴；弗兰克从这次旅程中得到了灵感，给一个小杂志《隐退》（Secession）写了一部短篇小说《希望》（Hope），讲的是一个不知名的白人男人和一个不知名的黑人女人做爱的怪异故事，并出版了一个有关异族间变态的肉欲和暴力的实验性小说《假日》（Holiday, 1923）。

图默以前曾在乔治亚州斯巴达的一个黑人学校里作过两个月的代理校长，这是这位华盛顿人第一次在南方的乡村长期逗留；在此期间，他萌生了写《甘蔗》的念头。他读了这个镇的报纸《斯巴达伊斯梅尔人》（Sparta Ishmaelite）并住在一个以前曾是奴隶住的小屋里。《甘蔗》1923年出版，这一年是废除奴隶制60周年纪念日，而且是军械库展10周年纪念日。它是一部完全以现代主义的语言来反思非洲奴隶制残余的最重要的美国书。

南方农村留给图默的最为深刻的印象是："先涌向小城镇、然后涌向城市、并向工业、商业和机器挺进的趋势。民间精神正信步走在通向现代沙漠的不归路上。那种精神是如此之美。其死亡是那么地带有悲剧色彩。对我来说，仅此似乎就是人生的全部。这是我注入《甘蔗》里的感情。它是一部天鹅之歌，一首绝唱。"图默感到，在美国大陆的现代荒漠上，非洲文化正趋于消亡，《甘蔗》是他对此进行的沉思。

它也是一部描写现代性的矛盾作品，既充满勃勃生机，又惆怅满怀。在从农村到城市的大规模迁移运动的背景下，《甘蔗》对乡村的思考并不带有田园式的恋旧情怀，对城市的思考也没有怀着目的论的希望。两者都是人类所不能正确理解的、正在发生着历史变革的世界，这两个世界时而滑稽，时而恐怖、残暴。读者被引入到一个松针和黏土、秋叶和薄暮、精神渴望和人类失败、爱情和暴力的魔幻神秘世界，也领略到了从农村土路到城市街道、从自然的声音到工业的噪音的一场激动人心的运动。

《甘蔗》是一本难以对其进行体裁归类的著作，在这样一本著作里，图默精心筹划出了一个词语重复和音乐递进的体系，达到了非同凡响的效果。它自成一格，把诗歌、散文和戏剧融合在一起（在《波纳和保罗》和《凯布尼

第八章 现代主义、族裔性标签和对完整性的追求：让·图默的新美国民族

斯》里），试图从形式上为现代性造成的错位找到一种文学上的等同物。这书本抵制简单的概括和先验的设想，是一本以艺术的手法甚至矫揉造作来重构符合生活完整性的著作。一个丧失了过去农村生活肥沃土壤的灵魂能够通过令人难以捉摸的现代主义形式而得以补救吗？《甘蔗》就试图那样做，尽管图默说过他强烈意识到现代美国人没有可能再回到一个共同的过去。

> "回归自然"尽管是人们想要的，但却不再可能，因为工业已经把自然吸附到了它自己身上。即使他想，也不可能，一个城里人即使迁居，搬到一个树木环绕的农场，也并不能成为一个乡下人。
> 那么，无论我们希望与否，我们不得不继续。

图默的答案不可能是要人们有一种想回归农村传统价值观念的怀旧愿望，因为"那些试图通过回归更原始状况来为自己疗伤的人若不是浪漫主义者，就是逃避主义者"。不，要继续，继续去创造，要在一个支离破碎的现代世界里寻求美感的完整性和一个新视野，这才是唯一可行的。图默对现代性进行的思索促使他推进了现代主义的进程。

《甘蔗》让读者变得自觉，为的是让他们产生一种对世界进行崭新、完整的审视的渴望。这体现在书里多次暗指到的圣保罗给科林斯人的第一封信："我们如今仿佛对着镜子观看，模糊不清。到那时就要面对面了。我如今所知道的有限，到那时就会全知道，如同主知道我一样。"——这段文字也是拉尔夫·沃尔多·爱默生和纳撒尼尔·霍桑所珍视的，后来也为亨利·罗斯和拉尔夫·埃利森所用，伊萨克·罗森菲尔德（Isaac Rosenfeld）在《离家的路》（*Passage from Home*, 1946）里则把它用作总引语。图默也寻求对具有多种声音表达的美国的完整性有一种更加广义的理解，这种完整性曾被沃尔特·惠特曼歌颂过，现在，沃尔多·弗兰克也在宣扬这种完整性。和许多早期的空想家一样，图默认为支离破碎的东西是构成更大的整体的必不可少的一部分。

残缺不全和对完整性的寻求之间的相关性构成了《甘蔗》的框架结构。这部书分为三部分，由类似圆括号的符号标识出来：（,）和（ ）。"三部分的每部分之间是一条弧线。这些用以大致表明作品的构思"，图默写信给弗兰克说。前两部分重新排列，欲构成一个圆，但在第三部分里，却没有完全闭合成为一个圆。

第一部分的背景是南方乔治亚州的农村。主要描写的是女性，先写的是卡兰莎（Karintha），单只她的名字就让人想起格特鲁德·斯泰因的"梅兰卡莎"。"卡兰莎"最初出现在戏剧《纳塔利·曼》（*Natalie Mann*, 1922）里，

少数族裔现代主义

其中，图默的传声筒纳森·梅里尔（Nathan Merilh）读了这个故事，作为一个艺术家对现代马克思主义质问者和民族主义质问者的有效回应。男人们是卡兰莎收入的来源，她的体格带有意象主义色彩，跑起来"飕飕"的，她的"皮肤像太阳落山后的暮色"——这是故事的主旋律，图默对其不断重复，明显地模糊了诗歌和散文的界线：它的排版看起来既是一个散文句子，又是一首诗。

一个已逝去的乡村世界的碎片，其中自然意象（尤其是日落和秋季的意象）和宗教情感越来越让步于现代性的侵扰，如铁轨和工厂大门和暴力场景。对贝基（Becky）的介绍是"有两个黑人儿子的白人妇女"，住在一块"道路与铁轨之间孤立的土地"上。弗恩（Fern）被呈现出来的方式给人一种感觉，叙事者和读者似乎是从一列实行隔离的、轰隆隆驶过的火车上看到她："我问你，朋友（火车穿过她家附近的路时，不管你是坐在普式火车豪华车厢里，还是黑人车厢里，这都没有什么区别），当你乘坐的火车轰隆驶过时，她坐在阳台上，如果你在一闪而过的瞬间，带着强烈好奇心凭直觉看到了她，你会想到什么？……"

图默对读者提出的问题像谜团，这些问题似乎介于斯托的问题和斯泰因的问题之间。这些问题也可能最终无法回答，但它们是一种完全不同于斯泰因的冰冷质问的抒情。

以斯帖（Esther）已经变得性成熟了，像一个梦游者一样迈着步子走进正在进行嘲弄奚落的人群中，故事的结尾就像是一个弗朗茨·卡夫卡式的故事："她踱步出去。没有空气，没有街道，镇子已经完全消失了。"暴力的暗流在第一部分结尾处爆发了，镇上工厂的暴徒对路易莎的黑人情人汤姆·伯韦尔（Tom Burwell）施以私刑，后者用刀猛砍他的白人对手鲍勃·斯通的喉咙。

在第二部分，《甘蔗》把我们带到了城市里，尤其是处于大规模迁移时代和城市化时代的华盛顿和芝加哥。和《第七街》一样，这个世界有一种新的快节奏，其特征是战后人们感到幻灭、娱乐业日益繁荣和爵士乐的韵律切分，图默把后者溶入到他的散文里，来表现一种"粗俗的、刺耳的、现代的"生活。叙述再次把散文句子当作诗来重复。超现实主义者罗伯特生活在城市里，与生活在乡村的贝基相对应，他把房子弄得像一个潜水员的头盔。那个男人形象的沉沦和第一次世界大战的经历有关，这种经历让人们失去了对上帝的信奉，而把上帝贬低为"一个带着挖掘机和呼吸泵的红十字会人员"，而且使得在一个趋于世俗化的世界里唱传统灵歌《深邃的河》的行为显得不合时宜。《埃维》（Avey）里的叙事者有自我意识，和《弗恩》里的叙事者相似。又一次，表演灵歌《深邃的河》的愿望——这次由霍华德大学合唱团演唱——是

第八章 现代主义、族裔性标签和对完整性的追求：让·图默的新美国民族

和乡村宗教的对比，这一对比也影响到了《呼唤基督》（Calling Jesus）里对街头年轻女朗的描写。《剧院》延续了爵士乐主题，图默在此采用了一些布鲁斯的歌词："女孩儿们的胳膊，和她们的四肢，……跳着爵士舞，跳着……撩起她们的紧身裙子，她们随意释然，手跟着音乐的节奏在空中飞舞，脚击打地面。（撩起你的裙子，宝贝，跟老爸说说！）"在《包厢席位》里，丹·莫尔（Dan Moore）对一个出身奴隶却看到第一辆奥兹莫比尔车的男人展开了思考："他见过格兰特和林肯。他见过沃尔特——老兄，你见过沃尔特·惠特曼吗？"这个新的城市世界距离内战和奴隶制甚至还不到一代人的时间；在第二部分结尾处，这一近代史也给波纳和保罗之间失败的异族浪漫爱情故事投下了阴影，这个故事最直接地和《鲜血燃烧的月亮》相似：正因为路易莎是黑人，鲍勃·斯通才对她有欲望，"以主人的身份进去，并占有了她，直接、坦诚、大胆"，在芝加哥这个有健身馆和绯乐园夜总会的新世界里，波纳为保罗所吸引，因为她怀疑他是个黑人："这是我爱的原因。"波纳的（和图默的）抒情性话语"秋分满月"和"秋叶"不能取代带有种族歧视的蔑称"黑鬼"——但是，对波纳来说，那是魅力的源泉。那些历史性种族范畴（"先验"这个短语多次出现）具有一定的分量，冲击了年轻人的意识："波纳是一扇窗。一扇窗，保罗。"罗尔瓦格的《彼得·维克托里尔斯》也和《甘蔗》一样，把不同的身份与分裂的内心世界联系起来。这可能是一个有讽刺意味的粘连，因为图默的叙事者也把族裔身份模糊的保罗（"他是什么人，西班牙人，印第安人，意大利人，墨西哥人，印度人，抑或是日本人？"）和他的朋友阿特作了比较，后者被描述成"他血气方刚的挪威朋友的逊色翻版"。

对绯红园夜总会的描写给图默提供了一个机会，他用了一些有强烈声音效果、鲜明形象的句子，从中为音乐带给人的体验找到了一种语言上的表现。这些句子构成了一首散文诗：

> 绯红园。呼哈！裸背的骑者轻灵地在她歌罢的掌声上平衡着身姿。乐队在进行器乐练习，为演奏作准备。笛子是一只猫，在萨克斯管深沉的呜呜声中毛发泛起涟漪。鼓把鼓锤投掷。猫跳上了钢琴的键盘。嗨嘀啾，嗨嘀啾，猫和小提琴。绯红园……呼哈！……跳上了月亮。

钢琴弹跳演奏法和乔伊斯妙用熟悉的童谣的技巧融合起来，双关语和别出心裁的比喻强化了从"骑者"到"尾巴"的承继连续，从一个沙哑的声音到钢琴上一只猫的真实存在，到童谣里的猫和小提琴。这种现代主义混杂的方式曾激发了年轻的兰斯顿·休斯的灵感，他写出了诗《猫和萨克斯管（2

振幅调谐》》["The Cat and the Saxophone (2A. M.)"]。图默对爵士乐有着广泛兴趣,这和他希望通过新的艺术表达形式带来一种美感融合的愿望相关。这使他与当代对爵士乐的发展痛心疾首的保守者和一些政治激进者意见相左,后者正如迈克·高尔德在《新群众》里所认为的那样,相信非裔美国人采取进行抵制的策略时不应当以"用萨克斯管扮小丑"为榜样,而应当把"贝多芬的力量"树为典范。

在第三部分《凯布尼斯》里,这位艺术家自己是一个可见的人物,而不仅仅是一个进行观察的主体。和图默一样,凯布尼斯是一个到乔治亚州乡村任教的城市俗世知识分子。图默部分地受到了乔伊斯的《一个年轻艺术家的画像》(*The Portrait of the Artist as a Young Man*)的影响,把《凯布尼斯》写成了一个戏剧,通过描写主人公与童谣、宗教和各种各样的典型人物的接触,如老师、布道者、车匠、激进分子和空想家等,展示了一个受尽磨砺的心灵的发展历程。凯布尼斯必须面对社会问题、历史问题和自身的很多问题,但是他必须面对的核心问题是遗留下来的暴力问题。《凯布尼斯》的结尾像是一种再生,整部书的结尾是一首日出时的新生歌。

《甘蔗》的三部分触及的是南方和北方、女人和男人、黑人和白人间的区别,而书的结构试图消除这些分歧而达到统一。书中有一些词、短语、长句和短句重复出现,并贯穿始终,这让读者产生了一种声音上的熟悉感和视觉上的熟悉感,这一现象令人想起《三个女人的一生》。例如,在《甘蔗》里,"砰砰声"多次重复出现,那猛烈的撞击声把阅读《贝基》的思绪切分到了《凯布尼斯》的结局。在《鲜血燃烧的月亮》里,"砰砰声"是鲍勃受过私刑后身体落地时的声音和暴徒的喊叫声,赋予那些后来出现如在《波纳和保罗》中的重击声的体操馆里一种胁迫性的暴力含义。书里重复出现的词的声音与形象交织在一起,如锯木场、松树、棉花、迪克西·派克①、街道、烟、楔子、窗户、月亮、云、紫色、摇篮、罪恶,当然还有甘蔗。图默也像格特鲁德·斯泰因一样,喜欢用进行时形式,仅《第七街》就有"飞驰着"、"飕飕行驶着"、"冲着"、"倾倒着"、"流着"、"起着漩涡"和"旋转着"。这些例子也表明,图默的语言感多么的感官化,他多么的不同于斯泰因对抽象的追求。《甘蔗》里还充满了夕阳和黄昏的意象,这些意象在诗里和散文里几乎无处不在,因而,让人尤其关注结尾处很有强调意义的日出。

《弗恩》的开头是一个简单句,"面孔"是形式主语:"面孔涌入她的眼睛。"形象感很强,确切的意思却令人捉摸不透。这样一种措词让人想起埃兹

---

① 迪克西·派克是弗恩家附近的一条路,多次出现在《甘蔗》里。——译注

拉·庞德的《在地铁站里》。图默实际可能在有意识地遵从F. S. 弗林特（F. S. Flint）和埃兹拉·庞德1913年制定的意象主义准则，告诫诗人要创造出一个在瞬间呈现一种理智和情感的联结的意象。图默的很多意象具有一种"神谕般的"奇异性，就源自于这一诗歌传统。

他描写（路易莎）说："她的皮肤是秋季幼橡树叶子的颜色。"这个有强烈视觉感的形象让读者新鲜地看待事物，但要把某一具体的颜色和这一描述联系起来会很难。或许，对图默来说，橡树不是橡树就不是橡树？对图默来说，抒情风格也起到了避免使用某种标签的作用，这绝非巧合；毕竟，他选择了用神秘莫测的男女混用的名字"让"（而不是他受洗礼时真正的名字"纳森·尤金"）来出版作品。图默和意象派一样，都鄙视标签、抽象概念，并且都有一个以新奇的暗喻取而代之的欲望。图默并没把卡兰莎称为"妓女"（尽管评论家如W. E. B. 杜波伊斯那样做了），这决非偶合；叙事者只说了男人给她钱。但图默对这一安排寄托了一种超越了美感的愿望。

路易莎的肤色尤其是一种种族性标签的替代方法，是对读者想知道一个人物是黑人还是白人的欲望的一种嘲讽。图默的回答是："她的肤色是秋季幼橡树叶子的颜色。"因此，图默的美学现代主义是与对虚假的感知、偏见、推理假设和陈腐观念的攻击联系在一起的。"如果标签奴役人类，那就让它见鬼去吧——在种族和国籍之上还有人类，"他在一句箴言里写道。如果美国分裂为黑人和白人、男人和女人、南方人和北方人、乡村和城市，那么相比之下，图默看到了自己的使命，那就是要为精神上的团结统一提供一个文学阵地。他破坏了对民族性的陈腐观念，他的方法不同于斯泰因采用的"黑人的阳光"的方式。

图默相信，现代主义的形式有助于把社会生活的简单观念复杂化，有这种想法的人不只图默一人。例如，乔治亚·奥基夫作了一幅《桦树和松树——粉色》（*Birch and Pine Trees-Pink*，1925），作为她的朋友让·图默的一个现代版"替代肖像"，她写信给他说："根据你第一次在这儿时的某些东西，我作了一幅画。"这当然也是一种偏离，肖像原是进行现实主义表现（包括典型表现）的，现在则变成了纯粹进行形式表现的肖像。图默在一封信里告诉奥基夫，他的《波纳和保罗》和斯蒂格里茨拍摄的云的照片有相似之处，尽管多数人可能谁也看不出来这些"相似之处"；"当我说'白'，他们看到的是某个白人，我说'黑'，他们看到的是某个黑人。同样，他们没有领会斯蒂格里茨小姐的意图，真是成就！因为他们看到了'云'。"

图默对进行种族区分的机制有一种现代分析型的理解。他在论文《种族问题和现代社会》（"Race Problems and Modern Society"，1929）里写道："新黑人比 50 年前的老黑人更具有黑人性，而越来越不具有美国人性。"职业类型的巨大相似性"让可能基于肤色或血型的划分显得越来越荒谬"。但是，矛盾的是，这些"有色人群和白人群体间的界线正在被更强力地划分"。肯定是这种情形，因为种族隔离法日益升级了；例如，弗吉尼亚立法机构 1924 年通过了《保持种族纯洁性法案》，把"有任何一点可以确定为黑人血液"的人都界定为有色人。

图默和这一趋势背道而驰，不断强调被分离的东西的统一性，他对"美国人"这个词的理解带有乌托邦式的想象，正如查尔斯·W. 切斯纳特先于他之前在一篇《未来的美国人》（"The Future American"，1900）预言性论文里所说的那样，在这篇论文里，他从民族的角度把美国视为这样一个地方："在那里，长久以来被分散到不同的、通常相互排斥的群体里并长期散布在地球上的人类正在被重新集中起来，成为一个完整的、统一的人类民族。"但是，要实现建立这样一个具有包容性的"美国"的目标，人们必须先要冲破"摆布人的标签和虚假的信仰的暗示"。在此，他成了一位预言空想家，他宣告："这些标签和信仰会消亡"："人们的眼界会从它们的束缚中摆脱出来，人们就不会那么视而不见，而是利用他们的视觉来看世界。"图默把不同的民族和不同的血液混杂成为新东西的过程比作是氢和氧形成水，但随后他补充说："所有民族的血液都是人的血液。一个白种人与一个黑人的血液没有什么区别，而氢和氧是有区别的。所谓的民族之间的混杂融合是同一种东西的混杂和融合。"1929 年，他以一种很现代的方式强调了民族之间的区别的社会学（非生物学）本质，作出了如下的结论：

> 只有一个纯粹的种类——那就是人类。我们都属于它，这是对我们自己中任何一个人所能准确地作出的最大和最基本的概括。至于其他，只不过是谈谈而已，只不过是定标签而已，只不过是一种说话的方式，只不过是一种社会学的东西，而不是生物学的东西。

他在箴言集《精要集》（*Essentials*，1931）里进行了这样的思考，得出了结论，并对自己进行了界定："我不属于某一个特定的民族。我属于人类，人类世界里一个具有普遍意义的人，一个在酝酿一个新的民族的人。"图默在他受惠特曼启迪写的诗《蓝色子午线》（1936）和自传体小说里表达了类似的情感，在后一部作品里，他不仅倾向于把他的乌托邦式的"美国"看做是包罗万象的，而且认为第一人称单数的"我"可以指芸芸众生。他在《论美国人》（"On Being an American"）里提出，反对那些"把他们道听途说的出身

第八章　现代主义、族裔性标签和对完整性的追求：让·图默的新美国民族

和群体裙带关系赋予价值"而没有"感觉到自己是美国人"的人。他向《高原》(*Prairie*)杂志的编辑暗示说："不把我称为美国人，而把我叫作其他的什么人，这种行为太愚蠢了。"

纳桑·尤金·平奇巴克·图默出生在一个有着长期特殊传统的家庭，父母双方祖辈上的族裔身份都很模糊。他描述自己的族裔背景是"七种血统的混合：法国人、荷兰人、威尔士人、黑人、德国人、犹太人和意大利人。因此，我在美国的处境一直很奇特。我在这两个群体里生活过同样长的时间。时而是白人，时而是有色人"。尽管他写《甘蔗》之前的经历把他"越来越深"地拉入"黑人群体"，但他还是以熟悉的口吻得出结论说："在我看来，我天生是一个美国人，而且不可避免地是一个美国人。""美国人"作为一种理想化的自我描述，对图默来说，意味着它是所有有着族裔背景的人们的一种身份，他们能承认他们有共同的、混杂的特征，这和暗自占用"美国人"这个词来指"白人美国人"的这种更为普遍的行径针锋相对。

1931年3月（在威斯康星州波蒂奇群体心理学实验结束后），图默和玛杰里·拉蒂默（Margery Latimer）结婚，她写了一个反映族裔间关系的故事《忏悔》(*Confession*, 1929)，而且是安妮·布拉德斯特里特（Anne Bradstreet）的后代。图默宣布说，"一个新的美国民族"到来了，"它既不是白人，也不是黑人，还不介于两者之间。它是美国民族，与白人和黑人之间的区别之多，就像黑人与白人之间的差别一样……我和玛杰利·拉蒂默的婚姻是两个美国人的结合"。形成对比的是，《世界电报》(*World Telegram*)的大标题写着："**和白人小说家结婚的黑人看到了新民族的产生。**"图默憧憬着建立一个超越族裔标签的世界，但在美国有实力的主体主张禁止异族通婚的时期，大众新闻舆论界在这一点上并不能与他达成共识。图默深恶痛绝；在完成《甘蔗》时，他也开始拒绝"黑人作家"这个标签。他不希望作品被列入南希·丘纳德的《黑人：一部文集》里，也惧怕对他表示友好的作家，如舍伍德·安德森，把他太全然地视为"黑人"，从而被局限为"黑人"。另一方面，对于试图从族裔的角度理解美国而不把黑人包括在内的做法，他也持批评态度："对一个南方人的任何描述如果没有一点黑人式的心理学，这一描述也就不完整。"他这样说是针对弗兰克的，因为后者在《我们的美国》里没有较完全地把黑人包括进去。

图默在后来的一个手稿（写于1937到1946年间）里描写了另一次在现代城市曼哈顿经历的归一的神秘感觉，这表现了他在"被称之为游民"的人和被称为"街头妓女、商人、美国人、外国人、犹太人、基督教徒、黑人和白人"的人中间对人类同一性的不懈追求。"我坐上了去百老汇的电车。人们

紧紧地挤在我周围。我能闻到他们身体发出的气味，听到他们身体的呼吸。"在电车里接近多种多样的人类身体的这种经历是受到了惠特曼的激发，这种经历让他心里油然生出一股对生命存在的美好的神圣感。为了达到这一目标，无论是他借助《甘蔗》的诗法，还是借助他晚期作的一些"声音诗"实验（我的他的我艾尔基里莫尔，/维迪斯科尔，科兰多维迪尔，(Mon sa me el kirimoor, /Ve dice kor, korrand ve deer)，或是通过他从事的各种各样的精神活动，他对一种神圣的人的一体性的寻求依然不变。

图默把他的艺术和渴求理解为一种非常需要的"民族混合"在精神上的表现。他认为《甘蔗》只是一条漫漫长路的开始。但是，虽然随后他确实制定了许多计划，还有未完成的片断、长篇手稿、几部为数不多的文学作品以及出版的论说文和箴言问世，但图默再也没有创造出和《甘蔗》同样辉煌的第二部书。

第九章 弗洛伊德、马克思和硬汉派

在两次世界大战期间,少数族裔文学繁荣起来,转向了新主题,获得了一种新腔调。在少数族裔文学所受到的许多影响中,弗洛伊德、马克思和海明威让人在新创作中感觉到他们的存在。弗洛伊德所研究的问题被一些作家置于突出位置,例如德裔犹太移民和评论家路德维格·路易生,他的小说《克伦普先生的案例》(The Case of Mr. Crump, 1926)认为婚姻是地狱,并被弗洛伊德本人称为"一部无与伦比的杰作";路易生还出版了自传《逆流而上》(1922)和《内陆岛》(The Island Within, 1929)。托马斯·曼恩则在导言里把路易生置于"现代史诗叙述的先锋地位",并赞扬了他的"男子汉气概"、"冷静、绝望的幽默"和人物塑造:"甚至那个女人安妮·克伦普,虽然令人反感,但依然保持着人性,"曼恩评论道。

路易生鲜为人知的小说《激情燃烧的火焰:斯蒂芬·埃斯科特的故事》(The Vehement Flame: The Story of Stephen Escott, 1930)是一个尤其值得关注的尝试,它想要表现世纪之交纽约犹太人和非犹太人交往中受压抑的性欲的主题。叙事者是来自于中下阶层的南方基督教徒斯蒂芬·埃斯科特(他被象征性地放置在他的同乡朋友、犹太移民大卫·桑普森和上层社会的奥利弗·克莱顿两者之间)。斯蒂芬和大卫都在曼哈顿做律师,是工作上的伙伴;奥利弗是一个上流社会的出版商,对现代主义文学感到震惊。他们三人对性欲、建立在阶级基础上的对人生回报的期待以及艺术持有不同态度,在对格林威治村精通弗洛伊德思想的先锋派诗人保罗·格洛夫进行的关于一起谋杀案的令人震惊的审判里,他们之间的分歧达到了不可复加的地步,保罗在《小评论》(Little Review)和《诗歌》(Poetry)上发表了作品,体现了现代社会对审美和性欲传统惯例的蔑视,然而这位诗人杀害了贾斯珀·哈里斯,因为哈里斯和保罗的妻子珍妮特发生了关系。尽管大卫尽力为保罗进行了辩护,以确保审判无效,然而,保罗参加了"某个军队",并死在"不知哪里的异国他乡"。大卫仍然记得他在波兰出生的那个犹太村子,并惟妙惟肖地回忆了他的移民经历:"数量多得可怕的移民家庭云集在开往汉堡的运货车厢里,以及更加恐怖的三等船舱里。"大卫从律师事务所辞职,并苦笑着断言:"西方人良心败坏,在所有国家里,都有一些人需要为他们的罪恶找替罪羊。充当替罪羊的总是犹太人。"

的确,人们对审判结果的公愤使大卫失去了律师资格。然而,大卫甚至对他以前的朋友奥利弗·克莱顿带有反闪族人①倾向的反应表现得异常冷静;小说结尾是安息日,那天,斯蒂芬·埃斯科特去桑普森家吃饭,鲁思·桑普森提议"为一个社会分配不会这么不公平、所有人都拥有充分的爱和得到充分的公正、足以让生活可以忍受的时代的到来"干杯。

作为学生,斯蒂芬压制着性幻想,当大卫忠告说他所需要的"是一点坦诚的放纵"时,他只是虚伪地给予回应。他和多萝西的婚姻是这一态度的逻辑后果,斯蒂芬的妻子极度抑制自己的内心,努力向上攀升(她崇拜奥利弗·克莱顿),而且她是反闪族的,后来,她对桑普森家人持强烈的否定态度,就证明了这一点。多萝西感觉在性和社会地位上受到桑普森家人的威胁,因此她说他们是"粗俗的",以此来保护自己,并揭露说,"我想那是因为他们是犹太人"。种族框框是少数族裔作品里一个普遍的问题,在此,作品从心理学的角度对它进行了探讨。

史蒂芬不能从多萝西那里得到真正的爱,因而郁郁寡欢,而她对大卫·桑普森(他成了斯蒂芬的律师工作伙伴)态度消极,这则使斯蒂芬更受到大卫的吸引。他向读者坦白说:"要不是多萝西对他和大卫的友谊以及对他自己漠然无视,他也不会如此不懈地坚守他们之间的友情。"多萝西的反对让斯蒂芬意识到他必须坚持,并做她所厌恶的事情,这样才能保全他自己的"个性"。多萝西生了病,最后死了。

斯蒂芬开始和一个崇尚性解放、女唐璜式的人物、有海明威作品里人物特色的放荡不羁的"新女性"比阿特丽斯·洛思建立了恋爱关系,但很快就发现,比阿特丽斯只不过是多萝西的对立面——一个人所遏制的东西,另一个则多少有些专横地表达出来。斯蒂芬意识到比阿特丽斯总是害怕无聊,实际并不温柔,只不过想"把爱驱回它的生理范围内"。比阿特丽斯"和多萝西同样都是清教主义的受害者。只是她富有、自由,属于女权主义一代"。多萝

---

① 闪族人,起源于阿拉伯半岛的游牧民族,相传诺亚的儿子闪即为其祖先。阿拉伯人和犹太人都是闪族人。——译注

第九章　弗洛伊德、马克思和硬汉派

西说,"感情亲密"让她感到恶心,并补充说:"我想,你不会期望着我像哄小孩儿一样和你说话吧。"斯蒂芬问她,是不是在"儿语和硬汉(路易生在这里运用了20世纪20年代和30年代流行起来的词,后边还会涉及)派之间"就没有"一个更好的折中"。

小说提出了这样一个中庸之道,实际上,它确实在"相当多的"和桑普森家一样美满幸福的犹太人的婚姻中实现了,大卫解释说这是由于犹太女性"在面对生活时已经学会了谦卑"这一事实。在小说中,只有大卫和罗思·桑普森夫妇性生活圆满;其他人的不满和性挫败感可以部分地解释他们的反闪族情绪。桑普森夫妇不仅没有克莱顿公然的顽固或斯蒂芬早期的伪善;大卫·桑普森对保罗·格洛弗的带有"崇尚自由的理论"和"革命热情"的现代主义也持宽厚谦逊的理解态度,他"多年前在第二大街的老莫诺波尔(Monopole)咖啡馆听到人们用俄语和意第绪语谈论过这些东西"。

这一点在保罗和贝尔·弗里格尔曼(Berl Fligelmann)相遇时变得很清楚,旧世界的现代主义精神的最终体现者对保罗"解放全世界的人"的愿望的反应是"以习惯性的、像鸟一样怪异的方式"把手伸出来,大声说:"太嫩了!太嫩了!这些东西到美国已经晚了。我们已经和它们没有干系了。你知道歌德写的《浮士德》吗?'开头真是无稽之谈!'"在似乎年高德劭的弗里格尔曼看来,保罗的行为只不过是浮士德试图重写约翰福音书的开头的荒谬行为的重演。美国现代主义的"烈焰"可能摧毁了保罗,揭露了奥利弗的虚伪,迫使斯蒂芬重新思考自己的人生,但对于如弗里格尔曼或桑普森等犹太人物来说,这只不过是老生常谈。鉴于对现代主义的这一评价,路易生选择了使用现实主义叙事方式,这似乎是计划之中的。犹太人积累了关于人类追求和艺术波动的智慧,不管这种智慧的表现被予以多么滑稽的强调——路易生似乎从中看到了一种抵制美国清教主义及其现代倒置形式的防护措施。但是,犹太人恰恰会因为其智慧而可能成为替罪羊,这种可能性在一部很不同寻常的少数族裔小说里也是确实存在的,尽管这部小说不被接受,因为它太像主题小说了。

不管弗洛伊德是否被直接提及了,20世纪30年代的少数族裔作品在性问题方面变得越来越直白。理查德·赖特在《土生子》(1940)里描写了(但送给每月一书俱乐部审查时被删除了)比格·托马斯和他的朋友在一个电影院进行手淫的一幕。在这一时期的所有少数族裔作家中,亨利·米勒,第三代德裔美国人,很可能是在性描写方面最公开的作家,他的作品在这方面如此公然,以至于他有名的三部曲《北回归线》(1934)、《黑色的春天》(1936)、《南回归线》(1939)直到20世纪60年代早期才被美国读者读到。

米勒出生在布鲁克林,他的出生证是用德语写的,与他的大多数竞争对手相比,他对厌女症进行了更为详尽的生理细节描写,此外,他也写了一部族裔自传体叙事作品《裁缝店》(*The Tailor Shop*),把它放置到了他的三部曲中间一部的中心。《裁缝店》不仅继续了米勒的色情故事,而且用了大篇幅来回忆一战期间他在父亲的店里干活的情形,以及德裔美国人的节日庆典,把他艺术发展初现的端倪归结为这些经历。

路德维格·路易生在《美国文学的故事》(*The Story of American Literature*, 1939)里以弗洛伊德的观点深入地审视美国文学历史,其中,移民作家、族裔作家和少数族裔作家形成了现代阵营,共同与盎格鲁美国人的压制、新清教主义和伪善作斗争。现代美国人在民间有这样的看法:"男人或是全然的戒酒者或是醉鬼,或是苦行僧或是放荡不羁者,或是匆忙劳碌者或是游手好闲之人,或是政治和经济顺从者或是所有社会秩序的敌人。"路易生从中看到了清教主义的痕迹。第一次世界大战把盎格鲁美国人和"后来的移民族裔如德国人、犹太人、拉美人和斯拉夫人"尖锐对立起来。战争年代也在整个国家范围内加深了"在性问题上对黑人持有的矛盾态度"。但尽管新清教徒有强大的压制势头,现代作家中还是有一部分人开始"破坏并改造清教主义",这些人中不仅有少数族裔,而且还有"团结一致的美国清教徒后裔"——结果就是"法雷尔和考德威尔书里对性生活的描写",而且在"约翰·奥哈拉、詹姆斯·M. 凯恩、贝西·布罗伊尔(Bessie Breuer)和被人评价过高的约翰·斯坦贝克等人的小说里",性都是熟悉的主题。新文学对"作为爱的目标的身体和随之即来的性行为"过度专注,决不带讽刺意味,也毫不掩饰,这表明:"当代美国已经确立了一个新的坦诚标准,在对待人的性生活方面,适中的词足以!"路易生对这一趋势深表哀痛,因为它寻求的"不仅是摇头丸的刺激,而且还有镇痛剂的慰藉,与其说是生,不如说是一种死"。他对大部分社会抗议小说不再那么富有激情,虽然他确实认为詹姆斯·T. 法雷尔的《斯塔兹·朗尼根》三部曲是 20 世纪 30 年代"规模最庞大、令人印象最深刻的文学成就"。

*

关于城市和农村中阶级斗争和凄凉的社会状况的马克思主义主题在无产阶级小说体裁里占据核心地位,在经济大萧条时期,几位族裔作家以日渐紧锣密鼓的势头促进了无产阶级小说的发展。除了法雷尔,还有爱德华·达尔伯格、彼得·迪多纳托、理查德·赖特和或许最引人注目的迈克·高尔德,高尔德在书评和理论性论文里也宣传了无产阶级现实主义,而且他的自传性

第九章　弗洛伊德、马克思和硬汉派

作品《没有钱的犹太人》以一位共产主义的肥皂箱演讲家①的话结尾,这位演讲家把文学里的无产阶级倾向和移民族裔性有效地融合起来:

> 一天晚上,下东区的一个肥皂箱上的男人宣称,由于上百万人失望、忧伤和无望的愤慨,一场世界范围内的运动诞生了,目的是消除贫困。
> 我听着他讲。
> 啊,工人革命,你带给我——一个孤独、意欲自杀的人——以希望。你是真正的弥赛亚。当你到来的时候,你会把下东区摧毁,取而代之建立一个人类的精神家园。
> 啊,革命,迫使我思考、斗争,并活下去。
> 啊,伟大的开始!

对这部书来说,这或许是一个略显唐突、带有宣传鼓动性的结尾;它是一部展现一些经典的移民主题的著作,如初来乍到的移民、美国化、族裔间的邂逅、更改名字和种族诽谤("谋杀基督的人!")问题、袒护孩子的移民母亲,还有异常钟爱意绪戏剧的父亲。高尔德涉及了普通的族裔框框:"犹太人是有个性的,"他很直接地写道,"和中国人或盎格鲁-撒克逊人一样。没有某种类型的民族这一说。例如,我的父亲,是某种爱尔兰人,而不是被打上钢印的舞台上的犹太人。"和玛丽·安婷的《福佑之地》一样,《没有钱的犹太人》的读者被想象成是非犹太人,因而,它对犹太风俗进行了繁琐的解释(虽然不是词汇表):"犹太节日让孩子着迷。好像在一年中过好多个圣诞节一样。"

《没有钱的犹太人》也代表了现代性许多方面的东西:高尔德在再现过去时,有趣地写出了"记忆的新闻短篇",他描写了一个玩伴被一辆马车碾过而死的过程,并记述了一个周日乘坐高架火车去布朗克斯公园游玩的经历:

> 火车比牛车还要差。车上挤满了人,多的到了让人恶心的地步。母亲们在高声喊叫,父亲们提着沉甸甸的、装午饭的大篮子,孩子们有的喊叫着,有的在呕吐,有的在人们腿间跑来跑去,一个胡须花白的老人在和列车长吵架,一帮穿着棒球服的蛮横的爱尔兰孩子不听劝阻,在吊带上荡来荡去——冒着汗的躯体和被触怒的神经——火车发出刺耳的摩

---

① 肥皂箱演讲家指演讲者站在街头的肥皂箱上演讲,这种演讲通常带有政治性,且富于煽动性。——译注

擦声，行驶不稳，突然刹车，上百条身体相互撞击着，腿和胳膊混乱交织，打喷嚏声、吐痰声、咒骂声、叹气声——真是车轮上的一个超级廉价公寓。

在书的尾声之前，高尔德描写了穷人在乡村生活的很多恐怖之处：过于拥挤的、肮脏的、虫害滋生的廉价公寓，没有个人隐私，薪水颇低的工作和失业、匪徒、犯罪、暴力、皮条客、卖淫和梅毒；这显然是对下层阶级受到的伤害和苦难的集中关注。

格兰维尔·希克斯的《伟大的传统：对内战以来的美国文学的阐释》（*The Great Tradition: An Interpretation of American Literature since the Civil War*, 1933）的结尾是"方向"，那是一个展望未来、充满希望的章节，预测了美国文学里马克思主义趋势的蔓延，提及了诸如艾尔伯特·哈尔珀（Albert Halper）的《铸造厂》（*The Foundry*, 1934, 集中描写工人阶级的日常生活），伊西多·施纳德（Isidor Schneider）的自传《必然的王国》（*From the Kingdom of Necessity*, 1935）和内森·阿施的实验性作品《发薪日》（*Pay Day*, 1930），一部讲述一个晚上发生的事情的出色小说，那天碰巧是萨科和万泽蒂被处死的日子。

内森·阿施是波兰裔移民肖勒姆·阿施（Sholem Asch）的儿子，是一位写过很多体裁作品、多才多艺的意第绪语作家，后来以其描写多族裔的纽约的小说《东河》（*East River*, 1946）而在美国获得最高声誉。内森·阿施把一个短篇小说投给《跨大西洋评论》（*Transatlantic Review*）时，引起了海明威的注意，他急切地帮阿施修改，并引荐使之出版。《发薪日》是一部受乔伊斯影响的小说，追随了小职员的踪迹，贯穿了诸如以下的部分："地铁"、"L站"和"地下酒吧"。公交工具为大熔炉式的邂逅提供了场所。（两个意大利裔人用意大利语交谈着，不时地冒出英语"好的"），也成为产生性幻想的地方（"一股性欲浪潮挟制住了他，让他想把手放下来去触摸那些乳房，抚摸它们；他那抓着吊带的手甚至松开了，但他很快就控制住了自己，又重新抓紧，但一直注视着。"）标题为"电影"的那部分利用产生强烈意象的简单散文句子进行了蒙太奇实验，结果这一章更像是一首冗长的先锋派散文诗，而不是一部小说的章节。小说在背景里提到关于萨科和万泽蒂案的报纸标题，但只有到了最后一部分"回家"里，吉姆在天亮时说，"啊，我的天。他们死

第九章 弗洛伊德、马克思和硬汉派

了",两个故事才交织在一起。阿施的布鲁姆日(Bloomsday)① 是 1927 年 8 月 23 日。

希克斯在"来自截然不同的背景"的革命小说家身上看到,他们是熟悉社会状况和罢工的专家,他们争取获得一种新的领悟,发现自己为共产主义所吸引,相信马克思和恩格斯的预言会实现,即来自各个阶级、正直而眼光敏锐的知识分子都会加入到反对资本主义的队伍里。"参与反对剥削者的共同斗争让有着天壤之别的人们越来越紧密,因而与丰富多样性同时并存的是一种根本上的团结统一。"有趣的是,在路易生以弗洛伊德的观点看来,亨利·亚当斯是一个英雄,还因为亚当斯用马克思的思想来理解社会关系,他受到希克斯的赞赏。

*

20 世纪 20 年代以来,文学领域里获得的最为显著的发展或许是散文小说创作的腔调发生了变化。在现代美国小说作家之中,格特鲁德·斯泰因一直是一个高高在上的超我大人物,以至于她的诋毁者高尔德在对第三街的 L 站(刚引用过的)的简述里用了 14 次现在分词形式。但许多读者不能把斯泰因当作典范,尽管他们可能已经被她迷惑住,并偶尔受到她的影响。事实是不管他们援引了多少斯泰因的东西,很多作家根本不喜欢她那冷淡的风格。

因此,年轻作家也在寻找不同的、既定的、但有些现代意味风格的典范。一个选择是 F. 司各特·菲茨杰拉德,但他对富庶之辈的执迷单恋一直是一种特质——虽然他最出名的向上层社会攀升的人物的名字由盖茨变成了盖茨比,虽然他编造了一个过去,但对关心同化和族裔"过去"的移民和族裔作家来说,这显然具有吸引力。舍伍德·安德森仁慈博爱,他的敏锐感知力令人印象深刻,但很多时候表现出幼稚和小气。约翰·多斯·帕索斯对现代性表现出引人注目的空前开放性,这很有趣,但他也吓坏了其他作家,因为他的作品内容松散、篇幅冗长,结果是对他进行谈论似乎比一页一页或一句话一句话地读他的作品更有意思——毋庸提及把他的作品当作范本来模仿。

回顾起来,对现代移民作家和族裔作家来说,威廉·福克纳似乎是最可能具有极其重要性的作家。但是,正如前面已经提过的,福克纳仍然被理解

---

① 爱尔兰著名作家詹姆斯·乔伊斯的《尤利西斯》讲述了两个都柏林男人 1904 年 6 月 16 日一天中的生活经历和感受。现在每年的 6 月 16 日这一天,居住在世界各地的爱尔兰人都会举行各种各样的活动来纪念爱尔兰的伟大作家詹姆斯·乔伊斯,他们用《尤利西斯》一书的主人公布鲁姆来命名这一天。人们称每年的 6 月 16 日这一天为"布鲁姆日"。——译注

为地方主义作家,其作品显然是不必要的晦涩难懂。福克纳的事业开始的方式与亨利·罗斯的事业终止的方式相反。如果罗斯这位移民不能想象内战对美国文化意味着什么,那么土生土长的福克纳还是知之甚多的,虽然他是从错误的、被打败的那一方了解到那些信息的。福克纳确实是果敢地以迷惘的一代的风格开始写《士兵的报酬》(Solider's Pay,1926),一部关于一个退伍老兵在一战结束后回到美国的小说。福克纳甚至把自己美化成一个一战英雄,说自己是战斗机飞行员,捏造了在战争中受伤、由于疼痛需要饮大量波旁酒的经历(舍伍德·安德森对这样荒诞不经的故事深信不疑,并愚蠢地写出来发表)。但福克纳那具有重要意义的过去不仅以一战为象征,而且也以内战为象征。福克纳的主要作品回溯到对南方的过去的记忆,意味深长的是,他的大事年表告知读者,他的主人公昆丁·康普生(Quentin Compson)于1910年自杀——就在一战前。

福克纳和许多族裔作家一样,代表了一个非常特别的过去,这个过去被占据统治地位的北方文化边缘化和"族裔化",那是一个问题重重而又常常是痛苦难忘的过去,有时,在来自外界的暗示或公然直接的质问("你为什么厌恶南方?")下,这个过去得以被审视。福克纳在《八月之光》(1932)、《押沙龙,押沙龙!》(1936)、《下去吧,摩西》(1942)里探讨了南方家庭里种族关系网的悲剧,这把他与关心民族性问题、种族问题、不同民族之间的问题和多代家庭问题的所有作家联系起来。和许多现代主义者一样,福克纳试着模仿 T. S. 艾略特,而且,正如已经看到的,他写出了很多斯泰因式的句子。他在形成自己的风格,完成了在时间转换和表达不同观点方面的实验,这为二战后的现代主义作家确定了一个新准则(让人想起了安·佩特里的《纳罗斯》、詹姆斯·鲍德温的《向苍天呼吁》、罗斯·洛克里奇的《雨树镇》和拉尔夫·埃利森的《看不见的人》)。福克纳成为最受拉丁裔美国魔幻现实主义作家如加布里埃尔·加西亚·马尔克斯(Gabriel Garcia Marquez)尊敬的作家以及最受欧洲作家如冈特·格拉斯(Gunter Grass)尊敬的作家。1955年,和福克纳关系复杂的托尼·莫里森在康奈尔大学写的硕士论文的题目是《弗吉尼亚·伍尔夫和威廉·福克纳对被疏离者的处理方式的研究》。

萦绕在福克纳心头的主题和他对过去片断的沉思在实验性的句子里得到了完美的表达,如在《喧哗与骚动》(1929)里运用片段来折射昆丁·康普生的心态的那部分:

> 如果是三刻钟的话,现在没过10分呢。一辆车刚刚离开,人们已经在等下一辆了。我问了,但他不知道是否有另一辆车在中午前开出,因

第九章 弗洛伊德、马克思和硬汉派

为你会认为是些区间车。所以第一个是另一辆电车。我上去。你能感觉到是中午。我想是否甚至矿工都在地壳深处。那是为什么有哨子的声音的原因；因为人们出汗，如果人们不流汗，就不会听到哨声，8分钟后，你就不流汗了，到了波士顿……

每当车停下来，我都能听到我的手表的声音，但不频繁停了，他们已经在吃饭了，谁会在你内部玩弄吃这行当空间加空间而时间混淆了胃口说中午大脑说吃的钟点好的我想知道表上是什么时间了。人们在下车。电车现在停得不那么频繁了，被吃掏空了。

要找到和福克纳描写电车的意识流相媲美的现代主义的文字会是很难的。让-保尔·萨特写道："对法国的年轻作家们来说，福克纳是一个神人。"但那是1945年；在20世纪30年代和40年代初期的美国，福克纳的很多成就并没有让他处于核心地位，因为他似乎依旧是桀骜不驯、拒人于千里之外。

晚于1956年，欧内斯特·海明威直言不讳地表达出了对福克纳的看法，那无疑是美国人比较普通的看法。"福克纳让我起鸡皮疙瘩，"海明威在一封信里写道，接着说："决不要信任一个带有南方口音的男人。"他进而展开他对南方人的偏见："如果他们不虚假造作，他们能够像我们一样用可以理解的英语交谈。"在其他地方，海明威只提到福克纳是"一个狗娘养的孬种"。

在《喧哗与骚动》这部书里，多才多艺的福克纳运用不同的风格语体进行创作，在（呆子）班吉那一部分，戏仿海明威的风格，并借此嘲弄海明威，后者作出了上面的反应，可能是受到了这件事的影响。班吉的观点具有非常极端的局限性，在他看来，只有外部感知才是重要的，因为意识的中枢缺乏综合能力。班吉描绘了他第一次喝醉酒的经历：

> 地面一直向上凸起，奶牛跑上山去……昆丁抱着我的胳膊，我们向谷仓走去。而谷仓不在那儿，我们不得不等它回来。我没看见它回来。它从我们身后过来，昆丁把我放在牛吃草的饲料槽里。我靠紧它。它也在跑，我靠着它。牛又跑下山，破门而入。

这段文字对知觉进行了非阐释性的平铺直叙的描写，所使用的词汇清晰明了，有些孩子气，迫使读者自己去解读，听起来很像是对海明威口气的戏仿。下面是《太阳照样升起》里杰克·巴恩斯喝醉酒的经历：

> 我走出门去，到了我自己的房间，躺在床上。床开始启航了，我从

床上坐起来盯着墙壁,想让它停下来……我起身下床,走到阳台,向外望,注视着舞动的广场。整个世界不再旋转了。

福克纳也戏弄自己,使用了"欧内斯特·V. 特鲁布拉德"(Ernest V·Trueblood)的笔名,温德姆·刘易斯认为,福克纳和海明威都是"没有艺术性的人"。福克纳绝非是模仿海明威而且或许是进行戏仿的唯一一人。事实上,欧内斯特·海明威确实是被现代美国文学认同的作家,而且是两战期间被人仿效最多、被戏仿最多的作家。

海明威自己开始的时候,模仿的是舍伍德·安德森,尤其是斯泰因,但他在戏仿安德森写的《春天的激流》(*The Torrents of Spring*,1926)时,似乎以自己的方式写出了安德森风格的作品,书中,海明威还在题为"美国人的成长与阻力"的部分承袭了斯泰因的风格,"一个婊子是一个婊子是一个婊子",海明威还在送给斯泰因《死在午后》(1932)的书的扉页上签名,把名字的大写字母围成一个圆圈。但不管他有时把自己和她多么疏远开来,他还是继续沿用了斯泰因的一些独特的写作手法(重复、简单的形容词、一种客观超然的姿态),在本世纪前半叶的严肃美国作家当中,他吸引了最广泛范围内的全国读者和世界读者。他和斯泰因一样,强调句子是现代小说的最重要因素。他在《流动的飨宴》里写道:"我要站出来,向远处眺望,目光穿越巴黎的屋顶,想着:'别担心。你以前总是在写,而且你现在还要写。你必须要做的就是写出一个真正的句子,写下一个据你所知是最真正意义上的句子。'"海明威自认为,单个的句子可能是一个作家最真正的遗产,他说:"一些作家生来只为帮助另外一个作家写出一个句子。"

斯泰因的句子在海明威的笔下变成什么了呢?下面是海明威的一个有代表性的句子(出自《太阳照样升起》):"他是一条很棒的鲑鱼,我把他的头撞向木板,结果他抖搂出来,我把他丢入袋子里。"其中,冷漠的观察者又增添了男子汉具有的暴力的一面。在一次乘公交车时(在《巴黎1922》)中,叙事者是熟悉巴黎生活的局内人:"我站在巴蒂诺尔斯街一辆七点钟的车后面拥挤的平台上,车在湿漉漉的灯光照亮的街道上蹒跚而行,我们驶过灰蒙蒙滴着雨水的巴黎圣母院,赶着回家吃晚饭的男人们一直在埋头看报纸。"在《太阳照样升起》里,这样的巴黎场景比比皆是,例如:

早上,我沿着圣米歇尔大街到苏弗洛街喝咖啡,吃奶油糕点。这是一个晴好的早晨。卢森堡公园里的七叶树正在盛开,给人一种一个炎热天初晨舒适的感觉。我边喝咖啡,边看报纸,然后吸了支烟……因为穿行的电车和去上班的人，大街显得忙碌。我上了一辆开往南部玛德莱的S车，站在后面的平台上。

布雷特·艾什利（Brett Ashley）女士宣称，"下决心不做婊子了，这让人感觉很好，"并补充说："这有点像是我们所有的，而非上帝。"这道出了世俗化了的现代性的一种社会精神特质。在《永别了，武器》（1929）里有一场战争描写，这表明海明威已经做好了准备，来面对战争失去了意义这一事实："如果不对尸肉作些处理而只把它埋起来的话，战场上的牺牲就像芝加哥的牲畜围场一样。"

1940年，卡尔·范·多伦评价海明威的威力时写道："如果说海明威已经从格特鲁德·斯泰因那里学会了风格和韵律，那么他却没有她的任何一点含糊朦胧，也没有沿用她的任何素材……他有一种讲述故事的魔力，简洁、冷漠；相比之下，让司各特·菲茨杰拉德显得浅薄，多斯·帕索斯则显得步调松散。"海明威的尝试"成功了"——因为他的散文具有高度的艺术风格，但读起来惊人的"自然"，给了读者一种全面体验，读者在感受到现代主义的同时，仍能读到一些传统的人物塑造、故事情节和情感（这些方面在纸页上被有所保留、有所克制地表现出来，所以，这种感觉愈加强烈）。他的现代主义既是"浅显易懂的"，读起来从不像斯泰因的作品那么难懂，又是"强悍的"，他以自身的实例表明"硬汉"这个词尤其带有"男子汉气概"的味道。马克·吐温曾在1883年的演讲《格兰特将军的语法》（"General Grant's Grammar"）里用过这个词，当时，他在为格兰特的或许不合乎语法的措词——"我提议要在这个战线上决出胜负，哪怕要打整整一夏天"——辩护，因为"它确实唤醒了这个国家，即使另一张嘴说出来的上亿吨一流的、反复校对过的、生硬古板的语法也不能做到这一点"。但"硬汉"这个词（指一种态度或散文写作，而不是指蛋煮得过老）只是在20世纪20年代才被广泛使用。例如，海明威的人物杰克·巴恩斯用它来指一种姿态；在《太阳照样升起》第四章结尾处，他感觉"又糟糕透顶了"，说："白天对所有事情都表现得像硬汉很轻而易举，但到了晚上，又是另外一回事了。"（在小说的手稿里，叙事者仍然感觉"又想哭"，而这一章没有对硬汉加以评论就结束了。）《国家》杂志以"硬汉派"为标题登载了艾伦·泰特对《太阳照样升起》的评论。同年，即1926年，《妇女家庭杂志》写道，"玩世不恭的硬汉有一个壳"，这个壳冷嘲热讽都"不能穿透"。甚至连大保守派文学批评家斯图亚特·谢尔曼也在《主流》（The Main Stream, 1927）里说，严肃对待林·拉德纳（Ring Lardner）的"美国硬汉"是不可能的。谢尔曼自己的散漫风格与硬汉派散文是一个完美的对照——他的书使"主流"这个词广泛流行起来，在论证支持这个词时，他把理想中的文学评论家想象成是这样一个人，他

> 或许把文学构想成是一条河，他自己是一个侦察员，在自己的时限内寻找智力活动和感情活动的主要渠道，经常不断出现在水流从过去翻涌而来时冲击力最大的那个点，急切地寻找洪流冲破死水、流经大坝、涌向未来的那个点。

路易生，像我们看到的那样，把"硬汉派"风格看做是"儿语"风格的极端对立面。

海明威的叙述者和人物公然反对情绪化，他们冷淡、坚忍、妙语连珠；同时，也想方设法以飨多愁善感读者的期望。海明威可能是最成功地进行妥协的现代主义者，和油画领域的爱德华·霍珀（Edward Hopper）、音乐界的乔治·格什温（George Gershwin）齐名。当《斯克里布纳》（Scribner）杂志1927年发表海明威的短篇小说《凶手》（The Killers）时，霍珀给编辑写信说，他发现"在跋涉了我们大多数糖衣糊糊般小说的辽阔海洋后"，读这样一部"发表在一个美国杂志上的坦诚率真的作品"，令人"感到耳目一新"。

海明威为上百万造就亚文化的先锋派的艺术家、存在主义者和放荡不羁的文人创造了第一部完整版本的美国现代主义，他的现代主义被广泛认同。他吸引了艺术家、有着中等文化素养的读者和广泛的普通大众，他们间接成为爱好者和会员。海明威对并列结构的偏爱可能在这一过程中起了积极作用，因为正如文学评论家约瑟夫·沃伦·比奇（Joseph Warren Beach）1941年观察到的，海明威努力"把所有的观念都缩减到单一的关系层次、连接并列关系，其中没有一个词项是从属于另外一个的"。下面是一个摘自《乞力马扎罗的雪》（1936）的例子："现在是晚上了，他已经睡熟了。太阳落山了，整个平原变成了一个阴影，小动物们挤在一起，吃着奶安息下来。"比奇注意到，海明威喜欢用并列结构，可能与英语老师鼓励学生"用适当的从属关系"表达"他们的思想"的意图背道而驰。海明威想让故事的讲述"流畅自如，不在逻辑的漩涡中迷失"——这是他为什么对比奇所说的"具有造就伟大的平等的民主的和"如此依赖的原因。

海明威也是一位能够不动声色写对话的大师：

"这是个好地方，"他说。
"这有好多酒，"我赞同地说。

回答是修改过的，因为原稿仍是："'它是个好地方，'我赞同地说。"或，最有名的对话：

"啊，杰克……我们本该能在一起度过一段绝美的时光的。"
"是啊……这样想想不也很美吗？"

这个机敏、令人难忘的巧妙回答是对原稿里"那么想想也是很好的"进行修改和润色的结果。

这些用词简单、富有活力的对话体现出来的只不过是一种更有说服力的宿命论精神，因为它被轻描淡写了。海明威的艺术遵循了他所说的"冰山原则"，"露出水面的每一部分，都有八分之七潜伏在水面之下"。杰克的战争创伤象征着现代的一种无望感，这种无望感与不合时宜的堂·吉诃德式骑士风度、与对一场"隆塞瓦克斯"① 战争的寻求结合起来，而在一战以后，这种追寻可能比以往任何时候都更加扑朔迷离。

有独特风格的方言吸收了日常生活用语，包括广告用语和随处可见的品牌名字。许多作家把附着在消费品上的名称放入作品中，海明威却从它们之中提炼出近乎超验的含义。例如，在《非洲的青山》（1935）里，德国艺术家坎迪斯基（Kandisky）向叙事者描述了有一个13岁女儿的乐趣，他说，她和家人说的话是"在日常食物上涂抹的亨氏番茄酱"。

海明威的口气为时代扣响了正确的弦音。在一个陌生的世界里，人们所信奉的准则不再适用，他意欲在这个世界发现自我的精神向移民作家和族裔作家和读者传递着信息。暴力突然爆发的主题和关于复杂的起始的主题与不同族裔间的敌对经历、适应美国社会行为准则的经历或被其排斥在外的经历相融互补。海明威的风格具有同等的翻译的特征，他重复使用一些简单词，如"好的"（nice）、"好"（fine）和"很好"（pretty）。这些词与人们熟知的移民常用的"好的"（all right）或从黑人俚语"酷毙"（cool）衍生出来的很低调的词相似。戴尔莫·舒瓦茨从短篇故事《赌徒、修女和收音机》（最初的标题是"医生，请给我们开个处方"）里选取了一段精彩的对话，其中一个美国侦探要一个受了重伤的墨西哥赌徒告诉他是谁开枪打了他：

---

① 隆塞瓦克斯（Roncevaux）（法语），指的是西班牙北部比利牛斯山区的一个村庄，是罗兰战死的地方。罗兰是法国中世纪的一位英勇骑士，法兰克王国查理大帝的侄子。西班牙称它为 Roncesvalles。——译注

"听着,"侦探说,"这儿不是芝加哥。你不是匪盗。你不必像电影里演的那样做。说出谁开的枪,没事,说了没事。"

但一个美国作家径直为墨西哥人把侦探的话"翻译"成:

"听着,朋友……警察说我们不是在芝加哥。你不是强盗,这和电影无关。"

"我相信他,"卡耶塔诺轻声说,"你要相信他"。

"人可以揭发自己的攻击者,这是正大光明的。在这儿每一个人都这样做。"他说。

海明威在语言上的简洁性虽然具有欺骗性,却不仅吸引了一些作家,在这些作家所处的环境里,并不是好多代人都说英语,或作家家里并不使用英语,或英语不是其第一语言,而且,海明威的风格也表明了翻译的痕迹,或给人一种从另外一种语言直译过来的感觉。或许这也是海明威取得举世瞩目的巨大成功的一个原因。下面是从《丧钟为谁而鸣》(1940)中举出的一个例子:"你真是匹好马(Thou wert plenty of horse)。"1951年,哈里·莱文从这个例子注意到,海明威可能只不过是在把"你真是匹好马(Eras mucho caballo)"翻译过来。莱文深感诧异,海明威"已经缩减了他的英语词汇量","应当通过从其他语言不断输入来增加词的数量"。这些舶来词常常就被放置与其对应的英语词的一边,如在《太阳照样升起》里,杰克问罗伯特想喝什么:"'雪利酒,'科恩说。'赫雷斯,'① 我对侍者说。"

---

① 雪利酒(sheny)产于西班牙南部安达鲁西亚的赫雷斯(Jerer)。英国人称之为 sherry,而嗜好雪利酒胜过西班牙人,人们遂以 sherry 称此酒,命名为雪利酒的时间是 1935 年。——译注

第十章　海明威的话语风格在此处回响

1951年，戴尔莫·舒瓦兹论证说，海明威的风格既不是原始性的，也不是无产阶级性的：

> 他使用的手法有下面几点，沉默寡言中透着雄辩，轻描淡写中流露出浓厚感情，最重要的是，他使用的语言是美国人对不懂英语的欧洲人才会使用的简化的英语……
>
> 海明威的风格是，他把各种形式的现代口头语诗意化了，其中有这位硬汉派记者、驻外记者和体育新闻记者的特别用语。他的沉默寡言、轻描淡写和强悍源于美国男子汉气概的理想，这一理想源远流长，可以回溯到边疆的拓荒者，包括好莱坞西部电影里强壮而少言寡言的人物。他对欧洲人说蹩脚英语的方式极端敏感，这种方式符合他自己的语言表达习惯，也可能源于他对移民语言的了解，并且或许也源于美国与欧洲的特殊关系，亨利·詹姆斯的小说率先全面展现出了这种关系。

舒瓦兹把海明威的"美国性"、对国际主题的运用及其他可能对移民言语的依赖联系起来，这是很有见地的。"海明威的话语风格在此处回响"完全可以成为20世纪30年代很多散文创作的座右铭，美国少数族裔作家们提供了充足的证据，证明他们深受海明威的影响，并且受益匪浅。

芝加哥一位犹太裔作家迈耶·莱文（Meyer Levin），曾著有长篇三部曲《老友一帮》（*The Old Bunch*，1937），后来又协助出版了安妮·弗兰克的英译作品《一个年轻女孩的日记》（*Diary of a Young Girl*，1952）。莱文是以写两部海明威式的小说而开始写作生涯的。一本是城市办公案头书《记者》（*Reporter*，1929），另一本是《弗兰基和约翰尼》（*Frankie and Johnnie*，1930），一个失意的浪漫爱情故事,其中有下面的句子:"约翰尼一直在想这些事情,弗兰基根本没有乘坐高架火车回家。与此同时,弗兰基在乘公交车回家的路上。"

克劳德·麦凯在他的自传《远离家乡》(1937)里供认,对海明威"钦佩得五体投地",并说他在法国遇到的左翼作家、自由作家和一些保守派作家"一提及海明威就羡慕不已","他们很多人都深感在读了海明威作品后,再也不能像以前那样写作了"。麦凯还认为,如果在20世纪30年代海明威开始"主要受到硬汉派和不世故的公众的赞赏",这并不是他的过错。但同时,麦凯感到,海明威在阐明"对美国各个阶层的人中表现出来的弱不禁风的女人气表示出鄙薄和反感"——一种"约定俗成的粗暴态度"——时,他已经获得了一种"显然是而且肯定是美国的"(而"绝非欧洲的")特质。而且,"海明威先生从大街、酒吧和拳击场发掘出了美国生活的这一特征,并把它移植到文学领域。在取得这一成就的同时,他利用四个字母的盎格鲁—撒克逊单词开创了革命性的工作"。麦凯在对海明威赞不绝口的同时发现,同样值得一提的是,他自己的"松散风格和主观情感"与海明威的"客观、精心安排而具有特定风格的形式"毫无相似之处,而且他自己的小说《到哈莱姆安家》(其主人公碰巧是一位以存在主义者为原型的名为杰克的一战老兵)是按照"清晰、始终如一的感情的现实主义思路"来写的。在海明威开始出版作品前,他就已经确定了这个创作思路。

1943年,詹姆斯·T.法雷尔在评论海明威的《太阳照样升起》的文章时说,它不仅在年轻作家当中甚至在现实生活中也掀起了模仿热:"校园里的男孩女孩们开始学海明威的人物那样说话。"法雷尔注意到海明威缺乏想象力:他描写的欧洲是一个游客眼中的欧洲,他的大多数人物没有丰富的人生经历,并不真正地进行思考,感觉他们之间颇为相像,因为他们都坚忍地承受生活中的不幸。但在"一直是20世纪美国最优秀的小说之一"的《太阳照样升起》里,"由于他有进行暗示的天赋和娴熟的轻描淡写的技能,他的作品避免了简单的行为主义,因此没有显得粗糙生硬"。

路德维格·路易生认为,在《永别了,武器》出版前,海明威"仅仅是新的'硬汉派'作家中最有天赋的,这些作家被迫描绘生活,来表达他们对其的厌恶,继而表达他们自己在精神上的绝望"。但有了那样一部出色的小说,海明威就已经超越了"他自己努力促成的流派的道德虚无主义"。路易生赞赏这部小说里的高潮时刻,并挑出了一个句子,即战地警察进行盘问时"表现出的古典式的有所克制的愤怒和怜悯":"审问者具有那种超然美,在关涉人的生死的问题上,既致力于严厉主持公道,而又没有任何陷入投入其中而不能自拔的危险。"

阿尔弗雷德·卡津在《植根故土》(1942)里说,海明威"作为文体家和艺术巨匠"的典范

> 对那些追随他的年轻人来说,极富吸引力;他开创了一股新的具有美国特色的崇尚暴力的潮流,对 30 年代的硬汉小说构成了最强大的单一影响,定然也影响了这个时期的社会小说和左翼小说,其影响之大是作者们未能轻易承认的……海明威是体现美国整个当代文学的青铜神。

(萨特还尚未宣传另外一个"神")。

一向苛刻、吹毛求疵的迈克·高尔德在 1928 年对海明威进行了极其片面的评价,即使如此,卡津对海明威的评论也是恰如其分的。高尔德抱怨说,海明威的三个主要主题是酗酒、性和运动,这只满足了"美国白领奴隶"的白日梦,给"成天温顺地"写"广告"的年轻"自由"作家们描绘了一个"没有责任感的欧洲,那是一个人人大谈文学、饮上好的酒、挂着手杖、与漂亮睿智的英国贵族睡觉、通晓斗牛的秘密、有家里寄来的神秘收入来源"的幻想世界。这些幻想带给人们满足感,这解释了海明威为什么"突然变得受人欢迎"了。但是,"后来的革命作家们会对他心存感激,他们要模仿他的风格,但他们要表达不同的东西。"

一位这样的革命作家就是理查德·赖特,他 1938 年在哥伦比亚大学解释说:

> 我在为芝加哥联邦作家计划工作的时候,几乎我们所有的年轻作家都受到了海明威的影响。我们喜欢他创作的简单、直接的方式,但是,我们中相当多的人想写一些社会问题。这就产生了一个难题:我们怎么能用一种简单的形式来描写社会问题?海明威的风格如此注重自然主义细节描写,以至于没有了社会评论的余地。一个小伙子说有一个办法,就是去更深入地挖掘人物,试图写出一些持久永恒的东西。我决定尝试一下。

在《汤姆叔叔的孩子们》(1938)里第一个发表的短篇故事《长长黑人歌》就是赖特进行尝试的结果。

海明威不只鼓励了左翼族裔作家模仿其风格。法雷尔指出,男孩女孩们开始学海明威笔下的人物那样说话,他认为这说明了大学是海明威的影响波

及到的一个领域。还有另外一个这样的领域，就是 20 世纪 30 年代和 40 年代日益繁荣的大众通俗文化。一个现成的例子是由作家雷蒙德·钱德勒等人所代表的低级趣味小说体裁。钱德勒的人生带有一些移民经历的色彩。尽管他 1888 年出生于芝加哥，但在他 7 岁的时候，他的英裔妈妈和丈夫离异后把他带到了英国，他接受了全面的英国教育，最初在英国海军部就职，后来，在 24 岁的时候回到美国。他早期的作品带有一种明显的英国风格；在经过一些事业上的沉浮后，20 世纪 30 年代早期他带着对英国散文小说和美国散文小说的区别的思考，写出了一些短篇作品，对海明威进行戏仿，重操起创作旧业。钱德勒在《英语风格与美语风格札记（请相信很短）》［Notes (very brief, please) on English and American Style］里对美式英语进行了犀利的评论。在他所总结的要点中有：美国英语滥用标语，其俚语听起来装腔作势，这些都是"由作家发明并骗得了头脑简单的无赖和球手使用"；由于缺乏"历史感和受到的低劣教育"，对"源源不断的文化潮流"感觉迟钝；"过于偏好假装幼稚清纯"，即"说话的风格让人感觉这些话乃是思想简单的人所云"。钱德勒在此对他的评论作了限定："这在海明威这样的天才那里可能是奏效的，但是，只有巧妙避开那些大的明显的方面才行，也就是有技巧地运用说话者本不会注意到的揭露性细节。若非天才之手的摆弄，它会像扶轮社会员的演讲一样，平淡无味。"

钱德勒显然在向着天才的境地努力；如果在年轻时他模仿了亨利·詹姆斯，1932 年，他则戏仿了海明威，开始了侦探小说的创作；在 20 世纪 30 年代和 40 年代，他发表了重要的"硬汉派"侦探小说。他进行模仿的这一习作叫做《梅杰中士帽子里的啤酒》（Beer in the Sergeant Major's Hat），或称《太阳也打喷嚏》（The Sun Also Sneezes），这并没有什么难以捉摸的，他把这部作品"毫无充分理由地献给美国最伟大的健在的小说家欧内斯特·海明威"。这儿有一个实例：

> 汉克喝了酒。它有一股浓烈的甜味，味道太冲了，比威士忌还要冲，比他和阿迪蒂（Arditi）在凯波佐（Capozzo）时喝的阿斯提·斯珀芒特（Asti Spumante）酒还冲。那时，他们用袋网捕捞鲤鱼。那天，天气很好。汉克在喝完第四杯阿斯提·斯珀芒特时，掉到河里，从水里浮出来时，头发里满是鲤鱼。老佩格兹（Peguzzi）笑起来，他的靴子在坚硬的灰岩石上咯吱咯吱响。后来，佩格兹在皮亚韦（Piave）河上时得了淋病。简直是场恶战。

第十章 海明威的话语风格在此处回响

只有这样练过笔后，钱德勒才开始在低级趣味的杂志《黑侠》（*Black Mask*，H. L. 门肯协助创办）上发表作品，并创造出他最有名的侦探小说《大眠》（1939）、《永别了，我的爱》（*Farewell, My Lovely*，1940）、《高窗》（*The High Window*，1942）和《湖上夫人》（*The Lady in the Lake*，1943）。钱德勒炮制出了一些硬汉性的词，这些词后来被广泛使用，如在《大眠》里马洛说，"我把他拉出去"（大致意思是要中立或除掉斯特伍德将军的一个敲诈者，这样"他会认为刚才一座桥倒在了他身上"），这是一种新奇用法。

安德鲁·纪德（André Gide）在想象性的访谈文章《新美国小说家们》（1949）里，高度评价了汉密特作品里的对话，"其中，每个人物都试图欺骗所有其他人，而真相是通过骗局的阴霾才慢慢显现出来"，"与海明威的最精彩之处"相比，绝不逊色。由于钱德勒、戴许·汉密特、詹姆斯·M. 凯恩，硬汉风格才风靡起来，由他们的小说改编的好莱坞电影使这种风格更加流行。后来出现的情况，尤其在黑色电影体裁里发生的变化，可以被称之为美国文化的海明威化。在黑色电影布景的效果视觉帮助下，硬汉式对话得到进一步的强化。一位评论家在弗里茨·朗（Fritz Lang）拍的电影《红街》（*Scarlet Street*，1945）里注意到："罕有人迹的街道，拉长的影子，棱角分明的建筑物，像严肃坚忍的哨兵一样，守卫着空洞的空间，俨然令人想起爱德华·霍普油画里阴森可怖的城市夜景。"对于这一体裁的许多黑色电影来说，这是对的，包括亨利·哈萨韦（Henry Hathaway）的《黑暗的角落》（*The Dark Corner*，1946）。这个电影是根据族裔作家利奥·罗斯坦（Leo Rosten）（因为海曼·卡普兰的故事而成名）的一个故事改编的，保罗·S. 福克斯（Paul S. Fox）和托马斯·利特尔（Thomas Little）策划了爵士乐插曲和专业的霍普式布景。

诚然，格特鲁德·斯泰因也激发了好莱坞电影的创作，电影里偶尔也会有一些具有斯泰因风格的片段。例如，由利奥·麦卡瑞（Leo McCarey）执导、维纳·戴尔玛（Vina Delmar）根据亚瑟·里奇曼（Arthur Richman）1922年的剧本改编成电影脚本的电影《可怕的真相》（*The Awful Truth*，1937），其中，沃里纳夫妇（Warriner）差点离婚（由加利·格兰特和艾琳·邓恩饰演），几乎在离婚判决生效的最后一刻，他们才找到了走回婚姻的路。这一和解过程听起来是一个纯粹斯泰因式的对话：

露西：真是有趣，任何事情你感觉它是什么样，就是什么样。
杰尔：嗯？
露西：哦，我的意思是，如果你现在的感受不一样，事情就不会是现在这个样子,是吧?我的意思是,如果事情不是这样,情况可能不会有什么两样。

杰尔:但——嗯——事情到了这种地步,是你造成的。

露西:啊不!不,是你认为我把事情弄成什么样子,事情才成了什么样子。我根本没有把它们弄成那样。一切照旧,一如既往。只有你也还和过去一样,所以我想事情不再会有什么两样了。

稍后不久:

露西:你被弄得一塌糊涂了,是不是?

杰尔:嗯——嗯。你不是吗?

露西:我没有。

杰尔:但你肯定被搞晕了,因为你认为,由于情况不一样了,而情况就不同了,你这种看法是错的。事情是不同了,但只是方式不同了。你仍是你,只是我一直是个傻子,但现在我不是了。

露西:啊!

杰尔:只要我和以前不一样了,你不认为或许事情会再和以前一样,只有一点点不同,嗯?

露西:你真的那样想,杰尔?你肯定吗?

在一个本会显得很老套的关于破镜重圆的怪诞闹剧中绝妙地插入这样一个有斯泰因风格的片段,批评家不禁去核实柏拉图的《巴门尼德》是否可能是其一个来源。然而,《可怕的真相》可能是一个例外。更为盛行的则是20世纪30年代和40年代大批黑色电影派作品。它们造成了一种错觉:源于海明威的这样一种风格惯例实际上是美国的存在主义者式的侦探和匪徒讲的一种过时的习惯用语。

比利·怀尔德执导的《双重补偿》(1944)由怀尔德和雷蒙德·钱德勒共同改编自詹姆斯·M. 凯恩的中篇小说《一样的三个故事》(*Three of a Kind*)(《自由杂志》,1936 年),其中的保险代理商沃尔特·奈夫(Walter Neff)供认不讳:"是的,是我杀了他。我为了钱和一个女人杀了他。我没得到钱,也没得到那个女人。很倒霉,是吧?"让这一坦白更加有趣的是,奈夫把它弄成口述的办公室备忘录的形式:甚至那种典型驯顺的体裁也能带有黑色电影里不可抗拒的、说粗话的、硬汉派的、海明威式的腔调。霍华德·霍克斯(Howard Hawks)的《大眠》(1946)是在钱德勒 1939 年小说的基础上

第十章 海明威的话语风格在此处回响

(部分)由威廉·福克纳改编的,从中,我们能听到如下对话:

> 斯特恩伍德:您的白兰地怎么喝,先生?
> 马洛:放杯子里。

和海明威的作品一样,修改使这一机智巧妙的应答更加妙趣横生,在钱德勒的小说原文里,马洛还回答说:"怎么都行。"

法雷尔在他的论文《论好莱坞语言》("The Language of Hollywood",1944)里说,他不赞同霍拉斯·卡伦对大众文化比较乐观的看法,而把好莱坞看成是一个"伪造的文化",其中"共同言语"可能产生一种强调民主的错觉,而实际上只不过"美化了现状"。他发现,许多"美国文学天赋现在被转移到好莱坞电影创作和广播创作上",并提到"好莱坞对小说的渗透力"可以从"它对一种硬汉派现实主义的刺激"中看出来,"这种现实主义模仿了严肃写作的所有手法,却不包含严肃现实主义里的任何内在意义、对邪恶的内在抗议以及对社会机制和社会结构的揭露"。他举了《邮差总按两次铃》和《双倍补救》的例子。

詹姆斯·艾吉对电影与硬汉派散文的精神之间的关系考察过两次。艾吉对1946年电影版的海明威的《凶手》评论说:"海明威的谈话在原文书页上显得那么近乎神奇魔幻,在屏幕上仍然很不错,听起来像是矫揉造作、刻板的田园诗话。"但艾吉在写关于1944年12月16日钱德勒的《永别了,我的爱》电影版的感想时发现,这部电影保留了原书的瑕疵和长处,他得出了一个绝妙公式,来描述硬汉体裁在智能和理性方面的局限性,包括写这一体裁的少数族裔作家:"擅长营造诗情画意的天赋,青春期受到遏制的性的冲动,以及那种自我怜悯,在对所有硬汉派的东西感到欢欣鼓舞的同时,把前两个官能转向对大城市及其居民,自命不凡而又不招摇地对其进行闹剧式的审视和研究。"

要不是海明威这个典范的影响,詹姆斯·T.法雷尔、彼得罗·迪多纳托、迈耶·莱文、理查德·赖特、拉尔夫·埃利森的文学生涯的源起会是另一番景象,甚至迈克·高尔德也会创作出别样的作品。这并不总是(和内森·阿施一样)关涉到这些作家所受的熏陶,因为海明威并不以对所有文学新人都慷慨大度而出名,年轻的威廉·萨洛扬的例子表明了这一点。

威廉·萨洛扬出生在弗罗斯诺,是从安纳——托利亚东部的比特里斯来到美国的亚美尼亚移民阿莫纳克·萨洛扬和塔库依的唯一的儿子。萨洛扬在《祖国》(*Homeland*)——波士顿的一个亚美尼亚刊物——上发表了一个故事,然后，这个故事又被选入爱德华·J. 奥布赖恩（Edward J. O'Brien）的《1933年最优秀短篇小说》里。在取得初步成功后，他的其他故事纷纷在门肯的《美国信使》、《哈珀氏》杂志、《大西洋月刊》以及伯内特（Burnett）和福利（Foley）的《短篇小说杂志》上发表；很快兰登书屋出版了萨洛扬的第一部作品集《飞舞的秋千上大胆的年轻人和其他故事》（The Daring Young Man on the Flying Trapeze and Other Stories，1934）。尽管萨洛扬的作品通常是在现代主义的语境下被解读的，但评论还是众说纷纭。《基督教世纪》（Christian Century）发表见解说，萨洛扬的书"和《下楼梯的裸女》有同样的特质，但要比'玫瑰是玫瑰是玫瑰'好得多"。萨洛扬招来这种评论，是因为他提到了一些现代主义者的名字，他思考了一个问题，如果埃德加·莱斯·伯勒斯（Edgar Rice Burroughs）死了，泰山（Tarzan）系列是否还有可能继续①，尔后，他宣称："如果我愿意的话，我能像约翰·多斯·帕索斯、威廉·福克纳和詹姆斯·乔伊斯一样进行创作。"但是，他发现，他实际并没有像他们中任何一个那样写作；只有在几部为数不多的作品里——如实验性短篇小说《四分之一、二分之一、四分之三和完整的札记》（"Quarter, Half, Three-Quarter and Whole Notes"，载于《三乘三》，1936年）——他确实模仿了斯泰因进行创作，他给她写过前面已经引用过的奉承信。他偶尔模仿的另一个作家是海明威。萨洛扬在短篇小说《阿司匹林是国家复兴法的一分子》（"Aspirin is a Member of the N. R. A."，第一次发表在《美国信使》上）里思考了死亡的必然性，以及可以从地铁里每一张脸上看出来的人类痛苦的普遍性。"我到处寻找一张没有带着痛苦生活面具的脸庞，但我却找不到。就是这一点，让我如此痴迷于对地铁的研究。"他得出的结论是："地铁就是死亡之谷，我们所有人都在驶向死亡。"（在拥挤的地铁里哀伤孤独的面孔始终是萨洛扬作品的主题，在戏剧《地铁里的马戏团》里，他让一些桑顿·怀尔德式的地铁乘客向观众表露他们的内心。）

他承认阿司匹林是对死亡的一种逃避，据此想象出一个未来的广告，出现在"《星期六晚邮报》上，以死亡的名义提出一个口号。别上当受骗……死了就看到梦想成真了……死亡并不能伤及到心灵……它绝对是有百利而无一害的……无论到哪里，医生都推荐它等等"。他向海明威表示出赞许："你听到了好多关于大战中牺牲的年轻人的悲伤谈论。好，那么这场战争怎么样？是否由于它没有很暴烈地进行破坏从而带给人的震惊更加可怖、带来的疼痛

---

① 泰山，埃德加·莱斯·伯勒斯所创作的系列丛林冒险故事的主人公。据此，美国拍成了电影《人猿泰山》。——译注

第十章 海明威的话语风格在此处回响

更加持久,它就不太真实了?"

在另外一个故事《大胆的年轻人》(*The Daring Young Man*) 里,萨洛扬半严肃地把海明威树立为一个理想:

> 我希望某一天写一部和《死在午后》一样的伟大的哲学作品,但我清楚,我还没有准备好进行那样一项工作。我感到,在地球上的众多民族中大规模培养打网球的习惯会有利于消除种族差异、种族偏见、种族怨恨,等等。

萨洛扬担心一些世故的读者可能认为他在取笑海明威,因此他声明说:"我没有取笑他。《死在午后》是一篇很得力的小说作品……即使海明威是个傻子,他至少也是一个准确无误的傻子。他向你讲述真人真事,不允许事情发生的步调使他的解释说明变得仓促。这是很了不起的。"

以上的评论让这位大师难以忍受。1935年1月,海明威在《老爷》(*Esquire*) 上对此书进行了述评,《老爷》是一本男人杂志,创办于1933年秋,海明威定期从坦噶尼喀、巴黎和古巴给它投书信稿件,而德莱塞、法雷尔、詹姆斯·M. 凯恩和迈耶·莱文也在上面发表作品,多斯·帕索斯为纽约港和一个西班牙宗教节日作的现实主义水彩画也出现在它的上面。《老爷》在刊登这些作品时,还穿插了威士忌酒、香烟、样子时髦的男士衣服的广告(不仅有帽子、衬衣,还有诸如链扣、袜子,甚至拉链等配饰物),以及《老爷》进行的蛊惑人心的自我标榜和宣传,这主要集中在那些即将发表的标新立异的作品上,如兰斯顿·休斯的故事《一份好工作没了》(一个"没有任何一个商业杂志会用一把十英尺的杆子去碰"的异族之间浪漫爱情和阴谋的故事)。上面也有一些淫秽的漫画、低级趣味的玩笑和一些女演员的有些暴露的照片。

海明威就是在这样一个男人杂志上责难萨洛扬的。他表现得并不慷慨大度,后者是涉足文学领域的少数族裔文学新人,其第一个在《老爷》上发表的小说刚刚被出版,在他的第一部书里,援引并且试图模仿海明威,而埃德蒙·威尔逊从其作品中确实注意到了一些海明威的特点。萨洛扬"在他的故事里说如果他想尝试的话,如何能像其他人一样进行创作或超越他们",对此海明威摆出一个酒吧醉鬼寻衅滋事的姿态。海明威教训这个年轻的挑战者说:"任何人都能模仿其他人。但是,要按照自己的风格来创作,就要花很长时间,然后所兑现的就是有话可说……你只有一个新的伎俩,那就是你是个亚美尼亚人。"但是,这远远不够,海明威说,并引用了迈克尔·阿伦(Michael Arlen)的例子,后者最初作出一些许诺后令人大失所望。"现在你看,我们,

472

那些你能模仿并超越的人,一些人被枪毙了,一些被砍头,我们所有人都结了婚,我们到访已良久,我们去过很多地方,看到了你没有看过的很多东西,萨洛扬先生,你不会看到那些东西了,因为这些东西已经消失殆尽,许多地域已经不复存在。"海明威在对萨洛扬的才能进行大肆贬谪后,问道:"我的话你听清楚了吗?还是你情愿让我把你的嘴给堵上。(你看,我现在又醉了。在争辩的时候,这是一个极大的优势。)"海明威就是按照这种风格争吵着,接着海明威把萨洛扬称为一个"可怜无知的家伙",整个世界可能"像在隆塞瓦克斯吹响的号角"一样回荡着萨洛扬的名字。他用比喻的说法问道,房间里有没有医生:"很好。萨洛扬先生需要他……萨洛扬先生感觉很不适。"这位卫冕冠军显然感到,他已经把这位轻量级选手大打出局,而少数族裔的身份在优秀的创作之战中是毫无意义的。萨洛扬在一封个人信件里很克制地回应了这场公开袭击,在信中,他让步说,海明威说他是一个亚美尼亚人可能是"对"的,但补充说:"我希望你并不想让我对我的族裔身份产生不好的感觉,因为我对此的感觉并不比任何一个英国人(举例来说)对他自己身份的感觉要坏,尽管我想我们中没有人对之感觉良好。"

海明威公开扶持的少数族裔作家之一是内尔森·阿尔格伦。他对阿尔格伦的作品集《新荒野》(*The Neon Wilderness*,1947)给予了慷慨、俏皮的赞赏:"阿尔格伦先生,小子,你很不赖呀,你是美国最优秀的两位作家之一,"新书推荐广告这样说(读者知道另外一个该是谁)。阿尔格伦曾经参与伊利诺斯作家指南丛书工程,是第一位涉及美国20世纪吸食海洛因毒瘾泛滥的主题的主要族裔作家之一,人们吸毒成瘾是禁酒年间黑手党兴起所造成的。《金臂人》(*The Man with the Golden Arm*,1949)里有一个典型的句子:"现在,他眼睛里的光芒在消退,他感到头昏沉沉的,毒品带给他面颊的红润也消失了,取而代之的是一种暗灰色。"阿尔格伦因和西蒙娜·德·波伏娃(Simone de Beauvoir)的爱情关系而出名,这种关系影响了后者(和萨特)对美国的看法。在1956年的一封信里,海明威对此进行了如是的评论:"如果尼尔森像他认为的那样是一个内心坚强的人,他怎么会好几个晚上和西蒙娜[德·波伏娃]在一起?能否给我揭开这个谜?"在半个世纪的时间内,海明威经常受到指责,说他把文化多元主义的时代里已经成为重大失败的东西作为作品的主题:厌女症,在一个普遍憎恨同性恋的气候中男性之间带有同性恋意味的友谊,以及对少数族裔之外的人缺乏同情心,如《太阳照样升起》里犹太人罗伯特·科恩是唯一一个似乎没有"获得"杰克·巴恩斯的精神特质的人。1991年,托尼·莫里森哀叹说,海明威"不需要、不想或没意识到"非洲裔美国人"或是他的作品的读者,或存在于他想象(而且在想象中存在)的世

第十章 海明威的话语风格在此处回响

界之外的其他地方"。但是,没有多少对海明威的非难和指责能够刷新本世纪前半叶的记录,在这半个世纪里,海明威不仅提供了一种有感染力的硬汉派风格,这种风格给美国本地人以及移民、主流作家和少数族裔作家提供了一种文学的语言,并且像现代媒体时代的一个浪漫主义诗人一样,把他自己的一生当作一个传奇故事向读者进行宣传,这是其他任何一位美国作家所不能企及的。海明威描写的斗牛情景或哈里的酒吧桑克罗多诺(Sank Roo Donoo)、他在中西部的童年时代、他作为《堪萨斯明星报》记者的生活、他在意大利的一战经历、他从1921年开始作为一个驻巴黎通讯记者的旅居年代、他在西班牙内战中在共和党方面作战、他的国际声望和他的神秘自杀——所有这些方面都凝聚成一个说话强硬但敏感(有时甚至是温柔)的人的传记神话,而且他是唯一一位没有上过大学的重要现代主义者,这一点也是鼓舞人心的。在海明威出现之后,若问如果没有他,是否会有现代美国文学,这简直就是废话。"这样想想不也很美?"

474

第十一章　亨利·罗斯：族裔性、现代性和现代主义

在亨利·罗斯的小说《称它为睡眠》（1934）里，族裔性、现代性和现代主义的丝丝缕缕交织在一起，不可分割，达到了美国文学成就的一个巅峰。这部带有自传性质的小说是三者融合为一体的"少数族裔文学现代主义"的典范。第四部（《车轨》）第二十一章里，罗斯进行了文学实验，8岁的犹太移民主人公大卫·谢尔勒（Schearl）试图把一个牛奶勺插入纽约下东区第八街电车的车轨上，伴随着小说中的这一高潮时刻的是一个高度现代主义的语言爆炸。

  在 D 街上，一长串火焰从地下迸发出来，咆哮着，好像地表在裂开。人们加紧了步伐，孩子们一边尖叫一边迅速跑开。在 C 街，电车的车灯暗了，闪烁着。电车司机发觉漏电了，咒骂起来。

这样的外部环境描写和电车的声音交替，随处可见的进行时形式似乎也附和着电车的声音："哐啷！哐啷！哐啷！"——就像是电影《邂逅在圣路易斯》（*Meet me in St. Louis*，1944）里休·马丁（Hugh Martin）和拉尔夫·布雷恩（Ralph Blane）所演唱的更欢快、更流行的《电车之歌》（*Trolley Song*）的一个前奏。人们的眼睛构成了一个超现实主义熔炉里的大杂烩，看到大卫的尸体躺在车轨上。

  眼睛，无数双眼睛，快乐的或消沉的，混浊、发黄的或清澈的，扭曲、充血、冷酷、醉意朦胧的或明亮的，都从工作和游戏上移开，从人的脸、报纸、饭菜、纸牌、大杯啤酒、阀门、缝纫机上移开，视线转移并汇集到一点。

第十一章 亨利·罗斯:族裔性、现代性和现代主义

文中回响着使徒保罗给哥林多人熟悉的信和以赛亚预言中燃烧着的煤的形象。

（巨大的空镜子好像在铰链上一样升起来，面对面、慢慢摇摆着升起。露出镜内宽大的嵌板，抬起一片片看不透的东西，不定睛地闪着光，直到一个没有尽头的长廊逐渐消失在黑夜里。）……

（煤！它比闪电的光华还要亮、比珍珠还要温文尔雅，）..（让黑暗更黑，因为黑暗已经为那颗珠宝集炼出它的光辉。煤夹！①）

旁观者的话语表达带有詹姆斯·乔伊斯和T. S. 艾略特的影响，带有意第绪语的曲折变化，而且被多种语言丰富化了，也进一步表现了现代城市里世俗和神圣的熔合：

"哎呀！哎哟喂！哎哟喂！哎哟喂！"
"找警察！"
"救护车——去叫！"
"别碰他！"
"小孩儿！圣母玛丽亚！"
"玛丽。他只是个孩子！"

在大卫被电车车轨的电力击倒时，他对现代性的所有思绪似乎都凝结了。他把电流看成是一种神圣的力量。一个拉比忠告说："上帝之光并不在车轨之间。"他对此置之不理，这富有含意。

*

《称它为睡眠》被理所当然地被誉为20世纪美国文学的杰作。它是由一位年轻的共产主义者所写，成为围绕无产阶级艺术的争端的一部分；但它只一带而过地提到了一个肥皂盒演讲家对社会进行的公开评论："只有贫穷的劳动者，只有苦难深重、困惑迷茫、被叛离的大众，在金鸡啼晓的时候，才能解放我们！"这对于《新群众》来说是不够的，一位不知名的评论家（听起来很像迈克·高尔德）在这个期刊上表达出了对"这位六岁的普鲁斯特"表现出"性恐惧"的愤怒（高尔德也曾指控普鲁斯特的作品是进行手淫的现代主义）。"很遗憾，"这位评论家抱怨说，"那么多来自无产阶级的年轻作家竟

---

① 天使用于从火中取煤的工具。——译注

不能更好地利用其工人阶级的经历，而只是把它当作是内省小说和狂热小说的素材。"这种对《称它为睡眠》的摒弃激怒了肯尼斯·伯克和埃德温·西弗（Edwin Seaver），他们站出来，为罗斯的坦诚和他描绘"童年时代前政治思维"的技艺辩护。

《称它为睡眠》明显地表现出对一些观念进行心理分析的兴趣，诸如弗洛伊德提出的"家庭浪漫史"，亦即孩子幻想自己有离奇家史，希望他真正的父母是养父母，这种愿望在移民家庭里表现得愈加强烈。弗洛伊德的一篇著名的论文似乎为小说里的一段文字提供了模板。弗洛伊德在《超越快乐原则》（Beyond the Pleasure Principle）里探究"重复"和死亡本能间的关联时，讲述了一个孤独的孩子在母亲不在时让自己消失的有创意的办法，她回来后，他用难以捉摸的"宝宝，噢—噢—噢—噢！"跟她打招呼。"他发现了在一个可以照到全身、下面没有挨着地面的镜子里的像，他一蹲下来就能让他在镜子里的像'消失'"。在《称它为睡眠》里有令人记忆犹新的一幕，大卫在商店橱窗里看到自己的像出现又消失：

> 只有他自己的脸和他相遇，一张苍白的圆脸，黑黑的、充满恐惧地睁着的眼睛，沿着店铺的橱窗潜行，从一块儿玻璃到另一块儿玻璃，啪啪闪过，和杂货店的灌肠剂、药膏罐和绿球混杂在一起——啪啪闪过——和干洗店的婴儿衣服、一堆堆纽扣和内衣混杂在一起——啪啪闪过——和五金店的涂料罐、钢制工具、煎锅、晾衣绳混在一起——啪啪闪过。一种被映得五色斑斓的苍白，但总是苍白，一种复杂的恐惧。或他不是。
>
> ——我如何从窗户上消失。能看到而不存在。能看到而不存在。我不在的时候，在哪里？在其间如果我停下来，到哪里了？谁也不是，什么地方也不是，那么站在这儿。不做任何人。永远。没有人会看见。没有人会知道。永远。永远？不。带上——是的——带上一面镜子。好小好小的一个，夹在钱包里的那种，妈妈的。是。是。是。呆在房子里。不做任何人。别人不能看见。等她。不做任何人，她下来了。去拿它！把镜子拿出来，看！妈妈！妈妈！我在这儿！妈妈，我刚才藏起来了！我在这儿！但如果爸爸来了。嘘嘘，拿走！不行。无处可藏！哎呀！疯了！近前！我就在近前！哎呀！

这是对大卫试图摆脱掉自己的像的体验的生动描绘，这种体验与他对死亡、"长睡不醒"和棺材的困扰有关，但亨利·罗斯声称，直到小说出版之

第十一章　亨利·罗斯：族裔性、现代性和现代主义

际，他从没读过弗洛伊德的书。

正如上面节选部分所表明的，《称它为睡眠》是现代主义运动的一部分，它运用意识流技巧、文学中的电影蒙太奇手法，以及对斯泰因、艾略特、乔伊斯、康拉德、叶芝和其他现代作家和同代作家的暗指，进行实验。罗斯在年轻的时候曾帮助纽约大学教授艾达·卢·沃尔顿（Eda Lou Walton）编辑现代城市诗歌集《城市的日子》（*The City Day*，1929）。《称它为睡眠》具有许多风格，体现了这一影响，他很自然地加入一个类似斯泰因风格的短句"一个浴缸是一个浴缸"，暗指到了艾略特《荒原》里的"唧格唧格唧格"、"虚幻的城市"或一"堆""破碎的形象"——罗斯称这"堆"为"漩涡"，援引了康拉德及其用语"黑暗的中心"，炮制了一个乔伊斯式的双关语：用方言把"拉皮条客"（a whore master）说成是"阿胡拉麦兹达"（a hura mezda）——听起来像是索罗亚斯德教①的光明之神阿胡拉·马兹达（Ahuramazda）。小说里重要的圣经形象是以赛亚所说的撒拉弗的煤的力量，它能清洁肮脏的嘴唇（这满足了大卫寻求一种幻景并在电车轨上得以净化的愿望），这可能是受到威廉·巴特勒·叶芝的诗《摇摆不定》（"Vacillation"，1932）的影响，其中，这一圣经形象和现代艺术的主题联系起来。也有从整体上来讲不同寻常的短暂时刻，风格倾向于海明威："'这就是黄金之地'。她用意第绪语说。"或："'不，我不想要。'他用意第绪语回答。"

这本书由一个在很小的时候从波兰的加利西亚（当时属于奥匈帝国）移民到美国的作家所写，书的开头序言描写的是埃利斯岛和自由女神像，它也是一部"移民小说"。有重要意义的是，序言里的时间是1907年，正是128万多移民通过埃利斯岛到达美国的移民高潮期。小说中心人物的家人到美国时乘坐的轮船是以荷兰总督彼得·施托伊弗桑特（Peter Stuyvesant）的名字命名的，1654年试图禁止犹太这个"欺诈的民族"移民到新阿姆斯特丹（未果）；这部小说可能是美国的"第二代"移民最出色的文学，而且是在一部英语小说里把移民方言和非英语成分当作习语来用的最为成功的实验。《称它为睡眠》也对自由女神像进行了描述，但是，与由霍尔特的《平凡的美国人自己讲述的人生故事》或爱玛·戈德曼的自传所形成的传统多少有所不同：

在他们面前，**自由女神**从她的高高的基座上挺拔而起，水面在阳光

---

① 索罗亚斯德教（Zoroastrianism），又译为祆教，波斯教的一种，由索罗亚斯德创立，其信奉的经典为《阿维斯陀》（Avesta），意思是"知识"，主要记述索罗亚斯德的生平和教义，它教导人在宇宙光明势力与黑暗势力的斗争中崇拜光明神。——译注

少数族裔现代主义

照耀下波光粼粼、碧波万顷，直到西边天际。下午晚些时候，太阳在她身后斜照下来，在那些在船上注目凝视的人看来，她的表面特征被阴影所笼罩而显得黑压压的，她没有了宏伟壮观的气势了，庞大的身形被压熨成一个平面。在明亮天空的衬托下，她头上的光环放射出的光线成了刺向空中的长钉；阴影让她手中的火炬失去光泽，成了无暇光芒映衬下的一个黑十字架——一把破损的剑，剑柄黑漆漆的。自由。

这是对神像的轮廓进行的一种现代主义的陌生化。弗朗茨·卡夫卡（Franz Kafka）以一种类似的方式扭曲了自由女神："阳光突然绽出，自由女神像似乎被照亮了，他得以重新审视它，尽管他很久以前已经观赏过。高擎宝剑的手似乎是刚刚伸出的，在雕像周围吹着天堂自由的风。"罗斯的描述涵盖了这部小说的一些关键词语：灿烂的光、一把举起的咄咄逼人的宝剑的破旧的剑柄和十字架。玛丽·安婷进一步重新界定了官方认定的神像代表对移民的欢迎的象征意义，而罗斯把她演绎成战神阿瑞斯或持着火焰燃烧的宝剑要把人类驱赶出天堂的天使。在小说收尾时，自由女神又回来了，罗斯加入了一个声音说："花上25美分，你就能在她里面从下跑到上。"——好像自由女士是一个低贱的妓女。

*

序言是在小说的其他部分完成之后才写的，其中，大卫·谢尔勒和詹雅（Genya）到达埃利斯岛，见到了大卫的父亲阿尔伯特，引出了中心人物。它让读者有了思想准备，去读一部关于移民生活的社会学小说，但小说并没有接着这个开场写下去，虽然它把漂洋过海的迁移经历确定为整部书的第一个情节，而且这种做法意义重大。如果罗斯没有序言，小说的第一句话会很接近乔伊斯的《尤利西斯》的开场白："站在厨房的水槽前，注视着明晃晃的黄铜水龙头，每一个鼻子上都有一颗水珠，慢慢地聚大，落下来。大卫又一次感到，这个世界被创造出来时并没有考虑到他。"

罗斯把犹太移民说的意第绪语描绘成优美的英语，对他来说，意第绪语是一门具有高度文体风格的抒情语言，而他们讲的英语则是蹩脚的英语。这种手法揭露了一个丰富的、具有抒情情怀的内心世界以及一整套感情和词语，要不是叙述者的协调斡旋，它们就不会为只懂英语的读者所知。但在"蹩脚英语"部分，意第绪语确实进入了英语文本中，有时具有一个两种语言的双关语的幽默效果。一个例子是"kockin"这个词，它具有双重意思，它在英语里的意思是"咖啡因"（cocaine）、在意第绪语里是"拉屎"（to shit）的意思，这就解释了在美国"可可因"（kockin）"会消除嘴的疼痛"字面意思上

第十一章 亨利·罗斯：族裔性、现代性和现代主义

的矛盾。有时，意第绪语的意思用英语表达出来，有时候意第绪语的说法保持在内部玩笑的范围内；罗斯并没有让读者舒舒服服地做说标准英语的人，他们从利奥·罗斯坦为《纽约人》读者创造的幽默方言里感到其乐无穷，这种方言完全可以被领会，并引起公众强烈共鸣；而且，他们在《海曼卡普兰的教育》(The Education of Hymankaplan, 1937) 中找到了乐趣。

在很多场合，读者被鼓励通过被怪异地诗意化的英语文本去倾听意第绪语原文的意味，其中，后者在翻译过程中被掩盖起来，但表面上没有完全丧失。阿尔伯特多次重复问："祷告者在哪儿？"（指大卫，他在父亲死后很可能要说犹太教的祈祷文），詹雅的妹妹贝莎想："犹太人怎么活？"有时，技法微妙；"你还问？""晚了！""什么事到了我这儿都一事无成！都是命中注定的！"在其他例子里，有些英语表达方式让人觉得陌生，这就引起对它本身的注意，如下面的例子里："你会吐露过去不光彩的事吗？""去跟我的屁股谈吧！""所有的屁股都只有一个眼！"或"但愿你的脑筋煮开花！"这种形式的换位让即使是粗俗的词都可以焕发出诗意，也被罗斯的同代人所尝试。例如，奥尔特·布罗迪（Alter Brody）的《夜间牛鸣》(Lowing in the Night, 1927) 里就有这样的语句："试着舌头上带着这样一个水泡开玩笑"，"谁在鲱鱼上涂了盐？"以及"只不过一张供你把你的性欲倾空的床板"。（布罗迪作品中的男女之间的对话滑稽，这矫正了路易生在《激情燃烧的火焰》里把犹太人婚姻关系理想化的做法。）

罗斯使用了希伯来语、亚拉姆语、斯拉夫语和意大利语的词和短语，而未加翻译。下面是一个肉商和一个清洁工之间的意大利语和意第绪语对话："维斯丁基尼·古瓦！"……"你这个浑蛋！"……"你想推我？……我要把你的脑袋敲碎"。"你这个乳臭未干的小子！……过来！犹太杂种！"罗斯运用了各种方言，他让读者去听一个口吃的男孩说话："如果我挖全下信你上你帝，泥那他久不会回那么抹和恩我了，坦愿是。"正如叙述者所说，"在猜测摩本尼的意思的过程中，人能忘掉其他一切。"

罗斯在表现语言的区别时，使用了富于变化的方法，这为《称它为睡眠》增添了很多诗意色彩。它也允许罗斯插入许多文学语句，不管它们是来自于盎格鲁美国人的现代主义美学，来自于充满现代技术的世界，还是来自于传统的意第绪语，都似乎是对话或叙述的有机部分。在给定的例子里，可能很难决定外语里的原词的社会语言学所指（"祷告者"）是什么、何为错误（"我迷路了"），在现代小说里什么是内心独白所特有的（"明天到来了"）。贝莎的（一点也不传统的）诅咒"让电车折断他的骨头"是从意第绪语翻译过来的吗？她的话"一个浴缸是一个浴缸"是移民的一个普遍愿望，抑或是

对格特鲁德的重复？短语"萨得随儿（suddeh vuddeh）"仅仅是"苏打水"（soda water）的方言变形——还是暗指《荒原》里波特夫人和女儿用苏打水洗澡？有没有和大卫在布朗斯郡迷路后说他所在的"波德荷"街对应的正确的英语表达？书里给出了很多可能性；波德街、坡特街、坡德街、坡迪街、波德尔街、波迪街、坡泽街、巴戴街、巴尔蒂街；但确有这样一条街吗？是否翻译有其局限性，小说似乎在问——它极其成功地让英语读者感到生活在一个不容易翻译的世界。

小说里有时对不通晓犹太人语言和宗教的外人进行翻译和解释，甚至快到了背叛民族的境地，如大卫向令他羡慕的波兰裔天主教朋友利奥·杜高夫卡（Leo Dugovka）解释犹太人的东西时，他认为后者属于一个"更不寻常的、更大胆的、更无忧无虑的世界"，而且他"身上"有一种"魅力"。

当利奥问他犹太人身上是否戴护身符时，大卫说一些犹太男孩在衬衣里面戴"吉纪丝"（Tzitzos）① 和"经匣"（Tfilin）② 一种小皮盒子，在犹太教堂里，他看见人们把它用带子扎在胳膊和额头上，描述完后，想着利奥会笑。他的确笑了。当利奥说到"莫祖泽"（Mezuzeh）③，小的金属卷，所有犹太人都钉在门柱上——"哦！你们把它们叫这？米祖泽尔（Miss oozer）？我们搬进去的时候，我妈妈把一个从门上撕扯下来，我把它弄碎，然后丢掉！纸上满是中国字——到处都是。"大卫没有感到受伤。他感到的是，因负罪而有些惴惴不安，是的，他有罪，因为他在背叛他家里所有的人，他们的房门上都有莫祖泽；但是，如果利奥认为这有趣，那么就有趣，没什么。他甚至还没有说服力地补充说，犹太人戴在脖子上唯一的东西是预防麻疹的樟脑丸，结果，只听到利奥的嘲笑声。

有趣的是，叙述者为假定的非犹太读者提供了解释，即使都触及了向外人解释宗教秘密的危险。因此，大卫（和罗斯）的做法似乎令人担忧。1921

---

① Tzitzos 很可能是发音不准，正确的应是 zizith，犹太男人在外衣四角或披巾和披肩上所戴的由绳或线缠成的穗，作为按圣书申命记第 22 章 12 节及民数记第 15 章 37—41 节规定对上帝十戒的提醒。——译注

② Tfilin：犹太人祈祷时所戴。——译注

③ Mezuzeh：一面写上圣经申命记 6：4—9 和 11：13—21 节共 22 行，另一面则写上沙代（Shaddai，即全能者）的名字的羊皮纸，卷成一卷放在一个木制、金属的或玻璃小匣子中，把它钉于门柱之上。这是某些犹太家庭视为忠于上帝和代表犹太人的象征。——译注

年，拉比犹大·莱伯·拉兹罗（Judah Leib Lazerow）的布道《犹大的权杖》(*The Staff of Judah*) 在纽约出版。其中，他公然表现出了这种忧虑："我特此命令翻译者宣誓，不要翻译我下面的宣言……我不想让非犹太人知道我们的事。"拉兹罗所担心的事情之一就是，在美国，犹太人会放弃戴特吉纪丝（tzitzis）①或四角外衣的饰穗。

《称它为睡眠》不仅突出表现了已经定形了的成人语言之间的界线，也追随了一个孩子习得语言的过程。在序言里，大卫才 21 个月或 22 个月大，小说集中在他快满 6 岁到他 8 岁刚多一点的生活经历。例如，大卫 6 岁时对非犹太人杂食的本性进行了思考：

> 火腿。[……] 盒子里装着没有羽毛的鸡，高架铁路旁第一街的那个店里的小兔子。一个装有莴苣的木笼子。还有放在那些架子上的石头，他们也吃，五颜六色的石头。他们用刀子把它们撬开，把番茄酱撒到里面的鼻涕上。哎呀！又长又黑又瘦小的蛇。非犹太人什么都吃。

根据上下文，我们可以把"石头"里的"鼻涕"（乔伊斯曾经把它诗化过）解译为大卫的个人用语，指"牡蛎"（这个词叙述者没有直接说出来，以保留接近大卫的意识状态），和"蛇"的说法一样，可以识别出它指的是什么，但没有被明确指出来是鳗鱼。

这个带有恋母情结的孩子的观点解释了他对妈妈的看法，他把妈妈看成是"像塔一样高大"，并认为由于"她的皮肤和头发散发出的淡淡的熟悉的暖意和气味"，而代表身体上的亲近。父亲被从比较怪诞的或超现实的但通常是胁迫性的特写来看待："他鼻子里细小的血管像粉色的蜘蛛网一样鼓出来。"

父母移居到了异地他乡，这让大卫永远远离（并疏远）了家乡的那个世界：

> 满怀着一股温暖的思乡愁绪，他合上了眼睛。被忘却的河流在眼睑下浮动，土路、无法形容的树木的身姿，无暇的阳光下一个树枝伸进窗里。某个地方的世界，他乡的某个地方。

这段文字惟妙惟肖地展现了第二代移民（或第一代美国人）的思乡之痛。只有通过妈妈的（在小说的手稿里叫做"母亲唠家事"）叙述而不是通过记

---

① 特吉纪丝，同吉纪丝。——译注

忆深刻的亲身感受，大卫才对他的出生地韦尔吉什村庄（Veljish）有所了解，母亲那温暖和有活力的身躯，大卫恋母情结所向往的目标，也是指明其生命源起、根基的实体空间，由于大卫并不直接知晓地理意义上他的出生地，这一空间变得尤为重要。在这个物质实体的世界里，大卫"温暖的思乡愁绪"只有一些片段来抚玩，一座小山或一棵树（以"片段"这个词开头的句子本身后面跟随的就是一个片断这表明了罗斯在文体上的自觉意识）。即使当妈妈轻柔斥责他的时候，她所指的世界是大卫一直无从理解的："你就像奥地利那些极显眼的大苍蝇，它们飞来飞去，或在空中盘旋，好像被钉在那儿了。"但在大卫生活的纽约没有蜻蜓。过去的很多东西他都不知晓，罗斯运用了乔伊斯的手法，把英国童话故事（《金发姑娘和三只熊》）和童谣穿插在文中，来展示大卫所处的怪异的文化环境。罗斯在展示大卫进行的一连串联想时，使用了实验性方法，下面一段文字就是一个体现：

> 嘀嗒，嘀嗒，嘀嗒。时钟。不对。但—轮子—什么？有一次……有一次我……再说一次就记起来了。嘀嗒、嘀嗒、维苣、菊苣。在咖啡里。在一个八分钱买来的、两侧是黄色的白盒子里。在盒子里。盒子。昨天。上帝，它说，比带煤的犹太之光还要神圣。

自相矛盾的是，他的"怀旧"成了瞻前性的，偏离了具体的、亲身感觉的记忆印象，而转向可以传送的抽象概念，如"无暇的光"，他最终试图从电车轨上的电流那里找到它。

詹雅和阿尔伯特在他们纽约的家里添置了一些廉价物品，来寄托乡愁，结果证明，它们带有更深层的意思。大卫感觉到了这一点。阿尔伯特和詹雅所挑选的艺术物品有一种奇怪的相似性。而母亲的是一幅花 10 美分买来的普通乡村风景画，她把它挂起来，而它成了这部四卷本小说中其中一本的名字，这意味深长。**这幅画**——一小块儿地，长满绿色长杆儿，画的底端长着小蓝花——能否为詹雅和大卫营造出韦尔吉什的氛围？

"我是从一个推车上买的，"她叹了口气说，她的叹气令人好奇，而又无法解释。"它让我想起了我在奥地利的家乡。你知道你看到的是什么吗？"

"花？"，他猜了猜，同时摇着头。

"那是玉米。它就是这么长的。它从土里长出来，你知道，夏天，结出香甜的玉米，它可不是推车小贩画的。"

"它下面的那些蓝花是什么？"

第十一章 亨利·罗斯：族裔性、现代性和现代主义

"到了七月，那些小花就开了。它们很漂亮，是吧？你见过它们，是的，你见过，它们一片片的，只是你忘记了，你那时太小了。"

母子对话不仅标志了城市男孩与他的母亲年轻时生活的地方的距离，而且标志了他和任何乡村的距离：他已经把乡村忘得一干二净，甚至不能辨认出玉米。大卫盯着画看，寻找"仅仅是一幅又高又绿的玉米和蓝花的画"背后隐藏的意思。

她说了，很久以前在欧洲他也见过它，那些实物。但她说了，他记不起来了。所以，他或许在试图想起那些实物，而不是画里的东西。但是，怎么找？如果——不。有意思。混杂起来，混杂并——

这幅画构成了大卫"真实"记忆的阀门和面纱。它也招致了贝莎带有讽刺的问话："你要开美术馆吗？"（60年后，罗斯描述了沃尔顿公寓里的艺术作品给他的印象："他以前从没见过那样纯粹是一版白的墙。那么简单、平淡，墙上只有三幅画，是复制品，一幅是野生的金黄花，几乎要从画框里跳出来。另外是一辆蓝色的农用马车。是谁的画作？"这就提出了一个问题，即使是像这幅画那样琐碎的小说细节，是否是童年时代的素材和成年时期的素材相融合的结果？）

阿尔伯特本来要买一幅"活着的东西"的画，如："像我在店铺里见过的，一群在饮水的牛，或一头获奖的公牛，两肋光亮，眼里冒着幽幽的火光。"父亲最后买了这一风格的东西，一个让大卫感到更具胁迫感的公牛角饰片：

在他面前，一个盾形木制饰片上的两个雄壮的牛角向外向上弯曲伸展着，通身浅黄色，到了角尖变成乌黑。它们之间的间距那么宽，他从任何一边上伸出胳膊，几乎都不能触摸到它们。虽然它们呆在那儿，没有生机活力，它们的底基被牢固地固定在黑木上，但它们还是传递着一种可怕的力量，一种即使它们一动不动也会让胸口疼痛的力量，无论在任何时候，似乎它们都咄咄逼人、向前冲着。

大卫不是从生活中认出什么是牛，而是从画中，从他和贝莎姨妈一起看的电影中。詹雅附之一笑，"一头牛，但是头公牛！"她解释说，"它让他想起他放牛的时光"，重要的是，她的眼睛瞟向"墙上玉米和花的画"。因此，父

母两人在所购买的两个物品之间建立了一种对等关系。大卫为牛角所感染，对它们展开思考：

> 不知什么原因，他怎么也不能完全相信，仅仅是为了回忆的缘故，他父亲才买了获奖纪念品。说不清为何注视着这两只角，猜测着那只肯定拥有它们的野兽会力大无比，似乎还有另外一个原因。但他揣测不出来。

大卫对他的父母在城市里买的心爱之物的感受，强化了他恋母情结式的看法，他把笑容可掬的母亲视为土地、夏季、美丽和生殖力的象征，而把威严、愁容满面的父亲视为巨大的、深不可测的动物性力量的象征，罗斯虚构了大卫的困境。这个城市男孩辨认不出玉米，不能区分母牛和公牛，这让他的创作原理接近艾达·卢·沃尔顿的观察结论：年轻城市作家不再"熟悉四季的更迭"，并"对花的名字没有产生什么联想"。因此，他们都遭受"无根基性"之苦，这是内森·阿施在1936年申请古根海姆奖（被拒绝）时提议要调查的一个主题。他们或许对作为一种抽象的"农村"产生了兴趣，例如，乐于把人类学当作大致理解过去的社会习俗的一种方式，通过阅读詹姆斯·弗雷泽（James Frazer）先生的《金枝》（*Golden Bough*，1890），或《荒原》的脚注要他们去读的任何一个原出处作品，来取代他们自己家庭经历里已经缺失的一个领域，他们在那些作品中，找到了对从加利西亚（Galicia）到柬埔寨的神话的综合、全面的叙述；其中，有关于槲寄生、谷物精灵、有魔力的煤、生殖力和"火王"等的神话。这种利用神话的手法（T. S. 艾略特所提倡）允许艺术家把过去和现在结合起来，把现代主义出其不意地当成了20世纪的怀旧情绪。

大卫的姨妈贝莎在这部戏剧里扮演了一个滑稽角色，提供了喜剧的释放效果。贝莎对新世界并非不无挑剔，但比起无聊乏味的农村生活，她更喜欢城市的喧嚣不宁。

> 是的，我像一匹马一样工作，和其他人一样出汗，浑身散发着汗臭。但这儿有活力，不是吗？这儿总有一种骚动。听！汽车！大笑！哈，好！韦尔吉什还是一个跟着人的臭屁。谁能受得了？树木！田地！还是树！谁能和树说话？在这儿，至少我能找到除了滑房顶的山墙以外的消遣！

贝莎家乡的树木不仅布满灰尘，而且令人厌烦；她描述乡村的呆滞生活

第十一章 亨利·罗斯：族裔性、现代性和现代主义

时，用了一个粗俗比喻"跟着人的臭屁"，这种看法生动、引人注目，和詹雅对韦尔吉什的看法不同。贝莎希望把美国看成移民在原籍国所不能成就的所有东西的实现。所以，当她在纽约购物时激动不已，这自在情理之中，她对自己买的超大内裤发表评论说："我把它们倒过来，从远处看，它们像奥地利的山峰。"对贝莎来说，购买廉价、大型号的内裤似乎从感情上取代了对喀尔巴阡山脉壮丽景观的回忆——通过在美国的市场上寻找廉价商品，她能对旧世界阶级等级制度进行象征意义上的报复："20美分，我就能穿上在奥地利只有男爵夫人才能穿的衣服。"

贝莎和詹雅不仅"在性情方面有着天壤之别"，而且二者也共同表现了移民既接受新环境又怀念过去的矛盾心理。贝莎没有什么内涵，但她促使詹雅讲出其过去的秘密。对詹雅来说，玉米和一个具有浪漫爱情色彩的人物、基督教风琴手路德维格联系在一起，她爱上了他，但遭到他的拒绝之后，她和阿尔伯特结了婚。她向贝莎吐露说，路德维格结婚时，她看着婚礼队伍走过去："我藏在近旁的玉米地里。[……]我感觉像钟一样空洞，直到我看到脚下的蓝色矢车菊。它们让我振作起来。我想那是我最后一次见他。"詹雅用一个美丽的形象替代了失去的伤痛；她买了这幅画，重复了这种疗伤的做法。这就解释了她的莫名其妙的叹息之声。大卫无意听到了她们的对话，感觉到有一种他不能完全理解的联系。詹雅的玉米故事成为大卫想象出的家庭浪漫史的一部分，他把那个"风琴手"想象成母亲的初恋，而且认为，他是自己真正的父亲。因此，大卫设想自己是一个私生子，一个"benkart"①。

对阿尔伯特来说，牛的特殊意义是，它寄托着他对父亲之死怀有的负罪感：他的父亲被牛角顶了，尽管阿尔伯特本来能够去救父亲，他却袖手旁观。怪不得大卫注意到，无论什么时候阿尔伯特说到"我的父亲"时总是犹豫一下，出现语顿。阿尔伯特受到的困扰似乎源自过去的那个创伤，他对自己父亲之死的愧疚感也使他对自己的儿子表现出担忧，担心又一个"祷告者"会继续演这出戏剧，成为一个"刽子手"。

大卫自己也怀有负罪感，这使这个沉重的家庭剧变得更加沉重。他的负罪感与性和背叛有关，他因为同龄的非犹太人而背叛了家庭和犹太民族。他在进行小孩子的性尝试和安妮"干坏事"时，感觉像在童话故事里，并感到进退两难。要玩那些"肮脏的"性游戏，就要利用家庭用语，要求大卫扮演"爸爸"的角色。大卫所寻求的是对家史中固有的"下流"东西的净化，一种逃离，从黑暗的地窖和壁橱跑到光明的世界。

---

① benkart 为波兰语，意为"私生子"。——译注

大卫从利奥·多戈夫卡（Leo Dogovka）那里感到一种"亲缘的纽带"。在大卫看来，这种跨民族的亲缘关系更加有魅力，因为它始于房顶上的偶遇，这正迎合了他的幻想。大卫即刻就对这个大他四岁、不知恐惧的金发蓝眼男孩崇拜得五体投地。利奥放风筝，大胆，而且大卫认为，"利奥幸福至极——没有父亲，几乎没有母亲，浪子"（拉比通常把浪子和非犹太人联系在一起）。他们的纽带是以大卫的软弱为基础的，并源于他孩提生活的所有负罪领域，包括家庭、性和信仰。这种纽带让大卫回到了黑暗的地窖。他只不过是让利奥和自己的表妹以斯帖"干坏事"，就获得了玫瑰经念珠的报酬，他亲眼目睹着这一重要事件，假装漠不关心，在咯咯声和哼哼唧唧声中，摸弄着念珠，"大珠—小珠—大珠—小珠—小珠—小珠—小珠—大珠"。

大卫瞻前性的怀旧让他对"无暇之光"产生了向往，因而这也是一种逃避其创伤和困境的愿望。他在教会学校里受到宗教训化，这会让他产生更强烈的愿望，要把亵渎的东西净化成神圣的东西，这种神圣的东西会再现以赛亚煤的力量。读到撒拉弗的煤能够清洗肮脏的嘴唇的《圣经》经文后，大卫全力以赴地寻求一种幻景，以得到净化，并引发一场危机，这场危机会打破他和父母的僵局，满足他的宗教需求，并把过去的片段和现代技术融和起来，作为一种世俗性的超脱。大卫在河边产生一种恍惚、一种水波荡漾的幻觉。此后，大卫感到"似乎他在另外一个世界看到过它，一个一旦遗忘就再也不能回忆起来的世界。他对它所知道的就是：它曾是完整的，令人眼花缭乱"。父母那个过去的世界已经被转变成一个在城市里能够体验到的神秘的和超现实的现代幻景。就是在这个时候，非犹太男孩佩迪（Pedey）和韦塞尔（Weasel）——大卫向他们否认自己是犹太人——让他把一个剑形的锌片放到电车车轨下带电的电线上，释放出来的可怕的光让大卫着迷，这束光光芒四射，把仿似亚瑟王的"剑"消解了。现在他着手一个计划，要在电车车轨上寻求一种被昭明的经历。他冲进教会学校，去重新阅读《以赛亚》，并继续在他所理解的一种神圣的幻觉和技术世界之间建立起联系，尽管拉比对此大笑。

后来，大卫朗读经文时突然中断，哭道，他的妈妈"很早以前！很早以前！"就死了。他称他的妈妈为姑姑，被问起他的父亲时，他说他的父亲是"欧洲"教堂里的一个风琴手，一个基督徒！被问道妈妈"在哪里"遇到这个风琴手时，大卫把具体的地方误解为抽象的国家，回答说："在有——有玉——玉米的地方。"这就是弗洛伊德的家庭浪漫史，但区别是，这个移民孩子在早年就和父亲分开了，对于对父母来说有意义的那个物质世界无丝毫的记忆，或许可能表现出一种更夸张的欲望，而不是像弗洛伊德所说的那样，对生父表现出崇敬，而是趋向于创造一个安家神话，整个的这个幻景会象征性地弥合大卫那四分五裂的世界。

随着小说推向高潮，大卫捡起一个喝牛奶的长柄勺，屏住呼吸走近电车车轨，"现在我要让它出来"，"噼啪声"会带来新生，它把很多东西融合在一起，技术场景、对性的暗示，并指涉到大卫强烈感觉到的不同世界间的裂缝。大卫受到了550瓦电流的袭击，近乎电刑，但奇迹般地幸存下来。他的脚被灼伤了，这强化了他的恋母动机；但是，因为大卫受伤引发的紧急情况，两代人间也得以初步相互认可，家庭成员间也和解了。

在小说的最后一段，罗斯把小说用作标题的短句重复了三次，这一段是保持含糊性的杰作：《称它为睡眠》的"它"是什么？答案从再生和希望到遗忘和乌有，众说不一。罗斯多次申明，标题指的是"一种对接近艺术性的追求或对艺术性的假设"，或指"那种创造性生活的结束"。这个矛盾和科里奥兰纳斯①的矛盾类似；对于自己遭到放逐，他只不过高傲地宣称，那是"另外一个世界"，致使"接近"也意味着"终结"。（罗斯影射到了科里奥兰纳斯的说法，也暗指到了爱德华·霍珀，后者被误解为现实主义者，因为他坚信空想家不必要退避到"另外一个世界"，而可以转向他们的日常生活。）

在结尾处，"另外一个世界"非同一般地实现了，这是大卫经历的世界，而且从艺术领域找到了对应。罗斯写《称它为睡眠》就是希望进入这个艺术世界。大卫所作的电实验在罗斯的美学实验里找到了对应物。罗斯在这一章使用的方法像电影里的横切手法，外部场面和斜体文字交叉，构成散文诗，大卫从中进行着内心独白。在东10街，各色人物开玩笑时说的粗俗话被越来越迅急地与大卫的独白并置起来，他的长柄勺就要碰到第三条轨道了。

> 还有他的眼睛
> "跑嘿咿！嘿咿！嘿咿！穿过街道嘿咿！一瘸一拐地跑了。"
> 抬起来
> "我用钳子捡出一个铆钉，我说——"
> 还有最后要横穿的
> 第十街，最后的十字路口——
> "这是给你的一朵花儿，你的肚肚，把它推上屁股！"
> **口，远在、远在高架路之外，**
> "你的红公鸡叫多少次，皮特，你才罢休？三次？"

---

① 科里奥兰纳斯（Coriolanus），莎士比亚所著历史悲剧中的人物。——译注

在小说的手稿里，这一电影手法显而易见，罗斯按照顺序写不同的部分，并在它们应当被切分开又交叠的地方，用希腊字母标志出来。

大卫在被电击后感受到的光、力量和现代性的幻觉，哪怕只有片刻，也让一种"另外的一个世界"感成为可能。结尾把小说的重要形象集中到一起。地窖、画、煤、铁轨、剑、长柄勺、电、超脱的幻觉，和多族裔背景、父亲和母亲、父母和孩子、旧世界和新世界、粗俗和神圣、性意象、下流话和超自然的渴望、基督教、犹太教、索罗亚斯德教，和世俗主义、革命行动和背叛、恐惧和胜利，一阵强大的闪光迸发，光亮咄咄逼人，在这时所有这些同现，并融为一体，这股电流只延续了一会儿，但却凝滞了大卫所承受的所有压力——似乎他是詹姆斯·弗雷泽"神圣的或被避讳的人物"之一，根据《金枝》里的描述，这个人物"就像一个莱顿瓶一样被充电"，那是早期用于储存并释放静电的装置，"充满了电"。

罗斯的初衷是想利用他自己"从童年生活的贫民窟到格林威治村"的生活素材，但在《称它为睡眠》里大卫仅8岁时，他就让小说收尾了。罗斯在后面的作品里强调了艾达·卢·沃尔顿的重要性，他在20世纪20年代中期和她熟识起来，那时他还不到20岁，而她比他大12岁。罗斯回忆了沃尔顿在格林威治村的公寓，那里"从喧闹的第八街漂起来的灰尘就在窗户上空浮着"。他听到了"穿越城区的电车的哐啷声、汽车喇叭声，连同城市惯有的嗡嗡声，一起传进了房间"，记起了"n 次精心研读 T. S. 艾略特的《荒原》"，而"艾达·卢在她的年轻情人的怀里像少女一样嗤笑着"，这位年轻男子是罗斯的一个朋友。他也是在类似的情景中阅读了《尤利西斯》。

在罗斯成为这位纽约大学教授的年轻恋人后，他开始写《称它为睡眠》的手稿，写在了纽约大学的蓝粉色考试簿上。根据罗斯后来创作的作品，"穿越城区的电车的哐啷声"不仅和艾略特的意象（"电车和灰濛濛的树木"）相关，而且从字面意义上来说，他指的是把他人生的两个极端下东区和格林威治村连接起来的线路。下东区这一端的世界由于第八街电车发生电击事件而达到高潮，它也因此而被铭记，而且在第八街电车穿越市区的线路的另一端又被再现出来。从这两个角度来看，"另外的一个世界"只不过是由车轨联结了起来，这肯定显得很奇妙。电车更具有自传色彩，因为罗斯的父亲在一条纽约电车上当过一段时间的驾驶员。

第八街电车的车轨不仅从移民贫民窟通到格林威治村，而且途经库珀联合学院（Cooper Union）（在那里，能听到激进的肥皂箱演讲家的演说）、惠特尼博物馆（"第八街叛逆者"朱莉安娜·福斯和格特鲁德·范德比尔特·惠特尼在市政博物馆拒绝接受他们的礼物后，在此展出了这些现代主义艺术作品）、汉斯·霍夫曼（Hans Hoffman）为培养现代主义艺术家们的艺术学院，并离第五街23号很近，在那里，梅布尔·道吉（Mabel dodge）举办了激进的文人雅士沙龙，这只强化了第八街电车的象征意义。艺术评论家克莱蒙特·格林伯格（Clement Greenberg）1957年回忆说，第八街是"纽约艺术生活的中心"。第八街对马乔里·孔唐（先嫁给哈罗德·洛布，后来和让·图默结婚）来说，是一个禁区，她在曼哈顿的中部城市长大，父母决不允许她去十四街以南的地方。

虽然罗斯的小说在主人公刚刚8岁时就收尾了，罗斯"从贫民窟孩子到格林威治村"的人生的整个跨度可能在书里被隐约地展现出来。跨越不同世界的经历界定了序言部分，对"超脱的艺术家"罗斯来说，它可能也是中心主题。

族裔性和现代主义在《称它为睡眠》里融和的是如此完美，因为作者同时强烈感觉到了带有民族色彩的童年时代和艺术上的现代主义，一个让他想起另外一个，因而他的作品从双重方面打动着读者。小说把在东区的成长经历与在格林威治的发展完全融合起来，他的作品可能更为深刻地表现了第二代艺术，两者的融合如此完全，以至于具有犹太移民孩提时代和美国现代主义端倪的双重身世的富有感染力、萦绕于人心头的神话展现出来。两个世界如此被联系起来，总是有"某地的一个世界，另外某个地方"，不同于但类似于人们所生活的世界或虚构的世界。这一过程还作为一种重大危机、一种毁灭和一种短路（这些暗喻接近小说结尾的语言，罗斯也把它们用于描述他的人生）被人们所体验着，并成为一种紧张、剧烈的经历。为此，人们不得不付出这样的代价——即没有可以和他的1934年的杰作相媲美的新作出现。虽然罗斯在20世纪30年代开始写一部关于一个在辛辛那提出生的无产阶级工人的小说，而且他在去世前夕出版了几部有自传色彩的书。

第十二章 闹钟、推销员和乳房

亨利·罗斯的语言爆炸及其主人公在电车轨道上遭受的近乎死刑的经历，标志着电车场景的一种剧烈升级。在斯泰因的作品里，有电车乘客对主人公施与同情的情景，安婷的电车情景是关于移民孩子玩大胆的电车轨道游戏的记忆。作为一种幻觉的场景，罗斯选择了第八街电车，这也和图默在第六十六街 L 站的神秘经历相似。对比之下，理查德·赖特回到了让人烦恼的历史遗留物，即现代交通工具也是种族隔离和紧张关系存在的最根本的场所，那个南方有色妇女的故事已经记录下来这一经历。赖特一生中所面临的是一个种族隔离的世界，在其作品里也揭露了这个世界，在这样的一个世界里，剧烈爆发总是一种可能性。赖特对种族隔离进行攻击，以引起人们对其社会后果和心理后果的关注，并以此作为毕生的任务，如他常常集中表现畏惧如何转变成暴力或愤怒。

在赖特的第一部小说《今日之上帝》（完成于 1937 年）里，有一章的标题为"松鼠笼子"，给人印象深刻，在那一部分里，有一段四个从南部迁移到芝加哥城的年轻黑人间的对话：

"我听一个人说，他看见一个黑人小子一个耳光接一个耳光地打一个白人电车售票员。"

"黑人到哪儿都倒霉，没好运气。"

"总有人在你后边追着你，要你做你不想做的事情。"

"你知道，我第一次在往北方开的电车里坐在一个白人男人旁边，我觉得他会站起来把我枪毙。"

"是，我记得我第一次在开往北方的电车里坐在一个白人女人旁边。我坐在那儿直发抖，而她甚至都没有向四旁瞅一下。"

第十二章 闹钟、推销员和乳房

"从南方到了北方，你会感到好玩死了。"

在《今日之上帝》里，随着小说集中表现了杰克·杰克逊一天内的生活，最终实现了把社会信息和现代主义实验结合起来的愿望，主人公是芝加哥的一个邮政员，一个多疑、卑鄙的丈夫，似乎和男性伙伴在一起才最高兴。他在芝加哥闲逛，去上班，在一个夜总会被偷之后醉醺醺回家，毒打身体里长了个瘤子、需要动手术的妻子。与赖特的后期作品不一样，《今日之上帝》以丰富的社会细节和一个人际（或许更确切地说是非人化）关系网来展现其人物。

赖特对各种现代主义方法的运用和糅合引人注目。这部习作小说模仿了乔伊斯的《尤利西斯》，其故事背景是某一天。有讽刺意味的是，这一天是林肯的生日，赖特的布卢姆日是1936年2月12日。赖特模仿海明威，作品的主人公是另一个杰克，一个用单音节词说话的硬汉，他至少部分地属于硬汉派。这部小说不仅直接援引格特鲁德·斯泰因，并提及其名字，也玩弄斯泰因式的写作技巧。在描写杰克看《死亡之鹰》的电影海报时，赖特把这七个海报排成散文块儿，没有标点符号或大写，而用了很多现在进行时形式。例如，"一个血红的单翼飞机里一个戴蓝头盔的飞行员穿梭着射击着加着速急速上升从雪白云层中猛然冲出来对两个绿色的单翼飞机紧追不舍"。在一幕里，杰克的朋友鲍勃笑得是那么有感染力，以至于不仅杰克，还有他们的对手艾尔和斯利姆也不得不跟着一块儿笑，在这一幕的开头，赖特对笑展开了生理学叙述（"从膈产生的气体突然排出"），而后为利用这个场合进行了用"笑"这个简单词作的重复实验："他们笑了，因为他们笑了；因为他们因为他们笑的方式而笑，他们笑呀笑呀笑。"这一段文字旨在为有感染力的笑的体验和节奏找到一种形式上的对等，而且，这段文字尤其值得注意，因为赖特在他后来的大多数作品里避免表现欢笑、幽默或笑声。在《今日之上帝》里有内心独白、现代主义报纸大标题的大杂烩（"希特勒号召全世界粉碎犹太人"），有广播节目、纸牌游戏说明，以及范·威克·布鲁克斯、T. S. 艾略特和沃尔多·弗兰克等人的题词，这些让实验趋于完美。《今日之上帝》遭到几家出版商拒绝，詹姆斯·T. 法雷尔就为其中一家阅读了这部作品，直到1963年在赖特逝世后该书才得以出版；颇有讽刺意味的是，格兰维尔·希克斯在对它进行的冷淡评论里，竟然强调了法雷尔对年轻赖特的影响。

和《今日之上帝》相比，赖特下一部也是最有名的一部小说《土生子》（1940）更趋成熟，更富有成就，但形式上的实验性也显得要差一些。它的戏剧性开头标志着一个时代的结束，以及一个受社会学影响、受现实主义左右的左翼现代主义的完全到来。"平凡的美国人"萨迪·弗劳恩是一个血汗工厂的工人，她一直能够过没有闹钟的生活，并坚持前现代观点——这样的钟表不可能存在，因为她不能想象怎么"闹钟会知道"如何在"你想起床的准确时间"叫你。亨利·罗斯的短篇小说《一个管子工的印象》（*Impressions of a Plumber*，1925）的开头是："闹钟响了，声音大得惊人。"在赖特自己的《今日之上帝》和《土生子》的几部原稿里，开头都是以主人公慢慢醒来（因为"有人在叫"，或"响亮的敲门声把他猛然惊醒，让他睡意全无"）的场景开始。对比之下，《土生子》（1940）出版的版本以很富有戏剧性的词"dlllllllii-iiiiiiiiiiiiiiiiiiiinng"开场，这是对闹钟响声的一种拟声表现。这第一行话没有几个读者可能会忘记，而且被认为是哈莱姆文艺复兴的结束，或芝加哥文艺复兴的开始。这个声音全球各地的读者都可以理解，这部小说被翻译成欧洲主要语言以及日语、土耳其语、希伯来语、汉语和其他语言，因为它体现了最为人熟悉的现代工具对沉睡者的自然世界的侵入，是关于现代化故事的缩影。

赖特和其他作家之所以能够接触到现代性的话题，是通过芝加哥社会学派的作品，即 W. I. 托马斯（W. I. Thomas）和罗伯特·E. 帕克（都有出生在小镇上的背景）、欧内斯特·W. 伯吉斯（Ernest W Burgess）、移民路易斯·沃斯（Louis Wirth）（其妻子是赖特的姨妈福利事业的监管者）和非裔美国人霍拉斯·凯顿（Horace Cayton）（赖特和他是好友）等人的作品。例如，1924年伯吉斯在一个具有里程碑意义的宣言《城市的发展：一个研究计划的介绍》（"The Growth of the City: an Introduction to a Research Project"）里有力地论证说："现代生活尤其体现在城市里——摩天大楼、地铁、商场、日报和社会福利工作，这是美国所特有的。"沃斯在 1940 年的论文《城市社会和文明》（Urban City and Civilization）里，把"文化"和"文明"视为人类存在的两个支柱，一方面和民间社团相关，另一方面和城市的崛起相关，因为"区别于文化的、我们称之为文明的东西是成长在城市的摇篮里的"。伯吉斯和沃斯的见解要回溯到帕克对城市的"生态组织"的研究工作，他把研究重点放在"交通和通讯、电车路线和电话、报纸和广告、钢铁建筑和电梯上，事实上，所有这些都即刻导致更高程度的流动性和城市人口更加集中"。帕克的女婿罗伯特·雷德菲尔德（Robert Redfield）出版了《泰波茨特兰》（*Tepoztlan*，1930），一部对一个墨西哥村子进行研究的颇具影响的著作，对现代性进行了理论论述，现代性把自然时间转变成钟表时间，传统的、神圣的、局部的、"原始的"生活变成现代的、世俗的、广泛共享的、城市的工业生活；"民众"（folk）变成了人们（people），口头传诵的民间传说变成了机械复制的流行文化；团体（Gemeinschaft）变成了协会（Gesellschaft）。简言之，文化成了文明。这些概念对少数族裔作家显然都具有吸引力。

理查德·赖特出生在密西西比，和海明威一样，从未上过大学；和其他主要美国现代主义者不一样，他也没有读完高中；但作为一个从南方迁移到芝加哥的贫困移居者，他为芝加哥社会学家的环境所吸引，并融入其中。在他给圣克莱尔·德雷克（St. Clair Drake）和霍拉斯·凯顿的社会学研究《黑人大都市》(*Black Metropolis*, 1945) 写的前言里，他总结了芝加哥社会学家对现代化的评价：宗教节日变成了节假日，钟表代替太阳成为一种象征意义上的计量时间的尺度。随着家庭权威的衰退，现实的意义、感情的意义、经历的意义、行动的意义和上帝的意义都变成了捉弄人的问题。赖特声言："直到我偶然发现了科学，才看出打击我、嘲弄我的环境的一些含义……芝加哥大学社会学系里堆积如山的事实让我第一次亲眼目睹了塑造城市黑人肉体和灵魂的具体力量。"

世界上许多作家把现代化写入了小说。让理查德·赖特演绎的现代世界所产生的破裂的故事尤为强有力的是这个事实：《土生子》的开头根除了普通人民生活在闹钟入侵之前存在的任何一种"神圣"感。在小说中，家庭没有权威性，宗教已经变得毫无意义，在闹钟的声音之前也没有任何词；闹钟也是"Dlllllllliiiiiiiiii-iiiiiinng!"后第一句话的主语："闹钟在漆黑沉寂的屋子里叮零响起来。"在这样开头后，人物都被掷入芝加哥城的现代世界，生于斯，死于斯。

人类似乎仅仅是现代化的对象。他们第一次出场时，被有意识地具体化了：他们给人的感觉只不过是"一个女人的声音"、"一个粗暴的咕哝声"或"光脚"，似乎他们是部分，而不是整体。主人公或反英雄主角的名字是比格·托马斯，他的姓很可能暗指哈里叶特·比彻·斯托（Harriet Beecher Stowe）的《汤姆叔叔的小屋》(*Uncle Tom's Cabin*)；毕竟，赖特出版的第一部书的名字是《汤姆叔叔的孩子们》(1938)。在著名的一幕里，比格用厨房里的锅打死一只老鼠，这个动物像是主人公自己的象征：两者都在金属所构成的铁铮铮的环境里被杀死。有特殊意义的是，在这部由"恐惧"、"逃跑"和"命运"三部分组成的小说的结尾，比格·托马斯被处以死刑，"听到远处一扇门哐啷关上，钢与钢相碰发出叮当声"。因此，《土生子》里比格的人生被框制在两个叮当声中。他被困在一个似乎仅仅从闹钟延伸到死囚牢房的世界。

赖特渴望显示出比格的法西斯势头，把他塑造成这样一个英雄，他先意外杀害他的白人雇主的女儿玛丽·多尔顿，然后残暴地强奸并谋杀了他的黑人女友贝西；但比格从不能面对自己的罪行，赖特坚持认为，这种无能对于人物塑造最为重要。相反，比格矢口否认罪状，他的辩解令人难忘："我杀人因为我所是！"与其说这是硬汉派的风格，不如说它传达了一种令人恐惧的存在主义意识："我杀人因为肯定是好的！"没有得到认可或获取社会意义，比格最终只有用凶杀来界定自己；对赖特来说，这既是一种存在主义式的选择，以最否定的社会形象来界定自己，甘认堕落，也是那种可怕的可能性：像比格这样的人可能是对一个基督似的救世主人物的极端模仿："他不是已经自己完全承担起了作为黑人的罪责吗？他不是已经做了他们最惧怕的事吗？那么，他们就不应当站在这儿，对他施以同情，为之而哭泣；而看看他就回家，心满意足，觉得他们的羞辱被洗清了。"

赖特在描写比格的残暴行径时，运用了一种强硬风格，从而产生了一种城市哥特式小说效果，禁止读者简单地认同赖特的主人公——既是令人怜悯的受害者，又是恐怖的罪犯："人头在报纸上无力地挂着，血淋淋、卷曲的黑发披散着。他用力击打，但是人头就是下不来。"或："他一次又一次地举起砖头去砸一团湿透的东西，后者每受到落地一击，就轻柔但有力地塌下去。"就是这样的句子为赖特赢得了"自然主义者"的声誉，但是《土生子》有很多不同层面的风格，包括下面一段体现力气活的话：

> 突然它就在他的头上响了而当他看的时候它不在那儿却继续响动着而随着时间一点点流逝他感到有一种急切地想跑开并藏起来的欲望就好像钟声就在警告人们而他站在一个街道的角落街道像火炉一样红光闪耀手里抱着一个大包裹是那么的湿、那么的滑和那么的重以至于他几乎抱不住它了而且他想知道包裹里面是什么东西就在一个小巷子的角落停下来把纸剥开纸落下来他看到——那是他自己的人头——他自己的头一张黑脸半睁开的眼睛和露出白牙的嘴而头发被血染湿炫目的红光变得愈加明亮像夏日闷热的夜晚一轮红月和红星星照射下来的光他因奔跑而出汗气喘吁吁钟的响声如此宏大他能听到钟舌每次前后摇摆撞击金属钟身的声音他跑在一条铺满煤渣的街道上鞋踢起的煤屑撞到锡罐咔嗒咔嗒他明白必须很快找到一个地方藏起来但无处可藏，他前面的白人正走过来询问从报纸里脱落出来的人头人头现在在他的手中因血而变得光滑他放弃了站在暗红的夜色笼罩之中的街道中央咒骂着隆隆响的钟和白人们他觉得他不在乎自己发生什么事这些人正向他围拢过来他把血淋淋的头正对着他们的脸掷去咚咚咚……

这是一段真正福克纳式的句子。赖特在展现一场梦境片段时，进行了一种自觉的现代主义散文实验。上面这段文字是其中的一部分。咚咚咚是"触发器",一种感观刺激物把比格梦境的内部世界和钟鸣的外部世界联系起来,也是一种常用的意识流手法。而且,这不是赖特的现代主义的唯一例子,虽然与《今日之上帝》相比,《土生子》里的现代主义手法不是很多。

赖特也把芝加哥叫做"虚幻的城市",暗指到了 T. S. 艾略特的《荒原》。赖特在宣言《黑人写作的蓝图》("Blue Print for Negro Writing")里间接引用了乔伊斯著名的话,他鼓励黑人作家"在我们灵魂的炼炉里,铸就我们民族尚未产生的良知",他改编了乔伊斯的话,并引起拉尔夫·埃利森的共鸣。在短篇小说《明亮的晨星》("Bright and Morning Star")的结尾处,他回应了乔伊斯的《死去的》("The Dead")的结局。他在实验性短篇小说《住在地底下的人》("The Man Who Lived Underground",1945)里运用了一种拼贴技法。赖特对 D. H. 劳伦斯着迷,而且正如我们所看到的,他很钦佩斯泰因和海明威。

对赖特来说,核心问题是他在《黑人都市》(1945)的前言里所问的:"在弗洛伊德、乔伊斯、普鲁斯特、巴甫洛夫、克尔凯郭尔等人的观点看来,芝加哥南区的生活会是什么样子?"关键不是在现实主义和现代主义之间作出抉择,而是要利用任何可能鞭策读者并引导他们去关注时代的严肃问题的技法,在这些问题中,阶级不平等和种族隔离是最为突出的。

赖特为了表明种族主义所造成的心理影响,引用了威廉·詹姆斯的《心理学原则》中关于"自我"那部分的话:

> 一个人在社会里随心所欲,但又全然不为其所有成员关注,如果这种事按自然规律可能的话,那就不能够想出比这更严酷的惩罚了。如果我们进来时,没有人回过头来看,如果我们说话没有人应答,或者没有人介意我们做了什么,但如果我们遇到的每个人都"假装没有看见我们",自行其是,把我们当作不存在,我们心中很快就会涌起一种愤怒和无助的失望,对身体最为残酷的刑罚会是一种解脱;因为这些会让我们感到,无论我们的处境可能是多么的败坏,我们总不至于被贬低到根本不值得注意的程度。

赖特把詹姆斯的见解用到了非洲裔美国人身上:"美国黑人快成为我们的社会尽力彻底排斥的目标,因为在美国白人心目中,黑人是没有人性的,而且他们嘴上总是挂着贬低黑人的称谓,这就确确实实把现代黑人排除在外,似乎黑人真的被困在了一个铁牢笼里,即使那些尚未出生的黑人已经注定了命运。"

对赖特来说，是社会不平等的现状使人们坚信种族差异的存在，而他绝不是一个本质主义论者。他在非小说作品《一千二百万黑人的呼声》（1941）里说："黑人和白人之间的区别不是血统或肤色，把我们联结起来的纽带要比把我们分开的纽带更有力。我们共同走过了希望之路，这让我们形成了一种比任何词语、任何法律或任何合法要求都牢固的血缘关系。关注我们，了解我们，你就会了解你们自己，因为我们就是你们，从我们阴暗生活的镜子里看着你们。"

赖特竭力强调黑人经历中的人类普遍境况，在为宣传自传《黑孩子》（1945）而准备的内容简介里说："［对于］那些回想起早期在这片土地上祖先如何为自由而战的白人，**黑孩子**的故事不可能陌生。对满怀希望、从旧世界来到这片土地的犹太人、波兰人、爱尔兰人和意大利人来说，它也不可能是生疏的故事。"

如果说20世纪30年代和40年代有一个确实和赖特不和的作家，那就是佐拉·尼尔·赫斯顿。年轻的赖特，一本书还未出版，却在《新群众》上批判了赫斯顿最著名的小说《凝望上帝》（1937），他进行的抨击并不太为人注意，但后来被频繁引用，其中包括"赫斯顿小姐自愿在她的小说里延续剧院里强加给黑人的传统，即引诱'白人'发笑的滑稽说唱手法"，这段文字也解释了赖特为何不愿在自己的作品里描绘幽默的做法。一年后，获得罗森沃尔德奖和两度获得古根海姆奖的赫斯顿进行了报复，她在发行量很大的《星期六评论》上严厉批评了《汤姆叔叔的孩子们》："赖特先生作品的标题郑重宣告，他谈的是勇于反抗的人，他的故事都太严酷了，种族仇恨的迪斯默尔沼泽①肯定是其生息之地。整部作品里没有一丝理解和同情……虽然作者自己是**黑人**，但他的方言令人迷惑不解。大家想知道他是如何做到这一点的。他肯定不是通过他所听到的来写的，除非他不能分辨音调。"她与赖特的见解存在着重大的分歧，而且公开表达出来。

然而像赖特一样，赫斯顿注意到，有必要去强调普遍主义和遏制共同的文化发展的不平等。赫斯顿是一位人类学专家，她师从20世纪人类学的一位核心人物、哥伦比亚大学教授弗朗兹·博厄斯接受研究生教育，她为梅尔维尔·赫斯科维茨（Melville Herskovits）工作过，为鲁思·本尼迪克特（Ruth Benedict）写过东西，认识玛格丽特·米德（Margaret Mead）。和赖特一样，

---

① 迪斯默尔沼泽（Dismal Swamp），在美国弗吉尼亚州东南和北卡罗来纳州东北部沿海平原上，诺福克和伊利落白城之间。——译注

第十二章 闹钟、推销员和乳房

她似乎通过学术研究发现了她自己的故事："我需要把在巴纳德学院受到的教育用以帮助真实地看待我的人民。"赫斯顿详尽阐释了人类学是她进行感知的媒介这一点，她写道，她从小就熟知一些民间故事，它们离她太近了，所以，她"不得不用**人类学**的望远镜来透视它"。赫斯顿从望远镜中看到的是，普通民众能屈能伸，有很强的适应能力。她对民间文化比对城市文明更加感兴趣，集中关注的是黑人文化内部的凝聚力，而不是黑人和白人之间的社会相互作用。

作为一个普遍主义者，赫斯顿是对"强行归类"进行评论的许多非洲裔作家中的一个，这种"强行归类"出现在许多社会境遇里，知识界也遭遇到很多这样的情形。她举了一个发生在现代交通工具上的例子。一对黑人学生（耶鲁大学巴纳德学院）在听完音乐会后，坐上了开往纽约郊区的地铁，在第七十二街站，两个看起来邋遢的黑人上了同一个车厢，这时，她发现，这两个学生的所有其他身份（约会的大学生、爱看戏的人等等）都被"黑人"这一范畴所遮蔽。白人乘客把那两个黑人学生和这两个"呜呜地用不标准的英语大声喧哗、在其他方面也［区别于］车厢里从一头到另一头"的底层人等同起来，并认为后者是"典型的"。赫斯顿表达出了白人扫视的目光里不言而喻的评论："唯一的区别是，一些黑人穿着体面一些"或"你们都是有色人吧？"那两个学生只能怀有"和我同肤色、但不是和我同血缘的人"的自相矛盾的想法。赫斯顿想要揭露的是"强行归类"所包含的怪异文化逻辑，它相当于否认肤色明显的少数族裔成员的个性。因此，作为作家，赫斯顿试图抵制这种强制性分类。"我知道，"她在为其自传《路上尘径》（1942年出版，比赖特有纲领性标题的作品《一千二百万黑人的呼声》晚一年）写的一章里说："我不能为1300万人承担责任。无论怎样，每个浴盆都得靠它自己的基底立足。"

赫斯顿在自传里写道："我觉得我所遇到的人对同一刺激物作出的反应极为相似。是的，只不过是不同的用语而已，是的，环境和处境会施加影响，内在的区别则没有"，这符合博厄斯的环境论和普遍主义。在《白人出版商不会出版的书》（What White Publishers Won't Print, 1950）里，她不仅强调了美国人所想象的黑人和犹太人的相似之处，也强调了所有少数族裔对于整个国家的意义："但是为了国家的繁荣发展，少数族裔就必须进行思考，并且思考种族问题以外的事情，这是很紧迫的。他们很有人性，有天资和内涵，和其他任何一个人都一样。"

20世纪40年代和50年代，人们过多地强调普遍主义，赖特和赫斯顿是其中的两个。跨越人们期待中的那种种族表现界线的小说是其代表。战后，有一部完美的普遍主义体裁小说，是非裔美国人维拉德·莫特利的畅销书《敲任何一扇门》（*Knock on Any Door*，1947），也被拍成一部好莱坞电影①。《敲任何一扇门》受到了写硬汉派罪犯的作家们、詹姆斯·T. 法雷尔和理查德·赖特的影响，它集中描写的不是一个黑人，而是一个美国印第安人罪犯尼克·罗马诺（Nick Romano），结尾详尽描述了他在电椅上被处以死刑的情形。和安·佩特里在《家乡》（*Country Place*，1947）里、威廉·加德纳·史密斯（William Gardner Smith）在《对无知之怒》（*Anger at Innocence*，1950）里、詹姆斯·鲍德温在《乔瓦尼的房间》（*Giovanni's Room*，1956）里、弗兰克·耶比在他的很多作品里分别所做的一样，赫斯顿和赖特也出版了主要人物不是黑人的小说（这些书曾经被叫做"非种族小说"），赫斯顿的是《萨瓦尼的六翼天使》（1948），赖特的是《野蛮假日》（*Savage Holiday*，1954）。

赫斯顿和赖特都为联邦作家计划工作过，前者在纽约负责"佛罗里达黑人"的工作，后者在伊利诺伊进行关于"纽约全景"（*New York Panorama*）的工作。其他参与联邦作家计划的作家或在公共事业振兴署工作的作家有内尔森·阿尔格伦、索尔·贝娄、阿纳·邦当、斯特林·布朗、杰克·康洛伊、彼得罗·迪多纳托、拉尔夫·埃利森、克劳德·麦凯、亨利·罗斯、玛格丽特·沃克和弗兰克·耶比，还有社会学家 W. 劳埃德·华纳、霍拉斯·凯顿、埃利森·戴维斯（Allison Davis）、伯利·B.（Burleigh B.）和玛丽·加德纳（Mary Gardner）。杰尔·曼琼监管联邦作家计划，后来出版了一本关于它的历史的书。

赫斯顿和赖特从现代钟表计时的主题中看出的东西也标志了其分歧。例如，赫斯顿收集了一首欢快的歌谣，其中，钟计算的时间成了一个几乎"围绕钟表（时间）"进行的求爱故事的一部分："钟敲了10下的时候我在储藏室，在储藏室里一起和秀，/在储藏室里一起和萨尔，在储藏室里和那个漂亮的约翰逊家的女孩儿/当钟敲响11下，我在天堂，在天堂里一起和秀，/在天堂里一起和萨尔，在天堂和那个漂亮的约翰逊家的女孩儿。"赫斯顿在民间故事集《骡子和人》（1935）里也加进了一个栩栩如生的故事：一个男人把一只乌龟穿在一条线上，好像是链子上的一个袋表，有人问什么时间，他就把乌龟拽出来说："11点过一刻了，向12点乱踢着。"这个例子表明，面对现代化，普通人为了生存而变得有了灵活适应性，甚至有些人用有些自欺欺人的手法，以显示高人一等。赖特在《一千二百万黑人的呼声》里想象出另外一个对话，这个对话把告知时间和白人的支配地位无情地联系起来：

---

① 电影名为《孽海枭雄》。——译注

第十二章 闹钟、推销员和乳房

在南方,如果一个白人在路上拦住一个黑人问:"嗨,朋友!现在有一点了吧?"黑人会回答说:"是的,先生。"

如果白人问:"嗨,还没到一点钟呢吧,朋友?"黑人会回答:"没有,先生。"

对赖特来说,现代性的力量再加上种族支配性,简直在压倒一切。对赖特来说,种族隔离无处不在,对赫斯顿来说,种族隔离那么微不足道,在南方一个主张种族隔离的白人报纸上,她抨击了最高法院在布朗诉教育局一案①中作出的取消种族隔离的第一个重大决定,她是唯一这样做的重要黑人作家。

*

在文学里,有一种体现前现代世界和现代性相冲击的方式,即作品中具有诱惑力的陌生人物,很典型的是形形色色的推销员,他们把现代商业休闲文化带到了传统、偏远的环境。由于某种原因,"传统"能够很容易被想象成一个生活在农村或落后区域、善良但经不起诱惑的年轻黑人女人,她不得不勇敢地面对推销员的引诱。那些看起来英俊潇洒的现代商业恶魔想推销出去的新玩艺儿很有吸引力,读者可能会对此感到惊诧。

朱莉亚·彼得金(Julia Peterkin)的小说《旋转木马》(The Merry-Go-Round)就是那样一个故事,它发生于20世纪20年代,首次发表在《时尚伙伴》(1921)上。闯入者是白人卡森,他把一个作为休闲文化象征的旋转木马带到了一个黑人村庄。很快,杰西·威克斯(Jesse Weeks)和女友、莫姆·玛丽(Maum Mary)的女儿米塔(Meta)每天晚上都去坐木马。莫姆·玛丽负责给卡森做饭,他提出了在她的房子里睡觉的请求,但遭到她拒绝,她坚定地说,"哪个白人也不能在我床上睡觉,我不会和你有开始。"米塔也抵制了这个白人的诱惑,她给他送来饭时,他让她"免费乘坐"。卡森靠近木马上的米塔,此刻在买花生的杰西跑过来,打了卡森,一天后,卡森复仇,枪击杰西。被村子里商店的小职员动员起来的镇上白人以及黑人警察护送卡森上了火车;镇上的黑人放火烧了旋转木马。卡森承揽起卖帐篷的业务;杰西因枪击致残,干起编篮子和织渔网的活;莫姆·玛丽和米塔靠给人洗衣服谋生,并把她们的一部分收入送给了传教士。世俗现代性和休闲文化的诱惑被抵制住了,虽然留下了伤痕。

---

① 布朗诉教育局一案(Brown v. Board of Education),其最终判决认为,"隔离但平等"在词语上是矛盾的,隔离本身就是歧视,因此在公共教育领域实行"隔离但平等"有悖于美国宪法。——译注

赫斯顿和赖特都遵循这一模式，并将之加强。赫斯顿的《镀金七十五美分》（*The Gilded Six-Bits*）于1933年初次在玛莎·福利（Martha Foley）和惠特·伯纳特（Whit Burnett）的《讲述》杂志上发表。乔是佛罗里达的一个工厂的工人，他带妻子密西·梅（Missie May）到了一个陌生人奥蒂斯·D.斯莱蒙斯（Otis D. Slemmons）先生新开的冰淇淋店。特别的是，斯莱蒙斯有一个5美元的金领带夹，表链上嵌着一个10美元的金币，乔把他当作黑人中的洛克菲勒或福特来崇拜。从斯莱蒙斯的店回来之后，乔兴奋不已，而密西·梅觉得，这些金制饰品在乔身上可能会更好看。

一天晚上，乔在工厂值夜班提前回家，发现斯莱蒙斯和他的妻子在床上。乔痛打他一顿，把他赶走，手里留下了那个金表链，现在，他气冲冲地用它来提醒密西·梅的不忠。接下来的几个月，他们如同"陌生人"，都闷闷不乐。后来，他们又做爱了，但当密西·梅后来在床上发现金币时想，这是不是乔故意留下来的，当作是她和他做爱的"报酬"。她也发现，金币只不过是镀金的五十美分。很快密西·梅怀孕了，不久就生下一个男婴，据乔的母亲说，孩子和乔长得像极了。丈夫这才感到和妻子和解了，去了奥兰多，给他的妻子买了那些币值的糖果。这对夫妇的生活像斯莱蒙斯事件发生之前一样，继续着。

赖特的《长长黑人歌》第一次出现是在《汤姆叔叔的孩子们》（1938）里。它由四部分组成，故事是从萨拉的角度来讲的，赖特曾经把她描述成"一个生活在密西西比河北部山里的思想简单的黑人妇女"。她在等待丈夫塞拉斯（Silas）的归来，哄着还是婴儿的孩子鲁斯，想起了过去，想起了初恋情人汤姆，大约一年以前他被遣送到欧洲的第一次世界大战战场去了，她依然怀念他。一个白人推销员开着小汽车来了。他向萨拉演示了一个金边、带有钟表的留声机，并播放了一首录制的关于判决日的宗教歌曲，要价50美元，并对她有性举动。她坚持说"不"，但这个推销员成功地和她做了爱。他留下了钟表留声机，想以40美元的低价卖给萨拉，答应第二天早上回来。

塞拉斯回家后，原本兴高采烈，在他发现留声机和白人推销员的可疑行迹后，很快就转变了。塞拉斯勃然大怒，摔碎了留声机，并开始鞭打不忠的妻子，后者设法携鲁斯逃到山里。第二天早上，萨拉从山上看到，推销员开车到她家，紧接着，塞拉斯与推销员及其助手之间展开争斗。塞拉斯枪击了两个白人中的一个，另外一个驱车逃走。塞拉斯把白人的尸体拖到街上，把萨拉的物品扔出房子。他诅咒所有白人，痛苦地接受他的命运——必死无疑。萨拉从山上看到一长列满载白人的汽车。塞拉斯向这些人开枪，直到他们放火烧房子，塞拉斯毫无声息地死在房子里。萨拉从现场跑开，哭喊着"不啊，

第十二章　闹钟、推销员和乳房

桑帝!"

　　和彼得金1921年的小说相比，20世纪30年代的这两个故事表明，《旋转木马》似乎没有达到表现出那个农村女人实际不忠的可能的高潮时刻；在彼得金的故事里，带来旋转木马的人现代、引诱她人、残忍，这些方面最终甚至都被闯入者本人所摒弃。在故事结尾，休闲文化的载体被烧毁，而宗教权威重新占据了统治地位。因而，对赖特和赫斯顿来说，彼得金为小说提供的解决方案似乎都不再合乎情理。彼得金的米塔也比赖特故事中的萨拉更被动，毋庸提及赫斯顿故事里的密西·梅了。赖特和赫斯顿都不愿采用彼得金的叙事者那种屈尊俯就的口气，后者这样描述旋转木马到来时的情景："每天晚上，种植园的活儿干完后，欢快的音乐声在静寂的空中清晰而响亮，黑人蜂拥到村头，倾尽他们囊中所有坐木马。"

　　赖特和赫斯顿的故事，让固守传统的女性人物屈从于休闲商品销售员的引诱，进一步推进了彼得金所讲述的那种故事情节，说明了以休闲为取向的资本主义的闪光不是金的，而仅仅是镀金的。在这两个故事中，这种侵入不简单表现为一种单纯的丧失，而是已婚女人通奸以及对相对来说较善良但充满嫉妒的丈夫的不忠，这些男人已经多少接触到了勾引者也可能假装代表的那个现代性的世界，而且渴望更多地进入那个世界。因而，密西·梅、萨拉和彼得金的米塔可以说是"男人间"的枢轴。

　　在这些故事里，乳房即是家和自然的意象，又是易受到现代勾引者侵犯的性敏感区的意象，这两种意象之间有一种特别的紧张关系。赖特的萨拉先是要给孩子鲁斯喂奶；然后，她的乳房被推销员抚摸。赫斯顿用一个短句描绘了在浴缸里洗澡、还没有不忠行为的密西·梅，这个短句可能隐约预示了冰淇淋店："她那直挺的乳房寻衅地向前伸着，就像基部肥硕、头儿被漆黑的球果。"在结尾处，乔买了那么多小糖果，因为男婴能"吮吸糖奶头"。

　　但实际上，赖特和赫斯顿收尾的方式是截然相反的。对赫斯顿来说，自然时间是一个了不起的疗伤者。对赖特来说，故事驶向一场狂暴的灾难。赫斯顿作品里的勾引者是黑人，从而整个故事的焦点是种族内部问题，这是赫斯顿很多作品的特色。在赖特的作品里，勾引者是白人，这激化了业已剧烈的种族冲突；"如果他不是白人，而是任何其他人"，萨拉考虑着如何恳求塞拉斯谅解她，"事情就会不同"。赫斯顿在批评《汤姆叔叔的孩子们》时讽刺说：

　　　　在《长长黑人歌》里，主人公打死了一个多数黑人斥骂的白人——占有一个黑人女人的白人。他在进行抉择，要死于枪林弹雨和火中，因为他的女人有一个白人情人,在这个过程中,他身中数弹。在此处,有大量的打杀场面描写,或许是要满足所有男性黑人读者。

故事的原稿甚至更血腥。在出版时被删除的第五部分里,萨拉的老情人汤姆与她的哥哥比尔和勒罗伊一起出现,三个刚刚从一战战场上归来、穿着军装的黑人老兵,在塞拉斯的烧着的房子里浴血奋战而死。这个没有出版的部分在形式上与众不同,萨拉说的话、第三人称叙述与用小写、斜体的语流表示的比尔、勒罗伊和汤姆的话急速交替,产生的效果是萨拉似乎只是在眩晕模糊之中听到了别人的话。

手又一次摇晃她。萨拉是这什么时候的事萨拉告诉我们出了什么事"他们杀了他!"他们在哪儿杀的他指给我们你住在哪儿萨拉她又俯下身呻吟着。[……]

车停下了。看看那儿肯定是那个地方起火了上帝那是一群该死的暴徒他妈的王八蛋杂种杀了他们德国佬货色杀死他们几个萨拉你是说"他们杀了他……"现在开车下去比尔不能让萨拉在车上该死得有人呆在这儿看护萨拉和孩子呆在这儿汤姆最好我们走比尔快走走

这是一种类似罗斯的实验的接合手法。后来,赖特的主要情节被弗朗兹·法农(Frantz Fanon)认为是典型的第三世界故事:黑人士兵为国家而战,而这个国家在他回来后否认其居住权。相反,赫斯顿加入了"博库"(bookooing)这个短语,那是黑人士兵在法国时从"很多"(beaucoup)这个词学来的。

和赫斯顿相比较而言,对赖特来说钟表的形象更具有精神创伤性,他的销售员导致的是毁灭,而不是增进了人们的认识,乳房在一个社区是美好的母性根源的标志,而赖特对这个暗喻心存不安。赖特的《黑孩子》是在他被处于宗教狂热之中的父母打至失去知觉后才出现的,值得注意的是,里面记录下了他所经历的最可怕的梦魇,那似乎描述了一种极其恐怖的转变,本是抚育孩子的乳房变成了一个折磨人和摧毁人的可怕工具:"每当我想入睡时,我会看到庞大的晃动着白袋子,像是奶水丰满的乳房,在我上面的天花板上悬着。后来,我的情况变得更糟,就在白天我眼睛睁开的时候,我也能看到那些袋子,我担心它们要掉下来,流出的可怕液体会把我浸透,我被这种恐惧所震慑住。日日夜夜,我指着它们,恳求我的母亲和父亲把这些袋子拿开,浑身因害怕而发抖,因为除了我其他人都看不见它们"。如果说钟表的象征意

义意味着毁灭，那么，乳房的象征意义也会是同样致命的。人们想起了那些有名的自传宣言，如赖特的《黑孩子》里的语句："这是我所来自的文化。这是我所逃离了的恐怖。"但对赖特来说，逃离只会招致新的恐怖。

*

20 世纪 30 年代和 40 年代也有其他一些少数族裔作家，他们对现代性产生的感受是借助人类学和社会学实现的。詹姆斯·T. 法雷尔在芝加哥大学读书时，交给欧内斯特·伯吉斯（Ernest Burgess）一篇学期论文，这位著名的社会学家把它保存在自己的论文里；他一直和芝加哥社会学派的看法很贴近，他甚至直接把这篇论文放入了《斯塔兹·朗尼根》，在这部小说里，他让一个芝加哥街头演讲家诵读了它。约翰·康诺利（John Connolly）——"肥皂箱演讲家之王"——总结了"芝加哥大学社会学系成员提出的合乎情理的观点"，并解释说，"芝加哥城可以分为三个同心圆"。康诺利在分别叙述这三个圆和芝加哥这个城市的发展后进一步说明，"社会力量和经济力量"产生了迫使黑人迁移到"南区白人居民区的"的压力，"胡言乱语不能中断这个迁移过程"。这种说法很接近前面引用过的欧内斯特·伯吉斯的论文《城市的发展》（1924）里的论点，这篇文章写于法雷尔在芝加哥上大学的时候，文章争辩说："城市扩展的典型过程或许最好能够通过一系列同心圆来阐明，这些同心圆可以被标上数字，用来表明城市扩展形成的绵延地区和扩展过程中区分出来的不同类型的地方"。或许是为了使学术观点达到均衡，法雷尔的下一个演讲者，"一个身材矮小、衣着邋遢的犹太人"，在公园靠科蒂奇格罗夫街的地方，提及了那些"证明没有任何一个民族优于任何其他民族"的人类学家，斯塔兹的密友雷德把这句话拙劣地解译成犹太人想"证明犹太人也是白人"的愿望。

通过受过阿尔弗雷德·克罗伯（Alfred Kroeber）训化的艾达·卢·沃尔顿——其博士论文集中研究了纳瓦霍族的诗歌，亨利·罗斯接触到了她所赞赏的弗雷泽的《金枝》这本书里的人类学观，这帮助罗斯对过去的民俗习惯有了一般性的了解，并在他的"神话手法"版本里用它们来代替特定的在农村的家庭根基，对于迁移到城市的人来说，这种根基已不复存在了。也是通过沃尔顿，罗斯遇到了人类学家玛格丽特·米德。

马里奥·苏亚雷斯是一位墨西哥裔美国作家，1947 年，他在描绘"艾尔霍约"（El Hoyo）（图森这座城市中少数族裔居住的"洞"）的现代民间生活的短文里，以及在对这个地区的理发师"塞诺·加尔萨"进行的人物描写里，把"奇卡诺人"（Chicano）这个词引入印刷文献。这些短篇发表在《亚利桑那季刊》（Arizona Quarterly）上，有熟悉的人类学的调子，被归入少数族裔幽默的范畴，令人想起了赫斯顿或萨洛扬。苏亚雷斯把读者假定为局外人，将其引入一个不熟知的族群世界。因而，这些短篇解释了艾尔霍约的"居民是奇卡诺人，他们周六晚上闹翻天，周日早上听埃斯塔尼斯劳神父布道，然后，周日晚上闹更多乱子。奇卡诺人这个术语是墨西哥裔美国人（Mexicano）的简便说法，也是指任何人的费事说法"。苏亚雷斯在此摆脱了表现民族同一性的任何观念："巴勃罗·古帖雷斯（Pablo Gutierrez）和中国食品店老板的女儿结婚，得到了一个店；他的儿子们是奇卡诺人。"苏亚雷斯叙述了派对，表现了丰富多彩的民间生活，描述了混杂难辨的忠实，并解释了约定俗成的表达方式，但他也强调，艾尔霍约不是一个封闭的、仅仅从内部界定自己的世界，因为比如，费里普"在杀了几十个德国人、从战场"回来时，"遍体鳞伤，像是一床百衲被"。

托马斯·贝尔的《冲出熔炉》（1941）写的是宾夕法尼亚州布拉道克的斯洛伐克裔美国矿工，和赖特的现代主义—工业—城市—哥特式小说有些相似之处，这种小说越来越多地出现在受社会学影响的移民作品里。贝尔在展现工业现代性时，想让作品既有一种带有不吉之兆的神秘性，又有一种具有社会意识的腔调，他对现在进行时形式着迷。下面一段体现了贝尔的叙述口吻：

> 塔尔波特（Talbot）街的一辆电车，等待开始穿越沉睡的城镇、孤独的街道到匹斯堡漫长的行程，借着它发出的昏黄的光，年轻人们唱着歌走过。工厂机器发出的声音比他们的歌声还要刺耳。声音越过墙，像一个在干活的巨人的呼吸，像深埋在土里发动机的震动。其中，有笛子的响声和金属的相互撞击声，机车的嚓嚓声，电子起重机和滑轮的咔哒声，一队车辆发动起来的嘭嘭嘭声，贝西默钢炉张大嘴的吹气声，五吨锭铁被除去铸模、落地六英寸的砰砰声，钢坯从磁铁坠落发出的像保龄球球柱撞击时干脆的砰砰声，矿石倾倒车从容不迫、不停息地旋转，提起一整铁路货车的铁矿石，小心翼翼地倾倒一空。发电站里发电机高昂的鸣鸣声，石灰石和白云石粉碎机狂暴的咆哮声，铁匠铺里蒸汽锤的震击、敲打声，远处磨房的巨轮辗动，发出惊天动地的轰隆声。数百种嘈杂的声音，融合成和声，铁和火焰汇成刺耳的胜利之歌。

贝尔的父亲洗礼时的姓是贝烈卡克（Belejcak），贝尔是第二代移民，他的现代主义口吻不仅存在于男人在粗暴的工业世界里进行的艰苦卓绝的悲剧性斗争里，而且也体现在他用意识流手法进行实验的片段里，来描绘母亲玛

第十二章 闹钟、推销员和乳房

丽的感情，在丈夫死后，她不得不自己扶养孩子。

意大利裔美国人彼得罗·迪多纳托的小说《混凝土里的救世主》（1939）和曼琼的小说作品《阿莱格罗山》（1942）的区别特别像赖特的作品和赫斯顿作品之间的区别。迪多纳托把移民描绘成通向死亡之路，结果是被现代工业钉死在十字架上，曼琼创造出了一个以宴会和神话为中心的移民社区。迪多纳托表现了钟表，它既是工业劳作的节奏，又是阿布鲁齐①歌的主题，如"心跳如表嘀嗒"。他还插入一段情节：留声机很不合时宜地播放了两遍美国流行歌曲《印第安爱的呼唤》（Indian Love Call），那是由捷克移民鲁道夫·弗里姆尔（Rudolf Friml）无意间创作的，他在加利福尼亚和他的中国秘书结婚；还有广告，播放比利·罗斯（Billy Rose）的歌《巴尼·古戈尔》（Barney Google）的收音机，以及其他标志现代商业文化的东西。另一方面，曼琼倾向于把西西里人表现为一个"自然的"民族，他们从属于"文化"，而不是"文明"，但是，曼琼形成这一看法，不仅是受到人们在寻根时唤起的感情的影响，而且很显然，曼琼读了 D. H. 劳伦斯的作品。劳伦斯声称，西西里人"总是对任何人都热情友好，他们的身体总是散发出一种令人疑惑不解的亲近感"。曼琼在谈及墨索里尼时，提出了准时性这个问题：有亲戚告诉叙述者不要对法西斯主义吹毛求疵，因为美国报纸不也承认"墨索里尼是一个让火车按时运行的伟人"？但是，当叙述者离开雷尔蒙特——曼琼的母亲在西西里的出生地时，他注意到并带有明显的政治意图强调说明，在法西斯的意大利，火车晚点了半个小时。

迪多纳托的《混凝土里的救世主》的短篇小说版本 1937 年初次在《老爷》上发表，并被它吹捧为《老爷》从 1.8 万份稿件中挑选出来发表的最优秀的短篇小说之一。《混凝土里的救世主》的故事是从一个建筑工地工头杰里米奥·迪阿尔巴（Geremio di Alba）的角度讲述的，他为了逃避意大利和土耳其的战争，为了逃避为"上帝和祖国"而战，从阿布鲁齐移民到美国，那场战争在 1912 年以意大利兼并利比亚告终。小说在开头描绘了各种各样的移民劳工，其中有满面笑容、负责搭脚手架的托马斯、"瘦子"老尼克（退役军人）、"长鼻子"、贾科莫·桑吉尼（Giacomo Sangini）、桑迪诺（Sandino）、乔·基亚帕（Joe Chiappa）和"大嘴"麦克。他们都在纽约的一个工地干活，老板"默丁先生"（Murdin）②是一个盎格鲁美国人，他违反工地的管理、运营安全规则。

---

① 阿布鲁齐（Abruzzi），意大利中部一地区，濒临亚得里亚海。——译注。
② Murding 取自 murder 这个词，暗示了这些工人的命运和后来的悲剧。——译注

多萝西·坎菲尔德·费希尔提请人们注意迪多纳托的《混凝土里的救世主》里所使用的"非同凡响的语言","生动运用有意大利语痕迹的英语的天才"。确实有一些短语是从字面直译过来的,如把"我感觉不好"(mi sento male)翻译成"我感觉很坏"(I sense badly)。工人多被认为相互之间说意大利语,他们确实说英语时,说的是一种定型的蹩脚语言,和罗斯的《称它为睡眠》里的一样。迈克的话"有些人弄到大捆溜着,而总是从别人那里纳东西"就是代表。英语文本中也散布着一些意大利词和短语,这就强化了翻译感,它们并不都是成语,而且似乎暗示,读者是英语读者,而不是意大利语读者,如"啊,我的漂亮房子"(Ah, bella casa mio)。

建筑工人被看做是他们自己无法控制的力量的受体,"工作"、"老板"或"廉价公寓",这些力量像神一样,迪多纳托把它们的第一个字母大写了。下面是年轻的作者试图让自己听起来有一种强硬的现代主义断音语气的一个例子——"……"标志的省略频繁出现——这种口气让人深刻理解劳动暴力和工人的具体化:

> 泥铲在砖瓦和泥浆间擦擦作响铆钉机机关枪般迅速狂怒地碾磨着帕斯蒂第一第二检控瘦子第三检控温森佐第四钢铁在锤子的敲击下怒吼轻便发动机突突喘息着冒出紫烟皮埃托十五凿子清脆地敲击在石头上纤细的钢材呼啸着穿过木材泥石在铁管里流动发出刺耳的声响起重机在空中尖叫着胖子卡明二十四贾科莫·桑吉尼检控……周围传来人类文明的各种声音与工作的运行融合在一起。

这些工人处在世俗时间而不是神圣的时间控制之下,这一点很明确,因为这个骇人听闻的故事发生在三月一个寒冷的、雪花纷飞的耶稣受难日。在中午休息的间隙——对杰里米奥来说,那是一个一切似乎都不真实的梦幻时刻(天主教徒杰里米奥在受难日都不吃肉)——他告诉文森茨(Vincenz)说,他在想"趣事!啊——是,什么时候了",文森兹告诉他时间,显然是根据一则广告上的表:"我的美国番茄罐上的时间是两点十分了"。五分钟后,大鼻子又一次核实时间,杰里米奥"自动地"拿出了他的表,重新上发条,设置了时间。但是,"自动的"过程并不像斯泰因所描述的那样,表明的是美感,而是具体化和非人化;对迪多纳托和赖特来说,钟表时间预示着毁灭,而不是杰里米奥所期望的那样,标志一天工作的即将结束。

诚然,默丁在地基建设上过多地偷工减料,忽略了杰里米奥的简短警告:"听着混蛋!如果你不喜欢这样,你知道你能做什么!"由于工地违章操作,

第十二章　闹钟、推销员和乳房

"导致它们疯狂地瓦解了"。整个构架坍塌了，工人被抛置的到处都是，用富有现代进行时的句子来表示："墙壁、地板、横梁打着旋，撕裂开来，一浪浪重重坠地、爆炸，把人和原材料碾碎，共赴死亡之约"。在这场由一个盎格鲁美国人的贪婪而导致的移民灾难中，有几个工人丧命，一些人受伤。

故事的第二部分表现了杰里米奥死去的可怕的漫长过程，他被活埋在建筑工地大梁下的混凝土里，"灰色的混凝土从泥舱口涌出来，把这个不能说话的人密封起来"。杰里米奥内在的视点跟随着他的"思路"，有时被意识流技巧展现出来，和第三人称叙述相交替："'啊哈，我还没死。这我知道——你还没和我玩完。磨难滚开！我不能相信你了，什么上帝和祖国，不再信了！'他的身体在混凝土的袭击下迅速破裂。血管像被捣碎的花梗一样迸裂。"迪多纳托对于横死可能会让人变成东西的方式饶有兴致，这和图默在《鲜血燃烧的月亮》里描写的汤姆·伯威尔死时的情景相似。"血液受到一击，在翻滚的、错综的废弃管道之中奔腾，从他被压碎的眼睛、无形的鼻子、耳朵和嘴里迸发出来，在冷漠无情的石头中寻求生命。"在杰里米奥遭受痛苦的最后有意识的时刻，他哼吟着"赤脚孩提时代天真的歌谣"，好像他在从文明的恐怖回归文化。他强烈感觉到自己像耶稣一样，遭受着漫长的极大痛苦，他祷告，想起了妻子安纳恩齐亚塔（Annunziata）和孩子们，回忆起过去，诅咒一切，并抨击国家和劳动剥削："他们用旗子、标语和恐吓欺骗了我。"迪多纳托还在杰里米奥的活力和生殖力之间进行对比："那个和安纳恩齐亚塔晚上睡觉、有着完美无限体质的矫健躯体像一个无用的袋子一样，砰地落入巨大的残骸之中，脆弱的血肉和骨骼被以离心力的强度所粉碎。"在这个突发事件前，这些男人显然不赞同大卫·谢尔勒把贝类水生生物视为"石头"里的"鼻涕"的观点，说要去桑树街找牡蛎，"以获取他们很需要的气力投入到——"。但现在，杰里米奥的"外阴痉挛起来。冰凉的钢杆刺透了那儿，并寒彻了他的脊椎"。迪多纳托让海明威的杰克·巴恩斯在战争中受的伤看起来不过是擦伤。

迪多纳托把这个在《老爷》上发表的故事里的死亡场面作了修改，作为同名小说的第一章；现在，这一章以杰里米奥的儿子保罗的观点结尾，在父亲临死前进行祷告时，他在晶体收音机上听塔兰台拉舞曲①；小说的主体继续讲述了父亲死后这个家庭发生的故事。

和迪多纳托这部严峻小说相对的是杰里·曼琼的回忆录小说《阿莱格罗山》（1942），书中再现了作者在纽约罗彻斯特一个混杂居住区一个意裔美国人（更准确地说，是西西里裔美国人）家庭里成长的经历，它以这样一段文

---

① 塔兰台拉舞曲（tarantella），意大利南部一种轻快的民间舞曲，八六拍。——译注

● 少数族裔现代主义

字开始:

"等我长大了。我要作一个美国人,"朱斯蒂纳(Giustina)说。我们看着妹妹,这种话我们从没说过。

"我也是",玛利亚附和说。

"哦,你还不知道美国人是什么呢,"乔嘲弄说。

"我知道,"朱斯蒂纳说。

这是我们这些其他人所不知道的。

"我们现在就是美国人,"我说。"齐默曼(Zimmerman)小姐说如果你在这儿出生,你就是美国人。"

"哦,她胡说,"乔说。多数老师都不喜欢他。"我们是意大利人。要不信,问爸爸。"

但是,我的父亲没帮上多大忙。"你的孩子会是美国人。而你,我的儿子,是一半儿一半儿。现在不要再问我问题了。你在学校里就应该知道这些事。你们到底在学校里学了些什么?"

曼琼的《阿莱格罗山》1952年再版的时候(没有副标题,体裁也没有被明确),小说家多萝西·坎菲尔德·费希尔作了序,这位作家也给赖特的《土生子》的第一版作了序,并评论过迪多纳托的语言。费希尔赞扬《阿莱格罗山》里"所描绘的生活轻松和欢快",没有"任何一点儿长期以来属于文学风尚里的那种阴郁和紧张",这部小说"照亮了我们心里的希望——人生不一定是一种苦难,而常常是一种多姿多彩的快乐"。《阿莱格罗山》给了读者一种对被形象刻画的人物的温存讽刺感,这些人物不是环境的受害者,但他们编织了记忆中旧世界的故事和新世界灾祸的故事,他们庆祝三餐,他们给在美国出生的后代一种生活在另外一个世界里的魔幻感。和赫斯顿一样,曼琼的故事里有对特色饭菜进行精确描绘的食谱、玩笑和一个接一个的故事。乔凡娜姨妈因有患沙眼的嫌疑,移民官员禁止她进入美国,要把她遣送回巴勒莫。在回去前,她在埃利斯岛"透过铁栏杆望着自由女神像和纽约的地平线,哭泣着"度过了八天。路易吉(Luigi)叔叔反对天主教,因而成为一个浸礼教徒,也去"许多不同教派的教堂",参加多达"三到四次的宗教仪式",会在每个星期五吃两道肉菜,和"他的一些犹太朋友"参加"犹太人集会"。虽然路易吉叔叔如此,天主教仍是亲友们生活中密不可分的一部分,而且,他们所信奉的天主教被"一层厚重的宿命主义所包围",这有助于把任何不幸解释为(大写的)"命运劫数"。

第十二章 闹钟、推销员和乳房

《阿莱格罗山》和《混凝土里的救世主》都包括一个建立起与死去亲人通话或至少尝试这样做的降神会的情景。曼琼讲述的是一个推销员的故事,他是一个亚美尼亚移民,以前卖地毯,现在提出,要在周六午夜在天主教公墓提供和神灵会话的机会。他们乘坐电车到那儿,这个亚美尼亚人衣着滑稽,穿着"格子花呢高尔夫灯笼裤",戴着"一顶鲜黄的运动帽",表现出"一个干练的销售员所具有的那种攻击性的热切"。对曼琼来说,这是一个对迷信进行冷嘲热讽的场合,因为叙述者的父亲与他在糖果厂一起工作的两个意裔美国同事不一样,他从不相信装神弄鬼。当"幽灵"说话时,可以辨认出,那是带着亚美尼亚的口音说出的蹩脚的意大利语,这种弄虚作假的伎俩就变得相当明显。行骗不成功的前现代主义销售员逃之夭夭,但至少父亲深感庆幸,没有提前付给他钱。对迪多纳托来说,降神会提供了一个机会,可用来描写穷人和被压迫者交流的景象。在降神会之后,作为灵媒的那个瘸腿妇人和保罗的妈妈相互交谈着,灵媒向安纳恩齐亚塔讲述"她的两个死于战争的儿子"的事情,并指出,她不得不给警察行贿才得以营业。安纳恩齐亚塔"对她深感同情,回过头来向她讲述了杰里米奥、保罗和她的孩子们的事情"。她们一起喝茶,灵媒收取了很少的钱,在那晚降神会后,保罗和她的妈妈感到,杰里米奥的"爱超越了死亡的距离"。

迪多纳托和曼琼在一个主题上存在着明显差别,那又一次是乳房。在《混凝土里的救世主》里,杰里米奥想象着自己的身体飘忽而"至幻境,[他的]脚搭在椅子上,头枕在妻子的柔软、丰腴的乳房上,幸福地沉睡",在他们不加掩饰的性爱空间里,乳房出现得更频繁。曼琼和迪多纳托的故事的中心都是一个在美国出生、逐渐成年的孩子。在《混凝土里的救世主》里的男性世界,踏上了通向成年的道路就意味着不再是一个"吃奶的孩子"(少年保罗接替他父亲干砖匠的活时被这样叫),而且会感到"惊愕而又沉醉"、"热血"往脸上涌(科拉拥抱躺在病床上受了伤的路易吉,她的乳房簇拥在他的脸上,那时,他的感觉也是这样)。科拉是托马斯的遗孀,实际上在整个小说里,她名字都加上了一个令人印象深刻的绰号:"大乳头";她对路易吉的评论是,她"用一只手抱住胸,叹了口气……:'即使是高大强壮的男人,也像孩子'"。在纽约地铁里有城市熔炉一景,保罗被挤得紧挨着一个女乘客的身体:"当车转、弯车身前倾时,她重重地撞到他身上,并一直那样呆着,直到车身挺直。她的身体立即让他躁动不安。他闭上了眼。软绵绵的乳房贴着他的胸,颤动着。"这个情景和内森·阿施的《发薪日》(1930)里的吉姆·考恩(Jim Cowan)所幻想的情景不无相似。

在《阿莱格罗山》里,西西里移民和盎格鲁美国人之间的一系列文化差

少数族裔现代主义

别源于他们对待乳房的不同态度：

> （我）的西西里亲戚没有个人隐私，无所顾忌。她们带上所有的幼儿一起去野餐，不管在哪里，或是有多少美国人可能在看着，女人们毫不避讳地露出乳房喂孩子奶。
> 　　我从没见过哪个美国妈妈露出乳房，我想她们的乳房决不会像西西里女人的乳房那样大，而是很工整、精致，像她们野餐时堆积的食物。即使我在性问题上保持拘谨，我也深信，美国妈妈们的乳房纯粹是装饰性的，决不是用以喂奶的。

在此，曼琼可能在暗指或戏弄一种可能性，即期待在移民社区母亲给孩子哺乳成为一大"景观"，那是移民带来的奇异方式的矛盾象征，也是他们具有的被以为是自然的、又令人羡慕的前现代特征的矛盾象征。至少从 1898 年以来，有关族群社区的报道包括进去了这一特征，那时，E. S. 马丁（E. S. Martin）带着良好的志愿，为《哈珀氏月刊》写了一个报道——《关注东区》（East Side Considerations），其中长篇大论了一个事实："你可以在第五街上上下下走上 10 年，也不会看到一个母亲会在门口的台阶上给刚出生的孩子哺乳，而在莫特街、桑树街或樱桃街，这是常见的一个景致，总是让充满敬意的观察者兴趣盎然。"同时，这些例子可能表明，在 20 世纪 20 年代，美国女性文化发生了转变，原先，平坦的和"装饰性"的胸部是女人的理想，现在，乳房丰腴则成为美女的象征——在贝蒂·格拉布尔（Betty Grable）成功后，流行起来并风靡 50 年代，使过去的一个"少数族裔"标志成为"美国"文化向全球出口的特征。在 20 世纪 40 年代，那些代表这一新理想的女人被冠以"解剖术炸弹"或"性炸弹"的称号。

不同类型的作家之间虽然存在着差别，但还是有充分的相似之处的，从而证明对有社会学倾向的作家如赖特和迪多纳托提的问题是合理的，如果这个世界具有像他们所描述的那样的压迫性和破坏性，那怎么能有人存活下来？对赫斯顿和曼琼的人类学阵营来说：如果族群世界如此奇特美妙，那么究竟为什么他们在自传里所设计的人物和主人公都选择了离开，而不是永远呆在本族的社区？

任何一种观点似乎都既包括肯定又包括否定，偶尔另外一面胜出。例如，赫斯顿对佛罗里达的伊顿维尔黑人小镇如此喜爱，她声称，1907 年她出生在那里（实际上，她 1891 年 1 月 15 日出生在阿拉巴马的诺塔萨尔格），但在《路上尘径》里，有一次她称伊顿维尔为一个"沉闷的村子"，和《称它为睡

第十二章 闹钟、推销员和乳房

眠》里贝莎姨妈对自己的出生地韦尔吉什的看法如出一辙,曼琼意味深长地描写了一个家庭派对的尾声:大人们围坐一起"回忆着西西里",而"小孩儿跳着舞,听着爵士乐"。曼琼也谈及了他"进行改变"的说法以及离开阿莱格罗山的决心——这种离开乐园的描述让人感到怪异。赫斯顿调用了一种"召唤"的说法,而曼琼给出的理由是他要去上大学,这似乎显得并不充分。

*

这个时期的插图强化了小说中不同的趋势。《新群众》(1930 年 5 月)有意地刊出了一幅漫画,把这一时期对黑人生活的不同表现方式并置在一起,那是威廉·西格尔(William Siegel)所作的,分为两部分:"白人资产阶级眼里的黑人"和"白人工人所知道的黑人"。前一形象展现了唱歌、喜剧、爵士乐、赌徒、裸胸的舞者等等,后者展现了劳作、受压迫和私刑的抑郁情景。赖特的第一部小说《阿尔莫斯是个男子汉》(Almos' a Man)由托马斯·哈特·本顿(Thomas Hart Benton)恰如其分地以严肃的公共事业振兴署(WPA)的风格作了插图,内容是消瘦、修长的人物和一头枯瘦的骡子,而赫斯顿让油腔滑调的米格尔·科瓦鲁比亚斯(Miguel Covarrubias)——他获得了《名利场》艺术家的声誉——给她的《骡子和人》作了欢快的插图,这也是一种征候。《老爷》的艺术指导埃里克·伦德格林(Eric Lundgren)用线条画给《混凝土里的救世主》作图,画的是忧郁的工人手执鹤嘴锄走向观者,杰里米奥在坍塌的建筑工地绝望地祷告;1939 年精装本的封皮突出了一把铁锹和一把鹤嘴锄,被一个荆棘扎的花冠和光芒四射的晕环所包围;1962 年的大众市场普及图书收藏版本也为前后封面选择了在纽约的天空衬托下拿着铁锹和鹤嘴锄的工人形象。杰尔·曼琼的《阿莱格罗山》由佩吉·培根(Peggy Bacon)作图,她的图的主体更集中表现了孩子,而不是成人。按照曼琼和培根以及赫斯顿和科瓦鲁比亚斯的例子来看,这种为对家乡黑人族群生活的描述和第二代移民童年时代的族群生活的描叙作的插图艺术类似儿童书籍的插图或轻松、滑稽的漫画。威廉·萨洛扬的《我的名字是阿拉姆》(*My Name is Aram*)也是如此,其中有唐·弗里曼(Don Freeman)作的彩图,而迈克·高尔德的《没有钱的犹太人》里有霍华德·西蒙(Howard Simon)的木刻画。

所有的这类艺术作品无论表现哪一个侧面,都有一个共同的特征,这一特征也是这个时期的很多封面艺术所具有的,那就是与自军械库展以来的现代艺术或 20 世纪 20 年代那般风靡的书籍设计所应用的非洲面具激发的艺术装饰模式相比,它更为现实,而实验性差一些。通过 20 世纪 30 年代和 40 年代少数族裔文学里的插图形象可以看出,似乎现实主义(仅仅被现代主义改颜换貌)业已全力卷土重来。

第十三章 现代主义反对极权主义吗？

从《平凡的美国人自己讲述的人生故事》、《福佑之地》和《地球上的巨人》到《称它为睡眠》、《丛林中的笑声》和《阿莱格罗山》，对于这些**移民**叙述作品和少数族裔叙述作品来说，具有决定性的国际联系是那些把"成长中的美国人"与各个原籍所在的国家或村子联结起来的纽带。对安婷来说，那是波洛茨克，对罗尔瓦格来说是多纳岛，对萨洛扬来说是安纳托利亚东部的比特利斯，对罗斯的大卫来说是韦尔吉什村。在《阿莱格罗山》的最后两章，曼琼回到了母亲的出生地利尔蒙特（Realmonte）（或当地人所称的"Munderialli"），还回到了他父亲在波托·恩培多克勒（Porto Empedocle）的家乡，并到了西西里城阿格里真托邻近的地方。

《回乡记：一个美国移民造访南斯拉夫并发现了他的故国》（*The Native's Return: An American Immigrant Visits Yugoslavia and Discovers His Old Country*, 1934）讲的是路易斯·阿达米克的故事，他利用在辛克莱·刘易斯和 H. L. 门肯帮助下得到的古根海姆奖学金回到了他在斯洛文尼亚的出生地布莱托村（Blato）。他的第一个家似乎比这位移居他乡的人记忆中的小得多，因为现在他有了"对帝国大厦和纽约城中央车站的内心意识"。但是，有些东西也给阿达米克留下了深刻印象："鲜绿的草地"、"大片的有蜜蜂嘤嘤嗡嗡萦绕其间的毛茛和紫色的车轴草"、"繁盛的勿忘草"和"一处大面积的山谷百合"，其数目多于他"在美国 19 年"里所看到的。美国似乎代表了其人造环境的令人叹为观止的规模，而布莱托作为纯自然环境具有怀旧价值，而阿达米克显然两者都珍爱。

对斯泰因、海明威、罗斯和无数的现代主义艺术家、旅外作家和音乐家来说，巴黎作为"艺术之都"起着一个主要作用，它是一个不实施禁酒、可以欣赏爵士乐的城市，而且那里聚集着敢于出版如《尤利西斯》那样作品的出版商。对图默来说，枫丹白露附近的普里耶庄园可能拥有更多的含义，因为它是葛吉夫的"人类和谐发展学院"的国际总部。

一个发端于20世纪20、30年代、尔后迅速发展并在二战到冷战之初年间达到高潮的新兴国际环境出现了，这个环境不仅对个体的作家和作品来说具有某种意义，而且对20世纪的现代主义、少数族裔创作和爵士乐的整个发展历程来说，都有着某种意义。那就是法西斯主义意识形态（源于意大利和德国）和共产主义意识形态（在俄国确立，而后蔓延到东欧、中国和朝鲜）在全球范围内进行的斗争，它吸引美国作家进入了这些新的国际阵营。在那个时期，对一些知识分子来说，这些具有真正的诱惑力，而对其他人来说却是威胁。只有一个政党进行统治，它控制所有其他机构，并要求个人绝对服从，这种政府独裁体制叫做"极权主义"，这个词只在二战后才具有了普遍的贬义，尤其是在汉娜·阿伦特广为人阅读的作品里。

以贝尼托·墨索里尼（Benito Mussolini）的《我的自传》为例，人们可能认为它不完全是一部"美国文学"作品。尽管如此，1928年，它被海明威和菲茨杰拉德的出版商查尔斯·斯克莱布诺之子出版，采用了曾经为美国移民自传作过插图的典型图片，如塞缪尔·锡德尼·麦克卢尔的画作，其范围之广，从一个作者出生地的破旧的房子的形象——瓦拉诺·迪科斯塔（Varano di Costa）的一个小石屋，到一张显示他和一位名人交往的照片，这位名人是意大利国王维克多·伊曼纽尔三世（Victor Emmanuel III）。这本书描绘了一战所起的决定性作用，墨索里尼作士兵时，被一个引燃的手榴弹所伤，经历了"难以形容的苦难"，并经受了"一个月内动27次手术；除了两次之外其余……都没有麻醉剂"。他对战后政治家若无其事地例行公事深恶痛绝，因为他们"忘记了我们60万战死、100万受伤的士兵"。他听起来像是另外一个迷惘的一代的一员。但是，他对他称之为"颓废的野兽"的东西采取了行动，这本书强调说，主人公1922年10月挺进罗马并由此获取政权时，年纪轻轻。墨索里尼也表达了对美国的羡慕之情，"现在处于黄金时代"，羡慕其秩序井然，并赞扬美国人民的"组织感"。他得出如下结论：

> 现在，随着各地积累的财富从各个大陆涌向北美，世界很大一部分注意力应当集中关注这个国家的发展，因为这个国家拥有极具价值的人，其中有真才实学的经济学家，和为一种新科学和一种新文化进行基础规划的学者们。

在墨索里尼的自传里,"美国,这片接纳了我们那么多移民的土地",仍然召唤着"焕发青春的精神"。移民有时会把美国的理想当做是自己童年的梦想在新世界的实现,但是,墨索里尼和移民并不一样,他说明,这种理想也正在法西斯意大利实现着,虽然他关注美国的"朝气蓬勃,因其关系到这个国家的命运和她所维护的日渐茁壮的理想",但他同样关注"意大利的青年,因其关系到法西斯政府的进步。要总是记取年轻的重要性并非易事。保持年轻的精神并非易事"。正如墨索里尼的自传似乎想要表明的那样,法西斯主义也是实现美国理想的一种方式吗?

这似乎是罗马大挺进时美国驻意大利大使理查德·沃什伯恩·蔡尔德的看法,他不仅给书作了序,而且正如前面提到的,他实际上代写了此书,并把它在《星期六晚邮报》上连载。它是一本供美国读者阅读的书,实际上,在法西斯统治的整个时期,此书都没有意大利语版本。顺便提一下,S. S. 麦克卢尔当时也试图在美国兜售墨索里尼,但蔡尔德有更好的关系。蔡尔德把墨索里尼所代表的领导者理想偶像化了,让墨索里尼说出这样的话:"我对我最忠诚的追随者都很严厉。"显然,这在期望博得读者的认可和喝彩。蔡尔德是一个被法西斯主义所迷惑的美国知识分子,他对其如此痴迷,以至于全然忽略了意大利所发生的政治恐怖和压制,他在远离意大利的地方,生活在美国的安全中宣称:"如果说意大利在专制统治之下呻吟,那是荒谬的。意大利因其而欢笑。这是胜利!"

大人物接踵而至地进行宣扬,其中有现代主义大家埃兹拉·庞德,他于1937年在一个纳粹宣传出版物《德国和你》(*Germany and You*)上写了关于"极权主义学识和新学者"("Totalitarian Scholarship and the New Paideuma")的文章——较早地使用了"极权"这个词,而且很明显,这是对这个词具有积极意义的美国用法。庞德在长篇累牍的论述中宣称:"是行动者而不是消极避世的艺术家,发起了向罗马的挺进运动,伴随着这一运动,一个新的历史阶段被揭开了。"他还批评了那些不理解"正在崛起的德国精神"、错误地把"民主和自由的高利贷者的欧洲的终结当做是欧洲种族活力的枯竭"的人。庞德偏执地认为,"犹太人是高利贷盘剥者"的看法由来已久,并在战争年代在法西斯意大利作英语广播宣传,其间,他警告英国和美国听众说,他们正受到犹太人进行的宣传的影响。他还在1941年的广播里说:"聪明的犹太人在操纵我们**所有**的通信体系。"在1942年的广播里,他又发表了反对大屠杀的言论——"杀害渺小的犹太人的老套方式",因为"那种方式没有任何益处"。但他补充说:"当然,如果有人具备点天才,并且能够**自上而下**地发起一场运动,或许会有些支持它的话。"1944年,庞德建议当时已经沦为希特勒保护之下的萨罗共和国的意大利统治者墨索里尼的政府应当支持一批怪异作品的翻译工作，如卡明斯的《我是》(*Emmi*, 1933)，乔伊斯的《尤利西斯》和斯大林的《列宁主义》(*Leninism*, 1928)，在二战即将结束时，他写了正统的法西斯主义诗篇72和73（1987年出版）。这些年来，庞德从始至终似乎认为，法西斯主义思潮是他的"使它为之一新"的美国座右铭的一个翻版。和蔡尔德一样，他公然认为，墨索里尼是会实现美国的理想的政治领导者——对庞德来说，尤其墨索里尼会实现杰斐逊的计划，他在《杰斐逊和/或墨索里尼》(*Jefferson and/or Mussolini*) 里是这样说的。他把这本书交给英国法西斯主义者联盟来出版，T. S. 艾略特（在写给庞德的信里称这本书为"杰夫和墨特"）(Jeff & Mutt) 试图对其进行评价。1936年，这本书在美国由迈克·高尔德和让·图默的出版商霍拉斯·利弗莱特出版面世。庞德在《杰斐逊和/或墨索里尼》里发现，"这两个人之间最根本的相似之处很可能大于其差别"，"杰斐逊、昆西·亚当斯、老约翰·亚当斯、约翰逊、范·布伦的遗产承继在此，现在就在法西斯统治的第二个十年开始时的意大利半岛，而不在马萨诸塞或特拉华"。

在这个时期的其他美国作家之中，托马斯·沃尔夫也对纳粹德国抱有同情心，并参加了1936年在柏林举办的奥运会。在珍珠港事件之前，佐拉·尼尔·赫斯顿的《路上尘径》原稿里的一些章节，在后来1942年出版时，根据出版商的建议被删除了，其中的结论部分"真实地看待这个世界"所表达的对日本和希特勒的看法令人惊诧。"我们西方人"，赫斯顿对日本侵略中国的残暴行径评论说，"谱写了关于让整个半球处于我们的羽翼庇护之下的歌。现在，日本人在整个亚洲正吟唱我们的歌"。她以同样的冷嘲热讽对纳粹在二战之初发起的军事战役评论道：

> 在我四周，悲伤的眼泪比比皆是，在为荷兰、比利时、法国和英国的命运而流淌。我必须承认，我的眼睛有些干。我听人们说，一想到德国在荷兰收敛赋税就不寒而栗。我从没听人只字提到反对荷兰在亚洲收取穷人工资的1/12的税。希特勒的罪恶实际上只是他在对其一丘之貉那样做。

这段文字写于1941年，似乎不是一个对少数族裔问题感兴趣的作家很有见地的评论，其小说《凝望上帝》1938年由反法西斯主义者、都灵知识分子、皮埃罗·戈贝蒂（Piero Gobetti）的遗孀阿达·普罗斯佩罗（Ada Prospero）翻译成意大利语，她的丈夫被法西斯政府逮捕，并被折磨至死。有讽刺

少数族裔现代主义

意味的是，在赫斯顿出版的自传封底上，爱国主义者赫斯顿在为美国战争债券做广告。

格特鲁德·斯泰因受到她的法语翻译兼朋友伯纳德·费伊（Bernard Fay）"鼓励"，去翻译马歇尔·贝当（Marshal Pétain）的演讲，伯纳德是维希政权下国家图书馆的馆长、火十字团①成员，曾编辑过反共济会评论和反闪族评论。斯泰因以一种有趣的直译方法进行翻译，她以对马歇尔·贝当（一个庞德亲昵地称为"奥尔·皮特·贝当"的人）的描写引出了他的演讲，把他描绘成一个历史人物，"像乔治·华盛顿，他很像乔治·华盛顿，因为他在战争中和在和平时期都冲锋陷阵，首当其冲，功勋卓著，在国民的心里占据首要位置，像乔治·华盛顿一样，在他们最为黑暗的时刻，他给了他们以勇气"。斯泰因在被占领地法国度过了战争年代，据说，她也推举希特勒为诺贝尔奖获得者。

对比之下，W. E. B. 杜波伊斯的眼光敏锐。1936年，他对纳粹德国进行了五个月的造访，并在一个黑人周刊《匹斯堡信使》上发表论文，指出纳粹政策里有一个不可或缺的组成部分，它"现在和以前一样显著，或许其显著程度会与日俱增，那就是针对犹太人的世界战争。其证据是无可非议的，而且这肯定会慰藉世界上所有那些依赖种族憎恶来拯救人们的人"。他敏锐地注意到了宣传的力量，宣传是第一次世界大战中"最伟大的唯一发明"，它确实让人民群众相信了它所宣扬的东西：

> 世界上的任何一种不幸都被全部地或部分地归咎于犹太人——西班牙叛乱、世界贸易壁垒，等等。人们从报纸上找到了例子：犹太人因和德国女人发生性关系而被监禁；一场婚姻不被接受，因为一个证人是犹太治安官；共济会成员不许在国家社会主义党办公室里任职，因为犹太人是共济会成员；广告排斥犹太人；所有犹太人被完全剥夺选举权；被剥夺民权，不能保留或成为德国公民；有限的受教育权以及在贸易、专业和行政事务领域极有限的工作权利；任何一个和犹太人做生意的德国人面临抵制货物、失业，甚至是暴力的威胁；最重要的是，尤利乌斯·施特赖歇尔（Julius Streicher）的［《风暴》］发行没有中断过，它是世界上、包括佛罗里达在内的最卑鄙无耻的、谎言满篇的种族怨恨的倡导者。

---

① 火十字团（Croix de Feux），又称"战斗十字团"，法国法西斯政党，1927年成立。其初为退伍军人组织，无政纲；1931年起，在拉罗克领导下，开始鼓吹建立个人独裁，反对议会制度，逐渐成为法西斯组织。——译注

第十三章 现代主义反对极权主义吗？

不征得希特勒的同意，它一份也不能卖出。

杜波伊斯就这样着重揭露了国家社会主义者反闪族的种族主义倾向，同时他也提醒读者，本国内存在反黑人的种族主义。他强调，自己作为一个有色人，在纳粹德国曾受到"始终如一的殷勤而周到的待遇"，并补充说："要是在美国的任何一个地方我要呆同样长的一段时间，如果不是频繁受到人身攻击或歧视，也会碰到这样的一些情况。在这儿，我没碰到这种情况，哪怕是一例。"

美国知识分子广泛受到共产主义的吸引，并且学者对此进行了深入研究，杜波伊斯在晚年也屈从于共产主义的诱惑。共产主义带来的诱惑源自人们对马克思主义的兴趣，这种兴趣普遍存在于少数族裔知识分子当中和其他许多对资本主义制度下的不平等愤愤不平的人中，尤其在美国经济大萧条时期，这是可以理解的。共产主义也似乎提供了一个比资本主义民主更为强大的法西斯主义的替代物——至少到 1939 年斯大林与希特勒达成协议前。这种吸引力不仅在早期以托洛茨基为象征的革命年代很强大，因为当时新生的苏联似乎是各种现代主义艺术家的政治家园，白人至上主义和客观主义成为一种类似国家艺术的东西；这种吸引力还延续到、并且对一些人来说贯穿了斯大林统治时期的始终，那个年代有残暴的政治压迫，富农遭到清理，还有臭名昭著的公开审讯，迫害了许多知识分子和艺术家。例如，在迈拉·佩奇（Myra Page）的小说《莫斯科的美国人》（*Moscow Yankee*, 1935）里，一个幼稚得令人难以置信、似乎不真正属于工人阶级的美国人安迪去了俄国，成为了一个同样令人难以相信的"新苏联人"，同时小说对人类为集体化和斯大林五年计划付出的代价视而不见，并在书的结尾对其大加赞扬。仅在 1931 年至 1933 年间，苏联的死亡人数估计大约有 700 万。共产主义、斯大林主义、20 世纪的美国主义真是像美国共产主义者厄尔·白劳德（Earl Browder）的人民阵线口号所宣扬的那样吗？

有相当一部分美国知识分子那样认为。在这本书里被引用过的或被讨论过的作家当中，迈克·高尔德在共产党发生意识体系转变的过程中始终对其忠贞不渝，在苏联异常黑暗的时期，亨利·罗斯和理查德·赖特对它依然保持着满腔热忱。说明问题的是，罗斯提到，苏联是他"珍爱的祖国"，在《我的同情心所系》（*Where My Sympathy Lies*, 1937）的声明里，他公开宽恕了斯大林的公开审讯，因为他感到所有被告都"供认了他们的罪行"。罗斯补充说："我和赫斯特新闻社①都一致认为，这些人并没有被施以催眠术或神秘的麻醉术；因此，我认为，他们是有罪的，他们自己也承认了。"在 1939 年 8 月，希特勒和斯大林签订了公约，要分割波兰，把波罗的海国家割让给斯大林，从而为发起第二次世界大战埋下了隐患，在希特勒—斯大林公约签订之际，理查德·赖特写了一篇未发表的标题为"还有人留守"（There are still men left）的短文，他在文中坦言："我在这个世界所经历的最有意义的时刻或是在于我试图改变人们生活中的极限，或是在于满怀**同情**地观望着其他人做同样的努力。基于这个原因，我是一名真正的共产主义者……共产主义对我来说是一种生活方式，……一种不同寻常的生存方式。"这不是一个涉及共产党的立场对错的问题，因为赖特在括号里附带说明："（有时，在多数人都抵触它时，我感到自己为它所深深吸引——也就是，例如，在苏维埃共和国和纳粹德国签订协约时。）"赖特得出结论说："他们并非惯于寻求安逸、安全、**个人**幸福、平等的人，而是惯于寻求意义，感知并了解最具体的意思和字面意思。"在此，他不仅含蓄地谈及了共产主义者，而且提及了纳粹分子。这些信念接近于一种宗教体验的高度和强度，在他离开共产党，和伊格纳齐奥·西洛尼（Ignazio Silone）、亚瑟·凯斯特勒（Arthur Koestler）一起参与了收集理查德·克罗斯曼（Richard Crossman）编辑的《失败的上帝》（*The God That Failed*, 1949）的证据之时，这点就很清楚了。海明威在这一运动之初表现出左倾反法西斯主义立场，而西班牙内战的经历让他开始反对斯大林主义，而且他从未在任何作品或信件里对纳粹—苏联协约做任何评论。

在这里，既不是要以后见之明把文化参与者理想化，也不是以后见之明诋毁文化参与者，而是要展示独裁专制运动给现代美国作家和知识分子所带来的吸引力和挑战。也不应当忘记，"极权主义"这个词倾向于把各种法西斯体系和社会主义体系之间的区别，即法西斯主义和共产主义之间的区别弄得模糊不清。法西斯主义常常通过非常现代的手段似乎重建并夸大了一些受到现代性的挑战、一战中似乎已经瓦解了的权威的传统形式；纳粹体系把"种族"置于其秩序观念的中心。它是一场把权力美化的运动，把它展示为由新的广播方式、带有声道的新闻短片和宣传电影所再现并夸大的宏观场面。法西斯主义符合了一些作家"前瞻性怀旧"的矛盾需要，顺应了一种具有军事特征的秩序和民族同一性的混合，一种仪式和"根基"的混合。共产主义

---

① 赫斯特新闻社（Hearst press），美国著名新闻媒体，其创始人威廉·兰道夫·赫斯特（William Randolph Hearst, 1863—1951）为美国编辑、出版家和政治领袖，创立了美国最大的报纸连锁网。——译注

——同样擅长于利用现代的说服技巧——让"阶级"成为对人进行分类的中心范畴,并许诺践行在法国大革命中已经确立的平等主义理想。在1929年全球经济危机之后的萧条年代,这一理想极其需要复兴。无论它们多么迥异,共产主义革命和法西斯革命都突出表现了青年的形象,因而会迎合一个总是强调青春活力和新奇制胜、强调新的开端的重要性的文化口味。只需想一想《平凡的美国人自己讲述的人生故事》里李秋的祖父对美国人作出的结论:"总是用新东西取代旧东西,真是对先辈不尊。"

现今已经老朽作古的民主政治体系曾在安婷一战时期的作品里被颂扬过,但自此以后,它没有吸引人们多少深切的文化热情,又怎么能像与之对抗有加的年轻的主义们一样,变得那么有吸引力呢?冷酷强悍的漠然态度与追求民主根本是两码事:比如,意裔美国作家约翰·范特1940年写给他的编辑说:"他们可以把这个等级分类泛滥的文明撕扯得四分五裂,他们可以奉行他们的法西斯主义、纳粹主义、布尔什维克主义和民主。我要一手打字,另一只手抠鼻孔。这有些慢,不太方便,但无论如何这会是伟大的创作。"在其他信件里,范特采取了一种享乐主义或自私自利的腔调,把自己描述成一个既不提倡共产主义也不倡导资本主义的人,而是他称为"阴蒂主义"(Clitorism)的提倡者。他坦率地写道:"我在贫困之中发现,唯一的威胁是我不能进行足够的性交。"范特还认为:"意大利人仓促参战,这会在美国这个国家里引起意裔美国人的极大兴趣,因此,我向你保证[范特的小说]《劣质红酒》(*Dago Red*)会大获成功。"战争只可能为这位少数族裔作家的行当带来好处,并不强迫他选择站在任何一方。

然而,或许正是强硬的海明威式的黑色电影风格在美国构成了一种魅力,而这种魅力恰是国外极权主义领导者所具有的。范特常常运用这一风格,但他也在《我们攫取了一个弱者》(*We Snatch A Frail*, 1936)里公然对其进行讽刺,说它是"考德威尔—海明威—奥哈拉派的拙劣作家"创作的滑稽荒谬作品的风格。由于缺乏一种被热情推崇、令人信服的民主文学,黑色电影风格能够获得一种民主意义,最终也能够成为以民主界定自己、进行民主宣传的基础。它的情节通常围绕不问政治、说话强硬但本质上心存正义的存在主义的独来独往的人物展开,最后,他们为了获得民主,被迫采取政治行动,因为他们的对手险恶,热切渴望实现统治全球的野心。迈克尔·柯蒂兹(Michael Curtiz)的电影《卡萨布兰卡》(*Casablanca*, 1942)只不过是让存在主义者采取民主行动的最有名的例子。

在和极权主义的对抗中,个人主义作为美国资本主义民主的真正本质发出了更加尖刻、更加极端的呼声。在移民作家中,或许艾恩·兰德(Ayn

Rand)是和俄国共产主义的敌对最为强烈的作家,她于 1905 年出生在圣彼得堡,原名为阿利萨·季诺维也夫娜·罗森鲍姆(Alissa Zinovievna Rosenbaum),1926 年离开苏联到美国。她出版了一部自传性质的小说《我们活着的人》(We the Living,1936),在这部小说中,她把个人主义理想化,并首次把它发展成为自由的思想体系。她的小说的背景是共产主义俄国,展现了年轻的个人主义者基拉·阿古诺娃(Kira Argounova)的经历,在一个国家上下充满恐怖、实行集体主义的阴郁世界里,她被卷入了一场政治三角恋爱。小说里散布着政治标题和共产党的口号。1958 年此书被再次发行时,兰德强调说,这"不是关于 1925 年的苏维埃俄国的故事",而是关于"独裁专政的,是任何地方、任何时候的任何独裁专政,无论是苏维埃俄国还是纳粹德国,这部小说可能为阻止一个社会主义美国的建立作出了贡献"。兰德也从文体方面对《我们活着的人》作了修改,纠正了"尴尬或令人疑惑不解的笔误",那是"一种在使用英语时特有的犹疑不定,反映了不再用俄语思维、却也没有完全用英语思维的心理过渡阶段"的标志。

兰德最有名的小说《源头》(The Fountainhead,1943)赞颂了理想主义的现代主义大师霍华德·罗克(Howard Roark)所提倡的极端的、反利他主义的个人自由,罗克公然藐视占主导地位的传统和平庸无奇的准则,最终决定捣毁他亲手设计的大厦,而不妥协。罗克显然受到弗兰克·劳埃德·赖特(Frank Lloyd Wright)的影响。这部小说 1949 年被金·维多(King Vidor)拍成电影,加里·库珀(Gary Cooper)担任主演,这让兰德获得了国家知名度,她的作品一直吸引着读者,他们可能并不担心对强大个人的极端认可与法西斯主义的高于并超越大众准则的超人理想有某些共同之处。虽然兰德把英勇的个人作为解决极权主义问题的答案,但是与其说《源头》体现了民主理想,不如说是表达了对传统及其关心它们的人的轻蔑。

在受到威胁时,提升士气、践行民主理想的另一个可能性,那就是"美国梦"的观念,安婷在《福佑之地》里展现了它,在大萧条时期,它被提到的次数激增。迈克尔·福斯特(Michael Foster)的小说《美国梦》(American Dream,1937)让这个词流行起来;小说的主人公谢尔比·斯罗尔(Shelby Thrall)最后接受并界定了叙事者所称的"那个古怪的词'美国梦'"。"谢尔比突然看到这个梦确实存在,在被强取豪夺者和支持者统治和破坏的血腥世纪里,它始终存在;它会永远存在,总是有少数人,有时是一个国家,从大屠杀、毁灭性行为和荒唐蠢行中看到它。因为它不仅仅是美国梦——它是人类亘古的信仰,终会有一天,在某个地方,人类会站在旧世界和过去的自我的废墟上,沐浴在星光之下。终会有一天,人类生活会在正义之中,凡事都会被秉公处理。还有温存。还有真理。"

迈克尔·福斯特讲述的故事是一个典型的美国故事；但是，在移民作品里，"美国梦"也尤其盛行，因为在两次世界大战期间到来的移民对不同的政治体系进行对比，产生了新理解，他们带着这种新的认识去赞赏美国的民主。路易斯·阿达米克复兴了安婷形成的传统，让人们关注移民故事，因为它可能是美国梦得以实现的完美体现，从而有助于拓宽"美国的"这个词的词义，使其更加包罗万象，进而赋予美国民主一层新的多民族意义。安婷作出了如是论述，来遏制20世纪初掀起的本土主义浪潮，而阿达米克是在20世纪30年代和40年代反对法西斯主义的背景下把它进一步展开的；并且他还前瞻性地发现了民族多样性背景下美国民主的核心价值。移民阿达米克的作品沿袭了安婷的传统，书名为《我的美国》（1938），在"爱丽斯岛和普利茅斯岩石"（"Ellis Island and Plymouth Rock"）这部分，以及在给数以百计的听众所作的讲座里，他欣然写道，美国人必须

> 向着过去的老美国和新美国在理智与情感上的结合而努力；向着"五月花号"和三等船舱的结合而努力；向着新英格兰的荒野与社会经济中丛生的城市贫民窟和工厂的结合努力；向着自由钟①与自由女神像的结合努力；古老的美国梦需要有移民看到自由女神像时的情感的点缀。两者必须合二为一，融为一体。

阿达米克希望能有一部大型百科辞典被编撰出来，来描写惠特曼提出的"众国之国"所指的令人振奋的民族多样性，他把这个短语用作了1945年出版的一本书的标题。对阿达米克来说，实现美国梦意味着承认并珍重这个国度正在分化出来的多种源起以及延续着的文化多样性。他的期刊《共同立场》着重表现出了民族多样性，撰稿者中有玛丽·安婷和佐拉·尼尔·赫斯顿，她们对他的杂志大肆吹捧。此外，1941年，杂志刊载了一篇文章，说范特是一个真正的美国作家——这是把他和威尔·罗杰斯（Will Rogers）作比较的妙语，还有范特的一篇文章，是关于他的亚美尼亚裔美国朋友威廉·萨洛扬的。阿达米克在其刻意命名为《来自多方水土》（From Many Lands, 1940）的书里提出，他希望土生土长的美国人和古老家族的美国人在谈到"美国人"时要考虑到更大程度的多样性，并且批评新来乍到者未能足够快地采用"美国人"这个词："我发现多数刚到美国的人说到'我们'的时候，意思并不

---

① 自由钟，在费城，美国宣告独立时曾鸣此钟。——译注

是'我们美国人'或'我们这些镇上的人',而是'我们住在这个区域的人,具有波兰裔或亚美尼亚裔出身或背景'。他们说'美国人'时,并不指他们自己。"已经变得很清楚的是,移民现象导致了人称代词的混乱使用;阿达米克想让移民在听到"美国人"这个词时有资格认为这是在指"我们"。

在为了战争而进行的对国民性格的研究中,人类学家玛格丽特·米德在研究成果《养精蓄锐做好准备》(*And Keep Your Powder Dry*, 1942)里,站在相反的角度要求所有美国人,不管是普通美国人,还是"古老家族",都把自己看做移民,因为"无论我们实际可能吹嘘在这个国家有多少代人",她解释说,"我们都是第三代"。因此,虽然她没有直接引用伯恩的话,但她还是站在一战以来他所持有的普遍主义者立场,敦促美国人在听到"移民"这个词时想到"我们"。

有一个人毫不犹豫地采用了"美国人"这个词,并在这个时期的一部移民自传里为证明"美国梦"观念的存在提供了一个的鲜明例子,那就是萨勒姆·里兹克。他的小说《叙利亚美国佬》(*Syrian Yankee*, 1943)讲述的是一个说阿拉伯语的黎巴嫩男孩在12岁的时候发现,他实际上能够(通过他的母亲)获得美国公民身份。有一章的标题是"通往天堂的护照",表明了他对这一发现的感受,通过他的老师的叙述,萨勒姆的脑海里浮现出了美国的景象:"……希望之地……和平之地……令人心满意足之地……自由之地……博爱之地……富足之地……在那里上帝倾倒财富……在那里,人们的梦想成真……在那里,所有的东西都要比世界上任何其他地方的东西要宏大、壮观、美丽……"诸如此类。

里兹克作品下一章的标题是"我的梦想之地"。即使对他来说,这一章也像是一个神话故事,虽然他说:"但是,我想相信所有的这一切,我必须得相信,而且我确实做到了。"里兹克最后得到了护照,实现了他的美国梦。然而,只是在他返回贫困的祖国之后,这个梦才得到完全的肯定。途中,在法西斯意大利他差点被捕,不得不和上百个犹太难民一起乘坐一条由纳粹德国开往巴勒斯坦的船,现在他清楚,大萧条时期美国的"尽管情况很糟","但形势比欧洲好得多,就此而言,或许比世界上任何地方都好得多"。里兹克发现,他对美国涌起的新的情感绝不仅仅是一种爱国情怀:

> 因为我有一个不可抗拒的愿望,整个世界能够分享所有的一切;希望我新近在叙利亚所拜访的那些善良的、为贫困所纠缠的人和那些曾经渴望、甚至那么可怜兮兮地乞求到达美国的人能拥有这样的一片土地,并生活在其上;遭到放逐的犹太人回到巴勒斯坦贫瘠、多石的山脊上后,

第十三章 现代主义反对极权主义吗？

可能已经找到了这样如此丰富的资源，可能呼吸到了这般没有憎恨和恐惧的空气，能够受到欢迎——是的，受到温暖和激动人心的欢迎，就像我们自己的自由女神像上镌刻着的、写给旧世界群集而至的众人们的话语那样。

如果萨勒姆·里兹克不公然反对极权主义的威胁，他在战时对美国梦的表达是不会完整的。既然"种族偏见、贫困、失业、不满、对民主的失望"在美国也可能存在，他把警示美国人这个由仇恨和褊狭构成的组织可能会带来的邪恶看做为自己的任务：

> 墨索里尼吹捧法西斯主义能解决贫困问题，这让某些美国人听得心悦诚服。在我的一些朋友看来，希特勒虐待犹太人自在情理之中。还有一些人，尤其是幻灭的年轻人为斯大林政府任意拘捕、屠杀和制造饥困的行径而喝彩，认为这是未来把人类从任意拘捕、屠杀和饥困的邪恶中解脱出来的途径。

522

美国梦，对于像里兹克一样的移民和其他许多开始理解法西斯主义和斯大林主义的人来说，是一个充满希望和前途的选择。

杰尔·曼琼的《阿莱格罗山》表现出来的意识形态不太强烈，但也强调了移民后代在长大成人后"回到"现在受法西斯主义统治的祖国，并因这种政治变动而化解了他对族裔根基怀有的任何矛盾情感，从而更倾向于他父母所归化的民主国度。在书的结尾，叙事者一心想着离开西西里，回到罗彻斯特，似乎他在再次演绎父母移居他乡的往事，并且附加上了逃离法西斯主义的正当理由："我开始感到孤独、想念美国，我想着再返家园是多么美好的事情。"

在亨利·罗斯所展现的大卫·谢尔勒于 1911 年至 1913 年间在下东区度过的童年时代中，人们通过琐碎却富有表现力的细节感受到了 20 世纪 30 年代早期的政治局势，那正值小说被撰写之时。罗斯公开宣称，《称它为睡眠》"违背了东区"在 20 世纪头 10 年中的"真实情况"，而把它描写成一个"环境的蒙太奇"，明确表示出以希特勒为缩影的反闪族主义的兴起影响到了大卫·谢尔勒，从而有了他向有反闪族倾向的男孩佩迪和威塞尔否认其犹太身份的场景。高尔德在 1935 年版的《没有钱的犹太人》的新前言里引述了一个朋友的话，这位朋友听到纳粹分子在看到这本书时歇斯底里地笑起来，因为他们简直不能相信会有哪个"犹太人没有钱"。

阿达米克的《回乡记》谈及了墨索里尼把在一战结束时接收的南斯拉夫国家的一些地区强行意大利化，并禁止使用斯洛文尼亚语。他发现，机会主义统治者铤而走险，挑拨离间，让不同的政党领导之间相互对立："塞尔维亚人和克罗地亚人对立，克罗地亚人和塞尔维亚人对立，斯洛文尼亚人和这两者对立，穆斯林和正统基督教徒对立，后者和天主教徒对立。"他用斜体字给美国读者得出了结论：对巴尔干岛实行的政策"产生了一种精神，在这种精神的控制之下，各种族裔群体和宗教群体变得更加关注其差别，而不是其相似之处"。这是对多民族间民主团结的间接呼吁，以此来找到一个"共同立场"。阿达米克深信美国移民承担着民主义务，以至于他在《双向通道》(*Two-Way Passage*, 1941) 里提议，来自欧洲的美国移民应当回到他们各自的祖国，在那里帮助建立起民主制度，对欧洲人进行民主教育。但是，阿达米克也对共产主义抱有很高的期望值，认为它能够解决巴尔干人和整个东欧的问题；在二战前，他满怀希望地认为，一场新的战争会给这个地区同时带来一些积极变动，虽然"上百万人可能死于其中"。"现在，我看出，要拯救南斯拉夫人民以及那个地方的其他落后小国，显然不可避免地要走俄国指明的道路"。战后，他支持铁托①（他和他通过一次信，后者授予阿达米克南斯拉夫国家团结奖章），反对斯大林；1951年，阿达米克死在新泽西的家中，死因可疑。

和极权主义进行的各种形式的文化对峙有助于把美国民主重新界定为极权主义的对立面。美国梦可能仍然不完整，但这种新的真知灼见似乎认为，这个梦注定会在多民族的、非极权主义的美国实现，而不是任何其他地方；在马萨诸塞和特拉华实现，而不是在罗马、柏林或莫斯科。美国文化被看做是生机勃勃的，因为它是民主的文化、过程的文化、流动的文化和富足的文化。

根据约翰·考恩霍文（John Kouwenhoven）的说法，一个美国人（在1869年）"发明了口香糖，而且就是美国人把它推广——按照这个动词的全部意义——至全世界。一种不能吃的糖果，其唯一的诱惑就是咀嚼它的过程"。口香糖也可以是圣餐的世俗等同物，因而图默早年的诗《口香糖》（约在1920年）把一个基督教的宣传栏和广告并置："嚼白箭口香糖/在/每顿饭后/它让你感觉爽。"也正是在一个看重过程而并非"一个封闭的体系"的文

---

① 铁托（Tito），南斯拉夫政治家，在二战期间领导抵抗纳粹占领的斗争，并带领人民摆脱苏联控制取得独立（1948年），最终成为总统。作为总统（1953—1980年），他在外交事务上推行一种保持中立的共产主义政策。——译注

化里，有热衷于即兴演奏法的爵士乐的出现，随心所欲的摩天大楼，有把部件组装成一个整体的有序的生产装配线，还有有着自己的美学依据的肥皂剧。20 世纪 30 年代和 40 年代发生的变化对美国人理解自我以及自此以后美国向国外展示出的形象有着深刻的影响。

然而，也存在着一些相当明显的矛盾。移民在玛格丽特·米德的笔下变成了典型的美国人，米德也想激发"每一个年轻人的热情和投入"来抵制"法西斯主义的组织者"的诱惑，但 20 世纪 20 年代实施的限制移民的立法在这个时期的大部分时间里仍然发挥着其全部的效力，把绝望的难民拒之于美国大门外。由于后珍珠港战时思维逻辑支持路易斯·阿达米克的做法，即把美国想象成移民之国，让爱玛·拉扎勒斯把自由女神像看做是对移民的欢迎的观点和让玛丽·安婷把埃利斯岛解释为普利茅斯岩石的别名的做法占据统治地位，因此日裔美国人被叫做"非外国日本人"，把他们拘禁起来，虽然他们有美国公民身份。

在二战时期，西海岸 12 万日裔美国人被拘留起来，这是罗斯福实施 9066 号行政法令的结果，因为只有在珍珠港遭到袭击的惊慌气氛中，才有可能完全根据其族裔背景强制重新安置并拘禁那么多人。赛马场和运动场成了暂时的中心；然后，在西南部偏僻的地区建造了集中营。20 世纪 40 年代的许多让人经久不忘的文学作品就是在这种创伤经历情况下被创作出来的。战争安置局提供了油印机，九个营地有时事通讯和报纸，其中许多都载有文学作品。例如，敏雄森俊夫（Toshio Mori）就为《犹他时报》撰稿。有代表性的一篇发表于 1943 年，标题简简单单，是《一个短篇故事》（"A Sketch"）。它低调地呈现了两个人关于在营地周围筑起一道围栏的对话。一个问："围栏有什么用？我们又不会逃跑。"另一个静静地回答："有两种看待它的方式。它可能限制了你的出行，但它也保护你。难道你不认为它也是用于起保护作用的吗？举例子来说，假设我们要开设一个饲养家禽的农场。狼群就在附近出没，这些动物需要保护。说不准什么时候围栏就派上用场了。"他继续说："我们都有围栏——从内而外。围栏是我们能力有限的象征。还有一点，朋友，我们内心也有自己筑起的围栏，它阻碍我们理解事物并和他人合作。"因而，对围栏的这一评论是和用以证明它们的合理性有些荒谬的草原狼故事同时表达出来的。在战争结束后，大久保峰（Miné Okubo）即刻发表了《公民 13660》（Citizen 13660，1946），里面有插图。作品描绘了她的拘禁生活，这种生活始于旧金山附近坦福朗（Tanforan）的圣塔安妮塔跑马场（Santa Anita Racetrack），她被分到了 16 号马厩的第 50 隔间。

间接性和轻描淡写是山本久枝的写作特征。她出生在加利福尼亚，在快要21岁时，被带到了亚利桑那州的玻士顿；她开始在玻士顿《纪事》（*Chronicle*）上发表作品。她的第一部作品是一个系列侦探故事，发生在"被疏散者乘坐的火车的最后一节车厢上"，"去往玻士顿的死亡火车之旅"。通过一个神秘谋杀案件，读者从欧申维尔（Oceanville）的小东京（Little Tokyo）那儿得知了被疏散者的感情；最初的谋杀案得以破解，但和帕特纪（Pat Nori）的认识相比，这似乎显得不太重要；她认识到"由于疏散已成为了现实，她的生活多少有了些梦幻色彩"。战后，山本回到了营地生活的主题，作为平和而又充满激情故事的背景。

《笹川原小姐的传奇故事》（"The Legend of Miss Sasagawara"，《凯尼恩评论》，1950）是一个展现一位现代主义艺术家在拘留营地的命运的有趣尝试。故事的第一句话似乎想当然地认为读者理解故事背景："甚至在那个难以想象、充满风沙和酷热的地方，也很容易把笹川原小姐想象成某个芭蕾舞剧里的装饰。"这个地方的确切意思慢慢成为焦点：33街区，"这个亚利桑那的日本人疏散营"；或关于笹川原小姐和她的父亲的故事："他们住在这个街区孤单单、空荡荡的营房的一头，这些营房还没有被分隔成惯常的四个房间。"第一人称叙事者是一个女侍者，而女主人公拒绝像正常人一样行动，她一直是个神秘人物，只是从其他人对她的反应里折射出她是什么样的人；他们倾向于认为她是个疯子。直到后来叙事者才发现，玛丽·笹川原写的一首诗竟然发表在一个诗刊上。"这真是绝了，扑朔迷离，才华横溢，初读起来，给人一种撩拨人的朦胧。"

在山本的故事《米子的地震》（"Yoneko's Earthquake"，1951）里，还有一位极其敏感的被拘留女性，随着伴随一场地震而到来的危机，她对这一经历感到恐怖：

> 其他人很快就调整好心态，以哲学的角度来审视这一灾难，说他们生活在农村的危险小于城市，这是多么幸运，甚至把这个时期当做一种远离工作的休假，把露天生活看做是一种野营旅行。他们试着说服米子接受这个乐观的看法，但是，随着每一次地面震动，她都禁不住战栗，把他们看成是拒绝面对现实的梦中人。

日裔美国人的处境极端恶劣，他们后来要求总统致歉，甚至要求政府补偿，这实属罕见。许多其他族裔群体也相互对立，使形成"共同立场"的和谐融洽的梦想难以实现。例如，1938年的一项调查表明，多数美国人认为犹太人在纳粹德国的遭遇至少要部分归咎于他们自身。非裔美国人报刊《匹斯堡信使》1936年警告读者说,许多意大利裔美国人暗中同情墨索里尼,是法西斯主义分子。许多意裔美国人和德裔美国人在战争期间也遭到了拘禁。胜利唱片公司和美军(无线电)通信网开始采用轻快的、节奏强劲的爵士乐——有黑人演奏的,也有白人演奏的——好像它是国家音乐,而与此同时,种族隔离仍是美国主导的种族模式:一半以上的州禁止异族通婚,在奴隶制废止75年后的当时,仍然严格限制黑人投票。威廉·加德纳·史密斯的小说《最后的征服者》(*The Last of the Conquerors*,1948)集中表现了黑人 G. I. 道肯斯(G. I. Dawkins)和德国女人伊尔斯(Ilse)的爱情故事,一个德国人说他在弗吉尼亚被俘时,看守德国白人的美国黑人士兵不允许和德国人在同一个饭店吃饭。在以民主的名义、为反对种族主义和法西斯分子独裁而战的二战期间,美国红十字会的血库给为民主而战的黑人士兵运送来与白人分开的血液,这项医疗政策荒诞不经地从字面意思来解释"黑人"血液和"白人"血液的暗喻,而图默曾那么令人难忘地对那个暗喻进行质问。"希特勒几乎不能有更多的奢望了",兰斯顿·休斯说,因为红十字会已经"在后方挫败了1300万黑人,其种族政策[是]对美国黑人士气的迎头一击"。理查德·赖特引用战争时期血库分别盛放黑人和白人血液的事实,作为他1946年离开美国在法国永久定居下来的原因。诸如此类的矛盾事件导致了战役的"双重胜利"(国内和国外),少数族裔知识分子(如杜波伊斯)指摘美国虚伪盛行,为美国种族关系发生翻天覆地的变化提供了契机,这一变化以1954年布朗诉教育局事件为发端,以20世纪60年代以种族为基础进行限制移民的行动的结束而告终。

戴尔莫·舒瓦茨的短篇小说《辛酸的闹剧》(*A Bitter Farce*,《凯尼恩评论》,1946)惟妙惟肖地展示了二战期间教学领域里发生的一些具有讽刺意义的事件,这些问题让种族问题和国家团结问题变得复杂。故事发生在1943年。一个年轻的犹太教师给一群海军学员——其中有些参加过太平洋战争——和一班女生教授英语写作。这些男孩好多是南方人,和他们的老师谈论时事、秘密武器、希特勒、底特律的种族暴乱,诸如此类,但出现了最棘手的问题,一个学生突然问老师:"你会和一个黑人女人结婚吗?"费希(Fish)先生想回答"他会和任何他与之做爱的女人结婚,因为要不然他的孩子可能会是私生子",希望这一回答能"产生幽默感,并触动他们当中一些人的记忆"。但他想到,要在课堂上提到性交,可能会招致学生会意的嗤笑,他琢磨着该如何回答。肯定的回答会让他失去学生对他的信任;但说不会则意味着他赞同他们认为社会不平等的看法。他说自己没有机会去结识任何黑人,回避了这个问题,尔后,最终作出回答,虽然他显得很冷静,"他的内心却突然充满了恐惧,并不住地颤抖":"我不会和一个黑人女人结婚,……但是,有很多白人女人我也不会和她们结婚,其原因和我不会和一个黑人女人结婚的理由是相同的。因而,这不是一个对黑人的种族歧视的问题。"虽然他的回答巧妙地应付了这个问题,他意识到他的学生肯定认为,他的回答意为他"不会和白人女人结婚,也不会和黑人女人结婚,因为他是个犹太人"。

在教"矜持的、有礼貌的、驯顺的"女孩们时,氛围则不同。费希发现,和单个学生交谈富有成效,一个金发、蓝眼的学生给了他一份有关三个女孩对如下问题进行讨论的记录:"如果你必须和他们中一个人结婚,你会选择哪一个,中国人、犹太人还是黑人?"存心问这样的问题重申了人们熟知的种族观念,如"犹太人不择手段谋到好的职位、骗到钱",这致使两个女孩选择了中国人——美国的战争同盟。费希对此如此诧异,以至于他选择只谈论形式上的问题,正如他在海军班上试图做的一样,他说:"我们最好回到分号和逗号使用的区别上。可能……少一个逗号会置一个人于死地——",结果,他的话被打断了。于是,他在表扬了这个女孩从自身情感出发后,给她提了一些文体上的建议:"你不该在书面写作里用'不择手段地得到'这个俗语"。在运用这种正式方法之后,他申明,他无需对内容加以评论,但补充说,中国人也受到鄙夷,至少在太平洋海岸。

再回到海军课堂,话题是路易斯·阿达米克的《普利茅斯岩石和埃利斯岛》及其对一个"地球上史无前例的普遍文化、一个泛人类文化"的"美国梦"的希冀。费希感到,有必要对阿达米克进行批判:"阿达米克要说的话部分是真实的;但我们也必须铭记一点,如果美国一直是自由之地,那么它也是人们遭受迫害之地,在那里,每个人都担心他是个陌生人,或感觉到一种对陌生人的恐惧。"费希引申了阿达米克把美国描述成"自由之地和迫害之地"的说法,引用了洛杉矶祖特装①盛行的例子。这助长了一个不赞成阿达米克看法的爱尔兰学生的气焰,说出了"好多犹太人都有问题"的话。在师生间冗长的对话里,费希提出了直捣以种族性为基础的先入之见的要害问题:"道德行为能够遗传吗?"种族偏见"是对意志自由和道义责任的否定"。在这堂课结束时,那个爱尔兰学生想宽慰这位犹太老师,说他对他个人没有任何成见,但也抱怨说:"他们不应该把这样的文章安排在课本里。它们真是惹是生非。"

---

① 祖特装(zoot-suit),20世纪40年代流行于爵士乐手和歌迷中的一种服装,上衣肩宽而长,裤子肥大而裤口狭窄。——译注

第十三章 现代主义反对极权主义吗？

施瓦茨的有趣故事阐明了异族通婚是一个多么能够引起激烈争论的话题，也阐明了阿达米克的"多国之国"概念，即使在战时竭力把国家团结起来的过程中，也要面临怎样的重重障碍。

和极权主义的对抗不仅让美国在政治上有了自知之明，更加积极强调民族多元主义，而且也影响到了现代主义和爵士乐的命运，在美国和极权主义进行最强大政治对立的时期——即二战和冷战时期，它们作为原型民主、典型美国艺术形式越来越受到推崇。

朱莉安娜·福斯 1934 年在威尼斯双年艺术展的遭遇，以及阿尔弗雷德·巴尔（Alfred Barr）1936 年在美国现代艺术馆的《立体主义和现代艺术》（*Cubism and Modern Art*），都以当时的意识形态冲突为特征。正如我们所看到的，福斯以惠特尼博物馆为基础在美国展区展出的不同凡响的现代主义展，由于赫斯特的阴谋和意大利法西斯权威的介入而陷入了困境；巴尔和纽约海关官员发生了冲突，后者不想把立体主义作品当做艺术来接受，认为其仅仅是物品。福斯为美国现代艺术找到了一个多民族、全球性的理论基础，这是"不同种族和民族融合"的产物，使美国艺术成为真正的国际性艺术，也标志着一种和法西斯的"种族纯洁"理想的含蓄对比。巴尔强调了"抽象艺术"这个术语，在军械库展时，这个短语偶然被用到，但只是在 20 世纪 30 年代和 40 年代才被广泛使用。巴尔在展览目录里把"抽象"这个词界定为一种受人欢迎的现代主义与一个长久以来以"自然"和"效仿"为特征的艺术传统的决裂，并赞扬"更敢于冒险、有创造力的艺术家"，他们"被迫放弃对自然表象的模仿"。

但巴尔也添加了一个关于抽象艺术和政治的部分，其中提到列宁认为实验性艺术和文学是"左倾激进主义早期的杂乱无章"而不予理睬；还提及人民社会主义者认为，魏玛共和国的艺术是布尔什维克主义的艺术；简言之，抽象艺术——按巴尔的低调说法——受到两个极权主义政权的"阻碍"。因此，他下结论说，1936 年立体主义的"展览不妨可以献给那些画方形和圆形的画家……他们在拥有政权的庸俗之人手上遭受苦难"。现代主义和极权主义相左。

但是，美国现代主义是反极权主义的吗？认为它反对极权主义的看法促使了美国官方对现代主义越来越认可，但是，这种看法很难和像埃兹拉·庞德这样显赫的现代主义者的例子相容。可能导致这一观念产生的东西并不内在地植根于福斯的民族融合的美国或巴尔的方形和圆形的现代主义里，而是植根于巴尔所说的这两个极权国家在政治上的发展趋势。最终有可能证明的是，起决定作用的不是现代主义作家和艺术家的某一特定行为，而是极权政府把什么变成官方教条的审美取向；这些取向可以被很简单地描述为：在20世纪30年代，极权主义转向了反现代主义。

在20世纪20年代和30年代，苏联的官方审美观转向新一轮的反现代主义秩序，这以列宁对现代主义的摒弃为标志，并因为斯大林全方位推广社会主义现实主义审美观以及苏联和其他所有共产主义国家先后取缔爵士乐，这一秩序得以巩固。作家马克西姆·高尔基（Maxim Gorky）在这两方面的发展中都起着核心作用。根据英语译者的说法，高尔基的文章《论粗俗音乐》("On the Music of the Gross")或《堕落的艺术》("the Degenerate")1928年恰在《真理报》上发表，很快就成为斯大林压制爵士乐的中坚力量，后者认为，爵士乐具有剥削性、粗俗性、性欲化、兽性、威胁性、堕落性。高尔基听到"一个黑人乐队演奏的狐步舞"时，感觉如下：

> 击打一、二、三、十、十二下，之后，一个狂野的哨子尖声吹起来，像一个泥球落入清澄的水中；此后是隆隆声、哀号和嚎叫声，像金属猪喷鼻息声、驴子的尖叫或怪异的青蛙求爱的鸣声。这种让人蒙羞、精神错乱的混沌随着悸动的节奏而搏动。人们只要听上几分钟这些哭嚎声，就会情不自禁想象出这是一个发泄着兽欲的狂人的乐队，由一个挥舞炫耀着庞大生殖器的男人指挥。

对高尔基来说，演奏的乐器似乎同样怪异，例如，他抱怨说："萨克斯管发出像鸭子嘎嘎叫似的鼻音。"高尔基实际似乎认为，在无线电广播播放的音乐对白人中产阶级施加的影响中，还包括有传染力度的肥胖症和同性恋，因为曾经的主人阶层正转向被美国受压迫的黑人抛之身后的野蛮的爵士乐。爵士乐是"资产阶级的"，是从莫扎特或贝多芬等音乐成就的巅峰一落千丈"堕落"下来的标志。它是鸦片，是资产阶级进行统治的工具。就是这样一个带有偏见、偏执的小短文，竟然构成了苏联对爵士乐的官方态度的理论框架；这篇文章发表后不久，教育部长阿纳托利·卢纳察尔斯基（Anatoly Lunacharsky）重申了其主旨，最终结果是共产主义国家对爵士乐和很多黑人流行音乐实行禁止。

同样，"社会主义现实主义"这个词1932年第一次在苏联出现，1934年，高尔基在苏联作家第一次代表大会上发表一个纲领性的演讲后，它成为了官方推行的教义，他在演讲里构想了"一个对我们至关重要的新方向——社会主义现实主义，它只能从社会主义体验的素材里被创作出来"。现实主义是揭露资本主义、以乐观主义精神肯定社会主义的进步、并教育无产阶级意识到其革命潜力的适当方法。高尔基有些神秘地宣告说:"社会主义现实主义确信,存在就是行动和创造,其目的是每一个人最珍贵的特质得以持续发展,来获得战胜自然力量的胜利,人健康长寿,并很幸福地生活在地球上。"高尔基是创作出以《我的童年》(*My Childhood*, 1913)为首的自传三部曲作品的有名作家,早期发表了反对科尼岛资本主义休闲享乐文化的言论,因此,他看起来是唯一一位策划对爵士乐发起攻击、提倡把现实主义作为苏联艺术政策特征的知识分子,这些特征一直保持到戈尔巴乔夫时代。

这些并没有降低高尔基在美国作家和知识分子中受欢迎的程度。迈克·高尔德就是这样,他愿意被看成是"美国的高尔基",但这个时期最杰出的爵士乐诗人兰斯顿·休斯则不然。但是,休斯兴奋地讲述了在他乘坐火车穿越哈萨克斯坦的旅行时,如何参加了 1932 年为高尔基 40 周年文学生涯举行的庆祝活动,并发去"火车乘客们给高尔基同志的一封电报,另一封来自[休斯]的黑人群体"。休斯可能不知道高尔基在爵士乐上的立场,虽然高尔基的恶意抨击由玛丽·巴德伯格(Marie Budberg)翻译成英语,不加任何批驳地发表在前卫派刊物《日晷》1928 年 12 月号上,在让·图默的稿子后面,相隔几页。在库尼兹(Kunitz)的《二十世纪的作家》(*Twentieth-Century Authors*, 1942)里,赫斯顿把马克西姆·高尔基列在她最喜爱的作家之列。然而赫斯顿又对黑人音乐求知若渴,她于 1941 年写道,她虽然没有加入共产党,但却看到了共产党的"很多优点",不过她也在 1950 和 1951 年的冷战年代在《美国军团杂志》(*Legion Magazine*)上发起了对非裔美国共产主义者的猛烈抨击。她知道高尔基是斯大林的社会主义现实主义的设计师之一并是为苏联禁止爵士乐奠定基石的知识分子吗?

20 世纪 30 年代,纳粹对审美观进行了官方界定,虽然这种界定行为是"从种族角度"出发,而不是受到政治理论的影响,然而它竟和在苏联刚刚出现的情况吃惊地相似:随着爵士乐和现代主义文学艺术遭到取缔,现实主义得到了官方认可。20 世纪 30 年代臭名昭著的艺术展指南的封面说明了这一点。

1938 年,在杜塞尔多夫举行了一场"堕落音乐"演出,演出介绍手册的封面设计特殊,上面是一个吹奏萨克斯管的定型化了的黑人,戴着大卫王之星①。"黑鬼爵士乐"——这是官方用语,不准在纳粹德国的广播电台播放,并被官方斥之为源自"一种病态精神倾向"的音乐,只有"那些远离人民的势利之人才感有趣"。这种音乐的特点是:"所有其他乐器荒诞地渲染节奏,

---

① 大卫王之星(Star of David)是犹太民族及其信仰的标志。——译注

而萨克斯管独奏出曲调。"半个世纪后，萨克斯管成了一位美国总统的标志性乐器，因此，它似乎一直都受到共产主义者和法西斯分子的非难。

虽然纳粹宣传部长戈贝尔（Goebbels）出版了小说《迈克尔》（*Mickael*, 1931），书中对梵高实验艺术的钦羡之情溢于言表，但纳粹对现代主义艺术的摒弃是全面的、毫不含糊的，并由最高权威表达出来，因为希特勒1935年在纽伦堡一个党的集会上宣称，一个维系了几十年的现代主义的"犹太政权"现在要灭亡了：

> 向我们所展示的所谓"对原始风格的崇尚"，表现的不是一种天真无邪、没有腐化堕落的道德情操，而是彻底腐化、病态的堕落。希望为我们的油画和雕塑作品——只举一个极其愚钝的例子，即我们的达达主义者、立体主义者和未来主义者或虚构印象主义者的作品——开脱的人，显然不理解艺术的使命所在，艺术的使命不是要提醒人是多么的堕落，而是要通过展示健康、美丽、永久的东西，来抗拒堕落这种病症。

在希特勒看来，德国人民长久以来就已经摆脱了那些艺术野蛮人所具有的原始性，现在不仅"弃绝了污七八糟的东西，而且认为其作者或是骗子，或是疯子"。他用命令、威胁的口气说："我们不会再让他们恣意侵蚀我们的人民。"结果，德国对"种族上低劣、病态的犹太和布尔什维克艺术"予以了摒除和取缔。

1937年在慕尼黑举办的"堕落艺术"展的指南封面上采用的是奥托·弗罗因德利希（Otto Freundlich）从非洲获取灵感的原始主义风格的雕塑《新人》（*The New Man*）。弗罗因德利希的作品这样被昭然公诸于世，带来了可怕后果：弗罗因德利希是抽象艺术的先锋实践者之一和一个国际"抽象—创造"团体的创建者之一，1943年在马伊达内克（Majdanek）集中营遭到杀害。在"堕落艺术展"开幕式上，希特勒公开谴责"立体主义、达达主义、未来主义、抽象主义、表现主义"，认为它们"对德国人民毫无价值"。在为艺术展拍的照片上，身穿制服的人在一面旗帜下检查油画作品，如埃米尔·诺尔德（Emil Nolde）的《混血儿》（*Mulattin*, 1913），旗子上写着："音乐和戏剧的黑人化和视觉艺术的黑人化意在根除人民的种族本能，并摧毁血脉的重重障碍。"所有犹太人都被看做是与生俱来的"堕落艺术"的创造者，可想而知，政治上反法西斯的艺术家的作品会遭禁，如乔治·格罗斯（George Grosz）；在纳粹分子看来，过于现代化的风格或种族色彩浓重的主题也可能使得不问政治的"印欧语系的"艺术家"堕落"——包括画家艾米尔·诺尔德在内，

第十三章 现代主义反对极权主义吗？

他早在 1920 年就加入了纳粹党，迫切想为党所接受，但是，他的作品还是被当做堕落艺术展出。他简直不能明白，究竟为什么 1933 年他被普鲁士艺术学院扫地出门。诺尔德的《混血儿》画作因其现代主义风格和主题，而不为纳粹所需要；就标题本身来看，它似乎认可了（或至少代表了）种族融合，这是受到美国优生学家影响的国家社会主义者以保持"民族纯洁"名义所强烈反对的。

爵士乐和现代主义艺术在纳粹德国被认为是"堕落"的，在斯大林主义的苏联被认为是"资产阶级颓废"，在这两个国家里思想家都把现实主义拥戴为更适宜的艺术形式。在俄国，"社会主义现实主义"这个词在官方术语和政府（和恐怖）允许的政策里成了"进步"艺术的口号；而在德国，现实主义艺术被赞颂为"健康"、"接近人民的审美理想"——对于那些敢于偏离它的人，后果则同样残暴。

现实主义教条在这两个极权主义国家如此肆虐，这就赋予了美国的现代主义一种全新的生命力和意义。在 20 世纪 30 年代，人们仍能察觉到艺术在由现代主义转向现实主义。在美国，福斯和巴尔根本不是什么文化权威，他们只不过是发表了一些论述。只是在后来，这些论述似乎才引起人们的广泛关注。在 1939 年左右，随着发生第二次世界大战爆发的可能性越来越成为现实，情况出现了转机。

具有讽刺意味的是，美国海关署职员的干预惹得巴尔如此恼怒，还有许多类似的艺术家遭到干预的情况，巴尔只不过是其中的一例。巴尔发展了一个理论，这个理论后来成为在美国几乎被最广泛采用的现代主义原则。另一位遭到阻挠的年轻知识分子是克莱蒙特·格林伯格，1939 年，他发表了文章《前卫艺术和庸俗艺术》，这才是他第二次出版作品。他认识哈罗德·罗森伯格，后者当时是公共事业振兴署的《美国指南》（*American Guide*）系列作品的艺术指导，并把他带进了汉斯·霍夫曼（Hans Hofmann）的学校里艺术家的圈子。德怀特·麦克唐纳（Dwight Macdonald）为《党派评论》向格林伯格约稿，《党派评论》最初是一份共产主义刊物，后来发生了变革，成为托洛茨基主义的刊物。1939 年，格林伯格提交了这篇文章，恰好此后，他到欧洲进行为期两个月的旅行。这篇文章最初被德怀特·麦克唐纳拒绝了，他对它不满意，"因为里面是未加论证的泛泛概括"，这一评价让格林伯格"勃然大怒"。《前卫艺术和庸俗艺术》在几经修改后，才得以出版，成为有里程碑意义的文章，被收在《党派读者》（*Partisan Reader*）里，在英国和美国被再次印刷，并且作为支持抽象表现主义的预言性论述被广泛讨论。它也确立了格林伯格作为现代艺术权威的地位。

格林伯格在文章开头严肃宣告，流行艺术和高雅艺术在现代美国已经分崩离析："同一文明同时产生了两个如此迥异的事物，如 T. S. 艾略特的诗和一首流行歌曲，或布拉克的油画和《星期六晚邮报》的封面。"同样，谁会把艾略特的诗和曾经一度名声斐然的无线电广播诗人埃迪·盖斯特（Eddie Guest）的诗相提并论，认为两者存在"一种相互阐明的关系"？格林伯格确定了相互对立的两个极端，这两极终究还是围绕着前卫（"我们现在所拥有的唯一一种文化形式，虽然它面临灭顶之灾"）和庸俗的"人造文化"（"彩印出来的大众商业艺术和文化、杂志封面、插图、广告、华而不实并带有低级趣味的小说、滑稽剧、流行音乐、踢踏舞、好莱坞电影，等等"）。可以预见，《星期六晚邮报》是纯庸俗性的。但也有介于两者之间的过渡层次；例如，"像《纽约人》这样一个杂志，从根本上说是奢侈品行业的高级庸俗品，改变并冲淡了很多前卫素材，为己所用"。也有介乎两者之间的作家，如斯坦贝克。但全球已经都是这种情况，以至于"中国人像南美印第安人一样，印度人像波利尼西亚人一样，都变得更喜欢他们的本土艺术的杂志的封面和日历女郎"。随着大众对庸俗艺术的支持与日俱增，反对现代艺术的言论也上升到了一个明确的政治层面。

如果在德国、意大利和俄国庸俗艺术是官方批准的文化发展趋势，那不是因为它们各自的政府为庸俗人所操纵，而是因为在这些国家庸俗艺术是大众文化，和在其他任何地方一样。鼓励庸俗艺术，只不过是极权主义政权企图逢迎其臣民的另一种廉价方式……前卫艺术和文学的主要问题，在法西斯分子和斯大林主义者看来，不是它们太苛刻严谨，而是它们太"天真无邪"了，很难把行之有效的宣传言论注入到它们里面，而庸俗艺术更容易实现这一目标。庸俗艺术让独裁者和人民的"灵魂"更紧密地联系起来。

因此，在当时，这种契合所以适当得体是由于便利的缘故，不是说现实主义和极权主义的内部意识形态有着必然的相似性，格林伯格争辩说："但是，可以想象，如果大众要求前卫艺术和文学，希特勒、墨索里尼和斯大林在试图满足这样一个要求。"

格林伯格写这篇文章不仅是要说明一种与大众庸俗艺术相关联的民粹主义的极权主义因循守旧感，而且也表明，庸俗艺术对资本主义的美国构成了危险。这给人的强烈暗示是，考虑到这个时期的政治形势，只有艾略特和毕加索的前卫艺术，甚至现代主义诗人和一度是纳粹同情者的戈特弗里德·本

(Gottfried Benn)的前卫艺术为人们进行抵制带来了希望。从《党派评论》体现出来的反斯大林社会主义的观点来看,唯有现代主义似乎已经准备抵制极权主义国家艺术和资本主义消费文化要把它纳入其体系的逻辑。

《党派评论》的反民粹主义分子和法兰克福学派的反民粹主义分子之间有一定的联系。现在法兰克福学派游离在国外,成为"纽约社会研究所"。1941年,这个研究所展开了"国家社会主义的文化方面"(Cultural Aspects of National Socialism)的集体研究,这个项目提议,要确定出"那些为尚未建立政权的极权主义作公众舆论准备的因素",包括"每日的新闻媒体、插图杂志和通俗传记里的非政治性的栏目",所有这些"在把独立的人变成随时准备放弃其个人权利的人方面可能起着举足轻重的作用"。尽管这个项目集中研究的是德国,但是从理论基础上还是强调了"美国民主可能并没有完全脱离这一危险"。西奥多·W. 阿多诺作出的贡献之一就是,他对大部分德国中产阶级对他们称为"现代主义"的特征表现出来的剧烈反应进行了心理学分析和社会学分析,比如:激进画家对人类面孔所进行的公认的扭曲,音乐中的不协调,平屋顶,甚至还有爵士乐。

法兰克福学派和纽约知识界以这种方式来诠释现代主义的各种尝试,此外,它们结成同盟,进行反对种族隔离的斗争,这两种做法都出人意料地取得了成功。高尔德曾经宣称:"斯泰因并无意于表达思想,因为本来就没有什么要表达的。"——在无产阶级文学的创作里,这是一个致命的评论。现在,对于格林伯格或阿多诺来说,拒绝表达能够成为一个艺术家的最重要的成就,而且是他或她抵制市场意识形态以及最终抵制法西斯主义和斯大林主义的拉皮条者意识形态的一个标志。这似乎是一个更加合乎情理的立场,因为它反映了极权主义美学所具有的更为尖刻的论调,并为其所反映。

例如,1947年符拉迪米尔·凯默诺夫(Vladimir Kemenov)带着对马克思的诠释以及对相对比较温和的性观点的愤慨谴责了一些艺术家,如乔治亚·奥基夫,说他们是反革命分子。凯默诺夫也痛斥毕加索和雅克·里普奇茨(Jacques Lipchitz),他们两位曾为斯泰因画像。"资产阶级颓废艺术的基本特征是其虚伪性、反现实主义的好战性、对客观知识和在艺术中真实展现生活的敌视。"他对比了"反映当代反动资产阶级精神沉沦的当代神秘主义的病态艺术"和苏联艺术家创造的"流行的新现实主义艺术形式"。凯默诺夫还强调说,人们对"抽象艺术"开始集中关注,这是最近的事,他引用了1943年对美国绘画进行的一项研究,其结论仍然是多数美国艺术家尚"未受到现代主义的影响"。但是,到1947年,《生活》和美国新闻处的出版物《美国》开始宣传现代主义,这标志着现代主义正在趋近资本主义的国家艺术的身份。

论辩已经成为冷战的一部分，诸如凯默诺夫等进行的攻击只会坚定美国把现代主义重塑为民主艺术的决心。在这个过程中，一小撮知识分子的看法开始在文化机构的多个层面影响政府政策和决策过程。文化自由委员会主办了现代作曲家音乐会，那些作品曾被希特勒或斯大林所禁，有些作品，如奥尔本·伯格（Alban Berg）的作品同时被两者所禁。1951 年，美国国务院为格特鲁德·斯泰因和维吉尔·汤姆森（Virgil Thomson）的歌剧《四个圣人三幕戏》的演出支付了费用，而在 1934 年，这部作品曾让评论家那么迷惑不解。1934 年演出这幕剧时，斯泰因选用的全部是黑人演员，这种做法在当时似乎是可疑的，但 1951 年，组织者在官方信函里强调："从心理原因来讲，《四个圣人三幕戏》的整个演员阵容应当是美国黑人，由此来反击'种族压迫'的说法，并先发制人，以防止人们进行批评，说我们不得不用外来的黑人，因为我们不会让我们自己的本性'展示出来'。"演出的主角由莱昂泰恩·普赖斯（Leontyne Price）担任。

1951 年，美国当代艺术博物馆前任主任詹姆斯·约翰逊·斯威尼（James-Johnson Sweeney）主持了现代艺术展，在官方进行新闻发布时宣称，这场艺术展（美国收藏品，包括马蒂斯、德兰、塞尚、修拉、夏加尔、康丁斯基的作品）不言自明地论证了美国的艺术自由："展出的作品本不可能会被创作出来，展览也本不会被极权主义政权所允许，如纳粹德国或当今的苏联和其附属国，这体现在那些政府把这次展出的许多绘画和雕塑作品标示为'堕落的'或'资产阶级'的。"这和艾森豪威尔 1954 年在美国当代艺术博物馆 25 周年纪念日时表达的看法是很相符的。议员唐德洛（Dondero）连同其对现代主义长篇累牍的诽谤（在引言里提过）没有什么政治影响力，因为他听起来像是在重申希特勒的艺术品位或在表达和斯大林相同的艺术品位。在这种情况下，对现代主义进行支持似乎只不过是在情理之中。

甚至好莱坞的动画片也反映了对现代主义和爵士乐态度的转变。1939 年为施莱辛格（Schlesinger）工作室工作的代表性动画家在律表①里被描绘成一个受过高中教育的人，并"认为诺曼·洛克维尔（Norman Lockwell）是一流的"，而"厌烦毕加索、梵高、雷诺阿或任何'未来主义派的家伙'"。但在 1951 年，画家埃温德·厄尔（Eyvind Earle）加入了迪斯尼，并在高菲狗短片《公牛为谁哀鸣》（*For Whom the Bulls Toll*）里制作了不同凡响的实验性背景画，因此受到赞誉。鲍勃·克兰佩特（Bob Clampett）的《煤黑公主和七个小

---

① 律表（Eeposure Sheet）是卡通产业的特殊产物，用于动画制作。每一个角色有什么样的动作，一个动作需要多少时间，都要在律表上表现出来。——译注

第十三章 现代主义反对极权主义吗？

矮人》（*Coal Black and the Sebben Dwarfs*，华纳兄弟公司，1943）采用的都是黑人演员，配乐很有名，是艾灵顿（Duke Ellington）的《为欢乐而跳跃》（*Jump for Joy*），但是，由于采用了有争议的黑人传统形象，而破坏了其完美性，并招致了全国有色人种促进协会的抗议。

现代主义在很多阵线上都渗透到了流行文化（被认为是现代主义的庸俗对立面）当中。1949 年 8 月 8 日，《生活》刊载了一个有名的关于杰克逊·波洛克（Jackson Pollock）的插图故事。在 1951 年 3 月 5 日出版的一期《时尚》上，人们既可以欣赏波洛克的背景画，又可以同时倾慕时尚模特。在《家居与园艺》（*House and Garden*）1954 年 3 月号上，有俄亥俄州一个邮购公司作的非洲面具广告，标价 5 美元一个，包括邮资在内。

现代美国作家的作品，包括福克纳和詹姆斯·T. 法雷尔的作品在内，被美国政府向国外宣传；他们的作品出口到国外，被翻译出版。冷战的阵营使得艺术家和知识分子在这场意识形态的对抗中起到了一个核心作用。在理查德·赖特的《局外人》（*The Outsider*，1953）里，主人公克罗斯·戴蒙（Cross Damon）

> 对共产主义政治家和法西斯主义政治家的狡黠惊异不已，他们禁止邪恶的爵士乐进行传播。现在，他也明白了，为什么共产主义分子没有像他们那么慷慨激昂地立下的誓言那样，在掌握政权后把资本家和银行家枪毙，而是睁着血腥的眼睛，径直搞向教师、牧师、作家、艺术家、诗人、音乐家和被废黜的资产阶级政府的统治者，认为这些人对他们维持并延伸其权力构成最致命的威胁。

在这个世界上，先锋派艺术家、教育家和知识分子至关重要。其作品曾被禁（或仍然被禁），这一事实就说明了它们的重要性；美国知识分子和艺术家在国家扶持下发挥了作用，此后，他们再也没受到过如此的扶助。

*

在描述反对极权主义的现代主义的故事时忽略了一个事实，即很多艺术家和作品从初露端倪的现代主义转向了新现实主义：约瑟夫·斯特拉的《科尼岛：光之战》（*Coney Island：Battle Of Lights*，1913）和他的许多关于布鲁克林的绘画为天主教新现实主义（或魔幻现实主义）的艺术所追随，来表现圣母或基督诞生的情形；在一个著名时期（1915 年左右），马克斯·韦伯从杜尚的作品得到灵感，创造出了《纽约的高峰时刻》（*Rush Hour, New York*）、《中央大车站》（*Grand Central Terminal*）和像拼贴画一样的标志性立

547

体主义作品《中国饭店》（Chinese Restaurant），此后是一个新的代表性阶段，此间，韦伯在作品如《主教》（Patriarchs）里强调了犹太宗教的主题，尤其是哈西德教派的宗教主题。20世纪30年代和40年代，斯泰因收集了现在已经被人遗忘的现实主义画家的画作，1933年，她发表了《艾丽斯·B.托克拉斯自传》，这本书现代主义性最不强。理查德·赖特在重写《长长黑人歌》或从《今日之上帝》转而写《土生子》的过程中，减弱了其现代主义策略。20世纪30年代和40年代虽然是现代主义崭露头角的神话，但现实主义也得到普遍加强。这个故事还遗漏了一个事实，即在20世纪30年代的美国，新现实主义作为一种政治对立是有一个强大的社会焦点的——在把相关的文学与斯大林主义或极权主义联系起来、并把现代主义塑造为真正的进行抵制的艺术时，会间接遇到这个特征。

就是在这一方面，有一种成功的合并：即有现代主义端倪的各种故事的神秘融合——据此，梵高从《吃马铃薯的人》（The Potato Eaters）转到《星夜》（Starry Night），或杰克逊·波洛克从联邦艺术计划转向抽象表现主义。从美学角度来讲，他们的转变都可以被视为个人进步，还可以被视为美国民主的政治进步。把现代主义新老故事叠加起来合并成为一个单一、永恒的现代故事具有一个优势，这个故事有助于把任何现实主义演绎成老套过时，并且和极权主义有着内在不可分割的联系。现实主义最好可以被想象成是现代主义必须脱离的窠臼，最坏可以被想象成恐怖的制造者，这有助于使现代主义成为反法西斯主义和反斯大林主义的真正的表现艺术，成为美国民主的标志性表现。

20世纪40年代，在纽约知识分子和法兰克福学派间酝酿出了现代主义的正统性，这避免了和一些不愉快的事实的正面冲撞。阻止现代主义神圣化的最大障碍体现在两方面，一是意大利法西斯分子、德国国家社会主义者和苏联共产主义者都有现代主义阶段，二是（作家阿多诺注意到）许多现代主义的典型代表是"反动分子"，他们中的一些表达出了反闪情绪，根本不是支持民主的中坚分子。而且，这种正统性解除了现代主义也是神经错乱的结果的可能性。因为现代主义美学没有指出可以指出的政治痼疾，而是强迫读者思考意义的消失，并接受一个事实：我们生活在一个徒劳、荒谬的世界，其中，美的形式是唯一重要的主题。

第十四章 面对极境

电影导演约瑟夫·洛西（Joseph Losey）曾对20世纪40年代和50年代初人们感到幻灭的特性进行评论说："在广岛遭到原子弹轰炸后，在罗斯福死后，在反共调查事件后，只是在那时，人们开始明白，美国梦根本是不现实的。"美国作家如何把20世纪40年代的一些极端经历写入小说？这些经历包括：欧洲犹太人遭到大屠杀，以及广岛和长崎两个城市遭到原子弹轰炸而毁灭。无数人不是因为他们做了什么而是因为他们是什么人而被拘禁、被折磨或惨遭杀害，平民只因为他们生活所在的地方而遭到杀害，在一个这样的时候，族裔作家是如何作出反应的呢？现代主义策略对展现二战那么残忍地重新界定的现代性世界有所帮助吗？

第二次世界大战似乎让对现代性带来的最可怕的梦魇般的恐惧成为现实，甚至超越了它。《平凡的美国人自己讲述的人生故事》里的立陶宛人描述了高雅的女士到芝加哥的工业屠宰场游览的情形。安婷讲述了在德国边境被消毒的一幕。迈克·高尔德感到，乘坐地铁像是在坐运送牛的车。萨洛扬把死亡想象成广告口号的话题。罗斯的幻景中利用了他能想象到的最高形式的能源之一：电。现在，交通工具如飞机和火车已经成为杀人的工具。回溯到一战时士兵所用的俚语"电车"，意为"笨重的远程炮弹"。

玛丽·安婷在其最后发表的文章《同一屋檐下》（"House of the One Father"）——发表在路易斯·阿达米克的《共同立场》（1941）上——里反思了新的危机时期的群体附属关系，这篇文章恰好出现在大屠杀突然全面展开之前。1941年12月，希特勒的党卫队就在安婷的家乡波洛茨克杀害了7000名犹太人。安婷仔细考察了希特勒在"不宽容的后果上的客观教训"，纠正了自己的态度和做法，并质疑她自己"脱离"犹太人生活的行为："一个无限扩大的犹太问题通过暴力的形式被反映出来，由此，我时至今日才发现，自己被忘却的古老纽带所牵引。走你自己不同的路,把生活在和平与繁荣中的朋友和同志抛在身后,这是一回事;而当这个世界在把他们驱逐出去之时却不惦念他们,这是另外一回事。"然而,这种休戚相关感对安婷来说并不意味着回到"她的人民"当中或回到她的过去是易事或可能的。

> 我不能够回到犹太老家,就像我不能回到母亲的子宫一样;我也不能体面地继续享受个人幸免于恶毒的反犹太主义时期犹太人所遭受到的惩罚的生活。我需要分担我的民族的苦难,至少能做到的是宣布我是他们中的一员。
>
> 在这里,我的情形是独个犹太人历史悲剧的一个暗示,他的本意是要在人类的普遍关系中失去个性,却被反犹太主义行径赶回到某种没有墙的犹太人区。上帝佑助,我不会让自己遭人驱赶。

事实上,她现在把更宽泛的意义上的群体忠诚建立在思想自由和结社自由上:

> 我对那些感到为那项辛苦的工作所召唤的人毕恭毕敬、满怀敬意,除了不经意的情况,我不会再让自己精疲力竭地从世俗的或民间的角度来捍卫犹太人,虽然我对犹太人的了解可以阐明一种特定的状况。不要把自己和犹太人的命运割裂开来,而是要建立更加坚不可摧的联系纽带,我在此宣布,让我作为现代社会的一个成员而获得生命、我最完整意义上的责任感被激发出的那一点,是深植在犹太人所处困境的疼痛和恐惧之中的,在各种社会力量的接合处,我把对一个群体的迫害或贬低——任何群体,无论其种族、信条或肤色——都看做是对民主的侵犯。

安婷所希望的是一种负责任的、民主的群体成员身份,它包括个人表达与任何受迫害的群体团结一体的权利,同时保持思想自由、拒绝被卷入某些"没有墙的犹太区"的权利。安婷要求的关系纽带是建立在过去经历的"犹太人的事情"以及一种民主人道主义和普遍主义的现代感基础上的,而不是她所说的"世俗的或民间的角度"。安婷死于 1949 年,这是她最后发表的言论。

也是在 1949 年,当时已经成为教友派信徒的让·图默在费城发表了题为

第十四章 面对极境

《人的味道》("The Flavor of Man")的威廉·佩恩讲座①。他在这个后来被发表的演讲里，思考了这个时代的一些严肃问题。他的开场白语气轻快，提供了为一个神秘的"水晶苹果"列出的物种名录，它是一种"极其诱人的黄瓜，在所有阶段都很圆，水晶白，有一种甜味，但缺少黄瓜味，这很不同寻常"。图默认为这是"20世纪的典型"特征，别出心裁地生产出一种不是黄瓜的黄瓜。同样，面包也失去了面包本来的味道。现代美国相对来说没有什么味道，这一点在以前就被许多移民作家和少数族裔作家观察到了，以《平凡的美国人自己讲述的人生故事》里街头希腊小贩抱怨美国西红柿为开端。图默也流露出环境保护论者的论调，他发现水喝起来不像是水，因为美国河流水质已经恶化。"我们城市里的空气正变成烟雾"，"我们的文学没有了文学的味道"。他进而对冷战和二战评论说："这个时代突出的一个事实是，我们拥有没有和平味道的和平。但是，我们发起的战争具有战争的全部恐怖味道。我们制造的炸弹不是水晶苹果。"稍后，他提到广告牌，引出另一段评论："我乘火车到费城的途中，车在一个站停下，附近有一个标有大写字母的建筑物：残骸，我们的专长。这是指汽车。而我想起了人类。"现在，图默要听众记住这个"所谓和平时代的社会"，它是贫民窟、医院、救济院里"成百万"受残害的人类和处于战争中的社会产生的残损之物，这些残骸遍布整个世界，就像"被掩埋起来的无数伤残躯体"一样。图默在集中谈论宾夕法尼亚州一个精神病院的病人被摧残的情况时，引用了一位调查者的话，后者把病人的严酷情况与"贝尔森和布痕瓦尔德纳粹集中营的情形"作了比较。图默把这一强烈相似之处扩大并普遍化："我们那么多亲人生活在所谓的庇护所、犹太人区、集中营和移民区，和一些严重降低到人类标准之下的高地。一些人是白肤色，一些是黑肤色，一些人是犹太人，一些人是非犹太人，一些人是共和党，一些人是民主党，这些重要吗？重要的是他们是人。"图默思考着"世界上两个最强大的国家的统治者正在考虑并准备为——或者按照他们的说法是在准备防止——一场可能确实会以消灭人类而结束战争的战争。"他生动描述了"教育和灾难之间如火如荼的竞赛"。"可供选择的出路，我深信，不外乎这些：超越或灭绝。"

安婷和图默是转向普遍主义的那部分人，而普遍主义似乎是那些对二战进行思考的人得出的第一个教训。强调民族性已经成为问题的一部分，而强调我们具有共同人性的时代到来了。

---

① 威廉·佩恩系列讲座受到费城青年联谊运动年会的支持，旨在建立亲密关系和交流。从1916到1966年间，共举办了44个讲座。——译注

另一个策略便是间接性，或是一带而过或是随意省略。例如，玛莎·福利（Martha Foley）的《1944年美国最优秀短篇小说选集》（*The Best American Short Stories of* 1944），包括索尔·贝娄、谢利·杰克逊（Shirley Jackson）、卡森·麦卡勒斯、利昂·苏尔梅利安（Leon Zurmelian）、莱昂内尔·特里林和其他人的作品。有几部作品都暗示了二战的极端性。出生在布鲁克林的欧文·肖（Irwin Shaw）在《退役老兵们的思考》（"The Veterans Reflect"）里，有一个接近瑞士边境的男人的一段长篇内心独白："现在他的名字在地球上家喻户晓、在每个丛林中万物皆知……3000万人因为他的存在而过早地死去，上百个城市因为他而被夷为平地。"直到后来才揭示出"他"就是希特勒。俄裔移民符拉迪米尔·纳博科夫（Vladimir Nabokov）的故事《曾经有一次在阿莱坡……》里的叙事者用一个句子引述了他在法国从俄国难民那里听到的事情：

> 那些恰恰有犹太血统的人说，他们命中注定要遭厄运的亲戚被塞进通往地狱的火车；我自己的困境，对比之下，具有了一种不现实的寻常姿态，当时我坐在一个拥挤的咖啡馆，面前是乳蓝色的大海，远在海天之外是灰濛濛的天堂，身后传来似是空壳里发出的低语声，讲述并重复着大屠杀和人们遭受的苦难，严厉的领事如何行事和冒出奇思怪想。

多萝西·坎菲尔德（费希尔）的《节孔》（"The Knot Hole"）讲的是一群囚犯，他们乘坐一辆开往法国的拥挤棚车，后来被遣返回德国。在框架叙事之后，叙述以一种卡夫卡式的方式开始："我认为很可能是意外地成为了其中的一员。我不知道我为什么是那样。或许那里能腾出空间——如果你可以称它为空间——给再多出来的一个人。"

有的作品在安排小说框架时避免直接表现，一个很好例子是艾萨克·巴什尔维斯·辛格的《莫斯卡特家》（*The Family Moskat*）在《犹太人前进日报》（*Jewish Daily Forward*）上以意第绪语连载两年后，1950年以英语出版。它展现的是一个一家三代人的故事，在二战刚刚开始、德国炮轰华沙前结尾。辛格选择在华沙犹太区那些日子里和大屠杀前戛然而止，小说结尾后要发生什么事情的暗示渗透在整部书里，从尚未为犹太区墙壁所纷扰的街道地貌到小说最后赫兹·亚诺瓦（Hertz Yanovar）为澄清其预言用波兰语说的话"弥赛亚很快就会到来。""死亡就是弥赛亚，这是千真万确的真理。"小说在此结尾。

辛格也把居民区遭受轰炸的经历和现代主义进行了类比：

第十四章 面对极境

在兹洛塔街他们路过一个被轰炸了的房子。从中发出石灰、煤、汽油的味道和冒着烟的灰烬的味道。房子前部已经坍塌；一片天花板斜跨在一堆砖瓦、灰泥石和玻璃上。他们辨认出房间里面的东西，有床、桌子和照片。这令阿萨·赫谢尔（Asa Heshel）想起了现代主义戏剧的场景。

二战的严峻现实已经超过了最狂野的现代主义的梦魇了吗？

小说开始时雷布·梅休兰姆（Reb Meshulam）到达华沙："一辆辆被涂成红色的电车隆隆驶过，头顶上的电线噼啪放出蓝色火花。"辛格的小说人物穿越的街道已经成为监禁线；被墙围起来的犹太区内带有犹太星的电车和马车与对华沙的犹太人进行的种族灭绝联系起来。火车站是到达这个城市的落脚点，却成为通往特雷布林卡（Treblinka）屠杀中心的中转站。辛格在华沙长大，只是在20世纪30年代离开那里，移民到纽约。他对于小说结尾后会发生什么事情选择了沉默，只是暗示，而不是直接表现出来。

在这一方面，辛格的《莫斯卡特家庭》与同年出版的约翰·赫西（John Hersey）的《墙》（*The Wall*，1950）截然不同，后者全面详实地展现了华沙犹太人的生活，从纳粹侵占华沙后强迫建立犹太人委员会到关闭犹太人区，并把犹太人大规模移送到特雷布林卡。小说以一个被发现的文件——诺奇·莱文森（Noach Levinson）档案——的形式讲述故事，写的似乎是从意第绪语原文翻译过来的英文，有编辑评注。《墙》对在华沙犹太人区的经历和思考逐日进行了带有标注日期和注释的叙述，或许是第一部全面、集中正视大屠杀的美国小说。用"大屠杀"这个词并不是不合时宜，赫西用它来描述对欧洲犹太人的种族灭绝，而他可能是这样做的小说家中的第一人：1943年，一对夫妇争论应不应当在一个隐秘的地窖里对早产的婴儿实行割礼，父亲认为"在一场对犹太人实行大屠杀的时候行割礼会是荒唐的"，而母亲不赞同，诺奇·莱文森补充说："斯宾诺莎①曾一度认为，行割礼本身就足以保证犹太民族能够活下去。"

莱文森在他的档案里记录了外部事件和内心情感、微小细节和重大事情，近距离聚焦在一小群人身上，他们对华沙犹太人区的恐怖情况反应各异。莱文森与社会主义犹太防御组织（Hashomer）关系密切，但是政治分歧和人物

---

① 斯宾诺莎（Baruch de Epinoza，1632—1677），荷兰哲学家，唯物主义者和无神论者，理性主义的先驱，受到了犹太教学问的教育。作品有《神学政治论》、《政治论》、《伦理学》。——译注

少数族裔现代主义

差别得到了详尽的描述。例如,共产主义者在弄清斯大林在1939—1940年间的政策时经历了一段很痛苦的时期。一些人物表现出大大小小的英雄主义,但赫西也描写了一个年轻人,他要他自己的父母同意被放逐出去,为的是他能保全自己的性命。在"犹太人被禁止乘坐电车和公共汽车"前,雷切尔·阿普特(Rachel Apt)"在犹太人区外长途漫步并乘坐电车——沿着维斯瓦河,到萨克逊花园、波托茨基宫殿,途经布里斯托尔大饭店和欧洲大饭店,甚至到了郊区普拉格(Praga)、佐利博兹(Zoliborz)和布鲁德诺(Brudno)。似乎她在试图记起她所在城市的波兰部分、她人生的波兰部分"。随着隔离墙被建起来,莱文森对它进行了精到的细节描写,这种描写使得官方说它是一堵"阻止疫病传染的墙"的解释显得荒谬:"这堵墙实际上意欲阻止人类通过。"但是,他内心的反应也让他迷惑不解:"我们会在一起,却没有那些生活在波兰人和德国人中间的时候所不断产生的小摩擦……我是快乐的。"

不同的措施产生的累积效应不容易被发现,这乃是计划之中。当"重新安置"开始后,一种模式暴露出来:"莱文森周围的人发现,一切比他们可能担心的要坏。"一个令人不寒而栗的转折点是斯洛尼姆(Slonim)履行一项使命的时候,他去核定载牛火车驶往哪里。他发现了有关特雷布林卡的事实,地下社会主义刊物《暴风雨》(*Storm*)以一种假想读者已经知道——但不愿相信——的方式报道了他的发现。赫西不只是简单地再现了这个报道,而且通过展现雷切尔·阿普特读报道的一个个片段,产生出一种现代主义的断断续续的效应,因为这些词"似乎在她的眼前跳跃、晃动;她看到这些片段时,几乎不能相信它们"。

……有三个墙壁一片空白的房间,大约2米高,面积有25平方米,房间前面都有一条狭窄的走廊……有阀门的管道……外面,令人好奇的铲斗让人想起船上的通风设备……一头是发电机房间……门周围和铲斗和阀门处被密封起来……地板上铺着陶瓦,因为潮湿变得很滑……

……尤其因为第一个围栏里的分类标志的讽刺意味而吃惊——裁缝、制帽商、木匠、筑路工等等——这会让犹太人认为他们要被分到远东服劳役……一个看起来温和的纳粹党卫军官员和善地说:……在沐浴消毒后,这些财产会按照你们的收据返还给你们……一路上赤身裸体,拿着一小块儿肥皂和文件……大约15分钟……由犹太辅助人员拿着,由囚犯头卡波斯(Kapos)——其身份标志是膝盖上的一块儿黄布片——引路,到墓地……这一职责,根据我们的情报员在马尔金尼亚(Malkinia)南部几公里处采访的一个逃出来的囚犯头,可以尽其所能试图……为推土机

第十四章 面对极境

所覆盖，其狄赛尔马达的排气筒放出了特雷布林卡悠长不断的音乐……

莱文森听到人们争论斯洛尼姆的讲述是否"真实"、"准确"、"夸大其词"、"社会主义者蓄意制造的恐慌"，甚至……"完全是异想天开——一种残酷的空想"，他担心："如果这里人的反应是冷漠无情、疑团重重，在地球上未被触动的尽头，在墨尔本、里约热内卢、上海、芝加哥，那肯定会是什么样子？永远不会有并曾经没有什么？"现在，他决定要奋起保存其档案作为证明。随着犹太区的面积缩减，像莫迪凯（Mordecai）这样的工人不得不拆毁他们被迫筑起的房子，莫迪凯感到他似乎身处一个回放的德国慢动作恶作剧的影片里。莱文森的档案里有一个条目用不连贯的、海明威式的句子描述了处于死亡边缘的一种加速度的生活："我们想把我们剩下的几个小时里塞满尽可能多的东西。胃口被撑大了。调情变得仓促。求爱过程被缩短了。甚至我们在和别人说话时也直奔主题。我们似乎靠电报技术生活。"当人们的名字在犹太委员会被宣读出来时，他们会说："是被驱逐还是活着，听天由命吧。"德国指挥官日渐提高"重新安置"率的政策，向犹太委员会索要"100万兹罗提①的税，他说，来赔付被重新安置的犹太人对铁路路基造成的损坏"。

和辛格一样，赫西在《墙》里展现了1943年5月被烧毁了的、超现实主义的犹太区废墟："这是个别样的星球。似乎在我们所在的犹太区除了火焰和垃圾之外，没有什么东西剩下。冒着烟的火焰形成的一轮轮离奇的小落日凸现在坍塌的瓦砾堆上。街道只不过是遍地垃圾的荒漠里的凹地。在断壁残垣或烟囱依然伫立的地方，是一个粗糙的、锥形的、自然主义的石笋状建筑。这一场景可怕、令人不安。"奇迹是，莱文森是仅有的几个幸存者中的一个，虽然他在犹太区被毁一年后由于体能损耗死于大叶肺炎，但他的档案保存下来。

赫西计划在小说里采用第三人称叙述，但在写第一稿的过程中转换到莱文森这个第一人称单数来叙述，因为故事"不能由一个一切尽知、一切皆见的约翰·赫西来讲述"。莱文森注重细枝末节、甚至学究式的风格，在每一个开头都提供事件的参照日期、条目和来源的格式，奇怪地拉近了而不是疏远了读者。作品的一些翻译特质也产生了同样的效应。大卫·戴奇斯1950年对《墙》进行评论时，把它描绘成一个"怜悯之情铸就的奇迹"。

约翰·赫西是一个非犹太美国作家，出生在中国，在格罗顿大学和耶鲁大学受教育，在对主要美国少数族裔现代主义者进行纵观概论时，要把他包

---

① 兹提罗（zloty），波兰的货币单位。——译注

少数族裔现代主义

括进去,可能是一个令人吃惊的选择。他是一个现实主义者,尽管他确实偶尔运用现代主义手法。人们认为他不是"少数族裔",虽然他作为美国传教士的孩子在中国度过了性格形成年代,他的人生故事和一个移民的经历有某些相似之处。亨利·露斯(Henry Ruce)、赛珍珠(Pearl S. Buck)和爱德华·F. 海斯凯尔也是作为传教士的孩子在美国国外长大。赫西是一位多次为族裔主题文学作出重大贡献的作家。他曾经给辛克莱·刘易斯作过秘书,后来为卢思的《时代》杂志和《生活》杂志作二战记者,报道了太平洋剧院、行军中的红军和意大利战役。

他在获得普利策奖的小说《阿达诺的钟》(*A Bell for Adano*, 1944)里,描绘了一个移民回归祖国的熟悉的族裔主题。赫西把这一熟悉的情节带入战争,展现了美军少校乔波罗(Joppolo)——他的父母从佛罗伦萨移居美国——来到虚构的西西里的阿达诺镇,并在法西斯统治期间及战后帮助那里的生活恢复到正常秩序。他是一个普通的美国英雄,不得不应对一套僵化的军队官僚制度和一个贫困村子里相互冲突的需求。正当他想为这个镇争取一座新钟的方案获得成功时,由于一个以乔治·S. 巴顿为原型的愚蠢将军从中干预,他被解职。这位民族英雄不仅仅是一个"美国人",而且是优秀的"美国人"。乔波罗这个人物的原形是一个真实的人物弗兰克·E. 托斯卡尼,在盟军进驻时,他确实在意大利,并送给丽卡特镇一座钟。赫西1944年的这部受人欢迎、异常欢快的小说在欧洲胜利日被授予普利策奖,并被改编成一部轰动的百老汇剧,由弗雷德里克·马奇(Fredric March)主演,还被拍成一部好莱坞电影,由约翰·霍迪亚克(John Hodiak)担任主角。纽约一个饭店根据它命名,而黛安娜·特里林(Diana Trilling)对它进行了严厉批评,说它是一部一个记者"为战争"而写的小说。

《阿达诺的钟》的读者在1946年看到8月31日的《纽约人》很可能欣喜不已,上面有一个夏日休闲活动的喜庆封面,因为除了"城市风云"部分,整刊都是约翰·赫西一个人的长篇稿件,只是穿插些广告。但读者发现的是一个关于"广岛"的给人沉重打击的报道,讲的是以飞行员母亲的名字"伊诺拉·盖伊"(Enola Gay)命名的美国轰炸机 B-29 投下原子弹时广岛普通人的经历。赫西试图引起人们对那些广岛人的同情,他们面临着极端状况和无法想象的恐怖,而暂时从这些新形式的大规模灭绝中奇迹般地存活下来,虽然他们没有逃脱其可怕后遗症。赫西的创作被认为是非现代主义的,甚至一些评论者也认为它"平淡乏味"。

伤痛可能是海明威作品里冷漠、非同一般的主人公的象征,或是迪多纳托的主人公作为一个新时代的基督被牺牲在混凝土里的不可逃脱的命运的象

第十四章 面对极境

征。在广岛,这些伤痛没有什么不同寻常或英勇豪壮的,伤痛已经变得相当广泛,事实上似乎是普遍存在。移情是现代主义者对现实主义者进行攻击的目标之一,移情发生了什么情况?移情是否"庸俗"?人们是否应当对20世纪受害者的苦难闭口不谈,就像格特鲁德·斯泰因一样?从《三个女人的一生》里三个女人的死到斯泰因1946年的《对原子弹的反思》(*Reflections on the Atomic Bomb*)的清晰脉络,她似乎表明了这种态度:

> 他们问我对原子弹有什么看法。我说我尚未对它产生兴趣……如果它确实具有破坏力,致使世界什么都没留下,而且如果那没有什么,没有人去感兴趣,也没有什么让人感兴趣的,又有什么用。如果它们不是那么具有破坏性,仅仅比其他东西破坏性稍微大或小一些,那么这就意味着除却所有毁灭,地球上仍然留有好多人们感兴趣或心甘情愿的事,具有毁灭性的原子弹只是发明它或发起它的人所关心的事情中的一件,事实上没有任何其他人能够对它做些什么,所以你只得像以往一样继续生活,所以你看原子[弹]根本没有意思,并不比任何其他机器有趣,机器只在被发明出来或它们所能做的事情方面有趣,因此为什么要感兴趣。我从未对原子弹产生什么兴趣。

546

人确实得变成一个冷漠的现代主义者,才能欣赏斯泰因说的这番话,因为斯泰因在此流露出来的同情心和《三个女人的一生》里的叙事者对踏上不归路的梅兰卡莎的一样多。正如一位评论家说的,"原子弹是原子弹是原子弹。"

对广岛进行的毁灭性轰炸估计造成了10万人丧命,还有更多的人后来因为烧伤和辐射而死。这一令人难以想象的大规模死亡的事实如何呈现给读者,才能让他们关心、同情受害者并且感同身受,而且是在报纸对轰炸的技术细节进行了全面报道之后?赫西采用了已被尝试过的老手法,创造了一些现代世界任何地方的读者都能识别的场景——早上醒来、做日常生活家务或乘坐电车到某个地方去,就在此时,不同寻常的事情发生了,他的人物不得不面对这一极端情况,他们只是慢慢地才开始意识到其整体力度和范围。其中一些人看到"无声的闪光",它比理查德·赖特的 *Brrrrrrriiiiiiiiiiiiiiiiiiiiinng* 更恐怖。赫西选择的时刻"恰好是1945年8月6日早上8点15分",他集中描写了六个当时幸免即刻丧命厄运的存活者:

> 他们中每一个人都历数了许多小的偶然性的事件或决定——及时迈

出的一步、去室内的一个决定、赶上那趟电车而不是下一趟——保全了他的性命。现在，每个人都明白，他能存活下来就相当于有过十几条命，并亲眼目睹了很多人死去，其数目远远出乎意料。

他采访的目击者当中，有德国耶稣会会士威廉·克莱因佐格神父，卫理公会教士谷本淳先生，红十字医院外科大夫佐佐木辉文，一个和佐佐木医生并无干系的小职员佐佐木年子小姐，内科大夫藤井正和医生，以及一位有三个孩子的裁缝的遗孀中村初洋夫人。

佐佐木医生在去上班的路上"没用等就坐上了一辆电车"。赫西接着说，"他事后盘算，如果他那时再多等几分钟电车——这是非常平常的事——他就会靠近爆炸中心，而且必然会丢掉性命。"电车也是一个后爆炸神话中的一部分，这些神话用以向那些可能不能理解所发生的事情的人解释这一非同一般的事件："炸弹根本不是炸弹；它是一种精细的镁粉，仅由一架飞机喷洒在整个城市上空；当它和城市供电系统的通电电线接触时，就爆炸了"，这样的事只可能发生在"大城市，而且只在白天电车的电线和诸如此类的东西在运作的时候"。广岛定然符合了那个故事的需要，因为它拥有 123 辆电车的庞大队伍——其中只有三辆在遭受袭击后还能运行。一些汽车只留作爆炸的巨大光亮遗留在街道和一些石墙上的阴影上。

这些持久的阴影杰作帮助专家通过建筑物的各种影像作三角测量，找出了爆炸震源所在的位置，根据 1945 年的美国用语，这个位置被叫做"爆心投影点"，这些影子本身似乎是另外一种对超现实主义艺术的暴烈形式的模仿。

几个人的模糊轮廓被发现了，据此，人们编造出一些故事，这些故事既有想象成分，又依据了精确细节。一个故事讲的是一个在梯子上作业的油漆工，他正在一个银行大厦的正面往油漆罐里蘸刷子时，这一动作被定格下来，成为一种浅浮雕式的雕像；另一个是在科学和工业博物馆附近的一个桥上——几乎就在震源正下方——一个男人和他的马车如何被掀翻，变成一个浮雕式的影子。很清楚，他要用鞭子抽他的马。

现代形式的毁灭似乎是对现代艺术的一种嘲讽。这些阴影不是唯一奇异的伪现代主义创作，导致这些创作产生的就是"从早上 24.5 万人口的喧嚣城市到下午仅仅是一片废墟"的突变。仅仅一架在晴空飞翔的飞机竟造成如此之大的破坏而没有任何前兆，这很是奇怪，即使科学家作出了解释，人们的困惑依然不减。大自然被改变了。克莱因佐格神父看到一个"在藤上被烘烤过的"南瓜和"在地底下烤得很诱人的马铃薯"。佐佐木小姐注意到"野花在城市的白骨里绽放。炸弹不仅让地下植物完好无损,并且刺激了它们生长"。爆心投影点很快就被决明①所覆盖,以至于"似乎飞机上装载有决明种子,连同炸弹一起被投了下来"。

赫西擅长描绘人类遭受毁灭和变得畸形的恐怖情形;他这样描写一群日本士兵:"他们的脸全部被烧伤了,他们的眼窝深陷,他们那已经熔化了的眼睛里的液体顺着面颊流淌下来。(炸弹爆炸的时候,他们肯定是脸朝天;或许他们是防空兵。)他们的嘴巴成了布满脓汁的肿胀的伤口,他们的嘴甚至不能张开去含茶壶的壶嘴。"

赫西在把人们表现出的坚忍反应普遍化时甚是谨慎,用的是:"'没办法'(Shikata ga nai),一种日语表达方式,像俄语单词'没关系'(nichevo)一样常用,并和它对应:'没办法。哎呀。糟透了'。"

他在贴近他所访谈的人们的观点同时,只是让道德观点悄然浮现出来,例如佐佐木医生说:"我想……此刻在东京,他们在审讯战犯。我认为他们应当审问那些决定使用原子弹的人,而且他们都应当被绞死。"虽然使用原子弹是战争行动的一部分,但是,正如梵蒂冈所质问的,大规模杀伤和致使那么多平民伤残是情有可原的吗?

《纽约人》里的广告造成的干扰有时是神秘可怕的,它提醒人们,市场和商界甚至对最极端的人类暴行都无动于衷。在赫西描绘"从早上24.5万人口的喧嚣城市到下午仅仅是一片废墟"的变化的那页的反面却是美国无线电胜利唱片公司推销其商品的广告,来突出表现公司在开发"**夜袭镜**"方面的工艺技能,夜袭镜是一种红外线望远镜,把它安置卡宾枪上,能够让士兵全然在黑暗中射中75码远处的一个人大小的目标,广告自豪地宣称,这一发明创下的战绩造成了"在冲绳岛战役前三周的日军伤亡人数占总数的30%"。稍后,赫西描写日本科学家对轰炸的分析时,一个"联盟"的广告警告读者说:"现在——在这个原子时代……一颗炸弹就能摧毁自由女神像……还有**自由**。我们再也不能让一个雕像来携持那个火炬了。"另一个"部分秃顶或全秃者的假发广告"恰好挨着赫西对受到辐射幸存下来的受害者的许多病症进行惨痛描述的那段文字,这则广告似乎是被粘贴上的,好像是《纽约人》一个怙恶不悛的编辑故意这样做的;和广告里"假"和"发"之间的位置对应着的是赫西的文字:"主要的症状是脱发"。挨着赫西有关广岛"授权并建立了400个家庭的'临时房简易住房'"信息的,是霍尼韦尔(Honeywell)公司的一

---

① 一种广泛分布的热带杂草,花黄色,荚果细长弯曲。——译注

少数族裔现代主义

个广告，在"现代艺术，啊，格蒂？"的标语下，它告知读者，霍尼韦尔的一个"根据激励—保健理论设计的个性化的加热控制"是一个比达利的原作收藏更为重要的小物品。现代主义正成为商业文化的一部分，并成为一种商品，这个事实在34街一个名字为小写的"现代时代"的广告里也可见一斑。一辆普式火车广告把一个郊区站台上在寻找自己名字的所有白人乘客描绘为公司的投资商和共有者，他们的名字被写在一节车厢上，一个洋溢着幸福微笑的黑人行李搬运工正在从那节车厢向外观望。这表明了取得双重胜利的战役影响到美国的程度以及一种"美国进退两难困境"感深入国家的程度。

赫西的报道极为成功，因为读者似乎是生平第一次审视这件已经发生了事情。一个个幸存者的故事累积起来，其效果比许多以前出版的比较"客观"的其他描述更加有力。《纽约人》很快就被卖空，随后，赫西的报道被集结成书，不断被出版，政府感觉到必须为使用这种武器找出一个比在赫西的《广岛》（*Hiroshima*）发表之前所提供的解释更加充分圆满的解释。

纽约的知识界可能把赫西的作品看成是格林伯格称之为"庸俗"的东西。德怀特·麦克唐纳抱怨说，赫西在《广岛》里表现出来的"温文尔雅、态度缓和、克制收敛的自然主义"，"无论从美感上还是从道义上来讲，都不再足以应对现代世界里的恐怖"。根据麦克唐纳的看法，赫西"没有捕捉到想象中能够创造出整体的那个细节的敏锐眼光"。尤为糟糕的是，赫西在《纽约人》上清新冷静的小说里记录了"广岛上'小人物'遭受的痛苦，他们相当于是小白鼠，因为读者——或至少我这位读者——被迫对他们产生怜悯、恐惧或愤懑"。玛丽·麦卡锡认为，《广岛》里采用的"人情味"方式是"对原子战争事实进行的枯燥乏味的扭曲"。她加上一个不可能实现的要求："为了能给原子弹以公正，赫西先生甚至可能必须去探访死者。"

赫西缺乏让读者感到"晦涩难懂"的特质，而且也没有自觉地进行实验的特质，所以，他肯定没有资格成为一个完整意义上的现代主义者，即使哈里·莱文在1947年的《袖珍詹姆斯·乔伊斯作品选》（*Portable James Joyce*，考利的《袖珍福克纳作品选》的姊妹书）的前言里问道："那些读过约翰·赫西的《广岛》的人中，有多少人能够看出它从《尤利西斯》中得到的文学恩典？"这可能有些夸大其词，因为赫西看起来是更多地从桑顿·怀尔德的小说《圣路易斯雷大桥》（*The Bridge of San Luis Rey*, 1927）① 中通过几个人物同时发生意外死亡对超验进行的探究中得到的真正意义上的灵感，而不是乔

---

① 1714年7月20日，秘鲁的这座桥坍塌，造成5人离奇死亡，一个牧师想去解开这个事件的原委，但自己也丢了性命。——译注

伊斯的任何文体手法。这不是要把赫西划为少数族裔现代主义者之列，而是通过探讨他20世纪40年代的一些作品来表明，美国现代主义者和少数族裔作家在同一个时期所逃遁的东西：与二战的恐怖进行一场全面的交锋。

詹姆斯·艾吉只留下了一个名为《献身日》（"Dedication Day"）的怪异小说片段，其中一个核科学家以自杀来弥补他参与原子弹建造的过失。兰斯顿·休斯在辛普尔故事《此处到彼处：辛普尔和原子弹》（"Here to Yonder: Simple and the Atomic Bomb"，1945年，8月18日）的开头似乎严肃庄重，而后对话题的谈论变得轻松。辛普尔忧心忡忡，原子弹可能会终结所有人类之间的关系："可以杀死方圆几英里的人，我所有的亲朋——也包括我——可能在瞬间就被消灭掉。"叙事者宽慰他说：

"没有人会把炸弹投到你身上……我们是在千里迢迢之外的亚洲投下了它。"

"那有什么东西会阻止亚洲反过来把它投到我们身上？"辛普尔问。

"日本人很可能没有原子弹来投，哪怕是一个"，我说。

在那儿，对话从那里扯到了为什么没有在德国投原子弹、原子弹的成本和更好地花费这笔钱的方式，以及密西西比的选举。这个小短篇故事仍然让休斯备受瞩目，因为赫斯顿和赖特在他们的作品里——无论是出版的还是未出版的——都没有提到过大屠杀或广岛事件。

约翰·赫西的《广岛》和小说《墙》涉及的都是种族灭绝这一问题，对于后来许多涉及广岛遗患和奥斯维辛集中营的作家来说，这个问题开始变得如此重要。一位年轻的作家，一个受训为记者的局外人，在很多人对这些主题保持沉默的时候，写出并出版了这样的作品，单就这一事实就说明了一点，即二战结束后，美国现代主义小说和少数族裔小说明显欠缺对这些问题的触及。或许不应当再把现代主义看做是一个固有着拯救性、进步性或抵制性的范畴，而应把它仅仅看做是一套文体规约——和现实主义或新古典主义并无不同。借助这些规约，艺术家取得了一些非凡的美学成就，而且也可能并且的确为不同的意识形态所利用，或用以行善，或用以作恶。

第十五章 中央大车站

匈牙利裔移民利奥·吉拉德（Leo Szilard）的题为《关于"中央大车站"的报道》（"Report on 'Grand Central Terminal'"）写于1948年，1952年首次在《芝加哥大学杂志》（*University of Chicago Magazine*）上发表，它让读者在一个不同寻常的背景下参与阐释人工制品的含义。一场中子弹战争摧毁了地球上的所有人类、动物和植物（即所有移情对象），但建筑物完好无损。这场战争后，一个外星科学考察队对曼哈顿进行了调查研究。故事中逐步展开了保守的叙事者与激进的科学家泽兰姆（Xram）之间的紧张关系。在调查中央大车站时，他们之间相互冲突的观点突出出来，这个纽约车站曾经是马克斯·韦伯1915年一幅油画的主题和贝雷尼斯·艾伯特（Berenice Abbott）几张摄影作品的主题，并且它使得路易斯·阿达米克的出生地显得如此渺小。吉拉德的叙事者解释说："它的名字'中央大车站'是什么意思我们并不知道，但是关于这座建筑物要达到的基本目的，是毫无疑问的。它是一个原始交通系统的一部分，这个系统以在轨道上奔跑的笨重机车和它们后面安置在轮子上的拖车为基础。"叙事者下结论说，在中央大车站，肯定曾有两种人，那些"烟色"肤色的人和"非烟色"肤色的人。他提出一个理论，即在这个原始交通体系中，他们很可能被分为"吸烟者"和"非吸烟者"。第三类地球居民有羽翼，但似乎早些时候就已经灭绝了，作出这样的推断是由于数目众多的骨骼没有一个是属于有羽翼的这类人的，而且由于他们的形象"在年代久远的绘画里比在近代绘画里更频繁地出现"。

科学家对车站里的公共卫生间迷惑不解，"这些小隔间是地球居民在排大便时暂时的遮蔽物"。下面是调查者们碰到的难题：

排泄处每一个隔间的门都被一个相当复杂的小机件锁着。通过对这

第十五章 中央大车站

些小机件的调查发现，它们包含有很多金属圆盘。现在，我们明白了，通过这些别具匠心的小机件，可以阻止人进入隔间里面，除非通过一个槽把另外一个盘塞进它们里面；就在那一时刻门开了，这才被允许进入隔间。

这些盘上面有不同的图像，并刻有不同的字，但是，所有盘上都有"自由"这个词。这些小机件、小机件里的盘以及盘上的单词"自由"的意义是什么？

学者们达成了一致意见，这些盘表明的是"一种伴随排泄行为的礼规"，"'自由'这个单词一定意指某种地球人或其祖先所具有的崇高美德"。但是，为什么在锁那儿装这些小机件？科学家们假想"地球人或许为一种紧迫感所驱使，如果没有这些小机件，他们可能偶尔会忘记献出盘，结果，此后会遭受懊悔的阵痛"。但泽兰姆不同意这种看法，他的见解由叙事者表露出来：

> （泽兰姆）认为，这些盘是作为地球人劳务的回报发给他们的。他说，地球人不是理性动物，没有某种特殊的激励，他们不会合作共同干事业的。
>
> 他说，通过禁止地球人排泄粪便——除非他们每次献出一个盘，他们就会渴望得到那些盘……他认为，在排泄处发现的盘仅仅是一个更普遍原则的特殊情形，地球人不仅在进入排泄处之前很可能必须交付这样的盘，而且在被准许进食之前也必须这样做，等等。

泽兰姆得出了一个较全面的理论，因而处于一种兴奋的状态，但屈尊的叙事者显然不赞同他的理论：

> 他进行了纷繁复杂的运算，发现进行盘交换的体系可能不是稳定的，而是必定受到大幅度波动的影响，隐约令人联想起精神病患者狂躁抑郁的情绪反复。他竟然说在那样一个压抑的阶段，发生战争甚至在同一物种内都在心理上成为可能。

叙事者毫不费力地驳斥了泽兰姆显然"荒谬的观点"，因为"对随意挑选出来的城市的十个不同住房的抽样调查"显示，有"许多排泄处，但没有一个装备有用于盛放那种盘的小机件"。这只有一种可能，"中央大车站"的排泄处的盘"作为一种礼规被放置在那儿。显然那样的礼规是和公共场合的而且只是在公共场合的排泄行为有关"。

这个故事的作者是带有十足讽刺意味的犹太人，即和在布达佩斯出生的利奥·吉拉德是同一类人，他在1938年移民到美国，是"曼哈顿工程"的先驱之一，参与研究核连锁反应，从而使第一批原子弹的建造和使用成为可能。他曾描述过在读了H·G·韦尔斯（H. G. Wells）的《被解放的世界》（The World Set Free）后的感受，那是一个关于原子能的科幻故事，读完后，他突然迸发出一股灵感（在伦敦南安普敦的拐角等待红灯变绿的时候）：一个中子连锁反应能够使原子裂变，并释放出能量。吉拉德是现代性世界里的一位冒险家，他申请过电子显微镜的专利，并和阿尔伯特·爱因斯坦一起申请过一种冰箱泵的专利；他为包括《关于"中央大车站"的报道》在内的书设计了广告："在费城，几乎每个人都读《海豚的声音》……在哈佛书店有售。如果你今天不买，你就会将它遗忘。"

吉拉德也有强烈的政治责任感。1932年，他试图组织一场抵制日货的活动，来抗议日本对中国正在发起的残暴战争。1945年，他站在道德的立场上竭力反对对广岛和长崎使用原子弹。在直接向罗斯福、然后向杜鲁门呼吁的尝试失败后，吉拉德在曼哈顿工程科学家中间散发了《致总统请愿书》（日期为1945年7月17），其中辩解道，只有美国受到德国使用这样一种武器进行的袭击后，原子弹的使用才会被证明是正当的，"对日本进行如是的袭击不能被证明是正当的，这至少是不正当的，除非战后要对日本施加的条款被详细地公之于众，而且日本被给予了一个投降的机会"。科学家们担心这样一步会涉及道义责任，他们警告说："一个为了毁灭性的目的而使用这些新释放的自然力从而定下先例的国家，可能必须承担起打开一个其规模难以想象的灾难时代的大门的责任。"给美国总司令的请愿书预料到了"竞争大国"之间的军备竞赛，论证说在原子领域的领先地位赋予了美国"进行克制的义务，如果我们违背了这项义务，我们在世人和我们自己眼中的道义立场就会被削弱"。吉拉德的请愿书虽然得到另外69位原子科学家的签名，但对杜鲁门的决策毫不奏效。吉拉德把他进行的这项工作作为另一个讽刺故事《对我——一名战犯的审判》（"My Trial as a War Criminal"，1947）的开头，其中，俄国人在对新泽西州进行生化武器攻击后，占领了美国，围捕那些参与原子弹研发和使用的美国人，来审判他们犯下的纽伦堡审判①所界定的罪行，如"违犯战争惯例"和"违背世界协约而谋划战争"。

---

① 1945年在德国纽伦堡举行的对第二次世界大战中德国首要战犯和犯罪组织的国际审判。——译注

吉拉德在《关于"中央大车站"的报道》里提供了一个少数人观点的范例，泽兰姆（把一位著名理论家的名字的前后顺序颠倒过来）① 就持有这种观点，但是，这个观点被故事的叙事者令人愤慨地摒弃掉了。"自由"盘可能与和平和战争有关系？由于吉拉德把一个战后、同时也是冷漠的后人类场景中的现代生活设施如付费厕所陌生化了，他的问题就愈加萦绕在脑海。这个奇妙的故事是后广岛模式的移民作品的一个突出例子，表明了现代性、在"躁郁的"市场循环中获取盘的愿望以及道义的缺乏责任把人类带到了一个"中央大车站"的终点站，确实如此。

*

从一定程度来说，1910 年至 1950 年是一个团结统一的时期。但是，它也以深层次的断裂为特征。这几十年既包括战前年代，又包括战争年代，战争标志着一个重大的停顿：世界文学界普遍让步给了支持或反对战事活动的国家化了的知识分子——尽管也有很多人坚持中立主义、和平主义和新国际主义。第一次世界大战把政治宣传推进到一个新的高度，战后，其目标发生转移，从德国兵（Huns，这个词由德皇威廉 1900 年在对起程去往中国的德国士兵进行鼓舞士气的讲话中不经意间启用）指向"共产主义者"，或犹太人，或"日本人"，或社会平等，或从这个时期延续到冷战的整个过程中的任何其他敌对建构。在国内，美国化运动和同化运动开始把移民英语化：连字符是减号，英语是《独立宣言》所使用的语言。一战在除英语外的其他语言被边缘化和邪恶化方面有着深远的影响——在这一过程中，西班牙语最终成为主要目标。肤色界线划分得越来越清晰，优生学研究为战争年代和随后 20 年里的种族主义提供了最全面的理论基础。

从一战结束到 1929 年间，是个繁盛的时期，孤立主义竭力抬头，而且这个时期是高度保守的。同时，少数族裔作家自传和文学变得愈加现代性、自我反省和阴郁。1929 年，纽约股票交易所崩溃，是标志这个时期一个深层断裂的另一个事件，或许影响到了文学创作，或许没有，但一些社会主题在 20 世纪 30 年代的大萧条期间出现在文学领域里最显著的位置。或许更重要的是，在许多政治前沿，现实主义美学回归了；海明威的折中现代主义获得的胜利也可以在这个语境下被解读。

下一个大的停顿是二战。在战争年代，由多民族组成战斗队伍并肩作战的故事，以及罗斯福明确提出的四项自由的讲话，被诺曼·罗克威尔（Norman Rockwell）制作成插图，很受人欢迎，这迎来了一个战胜国外法西斯主

---

① 兰泽姆的英文 Xram 是 Marx（马克思）名字的前后颠倒。——译注

义、国内种族主义的双重胜利的战役，并且开始了紧锣密鼓的跨文化教育，来防止由于群体敌对和种族歧视所导致的种族灭绝的危险。但美国现代主义作家和少数族裔作家——极少数除外——直到"垮掉的一代"（Beat Generation）到来之时，才开始面对"集中营世界"。1945 年至 1950 年，标志着从战争同盟到新的反共产主义浪潮和冷战的转变；1940 年到 1950 年，现代主义被当做民主艺术并被最终接受。随着这个时期进入尾声，民权运动即将开始发展，从 1954 年布朗诉教育部案决议，到 20 世纪 60 年代民权立法期间，民权运动迅猛发展起来。1967 年，最高法院在拉维诉弗吉尼亚案（Loving v. Virginia）中宣布，最根深蒂固、最广泛的种族主义法律体系中禁止异族通婚的法律是违反宪法的。

1930 年至 1950 年期间，美国经济上的流动性开始盛行：1930 年美国 1% 最富有的家庭控制着 40% 以上的国家财富，到了 1949 年，这个数字下降到了 30% 以下（只在 1990 年又再次回升到近 40%）。这意味着 1930 年至 1950 年间的经济发展为流动性提供了一定的依据，而到 20 世纪末，美国经济流动性比率比其他民主国家的比率实质上要低。

人们会普遍把现代主义当做民主的艺术和进行抵制的艺术来接受，因为它的对立面极权主义使得这种接受方式变得合乎情理——尽管民粹主义者不断地对艺术进行抵制，其实是无病呻吟。但是，这种民粹主义（体现在唐德罗在议会上露面）在冷战年代不能找到更为有效的政治表达方式。

随着现代主义在 20 世纪 50 年代越来越成为可以说是正常的做法，它兴起的故事主线确定下来，并成为它的核心神话。这个故事以那么多传记叙述（从塞尚、梵高、恩索尔、莫奈和毕加索到美国移民艺术家约瑟夫·斯特拉、伊曼纽尔·拉德尼斯茨基——后来他改名为曼·雷，这个名字更为人所知——和马克斯·韦伯）的形式被重新讲述，总是从一个前现代的、维多利亚的、现实主义的准则转向标志每一位现代艺术家成就的风格和色彩的真正爆发。斯泰因的故事也遵循着类似的轨迹，从《待被证明的》到《三个女人的一生》和《美国人的形成》，并转向毕加索、塞尚和马蒂斯的世界。它是一个异军突起的强力故事，它可能还会一直统领许多现代主义景致，但它也是一个建立在省略和合并基础上的、具有选择性的故事。现在，它是一个可能已经顺其自然发展的故事了。

大事年表

1910 年至 1950 年

年代	美国重要文学著作	美国重要历史及文艺事件	其他重要历史及文艺事件
1910年	简·亚当斯（1860—1935），《赫尔大厦二十年》（自述体小说）	《曼恩－埃尔金斯法案》通过，授予州际商务委员会以电话、电报、有线和无线公司的控制权。	反对波菲里奥·迪亚斯独裁统治的墨西哥革命爆发。
	温斯顿·丘吉尔（1871—1947），《当代编年史》（长篇小说）	维克多·伯格尔成为第一个入选美国国会的社会主义者。	中国废除了奴隶制。
	詹姆斯·亨内克（1857—1921），《一个印象派艺术家的长廊》（自述体小说）	美国人口达到92,228,496。	葡萄牙成为共和国。
	亨利·詹姆斯（1843—1916），《细粮》（短篇小说集）	塔夫特总统免除美国森林管理局局长吉福德·平肖特的职务，声称管理部门正在暗中破坏森林保护工作。	日本占领朝鲜。
	欧文·约翰逊（1878—1952），《流氓》（长篇小说）	威廉·波伊斯特许成立美国童子军。	哈雷彗星从地球附近经过。
	利奥·科布林（1872—1946），《痛苦的语言》（小说）	W. E. B.杜波伊斯在美国有色人种民权促进协会的赞助下出版《危机》。	亨利·马蒂斯创作完成《音乐》（绘画）。
	杰克·伦敦（1876—1916），《丢脸》（短篇小说集）	古斯塔夫斯·迈尔斯（1872—1942），《美国豪门巨富史》（经济史）。	伊戈尔·斯特拉温斯基创作完成《火鸟》（芭蕾舞曲）。
	西奥多·罗斯福（1858—1919），《非洲猎物的踪迹》（自述体小说）	柴尔德·哈桑姆创作完成《逆光》（绘画）。	爱德华七世去世。乔治五世继任。
	乔治·赫里曼出版第一本漫画《疯猫》。	列夫·托尔斯泰去世。	
1911年	安布罗斯·比尔斯(1842—1914?)，《魔鬼辞典》（讽刺文学）	美国联邦最高法院下令解散托拉斯标准石油公司、美国烟草公司和杜邦公司。	美国、英国和日本签订和约，15年内禁止在北太平洋猎杀海豹。

年代	美国重要文学著作	美国重要历史及文艺事件	其他重要历史及文艺事件
	西奥多·德莱塞(1871—1945),《珍妮·格巴特》(长篇小说)	三角女衫工厂大火导致146名工人丧生,其中大多数是妇女,当时她们被管理人员锁在厂房里。	罗尔德·阿曼德森成为第一个到达南极的人。
	W. E. B. 杜波伊斯(1868—1963),《寻找银色羊毛》(长篇小说)	查尔斯·卡特林完善了汽车的电力启动装置。	恩内斯特·卢瑟福创立原子结构理论。
	亨利·哈里森(1880—1930),《奎德》(长篇小说)	宝洁公司推出首创的纯植物性烘焙油。	约瑟夫·康拉德(1857—1924),《在西方人的眼中》(长篇小说)
	欧文·约翰逊(1878—1952),《田纳西的西鲱鱼》(长篇小说)	弗朗兹·博厄斯(1858—1942),《原始人的心理》(人类学)	乔治·布拉克创作完成《人和吉他》(绘画)
	约翰·缪尔(1838—1914),《夏日走过山间》(自述体小说)	弗雷德里克·泰勒(1856—1915),《科学管理原理》(经济学)	保罗·克利创作完成《自画像》(绘画)
	安妮·塞奇威克(1873—1935),《坦蒂》(长篇小说)	《新共和》第一期出版。	理查德·施特劳斯创作完成《玫瑰骑士》(歌剧)
	伊迪丝·沃顿(1862—1937),《伊坦·弗罗姆》(长篇小说)		
	哈拉德·赖特(1872—1944),《芭芭拉·沃斯的胜利》(长篇小说)	《孟菲斯蓝调》(流行歌曲)	
1912年	玛丽·安婷(1881—1946),《福佑之地》(写实文学)	伍德罗·威尔逊在美国总统竞选中打败西奥多·罗斯福和威廉·塔夫特。	泰坦尼克号在其首次横跨大西洋的航行中沉船,共有1513人丧生。
	西奥多·德莱塞(1871—1945),《金融家》(长篇小说)	新墨西哥和亚利桑那加入联邦政府成为第47和第48个州。	美国海军陆战队入侵尼加拉瓜。
	赞恩·格雷(1875—1939),《紫艾灌丛中的骑士们》(长篇小说)	美国联邦最高法院终止了太平洋联合铁路公司和南太平洋铁路公司的合并。	C.G. 荣格(1875—1961),《精神分析理论》(心理学)

年代	美国重要文学著作	美国重要历史及文艺事件	其他重要历史及文艺事件
	詹姆斯·韦尔顿·约翰逊(1871—1938),《一个前有色人的自传》	杰若米·科恩创作完成《红裙子》(音乐剧)。	派布罗·毕加索创作完成《小提琴》(绘画)。
	杰克·伦敦(1876—1916),《史沫克·贝罗》(长篇小说)	吉姆·索普在第五届奥运会上赢得了十项全能和五项全能的冠军。	克劳德·德彪西创作完成《意象集》(管弦乐)
	水仙花(伊迪丝·莫德·伊顿)(1865—1914),《春香夫人》(短篇小说集)a	在云雾室照片中发现电子和质子。	
1913年	伦道夫·伯恩(1886—1918),《青春与人生》(随笔)	美国宪法第16条修正案通过,使联邦个人所得税合法化。	尼尔斯·玻尔创立原子结构理论。
	薇拉·凯瑟(1876—1947),《啊,拓荒者!》(长篇小说)	美国宪法第17条修正案通过,允许直接选举美国国会参议员。	《伦敦和平条约》使土耳其在欧洲的领土被巴尔干战争胜利者瓜分。
	艾伦·格拉斯哥(1874—1945),《弗吉尼亚》(长篇小说)	制衣工人举行罢工,要求缩短工作日。	D. H. 劳伦斯(1885—1930)《儿子与情人》(长篇小说)
	苏珊·格拉斯佩尔(1882—1948),《揭开面纱》(短篇小说集)	福特汽车公司在厂房安装了第一条生产线。	托马斯·曼恩(1875—1955),《魂断威尼斯》(中篇小说)
	罗伯特·赫里克(1868—1938),《一个女人的一生》(长篇小说)	吉登·桑伯克发明了拉锁。	马塞尔·普鲁斯特(1871—1922),《在斯万家那边》(长篇小说,《追忆逝水年华》第一卷)
	亨利·詹姆斯(1843—1916),《童年及其他》(自传)	横跨密西西比河的基奥卡克大坝完工。	克劳德·德彪西创作完成《前奏曲集》(钢琴曲)。
	罗伯特·拉福莱特(1855—1925),《自传》(自传)	《联邦储备法案》通过。	伊戈尔·斯特拉文斯基创作完成《春之祭》(芭蕾舞曲)。
	杰克·伦敦(1876—1916),《月亮谷》(长篇小说)	军械库现代艺术展览在纽约举行。	

年代	美国重要文学著作	美国重要历史及文艺事件	其他重要历史及文艺事件
1914年	伊迪丝·沃顿（1862—1937），《乡土风俗》（长篇小说）	《丹尼男孩》（流行歌曲）	
	埃德加·伯勒斯（1875—1950），《人猿泰山》（长篇小说）	美国黑人从南方乡村迁移到北部工业城市的大迁徙运动加速。	第一次世界大战在斐迪南大公被暗杀后爆发。
	西奥多·德莱塞（1871—1945），《巨人》（长篇小说）	美林证券公司成立。	墨西哥革命使拉丁美洲动荡不安。
	罗伯特·赫里克（1868—1938），《克拉克的田野》（长篇小说）	《联邦贸易委员会法案》通过。	圣雄甘地返回印度支持国家独立运动。
	亨利·詹姆斯（1843—1916），《儿子兼兄弟》（自传）	《新共和》和《小评论》第一期出版。	巴拿马运河通航。
	辛克莱·刘易斯（1885—1951），《我们的兰先生》（长篇小说）	路易斯·布兰戴斯（1856—1941），《别人的钱》（随笔）	德国人奥斯卡·巴纳克设计并制造出35毫米相机。
	塞缪尔·锡德尼·麦克卢尔（1857—1949），《我的自传》（薇拉·凯瑟代写）（自传）	理查德·哈丁·戴维斯（1864—1916），《支持协约国》（写实文学）	詹姆斯·乔伊斯（1882—1941），《都柏林人》（短篇小说集）
	格特鲁德·斯泰因（1874—1946），《柔软的钮扣》（短篇小说集）	约翰·史龙创作完成《格林威治村的后院》（绘画）。	阿道夫·德·梅耶拍摄了系列照片《牧神的午后》。
	爱德华·斯坦纳（1866—1956），《从异乡人到公民》（自传）	W. C. 汉迪创作完成《圣路易斯蓝调》（流行歌曲）。	
	布斯·塔金顿（1869—1946），《潘拉德》（长篇小说）		
1915年	奥尔·巴斯莱特（1855—1924），《通往金门的路》（寓言体小说）	J. P. 摩根公司同意借贷英国和法国5亿美元，为其战争提供资金。	路西塔尼亚号被德国潜艇的鱼雷击中，造成1198人死亡。

年代	美国重要文学著作	美国重要历史及文艺事件	其他重要历史及文艺事件
	薇拉·凯瑟（1876—1947），《云雀之歌》（长篇小说）	从纽约到旧金山的首次横跨大陆通话成功。	第一次世界大战的战场上爆发破伤风传染病。
	西奥多·德莱塞（1871—1945），《天才》（长篇小说）	出租汽车成为主要城市的一种新型交通工具。	拉丁美洲国家与美国举行会议，渴望结束墨西哥革命。
	苏珊·格拉斯佩尔（1882—1948），《忠贞》（长篇小说）	乔治亚州批准三K党成立。	阿尔伯特·爱因斯坦提出广义相对论。
	赞恩·格雷（1875—1939），《孤独的星游人》（长篇小说）	D. W. 格里菲斯执导影片《一个国家的诞生》。	弗兰兹·卡夫卡（1883—1930），《变形记》（中篇小说）
	约翰·缪尔（1838—1914），《阿拉斯加的冰川》（游记）	马克斯·韦伯创作完成《中国餐馆》（绘画）	D. H. 劳伦斯（1885—1930），《彩虹》（长篇小说）
	欧内斯特·普尔（1880—1950），《海港》（长篇小说）	普罗温斯敦剧团成立。	弗吉尼亚·伍尔夫（1882—1941），《远航》（长篇小说）
	欧文·威斯特（1860—1938），《五旬节浩劫》（写实文学）	克劳德·德彪西创作完成《练习曲》（钢琴曲）	
1916年	舍伍德·安德森（1876—1941），《温迪·麦克弗森之子》（长篇小说）	美国参议院命令加强武装力量。	炮弹休克的理论在对一战老兵的治疗中产生。
	塞缪尔·克莱门斯（1835—1910），《神秘的陌生人》（长篇小说）	《联邦农业贷款法案》通过，给有需要的农民提供资金。	达达主义艺术家们在苏黎世聚集。
	艾伦·格拉斯哥（1874—1945），《加布里埃拉的人生》（长篇小说）	国会为防止铁路工人罢工立法通过八小时工作日。	英国军队镇压爱尔兰复活节起义。
	威廉·狄恩·豪威尔斯（1837—1920），《莱瑟伍德山谷之神》（长篇小说）	联邦童工法通过。	潘图·维拉侵袭美国与新墨西哥的边界。美国派军队前往墨西哥。

年代	美国重要文学著作	美国重要历史及文艺事件	其他重要历史及文艺事件
	艾伦·拉·莫蒂(1873—1961),《战争的遗祸》(自述体小说)	伍德罗·威尔逊任命路易斯·布兰戴斯为美国最高法院大法官。布兰戴斯成为第一位担任高级法院职务的犹太人。	詹姆斯·乔伊斯(1882—1941),《一个青年艺术家的画像》(长篇小说)
	林·拉德纳(1885—1933),《埃尔你知道我》(短篇小说集)	约翰·杜威(1859—1952),《民主与教育》(哲学)	俄罗斯芭蕾舞团前往美国。
	埃利亚斯·塔本金(1882—1963),《韦特来了》(长篇小说)		
1917年	沃尔德马·阿杰尔(1869—1941),《通往熔炉之路》(写实文学)	美国加入第一次世界大战,200万人在法国登陆。4.9万人死亡。23万人受伤。	德国开始进行无限制潜艇战。
	舍伍德·安德森(1876—1941),《前进中的人们》(长篇小说)	伍德罗·威尔逊发表十点计划演讲,赞成建立世界联盟。	英国情报机构截获了"齐默尔曼密电",获悉墨西哥和德国要建立联盟抵制美国参战。
	玛丽·奥斯汀(1868—1934),《浅滩》(长篇小说)	《琼斯法案》颁布,使波多黎各成为美国属地。	红军推翻沙皇统治,俄国共产主义力量壮大。
	伦道夫·伯恩(1886—1918),《教育与生存》(随笔)	国会推翻威尔逊的否决,对移民进行识字测验并排斥亚洲移民。	第三次伊普尔战役爆发。
	亚伯拉罕·卡恩(1860—1951),《大卫·莱温斯基的崛起》(长篇小说)	詹姆斯·卡贝尔(1879—1958),《笑话的妙处》(历史传奇)	莫里斯·拉威尔创作完成《库普兰之墓》(钢琴曲)。
	哈姆林·加兰(1860—1940),《中部边地之子》(自传)	阿瑟·艾姆毕(1883—1963),《超越顶峰》(战争叙事)	埃里克·萨蒂创作完成《游行》(芭蕾舞曲)。
	亨利·詹姆斯(1843—1916),《中年》(自传)	"正宗迪克西兰爵士乐队"首次在纽约登台演出。	

年代	美国重要文学著作	美国重要历史及文艺事件	其他重要历史及文艺事件
	大卫·菲利普斯（1867—1911），《苏珊·伦诺克斯的沉浮》（长篇小说）	A. 菲利普·鲁道夫和钱德勒·欧文创办《信使》	
	欧内斯特·普尔（1880—1950），《他的家庭》（长篇小说）		
	厄普顿·辛克莱（1878—1968），《煤炭大王》（长篇小说）		
1918 年	亨利·亚当斯（1838—1918），《亨利·亚当斯的教育》（第一次印刷）（自传）	伍德罗·威尔逊向国会提出关于战后和平的 14 点计划。	美国和协约国取得埃纳河—马恩河战役和默兹—阿贡战役的胜利。
	威廉·毕比（1877—1962），《宁静的丛林》（博物学）	《惩治叛乱法案》通过。	11 月 11 日，第一次世界大战结束。
	薇拉·凯瑟（1876—1947），《我的安东尼娅》（长篇小说）	尤金·德布斯因为"战争期间煽动叛乱"被判入狱 10 年。	一种恶性流感在全球蔓延，造成两千多万人死亡。
	佐纳·盖尔（1874—1938），《诞生》（长篇小说）	爱德华·斯特里特（1891—1976），《一名新手的情书》（幽默文学）	雷顿·斯特拉奇（1880—1932），《维多利亚女王时代四名人传》（历史传记）
	布斯·塔金顿（1869—1946），《伟大的安伯森斯》（长篇小说）	贾科莫·普契尼的独幕剧三部曲《外套》、《修女安洁丽卡》、《强尼·史基基》首演。	
1919 年	舍伍德·安德森（1876—1941），《俄亥俄州的温斯堡》（短篇小说集）	美国宪法第 18 条修正案颁布，禁止在美国生产、销售或运输酒类。	凡尔赛和平会议召开。
	康拉德·伯克维西（1882—1961），《纽约的灰尘》（短篇小说集）	伍德罗·威尔逊向和平会议提交《国联盟约》。	红军在俄国革命中取得大规模胜利。

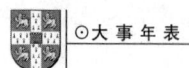

年代	美国重要文学著作	美国重要历史及文艺事件	其他重要历史及文艺事件
	霍拉斯·布里奇斯（1880—?），《论成为一个美国人》（自传）	美国参议院拒绝接受《凡尔赛和约》。	英国殖民当局在阿木里查屠杀印度人。
	约翰·库诺斯（1881—1956），《面具》（长篇小说）	战后的经济萧条导致劳工动乱，致使许多主要城市瘫痪。	沃尔特·格罗佩斯在魏玛建立包豪斯建筑学院。
	沃尔多·弗兰克（1889—1967），《我们的美国》（随笔）	伍德罗·威尔逊严重中风。	
	艾伦·格拉斯哥（1874—1945），《建造者》（长篇小说）	遍及全国的种族冲突在芝加哥达到顶峰，一周的暴动使15个白人和23个黑人丧生，1000多人无家可归。	马塞尔·普鲁斯特（1871—1922），《在少女们身旁》（长篇小说《追忆逝水年华》第二卷）
	约瑟夫·赫格希默（1880—1954），《琳达·康登》（长篇小说）	美国共产主义劳工党成立，采用了第三国际的平台。	弗兰兹·卡夫卡（1883—1924），《在流刑营》和《乡村医生》（短篇小说）
	H. L. 门肯（1880—1956），《偏见》（随笔，六卷中的第一卷）	詹姆斯·卡贝尔（1879—1958）《朱根》（历史传奇）	罗伯特·威恩执导影片《卡里加利博士的小屋》。
	弗雷德里克·奥布赖恩（1869—1932），《南海白影》（自述体小说）	H. L. 门肯（1880—1956），《美国的语言》（写实文学，第一版）	F. W. 穆瑙执导影片《吸血僵尸》。
	约翰·里德（1887—1920），《震撼世界的十天》（写实文学）	杰克·邓普西成为世界重量级拳王。	
	厄普顿·辛克莱（1878—1968），《无耻的审核》（长篇小说）	第一份小型报纸《纽约每日新闻》首期出版。	
1920 年	舍伍德·安德森（1876—1941），《穷白人》（长篇小说）	美国全国总人口达到105,710,620。历史上第一次出现50%以上的人口居住在城市的情况。	《塞弗尔条约》取消鄂图曼帝国。

年代	美国重要文学著作	美国重要历史及文艺事件	其他重要历史及文艺事件
	爱德华·伯克(1863—1930),《爱德华·伯克的美国化》(自传)	沃伦·哈丁战胜詹姆斯·考克斯和尤金·德布斯赢得总统大选的胜利。	
	克莱伦斯·戴(1874—1935),《人猿世界》(随笔)	美国宪法第19条修正案通过,给予妇女选举权。	西格蒙德·弗洛伊德(1856—1939),《超越快感原则》(心理学)
	弗洛伊德·德尔(1887—1969),《傻瓜》(长篇小说)	美国首席检察官帕尔默在"红色恐怖"活动中迫害布尔什维克。	
	约翰·多斯·帕索斯(1896—1970),《一个人的开始》(长篇小说)	纽约公立学校允许解雇加入共产党的教师。	
	F.司各特·菲茨杰拉德(1896—1940),《天堂的这一边》(长篇小说)	伍德罗·威尔逊获得诺贝尔和平奖。	
	佐纳·盖尔(1874—1938),《鲁尔·拜特小姐》(长篇小说)	宾夕法尼亚州匹兹堡的KADA广播电台首播,率先每天定时广播。	D. H. 劳伦斯(1885—1930),《恋爱中的女人》(长篇小说)
	詹姆斯·亨内克(1857—1921),《面纱》(长篇小说)	美国只有5000台收音机,其中大部分是用来做试验的。	
	辛克莱·刘易斯(1885—1951),《大街》(长篇小说)	美国文盲人数的比率下降到历史新低,占人口的6%。	
	H. L. 门肯(1880—1956),《偏见》(随笔,六卷中的第二卷)	美国的人均寿命增长到54.09岁。	
	布斯·塔金顿(1869—1946),《爱丽丝·亚当斯》(长篇小说)	芝加哥白袜队的8名球员因"故意输掉"1919年的世界大赛遭到指控。	马塞尔·普鲁斯特(1871—1922),《盖尔芒特家那边》(长篇小说,《追忆似水年华》第三卷)
	伊迪丝·沃顿(1862—1937),《纯真年代》(长篇小说)	约翰·杜威(1859—1952),《哲学的改造》(哲学)	曼·雷发明了"雷式影像"。

年代	美国重要文学著作	美国重要历史及文艺事件	其他重要历史及文艺事件
	约翰尼斯·威斯特（1864—1923），《移民场景》（长篇小说）	奥立弗·温德尔·霍尔姆斯（1841—1935），《法学文集》（写实文学）	
	安齐亚·叶捷斯卡（1880—1970），《饥渴的心》（长篇小说）		
1921年	舍伍德·安德森（1876—1941），《鸡蛋的胜利》（短篇小说集）	国会限定每年最多允许35.7万名移民进入美国。	美国、英国、法国、意大利和日本签订《限制海军军备条约》。
	约翰·库诺斯（1881—1956），《墙》（长篇小说）	美国最高法院规定工会若阻止州际贸易可被提起公诉。	BBC（英国广播公司）成立。
	弗洛伊德·德尔（1887—1969），《荆棘丛》（长篇小说）	哈丁总统为违反间谍法的尤金·德布斯减刑。	德国物价飞涨，造成经济波动。
	约翰·多斯·帕索斯（1896—1970），《三个士兵》（长篇小说）	三K党在南方聚众闹事，引起媒体广泛关注。	费萨尔一世成为伊拉克国王。
	哈姆林·加兰（1860—1940），《中部边地之女》（自传）	美国各产业大幅度削减工资。	瑞沙·卡恩在伊朗发动政变。
	本·赫特（1894—1964），《埃里克·道恩》（长篇小说）	WJZ广播电台第一次现场直播世界大赛。	约翰·高尔斯华绥（1867—1933）重新创作《福尔赛世家》（长篇小说,四卷）
	路德维格·路易生（1882—1955），《逆流而上》（自传）	阿尔伯特·爱因斯坦到达纽约，发表了关于相对论的讲座，介绍了时间是第四维的概念。	马塞尔·普鲁斯特（1871—1922），《索多姆与戈摩尔》第一部（长篇小说,《追忆逝水年华》第四卷）
	康斯坦丁·帕努恩齐奥（1884—1964），《移民之子》		

年代	美国重要文学著作	美国重要历史及文艺事件	其他重要历史及文艺事件
	T. S. 斯特里布林(1881—1965),《出生权》(长篇小说)	《凯布尔法案》通过,使美国女人嫁给外国人成为合法行为。	路德维格·维特根斯坦(1889—1951),《逻辑哲学论》(哲学)
	布斯·塔金顿(1860—1946),《爱丽丝·亚当斯》(长篇小说)	及膝短裙引领女性服装时尚。	
	约翰尼斯·威斯特(1864—1923),《高原之家》(长篇小说)		
1922 年	薇拉·凯瑟(1876—1947),《我们中的一个》(长篇小说)		
	约翰·库诺斯(1881—1956),《巴比塔》(长篇小说)	美国最高法院确认第19条修正案(妇女选举权)的合宪性。	在列宁的统治下苏联成立。
	E. E. 卡明斯(1894—1962),《巨大的房间》(长篇小说)	纽约广播电台 WEAF 播放第一条商业广告。	墨索里尼掌权操控法西斯政府。
	F. 司各特·菲茨杰拉德(1896—1940),《爵士时代的故事》(短篇小说集)和《漂亮冤家》(长篇小说)	贝尔电话公司在纽约安装第一个机械交换台——"宾夕法尼亚"电话总机。	英国承认埃及为独立王国。
	沃尔多·弗兰克(1889—1967),《拉哈伯》(长篇小说)		经证明,胰岛素对治疗糖尿病有效。
	辛克莱·刘易斯(1885—1951),《巴比特》(长篇小说)	亚力克斯·卡瑞尔医生发现人体内存在的白血球及其作用。	赫曼·赫赛(1877—1962),《流浪者之歌》(长篇小说)
	H. L. 门肯(1880—1956),《偏见》(随笔,六卷中的第三卷)	路易斯·阿姆斯特朗从新奥尔良前往芝加哥,加入金·奥利佛领导的克里奥尔人爵士乐队。	詹姆斯·乔伊斯(1882—1941),《尤利西斯》(长篇小说)
	T. S. 艾略特(1888—1965),《荒原》(诗歌)		

年代	美国重要文学著作	美国重要历史及文艺事件	其他重要历史及文艺事件
	哈里·利昂·威尔逊（1867—1939），《糊涂影迷》（长篇小说）	艾米莉·波斯特（1873—1960），《礼节》（手册）	马塞尔·普鲁斯特（1871—1922），《索多姆与戈摩尔》第二部（长篇小说，《追忆逝水年华》第四卷）
	约翰尼斯·威斯特（1864—1923），《乔纳斯维尔》（长篇小说）	罗伯特·佛拉哈迪执导影片《北方的纳努克》。	
	安齐亚·叶捷斯卡（1880—1870），《廉租公寓里的莎乐美》（长篇小说）	维吉尼亚·伍尔夫（1882—1941），《雅各布的房间》（长篇小说）	
1923年	舍伍德·安德森（1876—1941），《多种婚姻》（长篇小说）	哈丁总统在办公室猝死。副总统卡尔文·柯立芝继位。	德国啤酒馆政变失败，希特勒未能掌权。
	格特鲁德·阿瑟顿（1857—1949），《黑牛》（长篇小说）	参议院开始调查怀俄明州石油出租事件，引发蒂波特山丑闻。	法国武装部队占领了德国的鲁尔山谷，索要战争赔款。
	托马斯·博伊德（1898—1935），《穿过麦田》（长篇小说）	俄克拉荷马州州长J. C. 沃顿颁布戒严令，镇压三K党的暴力行为。	埃德温·哈勃测算出到星云的天文距离。
	薇拉·凯瑟（1876—1947），《迷失的淑媛》（长篇小说）	科洛内尔·雅各布·希克获得电动剃须刀专利权。	西格蒙德·弗洛伊德（1856—1939），《自我与本我》（心理学）
	弗洛伊德·德尔（1887—1969），《珍妮特·马奇》（长篇小说）	杜邦公司购买了玻璃纸专利技术。	克努特·哈姆生（1859—1952），《最后一章》（长篇小说）
	迈克尔·普平（1858—1935），《从移民到发明家》（自传）	人们聚集在一起听埃米尔·库埃讲解自我暗示心理疗法，其中包括对自己说"每一天，在各方面，我都会越来越好"。	D. H. 劳伦斯（1885—1930），《经典美国文学研究》（文艺评论）

年代	美国重要文学著作	美国重要历史及文艺事件	其他重要历史及文艺事件
	厄普顿·辛克莱(1878—1968),《正步》(长篇小说)	贝西·史密斯录制了《忧郁的蓝调》,在发行的一年内卖出100万张。	马塞尔·普鲁斯特(1871—1922),《女囚》(长篇小说,《追忆似水年华》第五卷)
	让·图默(1894—1967),《甘蔗》(长篇小说)	《巴尼·古戈尔》(流行歌曲)	
	《时代》周刊第一期出版。		
1924年	康拉德·贝尔科维奇(1882—1960),《在纽约环游世界》(写实文学)	卡尔文·柯立芝赢得美国总统大选。	希腊成为共和国。
	路易斯·布罗姆菲尔德(1896—1956),《绿色月桂树》(长篇小说)	美国收音机的数量达到250万。	社会党领袖加科莫·马蒂奥蒂在意大利被杀害。
	马克西米利亚诺·费利佩·查孔,《作品》(短篇小说集)	福特汽车公司生产出公司的第100万辆汽车。	德国Z-R-3号飞船横跨大西洋。
	帕斯卡尔·迪安杰罗(1894—1932),《意大利之子》(长篇小说)	《民族起源法案》通过。	喷射式杀虫剂首次使用。
	杰西·福塞特(1882—1961),《存有混乱》(长篇小说)	美国无线电公司第一次通过无限电报把照片传送到伦敦。	安德烈·布雷顿(1896—1966),《超现实主义宣言》(艺术理论)
	欧内斯特·海明威(1899—1961),《在我们的时代》(短篇小说集)	长老会最高立法机构裁定进化论是错误的。	阿道夫·希特勒(1889—1945),《我的奋斗》(自传)
	林·拉德纳(1885—1933),《如何写短篇小说》(短篇小说集)	内森·利奥波德和理查德·洛布因预谋杀害一名儿童被判有罪。	弗兰兹·卡夫卡(1883—1924),《饥饿的艺术家》(短篇小说集)
	赫尔曼·梅尔维尔(1819—1891),《比利·巴德》(长篇小说,第一次发行)	反对雇佣童工的宪法修正案获通过。	托马斯·曼恩(1875—1955),《魔山》(长篇小说)

年代	美国重要文学著作	美国重要历史及文艺事件	其他重要历史及文艺事件
	H. L. 门肯（1880—1956），《偏见》（随笔,六卷中的第四卷）	H. L. 门肯和乔治·内森创立《美国信使》。	德米特里·肖斯塔科维奇创作完成《第一交响曲》（管弦乐）。
	鲁斯·萨考（1892—1960），《乡下人》（长篇小说）	乔治·格什温，《蓝色狂想曲》（管弦乐）	F. W. 穆瑙执导影片《最后一笑》。
1925年	沃尔特·怀特（1893—1955），《燧石里的火》（长篇小说）	《可爱的乔治亚·布朗》（流行歌曲）	
	舍伍德·安德森（1876—1941），《阴沉的笑声》（长篇小说）	在斯克普审讯中，克莱伦斯·丹诺在质疑威廉·詹宁斯·布莱恩不相信进化论时羞辱了他。	物理学家沃尔夫冈·泡利提出不相容原理。量子力学理论创立。
	康拉德·贝尔科维奇（1882—1960），《新生国家》（短篇小说集）	比利·米印尔少校遭到军法审判，因为他坚持认为发展空军力量是战略的关键。	兴登堡成为德国总统。
	麦斯威尔·博登海姆（1893—1954），《杰西卡》（长篇小说）	怀俄明州的威廉·罗斯夫人成为美国历史上第一位女州长。	阿卜杜·克里姆在摩洛哥起义，反对西班牙的统治。
	约翰·博耶尔（1872—1959），《移民》（长篇小说）	迪隆里德公司以1.46亿高价收购道奇兄弟汽车公司。	西欧各国边界纷争在洛迦诺会议上得以解决。
	玛丽塔·伯纳（1899—1971），《论年轻、女性和有色人》（随笔）	美国有15家公司制造汽车：爱匹森、别克、凯迪拉克、福特、富兰克林、海内斯、洛克莫比尔、麦克斯威尔、奥兹、奥弗兰多、派克、无得比、皮雅士-雅路、斯登斯和斯图贝克。	弗兰兹·卡夫卡（1883—1924），《审判》（长篇小说）
	薇拉·凯瑟（1876—1947），《教授之家》（长篇小说）		

年代	美国重要文学著作	美国重要历史及文艺事件	其他重要历史及文艺事件
	朱塞佩·考铁拉(1883—?),《收获》(长篇小说)		
	弗洛伊德·德尔(1887—1969),《逃亡》(长篇小说)	佛罗里达州土地热达到顶峰。	
	约翰·多斯·帕索斯(1896—1970),《曼哈顿变迁》(长篇小说)	杜邦公司开始生产异丙醇。	马塞尔·普鲁斯特(1871—1922),《亡命天涯》(长篇小说,《追忆逝水年华》第六卷)
	西奥多·德莱塞(1871—1945),《美国悲剧》(长篇小说)	乔治·弗雷德里克和格拉迪斯·迪克两位医生研究出抗毒素疗法治疗猩红热。	
	鲁道夫·费希尔(1897—1934),《避难之城》(短篇小说)	威廉·格林取代萨缪尔·甘普斯担任美国劳工联盟主席。	维吉尼亚·伍尔夫(1882—1941),《达罗卫夫人》(长篇小说)
	F. 司各特·菲茨杰拉德(1896—1940),《了不起的盖茨比》(长篇小说)	弗兰克·劳埃德·赖特在威斯康星州的泉绿市建立居住和工作总部"塔列森"。	谢尔盖·爱森斯坦执导影片《波坦金战舰》。
	艾伦·格拉斯哥(1874—1945),《不毛之地》(长篇小说)	《纽约客》创刊。	
	辛克莱·刘易斯(1885—1951),《阿罗史密斯》(长篇小说)	"查理斯顿摇摆"舞步开始流行。	
	阿兰·洛克(1886—1954),《新黑人》(诗集)	艾伦·科普兰《风琴交响曲》(管弦乐)	
	安尼塔·卢斯(1893—1981),《绅士爱美人》(长篇小说)	查理·卓别林执导影片《淘金记》。	
	玛莎·奥斯坦索(1900—1963),《鸿雁》(长篇小说)	布鲁斯·巴顿(1886—1967),《无人知晓之人》(建议手册)	

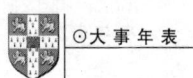

年代	美国重要文学著作	美国重要历史及文艺事件	其他重要历史及文艺事件
	格特鲁德·斯泰因(1874—1946),《美国人的形成》(短篇小说集)		
	安齐亚·叶捷斯卡(1880—1970),《施舍面包的人》(长篇小说)		
1926年	格温多林·贝内特(1902—1981),《结婚日》(短篇小说)	因双方无法对美国的要求达成一致意见,美国未能加入世界法庭。	允许德国加入国际联盟。
	保罗·德克赖夫(1890—1971),《微生物猎人》(写实文学)	国会通过《航空商业法案》。	裕仁成为日本天皇。
	威廉·福克纳(1897—1962),《军饷》(长篇小说)	柯立芝总统签署了《税收法案》,努力推行免税政策。	伊本·沙特成为沙特阿拉伯国王。
	欧内斯特·海明威(1899—1961),《太阳照样升起》(长篇小说)	亨利·福特提出每周5天、每天8小时工作制,震惊各产业领导人。	路易斯·阿拉贡(1897—1982),《巴黎农民》(长篇小说)
	林·拉德纳(1885—1933),《爱巢》(短篇小说集)	国会通过法案,建立美国陆军航空团。	安德鲁·纪德(1869—1951),《伪币制造者》(长篇小说)
	H. L. 门肯(1880—1956),《偏见》(随笔,六卷中的第五卷)	理查德·伯德和弗洛伊德·贝内特首次飞越北极。	川端康成(1899—1972),《伊豆舞女》(长篇小说)
	理查德·纽金特(1906—1987),《烟、百合和翡翠》(短篇小说)	乔治·米诺兹和威廉·莫菲两位医生研究出治疗恶性贫血的方法。	T. E. 劳伦斯(1888—1935),《七根智慧之柱》(传记)
	T. S. 斯特里布林(1881—1965),《蒂夫特阿劳》(长篇小说)	杰利·罗尔·莫顿和他的红辣椒乐队录制了一系列开创性的爵士乐唱片:比如《下层阶级黑人的扭摆舞》,《杰利·罗尔蓝调》。	麦克思·厄恩斯特创作完成《拍打幼年基督的圣母》(绘画)。

年代	美国重要文学著作	美国重要历史及文艺事件	其他重要历史及文艺事件
	卡尔·范·韦克滕(1880—1964),《黑鬼的天堂》(长篇小说)		
	艾里克·沃尔罗德(1898—1966),《热带死亡之地》(短篇小说集)	华莱士·瑟曼编辑的《火!!》唯一的一期出版。	弗里茨·朗执导影片《大都会》。
	沃特·怀特(1893—1955),《逃离》(长篇小说)		
	桑顿·王尔德(1897—1975),《卡巴拉》(长篇小说)	巴斯特·基顿执导影片《将军号》。	
1927年	康拉德·艾肯(1889—1973),《蓝色航行》(长篇小说)	尼古拉·萨科和巴托罗米欧·范泽蒂被处以死刑。	在中国,蒋介石镇压共产党员。
	薇拉·凯瑟(1876—1947),《大主教之死》(长篇小说)	美国最高法院宣布德克萨斯州禁止黑人在初选中投票的法律违宪。	德国经济崩溃。
	欧内斯特·海明威(1899—1961),《没有女人的男人》(短篇小说集)	查尔斯·林白完成了人类历史上首次单人飞越大西洋的连续飞行。	马丁·海德格尔(1889—1976),《存在与时间》(哲学)
	辛克莱·刘易斯(1885—1951),《埃尔默·甘特利》(长篇小说)	横跨大西洋商业电话服务开始。	沃纳·海森堡(1901—1976)给沃尔夫冈·鲍利写了14页的信,简要描述了不确定性原理。
	H. L. 门肯(1880—1956),《偏见》(随笔,六卷中的第六卷)	《广播法案》通过,其中考虑到公共利益。	
	哀鸽(1888—1936),《混血儿考吉薇》(长篇小说)	首次试验纽约到华盛顿的电视广播。	赫曼·赫赛(1877—1962),《荒野之狼》(长篇小说)
	奥尔·罗尔瓦格(1876—1931),《地球上的巨人》(长篇小说),由林肯·科尔考德翻译。	菲利普·君克和路易斯·A. 肖设计出第一个"铁肺"人工呼吸器。	弗朗索瓦·莫里亚克(1885—1970),《苔蕾丝·德斯盖鲁》(长篇小说)

年代	美国重要文学著作	美国重要历史及文艺事件	其他重要历史及文艺事件
	厄普顿·辛克莱（1878—1968），《石油！》（长篇小说）	阿尔·乔森主演的第一部有声电影《爵士乐歌手》上映。	马塞尔·普鲁斯特（1871—1922），《重拾逝去的时光》（长篇小说，《追忆逝水年华》第七卷）
	桑顿·王尔德（1897—1975），《桑·路易斯·雷大桥》（长篇小说）	艾伦·科普兰，《钢琴协奏曲》（管弦乐）	维吉尼亚·伍尔夫（1882—1941），《灯塔行》（长篇小说）
1928年	罗克·布莱德佛德（1896—1948），《老人亚当和他的孩子们》（短篇小说集）	国会通过《外国人财产法案》，以赔偿一战期间德国人在美国被掠夺的财产。	亚历山大·弗莱明培植出第一种抗生素青霉菌。
	鲁道夫·费希尔（1897—1934），《耶利哥之墙》（长篇小说）	赫伯特·胡佛在大选中打败阿尔·史密斯当选美国总统。	苏联第一个五年计划开始。
	内勒·拉森（1891—1964），《流沙》（长篇小说）	乔治·伊斯特曼在其纽约州罗彻斯特市的实验室里首次放映彩色电影。	D. H. 劳伦斯（1885—1930），《查泰莱夫人的情人》（长篇小说）
	路德维格·路易生（1882—1955），《内陆岛》（自传）	弗朗茨·博厄斯（1858—1942），《人类学与现代生活》（人类学）	贝尼托·墨索里尼（1883—1945），《我的自传》，（自传）由理查德·瓦士本·柴尔德翻译。
	克劳德·麦凯（1890—1948），《回到哈莱姆》（长篇小说）	玛格丽特·米德（1901—1971），《萨摩亚人的成年》（自传）	伊夫林·沃（1902—1966），《衰落与瓦解》（长篇小说）
	保罗·罗森菲尔德（1890—1946），《阳光下的男孩》（长篇小说）	沃尔特·怀特（1893—1955），《绳子和柴火》（写实文学）	莫里斯·拉威尔创作完成《波列罗》（芭蕾舞曲）。
	厄普顿·辛克莱（1878—1968），《波士顿》（长篇小说）	沃尔特·迪斯尼创作的卡通片《飞机迷》中第一次出现米老鼠的形象。	

大事年表

年代	美国重要文学著作	美国重要历史及文艺事件	其他重要历史及文艺事件
1929年	西奥多·德莱塞（1871—1945），《女人画廊》两卷（短篇小说集）	美国参议院同意签署《非战公约》，禁止用战争作为推行国家政策的工具。	大萧条使世界经济遭受重创。
	杰西·福塞特（1882—1961）《果干面包》（长篇小说）		
	威廉·福克纳（1897—1962），《喧哗与骚动》（长篇小说）	由于农民拒绝减少耕地面积，《农业市场法案》未能控制价格。	天文学家埃德温·哈勃证明宇宙在膨胀，奠定了宇宙大爆炸理论的基础。
	艾伦·格拉斯哥（1874—1945），《他们不惜干蠢事》（长篇小说）		
	戴许·汉密特（1894—1961），《红色丰收》（长篇小说）	股市暴跌，经济局势进一步下滑。	少数党政府在英国成立。
	欧内斯特·海明威（1899—1961），《永别了，武器》（长篇小说）	大萧条开始。	《拉特兰条约》确立梵蒂冈为意大利的独立区。
	奥利弗·拉法奇（1882—1961），《欢笑的男孩》（长篇小说）	黑社会在芝加哥进行屠杀——情人节大屠杀。	犹太人和阿拉伯人在哭墙发生冲突。
	内勒·拉森（1891—1964），《充作白人》（长篇小说）	罗伯特·林德（1892—1970）和海伦·米勒尔（1894—1982），《美国的中产城镇》（社会评论）	埃里希·玛利亚·雷马克（1898—1970），《西线无战事》（长篇小说）
	辛克莱·刘易斯（1885—1951），《多兹沃斯》（长篇小说）	沃尔特·李普曼（1889—1974），《道德序论》（社会哲学）	维吉尼亚·伍尔夫（1882—1941），《一间自己的房间》（女权主义批评）
	克劳德·麦凯（1890—1948），《班卓》（长篇小说）	乔治亚·奥基夫创作完成《黑蜀葵与蓝燕草》（绘画）	约瑟夫·冯·斯登堡执导影片《蓝天使》。
	奥尔·罗尔瓦格（1876—1931），《彼得·维克托里尔斯》（长篇小说）	科尔·波特凭借音乐剧《五千万法国男人》一举成名。	

年代	美国重要文学著作	美国重要历史及文艺事件	其他重要历史及文艺事件
	詹姆斯·瑟伯尔(1894—1961)和 E.B.怀特(1899—1985),《性是必需的吗?》(讽刺文学)		
	华莱士·瑟曼(1902—1934),《越黑的黑莓》(长篇小说)		
	托马斯·沃尔夫(1900—1938),《天使望乡》(长篇小说)		
1930年	多茜·达尔(1881—1958),《铜罐》(短篇小说)	胡佛总统签署《斯姆特—霍雷法案》以刺激农业经济。但以失败告终。	法国开始构筑马奇诺防线。
	爱德华·达尔伯格(1900—1977),《底层人》,(长篇小说)		
	约翰·多斯·帕索斯(1896—1970),《北纬四十二度》(长篇小说)	胡佛向国会申请一亿美元用于公共事业,以刺激经济发展。	海尔·塞拉西成为埃塞俄比亚国王。
	威廉·福克纳(1897—1962),《在我弥留之际》(长篇小说)	美国全国总人口达到122,775,046。	土耳其把君士坦丁堡重新命名为伊斯坦布尔。
	多萝西·费希尔(1879—1958),《延伸的小河》(长篇小说)	每五个美国人中就有一人拥有汽车。	黄热病疫苗研制成功。
	迈克·高尔德(1894—1967),《没有钱的犹太人》(长篇小说)	民主党党员在中期选举中重新夺回众议院的控制权。	燃气涡轮机问世。
	戴许·汉密特(1894—1961),《马耳他猎鹰》(长篇小说)	克莱德·汤堡发现了太阳系第九颗行星冥王星。	罗伯特·穆西尔(1880—1942)《没有个性的人》(长篇小说)
	兰斯顿·休斯(1902—1967),《并非没有笑声》(长篇小说)	弗农·帕林顿(1871—1929),《美国思潮中的主流》(文学评论,共三卷)	

年代	美国重要文学著作	美国重要历史及文艺事件	其他重要历史及文艺事件
	路德维格·路易生(1882—1955),《激情燃烧的火焰》(长篇小说)	爱德华·霍珀创作完成《周日清早》(绘画)	
	凯瑟琳·安妮·波特(1890—1980),《盛开的犹大花》(短篇小说集)	格兰特·伍德创作完成《美国式哥特》(绘画)。	
	肯尼斯·罗伯茨(1885—1957),《阿仑德尔》(长篇小说)	《财富》杂志第一期出版。	
	劳尔·惠特菲尔德(1898—1945),《隐蔽的危险》(短篇小说集)		
1931年	路易斯·阿达米克(1899—1951),《丛林中的笑声:一个美国移民的自传》(自传)	国会拨款在田纳西河建立马斯尔·肖尔斯发电站——田纳西流域管理局前身。	日本侵略中国东北。
	赛珍珠(1892—1973),《大地》(长篇小说)	国会撤销胡佛对《退伍军人补偿法案》的否决。	阿方索八世被推翻,西班牙共和国成立。
	罗伯特·坎特威尔(1908—1978),《漫无目的》(长篇小说)	由于债务人拖欠贷款,3,800家银行倒闭,金融恐慌在全国蔓延。	印度首府新德里正式启用。
		委员会报告违法制造或运输私酒的状况,表明禁酒令无法执行。	
	威廉·福克纳(1897—1962),《避难所》(长篇小说)	芝加哥黑帮头目阿尔·卡彭因逃税被判入狱11年。	库尔特·哥德尔(1906—1978),不完备定理(数学)
	杰西·福塞特(1882—1961),《棕树》(长篇小说)		
	爱玛·戈德曼(1869—1940),《活此一生》(自传)	纽约帝国大厦和乔治·华盛顿大桥完工。	

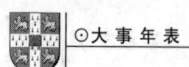

年代	美国重要文学著作	美国重要历史及文艺事件	其他重要历史及文艺事件
	奥尔·罗尔瓦格(1876—1931),《他们父辈的上帝》(长篇小说)	西奥多·德莱塞(1871—1945),《悲剧的美国》(社会评论)	
	林肯·斯蒂芬斯(1866—1936),《自传》(自传)	乔治·桑塔亚娜(1863—1952),《陷入绝境的文雅传统》(社会评论)	维吉尼亚·伍尔夫(1882—1941),《波浪》(长篇小说)
	T. S. 斯特里布林(1881—1965),《铁匠铺》(长篇小说)	埃德蒙·威尔逊(1895—1972),《阿克瑟尔的城堡》(文学评论)	
	纳撒尼尔·韦斯特(1903—1940),《巴尔索·斯内尔的梦幻生活》(长篇小说)	查理·卓别林执导影片《城市之光》。	弗里茨·朗执导影片《凶手》。
1932年	厄斯金·考德威尔(1903—1987),《烟草路》(长篇小说)	胡佛总统号召朋友、慈善机构和地方政府帮助那些有需要的人。	世界范围的经济危机导致几百万人失业。
	康蒂·卡伦(1903—1946),《通往天堂之路》(长篇小说)	胡佛建议创设复兴金融公司为大企业提供贷款。	詹姆斯·查德威克发现了中子。
	约翰·多斯·帕索斯(1896—1970),《一九一九年》,(长篇小说)		
	詹姆斯·T. 法雷尔(1904—1979),《少年朗尼根》(长篇小说)	《格拉斯—斯蒂格尔法案》把经纪业务与银行业务分开。	英国物理学家第一次分裂出原子。
	威廉·福克纳(1897—1962),《八月之光》(长篇小说)	《诺里斯·拉瓜迪亚法案》通过,禁止雇员歧视工会的工人。	德国实业家支持希特勒。
	鲁道夫·费希尔(1897—1934),《魔法师死了》(长篇小说)	农民拒绝接受银行取消抵押品的赎回权。	英国政府宣布印度国会不合法,并逮捕了甘地。
	艾伦·格拉斯哥(1874—1945),《受庇护的生活》(长篇小说)	一些城市的失业率达到40%。	日本进攻上海。

年代	美国重要文学著作	美国重要历史及文艺事件	其他重要历史及文艺事件
	戴许·汉密特（1894—1961），《瘦子》（长篇小说）	道格拉斯·麦克阿瑟使用武力把示威的退伍军人赶出华盛顿。	奥尔德斯·赫胥黎（1894—1963），《美丽新世界》（长篇小说）
	欧内斯特·海明威（1899—1961），《死在午后》（写实文学）	富兰克林·罗斯福在大选中打败赫伯特·胡佛当选美国总统。	弗朗索瓦·莫里亚克（1885—1970），《蝮蛇之纠结》（长篇小说）
	乔治·舒勒（1895—1977），《不再黑》（讽刺文学）	哈利·克罗斯比（1899—1929），《战火家书》（书信）	
	菲尔·斯特朗（1899—1957），《博览会》（长篇小说）	埃德蒙·威尔逊（1895—1972），《美国恐慌:萧条的一年》（社会纪实）	
	T. S. 斯特里布林（1881—1965），《商店》（长篇小说）	查尔斯·伯奇菲尔德创作完成《十一月的傍晚》（绘画）	
	华莱士·瑟曼（1902—1934），《春天的孩子们》（长篇小说）	《兄弟,你能分让一角钱吗?》（流行歌曲）	
1933 年	康拉德·艾肯（1889—1973），《大圆》（长篇小说）	罗斯福总统在"炉边闲谈"第一期广播节目中宣布联邦银行新政策。	希特勒成为德国总理。
	厄斯金·考德威尔（1903—1987），《上帝的小亩田》（长篇小说）	哈利·霍普金斯新任联邦紧急情况管理署署长。	苏联发生严重饥荒。
	威廉·坎贝尔 1893—1954），《步兵连》（长篇小说）	《联邦证券法案》规定发行新股票需公开信息。	日本退出国际联盟。
	杰克·康洛伊（1899—1980），《被剥夺权利的人们》（长篇小说）	国会通过《国家工业复兴法案》,包括建立公共事业管理局。	托马斯·曼恩（1875—1955），《约瑟夫和他的兄弟》（多卷本长篇小说）
	杰西·福塞特（1882—1961），《喜剧:美国风格》（长篇小说）	禁酒令被废除。	乔治·奥威尔（1903—1950），《巴黎伦敦落魄记》（传记）

年代	美国重要文学著作	美国重要历史及文艺事件	其他重要历史及文艺事件
	欧内斯特·海明威（1899—1961），《胜利者一无所获》（短篇小说集）	美国银行系统逐步恢复。	布拉赛拍摄了《夜幕下的巴黎》（摄影集）。
	约瑟芬·赫伯斯特（1897—1969），《遗憾还不够》（长篇小说）	约翰·M. 伍尔西法官解除了对詹姆斯·乔伊斯的《尤利西斯》的禁令。	
	克劳德·麦凯（1890—1948），《香蕉树》（长篇小说）		
	肯尼斯·罗伯茨（1885—1957），《武装暴民》（长篇小说）		
	格特鲁德·斯泰因（1874—1946），《艾丽斯·B. 托克拉斯自传》（自传）	艾伦·科普兰创作完成《短交响曲》。	
	纳撒尼尔·韦斯特（1903—1940），《寂寞芳心小姐》（长篇小说）		
1934年	詹姆斯·凯恩（1892—1977），《邮差总按两次铃》（长篇小说）	奈氏委员会暗示说，是军事工业领导人挑起第一次世界大战以从中获利。	希特勒命令暗杀他在德国的竞争对手。
	罗伯特·坎特威尔（1908—1978），《丰饶之地》（长篇小说）	苏联被允许加入国际联盟。	
	马尔科姆·考利（1898—1989），《流亡者的回归》（自传）	大平原遭受大面积旱灾，发生黑色沙尘暴。	毛泽东的军队开始向中国北部展开"长征"。
	詹姆斯·T. 法雷尔（1904—1979），《朗尼根的青年时代》（长篇小说）	国会成立联邦通信委员会，规范美国无线电广播和电报业务。	在苏联，基洛夫被暗杀。
	F. 司各特·菲茨杰拉德（1896—1940），《夜色温柔》（长篇小说）	联邦住宅管理局成立，给住房抵押保险。	路易斯·阿拉贡（1897—1982），《巴塞尔的钟》（长篇小说）

年代	美国重要文学著作	美国重要历史及文艺事件	其他重要历史及文艺事件
	丹尼尔·福克斯(1909—1993),《威廉斯堡的夏天》(长篇小说)	杜邦公司获得尼龙分子式的专利。	塞缪尔·贝克特(1906—1989),《多刺少踢》(短篇小说集)
	约瑟芬·赫伯斯特(1897—1969),《持刀等待》(长篇小说)	警察在枪战中击毙约翰·迪林杰、波尼和克莱德。	伊夫林·沃(1902—1966),《一掬尘土》(长篇小说)
	兰斯顿·休斯(1902—1967),《白人的行径》(短篇小说集)	朱莉安娜·福斯组织美国展团参加了威尼斯双年艺术展。	P. G. 伍德豪斯(1881—1975),《谢谢你,吉韦斯》(长篇小说)
	佐拉·尼尔·赫斯顿(1891—1960),《乔纳的葫芦藤》(长篇小说)	科尔·波特创作完成《凡事皆可》(音乐剧)	亨利·卡迪埃·布列松拍摄照片《废墟中玩耍的孩子》。
	约翰·约瑟夫·马修斯(奥萨格人,1894—1979),《夕阳西下》(长篇小说)	雷金纳德·马什创作完成《诺克维滩的黑人》(绘画)。	
	亨利·米勒(1891—1980),《北回归线》(长篇小说)	开始严格执行维护电影道德规范的《海斯法典》(1930)。	
	约翰·奥哈拉(1905—1970),《在萨马拉汇合》(长篇小说)	弗兰克·卡普拉执导影片《一夜风流》。	
	亨利·罗斯(1906—1995),《称它为睡眠》(长篇小说)	W. C. 费尔兹主演影片《礼物》。	
	苔丝·斯莱辛格(1881—1963),《没有财产的人》(长篇小说)		
	T. S. 斯特里布林(1881—1965),《未完工的大教堂》(长篇小说)		
	纳撒尼尔·韦斯特(1903—1940),《百万美元》(长篇小说)		

年代	美国重要文学著作	美国重要历史及文艺事件	其他重要历史及文艺事件
	伊迪丝·沃顿（1862—1937），《回顾》（自传）		
1935年	内尔森·阿尔格伦（1909—1981），《穿靴子的人》（长篇小说）	罗斯福创立公共事业振兴署。	意大利侵略阿尔巴尼亚。
	舍伍德·安德森（1876—1941），《困惑的美国》（社会评论）	公共事业振兴署署长哈利·霍普金斯雇用艺术家、作家、演员来展现并记录国家状况。	德国合并萨尔州。
	W. E. B. 杜波伊斯（1868—1963）。《黑人重构》（写实文学）	农村电气化委员会为美国偏远地区提供服务。	反对犹太人的《纽伦堡法》在德国生效。
	詹姆斯·T. 法雷尔（1904—1979），《世界末日》（长篇小说，朗尼根三部曲中的第三部）	国会通过《社会保障法案》。	
	艾伦·格拉斯哥（1874—1945），《钢筋铁骨》（长篇小说）	1935年的《税收法案》大幅度提高了对美国富人的征税力度。	波斯改名为伊朗。
	欧内斯特·海明威（1899—1961），《非洲的青山》（自述体小说）	美国产业工业联合会成立。	
	佐拉·尼尔·赫斯顿（1891—1960），《骡子和人》（民间传说）	纽约哈莱姆区黑人暴动之后，黑人的各种机会开始减少。	英国议会把缅甸和亚丁从印度分离出来。
	辛克莱·刘易斯（1885—1951），《不可能在这里发生》（长篇小说）	休伊·朗在路易斯安娜被暗杀。	
	克劳德·麦凯（1890—1948），《香蕉村》（长篇小说）	乔治·格什温创作完成《乞丐与荡妇》（歌剧）。	萧红（1911—1942），《生死场》（长篇小说）

年代	美国重要文学著作	美国重要历史及文艺事件	其他重要历史及文艺事件
	霍拉斯·麦科伊（1897—1955），《射马记》（长篇小说）	弗雷德·阿斯泰尔和琴逑·罗杰斯主演影片《礼帽》。	
	约翰·奥哈拉（1905—1970），《巴特菲尔德八号》（长篇小说）	约翰·福特执导影片《告密者》。	
	约翰·斯坦贝克（1902—1968），《薄煎饼》（长篇小说）		
	托马斯·沃尔夫（1900—1938），《时间与河流》（长篇小说）	迈克·塞纳特执导影片《大卫·科伯菲尔》。	
1936年	狄琼纳·巴恩斯（1892—1982），《夜森林》（长篇小说）	国会通过《土壤保护法案》，加大力度控制大平原土壤腐蚀现象。	法西斯势力和共和国政府之间的西班牙内战爆发。
	阿纳·邦当（1902—1973），《黑雷》（长篇小说）	《罗宾逊—普特南法案》通过，禁止全国性的连锁店在小城镇低价出售商品。	德国、意大利和日本成立轴心国。
	詹姆斯·凯恩（1892—1977），《双重保险》（长篇小说）	位于内华达州拉斯维加斯附近的胡佛水坝完工。	日本侵略中国，占领北京。
	约翰·多斯·帕索斯（1896—1970），《赚大钱》（长篇小说）	静坐罢工和产业动荡的局面席卷全国。	英国广播公司开始电视广播。
	威廉·福克纳（1897—1962），《押沙龙，押沙龙！》	美国信号公司进一步发展雷达系统。	杰西·欧文斯在柏林奥运会上夺得四块金牌，推翻了希特勒的亚利安种族优势论。
	丹尼尔·福克斯（1909—1993），《向布兰郝特致敬》（长篇小说）	范·威克·布鲁克斯（1886—1963），《新英格兰的兴旺》（文学评论）	沙特阿拉伯发现石油。
	约翰·根舍（1910—1970），《欧洲内幕》（写实文学）	约瑟夫·弗里曼（1897—1965），《美国的信念》（自传）	巴勒斯坦发生阿拉伯人起义。

年代	美国重要文学著作	美国重要历史及文艺事件	其他重要历史及文艺事件
	达西·麦克尼克尔（克里人，1904—1997），《被包围的》（长篇小说）	梅布尔·道吉·卢汉（1879—1962），《有影响力的人》（自传）	法国发生大罢工。
	亨利·米勒（1891—1980），《黑色的春天》（长篇小说）	弗兰克·劳埃德·赖特在宾夕法尼亚的熊溪设计建造流水别墅。	约翰·梅纳德·凯恩斯（1883—1946），《就业、利息和货币通论》（经济学）
	玛格丽特·米切尔（1900—1949），《飘》（长篇小说）	塞缪尔·巴伯的《第一交响曲》在意大利罗马首次公演。	谢尔盖·拉赫曼尼诺夫创作完成《第三交响曲》（管弦乐）
	帕尔·罗伦兹导演纪录片《开垦平原的犁》。		
	约翰·斯坦贝克（1902—1968），《胜负未决》（长篇小说）	《生活》杂志第一期出版。	
	索弗斯·凯思·温泽（1893—1983），《把一切带到内布拉斯加》（长篇小说）		
1937年	约翰·范特（1909—1983），《等到春天，班迪尼》（长篇小说）	美国钢铁公司承认美国联合矿工工会合法。	利昂·托洛茨基被逐出苏联。
	丹尼尔·福克斯（1909—1993），《卑贱的伙伴》（长篇小说）	罗斯福总统签署《中立法案》。	内维尔·张伯伦成为英国首相。
	欧内斯特·海明威（1899—1961），《逃亡》（长篇小说）	罗斯福任命雨果·布莱克为美国最高法院大法官，从而确保法院支持新政。	西班牙军队在弗朗西斯科·佛朗哥的领导下轰炸格尔尼卡。
	佐拉·尼尔·赫斯顿（1891—1960），《凝望上帝》（长篇小说）	金门大桥完工。	中日战争在北京附近重新爆发。

年代	美国重要文学著作	美国重要历史及文艺事件	其他重要历史及文艺事件
	康永熙(1903—1972),《由东到西：一个东方美国人的成长》(长篇小说)	第一次在全国范围内用无线电广播了兴登堡飞船爆炸的新闻。	井伏鳟二(1898—1993),《约翰万次郎漂流记》(长篇小说)
	迈耶·莱文(1905—1981),《老帮伙》(长篇小说)	内森·阿施(1902—1964),《寻找美国之路》(自述体小说)	让-保尔·萨特(1905—1980),《恶心》(长篇小说)
	约翰·马昆德(1893—1960),《已故的乔治·阿普雷》(长篇小说)	美国国家癌症研究所成立。	伊萨克·迪内森(1885—1962),《走出非洲》(游记)
	克劳德·麦凯(1890—1948),《远离家乡》(自传)	厄斯金·考德威尔(1903—1987)和玛格丽特·伯克-怀特(1904—1971),《你看到了他们的面孔》(社会评论)	派布罗·毕加索创作完成《格尔尼卡》(绘画)。
	肯尼斯·罗伯茨(1885—1957),《神枪游侠》(长篇小说)		
	约翰·斯坦贝克(1902—1968),《人鼠之间》(长篇小说)	林语堂(1895—1976),《吾国与吾民》(写实文学)	卡尔·奥尔夫创作完成《布兰诗歌》(管弦乐)。
	詹姆斯·瑟伯尔(1894—1961),《随心所想》(幽默文集)	沃尔特·李普曼(1889—1974),《好社会》(社会评论)	让·雷诺执导影片《大幻影》。
	索弗斯·凯思·温泽(1893—1983),《抵押你的心》(长篇小说)		
	理查德·赖特(1908—1960),《今日之上帝》(长篇小说,1937年完成手稿)		
1938年	路易斯·阿达米克(1899—1951),《我的美国》(社会评论)	罗斯福总统向国会申请资金扩充军备。	内维尔·张伯伦与阿道夫·希特勒签订《慕尼黑协定》。

年代	美国重要文学著作	美国重要历史及文艺事件	其他重要历史及文艺事件
	约翰·多斯·帕索斯（1896—1970），《美国》（三部曲）	《民用航空法案》开创了客机时代。	斯大林在几次公审之后整肃了苏联共产党。
	乔斯·罗德里格斯·米格里斯，(1901—1980)，《三等舱》（短篇小说）	阿奇博尔德·麦克利什（1892—1982），《自由之地》（社会评论）	德国发生反犹太集会，即水晶之夜。
	约翰·奥哈拉（1905—1970），《天堂的希望》（长篇小说）	哈罗德·斯特恩斯（1891—1943），《现代美国:有关美国文明的调查》（论文集）	奥托·汉恩的核裂变实验成功。
	唐纳德·皮蒂（1898—1964），《牧场丛林》（博物学）	沃克·埃文斯的《美国照片》出版（摄影集）。	塞缪尔·贝克特（1906—1938），《莫菲》（长篇小说）
	约翰·斯坦贝克（1902—1968），《长河谷》（短篇小说集）	奥逊·威尔斯的《世界大战》（广播剧）吓坏了信以为真的听众。	格拉罕姆·格林（1904—1991），《布莱登棒棒糖》（长篇小说）
	索弗斯·凯思·温泽（1893—1983），《永不消散的激情》（长篇小说）		
	理查德·赖特（1908—1960），《汤姆叔叔的孩子们》（短篇小说集）	沃尔特·迪斯尼创作完成《白雪公主和七个小矮人》（卡通片）。	
1939年	雷蒙德·钱德勒（1888—1959），《大眠》（长篇小说）	罗斯福总统把公共建筑管理局、公路管理局、公共事业管理局、公共事业振兴署和美国房屋局统一合并为联邦公共事业机构。	德国入侵捷克斯洛伐克和波兰。
	彼得罗·迪多纳托（1911—1992），《混凝土里的救世主》（长篇小说）	德国和苏联签订互不侵犯条约。	
	约瑟芬·赫伯斯特（1897—1969），《金绳子》（长篇小说）	德国入侵芬兰。	

年代	美国重要文学著作	美国重要历史及文艺事件	其他重要历史及文艺事件
	佐拉·尼尔·赫斯顿（1891—1960），《山人摩西》（长篇小说）	菲利普·莱文和卢夫斯·斯泰森两位医生在人的血液中发现Rh因子。	意大利入侵阿尔巴尼亚。
	H.P.洛夫克拉夫特（1890—1937），《超越时间之影》（科幻小说）	西尔斯-罗巴克百货公司商品目录中第一次出现女士流行服饰。	瑞士科学家保罗·穆勒合成了二氯二苯三氯乙烷（DDT）。
	亨利·米勒（1891—1980），《南回归线》（长篇小说）	尼龙丝袜上市。	英国采用雷达保卫海岸。
	多萝西·帕克（1893—1967），《墓志铭》（短篇小说集）	多萝西娅·兰格（1895—1965）和保罗·泰勒（1917—），《美国人口大迁移：30年代人口减少纪实》（纪实文学）	詹姆斯·乔伊斯（1882—1941），《为芬尼根守灵》（长篇小说）
	凯瑟琳·安妮·波特（1890—1980），《灰白马，灰白骑士》（短篇小说集）	鲁斯·麦肯尼（1911—1972），《工业谷》（社会纪实）	让·雷诺执导影片《游戏规则》。
	约翰·斯坦贝克（1902—1968），《愤怒的葡萄》（长篇小说）	弗兰克·劳埃德·赖特建造西塔里埃森和琼森制蜡公司大厦。	
	罗伯特·佩恩·沃伦（1905—1980），《夜间骑士》（长篇小说）	查尔斯·艾夫斯的《第二钢琴奏鸣曲》首演。	
	纳撒尼尔·韦斯特（1903—1940），《蝗灾之日》（长篇小说）	约翰·福特执导影片《关山飞渡》。	
1940年	舍伍德·安德森（1876—1941），《家乡》（社会评论）		
	雷蒙德·钱德勒（1888—1959），《永别了，我的爱》（长篇小说）	富兰克林·罗斯福总统再次当选，开始第三个任期。	
	弗雷·安吉利柯·查韦斯（1910—1996），《新墨西哥三联画》（短篇小说集）	国会通过法律，要求外国居民在美国政府登记注册。	德国入侵挪威、丹麦、比利时和巴黎。

大事年表

年代	美国重要文学著作	美国重要历史及文艺事件	其他重要历史及文艺事件
	米歇尔·德·凯普蒂(??),《玛丽亚》(长篇小说)	美国有2950万个家庭拥有收音机。美国人口达到131,669,275。	利昂·托洛茨基在墨西哥遇刺身亡。
	约翰·范特(1909—1983),《劣质红酒》(短篇小说集)	美国人均寿命达到64岁,比世纪之初延长了15年。	德国、意大利和日本为相互保护缔结三国同盟。
	威廉·福克纳(1897—1962),《村子》(长篇小说)	国会通过第一个和平时期草案,开始实行义务兵役制。	日本入侵印度支那。
	珍妮特·弗兰纳(1892—1978),《一个美国人在巴黎》(自述体小说)	伍迪·格斯利创作完成《这是我的土地》(民歌)	温斯顿·丘吉尔成为英国首相。
	欧内斯特·海明威(1899—1961),《丧钟为谁而鸣》(长篇小说)	乔治·丘克执导影片《费城故事》。	格拉罕姆·格林(1904—1991),《权力与荣耀》(长篇小说)
	兰斯顿·休斯(1902—1967),《大海》(自传)	查理·卓别林执导影片《大独裁者》。	
	阿尔伯特·马尔兹(1908—1988)《地下河》(长篇小说)	路易斯·阿达米克(1899—1951),《来自多方土壤》(社会评论)	
	卡森·麦卡勒斯(1917—1967),《心是孤独的猎手》(长篇小说)	范·威克·布鲁克斯(1886—1963),《新英格兰:兴旺的晚期》(文学评论)	
	威廉·萨洛扬(1908—1981),《我的名字是阿拉姆》(小说)	埃德蒙·威尔逊(1895—1972),《到芬兰车站》(社会评论)	
	托马斯·沃尔夫(1900—1938),《你不能重归故里》(长篇小说)		
	理查德·赖特(1908—1960),《土生子》(长篇小说)	《蓝莓山》(流行歌曲)	

大事年表

年代	美国重要文学著作	美国重要历史及文艺事件	其他重要历史及文艺事件
1941年	詹姆斯·艾吉（1909—1955），《让我们来赞颂名人吧》（纪实文学）	与英国签订《租借法案》。	德国与意大利联合入侵巴尔干半岛。
	托马斯·贝尔（1903—1961），《冲出熔炉》（长篇小说）	开始普遍使用青霉素。	德国轰炸伦敦，入侵俄国。
	霍华德·法斯特（1914—），《最后的边疆》（长篇小说）	矿工和钢铁业工人率先长期大罢工。	苏联和日本签订互不侵犯条约。
	F.司各特·菲茨杰拉德（1896—1940），《最后的大亨》（长篇小说）	日本轰炸美国珍珠港，向轴心国宣战。	艾德文·麦克米伦和格兰·西博格发现了钚元素。
	卡森·麦卡勒斯（1917—1967），《黄金眼里的倒影》（长篇小说）	威廉·夏伊勒（1904—1993），《柏林日记》（纪实文学）	佐治·路易斯·博尔赫斯（1899—1986），《小径分岔的花园》（短篇小说集）
	符拉迪米尔·纳伯科夫（1899—1977），《塞巴斯提安·奈特的真实生活》（长篇小说）	埃德加·斯诺（1905—1972），《为亚洲而战》（纪实文学）	德米特里·肖斯塔科维奇在列宁格勒遭受围攻期间创作完成《第七交响曲》。
	理查德·赖特（1908—1960），《一千二百万黑人的呼声》（社会纪实）		
	欧多拉·韦尔蒂（1909—2001），《绿窗帘》（长篇小说）	爱德华·霍珀创作完成《夜鹰》（绘画）。	
	奥逊·威尔斯执导影片《公民凯恩》。		
1942年	内尔森·阿尔格伦（1909—1981），《清晨不再来》（长篇小说）	9066号行政命令使日本藉美国人被遣送到收容所。	珊瑚海战役：首次只由飞机指挥的海战。

年代	美国重要文学著作	美国重要历史及文艺事件	其他重要历史及文艺事件
	威廉·福克纳（1897—1962），《下去吧，摩西》（长篇小说）	美国最高法院发现乔治亚州劳动法违背了第13条修正案。	中途岛战役：日本海军首次遭到重创。
	苏珊·格拉斯佩尔（1882—1948），《诺玛·阿什》（长篇小说）	第一次核链式反应在芝加哥大学恩里科·费米实验室产生。	阿拉曼战役迫使德国从南美撤退。
	约翰·赫西（1941—1993），《巴坦岛的士兵》（写实文学）	第一台电子计算机研制成功。	德国开始使用毒气室大规模屠杀犹太人。
	佐拉·尼尔·赫斯顿（1891—1960），《路上尘径》（自传）		
	杰尔·曼琼（1909—1998），《阿莱格罗山》（传记长篇小说）		
	玛丽·麦卡锡（1912—1989），《她的伴侣》（短篇小说集）	诺曼·卡森斯（1912—1990），《民主的机会》（纪实文学）	磁性录音带问世。
	詹姆斯·瑟伯尔（1894—1961），《欢迎到我的世界来》（随笔）	W. L. 怀特（1900—1973），《浴血奋战》（纪实文学）	阿尔伯特·加缪（1913—1960），《异乡人》（长篇小说）；《西西弗斯的神话》（随笔）
	欧多拉·韦尔蒂（1909—2001），《强盗新郎》（长篇小说）	欧文·柏林创作完成《白色圣诞节》（流行歌曲）。	
	E. B. 怀特（1899—1985），《一个人的肉食》（自述体小说）		
1943年	H. P. 洛夫克拉夫特（1890—1937），《飞跃死亡墙》（科幻小说）	美国政府禁止军用物资承包商的种族歧视行为。	俄国在斯大林格勒战役中击退德军。
		美国政府开始征收个人所得税。	美军和英军入侵西西里岛。

年代	美国重要文学著作	美国重要历史及文艺事件	其他重要历史及文艺事件
	约瑟夫·米切尔（1908—1998），《麦索利的奇妙沙龙》（随笔）	美国在全国范围内实行食品、衣物配给制。	墨索里尼下台。
	艾恩·兰德（1905—1982），《源头》（长篇小说）	杰克逊·波洛克（1912—1956），《壁画》（绘画）	赫曼·赫赛（1877—1962），《玻璃珠游戏》（长篇小说）
	贝蒂·史密斯（1904—1972），《一棵生长在布鲁克林的树》（长篇小说）	罗杰斯和海莫斯坦的音乐剧《俄克拉荷马》在百老汇首次公演。	让-保尔·萨特（1905—1980），《存在与虚无》（哲学）
	华莱士·史达格纳（1909—1993），《大糖果山》（长篇小说）	迈克尔·柯蒂兹执导影片《卡萨布兰卡》。	
	敏雄森俊夫（1910—1980），《素描》（短篇小说）		
	艾拉·沃尔弗特（1907—1997），《塔克人》（长篇小说）		
1944年	索尔·贝娄（1915—），《晃来晃去的人》（长篇小说）	富兰克林·罗斯福第四次当选总统。	诺曼底登陆；6月6日盟军部队在诺曼底登陆。
	哈里·布朗（1917—1986），《在阳光下行军》（长篇小说）	国会通过《退伍军人权利法案》。	盟军部队向柏林进军，在太平洋战场取得了几次胜利。
	约翰·赫西（1941—1993），《阿达诺的钟》（长篇小说）	美国共产党改组为共产主义政治协会。	德国向伦敦发射V-1和V-2导弹。
	凯瑟琳·安妮·波特（1890—1980），《斜塔》（短篇小说集）	政府将配给供应的生活必需品的价格冻结以防通货膨胀。	佐治·路易斯·博尔赫斯（1899—1986），《伪装》（短篇小说集）
	厄尼·派尔（1900—1945），《勇敢的人》（战争叙事）	拉菲尔·莱姆金（1900—1959），《轴心国在沦陷欧洲的统治》（纪实文学）	让-保尔·萨特（1905—1980），《无出路》（戏剧）

年代	美国重要文学著作	美国重要历史及文艺事件	其他重要历史及文艺事件
	莉莲·史密斯（1897—1966），《奇异的果实》（长篇小说）	刘易斯·芒福德（1895—1990），《人的条件》（写实文学）	弗朗西斯·培根创作完成《对十字架底部人物的三个研究》（绘画）
	琼·斯塔福德（1915—1979），《波士顿冒险》（长篇小说）	纲纳·缪达尔（1898—1987），《美国难题》（写实文学）	
1945年	苏珊·格拉斯佩尔（1882—1948），《贾德·兰金的女儿》（长篇小说）	美国参议院认可联合国宪章。	欧洲战场取得胜利：5月8日为欧洲胜利日。
	切斯特·海姆斯（1909—1984），《如果他抱怨就让他走》（长篇小说）	富兰克林·罗斯福去世，哈里·杜鲁门成为总统。	美国向广岛和长崎投掷原子弹。
	阿瑟·米勒（1915—），《焦点》（长篇小说）	杜鲁门总统宣布"公平政策"。	温斯顿·丘吉尔、约瑟夫·斯大林和富兰克林·罗斯福出席雅尔塔会议。
	约瑟菲纳·尼格利（1910—1983），《墨西哥村庄》（长篇小说）	保鲜盒问世。	联合国建立。
	格特鲁德·斯泰因（1874—1946），《我所看到的战争》（纪实文学）		
	戈尔·维达尔（1925—），《大动乱》（长篇小说）	比利·怀尔德执导影片《失去的周末》。	乔治·奥威尔（1903—1950），《动物庄园》（长篇小说）
	黄玉雪（1922—），《第五个华人女儿》（自述体小说）	迪兹·吉赖斯皮（1917—1993）和查理·帕克（1920—1955）灌制爵士乐唱片《绝妙之音》。	伊夫林·沃（1902—1966），《重返布莱谢》（长篇小说）
	理查德·赖特（1908—1960），《黑人男孩》（自传）	谢尔盖·爱森斯坦执导影片《伊凡大帝》。	

年代	美国重要文学著作	美国重要历史及文艺事件	其他重要历史及文艺事件
1946 年	卡罗斯·布鲁桑（1913—1956），《美国在我心中》（自述体小说）	原子能委员会成立。	约瑟夫·斯大林提醒人们提防俄国反共势力。
	约翰·赫西（1941—1993），《广岛》（纪实文学）	在密苏里州富尔顿发表的一次演讲中，温斯顿·丘吉尔宣称"铁幕"造成东欧与西欧分裂。	印度支那的共产党员抵制法国重新统治印度支那。
	卡森·麦卡勒斯（1917—1967），《婚礼的成员》（长篇小说）	《霍布斯议案》通过，防止联邦干预州际贸易。	英国和法国军队撤出黎巴嫩。
	安·佩特里（1911—1997），《街》（长篇小说）	美国海军平定阿尔克绰兹监狱暴动。	英国第一个占多数席位的工党政府把医疗服务划归中央。
	伊萨克·罗森菲尔德（1918—1956），《离家的路》（长篇小说）	随着美国各大城市兴建城郊住宅区，纽约州的莱维顿镇建起第一批住宅。	纽伦堡法庭宣判 13 个纳粹分子犯有反人道罪。
	戴尔莫·舒瓦茨（1913—1966），《辛酸的闹剧》（短篇小说）	霍华德·霍克斯执导影片《大眠》。	胡安·佩隆当选阿根廷总统。
	格特鲁德·斯泰因（1874—1946），《年轻人的勇气》（纪实文学）	威廉·怀勒执导影片《黄金时代》。	让·科克托执导影片《美女与野兽》。
	罗伯特·佩恩·沃伦（1905—1989），《国王的人马》（长篇小说）	罗伯托·罗塞里尼执导影片《不设防的城市》。	
	欧多拉·韦尔蒂（1909—2001），《三角洲婚礼》（长篇小说）		
1947 年	索尔·贝娄(1915—)，《受害者》（长篇小说）	乔治·马歇尔计划提出，欲重建被战争摧毁的世界。	印度和巴基斯坦脱离英国独立。
	约翰·霍恩·伯恩斯（1916—1953），《画廊》（长篇小说）	国会通过《塔夫特—哈特利劳工法案》，试图以此限制工会力量。	希腊内战和苏联对土耳其采取的行动促使美国对希腊和土耳其提供援助。

年代	美国重要文学著作	美国重要历史及文艺事件	其他重要历史及文艺事件
	西奥多·德莱塞(1871—1945),《斯多葛》(长篇小说)	按照国会提出的法案建立了中央情报局。	美国托管日本,一度宣称归其管辖的太平洋诸岛。
	切斯特·海姆斯(1909—1984),《孤独的圣战》(长篇小说)	杜鲁门总统把军队与国防部门合为一体,并声称为抗击国外的共产主义势力而战(即杜鲁门主义)。	托尔·海尔达尔和同事驾驶木筏横跨太平洋:康奇基号航行。
	劳拉·霍布森(1896—1968),《君子协定》(长篇小说)	发现《死海古卷》。	
	詹姆斯·米切纳(1907—1997),《南太平洋故事》(长篇小说)		伊泰洛·卡尔维诺(1923—1985),《蛛巢小径》(长篇小说)
	维拉德·莫特利(1912—1965),《敲任何一扇门》(长篇小说)	密纹唱片问世。	阿尔伯特·加缪(1913—1960),《鼠疫》(长篇小说)
	符拉迪米尔·纳伯科夫(1899—1977),《庶出的标志》(长篇小说)	晶体管诞生。	安妮·弗兰克(1929—1945),《安妮日记》(自传)
	琼·斯塔福德(1915—1979),《山狮》(长篇小说)	查克·耶格尔驾驶一架火箭飞机首次突破音障。	川端康成(1899—1972),《雪国》(长篇小说)
	马里奥·苏亚雷斯(1925—1998),《亚利桑那季刊小说集》(短篇小说集)	罗伯特·斯皮勒(1896—1988)《美国文学史》(纪实文学)	普里莫·莱维(1919—1987),《如果这是一个人》(回忆录)
	莱昂内尔·特里林(1905—1975),《路途之中》(长篇小说)	查理·帕克(1920—1955)灌制爵士乐唱片《复活节后的星期日》。	托马斯·曼恩(1875—1955),《浮士德博士》(长篇小说)
1948年	杜鲁门·卡波特(1924—1984),《别的声音,别的房间》(长篇小说)	哈里·杜鲁门连任。	圣雄甘地在印度遇刺身亡。
	詹姆斯·古德·科森斯(1903—1978),《仪仗兵》(长篇小说)	电视开始普及(电视台从11家增加到65家)。	以色列国成立。

年代	美国重要文学著作	美国重要历史及文艺事件	其他重要历史及文艺事件
	威廉·福克纳(1897—1962),《坟墓的闯入者》(长篇小说)	阿尔杰·希斯被指控从事间谍活动。	世界卫生组织成立。
	辛克莱·刘易斯(1885—1951),《皇家骑士血统》(长篇小说)	矿工举行罢工,但在联邦政府征收高额罚金之后复工。	捷克斯洛伐克共产党执掌政权。
	林语堂(1895—1976),《唐人街》(长篇小说)	杜鲁门总统禁止军队中的种族隔离行为。	苏联政府封锁了西柏林。美国向西柏林空运物资。
	诺曼·梅勒(1923—),《裸者与死者》(长篇小说)	美国最高法院宣布公立学校中的宗教教育违宪。	全息照相技术在英国问世。
	欧文温·肖(1913—1984),《幼狮》(长篇小说)	阿尔弗雷德·金西(1894—1956),《人类男性的性行为》(社会学)	安部公房(1924—1993),《路标》(长篇小说)
	利奥·吉拉德(1898—1964),《关于"中央大车站"的报道》(短篇小说)	威廉姆·德·库宁(1904—1997),《阿什维尔》	格拉罕姆·格林(1904—1991),《事情的真相》(长篇小说)
	彼得·泰勒(1917—),《第四长及其他故事》(短篇小说集)	约翰·休斯顿执导影片《盖世枭雄》。	阿兰·帕顿(1903—1988)《哭泣的大地》(长篇小说)
	戈尔·维达尔(1925—),《城市与盐柱》(长篇小说)		维托里奥·德·西卡执导影片《偷自行车的人》。
1949年	内尔森·阿尔格伦(1909—1981),《金臂人》(长篇小说)	《住房法案》颁布,鼓励为低收入者建造住房。	北大西洋公约组织成立。
	保罗·鲍尔斯(1910—1999),《遮蔽的天空》(长篇小说)	美国法院宣判11名共产党员阴谋推翻政府罪成立。	毛泽东在中国建立共产党政权。
	杜鲁门·卡波特(1924—1984),《生命之树》(短篇小说集)	美国司法部对美国电话电报公司提起反托拉斯诉讼。	苏联引爆该国第一颗原子弹。

年代	美国重要文学著作	美国重要历史及文艺事件	其他重要历史及文艺事件
	玛丽·多尔·库兰(1917—1981),《牧区和山》(长篇小说)	发现肾上腺激素。	南非建立种族隔离制度。
	约翰·霍克斯(1925—1998),《食人者》(长篇小说)	塞缪尔·巴伯(1910—1981),《诺克斯维尔:1915年之夏》(管弦乐)	J. F. J. 凯德把锂盐用于躁狂症的治疗。
	敏雄森俊夫(1910—1980),《横滨,加利福尼亚》(短篇小说集)	菲利普·约翰逊(1906—)设计"玻璃住宅"。	西蒙·德·波伏娃(1908—1986),《第二性》(女权主义作品)
	约翰·奥哈拉(1905—1970),《向怒而生》(长篇小说)	小阿瑟·施莱辛格(1917—),《生命中枢》(纪实文学)	海因里希·伯尔(1917—1985),《列车正点到达》(长篇小说)
	欧多拉·韦尔蒂(1909—2001),《金苹果》(短篇小说集)	迈尔斯·戴维斯和吉尔·埃文斯发行了《酷派再生》(酷派爵士乐)	佐治·路易斯·博尔赫斯(1899—1986),《阿莱夫》(短篇小说集)
	山本久枝(1921—),《俳句》(短篇小说,于1988年收入短篇小说集)	卡洛尔·里德执导影片《第三者》。	三岛由纪夫(1925—1970),《假面的告白》(长篇小说)
	乔治·奥威尔(1903—1950),《一九八四年》(长篇小说)		
1950 年	艾萨克·阿西莫夫(1920—1992),《我,机器人》(科幻小说)	美国军队接管铁路以防止工人罢工。	北朝鲜入侵南朝鲜。朝鲜战争爆发。
	雷·布拉德伯里(1920—),《火星纪事》(科幻小说)	参议员约瑟夫·麦卡锡作为参议院常务调查委员会主席煽动对共产主义的恐惧。	克劳斯·福克斯因从事间谍活动而被捕。
	欧内斯特·海明威(1899—1961),《过河入林》(长篇小说)	众议院反美活动调查委员会指责大批公民进行颠覆活动。	美国军事顾问团抵达南越。
	约翰·赫西(1941—1993),《墙》(纪实文学)	4500万户家庭拥有收音机。	中国入侵西藏。

年代	美国重要文学著作	美国重要历史及文艺事件	其他重要历史及文艺事件
	杰克·克鲁亚克(1922—1969),《小镇与城市》(长篇小说)	电视机销量达到100万台。	阿尔伯特·爱因斯坦提出统一场论。
	J. D. 塞林格(1919—),《献给艾斯米——怀着爱与凄楚》(短篇小说)	大卫·里斯曼(1909—2002),《孤独的人群》(社会学)	玛格丽特·杜拉(1914—1996),《海墙》(长篇小说)
	艾萨克·巴什尔维斯·辛格(1904—1991),《莫斯卡特家》(长篇小说)	莱昂内尔·特里林(1905—1975),《自由的想象》(文学评论)	多丽·斯莱辛(1919—),《青草在歌唱》(长篇小说)
	华莱士·史达格纳(1909—1993),《墙上的女人》(短篇小说集)	约瑟夫·K.曼凯维奇执导影片《彗星美人》。	黑泽明执导影片《罗生门》。
	罗伯特·佩恩·沃伦(1905—1989),《足够的空间与时间》(长篇小说)	弗雷德·齐纳曼执导影片《男子汉》。	
	山本久枝(1921—),《笹川原小姐的传奇故事》,《威尔郡巴士》(短篇小说)	电视剧《你型你秀》开播。	
		查尔斯·舒尔兹创作的漫画《查理·布朗》首次通过稿件辛迪加同时在多家报刊刊登。	

参考书目

这一参考书目是从这一卷的撰稿者提供的书目中筛选出来的。它代表着他们发现是尤其有影响或有意义的作品。这个参考书目不包括论文、文章或对独个作者的研究。我们也没有把原始出处包括进去，某些提供学生或学者普遍不了解或找不到的资料的作品集除外。

Aaron, Daniel. *Men of Good Hope: A Story of American Progressives*. New York: Oxford University Press, 1961.

Abrahams, Edward. *The Lyrical Left: Randolph Bourne, Alfred Stieglitz, and the Origins of Cultural Radicalism in America*. Charlottesville: University of Virginia Press, 1986.

Ahlstrom, Sydney. *A Religious History of the American People*. New Haven, CT: Yale University Press, 1972.

Anderson, Benedict. *Imagined Communities: Reflections on the Origin and Spread of Nationalism*. London: Verso, 1983.

Anderson, Quentin. *The Imperial Self*. New York: Knopf, 1971.

Bakhtin, M. M. *The Dialogic Imagination: Four Essays*. Ed. Michael Holquist; trans. Caryl Emerson and Michael Holquist. Austin: University of Texas Press, 1981.

Baker, Houston A., Jr. *Modernism and the Harlem Renaissance*. University of Chicago Press, 1987.

Banta, Martha. *Imaging American Women: Ideas and Ideals in Cultural History*. New York: Columbia University Press, 1987.

Barr, Alfred H., Jr. *Cubism and Abstract Art* (1936). Repr., with an introd. by Robert Rosenblum, Cambridge, MA: Harvard University Press, 1986.

Barrier, Michael. *Hollywood Cartoons: American Animation in Its Golden Age*. New York and Oxford: Oxford University Press, 1999.

Beach, Joseph Warren. *American Fiction, 1920–1940*. 1941. Repr. New York: Russell & Russell, 1960.

Bell, Bernard W. *The Afro-American Novel and Its Traditions*. Amherst: University of Massachusetts Press, 1987.

Benjamin, Walter. *Illuminations*. Ed. Hannah Arendt; trans. Harry Zohn. New York: Brace & World, 1968.

Benstock, Shari. *Women of the Left Bank: Paris, 1900–1940*. Austin: University of Texas Press, 1986.

Berman, Avis. *Rebels on Eighth Street: Juliana Force and the Whitney Museum of American Art*. New York: Atheneum, 1990.

Berman, Patricia Gray and Martin Brody, curators. *Cold War Modern: The Domestic Avantgarde*. Chandler Gallery, Wellesley College, September 15, 2000–June 17, 2001.

Berthoff, Warner. *The Ferment of Realism: American Literature, 1884–1919*. New York: Free Press, 1965.

Biennale di Venezia, La. *La Biennale di Venezia: Le Esposizioni Internationali d'Arte 1895–1995*. Venice: Electa, 1996.

XIX^A *Esposizione Biennale Internazionale d'Arte 1934: Catalogo*. Prima edizione. Venice: Carlo Ferrari, 1934.

Boelhower, William. *Immigrant Autobiography in the United States (Four Versions of the Italian Self)*. Venice: Essedue, 1982.

Bone, Robert A. *The Negro Novel in America*. New Haven, CT: Yale University Press, 1958; rev. ed., 1965.

Bradbury, Malcolm. *The Modern American Novel*. New ed., New York: Viking, 1992.

Brinnin, John Malcolm. *The Third Rose: Gertrude Stein and Her World*. New York: Grove Press, 1959.

Browder, Laura. *Slippery Characters: Ethnic Impersonators and American Identities*. Chapel Hill and London: University of North Carolina Press, 2000.

Brown, Dee. *The Gentle Tamers: Women and the Old Wild West*. Lincoln, NE: Putnam, 1958.

Brüderlin, Markus. *Ornament und Abstraktion. Kunst der Kulturen, Moderne und Gegenwart im Dialog*. (Catalogue of an exhibition at Fondation Beyeler, Riehen, Switzerland). Cologne: DuMont, 2001.

Burke, Kenneth. *The Philosophy of Aesthetic Form: Studies in Symbolic Action*. Baton Rouge: Louisiana State University Press, 1941.

Cappetti, Carla. *Writing Chicago: Modernism, Ethnography, and the Novel*. New York: Columbia University Press, 1993.

Carby, Hazel. *Reconstructing Womanhood: The Emergence of the Afro-American Woman Novelist*. New York: Oxford University Press, 1987.

Cash, W. J. *The Mind of the South* [1941]. New York: Vintage Books, 1960.

Chametzky, Jules. *Our Decentralized Literature: Cultural Mediations in Selected Jewish and Southern Writers*. Amherst: University of Massachusetts Press, 1986.

Chipp, Herschel B., ed. *Theories of Modern Art: A Source Book by Artists and Critics*. Berkeley, Los Angeles, and London: University of California Press, 1968.

Christian, Barbara. *Black Women Novelists: The Development of a Tradition, 1892–1976*. Westport, CT: Greenwood Press, 1980.

Cohn, Jan. *Creating America: George Horace Latimer and the Saturday Evening Post.* University of Pittsburgh Press, 1989.

Conn, Peter. *The Divided Mind: Ideology and Imagination in America, 1898–1917.* Cambridge University Press, 1983.

Corn, Wanda M. *The Great American Thing: Modern Art and National Identity, 1915–1935.* Berkeley, Los Angeles, and London: University of California Press, 1999.

Cowley, Malcolm. *Exile's Return: A Literary Odyssey of the 1920s* [1934]. New York: Viking Press, 1951.

Cunard, Nancy. ed. *Negro Anthology, Made by Nancy Cunard, 1931–1933.* London: Wishart & Co., 1934.

Das Cabinet des Dr. Caligari: Drehbuch von Carl Mayer und Hans Janowitz zu Robert Wiene's Film von 1919/20. Introd. Siegbert S. Prawer. Munich: Edition Text + Kritik, 1995.

Davis, Angela Y. *Blues Legacies and Black Feminism: Gertrude "Ma" Rainey, Bessie Smith and Billie Holiday.* New York: Pantheon Books, 1998.

Dearborn, Mary V. *Pocahontas's Daughters: Gender and Ethnicity in American Culture.* New York: Oxford University Press, 1986.

Degler, Carl. *Out of Our Past: The Forces That Shaped Modern America.* New York: Harper, 1959.

Denning, Michael. *The Cultural Front: The Laboring of American Culture in the Twentieth Century.* London and New York: Verso, 1996.

Djupedal, Knut *et al.*, eds. *Novwegian-American Essays.* Oslo: The Novwegian Emigrant Museum, 1993. (See especially solveig zempel, "Rølvaag as Translator: Translations of Rølvaag," pp. 40–50).

Dolan, Marc. *Modern Lives: A Cultural Re-reading of "The Lost Generation."* West Lafayette: Purdue University Press, 1996.

Douglas, Ann. *Terrible Honesty: Mongrel Manhattan in the 1920s.* New York: Farrar, Straus & Giroux, 1995.

duCille, Ann. *The Coupling Convention: Sex, Text, and Tradition in Black Women's Fiction.* New York: Oxford University Press, 1993.

Farrell, James T. *The League of Frightened Philistines and Other Papers.* New York: Vanguard Press, n.d. [ca. 1945?].

Favor, J. Martin. *Authentic Blackness: The Folk in the New Negro Renaissance.* Durham, NC: Duke University Press, 1999.

Ferraro, Thomas J. *Ethnic Passages: Literary Immigrants in Twentieth-Century America.* Chicago and London: University of Chicago Press, 1993.

Fine, David M. *The City, the Immigrant and American Fiction, 1880–1920.* Metuchen, NJ, and London: Scarecrow Press, 1977.

Fussell, Paul. *The Great War and Modern Memory.* New York: Oxford University Press, 1975.

Gates, Henry Louis. *Figures in Black: Words, Signs, and and the Radical Self.* New York: Oxford University Press, 1987.

Geertz, Clifford. *The Interpretation of Culture: Selected Essays.* New York: Basic Books, 1973.

Gelfant, Blanche H., ed. *The Columbia Companion to the Twentieth-Century American Short Story*. New York: Columbia University Press, 2000.

Gilbert, Felix. *The End of the European Era, 1890 to the Present*. New York: W. W. Norton, 1970.

Gilmore, Michael T. *Differences in the Dark: American Movies and English Theater*. New York: Columbia University Press, 1998.

Greenberg, Clement. *The Harold Letters. 1928–1943*. Ed. Janice van Horne. Washington, DC: Counterpoint, 2000.

Griffin, Farah Jasmine. *"Who Set You Flowin": The African-American Migration Narrative*. New York: Oxford University Press, 1995.

Handlin, Oscar. *The Uprooted: The Epic Story of the Great Migrations That Made the American People*. New York: Grosset & Dunlop, 1951.

Harrison, Daphne Duval. *Black Pearls: Blues Queens of the 1920s*. New Brunswick, NJ: Rutgers University Press, 1998.

Hathaway, Heather. *Caribbean Waves: Relocating Claude McKay and Paule Marshall*. Bloomington and Indianapolis: University of Indiana Press, 1999.

Heilbut, Anthony. *Exile in Paradise: German Refugee Artists and Intellectuals in America from the 1930s to the Present*. 2nd ed. Berkeley, Los Angeles, and London: University of California Press, 1997.

Higham, John. *Send These to Me: Immigrants in Urban America* [1975]. Baltimore: Johns Hopkins University Press, 1984.

Hofstadter, Richard. *The Age of Reform: From Bryan to FDR*. New York: Knopf, 1955.

Howe, Irving. *World of Our Fathers: The Journey of the East European Jews to America and the Life They Found and Made*. New York: Harcourt, Brace, Jovanovich, 1976.

Huggins, Nathan Irvin. *Harlem Renaissance: The Afro American Ordeal in Slavery*. New York: Pantheon Books, 1977.

Hull, Gloria T. *Color, Sex, and Poetry: Three Women Writers of the Harlem Renaissance*. Bloomington: Indiana University Press, 1987.

Hulten, Pontus. *Futurismo and Futurismi*. Milan: Bompiano, 1986.

Hutchinson, George. *The Harlem Renaissance in Black and White*. Cambridge, MA: Harvard University Press, 1995.

Ickringill, Steve, ed. *Looking Inward, Looking Outward: From the 1930s through the 1940s*. (European Contributions to American Studies.) Amsterdam: VU Press, 1990.

Ickstadt, Heinz, ed. *The Thirties: Politics and Culture in a Time of Broken Dreams*. (European Contributions to American Studies.) Amsterdam: VU Press, 1987.

Inglehart, Babette F. and Anthony R. Mangione. *The Image of Pluralism in American Literature: The American Experience of European Ethnic Groups*. New York: The Institute on Pluralism and Group Identity of the American Jewish Committee, 1974.

Joachimides, Christos M. and Norman Rosenthal, eds. *American Art in the 20th Century*. Munich: Prestel, 1993. Royal Academy of Arts and ZEITGEIST-Gesellschaft.

Johnson, Charles Spurgeon. *Ebony and Ivory: A Collectanea, 1931.* Reprint: Freeport, NY: Books for Libraries, 1971.

Juliana Force and American Art: A Memorial Exhibition September 24–October 30, 1949. New York: Whitney Museum of American Art, n.d. [1949]

Kalaidjian, Walter. *American Culture Between the Wars: Revisionary Modernism and Postmodern Critique.* New York: Columbia University Press, 1993.

Kazin, Alfred. *On Native Grounds: An Interpretation of Modern American Prose Literature.* New York: Reynal & Hitchcock, 1942.

King, Richard. *A Southern Renaissance: The Cultural Awakening of the American South, 1930–1955.* New York: Oxford University Press, 1980.

Klein, Marcus. *Foreigners: The Making of American Literature 1900–1940.* Chicago and London: University of Chicago Press, 1981.

Knopf, Marcy. *The Sleeper Wakes: Harlem Renaissance Stories by Women.* New Brunswick, NJ: Rutgers University Press, 1993.

Kolodny, Annette. *The Lay of the Land: Metaphor as Experience and History in American Life and Letters.* Chapel Hill: University of North Carolina Press, 1975.

Kucklick, Bruce. *The Rise of American Philosophy: Cambridge, Massachusetts, 1860–1930.* New Haven, CT: Yale University Press, 1977.

Lears, Jackson. *No Place of Grace: Antimodernism and the Transformation of American Culture, 1880–1920.* New York: Pantheon, 1981.

Leuchtenberg, William E. *The Perils of Prosperity, 1914–1932.* Chicago University Press, 1958.

Levine, Lawrence. *Black Culture and Black Consciousness: Afro-American Folk Thought from Slavery to Freedom.* Oxford University Press, 1977.

Lewis, David Levering. *When Harlem Was in Vogue.* New York: Oxford University Press, 1979.

Lott, Eric. *Love and Theft: Blackface Minstrelsy and the American Working Class.* New York and Oxford: Oxford University Press, 1993.

Ludington, Townsend, ed. *A Modern Mosaic: Art and Modernism in the United States.* Chapel Hill and London: University of North Carolina Press, 2000.

Lukács, Georg. *The Theory of the Novel: A Historico-Philosophical Essay on the Forms of Great Epic Literature.* Trans. Anna Bostock. Cambridge, MA: Harvard University Press, 1971.

Lynn, Kenneth S. *The Dream of Success: A Study of Modern American Imagination.* Boston: Little, Brown, 1955.

MacShane, Frank, ed. *The Notebooks of Raymond Chandler and English Summer: A Gothic Romance.* New York: Ecco Press, 1976.

Mangione, Jerre and Ben Morreale. *La Storia: Five Centuries of the Italian American Experience.* New York: HarperCollins, 1992.

May, Henry F. *The End of American Innocence: A Study of the First Years of Our Time, 1912–1917.* New York: Oxford University Press, 1979.

Melnick, Jeff. *A Right to Sing the Blues: African Americans, Jews, and American Popular Song.* Cambridge, MA: Harvard University Press, 1999.

○参考书目

Mencken, H. L. *The American Language*. New York: A. A. Knopf, 1919 (and supplements).

Middleton, William D. *The Time of the Trolley*. Milwaukee: Kalmbach Publishing, 1967.

Mishkin, Tracy. *The Harlem and Irish Renaissances: Language, Identity, and Representation*. Gainesville: University Press of Florida, 1998.

Morrison, Toni. *Playing in the Dark: Whiteness and the Literary Imagination*. Cambridge, MA and London: Harvard University Press, 1992.

Mumford, Kevin. *Interzones: Black/White Sex Districts in Chicago and New York in the Early Twentieth Century*. New York: Columbia University Press, 1997.

Noble, David. *America by Design: Science, Technology, and the Rise of Corporate Capitalism*. New York: Knopf, 1977.

North, Michael. *The Dialect of Modernism: Race, Language, and Twentieth-Century Literature*. New York: Oxford University Press, 1994.

Nyman, Jopi. *Men Alone: Masculinity, Individualism, and Hard-Boiled Fiction*. Amsterdam: Rodopi, 1997.

O'Meally, Robert and Genevieve Fabre, eds. *History and Memory in African American Culture*. New York: Oxford University Press, 1994.

Øverland, Orm. *Immigrant Minds, American Identities: Making the United States Home, 1870–1930*. Urbana and Chicago: University of Illinois Press, 2000.

Owens, Louis. *Other Destinies: Understanding the American Indian Novel*. Norman and London: University of Oklahoma Press, 1992.

Pattee, Fred Lewis. *The New American Literature, 1890–1930*. New York and London: The Century Co., 1930.

Peretti, Burton W. *The Creation of Jazz: Music, Race, and Culture in Urban America*. Urbana and Chicago: University of Illinois Press, 1992.

Poirier, Richard. *A World Elsewhere: The Place of Style in American Literature*. New York: Oxford University Press, 1966.

Radway, Janice A. *A Reading of the Romance: Women, Patriarchy, and Popular Literature*. Chapel Hill: University of North Carolina Press, 1984.

Rideout, Walter. *The Radical Novel in the United States, 1900–1954*. Cambridge, MA: Harvard University Press, 1956.

Rosenberg, Harold. *The Tradition of the New*. [1959] New York and Toronto: McGraw-Hill, 1965.

Ryland, Philip and Enzo Di Martino. *Flying the Flag for Art: The United States and the Venice Biennale, 1895–1991*. Richmond, VA: Wyldbore and Wolferstan, 1993.

Saunders, Frances Stonor. *The Cultural Cold War: The CIA and the World of Arts and Letters*. New York: New Press, 1999.

Silva, Umberto. *Ideologia e arte del fascismo*. Milan: Mazzotta, 1977.

Slotkin, Richard. *The Fatal Environment: The Myth of the Frontier in the Age of Industrialization*. Middletown, CT: Wesleyan University Press, 1985.

Smith, Henry Nash. *Virgin Land: The American West as Symbol and Myth.* Cambridge, MA: Harvard University Press, 1950.

Sollors, Werner. *Beyond Ethnicity: Consent and Descent in American Culture.* New York: Oxford University Press, 1986.

Starr, S. Frederick. *Red and Hot: The Fate of Jazz in the Soviet Union, 1917–1980.* New York and Oxford: Oxford University Press, 1983.

Steinberg, Salme Harju. *Reformer in the Marketplace: Edward W. Bok and The Ladies' Home Journal.* Baton Rouge and London: Louisiana State University Press, 1979.

Stepto, Robert B. *From Behind the Veil: A Study of Afro-American Narrative.* Urbana: University of Illinois Press, 1979.

Taylor, William R. *In Pursuit of Gotham: Culture and Commerce in New York.* New York: Oxford University Press, 1992.

Tedeschini Lalli, Biancamaria and Maurizio Vaudagna, eds. *Brave New Worlds: Strategies of Language and Communication in the United States of the 1930s.* Amsterdam: VU University Press, 1999.

Terkel, Studs. *Hard Times: An Oral History of the Great Depression.* New York: Pantheon, 1970.

Todorov, Tzvetan. *The Conquest of America: The Question of the Other.* Trans. Richard Howard. New York: Harper & Row, 1984.

Trachtenberg, Alan. *The Incorporation of America: Culture and Society.* New York: Hill & Wang, 1982.

Trilling, Lionel. *The Liberal Imagination: Essays on Literature and Society.* New York: Viking Press, 1950.

Turner, Victor. *Dramas, Fields, and Metaphors: Symbolic Action in Human Society.* Ithaca, NY: Cornell University Press, 1974.

Ueda, Reed. *Postwar Immigrant America: A Social History.* Boston and New York: Bedford Books of St. Martin's Press, 1994.

Van Doren, Carl. *The American Novel 1789–1939.* New York: Macmillan, 1940.

Wald, Priscilla. *Constituting Americans: Cultural Anxiety and Narrative Form.* Durham, NC and London: Duke University Press, 1995.

Wall, Cheryl. *Women of the Harlem Renaissance.* Bloomington: Indiana University Press, 1995.

Wecter, Dixon. *The Age of the Great Depression: 1929–1941.* New York: Macmillan, 1948.

Weiss, M. Lynn. *Gertrude Stein and Richard Wright: The Poetics and Politics of Modernism.* Jackson: University of Mississippi Press, 1998.

Weston, Richard. *Modernism.* London: Phaidon Press, 1996.

White, Newman I. *American Negro Folk-Songs.* Cambridge, MA: Harvard University Press, 1928.

Williams, Raymond. *Culture and Society.* London: Chatto & Windus, 1958.

Wintz, Cary D. *Black Culture and the Harlem Renaissance.* Houston: Rice University Press, 1988.

○参考书目

Wirth-Nesher, Hana. *City Codes: Reading the Modern Urban Novel*. New York and Cambridge: Cambridge University Press, 1996.

Wolff, Edward N. *Top Heavy: A Study of the Increasing Inequality of Wealth in America*. New York: Twentieth Century Fund, 1995.

Woodcock, George. *20th Century Fiction*. Basingstoke and London: Macmillan, 1983.

Wyatt-Brown, Bertram. *Southern Honor: Ethics and Behavior in the Old South*. New York: Oxford University Press, 1982.

Yin, Xiao-huang. *Chinese American Literature since the 1850s*. Urbana: University of Illinois Press, 2000.

Zwerin, Mike. *La Tristesse de Saint Louis: Swing under the Nazis*. London: Quartet Books, 1985.

索 引

注：索引是按照词的字母顺序排列的，涵盖的范围从 xiii 到 596 页。作品的名称只列在作者名字下面。提供的参照页数指的是题目被提及的主要部分。

A

Aaron, Daniel　丹尼尔·亚伦,《抱有良好愿望的人》,233;《左翼作家》,233

academic authority　学术权威, xiv – xv

Act to Preserve Racial Purity　《保持种族纯洁性法案》(弗吉尼亚,1924 年),449

Adamic, Louis　路易斯·阿达米克,388,421,429,520—521,523—524;《丛林中的笑声》,403,428,578;《我的美国》,190,241,251,390,521,585;《回乡记》,512,523;《双向通道》,523

Adams, Henry　亨利·亚当斯,34,39,44,48—56,84,457;《民主》,106;《亨利·亚当斯的教育》,48—56,102—107,564;《圣米歇尔山和沙特尔大教堂》,103,104

Addams, Jane　简·亚当斯,95,126,558

Adorno, Theodor W.　西奥多·W. 阿多诺,53,431

advertising　广告业,119,135—136,164—165;和读者大众,363—364;和华尔街股市崩盘,184

aesthetic modernism　美学现代主义, xvii

aestheticism in Thirties　30 年代的唯美主义,210

African Americans　非洲裔美国人,301—302;生活,152;文学, xviii – xix,497;参见哈莱姆文艺复兴

Agee, James　詹姆斯·艾吉,7,190,199,255;论原子弹,550;论海明威和电影,470—471;《让我们来赞颂名人吧》,7,190,198,246—249,363,589

Ager, Waldemar　沃尔德马·阿杰尔,《通往熔炉之路》,435,563

○索　引

agriculture　农业,xviii,24—25,44—45;农产品市场价格暴跌(1920年),251;南方的农奴制,287;参见小说里的农村生活

Aiken,Conrad　康拉德·艾肯,242,574;《大圆》,580

Alcott,Louisa May　路易萨·梅·阿尔科特,16

Alger,Horatio　霍雷肖·阿尔杰,200,201,203,237

Algren,Nelson　内尔森·阿尔格伦,227,233;《金臂人》,473,595;《清晨不再来》,589;《新荒野》,473;《穿靴子的人》,190,582

Allen,Frederick Lewis　弗雷德里克·刘易斯·艾伦,187

Allen,Hervey　哈维·艾伦,《风流世家》,186

"American"　"美国人",这个词的意思,422—427,449—451,521—522

American Caravan　《美国大篷车》(出版商),193

American Civil Liberties Union(ACLU)　美国公民自由联盟,126

American dream/way of life　美国梦/生活方式,191,237,252,520,522—523;和南方,256

American Literature　《美国文学》,定义,xv,390

American Magazine　《美国杂志》,164

American Mercury　《美国信使》,428

"American Risorgimento"　"美国的复兴运动",68—69

American Writers' Congress　美国作家代表大会,232—233

Anderson,Margaret　玛格丽特·安德森,133;《我的三十年战争》,108

Anderson,Maxwell　马克斯威尔·安德森,127

Anderson,Sherwood　舍伍德·安德森,13,130—133,134,170,458;路德维格·路易生对他的论述,381—382;和中产阶级价值观念,208;《阴沉的笑声》,571;《家乡》,190,243,588;《多种婚姻》,569;《前进中的人们》,131,563;《穷白人》,565;《困惑的美国》,190,225,250,582;《舍伍德·安德森回忆录》,130;《讲故事的人的故事》,130;《中西部的童年》,130;《鸡蛋的胜利》,567;《温迪·麦克弗森之子》,131,562;《俄亥俄州的温斯堡》,131—133,199,564

"Angry Decade"　"愤怒的十年",189

anthropology　人类学,5

Antin,Mary　玛丽·安婷,xix,406,440;个人经历和事业,411—421;论移民,416—417;现代性,415;爱国主义和"美国人"的含义,422—427;作为公众讲演者,419,创作中的双重身份感,417—418;《急救异乡人》,411;《从波洛茨克到波士顿》,412,415,429;《同一屋檐下》,539—540;《谎言》,424;《马莲科的补偿》,426;《福佑之地》,390,401,411—416,418—419,425—426,427,440,559;《敲我们的门的人》,419—420,421

antinomianism　反律法主义,xiv

antisemitism　反犹太主义,202,233,514—515,516,526,539—545

Anvil 《铁砧》杂志,210
Arendt,Hannah 汉娜·阿伦特,6,233;《论革命》,6;《极权主义的起源》,367
Armory Show(New York) 军械库展览会(纽约),71—73,356
Arnold,Matthew 马修·阿诺德,3,191
Arnow,Harriette 海里蒂·阿诺,27
art,collectors 艺术收藏家,364;文化角色 12—13;和自由,360—361;詹姆斯·艾吉的,248—249;庸俗艺术,534;和纳粹,531—532;新艺术,71—73;作为摆设,243—244;参见军械库展览会;立体主义和现代艺术;"堕落艺术展";现代主义;音乐;绘画
artwork 艺术品,见散文插图画家,摄影
Asch,Nathan 内森·阿施,《东河》,456—457;《发薪日》,456—457,509;《寻找美国之路》,190,225,241
Asimov,Isaac 艾萨克·阿西莫夫,《我,机器人》596
Atherton,Gertrude 格特鲁德·阿瑟顿,《黑牛》,569
Atlantic Monthly 《大西洋月报》,413,418,423,424
atomic bomb 原子弹,546—551,554
Austin,Mary 玛丽·奥斯汀,41,66;《浅滩》,563
authority of writers 作家的力量,14
authors 作者,xvi – xvii
autobigraphy in ethnic literature 民族文学里的自传,390—404
automatism in writing 写作中的自发行为论,371
Ayres,C. F. 艾瑞斯·C. F.,104

B

Babbitt Irving 欧文·白壁德,119
Bacon,Francis 弗朗西斯·培根,17
Bacon,Peggy 佩吉·培根,511
Baedeker,Karl 卡尔·贝德克尔,38
Bagehot,Walter 沃尔特·巴奇霍特,162
Baker,Ray Stannard 雷·斯坦纳德·贝克,40
Bakhtin,Mikhail 米哈伊尔·巴赫金,7
Baldwin,James 詹姆斯·鲍德温,350,459,498
Ballard,John 约翰·巴拉德,255
Baltimore Sun 《巴尔的摩太阳报》,386
bankruptcy 破产,194
Barnes,Djuna 狄琼纳·巴恩斯,155,199,255;《夜森林》,198,204—205,583
Barney,Natalie 娜塔丽·巴涅,155

Barr, Alfred 阿尔弗雷德·巴尔,528—529,533

Bart, Lily 莉莉·巴特,3

Bartholdt, Richard 理查德·巴托尔特,391

Barton, Bruce 布鲁斯·巴顿,164;《无人知晓之人》,164—165

Beach, Sylvia 希尔维亚·毕奇,155;《莎士比亚书店》,108

Beard, Charles 查尔斯·毕尔德,104;《美国宪法经济观》,104

Beat Generation 垮掉的一代,556

Beebe, William 威廉·毕比,564

Bell, Thomas 托马斯·贝尔,388;《冲出熔炉》,190,231,245,391,504,589

Bellow, Saul 索尔·贝娄,233,242;《奥吉·玛琪历险记》,388;《晃来晃去的人》,591;《受害者》,593

Benchley, Robert 罗伯特·本奇利,210

Benet, Stephen Vincent 斯蒂芬·文森特·贝尼特,220

Benjamin, Walter 沃尔特·本杰明,163

Bennett, Gwendolyn 格温多林·贝内特,325;《结婚日》,572

Bercovici, Konrad 康拉德·贝尔科维奇,429;《在纽约环游世界》,570;《纽约的灰尘》,564;《新生国家》,571

Berkman, Alexander 亚历山大·贝克曼,90

Best American Short Stories 《美国优秀短篇小说集》,388

Best Short Stories《优秀短篇小说集》,388

Bierce, Ambrose 安布罗斯·比尔斯,559

Biographies 传记,191

Bishop, Elizabeth 伊丽莎白·毕肖普,8

Bishop, John Peale 约翰·皮尔·毕肖普,109,193

Black Mask 《黑侠》杂志,219,468

Black Sox scandal 黑袜丑闻(1919),125

Blackmur, R. P. R. P·布莱克默,258

Boas, Franz 弗朗兹·博厄斯,496,497;《原始人的心理》,104,559

Bodenheim, Maxwell 马克斯威尔·博登海姆,《杰西卡》,571

Bogan, Louise 路易斯·博根,155

Bohr, Niels 尼尔斯·玻尔,52

Bojer, Johan 约翰·博耶尔,《移民》,571

Bok, Edward 爱德华·伯克,《爱德华·伯克的美国化》,153,390,393—394,401,408,422,440,565

Bonner, Marita (Occomy) 玛丽塔·奥克米·伯纳,323—325,350,571

Bonnie and Clyde 邦妮和克莱德雌雄大盗,211

Bontemps, Arna 阿纳·邦当,242;《黑雷》,339,399,583;《暮鼓》,338,339;《上帝送来

了周日》,339

The Bookman 《书商》,92,152

Borges,Jorge Luis 佐治·路易斯·博尔赫斯,158

Boston 波士顿,25,129,161

Bourke-White,Margaret 玛格丽特·伯克-怀特,245;《你看到了他们的面孔》,190,241,243

Bourne,Randolph 伦道夫·伯恩,66,69,89,171,173,208;论美国化,424—425;文集,89,366;《教育与生存》,89,563;《青春与人生》,89,560

Bower,B.M.（B.M.Sinclair）,B.M（B.M.辛克莱）·鲍尔,213—214

Bowers,Claude 克劳德·鲍尔斯,《悲剧时代》,172

Bowles,Paul 保罗·鲍尔斯,《遮蔽的天空》,595

Boyd,Thomas 托马斯·博伊德,《穿过麦田》,173

Boynton,H.W. H.W.伯因顿,92

Bradbury,Ray 雷·布拉德伯里,《火星纪事》,596

Bradford,Roark 罗克·布莱德佛德,《老人亚当和他的孩子们》,575

"Brahmin" 名流,这个词,424

brand names in literature 文学作品中的品牌名称,407

Brandeis,Louis 路易斯·布兰戴斯,561

breast imagery 乳房的意象,501—502,509—510

Bridges,Horace 霍拉斯·布里奇斯,《论成为一个美国人》,390,564

Bromfield,Louis 路易斯·布罗姆菲尔德,135;《绿色月桂树》,570

Brooklyn Daily Times 《布鲁克林时代日报》,366

Brooks,Cleanth 克林斯·布鲁克斯,257

Brooks,Van Wyck 范·威克·布鲁克斯,67,69,75,89;理想破灭,134;地域边缘性,161;《美国的成年》,69,251,359;《1815—1865年,新英格兰的兴旺》,192,251;《爱默生传》,251;《1865—1915年,新英格兰:兴旺的晚期》,192,251;《马克·吐温的严峻考验》,171;《清教徒的酒》,251

Broom 《扫帚》杂志,371,443

Brown,Harry 哈里·布朗,《在阳光下行军》,591

Brown,John 约翰·布朗,232

Brown,Sterling 斯特林·布朗,285,288,379—380;《黑人大蓬车》,292

Brown,Theodore 西奥多·布朗,《莱西斯特拉塔》,242

Buck,Pearl S. 赛珍珠,《大地》,578

Bulosan,Carlos 卡罗斯·布鲁桑,389,592

Buntline,Ned 内德·邦特莱因,(Edward Zane Carroll Judson,爱德华·泽恩·卡罗尔·贾德森),35

Burgess,Ernest 欧内斯特·伯吉斯,492,503

Burgess, John W. 约翰·W. 伯吉斯, 125

Burke, Kenneth 肯尼斯·伯克, 7, 8, 122, 189, 193；在《南方评论》上, 258；《对历史的态度》, 7

Burns, John Horne 约翰·霍恩·伯恩斯,《画廊》, 593

Burrouighs, Edgar 埃德加·伯勒斯,《人猿泰山》, 561

Burroughs, William 威廉·伯勒斯,《裸体午餐》, 372

Buslett, Ole Amundsen 奥尔·阿蒙森·巴斯莱特,《通往金门之路》, 431—432, 562

Bynner, Witter 维特·宾纳, 127

C

Cabell, James 詹姆斯·卡贝尔, 563；《朱根》, 113, 154—155, 201, 565

Cage, John 约翰·凯吉, 167

Cahan, Abraham 亚伯拉罕·卡恩, 388, 439—440；《大卫·莱温斯基的崛起》, 64, 402, 441, 563；《纽约贫民区的故事》, 64, 394

Cain, James M. 詹姆斯·M. 凯恩, 220—222, 468；《蝴蝶》, 221；《双重保险》, 221, 583；《邮差总按两次铃》, 220, 581；《相思曲》, 220, 224

Cain, Paul 保罗·凯恩, 237

Caldwell, Erskine 厄斯金·考德威尔, 242, 246, 255；《上帝的小亩田》, 256, 258—259, 580；《烟草路》, 258—259, 579；《你看到了他们的面孔》, 190, 241

Calkins, Ernest Elmo 欧内斯特·埃尔默·卡尔金斯, 136

camera 相机, 见摄影

Campbell, William 威廉·坎贝尔,《步兵连》, 580

Camus, Albert 阿尔伯特·加缪, 3, 183；《反叛者》, 3

Cantwell, Robert 罗伯特·坎特威尔,《丰饶之地》, 190, 227, 233, 581；《漫无目的》, 578

capitalism 资本主义, xviii；和官僚政府机构, 119

Capote, Truman 杜鲁门·卡波特,《别的声音, 别的房间》, 594；《生命之树》, 595

Carnegie, Andrew 安德鲁·卡内基, 12

Cash, W. J. W. J. 凯西, 255

Cassatt, Mary 玛丽·卡萨特,《现代女人》, 41

caste 等级制度, 198

Cather, Willa 薇拉·凯瑟, 10, 13, 21, 49；中产阶级价值观, 208；自然场景, 171；第一次世界大战, 93；《大主教之死》, 45, 99, 569；《我的安东尼娅》, 23, 26, 27—30, 564；《啊, 拓荒者!》, 438, 560；《我们中的一个》, 93—94, 97, 568；《教授之家》, 45, 571；《云雀之歌》, 82, 562

Cautela, Giuseppe 朱塞佩·考铁拉,《收获》, 571

Cayton, Horace 霍拉斯·凯顿, 492, 493, 495

索引

Chacón, Eusebio 尤斯比奥·查孔, 430

Chacón, Felipe Maximiliano 费利佩·马克西米利亚诺·查孔, 570

Chamberlain, John 约翰·张伯伦, 104, 358

Chandler, Raymond 雷蒙德·钱德勒, 213, 218—219, 467—468;《大眠》, 218, 468, 470, 586;《永别了, 我的爱》, 587

Chang Tsu 庄子, 19, 55

Chávez, Fray Angélico 弗雷·安吉利柯·查韦斯,《新墨西哥三联画》, 588

Chestnut, Charles W. 查尔斯·W·切斯纳特,《雪松后面的房子》, 299;《传统的精髓》, 338

Chicago 芝加哥, "梦之城", 37—42, 54; 扩张, xviii, 25, 26, 30—31; 和现代化, 493; 黑人文艺复兴, 288;《官方手册》, 40; 禁酒令和犯罪活动, 129; 参见弗雷德里克·杰克逊·特纳,

Chicago Defender《芝加哥卫报》, 312

Chicago Renaissance 芝加哥文艺复兴, 492—493

Chicago School of Sociology 芝加哥社会学派, 492

Chicano literature 墨西哥裔美国文学, 389—390, 503—504

Child, Richard Washburn 理查德·沃什伯恩·蔡尔德, 359, 511

Chinese–Language writing 中文作品, 431

Chopin, Kate 凯特·萧邦, 40;《觉醒》, 40, 81—82, 83

Christmas, Joe 克里斯默斯, 乔, 3

Chronology 大事年表(1910—1950), xviii, 557—596

Churchill, Winston S. 温斯顿·S. 丘吉尔, 4, 558

cinema 电影, 见电影业

cities 城市, 文学中, 166—167; 和迁徙, 23, 25; 和生产过程, 164

Civil Rights movement 民权运动, 290, 556

Civil War 内战, 13, 24—25, 34, 91

Civilian Conservation Corps 国家资源保护队, 195

class 阶级, 169, 455—457; 财富, 142—150, 160; 论阶级的作家, 198

class problems 阶级问题, 198

Clemens, Samuel 塞缪尔·克莱门斯, 见马克·吐温

clocks and time theme 钟表和时间主题, 491—492, 493, 498

code–switching 语码转换, 429

Cody, William F. ("Buffalo Bill") 威廉·F. 科迪("野牛比尔"), 34, 35—36, 37, 46

Colcord, Lincoln 林肯·科尔科特, 439—440

Cold War 冷战, xix, 535, 537, 555—556

Columbus, Christopher 克里斯多夫·哥伦布, 24, 37

commitment 使命, 见政治使命

625

○索 引

Common Ground 《共同立场》,388,539;路易斯·阿达米克,521

Communism 共产主义,187,194—195,197,516—518;和有创造力的黑人艺术家,287;脱党,233;在大萧条期间,227,232,348—349,517;参见马克思主义

community and literature 社区和文学,xv,xviii

Coney Island in stories 小说中的科尼岛,396

confidence and uncertainty 信心和不确定性,15—22

Conrad, Joseph 约瑟夫·康拉德,51

Conroy, Jack 杰克·康洛伊,210,245;《被剥夺权利的人们》,190,225—226,230,231,580Cooke, Alistair 阿里斯泰尔·库克,164

Coolidge, Calvin 卡尔文·柯立芝,117—119,184—185

Cooper, Anna Julia 安娜·朱丽亚·库珀,《南部的声音》,41

Cott, Carrie Chapman 嘉莉·切普曼·科特,95

Coughlin, Father Charles 神父查尔斯·库格林,187

Cournos, John 约翰·库诺斯,440;《巴别塔》,568;《面具》,564;《墙》,567

Covarrubias, Miguel 科瓦鲁比亚斯,米格尔,511

Cowley, Malcolm 马尔科姆·考利,104,151,160;理想破灭,134,187;《流亡者的回归》,108,130,581;《第二次繁荣》,108

Cozzens, James Gould 詹姆斯·古德·科森斯,233,594

Crane, Hart 哈特·克莱恩,24,100,108,210—211;《桥》,166,442

Crane, Stephen 斯蒂芬·克莱恩,40;《乔治的母亲》,64;《街头女郎梅季》,40,64

Crash 崩盘,见华尔街股市崩盘(1929)

Creative reading/writing 创造性的解读/创造性的创作,4

Crisis 《危机》,286,298,306,321,324

Croly, Herbert 赫伯特·克罗利,68

Cromweil, Dorothea 多萝西娅·克伦威尔,108

Cromwell, Gladys 格拉迪斯·克伦威尔,108

Crosby, Caresse 克瑞丝·克罗斯比,155

Crosby, Harry 哈利·克罗斯比,108;《战火家书》,100

Cross Section 《截面集》,388

Crossman, Richard 理查德·克罗斯曼,《失败的上帝》,518

cubism 立体主义,xix

Cubism and Modern Art 《立体主义和现代艺术》(美国现代艺术馆展),528—529

Cullen, Countee 康蒂·卡伦,151,152,330—331;《黄昏颂歌》,292;《通往天堂之路》,336—337,579

culture 文化,xviii;非洲裔美国人,301—302,女性化,152—153;文学,xix,362;美国的多民族性,365—367;自然,48;政治使命,188—189,190—199,248—249;流行,136—137;参见艺术;现代主义;音乐;绘画

Culture and Crisis pamphlet 小册子《文化与危机》,194

Cummings,E. E.　E. E. 卡明斯,66,69,106;《我是》,515;《巨大的房间》,110—111,163,173,568

Cunard,Nancy　南希·丘纳德,《黑人:一部文集》,292,302—303

Curran,Mary Doyle　玛丽·多尔·库兰,388;《牧区和山》,595

D

Dahl,Dorthea　多茜·达尔,《铜罐》,432,433,577

Dahlberg,Edward　爱德华·达尔伯格,455;《因为我是有血有肉的人》,230;《底层人》,190,229,231,577

Daiches,David　大卫·戴奇斯,104

D'Angelo,Pascal　帕斯卡尔·迪安杰罗,《意大利之子》,570

Darwinism　达尔文主义,49,105

Davidson,Donald　唐纳德·戴维森,255,257

Davies,Arthur　阿瑟·戴维斯,71

Davis,Richard Harding　理查德·哈丁·戴维斯,92,561

Day,Clarence　克莱伦斯·戴,565

De Capite,Michael　米歇尔·德·凯普蒂,《玛丽亚》,588

"Degenerate Art Show"　"堕落艺术展"(慕尼黑,1937 年),523—533

DeKruif,Paul　保罗·德克赖夫,《微生物猎人》,572

Dell,Floyd　弗洛伊德·德尔,64,66,68,69,208;《荆棘丛》,567;《珍妮特·马奇》,569;《傻瓜》,565;《逃往》,571

Depression　经济大萧条,xviii,xix,118,192,194—195,198,203;和黑人作家,348—352;和逃避现实,212;洪水和干旱,252;好莱坞,220;马克思主义主题,455—457;哈莱姆文艺复兴的障碍,348,用摄影记录,244—245;关注社会的作品,229—232;参见福克纳,威廉;米勒,亨利;华尔街股市崩盘

detective stories　侦探小说,198,212,216—219

Deutsch,Babette　巴贝特·多伊奇,127

Dewey,John　约翰·杜威,170—171,385;哲学上的重构,566;《逻辑理论的研究》,104

di Donato,Pietro　彼得罗·迪多纳托,xix,231,402,407,455;《混凝土里的救世主》,504—507,508—509,511,587

Dial　《日晷》,193

Dickinson,Emily　艾米莉·狄金森,174,362

Dillinger,John　约翰·迪林格,211

disenchantment　理想破灭,134—139,181

disensus and consensus　分歧和一致意见,6

627

documentary literature 纪实文学,190—191,198,250;分歧的消除,241—249

"domestic"novels "家庭"小说,213—214

Domingo,W. A. W. A. 多明哥,290,291

Dondero,George A. 乔治·A. 唐德洛,359—361

Dos Passos,John 约翰·多斯·帕索斯,10,90,93,127,133,255;背景,165—166;城市,166—167;对现代性表现出来的开放性,458;《北纬四十二度》,128,168,577;《1919年》,173,579;《赚大钱》,66,128,168,213,251,584;《我们脚下的土地》,192,251;《托马斯·潘恩的思想》,251;《曼哈顿变迁》,166,167—168,201,571;《一个人的开始:1917》,111,166,566;《三个士兵》,129,166,172—173,567;《美国》,10,110,111,132,166,169,188,198,204,205—207,585

Dougherty,Henry 亨利·多尔蒂,117

Drake,St. Clair 圣克莱·德雷克尔,495

Dreiser,Theodore 西奥多·德莱塞,8,10,13,49,83—85,559;"野蛮自然主义"受到攻击,401;童年的痛苦回忆,142;《美国悲剧》,10,84,87,142—143,572;《金融家》,86,142,559;《妇女画廊》,113,575;《天才》,562;《珍妮·格巴特》,559;《回顾》,86;《嘉莉妹妹》,5,8,23,26—27,28,29—33,84—85;《斯多葛》,143,593;《巨人》,86,142,561;《悲剧的美国》,190,250

Du Bois,W. E. B W.E.B·杜波伊斯,xix,14,151,286;和种族主义,516;和哈莱姆文艺复兴,295—298;边缘化,160;《黑人重构》,297,339,349,582;《黑公主》,297;《海地》,242;《一国之内的黑人之国》,349;《寻找银色羊毛》,296—297,559;《黑人的灵魂》,295—296,436

Dunbar,Paul Lawrence 保罗·劳伦斯·邓巴,《诸神的游戏》,64;《未被召唤的人》,64

Duncan,Isadora 伊莎多拉·邓肯,67

Dunphy,Jack 杰克·邓菲,《约翰·福里》,379

Durham,Robert Lee 罗伯特·李·德拉姆,《南方的呼唤》,386

Durkheim,Emile 埃米尔·迪尔凯姆,4

E

Eastman,Max 马克斯·伊斯特曼,68

economy 和非洲裔美国人·经济,349—350;经济腐朽,xviii;经济流通,556;飞速发展,121—122;局势恶化,强烈抗议,187;参见大萧条;新政;华尔街股市崩盘

Eden,Martin 马丁·伊登,3

Eisenhower,Dwight D. 德怀特·D. 艾森豪威尔,360—361

Eisenstein,Sergei 谢尔盖·爱森斯坦,166

Eliot,Charles William 查尔斯·威廉·艾略特,153

Eliot,T. S. T. S. 艾略特,87,103,208;作为局外人,160,161;和南方,253;《荒原》,112,

166,384,495,568

elitism and writers　精英主义和作家,198,208

Ellison,Ralph　拉尔夫·埃利森,242,266,380;《隐形人》,388,389,459

Emerson,Ralph Waldo　拉尔夫·瓦尔多·爱默生,4,169,189,234

Empey,Arthur　阿瑟·艾姆毕,93,563

Equiano,Olaudah　奥劳达·伊奎阿诺,335

Erikson,Erik　埃里克·埃里克森,《童年和社会》,366

Espionage Act　《间谍法案》(1917),90

Esquire　《老爷》,402,472

ethnic literature　民族文学,xix,44,364—367,382—383;1910—1950,388—390;抵触其他民族群体,392—393,397;美国犹太人,388,475(参见反犹太主义);自传,390—404,418;"真正的"和"非真正的",400—401;品牌名字,407;提及故国,393—394;代笔写作,403;移民与同化,440—441;语言特征,428—433;罗斯与意第绪语,479—481;注意到的新世界的特征,406—407;笔名,401—402;性问题方面变得越来越直白,454—455;和自由女神像,396,420—421;各种主题,405—406;作为多民族国家的美国,365—367;作家的原籍,512;参见各个作家;现代主义,现代性

Evans,Walker　沃克·埃文斯,190,246,247

exclusion and writing　排外原则和写作,见边缘性和作家的力量

exploration literature　探险文学,24

F

Fall,Albert　阿尔伯特·福尔,117

Fante,John　约翰·范特,388,392,519;《劣质红酒》,588;《等到春天,班迪尼》,585

Farrell,James T.　詹姆斯·T.法雷尔,255,407,466;《父与子》,227;《审判日》,226,582;《论好莱坞语言》,470;《在我愤怒的日子里》,227;《没有星辰陨落》,227;三部曲《斯塔兹·朗尼根》,226—227,378,440,455,503,579,581;《我从未建造的世界》,227

fascism　法西斯主义,xix,430,513—517,555—556

Fast,Howard　霍华德·法斯特,《最后的边疆》,589

Faulkner,W. C.　W. C. 福克纳,(威廉·福克纳的曾祖父),267

Faulkner,William　威廉·福克纳,3,6—7,8,13,22;美国梦和南部,256;对移民和族裔作家的重要性,458—459,460;在30年代的成熟,210;小说和历史,266—281;和丑角皮埃罗,174;《袖珍福克纳作品选》,359;写作技巧,280;《押沙龙,押沙龙!》,107,110,198,254,268,273—279,375,458,584;《在我弥留之际》,110,198,268,270,577;《下去吧,摩西》,132,198,267,268,279—280,358—359,458,589;《村子》,258,268,588;《坟墓的闯入者》,594;《八月之光》,198,268,270—273,458,579;《大厦》,

629

258;《蚊群》,267;《避难所》,578;《萨托里斯》(《坟中旗帜》)255,274;《军饷》,172,267,458,573;《喧哗与骚动》,110,198,255,267,269—270,274,459—460,575;《小镇》,258

Fauset,Jessie Redmon 杰西·福塞特·雷德曼,152,161,286,303,320—323,329;《楝树》,321,322—323,578;《喜剧:美国风格》,321,323,350,580;《果干面包》,321—322,323,397,575;《存有混乱》,291,300,321,570

Federal Writers' Project 联邦作家计划,(FWP),242—243,348—349,388—389,498

Ferber,Edna 埃德纳·费伯,《美国美人》,392

Fiedler,Leslie 莱斯利·菲德勒,232—233

Fields,W.C. W.C.菲尔兹,210

film 电影,137,166,186,361,362,519;格特鲁德·斯泰因,373—374;和庸俗小说,469—470

Fire!! 《火!!》,293,327—328,341

Fisher,Dorothy Canfield 多萝西·坎菲尔德·费希尔,133,505,542;《延伸的小河》,97,172,577;《家庭主夫》,154;《耶利哥之墙》,297

Fisher,Rudolph 鲁道夫·费希尔,293,332—335;《白人席卷了哈莱姆》,332;《避难之城》,333,572;《魔法师死了》,334—335,579;《耶利哥之墙》

Fitzgerald,F. Scott F. 司各特·菲茨杰拉德,xviii,8,13,21,23,54,130,458;经历和边缘性,160,161,171;30 年代的使命感,188;理想破灭,140—141;和爵士时代,108—109;职业化,134,143;和华尔街股市崩盘期间,184;《所有悲伤的年轻人》,113;《漂亮冤家》,568;《爵士年代的回响》,187;《轻佻女郎和哲学家》,113;《了不起的盖茨比》,5,55,106,110,129,138,143—150,163—164,572;《最后的大亨》,237,589;《丑闻侦探》,138—140;《爵士时代的故事》,109,113,145,568;《早晨的起床号》,113;《夜色温柔》,141,188,199,581;《天堂的这一边》,109,140—141,566

Fitzgerald,Zelda 塞尔达·菲茨杰拉德,100

Flanner,Janet 珍妮特·弗兰纳,133,155,182;《一个美国人在巴黎》,108,588;《昨日巴黎》182

Flinn,John 约翰·富林,43

Floyd,Charles 查尔斯·弗洛伊德(漂亮男孩)211

Foley,Martha 玛莎·福利

folklore 民间故事,美国黑人,参见赫斯顿,佐拉·尼尔

Forbes,Charles R. 查尔斯·R.福布斯,117

Force,Juliana 朱莉安娜·福斯,528—529,533

Ford,Ford Madox 福特·马多克斯·福特,67,155,258

Ford,Henry 亨利·福特,130

foreign influence 外来影响,152

formula stories 公式化小说,212

Fortune 《财富》杂志,233,247

Forum 《论坛》,317

Foster,Michael 迈克尔·福斯特,520

fragmentation 支离破碎,xvii

Frank,Anne 安妮·弗兰克,465

Frank,Waldo 沃尔多·弗兰克,194,443—444;《我们的美国》,365,564;Rabab,568;《美国再发现》,115

Frankfurter,Felix 费利克斯·弗兰克福特,126,127

Franklin,Benjamin 本杰明·富兰克林,155;《自传》,145,149

freedom,personal 自由,个人,3

Freeman,Don 唐·弗里曼,511

Freeman,Joseph 约瑟夫·弗里曼,67,68,70,85,137,173—174;《美国的信念》,108

Freud,Sigmund 西格蒙德·弗洛伊德,49,366,452;《超越快感原则》,476—477;《梦的解析》,104;罗斯的《称它为睡眠》,476—477

Friedman,I. K. I. K. 弗里德曼,《只吃面包》,225;《激进分子》,225

frontier literature 边疆文学,34—36,43—44,55

Frost,Robert 罗伯特·弗罗斯特,170

Fuchs,Daniel 丹尼尔·福克斯,《向布兰郝特致敬》,227,407,584;《卑贱的伙伴》,227,585;《威廉斯堡的夏天》,190,227,581

Fugitive magazine 《逃避派》杂志,255

Fuller,Henry 亨利·福勒,30—31

Fuller,Meta Warwick 米特·沃威克·富勒,301

FWP 参见联邦作家计划

G

Gale,Zona 佐纳·盖尔,133,171;《诞生》,564;《鲁尔·拜特小姐》,566;《生命的序言》,130

Garland,Hamlin 哈姆林·加兰,23;《中部边地之女》,567;《中部边地之子》,26,563

Garvey,Marcus 马尔库斯·加维,xix,287,291—292

Gellhorn,Martha 马莎·盖尔霍恩,231

Gender 性别,160;论性别的作家,198,351;参见对女性化的恐惧;男性作家遭受女性化的威胁;女人

genocide 种族灭绝,367

Genteel Tradition 风雅传统,64—65,69,91

geography 新黑人运动·地理,287;20 年代作家的出身,133;参见中西部;南部

German Americans and internment 德裔美国人和拘禁,526

German – language writing 德语作品,430—431

ghostwriting 代笔,403

Gilpin,William 威廉·吉尔平,24

Giovannitti,Arturo 阿图洛·乔万尼提,70

Glasgow,Ellen 艾伦·格拉斯哥,《不毛之地》,82,256,260—261,572;《建造者》,92,565;《加布里埃拉的人生》,562;《受庇护的生活》,261,579;《他们不惜干蠢事》,255,261,575;《钢筋铁骨》,583;《弗吉尼亚》,560

Glaspell,Susan 苏珊·格拉斯佩尔,《忠贞》,562;《贾德·兰金的女儿》,591;《揭开面纱》,560;《诺玛·阿什》,589

Globe 《全球》,71

Goebbels,Josef 约瑟夫·戈贝尔,531—532

Gold,Mike 迈克·高尔德,(Itshak Isaac Granich 艾特希克·艾萨克·格兰尼克),36,93,127—128,455;和共产主义,517;关于格特鲁德·斯泰因,377,535;论《愤怒的葡萄》,234;关于海明威,467;关于玛丽·安婷,418—419;和现实主义,208,209;《星期六晚邮报》,364;《改变这个世界!》,377;《年轻作家们,加入左翼吧》,230;《没有钱的犹太人》,190,229—230,391,392,403,421,455—456,523,577;参见《新群众》

Goldman,Emma 爱玛·戈德曼,67,90;《活此一生》,578;《大地》,126

Gorky,Maxim 马克西姆·高尔基,529—531

Government sponsorship of writers 政府对作家的资助,242

Grabau,Amadeus William 阿马迪厄斯·威廉·格拉布(玛丽·安婷的丈夫),426—427

Grant,Madison 麦迪逊·格兰特,《伟大种族的消逝》,125

Great Crash 股市大崩盘,参见华尔街股市崩盘(1929)

Great War 第一次世界大战

Green,Paul 保罗·格林,《旭日赞歌》,242

Greenberg,Clement 克莱蒙特·格林伯格,533—534

Gregg,Frederick James 弗雷德里克·詹姆斯·格雷戈,71

Grey,Zane 赞恩·格雷,171,213;《西部准则》,214,215;《孤独的星游人》,562;《内瓦达》,214,215—216;《紫艾灌丛中的骑士们》,214,215,560;《佩科斯河西部》,214,215

Griffith,D. W. D. W. 格里菲斯,166

Grimke,Angelina Weld 安吉莉娜·韦尔德·格里姆克,325

Guilt feelings of writer 作家的愧疚感,248—249

Gunther,John 约翰·根舍,《欧洲内幕》,584

Gurdjieff movement 葛吉夫运动,443

H

Hadden, Briton　布里顿·哈登,162

Haeckel, Ernst　恩斯特·海克尔,《宇宙之迷》,58

Hagglund, Ben　本·海格兰德,227

Hakluyt, Richard　理查德·哈克鲁特,24

Hale, Edward Everett　爱德华·埃弗里特·黑尔,412,425

Hale, Marie Louise Gibson　玛丽·路易斯·吉布森·赫尔,见拉特利奇,莫瑞斯 610

Halper, Albert　艾尔伯特·哈尔珀,456

Hammett, Dashiell　戴许·汉密特,213,468;《丹恩诅咒》,219;《玻璃钥匙》,218,219;《马耳他猎鹰》,218,219,577;《红色丰收》,218,219,576;《瘦子》,579

Hansen, Marcus Lee　马尔库斯·李·汉森,433

Hapgood, Hutchins　哈钦斯·海普顾德,《犹太人的精神》,68,376

Hapgood, Norman　诺曼·海普顾德,71

Hapgood, Powers　鲍尔斯·海普顾德,127

"hard-boiled" writing　"硬汉派"作品,461—462,468—471

Harding　哈丁总统,117

Harlem Renaissance　哈莱姆文艺复兴,xviii–xix,285—286,388,492;化身代表和宣言,295—305;黑人曼哈顿,289—294;黑人现代主义,348—352;布鲁斯和爵士乐,326—327;自由恋爱时期,326—331（参见纽金特,理查德·布鲁斯;瑟曼,沃勒斯）

Harlem writers　哈莱姆作家,151,152

Harper, Frances E. W.　弗朗西斯·E. W. 哈珀,《伊奥拉·勒罗伊》,299

Harrison, Henry　亨利·哈里森,559

Hartz, Louis　路易斯·哈茨,《美国的自由主义传统》,233

Haskell, Edward F.　爱德华·F. 海斯凯尔,366

Hawkes, John　约翰·霍克斯,《食人者》,595

Hawthorne, Nathaniel　纳撒尼尔·霍桑,213

Haywood, Bill　比尔·海伍德,67,126

Heap, Jane　简·希普,155

Hearst, William Randlph　威廉·伦道夫·赫斯特,xix

Hecht, Ben　本·赫特,《埃里克·道恩》,567

Heisenberg, Werner　沃纳·海森堡,19,28,50—51,54—55,120

Held, John (Jr.)　小约翰·赫尔德,112

Hemingway, Ernest　欧内斯特·海明威,13,21,51,93,133;经历,176—178,474;30年代精神崩溃,199;和共产主义,518;他的自贞,174—175;关于福克纳,459;和格特鲁德·斯泰因,174,175,382—383,460;打猎和钓鱼,176;对族裔文学的影响,452,465—

474;对低级趣味小说的影响,467—468;通俗现代主义,462—464;短篇小说,176,180,183,199,463—464;写作风格,180—181,465—474;战争作为隐喻,172,174—183;violence,175,176,177—178;war service,175—176,178—179;和威廉·萨洛扬,472—473;《过河入林》,596;《一个干净明亮的地方》,50;《死在午后》,179—180,460,579;《永别了,武器》,100—101,173,181,255,461,576;《丧钟为谁而鸣》,182—183,220,464,588;《非洲的青山》,112,463,583;in Our Time,132,178,180,219,570;《没有女人的男人》,574;《流动的飨宴》,108,159,174—175,177—178,460;《老人与海》,183;《太阳照样升起》,55,109,181,183,219,383,460,461,466,573;《逃亡》,219,220,585;《春天的激流》,460;《胜利者一无所获》,580

Herbst,Josephine 约瑟芬·赫伯斯特,133,187,188—189,230—231;《持刀等待》,581;《遗憾还不够》,267,580;《金绳子》,587

Hergesheimer,Joseph 约瑟夫·赫格希默,134,153;《琳达·康登》,565

Hermeneutics of suspicion 怀疑阐释学,9

Herrick,Robert 罗伯特·赫里克,92,153—154;《克拉克的田野》,561;《一个女人的一生》,560

Hersey,John 约翰·赫西,《阿达诺的钟》,545—546,591;《广岛》报导,546—551,592;《巴坦岛的士兵》,590;《墙》,543—545,596

Hickerson,Harold 哈罗德·希克森,127

Hicks,Granville 格兰维尔·希克斯,190,456,457

Hildreth,Richard 理查德·希尔德斯,401

Hillis,Marjorie 马乔丽·希利斯,222

Himes,Chester 切斯特·海姆斯,591,593

Hiroshima 广岛,参见原子弹

Hirschfeld,Magnus 马格努斯·希施菲尔德,《种族主义》,367

historicity of text 文本的历史性,xv

history,and ethnic Americans 和族裔美国人·历史,399;历史小说,250—251;扩张路线,23;和文学,xvi,3,49—50;地方历史,253;和小说,11—12,15—16,18,209,211;道德功能,267;威廉·福克纳,266—281;和摄影,241;多之的美国文学史,171;历史的文本性,xv

Hitler Adolf 阿道夫·希特勒,233,532,542

Hobson,Laura 劳拉·霍布森,593

Hofstadter,Richard 理查德·霍夫施塔特,《革新年代》,233

Hollywood 好莱坞,220,237—239

Holmes,Oliver Wendell 奥立弗·温德尔·霍尔姆斯,424,566

Holmes,Oliver Wendell(Jr.) 小奥立弗·温德尔·霍尔姆斯,91—92

(Holocaust) 大屠杀,543;参见第二次世界大战

Holt,Hamilton 汉密尔顿·霍尔特,394—395;《平凡的美国人自己讲述的人生故事》,

395—400,404,408

Home Owners Loan Act 《房产主贷款法》,196

Homestead Act 《宅地法》(1862),24—25,34,44—45

Hoover,Herbert 赫伯特·胡佛,185

Howells,William Dean 威廉·狄恩·豪威尔斯,10,12,23,38,40,90;《莱瑟伍德山谷之神》,562;《文学之友》,161;地域边缘性,161

Hubbell,Jay B. 杰伊·B. 哈贝尔,193

Hughes,Langston 兰斯顿·休斯,xix,133,151,152,288,331,350;论原子弹,550—551;和黑人现代主义,349,350;论高尔基,531;与哈莱姆文艺复兴,300—301,302;论战时血库,527;《大海》,588;《犹太人的好衣服》,306;《丛林中的鲁纳依》,306;《黑人艺术家和种族大山》,300;《黑人谈河流》,289;《并非没有笑声》,307—308,577;《白人的行径》,308,581;《疲惫的布鲁斯》,306,326—327

Huizinga,Johan 约翰·赫伊津哈,243

Huneker,James 詹姆斯·亨内克,558;《面纱》,566

Hunger 饥饿,187,194

Hurston,Zora Neale 佐拉·尼尔·赫斯顿,xix,151,161,255,340—345,350,496—497;乳房的意象,501—502;和理查德·赖特的比较,496—502;论高尔基,531;短篇小说,340—341,406—407;剧本,341;《路上尘径》,344,378,497,515,590;《镀金七十五美分》,499—500;《乔纳的葫芦藤》,341,342,581;《山人摩西》,342,344,587;《骡子和人》,340,341,498,511,583;《萨瓦尼的六翼天使》,344,498;《凝望上帝》,198,341,342—344,496,585

Huxley,Aldous 奥尔德斯·赫胥黎,258

I

Ibn Said,Omar 奥马尔·伊本·塞义德,430

I'll Take My Stand 《我将表明我的立场》,南部重农主义宣言,256—257,258

illustrators of prose 散文插图画家,510—511;参见摄影

imagism 意象主义,448

immigration and migration 移民和迁徙,xvii,xviii,23,25,44,65,229;非洲人散居和哈莱姆,352;和城市交通工具,384—386;为移民所争论,392—394,犹太难民,233;新黑人运动,287;人口,386—387;回归祖国,545—546;在罗斯的《称它为睡眠》里,478;被视为威胁,152,393;从南部到北部,251—252;失业率上升,186;参见民族文学

Independent 《独立者》(纽约),385,394

indirecion in writing 写作中的间接性,531—532

individualism,residual 残留的个人主义,208—209,212—213;参见侦探小说：西部小说

internment in World War II 二战中的拘留,524—526

○索 引

ironic reflection 讽刺的反思,10—14
Irvine,Alexander 欧文,亚历山大,391,394
Irwin,John T. 约翰·T. 欧文,211
Isherwood,Christopher 克里斯托弗·伊舍伍德,172
isolation and loneliness 孤立与隔绝,133;参见边缘性
isolationism 孤立主义,555
Italian American literature 意大利裔美国文学,504—510;参见迪多纳托,彼得罗(di Donato,Pietro);曼琼,杰尔(Mangione,Jerre)
Italian American and internment 意大利裔美国人与拘留,526
Ives,Charles 查尔斯·艾夫斯,17

J

Jackman,Harold 哈罗德·杰克曼,330
James,Henry 亨利·詹姆斯,xviii,4,10,34,60—61,168,558;讽刺的反思,12—13,49;论电车场景,384;《美国人》,10;《美国景象》,12,13,384;《波士顿人》,16;《金碗》,15,16;《大师的教诲》,20;《中年》,563;《儿子兼兄弟》,561;《热情的朝圣徒》,24;《贵妇人画像》,8,15—22,23,31,61;《卡萨玛西玛公主》,5;《童年及其他》,560;《时刻戒备》,16
James,William 威廉·詹姆斯,371—372,423,495
Janson,Drude Krog 德鲁德·克罗哥·詹森,434
Japanese Americans and internment 日裔美国人与拘禁,524—526
jazz 爵士乐,xix,112—113,327,528,530—531
Jazz Age 爵士时代,xviii,108—109,112—113
Jefferson,Thomas 托马斯·杰斐逊,25
Jewett,Sarah Orne 萨拉·奥恩·朱厄特,161,170
Jewish Daily Forward 《犹太人前进日报》,542
Jews 犹太人,参见反犹太主义(antisemitism)
Johnson Charles S. 查尔斯·S. 约翰逊,286;《乌檀与黄水晶》,292
Johnson,Georgia Douglas 乔治亚·道格拉斯·约翰逊,288
Johnson,James Weldon 詹姆斯·韦尔登·约翰逊,151,152,286,298;《这边走》,298;《一个前有色人的自传》,64,298—300,402,560;《黑人曼哈顿》,287;《美国黑人诗歌集》,292—293
Johnson,Owen 欧文·约翰逊,558,559;《耶鲁大学的斯托弗》,139;《田纳西的西鲱鱼》,559
Josephson,Matthew 马修·约瑟夫森,《超现实主义者的生活》,108,114;《美国艺术家的肖像》,114

Joyce, James 詹姆斯·乔伊斯,68,447,495;《为芬尼根守灵》,18;《都柏林人》,131;《尤利西斯》,xix,355,372,515,550

Judaism 犹太主义,参见反犹太主义

Judson, Edward Zane Carroll 爱德华·泽恩·卡罗尔·贾德森(Ned Buntline,内德·邦特莱因),35

K

Kafka, Franz 弗朗茨·卡夫卡,478

Kallen, Horace M. 霍拉斯·卡伦,366,422,423

Kang, Younghill 康永熙,389;《由东到西》,585

Kansas City Star 《堪萨斯明星报》,179

Kato, Saburo 加藤三郎,430

Katzmann, Frederick G. 弗雷德里克·G. 卡兹曼,127

Kazin, Alfred 阿尔弗雷德·卡津,197—198,199,466—467;《植根故土》,358;《从30年代出发》,197—198

Keller, Helen 海伦·凯勒,126

Kellogg, Paul 保罗·科罗格,293

Kelly, Myra 迈拉·凯利,391

Kerouac, Jack 杰克·克鲁亚克,《小镇与城市》,596

Kesey, Ken 肯·克西,《飞越杜鹃巢》,55

Kingston, Maxine Hong 汤亭亭,438

Kobrin, Leo 利奥·科布林,406,431,558

Kouwenhoven, John 约翰·考恩霍文,524

Kronenberger, Louis 路易斯·克罗南伯格,104

Krutch, Joseph Wood 约瑟夫·伍德·克拉奇,《现代主义倾向》,255

Ku Klux Klan 三K党,125,126,151,287,291

L

La Follette, Robert 罗伯特·拉福莱特,561

La Motte, Ellen 艾伦·拉莫蒂,97;《战争的遗祸》,563

labeling, ethnic 种族标签,448—450

Ladies' Home Journal 《妇女家庭杂志》,135,153,363,393—394,408,462

La Farge, Oliver 拉法奇,奥利弗,389;《大笑的男孩》,575

Lange, Dorothea 多萝西娅·兰格,《移民母亲》,245;《美国人口大迁移》241,243

language 语言,好莱坞版本,469—470;语言上的惧外,430;关于现代性,408—409;英语

索 引

外其他语言的作品,389,419—416,429—433,439—440;关于种族,152,153;"迷惘的一代"的复苏,110;参见民族文学;语言特征;现代主义,作品;20 世纪的新词

Lardner, Ring 林·拉德纳,462;《如何写短篇小说》,570;《爱巢》,573;《埃尔你知道我》,563

Larsen, Nella 内勒·拉森,xix,152,161,329,350;《充作白人》,319—320,379,576;《流沙》,297,317—319,379,575

Latimer, Margery 玛杰里·拉蒂默,451

Laurent, Henri 亨利·劳伦特,135—136

Lawrence, D. H. D. H. 劳伦斯,245,253;《查泰莱夫人的情人》,372;《经典美国文学研究》,66,171

Lazarus, Emma 爱玛·拉扎勒斯,412

Le Sueur, Meridel 梅里德尔·莱苏尔,231

League of American Writers 美国作家联盟,233

Lefebvre, Henri 亨利·列斐伏尔,136

Leighton, George 乔治·莱顿,《五个城市》,245

Lemkin, Rahpaël 拉菲尔·莱姆金,《轴心国在沦陷欧洲的统治》,367

Lenin, Nikolai 尼克莱·列宁,《国家与革命》,104

Lerner, Max 马克斯·勒纳,104

Leslie, Shane 沙恩·莱斯利,《凯尔特人与战争》,126

Levin, Harry 哈里·莱文,355

Levin, Meyer 迈耶·莱文,465;《弗兰基和约翰尼》,465《老友一帮》,465,585;《记者》,465

Lewis, Sinclair 辛克莱·刘易斯,114,133,170;业余的社会学家,198—199;《阿罗史密斯》,572;《巴比特》,114—117,120—121,130,164—165,568;《多兹沃斯》,255,576;《埃尔默·甘特利》,574;《不可能在这里发生》,583;《皇家骑士血统》,594;《大街》,114,170,566;《美国的中产城镇》,114,118,194;《我们的兰先生》,561

Lewis, Wyndham 温德姆·刘易斯,168,376—377,460

Lewisohn, Ludwig 路德维格·路易生,358,381—382,455,466;《克伦普先生的案例》,452;《内陆岛》,452,575;《美国文学的故事》,455;《逆流而上》,64—65,452,567;《激情燃烧的火焰》,452—454,577

Liberator 《解放者》,419

liberty, civil 公民自由,3

Life 《生活》杂志,233

lin, Yutang 林语堂,431;《唐人街》,594

Lindsay, Vachel 瓦切尔·林赛,5,53,63,136

lines of expansion 扩张路线,23—33

Lippmann, Walter 沃尔特·李普曼,64,67,68,85,130,366;论美国化,387;《好社会》,

638

196;《新律令》,196

literary history, American 文学史,美国,xiii – xiv

Locke, Alain 阿兰·洛克,xix,286,293—294,331;《新黑人:一种阐释》,151—152,292,294,328,406,572

Lockridge, Ross 罗斯·洛克里奇,459

Lodge, Henry Cabot 亨利·卡波特·洛奇,125

Loeb, Harold 哈罗德·洛布,和格特鲁德·斯泰因,371;《这就是战争》,108

London, Jack 杰克·伦敦,3,49,57—62,77,79,208,558;对侦探小说产生影响,219;《荒野的呼唤》,58,59,61;《铁蹄》,225;《约翰·巴利科恩》,79;《马丁·伊登》,40,60,65,77—80;《深渊里的人们》,58,59;《海狼》,58;《史沫克·贝罗》,560;《狼子》,57;《月亮谷》,561;《白牙》,59,61—62

Long, Huey 休伊·朗,187

Long, Sylvester C. 西尔威斯特·C.朗,401

Loos, Anita 安尼塔·卢斯,《绅士爱美人》,572

Lorentz, Pare 佩尔·洛伦茨,242

Losey, Joseph 约瑟夫·洛西,539

loss of continuities 没有连贯性,13

"The Lost Generation" 迷惘的一代,xviii,108,109,112,181;和语言,110,375

Lovecraft, H. P. H. P. 洛夫克拉夫特,《超越时间之影》,587;《飞跃死亡墙》,590

Lowe, Pardee 刘裔昌,389

Loy, Mina 米娜·罗伊,155

Luce, Henry 亨利·卢斯,162,197

Luhan, Mabel Dodge 梅布尔·道吉·卢汉,和军械库展,71,73;《有影响力的人》,64—65,66—67,108

Lundgren, Eric 埃里克·伦德格林,511

Lyric Years 抒情年代(1900—1916),xviii,10—12,66—70,75—76,77;交流方式的改变,67;与爵士时代相比,112,113;希望淡去,168;华尔街股市崩盘,185,200

Lytle, Andrew 安德鲁·莱特尔,255

M

McAlmon, Robert 罗伯特·麦克艾尔蒙,《同是天才》,108

McCarthy, Mary 玛丽·麦卡锡,231;The Company She Keeps,590

McClure, *Samuel Sidney* 塞缪尔·锡德尼·麦克卢尔,513,514,561

McClure's Magazine 《麦克卢尔杂志》,402

McCoy, Horace 霍拉斯·麦科伊,220;《我应该待在家里》,222;《吻别明天》,222;《寿衣没有口袋》,222;《射马记》,222—224,237,583

(613)

McCullers, Carson 卡森·麦卡勒斯,《心是孤独的猎手》,588;《婚礼的成员》,592;《黄金眼里的倒影》,589

MacDonald, Duncan 邓肯·麦克唐纳,126

Macdonald, Dwight 德怀特·麦克唐纳,533

McKay, Claude 克劳德·麦凯,151,288,311—316,331,349,388;论格特鲁德·斯泰因,379;论海明威,465—466;《香蕉树》,315—316,580,583;《班卓》,314—315,576;《肤色方案》,312;《到哈莱姆安家》,297,312—315,375,407,466,575;《如果我们必须死去》,289,312;《远离家乡》,391,465,585

McKenney, Ruth 鲁思·麦肯尼,232;《工业谷》,231,245;《艾琳妹妹》,240

MacLeish, Archibald 阿奇博尔德·麦克利什,《自由之地》,190,241,243

MacMonnies, Mary Fairchild 玛丽·费尔柴尔德·麦克蒙尼斯,《原始女人》,41

McNickle, D'Arcy 达西·克里人·麦克尼克尔,389,584

magazines 杂志,135;参见各杂志

Mailer, Norman 诺曼·梅勒,《裸者与死者》,594

Major, Clarence 克莱昂斯·梅杰,380

Malamud, Bernard 伯纳德·马拉默德,233

Mallarme, Stephane 斯特凡·马拉美,11

Malraux, Andre 安德烈·马尔罗,12

Maltz, Albert 阿尔伯特·马尔兹,588;《地下河》,190,245

Mangione, Jerre 杰尔·曼琼,xix,378;《阿莱格罗山》,391—392,403,429,507—508,509—510,511,590;与法西斯主义 523

Mann, Thomas 托马斯·曼恩,233,452

March, William 威廉·马奇,《战友老 K》,98

marginality and authority of writers 作家的边缘性和力量,14,160—169;在民族文学里,408;和地域界限,161—162

Marquand, John 约翰·马昆德,《已故的乔治·阿普雷》,585

Marx, Karl 卡尔·马克思,4,452

Marxism 马克思主义,49,58,105;其美国化,197;大萧条期间,194,208,226,230,348—349,455—457：新马克思主义者的艺术的乌托邦理论,xv;参见共产主义

masculinity 男子气概,155,213—215;"硬汉派"作家,461—462,458—471

mass production 大批量生产,122—123

Masses magazine 《群众》杂志,68,69—70,73,75,90

Masters, Edgar Lee 埃德加·李·马斯特斯,《斯蓬河诗集》,131

Mather, Frank 弗兰克·马瑟,71

Mathews, John Joseph 约翰·约瑟夫·马修斯,389;《夕阳西下》,581

Matthews, Brander 布兰德·马修斯,422

Matthews, Victoria Earle 维多利亚·厄尔·马修斯, 286

Matthiessen, F. O. F. O. 马西森, 258

Mead, Margaret 玛格丽特·米德, 521, 524

mean streets novels 发生在穷街陋巷里的小说, xviii, 5

Mellon, Andrew 安德鲁·麦伦, 117, 130, 185

Melville, Herman 赫尔曼·梅尔维尔, 58, 362;《比利·巴德》, 570

Mencken, H. L. H. L. 门肯, 65, 68, 99, 113, 114; 对语言的兴趣, 428—429; 中产阶级价值观, 208; 在中西部地区, 170; 在南部, 254;《美国的语言》, 113, 428, 565;《偏见》, 565, 566, 568, 570

Messenger 《信使》, 290, 327, 341, 563

Michenet, James 詹姆斯·米切纳,《南太平洋故事》, 593

Midwest and literature 中西部和文学, 67, 161, 170, 171, 307

migration 迁移, 参见移民和迁移

Miguélis, José Rodrigues 乔斯·罗德里格斯·米格里斯,《三等舱》, 432—433, 586

Millay, Edna St. Vincent 埃德娜·圣文森特·米莱, 127

Miller, Arthur 阿瑟·米勒, 233, 591

Miller, Henry 亨利·米勒, 200—204, 255; 平凡的主角, 199; 责任感, 201, 202; 和大萧条, 203—204;《黑色的春天》, 200, 202, 454, 584;《玫瑰色三部曲》, 205;《北回归线》, 200, 201, 202, 454, 582;《南回归线》, 198, 200, 201, 454, 587

miners' strikes 矿工大罢工, 194

Minter, David 戴维·明特, xvii, xviii

Mitchell, Joseph 约瑟夫·米切尔,《麦索利的奇妙沙龙》, 590

Mitchell, Margaret 玛格丽特·米切尔, 255;《飘》, 259—260, 261—262, 584

modernism 现代主义, xvii, xviii, xix, 21, 49, 51; 黑人, 348—352; 动画, 536; 种族标签, 448—451; 四种文学类型, 409—410; 国际现代主义, 266—267; 异族人共餐, 386; 音乐(参见爵士乐), 357—358, 361, 364, 374, 536; 涵盖的时期, 355; 摄影, 373—374; 后二战, 556; 和极权主义, 528—535; 创作, 374—375, 参见玛丽·安婷; 艺术, 民族文学; 欧内斯特·海明威; 埃兹拉·庞德; 奥尔·E. 罗尔瓦格; 亨利·罗斯; 格特鲁德·斯泰因; 让·图默; 理查德·赖特

modernism, ethnic 现代主义, 民族, 355—367; 美国的语言, 428—433; 支离破碎和对完整性的寻求, 445—446; "美国人"的意思, 422—427; 现代主题, 405—410; 种族隔离, 385—386

modernism, paintings 现代主义, 绘画, 356—367, 359—361, 364, 373; 对城市交通工具的描绘, 384—385, 411, 415

moddrnity 现代性, xvii, 13, 362, 406—409, 415, 492—493; 小说中的现代化, 493; 和推销员人物, 499; 和二战, 539; 参见亨利·罗斯; 理查德·赖特

Momaday, N. Scott N. 斯科特·莫玛戴, 389

索 引

money 金钱,和华尔街股市崩盘,184;和写作,134,137—138
Monroe,Harriet 哈里特·门罗,133
Moore,Marianne 玛丽安娜·穆尔,159
More,Paul Elmer 保罗·埃尔墨·莫尔,《精英政治与正义》,54;《雪伙集》,167
Mori,Toshio 敏雄森俊夫,473—474
Morrison,Toni 托尼·莫里森,473—474
Mother Earth journal 《大地》,70
Motherwell,Robert 罗伯特·马瑟韦尔,252
Motley,Willard 维拉德·莫特利,407;《敲任何一扇门》,497—498,593
Mourning Dove 哀鸽,《混血儿考吉薇》,574
movies 电影,参见电影业
Muir,John 约翰·缪尔,《夏日走过山间》,559;《阿拉斯加的冰川》,562
multiethnicity in USA 美国的多民族性,365—367
Mumford,Lewis 刘易斯·芒福德,104;《棕色年代》,171;《城市文化》,166;《黄金岁月》,171
Münsterberg,Hugo 雨果·蒙斯特伯格,374
Murger,Henri 亨利·米尔热,134
Murray,Albert 阿尔伯特·默里,286—287
Museum of Modern Art(New York) 现代艺术馆(纽约),357,360
music 音乐,357—358,361,364,374;和环境,167;参见爵士乐
Mussolini,Benito 贝尼托·墨索里尼,513—515,522,523

N

NAACP 全国有色人种促进协会,见 National Association for the advancement of Colored People
Nabokov,Vladimir 符拉迪米尔·纳博科夫,542;《庶出的标志》,593;《塞巴斯提安·奈特的真实生活》,589
"Nadir" period in race relations 种族关系的"天底"时期,285—286
Nassan Literary Magazine 《拿骚文学杂志》,126
Nathan,George Jean 乔治·琼·内森,68,99,113
Nation 《国家》,71,423
National Association for the advancement of Colored People(NAACP) 全国有色人种促进协会,286,287,349
national identity 国家认同,xv,xvii,46—47
National Origins Act 《民族起源法》(1924),252
National Recovery Act(NRA) 《国家复兴法案》,252

Native Americans 美国土著居民,34—35

Nazism and art 纳粹主义和艺术,531—532;参见反犹太主义;种族主义和纳粹

Negro World 《黑人世界》,291

Nelson,George 乔治·纳尔逊,"娃娃脸",211

Neologisms of twentieth century 20 世纪的新词,367

New Criticism 新批评主义,xv,157,208

New Deal 新政,196—197,232,241—242,243 250;走向第二次世界大战,252

New England and literature 新英格兰文学,161,170

New Masses 《新群众》,127,194,228,229,476,510,559

The New Negro 《新黑人》,292,300

"New Negro"movement "新黑人"运动,xix,285—288,289—290,292—294,449

New Republic 《新共和》,68,92,194

"New"as talisman "新"成为有魔力的词,64,66,67

New World features and gadgets 新世界的特征和小玩意,406—407

New York 纽约,25,52,132—133,161—162;黑人曼哈顿,287,304;国家文学之都,165;公共图书馆,292;股票交易所,185—186

New York Panorama 《纽约全景》,498

New York Sun 《纽约太阳报》,418

New York Times 《纽约时报》,185,312—313,358,361,365

New Yorker 《纽约客》,210,546,550

Nietzsche,Friedrich 弗里德里希·尼采,11,13,59,78;作品,《人性,太人性》,11

Niggli,Josephina 约瑟菲纳·尼格利,592

Nin,Anais 阿耐斯·尼恩,155;《日记》,159

Norris 诺里斯,《麦克提格》,87

the North American Review 《北美评论》,102

Norton,Richard 理查德·诺顿,90

Norwegian - language writing 挪威语作品,431—432;参见沃尔德马·阿杰尔;奥尔·阿蒙森·巴斯莱特;多茜·达尔;德鲁德·克罗哥·詹森;奥尔·E. 罗尔瓦格;约翰尼斯·B. 威斯特

novel,function and technique 小说、作用和写作技巧,3—6;参见侦探小说;"家庭"小说;历史和小说;西部小说

Nugent, Richard Bruce 理查德·布鲁斯·纽金特,329—330;《香烟、百合和翡翠》,330,573

O

O'Brien,Frederick 弗雷德里克·奥布赖恩,565

Occomy,Maria 玛丽塔·奥克米,见玛丽塔·博纳

O'Connor,Julia 朱丽叶·奥康纳,126

Odets,Clifford 克利福德·奥德兹,238;《直到我死那一天》,238《等待老左》,238

Odum, Howard 霍华德·奥德姆,255

Ogan, Sarah 萨拉·奥甘,232

O'hara,John 约翰·奥哈拉,237;《在萨马拉汇合》,582;《巴特菲尔德八号》,583;《天堂的希望》,586;《向怒而生》,595

O'Keeffe,Georgia 乔治亚·奥基夫,171,449,535

Okina,Kyuin 翁久允,430

Okubo,Miné 大久保峰,525

O'Neill,Eugene 尤金·奥尼尔,443

Oppenheim,James 詹姆斯·奥本海姆,68,75,89

Opportunity 《机遇》,286,324,341

oppositionalism 对抗主义,xv

Ornitz,Samuel 塞缪尔·奥尼兹,388,402

Orwell,George 乔治·奥威尔,187,200

Ostenso,Martha 玛莎·奥斯坦索,《鸿雁》,572

outlook 《展望》,385,418

"Outsiders" of Thirties 30年代的"局外人",210

Owen,Chandler 钱德勒·欧文,290

Owsley, Frank 弗兰克·奥斯利,255

P

Page,Myra 迈拉·佩奇,《莫斯科的美国人》,517

Paine,Thomas 托马斯·潘恩,189,232

painters of protest 提出异议的画家,64

painting 绘画,356—357,359—361,364,373,537;参见艺术;现代主义

Palmer,A. Mitchell A. 米切尔·帕尔默,125

Palmer Raids 帕尔默搜捕行动,(1919—1920),125—126

Panunzio,Constantine 康斯坦丁·帕努恩齐奥,567

Paris and modernists 巴黎和现代主义者,512

Park, Robert E. 罗伯特·E. 帕克,408,492

Parker,Dorothy 多萝西·帕克,《墓志铭》,587

Parsons,Elsie Clews 埃尔西·克鲁斯·帕森斯,153

Parrington, V.L. V.L. 帕林顿,《美国思潮中的主流》,104

Partisan Review 《党派评论》,231,363,533—534

Pater, Walter 沃尔特·佩特,《文艺复兴史研究》,10
Patterson, Louise 路易斯·帕特森,348—349
Pearson, Karl 卡尔·皮尔森,48
Peattie, Donald 唐纳德·皮蒂,《牧场丛林》,586
Perry, Ann 佩里·安,350
Pershing's Crusaders 《皮尔辛的十字军战士》(电影),92
personal writings of Thirties 30年代的个人作品,229
Peterkin, Julia 朱莉亚·彼得金,《旋转木马》,499,500—501
Petry, Ann 安·佩特里,459,498;《街》,592
Philadelphia Public Ledger 《费城公共基石报》,373
Phillips, David 大卫·菲利普斯,563
Photography 摄影,190,241,243—246,250,361;参见散文插图画家
Pittsburgh Courier 《匹斯堡信使》,301
Plessy v. Ferguson 最高法院普莱西诉弗格森案,288
pluralism of literature 文学多元主义,xiv
Poe, Edgar Allan 埃德加·爱伦·坡,52—53,362;《人群中的人》,172
political commitment 政治使命,探索文化,190—199;在30年代,188—189,248—249
Pollock, Jackson 杰克逊·波洛克,536
Poole, Ernest 欧内斯特·普尔,394,400,420;《海港》,562;《他的家庭》,563;《街道的呼声》,420
popular discourse 流行话语,57—62
population 人口,63,186,386—387;参见移民和迁移
populism 民粹主义,208
Porter, Katherine Anne 凯瑟琳·安妮·波特,199,255,264—265;《盛开的犹大花》,577;《斜塔》,591;《灰白马,灰白骑士》,587
Portuguese-language writing 葡萄牙语作品,432—433
Potter, David 戴维·波特,255
Pound, Ezra 埃兹拉·庞德,5,21,68,73—74,108;他的法西斯主义,514—515;《诗章》,166;《休·塞尔温·莫伯利》,98;《在地铁站里》,384;《杰菲逊和/或墨索里尼》,515
poverty 贫困,142,184—187,198,455;在南方,251—253,348
Prager, Robert 罗伯特·普拉格,90
Praz, Mario 马里奥·普拉茨,258
printing 印刷,362,363
privatization 私有化,209
professionalism, rise of 职业化的崛起,134—135
Prohibition 禁酒令,128—129

proletarian writing 无产阶级作品,190,198,211,227,229;新政的影响,232—233

protest literature 表示抗议的文学作品,63—64,199;参见哈莱姆文艺复兴

Proust,Marcel 马塞尔·普鲁斯特,198,199

psychology 心理学,5

publishing and marketing 出版和销售,212,363

Pulver,Mary Brecht 玛丽·布莱希特·帕尔瓦,92

Pupin,Michael 迈克尔·普平,391;《从移民到发明家》,569

Purinton,Edward Earl 爱德华·厄尔·普林顿,118

Puritanism 清教主义,66,152,168,455

Pyle,Ernie 厄尼·派尔,《勇敢的人》,591

Q

Quakerism 教友派,540—541

R

race 种族,xix,204,367,451;种族成见,380—381,391—392;边缘性和权威性,160—162;骚乱和暴动,349,387;20世纪40年代和50年代的普遍主义,497—498;论种族的作家,198,351;参见民族文学

racism,anti-Semitism 种族主义,反犹太主义,516,532;大萧条期间,204;种族标签,448—449,在亨利·米勒的作品里,202,204;语言,152,153;进行鼓励支持的法律,387;"天底"时期,285—286,302—303;和纳粹主义,532—533;心理后果,495;二战期间,526—528,556;参见美国的多民族性

radical novels of Thirties 激进派小说,190,202,211,225

Radical Reconstruction 激进重建,34

Radin,Paul 保罗·雷丁,104

Radio 收音机,195,197,362

Sir Walter Raleigh 沃尔特·罗利·爵士,24

Rand,Ayn 艾恩·兰德,《源头》,520,590;《我们活着的人》,519—520

Randolph,A.Philip A.菲利普·鲁道夫,290

Rankin,Jeanette 简妮特·兰金,126

Ransom,John Crowe 约翰·克劳·兰塞姆,154,255,257

Ravage,Marcus 马尔库斯·拉瓦奇,390

Read,Herbert 赫伯特·里德,258

realism 现实主义,208—209,372,530—531

Rechy,John 约翰·雷奇,390

"Red Decade" "红色十年",189
Red Scare 红色恐惧(1919),125,151
Redfield,Robert 伯特·雷德菲尔德,492
Reed,John 约翰·里德,67,70,90,208;《震撼世界的十天》,565
regions and marginality 地域界限和边缘性,161—162,170
Reid,Sydney 西德尼·雷德,394
Reiss,Winold 温诺德·瑞斯,293
religion 宗教,少数族裔生活中,397—398;在小说中,213;南部宗教上的原教旨主义,254
Repplier,Agnes 阿格尼丝·雷普利尔,423
revolutionary tradition 革命传统,6
Rice,Elmer 埃尔默·赖斯,《光荣序幕》,242
Richards, I. A. 理查兹,I. A.,《文学批评原理》,104
Ridge,Lola 劳拉·瑞吉,127
Riis,Jacob 雅各布·里斯,390
Rilke,Rainer Maria 勒内·马里亚·里尔克,122
Rizk,Samuel/Salom 塞缪尔/萨勒姆·里兹克,388,390;《叙利亚美国佬》,522—523
Roberts,Kenneth 肯尼斯·罗伯茨,250—251;《阿仑德尔》,250,577;《神枪游侠》,186,250,585;《奥利弗·威斯韦尔》,251;《武装暴民》,250,580
Robeson,Paul 保罗·罗伯逊,332,380—381
Robinson,Edwin Arlington 埃德温·阿林顿·罗宾逊,66
Rölvaag,O. E. O. E. 罗尔瓦格,23,438—439;《来自美国的信札》,435;《关于我们的遗产》,435;《地球上的巨人》,25—26,27—29,389,392,435—441,574;《彼得·维克托里尔斯》,576;《纯金》,435;《他们父辈的上帝》,578;《两个傻子》,435
Roof,Katherine 凯瑟琳·卢夫,152,《美国人的幽默感》,152
Roosevelt, Franklin D. 富兰克林·D. 罗斯福,195—197,348
Roosevelt,Nicholas 尼古拉斯·罗斯福,422
Roosevelt,Theodore 西奥多·罗斯福,356,386,558
Rosenbaum,Alissa Zinovievna 阿利萨·季诺维也夫娜·罗森鲍姆,参见艾恩·兰德
Rosenberg,Harold 哈罗德·罗森伯格,362
Rosenfeld,Isaac 伊萨克·罗森菲尔德,445;《离家的路》,592
Rosenfeld,Paul 保罗·罗森菲尔德,《阳光下的男孩》,575
Ross,Leonard Q. 利奥纳德·Q. 罗斯,参见利奥·罗斯坦
Rosskam,Edwin 埃德温·罗斯凯姆,190,241,243,246
Rosten,Leo 利奥·罗斯坦,469,479
Roth,Henry 亨利·罗斯,xix,25,199,233,497,503;和共产主义,517;法西斯主义,523;弗洛伊德的影响,476—477,481,487;语言,479—482;模糊性的杰作,487;和现代主

义,477;怀旧和记忆,481—483,486;《称它为睡眠》,228—229,365,425—426,475—489,490,582

Rourke,Constance 康斯坦丝·鲁尔克,《美国人的幽默:国民性格研究》,194

Russell,Bertrand 伯特兰·罗素,51

Rutledge,Marice 莫瑞斯·拉特利奇,《命运之子》,172

Ryan,Father John 约翰·瑞恩,187

S

Sacco–Vanzetti trial 萨科和万泽蒂审判,125,126—128,151,168,457

Salesmen in literature 文学作品中的推销员,499—501,508—509

Salinger,J. D. J. D. 塞林格,596

Sandburg,Carl 卡尔·桑德堡,438

Santayana,George 乔治·桑塔亚纳,13—14,64

Saroyan,William 威廉·萨洛扬,378—379,471—473,511;《我的名字是阿拉姆》,588

Sartre,Jean–Paul 让-保尔·萨特,207,459

Saturday Evening Post 《星期六晚邮报》,135,359,361

scapegoats for materialism 物质主义的替罪羊,152

Schneider,Isidor 伊西多·施纳德,456

Schomburg,Arthur 亚瑟·斯科姆伯格,288,292

Schuyler,George 乔治·舒勒,302—303;《不再黑》,335—336,579;《埃塞俄比亚故事集》,336;《黑人艺术的谎言》,300,301

Schwartz,Delmore 戴尔莫·舒瓦茨,168,375,464,465,527—528;《辛酸的闹剧》,592

Science 科学,120

Scott,Evelyn 伊夫林·斯科特,《浪潮》,255

Scott Fitzgerald,F. F. 司各特·菲茨杰拉德,见 F. 司各特·菲茨杰拉德

Scottsboro arrests(Alabama) 斯科茨伯勒逮捕案(阿拉巴马州),211

Scribner magazine 《斯克里布纳》杂志,462

Sedgwick,Ann 安妮·塞奇威克,559

Sedgwick,Ellery 埃勒里·塞奇威克,417—418,423

Seeger,Alan 阿伦·西格,91,92

Seemuller,Anne Moncure Crane 安·蒙丘尔·克瑞·西米尤勒,16

segregation laws 种族隔离法,xix

Séjour,Victor 维克多·塞茹尔,430

self–determination 自我决定,xvii

Service,Robert W. 罗伯特·W. 塞维斯,《一个红十字会员的押韵诗》,93

Seven Arts 《七艺》杂志,68,75,76,90

sexuality 性,198,210,216;和美国现实主义,372;狄琼纳·巴恩斯,204—205;在族裔作品里的直白性,454—455;"自由恋爱"文学,326—331;亨利·米勒,201,202—203,454;和好莱坞,239;路德维格·路易生,452;内勒·拉森,319;华莱士·瑟曼,329

Shaler, N. S. N. S. 夏勒,125

sharecroppers 佃农,246—247,254

Shaw, Irwin 欧文·肖,《幼狮》,594

Sherman, Stuart 斯图亚特·谢尔曼,401,462

Siegel, William 威廉·西格尔,510

Simmel, Georg 乔格·西米尔,408

Simon, Howard 霍华德·西蒙,511

Sinclair, Upton 厄普顿·辛克莱,《波士顿》,127,208,575;《无耻的审核》,565;《正步》,569;《屠场》,63,90,225,394,395;《煤炭大王》563;《石油!》,574

Singer, Isaac Bashevis 艾萨克·巴什尔维斯·辛格,388;《莫斯卡特家》,542—543,596

Sitting Bull 坐牛(苏人领袖),34,35

Sklar, George 乔治·斯克拉,《装卸工》,242

slavery 奴隶制,34,253—254,258,444

Slesinger, Tess 苔丝·斯莱辛格,231;《没有财产的人》190,582

Sloan, John 约翰·史龙,64

Smith, Adam 亚当·斯密,193

Smith, Bernard 伯纳德·史密斯,104,

Smith, Bessie 贝西·史密斯,326,327

Smith, Betty 贝蒂·史密斯,《一棵生长在布鲁克林的树》,590

Smith, June 琼·史密斯,200

Smith, Lillian 莉莲·史密斯,255,591

Smith, Louis 路易斯·史密斯,68

Smith, Jesse 杰西·史密斯,117

Smith, William Gardner 威廉·加德纳·史密斯,498;《最后的征服者》,526

social experimentation and literature 社会实验和文学,194

social fiction 社会小说,230—232

Socialist realism 社会主义现实主义,530—531,533

Solger, Reinhold 雷恩霍尔德·索尔杰,430

Sollors 维尔纳·索洛斯,xvii,xviii,xix–xx

Soule, George 乔治·苏尔,104

south 南部,文学繁荣昌盛的十年,255;经济上的成功与失败,253—254;政府机构,252;和文学,7,161,170,252,254—255;消极的传统,257;奴隶制,253—254;重农学派组织,256—257;南部的文艺复兴,252—265;参见威廉·福克纳

Southern Review 《南方评论》,257—258

Soviet Union and antimodernism 苏联和反现代主义,529—531;参见共产主义

Spain 西班牙,233

Spargo,John 约翰·斯巴哥,《孩子们的哭泣》,63

spectatorial attitudes in literature 文学中旁观者的态度,172—173

Spencer,Herbert 赫伯特·斯宾塞,58

Spengler,Oswald 奥斯瓦尔德·斯宾格勒,《西方的没落》,104

Spiller,Robert 罗伯特·斯皮勒,xiii;《美国文学史》,158—159

Sports Illustrated 《体育画报》,233

sports and popular culture 体育和流行文化,137

Stafford,Jean 琼·斯塔福德,《波士顿冒险》,591;《山狮》,593

Stalin,Josef 约瑟夫·斯大林,233

Statue of Liberty 自由女神像,396,420—421,478

Stearns,Harold 哈罗德·斯特恩斯(编辑),《美国的文明》,152—153

Steffens,Lincoln 林肯·斯蒂芬斯,66;《自传》,227,578;《城市的耻辱》,63

Stegner,Wallace 华莱士·史达格纳,《大糖果山》,591;《墙上的女人》,596

Stein,Gertrude 格特鲁德·斯泰因,xvii,13,21,57,68;对她的羡慕和支持,377—379;和军械库展,71;论原子弹,546—547;散文中的死亡场景,368—369,384;民族现代主义,336,368,457;具有实验精神的作家,155—158;和法西斯主义,516;和电影对白,469—470;作品的语法/形式,156—158,369—370,381—382;海明威对她的论述,460—461;对现代主义绘画/摄影的影响,373—374;对现代主义音乐的兴趣,374;对心理学的兴趣,371—372;和"迷惘的一代",109;短语"黑人阳光",381;和种族成见,380—381;作为作家的老师,110,156;《正如一个妻子有一头牛:一个爱情故事》,372,373;《艾丽斯·B. 托克拉斯自传》,156,175,370,371,373,401,537,581;《每个人的自传》,372;《四个圣人三幕戏》(歌剧),536;《美国地质志》,158;《美国讲座》,373—374;《美国人的形成》,10,157,193,370,390,572;《梅兰卡莎:每个人都如她的愿》,368—369,374,376,377—378;《待被证明的》,374,381;《柔软的纽扣》,157,561;《三个女人的一生》,85—86,131,157,167,201,368—369,373,383;《我所看到的战争》,157,158,592;《什么是杰作》,157,378;《年轻人的勇气》,593

Steinbeck,John 约翰·斯坦贝克,233—235;《愤怒的葡萄》,233—235,587;《胜负未决》,233,235,584;《长河谷》,234,586;《人鼠之间》,235,585;《薄煎饼》,234,583

Steiner,Edward 爱德华·斯坦纳,390;《从异乡人到公民》,421,561

Stella,Joseph 约瑟夫·斯特拉,419—420

stereotyping 种族·成见,380—381,391—392

Stern,Elizabeth 伊丽莎白·斯特恩,402—403

Stieglitz,Alfred 阿尔弗雷德·斯蒂格里茨,25,30—31,72,357

Stoddard,Lothrop 罗斯洛普·斯托达德,《有色人种挑战白色人种至高无上权力的趋势》,126

Stong, Phil 斯特朗,菲尔,《博览会》,580

Story 《讲述》杂志,242,388

streetcar in writing 文学作品中的电车,384—386,428,430,451,459,475—476,487—488;参见文学作品中的交通工具

Stribling T. S. T. S. 斯特里布林,《出生权》,567;《铁匠铺》,258,578;《商店》,258,580;《异乡的月亮》,255;《蒂夫特阿劳》,573;《未完工的大教堂》,258,582

Strong, Philip D. 菲利普·D. 斯特朗,128

Sturzo, Luigi 伊易吉·斯特佐,《意大利和法西斯主义》,367

Suárez, Mario 马里奥·苏亚雷斯,389—390,503—504,594

Suckow, Ruth 鲁斯·萨考,133;《乡下人》,570

Sui Sin Far 水仙花(伊迪丝·莫德),389;《春香夫人》,560

suicide rate increase 自杀率升高,186

Sumner, William Graham 威廉·格雷厄姆·萨姆纳,《民俗》,104

surrealism 超现实主义,209

Survey Graphic 《图解概览》,286,293

Szilard, Leo 利奥·吉拉德,《关于"中央大车站"的报道》,552—555,594

T

Taggard, Genevieve 吉纳维芙·塔加德,66,70,173,187

Tanner, Henry O. 亨利·O. 泰纳,301

Tarbell, Ida 艾达·塔贝尔,《美孚石油公司史》,64

Tarkington, Booth 布斯·塔金顿,84;《爱丽丝·亚当斯》,566;《伟大的安伯森斯》,564;《潘拉德》,561

Tate, Allen 艾伦·泰特,《父亲》,262;《杰斐逊·戴维斯的沉浮》,255

Taylor, Frederick 弗雷德里克·泰勒,《科学管理原理》,66,559

Taylor, Paul S. 保罗·S. 泰勒,241,245

Taylor, Peter 彼得·泰勒,595

technology 技术,119—120,362

television 电视,362,363

Teller, Charlotte 夏洛蒂·泰勒,《牢笼》,225

Thayer, Webster 韦伯斯特·泰尔,127

Thirties 30年代,回顾过去,191—192;政治使命,188—189;探索"文化",190—191

Thomas, Norman 诺曼·托马斯,126

Thomas, W. I. W. I. 托马斯,492

Thoreau, H. D. H. D. 梭罗,《瓦尔登湖》,59

Thresher, Max Bennett 麦克斯·宾耐特·思雷舍,391

Thurber, James　詹姆斯·瑟伯尔,187;《随心所想》,585;《欢迎到我的世界来》,590

Thurber, James and White, E. B.　詹姆斯和 E. B. 怀特·瑟伯尔,《性是必需的吗？》,576

Thurman, Wallace　华莱士·瑟曼,293,327—330;《越黑的黑莓》,327,328—329,576;《哈莱姆》,329—330;《春天的孩子们》,329,580

Time　《时代》杂志,162,233

Tobenkin, Elias　埃利亚斯·塔本金,《韦特来了》,563

Tocqueville, Alexis de　亚历克西斯·德·托克维尔,92,105

Todorov, Tzvetan　茨维坦·托多洛夫,9

Tolson, Melvin　麦尔文·托森,380

Toomer, Jean　让·图默,xix,151,152,288,309,350,406;背景,443,450—451;论"美国人"这个词,449—451;和普遍主义,540—541;写作风格,444—445;《蓝色子午线》,311;《甘蔗》,132,300,308—310,365,379,442—451,569;《精要集》,450;《纳塔利·曼》,445

totalitarianism　极权主义,367,518,524

translation process　翻译过程,439

transport in literature　文学作品中的交通工具,384—385,407—408,411,415,428,430,490,525

Treaty of Versailles　《凡尔赛和约》(1919),288

Trilling, Lionel　莱昂内尔·特里林,52,358—359;《路途之中》,594

Troeltsch, Ernst　恩斯特·特勒尔奇,4—5

trolley-car　电车,见路面电车;文学作品中的交通工具

Tugwell, R. G.　R. G. 图格威尔,104

Turgenev, Ivan　伊万·屠格涅夫,《猎人笔记》,131

Turner, Frederick Jackson　弗雷德里克·杰克逊·特纳,24,43—47,48;《美国历史上的边疆》,104,170—171

Twain, Mark　马克·吐温(塞缪尔·克莱门斯),174;哈克贝利·费恩,11,14,21,23;《神秘的陌生人》,562

Twenties　20 年代,125—133;回顾,187—188;参见爵士时代;迷惘的一代

Tyler, Alice Felt　艾丽斯·菲尔特·泰勒,《自由的骚动》,233

Tzara, Tristan　特里斯坦·特扎拉,69

U

uncertainty and confidence　不确定性和信心,15—22

unemployment　失业,186,226

Universal Negro Improvement Association　全球黑人发展协会,(UNIA),152,287

Urban League　全国城市联盟,286

V

Valéry, Paul 保罗·瓦莱里,258

Van Doren, Carl 卡尔·范·多伦,461

Van Vechten, Carl 卡尔·范·维奇顿,66,302,362;《黑鬼的天堂》,303—305,376,407,573

Veblen, Thorstein 索斯汀·韦伯伦,《企业》,104

Ventura, Luigi 路易吉·旺图拉,439

Vidal, Gore 戈尔·维达尔,《城市与盐柱》,595;《大动乱》,592

Villareal, José 乔斯·维拉利尔,390

violence 暴力,在侦探小说中,219—224;在纪实文学作品中,211—212;公众,211;暴众私刑,287,290,387;具有社会意义的作品中,231

Volstead Act 《沃尔斯泰德法》(1919年),128

Vorse, Mary Heaton 玛丽·希顿·沃斯,70,194,231

W

Walcott, Derek 德里克·沃尔卡特,311

Walker, F. A. F. A. 沃克,125

Walker, Margaret 玛格丽特·沃克,242

Wall Street Crash 华尔街股市崩盘(1929年),184—187,199,203;和南部的文艺复兴,252—253;和作家的希望,209

Wall Street Journal 《华尔街日报》,185

Walrond, Eric 埃里克·沃尔龙德,288,290,291,573

Walton, Eda Lou 艾达·卢·沃尔顿,488,503

war 战争,见内战;美国土著居民;一战;二战

war as metaphor 战争作为隐喻,170;参见海明威,欧内斯特,A. C.,112

Ward, Harry 哈利·沃德,126

Warner, W. Lloyd 华纳,W. 劳埃德,366

Warren, Robert Penn 罗伯特·佩恩·沃伦,《国王的人马》,163,216,593;《约翰·布朗:烈士的产生》,255;《夜间骑士》,587;《南方评论》(编辑),257;《足够的空间与时间》,596

Washington, Booker T. 布克·T. 华盛顿,386;《挣脱奴役》,391

waste 浪费,经济上的,209

Watanna, Onoto 小野の小町(温妮弗雷德·莫德),402

Waters, Ethel 埃特尔·沃特斯,332

491—492,493—495,588;《局外人》,537;《野蛮假日》,498;《一千二百万黑人的呼声》,190,241,243,255,496,498;《汤姆叔叔的孩子们》,255,198,242,346—347,467,500,501—502,586

Wyckoff,Walter 沃尔特·威科夫,40,142

Y

Yale Review 《耶鲁评论》,153

Yamamoto,Hisaye 山本久枝,389,525—526,595,596

Yeats,W. B. W. B. 叶芝,69

Yerby,Frank 弗兰克·耶比,242,498

Yezierska,Anzia 安齐亚·叶捷斯卡,170,388;《施舍面包的人》,64,572;《饥渴的心》,363,566;《廉租公寓里的莎乐美》,363,392—393,407,569

Yiddish-language writing 意第绪语作品,431

Young,Stark 斯塔克·扬,268

Z

Zafar,Rafia 拉菲亚·扎法尔,xvii,xviii-xix

Zangwill,Israel 伊斯雷尔·赞格威尔,362;《大熔炉》,412

北京市版权局著作权合同登记章
图字：01 – 2006 – 3245
The Cambridge History of American Literature, Volume 6
Edited by Sacvan Bercovitch
Originally published by the Press Syndicate of the University of Cambridge
Copyright © Cambridge University Press 2002.
本书全球简体中文版由剑桥大学出版社授予中央编译出版社独家出版发行。
版权所有，非经书面授权，禁止以任何形式进行摘录、复制或转载。

图书在版编目（CIP）数据

剑桥美国文学史．第 6 卷/（美）伯克维奇（Bercovitch, S.）主编；
张宏杰，赵聪敏译，蔡坚译校．—北京：中央编译出版社，2009.1
ISBN 978-7-80211-836-2

Ⅰ．剑…
Ⅱ．①伯…②张…③赵…
Ⅲ．①文学史—美国②散文—文学史—美国—1910~1950
Ⅳ．I712．09

中国版本图书馆 CIP 数据核字（2008）第 210128 号

剑桥美国文学史．第 6 卷

出 版 人	和　龑
责任编辑	郑　锦
责任印制	尹　珺
出版发行	中央编译出版社
地　　址	北京西单西斜街 36 号（100032）
电　　话	（010）66509360　66509236（总编室）　（010）66509353（编辑部）
	（010）66509364（发行部）　　（010）66509618（读者服务部）
网　　址	www．cctpbook．com
E - m a i l	edit@ cctpbook．com
经　　销	全国新华书店
印　　刷	北京新丰印刷厂
开　　本	787×1092 毫米　1/16
字　　数	758 千字
印　　张	42.5
版　　次	2009 年 2 月第 1 版第 1 次印刷
定　　价	98.00 元

本社常年法律顾问：北京建元律师事务所首席顾问律师　鲁哈达
凡有印装质量问题，本社负责调换．电话：010 – 66509618